鲁迅三部曲 第一卷

杂文的自觉
鲁迅文学的"第二次诞生"
（1924—1927）

张旭东 著

生活・讀書・新知 三联书店

Copyright © 2023 by SDX Joint Publishing Company.
All Rights Reserved.

本作品版权由生活·读书·新知三联书店所有。
未经许可，不得翻印。

图书在版编目（CIP）数据

杂文的自觉：鲁迅文学的"第二次诞生"：1924—1927 / 张旭东著 . —北京：生活·读书·新知三联书店，2023.7
（文史新论）
ISBN 978-7-108-05934-5

Ⅰ.①杂⋯　Ⅱ.①张⋯　Ⅲ.①鲁迅著作研究
Ⅳ.① I210.97

中国国家版本馆 CIP 数据核字 (2023) 第 033161 号

责任编辑	冯金红
装帧设计	薛　宇
责任校对	陈　明
责任印制	卢　岳

出版发行　生活·讀書·新知 三联书店
　　　　　（北京市东城区美术馆东街 22 号 100010）

网	址	www.sdxjpc.com
经	销	新华书店
印	刷	北京新华印刷有限公司
版	次	2023 年 7 月北京第 1 版
		2023 年 7 月北京第 1 次印刷
开	本	635 毫米 × 965 毫米　1/16　印张 54.25
字	数	701 千字
印	数	0,001－6,000 册
定	价	168.00 元

（印装查询：01064002715；邮购查询：01084010542）

目 录

小 序　I

引 言　1

伟大文本的开放性与自我再生能力　1 • 文学鲁迅的首要性　8 • 鲁迅的哲学，或鲁迅文学的存在与时间　15 • 杂文鲁迅的首要性　17 • 现代主义　21 • 鲁迅文学的政治性与政治本体论　25 • 作为写作的翻译　27 • 章节组织与方法论说明　30

导 论

批评对象的重建　37

一、形象/符号：意义的基本单位　44

二、句子/句式：文章学的基本单位　55

三、话语：表意–交流系统　74

鲁迅文学风格的结构与历史性　84

四、风格：结构与历史性　84

五、时代精神的"感性显现"：理想与类型的历史发展　106

六、杂文与鲁迅文学的"艺术的终结"　120

第一部　人生的中途

第一章　鲁迅文学的危机　133
一、阶段论　136
二、"中间点"、"过渡期"与鲁迅文学的"第二次诞生"　144
三、文学鲁迅的"中年折叠"　155
四、前期创作的批评观察　170

第二章　"杂文自觉"的萌动（上）　177
一、新文学的困境与鲁迅文学的多重源头　178
二、重读《〈呐喊〉自序》：诞生与"终结"　189
　　附录　"兄弟失和"与"沉寂的1923年"　205
三、作为"过渡期"的《彷徨》和《野草》：
　　1924年的文体尝试　207
　　《祝福》·《在酒楼上》·《秋夜》·《影的告别》·《我的失恋》

第三章　"杂文自觉"的萌动（下）　231
一、《苦闷的象征》与"过渡期"的语言准备　231
二、杂文与"论文"的分野：《坟》（1924年部分）　249
　　《娜拉走后怎样》（及与《我们现在怎样做父亲》之比较）·《论雷峰塔的倒掉》、《再论雷峰塔的倒掉》及其他

第四章　世界之路与杂文的歧途　259
一、世界之路：鲁迅的"成长"　259
二、杂文的歧途与希望的形而上学　267
三、鲁迅文学的"成为自己"　272
四、作为言语行为的写作：鲁迅风格的独特性与合目的性　281

第二部 "运交华盖":杂文发生学

第五章 希望与躁动(杂文发生学小史之一):
1925 年上半年的创作　　299

《希望》·《咬文嚼字(一)(二)》·《雪》(野草之八)·《青年必读书》·《忽然想到(一至四)》《通讯》·《出了象牙之塔》·私人通信、《战士和苍蝇》·《忽然想到(五、六)》·《杂感》·《北京通信》

第六章 "碰壁"(杂文发生学小史之二):
"女师大风潮"期间的创作　　345

《"碰壁"之后》·《并非闲话》及其他·《论睁了眼看》·形式的破裂:《伤逝》的文体混杂·《这样的战士》与《论"费厄泼赖"应该缓行》·《〈华盖集〉题记》

第七章 "我还不能'带住'"(杂文发生学小史之三):
"三·一八惨案"前后的创作　　409

一、"我还不能'带住'"　　410

《杂论管闲事·做学问·灰色等》·《有趣的消息》及其他·《我还不能"带住"》与《无花的蔷薇》(之一)

二、"三·一八惨案"　　427

《无花的蔷薇之二》·《"死地"》·《记念刘和珍君》

三、杂文的苏醒与《野草》的终结　　435

第八章 鲁迅杂文的力学结构、政治本体论与感性外观　　441

一、作为 essay 的杂文与鲁迅杂文的特殊性　　441

二、"执滞于小事情"与杂文现象学　　455

三、"碰壁"与杂文力学　　466

四、"挤了才有"与杂文空间构造及生产流程　471
五、政治本体论与感性外观　482
六、小结:"自觉"及其风格外化　501

第三部　在路上:漂泊与杂文的风格扩张

第九章　记忆与漂泊:《朝花夕拾》与
　　　　　　"路上杂文"的缠绕　512
一、"旧事重提"的杂文因素　512
二、漂流:内景与外景　517
三、记忆光影的杂文画框　521
四、"超验之家"与"世界的杂文"　532

第十章　杂文文体的多样性:"马上日记"系列　539
一、杂文的叙事冲动和虚构性纪实　540
二、情动的语言构造:鲁迅杂文的"体验与诗"　550
三、积极的虚无主义　556

第十一章　在路上:通信研究　569
一、《上海通信》　569
二、"厦门通信"(三则)　578
　　《厦门通信》·《厦门通信(二)》·《厦门通信(三)》
三、《海上通信》　609

第十二章　杂文自觉的墓志铭：《坟》序跋　615

一、《坟·题记》　620

二、《写在〈坟〉后面》　624

　　"生活"和"工作"的象征替代 • 政治的逻辑："敌人"及其超克 • 鲁迅杂文的古典主义与现代主义 • "存在的诗"：杂文斗争的内与外 • "集杂文而名之曰《坟》"：编纂学方法发端

三、辞青年导师：杂文的真与实　654

四、"余文"、"中间物"与"存在的家"　657

第四部　进向大时代：杂文与历史意识

第十三章　革命时代的文学　675

一、无声的中国　681

二、革命时代的文学　692

第十四章　"清党"之后的沉默与言说：
　　　　　"'而已'而已"及其诗学展开　705

一、作为修辞和言语行为的"而已"　706

二、《野草·题辞》：杂文自觉的诗学宣言　717

三、《小约翰》与杂文名物学　731

四、《书斋生活与其危险》（鹤见祐辅作品翻译系列）　752

第十五章　"魏晋风度"与杂文自觉的历史化　761

一、从未经验过的恐怖　763

二、乱世与文章的异彩　769
　　曹氏父子・何晏与吃药，或"名士派"

三、阮籍与嵇康　780

四、陶潜与历史讽喻　789

五、杂文自觉的完成　798

第十六章　文艺与政治的歧途　806

一、"革命时代"之后的"文学革命"　807

二、尾声：《怎么写》与《谈所谓"大内档案"》（存目）　829

索　引　831

致　谢　854

小　序

对于许多20世纪80年代初进入大学校园的人来说，鲁迅不只是一位现代文学作家，更是个人阅读史上的一个保留节目。在始发于70年代末的"思想解放"、"读书无禁区"和"欧风美雨"的时代洗礼中，鲁迅像一道时隐时现的风景，有时是近景和外景，有时则是远景和内景。在各种各样私人或群体必读书单上，"鲁迅"恐怕并不属于那些曾给人带来终生难忘的震撼和醍醐灌顶的启示的伟大时刻，甚至多数时候并不占据意识的前台。事实上他或许更像一个幽灵独自徘徊在后台。相对于《约翰·克里斯朵夫》《浮士德》《精神现象学》、陀思妥耶夫斯基或卡夫卡，鲁迅作品也许更像一段旧时记忆，一个放不下却尚未来得及回答或细想的问题。这个幽灵般的影子或"脚步声"从不曾消失。不如说，正是通过这种略显边缘化的、不连贯的在场，它构成我们阅读史内部一条隐秘线索，进而揭示出其中超越个人兴趣的集体性和历史性。

在社会性引力场作用下，当年学校内外的读书口味大体上是重西方轻中国，在"中国"内部则重古代轻现代，中文系概莫能外。教学体系下的现代文学史和鲁迅研究课程，似乎也并没有增加学生对鲁迅作品的亲近感。就我个人而言，此前阅读鲁迅的个人经验（它可以直通童年记忆）同专业学习之间的接口，不是现代文学而是比较文学。这同我本科论文指导老师乐黛云先生的学术背景有关，亦可谓一种偶然。乐老师本是现代文学出身，但那时刚结束在哈佛和伯克利为期三年的访问，回到北大着手组建比较文学学科和全国比较文学学会。但"比较文学视野中的鲁迅"或"鲁迅与尼采"这样的题目的确立刻透出一种无可回避的必然性：在所有20世纪中国作家中，鲁迅无疑最具有世界语境中的对话、批评与阐释价值。按学生时代的急进和武断态度，其作品简直是唯一"拿得出手"、"值得"或"经得起"认真持续的思考与讨论的现代中国文学文本。

这些置于意识"后台"和视域"边缘"的印象、经验和问题，为日后同鲁迅反复的、看似偶然的相遇或遭遇埋下了伏笔。在"文化热"期间西学理论方法论大潮的高点，鲁迅忽然在自己笔下同本雅明的寓言批评和历史哲学结合在一起，或不如说本雅明的思想和语句，顺着中译者潜意识里的兴奋点，在另一个历史文化时空里鬼使神差般地找到了鲁迅。写于1988年6月的一篇名为《遗忘的谱系：鲁迅再解读》的长文，本为《文化：中国与世界》丛刊第七辑而作，后收录于1997香港牛津版《幻想的秩序》（2021年上海人民出版社出了第二版），可算我第一篇"鲁迅研究"论文。用今天的眼光看，它是标准的"非主流"和"体制外"写作，对鲁迅和本雅明这两个话语和风格系统的联系、比较和分析也未免有失生硬、缺乏批评的中介，但其中的问题意识和批评直觉（它由文章的原始副题"寓言、历史与重读鲁迅"暴露无遗），仍在一定程度上预示了作者三十多年后对鲁迅所做的更为系统的分析与阐释。

在杜克大学攻读博士学位期间，我本已利用课余时间完成了自己第一本英文专著《改革时代的中国现代主义》两卷本，却不顾两位导师的建议，执意要在毕业赴职前六七个月时间里，另写一部以周作人小品文研究为题的博士论文。这种行为看似心血来潮，背后却有鲁迅的幽灵作祟亦未可知。系统阅读周作人并对其小品文写作做出初步的分析和判断，同进一步阅读鲁迅当然可以构成一种不可或缺的互补和对照关系，或也可算一种"曲线治鲁"。事实上，分析周作人的写作实践和理论为我打开了白话散文同世界散文和散文史之关系的新视野，为日后从杂文入手重读鲁迅提供了一个重要的参照系和批评的出发点。也因为这层关系，这部博士论文（1995）至今仍未修改成书出版，只有个别章节及其中译零星发表。不过，它仍是我在"学院建制内"做"周氏兄弟研究"的"尝试集"。

再次回到鲁迅已是十年之后。彼时在批评理论、美学、政治哲学和中国现代主义－后现代主义文艺等领域的工作逐一告一段落，于不经意间也爬完了象牙塔里的职业楼层。但表面上的精力充沛与行动自由，往往隐藏着对新的紧张、挑战和不确定性的下意识渴求。这种时刻和状态，或许竟最有利于鲁迅像"非自主记忆"（mémoire involontaire）般从"忘却"下面浮出来。2006年秋冬，我第一次受邀访问东京大学国际哲学中心，几乎想也没想就决定以鲁迅、尼采和本雅明为题做八场演讲。这也是我第一次在西方学术语境下，以中国文学经验为材料，向具有深厚鲁迅研究积累并取得非凡成就的日本学界介绍美国批评理论"前沿"问题和方法。回头看，这次东大访问，是我将鲁迅研究提上议事日程、置于意识前台和中心的契机与转折点。自此同日本学界保持的密切联系和深厚友谊，也成为我阅读鲁迅时一个不可或缺的个人激励和思想参照系。

从2007年开始，大致按照重读《鲁迅全集》的节奏，我相继在纽约大学和北京大学开设了几次鲁迅研究课程；在国内外学界做了一系列关于鲁迅文学批评分析和理论阐释的讲座、座谈和演讲，但内容偏重鲁迅的小说、散文诗创作和"思想"。从2008年开始，我的研究兴趣逐渐聚焦于鲁迅杂文和鲁迅文学风格的现代主义维度，于2008年暑期和2011年秋分别在北京大学和纽约大学组织双边师生研讨会（其中纽约大学会议名字就叫"杂文的时代"）。2009年发表的《杂文的自觉》《中国现代主义起源的"名""言"之辩：重读〈阿Q正传〉》等文章，就是这一时期阅读的阶段性小结。在此期间，我对鲁迅小说现代主义形式手法的分析，对杂文"政治本体论"及其感性外观的分析，以及对鲁迅的记忆‑时间结构的分析，得到了国内外不少同事和老友的鼓励和建设性批评，也在青年学者和学生中间引起一定程度的关注和讨论。2012年，经王德威教授引荐，同哈佛大学出版社达成口头协议，计划于近期内按拟定的内容提要和章节目录提供一部鲁迅文学研究专著书稿（本书"引言"章介绍的"六大命题"，即取自英文专著简介中的"六点提纲"）。但随后几年，随着国内兼职工作的展开和国际批评理论中心（ICCT）多边合作的日益扩大，自己的时间精力变得有些碎片化，英文版鲁迅专著写作计划一拖再拖，事实上被束之高阁。这期间的文章多收录于《文化政治与中国道路》（上海人民出版社，2015）和《批判的文学史》（上海人民出版社，2021），从中可见自己的研究兴趣不断被当代议题、理论议题和政治议题所吸引或"带跑"。在鲁迅研究方面，只是在ICCT北大中心博士后项目下专设了一个鲁迅研究平台，以青年学者为主组织小范围、国际化的学术研讨。这种力不从心的尴尬状态，直到2020年全球疫情暴发，此前二十多年来视为常态的国际学术交流合作戛然而止，方才得以彻底扭转。这个仍在持续的逆境给所有人带来的不便、艰难和茫然自不待言，但对于自己酝酿多年的鲁迅研究写作计划来说，却可谓"塞翁失马、焉知非福"。

　　话虽如此，在2020年3月纽约大学"封校"后，自己仍经过了长达半年的心理和日常生活习惯上的适应和调整，方才进入鲁迅写作计划的全速运行状态。在这六个月里，自己慢慢从风声、雨声、叫骂声、爆炸声声声入耳的焦虑烦躁状态，过渡到"两耳不闻窗外事"的潜心写作状态。每日有规律的写作，也逐渐从开始的清扫外围和"还旧债"模式转向聚焦于鲁迅。起初只是打算把学生数年前就已替我准备好的80万字讲课录音整理，按出版标准修改打磨一番。但很快我便放弃了这条"捷径"，决意另起炉灶，从头写一部系统的、具有批评方法论意义和文学原理性探讨性质的鲁迅文学分析阐释的著作。

按问题、材料和分析阐释路径,整个计划分为三卷:第一卷分析鲁迅文学在1924—1927年间以杂文为核心的"自觉"和"成为自己";第二卷分析"上海时期"(1927—1936)的创作;第三卷处理鲁迅除杂文和主要翻译写作外的创作,包括短篇小说、散文诗和回忆自叙体"美文"。呈献于读者手中的这本《杂文的自觉:鲁迅文学的"第二次诞生"(1924—1927)》,是这部鲁迅研究三部曲的第一卷。

三卷本围绕六个命题展开论述,即:一、文学在鲁迅研究中的首要性;二、杂文在鲁迅文学分析中的首要性;三、鲁迅风格的现代主义特征;四、鲁迅文学的哲学构造;五、鲁迅文学的政治性与政治本体论;六、"作为写作的翻译"。在本卷"引言"里,我对这六个命题做了初步的介绍。各卷开头都有一个长篇"批评导论",扣住各卷具体处理的文学经验和文学现象,进一步对这六个命题逐一做更深入的分析和讨论。

在北京大学32周年之际,周作人曾作过一篇文章,题目叫"北大的支路"。他写道:

> 有人说北大的光荣,也有人说北大并没有什么光荣,这些暂且不管,总之我觉得北大是有独特的价值的。这是什么呢,我一时也说不很清楚,只可以说他走着他自己的路,他不做人家所做的而做人家所不做的事。我觉得这是北大之所以为北大的地方,这假如不能说是他唯一的正路,我也可以让步说是重要的一条支路。(周作人,《北大的支路》,1930)

周作人自称并不怀抱着什么"北大优越主义",只是觉得它应该保持自己的精神。对于这种精神,周作人并未故弄玄虚,只直白地说无非是"积极的工作,要奋勇前去开辟人荒,着手于独特的研究";此外还有不模仿他人，不随大流等，但这些其实本已包含在"奋勇开荒"和"独特的研究"里面，是学术工作的题中应有之义。但所谓"支路"，自然是相对于"干路"而言。对此周作人有些闪烁其词，只道在"读书"和"救国"之间，他也说不清主次关系，"或者革命是重要一点亦未可知？"因此他"姑且假定"："救国，革命是北大的干路吧，读书就算作支路也未始不可以"，于是便有了"支路"一说。然而，鲁迅杂文倒真可以说是现代文学的"支路"，正如鲁迅和鲁迅文学的存在方式，本身也都指向一条"重要的支路"，且在这个特殊意义上，成为中国现代性道路和现代中国人精神世界的寓言和象征。今天日渐专业化、体制化、碎片化的学界，固然不再为"救国""革命""启蒙"这样的"大叙事"所左右，但我仍愿意把自己在鲁迅文学批评阐释上所做的一点努力，视为鲁迅研究"支路"上的一次探索。

2022 年 9 月 8 日于纽约

引 言

伟大文本的开放性与自我再生能力

鲁迅是中国新文学的一块基石,也是当代中国人精神生活的一块基石。作为起源性的存在,鲁迅无论就其文本还是就其道德形象而言,从来都不仅限于固定的历史时空或时代性议题,而是随着时间和历史经验一道生长、变化、解构和重构。鲁迅文学作为高度个性化、风格化的社会性象征,在鲁迅留下的文字之外,也包括这些文字所涵盖的种种解释的可能性和歧义性;而后者同样也随着时间、历史经验和批评意趣的历史性变化而不断生长。

在整个中国新文学史和当代中国生活中,鲁迅文本和鲁迅形象独具一种向当代读者回视或把我们的凝视还给我们的特性;这种"回视"效应在美学意义上为"鲁迅"打上了一层光环或"灵韵",赋予它一种极为特殊的精神气息甚至人格魅力。[1]但在批评的意义上,这一切无非是再一次证明,鲁迅文本和鲁迅形象都是通过一代又一代人的阅读、解释、评价、论争乃至时代性意识形态总体氛围,透过重重"接受史"

---

[1] 本雅明说"灵韵""光环"或"气息"(aura)的特点之一是它有一种"回视"或"把我们的凝视还给我们"的特性;而这种回视能力事实上又是由以往世代的欣赏者赠与作品的"景仰和爱慕"的帷幕构成的。参看本雅明,《论波德莱尔的几个主题》第十一节,《发达资本主义时代的抒情诗人》,张旭东、魏文生译,生活·读书·新知三联书店,1989年,第159—165页。

的过滤甚至扭曲,传递和呈现到新一代读者面前的。鲁迅文本既是源源不断的灵感激发,也是解释的挑战甚至障碍。鲁迅接受史,包括作为知识和观念生产领域的"鲁迅研究"和文学教育建制组成部分的"鲁迅阅读",一方面固然是持续的、开放性的"打开文本"的话语场,另一方面也必然意味着种种磨损、消耗、征用、滥用,制造着大量冗余和赝品。这是一切伟大文本在历史中传播、流通和再生的宿命。

某个意义上,伟大文本的"伟大",正取决于它们的"自我校正"和"自我复原"能力;这种能力来自文本内在的激进性和颠覆性,同时也来自它潜在的经典性和普遍性。前者由文本具体的生存情景及其特殊的历史视域所决定,后者则取决于它在长远的传统和更开阔的审美与思想空间中的位置和关系。百年来的鲁迅文学接受和文学批评历史告诉我们,这个文本能够朝向不同历史和政治现实开放自身、同时又针对这种现实和思想不断回到自身,恢复并重新激活其能量源头、价值指向和审美自由,从而在自身的象征性存在中引发持久的意义解释和意义生产,甚至通过持续不断地参与这种意义、形象和观念的解释和生产活动而不断建立、打破、再建立围绕其文本自身的话语体系。这是所有伟大文本融入永恒的当下、建立自身连绵不断的接受史和阐释史的形成过程。在这种流变过程中,伟大的文本通过一种变与不变的辩证法确立自身的形象和寓意。

面对鲁迅文本,当代读者可以感受到这样一种幸运:它几乎以一己之力,把中国文化思想讨论推向尼采所谓"历史之用及其滥用"的反思;推向"道德的谱系"之批判与重写;推向在深刻的怀疑中重估旧价值、创造新价值的抵抗和进击。[1] 只有在这个批判性、颠覆性的

---

[1] 尼采,"On the Uses and Disadvanges for Life"(历史之用及其滥用),参看 *Untimely Meditations*(不合时宜的沉思), edited by Daniel Breazeale, translated by R. J. Hollindale, Cambridge: Cambridge University Press, 1997, pp. 59–123. *On the Genealogy of Morality*, edited by Keith Ansell-Pearson, translated by Carol Diethe, Cambridge: Cambridge University Press, 1994。

哲学视野里,海德格尔在谈及柏拉图时所说的"一切伟大的事物都矗立在暴风雨中"方才获得一个当下的、具体的所指。[1]这个岿然的"矗立"绝非静止不动,而恰恰是"伟大的事物"在面对种种内部和外部的危机与挑战时的自我动员、自我确证和自我超越的能力及潜力。这种能力和潜力并非"天赋"特权,而是来自这些文本结构内部的矛盾和张力、多元和一体、杂糅和单纯。这种结构力量往往是通过这些文本在时间中的遭遇方才被充分激活并显现出来。经由一次又一次迎战和抵抗各种阅读和解释的挤压、围剿或"滥用",鲁迅文本得以超越种种被囚禁在具体历史阶段及其语言与意识形态牢笼中的伪价值、伪真理和伪目的论,从而继续把自身确立为探索、追求、拥抱和实践真价值、真现实、真目的的形象、风格和寓意。

只有在这种反目的论的合目的性意义上,鲁迅文本在致力于"价值重估"和"谱系学"批判的同时,才能够不断"回归"那种由存在和生命在更大时空范围里(它不但包括文明,而且包括自然;不但包括人,而且包括所有其他生命和生物形式)、通过某种"自然选择"("天择")而确立的生命原则和价值。通过颠覆和瓦解种种固化的、神秘主义的或权威主义的形而上学误读,通过破除种种被当作真理、实质和"规律"而不假思索地接受下来的现实观念,鲁迅文本将自身确立为破虚妄的"希望的原理"和从生活的虚无主义本质中确认并阐发生命意义和价值的斗争。这是鲁迅文本能够经受并穿越时间的风暴,在自身的危机、怀疑和不确定性中将自己变成一种持续的能量与强度的根本原因。它通过把自己呈献给永恒的当下而获得其深远的历史性。

承认经典文本的历史地位,意味着每一次重读都是一次全新的遭

---

[1] 海德格尔在 1933 年所作《德国大学的自我主张——1933 年海德堡大学校长就职演说》一文末尾引用柏拉图《理想国》中的这句话(τά ... μεγλα πάυτα ἐπιφαλη…/All that is great stands in the storm),转引自 Gunther Neske & Emil Kettering (eds), *Martin Heidegger and National Socialism*, New York: Paragon House, 1990, pp. 5–13。

遇和相逢，一次文学经验的复活与再生，一次意义解释的继承、清理、颠覆和重建。近代西方经典解释理论把语言的实际使用比作钱币的流通，认为它会在此过程中发生质与量的磨损、减耗和贬值，因此需要不断地铸造新币，以保持其价值、分量和信誉的饱满足额。在鲁迅阅读和鲁迅研究领域，每一代人都需要通过重铸语言、发明概念、创造新的阐释系统，来确认鲁迅文本同自己时代的关系，确认鲁迅和他时代间的紧张关系同我们自己当下"阐释斗争"的相关性。这不但是重新回到作为源头和起源的鲁迅的必经之路，也是通过与这个源头再一次建立直接的阅读、批评和阐释关系，重建或重写我们自身的阅读史和精神史的不二法门。这种重建源头与当下之直接关系的重读必然是批判性的，因为它事实上再一次"拉直"和"折叠"了鲁迅阅读史的范式传承，或者说为意义解释的"星座"式布局带来新的亮点，从而改变意义空间的形状，带来新的总体性。毋庸置疑，这种"拉直"的介入，本身也只能在既有阐释场域力场的空间曲面和空间折叠中完成。

鲁迅文学指向自身、指向虚无，同时又指向未来、指向新的更高的价值，但它自身的存在方式在根本上讲却是审美的。换句话说，作为观念和价值的鲁迅文学，依赖于鲁迅写作的语言艺术、风格特征和形式自律方才能够同读者进行有效的交流，才能够在这种文学阅读活动中实现自己。审美范畴所带有的本质上的感官性、个别性、直接性和歧义性似乎同体制化的鲁迅文学形象和定义相矛盾（以流俗眼光看好像是"拉低"了它们）；但事实上，这个审美范畴或文学性媒质与存在方式，正是一切关于鲁迅的社会性和思想性讨论的基础和出发点，也是其意义建构和话语建构的前提。如果鲁迅文学具有某种"内在价值"和"真理性"，那么它们事实上都只是阅读、分析和阐释的结果，也只能随着时间的流动而寄居在阅读分析和阐释的开放结构和自我运动之中。在这个过程的任何一点上所产生的"意义"和解释，都没有固定不变的、形而上学的本质主义"实质"，却可以在文学和审美分析的范畴内持有本体论意义上的丰富性、多样性和形式创造能力，这其中就包括在鲁迅文学阅读中不断被打开的时间、经验和记忆/忘却结构，包括激进虚无主义的抵抗和斗争原则（"希望"的形而上学），也包括对生命、存在和人类作为生物种群之未来的"科学"意义上（如"进化"）的肯定。在所有这些"内容"方面，文学风格、审美形式和语言艺术形态都不仅只作为"感性外观"存在，同时也作为"理性内容"存在。甚至连作者个人情绪或生活态度这样"个人的""偶然的"因素，也并不是低于理性认识或形象思维的"混乱"，而是在稳定的自主运动中，在文学形式（文体、体裁、风格等等）的自我颠覆/自我再造的韵律中，同时作为一种特殊的真理认识方式和社会表现方式而存在。它们都包含着关于现实和真理的严肃性，但这种真理意义的严肃性的获得和表达，却是通过以文字和写作为中介和武器的存在搏斗和风格实验而完成的。如果说鲁迅文学也是关于价值和意义的持续而严肃的本体论探讨，那么这不过是指出了鲁迅文学风格审美构造的一种效果和一个方面。

因此可以说，鲁迅在现代中国文化与思想空间中的位置与特殊性，恰恰来自鲁迅文学的审美价值和审美意义。审美范畴内部的自由，使得鲁迅文学能够以其独一无二的语言效果和感性形象，为现代中国的历史真理和价值批判提供一个稳定的、可依赖的参照-映证系统和能量储藏所。这个文学空间是一个记忆载体，一个风格面貌的信心来源；它也是作者与读者之间交流互动的纽带与中介——鲁迅知道，那些"偏爱"和"憎恶"他的人，喜欢或厌恶的最终是他的文字。它的高度自觉、高度个性化的文学形式像一个高速自转的陀螺；这个陀螺的旋转来自外力的驱动或"鞭打"，然而它在自己单一的、指向"虚无"的、专心致志的向心运动中，却能够为外部世界提供一个不受其他因素干扰的稳定的情感指向、道德指向甚至历史认识的真理原则。这种精神的自主导航功能同鲁迅文学的艺术特质——特别是同鲁迅写作的形式自觉和内心自由——有着最密切、最深刻的关系。鲁迅文学早期的"听将令"、中期或"过渡期"的"自觉",归根结底都是服从这种写作的自我指引的决断;这种决断或许使作者陷入人生的寂寞、痛苦、怀疑和彷徨,最终却可以让作者沿着他写作的宿命,在其风格和审美的自我实现与更高的自由中,通过这种自觉和自由带来的更强大的文学行动能力和创造性将自己拯救出来。这就是鲁迅通过鲁迅文学"在没有路的地方走出一条路来"的具体步骤和方法。在这种时刻,我们无法也无须区分"舞蹈和跳舞的人",因为后者已经消失并实现于前者,因为"人"或"意识"业已完全融入了语言、形式、风格和文体的游戏和搏斗。或借用黑格尔在《精神现象学》中"武器就是战斗者自身的本质"[1]这一说法,我们也可以说作为"匕首与投枪"和"攻防"之利器的杂文和杂文写作法,正代表着鲁迅和鲁迅文学的历史实质和精神实质。

我们也看到,当鲁迅文学进入炉火纯青、天马行空、"随心所欲而不逾矩"的天命之年("上海时期"),"杂文的自由"反倒更为"外向",更自如而老练地进入历史认识、历史批判和历史再现的"叙事"斗争中去。这也提示我们,鲁迅文学的文体自觉和文体自由,从来不仅仅是指向自我的个体自由、指向形式自律性的"为艺术而艺术"的努力。它们更是一种能力、权力或"力"本身,追求的是在具体社会空间和道德谱系中的认识与批判、模仿与再现。具体的、社会性政治性的文学实践和文学行动,是"杂文的自由"即鲁迅文学内在自由最高形式的运行方式或方法。换句话说,这种形式自由只有在其内容中,即在其现实表现和历史表象中才能充分获得其"感性显现"和方法及结构上的确定性。

---

[1] 贺麟、王玖兴译文为:"因为武器不是别的,只是斗争者自身的本质;而这种本质,仅只对斗争者双方相互呈现。"黑格尔,《精神现象学》,北京:商务印书馆,1981年,第254页。

本书所要分析和处理的是鲁迅留给我们的文字作品，研究对象和问题意识的基点都在于鲁迅的文本，以对它们做出有理论性和思想意义的阐释为目的。从这个前提出发，我提出若干基本工作假设和主要的框架性论点，在全书"总论"部分加以介绍，作为本书内容、思路和方法的概述。在这篇"引言"中，我将对鲁迅文学整体精神面貌和哲学构造做一提纲性质的分析评述，以此为全书提供一个理论性铺垫。

本书的基本论点由以下环环相扣的六个原则性出发点或原理性命题组成，即：

一、文学鲁迅的首要性：鲁迅首先是、最终仍是文学家。鲁迅文学在有关鲁迅的所有讨论中占据首要位置，是普遍媒介，具有"最后发言权"；同时，文学和风格内在的复杂性、多样性、灵活性和歧义性，也规定了阅读和解释的不确定性和开放性。

二、鲁迅的哲学：鲁迅的文学价值和风格外貌都有其赖以存在的哲学基础，这个基础是一个存在诗学和存在本体论的时间政治构造，它需要在文学本体论的概念层面和哲学概念的空间里予以专门分析。

三、杂文的首要性：鲁迅文学是在小说中诞生、在杂文中"再生"的。杂文的自觉作为鲁迅文学的"第二次诞生"，为鲁迅文学带来了新的质、新的价值、新的审美品格与风格面貌。杂文不但在创作数量上占据鲁迅文学的主体，更在理论意义上代表鲁迅文学的总体和实体，提示着它在历史和文学范畴里的更高的必然性。因此，鲁迅杂文在鲁迅文学中具有首要性；它是鲁迅文学的主语码，也是打开鲁迅文学本体论和风格构造的一把钥匙。

四、鲁迅的现代主义：鲁迅文学在总体上和本质上具有深刻的现代主义风格特征。传统的写实主义、历史主义阅读习惯和分析范式，虽然能在一定程度上建立鲁迅文学同它的历史条件、社会背景和政治环境之间的互释关系，但在终极意义上并不能充分打开鲁迅文学文本，也缺乏在文学本体论和文学批评实践层面推动鲁迅文学研究持续创新和深入的理论资源及方法论动力。在世界历史范围里看，鲁迅文学和中国新文学不但是近代文学，而且是现代文学；不仅是时代意义上的现代文学，也是文学本体论、诗学和美学意义上的现代主义文学。

五、鲁迅文学的政治性与政治本体论：鲁迅的写作在其文学自律性、作者意识和形式自觉内部带有强烈的、无法回避或弱化的时代性、当下性和政治性。这种时代性、当下性和政治性同鲁迅文学本体论真理同在同构，因此需要在鲁迅文学批评和审美判断过程内部（而不是外部）感受、分析、解释和评价。鲁迅文学是"介入"的文学而非超脱的文学，是行动的文学而非"静谧"的文学，因此政治性是在鲁迅文学"内面"与"外部"的接触点和碰撞瞬间中，作为风格确定性的结构和实质而生成于鲁迅文学的文学肌体之中的。

六、作为写作的翻译：鲁迅是"作为译者的作者"和"作为作者的译者"。鲁迅文学始终运行在翻译与写作的共生结构之中。这个共生结构在词汇、名目、句法、话语和风格等层面都与中国新文学的起源和发展同在、同步，它也是"翻译的现代性"的伟大实践。

下面依次对这六个原则或命题做一简要的展开。

文学鲁迅的首要性

鲁迅文学是鲁迅研究的首要问题。鲁迅首先是、最终仍是一位文学家。文学鲁迅是历史鲁迅、思想鲁迅、政治鲁迅、革命鲁迅、教科书鲁迅（或任何其他版本的鲁迅）的前提和基础。脱离了鲁迅写作的实践、方法和文本，就脱离了具体的、活生生的、丰富而高度个性化的鲁迅本身，也就脱离了具有理论和思想意义的鲁迅讨论。鲁迅留给我们的文字并不都是文学，但在鲁迅文字、文本和著作内部做出文学性和非文学性的区分和判断，本身是文学批评和美学批判的基本工作。对鲁迅文学的一般特征和总体面貌不断做出新的、具有批评和理论创意的描述、分析和判断,不但是鲁迅研究的基本任务,也是中国文学研究的基本任务。所谓鲁迅思想(包括鲁迅在具体社会时空中的位置、立场和行动),本质上不过是鲁迅文学丰富性与复杂性的阐释延伸;它也只有在"诗"的层面和诗学构造中,才有可能"比历史更富于哲理"(亚里士多德)。

回到鲁迅文学的首要性和第一性,就必须将鲁迅文学的文学性作为批评分析和阐释的直接对象,以图不断打开鲁迅文学本身的文学空间和理论丰富性。只有在批评和理论意义上确立鲁迅文学的首要性和独立性,才有可能有效、深入地分析鲁迅文学的文学现象学构造、它借以表达和结构自身的"世界观",以及它同语言和写作样式的种种构成性/颠覆性关系。也只有通过对鲁迅文学自身形式、风格、结构和审美-政治原则的耐心细致的分析和阐释,方才可能进入关于鲁迅文学作为"现实表象"的历史价值和认识价值的有意义的讨论。这些价值既不来自更不取决于鲁迅文学同历史的直接关系,而是在于经鲁迅文学风格自律性和审美强度的中介在写作中被生产出来,并由语言、句式、文体和寓意形象构成的特殊的"现实表象"。同时,"直面鲁迅文学"的必要性,要求我们同时在近代世界文学的脉络和语境中,在鲁迅文学诞生和再次诞生的具体历史复杂性、文化丰富性和思想强度的水准上再一次打开鲁迅文本。

强调鲁迅文学的文学首要性,也意在指出"鲁迅思想研究"这类命题的误读和误导性质。简单地把文学或"作家式"文字视为观念、思想和概念的记录与表达,从来都不是有效的做法。但这并不意味着鲁迅文学在其语言空间和审美范畴中的存在不具有特殊的本体论构造和"哲学深度"。只是,后者来自鲁迅文学特殊的、历史性的"存在与时间",即它的"存在诗学"和"时间政治"的双重性与一体性。鲁迅文学的世界观基础是近代科学物种发生学和进化论(所谓"人之历史"),这个生物决定论是鲁迅文学"存在的政治"的底色;它的审美形态和风格总体是存在、生命和生活的诗。这种"存在的诗"和"存在的政治"在鲁迅文学"存在的本体论"空间里是完全重合、共形的；但其文字表述或创作，却表现为"内容"与"形式"的两分。

在鲁迅写作实践和方法论内部区分出一个更为严格的鲁迅文学概念，并不是要将这个概念作为一个孤立的范畴而使之同其他范畴——比如政治、近代"科学"意义上的思想认识、道德——相对立。一个在审美和价值论上都是独立自足的鲁迅文学概念并不将人们带向一个约定俗成的"纯文学"的意识形态；恰恰相反，鲁迅文学正是在同种种"纯文学"观念、偏见、神话、体制和特权的共存与对抗中，建立起自身的文学本体论辩护和风格规范。通过这个共存和对抗的关系，鲁迅文学获得它独特的自我意识，包括它的作者自觉、语言自觉、文体自觉和风格形象。所有这一切不仅赋予鲁迅文学独一无二的风骨和神韵，使之成为新文学传统中最具可辨识性和"作者范"（writerly）的文字、句式、语调和情绪色调，而且也在客观上为整个中国新文学提供了更高的道德基准和审美参照。唯其如此，今天的鲁迅阅读、鲁迅批评和鲁迅研究就有必要真正对焦于鲁迅文学的文学性，即那种使鲁迅成为鲁迅、为那架叫作"鲁迅"的（德勒兹哲学意义上的）"写作机器"（writing machine）[1]提供能量、动力、装置、关系和结构的东西。这种从内部驱动鲁迅文学的个人欲望和社会欲望，以及它们自身想象的社会化、对象化和符号化过程，决定了鲁迅文学的领域。这是一个不断"非地域化"和"再地域化"的领域：它在自身内部的结构与结构的颠覆、形式与形式的瓦解、自我建构与自我空洞化的往复运动中，不断

---

[1] Gilles Deleuze and Félix Guattari, *A Thousand Plateaus—Capitalism and Schizophrenia*, translated by Brian Massumi, Minneapolis, MN: University of Minnesota Press, pp. 25-26. 德勒兹认为，写作并不受其对象限制，而是一种关系、能量、强度的聚合。因此"写作机器"同战争机器、爱欲机器、官僚机器、革命机器一样，都同事物的整体关系连接、联动；它的本质并非"表意"，而是对其他事物的探测和测绘、尺度和范围。

开辟自身的文学空间和审美空间；但这种空间始终是那种更为本质性的时间运动和思想运动的结果和效果，因此保持着变化、可塑的相对或不确定状态。这种状态同那种欲望和能量一道，决定了鲁迅文学同它自身所属的现实环境的关系，决定了鲁迅文学的历史具体性和形而上层面的寓意结构。

鲁迅是中国新文学的本源性、奠基性作者。从《狂人日记》的发表开始，他18年的创作生涯伴随着中国新文学到他去世为止的全部发展史，并事实上处于这种发展的中心。鲁迅在他所涉猎的文学体裁和样式中都留下了不可磨灭的印记，在许多方面至今仍是新文学精神实质和艺术理想的象征和标志。正因为如此，对当代中国人来说，进入鲁迅文学就是进入文学本身。换句话说，文学鲁迅的第一性的题中应有之义，就是把鲁迅文学作为最高意义上的文学批评、文学比较和文学理论的对象去认识、分析和研究；这种认识、分析和研究召唤一种开放、进取的眼界和心态，需要一种作为科学的文学研究的客观态度。同时，这种阅读和分析也要求我们尽可能地接近鲁迅文学自身所凭据的视野和深度，进而抵达文本的丰富性与复杂性，提出问题并展开讨论。

鲁迅文学在内容上可以说是近现代中国社会历史经验的反映、再现、表象和象征－寓言，但它的风格、审美和精神面貌却通过某种文艺生产的半自律性而超越了简单意义上的时代条件及其限制。这就需要我们在近现代世界文学的环境和脉络、中国文学自身的源流，以及批评和理论意义上的审美判断三个方面对它的整体面貌做出一个初步的描述、分析和价值评估。

鲁迅文学得益于中国古典文学和俗文学的滋养，早年的阅读经验以及此后伴随其一生的、通过古籍钩沉与辑校、文学史研究、文学评论与风格的自觉而系统建构起来的文学谱系，在一个隐秘而重要的意义上，特别是在语言内部和作者意识的"安身立命之处"，决定了鲁迅文学作为中国文学继承者和发扬者的基本气质、品位、想象力和创造力。屈原、司马迁、魏晋文章（特别是嵇康和陶潜）对鲁迅文学的审美外观和内在道德品质都具有根本性的影响，也是鲁迅文学内在持续不断的灵感源泉和道德凭据。此外，儒家、道家和佛教的学说、理念和精神气质中的许多方面，也与鲁迅的精神世界存在不可忽视的关联。

鲁迅文学的准备期和淬炼阶段是在近代欧洲文学和日本文学直接的、系统的、笼罩性的影响下完成的。鲁迅所理解的文学，在本质上即广义的 19 世纪中后期现实主义－现代主义高峰时代的文学；鲁迅本人 18 年的新文学生涯，重合于欧洲和日本文学、文化与思想在两次世界大战之间的繁荣期，即所谓 inter-war period。此期间各种现代文学流派、运动、思潮、风格实验、形式创新和文学思想观念，都不可避免地对鲁迅和鲁迅文学产生了深刻、持久的影响。鲁迅在早期文学翻译中曾经历过关心"弱小民族"文学的阶段，此后也一直关心这方面的内容和议题，但鲁迅文学的总体却只有放在 19 世纪末、20 世纪初欧洲和日本文学发展主流和中心场域中才能得到恰当的分析、评价和理解。鲁迅文学固然可视为中国新文学"为人生"的作品实绩的一部分，但其本人的创作实践在形式、手法、风格和结构等诸方面，事实上都远远超出了狭义的写实主义范畴，因此必须在包括了现代主义和中国古典文学的更为广阔的文学空间中予以把握。

最后，如何确立鲁迅文学在文学史、比较文学－世界文学、文学批评范畴内的参照系，是一个颇具挑战性的问题，但探究这个问题，有助于我们形成一个更为清晰、具体的解释框架，也有利于进一步展开对鲁迅文学基本性质、特点、价值和历史意义的探讨。我在此提出一个批评的工作假设，即在总体和宏观层面，鲁迅文学可与之"对标"的较为恰当的参照系，不是他一生所偏爱的俄国文学，也不是他最为熟悉的日本文学，而恰恰是离鲁迅最远的美国文学；不过这不是与鲁迅文学生涯同期的"当代美国文学"，而是 19 世纪中后期，那个相对于欧洲而发出自己的独特声音、成为世界文学不可或缺的伟大传统之一的奠基时代的美国文学,特别是由爱默生、惠特曼、狄金森这条线索所代表的散文-诗歌传统。

鲁迅文学的"新与旧",看似是一个可以成立的思想命题,但新与旧、进步与反动的二元对立框架显然无法解释鲁迅文字的丰富蕴含和持久魅力,甚至可以说,它对于打开想象中的"鲁迅思想"空间也是无能为力的。阅读和分析鲁迅的"入口"和"出口"都不应该是鲁迅的观念立场;鲁迅赞同还是反对进化论、对辛亥革命的寄托与失望、是否信奉马克思主义或服从共产党文艺路线的组织领导……这些问题本身并不能导向对鲁迅文学更深入细致的理解;同样,它们基本上也不能够增进当代读者对进化论、民族主义和共和主义、唯物史观以及马克思主义文学理论本身的学理性认识。

但反过来,从鲁迅文学和写作实践着手,却可以帮助读者把握鲁迅同这些时代观念与立场标记的既复杂又简单的关系。之所以是"既复杂又简单",是因为"新与旧"这样的范畴在鲁迅身上并不是一种抽象的、孤立的、概念化的存在,而是同他作为创作者的人生阅历和体验、情感结构乃至文学风格空间内部的源流与创新指向紧密地结合在一起。因为这种结合,"新"在鲁迅就不仅仅是一个概念和立场,而是整个生命和存在世界的经验与情感投入,同时也是整个象征和符号领域的组织原则。换句话说,在鲁迅身上和笔下,"新"完全且"仅仅"体现为性格、个性、风格,体现为高度个人化、情绪化乃至具有"本能"和"非理性"色彩的"基本态度"。最简单地说,鲁迅是以一个以新为本的人和作者的身份、以人和作者的方式,在自己的写作所开辟的社会空间和象征空间里,为自己所信奉的价值而战斗;在此过程中一切情绪、情感、意念、意象和表达及表现方式方面的创意,都首先并最终属于文学、属于作为作者的个人。同样,"旧"在鲁迅也不仅仅是一个概念和立场,即便它在观念、制度、价值、道德、伦理和趣味等方面都已完全破产、有待被彻底清算,但鲁迅作为个人和作者同这个"旧"依然在情感、记忆、象征、历史认识和审美判断等方面有着千丝万缕的联系。也就是说,这个"旧"同样与作者整个的生命存在结合在一起,作者在理性和意识层面对"旧"的拒斥和批判,就其"思想内容"而言,远远不如他文学作品中"旧"的种种形象、阴影、象征和寓言那样细腻、深刻而丰富。

换言之,新文学起源中的"新与旧",在鲁迅文学这里存在一种独特的矛盾构造:与其说这是一对"新与旧"的矛盾,不如说它是"旧与旧"或"新与新"的矛盾,因为这里的"新"或"旧"都无法将其对立面从自身范畴和实体性中排斥出去,然后再作为历史主义的一面去反对或超越同样历史主义的另一面。在鲁迅文学中,新与旧、自我与他人、主观与客观、特殊和普遍都被吸收、涵盖和保持在同一个存在和写作风格的矛盾统一体中,因此都是自我的内在构成性因素。在这个意义上,甚至不妨说鲁迅文学里的"新"在其观念与形式的当代性和激进性中,同时也可以作为一种比"旧"还旧的因素(比如性格和道德情感结构中的传统因素与桀骜不驯的个性,比如形式和审美范畴内的"古风"),同时抵抗"新"与"旧",由此却更有效、更激烈、更深刻地把握住了"新"的真实性与可信性。这个矛盾统一体作为鲁迅文学的存在本身和存在方式,在终极意义上是一种自我肯定的意志、能量和韵律;但这种意志、能量和韵律,又是通过鲁迅文学和风格中介内部的矛盾、冲突、断裂和差异性而表现出来的。不经由文学和文学性中介,我们就无法领会竹内好所表达的深刻直觉:"不是旧的东西变成新的,而是旧的东西就以它旧的面貌而承担新的使命——只有在这样一种极限条件下才能产生这样的人格。"[1]值得注意的是,竹内好

---

[1] 竹内好,《何谓近代》,《近代的超克》,李冬木、赵京华、孙歌译,北京:三联书店,2005年,第209—210页。

是在日本近代性批判的意义上，从反面把鲁迅界定为正面的东西，因此他说虽然鲁迅在中国文学中是孤立的，但他"没有被埋没在环境里。反过来在日本，往往是一开始清晰的形象逐渐就埋没在环境里了。不断产生新的东西，又一个一个陈旧下去。在日本绝对不会有旧东西变成新东西的情况"[1]。竹内对鲁迅文学的正面表达则是："他拒绝成为自己，同时拒绝成为自己以外的任何东西"[2]；这就把问题准确地指向了鲁迅文学存在本体论意义上的自我认同和自我肯定，尽管它们在写作形式和风格外貌上是孤立的、对抗性的、不怯于自我批判和自我颠覆的。这种"否定性的自我肯定"在文学风格上的终极形态，就是鲁迅杂文。

鲁迅的哲学，或鲁迅文学的存在与时间

鲁迅文学仅仅是在外在的、时代性观念和立场的意义上认同以启蒙、进步和社会变革为主要内容的线性、目的论历史观和社会时间。但鲁迅文学存在本体论内部的时间性概念和"时间政治"却是反历史主义、非线性的，具体表现为一种循环、重复、空洞、紧张的时间构造，本质上是自我指涉、自我建构和自我否定。这种循环、重复、自我指涉的时间对应着鲁迅文学形式空间内部创造与颠覆、生成与毁灭的韵律（"速朽"），也在其寓意结构中投射出鲁迅文学特有的那种反抗虚无却与虚无同在的"希望的形而上学"。

以"存在诗学"为内在构造，鲁迅文学在微观和宏观层面都呈现出一种蓄意为之的时间的多重性、复杂性和形式折叠，它可以被简单

---

[1] Takeuchi Yoshimi（竹内好）, *Nihon to ajia*（日本とアジア）, Tokyo: Chikuma shobō, 1993, p. 41.
[2] 竹内好，《何谓近代》，《近代的超克》，第206页。

地区分为记忆（拾得的时间）、遗忘（压抑、淹没或为生命自我持存之故而必须摆脱的时间），以及在"忘却/记念"二元对立的彼岸，作为忘却之忘却，而由激进的"当下"和"此地"范畴中的决断、行动、冒险和执着所保持的"希望的形而上学"的总体时间或时间全体。这个"所有的时间"既是"遗忘之遗忘"的本体和内容，因此在自身的虚无和黑暗中蕴藏着更为长远和集体性的记忆、情感与想象；同时，它也在乌托邦意义上成为通向未来的道路的寓言形象。这种时间构造决定了鲁迅文学作为"存在的诗"（"诗人"）的基本特征，同时也为它"存在的政治"（"战士"）提供了形式结构和感性外观。这种将希望与绝望、生命与死亡、记忆与忘却同时"悬置"于存在此刻的挣扎和战斗的意志，同时也赋予鲁迅存在的政治以一种政治本体论意义上的纯粹性和道德强度。但与其说鲁迅的政治本体论直接或天然地来自其范畴内部的"敌友之辨"，不如说鲁迅在对自身具体历史情景的经验和判定中，具备将这个情景的所有方面和领域激化并"上升"到敌友区分和生死搏斗程度的意愿和能力。这种内在于鲁迅文学的政治本体论紧张，也是鲁迅文学最终在杂文而非小说中获得稳定的、得其所哉的形式和风格的原因之一。

　　鲁迅的"哲学"就其存在和表述而言就是他的文学，正如他的文学就其哲学内涵而言是他的"存在的诗"和战斗方式。它们都是一种基于近代科学生物决定论世界观的生的意志与力的礼赞。就其具体实践而言，它是一种深沉然而情绪化、带有高度感官具体性的存在的挣扎和反抗窒息的斗争。因此，鲁迅文学虽然坚定地站在近代世界历史框架所规定的"启蒙"和"进步"一边，本质上却是一种反历史主义，是围绕虚无及其克服的循环往复的能量和韵律。作为文学实践，它在形式的创造和自我毁灭中确立了一种"希望的形而上学"的具体行动。鲁迅文学现象学构造内部的这种存在的诗、激进虚无主义和"相同之物的永恒的循环"引力场与运动方式，决定了构成鲁迅文学独特的时间结构和实践政治。相对于它的历史环境和具体社会政治境遇来说，鲁迅文学中的时间无疑是线性的、进步的、目的论的、指向未来的；但相对于它自身本质性的"存在的政治"和"存在的诗"而言，鲁迅文学本身的时间性在根本意义上却是循环、重复、空洞的，它在自身的出现与消失、生成与毁灭中确认生命和存在，由此转化为一种小小的世俗的"永恒"，即所有时间的集合与整体。

说鲁迅哲学寓于鲁迅文学，并不比说鲁迅文学是作为存在者的作者的斗争、行动与体验更"深刻"。但在哲学范畴内，鲁迅读者的确获得了一个不同的概念建构的空间，一个阐释冲突的场域，以及将文学阅读进一步理论化、历史化、政治化的参照系。换句话说，"哲学鲁迅"不过是文学鲁迅的一个视角和一个参照性、补足性的叙事方式。它本身并没有独立的、"本质的"属性，却有助于打开一个新的话语空间。

杂文鲁迅的首要性

杂文是鲁迅文学的首要问题；鲁迅杂文不仅是鲁迅文学的主体，也是它的风格实质、审美内核和作者文学天才与创造性的终极所在。离开鲁迅杂文，鲁迅文学就无法作为一个总体和全体被认识和欣赏。而从杂文出发，则可以分析、阐释和理解鲁迅文学的一切。在这个意义上，杂文是那种想象中的"纯文学"鲁迅的"例外状态"或"紧急状态"；但鲁迅文学正是在这种持续不断的危机、"例外"和紧急状态中，在"纯文学"的缺位和空洞中，在写作和"文章"的边缘和极端强度上，完成了其文学本体论的——包括存在论的、政治本体论的和诗学的——自我实现和自我论证。杂文中藏着鲁迅文学的秘密和密码，可以开启我们对鲁迅文学所有方面、所有关系以及它自身文学本体论内核的解读。鲁迅文学的核心和最高成就是鲁迅杂文。鲁迅创作首要的、基本的，最能展示作者创造力、丰富性和文学史意义的样式是杂文。虽然鲁迅首先是通过短篇小说发出自己的声音、奠定自己最初的文坛地位和社会影响，但作为整体的鲁迅文学是在以杂文为其强度高点和终极风格特征的"混合文体"（mixed styles）中"再生"（born again），从而完形其文学自我形象的。

鲁迅的短篇小说、散文诗和"美文"意义上的散文创作固然给读者留下了难忘的、不可磨灭的印象，但杂文创作在"量"和"质"两方面都决定性、压倒性地界定了鲁迅文学内涵与外延的最大值，界定了作为"写作"和"有意味的形式"、作为"存在的政治"和"存在的诗"的鲁迅文学本身。无论就鲁迅文学形式风格的内部强度、灵活性和复杂性而言，还是就这种形式风格所触及、涵盖、表现和记录的社会历史内容和思想内容的丰富性和多样性而言，杂文都是鲁迅文学的主要创作样式和传播、接受样式。离开杂文讨论鲁迅文学，或因杂文之"杂"将它放置在远离"纯文学"的次要、边缘、"未定"位置上处理，都无法得出关于鲁迅文学一般性质和根本特征的合格结论。反之，因其"杂"却由此"正面""积极"地将鲁迅杂文直接置于历史、政治、思想、道德或社会－政治行动范畴中考察，也同样是简单化、不负责任的，因为这回避了对鲁迅文学这个不可或缺的中介和媒介的分析，事实上也就放弃了对鲁迅意义的终极解释权。

《野草》和《朝花夕拾》既是对小说（《呐喊》和《彷徨》）的补充和注释，更是对杂文的补充和注释。它们本身属于广义的杂文范畴；作为小说与杂文之间的中介和过渡，它们也帮助读者进一步认识到鲁迅小说的杂文因素，即它们作为"不自觉的杂文"的根本特征。所谓"不自觉"，一是在于《呐喊》的启蒙使命，这在《彷徨》中已经大大减退；二是在于"新文学"初期的小说执念或"纯文学"建设的使命感：白话文学必须创造出自己的高级艺术形式和风格。相对于杂文的自我意识，这二者都在一定程度上是"无我"的、外向或外在化的。

但在艺术或技术层面，它们又表征着鲁迅确在用一种杂文的感受力和表现力，去经营一种人工的虚构和叙事结构，以模仿和表现现实，或构建象征和寓意整体。但经过"杂文的自觉"和鲁迅文学的"第二次诞生"，鲁迅文学在语言、形式、风格、作者意识和针砭时弊等方面都返诸自身，回到了自己。这个"自己"不仅仅是作者个人，而且也是中国新文学在其诞生和发轫之际的"源流"意识和世界文学意识。在这个意义上，鲁迅杂文代表着新文学同中国古文传统的最深最内在的联系，同时也代表着它同世界文学最广泛、最内在的联系；而这两组联系和决定之间，又存在着深刻的相辅相成的关系，这第三层关系也同样在杂文中获得最好的处理，从而成为鲁迅文学风格内部的构成性因素。

鲁迅文学的主体和主要形态是杂文。无论在"宏观"的文体、样式、风格、写作法和作者自我形象层面，还是在"微观"的文字、修辞、句法、口吻和行文谋篇布局等基本单位层面，鲁迅文学的基本面和主要载体都是杂文。杂文写作不仅在数量上占据鲁迅文学的大宗，因此不妨视为鲁迅最为擅长的文体和写作手法，是鲁迅作为作家的真正的天才所在。更进一步讲，杂文还应该在文学本体论意义上被视作鲁迅文学的基本原理、原则、法则和方法。鲁迅所有的创作在一定程度或某种意义上都是杂文；鲁迅的小说、散文诗、回忆－自叙性散文，甚至诗作，都"夹杂"着杂文的动机、趣味、瞬间，闪烁着杂文的智慧、杂文的文笔和杂文的兴致和意趣；因此它们作为一种混合文体的样本，在其形式和审美构造的内在编码上带有杂文的基因、显示着杂文的精神。

因此，杂文的"杂"规定了鲁迅文学的本质：它是与流俗意义上的"纯文学"或"闲适"、"优美"、建制化文学（"鸿篇巨制"、艺术宫殿、象牙塔、诺贝尔奖等）针锋相对的"文学的文学"。鲁迅文学的形式－审美极点体现于鲁迅杂文，这之中的审美政治意义在于：文学要"纯"——如果它指的是让文学达到其内部语言、结构和表意链密度、强度、形式紧张和外延冲击力,保证其形式自律性和作者意识的全神贯注的纯粹性的话——就必须"杂"。在鲁迅笔下,正是杂文最大限度地孕育、保持和发展了鲁迅文学特有的强度、创造性、丰富性、灵活性、颠覆性;展现了风格化个性、情感情绪的独特性、表意结构的复杂性;最终完成了道德讽喻和历史寓言的深度和尖锐性。如果人们在常规意义上——也就是说,根据流行的阅读习惯"不假反思"地——把文学本体论范畴的中心地带设想为诗歌、小说、戏剧、美文(belle lettres)之类的"主要"文体和样式,那么鲁迅杂文就是一种自觉的"次要"文体。它通过远离受习俗和体制保护的、安全的"文学中心地带",通过与这个常规化的中心(虚构、情节排布、人物塑造、抒情、戏剧性等)保持一种紧张的、令人兴奋或焦虑的距离,甚至不惜游荡在文学性边界的内外两侧,将这种张力扩大到崩断的边缘,而建立起一种更强悍、更有韧性、更能够吸收和消化黑暗、粗粝、压迫的时代性社会内容和存在情绪的特殊文体。作为"最小限度的写作"或"写作的零度",鲁迅杂文不仅为自身的文学创作确立了一种文学生产方式、艺术自信和美学标准,也为中国新文学前两个十年乃至此后的历史带来一种写作伦理与道德勇气,带来那种最为珍贵的、使文学在最不利于其生长和发展的环境中,仍能够作为文学而存在、挣扎、战斗并因此生生不息的"鲁迅精神"。这种精神简单地说就是鲁迅文学的精神,更准确地讲是鲁迅杂文精神。作为一种独特的气质、性格、情绪和能量,它是同鲁迅文学和文学鲁迅所特有的存在方式和行动方式联系在一起且无从区分的。

具有本体论意义和价值的杂文文体和风格,一方面证明了自己具备应对危机、例外状态或紧急状态的能力,即那种在《华盖集》《华盖集续编》和《而已集》里表现出来的挣扎、搏斗、漂泊状态,以及那种在杂芜、敌意的环境中,在不断的碰撞、挤压和攻防转换中的表达和造型能力;另一方面,它也证明了自己具备在广阔的社会空间和历史时空中命名事物、辨析真伪、组织经验和再现现实的叙事能力——这种能力在鲁迅写作生涯最后的"上海十年"中得以充分展现。前一种状态，即"杂文的自觉"瞬间中的具体性、对抗性和风格表层的物理强度，帮助确定了鲁迅杂文的材料、结构和感性外观，并在以"速朽"为标志的"野草原则"下展现出鲁迅杂文独特的存在形式和形式创造性。而后一种状态，则在从《三闲集》到《且介亭杂文》的相对从容的杂文运行峰值状态中，将这种短小文体的编年体合集打造为现实"摹仿"和历史叙事的主要手段，杂文在此回归并创造性发挥了文学最基本的摹仿功能和叙事性。它不仅是文体结构意义上的摹仿、言语行为意义上的摹仿，同时也是文学对自身的摹仿，因此是一种"写作之写作"。在风格的诗学空间内部，这种"写作之写作"已在此前阶段的"文体混合"实践中准备完毕。它使得杂文可以越出常规文学范畴和体例，作为文学的文学、写作的写作，同时在文学的自我生成和自我否定的文学本体论、政治本体论和风格化自我观照的韵律中完成一系列必要的、具有社会象征意义的文学动作。这也使得鲁迅杂文成为一种对于文学状态本身的存在本体论的自我摹仿。在这种劳作中，杂文客观上"既在文学之内，又在文学之外"，同常规"文学"体制保持着一种剧场–观演的反思性、批判性关系。在构成写作的"自我意识"意义上，杂文是文学的"哲学"；在写作实践、行动、操练、戏仿、寓意表达（包括风格怀旧）等意义上，杂文又是鲁迅哲学或"思想"的文学，即其文字化、游戏化；即这种哲学的风格的自我形象化、情调和情绪化；并最终通过其个性和个人化而将其带入一种存在的、诗的状态。

现代主义

现代主义是鲁迅文学的总体风格特征和美学本体论形态，它不仅是鲁迅文学起源的决定性因素，也是贯穿于鲁迅"为人生"的文学创作的一般原则，并同时界定了"为人生"在鲁迅文学中的特定含义，即那种"存在的政治"和"存在的诗"。鲁迅文学根本性的、总体性的审美特征和形式创意在于它在语言层面复制、摹仿、再现了他所处历史时代里世界范围内的焦虑、紧张与希望。这是一种以现代性历史条件为前提的"存在的情绪"，是由于传统社会经验连续性和意义－价值－符号系统被现代"震惊体验"所中断、悬置、扭曲、压缩和打碎而来的带有高能量负荷和高度形式实验性的空洞和虚无。

鲁迅文学的独特性和典范意义在于，它在中国新文学起源时刻、在白话革命的语言建构中，一开始就以现代主义的语法、逻辑和风格去锻造和构建词汇、形象、句式和象征寓意。这种语法、逻辑和风格，事实上走在中国新文学"写实"、"乡土"和"革命"创作范式前面，同时又在文学史叙事和文学理论的意义上回溯性地出现在这些"前现代主义"文学风格之后。就其作为"存在本体论"构造和"存在诗学"的外在形式而言，正是现代主义美学原则在其美学实质和强度内部，提供了鲁迅文学同中国古典文学传统之间的真正纽带。这个纽带让鲁迅文学在其语言、风格、审美和生命情绪状态中跨越和超越了"古代与现代"的鸿沟，从而为中国新文学的起源提供了一种复杂的而非简单的，循环往复的而非线性的，综合的、总体的而非偏颇肤浅的观念及其理解。在所有文学的内部关系和外部关系上，鲁迅文学都在且只在现代主义的概念中方才具有整体性、总体性和统一性。同时，现代主义作为创作原则与手法，以其审美强度及表象层面的"肉感的抽象"（瓦雷里），也最能够具体、恰如其分地描述鲁迅文学作为文学生产方式和组织原则的基本特征。离开现代主义（Modernism）的"精神灌注"、形式张力以及由此而来的审美－道德强度，我们就只能面对一个局部的、发展不充分的、零碎的、多少显得无力且缺乏灵感（uninspired）的"鲁迅文学"概念，也就既无法解释鲁迅在近代和现代世界文学语境中的诞生和发展，也无从为鲁迅文学内在的持久的能量和魅力提供令人信服的分析和说明。

鲁迅写作的主要风格－审美特征是现代主义而非写实主义。鲁迅的写作实践的确符合"为人生"的理念，但在鲁迅自己的历史语境、思想语境和文学语境里，"为人生"的态度有其明确而具体的针对性和指向性。在此我们不妨把这个原则和口号拆解为"为人"和"为生"两部分，以便深入理解"为人生"的文学的哲学和世界观内涵。"为人"的文学反对的是种种服务或屈从于"死之说教"的趣味和标准，即种种陈腐的、雕饰的、形式主义的、耽于享乐的士大夫阶级或有闲阶级的文字游戏；它的对立面是活生生的，在人间世中挣扎、战斗、奋进、痛苦并快乐着的人。"为生"即鲁迅文学的生命原则、生物原则和存在原则，它是一种存在本体论范畴内的"区分敌友"，因此是一种特殊的政治的概念。这一点我们将在后面"（鲁迅文学的）政治性与政治哲学"标题下加以展开。鲁迅文学范畴里的"人生"，客观上包含了一种更为形而上的、哲学层面的情绪紧张和形式变形。这个独立的形式维度固然也表面性地体现于对中国农民生活状况或小城知识分子精神面貌的细腻观察及精当简略的描摹，但就其精神聚焦点而言，则无疑更是关于"压迫""痛楚"和"挣扎"的"切实性"的存在的战斗和存在的诗。[1]"为人"的这个"人"无疑也是在"人之历史"中、由生物进化和种族发生学决定的，经过"天择"和"人择"而生存下来、继续发展的强者；这个"人"带有自然史和生物进化意义上的"力"和"创化"的能量和冲动，因此并不完全受到社会史和文明史框架内的道德、伦理、习俗和"文化"的约束，反倒是同文明本身保持着一

---

[1] 这些关键词在鲁迅文字中比比皆是，从早年一直延续到晚年。这里几个词引自发表于1932年12月15日《文学月报》的《祝中俄文字之交》，收入《南腔北调集》，《鲁迅全集》，第4卷，第472—476页。

种紧张和一种潜在的颠覆性和超越性。

鲁迅早年的"立人"和"树人"观念因此也并不能简单地导向狭义的、"写实主义"意义上的"为人生"原则。诚然,进化论和建立在进化论基础上的伦理学、社会竞争学说都带有经典"资产阶级进步思想"的历史印记,但应该指出,鲁迅对进化论及其派生出的伦理学、社会竞争观念的接受,在时间和历史阶段上已经同资本主义历史上的"帝国主义阶段"相重合,同殖民地和半殖民地民族日益增长的屈辱感和对被压迫状况的政治自觉相伴,因此在其思想构造内部带有一种特殊的压力和矛盾的尖锐性。这种世界史范围的启蒙和现代性在其晚期和非西方语境里的"时空压缩"效果和特征,具有十足的现代主义特征。它对社会进化和历史进步的理解已经不是线性的,而是一个复杂的时间结构和价值冲突的矛盾统一体;它在经验和体验的层面也已经不是"常识"或"传统习得"意义上的观察、吸收、训练,亦非封闭、单一文化、宗教和社会环境内的自我教育和自我成长;因此鲁迅的"成长小说"也只能以杂文而非长篇小说面目出现。

这种时空压缩、价值冲突和线性－理性经验向复杂－扭曲的震惊体验复合体转化的心理学象征空间的生成,在鲁迅"弃医从文"的"国族寓言"叙事结构中已被清楚地表明。与此同时,这种寓言表达方式的出现,也证明了鲁迅文学和中国新文学起源上的现代主义而非现实主义历史空间和文学空间。在后一种意义上,我们同样清楚地看到,在鲁迅文学漫长的准备期(作者人生的前37年)和痛苦的过渡期(即杂文被选中作为鲁迅文学唯一出路和道路的"自觉期"),鲁迅文学风格事实上一直是同时在文学创作和文学翻译中并行,它们一同锻造、结构了鲁迅文学的基本词汇、句法、思维和文学动机。如果以翻译文学作为鲁迅文学发生学和审美结构的一个佐证或旁证,那么可以说,在世界文学对鲁迅文学的决定性影响的谱系中,不仅有嚣俄(雨果)也有波德莱尔[1],不仅有森鸥外和武者小路实笃也有夏目漱石和芥川龙之介,不仅有果戈里也有安特莱夫(安德烈耶夫),青年鲁迅固然对拜伦等"摩罗诗人"推崇备至,但他也是尼采《察拉图斯忒拉》序言的译者。

在"转向"马克思主义文学理论之前,鲁迅在文艺理论方面最为系统的翻译,是厨川白村的《苦闷的象征》和《出了象牙之塔》,两种著作都带有明显的19世纪末20世纪初的现代主义倾向。前者在精神分析、潜意识、压抑及其升华等经典意义上勾勒出世界范围内现代主义文学从经验到体验,从理性到"非理性",从意识到"无意识",从写实主义到象征主义、表现主义、超现实主义和意识流、荒诞派技法的审美跳跃和基因突变。《狂人日记》《野草》的现代主义色彩毋庸讳言,即便《阿Q正传》这样一般被视为写实主义的作品,事实上也表现出更为深层的、结构性的现代主义象征-寓言特征。这种现代主义特征并非零星或个别现象,而是内在于鲁迅文学包括鲁迅杂文的基本风格和本体论构造之中。

鲁迅文学的政治性与政治本体论

政治性内在于鲁迅文学的风格肌体和审美构造,它在此不是与"艺术性"相对立的范畴,而是贯穿于鲁迅文学的形式与内容、与其艺术性共存亡的结构性因素。这种政治性在高于"唯美"和"为艺术而艺术"、超越了"政治与审美"简单对立的层面存在。这就如同说鲁迅既是诗人又是战士,战士是诗人的内在品格,而诗人构成战士

---

[1] 鲁迅译厨川白村《苦闷的象征》第二章第二节包含波德莱尔散文诗集《巴黎的忧郁》中"窗户"一文的全文翻译。见《鲁迅著译编年全集》第5卷,止庵、王世家编,人民出版社,2009年,第326—327页。

的固有气质；在此，两个形象同时以审美的方式提示了存在范畴的政治性，即那种出于个人和集体性的自我持存（self-preservation）的意志、可以在"紧急状态"中直达"敌友之辨"的生活世界和精神世界的内在固有的强度。这种内在于存在的政治和存在的诗的文学政治本体论，一方面作为质料、结构、能量和动态从内部赋予鲁迅文学以独有的语言策略、形式决断和审美强度；另一方面也规定了鲁迅文学同历史的关系。正因为鲁迅文学整体上的、内在的、本体论意义上的政治性，它同社会历史意义上的具体的政治，包括历史情境、历史运动和社会历史阶段或范畴，就必然是一种若即若离的"空洞"或"虚无"的关系；它也就不能够被简单地纳入常规意义上的观点、立场、认同、身份、归属和党派性，而往往显示出一种"无立场"的立场（李长之）。

这种无立场之立场的确定性、稳定性、指向性和激进性都不会因为表面的怀疑主义和虚无主义而有所减弱，因为它早已在一种自然史、物种进化、生物-生命决定论的本体论和诗学高度中完形，因此往往以一种"陈旧""落后"甚至"反动"的姿态，同具体社会政治的表象形成一种尖锐的、格格不入的对峙关系。在历史运动、时代经验和事件及个人决断的每一个节点上，我们都可以看到鲁迅同时代先进组织及其观念价值系统既同向又逆向、既拥抱又抗拒的复杂关系。在政治范畴里，鲁迅文学的政治本体论是一个必要的中介；它在常规社会政治的空间外、在一个孤立的个人的单纯的"存在的诗"的自我指涉和自我确认中，将鲁迅文学的政治自律性和审美自律性一同生产出来。分析鲁迅文学的政治性不可能回避鲁迅文学阅读史、流通方式和解释史的具体社会历史场域，特别是意识形态国家机器的干预、征用和规范，包括对这一切的同样具有意识形态性质的拒斥、颠覆和消解。鲁迅的存在政治/存在诗学无疑独立于并且超越任何意识形态的国家机器的征用，但这并不妨碍后者在中国现代性本身的历史正当性基础和集体性道德情感结构的大前提下，认同并接受鲁迅文学的精神气质、审美特性及其"希望的形而上学"的未来指向。

鲁迅文学的政治性不能被简单化为直接的社会政治、党派政治、思想立场和个人好恶；因为它是一种存在的政治和生命的政治，植根于作者的时间经验和虚无体验。鲁迅本人的观念、思想、立场都可以受到外部环境和思想氛围的影响，但鲁迅文学的政治性却从来无关于外部强力或暗示，而是内生于作者存在、生存、生命和生活的基本状态；它来自那种沉默、抵抗、呼吸、挣扎和希望的动作本身，它也来自鲁迅文学在其孤独的"单子"（monad）结构中吸收、凝聚和再现的集体性，即那种民族的、家国的社会性抗争和文学内部的寓言斗争。这种政治本体论构造本身就是"存在的诗"的文学构造，它反过来也解释了鲁迅杂文在鲁迅文学中的首要性，以及鲁迅文学相对于历史、政治和社会思想中的具体存在的首要性。

作为写作的翻译

鲁迅文学内生于、脱胎于翻译；文学翻译（包括文艺理论翻译）不仅决定了鲁迅文学在近代世界文学和精神中的位置，同时也在其具体实践和理论指导中，驱动着中国新文学内部持续的语言革命、风格自觉和形式创新。鲁迅文学内部的那个虚拟的主体性空间和自我形象，是由翻译的经线和创作的纬线共同编织、构造起来的。文学翻译作为语言的艺术作品，是鲁迅文学最直接、最亲密的诞生地和生长环境；甚至可以在批评的意义上假定，翻译是鲁迅文学在自身的学徒期，日常的"打谱"和语言 – 风格演习。也就是说，翻译同时在"前史"和参照系意义上，贯穿鲁迅文学生产的全过程，内在于鲁迅写作机制，并渗透于鲁迅文学风格和审美肌体。翻译对鲁迅文学的影响，不仅是名词、语汇、信息、观念的增加，亦非仅限于一般跨文化交流意义上的"视域融合"(fusion of horizons),而是在语法、经验和思维深层的结构性再生和复杂化。

鲁迅终其一生,事实上都是在一个双重甚至多重的语境和思维中感知、思考和写作;这种语言内部每时每刻的张力与斡旋,对于鲁迅文学风格具有直接的、系统性的影响,因而是鲁迅文学本体论属性而非某种外在特征。日语和德语作为鲁迅第一和第二外语,深刻塑造了作为读者和译者的鲁迅的世界观和文学观,也在深层重新缔造了鲁迅文学的语言,使之在词汇、句型、文气和象征结构的内在理路上既同日常汉语白话保持一种张力,又同作为"现代性高级文化普遍媒介"的英语和法语(特别是英语)在语法、思维和审美结构上保持着一种距离甚至疏离感。鲁迅对俄国文学的特别关注,不惜从德、日译本转译俄国文学作品,则从"内容"方面进一步印证了他对英美法"主流文明"及其趣味的冷淡和戒备。翻译对于鲁迅来说首先是一个实践问题,是作者文学生产过程、方式、机制和材料的一部分。但与此同时,鲁迅也对翻译实践进行了不断的、日益深入的理论思考,最终形成自己的"直译"和"硬译"概念。鲁迅的翻译概念看似独特,事实上却同当代最有理论意义的翻译观具有深层的相通性。

正如杂文不仅在体量上占据鲁迅创作的多数,也在质的意义上规定了鲁迅文学的基本面貌、性质、技巧和审美特性;译作在鲁迅文字中所占的比例,事实上同样不但在量也在质的意义上界定了鲁迅文学的意义和价值。翻译实践和翻译理论在鲁迅文学的生成和发展中都承担了不可或缺的功能。对于鲁迅和其他中国新文学创始代作家而言,翻译既在学习、吸收、语言习得、形式借鉴等重要方面构成创作的准备,同时也提供了必要的风格、思维和趣味的训练与培养,即近代世界普遍状况条件下人的"审美教育"。与此同时,翻译现代性在中国新文学中的具体体现,就是以母语为媒介的文学革命和思想革命,以及以母语为对象的、发生于母语内部的语言和形式革命。新文学作为一场持续的文学革命,必须包含这两个方面的激进性、彻底性和系统性。无论就文学公众阅读的社会意义和社会价值而言,还是就新文学在自身文学语言内部的单纯"成长"而言,"创作"和"译作"几乎是等价的;或者说,它们各自具有独立的意义和作用,同时能够相互补充、相互支持,是中国新文学在地面上行走的两条腿。而在译作的艰苦劳作和漫长革命中,鲁迅的"直译"或"硬译"原则是最彻底、最激进、最严肃的理论和实践。鲁迅文学离开鲁迅的译作,离开他毕其一生未曾间断的文学翻译活动,离开鲁迅译文和创作文之间的"文本间性"(inter-textuality)及彼此间的象征寓意,都是无从想象的。

鲁迅留学日本而非欧美,通过日语而非欧洲语言打开通向近世精神空间和文学艺术的直接通道,获得观照和表现自身所处的经验现实的内在手段和媒介,这本身具有特殊意义。日语同中文在文化传统和语言学构造上的深度交叠与结构性差异像一个保护层,为鲁迅这样的晚清中国留学生提供了经验和观念传递、磨合、吸收和再创造的最佳象征-符号环境。日本同中国地理、种族和文化上的接近,客观上也更有利于鲁迅这样的留日生养成并巩固其人格,培养文化和精神上的自主自信和独立意识,虽然这种主体意识本身同样是"翻译的现代性"(translated modernity)的产物。因为日本教育体系的规定,鲁迅也认真学习并在相当程度上掌握了德文;在20世纪初,德语所呈现的精神生活和文艺创造形态,也为鲁迅思想和鲁迅文学带来潜在的影响。最简单且表面化地看,日语和德语,特别是日语,使得鲁迅在充分接触以英语和法语为媒介的现代西方文化思想价值和文学创作成绩"核心领域"时,又对这个核心或"最先进、最成功经验"保持一种天然的(即由语言决定的)距离。这个距离不仅仅是观念性、政治性的,同样也是文学性的、审美(趣味、判断力)和风格偏好意义上的。这个语言特殊性或翻译特殊性虽然不足以成为鲁迅文学种种内在立场和外在风貌的终极解释,但仍然在一定程度上,使得鲁迅同英美自由主义、经验主义和形式主义传统拉开了距离,客观上强化了鲁迅边缘战斗的姿态,强化了他对"艺术之宫"及其种种"学者""诗人""教授""正人君子"的反感和不屑。一个崇尚或服膺英美文化及其趣味的鲁迅,在写作风格上同样是无从想象的。鲁迅偶尔表达过对英国文化和民族性的推崇,但都是针对其作为殖民者的政治上的强悍老辣、深谋远虑而言。甚至对于在近代世界散文传统中占据崇高地位的英美散文,鲁迅也几乎不置一词(尽管它在译作《出了象牙之塔》里是主要研究对象和最高标准)。如果英国散文在新文学传统内部的对应物是周作人的小品文,那么它在现代中国散文传统内部的对立面和竞争对手便是鲁迅杂文。这一切都可以在鲁迅文学通过翻译而为自己建立的审美谱系和道德谱系中获得一定程度的解释。

章节组织与方法论说明

最后,我想就本书写作所属的总体计划和方法论考虑向读者做一交代。

《杂文的自觉——鲁迅文学的第二次诞生(1924—1927)》是计划中的鲁迅文学研究三卷本的第一卷。这个计划虽然是关于鲁迅文学的整体、系统的研究,但并不以对象的编年顺序安排各卷的内容。第一卷以中路突破的切入方式,通过对鲁迅 1924—1927 年"转折期"写作的整体研究,建立"人生的中途""杂文的自觉"和"鲁迅文学的第二次诞生"等批评、分析和文学史研究框架和概念。这一卷的核心在于重建鲁迅文学研究的对象,通过对这一对象自身的历史发展、风格变化和文学本体论内在矛盾结构的分析与阐释,去回答"什么是鲁迅文学"这个基本问题。具体而言,是在鲁迅此期间写作的"文体混合"实践中,即在各种体裁样式和写作风格技法倾向并存且相互竞争、渗透、相互借鉴、相互"据为己有"的过程中,描述和分析使鲁迅杂文最终胜出，成为此后鲁迅写作的主要乃至唯一样式和风格的决定性因素。这一"事件"在新文学历史发展和审美构造上都具有重大意义和深远影响；而对存在于具体社会空间和文化思想空间、面对具体机遇和挑战的鲁迅而言，它也是应对、抵抗和"解决"人生及写作生涯中的困境、限制和危机的一次不可逆的选择和决定。

计划中的第二卷（暂名《杂文的自由》）将研究鲁迅"上海十年"的写作，分析杂文在完成"自觉"后，如何进一步抵近中国现代性历史条件的种种矛盾及其复杂性和多样性，最终在一个更高的层面获得风格的确定性和现实表象的具体性与历史性。第三卷（尚未命名）拟处理鲁迅的小说、散文诗和"美文"创作，以及"杂文的自觉"之前的"时文"和"论文"写作。第一卷中以"文体混合"形式参与到"杂文的自觉"过程中的非杂文类作品，也将分别在小说、散文诗和散文／"美文"（the personal essay 或 belle lettres）的框架内予以重读。

在三卷结构之外，这个计划还包含一个相对独立的批评导论或"总论"。它试图在文学批评、文学理论、美学和政治哲学范畴内对鲁迅文学整体做一综合的总体性分析阐释。这个引言章"六点"内容即为这个批评导论的提要，但在三卷本完工之际，这个"总论"未必在六大命题上平均用力，而将更多地在各卷处理的具体文学经验和文学现象基础上展开论述。但就分工而言，批评导论·文学章已随第一卷呈现在读者眼前。余下的"杂文章"、"政治本体论章"和"翻译章"将随同第二卷一道出版；而"哲学章"和"现代主义章"计划随第三卷一同面世。

本书三卷虽然致力于鲁迅文学的系统性再解读，但本身并不自居或自我设限为"鲁迅研究"，而是旨在通过"重返"中国新文学的源头性经典文本，探索文学研究的内部规律和批评实践的可能性。它统摄性的方法和研究取向是"批判的文学史"；它的理论出发点和抱负是

"文学研究的统一场理论"假设。

所谓"批判的文学史",并非增加了"批判性"的文学史研究或文学史编纂,而是在打开文本的批评操作和理论阐释－建构活动中,在具体历史时空和场景中重建批评对象自身的内在矛盾结构,考察文学经验和文学语言形式的"发生学",追踪和分析特定风格在给定的参照系和可能性选项空间里的自我演进。"批判的文学史"本身是一种批评实践和理论思维活动,但它在这种批评实践和理论建构过程中,却要尽可能地考虑和吸收文学现象、文学经验和文学形式本身的材料准备以及它们作为事件和文本的历史性。这种历史性既包括一般文学史研究意义上的材料(包括实证社会学材料和文学文本材料)的排列、分疏和再组织,也包括对批评阐释和理论建构活动本身的历史化或再理论化。事实上,在"(判断力)批判"的范畴内,"文学史"本身也成为一种批评实践和理论建构活动的内在组成部分,而不是外在于审美批判活动的单纯的材料汇编和经验研究;其理论性体现为在历史情境之中分析文学经验、文学现象和文学形式的整体性、统一性、多元性以及这种结构性张力、冲突、矛盾和开放性所带来的丰富的创造性可能。

"批判的文学史"方法内含了一个"文学研究的统一场"理论假设。[1]借用现代物理学"统一场理论"(unified field theory)或"万物理论"(theory of everything)设想,文学研究的"统一场"旨在克服文学研究领域内不同理论、治学系统或学术脉络的相互不匹配、不统一状态,或者说试图将它们吸收在同一个分析批评阐释的流程中。这些相互间半独立、半隔绝的文学研究形态包括通常意义的文学史研究模式、文学批评鉴赏模式以及文学理论模式。粗略地讲,它们分属于不

---

[1] 参看张旭东,《序:文学认识"统一场"理论及其实践刍议》,《批判的文学史》,上海人民出版社,2020年,第1—7页。

同的认知范畴或是不同认知范畴的不同组合。如文学批评鉴赏模式大体上属于康德意义上的"判断力批判",同时兼有"实践理性"或道德哲学的性质;文学理论基本上属于"纯粹理论性"范畴内的文学科学,但兼有"判断力批判"意义上的美学性质;文学史研究模式在经验研究和实证研究的意义上也属于"纯粹理性"范畴内的知识领域,但同时又在构建权威叙事和文学教学制度的过程中获得其实践意义,在特定条件下也会在思想意识形态斗争的意义上,成为一种道德实践和政治实践。换句话说,在具体学术生产场域的客观现状和历史局限性之外和之上,文学研究领域内部的范畴差异本身也是造成文学阅读、批评和理论阐释活动往往陷于不同程度的割裂和零碎状态的深层原因。

"统一场理论"假设并不寻求超越范畴差异和现实差异的"大一统"或"本质",而是在承认并没有这种绝对的统一性和本质的前提下,通过具体的批评和研究实践,尽可能地沟通和"穿越"不同的范畴、模式、经验领域和方法-理论积累,力争同时在更多参照、更多系数、更多影响因子的立体、动态状态下去把握对象。具体到鲁迅文学或鲁迅杂文,在这种"统一场"理论假设激励下的"批判的文学史"进路就要求我们同时在文学史、文学批评和文学理论的"轨道"和"光谱"上来回切换,在适用文学史研究方法的时候调动实证性材料,在适用文学理论分析的地方考察鲁迅文学或鲁迅杂文的文学本体论结构和特征,在适用批评阐释的实践甚至实验的地方,就将鲁迅文学作为一个当代文本或"活文本",像第一次面对它那样去感受它、经验它,分析和说明它,最终在分析和解释的基础上对它做出新的审美和价值判断。

这样多样化的、灵活的、"因地制宜"的方法并非理论上的折中主义,而是寻找和实验一种能与鲁迅文学经验和文学风格的复杂性、多样性、灵活性、历史具体性和价值多面性及歧义性这个"现实"相适应的"理论"。在文学研究手法、工具箱和方法论的转喻意义上,这同用法语读法国文学、用日语读日本文学、用理论语言去从事概念话语的建构的"世界文学"或"总体文学"理想并无不同。因此，在具体分析中，"批判的文学史"作为方法，不过意味着它以"不断历史化"（Always historicize！[1]）的意识将所有的理论分析手段都相对化甚至实用化；同时又以"不断理论化"的意识将一切经验主义、实证主义和历史主义以为是"本来如此"或"天经地义"的事情统统都付诸批判的检验。以这样的态度和方式再次进入鲁迅文学文本、鲁迅文学风格和鲁迅文学生产的历史场域，就会自然而然地面对一系列新的挑战，也会收获新的启发和新的阐释"视域"。

因此，在本书中读者会不时看到文学史写作模式（如第一部"人生的中途"的评传色彩；第二部"杂文发生学"三章；第三部"在路上"的时间性展开）、文学批评写作模式（本书主体是对 1924—1927 年间鲁迅作品的跨文体、跨文学史经验时空的重读、对读和"再解读"），以及文学理论模式的反复切换。"批判的文学史"研究框架内的"理论"，不仅包含通常意义上的带有理论意味的分析和阐释，也包括关于文学本体论的概念性探讨，包括鲁迅文学的政治本体论的哲学分析，美学意义上的题材划分、风格的历史性和观念性。在理论和批评方法论取向上，它遵循一种强调形式分析和审美中介的政治阐释学，关注马克思主义批评理论传统中的"审美与政治"课题。但这种方法论取向绝不是排他性的，而只是作为一个总纲和批评预设，在具体描述、分析、阐释过程中，随时随地根据具体材料、具体经验、具体形式和具体问题的需要，去"邀请"其他批评理论或美学概念系统和方法来一同"会诊"。这个邀请名单里有现象学艺术批评的还原方法，有阐释学文本理论，有更为"传统"的文本细读、形式分析与历史分析方法（如黑格尔艺术哲学），也有越出文艺和审美范畴，从语义学（文

---

[1] Fredric Jameson, *The Political Unconscious*, Cornell University Press, 1981, p. 9.

本考据学，如奥尔巴赫）、政治哲学（如卡尔·施米特）甚至自然科学领域（如"表面物理"和"统一场理论"）借来的概念和方法论参照。

这些理论性的文本解释和概念建构本身都需要在各自所属的理论和知识传统中获得其学理上的正当性，但它们的批评和文学史有效性，却又同时必须在鲁迅文学的分析阐释和文学史及社会史"重写"中接受检验。在这样多重聚焦的方法论"多元决定"分析结构中，鲁迅文学在成为当代文学研究的分析阐释对象时，也再次成为当代文学和世界文学，成为批评讨论的挑战与兴奋点，成为文学理论或诗学乃至存在的政治本体论的基本问题。

2022 年 2 月 13 日于纽约

导　论

批评对象的重建

　　鲁迅首先是，最终也是创作家和文学家，他留给我们的终极馈赠是文学意义上的文字。相对而言，思想或社会行动意义上的鲁迅是第二位的，是鲁迅文学的阅读效果、历史注脚和外部说明；离开鲁迅的写作，它们要么无从谈起，要么只是实然范畴内的偶然事件，而不具有亚里士多德所说的"诗"的建立在"或然性"与"可能性"层面的哲学意味。以"鲁迅"为名的文学主体和文学意志，通过鲁迅文本及其文体风格的感性外观和文学方法论-本体论结构，才成为具体的批评与阐释的对象。而只有通过与鲁迅文本相适应的科学的、有理论指导的批评阐释的具体实践，鲁迅文学方才成为历史现实（社会矛盾的特殊形态）和观念现实（意识形态与乌托邦）的特定编码和构造，向今天和未来的读者开放。

　　这要求我们在鲁迅文学的范畴里重建和重构批评的对象。作为文学批评对象的鲁迅是所有其他多样化的鲁迅研究形态的基础、来源和终极理由。但泛泛地谈论鲁迅文学的重要性和首要性并没有太大意义，因为哪怕是对鲁迅最武断、最固化的外部征用，也不会否认鲁迅是一位伟大的文学家，事实上也只能以鲁迅文学的客观存在、阅读史和社会影响为基本前提条件，并多少借助文学阐释手段才能得以实施。因此，我们在此试图界定的不是一般意义上的鲁迅文学概念，而是一个严格的、具有方法论和本体论内在能量的鲁迅文学概念。这个概念只有在文学批评、文学研究和文学理论范畴内，通过理论与批评实践相结合才能建立起来，其对象一开始就已经不是一个泛泛的经验对象、历史认识对象或思想研究对象，而是被聚焦并呈现于文学经验和审美判断的批评兴趣与阐释框架之中的特殊对象。借用现象学意识与意识对象、意向及其指向性结构的基本概念，可以说，"鲁迅文学"概念是在一个严格的文学阅读–批评–阐释的意向和意识结构里被感知、观察和认识到的对象或"成像"：它是由文学认知和文学批评的意向锁定并把握住的"想象性客体"（imagined object）或"意向性构造"（intentional formation）。在这个意义上，"鲁迅文学"既是由一次性阅读经验产生的具体信息、知识和体验，同时也是建立在反复的、集体性经验、分析、认识与理解意义上的一般性阅读，并在此基础上概念性地转化为一个在意向/兴趣的现象学结构中呈现出来的对象或客体。就其存在方式而言，"鲁迅文学"既不由作者的经验或观念决定，也不由读者的经验和感受决定，它当然更不是物质性现实，而是仅仅存在于这个主客观之间（就作品–读者关系而言）或主观性之间（就作者–读者关系而言）的本体论–现象学的意向性构造。文学批评和文学分析–阐释的对象，正是这个本体论–现象学构造，包括它的符号系统、意义单位和序列，结构分层以及它们所表现的"客观"物质现实和观念现实。在这个想象性构造里，作品以其特殊的符号和结构规定着我们的阅读和认识，改变着我们的初始意向（如偏见、误读或错误认识）。因此，批评和阐释的意图/意向不是一个抽象的或随意的意向，而是被它自己的对象即鲁迅文学所具体地结构着、规定着的兴趣和观念构造。[1]

---

[1] 参看 Roman Ingarden, *The Literary Work of Art*, translated by George G. Grabowicz, Evanston, Illinois: Northwestern University Press, 1973。

这样的鲁迅文学概念本身召唤着一种新的批评和理论化研究的方法。只有如此我们才能在分析的意义上获得一个明确而牢固，不但具有文学史意义而且具有文学本体论意义和哲学意义的"鲁迅文学"乃至"中国新文学"的定义。这个定义对于"鲁迅文学"范畴本身的意义不言自明；同时，它也将以自身的清晰性、严格性、实质性和丰富性更好地参与并服务于涉及鲁迅的其他问题领域，为这些问题领域带来新的、独立的资源、灵感、判断和证明，而不是沦为外在于文学范畴的议题与讨论的"感伤的注脚"或单纯响应，丧失而非突出自身的独特财富和独特贡献。但建立关于"鲁迅文学"的严格的批评范畴和批评方法，并不等于谋求界定某种鲁迅文学的"实体"或"本质"，也不是试图将鲁迅的写作实践置入某种人为的、注定是意识形态意义上的统一性和普遍性范畴之中。事实上，这个文学对象的"构建"本身只能在一系列传记、文学史、文本批评、文体－风格研究和文化史观念史社会史的政治性阐释活动中，沿着颠覆、突破、重构和自我批判的运动轨迹展开，因此它必然带有十足的"地域化－去地域化－再地域化"的形式韵律。[1] 这种方法上的反思对应着鲁迅文学的美学客观性和历史客观性。

　　鲁迅文学的"诞生"、确立和自我定义并不是一个单一事件或美学完形，而是经历了文体、风格和文学政治空间内部的一系列挑战与危机而逐渐成就的历史过程和语言/观念构造。如果把以《狂人日记》乃至《呐喊》《热风》为标志的白话革命－思想革命发轫期内的创作

---

[1] "地域化－去地域化－再地域化"是20世纪法国哲学家德勒兹和精神分析师瓜塔里提出的概念群。一般而言，任何概念或社会组织都有领地、领域、范围及其关联语境。"去地域化"指这些组织、关系或关联域的改变、变异和破坏。随之而来的则是这些构成性因素建立起新的关系，即"再地域化"。在他们看来，资本主义、欲望、艺术和文化作为社会生产能量与机制都具有极端的"去地域化"倾向。参看 Gilles Deleuze & Félix Guarttari, *Anti-Oedipus*, Minneapolis, MN: University of Minnesota Press, 1983; *A Thousand Plateau*, Minneapolis, MN: University of Minnesota Press, 1987.

视为鲁迅文学自发的"第一次诞生",那么事实上鲁迅文学是在随后的过渡和转向中,在体现于《彷徨》《野草》《朝花夕拾》和《坟》(后半部)的"文体混合"和以《华盖集》《华盖集续编》及《而已集》为标志的"杂文的自觉"中,方才获得其"第二次诞生"。通过这个"再生""意识的自我意识"或对自身文学个性的自我肯定与自我发扬,鲁迅文学方才在具有文学本体论和文学政治本体论意义的杂文文体中真正地"成为自己",即在自身独特个性、独特声音和独特写作方法中成为自在而自为的历史风格,而无须服从或迁就任何既有的、外在的文学体制和审美标准。这与中国新文学是在自身源头性问题,能量和危机的重复、循环、上升和自我否定中界定自身的"起源"具有高度的同源性和同步性。

可以说,"杂文的自觉"和"第二次诞生"重新界定了鲁迅文学的概念,同时也打开了从这个概念(以及将这个概念实体化的鲁迅中后期创作的新强度)出发,回溯性地考察鲁迅早期写作的自发性(包括其中所谓"听将令"模式)及其形式外观,从而形成一种新的关于鲁迅文学风格的总体性叙事。在理论意义上,鲁迅文学风格自身发展的高点和极点也带来一种"倒叙"中的批评的具体性和清晰性。没有鲁迅文学在严峻的、压迫性的社会环境和形式空间中的高度复杂、紧张、自觉(因而具有相当"现代主义"色彩)的二次性创造,就没有新文学写实主义再现及其主观表达的形式可能性。同样,没有鲁迅杂文的文体自觉和风格实验,就没有鲁迅小说艺术价值的批判依据;没有晚期鲁迅文艺思想和实践的政治性和历史性,就没有早期鲁迅写作实践的"国族寓言"的形式自律。最终,没有鲁迅文体-风格本身的"速朽"意志和由此而来的直面"当下"的诗学强度,也就没有鲁迅作品跨越历史时空的绵长持久和"经典化"过程。鲁迅文学自身辩证法的连贯性具体体现在这些自我颠覆的非连贯性环节之中,体现在每个环节内部的冲突、矛盾、危机和"解决"的具体文学动作和路径选择之中。在这一系列走出自己的决断和行动中，鲁迅文学日益"成为自己"，并在成为自己的同时，也成为时代及其矛盾的风格化写照。当一个时代的面相被聚拢和反映在鲁迅杂文文体的内在紧张中时，鲁迅文学就成为我们开启历史性理解和批判的一把钥匙。

阅读鲁迅的方法只能由鲁迅文学文本自身的特殊经验、构造和质地所决定。只有通过具体的文学批评和文学分析，在尽量充实、充分的文本经验研究和理论阐释过程中，"方法"才有可能"随物赋形"般地呈现。只有在批评活动中由对象结构自身规定并呈现的辩证方法（而非外部强加的由抽象理论教条或意识形态立场所预先决定的所谓"方法"），才是具有方法论意义的"伟大方法"（即布莱希特－杰姆逊意义上的 the great Method / der grossen Methode）[1]。鲁迅文学在此不再是一个简单的、经验主义或历史主义的一般认识对象，而是这样一种符号系统和表意系统，它亟待将自身的风格特征、逻辑、规律、统一性和自主性呈现给读者，并在这个过程中将阅读行为提升到批评和方法的层面。面对这样的文学研究方法论探讨，鲁迅文学本身也已经是一种"在意图的意指结构中的对象"。

"当研究鲁迅文学时我们在研究什么？"这样的问题本身当然带有本书作者对鲁迅文学的一般性认识和理解，但事实上它包含着两个预设性的"半球"：一半是"当研究鲁迅文学时我们实际上是在研究什么"，另一半则是"当研究鲁迅文学时我们应当研究什么"。我希望通过对作为文学研究对象的鲁迅文学的"对象性结构"分析，得到关于

---

[1] 杰姆逊在《布莱希特与方法》（Fredric Jameson, *Brecht and Method*, London: Verso, 1998）一书中，通过分析"史诗剧"以"陌生化效果"等戏剧手段展现资本主义社会内部矛盾和辩证运动的"方法"，进一步阐发了阿多诺、卢卡奇、本雅明等西方马克思主义批评家努力探索的唯物主义认识论和表现理论。顺着布莱希特对中国古代哲学（特别是老子）、农民社会生活形式及其智慧和中国传统戏剧形式的广泛援引与借用，杰姆逊将这种"伟大方法"定义为"马克思主义的道（Dao）"。这本为纪念布莱希特100周年诞辰而作的英文著作有一个更为生动的德译本书名：*Lust und Schrecken der unaufhörlichen Verwandlung aller Dinge: Brecht und die Zukunft*（万物永恒变化的喜悦与恐怖：布莱希特与未来）。

鲁迅文学的理论和方法论思考的初步认识,从而"间接地"却是更有效地回答那个基本问题:什么是鲁迅文学?

一个简单有效的初步回答就是:鲁迅文学就是使它成为自己的那种作者自觉、文体自觉和风格强度。这种风格就其本质而言只属于文学范畴,却能够通过自身的形式自觉、风格自由和情感真实性/强度干预现实,并借助这种风格统一性上升为一种历史表象和道德真实。这种风格贯穿于鲁迅所有的文字,因此对它的认识和分析需要打破不同写作样式的壁垒,在一个超越小说、散文诗、诗歌、杂文、书信写作、翻译和实用性及学术性写作的"文章学"基准线上展开。作为统一风格的鲁迅文学是在一个跨越文言与白话的历史转折中出现的,并且在自身的形成和出现过程中"经历"了数个具有不同历史实质的社会发展阶段和文化-意识形态氛围。因此对这种风格的分析,必须要在这个历史巨变期和文化转型期中、在其所体现的各种矛盾的变与不变中去观察鲁迅文学自身的相对稳定性,它的"更深的"道德基础、情感基础和诗学根据,从而在它自身的环境决定中把握它对此环境的抵抗、超越、融汇和再现。因此我们有必要借鉴黑格尔在《美学》中展开的那种繁复的总体性哲学认识,即在艺术内在理想和客观历史演进中,同时去历时性地分析各种"类型"("象征型""理想型""浪漫型")和共时性地考察"各门艺术"的发展。在这样的分析视野里,鲁迅文学同时是新文学(就其时代精神、近代文学观念和实践原则而言)和古典文学(就其继承了中国古代文学的文字、文章和文人风骨而言);同时是中国文学(就其白话革命和思想革命理念、实践和接受场域而言)和世界文学(就其通过翻译建立起来的实质性的互文性和主体间性而言[1]);同时是创作和批评;同时是文学和政治。因此,鲁

---

[1] 同时这也表明,鲁迅文学是在超越民族文学或国别文学的"世界文学"语境中形成的,因此对它的分析和阐释必须在一个比较文学和文学理论的语境和框架中才可能落到实处。

迅文学的阐释框架也必须能够同时容纳从形式分析到历史认识和政治哲学的最广泛的考察与思辨活动。在"艺术"范畴内，鲁迅文学在一个隐喻意义上同时具备"象征型"（如"国族寓言"）、"理想型"（如"人的发现"）、"浪漫型"（个人经验和内心情感的极端片面的主观性冲破瓦解了共同体宗教文化和谐）乃至"艺术的终结"（作为"世界的散文"的杂文取代工艺制作意义上的小说和散文诗；历史性政治性理论性写作压倒"美文"）的类型特征。鲁迅文学同时也在不同创作时期和创作风格中，承担了"建筑"（群众和共同体的神的空间形式）、"雕刻"（理性与感性两个方面在"人"形上的完美结合）、绘画（历史生活面相的丰富多彩的、个性化的描摹）、音乐（纯粹内在性和精神性的抽象运动形式）和"诗"（从小说到杂文）的特殊功能。鲁迅文学风格内部的多样性和丰富性，事实上为过去一百年来的读者接受奠定了基础。

　　这种风格虽然体现于鲁迅文学的感性外表，即作为写作的鲁迅文字，但它作为修辞和表意系统，作为经验组织的策略和原则，却孕育并植根于一个文学本体论空间，带有特殊的时间哲学、记忆哲学、生命哲学和政治哲学的构造与强度。因此，这种风格研究又必须是高度"跨学科"的"总体文学"研究。可以说，我们能就这个问题（"什么是鲁迅文学"）给出什么样的回答，完全取决于我们能够运用什么样的方法和观测 – 分析仪器，以及在什么样的思想性和理论性假设、旨趣和眼界的吸引和指导下去接近这个研究对象。

　　无论在对鲁迅文本的具体分析中，还是在对鲁迅文学的总体观照中，我们其实都面对着形象/符号、句子/句式、话语和风格四个层面：

　　　　1. 形象/符号：意义的基本单位
　　　　2. 句子/句式：文章学的基本单位

3．话语：表意－交流系统

4．风格：文体混合与体裁杂糅

这种现象学还原的分层结构，有助于把具体的阅读经验带出种种文学研究建制的局限和窠臼，进而把分析建立在鲁迅文学自身连贯的形式空间和历史行动之中。在本书的总论中，我将在"鲁迅文学的对象性结构"范围内探讨这四个层面中的前两个层面（"形象"和"句子"）；通过第三个层面（"话语"）分析鲁迅文学的交流与"客观表现"功能；然后进入对鲁迅文学风格的多样性与统一性、历史性与内部能量－生产装置的分析。这种整体考察也势必包含对于鲁迅创作阶段论及其内含的艺术理想与类型的重新认识。

一、形象／符号：意义的基本单位

在分析的意义上，我们可以在鲁迅文字中分离出一个"形象／意义符号（sign）"的维度。在鲁迅所有的文字中，一般读者首先或最直接感受到并铭记在心的，往往是一些鲁迅独创的、为鲁迅文学特有并构成鲁迅文学外部感性特征和标记的形象和意义符号。这包括"形象思维"意义上的形象、美学"感性外观"上的形象和"摹仿"意义上的作者对人与物的"形象的"描摹。与此同时，它也包括文学技巧、表意方式和表意结构意义上的象征（symbol/symbolism）和隐喻（metaphor）。最后，这个"形象"层面也包含由零碎、片段和局部的具体形象直接提升为道德寓意的"寓言"或"讽喻"（allegory）形象，这在鲁迅那里往往是最具特色和震撼力的。比如《故乡》里的"细脚圆规"（杨二嫂），《弟兄》里"〔忘却〕却像搅在水里的鹅毛一般，转了几个圈，终于非浮上来不可"，《伤逝》里把鼻子抵在窗户上向外窥视的"小平面"，或《朝花夕拾》的书名本身都可以说是单纯的"形象"。它们在感性具体性和生动性外，并没有意图为叙事或象征－寓意活动带来更多的东西。《药》最后革命者坟头上的小花环、乌鸦，或《祝福》中的那个"门槛"则可以说是"象征"，它们分别作为符号和"图像学/偶像学"（iconography）标记，代表着"希望"或"迷信"、"愚昧"或"冷漠"。而"人血馒头"、阿Q头上的癞疮疤、"狂人"的被迫害妄想或《呐喊·自序》中的"铁屋"意象则是典型的隐喻，它们都用一种同表意终端无关的修辞制造出新的意义和解释空间。最后，"吃人"、"孔乙己"、"假洋鬼子"和"精神胜利法"则带来形象和观念之间完全不同的关系，它们都以具体形象、动作、事件和故事生产出抽象的、形而上的思想图景、历史训诫或道德讽喻，从而在"阿Q就是中国"这样的认识或顿悟中创造出一个全新的意义系统和观念结构，甚至是一种全新的历史观、世界观和价值观。这就是寓言性质的形象或形象修辞。

鲁迅文学的风格整体性可以说建立在这个从单纯的感性形象到寓言表意结构的"形象–符号链"上，如果说前者（单纯而生动的感性形象）是"表"，那么后者（道德批判和价值批判的形而上讽喻和寓言形象）就是"里"。它们一同在鲁迅文学的"表面"（黑格尔意义上的"感性外观"）建立起一种特有的审美纵深和哲学纵深。这个"形象"因子并不局限于鲁迅的小说和散文诗，而是广泛、均匀地分布在鲁迅写作的文字整体中，成为鲁迅文学的基本元素、细胞、实质和活动方式。这种"形象"语言或修辞法在作者的杂文、书信和其他类型的写作中亦俯拾皆是。我们只须举出"华盖运""坟""夏三虫""无花的蔷薇""革命咖啡店""南腔北调集""且介亭杂文"这些篇名和书名，就可以立刻被带回到鲁迅非虚构类甚至非（狭义的）文学写作的形象密集阵中去。这个"形象–寓言"表意链也可以杂文本文全篇为自己的现身场所，《呐喊·自序》《谈所谓"大内档案"》或《阿金》都是范例。它甚至可以栖身于作为杂文合集之"主导动机"的某种意向、语调、情绪和氛围中，《华盖集》《而已集》《准风月谈》《伪自由书》等都是将修辞格或"言语行为"变成寓言和讽喻的实例。甚至可以说，形象－寓言的修辞法也贯穿于鲁迅个人的言语习惯和日常表达方式。鲁迅书信文字中同样充满各种形象，比如在给他喜欢或不喜欢的人起"诨名"时，手法也多是在"感性外观"上做文章，常常是"攻其一点、不及其余"。这种"形象思维"构成了鲁迅文学的基本单位，也提供了基准点和风格特征。鲁迅自己在书籍装帧和封面设计上的"爱好"和"特长"，也不失为作者酷爱感性形象（包括抽象艺术和装饰艺术形象）、喜欢用它们作为表达手段的一个旁证。[1]《彷徨》的首版封面设计尤其带给读者深刻印象[2]，它实际上就是"彷徨"的形象或"偶像学符号"（iconographic sign）。因此可以说，形象不仅是鲁迅文字的表意方式，也以其自身单纯的、非功利的感性、游戏性和自足性而强化了鲁迅写作的文学或审美属性，使之与道德、历史认知、政治行动等其他范畴区别开来。

由此我们看到，作为鲁迅文学基本单位和基本构造的"形象"包含一层具体的含义和一层总括的含义。在具体意义上（"形象Ⅰ"），它是感性的、栩栩如生的描写、刻画、勾勒或夸张；是"摹仿"和"明喻"意义上的"A像B"。在总括意义上（"形象Ⅱ"），它包括从明喻到隐喻、从具象到寓言讽喻的抽象表意整体结构；是"形象思维"意义上的文学想象和文学造型－表意工作的全体和总体。这两层语义并不相互排斥，而往往交叠重合于同一种表意的欲望和意志，并在相互补充、相互加强的过程中，一同把一些难忘的形象确定在鲁迅文学的基本单位上和总体效果中。比如，阿Q既是一个直接的、具体的、感

---

[1] 据周作人回忆，鲁迅自小喜欢画画，"鲁迅的画没有发达下去，但在《朝花夕拾》后记里，有他自画的一幅活无常，可以推知他的本领"。作图、影画、搜集各种画谱画册是鲁迅一生的爱好。"这些修养，与他后来作木刻画运动总也是很有关联的吧。"见《鲁迅的青年时代》，止庵校注，十月文艺出版社，2013年，第43页。
[2] 参见《中国现代文学初版本图鉴》，河南文艺出版社，2018年。

性的形象,即一幅漫画;又是一个象征和隐喻,一种"摹仿"意义上的"社会性象征",比如某种生存境遇的表征,某种社会经济和社会政治状况的暗喻;同时它在道德批判和价值批判的意义上又是一种形而上的寓言,在自身的游戏结构内部,上演或"再现"一个幽灵的故事(阿Q/"阿鬼"),即一种文明系统内部"名与实"的游离、一种身份认同的根本性的"无家可归"、一种价值与意义赖以维系的符号秩序的总体崩溃。[1]

鲁迅文学自身的全体和总体,不但是以形象(Ⅰ和Ⅱ)为基本单位,而且可以说是寓居在这个形象的动态空间内部。这种同位和共生关系,是我们理解鲁迅文学超越文体样式、超越语言史内部断裂、超越民族或国别文学边界的内在风格整一性的基本参照系。事实上,这种打通"形象Ⅰ"和"形象Ⅱ",以高度自觉的"作者式"(writerly)语言文字在"形象思维"全表意链上不断制作道德谱系学批判、价值重估和历史寓言的基本活动方式,正是鲁迅文学最基本的特征。它自然也构成以往鲁迅文学研究的一个基本的难点和瓶颈,因为这个文学研究的对象在自身活动的基本方式方法上,在自身内在的、始终如一的连续性和强度上,已经拒绝了种种分割与界限,比如"虚构"与"非虚构"、"纯文学"与"杂文"、小说与其他文体、唯美与政治性之间的人为割裂。其中最根本的问题,则在于鲁迅文学自身的形象自律性与文体混合性质给阅读和分析带来的挑战。

虽然鲁迅文学的诸形象都为鲁迅文学风格整体做出了不可磨灭的贡献,但寓言或讽喻(allegory)在形象表意链中事实上占据最高的位置,具有最大的重要性,代表着鲁迅文学风格的最高成就。"我横竖睡不着,仔细看了半夜,才从字缝里看出字来,满本都写着两个字是

---

[1] 参看张旭东,《中国现代主义起源的"名""言"之辩:重读〈阿Q正传〉》,《鲁迅文学研究月刊》,2009年第一期。

'吃人'！"这样的寓言启示录，事实上已经在鲁迅文学诞生的那一刻画出了鲁迅文学风格空间的历史范围和道德疆域。这个范围和疆域继而又通过诸如"我们都是'狂人'"、"我们都是孔乙己"、"我们都是祥林嫂"或"阿Q就是中国"这样的寓言式读解而被一代又一代人一次又一次地确认、巩固。"铁屋"寓言、"梦醒之后无路可走"、"动植之间，无脊椎和脊椎动物之间，都有中间物"（《写在〈坟〉后面》）、"近几时我最讨厌阿金，仿佛她塞住了我的一条路"、"我自己觉得我的记忆好像被刀刮过了的鱼鳞，有些还留在身体上，有些是掉在水里了，将水一搅，有几片还会翻腾，闪烁，然而中间混着血丝"（《忆韦素园君》）、"我只在深夜的街头摆着一个地摊，所有的无非几个小钉，几个瓦碟"（《〈且介亭杂文〉序言》），所有这些寓言形象、寓言故事和寓言观念结构，都让鲁迅文学能够以一己之力为现代中国提供一种前所未有的"精神生活"。它如同基督教"天国"、"拯救"和"末日审判"一般，为"风沙扑面，狼虎成群"（《小品文的危机》）的地面上孤苦无告的人间带来一种希望的形而上学，一种无限性范畴内的观照、反思和内心自由，一种在抵抗、痛苦、孤独和战斗中体验我"曾经活过"和"我也曾工作过了"的价值和快意。

　　在中国文学史上，把鲁迅文学定义为"现代"的诞生，在这个意义上是十分恰当而贴切的。正如《旧约圣经》、蒙田散文、尼采的"格言写作"或卡夫卡的散文（prose）作品都是伟大的文学，却都不能被囿于一般文学欣赏和文学研究的流俗和常规，鲁迅文学也因其"形象思维"和意义符号细胞内的能量、强度和统一性——这种能量和强度最终是为文学范畴所把握的时代性能量和强度——而穿透、冲垮了写作样式的陈规、文体的壁垒和"审美/非审美"的简单二分法，从而对当代阅读提出了更高的要求。也只有经由这种更高的阅读，鲁迅文学的全貌和总体方才能够具体而充分地展现出来。

　　事实上，铸就鲁迅文字特殊品格和质地的那种"作者式"

（writerly）书写，包括种种赋予写作以特殊道德强度和审美愉悦的个性、气质、风骨和神韵，不仅仅是形式自觉意义上的风格或更为一般意义上的"文学主体性"，而是本身与鲁迅文学象征－寓言空间同在。作为"感性外观"，它是作者的自我形象；而作为精神实质和概念结构，它则是新文学最广为人知的寓言故事。在出版于1936年的《鲁迅批判》里，李长之曾对鲁迅的作者形象做过一番描绘，其中一些观察在今天仍然值得玩味。比如，针对"许多人以为鲁迅世故"，他指出鲁迅是"最不世故了"；针对流行至今的"又以为鲁迅看事十分的确了"或"要不，就以为鲁迅一定单把事、把人的坏的方面看得过于清了"，他说"在我看，倒又相反，鲁迅确实看不的确的，而且也往往忽略了坏的方面"，以至于不时被人和事所蒙蔽。这同这位年轻的批评家认为鲁迅是"情绪的，内倾的"总体判断是一致的。

李长之不讳言鲁迅"为人在某一方面颇有病态"，其种种表现包括锐感、"刻毒"、"善怒"、反抗时多"不过是与黑暗捣乱"，"像一般的小资产阶级一样，情感一方面极容易兴奋，然而一方面却又极容易沮丧"，"非常脆弱，心情也常起伏"。他认为鲁迅身上有种"忽喜忽厌"的态度，"也是不健康的"。他同时看到，鲁迅多疑，有"深文周纳"的倾向。如此种种，"在在都见他情感上是有些过了……这都是病态的"。[1]但所有这一切，在李长之看来都以不同方式推动了鲁迅文学风格的发展和成熟，并使之具有一种特殊的个性锋芒和感性强度。更重要的是，这些个性特征（所谓"病态"），都传达出一种更深处的统一性，即鲁迅"更内在"的"和平，人道主义"的一面。[2]这里所谓的"人道主义"同20世纪下半叶以来西方哲学思想里的批判传统所"解构"和颠覆的本质主义人道主义话语不同，而是同20世纪初叶非西方

---

[1] 李长之，《鲁迅批判》，北京出版社，2003年，第149—150页。
[2] 同上书，第151页。

社会里"人的发现"的历史性正面价值息息相关。而李长之所列举的更深层、更内在的特质,首先包括鲁迅为人和为文的"极真","在文字中表现的尤觉诚实无伪"。他展开写道:

> 容或就一时一地而论,他的话只是表露了一半,但就他整个的作品看,我认为他是赤裸裸地,与读者相见以诚的〔……〕在鲁迅作品里,不惟他已暴露了血与肉,连灵魂,我也以为没有掩饰。[1]

"就他整个的作品看",是李长之的鲁迅批评的现象学方法论基础,哪怕这种方法在他并非自觉,却仍给他看似高度个人化的观察带来了一种文学分析科学的可信性。在罗列了"对于事情也极其负责""有一颗单纯而质实的心""勤奋"等其他性格和为人处事特点后,李长之总结说,鲁迅"在情感上病态是病态了,人格上全然无缺的"[2]。有意思的是,李长之把这种全然无缺的人格比作一种"动物性",即:

> 鲁迅像一个动物一样,他有一种维持其生命的本能。他的反抗,以不侵害生命的为限,到了这个限度,他就运用其本能的适应环境之方了:一是麻痹,二是忘却(《而已集》页六八)。也就是林语堂所说的蛰伏或装死。这完全像一个动物。[3]

李长之把这种"动物性"归因于鲁迅"'人得要生活'的单纯的生物学的信念故",并断言这就是"没有什么深邃的哲学思想的"鲁迅的"一点根本信念"。这种信念也许在哲学上是不足道的,但在文学分析的意

---

[1] 李长之,《鲁迅批判》,北京出版社,2003年,第151页。
[2] 同上书,第152页。
[3] 同上书,第153页。

义上，却可以带来写作风格和写作方法的形成。比如"他既然锐感，当然苦痛是多的，这样就有碍于生存之道了，但是他也有法子，便是：'傲慢'和'玩世不恭'（《两地书》，页六），用以抵挡了眼前的刺戟"[1]。性格情绪之"病态"与写作风格之健康有力间的张力，贯穿于李长之的文学分析和阐释。因此，在把鲁迅的"善怒"和敢怒与一般文人习惯于"赔不是"相比时，他断言"究竟鲁迅的怒是伟大些的"，因为"能够坚持与否，就是伟大和渺小的分野"。[2] 同样，鲁迅的"脆弱"，就其带来那种"但也没有竟"或"由他去吧"的句子、造成一种"自纵自是的意味，偏颇和不驯"之效果而言，也可以看成是鲁迅作者形象和总体风格的内在组成部分。就连鲁迅文字中"永远对受压迫者同情、永远与强暴抗战"；"为弱者辩、为女人辩"，"反抗群愚"，"反抗国民性"，反抗一切形式的"卑怯"，也只是因为它们都是"反生存的"。李长之认为这"代表了（鲁迅的）健康的思想的中心"。所谓"健康"，就是"对前进者总是宽容的"。李长之看到，鲁迅和鲁迅文学"给人的是鼓励，是勇气，是不妥协的反抗的人性"；"战斗和前进，是他所永远礼赞着的"。这是鲁迅文学"近于诗"之审美外观的"理性内容"。由此可见，这个"健康的思想"本质上是审美的，而非直接关涉道德或真理。但就鲁迅文学特殊的时代品格说，生命之力和生命之美乃是互为表里的一体。

黑格尔在《美学》第一卷总论"艺术美，或理想"部分的"艺术家"一节中处理"作风、风格和独创性"，但事实上是将艺术创造的"主观因素"（"主体性""情感"等）放进"审美外观"（形象、形式、风格等等）的客观性范畴里予以分析。作为风格研究之一环的"形象"，也是这种主客观之间的平衡与结合点；它既是具体的形象，也在

---

[1] 李长之，《鲁迅批判》，第153页。
[2] 同上书，第157页。

句子/句式（修辞形象）、话语（母题形象）和风格（一般技巧与总体作风、面貌或"精神形象"等）层面上不断将自己"再现"出来，并一道构成作为艺术家的作者的整体形象。这反过来也说明，作者形象具有其内在于作品的形式、结构和审美实质，本身是客观的风格研究的一部分，而不能简单地被心理学化、人格化（包括偶像化）和抽象化（包括神秘化）。黑格尔写道：

> 通过渗透到作品全体而且灌注生气于作品全体的情感，艺术家才能使他的材料及其形状的构成体现他的自我，体现他作为主体的内在的特性。因为有了可以观照的图形，每个内容（意蕴）就能得到外化或外射，成为外在事物；只有情感才能使这种图形与内在自我处于主体的统一。就这方面说，艺术家不仅要在世界里看得很多，熟悉外在的和内在的现象，而且还要把众多的重大的东西摆在胸中玩味，深刻地被它们掌握和感动；他必须发出过很多的行动，得到过很多的经历，有丰富的生活，然后才能有能力用具体形象把生活中真正深刻的东西表现出来。因此，天才尽管在青年时代就已露头角，但是只有到了中年和老年，才能达到艺术作品的真正的成熟，例如歌德和席勒就是如此。[1]

我们可以在鲁迅文学的风格整体层面分析这种自我形象，但它已经在鲁迅作品的修辞形象（言语行为）、视觉形象（画像和造型）和叙事形象（情节动作）中折射出来。从这个例子我们可以看到，"形象"和意义符号作为鲁迅文学的基本单位，既是"单子"（monad），又是总体，它既构成鲁迅文学特殊的深度感和内在性，又是后者通向外界（读者、批评；社会、历史）的出口、接触面和沟通渠道。在黑格尔《美学》

---

[1] 黑格尔，《美学》第1卷，朱光潜译，商务印书馆，1981年，第359页。

第三卷"各门艺术的体系"专论文学（诗）的章节里，我们看到一种有意义的对照。在承认诗（文学）在"使一种内容成为可供观照的具体形象"时无法像绘画那样将"不同的项目细节……统摄于一个平面整体、使一切个别事物都同时并列地完全呈现于眼前"，而只能是"分散开来的，以致观念中所含的许多事物，须以先后程序的方式，一件接着一件地呈现出来"后，黑格尔立即把这个"从感性方面看"似乎是"一个缺点"的特性扭转为一种"可由精神（心灵）来弥补"的长处。他写道：

> 因为语言在唤起一种具体图景时，并非用感官去感知一种眼前外在事物，而永远是在心领神会，所以个别细节尽管是先后承续的，却因转化为原来就是统一的精神中的因素而消除了先后承续的关系，把一系列形形色色的事物统摄于一个单整的形像里，而且在想象中牢固地把握住这个形象而对它进行欣赏。【……】在感性现实和外在定性方面的这种欠缺在诗里却变成一种无可估计的富饶，因为诗不像绘画那样局限于某一定的空间以及某一情节中的某一一定的时刻，这就使诗有可能按照所写对象的内在深度以及时间上发展的广度把它表现出来。真实的东西只有在一种意义上才是具体的，那就是它统摄许多本质的定性于一个统一体。但是就显现出来的来说，这些定性不仅展现为空间上的并列，而且展现为时间上的先后承续，成为一种历史，而这种历史的过程如果让绘画来表现，却只能使用不适合的方式。[1]

鲁迅的作者形象，最终是鲁迅文学风格的形式客观性的内部环节和外在面相，而非可脱离于这个整体和总体而独立存在的道德形象或情感

---

[1] 黑格尔，《美学》第3卷（下），第6页。

寄托。在语言唤起的内心图景与绘画（以及一般造型艺术和视觉艺术）的空间统一性之间，我们也得以进一步理解，为何由杂文文体投射出来的鲁迅写作风格和作者形象能超越小说、诗歌、抒情散文等看似"更艺术"、更感性的个别样式而成为鲁迅文学"单整形象"和"统一体"的最终和最高形态。

事实上，鲁迅"杂文的自觉"作为意识、自我意识和文学政治本体论的"观念成像"（the becoming-image-of-thought），本身都是文学形象塑造和形象运动的瞬间、例证和事实化。《华盖集·题记》中的一系列形象，本身就是杂文自觉和杂文概念的理论表述，比如"正如沾水小蜂，只在泥土上爬来爬去，万不敢比附洋楼中的通人，但也自有悲苦愤激"；"但俗人可不行，华盖在上，就要给罩住了，只好碰钉子"；或这样自外于"艺术之宫"的杂文人格化自我写照："还是站在沙漠上，看看飞沙走石，乐则大笑，悲则大叫，愤则大骂，即使被沙砾打得遍身粗糙，头破血流，而时时抚摩自己的凝血，觉得若有花纹，也未必不及跟着中国的文士们去陪莎士比亚吃黄油面包之有趣。"这种涵盖从简单比喻到复杂象征－寓言结构的整个修辞光谱的形象和形象化活动，不仅制作具体形象，也构建形象意义上的生存境遇及其自觉，因此本身带有将抽象和虚无的"非生产性"直接转化为对象的具体感性的诗学"生产性"，比如《题记》中这两个总结性的语句："现在是一年的尽头的深夜，深得这夜将尽了，我的生命，至少是一部分的生命，已经耗费在写这些无聊的东西中，而我所获得的，乃是我自己的灵魂的荒凉和粗糙。但是我并不惧惮这些，也不想遮盖这些，而且实在有些爱他们了，因为这是我转辗而生活于风沙中的瘢痕。凡有自己也觉得在风沙中转辗而生活着的，会知道这意思。"[1]

也就是说，那个"最终"和"最高"不仅仅是审美意义上的（多

---

[1] 鲁迅，《〈华盖集〉题记》，《鲁迅全集》第3卷，第3—6页。

样性、综合能力、内部张力、灵活性等），而且也是历史或历史表现意义上的，因此在其感性外观下带有更多具体的社会现实、思想和政治性的"理性内容"。换句话说，在杂文文体里，鲁迅文学的意义和形象在语言、写作法和风格表达方式中得到统一，从而获得一种将"历史过程呈现于我们观念里"[1]的特殊能力。

二、句子／句式：文章学的基本单位

鲁迅文学存在方式的第二种模式，或它的现象学结构的第二个层次，是句子或句型构造。这是一个独立于"形象"和意义符号基本细胞的基本组织单位和基本表意方式。同"形象"和意义符号一样，鲁迅的"句子"或那种独特的鲁迅式造句法贯穿鲁迅文学的形式空间，成为其风格特征（即通俗意义上的"文风"）与风格统一体赖以成立的条件和方法。换句话说，鲁迅文学统一于鲁迅的句式，以其为基本元件和组织单位（即所谓 building bloc），并以此突破并整合起不同的文体和写作样式；因此也可以说，鲁迅的句子是鲁迅文学"文体混合"的黏合剂和普遍媒介。

没有任何读者会忽视鲁迅文字的句式特征。这个同鲁迅文字中无所不在的"形象"及形象思维原则一样最为直观、具体、鲜明的鲁迅句法，往往是我们对鲁迅文学的"第一印象"。而正如在我们平日的待人接物中，"第一印象"往往在经历了复杂曲折的中间环节之后又成为"最后印象"，鲁迅文学的句型学"表面"，通过一系列批评的阐释，最终也将在我们对鲁迅文学风格统一性和总体性的本体论分析中扮演举足轻重的角色。应该强调的是，鲁迅文学的句子、句型和句式，严格讲不是基本的表意单位，而是基本的写作、言说和观念完型单位。在写作的意义上，鲁迅文学最基本和终极性的劳作是经营和锻炼句子、

---

[1] 黑格尔，《美学》第3卷（下），第7页。

创造句型和运用句式。作为作者的鲁迅的所有经验、记忆、情感、冲动和思想动机，最终都被存放、安置、凝固和结晶在句子和句子结构之中。在文学批评的"现象学悬置"意义上，对鲁迅文学的分析和读解事实上就是且只能是对鲁迅写作的句子及其组合的分析和读解，所有其他的因素都只是这种分析和读解的效果；为这种分析和读解而做的其他材料准备，只能够通过这种分析和读解活动自身的程序及其对象的具体性（即这些句子本身）参与到这个过程中来，但无法从外部干预或影响由这些独立但又彼此相连的句子及其特殊句式构造所决定的风格韵律、节奏、情调、气质和意蕴。

可以说，鲁迅文学在风格意义上是由句子组成的多元复合结构，它无需另外的埋藏在句法、语义层面之下的"骨架"或结构力学构造，而是单纯地由句子的内在张力和句子间的文气脉络贯通而支撑起其作品的形式表面和形式空间。那种传统意义上的"筋骨"或结构，比如19世纪欧洲写实主义小说的线索、人物、情节、主题和思想方面的错综复杂的结构安排，或20世纪现代派作品的隐形或外露的形式设计和观念－心理构造，都被吸收、"简化"或浓缩在句子和句型层面。这种以句子锤炼为基本原则的写作法，带来鲁迅文学特殊的表面强度或内在性的外化。如果用肌肤和骨头之间的关系来类比文学感性表面与理性内核之间的关系，那么鲁迅文学呈现出一种奇特的螃蟹特征：它是由骨头在有机体的外表同时构成"外观"和"骨架"，而将肌肤这样相对柔软的感性内容藏在"内部"的诗学秩序。这要求我们在鲁迅作品的批评阐释过程中留意将"内"与"外"、"表"与"里"、"理性"与"感性"、审美与政治等二元对立关系颠倒过来，以便能够顺着鲁迅文学自身的纹理和骨节去分析和理解作品。这对于从杂文的文学本体论意义去重新看待鲁迅文学的实体、整体和总体，具有特殊的方法意义。许多鲁迅读者也许一时还难以摆脱"纯文学"/非文学、小说－散文诗/杂文之间的简单对立和高下等级观念，但如果以句子和句式为单位去重新审视作为写作活动的鲁迅文学的风格动态，我们不难看到，鲁迅小说、散文诗和"美文"创作的句法和句子锻造，仍然来自鲁迅文学最根本的杂文基本句法模态，至少同后者处在同一风格基准线上，两者间展现出高度的一致性和同质性。这一点并不因为在传记意义上，鲁迅小说创作在前、杂文或自觉的杂文创作在后（在此暂且把《热风》归于"听将令的"或"不自觉"的杂文）而受到影响，而只能说明鲁迅小说就其实质而言，乃是杂文语言－文体－风格强度、复杂性和美学可能性的一个内部环节（虽然在从《呐喊》到《彷徨》的变化中，我们同时也看到鲁迅小说的写作样式本身从"自在"走向"自为"和"自觉"的轨迹）。鲁迅散文诗和回忆散文的创作在时间上则同"杂文的自觉"大体重合，事实上可视为一个激化和强化的"文体混合"和风格扩张实验的有机组成部分；这一实验作为对作者个人困境和创作危机的回应，最终把鲁迅文学引向它自身命定的道路和风格集成，即鲁迅杂文。

从"我在年青时候也曾经做过许多梦"（《〈呐喊〉自序》）到"我也还有记忆的"（《忆韦素园君》）；从"我的时常无聊，就是为此，但我还能将一切忘却，休息一时之后，从新再来，即使明知道后来的运命未必会胜于过去"（《两地书（二十九）》），到"离三月十八日也已有两星期，忘却的救主快要降临了罢，我正有写一点东西的必要了"（《记念刘和珍君》）；从"没有吃过人的孩子，或者还有？"和"我到现在终于没有见——大约孔乙己的确死了"（《呐喊》）到"这正如地上的路；其实地上本没有路，走的人多了，也便成了路"（《故乡》）；从"我对于这死亡有大欢喜，因为我借此知道它曾经存活"（《野草·题辞》），到"这东西早已没有了罢"（《从百草园到三味书屋》），所有这些令人朗朗上口的句子，在句式和句法层面将鲁迅文学打通为一种连贯一致的写作实践和多样而统一的风格空间。可以说，鲁迅文学是以句子为基本建筑单元或预制件结构起来，并在句型构造内部形成的诗学强度、审美愉悦（以及紧张、焦虑、震惊、恐怖、黑暗等属于"the sublime"即"崇高"范畴的感官体验）和作者姿态风度基础上运行的一种个人文体风格（style）。

在对普鲁斯特（1871—1922）写作风格的分析中，本雅明（1892—1940）把作者的句子和句式总体上比作一条"尼罗河"，说它们"泛滥着，滋养着真理的国土"；在微观层面，本雅明特别注意到普鲁斯特句子的内在节奏，即同作者作为严重哮喘病患者"抵抗窒息的斗争"相一致的韵律和节奏。这种全身心、全力以赴的精神努力和肌肉运动，又同《追忆逝水华年》的作者将记忆从遗忘的大海里捕捞起来的文学劳作方式相一致。因此，在本雅明的分析中，普鲁斯特句式不但对于所谓"非意愿记忆"有着审美原理般的意义，同时也呈现出这种现代派小说形式在社会表现和道德批判方面的历史意义和政治意义。在本雅明看来，普鲁斯特句子和句式的细腻、绵长、恣肆和对其观察目标的精准摹仿，让其作者看起来像一只捕食猎物的昆虫，它尽力将自己的形体和颜色同周边环境融为一体，以便能够悄悄地接近猎物，在最后决定性的振翅一跃中将其捕获、吞噬。本雅明认为，这就是普鲁斯特在其具有阶级属性的"自然环境"中，在巴黎上流社会沙龙的夜夜笙歌里，通过亲密而无情的摹仿，将本阶级的食利者本质、道德上的堕落（包括它对一个已被自己在政治上打倒的封建贵族阶级文化的艳羡和抄袭）穷形尽相地揭示出来的文体学秘密。这种普鲁斯特式的句子不仅在其表现所谓"意识流"和下意识体验构造方面具有形式创新的审美意义，而且也在历史认识和历史批判上具有十足的政治意义。用本雅明的话说，它表明作者事实上远远走在本阶级的前面，并在这个阶级的政治经济学意义还远未被穷尽之前，就已经从内部抓住了这个阶级最不可告人的秘密。[1]

---

[1] 参看本雅明，《普鲁斯特的形象》，《启迪》，张旭东、王斑译，生活·读书·新知三联书店，1998年，第215—230页。

如果说本雅明笔下的普鲁斯特句式为我们分析鲁迅文学句法和句子构造带来某种历史启示，至少让我们能够在重读鲁迅作品时保持一种批评的敏感的话，那么我们可以说鲁迅文学语言在句子单位中的炼成，本身也是一种在本阶级及其文明-价值体系的历史崩溃中攫取其道德腐败和文化虚弱的秘密的"内部"写作方式。但近代中国读书人面临的"三千年未有之变局"所带来的"向西方寻求真理"的历史运动，同时又将这种谱系学批判和价值重估植入多重语境和知识系统、价值系统之中。因此鲁迅的句式必定既是"欧化"的，又是"传统"的；它必须在句子的单位上和空间里处理和解决"中国"在自身传统文明系统的崩溃中，同时否定自己、接受西方、抵抗西方、重建自己的四重运动和价值诉求。这种在具体社会现实和政治现实中极为复杂、需要在反复曲折的社会革命和历史运动中展开的阶段性真理，在鲁迅文体和鲁迅式"句子"中被"简化"为一种单纯而清晰的自我形象和言说方式，即那种自我怀疑、自我剖析、自我煎熬、自我否定、自我激励、自我肯定、指向自我同时期待他人、拒绝他人同时也拒绝自我的复杂而纠结、虚无而充满希望的鲁迅文风和作者形象。在时空结构中，这样的句式完美地再现和复制了那种在原地不动中感知和体验历史运动、吸收其能量和虚无，将后者的历史力量转化为自我的循环往复的自我怀疑、自我批判、自我肯定和自我超越的强度的形式韵律。

在这个意义上，鲁迅文体句式同样是对文学家自己全身心、全力以赴地反抗窒息的斗争的"摹仿"和记录。而在历史和道德意义上，鲁迅文学也同样是将"本阶级"（或作为"文明"载体的传统士大夫阶级世界观和乡土社会基于宗法、习俗和情感结构的价值体系）最内在的秘密暴露于世的叛逆，尽管鲁迅和普鲁斯特各自天然所属的"阶级"在近代历史时空中的地位、态势、财富和权利地位大相径庭。相对于19世纪末20世纪初欧洲市民阶级的物质财富、文化财富和思想财富，中国社会在近代世界史意义上的贫弱和空洞是一个简单的政治经济学和社会学事实；但这个事实在鲁迅文体的句子单位和句式层面却表现为一种复杂性和丰富性。不但如此，相对于普鲁斯特挽歌式的回忆和怀旧（这种挽歌式的回忆和怀旧，在中国文学源流中一直要上推到《红楼梦》，才能找到相仿却更为宏大的结构类比），鲁迅文学同时还是一种面向希望和未来的写作。鲁迅句式的复杂性在很大程度上来自绝望和希望、过去与未来、复古与革命、集体与个人、个人与一个想象中的新的集体认同之间的联系、张力和矛盾。也就是说，在鲁迅句子和句式中无时无刻不带有一种未来指向，一种希望的形而上学的隐喻结构。无论这种句式是以物种演进的生物决定论"宇宙秩序"为支点，还是以唯物史观为依据，都在其激进的无时间性和无主体结构中投射出一种更为激进的时间性、主体性和时间指向，即一种不可遏制的、不以人的主观意志为转移的，但却呼唤着觉醒的人义无反顾地投身于其中的永远向前的运动。

在句子和句式层面，我们得以窥探鲁迅文学何以成为一种非西方现代主义写作的典范：它不是以物质财富、象征财富和大都市信息刺激的过量为前提的形式创新，而是以物质匮乏、传统象征系统的危机和崩溃为"内容"，以历史"停滞"、空洞化和黑暗为"过度刺激"的形式创新。它不是在西方文明自身的普遍性信念及其内部断裂之克服和再普遍化斗争中形成的高度系统化的（包括系统性的反系统）表意体系，而是在文明比较、集体生存、政治解放和经济解放、总体性社会革命和文化革命基础上进行的新生的起源性探索。在总体形式和文化资本连续性保有量上，这种非西方现代主义必定是相对"简单的"，但在形象、句式、话语等文体和风格的基本单位上，它却可以带有相似的强度、复杂性和丰富性。简单地说，这是基于"有"的现代派形式和基于"无"的现代派形式的审美区别，但它们事实上是在同一个历史时间段和符号空间内运行和活动，因此具有一种深刻却隐蔽的对话关系。

这种 20 世纪现代主义层面的可比性，也可以通过对不同现代主义作品结构句式的批判分析而彰显出来。美国马克思主义文学批评家杰姆逊（Fredric Jameson）在对海明威（1899—1961）的句式分析中指出：

> 认为海明威的作品本质上处理的是勇气、爱情和死亡之类事物的看法是错误的；事实上，它们最深的主题不过仅仅是写出一种特定的句子，即实践一种确定的文体或风格。这无疑是海明威作品里最"具体"的经验，然而，如果要理解它同其他更富戏剧性的经验的关系，我们就得遵循一种更复杂的"诸动机之序差"模型来重新表述我们有关内在形式的概念。在这种序差等级结构中，作品的不同元素被安排在作品表面的不同层次上，每一层都作为借口而服务于更深一层因素的存在，因而到头来作品中的每一件事情，都仅仅是为表现或表达作品最深层的东西，即具体生活本身而存在。我们也可以按布拉格学派的说法反过来描述这个模型，就是它把最本质性的内容置于前景。[1]

杰姆逊以海明威《非洲的青山》中的狩猎场面为例，说明作者和读者在此真正感兴趣的"事件"不是射杀动物，而是写作过程；或者说，"内容"（打猎）在此不过是为描述打猎的"形式"提供一个"借口"。读者真正的兴趣所在不是观看猎杀，而是"要看海明威的语言能否处理好这个场面"；而"海明威在这个场面里真正追逐的对象不是猎物，而是句子本身"。

杰姆逊下面展开的理论论述虽带有美国文学历史情境分析的具体性，因此并不能不加界定地直接应用在对鲁迅作品的阅读和阐释之中，

---

[1] Fredric Jameson, *Marxism and Form*, Princeton, N. J.: Princeton University Press, 1971, p. 409.

但它在方法上仍具启发性，特别是有助于我们理解风格、文体、句式在自身形式构造和审美成就中必然包含着对意识形态和社会历史矛盾的"想象性解决"：

> 创制句子的经验是一种形式，这种形式在海明威的世界里则是被当作没有被异化的工作看待的。写作被认为是一种技能，它随即也被吸收同化进诸如狩猎、斗牛、打鱼和战争等其他技能中去，从而投射出一个人在外部世界的积极、全身心投入的技能性参与的总体形象。这种技能意识形态清楚地反映了更为一般的美国社会的工作境况。在其开放的边疆和阶级结构的弱化与模糊之中，美国男性通常都按他曾干过多少种工作、具备哪些技能而获得相应的估价。海明威式的男子汉气质崇拜，不过是对一次世界大战后美国急剧工业化进程所带来的社会变化的应对和适应企图：它一方面满足了新教工作伦理，但另一方面又颂扬闲暇；在人对整全经验的向往与既定现实之间，它是一种妥协和折中，因为在这种现实里，其实只有体育运动还能够让人感到自己还活着并且仍然完好无损。
>
> 但美国社会现实庞大而复杂的组织肌体显然并不是海明威那种小心翼翼、挑挑拣拣的句子类型能够把握的。所以就需要发明一种打薄和稀释的现实，比如外国文化和外国语言的现实，在其中个人经验呈现在我们面前的不是我们也卷入其中的具体社会境遇的质密度，而是一种受到语言制约的对象的清晰性。[1]

由于20世纪中美两国社会发展程度的巨大差异，鲁迅读者在鲁迅作品中也许表现出更多对"内容"方面的兴趣，甚至不排除在"事件"中

---

[1] Fredric Jameson, *Marxism and Form*, p. 411.

寻求思想、道德、情感乃至生活上的指导（这也是鲁迅名字后面跟随的"先生"二字的特殊历史含义）。但这并不能改变鲁迅文学在形象、句式和文体层面的存在与活动方式：它同样是通过语言的技能技巧、形式风格对复杂现实经验进行必要的"简化"处理。在此过程中，鲁迅文学的核心使命和技能同样是"创制句子"，以此来作为自身反抗绝望、拒绝异化和物化、肯定生命的本真状态和未来可能性的具体方式。鲁迅所面对的19世纪末20世纪初中国社会现实在物质生产、劳动分工和社会组织的发达程度都与同期的美国社会相去甚远，但就激烈的社会历史矛盾、价值冲突和道德－政治尖锐性言，却同样对文学写作形成了一种内在压力。鲁迅杂文则是在"句子"和"创制句子"层面对这种高度复杂的社会现实和高度紧张的个人经验做出的最为激烈而强悍的风格回应和道德回应。从文学生产内部机制看，鲁迅文学和鲁迅杂文的终极性经验、技艺乃至道德－政治行动同样是集中体现于句子和风格的锻造。20世纪中国社会现实和社会心理结构的复杂性和晦涩，也只有通过这种高度鲜明的个性化语言及其风格统一性，才得以在文本表面的"诸动机的序差"中被艺术地"简化"和"表面化"，即清晰地由鲁迅句子所组织和传达的、可由具体阅读经验和普通人观念情感结构所把握的历史矛盾和道德冲突。

　　专注于鲁迅文学的文学本体论对象，"句式学"研究方法不会把我们带入形式主义批评的窠臼，因为它恰能够帮助揭示鲁迅文字风格对于20世纪初中国社会历史经验的介入和再创造。相对于海明威句式对于美国社会和现代性一般历史条件的异化和复杂性的简化、逃避或"转移"（虽然这是一种在艺术上极为高超的简化、逃避和转移），鲁迅句式同样带有"动机序差"深层结构的自我创制特点。但不同于海明威的精简句式，鲁迅句式原型并不暗示或明示对客观现实的回避、美化或唯美意义上的"控制"，更不是在意识形态幻觉意义上维系那种拒绝驯服和压抑的所谓"男子气"或"男性技能"，而是用它去承受、吸收、保存来自粗糙、荒凉、残酷环境的碰撞、推挤和打击。在这个意义上,鲁迅文学特别是鲁迅杂文的句子句式句型,都是内心体验(特别是创伤体验、愤怒体验和虚无体验)对外部震惊的地震仪般的记录、翻砂铸模般的刻印,以及伤痕或病理病灶意义上的"内在化"。但鲁迅文学之为鲁迅文学,正在于它句子句式层面对这种体验震惊(它远远超出了通常意义的"情感"或"抒情")的让渡、把握和诗学占有;因此,尽管杂文句子和句式并非不可以在常规"美文"范畴中被读者"欣赏",但在文学本体论和政治本体论的终极意义上,它们都带有自我否定和自我毁灭的决绝,带有一种蓄意的、把诗学强度激化和最大化的瞬间性和脆弱性。鲁迅在表述这个终极特征时往往使用病理学语言,如"正如白血轮之酿成疮疖一般,倘非自身也被排除,则当它的生命的存留中,也即证明着病菌尚在"[1],或用描述自然界能量和形式转化的语言,比如"野草,根本不深,花叶不美,然而吸取露,吸取水,吸取陈死人的血和肉,各各夺取它的生存。当生存时,还是将遭践踏,将遭删刈,直至于死亡而朽腐……地火在地下运行,奔突;熔岩一旦喷出,将烧尽一切野草,以及乔木,于是并且无可朽腐"。[2]

在《鲁迅批判》中,李长之就对特殊的鲁迅句式进行了初步的观察和分析。他指出,鲁迅文章带有一种看似易于学习和模仿的"调子",其中特别突出的是"转折语"的大量使用。这种反复的"转折"在李长之眼里并非仅仅是语言上的怪癖,而是出于鲁迅文字"扩张人的精神"的需要:

> 他用什末扩张人的精神呢?就是那些"虽然","自然","然而","但是","倘若","如果","却","究竟","竟","不过",

---

[1] 鲁迅,《〈热风〉题记》,《鲁迅全集》第1卷,第308页。
[2] 鲁迅,《〈野草〉题辞》,《野草》,《鲁迅全集》第2卷,第163页。

"譬如"……他惯于用这些转折字,这些转折字用一个,就引人到一个处所,多用几个,就不啻多绕了许多弯儿,这便是风筝的松线,这便是流水的放闸。[1]

倘若文字的表现方式,是一种极其内在的关系上代表一个人的根性时,则鲁迅有两种惯常的句形,似乎正代表鲁迅精神上的姿态。一是:"但也没有竟"怎么样,二是:"由他去吧"。[2]

《鲁迅批判》对鲁迅句式、句型、句法的探讨虽没有达到方法论自觉和系统性的程度,却以一种批评的敏感,触及了鲁迅文学形式、结构、文体和风格的基本单位。李长之并不认为鲁迅具备"理论家那样丰富正确的学识,也没有理论家那样的分析组织的习性";并引用鲁迅自己的话("怎样写的问题,我是一向未曾想到的",《怎么写(夜记之一)》),却把这些都看作鲁迅在创作上有"惊人的超越的天才"的反证。这种天才很大程度上落实在文字和句法的层面,正如李长之所见,"单以文字的技巧论,在十七年来(1918—1935)的新文学的历史中,实在找不出第二个可以与之比肩的人"[3]。进一步讲,李长之在鲁迅文学生涯尚未终结之时便已看到,正是这种"真正的中国语言文字的巧为运用",让"白话文的表现能力,得到一种信赖;从此反封建的奋战,得到一种号召;从此新文学史上开始有了真正的创作"[4]。它进一步让现代中国人的情感世界和内心世界得以表现,让他们"寂寞的哀感"和"对于弱者与被损害着的热烈的抚慰和同情,还有对伪善者愚妄者甚至人类共同缺陷的讽笑和攻击"[5]都能够发出自己的声音,获得

---

[1] 李长之,《鲁迅批判》,第132页。
[2] 同上书,第155页。
[3] 同上书,第158页。
[4] 同上。
[5] 同上书,第132页。

生动的形象和感人的风格。

这种由句子构成的、具有高度辨认度的鲁迅文体或风格，本身也必然在自身的语言、写作法和审美趣味层面应对、处理了种种时代性的或来自新文学发展自身要求的对立、冲突和矛盾：比如政治性的社会介入同审美自主性的矛盾；比如启蒙的思想革命"将令"或社会责任同文学形式自身的反讽、歧义性和"中立风格"倾向的矛盾。在更为一般的社会意识形态意义上，我们可以假定鲁迅文学必然在一方面需要以自身的方式满足中国新文学"现代化"和"世界化"的诉求；另一方面又需要张扬民族化，恪守或忠实于某种中国文学传统特有的气质、品位、人格和技能。这里可以作为工业化美国社会的技能崇拜和新教工作伦理的现代中国意识形态对应物或对等物的东西，或许正是作为近代中国民族诉求的科学与民主的价值观；而发达资本主义社会里个人对克服异化、回到整全的人的渴望，在现代中国往往表现为对某种前资本主义传统生活方式、价值观和审美趣味的怀旧，和对中国社会和文化发展连续性与自主性的渴望。所有这些类比的目的，不在于生硬地将鲁迅文学分析纳入当代西方理论框架中去，而是以后者自身的历史观察为参照，将鲁迅文学放置在一个相对严格的形式分析和风格的"现象学还原"的视野之中。

相对于20世纪初美国高度发达的资本主义经济和相对弱化与"模糊"的阶级结构（即海明威句型的"政治无意识"），同时期中国生产力和社会发展的不发达，却在社会政治和意识形态领域呈现出极端尖锐的阶级对立和价值冲突。面对这种社会矛盾和阶级结构的明晰性和尖锐性，白话文学革命本身的"知识分子立场"及其文化教养往往难以在叙事和理论的层面把握、再现现代中国历史所特有的政治强度。但具体到形象、句法和文体-风格层面（这一层面我们将在下文处理），这种经验领域里的"震惊"（shock）却有可能在语言空间被恰当地——即充分、深刻、全面却不失审美中介性、感染力（或审美快感）地——吸收和转化为一种特殊的文体。鲁迅文学在整个新文学历史实践和集体实践中的独特地位，相当程度上正来自它在自身形象－句法－文体/风格空间中吸收、抵抗、转化和呈现这种历史冲突和道德冲突的心理承受能力和语言－艺术技巧。如果参照马克思关于资本主义社会经济发展的高级阶段对低级阶段具有"解剖学"意义上的示范性的看法[1]，我们可以说鲁迅文学作为一种历史风格的独创性，恰恰在于为资本主义全球史/现代性的初级和不发达地域或发展阶段提供它所需的"复杂形式"和"动态形式"（包括认识方法和表现手法）；而作为20世纪"资产阶级革命"一部分的白话文学革命"主流"，却往往本能地希望用一种意识形态意义上的、从业已体制化的欧美文艺实践经验中租借来的"简单形式"或"静态形式"（"伟大的小说""艺术之宫""优美的诗"等）去描摹一个在现实环境中只具有朦胧的轮廓却因模糊和不确定性而显得"复杂"（"丑陋""恐怖""陌生""神秘"）的现实。这种截然相反的立场和结构性对立，部分解释了鲁迅文学在新文学头20年发展史上特立独行的状态和活动方式。它也解释了何以鲁迅文学最内在的创造性能量和写作技巧，必然会溢出一切中规中矩、温柔敦厚的样式、文类、文体和风格，而最终在一个"风沙扑面、狼虎成群"的旷野、沙漠和荆棘丛中扎下杂文的营寨。

把句子和句型作为鲁迅文学风格研究的基本单位，有助于我们在这样一种理论层面去分析鲁迅文学的内在结构（即"诸动机的序差"）、经验主题和诗学模态，从而在形式分析的具体性上建立起一个风格总体的概念。在此我们可以进一步将"句法学"（syntax）与由语句丛或语句流组成的"语义学"（semantics）和"语用学"（pragmatics）区分

---

[1] 马克思说："人体解剖对于猴体解剖是一把钥匙。低等动物身上表露的高等动物的征兆，反而只有在高等动物本身已被认识之后才能理解。"《马克思恩格斯文集》第8卷，人民出版社，2009年，第29页。

开来。后两者一同构成鲁迅文学风格的"话语"范畴,而前者则是以单一的句子为基本元素,为我们带来修辞术、造句法和言语行为意义上的诗学的最小单位的"整一的行动"和分类法。比如,我们或可在一个并不严格系统的意义上,将鲁迅文学的基本句式或特色句式分为以下各类予以专门的考察:

一、简单陈述句。多暗藏反讽或公然自相矛盾,如:"孔乙己是站着喝酒而穿长衫的唯一的人。"(《孔乙己》)"东京也无非是这样。"(《藤野先生》)或借显而易见的日常道理讲出一个不寻常的见解,如:"我只很确切地知道一个终点,就是:坟。"(《写在〈坟〉后面》)或以看似平淡的简单陈述句式传达令人震惊的信息或思想,如:"此外即全是默默吃苦的'土人',能耐的死在洋场上,耐不住的逃入深山中,苗瑶是我们的前辈。"(《再谈香港》)又如:"要而言之,不过'京派'是官的帮闲,'海派'则是商的帮忙而已。"(《"京派"与"海派"》)"'小摆设'当然不会有大发展。"(《小品文的危机》)又如:"总之:她们大抵早熟了。"(《上海的少女》)

二、猜想–判断式短句。多以决绝的口气同某种难以割舍的东西告别,如:"这东西早已没有了罢。"(《从百草园到三味书屋》),或将客观事物主观化、内在化,如:"我到现在终于没有见——大约孔乙己的确死了。"(《孔乙己》)或"但我想,血写的文章,怕未必有罢。"(《怎么写(夜记之一)》)又如:"我不知道以后是否还有记念的时候,倘止于这一次,那么,素园,从此别了!"(《忆韦素园君》)

三、描写–叙事性长句。多在杂文文体句式的扩张形式中包含形象塑造、情绪宣泄、过程记录、叙事动机乃至记实–虚构之间的张力,如:"我当初是不知其所以然的;后来想,凡有一人的主张,得了赞和,是促其前进的,得了反对,是促其奋斗的,独有叫喊于生人中,而生人并无反应,既非赞同,也无反对,如置身毫无边际的荒原,无可措手的了,这是怎样的悲哀呵,我于是以我所感到者为寂宽。"(《〈呐喊〉自序》)或:"但中等华人的窟穴却是炎热的,吃食担,胡琴,麻将,留声机,垃圾桶,光着的身子和腿。相宜的是高等华人或无等洋人住处的门外,宽大的马路,碧绿的树,淡色的窗幔,凉风,月光,然而也有狗子叫。"(《秋夜纪游》)或:"不是年青的为年老的写记念,而在这三十年中,却使我目睹许多青年的血,层层淤积起来,将我埋得不能呼吸,我只能用这样的笔墨,写几句文章,算是从泥土中挖一个小孔,自己延口残喘,这是怎样的世界呢。"(《为了忘却的记念》)又如:"而黄克强在东京作师范学生时,就始终没有断发,也未尝大叫革命,所略显其楚人的反抗的蛮性者,惟因日本学监,诫学生不可赤膊,他却偏光着上身,手挟洋磁脸盆,从浴室经过大院子,摇摇摆摆的走入自修室去而已。"(《因太炎先生而想起的二三事》)

四、过度精确或明晰化的句式。多见于讽刺性质的上下文,语义多接近于反话,如:"一九二八年十一月一夜,译者识于上海离租界一百多步之处。"(《〈北欧文学的原理〉译者附记二》)或以过度巧合做文章,如:"待到得首都,顿首请愿,却不料'为反动派所利用',许多头都恰巧'碰'在刺刀和枪柄上,有的竟'自行失足落水'而死了。"(《逃的辩护》)

五、含混化句式。多通过作者－叙事者之间反讽性质的距离引入一种犹疑不决的状态或态度,如:"——然而也未必,……谁来管这等事……。""唉唉,见面不见面呢?""那是,……实在,我说不清……"(《祝福》)

六、内省式抒情句式。如:"但是,这却更虚空于新的生路;现在所有的只是初春的夜,竟还是那么长。"(《伤逝》)或:"现在是一年的尽头的深夜,深得这夜将尽了,我的生命,至少是一部分的生命,已经耗费在写这些无聊的东西中,而我所获得的,乃是我自己的灵魂的荒凉和粗糙。"(《华盖集·题记》)又如:"我靠了石栏远眺,听得自己的心音，四远还仿佛有无量悲哀，苦恼，零落，死灭，都杂入这寂静中，使它变成药酒，加色，加味，加香。"(《写在〈坟〉后面》)

七、去主体化及无主体句式。多借自然科学的非人化、去历史化视角表达某种政治性或道德判断，如借用自然科学原理的修辞法："人类的血战前行的历史，正如煤的形成，当时用大量的木材，结果却只是一小块，但请愿是不在其中的，更何况是徒手。"(《记念刘和珍君》)又如："但我所谓危机，也如医学上的所谓'极期'（Krisis）一般，是生死的分歧，能一直得到死亡，也能由此至于恢复。"(《小品文的危机》)

八、时间排比重叠句式。多以多重时间的叠加或折叠制造紧张的经验结构，如："前年的今日，我避在客栈里，他们却是走向刑场了；去年的今日，我在炮声中逃在英租界，他们则早已埋在不知那里的地下了；今年的今日，我才坐在旧寓里，人们都睡觉了，连我的女人和孩子。我又沉重的感到我失掉了很好的朋友，中国失掉了很好的青年，我在悲愤中沉静下去了，不料积习又从沉静中抬起头来，写下了以上那些字。"(《为了忘却的记念》)

九、自主回忆句式。即以蓄意突出主观性的手法制造叙事效果，如："真的，一直到现在，我实在再没有吃到那夜似的好豆，——也不再看到那夜似的好戏了。"(《社戏》)或："我至今一想起，还诧异我的父亲何以要在那时候叫我来背书。"(《五猖会》)

十、遗忘/非自主回忆句式。多通过遗忘为中介重构深层记忆和时间结构，如："所谓回忆者，虽说可以使人欢欣，有时也不免使人寂寞，使精神的丝缕还牵着已逝的寂寞的时光，又有什么意味呢，而我偏苦于不能全忘却，这不能全忘的一部分，到现在便成了《呐喊》的来由。"(《〈呐喊〉自序》)或："也想将这些梦迹压下，忘却，但这些却像搅在水里的鹅毛一般，转了几个圈，终于非浮上来不可：——荷生满脸是血,哭着进来了。"(《弟兄》)又如:"我自己觉得我的记忆好像被刀刮过了的鱼鳞,有些还留在身体上,有些是掉在水里了,将水一搅,有几片还会翻腾,闪烁,然而中间混着血丝,连我自己也怕得因此污了赏鉴家的眼目。"(《忆韦素园君》)

十一、喟叹调。多以虚词、虚词叠加、连词、转折语等造成语气上的慷慨或婉转,以表达过度的愤怒、失望、悲哀等,如:"连'杂感'也被'放进了应该去的地方'时,我于是只有'而已',而已!"(《〈而已集〉题辞》)

十二、祈愿句。如:"惟愿偏爱我的作品的读者也不过将这当作一种纪念,知道这小小的丘陇中,无非埋着曾经活过的躯壳。待再经若干岁月,又当化为烟埃,并纪念也从人间消去,而我的事也就完毕了。"(《写在〈坟〉后面》)或:"我愿意真有所谓鬼魂,真有所谓地狱,那么,即使在孽风怒吼之中,我也将寻觅子君,当面说出我的悔恨和悲哀,祈求她的饶恕;否则,地狱的毒焰将围绕我,猛烈地烧尽我的悔恨和悲哀。"(《伤逝》)又如:"仁厚黑暗的地母呵,愿在你怀里永安她的魂灵!"(《阿长与山海经》)

十三、宣叙体(准诗体句式)。在内省抒情句式之上做高唱或低吟,带有安魂曲、进行曲、咏叹调般的音乐性,如:"我仍然只有唱歌一般的哭声,给子君送葬,葬在遗忘中。"(《伤逝》),或:"魂灵被风沙打击得粗暴,因为这是人的魂灵,我爱这样的魂灵;我愿意在无形无色的鲜血淋漓的粗暴上接吻。"(《一觉》)又如:"苟活者在淡红的血色中,会依稀看见微茫的希望;真的猛士,将更奋然而前行。"(《记念刘和珍君》)又如:"这是东方的微光,是林中的响箭,是冬末的萌芽,是进军的第一步,是对于前驱者的爱的大纛,也是对于摧残者的憎的丰碑。"(《白莽作〈孩儿塔〉序》)

十四、模拟–寄居的反义修辞法。多夺取外在负面或讽刺性对象,通过将其"据为己有"或"为我所用"而形成语义的反转,如:"但有趣的是谈风云的人，风月也谈得，谈风月就谈风月罢，虽然仍旧不能正如尊意。"（《〈准风月谈〉前记》）或："我只在深夜的街头摆着一个地摊，所有的无非几个小钉，几个瓦碟，但也希望，并且相信有些人会从中寻出合于他的用处的东西。"（《〈且介亭杂文〉序言》）又如："请先生也许我回问你一句，就是：我们现在有言论的自由么？假如先生说'不'，那么我知道一定也不会怪我不作声的。"（《答中学生杂志社问》）

十五、真伪是非判定取舍修辞法。句型类似简单陈述句，但语义着重于指认、判断，常常暗含"其实""只能是""并不""不是……而是……"结构，如："在这种明诛暗杀之下，能够苟延残喘，和读者相见的，那么，非奴隶文章是什么呢？"（《〈花边文学〉序言》）或："一般的幻灭的悲哀，我以为不在假，而在以假为真。"（《怎么写（夜记之一）》）或："至于中国所谓的手段，在我看来，有时也应该说有的，但绝非'以夷制夷'，倒是想'以夷制华'。"（《"以夷制夷"》）或："说一句老实话，那就是并非因为古物的'古'，倒是为了它在失掉北平之后，还可以随身带着，随时卖出铜钱来。"（《崇实》）又如："与其防破绽，不如忘破绽。"（《怎么写（夜记之一）》）

十六、"咬文嚼字"句式。或引经据典确立"原意"驳斥种种断章取义，或有意脱离原意的上下文，在字面意义上发挥引申，在语义逻辑上类似"归谬法"，如："其实是何尝有这么一个'党'；只是'虚无主义者'或'虚无思想者'却是有的，是都介涅夫（I. Turgeniev）给创立出来的名目，指不信神，不信宗教，否定一切传统和权威，要复归那出于自由意志的生活的人物而言。"（《马上支日记》）又如："生殖机关，用严又陵先生译法，可以谓之'性官'；'吊膀子'呢，我自己就不懂那语源，但据老于上海者说，这是因西洋人的男女挽臂同行而来的，引申为诱惑或追求异性的意思。"（《新秋杂识（三）》）

这样带有高度可辨识度和风格印记的鲁迅句式还有很多，这个单子并不旨在搜罗完备，个别例句的精准度也有待提高；它只意在方法论意义上的"举一反三"，目的在于表明鲁迅文学以句子为基本构造单位和风格统一性的基础。这些句子和句式无论长短繁简，都带有鲁迅鲜明的个性和创作印记（即所谓"作者的签名"），在鲁迅作品阅读过程中不断地制造、确认和巩固着读者对鲁迅文学特殊的文字、情感、审美和风格特征的印象和感受，从而在阅读经验中完成一种明确无误的作者形象和意义构造。它们打通鲁迅所有写作样式和文体，也贯穿鲁迅各个写作阶段，构成了鲁迅文学生产机制最难以被忽视或误认的节奏、韵律和能量动态。这些"鲁迅式"的句子，事实上就是鲁迅文学本体论质地的感性外表和语言学存在方式。它们通过停顿、悬置、重复、转折、绵延和萦绕不绝，把个人经历和历史经验的凶险或无聊转化为隽永而意味深长的诗；把现实的零散、粗糙和偶然转化为回忆、叙事和寓言的必然。鲁迅的句子和句式是让作者凌驾于他所面对的直接历史现实之上的平台；是让作者意识参与到同现实短兵相接的搏斗中却同时保持一个若即若离的距离的感应器和兵刃；最终，它们是把"经验"、"历史"和"思想"转化、升华、链接在"诗"的范畴，从而建立起中国现代文学主观性和内在性疆界和"深度"的形式、结构和文学生产的"欲望机器"。

　　这些句子、句式和句法，事实上也对应着鲁迅作品里几乎所有的文学主题、议题和主导动机。一个完备的鲁迅文学句法学分类表，几乎可以同鲁迅文学主题学分类表混用，由此我们也可以领略鲁迅文学作为一种发达语言形式，相对其对象或"内容"，具有表意单位和结构上的更高的缜密度、专注力和系统性。这至少在整个新文学最初两个十年期间是无与伦比的。鲁迅的句子、句式和句法构造记录、结构了近代晚期和现代早期中国社会的矛盾和思想碰撞，捕获、结晶了时间与经验，调和、保存了记忆和遗忘。在此过程中，这些句式本身建立起一种真/伪、善/恶、美/丑的辨识和判断机制与标准，从而确立了一种白话文学语言内部的伦理和艺术的标准。最后，这些句子和句式也通过语言的技术和创造性运用而为新文学带来前所未有的情感、情绪表达的亲密性、复杂性和心理深度，尤其是构建出一种鲁迅风格所特有的"情动"因素（affectivity），即那种直达存在本质的体验强度、具体性甚至身体性。

三、话语：表意－交流系统

同前面分析鲁迅文学基本形象单位时的"形象Ⅰ""形象Ⅱ"类似，我们也可以把这种文体风格从内部区分为"总体风格"（或"风格Ⅰ"）以及"具体风格"（或"风格Ⅱ"）。前者指鲁迅文学在文字、审美、形式、结构和意义系统上的连贯性和统一性；它是相对于其他个人或时代文学的风格（如"魏晋风度""盛唐气象"等），也是相对于历史、现实和世界的表象与再现意义上的形式风格。后者则是指鲁迅写作所涉及的不同体裁、样式。它们都可以笼统地置于"文体研究"的名下，但在不同的具体语境里带有极为不同的含义。

在欧洲语言里，"风格"与"文体"都是"style"[1]，一般指形式、技巧、审美层面的外观、气质和特征；人们也是在这个意义上指认"贝多芬的音乐风格"、浪漫派风格或"爵士风格"。与此相对的则是分类或类型意义上的"样式"或"体裁"（genre），比如"声乐"和"器乐"、"无标题音乐"和"标题音乐"。然而，"摇滚""蓝调"这样的词汇，在不同的上下文里有时意味着"风格"或"乐体"（style），有时却意味着"样式"或"体裁"。鲁迅文学在文学样式、体裁的分类学意义上可分为小说、散文（美文）、杂文（杂感）、诗歌

---

[1] 如黎锦明就曾称鲁迅为Stylist（体裁家），转引自鲁迅，《我怎么做起小说来》，《南腔北调集》，《鲁迅全集》第4卷，第529页，注释7。黎锦明原文出自《论体裁描写与中国新文艺》，《文学周报》第五卷第二期，1928年2月合订本。

（包括旧体诗和新诗）、散文诗和论文；在所有这些类型中，鲁迅的写作都显示出一种独特的文字和句型特色、组织的技术以及审美气质，也就是统称为"风格"的东西。在"文体"和"体裁"意义上的风格（style/genre）中，事实上还有一种更为具体的"样式"或"文类"的概念，这就是一般所谓的"纯文学""科幻小说""言情小说""武侠小说""文化散文""思想随笔"等。这样的用法可以比作电影研究语汇里的"类型片"（恐怖片、西部片、歌舞剧、警匪片、情景喜剧等）。

这些文学样式、体裁、文体和风格研究的概念框架和具体对象之间的边界并不总是很清晰，往往需要在具体的上下文中才能判断其确切含义。但同时，这些基本概念范畴、研究对象的界定和由此而来的问题与方法上的具体性仍旧是有意义的。事实上，这些基本的、不完美的概念区分正可以帮助我们勾勒出作为文学批评和文学研究对象的鲁迅文学的基本轮廓，并对之做出一个基本的分析性与理论性的表述和界定。

转向鲁迅文学文体 – 风格分析之前，有必要在这个整体和句子句式单位之间的过渡环节上稍作停留。这个环节就是鲁迅文学的"话语"层面。对此的考察，一方面是从句法学（syntax）进入到语用学（pragmatics），探讨鲁迅文学语言风格在具体社会交流空间的"实用"功能、"实践"形态和活动方式及组织方式；另一方面，它也是一种话语分析（discursive analysis），其具体分析对象是特殊结构的论说主题、形态、场域和建制。综合上述两种含义，在通俗的意义上讲，所谓鲁迅文学的"话语研究"，就是将鲁迅写作风格看作一种语言流（包括它的文气文脉和围绕其形成的特殊氛围）、一种论说场域（包括新文学各种刊物、同人团体、议题、争论和讨论）、一种思维方式和言论机制（包括问题意识、观念形态、言语行为规范）来分析。它的终极指向，是作为文学构造和文学体制的鲁迅文学。这种构造和体制带有自身特有的构思、气象和存在方式，同时也必然带有任何语言观念形态都难以避免的自我强化甚至固化倾向，包括观念形态、情感方式、表现技巧和言语举止做派上的"套路"与艺术程式化倾向。

鲁迅文学"话语"以"内容"的面貌和方式扮演了"形式"的功能，它在具体修辞形象–句式和总体文体风格之间支撑起文学感性外观的表面和文学观念思想的言语形态，因此是可以被视为形象、句子之上第三个，也是最大的一个组织单元或单位。这种组织单元或单位本身大小不一，但它们都有着相对清晰的边界、相对紧密的内部联结和中心意念/观念/母题及其相对确定的表述方式。比如"被压迫民族的文学"是鲁迅文学中一个"明确的意念"、一个"固定话题"、一个"主导动机"，它带有自身特定的信息、语境、立场、价值指向和论述方式（词汇、形象、修辞法、句式、语调、论点等），它贯穿鲁迅文学中的翻译、写作、批评和理论思维，同作者总体世界观价值观、情感倾向和政治立场密切相关，构成一种"局部与整体"的关系，因此可以说是一个特定的"鲁迅文学话语"。这种话语往往具有伸缩性和衍射效应，比如"被压迫民族的文学问题"可以延伸为"被压迫民族问题"，继而进一步延伸为关于"压迫与被压迫"或"压迫与反抗"的更为一般乃至普遍的问题、思路、立场和固定表达方式，然后在这个一般和普遍的抽象层面不断"下沉"或具体化为其他话语或次话语系统，如"奴隶"和"奴隶性"问题、"做稳了奴隶的时代"与"欲做奴隶而不得的时代"、"做异族人奴隶"与"做自己同胞的奴隶"等。而与"压迫"相对的"反抗"，则可以说构成了一个更大、更鲜明而激烈，也更具有鲁迅特色的"文学话语"，包括"鲁迅文学中的反抗""作为反抗的作者姿态"或作为"反抗的象征"和"反抗的寓言"的鲁迅文学。而一旦"反抗话语"在鲁迅文学风格总体中的轮廓确立下来，它又会派生出"反抗虚无""反抗绝望""反抗传统""反抗'进步'""反抗唯美主义形式主义""反抗固化的现实本质主义"等"次话语"议题。

由此可见,"话语"无论作为鲁迅文学风格分析的一个单位和圈层,还是作为这种风格的内容和实质的具体存在方式,抑或是作为鲁迅文学形式结构内部运动的一种特殊形态和方式,都值得作为专门的对象加以研究。鲁迅文学"话语形态"和"话语系统"(及次系统)的命名本身构成了一个研究索引。在批评兴趣和研究范式发展的推动下,鲁迅文学话语形态也将呈现出极大的丰富性和变化。随着鲁迅文学研究的发展,会不断有新的话语形态被辨识和指认,形成新的话语分析的焦点。我们随手可以举出一连串为读者所熟悉的鲁迅文学话语,如"进化论"话语(及其他"自然科学"话语);"启蒙"话语(包括"国民性批判"话语);"道德谱系学批判"或"价值重估"话语;"辛亥革命"话语(包括"革命幽灵学"话语、"祭奠凭吊"话语、"继续革命"话语);"希望"或"希望的形而上学"话语(包括"未来"话语、"集体实践"话语)和"白话"话语(包括"思想革命"话语)。鲁迅文学话语丛或话语流在鲁迅文学不同"层级"上展开,大者如"记忆与遗忘"话语;"上海都市现代性批判"话语;"写作方法论"话语(如"写什么""怎么写"话语);"直译或硬译"话语;"青年"话语。此外还有为数众多的特殊"话题",如"学者"/"正人君子"/"艺术之宫"/"公理"批判话语;"中医"话语,"不宽恕"话语等等。这些"话语"大小不等,意义和价值不同,编织和展开方式不一,但它们都在鲁迅写作、文体和风格中占有一席之地,有的一闪而过,有的反复出现,共同形成了鲁迅文学风格的体量、强度、个性与特征。

"话语"作为鲁迅文学风格的一种存在方式,即作为形式和审美批评分析的一个组成单位,体现出鲁迅文学的一些特征和气质。我把这些在鲁迅文学"话语"形态和存在方式中透露出来的互补性特征简单归纳为以下三点:1)集体性,即可交流性和共同体意识;2)外向性格,即暖色调与热情;3)认识历史与再现现实的兴趣。下面就这三点稍作展开。

鲁迅文学显著的话语特质之一在于,它始终是一种积极寻求思想共鸣和情感交流的言语方式和表达方式。与种种孤芳自赏、沉溺于内心世界或形式自足性的写作不同,鲁迅文学是一种活生生的、直接面对自己心目中的读者(即"那些偏爱我的文字的人")的交流行为。无论它在语言、形式、技巧和风格范畴内走得多远、何等自觉,无论它如何常常陷入"梦醒后无路可走"的孤寂和痛苦,鲁迅文学风格归根结底都是面向具体的、有血有肉的观众、听众和读者的活动,并因这种存在方式和活动方式而显示出一种具体的、有血有肉的面貌和气质。这也可以说是鲁迅文学作为"为人生"和"直面当下"的写作在风格空间内部的前提设置。鲁迅文学是一种为交流而存在的文学;它自身的效果预期最终需要在对一个广义的文学共同体的寻找、发现、界定和建设中才能得以确认。甚至可以说,鲁迅文学从它诞生的一刻起就是对这个想象的共同体的呼唤和倾诉。这个共同体本身可以说是一个变化的复合构造,一个话语、想象、认同、立场、意义分享和价值批判的"俄罗斯套娃":它有时只是新文学运动内部的观点、流派、运动意义上的"小团体",有时则是包括了"远方"和"别样的人们"的更大的共同体(新文学的读者,为今天和未来而战的中国人,等等),甚至有时还包括了古往今来所有值得尊重、令人感到亲切、希望与之神交的人。

鲁迅文学的话语风格首先来自它与这种共同体的认同和归属关系,这决定了鲁迅文学言语行为和风格的伦理立场、政治倾向性和道德热情,赋予它以一种不言自明的集体性,包括其鲜明的民族和民族文化自尊及自觉。这同鲁迅文学风格另一个层面上的个别性和独立性、批判性和怀疑态度,特别是作者对一切以群体和团体之名对个人施加的操纵、欺骗和压迫的高度警惕,形成一种有意味的张力和对照。这种对交流和共同体的寻求,这种基于个性解放和思想独立的认同感和归属感,使得鲁迅文学具备一种强烈的制造共鸣和获得"同情之理解"的可能性。我们甚至可以在批评分析的假定性上设想,对自己文字这种动人效果的自信,在"形式无意识"层面促进并助长了鲁迅文学风格的另一面,即它的尖锐、严厉、彻底、决绝,因为这种言语方式和文学风格似乎相信,无论自己下笔多么刻薄和不留情面、多么挑战读者的审美或道德"舒适区"限度、如何制造对立和决裂,但归根结底,这种话语方式表达的是作者本人所认同并为之服务的共同体内部的道德良知、情感真实和思想共识;也就是说,它是一种集体经验和理想的自我表述。这极大地延展、拓宽了鲁迅文学风格的审美光谱和道德光谱,使之获得了内部的张力和活力。如果没有这种交流性质、共同体意识和集体归属感,鲁迅文学的某些面向,本来或许是难以同其他高度自我主义的警觉、防备、怀疑、阴郁和自恋的文风相区别的。

鲁迅"集体性"话语的具体运作方式包括"介绍"意义上的"偷火"与分享;包括翻译、宣传和呐喊;包括抒情或悼亡式的情感传递,包括通过回忆和自叙同读者分享儿童的快乐和独行者的寂寞惶惑,也包括用种种虚构或记实的笔法,通过难忘的形象和曲折隐晦的表白制造震惊效果。它自然更包括杂文和论说文范畴内的观察、剖析、辨识、说理,包括种种提问、反驳、质疑和呼吁,包括种种反抗和进击。在话语姿态和话语形态的意义上,它们都是营造与读者之间情感与观念的共鸣箱,是实现"想象的共同体"的有效手段。因为这种集体性话语层面的底色,是诉诸"中国人"的信任与同情,即便是在"不惮以最坏的恶意,来推测中国人"[1]的时候。下面这段文字,也许最能够形象地说明,作者在孑然一身、专注于黑暗中的单打独斗时,仍意识到

---

[1] 鲁迅,《记念刘和珍君》,《华盖集续编》,《鲁迅全集》第3卷,第291页。

自身战斗的集体性和历史性：

> 现在的各种小周刊，虽然量少力微，却是小集团或单身的短兵战，在黑暗中，时见匕首的闪光，使同类者知道也还有谁还在袭击古老坚固的堡垒，较之看见浩大而灰色的军容，或者反可以会心一笑。[1]

这与一般读者对鲁迅所做的"孤寂的个人"的想象有所不同，事实上，鲁迅文学是积极寻求交流和沟通的话语方式和写作法，它始终诉诸一个想象的共同体，致力于它的构建和自我意识。这具体表现为鲁迅的写作始终呼唤、争取甚至制造着自己的读者和受众。这绝非简单的精神导师与追随者、教主与信众、先生与学生的关系（参看鲁迅与许广平、青年朋友和读者的通信），而是基于平等关系的诚挚的对话和交流；是倾诉，也是倾听。这不但是鲁迅写作和文学风格的根本特征，也以此为媒介透露出鲁迅文学的观念形态、价值形态和思想内涵。它标志着新文学最基本、最内在的自我理解、诉求和使命；也代表着新文学作者的人格、情感方式和思想境界。这个隐含在鲁迅文学风格内部的"共同体话语"方式有助于我们通过一个"意想的读者"（implied reader）来认识鲁迅文学的集体性。无论鲁迅作品在现实中有何等具体的针对性和立场，也无论鲁迅自身的位置与人际关系在二三十年代的中国社会发生过哪些一时一地的变化，鲁迅文学风格整体始终指向晚清以来正直、进步、向上的中国人的最大公约数。这个文学公约数在价值共同体意义上，与20世纪中国社会发展历时性变化所构成的共时性结构及其倾向性大体重合。这个跨越具体历史阶段的集体性"交叠共识"，正是鲁迅阅读与阐释的相对稳定的社会基础。这也说明了，对

---

[1] 鲁迅，《通讯》，《华盖集》，《鲁迅全集》第3卷，第25页。

鲁迅不同时期写作的政治立场和政治信息所做的种种过度解释或武断处理，为何从根本上讲是不符合鲁迅文学风格本身浑然一体的构造和逻辑的。

在此基础上我们可以进一步推论，鲁迅文学风格就其"性格"而言，最终是"外向"的、热情的。任何积极寻求交流与共鸣、声气相通甚至"会心一笑"的言语行为，都必然反映出言说者自身的激情和能量；任何话语方式和话语系统中透露出来的归属感和认同感，都"暴露"出作者对于他人的寻觅、向往甚至依赖。在这个意义上，可以说鲁迅文学在话语层面对人性和社会抱有最根本的、尽管有时是深藏不露的信任态度。鲁迅作品当然带有高度的怀疑主义倾向，带有强烈的批判性和否定性，但这种怀疑、批判和否定，同时也锻造着且依赖于作为中介和转化机制的新人及其价值上的自我肯定。就是说，鲁迅的"黑暗""绝望"和对自身过渡性乃至"速朽"的清晰直观，本身又是一种热烈的"否定的精神"，在根本上是一种历史意义上的、非人格化的乐观精神，即一种指向未来的乌托邦理想主义和希望的形而上学。这同鲁迅文学风格表面上带给人的冷峻、悲观、怀疑色调和印象恰好相反。鲁迅文学在风格意义上的隐含的（有时是无意识的）情感共同体也让我们看到，鲁迅文学本质上带有一种追忆往昔时光、试图恢复和重构人生中"幸福意象"的特征。它具有一种诗的"幸福意志"，可以让作者沉浸在对童年和故乡的回忆中，心甘情愿地任旧日的意象"哄骗我一生"[1]；也可以让他金刚怒目，对一切令他不屑和不齿的人说"让他们怨恨去，我也一个都不宽恕"[2]。这种幸福意志不但体现于文学对于自身审美外观及风格完整性的自觉追求（这在上文分析的"形象"和"句子"层面充分显示出来），也体现为鲁迅笔下时常出

---

[1] 鲁迅，《〈朝花夕拾〉小引》，《朝花夕拾》，《鲁迅全集》第1卷，第236页。
[2] 鲁迅，《死》，《且介亭末编·附集》，《鲁迅全集》第6卷，第635页。

现的，抑制不住的日常生活中的生机、情趣和欢乐（在《两地书》中有许多此类瞬间的记载[1]）。而作为鲁迅文学风格特征之一的幽默、戏谑和游戏性，则不妨视为在形式上的审美自觉与作者的心理能量之间形成的平衡点。所有这一切，事实上都同作者不时投射给读者的"苦行僧"形象形成对照。这种暖色与信任、温情与念旧、热情与向往都必须建立在一种真实性和实在性的基础上，这反过来决定了鲁迅文学风格对于一切欺骗、自欺、虚妄和幻觉的无情而必欲摧毁之而后快的态度。

鲁迅文学话语层面的"交流欲望 – 集体性"及"外向型 – 暖色调"连带出第三个言语 – 论述特征，即鲁迅文学的历史认识和现实再现兴趣。鲁迅文学风格整体的丰富性与复杂性并不能够被容纳在简单的"为人生"这样的写实主义标签下，但鲁迅文学毫无疑问在其话语行为、话语方式和话语建制上带有强烈而始终如一的寻求客观真实（包括现实和知识两个范畴）、追求语言风格真实性（审美真实、情感真实、道德真实）的倾向和指向。可以说，鲁迅文学在其艺术自律性范畴之内，同时追随并对标着一种知识论意义上的好奇心、兴趣和科学态度，一种认识论意义上的真理辨析和真理判断。无论是鲁迅早期写作中的一般性时代精神和知识性介绍，还是贯穿鲁迅写作生涯的翻译，都具有一种格物（从矿物、动植物、到现代社会名物学）、求知（从进化论到历史唯物论）和思想传播的主观愿望和实际功能；它不仅仅是

---

[1] 比如《两地书》中有如下记载："楼下的后面有一片花圃，用有刺的铁丝拦着，我因为要看它有怎样的拦阻力，前几天跳了一回试试。跳出了，但那刺果然有效，给了我两个小伤，一股上，一膝旁，可是并不深，至多不过一分。这是下午的事，晚上就全愈了，一点没有什么。"又如："恐怕这事会招到诰诫，但这是因为知道没有什么危险，所以试试的，倘觉可虑，就很谨慎。例如，这里颇多小蛇，常见被打死着，颚部多不膨大，大抵是没有什么毒的，但到天暗，我便不到草地上走，连夜间小解也不下楼去了，就用磁的唾壶装着，看夜半无人时，即从窗口泼下去。这虽然近于无赖，但学校的设备如此不完全，我也只得如此。"见《鲁迅全集》第11卷，第180—181页。

为他人的一般性传播工作，更是作者自己认识世界的理论参照和方法工具。在鲁迅早期小说创作和后期杂文写作中，都带有强烈的现实表现和历史反思倾向；无论这种冲动、能量、兴趣和技能是否能够完全归入"写实主义范畴"，它们都确切无疑地运行在一种历史认识、社会分析、文化和价值批判的水准上。

  存在于"话语"层面和话语方式中的鲁迅文学的现实性和写实性（集体性、外向性和认识－再现功能），也必然在一定程度上渗透进鲁迅文学风格总体的其他范畴。在历史认识和现实再现意义上，"话语"同技法/文体/风格事实上融为一体，形成了鲁迅文学独具一格的象征－寓言结构及其极为有效的摹仿功能。在鲁迅早期和中期的小说和散文诗创作中，这种摹仿机制可以说兼具写实主义再现和现代主义表现（表现主义、象征主义、超现实主义等）的形式特征。在杂文创作中，鲁迅文学话语层面的认识兴趣和再现兴趣则主要表现为名－物关系和社会意识形态批判上的真伪之辨。这是一种新文学、新思想和新价值的命名之战和记录/记实的政治，也是杂文自身叙事功能、形象化功能和现实再现功能的形式探索。鲁迅小说在主题、形象、情节和语言行为层面同 20 世纪初叶中国社会现实、精神状况之间形成一种以"摹仿"为本质的再现论关系，这早已为一般读者和研究者所关注；但鲁迅杂文事实上同样表现出一种强烈的摹仿和再现力，只不过它主要活跃在话语层面。下面这段话表明，鲁迅杂文的内在驱动力和形式－风格造型动力，一方面来自对于外部敌意环境的"挤"、"讨伐"与"压迫"的反抗和反制，另一方面则来自一种自觉而自信的再现或反映冲动和使命感。对于"一位比我做老丑的女人，一位愿我有'伟大的著作'"之类的"批评"，鲁迅如此回应：

  说法不同，目的却是一致的，就是讨厌我"对于这样又有感想，对于那样又有感想"，于是时时有"杂文"。这的确令人讨厌的，但因此也更见其要紧，因为"中国的大众的灵魂"，现在是反映在我的杂文里了。[1]

在"反映论"意义上有如此自信的创作家，即便在新文学"写实主义者"里也是不多见的。

鲁迅文学风格的结构与历史性

四、风格：结构与历史性

在"形象"、"句子"和"话语"三个形态和范畴之后，"风格"作为一个具体的批评分析的对象，出现在鲁迅文学"现象学还原"的意向结构中。从这个角度看，在最一般的意义上，鲁迅文学所属的基本"风格"范畴是新文学的严肃文学创作（比如相对于晚清-五四时代的黑幕小说、鸳鸯蝴蝶派等流行样式）；在次一级范畴里，则是欧化小说（同时受到欧洲写实主义、象征主义和现代日本文学的影响），知识分子的启蒙主义写作（包括小说、《热风·随感录》和收入《坟》里的一部分早期论说文），心理描写与潜意识表达（如《野草》），个人回忆和自叙，书信、报刊连载或专栏写作，杂感或时评，文化思想评论，以及对新文学的文学语言和文学形式建构至为关键、在鲁迅文学空间里与创作几乎同等重要的文学翻译。但后面这个长长的名单本身表明，鲁迅文学的风格整体在文类的意义上，乃是一个寓"杂"于"纯"的复合体。这里的"杂"是类型、样式、题材和表现内容意义上的杂，因此是"内容"和历史范畴里的"杂"，它渗透或过渡到文体、写作手法、创作意图和思想兴趣范畴中，构成鲁迅文学风格内在的多样性、

---

[1] 鲁迅，《〈准风月谈〉后记》,《准风月谈》,《鲁迅全集》第4卷，第423页。

灵活性和创造性。这里的"纯",则需要由新文学起源在语言革命、思想革命、形式创新和观念 – 价值批判等基本范畴内的自我期许、抱负、眼界、参照系、文学生产方式和创作实质来决定;它是文学本体论意义上的统一性和纯粹性,往往由无形但又生动可感的能量、速度、流(flow,如语流、情感流等)、节奏韵律和类似引力场里的重力、吸引、排斥和形式转化等关系所构成。在隐喻和概念的双重意义上,它就是鲁迅文学风格终极面貌及特质所包含的时空架构、组织原理以及由此得以持续和活跃的实有与虚无、声音与寂静、运动与静止、变与不变。我们前面谈到的"形象"和"句子/句式",为理解这种"纯"提供了形式分析和语义分析的基本单位和"普遍媒介",为探讨鲁迅文学的风格统一性和总体性提供具体对象和方法上的可操作性。

接下来我们可以从"文体"角度分析鲁迅文学的创作实践和静态分布。这个"文体"概念属于文学本体论和文学理论范畴,并不涉及题材内容和写作样式(即 genre,如科幻、武侠、推理、启蒙思想宣传等),可以说是一个纯粹的形式概念框架。鲁迅本人对文体有着高度自觉和敏感度(相比之下对"风格"问题却着墨不多)。在《阿Q正传》的第一章"序"里,叙事人颇为这篇"速朽的文章"的名目犯难,因为"传的名目很繁多:列传,自传,内传,外传,别传,家传,小传……而可惜都不合"。这里所谓"正名"的问题其实正是文体问题。而最后虚构的"解决方案"也是一个虚拟的文体意义上的解决:"这一篇也便是'本传',但从我的文章着想,因为文体卑下,是'引车卖浆者流'所用的话,所以不敢僭称,便从不入三教九流的小说家所谓'闲话休题言归正传'这一句套话里,取出'正传'两个字来,作为名目……"[1]而在一个更为严肃的意义上,《阿Q正传》也以这种戏谑、充满讽喻的方式向日后所有读者提出了作品本身的文体问题,包括白

---

[1] 鲁迅,《阿Q正传》,《鲁迅全集》第1卷,第512—513页。

话革命本身的文体成熟和风格创造性的问题。《朝花夕拾》一般被认为是回忆性散文集,作者却在"小引"里坦承这部作品"文体大概很杂乱",但他随即又说明,这种文体杂乱事实上象征性地折射出作者写作期间个人经历和心境的"杂乱":"或作或辍,经了九个月之多。环境也不一:前两篇写于北京寓所的东壁下;中三篇是流离中所作,地方是医院和木匠房;后五篇却在厦门大学的图书馆的楼上,已经是被学者们挤出集团之后了。"[1]鲁迅在整个写作生涯中对文体问题多有触及,特别是在有关杂文的文学和文章学定位方面,比如在《且介亭杂文·序言》中,就提到"其实'杂文'也不是现在的新货色,是'古已有之'的,凡有文章,倘若分类,都有类可归,如果编年,那就只按作成的年月,不管文体,各种都夹在一处,于是成了'杂'"[2]。

鲁迅作为创作者或文章家在写作实践中无时不在面对和处理文体问题。同时,从这个观察框架和角度看,鲁迅文学本身也是一个"文体学"研究对象,并在这个意义上呈现出某种总体面貌和内在性质。这里最为关键的经验观察、阅读体验和概念假设是"文体混合",即鲁迅文学的本质不能仅仅从彼此孤立甚至相互排斥的单一文体(如小说对杂文,文学对非文学,文言对白话)去理解,而是必须在一个文体混搭、并用、融合的总体视野和总体文学生产方式中才能被把握。文体学批评作为一种形式研究,可以在"文体混合"的假设中帮助揭示

---

[1] 鲁迅,《朝花夕拾》,《鲁迅全集》第2卷,第236页。
[2] 鲁迅在自己的文学史研究中,也对文体及其流变有细致的观察,比如《中国小说史略》《汉文学史纲要》中就多次谈及文体。在《中国小说的历史变迁》第三讲"唐之传奇文"中写道:"小说到了唐时,却起了一个大变迁。我前次说过:六朝时之志怪与志人底文章,都很简短,而且当作记事实;及到唐时,则为有意识的作小说,这在小说史上可算是一大进步。而且文章很长,并能描写得曲折,和前之简古的文体,大不相同了,这在文体上也算是一大进步。但那时作古文底人,见了很不满意,叫它做'传奇体'。"见《鲁迅全集》第9卷,第323页。

出鲁迅文学实践及其方法的统一性和整体性。缺乏这种统一性和整体性观念的研究，往往会在历史主义或形式主义的概念区隔中将鲁迅文学肢解、禁锢在不同的阶段、风格（"倾向"或"主义"）、文体、类型和样式中，在所谓"文学现代化"、"审美细读"或"文学史研究"的学科范式内造成一种瞎子摸象式的、支离破碎的鲁迅文学体验和观念。

文体混合

只有"文体混合"的批评概念和方法才能够让当代读者重新回到鲁迅文学发生的历史现场和象征形式空间内部，才能够让我们在一个严格的意义上重建鲁迅文学研究的"统一场"：这就是贯穿并活跃于所有鲁迅文字的形象思维、叙事冲动、寓言动机、价值重估（道德的谱系学批判）和现实–历史表象与再现（从"立此存照"到"诗史"）所提供的独特韵律、节奏、氛围、气质、能量和意志。所有这一切无时无刻不同时存在并"生气灌注"于鲁迅文字的"形象"和"句子"层面，并沿着这种"普遍媒介"贯通、统摄了鲁迅文学所有的形式领域和观念领域。作为鲁迅文学"精神能量"的现身，作为其观念内容的感性化和具体化，这些形象和句子同时且无时无刻不以明喻、隐喻、象征、寓言等修辞形态出现在鲁迅文学所涵盖的所有文体和样式之中。它们在杂文写作里的频率、密度和强度，丝毫不弱于在散文诗或小说中的频率、密度和强度。我们甚至不妨在批评的概念性论争意义上做一个看似"过度"的推论：鲁迅的小说本质上都是杂文；而鲁迅的杂文总体上（比如以单本杂文合集或杂文集群为单位）都带有造型、叙事甚至"虚构"的倾向和"瞬间"。同样，鲁迅所有的"纯文学"创作，都带有不安于纯文学形式范畴和审美范畴而必欲突破之的冲动和尝试，因此它们都不同程度上渗透进社会批评、道德批评、政治讽刺和历史批判的维度而成为一种"时文"。与此同时，即便在最"执滞于小事情"，或陷入各种事理、情感、立场、名誉甚至个人意气之争时，鲁迅的文字也依然带有其特有的、属于"创作"范畴的文学质地、光泽、锋芒和纯粹技巧，因此它们也都可以被当作"文章"来阅读和欣赏。就是说，所有鲁迅文字都因为其内在的风格统一性和整体性，而在"内容"之外以其遣词造句、立论谋篇或文气文胆之特点而享受着审美意义上的关注，带来审美意义上的愉悦。更不用说，往往在深陷冲突对抗的环境之中时，在短兵相接的近战乃至肉搏中，鲁迅文章每每能够突然从眼下的战斗脱离开来，进入对个人生存的寂寞、痛苦、悲哀和虚无的存在体验和历史意识之中，从而将一个粗粝、堕落、空洞、黑暗的当下转化为一种"存在的诗"。也就是说，鲁迅文章即便在它们最为敌意的直接现实所苦、所累时，即便在最毫无保留地投入事关生死、荣辱的政治性斗争时，也依然持有一种文学本体论的"场"，依然能够在文学理解的"统一场理论"范畴内予以分析和理解。

这样的攻守转换固然是在鲁迅写作内部的形象和句子层面完成的，但它也具有十足的文体意义，标志着鲁迅文学的文体学真理：它是一种能够时刻把最不利于文学生存所需的内心状态与外部震惊，激烈而强悍地吸收、内化并升华为具有文学自律性的记录、叙述、抒情和历史寓言的写作方法和机制。这种外部的冲击和震惊越强烈，越具有摧毁性，这种潜意识的、本质上是诗的心理防卫机制就越执着地、绝望地、创造性地调动起作者存在与意识的一切资源和能量，构筑起一个本质上是诗的防线和攻防战略战术系统。在这样具有生死较量意味的抵抗和战斗状态中，"文体"资源和"文体学"策略是一种必不可少的工具和手段，但也仅仅是一种工具和手段；换句话说，相对于鲁迅文学的"存在斗争"和价值斗争（它既是个人意义上的，也是族群或"类"的），相对于这种斗争事关生死的政治强度和激烈性，"小说"还是"杂文"已经是一个无关痛痒的问题。准确地讲，作为创作家的鲁迅在决定放弃小说的那一刻必然经历过个人意义上的自我怀疑、惋惜、失望和痛苦，但归根结底，这不过是战士出于战斗的需要和自身的本质而更换武器和战斗方式。这种生存战斗意义上的文学,自从它诞生一刻起就一直在其形式和审美的内部寻找最适合自身战斗局势和战斗方式的武器和策略,寻找"文学普遍原理同二十世纪初叶中国社会现实相结合"的道路。这也是鲁迅文学在其本体论自律形态中同中国革命的内在逻辑保持着一种惊人的"家族相似"和平行对应关系的原因所在。

鲁迅文学在文体、写作方法和风格上的形式意义和审美价值,本身是由它们为之服务的政治性的存在斗争的自觉程度和有效性所决定的。只有在后一种意义上,方能够谈论鲁迅文学的形式自由。如果暂且用"小说还是杂文"来粗略地代表作者意识内部曾有过的危机和抉择,那么我们应该看到,对于鲁迅文学来说,它绝不是"活,还是不活"(To be, or not to be)的问题,而恰恰是由"活下去"的生物意志和政治意志("一要生存,二要温饱,三要发展")决定的、沿着生命自己为自己开辟的道路前进的"更高"选择:它不但在"理性"的意义上更高,同样也在"审美"的意义上更高,因为在杂文文体而不是小说文体或散文诗文体中,鲁迅和鲁迅文学才最终"成为自己",才获得了各自的自觉和自由,即在那种"合适的形式和方法"中变成自在而自为的存在。机械的历史主义的"阶段""流派""立场""现实反映"或"文体"概念则会把鲁迅文学的风格统一性和整体性割裂,由此模糊或消解掉它的文学本体论面貌和本质;但鲁迅文学同它自身的时代和社会历史环境的关系,却正是通过这种风格的统一性和整体性建立起来的,换句话说,脱离了鲁迅文学风格整体性和统一性概念,对鲁迅文学的"内容"的理解,就只能是局部的、零碎的、武断的和扭曲的。"文体混合"概念可以帮助我们认识和分析鲁迅文学的内在统一性,从而有可能将它的文学性全貌的实质再一次完整地呈现在新的阅读经验面前。

"混合文体"不仅仅是创作中的一个经验和技术问题,更不是文学"风格"问题上的折中方案或权宜之计,而是一个有着深刻的历史原因和道德-审美原因的理论问题。在《摹仿论——西方文学中现实的再现》这部巨著中,奥尔巴赫(Erich Auerbach)在西方文学的源头上提出"文体混合"的批评论断和文学史洞察。这个"源头"严格讲并非西方"古典学"意义上的源头,因为希腊罗马的古典文学在其现实表现上往往以单一的、"静止不动"的文体为主导,比如"高贵风格""英雄文体""优美的语言""低级文体"等。奥尔巴赫文学批评的内在兴趣之一是探讨各种历史文体的丰富性和局限性,以及包含在其中的变动的历史意识和价值基础。这种兴趣必然将他的眼光转向"在日常生活的精神及经济关系中显示出来的"那些"作为历史运动基础的各种力量"。[1]在语义学和文体学研究框架里,这些在生活世界和历史世界中生生不息的力量、运动、关系都落在了"混合文体"的批评视野之中,表现为"感官现象和意义之间的斗争"[2]。同时,在文学史意义上,它也总是落在西方文学历史发展内部的古代-现代、古典-白话的历史性转化的节骨眼上,在批评阐释的层面具体化为对广阔的社会和道德背景所做的深刻的语义学和文体学分析。中国读者也许更熟悉奥尔巴赫在其权威性的但丁解说中运用的"文体混合"概念及分析方法;但丁的"俗语"创作以及《神曲》中对整个尘世生活和历史世界的整体摹仿,包括主人公对一位"事实上存在过的"女子的爱慕、从古典诗人那里得到的精神指引,以及最终在天国里的完成与得救,都为不同文体的混用、混搭和融合提供了一个理想的分析场域。但事实上,"混合文体"的决定性出场却是在奥尔巴赫对西方文学另一个源头,即《圣经》文本的语义学分析之中。这样的分析不仅把古代-现代、文言-白话的矛盾冲突及其"解决"上推了千年(却与黑格尔将

---

[1] 奥尔巴赫,《摹仿论》,吴麟绶等译,百花文艺出版社,2002年版,第38页。
[2] 同上书,第56页。

基督教的兴起视为"浪漫型艺术"的开端的艺术史哲学论断暗合），而且也突出了作者本人作为专攻罗马文献学的犹太裔学者，在第二次世界大战期间的流亡中对西方文学批评和文学史研究所做的意味深长的贡献。这种批判的文献学方法，无疑对我们重新审视鲁迅文学——特别是鲁迅杂文——同中国古代文章体例、风格和审美内涵的有机关联具有深刻的启发性。

通过对福音书中"彼得否认（自己认识耶稣）"故事的分析，奥尔巴赫指出，虽然文体混用一开始就是犹太－基督教文献的特点，因此在此刻尚谈不上有什么特殊的艺术意图可言，但"上帝化身为地位卑微的人物，他在人间变形，与平民百姓和最普通的人交往，按照世俗的观点，上帝受尽了耻辱和苦难，通过以上的一切，这种文体混用的特点变得更加明显，更加突出，并且随着圣经在以后时期的流传及影响当然也就极大地影响了人们关于悲剧和崇高的观念"[1]。作者提醒我们，彼得只是一个加里莱的渔夫，在罗马帝国自身的"世界历史"中，他的出现和耶稣被捕都是一件无足轻重的事情；但通过这件事情，这个卑微的普通人经历了内心钟摆幅度巨大的激荡；知道了耶稣显现和受难的意义；在心理上为预见未来做好了准备，而这种预见对于基督教的创立具有决定性意义。接着奥尔巴赫写道：

> 一位如此出身的悲剧人物，一位有着如此弱点的英雄，他正是从他的弱点中获得了最大的力量，钟摆的这种来回摆动与古典时代的经典文学的崇高文体是不协调的。同样，冲突的方式及地点也完全超出了古典时代经典文学的范围。从表面上看，这里讲的是一次警察行动及其后果——它完完全全发生在平民百姓之中——这种冲突方式在古典时代最多被看作闹剧或喜剧。但为什

---

[1] 奥尔巴赫，《摹仿论》，吴麟绶等译，百花文艺出版社，2002年版，第47页。

么这里不是，为什么它会引起严肃而巨大的关注？因为这里所叙述的是古典诗歌和古典时代史书中从未描绘过的事情：在最基层的平民百姓中间所产生的精神运动，它产生于当时的日常事件中，这种事件因此也获得了在古典文学中从未获得的意义。这件事在我们面前唤醒了"新的心灵和新的精神"。[1]

在这个"微不足道的事件"场景所包含的人物、动作、经验、心理活动的草根性、日常性、多样性和丰富性基础上，奥尔巴赫进一步阐发了圣经语言作为"混合文体"原型（prototype）的文学史、社会史和精神史意义：

这里所出现的世界一方面是完全真实的、日常的，根据地点时间及环境是可辨认的；另一方面又是个在基层动荡的，在我们面前不断变化、不断更新的世界。这种在日常生活中发生的事件对于《新约全书》的作者来说都是革命性的世界大事，而且后来对每个人来说也都是如此。……在还没有完全理解及表达这一运动究竟要达到何种目标的时候（因为就其本质来说，对这场运动的界定及解释还不那么容易做到），已由无数的事例描写这个运动的推动作用，描述它在民众中掀起的巨大浪潮，而任何一位希腊或罗马作家都从未考虑过要把这作为创作对象进行细致的处理。[2]

在同希腊或罗马经典文学和史学作品的对比中，奥尔巴赫进一步指出"混合文体"深刻的形式意义和历史意义，他写道：

---

[1] 奥尔巴赫,《摹仿论》, 第48—49页。
[2] 同上书, 第49—50页。

在这个〔底层群众运动的兴起及其历史力量的发展〕过程中出现众多的随意性人物是至关重要的，因为只有众多随意性人物才能生动体现汹涌澎湃地推动历史的力量。所谓随意性人物描写的是这样的人，他们什么阶层的都有，从事各种职业，处于各种生活状态。这些人物在书中占有一席之地仅仅是因为环境，他们仿佛是偶然被历史运动所裹挟，从而不得不以某种方式对此运动进行表态。在这个过程中，古典文学的文体传统便会自行消失，因为除了极严肃的风格，任何其他方式都不可能表现各有关人物的态度。……这种古典文学的文体规则与描述历史力量不协调（只要这些力量试图具体塑造事物的形象，因为如果那样的话，就必须深入民众生活的随意性底层，并且必须认真地对待那里所发生的事情——与此相反，只有放弃具体表现历史力量时，或者根本就没有表达这种力量的欲望时，这种文体规则才有立身之地）。[1]

以此为参照反观中国文学传统，我们可以看到，中国历史上不乏自下而上的社会运动及其推动历史发展的"汹涌澎湃"的力量，不乏在乾坤转换过程中涌现的"众多的随意性人物"（如在春秋战国、秦汉、魏晋南北朝、唐宋之交等时期），但古代文学语言和风格中的变化和内部多样性，总体上仍然在各自独立、彼此相对隔绝的文体格式和规范之中发展（诗、文、赋、词、曲等）。虽然这些格式、文体和规范内部都经历了复杂的变化和发展，但总的看来，特别就语言同社会历史变革的政治性关系而言，直到明清小说发达之前，各种创作格式中的文言仍无法在文学言语行为和现实表现方面摆脱"雅"与"俗"的隔阂，甚至相当程度上不能越出文人游戏的"不及物"的趣味和习规

---

[1] 奥尔巴赫，《摹仿论》，第50—51页。

（convention）。而在历史运动和精神运动的层面进行"极严肃"的写作，自觉地将文体革命同文化革命、社会革命结合起来，则是晚清乃至五四时代的事情了。

在这个关键意义上，我们可以反过来将五四白话革命和新文学的历史意义，回溯性地投射在一个更大的时空里。鲁迅文学的风格实质，正是需要在这样的时空框架里分析。只有在近代政治革命带来的国体、制度、风俗和道德变化成为一种普遍的历史运动的内在范畴之后，只有当以"极严肃的风格"去"表现各有关人物的态度"成为国民和觉醒的个人的义不容辞的社会责任和道德律令时，奥尔巴赫所描述的那种欧洲文学历史上的"古典文学的文体传统便会自行消失"才会出现，作为"文学革命"的新文学才能够真正地在"混合文体"的意义上将自己确立为普遍的记录、描写、叙述和象征－寓意方式。这在理论上解释了为何中国新文学在其起源时刻就同时是"俗文学"和"雅文学"，既是"基层群众"各式各样人物、经验、情感和情景的表现，也是运动中的历史力量和作为文化的精神生活之最高成就的文艺，因为这些表面的"二元对立"不过是现代性"普遍的高级文化"内在统一性的不同侧面、环节和显现方式。[1]

对于这种起源性写作所面临的"汹涌澎湃"的历史能量和文化可能性而言，"小说"、"诗歌"还是"散文"这种体制化的文体分类即便

---

[1] 对于这种"全新的高雅文体"，奥尔巴赫借助对犹太－基督教传统文体混用的语义学分析给予了历史的说明；但由于文学艺术的审美本体论范畴相对于它所表现的历史时代和历史力量的"无时间性"或循环往复特征，即它在自身感官形式和审美接受存在方式中的"创造性破坏"本性，这种历史说明并不具有绝对的历史主义含义。比方说，我们无法也不应该从奥尔巴赫的语义学研究中得出以下恰恰是非历史的结论，即近代意义上的"平民文学"早在罗马帝国后期就已随着犹太－基督教文体传统在欧洲确立，因此西洋文学比中国文学提前近两千年进入了"现代"，因此在"本质"上更具有民主、自由、平等的价值观，精神"无限性"和由此而来的艺术个性和创造性。事实上，奥尔巴赫的《摹仿论》是一部20世纪的批评和学术作品，它更多地同20世纪的人，包括20世纪的中国人分享并承当了基于共同历史经验和历史力量的精神实质和时代性议题。

不是毫无意义的，也是完全不足以界定和规范文学表达的内在激情和形式创造性的。事实上，新文学最初一二十年里最好的创作，都自觉或不自觉地践行了"文体混合"原则，甚至在无意间跨越了传统与现代、中国与西方，甚至创作与非创作之间更大更深的壁垒与鸿沟。鲁迅的文章和文章学观念就可以说"策略性"地超脱或回避了西洋近代文学观念体制（特别是长篇小说）对中国新文学发轫时期的影响和宰治，而经由"文"（"杂感"）的"羊肠小道"，将形式成熟这个"不可能的任务"，通过接续和发扬中国古典文学乃至世界文学范围里的散文传统（如先秦散文、司马迁、魏晋散文[1]）来完成。另一方面，鲁迅的文学翻译也是内在于白话文学风格建构的起源性工作，就新文学历史使命及其文学经验和文学语言的储备与淬炼而言，权重并不亚于"创作"；鲁迅毕生在翻译上的投入巨大而持久，可以说是鲁迅文学空间内部的另一场激进的"文体混合"实践。

在晚清"言文一致"运动和五四前夜"白话文运动"所代表的历史力量和精神运动意义上（甚至在日后共产党领导的大众革命及其革命文化意义上），我们能充分理解奥尔巴赫对早期基督教文体混合写作风格的语义学阐释。下面这段话每一句都可以做不同语境下的双重理解，只须把耶稣基督置换为其他普遍精神和世界灵魂的符号，把"巴勒斯坦"置换为其他地域名称即可：

> 文体风格分属彼此割裂的不同领域的时代结束了……基督不是以英雄和国王的身份，而是以社会地位最卑微的平民身份出现的。他最初的弟子是渔夫和工匠，他的活动范围是巴勒斯坦平民

---

[1] 世界文学参照系里的散文自觉，则更多在周作人身上表现出来。周作人对从古希腊到现代日本的散文传统，特别是18—19世纪英国散文传统有着系统的、自觉的认识，更在自己的创作实践中传达出对这个传统的把握和内在化。周氏兄弟在这个领域的互补性，对鲁迅杂文的自觉及其晚期实践无疑具有实质性影响。

百姓的平凡世界，他和税吏、使女、穷人、病人和儿童谈话；他的每个动作和每句话依然比别人更高贵、更庄重，也更有意义；描述的文体并没有，或只有很少古典意义的演说艺术，只是"渔夫的语言"，但它比最讲究的修辞和最高等级的悲剧艺术更感人，更有影响。那些作品中最令人感动的是基督受难的故事。王中之王竟然像罪犯一样被嘲弄，被唾弃，被鞭笞并被钉死在十字架上——这个故事一旦被人领悟，便彻底消除了文体分用的美学观。它创造了一种全新的高雅文体，这种文体决不轻视日常事务，对感官性的现实，对丑陋、不体面、身材猥琐，它统统纳而不拒，或者，如果用相反的意思表达的话可以说，出现了一种新的"低级表达方式"，一种低级的、本来只用于喜剧和讽刺剧的文体，它现在大大超出了最初的应用范围而进入了深邃和高雅，进入了高尚和永恒。[1]

20世纪中国的白话文运动和由此而来的新文学不是一个漫长的内生的历史渐变的结果，而是对社会经济、政治制度、语言-心理-道德结构的巨变和突变的激烈回应。这种新的高雅文体或新的低俗文体一开始就不是在个人内心信仰的私密或信众领域传播，而是作为"新时代的正当性"（the legitimacy of the modern）而囊括社会领域和历史经验的总体，并为这种总体提供观念、理论、形象、叙事和艺术再现的说明和支撑。同样至为关键的是，它不像早期犹太-基督教写作样式那样可以同世俗历史保持一种"上帝的归上帝、恺撒的归恺撒"的并行关系，更不能在近代政教分离的社会结构中作为一种"低级"价值和心理情感系统继续存在，而是必须尽快侵入并统摄一切社会领域和内心经验，在其中确立自身的普遍性高级文化的霸权地位。在此过程中，

---

[1] 奥尔巴赫，《摹仿论》，第80—81页。译文第一句做了适当改动。

它必须时时面对和处理随着这种新的普遍性高级文化的确立而出现的两个关系：一个是"传统"和"现代"的断裂，因为此时传统已经被规定为一种没有普遍性因此需要被扬弃的东西；另一个是"中国"与"西方"的关系，即如何在西方文明技术和物质生产体系、政治制度、文化思想观念和价值系统所建构的普遍性范畴中，将"中国"这个特殊的地域、文化、族群和认识客体理解为主体、意识和自我意识、世界历史的一个舞台，乃至普遍性的一种表现方式。

所有这些都构成新文学文体和风格内部的历史紧张和精神动态，从内部驱动着它具体的形象塑造、动作情节设计和象征－寓言结构。也就是说，这种可以同早期犹太－基督教文本的文体混合相类比的"新的高雅文体／低俗文体"是新文学的一般特征。但在其中，我们仍可以看到鲁迅的个人风格如何在各个方面成为这个文体混合和风格自觉的真正前卫；看到他在写作实践中如何为这种混合文体带来真正的、为同代作家所不能及的形式统一性，提供新的语言强度、灵活性和复杂性，同时为文学表达带来新的精神实质。鲁迅文学风格不单在"白话革命"一般时代精神的意义上摒弃了作为"特权文体"和"游戏文体"的"文言"，并在早期小说形式中吸收了不同社会阶层的语言特色和语言风格；它还进一步在新文学创作样式和文类空间内部发扬了这种"文体混合"的精神，具体而言就是在写作技巧和方法上打通小说、诗歌、散文和论说文这些文类样式和体裁的边界。鲁迅风格总体的核心和基本单位在于那种独一无二的鲁迅句式，在这个核心和基本单位内部，我们依然能看到"文体混合"精神的活跃，这就是作者在诗学和美学范畴内融汇了中国古代文学（先秦、魏晋）和近代世界文学（包括近代欧洲文学和明治－昭和时代的日本文学）的特殊情绪、情调、韵律和词汇－语法特征。在从局部到整体的所有环节和层面上，鲁迅文学都遵循"文体混合"原则，并在创作中一以贯之地将之付诸实践。虽然奥尔巴赫的"文体混合"概念只是在批评的假借甚至隐喻意义上运用于对鲁迅文学风格的阐释理解，但它在鲁迅创作手法和风格的多样性、多重性和历史文化复杂性中呈现出令人信服的气度和光彩。

风格的历史性与个别性：创作阶段论

在把鲁迅文本放在现象学还原的透视法或"意向性结构"中做初步分析后，我们需要后退一步，在一个审美距离之外对它的感性外观和风格发展的阶段论和历史性做一简要说明。

李长之在其《鲁迅批判》（1936年）中绘出了现代批评史上第一幅完整的鲁迅文学肖像。作者坦言他"被吸引于审美的方面"，甚至将这种体验和观照比作读梵经，"我觉得美，是因为文章；道理么，我却认为无足轻重……"[1]对此他进一步解释道："鲁迅在思想上，不够一个思想家，只是一个战士，对旧制度旧文明施以猛烈的攻击的战士。然而在文艺上，却毫无问题的，他乃是一个诗人。"[2]李长之的语言和表述用今天的学院标准看或许有些幼稚，但事实上，作为一个清新自然的"第一印象"，却是鲁迅文学批评的纯正的起点和切入点；其直观而独到的审美判断，对此后鲁迅研究种种偏离文艺批评规律和基本要求的倾向，具有一种源头性的匡正和校准作用。为此我们不妨重访一下李长之的鲁迅"诗人"形象：

> 诗人是情绪的，而鲁迅是的；诗人是被动的，在不知不觉之中，反映了时代的呼声的，而鲁迅是的；诗人是感官的，印象的，把握具体事物的，而鲁迅更是的。[3]

---

[1] 李长之，《鲁迅批判》，第49页。
[2] 同上。
[3] 同上书，第49—50页。

李长之指出鲁迅的记忆的特色"偏于具体印象",以此作为"创作家惟一的凭借",显示出"创作家惟一的才能",正是抽象概念和理论家的反面。他指出"鲁迅的笔是抒情的",带着"含蓄、凝练、深长的意味,和丰盈充溢的感情"。只要稍得从容,就"一定是优美的笔墨"。这种"必须和实生活有一点距离"的笔触,在李长之看来"也是一切艺术的特质"。在情绪、被动性或"不意识"、感官性、印象式和具体性之外,李长之强调鲁迅虽然未得到机会充分发展这方面的才能,但他写作的形式仍然是"完整的艺术的",即便在"杂感"和回忆文字中,也不乏这种"完整的艺术"的片段,"在内容上极其充实,在技巧上极其完整"[1];或在文字中透出"一种深远的力量,那力量是沉痛又沉痛的"[2];或以抒情笔调写寂寞之感,因为美"而近于诗"[3]。对李长之来说,这不过印证了鲁迅正是康德所说的艺术天才,是不能由学力或在"人预期诸点"上产生的。话虽如此,李长之仍不自觉地为这种在理性和意识的逻辑之外形成的"天才"做了如下说明。比如在鲁迅以社会下层人民为对象的"为人生"的文学方面,李长之坚持自己的感性论和"不知不觉"论:

> 在他〔鲁迅〕也许是因为寂寞了,偏有那些愁惨的可怜的动物的生活,浮现在心头,然而他这取材,却无疑地作为此后文学运动的一种先声,在他不意识的中间,他已反映了时代的要求了,他已呼吸着时代的气息了,倘若我们明白这一点,就知道他后来的所谓"转变",实在是一件毫不奇怪的事。而且惟独他最初对于取材上,是无所谓的,并没有革命文学的或平民文学的、普洛文

---

[1] 李长之,《鲁迅批判》,第108页。
[2] 同上书,第116页。
[3] 同上书,第122页。

学的企图,他却只是真正有着一些偏不能忘怀的感印,他要写出来以驱散寂寞,他和这些题材乃是像生物似的有机的关联着,却不是硬凑,或者硬拉,因此他这里才是真的文艺,才是真正渗透了时代的意义的艺术。[1]

这位年轻的批评家在鲁迅尚在世时就已经对鲁迅文学的总体风格做出了具有穿透力的、总的来说大体准确的(尽管是初步的、第一印象式的)概括,这里包括一些在今天听上去同"鲁迅研究"主流相抵触,但放在当时的历史语境中却不失直观的真实性的观察,如鲁迅总是"落后时代半步",只是"表达"时代性先进思潮,如进化论、唯物史观,如鲁迅是"空洞的、无立场的"、"不卷入党或团体利益,在这个意义上是无关世事的"。这些判断都因其接近鲁迅创作和读者接受-理解的直接的社会文化思想语境而具有一手历史材料的价值和切关性,也因其不受日后种种外部强加的文学史和社会政治历史范式干预而特别值得注意。

更为难得的是,李长之作为一个初出茅庐的批评家,对鲁迅这位新文学创作的泰斗并不是盲目或无保留地崇拜,而是直率指出其种种缺陷、不足和"失败";在分析这些缺陷、不足和失败时,李长之同时又能看到它们同鲁迅文学的长处,即力量和本质的美之间相辅相成、相爱相杀的辩证关系,这一切又同鲁迅作为一个诗人和艺术天才的内在气质密切相关,构成一种"性格即命运"的总体关联。比如他准确地指出,鲁迅作为艺术作品的创作者,却有一种"并不爱美的天性"(甚至可以说是"枯燥的"[2],比如自陈对自然美和梅兰芳这样的象征型-程式化的艺术美都无感甚至厌恶),偏爱的是"强烈的情感,和

---

[1] 李长之,《鲁迅批判》,第52页。
[2] 同上书,第138页。

粗暴的力",相对而言对"优美的,带有女性的意味的艺术却不大热心"。[1] 又比如,他说"鲁迅在性格上是内倾的,他不善于如通常人之处理生活。他宁愿孤独,而不喜欢'群'"[2]。这种"内倾"("爱孤独,不喜事,而喜驰骋于思索情绪的生活"[3])特质作为艺术家性格的一个重要方面,不仅仅只是作者心理研究和传记研究的材料,而是为鲁迅文学内部最重要的文体与风格的最终选择提供了说明。李长之写道:

> 在这里,可说发现了鲁迅第一个不能写长篇小说的根由了,并且说明了为什么他只有农村的描写成功,而写到都市就失败的原故。这是因为,写小说得客观些,得各样的社会打进去,又非取一个冷然的观照的态度不行。长于写小说的人,往往在社会上是十分活动,十分适应,十分圆通的人,虽然他内心里仍须有一种倔强的哀感在。鲁迅不然,用我们用过的说法,他对于人生,是太迫切,太贴近了,他没有那么从容,他一不耐,就愤然而去了,或者躲起来,这都不便利于一个人写小说。宴会就加以拒绝,群集里就坐不久,这尤其不是小说家的风度。[4]

李长之认为鲁迅农村写得好,原因在于"那是他早年的印象","他心情上还没至于这么厌憎环境","所以可以有所体验,而渲染到纸上",而"一旦他的农村的体验写完了,他就已经没有什么可写,所以他在1925年以后,便几乎没有创作了"。[5] 不过李长之并不无视鲁迅1925年以后的创作,或认为鲁迅的杂文根本算不上文学创作。恰恰相反,

---

[1] 李长之,《鲁迅批判》,第139页。
[2] 同上。
[3] 同上书,第142页。
[4] 同上。
[5] 同上。

这个直白的观察反倒让李长之直觉地感悟到杂文写作在鲁迅文学空间中的决定性意义以及杂文本身作为文学的审美本质；只有在此基础上，准确地讲，只有在小说与杂文的二元对立，以及杂文作为鲁迅的终极文学武器最后胜出这个历史事实和审美事实的基础上，他才能够做出"我愿意确定鲁迅是诗人，主观而抒情的诗人，却并不是客观的多方面的小说家"[1]的结论。于是李长之就沿着批评的真实性和内在逻辑，从审美之维接近了鲁迅文学风格的矛盾统一体。一方面，他明白地看到：

> 在当代的文人中，恐怕再没有鲁迅那样留心各种报纸的了吧，这是从他的杂感中可以看得出的，倘若我们想到这是不能在实生活里体验，因而不得不采取的一种补偿时，就可见是多么自然的事了！[2]

这直接点明了鲁迅杂文的现代性大都会环境，触及它与现代出版业和大众媒体支持下的文学生产方式之间的共生、对立和竞争关系。更深一层讲，这个观察触及一个关键问题：鲁迅文学（特别是杂文写作）因为其针砭现实的特点，往往被简单地理解为具有社会参与甚至政治行动倾向，但李长之在其批评中更深刻地把握了它在审美个性上的总体特征，即它事实上是在一种脱离了"实生活"的体验中，在与"行动的生活"相对的"沉思的生活"范畴中迎接、吸收、复制和再现行动、危险、危机和挑战的二律背反的（paradoxical）的文学生产形态和模式。这里的所谓"生产性"或创造性（productivity），不能

---

[1] 李长之，《鲁迅批判》，第143页。李长之认为，鲁迅最终不适合写长篇小说的其他原因还包括思想的偏执（"他的思想是一偏的，他往往只迸发他当前所要攻击的一面，所以没有建设"）；"缺少一种组织的能力"（"长篇小说得有结构"）和"在思想上没有建立（体系）"。甚至"系统的论文，是为他所难能的，方便是杂感"。见李长之，《鲁迅批判》，第161页。

[2] 李长之，《鲁迅批判》，第142—143页。

直接从社会政治领域或物质生产实践领域引申出来,也并不由作者的主观意图和个人行为决定其意义,而是来自文学和审美风格内部的激烈运动,来自语言、形式、文体与写作法内部的紧张、矛盾、冲突及其特殊的鲁迅式的"解决",即一种作为对"优美的文学"之否定和超越的诗学强度和文章风范。鲁迅文学的文学性和审美实质,恰恰来自这种文学性和审美范畴内部的突破与颠覆,这使得它以一种无意于"美"、"闲适"和"从容"的方式,成为理论和批评意义上更高的美的客体和对象。

李长之并未把鲁迅作者个性和气质上的缺陷简单地看作弱点,而是辩证地看到它们反过来如何促进和强化了鲁迅文学风格的决定性方面。在李长之的批评中,"战士"的用法直接与"思想家"对立,前者从根本上讲是一个审美概念(包括体现于文学感性外观的生命哲学的政治性),精准地指向了鲁迅文学风格冲动、峻急、认真、坦率,蔑视强权和死亡,不惧与寂寞和虚无对峙但时时"也有些渺茫",内存柔情却不惜表现得"粗暴剽悍"的基本特征。他写道:

> 然而所有这一切〔偏执、缺少组织能力和系统性思想〕,在鲁迅作一个战士上,都是毫无窒碍,而且方便着的。因为他不深邃,恰恰可以触着目前切急的问题;因为他虚无,恰恰可以发挥他那反抗性,而一无顾忌;因为一偏,他往往给时代思想以补充或纠正;因为无组织,对于匆忙的人士,普遍的读者,倒有一种简而易晓的效能。至于他憎恶知识,则可以不致落了文绉绉的老套,又被牵入旧圈子里去。[1]

李长之把这样的"战士"称为"国民性的监督人,青年人的益友,新

---

[1] 李长之,《鲁迅批判》,第161页。

文化运动的保护者"[1]，这无疑都是贴切而当之无愧的；但它们都是这个"战士"之文学形象和语言风格的效果和功能，因此不能脱离其审美本质的前提和规定。也正是在这个文学批评的意义上，李长之才说"这是我们每一思念及我们的时代，所不能忘却的"[2]。虽然他承认鲁迅的杂感文有时"却也失败"（原因包括"执笔于情感太盛之际，遂一无含蓄"，"太生气了，便破坏了文字的美"等），最终却毫不犹豫地做出这样一个批评与审美判断上的结论："鲁迅的杂感文是不大有什么毛病的。"他继续写道：

> 谁都知道鲁迅的杂感文有一种特殊的风格，他的文字，有他的一种特殊的方式。倘若说出来，就是他的笔常是扩张又收缩的，仿佛放风筝，线松开了，却又猛然一提，仿佛开水流，却又预先在下流来一个闸，一张一弛，使人的精神有一种快感。读者的思想，先是随着驰骋，却终于兜回原地，也即是鲁迅所指定之所。这是鲁迅的文章之引人的地方，却也是他占了胜利的地方。[3]

这种以文章和写作内部的"手筋"和张弛节奏制造阅读快感，以此在文章之外的领域"占了胜利"的"生产方式"，便是鲁迅文学风格矛盾、冲折、调和及其"自相矛盾"（paradoxical 的另一种译法）的说明。

中国新文学在起源上有鲁迅这样具有强悍主观性的作者，无疑是一种历史幸运。通过李长之的批评实践，我们看到这种主观性的强大和深刻可在"作者论"范围内来自"情绪化"、"肤浅"、"脆弱"和"病态"，但在"创作论"和形式分析范围内，作者的个性或特殊性，却通过语言、形象、句式、风格的客观性和对象化而达致审美的具体

---

[1] 李长之，《鲁迅批判》，第161页。
[2] 同上。
[3] 同上书，第131—132页。

性、实在性和个别性，即普遍与特殊的统一。因此我们有必要在客观化、对象化、形式化和一定程度上历史化了的鲁迅文学风格基础上，对鲁迅文学总体面貌和审美构造再做一番勾勒和分析。

李长之也在直接的文本批评印象基础上对鲁迅创作生涯做出了阶段划分。当代批评有必要在此划分的基础上，对鲁迅文学风格发展做进一步的具有理论意义的阶段论分析（periodization）。在此我想提出，以"杂文的自觉"为中心事件和标志的鲁迅文学的"第二次诞生"，是鲁迅文学发展的分析性、理论性叙事的"纲举目张"的切入点和抓手。这个转折或分水岭本身构成了在鲁迅文学发展中至为关键的"过渡期"。它的范围涵盖从《彷徨》到《而已集》的全部创作，包括作为"文体混合"和风格杂糅实验的两本《华盖集》杂文、《野草》、《朝花夕拾》和《坟》的一部分。在这个过渡期一边，是作为"第二次诞生"准备期的鲁迅"人生的中途"和写作的内部危机，这个准备期接续以《呐喊》《热风》为标志的《新青年》时代的鲁迅文学而登场，但同时也是对这个不自觉的（"听将令"的）"第一次诞生"的超越和完成。在这个过渡期的另一边，则是鲁迅通过"文体混合"实验而确立的杂文风格的内在多样性、复杂性和确定性，是作者在自己创作生涯最后的"上海时期"从"杂文的自觉"走向"杂文的自由"的天马行空的"胜利圈"（victory laps）。这种自由使得杂文家能够在命名、记录、讽刺、象征和寓言间"随心所欲而不逾矩"，最终借助"诗""史"合一的"编年体"写作与合集方法，在更宽广的思想视域和更高的政治自觉水准上，将杂文打造为中国现代性历史经验的得天独厚的再现与表达方式。为直观清晰起见，特将以"第二次诞生"为中心的鲁迅创作各阶段更迭列表如下：

潜伏期：包括1918年4月《狂人日记》发表前的文言创作和翻译；可进一步在传记意义上划分为绍兴时期、南京-东京时期和归国后的"十年沉寂"。

"第一次诞生":1918—1922/23,包括《呐喊》《热风》和后来收入《坟》的部分论说文和时文。《呐喊·自序》既是这个阶段的宣言,也是它的总结、"终结"和谢幕。"沉默的1923"在文学传记的客观意义上是这个阶段与下一阶段之间的界河。

过渡期:1924—1927:以1924年2月《彷徨》第一篇作品《祝福》为始,以1927年《而已集》最后一篇为终(传记意义上则以作者离开广州前往上海为界),包括《彷徨》《野草》《华盖集》《华盖集续编》《朝花夕拾》《坟》《而已集》的创作。这期间的决定性文学事件是"文体混合"实验和以"杂文的自觉"为实质的风格转向和扩张。《华盖集·题记》可视为此"自觉"之宣言、鲁迅文学之"第二次诞生"的时间点。传记意义上,这是作者的"北京苦住"期和在厦门与广州的"自我流放"期。

"上海十年":1927—1936(实际为9年),包括从《三闲集》到《且介亭杂文二集》的后期创作,其总体风格特征是作为"杂文的自觉"更高阶段的"杂文的自由"。具体可分为前期(大都会"批评测绘",包括《三闲集》《二心集》《南腔北调集》)、中期(语言政治与现实批判,包括《伪自由书》《准风月谈》《花边文学》)和晚期(编年的自觉与"诗史"写作,包括三部《且介亭杂文》,其中最后一集为许广平编定)。

五、时代精神的"感性显现": 理想与类型的历史发展

强调鲁迅文学的艺术审美形式及其风格统一性与总体性,不是要将它们去历史化,从而变成某种单纯技术型的所谓"形式分析"的对象,而恰恰是要把它们理解为现实历史的"理性内容"之"感性外观"和象征性表达。鲁迅文学在中国社会近代-现代历史转换更迭过程和结构中的位置,以及它作为中国新文学起源和最强有力的风格形式的特殊地位,客观上都把鲁迅文学放在了黑格尔意义上的民族精神/世

界精神的诞生和自我表达的哲学或艺术哲学框架里，成为一种理性分析和历史性理解的对象。强调鲁迅文学的文学或审美自律性，或建立形式－结构分析的"半自律性"，目的都不过是为更充分、更系统地分析和阐释那种理性内容，因为在语言艺术和审美客观性范畴内，我们可以通过形象、句式、文体、风格上的形式与结构的明晰而具体的关系，来分析鲁迅作品的历史内容、思想内容和政治内容的客观性和丰富性。反过来说，在这些关系中，艺术和审美的形式－风格自律性只有作为现实历史经验和矛盾的"感性显现"，方才有具体、实在、客观的意义和"观念"确定性。

这种黑格尔式的"同义反复"意在表述这样一种近代哲学认知，即观念、"精神"或"概念"必须成为现实或经过事实化方才成其为观念，即成为现实或事实中具体存在的主体或主观性。只有后者能够在自身观念与理想的追求和自我实现过程中变成概念，即精神和观念的普遍现实。这种近代主体或主观性虽然服务于一种历史意义上的集体要求，但这种集体本身（其"概念"）唯有通过自由的，有认知、理解和思考能力与自我意识的个体方才能够变成现实和真理。因此，在黑格尔看来，抽象的普遍性或特殊性都不具有真理性和现实性，因为只有具体的个体和个别性才是"真实的"和"实在的"，这种个体和个别性才是哲学认知必须探究和追随的"本质性的东西"。[1] 把这个意思"翻译"到鲁迅文学研究的具体语境中，可以说近现代转折期中国社会历史的现实、真理、"时代精神"和"概念"（比如"富强"、"自由"和"人的尊严"），都必须建立在从自身主体性出发去寻求、探索、

---

[1] 在"自然美的缺陷"一节里黑格尔写道："例如种族只有作为自由具体的个体才是现实的；生命只有作为个别的东西才能存在，善要借个别的人才能实现；一切真理只有作为能知识的意识，作为自为存在的心灵才能存在。因为只有具体的个别事物才是真实的和现实的，抽象的普遍性和特殊性却不是真实的和现实的。"见黑格尔，《美学》第1卷，朱光潜译，第185页。

理解和把握到的个体的本质之中（比如清末民初的民族主义共和主义革命热情、理想和行动；比如白话文学革命的观念、趣味与创作实验）；前者只有在这种近代个体和个别性意识及其自我理解和自我实现中（比如鲁迅和新文学第一代人的文学理念和文学实践），方才能够作为一种具体的、活生生的历史力量、政治行动和文化创造性而转化为"真理"和"现实"，而非仅仅停留在"抽象的普遍性和特殊性"状态。

鲁迅文学的文体、形式与风格所投射出的正是这种意义上的主体性，黑格尔在《美学》中称之为"把一切结合成一体的绳索以及结合的力量"，它就是"统一，灵魂，个性"。[1] 由于鲁迅文学同自身历史环境的关系早已为人熟知，同时也鉴于它在新文学史上的地位与影响，我们在此无须重复论述它作为现实反映和历史表象的客观意义与价值；同样，我们在此也无须对中国近代历史的整体概念做出修正或挑剔。因此，我们可以跳过关于鲁迅文学历史正当性的演绎式论述，而直接进入对它作为创造性审美主体的分析，即对文学形式、文体与风格的分析。换言之，我们要做的只不过是把鲁迅文学的具体、实在的艺术个别性作为一种既成的、客观的东西接受下来并加以分析。

"理性内容的感性外观"这个表述必然带来某种现实主义错觉，即鲁迅文学不过是19世纪末20世纪初中国社会政治经济变化和社会共同体精神生活的反映和折射，尽管是艺术的反映和折射。但这种看法立刻就会被鲁迅文学自身的丰富性、多样性、多重性和复杂性所否定。无论从内容还是形式上看，鲁迅文学都远远超出了现实主义概念所能够涵盖的历史经验和审美-技巧范畴；可以说，它同时既小于又大于这个范畴在创作、批评阐释和历史认识上的意义框架。小说这个现实主义主要的、决定性的写作样式在鲁迅文学实践中只是相对短暂和不发达的尝试，这不但从世界文学地图上看是清楚的，就连从鲁迅文学

---

[1] 黑格尔，《美学》第1卷，朱光潜译，第143页。

生产状态内部着眼也是一目了然的。因此，鲁迅文学同其自身历史环境的关系、它的形式的历史性、它的感性外观和理性内容，都必须从一个超越现实主义框架和视野，同时也超越社会史思想史框架和视野的层面进行分析。

鲁迅文学作为中国新文学的高峰，在其共时性结构内包含了文学史、艺术史、文化史意义上的不同形态和阶段，也蕴含了多重艺术风格类型的可能性，同时在多个方向和范畴领域内进行过自觉或不自觉的探索。因此，针对鲁迅文学的批评实践和理论建构，不应将它置于单一的文学风格流派（如"现实主义"）或写作模态（如"纯文学"）之下，而是需要顺其多样性、多重性和复杂性的特征和线索，将文本尽量充分地打开在最大化的文化、历史和意识形态的总体性语境和关系之中，作为这种总体性语境和关系的特殊"编码"来处理。同样，鲁迅文学的批评阐释也必须尽量延宕和抵制任何将鲁迅整齐划一地纳入社会史、政治史或思想史、观念史的叙事或学术体制成规中的企图，因为这种体制化的征用只是对鲁迅文学的一次性消费，带来的必然是一个物化或神话的鲁迅，这对于鲁迅文学的开放性、多样性读解和富于创造性的争论来说，只能是一种障碍和遮蔽。

在一部想象中的现代中国的"艺术哲学"里，鲁迅文学的存在方式无论在历史阶段论意义上，还是在审美形态意义上，都只能是一个多样、多重的复合体，也必然带有整体上的过渡性和歧义性。鲁迅文学作为中国新文学起源的象征和极致实验，本身是集体性、历史性的新政治、新道德、新审美的表达；与此同时，它作为"内容"并不能完全被等同于那种历史之新的具体社会内容，因为作为文学，它不但是理念的感性外观，同时还是这种理念作为心灵及其无限的主体性。因此，随着鲁迅文学阐释的不断历史化，它作为文学的种种自律性也必然日益成为批评分析的对象。这个自律性的核心就是鲁迅文学时刻指向自身的行动自由、自我意识以及在审美形式空间内的创造 – 颠覆的独特能量、意志和韵律。这种自我否定的"创造性破坏"逻辑始终在鲁迅文学中运行，它不断打破鲁迅文学内部的形式平衡，树立、突破、颠覆一个又一个鲁迅写作风格样式，将中国新文学的内部困境、矛盾、可能性和潜力推向一个又一个新的中间点和更为复杂而富于张力的形态。就鲁迅文学的全貌来说，这既是一个过程，又是一个统一体；这两个方面一同构成了鲁迅文学作为新文学起源的历史性和审美概念。

就鲁迅文学作为启蒙理性和国民精神的象征而言，它带有建筑的特点，是一个空间的合围，为信众建构了一个集体性宗教性的场域，供他们向心目中的神明祈祷，或彼此交流信仰的情感和认识。[1]黑格尔在观念史和艺术史的结合部把建筑的宗教起源定义为"个人和民族的精神据点和他们的思想意识的统一点（或焦点）"[2]，这种因"把许多灵魂团结在一起"而变得"神圣"[3]的符号构筑方式，解释了鲁迅文学内在的集体经验和集体诉求。鲁迅逝世时覆盖在灵柩上的"民族魂"旗帜以及此后的鲁迅阅读史、接受史和传播史证明了这一点。鲁迅最初的同时也是影响最大的小说作品，比如《狂人日记》和《阿Q正传》，事实上都无法在现实主义框架内予以有效的分析和解释，原因正在于它们所呈现的"人物形象"都还不是黑格尔意义上的"精

---

[1] 黑格尔对艺术哲学范畴里的建筑的理解几乎可以当作对鲁迅文学在20世纪中国的集体接受的隐喻来读，只要把下文里的"神"置换为"启蒙""国民性批判""人的解放"等近代价值体；把"加工"的对象从建筑材料置换为语言，两者间形式上的相似性就一目了然了："建筑为神的完满实现铺平道路，在这种差事中它在客观自然上辛苦加工，使客观自然摆脱有限性的纠缠和偶然机会的歪曲。建筑借此替神铺平一片场所，安排好外在环境，建立起庙宇，作为心灵凝神观照它的绝对对象的适当场所。它还替它的信众的集会建筑一堵围墙，以及避风雨，防野兽，并且显示出会众的意志，显示的方式虽是外表的，确是符合艺术的。"黑格尔，《美学》第1卷，朱光潜译，第106页。
[2] 黑格尔，《美学》第3卷（上册），朱光潜译，第35页。
[3] 在讨论建筑的章节开始处，黑格尔引用歌德的诗句："凡是把许多灵魂团结在一起的就是神圣的。"见《美学》第3卷（上册），朱光潜译，第36—37页。

神个性",这些"主人公"还"没有沉浸到主体的深刻的内心生活里去","还接近客观事物和无机自然,而且本身还不能离开单纯的肉体性",因此还不是"活的个性,即还不能表现为经常会受到主体精神灌注生气而达到统一"。[1]换句话说,它们作为人物形象虽然受到现代主体和新文化精神的渗透,但还不能离开自身的肉体性、物质性和文化道德习俗决定,因此不具有内在性和因此而来的自身的"有目的的运动,即用动作和事迹去表现精神",也没有"主体的内部与外部的各种冲突斗争"[2](这种运动和冲突是近代小说主人公整体形象和小说情节的基本内容),因此只能以自身局部、偶然、静止的特征为来自作者意图和意志方面的象征和寓言提供外部材料和感性特征。像黑格尔在界定"象征型"艺术时指出的那样,在此意识"在许多自然事物形状中徘徊不定,在他们的骚动和紊乱中寻找自己,但是发现他们对自己都不适合",因此"它就把自然形状和实在现象夸张成为不确定不匀称的东西……企图用形象的散漫、庞大和堂皇富丽来把现象提高到理念的地位"。[3]"把现象提高到理念的地位"无疑是"寓言"(allegory)修辞法和表现原则的基本原理,这种被黑格尔以及德国浪漫派美学视为初级原始的艺术表现手法,随着20世纪西方批评理论的发展而得到了复兴,日益成为比"象征"(symbolism)更重要的概念。它不但在种种关于现代主义文艺的批评阐释流派中扮演着极为重要的方法论角色,而且也作为一种理论话语,越来越多地被运用于整个西方和非西方文艺发展的各个历史阶段。鲁迅批评难以摆脱的"国族寓言"阐释范式,在理论上进一步揭示出鲁迅文学内在的"象征型艺术"的抽象、宏大、雄浑乃至"恐怖"(这些都属于与"优美"相对的"the sublime"范畴),同时也把鲁迅文学作为一种非西方现代主义写作实践的范例,

---

[1] 黑格尔,《美学》第3卷(上册),朱光潜译,第114页。
[2] 同上书,第115页。
[3] 黑格尔,《美学》第1卷,朱光潜译,第96页。

放置在一个超越了现实主义反映论和近代社会史、思想史解释框架的现代主义议题和论域场中。这种集体性"据点"或"统一点"虽然不能说是鲁迅文学自觉追求的目标，但鲁迅早期小说创作的确都将自己的文字和风格保持在一种纪念碑和民族仪式性建筑的层面，尽管鲁迅文学自身的矛盾，它内在的精神运动和象征结构方式，最终逃逸了这种纪念碑和集体经验焦点的空间性，而不懈地追求在时间性、主观性和个别性范畴中为自己开辟道路。

在《呐喊》中的"乡土"小说和整部《彷徨》中，我们看到了鲁迅文学在启蒙价值观和意识形态之外，强行纳入了真正属于文学本身的东西，从而展现出一种类似雕刻那样的理想型艺术和绘画那样的浪漫型艺术所具有的栩栩如生、细致入微的个性色彩和多样性，传达出为时代和环境中的人所独有的精神面貌、内心气质和灵魂目光的闪动。这里所谓的"雕塑"并非指具体的艺术生产样式，而是黑格尔"理想型"艺术的外在轮廓和符号标识。这种"希腊式"的心灵与肉体、抽象与具体、特殊与普遍、个体与整体在艺术形式及形象上的完美结合，当然只是在"理想"的意义上才存在。它作为新文学发展环节固然是短暂的、不稳定的，但仍占有特殊的结构位置，因为它揭示出中国新文学自身理念和形象之间的自由而完满的协调，揭示出让"中国现代文学"不仅是"现代的"，而且是"中国的"那种独特的气质与审美可能性。它代表了从"国族寓言"式的"象征型艺术"向"乡土小说""知识分子小说"等"浪漫型""绘画般的"艺术的过渡环节。同时也应该看到，无论《祝福》《在酒楼上》《孤独者》和《伤逝》这样的作品如何带有浪漫主义对于"世界病痛"的敏感，特别是少数人（即所谓孤独而自由的梦醒者）同国民集体的疏离感，但在白话革命和思想自觉时期的特殊条件和氛围下，它们都在一种更为广义的文化政治建构语境中带有一种理想型艺术的雕塑般的灵与肉、精神与物质、普遍与特殊的完美结合，因为它们都标志着新文学最初的（但也是最终的）内心与世界、内容与形式的和谐。这种和谐形态绝不仅仅囿于雕塑的艺术类比，而且同时也指向鲁迅早期文学创作同早期民国共和理念和近代国家制度（包括国民教育制度、社会文化生产管理制度）的吻合；就是说，这一时期鲁迅文艺创作无论多么富于艺术家的个性，或带有怎样的批判的、忧郁的甚至颓废的暗影，但在总体上同"城邦"的伦理原则、法律制度和道德自我要求相一致。更进一步讲，鲁迅早期小说创作所包含的阿波罗式的理性直观和酒神式的悲剧精神（如性格与命运的主题、作为歌队的叙事人视角等）也同这种"理想型艺术"的诗学典范暗自相符。

《呐喊》里的农村描写和《彷徨》里的城市知识分子描写一直为鲁迅读者所称道，它们一同带来了新文学"艺术哲学"意义上的"浪漫型艺术"；同时带来了日益丰富、多彩多姿的文学表现手法。它们的意义不仅限于开启了"乡土小说"或"知识分子写作"这样的次级文体，而是一举将新文学确立在近代个性和特殊性的普遍原则上，使它的内容同时得以普遍化和特殊化，即黑格尔在其艺术发展史上的"绘画"形态中所看到的那种"整个的殊相世界，从心灵的最高品质到最孤立的自然事物"都在其中找到地位的丰富性。[1] 相对于《狂人日记》、《孔乙己》和《阿Q正传》这样的象征主义和表现主义"国族寓言"的艺术形态，《故乡》《社戏》《祝福》《肥皂》这些作品带来了"风景的发现"和"人的发现"，带来了题材范围的极大扩展和多样化，从而突破了新文学诞生时刻的无差别的集体性和象征性。《彷徨》里的《伤逝》《在酒楼上》《孤独者》则在更极端、更狭义的"浪漫主义"艺术形态中将孤独的个人的内心抑郁和情感激荡付诸文字、形象和情节。这个转向内心的过程，同时也是将一切个别的、特殊的、偶然的乃至任意的事物纳入新人的主体性、由符合这种主体性原则的艺术来处理的外

---

[1] 黑格尔，《美学》第1卷，朱光潜译，第110页。

向化过程。这个过程不只是由情感和心理能量主导的"自我表达",也是认识世界和把握世界的具体行动,因为在这里一切外在事物同内心世界一道,都作为形式而成为心灵和意识的观照对象。这种绘画般的文学形象和文学场景,标志着一种价值、习俗共同体和传统文明"神祇"的瓦解与近代个别性及其骚动不安的内心状态的出场。它们为现代中国文学的想象和审美带来了一种基本色调和第一批人物形象及心理情绪的案例。在内心生活的丰富性和深度方面,这些小说作品(包括《野草》和《朝花夕拾》这样的散文诗或回忆散文)以其问题意识、批判和自我批判精神及其"欧化"形式,使得新文学从一开始就带有一种内在自由和无限性,带有一种个人的尊严和严肃性;所有这些对于中国社会近代化进程都具有决定性意义。它不但在具体的社会变革意义上成为"西化"和"近代化"(比如日本明治维新意义上的"文明开化")的标志,而且在更深的思想层面,对应着类似基督教给欧洲带来全新的精神生活范围与全新的道德和价值系统的断裂和突变。在这个更为历史性的意义上,鲁迅文学正是这种由于新的自由、深度、价值和无限性带来的断裂和突变的文学构造和精神象征。

在鲁迅文学中,中国新文学主体性的精神能量表现出一种不断突破固有规范和体制,通过打破既有的平衡和"完美",舍弃和排除不适合自身文学逻辑的因素而不断"成为自己"的倾向。这就是鲁迅文学在完成《呐喊》后痛苦而激荡的"过渡期"的实验探索和自我突破。这种探索和突破以"杂文"文体和写作风格为"出路"和集成,但同时在杂文文体中吸收、保留了"文体混合"与"文类杂糅"的多元性和灵活性。在此转折过程中,杂文作为新的统一而完整的文体、样式和风格,也代表了新的内心自由与外在限制、思想的无限性与社会条件的禁锢压迫、理想原则与现实的冲突之间的新平衡。相对于小说和论文,鲁迅文学风格的杂文形态代表着更为普遍的精神性、理性和个性;它在形式与内容、感性与理性之间极度地偏向内容和理性,却不可思议地保持着使鲁迅文学成为文学的形式和感性强度。这种杂文美学和杂文逻辑超越了中国新文学初始阶段的种种认识局限和素朴的艺术追求，而达到了一种极为早熟的（也就是说，天才的）老练和深邃。它所对应的外部世界就是被黑格尔称为"世界的散文"的现代性本身。作为精神运动的鲁迅杂文，本身是在现代主观性和主体意识的客观化、历史化过程中构建起来的讽刺性、批判性写作风格；但作为风格和文体，同时作为这种批判精神，它同时也是这种客观真理的寄托于文字和句式的内在化和个别化形式。

这种全新的自由、无限性和普遍性，在鲁迅写作方式"成为自己"的多样化或"文体混杂"过程中表现得最为明确有力；事实上，它们正是文体转变和风格成熟的内在驱动力。作为表达欲望，它们就是鲁迅文学在杂文中的"第二次诞生"的精神内容本身。但在鲁迅杂文成为"世界的散文"的过程中，我们仍需要区分出一个文学上的"音乐"状态。《野草》作为这种精神自由和想象力的尽情的、不无自我放纵的表现（"我将大笑，我将歌唱"[1]），可以说在鲁迅文学空间中占据了"音乐"的位置。在散文诗的范畴内，它既是抽象的、纯形式的"绝对音乐"，也是带有强烈叙事性和戏剧性的"标题音乐"。这种音乐性在鲁迅文字中往往以"歌"的形式为标记，它并没有因为"杂文的自觉"而中断，而是潜入杂文的对抗、辩驳、讽刺和批判的攻守行动之中，为其提供了情感或不如说"情动"（affect）的基本情绪和色调。在《华盖集续编小引》中，鲁迅就把自己的杂感"自夸"地比作"就如悲喜时节的歌哭一般"，其功能不是针砭时事或"抢夺所谓公理或正义"，而是"无非借此来释愤抒情"。[2]事实上，鲁迅创作生涯中的许多名篇，都带有悲歌、哀歌、挽歌、战歌、凯歌和赞歌的节奏和韵律。

---

[1] 鲁迅，《〈野草〉题辞》，《野草》，《鲁迅全集》第2卷，第163页。
[2] 鲁迅，《〈华盖集续编〉小引》，《华盖集》，《鲁迅全集》第3卷，第195页。

这种歌唱性韵律不是鲁迅文字的外表装饰或例外状态，而是它基本的诗歌品格。音乐性内在于鲁迅的文学语言，是其审美质地和运行方式的基本特征；因此它在鲁迅文学中的存在方式是弥散的、构成性的。

　　黑格尔把音乐视为浪漫型艺术的中心。[1]在黑格尔的艺术发展史哲学论述里，音乐因其时间性结构和无涉于外在对象的纯粹听觉感官决定而最贴近人"内心的回旋和震颤"，因此是最适合于"按照它的最深刻的主体性和观念性的灵魂进行自运动"的艺术形式。[2]因此黑格尔认为，音乐在总体上和根本上属于"浪漫型艺术"。他一方面具体地分析德国浪漫派的艺术创作和观念，一方面却在艺术史范式更迭的大框架里把"浪漫型"艺术的精神基础理解为古典政治共同体及其"理想型"艺术的瓦解，特别是由基督教带来的新的内在性、普遍性和无限性基础上的个人内心活动及其自由。这种观念史论述当然是近代欧洲市民社会伦理的逆向历史投射，因此在具体的艺术史意义上并不足以作为分析音乐艺术起源和发展的依据。但黑格尔对音乐作为浪漫型艺术的极致的看法（它本身无疑同18世纪末至19世纪初德奥古典音乐的巅峰成就不无关系），客观上却把基督教信仰和神学教义所界定的内心世界及其特殊心理深度、情感强度和形式的无限性反过来带入了对现代个体经验的艺术表达的审美阐释和历史性理解之中。这种分析的历史投射和阐释的反向运动对我们重建鲁迅文学的阐释框架是有启发性和参照意义的。事实上，鲁迅文学所代表的新文学对于中国文学传统的突破，绝不仅仅是单纯的语言层面的"白话文学"对文言典律格式系统的颠覆，而是同时包括思想革命、伦理革命、政治革命和文化革命在内的观念－价值体系的整体变革，它在内心世界带来变化的总体性、内在性和无限性，完全可以同希腊－罗马古代世界向基督教

---

[1]　黑格尔，《美学》第1卷，朱光潜译，第111页。
[2]　黑格尔，《美学》第3卷（上册），朱光潜译，第332页。

世界转化的内心世界的剧变相比拟。而鲁迅文字特殊的内在的音乐性，正是分析和阐释鲁迅文学作为这种巨大的新旧交替、内外转化，以及个人内在自由、尊严和无限性的决定性扩张的"社会性象征行为"（杰姆逊语）的一个抓手。

音乐性是鲁迅文学审美特征的一个环节或面向，而非一个发展阶段或局部现象。黑格尔下面这段话几乎可以原封不动地用于对鲁迅文字和写作风格的批评描述，而且也一定会在鲁迅读者的阅读体验中得到共鸣：

> 尽管我们可以把自己沉浸到一座雕像或一幅画中的对象、情景、人物性格和形状里去，欣赏这件艺术作品达到完全为它所占领以至于忘我的程度，这毕竟不能改变这样的事实：这类艺术作品始终是本身存在的对象，我们逃不脱对它们处在观照地位的关系。在音乐里这种主客的差别却消失了。音乐的内容是在本身上就是主体性的，表现也不是把这主体的内容变成一种在空间中持久存在的客观事物，而是通过它的不固定的自由动荡，显示出它这种传达本身并不能独立持久存在，而只能寄托在主体的内心生活上，而且也只能为主体的内心生活而存在。所以声音固然是一种表现和外在现象，但是它这种表现正因为它是外在现象而随生随灭。耳朵一听到它，它就消失了；所产生的印象就马上刻在心上了；声音的余韵只在灵魂最深处荡漾，灵魂在它的观念性的主体地位被乐声掌握住，也转入运动状态。[1]

同周作人相比，鲁迅文章和文字的音乐性，即那种忽而长歌当哭、忽而浅唱低吟的文字韵律、节奏、和声、对位和配器，是其最基本的审

---

[1] 黑格尔,《美学》第3卷（上册），朱光潜译，第332—333页。

导论 | 117

美特征之一,也是他的写作始终能够将自己保持在一种艺术和情感的自律性范畴中的秘密。它同最彻底最纯粹最自觉的白话文学实践所内含的反格律、"反音乐"倾向不无抵触[1],却无疑符合鲁迅文学情感内容、观念内容和表达方式的内在气质。[2]

鲁迅文字的音乐性同五四白话革命所反对的八股文的"音乐性"在本质上是不同的东西:前者归根结底是由内容的精神性和自由所决定的,是一种观念和深层情感情绪的形式运动;后者则是单纯的习俗或惯例意义上的游戏形式。可以说,音乐性是鲁迅文体自觉和风格自觉中包含的特定的不自觉因素,它作为本能、自发性、非理性乃至个性和习性本身,存在于一切禁忌和拘束之外,成为鲁迅文学不可遏制的诚实、勇气、孤傲、固执、激烈和决绝的形式通道;它也是那种让

---

[1] 周作人白话写作的自由散文原则就包含拒斥音乐性和避免诗歌韵律的态度。在《论八股文》一文里,周作人对八股文里的"重量的音乐分子"有过独到的观察,并将之引申到中国文字和士大夫阅读习惯的一般情况中去:"他们读这些文章时的那副情形大家想必还记得,摇头摆脑,简直和听梅畹华先生唱戏时差不多,有人见了要诧异地问,哼一篇烂如泥的烂时文,何至于如此快乐呢?我知道,他是麻醉于音乐里哩。"周作人断言"做八股的方法也纯粹是音乐的",因为它"是文义轻而声调重"。他写道:"做文的秘诀是熟记好些名家旧谱,临时照填,且填且歌,跟了上句的气势,下句的调子自然出来,把适宜的平仄字填上去,便可成为上好时文了。中国人无论写什么都要一面吟哦着,也是这个缘故,虽然所做的不是八股,读书时也是如此,甚至读家信或报章也非朗诵不可,于此更可以想见这种情形之普遍了。"这些观察本身不可谓不贴切,描述不可谓不传神,但周作人最终表明的仍是五四白话革命和思想革命的价值判断。这种价值观决定了审美标准和批评尺度,它把一切对于空洞无物、"狗屁不通"文字的"陶醉"都比作"抽大烟的快乐"。参看周作人,《论八股文》,《看云集》(周作人自编文集),止庵校订,北京十月文艺出版社,2011年,第78—79页。

[2] 鲁迅早期阅读史和文言文写作风格则都显示出对于音乐性的敏感与接受,最明显的是他对严复"载飞载鸣"的桐城体的包容甚至欣赏态度,似乎并不觉得这种文风对它所承载的进化论信息是一种障碍和扭曲。在给周作人的信中,鲁迅承认,"我实在有点好讲声调的弊病"。(鲁迅,《210908致周作人》,《鲁迅全集》第11卷,第402页)上海时期的鲁迅还曾将这种倾向归咎于自己的早年教育,即"我在私塾里读书时,对对子,这积习至今没有洗干净"。(《〈南腔北调集〉题记》,《鲁迅全集》第4卷,第417页)而"做灯谜诗钟以及喜庆对联"和"按谱填词"正是周作人眼里的八股流弊的基本原因。见周作人,《论八股文》,《看云集》,第78页。

遗忘淹没记忆,又让回忆突破忘却的非意愿性力量。这种内在的、结构性的、同作者形象密不可分的音乐性,让我们得以进一步理解鲁迅文学的非现实主义和非再现、非具象本质:它不是要把客观社会现实对象转化为"在空间中持久存在的客观事物"的那种雕塑或绘画式的艺术造型,当然它更不是仅仅将社会历史事件作为史料或观念史注脚中的"现实反映"。相反,鲁迅文学首先是、最终还是一种"为主体的内心生活而存在"的写作和艺术活动,这是它的"为人生"取向、它的政治性和历史性价值的精神实质和审美实质。所有在阅读和批评的阐释空间里打开的鲁迅文学的意义系统或子系统,都只能"寄托在主体的内心生活上",并通过它"不固定的自由动荡"而显现为一种心灵和形式的"运动状态"。相对于这种心灵和形式的运动状态,包括它自身的运动轨迹所表明的自主性和坚定性,所有外在地附着于其感性具体性表面的"对象、情景、人物性格和形状",事实上都是"随生随灭"的"外在现象"。

鲁迅文学发展过程、风格空间和本体论构造内部,都包含着一系列冲突:经验与体验的冲突,体验与其寓言构造的冲突,历史与形式的冲突,感性与理性的冲突,情绪-无意识等"非理性"内容(存在论、生物决定论的生命哲学、意志论意义上对力的推崇、虚无主义及其克服、时间构造的多重性等)与"启蒙""进步""未来"等历史理性内容的冲突。这些冲突的"调和"与形式化带来鲁迅文学的感性外观以及作为这种外观的意义解释的理性内容。鲁迅文学的复杂性不但来自这种冲突与调和本身,而且来自它内部的"诞生"与"再次诞生",即由小说向杂文的过渡、转化和最终定型。这个转折并非削弱或提前终止了作为艺术活动的鲁迅文学,而是将它带入一种先前审美矛盾统一体解体后更高的综合、自觉和自由。因此,杂文作为鲁迅文学发展的"最高阶段",同时带有作为新文学起源和原型的鲁迅文学本身从"理想型"或"古典型"艺术(小说、抒情诗、美文)向"浪漫型"艺术（内在性与外在性、一体性与杂多性、主观性与客观性的同时扩张与激化；更具有现代性历史特征和理性特征的多元、杂多、过度、分裂等）转化的美学特征。这是新文学起源形态中所包含的"艺术的终结"，它赋予鲁迅文学和中国新文学以其独特的形式张力、历史张力和复杂性，赋予其表现形式的价值多元和风格史寓言构造，这意味着人们在其中可以看到古今中外所有文体、形式、风格、趣味、技术、审美强度模态同台竞争，力图把自己树立为个人和集体经验表达的"得天独厚的方式"的那种艺术与审美意识形态的斗争。

六、杂文与鲁迅文学的"艺术的终结"

鲁迅文学"终结"于鲁迅杂文，这种文体和风格随即成为作为现代性历史内容本身的"世界的散文"的感性外观，同时也成为以作者为核心形象的新文学"近代主体"及其无限性自由的文本结构。就鲁迅文学的"第二次诞生"和一种时代性个人风格的具体化、对象化的自我实现而言，就近代－现代中国历史经验和社会现实在鲁迅文学的"实现了的美的世界"中的展开而言，这是标准的黑格尔意义上的"内在世界庆祝它对外在世界的胜利，而且就在这外在世界本身以内，并且借着外在世界作为媒介，来显现它的胜利"[1]。

我们到目前为止都在一个比喻的意义上谈论不同艺术形态如何流注在鲁迅文学中，但正如黑格尔在《美学》中所强调的，"诗在一切艺术中都流注着，在每门艺术中独立发展着"，因为它是"心灵的普遍艺术，这种心灵是本身已得到自由的，不受为表现用的外在感性材料束缚的，只在思想和情感的内在空间与内在时间里逍遥游荡"。[2]如果我们在作为一般性诗或语言艺术的鲁迅文学中分离出一个特殊的、相对

---

[1] 黑格尔，《美学》第1卷，朱光潜译，第101页。
[2] 同上书，第113页。

于其他艺术形态的"诗"的形态或阶段,即所谓鲁迅文学发展的最高阶段和极致形态,那么它就是鲁迅杂文。具体讲,它从《华盖集》开始进入一种政治自觉和审美状态,通过"过渡期"(1924—1927)多种文体实验和风格内部的"文体混合"实践而炼成,最终在"上海时期"经过同大都会现代性经验的正面碰撞而达到"诗史"般新的风格综合与统一性。在这个"终结"点,鲁迅杂文反过来表明它事实上一直作为一种普遍的诗的原则贯穿和流注在所有鲁迅写作样式、文体和风格及其不同阶段之中,因为杂文就是鲁迅文学的诗的想象,就是它心灵性的观照本身,就是它的自由。这种自由不但外在地表现为鲁迅杂文对于20世纪复杂的中国社会现实和内心经验的得天独厚的再现与把握,它也内在地表现为鲁迅文学只有在杂文文体和风格里方才真正回到自己、成为自己。只有在杂文里,鲁迅文学才不再"受为表现用的外在感性材料束缚"。这种外在感性材料不但包括单纯的材料,也包括材料的内在形式、方法和制度。后者就是鲁迅曾一一尝试并最终放弃的写作样式、文体、风格和表现方式,特别是长篇小说这个界定了近代世界文学艺术成就、审美评价和观念体制的历史性体裁。

但正如艺术在诗的最高阶段获得自由的同时也超越了自己,鲁迅文学在鲁迅杂文中实现的自由也使鲁迅文学超越了文学,即放弃了"心灵借感性因素达到和谐表现的原则",从而"由表现想象的诗变成表现思想的散文了"。[1]鲁迅文学在鲁迅杂文中的"终结"在某种程度上似乎印证了黑格尔"艺术的终结"的论断。这个"终结"在近代西方艺术发展的历史语境中包含几层意思:一是感性形象作为理性观念的和谐表现在近代语言艺术的观念性和总体性中的瓦解;二是在现代性历史条件下,社会现实自身的复杂性和多样性业已借"思想"的媒介展翅高飞,而且飞得比艺术更高;三是作为结论,艺术作为表象、

---

[1] 黑格尔,《美学》第1卷,朱光潜译,第113页。

认识和共同体的神的感性显现与情感认同，业已失去其供人膜拜的神圣性和神秘性。

在所有这些方面，中国新文学的起源和发展都以其特殊的方式回应着现代性的普遍性历史条件和形式可能性，并且正是在这个关键意义上将自己界定为"现代"文学。理想型艺术内在和谐的破裂与瓦解，就其论题的时代性而言，本身是西方近代思想对欧洲基督教传统社会遭遇的冲击的观照和批判性反思，这种冲击来自世俗化、个人主义、启蒙理性主义、工业革命、宪政国家和民族主义意识等历史浪潮。这里的要点不是黑格尔在美学理论中构造出一个希腊艺术和城邦政治生活的和谐或"完美"状态，而在于这种状态被叙事性地称为后续"浪漫型艺术"内在张力的前史和对立面。"艺术的终结"论题则内涵于浪漫型艺术概念的矛盾统一之中。以鲁迅乡土小说和知识分子小说为序曲的现代文学的"雕刻－绘画"形态，在某一方面的确"完美"地呈现出新文学内部初始的感性/理性、特殊/普遍之间关系的"和谐"状态，并以这种审美的、感伤主义的和谐（集中体现于新文学第一代作者的叙事人形象与口吻）象征性地标记出近现代社会变革过程中的某个结构性的共同体想象、政治认同和新的伦理－价值系统，无论这种想象和认同在具体的社会政治意义上多么短暂、多么充满失望和痛苦。但另一方面，新文学第一代作者群体也通过他们经验的个别性和具体性，把一种现代主体性同中国社会现状和精神道德状态的疏离感和批判意识，转化为他们作品最核心、最感人的故事和形象。在此，新与旧、都市与乡村、个体与群体、理性与情感、自由与责任、新潮与习俗等现代性普遍性矛盾，为中国新文学，特别是以近代西方小说为蓝本的写作模式，提供了基本的动机、人物、情节和情景。需要留意的是，黑格尔本人早年的希腊城邦理想和"人民宗教"理念在他对近代欧洲现代性历史经验的哲学叙事中留下了一个保守的或乌托邦式的理想形态，这就是对君主立宪开明专制下的市民社会法权形态与资本主义大生产和市场经济的认同与"内在化",即把后者作为新兴社会内部的主体建构本身的"教育小说"或成长小说的根本情节和内容实质。[1] 20世纪初的中国在资本主义社会经济发展和市民阶级主体建构的具体层面仍然十分落后,但这并不妨碍中国新文学以其特殊的想象和表达方式,带着它特有的理想、单纯、渴望、兴奋、焦虑和绝望感投入到自身历史视域内的生活世界的戏剧冲突中去。这个普遍性历史背景有助于我们看到,包括鲁迅小说在内的新文学早期小说创作,虽然仍处处表现出启蒙观念照耀下的新人、新价值和新道德同旧制度、旧习俗的冲突,但它在这种冲突中所依赖的价值已然具有一定的制度和"公意"的呼应与配合,比如民国政府公民教育和社会教育政策的支持,又比如新闻出版、"印刷文化"及其读者市场所提供的环境和条件。在最基本的文学社会学意义上,鲁迅本人的早期创作离不开上述社会和制度环境。而正如许多鲁迅短篇小说的开篇描写所表明的那样,新文学初期小说创作中的主人公,无论他们走到哪里,也无论他们如何孤独而潦倒或敏感而激愤,事实上都是作为现代民族国家教育体制、文化体制的成员和派出人员(教员、学生、公务员,等等),作为一个再次回到故乡的自我流放者,在现代体制的边缘同"现实"和"生活"遭遇。在某种意义上,这不过是近代欧洲小说作为一种形式和方法同它自身社会历史内容之间的关系的再现,其中的"中国场景"和"中国经验"仅在于,新文学第一代作者已在自己的出生地和故乡变成了外来者和陌生人。无论他们对故乡和那里的人民与习俗还有多少情感上的藕断丝连,此时他们的精神故乡都已经决定性地转移到近代欧洲小说(或欧洲社会思想理论)那样的象征性国度。

然而,参与到精神和形式上的"欧洲",意味着在理性和存在层面

---

[1] 黑格尔《美学》成稿于近代欧洲小说发展的高峰期到来之前,但仍然包含了对歌德《威廉·迈斯特的游学年代》等经典"教育小说"的分析和评价。参看 Franco Moretti, *The Way of the World: The Bildungsroman in European Culture*, London: Verso, 1987。

参与到以"欧洲"为符号的现代性普遍过程中去。在文学范畴内，这意味着鲁迅无法一厢情愿地停留在"摩罗诗人"中间而拒绝"前进"到"为人生"的文学；同时也意味着他并没有停留于"写实主义"小说的闲暇和奢侈，而对象征主义、表现主义、意识流等现代派风格、表现手法和其中所包含的形式与历史的意识形态及价值观熟视无睹。这种不断的前进和否定并不能简单地等同于历史主义"进步论"或竹内好所谓的优等生文化式的不断追赶新事物新潮流。恰恰相反，在近代和现代中国历史上，这种对激进的、持续的否定性和总体性的追求，正反映出中国参与并试图理解现代性普遍过程的需要，同时反映出这种参与本身的全面性和总体性。换句话说，这里并没有"局部方案"或"替换性方案"，唯一行得通的方案只能是激烈的全方位的深层变革，通过中国社会文化的整体而深刻的变革，带来现代性普遍性方案本身的结构性改变，即它的自我否定和自我超越。所谓"救亡"或"保种"的存在焦虑和迫切感，只不过强化和激化了这种全面参与现代性普遍经验建构和探索的历史过程，并在此过程中成为历史的主体而非客体的意志和决心。这就如同鲁迅"弃医从文"的故事，虽然从疗救同胞身体到疗救同胞精神的转变植根于晚清历史变革的集体叙事，然而一旦进入文学世界，就必须按照文学的逻辑，在文学和文学社会学选择空间内部进行持续不断的实验、创新和道路选择，并在文学批评、阐释和评价的标准、体制和意识形态领域确立和争夺意义。

鲁迅文学本身的早熟和成熟，包括它漫长的前史和它在相对有限的历史时空内经历的风格发展阶段和结构复杂性，客观上为分析中国新文学的现代性和历史性提供了一个具体而微的样本。其中特别值得重视的是，鲁迅白话小说和散文诗创作中"与生俱来"的现代主义倾向。这种倾向不只是写作技巧和技术上的局部或一时的现象，因此不能放在诸如"跳跃""变形""黑色幽默""荒诞"这样的修辞范畴里处理，而是必须在世界观和方法论层面被理解为一种根本的、形而上的理念和概念。这种理念和概念在中国新文学成为"近代小说"意义上的"现代"之前，就已经突破或者摧毁了后者的经典资产阶级主体性内部的道德和谐与审美完整性，在形式空间内部决定性地引入了一种紧张感、时空压缩、碎片化和激烈的否定性。这种"超近代"意义上的现代主义因素也不能直接或完全地从常规文学影响的路径加以把握。虽然鲁迅本人和他的同代作家都不同程度地接触到西方现代主义文艺和文艺思想（比如鲁迅熟悉俄国象征主义作家的作品，另外他不仅翻译了厨川白村的现代主义批评著作《苦闷的象征》，而且还在此过程中翻译了波德莱尔《巴黎的忧郁》中的一篇散文诗作），但这种直接的，文本、技法和文学观念层面的接受，总体上仍然是不系统、零星而肤浅的；它本身尚不足以发动和支撑一场全面的本土化的现代主义文学运动。不如说，鲁迅早期白话小说和散文诗所展现的现代主义元素，本身是中国新文学"近代化"诉求内部的多元经验和多种文体储备的表现，是它们各自及相互间作用的结果，包括种种"反动"、"颠覆"、"过量"和"剩余"。换句话说，以鲁迅创作为代表的新文学现代主义传统虽然略早于经典写实主义和浪漫主义文学主体的出现（如《狂人日记》早于《沉沦》，也早于叶圣陶的"问题小说"或茅盾的中长篇），但现代主义的审美认识论和方法论在新文学中的位置和功能，大体上仍旧遵循了一种写实主义的逻辑。在历史和实证层面，这种逻辑可由新文学整体上的现代性（即近代性与现代性的交错，19世纪与20世纪的叠加）历史挑战来说明。这就是把中国的近代或现代同一个漫长的过去形而上地割裂开来，用白话和白话文建构起一个价值和生活世界的断裂和鸿沟，以此引入一个新的世界、新的人生，为新人提供感性和审美的自我观照和自我确证。因此不难理解这个新文学和新文化的历史使命本身包含并呼唤一种现代主义的整体观和世界图景，它也必然在新文学作为"近代文学"的发展道路上"不合时宜"地（却是有逻辑地）跳到前台，甚至占据舞台的中心。此时，白话文学发轫期的"象征型艺术"特征，即那种把现象直接抬升至观念和概念领域的简单、幼稚、急躁和直接性，本身为现代主义颠覆和超越高度复杂的近代小说体制提供了一种形式的便利。也就是说，西方现代派对于经典资产阶级主体建构过程中传承下来的深厚审美积淀实施的爆破性清场，在新文学起源期可被直接"拿来"用作清扫封建道德和文言建制的主观态度和艺术手段。前者"重新发明宇宙"的象征意志和形式创造性，也被后者"拿来"作为新文学昭告天下的奠基礼和宣言书，而此时按照近代标准打造的新文学写实主义小说，还只能说刚刚迈出千里之行的第一步。

相对于鲁迅早期和过渡期创作中表现出来的现代主义倾向，鲁迅风格总体和本体在杂文样式和文体中的定型与自觉是一个更为意义重大的事件。这个自觉在创作家个人文学生涯中的转折意义固然怎么强调也不为过，但在此我想强调的却是它对于中国新文学发展的历史意义和理论意义。作为新文学起源的标志和高峰，鲁迅文学的"成为杂文"，让新文学获得一种可能，使之能够在语言、写作样式和审美观念上摆脱对占据主导地位的西方文学生产机制（特别是小说）的无条件依赖。从此，新文学至少在理论上可以沿着"非主流文学"（minor literature）概念所包含的艺术与政治的辩证法而开辟自己的主流：它摆脱了经典资产阶级主体性建构所依赖的财产、家庭、私人心理、性意识（包括无意识）等个别性与内在性的要求，摆脱了人物性格、情节发展、景物描写、氛围经营、细节堆砌等程式化规范，同时也超越了近代艺术家主体作为"伟大的创造性个体"的意识形态神话。[1] 自觉

---

[1] 参看 Giles Deleuze and Félix Guattari, *Kafka: Toward A Minor Literature*, Minneapolis, MN: University of Minnesota Press, 1986。作者定义的"非主流文学"包括以下几个基本特征：一、其语言并非"少数群体的语言"，而是在带有高度的非地域化系数的"主流语言内部的非主流建构"，比如卡夫卡作为用德语写作的犹太人在布拉格写作；二、整体上的全面的政治性，相对于"主流文学"描写个人、家庭时同社会背景保持距离，非主流文学内部"拥挤的空间"使它笔下的个人直接同政治发生生死攸关的联系；三、非主流文学的一切都同集体价值及其表达相关，文学机器同社会革命机器之间是一种接力的关系。第16—18页。

地"走向杂文"看似是退出世界范围内的近代文学中心场域和"核心竞争力",客观上却使中国新文学在其起源和根基上接续起中国文学内部的语言可能性、风格多样性与灵活性,也以复杂的现实关联与直接的政治性打通了文体和风格的道路。事实上,在古今中外的文学传统中,散文和杂文一直都是重要的、不可或缺的组成部分。在西方文学传统中,上自古希腊古罗马演说、修辞、哲学对话、政论和历史写作,中经基督教经典作家的忏悔录和神学论述,下至文艺复兴时代但丁的《论俗语》和蒙田的散文写作,一直到18世纪法国理性主义的散文著作和19世纪的英美散文传统,散文(包括鲁迅意义上的杂文)写作都构成文学发展和文学观念的核心组成部分,积极参与并促进了对于文学、语言、理性、情感和人本身的理解与界定。而在中国古典文学发展史上,散文或"文"的地位一直至高无上,同"诗"一道构成"文学"的内在实质和外在形态。

因此,以"文"或散文为历史和审美参照系反观近代文学体制,我们看到以近代小说为中心的特殊历史主体(包括市民阶级个体与市民阶级民族国家)建构的巨大动能和创造性,同时也看到这种特殊艺术形态本身的意识形态和历史性。在极端的意义上,近代小说并非不可以被理解为像西洋古典音乐那样的臻于极致、有着确定的历史寿命的艺术形态。它因完成甚至完美而终结,虽然可以像希腊雕塑、唐诗宋词或贝多芬弦乐四重奏那样一直为后世所欣赏和迷恋,但就其形式的历史内容和创造性而言,已然只能是一种历史遗迹;因为"思考和反省已经比美的艺术飞得更高了"[1]。这个"高"当然不是指艺术业已失去审美价值和认识价值,面临被淘汰的命运,而是指现代性历史条件下的社会生活的空前的复杂性、有机整体关联以及普遍知识教养水准,客观上把艺术限定在现代生活总体性格局的一隅,因此"就它的

---

[1] 黑格尔,《美学》第1卷,朱光潜译,第13页。

最高职能来说，艺术对于我们现代人已是过去的事了"。[1]同样，这个"过去"并不意味着被抛弃和遗忘，而是说艺术曾经拥有的那种令人膜拜的"在现实中的必须和崇高地位"如今已经"转到我们的观念世界里去了"。[2]放在中国新文学的历史语境里看，这就意味着小说、抒情诗、戏剧等主流形式尚未在艺术中确立前，就已经在理论的意义上成为一种"更高的"文学科学和历史科学的认识对象。然而，当近代小说等艺术形式已不能再像古典时代那样构成民族精神生活和历史认识的终极眼界与地平线，杂文却在观念和文章统一体，在"艺术的终结"概念内部建立起语言的感性层面（形象、句子、文体、风格）、语言的概念层面及社会交流层面之间的新平衡。在这个意义上，鲁迅杂文作为鲁迅文学的完成和"终结"，本身又是一个象征和一个启示。它象征了中国新文学在起源时刻就参与到一个历史性艺术形态和体制的终结中去，即以近代欧洲小说为蓝本和参照系的市民阶级"浪漫型"艺术在世界范围内的"终结"。然而，这种"终结"对于中国新文学的自我形式建构而言，同时又是一种积极的可能性条件。黑格尔就"艺术的终结"所做的思考，对于理解鲁迅文学和中国新文学独特的历史和审美位置都是极具启发性的，他说：

> 艺术在越出自己的界限之中，同时也显出人回到它自己、深入到它自己的心胸，从而摆脱了某一种既定内容和掌握方式的范围的严格局限，使人成为它的新神，所谓"人"就是人类心灵的深刻高尚的品质，在欢乐和哀伤、希求、行动和命运中所见出的普遍人性。从此艺术家从他本身上得到他的艺术内容，他变成实际上自己确定自己的人类精神，对自己的情感和情境的无限方面

---

[1] 黑格尔，《美学》第1卷，朱光潜译，第15页。
[2] 同上。

进行观察、思索和表达，凡是可以在人类心胸中活跃的东西对于这种人类精神都不是生疏的。这种内容意蕴并不是绝对可以用艺术方式来赋予定性（确定）的，内容和表现的形象都听命于艺术家的随意任意性的创造活动，——任何旨趣都不会被排除掉，因为艺术现在所要表现的不再是在它的某一发展阶段中被认为绝对的东西，而是一切可以使一般人都感到亲切的东西。[1]

鲁迅文学特别是鲁迅杂文表明，20世纪中国文学的历史边界或前沿，已经历史性地（同时也在最内在的审美意义上）摆脱了世界历史意义上的19世纪，而决定性地进入20世纪的经验实体及其矛盾结构中去。近代欧洲艺术体制的"越出自己的界限"，它作为集体理想的"理性的感想显现"的瓦解，客观上为中国新文学主体摆脱"既定内容和掌握方式的范围的严格局限"创造了这样一种历史局面和形式选择空间，在其中新文学的作者和阐释者得以"显出人回到它自己、深入到它自己的心胸"，从而"成为它的新神"。杂文作为鲁迅创作活动的主要方式和终极方式，本身显示出艺术家自身精神世界的活跃和无限性，显示出他的"随意任性的创造活动"，在其中"任何旨趣都不会被排除掉"，而是包含"一切可以使一般人都感到亲切的东西"。这对于白话文学的现代性和"复古"，对于它的世界性和民族性，对于它在叛逆、批判、颠覆过程中的创造和建设，都带来广泛而具体的可以援引的文化资源和精神上自由驰骋的空间。鲁迅"杂文的自觉"期间的艰难选择和实验，以及他"上海时期"创作的天马行空、挥洒自如，都证明了这一点。

在新文学自身的文体和风格史上，鲁迅杂文和鲁迅文学是一种起源性的示范和象征：文学和人生的"实有"，都必须反复地经历"虚

---

[1] 黑格尔，《美学》第2卷，朱光潜译，第380—381页。

无"的考验,才能在自我否定和对文学形式及文学体制的颠覆和超越过程中,将自身确立为一种实验和运动的"行进中"状态。在文学的历史内容和精神实质上,这是否定性和"中间物"的题中应有之义。在文学形式上,这意味着新文学渴求且赖以成形的形式资本和审美确定性,在形式的历史性和审美理想内在矛盾的意义上,都业已处于瓦解和"终结"状态。因此,作为"晚来者"的中国新文学的自我建构和风格外化,都在理论意义上包含对中国文学和世界文学的形式史、风格史和美学史的整体性比较、反思、颠覆和超越。这种比较、反思、颠覆和超越在新文学的学习和借鉴之初就已经开始,并以一种隐蔽的方式指引着中国文学从白话文的滥觞到当代时代潮头的探索和发展。这个起源作为一种文学机器,在其内部的关联、运动方式与能量交换过程中,从一开始就超越了浪漫主义 – 写实主义 – 现代主义的历史主义序列和"中国 – 非中国""纯文学 – 非文学"的二元秩序,而是沿着新的时代性政治性矛盾冲突方式,按照自身的逻辑和必然性,不断将文学空间以打破常规的方式创造出来。

2021 年 10 月 17 日于纽约

2022 年 1 月 25 日修改,9 月 11 日定稿

第一部　人生的中途

第一章　鲁迅文学的危机・133

第二章　「杂文自觉」的萌动（上）・177

第三章　「杂文自觉」的萌动（下）・231

第四章　世界之路与杂文的歧途・259

第一章　鲁迅文学的危机

Nel mezzo del cammin di nostra vita / mi ritrovai per una selva oscura, / ché la diritta via era smarrita.

Ahi quanto a dir qual era è cosa dura / esta selva selvaggia e aspra e forte / che nel pensier rinova la paura !

在我们人生旅途的中点
我发现自己身处幽暗的林间，
正确的路径已无从寻觅。

哎呀说清这一切是多么困难
森林的蛮荒、粗粝和强悍
在我心中再次将恐惧唤起！[1]

当《〈华盖集〉题记》于1925年尽头的深夜写就之际，四十四岁的鲁迅已经走完生命的五分之四。但若以作者1918年4月（首次用"鲁迅"的笔名）在《新青年》发表《狂人日记》为始、以1936年10月去世前仍在写作中的《因太炎先生而想起的二三事》为终，那么1925—1926年转换之际这个暧昧不明的时刻，或可视为鲁迅文学或

---

[1] 引自但丁，《神曲·地狱篇》，译文为笔者的"硬译"。

"文学鲁迅"的"中途"（ nel mezzo ）或"中点"（ Mittelpunkt ）。从这个切入点扩大开来，探究它的前因后果，我们可以得到一个有着完整轮廓和轨迹、在文学批评和文学史上有着特殊意义的"阶段"或"时期"，这就是从1924年到1927年作者所遭遇和经历的多舛、重压、百忧交集、辗转漂泊的转折期和过渡期。连同此前"沉寂的1923年"，这构成鲁迅人生和文学道路遭遇重大危机和挑战的五年；也是他为自己的生活与写作寻觅并最终找到自身形式、风格与道德确定性的五年。

如果我们把鲁迅文学视为其个人史和思想史经验的结晶，那么可以说在这一阶段，鲁迅文学经历了其诞生之后最为严峻而重大的危机和困境；经过极为坚韧而灵活的努力，通过风格探索实验的多头路径，鲁迅最终取得了作者意识和风格自觉上的决定性突破。这个鲁迅文学的"人生的中途"具有危机、事件和时刻的三重性；它包含了巨大的外部压力和内心的痛苦焦虑，但也孕育着巨大的能量和可能性。这种紧张矛盾状态的"解决"和"出路"就是鲁迅文学在鲁迅杂文中的"第二次诞生"。因此可以说，这个"过渡期"是以"杂文的自觉"为轴心，朝向"第二次诞生"的曲折蜿蜒的探索和行进。这期间鲁迅所有的外部困境、内心决定和创作实践构成了这一剧烈运动和变化的直接语境和轨迹。从白话革命的"呐喊"到一切复归于"无物之阵"的寂寞；从"运交华盖"的纠缠和烦恼到厦门海边的荒凉、大革命后方的血腥，鲁迅文学在这五年的"中年危机"所经历的，是一系列使人不得不从常规状态中沉寂下去或爆发出来的"例外"和"决定"。在文学文体风格上，这个例外和决定的直接结果就是"杂文的自觉"和杂文的宿命。同风格实验的冒险和决绝相伴而生的，则是鲁迅在此期间生活总态度上的变化，其基本特征是渴望行动和改变，包括对现状的不耐烦和对冲突对抗的来者不拒。离开北京南下的决定，本身固然是具体现实中的考量和选择，但其剧烈的时空转换，同时也带有多重的——政治性的、爱欲的和再造生活形式与写作形式的——象征意义。这种又一次从"庸常之恶"中惊醒,想再度跃入存在和时间的激流中去的热望,不妨借用乔伊斯《一位青年艺术家的画像》(*A Portrait of the Artist as a Young Man*,1914—1915)中主人公脍炙人口的一段内心独白来形容:

> 去生活、去犯错、去跌倒、去胜利,去从生命中再造生命。一个野性的天使在他面前出现,易逝的青春与美之天使,生命之秀丽王国的使节,在他眼前一下子敞开了通向一切错误和荣耀的大门,这是多么狂喜的一刻。向前,向前,向前,向前![1]

作为新文学本质的现代性,它的永恒的青春和野性,此时被"内化"于作家人生中途的迷茫与困境;与此同时,鲁迅中年人生"要向着新的生路跨进第一步去"[2]的驱动乃至躁动,也"外化"于鲁迅文学内部激烈的形式运动和风格演进(evolution),即各种文体、样式、修辞、叙事和再现手法与机制之间的混居、竞争、选择、吞噬和超克。"杂文的自觉"和"鲁迅文学的第二次诞生"是鲁迅新文学创作历程和风格总体上最关键、最重要的分水岭和"断裂带"(虽然这个断裂本身又是连续性和非连续性的统一体)。此前的一切都是它的准备和爆发前的能量积蓄,而此后的一切都是它的结果与发展,是这个自觉与再生所蕴含的文学本体论能量的释放和具体化,也是其风格可能性的自我肯定、自我实现和持续扩张。

相对于这个"第二次诞生",鲁迅文学的"第一次诞生"几乎可以说是自发地、"偶然"地发生在传统断裂与语言-思想革命的真空中,

---

[1] "To live, to err, to fall, to triumph, to recreate life out of life. A wild angel appeared to him, the angel of mortal youth and beauty, an envoy from the fair courts of life, to throw open before him in an instant of ecstasy the gates of all the ways of error and glory. On and on and on and on!" James Joyce, *A Portrait of the Artist as a Young Man*, Oxford University Press, 2000, p. 145.
[2] 鲁迅,《伤逝》,《彷徨》,《鲁迅全集》第 2 卷,第 133 页。

并因为这种偶然的因缘际遇（从另一面讲则是所谓"时代的必然性"），获得远远超越个人写作技能和新文学语言形式及审美可能性的历史意义、文学价值乃至社会伦理的实在性与客观性，这直观地表现为《热风》所传达的启蒙人文主义思想和《呐喊》所建构的"国族寓言"的伟大象征。然而鲁迅文学的"第二次诞生"，发生在鲁迅文学道路和写作风格之决定性的抉择的基础上，发生在作者意识和文章方法的内部，因此带有更高程度的思想自觉、情感自觉、语言自觉和形式自觉。它同时也是在新文化狂飙突进时代告终后，在选择空间日渐有限、文学标准和参照系却不断扩大的外部语境中所做的取舍和决定。因此，这个"再生"不得不带有更多个人的（甚至私人的）、内省的（包括自我怀疑的）、伦理的（家庭、内心自由、爱的渴望）和艺术或审美的（创造的冲动与企图心、技巧与风格的探索与联系）等多方面的斟酌与冒险、思虑与行动、限制与自由。这同1918年由寂寞而呐喊、由绝望而义无反顾地投入一场"听将令"的集体性战斗形成了鲜明对照。唯其如此，这个"第二次诞生"也就带有更多的理性内容和情感真实，带有更多的心灵与形式的复杂性；也唯其如此，它包含着更丰富的文学信息和精神内容，因为它是更为丰富的理性内容及社会历史内容的感性表现和形式编码。经由这个"第二次诞生"，鲁迅文学方才成为自己，方才达到一种风格与历史的必然。

一、阶段论

鲁迅文学与鲁迅生命的内部分期是一个有意思的问题。显然它不能只是为文学史叙述的方便而做的机械的时间段划分或作品归类，而必须是具有文学批评、文学理论意味的阶段论（periodization）性质的阐释、介入和建构。换句话说，它必须有助于我们把握、分析和理解鲁迅写作的诗学本质及其内在的美学与政治，能让我们更深入地探入鲁迅文学发展的风格演变及其形式的历史实质。所以任何阶段论分析，事实上都不得不以鲁迅文学的总体为终极分析对象，通过一种从部分到整体、从整体到部分的"阐释的循环"，借助历时性（diachronic）的分析描述（传记、文学史、社会史材料等），去接近共时性（synchronic）的现象和结构，即文学本身。

本章并不是在传记的意义上讨论鲁迅文学的"中途"和"转折"，但借此机会简略回顾一下鲁迅生平和文学发展的分期，仍有助于问题的清晰化。事实上，对鲁迅生平及创作做分期和阶段论分析，在鲁迅生前就已经开始。比如瞿秋白就在《鲁迅杂感选集·序言》（1933）中在"思想上"把鲁迅分为以进化论为指导的前期和以阶级论为指导的后期。李长之则在1935年完成、1936年出版、鲁迅批阅过校样的《鲁迅批判》中，以"精神发展"为线索划分出六个阶段或时期。[1] 同这种分期法的阶段论相比，本章"人生的中途"作为同时处理传记、文学史和文学批评议题的尝试，建立在一个不同的叙事框架结构之上，这种不同来自问题意识、批评旨趣和阐释方法的不同。

---

[1] 即，一、1881年至1917年"成长和准备"时期。二、1918年至1924年是"作为精神界战士""向封建文化攻击的时期"。三、四两个时期分别为1925年至1926年、1926年至1927年鲁迅的"精神进展"。五、1927年至1931年为鲁迅"精神进展上达于顶点的一个时期"，也是他"最健康、最有生气的时代"。六、1931年至1935年《鲁迅批判》出版之前。李长之认为第一阶段以"农村的生活"、"科学的洗礼"和"以文艺改造国民性的志愿"为标志，其间大事包括甲午之战、戊戌变法、庚子事件、日俄战争和辛亥革命。第二阶段作品上的收获为《呐喊》和《热风》，外部事件则是五四运动和"欧战"（第一次世界大战，1914—1918）。第三、四阶段标志性的事件分别为五卅运动、女师大风潮、三·一八惨案和同《现代评论》派的论争；以及离开北京赴厦门、再赴广州的人生变动，其间经历了国民党"清党运动"及其导致的宁汉分裂，同时"'爱的问题'也得到解决"。第五阶段的内在标志是在同"革命文学家"论战之后，鲁迅吸收了革命文学的"新的方向的理论"，"从理解和同情"转变为"最忠实的一员"；外部标志则是左翼作家联盟的成立（1930年3月）。第六和最后阶段的大事"是九·一八和一·二八"，其特点是"国家之感激动着他"，因此"重又攻击国民性"，但侧重已从反封建转变为反帝国主义，同时也"显出了困乏"，"不知道这是一个衰歇的结束"还是"一个更新的酝酿"。参看李长之，《鲁迅批判》，北京出版社，第7—10页。

在此我们不妨暂时把李长之所界定的那个漫长（长达37年！）的"成长和准备期"放在括号里存而不论，而把注意力集中于以《狂人日记》的发表为起点的鲁迅新文学创作生涯。[1]到1936年逝世为止，鲁迅的文学人生一共只有短短的18年，但几乎完整覆盖了新文学最初的两个十年。鲁迅逝世第二年，抗日战争全面爆发，自五四以来的中国新文学因战争和国共第二次内战而中断，并随着中华人民共和国的建立而进入"当代文学"或"共和国文学"的全新范式。某种意义上不妨说，鲁迅的文学生涯在时间上与中国新文学的"黄金时代"完全重合，后者随着前者的离世而进入一种漂泊离散状态。当然个别的作者与作品、流派及文学观念仍然在顽强生长，在经验、技艺等方面显露出长足的进步与收获，比如鲁迅逝世后不久老舍的《骆驼祥子》、沈从文的《八骏图》相继出版；太平洋战争爆发的当年张爱玲登上文坛；在抗战和内战最黑暗的时刻九叶派诗人把新诗推向一个崭新的阶段，等等，但"活的新文学"总体上的精神气质和内在品格，因为鲁迅的离去而永远变得暗淡了。

---

[1] 鲁迅在日本"弃医从文"后几年（1906—1909）的文学活动（阅读、翻译、写作等）仍具有相当的重要性。在《鲁迅的青年时代》里，周作人谈到鲁迅发愤学习德文（主要是自学），把它作为"敲门砖""去敲开求自由的各民族的文学的门"，指出"弱小民族的文学"是五四运动之后的概念，当时并没有这个名称；如鲁迅"预备着力介绍"俄国文学，但俄国并不是"在殖民主义下挣扎"的"弱小民族"，将俄国文学作为重点，是因为俄国"虽是独立强国，因为人民正在力争自由，发动革命"。另外据周作人介绍，鲁迅于1908年在《民报》社听章太炎讲文字学（《说文解字》），时间虽"也只是半年多"，却受到很大影响，即在原有的国学根底上，"从根本上认识了汉文，使他眼界大开，其用处与发见，与外国文学相似"。周作人还介绍了鲁迅该时期的几篇文言论文，指出它们其实等于鲁迅"本来想要在《新生》上说的话，现在都已在《河南》上发表出来了"，并说其中以《摩罗诗力说》最具重要性，但所谓"摩罗"不过是"恶魔"的古文字（"梁武帝改写之前"）称谓，其出处是被英国"正宗诗人"蔑称为"撒旦派"的拜伦、雪莱等人。因此"摩罗诗力"在其"恶魔派诗人的精神"的本意上也包括一切"反抗权威、争取自由的文字"和"革命文人"。可见，这个"潜伏期"对于理解日后鲁迅文学的质地和风格走向都是有意义的。参见周作人，《鲁迅的青年时代》（周作人自编文集），止庵编，河北教育出版社，2002年，第37—40页。

鲁迅的文学存在对于新文学最初两个十年乃至它的全部历史绵延而言，同时具有先锋、集大成者和"例外"这三重含义。也就是说，它自身的风格和写作方法相对于文学史意义上的"现代文学"或"20世纪中国文学""常态"而言是一种"非常态"。在此，卡尔·施米特在政治哲学和法理学语境里所做的"常规什么也说明不了，例外却可以说明一切"的深刻洞察[1]，在文学批评和理论阐释范畴内也同样适用。正如鲁迅相对于"新文学"和"20世纪中国文学"的历史和制度都是一个"证明常规的例外"（the exception that proves the rule），鲁迅杂文也作为现代文学审美体制、观念组织和价值体系的例外和"极点"（a point of singularity），同时在它们"合规"运行状态的内部和外部，像真正的"主权者"（the sovereign）那样，界定了中国新文学的起源性问题，展示了它的精神实质和审美可能性。

1918—1936年这18年的鲁迅文学发展，如果大体上把它称为"两个十年"，那么它明显可划分为前后两个阶段：以"纯文学"创作为主体与核心的前期，和以杂文写作为重心乃至全部的后期。两者间的断裂与关联，一方面是《彷徨》《野草》及《朝花夕拾》等"纯文学"界域中的经典之作，将鲁迅文学的前一个阶段收束在高潮里[2]；

---

[1] 在《政治神学：主权概念四章》中施米特写道："例外比规则有趣。规则什么也证明不了；例外则能证明一切。例外不但确认了规则，而且确认了它的存在，而这种存在只能从例外状态中衍生出来。真实生活的力量，只在例外状态中方才冲决了机制的硬壳，即那种在日复一日的重复中变得暮气沉沉的东西。"（"The exception is more interesting than the rule. The rule proves nothing; the exception proves everything. It confirms not only the rule but also its existence, which derives only from the exception. In the exception the power of real life breaks through the crust of a mechanism that has become torpid by repetition."）Carl Schmitt, *Political Theology: Four Chapters on the Concept of Sovereignty*, translated by George Schwarb, Chicago, IL: The University of Chicago Press, 2005, p. 15.

[2] 在一个更严格（如果不是更机械）的意义上，这个列表里还应加进后被收入《故事新编》的《奔月》及《铸剑》。而《故事新编》的写作，作为一项延续到1936年的长期设计，尽管曾为鲁迅自己视为五种"创作"之一（《自选集自序》），但在笔者看来，其中多数（尤其是几篇30年代的作品）仍属于杂文元素主导的篇目。

另一方面则是《华盖集》的结集与题跋，正式确立并彰显着后一个阶段的"杂文"线索。在这两个阶段的交叠里，"纯文学"余波业已"越界"进入"杂感"或"杂文"阶段，所面对的是寂寥、芜杂、混乱和纷扰的外界；反过来也可以说，鲁迅写作生涯中的"纯文学"余波或"回光返照"并非苍白无力，而是扩大、深化了鲁迅文学本体论空间和诗学范畴。其"最后一战"极具能量和文体 – 风格上的复杂性与歧义性，因此不可避免地影响、渗透、寄居在杂文写作和杂文自觉的肌体内部；在文字、情绪和审美情调方面，"纯文学"或"诗"的因素无疑赋予《春末闲谈》、《灯下漫笔》、《〈坟〉题记》和《写在〈坟〉后面》（《坟》）；《上海通信》、《厦门通信》、《海上通信》（《华盖集续编》）；《战士和苍蝇》、《夏三虫》、《"碰壁"之后》这些"杂文"篇章以特殊的文学性，由此参与到杂文文体自觉和作者意识的内部建构过程中，并发挥强有力的作用。

因此，一种更直截了当的分期或"阶段论叙事"，大可选取 1927 年这个自然分界线，把 1918—1936 年这 18 年从正中间截为两段，前段（1918—1927）是包括"纯文学"的"混合文体"时期，即"北京时期"外加一个短暂的"在路上"的辗转漂泊期。后段（1927—1936）则是"杂文时代"或整个"上海时期"，这是本书第二卷《杂文的自由》的议题，在此暂时存而不论。这两个阶段本身相对自成一体，并不难以说明和理解，但难点在于如何对这前后两个时期的转折与变化做出符合鲁迅文学和中国新文学发展外部条件和内在规律的分析和解释。而这其中的关键，又在于如何分析和解释"杂文的自觉"从前期最后几年（1924—1927）日益扩大和强化的"混合文体"实践中最后"胜出"的这个传记事实和文学事实。鲁迅文学发展和风格结构内部的这个方向和方法选择，也划定了作者在审美决断和心理 – 思想行动上所需的时空和语言范围，客观上界定了一个"过渡期"。而"沉寂的 1923 年"则像一条界河，把这个过渡期同鲁迅《新青年》时代的"启蒙主义"小说和"思想革命"檄文分隔开来。

具体而言，本章是在"文学鲁迅"和"鲁迅文学"的意义上界定这个"人生的中途"，进而提出一个"过渡期"的阶段论概念，由此向"杂文的自觉"聚焦。这种分期或叙事方式从根本上讲并不是生平传记或文学史意义上的，而是批评式的、理论性的。因此，这个"杂文的自觉"尽管被放置在《华盖集》语境里予以现象学描述，但它并不简单地存在于鲁迅人生与精神线性发展的时间轴上，而是作为"鲁迅文学的第二次诞生"，在鲁迅文学的整体结构中，在文学本体论审美和价值维度上，在文化政治层面这三重空间里予以分析。就是说，这个"中途"是鲁迅文学总体性、结构性的存在危机和形式困境，而"杂文的自觉"则是对这种困境和危机的突破以及由此而来的风格的完形。作为事件和转折，"人生的中途"和"杂文的危机"也的确可在分期法和阶段论的意义上把鲁迅文学发展分为几个时期，即：

一、由《呐喊》和《热风》"随感录"诸篇所界定的前期（1918—1922，在一个延长线上也包括《坟》所收所谓早期文言文论文，以及符合"思想革命"目标与要求、以"听将令"和摇旗呐喊为总体特征的白话时文、檄文和论说文）。这个阶段以白话文学和新文学第一篇短篇小说《狂人日记》的发表为开端，以《〈呐喊〉自序》这篇具有高度"文体混合"特征和文学表意的暧昧性、复杂性和反思姿态的"杂文"为终结。

二、在"沉寂的1923年"之后，从《祝福》(《彷徨》第一篇）到《而已集》的"过渡期"（1924—1927），其中包括《彷徨》、《野草》、《朝花夕拾》以及《坟》中符合过渡期特征的杂文，以及由《华盖集》、《华盖集续编》和《而已集》构成的"杂文的自觉"的文本实践和文本案例，以及它们所显示出来的决定性风格自觉和作者自觉）。其中又包括这样几个环节：

1923—1924年，由"兄弟失和"带来的"空白期"；《彷徨》《野草》部分篇目和《苦闷的象征》（翻译）构成的一个短暂的"纯文学"

扩展、探索期；"杂文的自觉"作为鲁迅文学自觉和"第二次诞生"的一部分在小说和散文诗创作里的潜伏、孕育和发生。

1925—1926年自"女师大风潮"至出京前的"运交华盖"期。这也是狭义的"杂文的自觉"和杂文文体的内在结构强度在应对、抵抗、攻击外部敌意环境中，在"存在的政治"和"存在的诗"双重意义上确立的"事件"和过程。作为过程，这个阶段包含鲁迅种种人生遭际上的变故；也包括从"纯文学"向"匕首投枪"和"壕堑战"式的杂文的过渡以及过渡期间高度的"文体混合"。作为"事件"，则单指《华盖集》全部和《华盖集续编》大部分文章所表明的，严格意义上的鲁迅杂文从一般意义上的鲁迅文学中的诞生，也即理论意义上的鲁迅文学在杂文里的"再生"或"第二次诞生"。

1926—1927年由北京至厦门、广州直至赴上海前的"在路上"或"漂泊辗转"期；其中又可以细分出1927年"清党"事变之前与之后两种境遇、心态、情绪、文字笔法和作者意识的不同状态。这是鲁迅"杂文的自觉"在时空转移、风格变化、文学个人史重构、文学与时代之关系、文学历史谱系再确认等方面深化"杂文的自觉"的阶段。这个阶段以收入《华盖集续编》和《而已集》的杂文系列为核心与主线，同时包括由《朝花夕拾》、通信等构成的回忆、自叙、"爱人絮语"的副线。它们一同在"流放"和"家园"两种意象间的张力和呼应中，将"杂文的自觉"更深入地植根于鲁迅文学自身的历史土壤、文化土壤和心理土壤中。[1]

---

[1] 所谓"流放"，是指"杂文"从"纯文学"范畴中的自我放逐；是作者从居住了15年、作为白话革命和新文学策源地的北京的自我放逐；是作为教育部官员从自己曾为之服务的民国体制和自己在此中的官方位置和功能中的自我放逐；最后，也是作为长子和长兄的鲁迅从周氏家族聚居之地的自我放逐。而此时的目标地，则是鲁迅并不熟悉、在文化和生活习惯上皆无亲近感的厦门和广州；也是鲁迅对之抱有深刻戒心和疑虑的大学和"学者们"。另一方面，所谓"家园"则是那个在回忆中"欺骗"着作者的故乡、童年记忆；青年时代和求学时代及其间所经历的人与事，包括从日本回国后所（转下页）

三、作为晚期或"鼎盛期"的"上海十年",其风格总体特征为"杂文的自觉"之后的"杂文的自由",这是鲁迅文学最终成为自在自为的存在方式、写作方法和文体风格自律性总体的阶段。这个阶段又可分为三个小阶段:

以《三闲集》《二心集》《南腔北调集》为标志的"大都会认知测绘"、"革命文学理论论争"和相对系统的苏联文艺理论翻译阶段,它与李长之的第五或"精神发展顶点"大体重合。

《花边文学》《准风月谈》《伪自由书》的"真伪之争、名实之辩",和"立此存照"的杂文重新发现现实,或杂文的文化批判与社会批判阶段。

以三部《且介亭杂文》为标志的杂文文体-风格发展的登峰造极、炉火纯青阶段,即杂文在更高层次上把自己再次设立为现实再现和历史表象的"叙事性扩张"阶段。其中还可以区分出两个不同的再现或叙事的风格步骤或面向:一是杂文对于上海现代性大都会日常生活、意识形态、混杂生产方式和大众形态的分析、描摹和批判;二是杂文在"诗史"的自我意识中,在自身生产方式内部确立的"编年史"原则和将杂文文学空间确立为所有文体、样式、体裁、形式和状态的内在矛盾和对立的风格统一场的伟大综合。这种矛盾和对立包括虚构与非虚构的对立、散文与诗的对立、回忆与遗忘的对立、文学与历史的对立、审美与政治的对立、远方与此刻的对立、静观的人生与行动的人生的对立。它们都在鲁迅毕生写作的最后岁月里获得了和解。

鲁迅新文学生涯的两个十年(精确地讲是18年)构成了这个惊心动魄的文学发展过程。这个因自然生命的停止,而被截断在作者人生

(接上页)经历的辛亥革命前后的中国社会;这个"家园"也包括寄托于中国古典文学研究、古籍整理、外国文学和文学理论翻译的对于"文学"寂寞而持续的"无目的""非功利"的追随;最后,当然还包括同许广平的恋爱所带来的对于自我、生活、情感和快乐的感知和体认,这在鲁迅还是第一次,也是最后一次。

第五十六个年头的"一个人的文学史"并不算长,但正如竹内好所说,它完整伴随了中国新文学到那一刻为止的全部历史发展和所有的难题与复杂性。[1] 从文学批评的角度看,成就于这 18 年间的鲁迅文学,也代表着文学革命内在的激进性和历史性的结晶,以及新文学风格空间及其本体论存在的最持久、最具审美强度的形式。

本卷在"杂文的自觉"题目下集中分析鲁迅文学人生这个过渡期、转折期的文学史、文学批评和文学理论意义。一般意义上的"第一个十年",在此只在过渡期的"前史"和准备期范围里予以讨论;它所包含的作品(《呐喊》《热风》等)则放在全书第三卷中处理。鲁迅此前漫长的"准备期和成长期"对于作者个人经验、记忆、知识、技能的获得具有极为重要的意义。作为经验、记忆、知识和技能的积累和沉淀,作为种种隐性或显性的创伤、郁结、冲动、偏执、迷恋和理想的温床和仓库,这一时期对于鲁迅的情感 - 心理及"潜意识"构造都至关重要。但所有这些经验、记忆和心理构造的累积和沉淀,都只能通过对鲁迅文学的阅读、分析和阐释才能被解锁和解码。因此,对李长之分期论中的漫长的第一阶段,即鲁迅人生的头 37 年,本书不做专门的研究,而只是分散在不同章节中、作为相关的个人史材料连带性地予以分析。下面,我们先从鲁迅文学的"中间点"和"第二次诞生"问题切入分期论和阶段论分析,再回过头来大致按照时间顺序对鲁迅文学的"人生的中途"做一叙事性 - 分析性的重构。

二、"中间点"、"过渡期"与鲁迅文学的"第二次诞生"

不同的文学经验和风格地貌需要不同的命名。我们把生平经历意

---

[1] 竹内好,《鲁迅》,《近代的超克》,李冬木、赵京华、孙歌译,生活·读书·新知三联书店,2005 年,第 10 页。

义上的这片"幽暗的森林"称为文学鲁迅的"人生的中途";把此阶段以"混合文体"为标志的文学实验、文学扩张和文学选择空间定义为鲁迅文学发展逻辑和美学上的"中间点"[1]。这个中间点不是中立的、几何意义或单纯时间意义上的中点,也不是历史进步或思想升级意义上的踏板、连接部或"中间物",而是文学感性表面(包括其形式结构)同文学观念内容(包括其"存在的本体论"所内含的政治性和对抗性)之间的中介、过度、交叠和冲突点,也是鲁迅文学自己朝向自己的紧张、焦虑、危机和创造的原点、能量汇聚点和突破口。在鲁迅文学的本体论范畴和风格空间内,它也是"纯文学"与"杂文"之间的"中间点":此前的一切相对来讲是想象性的、理想化的、偶然的甚至是他者驱动的("听将令"和"呐喊"的本意);此后的一切则是思虑和选择的结果,尽管(或恰恰由于)其中的"意识"和"理性"意味连接着深层的"世界的烦恼"(叔本华/厨川白村)和行动的冒险性,但它们都在战斗的必然性和全神贯注中得到说明和辩护,因此都在严格的意义上是自觉且自我驱动的。为时代所规定的一切可能性与不可能性,都在这个点上汇聚,一方面是防御,另一方面也是选择突围与进击的决定性方向和方式。其能量和形式创造性最终选择了杂文作为突破口和表达方式,由此标记了鲁迅文学的"第二次诞生"。这个"再次诞生"(born again)并不是上一次诞生的重复、否定或"超越",而是一种类似意识与自我意识的盘旋上升、自觉和强化;是对鲁迅文学既成形态的一次全盘调整、改造和再定义。它是一次艰难的、痛苦的决定,但也是一次义无反顾的选择;这个决定与选择确立了鲁迅文学的终极意义和价值,也规定了它最内在的自我理解

---

[1] 黑格尔在《美学·全书序论》中强调,艺术作品所处的地位"是介乎直接的感性事物与观念性的思想之间的"。朱译并未译出"中间点"(Mittelpunkt)这个颇具黑格尔思辨哲学意味的名词,但英译本则用 the middle 将这个意味传递了出来。参看黑格尔,《美学》第一卷,朱光潜译,第 48 页。

和自我形象。

围绕这个"中间点"展开的"过渡期"或"转折期",在《呐喊》出版后旋即拉开帷幕,一直持续到鲁迅携许广平离开广州前往上海才宣告结束。它的展开并不是匀速、同质的;它在文学生产的多样性、聚焦点或突破口以及风格强度和统一性方面也同样是不均匀的。在"沉寂的1923年"整整一年期间,鲁迅几乎没有书信序跋以外的任何创作。因此,仅从作品分析的角度看,这个"过渡期"似乎只是1924年至1927年四年间的创作。在这四年中,我们又可以在概念上(而非在严格的写作样式更替演进的意义上)区分出一个相互依赖的"上部"和"下部":上部(1924—1926)是"混杂文体"的抵抗、挣扎、实验和探索,呈现出小说、散文诗、回忆散文和杂文等不同体裁、样式、风格齐头并进、犬牙交错的特征,其文本范围是《彷徨》《野草》《朝花夕拾》及同时期杂文中那些忧郁、抒情、诗意甚至虚构的片断。下部(1925—1927)则是以杂文的作者自觉、文体自觉为内核,其间杂文写作实践同外部现实环境激烈对抗、对峙,杂文形式和文体都日益明确历史化、谱系化,同时也在此挣扎和搏斗过程中确立了鲁迅杂文风格内在的"存在的本体论"政治强度和审美自信。这种政治强度(而非一般意义上的道德辩护)和审美自信(而非一般意义上的形式技巧)标志着鲁迅文学从自身困境和危机中的突围、突破、超越和风格上的"再生"及自我肯定,其文本范围划定为《华盖集》、《华盖集续编》和《而已集》,同时也包括《坟》中创作于这一阶段,但事实上属于杂文序列而非"论文"序列的篇目。

需要指出的是,这个上部与下部并非平行关系,而是深刻而微妙的互动关系。事实上,除了1924年鲁迅文学曾短暂地潜入一种"纯文学"状态,借以完成从"沉寂的1923年"挣扎出来、走向"过渡期"之外,在1925—1927年间,我们在鲁迅每天的写作实践和写作行动中看到的,都是"混合文体"与"杂文"共生互动的情态与动态。但在鲁迅文学发展的整体轮廓中，特别是参照鲁迅晚期或"鼎盛期"（即"上海十年"）中杂文的绝对优势及其文学本体论意义，我们仍不妨把《华盖集》乃至《〈华盖集〉题记》定义为鲁迅文学"人生中途"的"中间点"，即"过渡期"前后两个阶段的压力和能量交集与汇聚的焦点和引爆点，从而引申出一个具有文学史叙事、文学批评、审美判断和文学/文化政治多重意义的"杂文的自觉"范畴和概念。

我把鲁迅文学在杂文中的第二次诞生作为一个文学"事件"（event）来分析，将其中风格和审美的自我确立及文学创作的意识现象学空间定义为"杂文的自觉"（the becoming self-conscious of Zawen）。所谓"事件"（比如法国大革命），按当代法国哲学家巴迪乌（Alain Badiou）的定义，是一种"此在的过度"（exess-of-one）或"超此在"（ultra-one），它凌驾于具体情境之上，以自己指向自己、自己证明自己、以己之名谓己之实的方式介入或干预历史进程；"事件"都打破事物、事情或事理的均衡和常规，在其自身的偶然性和随机性中，展示一种不可重复的独一性和丰富而多重的面相与本体论实质。[1] 不妨说，"事件"作为形式和概念，进一步强化了前面谈到的"非常态"、"例外"和"极点"思维。作为内心过程，风格运动和写作实践的"杂文的自觉"和"鲁迅文学的第二次诞生"都带有"例外"和"事件"的本质和特征：它们虽都浸润和脱胎于具体的人生情境和文学情境，但又都超越了这些具体情境；它们虽然都需要从鲁迅创作经验、观念、方法和行动的具体阶段或方面去具体分析，但又作为一个自我指涉、自我同一、自我驱动和自我实现的运动，改变和重新界定了鲁迅文学的风格整体，并从自身概念中开启了分析和阐释鲁迅文学本体论实质之独特性、多重性和丰富性的可能。

---

[1] 参看 Alain Badiou, *Being and Event*, translated by Oliver Feltham, London & New York: Continuum, 2005, p. 189–190。

在这个"中途"("过渡期")、"中间点"和"杂文的自觉"的三重时空结构中，1925年及《华盖集》的结集出版占据着一个显著的位置：它既是一个连接点，又是一个断裂点；既是一个凝聚点，又是一个扩散和喷发点。它最接近我们在后面章节里将给予系统分析的"杂文的自觉"的"震中"、"起始"和"原点"。因此，尽管有关"杂文的自觉"的发生学、形式特征和审美特征的分析不在本章展开，但《〈华盖集〉题记》这个文本仍可以用来作为我们描述和分析这个"人生的中途"阶段的叙事起点。这样的叙事结构势必不是按时间顺序平铺直叙的，而是围绕这个概念性起点和原点组织起来的，包含种种重复、跳跃、回旋和再现的过程和结构。

这个"过渡期"或"转折期"固然关联着作者本人所遭遇的人生变动，但归根结底，它是由鲁迅的文字和作品所记载、透露并表现出来的，因此就其本质而言是文学性的，也必须在文学鲁迅的行动和风格形象上予以分析和理解。从鲁迅写作的文学空间内部看，这种具体结构以及展现于文字、句式、修辞、文章技法和作者姿态中的文学行动与意识动作，给这个过渡期或中间点赋予了一种高度"文学者气质"（竹内好语）的个性和品位[1]；事实上，文学鲁迅和鲁迅文学可以说都是通过这一时期的创作，具体地说是《彷徨》、《野草》、《朝花夕拾》和同时期"作者式的"（writerly）的杂文作品，方才对最广大的读者显现出充盈而持久的审美魅力。但同时，在此期间作为行为、行动、挣扎和抵抗的鲁迅文学又带有紧张焦虑、"上下而求索"和激烈搏斗的特征，暗示了某种根本性、决定性的调整、转向、选择、断念以及由此而来的风格总体性上的"冲突与解决"。与作者人生途中上一个过渡阶段，即辛亥革命后至《狂人日记》发表前那段暧昧、沉默的蛰伏期（竹内好把它称为鲁迅生平中一段"不明了"的时期）不同，在批评

---

[1] 竹内好，《鲁迅》，《近代的超克》，第3页。

的意义上,鲁迅在此期间的所有生存体验、社会行为和内心意念,都可假设为业已充分形诸文字、充分"文学文本化"了。这种"冲突的解决"成为"人生的中途"的基本故事情节,但在鲁迅文学或文学鲁迅最深处的作者意识和作者风范的意义上,则表现为一种不妨称之为"杂文的自觉"的文学观念的突破和形式与风格的新强度。

相对于这个"中途"和"自觉"的整体,《华盖集》、《华盖集续编》和《而已集》只是一个浪尖和突破口,而不是此期间鲁迅文学内在能量和运动的全部。在随后的章节中我们会详细论证,这三部文集在何种程度上最直接也最贴切地标志了鲁迅杂文的诞生,从而在一个更自觉的,在风格上更为成熟、具有更高政治强度的层面带来了鲁迅文学的"第二次诞生"或"再生"(born again)。但这个突破、超越和降生并非出现在一个文学真空之中,或仅仅由鲁迅人生遭际的外部环境所决定;它当然更不仅仅是一种权宜之计或无奈的妥协。这个"第二次诞生"以"杂文"为出路、结果和终极文学形态,是鲁迅文学内部(文体、样式、风格和审美价值)和外部(写作与其社会历史环境的关系、针对性和政治性)的一次决定性战略转移和转型,是一种文学意义上的"在没有路的地方走出路来",但这一切绝非简单的放弃。不如说,"杂文道路"作为文学鲁迅和鲁迅文学的"第二次诞生",其具体的风格转换和形式强化乃是在鲁迅文学内部所有的经验、资源、技巧和观念的滋养、支援和协作下完成的一次战略集结和集中。因此,即便在回顾鲁迅文学发展的传记性质的章节里,也有必要强调:正如"杂文的自觉"是鲁迅文学整体性、全体性、结构性和本质性的调整、选择、决定和突破,它也就必然在其文学现象学和本体论空间内部激发和动员起所有的积累与能动性、创造性因素;它也就必然规定了鲁迅杂文在其未来风格发展和运动上,是作为鲁迅文学本身和全部,而非其代用品或局部而被源源不断地生产出来。"杂文的自觉"作为一个事件固然意味着鲁迅杂文对鲁迅文学的继承和"接管";但与此同时,这种杂文对"文学"的"据为己有",却发生在一个被这个事件所规定和改写的文学本体论空间内部。也就是说,此前鲁迅文学中所有的文学因素、文学动机和文学能量,都将在此后的鲁迅杂文里呈现,并且这种呈现不仅仅是怀旧或点缀意味的,而是内在于鲁迅杂文的方法、形式与风格,是鲁迅杂文／鲁迅文学审美实质和精神实质的有机组成部分。

从这个"第二次诞生"中出现的,当然绝不是所谓的"论争文字"或一个"把18年的岁月消磨在论争里的作家"[1],因为说到底,今天无论站在历史角度还是形式角度看,不是那些"论争"为鲁迅"文字"提供意义和价值,而是鲁迅"文字"为那些"论争"提供意义和价值。随着"杂文的自觉"而出现的"文字"不仅是鲁迅文学的内在组成部分,而且是它风格和审美意义上的定型和完成。而一切有关鲁迅思想、道德、精神、政治的分析和讨论,都只不过是这个文学事件和文学现象的衍生品和附着物。

事实上,这种集结和集中正是"中途"和"过渡期／转折期"最直接、最具体的文学史现象和事实:在1924—1927年这一阶段,且仅仅在这一阶段,我们看到鲁迅文学在所有主要文学创作样式、类型、文体和风格上此起彼伏、齐头并进的多样化、共时态实验。这种实验的不间断性或许在某种理想的、概念化的文学理论里可以被视作一位创作家的常态或最佳状态,但在古今中外文学史材料中,符合这种作家创作的理性形态的例子是不多的;在中国新文学第一个十年的客观历史条件和文化条件下,更是不现实的。因此,在批评和文学史的双重意义上,这一为期不长(但也不能算短)的风格扩张和风格实验期,

---

[1] 竹内好,《鲁迅》,《近代的超克》,第4页。如果仅从字面上读,可以说,即便连竹内好这样深得鲁迅文学神韵的批评家,也仍旧不自觉地屈服于有关鲁迅写作"文学／非文学"两分法的成见。但我们有理由怀疑,竹内也是在一种反讽的意义上使用"论争文字"和"消磨"这样的字眼。众所周知,这样的语句也同样出现在鲁迅自己的笔下。

应该被看作一种战略性选择、试探和突围动作，它关乎鲁迅文学的生死存亡和风格总体的内在统一性及完整性。换句话说，它是界定鲁迅文学本质和生存空间的决定性选择，而非一时的权宜之计，因而此期间所有的写作样式、文体、主题动机和形式技法特点，都在客观和主观（即自觉）的双重意义上，带有一定的实验性、策略性和象征意味。所有这些也都超出了一般意义上的写作准备和形式处理，带有总体上的"写作之写作"的性质，因此具有强烈的自我观照、自我反思、自我寓意的意味。无论作者一时一地的个人主观感受或体验如何，对此期间鲁迅创作的客观的、结构性的分析，都表明这种选择、试探、准备和自我训练在何种程度上说明"杂文鲁迅"正是由鲁迅文学整体和全体孕育出来的：它被选中作为鲁迅文学的未来道路，即后者首要的甚至唯一的文学生产方式，承载文学鲁迅和鲁迅文学的基本精神道德面貌和终极审美形态。

"人生的中途"的杂文转向尽管常常带有感时伤怀的寂寞与悲凉之叹，也常常沉浸在愤怒、焦虑、苦恼甚至虚无的情绪中，但它作为文学的存在形态，既非落荒而逃更不是承认失败，而是始终积极进取的，甚至不时有些亢奋，因为这个艰难的"过渡"和"转型"期，事实上是由鲁迅文学的文体扩张和风格上的自我肯定所最终界定的。走向杂文的高度自觉，并不能减轻它给作者带来的压迫感和痛苦感。事实上，正是外部环境的挤压和碰撞，正是抵抗这个环境的迫切性与直接性，把呈现在鲁迅面前的新文学内部的可能性选项及其限制，变成了具体的道路选择。这其中的必然性乃至不可抗拒的因素无疑带有命运的色彩（"运交华盖"便是这种命运感或必然性认识的幽默版），但接受这种必然性不是自我放弃，而是自我超克；不是"向命运低头"，而是"扼住命运的咽喉"。换句话说，正是承受、吸收并内化这种必然性的方式，使得鲁迅文学成为鲁迅文学，使它在风格上从自在走向自为、从自发走向自觉、从自觉走向自由。"杂文的自觉"和"鲁迅文学的第二次诞生"所开启的"杂文时代",本质上是一种持续的攻势和进击;是一种吸收并组织外部刺激与打击,再通过系统而高度文学性的文字句式安排、散文叙事技巧以及风格总体性而化被动为主动的"非地域化"(de-territorialization)和"再地域化"(re-territorialization)实践;是一种文学与思想的运动战、游击战和阵地战的灵活结合。这些都是在鲁迅写作活动的可能性和不可能性的内部和外部条件下,在作者文学经验丰富性、复杂性和多重选项的汇聚点和交集处,在他个人内心能量与形式创造性的高点上得以实现的。

这个"人生的中途"的真正含义不是"中年鲁迅",而毋宁说是鲁迅文学的"中途"或"中点"。四年左右的时间不可谓长,但也不能说短;鲁迅《新青年》时代的爆发期,即以《狂人日记》和《阿Q正传》为标志的鲁迅文学乃至白话文学的诞生或"第一次诞生",不过持续了四年左右即归于消沉,变成了鲁迅后来所谓的"寂寞新文苑,平安旧战场"。[1] 这样一段时间或生命可以像一个寂寞的瞬间一样无声无息地消失在更大的寂寞中,也足以发动一场载入史册的思想革命和文学运动,甚至足以打完一场世界大战。在本书的论述和分析结构中,这个被称为人生与文学"中途"的四年固然是分析"杂文的自觉"的文学语境和历史场景,被置于考察的焦点,但我们不应忘记,在简单的文学史或作家作品研究的意义上,这四年事实上包含了鲁迅除《呐喊》和《故事新编》多数篇目外的所有"纯文学"创作。[2]

---

[1] 参看鲁迅,《日记二十二》,《鲁迅全集》第16卷,第364页。其中有《彷徨》云:'寂寞新文苑,平安旧战场。两间余一卒,荷戟尚彷徨'";这种回顾的眼光也波及《呐喊》:"《呐喊》云:'弄文罹文网,抗世违世情。积毁可销骨,空留纸上声。'"

[2] 其中《彷徨》首篇为1924年2月创作的《祝福》,末篇为1925年11月创作的《离婚》;1926年8月在北京结集出版。《野草》首篇为作于1924年9月的《秋夜》,末篇为作于1926年4月的《一觉》,《题辞》作于1927年4月;同年7月出版于北京。《朝花夕拾》所收十篇回忆散文都作于1926年,首篇为1926年2月的《狗·猫·鼠》,末篇为同年11月的《范爱农》,《小引》作于1927年5月,《后记》作于1927年7月;1928年出版于北京。

这一阶段不仅是鲁迅"纯文学"创作的高峰和收束,也是"论文"和"随感录"体的早期以"思想革命"为旨归的檄文或宣传鼓动、教育启蒙性质的文字的"终结"。其中《坟》的时间跨度最大,收录1907年至1925年长达18年的"论文"(包括早期文言论文[从《人之历史》到《摩罗诗力说》];前期与《热风》"随感录"平行的较长的思想启蒙性质的议论文如《我之节烈观》、《我们现在怎样做父亲》和《论雷峰塔的倒掉》),但从《看镜有感》(作于1925年2月)、《春末闲谈》(作于1925年4月)、《灯下漫笔》等篇开始,读者可清楚地看到前期"论文"风格向中后期"杂文"风格的过渡乃至"断裂"。而将《坟》作为文章合集推出的《题记》(1926年10月)和《写在〈坟〉后面》(1926年11月),则具有十足的杂文特点,在文字、句法、修辞、情感结构和思维韵律诸方面都充分展示出鲁迅中晚期杂文的诗学特征和文学本体论意蕴,完全可与《〈野草〉题辞》《〈华盖集〉题记》《〈朝花夕拾〉小引》等篇一同列为"杂文的自觉"的纲领性、示范性文本,甚至可以被当作感性化的"杂文理论"来阅读和分析。

　　值得一提的是,甚至作于《新青年》时代"听将令"状态下的"随感"集《热风》,其收尾和总结之作《题记》(写于1925年11月,即《〈华盖集〉题记》前一个月),也已经是"杂文"式而非"檄文"式的了,因此它在对早期"思想启蒙"时文创作风格做一收束的同时,在更直接也更本质的意义上参与了鲁迅文学"中途"、"过渡期"和"自觉"的风格变化与作者意识转变。

　　"沉寂的1923年"[1]像一条无形的边界,把1924—1927年这个"过渡期"同1918—1922年的"前期"分割开来。鲁迅文学的"前期"

---

[1] 查鲁迅书信日记,1923年7月"兄弟失和"前并无特殊事件或转折,因此大致可以假设造成这个"沉寂期"的主要原因或许在于《呐喊》出版后,鲁迅文学自身所面对的多种选项、困惑与不确定性;这种内部可能性和压力并存的状况,可视为鲁迅风格探索的内因和动力,但同时它也会以焦虑和危机的面目,不断出现在作者的内心视野之中。

遵循着思想革命、伦理革命和语体革命（白话革命）的"将令"，在投入战斗（哪怕只是cheering from the sidelines[1]）时，可以说固然是幸运的，客观上带有某种"应运而生""时势造英雄"的意味，但唯其幸运，也就未免带有自发的、本能的因此是"不自觉"的或他者驱动（other-driven）的特征。同时，在此期间作者能够得心应手地动员和调遣的文学手段、所拥有的技术和技能储备也是相对单一、偶然、有限和尚待展开的。相对而言，这个"中途"局面的特征却是所有主要文体、样式、风格、形式、创作手法、创作观念甚至理论的聚拢和会战，是它们所内含的种种可能性的实验和展现。但正是这种文学感受性的强化和风格可能性选项的扩大，使得作者必须清醒但又不无迷茫和痛苦地回顾与反思：自己的写作究竟在何种意义上和理想中成其为"文学"和"艺术"？是否距离某种公认的或世界性的标准尚且遥远？这也是一个作家在具体的文学社会学处境或战场环境中，对自身位置、战斗力布阵态势、武器弹药后勤供应、相对于各种敌军的优势劣势、战略战术的运用和自身安危的紧张而细致的计算、研判、审度和决断。

在这种情势下，鲁迅和鲁迅文学都不能不是沉思的、自觉的；且这种沉思和自觉势必带上某种忧虑甚至焦虑的情绪色彩，因为鲁迅个人和鲁迅文学在此都必须面对客观局势带来的种种压力，通过对各种可能性与不可能性的把握，为自己的写作找到最适合的道路，或接受它被历史所决定的审美的、风格的、道德的和政治的宿命。对于后世的文学批评和文学史叙事而言，这不过是鲁迅文学自身的历史决定和文学本体论实质的自然的、逻辑的展开。但对于历史现实和文学生产实践中的当事人来说，这却是一个纷扰、混沌、不明朗的局面；它对作者提出的挑战不是智性的，而是一种本能的反应、情绪、欲望和决

---

[1] "在路边或场外呐喊助阵"，这是《呐喊》一种英译本书名的逆向"硬译"，见Lu Xun, *Diary of A Madman and Other Stories*, trans., by William A. Lyell, Honolulu, HI: University of Hawaii Press, 1990。

断；能带领作者走出这片幽暗、阴森、危机四伏（同时也蕴含种种未来指向的生机的）密林的，不是理性的权衡和计算，而是义无反顾或"只能如此"的选择和决断，是那种在没有路的地方走出路来、跳进荆棘丛中"姑且走走"的行动。

鲁迅"人生的中途"的决定性事件就是"杂文的自觉"，这种自觉并不来自某种"更高的召唤"，也不是冥思苦想的结果，而是那种绝望、痛苦、冒险、抵抗中的行动。这种行动将鲁迅带入同现实更为密切甚至亲密的关系之中，正如生死搏斗或斤斤计较把人带入一种具体的情境和其中的利害关系之中。这种关系不但决定了"杂文的自觉"的内容，甚至也决定了它的内部空间、结构强度和审美外观。而鲁迅和鲁迅文学的"中途"、"中点"或"中年"，不过就是将这种自觉孕育成熟，将它转化为具体文字和坚实风格的经验孵化器。

三、文学鲁迅的"中年折叠"

当鲁迅在辛亥革命前夕自日本归国，这位未来的文学巨匠已过"而立之年"，但此时距他第一篇具有广泛影响、随即载入新文学史册的作品发表尚有漫长的八年。鲁迅留日期间的文学活动（集中在1908—1909年），比如办刊物、文学翻译、撰写论文，本身都只有"前史"（pre-history）的意味和价值，其中包括收入二十卷《鲁迅著译编年全集》第一、二卷的文言文文字[1]，即1908年所作、发表在《河南》杂志上的《摩罗诗力说》、《文化偏至论》和《破恶声论》；以及1909年出版的《域外小说集》中的部分翻译。它们首先是晚清社会变动和思想文化更新大环境的产物，因此属于一个不同的历史环境、观

---

[1]《鲁迅著译编年全集》，王世家、止庵编，人民出版社，2009年。

念框架和写作范式。自 1909 年回国后，包括辛亥革命后七八年的务世事（教书、办报、做官）和沉寂（即所谓"抄古碑"阶段以及作为这个阶段象征的"铁屋"寓言故事），在人生经历、精神状态和文学能量等方面形成了某种隔离、屏障甚至"空白"，但客观上也由此在正、反两方面带来了《新青年》时期鲁迅写作的决定性的断裂、突变、跳跃乃至飞跃。

在作于 1932 年年底、后收入《南腔北调集》的《〈自选集〉自序》中，鲁迅回顾自己前期的创作生涯，对《呐喊》有如下的说法：

> 我的作品在《新青年》上，步调是和大家大概一致的，所以我想，这些确可以算作那时的"革命文学"。
> 然而我那时对于"文学革命"，其实并没有怎样的热情。……
> 既不是直接对于"文学革命"的热情，又为什么提笔的呢？想起来，大半倒是为了对热情者们的同感。这些战士，我想，虽然寂寞中，想头是不错的，也来喊几声助助威罢。首先，就是为此。自然，在这中间，也不免夹杂些将旧社会的病根暴露出来，催人留心，设法加以疗治的希望。但为达到这希望计，是必须与前驱者取同一的步调的。[1]

所谓"步调一致""同感"表明，鲁迅前期小说创作中的时代性社会经验和思想感情，与"大家"或其他"热情者""前驱者"并无不同。这种内容上的一致性、群体性，事实上正是鲁迅"提笔"时选择了小说这种艺术形式作为"助威"和"暴露"的手段的前提条件；甚至可以说，《新青年》时期的鲁迅是在新文化阵营内部、在白话革命与思想革命的使命驱动下，在一种"分工协作"的意义上奠定自己"纯文学"

---

[1] 鲁迅，《〈自选集〉自序》，《南腔北调集》，《鲁迅全集》第 5 卷，第 468—469 页。

作者形象的。在这个意义上，我们或许可以在批评分析的框架内假设，尽管鲁迅白话小说创作的第一批实绩甫一出世便奠定了他在新文学阵营和新文学史上的地位，但此时小说创作作为一种技法、文体和表达方式，事实上并未能穷尽鲁迅人生经验、内心世界和文学能量的全部。换言之，作为写作者的鲁迅，此时并没有或尚未能全身心地、尽其所能地投入对这种文学样式和体裁的把握和占有中去，亦未有意将其锻造为最适于自己思想表达和情感表达、最能够承载自己经验观察、展示自己文字－文学能量的手段和工具。简单讲，虽然自晚清以来，经过梁启超的理论鼓吹、林纾的翻译介绍，小说业已成为最享有特权地位的文学体裁，但作为一件文学工具和文学武器，它对鲁迅来讲并不一定是最得心应手的。换句话说，鲁迅最内在的文学感受力和表现力，仍在下意识地寻找其最亲密的语言媒介和结构方式，以便将这部叫作"鲁迅"的写作机器全部发动起来，达到其效能的峰值和文学边界的极限。

从广义的"遵命文学"状态中摆脱出来，本来或可让鲁迅进入一种更为"恰当"的文学创作形态；但随后而来的《彷徨》、《野草》和《朝花夕拾》虽然向读者展现出一个在文学技法上更纯熟、细腻、多样化的鲁迅，最终却并没有带来鲁迅文学的纯文学转向，而是成了"杂文的自觉"的直接文学氛围和"杂文时代"的预备期。在谈到这两部作品集时鲁迅说：

> 后来《新青年》的团体散掉了，有的高升，有的退隐，有的前进，我又经验了一回同一战阵中的伙伴还是会这么变化，并且落得一个"作家"的头衔，依然在沙漠中走来走去，不过已经逃不出在散漫的刊物上做文字，叫作随便谈谈。有了小感触，就写些短文，夸大点说，就是散文诗，以后印成一本，谓之《野草》。得到较整齐的材料，则还是做短篇小说，只因为成了游勇，布不

成阵了,所以技术虽然比先前好一些,思路也似乎较无拘束,而战斗的意气却冷得不少。"[1]

这段文字为鲁迅读者耳熟能详,但细究起来,"在沙漠中走来走去"或"成了游勇,布不成阵",虽然对于"战斗的意气"未必是好事,但其实都并不能成为"在散漫的刊物上做文字,叫作随便谈谈"或"有了小感触,就写些短文"的外在理由。而是否能"得到较整齐的材料"则更不是做小说的前提条件。因此,以《彷徨》和《野草》为标志的鲁迅"纯文学"写作的转瞬即逝的黄金期,似乎并没有让作者对"比先前好一些"的文学"技术"产生任何留恋和执迷,更没有能够为"似乎较无拘束"的"思路"提供一个确定的可信赖、可依托的形式轨道。相反,这个鲁迅文学文体风格的实验探索期、审美成熟期和"百花齐放"状态,最终选择了杂文作为其"终结"和"出路":与"纯文学"写作并行、共生,收入《华盖集》、《华盖集续编》和《而已集》的杂文作品,标志着文学鲁迅最后阶段的主要创作样式和基本文学生产形态。

从黑格尔"武器展现战士的实质"[2]这个深刻洞察出发,我们可以推论,小说体裁此刻尚未能够与鲁迅的精神实质和历史实质完美地结合起来,因此尚不足以被视为他最得心应手、最能发挥自身武艺和战

---

[1] 鲁迅,《〈自选集〉自序》,《南腔北调集》,《鲁迅全集》第5卷,第469页。

[2] Carl Schmitt, *The Leviathan in the State Theory of Thomas Hobbes*, translated by George Schwab and Erna Hilfstein, Westport, CT and London: Greenwood Press, 1996, p. 85. 参看黑格尔《精神现象学》第五章"理性的确定性与真理"第二节"理性的自我意识通过自身的活动成为实在"之第三小节"德行与世界之路"最后(米勒译本第383节):"武器就是战斗者自身的本质,这种本质唯有在两者彼此相互之间才显现出来。"(For the weapons are nothing else but the *nature* of the combatants themselves, a nature which only makes its appearance for both of them reciprocally.)贺麟、王玖兴译本为:"因为武器不是别的,只是斗争者自身的本质;而这种本质,仅只对斗争者双方相互呈现。"《精神现象学》,商务印书馆,第254页。

斗风格、最令"敌人"和对手胆寒、在文学行动和战斗中最无往而不利的一件兵器。这种分析性假设固然得益于我们历史的后见：即最终是杂文成为体现鲁迅自身实质和品格的写作样式和表现手段；但这一总体性观察，却可以在鲁迅文学发展的各个阶段都得到外部和内部的支持和佐证。在本章的讨论范围里，我们只要指出下面这个传记事实和文学史事实就足够了：鲁迅事实上是作为一个"过来人"和"中年人"投身到以《新青年》为阵地的那场文化斗争中去的。这种情况意味着他的写作必然存在于一系列对立项之间：比如个人经验和集体经验之间，比如道德上的必然性与风格体裁上的偶然性之间，比如"国族寓言"意义上的"总体性"和白话短篇小说这种形式及其所能够承载的"内容"的"局部性"之间。这些都构成鲁迅文学内部无法缓解的张力：一种表达方式的"多元决定"（overdetermination）特点，以及需要被表达的经验和内容不能够被穷尽的结构性剩余。这种矛盾和紧张本身已经暗示，鲁迅创作的最初实绩，在风格的表层和文学空间内部都带有一种极为特殊的复杂性和多重性。而随着单纯年龄意义上的"中年"成为文学发展道路上的"人生的中途"，这种复杂性和多重性必将冲破"小说"形式（或任何其他单一"纯文学"体裁和样式）的堤坝而泛滥、渗透到更为广阔的文学原野和土壤中去。

  这个转折就是本卷后续各章予以系统分析的"杂文的自觉"，它把鲁迅文学从近代西洋文学理论中"作为艺术作品的文学"的桎梏中解脱出来，释放到更为普遍而基本的"文章"和"写作"中去。这种具有文学本体论意味的解放还另外带有一层特殊的文化意味，即在中国新文学的源头，它暗示并象征了这种以启蒙和现代性为基本历史条件的、朝向新人和未来的文学，在其形式生成和自我意识的内在结构中，也同时继承和发展了中国古代文学总体上的、主流的精神实质和风格特征，即寄托在一种宽泛、综合、高度个性化，同时又在道德教化、历史意识（包括文学史意识）层面高度规范化、典律化的诗-文传统。

这一方面符合新文学先驱人物的历史意识,即倾向于把这场文学"革命"视为一场文艺"复兴",也符合周氏兄弟在毕生创作中都坚持的那种中国文学的"源流"理论:中国文学的伟大传统是一场间断而持续、周而复始、生生不息的斗争,它是在不同时代的反正统和反正统化的努力中、在正统的边缘和间歇确立起来的个人风格与时代精神。

近年来有研究指出,鲁迅的"北京时期"(在此特指"过渡期"之前的那段时间,即1912—1922年),并非像普通读者刻板印象中的那样苦闷、消沉,而是在教育部国民教育司佥事任上和权限内,为民国的国民教育和文化建设(包括通俗礼仪、博物馆图书馆、美术馆美术展览、文艺音乐演剧、调查搜集古代文物、通俗教育规划等方面)做出扎实的,甚至可以说是创造性的成绩。这种官员身份和政府职责同鲁迅的文学兴趣和文学活动并不是矛盾冲突的关系,而恰恰是相辅相成的。它们都为思想启蒙服务,以"立人"为本,都是在教育、文化、文艺领域"移风易俗"。区别只是作为政府高级官员(鲁迅的职务由民国大总统直接任命,而非教育部长聘任,因此在职业文官序列之上),他得以运用国家制度去推动新型国民教育,促进新习俗、新文化的发展。甚至可以说,"无论新文学运动还是新文化运动,都是在新国家的制度保障之下进行的"[1]。从这样的工作及其意义反诸鲁迅的个人生活状态和精神状态,自然也不妨推论,在1912—1926年,鲁迅"没有离开教育部,本身是一种政治选择,证明他没有站在政府的对立面,没有充当反对派或异议人士,更不是挑战者或反叛者……而是他觉得当时的政府可以合作和追随"[2]。

这种研究结论也大体符合鲁迅"生活和精神发展"(李长之)的

---

[1] 李新宇,《鲁迅的官场生涯》,《齐鲁学刊》2018年第3期,第140页。
[2] 同上,第139页。

大致脉络，因为对辛亥革命"招牌虽换，货色照旧"[1]深感失望的情绪虽然伴随鲁迅一生，甚至构成他在国民政治生活领域决定性的挫折体验，但对于顺应历史潮流、推翻千年帝制的民国，鲁迅依然是爱过并积极投入过，并且终其一生在理念和理想层面是认同的，尽管这种认同带有种种历史的、代际的和个人的苦涩。这种苦涩感贯穿鲁迅所有的作品，直至他临终前写就和未完成的《关于太炎先生二三事》和《因太炎先生而想起的二三事》。在前一篇里，鲁迅从太炎先生身后寂寞开篇，追述"民国元年革命后，先生的所志已达，该可以大有作为了，然而还是不得志"的情状，指出太炎"排满之志虽伸"，但视为最紧要的"用宗教发起信心，增进国民的道德""用国粹激动种性，增进爱国的热肠"，都因袁世凯"攫夺国柄"而"仅止于高妙的幻想"，最终"失却实地，仅垂空文"。鲁迅虽对太炎先生的"既离民众，渐入颓唐"深表惋惜，但仍视其革命者的行迹与文章为"先哲的精神，后生的楷范"，"活在战斗者的心中"，同时将"勾结小报""奚落先生以自鸣得意"的"文侩"斥为"小人不欲成人之美""蚍蜉撼大树，可笑不自量"。文中特别提到，"惟我们的'中华民国'之称，尚系发源于先生的《中华民国解》（最先亦见《民报》），为巨大的记念而已，然而知道这一重公案者，恐怕也已经不多了"，追忆尊崇惋惜之情溢于言表。这当然不仅是为纪念太炎先生，也是为纪念他自己曾为之奋斗牺牲的民国理想。[2]

第二篇作于鲁迅去世前几天，盖因看到报纸上有关双十节和民国成立二十五周年报道有感而发。值得玩味的是，这篇未完成的作品，虽以"太炎先生"为题，通篇却以头发做文章来重温民国早期历史及其意义，比如这句：

---

[1] 鲁迅，1925年3月31日致许广平信，《鲁迅全集》第11卷，第32页。
[2] 鲁迅，《关于太炎先生二三事》，《且介亭杂文末编》，《鲁迅全集》第6卷，第566—567页。

> 我的爱护中华民国,焦唇敝舌,恐其衰微,大半正为了使我们得有剪辫的自由,假使当初为了保存古迹,留辫不剪,我大约是决不会这样爱它的。[1]

撮其要,鲁迅对辛亥革命的态度,与其说是对中国社会革命之不彻底性的批判与居高临下的裁判,倒不如说是对中国"国民性"的自我批判和自我剖析;与其说是思想性的、对象化的概念分析与定性,倒不如说是文学式的勾勒、表现和揭露,其根本姿态是沉痛与苦战,是绝望与希望交织的叙述与情动。但这种追忆性的记述与反思,并不妨碍或否定鲁迅在文学人生的准备期或"蛰伏期"、在具体的选择和行动上认同民国并为之效力,尤其在民族国家的权力机构运行同"启蒙"、"立人"和改造国民性的总方向大体一致或至少可以为我所用的时候。事实上,后者应该作为某种积极、正面的因素和环节,包含在鲁迅对辛亥革命的复杂心态和总体上的失望与批判态度之中。鲁迅曾对许广平谈道:

> 说起民元的事来,那时确是光明得多,当时我也在南京教育部,觉得中国将来很有希望。自然,那时恶劣分子固然也有的,然而他总失败。[2]

此时距1926年"三·一八惨案"——鲁迅所谓的"民国最黑暗的一天"尚有一年,但"女师大风潮"已经愈演愈烈,鲁迅自己的卷入也逐渐深入;随着1925年广东国民政府的成立,国民党人同北洋系在各个战线和领域的争夺和对抗日益加剧,北京教育部和各大学的事务,也难

---

[1] 鲁迅,《因太炎先生而想起的二三事》,《且介亭杂文末编》,《鲁迅全集》第6卷,第576—577页。
[2] 鲁迅,《250331致许广平》,《鲁迅全集》第11卷,第469—470页。

免受"党争"等外部因素和大局影响。在文化界和出版界,北京此时并非一派沉寂,而是有《语丝》、《现代评论》、《猛进》和鲁迅自己主编的《莽原》;此外还有《晨报》副刊、《京报》副刊;出版界则有北新书局和未名社,都热心出版鲁迅著译作品。但鲁迅与"现代评论派"的"学者"和"正人君子"的论战已展开,站在女师大学生自治会一边同校方和"当局"的对抗势如水火,直至离开教育部,不久后离开北京去南方。因此,鲁迅在和许广平的通信中表露的关于辛亥革命后社会新气象的乐观文字,并非出于作者的天真或一厢情愿,而是对新旧交替过程中转瞬即逝的历史可能性的真实感觉和热烈向往。但鲁迅随即话锋一转,历数"二次革命失败"以来局面的"渐渐坏下去,坏而又坏,遂成了现在的情形";进而重提改革国民性的这个"最要紧"的议题,痛贬"使奴才主持家政,那里会有好样子",指出"精神"上的"旧货",并不因为"专制"或"共和"的招牌变幻而自动消灭。[1]

在此,我们应该在批评的意义上区分两个不同的问题。一是"过渡期"开始时鲁迅在生活、心情和文学生涯处境中,在一般的压抑苦闷下的那种脆弱的平衡和几乎是得过且过的隐忍却烦躁的状态;一是鲁迅对辛亥革命和民国的总态度。前者对于我们处理"杂文的自觉"和"鲁迅文学的第二次诞生"具有直接的语境意义;后者则是鲁迅文学与其时代及历史条件的总体关系的内在环节和组成部分。如果暂且聚焦前一个问题,我们就可以看到,这种脆弱的平衡,本身又是一个积累各种烦闷、焦虑、困境和挑战的增压器;它以延缓问题或危机的最终解决的方式,为其最终解决做好了准备。杂文从鲁迅文学此前的自发状态和自然状态里的诞生和自觉,打破了这个脆弱的平衡,克服了这个存在困境和文学困境,突破并"解决"了这种不和谐形式和未解决状态。但在这个平衡被彻底打破之前,我们看到的只是一个从量

---

[1] 鲁迅,《250331 致许广平》,《鲁迅全集》第11卷,第470页。

变到质变的渐进过程。"兄弟失和"和"女师大风潮"无疑是这个渐变过程中两个重大外部刺激或突变因素，但它们归根结底并不是这个行将到来也必将到来的危机总爆发的内因和驱动力，而只是其导火索和催化剂。鲁迅于 1926 年 8 月离开北京南下是一个个人生活领域的重大选择，它本身不具备文学阐释的功能和意义，却像一个隐喻，象征性地表现出鲁迅文学生涯由荆棘丛中的向前一跃，从困境和危机中的突围与逃脱，以及其所包含的文学形式和风格层面的（杂文的）"解决"。所有这些，一方面是鲁迅的自主选择或主动转场的结果；但同时，它们也是环境压迫下攻防转换意义上的战略战术动作，即鲁迅自道的所谓被"挤"出去了。这种两重性对于杂文风格的成形具有极为重要而深刻的意义。

上面分析的鲁迅对辛亥革命的态度，作为其漫长的"准备期"和"蛰伏期"的精神主调，在解释鲁迅文学的"第一次诞生"前，在解释作者的生活工作和心理状态的同时，也令我们看到，不仅小说文体对于鲁迅文学来讲是一种偶然和局部的东西，就连文学人生相对于鲁迅早年生活的外在行为和内心世界而言，也并非一种事先就已经决定、绝无其他可能的唯一选择。换句话说，作为人生选择和历史事实的鲁迅文学，就其历史内容和道德实质来说，对应和包含的是 19 世纪末 20 世纪初中国社会生活、政治制度和精神状态的全体和整体；它也必将以自己最擅长的方式，为这种全体和整体寻找最适合于记录、再现和表达它自身的体裁、形式和风格。

在批评的意义和概念分析的层面，有必要强调鲁迅文学从准备期、生成期直到眼下这个"转折期／过渡期"及其文学自觉过程中的二元结构，即"内容"与"形式"之间的二元性质甚至结构性对立，它有助于为我们从总体上解释鲁迅文学区分出两个维度：一是在那个叫"鲁迅"的主体构造（它既是基于实证材料的，也必然是想象性、叙事性的）中汇聚的社会条件和环境因素、历史经验、家庭及个人遭际、政治立场、社会和职业活动、日常生活和包括思想情感在内的内心活动,这是所谓"实在"或"社会性存在"的维度;一是在那个也叫作"鲁迅"的文学文本和文学空间里运行的语言、形式、风格、想象、叙事、赋形和观念构建的表达能量及其审美外观,这是所谓"符号"或"社会性象征"的维度。在鲁迅研究的既定范式下,前者这个"实"的维度往往被用来说明后者那个"虚"的维度,即用自然人意义上的"鲁迅"的经历和"内心波澜"来说明文本-符号-象征构造意义上的文学鲁迅的起源、生成、发展和内在性质。但事实上,无论是少年鲁迅的人生遭遇,还是诸如"幻灯片事件"或关于"铁屋隐喻"的对话那样具有转折点意义的重大事件,本身都是文本叙述和文学构造,因此都需要从后一种维度获得其解释与分析的合理性与有效性,而不能够直接地被当作历史事实接受下来,再反过来用作文学分析和文学解释的前提和框架。这种文学文本的中介或解释的中介同样适用于所谓"鲁迅思想",比如民族主义思想、救国思想、启蒙思想,比如进化论立场、尼采主义,以及针对历史和时局所持的政治态度、道德立场、内心情感状态,等等。换句话说,所谓的"鲁迅思想"或"鲁迅精神",在批评的意义上同样只是一种当下正在进行中的阐释活动和分析活动的阶段性工作假设,因此都取决于、内生于鲁迅文学和鲁迅文本(以及作为它们客观存在形态的批评阅读活动本身),而不应被用来当作这种阅读-阐释的出发点、指导框架或"内容"。无疑,在方法上把这两个维度区别开来,按照它们各自相对的半独立性或半自律性、按照它们各自得以展开的逻辑和可能性条件予以专门分析,能够使我们更好、更贴切地体察鲁迅文学发展的半自律性和半独立性,即它通过自身的问题及其解答(在此具有首要性和根本意义的问题是:鲁迅文学何以作为文学确立其范围和价值),以文字、修辞、形式结构和风格整体回应历史的自由和创造性。

在这个意义上,竹内好下面这段话在出色的文学感受力和洞察力之外，也表现出一种文学批评的"现象学还原"的方法论萌芽。在这段话里我们可以看到，一种文学解释意义上的"真实"和"诚实"概念已经取代了那种把零星传记材料"大叙事化"、趣味化、"思想史"化的功利主义"扭曲"，而成为阅读、分析和解释鲁迅文本的第一原则和基本根据：

> 我执拗地抗议把〔鲁迅的〕传记传说化，绝非是想跟谁过不去，而是因为这关系到鲁迅文学解释中最根本的问题。不能为了把话说得有趣而扭曲真实。在本质上，我并不把鲁迅的文学看作功利主义，看作是为人生，为民族或是为爱国的。鲁迅是诚实的生活者，热烈的民族主义者和爱国者，但他并不以此来支撑他的文学，倒是把这些都拔净了以后，才有他的文学。鲁迅的文学，在其根源上是应该称作"无"的某种东西。因为是获得了根本上的自觉，才使他成为文学者的，所以如果没有了这根柢上的东西，民族主义者鲁迅，爱国主义者鲁迅，也就都成了空话。[1]

竹内这段话具体针对的，是那种把诸如"幻灯事件""找茬事件"（乃至后来的"铁屋隐喻"）当作鲁迅"立志从文"转向文学的直接原因，甚至用它们来理解鲁迅文学的根本问题和精神实质的做法。同样表面化的机械的思维也涉及诸如辛亥革命、张勋复辟、国民性、左翼文化斗争等其他更大的历史事件和历史经验。对此，竹内给出一种显然是更贴近文学鲁迅自身的发生学原理和逻辑的观察与分析：

> 他并不是抱着要靠文学来拯救同胞的精神贫困这种冠冕堂皇的愿望离开仙台的。我想，他恐怕是咀嚼着屈辱离开仙台的。我

---

[1] 竹内好，《鲁迅》，《近代的超克》，第57—58页。

以为他还没有那种心情上的余裕，可以从容地去想，医学不行了，这回来弄文学吧。……屈辱不是别的，正是它自身的屈辱。与其说是怜悯同胞，倒不如说是怜悯不能不去怜悯同胞的他自己。他并不是在怜悯同胞之余才想到文学的，直到怜悯同胞成为连接着他的孤独的一座里程碑。如果说幻灯事件和他的立志从文有关，那么也的确是并非无关的，不过幻灯事件本身，却并不意味着他的回心，而是他由此得到的屈辱感作为形成他回心之轴的各种要素之一加入了进来。[1]

如果有意把这段话做简单化处理，借以图解一种有助于分析的关系结构，那么可以认为：被怜悯的同胞及其悲惨命运代表"历史"或"现实"；怜悯同胞代表个人的"思想情感"；而"怜悯不能不去怜悯同胞的他自己"方才进入文学或鲁迅文学的领域，也就是说方才触及那种使得鲁迅思想或"精神"成为可能的鲁迅文学的存在状态和形式强度。竹内此处将功利主义和道德主义的决定、观念和行为排斥在文学空间自我规范的内在动力之外，因为前者作为一种怜悯和拯救他人或为他人感到的屈辱，显然没有触及构成那种内在动力的"自身的屈辱"和自我怜悯。这里所谓的"屈辱"和"怜悯"当然不是委屈或自怜自爱意义上的情绪或心理，而是借用这样直达脏腑的"切肤之痛"指示出来的历史境遇和存在境遇对于意识的穿透性和破坏性；这种"震惊体验"可以转换为文学的表意结构与方式，却不是一般意义上的"思想"的内容。

同样，"从容"和"余裕"在这里指的也不是一般意义上的舞文弄墨所需的闲暇、兴致或剩余精力，而是有可能使专注的意志、意识和心绪从自身的存在危机和精神危机中游离出去，从而实现那种符合文

---

[1] 竹内好，《鲁迅》，《近代的超克》，生活·读书·新知三联书店，2005，正文第57页。

学基本原理的"心不在焉"甚至"玩物丧志"的目标转移。在竹内看来，鲁迅的文学转向绝不是鲁迅在外界刺激下"想到了文学"，而是文学作为他生存境遇本身的潜在形式和唯一形式，作为语言和思维本身从鲁迅身心内部攫获了鲁迅。这种体验与诗的关系是如此紧密、如此激烈、如此有力、如此间不容发，因此并不能接纳任何"冠冕堂皇"的理由和任何文学表达以外的渴望、冲动、动机和母题。换言之，在这种存在的整体性及其语言结构之间，无法也不应被打入一个历史、生平、思想和政治立场政治选择的楔子，因为此刻所有历史、生平、思想和狭隘的政治作为一个危机凝聚点、一个体验瞬间，都已经在"文学找到了鲁迅"的一刻融入了日后被叫作鲁迅文学的创造性语言－思维活动之中。

　　这种创造性语言－思维活动是构成文学鲁迅原理性、前提性的根本问题，是"屈辱"、创伤和"希望"的表达方式和外在化形式；作为外观它就是鲁迅文学的审美风格形象，而被竹内称为鲁迅的"回心之轴"的那种通过自我否定而自我肯定、通过抵抗和进击不断回到自身的循环往复的运动，就在这个语言－思维构成的形式空间和审美内部空间展开。这个执着的、不断的"回心"，或者说那种使得鲁迅始终是鲁迅、给予鲁迅文学以其特有的辨识度和可信赖的审美特征和道德精神品质的东西，并非某种神秘的历史能量或内心形式，而只是一种现实与其表象之间的基本关系，以及这种关系的现实构造和观念构造。说鲁迅文学不断地回到自身，不过是说鲁迅文学始终在决定其历史起源和历史发展的现实构造、现实矛盾及其观念结构的"总体"空间内部运行；它从没有，也不曾意欲超越或突破这个历史框架的基本的问题性或难题性。

　　这么讲当然不是否认鲁迅个人生涯和思想认识上的种种动态和变化，更不是试图将它们限定、拘禁在诸如进化论、民族主义、国民性改造等"旧民主主义革命"的历史范畴之内。不如说，鲁迅文学作为一种"无",在写作的内在矛盾与其形式解决和风格整体之中,容纳、涵盖、再现并表达了一种历史经验的总体性。这种总体性内部,各个阶段、形态、环节的相对独立性和相生相克,在鲁迅文学和观念结构内部,更主要地表现为一种彼此间的联系、反复、重叠和循环,即表现为一种局部与整体、短时段与长时段、伪像与真实之间的关系和张力。这并非暗示鲁迅文学本身相对于历史运动而言是停滞或"落伍"的(尽管诸如"二重的反革命"这样的指控在教条的社会发展阶段论意义上是逻辑自洽的、"准确的"[1]),而是强调这样一个文学批评面对的客观事实:正如中国近代晚期和现代初期的社会变革及其矛盾结构,总体上为鲁迅文学提供了一个相对稳定的、长时段的思想动机和文学动机,而鲁迅文学及其内在张力则为这一历史现实及其矛盾结构的发展和激化提供了持续的象征形式和审美表象。

更为关键的是,在此过程中,一方面,历史矛盾的总体性和发展方向对应于鲁迅文学风格整体的总体性和内在指向,构成鲁迅文学风格相对于历史运动和社会思想变革的相对的稳定性和自主性,具体表现为一种针对当下而又超越当下的批判姿态和希望的乌托邦色彩。但另一方面,历史运动和社会矛盾的冲突、变动、结构关联的不断扩大和明晰化,也在鲁迅文学空间内部被吸收、转化、组织和表述为持续的、激进的形式探索和风格革命,这是内在于鲁迅文学和中国新文学的审美本体论指向。这种形式和审美范畴内部的现代性固然内在于鲁迅文学的最初形态(如《呐喊》),但它的更为集中、持久、深入和系统的表现,则是鲁迅文学从小说到杂文的文体自觉和风格的第二次诞生。这是鲁迅文学内部的继续革命,是他的人生和写作达到其道德

---

[1] 郭沫若,《文艺战线上的封建余孽》,1928年8月10日《创造月刊》第二卷第一期。其中如此定义鲁迅的"二重反革命":"他〔鲁迅〕是资本主义以前的一个封建余孽。资本主义对于社会主义是反革命,封建余孽对于社会主义是二重的反革命。鲁迅是二重的反革命的人物。"

真实、政治强度和审美感染力极点的语言通道。简而言之，历史的运动、迂回、停滞和跳跃，在现实和思想观念主流层次上往往呈现为一种黑暗、扭曲、贫瘠、支离破碎的状态，其决定性精神状态和感性外观是陈腐、空洞和压抑；但往往且仅仅在鲁迅文学的语言、形式、风格和寓意空间里，一切却都被保持在精力旺盛、生机勃勃、斗志昂扬、坚韧不拔的状态中，这种状态同"现实"的表面形成鲜明对照，其总体特征是指向未来的变动感、紧张感和迅疾感。换言之，在历史"停滞"的地方，鲁迅文学仍在行动，并通过这种行动将历史最深处的能量——即那种作为绝望的希望、作为"无"的"有"——通过写作形式与风格构造吸收并传达出来。因此，在更直接也更为特定的批评和审美判断意义上可以说，此刻的历史矛盾及其运动只在鲁迅文学中才获得其总体性的把握和显现。在此，停滞、破碎、寂寞的一边是历史现实和历史经验的直接表象或"思想"，而变动、激越、充满张力和创造性的一边是作为语言构造和生存搏斗的"文学"。这种"静"与"动"、"无"与"有"、"不变"与"变"的关系，正是鲁迅文学"人生的中途"的内容与形式的辩证法，它通过"杂文的自觉"放弃常规且局限的"纯文学"形式，重新建立起文学与现实的真实关系的风格纽带。

四、前期创作的批评观察

竹内好慧眼独具地指出，鲁迅拒绝历史主义和虚无主义的"新旧对比"和"进步"哲学。用他的说法即是：鲁迅文学的根本姿态是"不是要把旧的变成新的，而是证明旧本来就是新"；是"拒绝成为自己，也拒绝成为自己之外的任何东西"。这种"原地不动"以及在杂文的搏斗中生发出来的"一个都不宽恕"的激进抵抗姿态，帮助中国新文学摆脱了半殖民地半封建社会文人知识分子中常见的、在所谓"现代性普遍价值"面前的"奴颜媚骨",把近代中国人的根本性问题从"要成为什么"(becoming)扭转为"本来是什么"(being),进而得以潜入中国人集体存在的历史命运和道德精神基础中去,从中坚持并翻转出一种抵抗者和大众的自主的激进的文学,而非近代世界历史"文明开化"优胜劣汰进程中的"优等生"的文学。[1]

这种变化转换运动本身并不带有任何历史主义性质,因为形式的瓦解与重建及其节奏与韵律,完全属于文学本体论内部。但这个运动的结构,在整体上同历史、现实、政治和人生形成一种象征的、叙事的、讽喻的"再现"或"模仿"关系。这种关系并不能通过文学社会学或文学史-学术史实证材料予以佐证和说明,而只能通过批评的分析和洞察才能够被解释性地把握。这种被把握的文学鲁迅的转向及其自律性和整体性,就是竹内所说的"在终极的意义上形成"的鲁迅的"文学自觉"。[2]在概念空间里,这种自觉的标志是文学范畴从历史范畴和思想范畴中获得独立;在传记生平和鲁迅文学发展史意义上,它包含了一个双重的起源或两次诞生:一次是竹内所关注的对鲁迅文学具有决定意义的形成期和爆发期,即《呐喊》及其文学"前史";一次则是我们在"人生的中途"和"杂文的自觉"框架内试图描述和分析的鲁迅文学的风格完形(Gestalt)、审美确定性和特有的政治强度。

为了探究鲁迅文学起源的本源性、自律性和本体性,竹内特地迂回到常规性质的"鲁迅思想形成"和"思想发展"的路径上,做了一番简明扼要的梳理。在影响的意义上,他罗列了六种材料:梁启超、严复、林纾、章炳麟、欧洲弱小民族的文学、尼采,用以概括鲁迅在晚清中国近代化过程中所接受和吸收的教育和熏陶,其中包括《天演

---

[1] 比如鲁迅和森鸥外(Mori Ogai)的对比:一个是"失败者",另一个是"成功者"。
[2] 竹内好,《鲁迅》,《近代的超克》,第58页。

论》《法意》《清议报》《新民丛报》《新小说》《民报》等几乎所有时代性思想史材料、文本、观念和思潮，也包括鲁迅留日期间的"修学环境"以及在其中所能接触到的西洋、俄国和日本的作家作品。[1]这些材料方面的问题在过去几十年中日两国鲁迅研究领域都得到了详尽的考证、叙述和分析，绝大部分也都已经作为鲁迅研究领域的知识积累和教科书式的定论予以整理编排，在此无须赘述。有意思的是，竹内在这种简明扼要的思想史材料梳理后，要追问的并非鲁迅在何种意义和程度上受影响，而恰恰是在何种意义和程度上未受影响。他写道：

> 鲁迅虽或如周作人所说，受了梁启超的影响，但作为一种思考方法，认为他没受影响不是比认为他受影响更正确吗？至少在他的本质面上，不是没受"影响"吗？即使说受了影响，其接受的方法不也是为了从中筛选出自己本质上的东西而把自己投身其中的方法吗？不是一种"挣扎"着去接受的方法吗？因此，这和后来在革命文学论争中所采取的态度不是同样的吗？[2]

显然，这里鲁迅与梁启超的关系，正如他受到的种种时代性思想和潮流（达尔文、严复、尼采、章炳麟；弱小民族、启蒙、新民、"为人生"的文学，等等）影响一样，本质上是一种竹内所谓的"政治与文学的关系"。就这种关系而言，竹内更看重鲁迅对它的"摆脱"、"荡涤"和"对象化"，也就是说，更看重通过它们之间的"对立"而建立起来的自律性和内在性范畴，即那种使鲁迅文学成为文学，从而使鲁迅成为鲁迅的"气质、文体和业绩"[3]。值得补充的是，鲁迅"摆脱"、

---

[1] 竹内好，《鲁迅》，《近代的超克》，有关这种影响与材料的详细展开，请看第58—68页。
[2] 同上书，第68页。
[3] 同上书，第69—70页。

"荡涤"和"对象化"的不仅仅是梁启超、章炳麟、尼采或其他类似历史性、时代性思想议题和政治议题,而且也是甚至更是他自己(竹内所谓"自己的影子")。但必须追加一句:这种自我摆脱、自我荡涤和自我对象化是随同鲁迅文学自律性、自主性和内在性的建立而得以实现的,就是说,它们都已经变成鲁迅文学内部的诗的否定性、创造性运动。这种文学的内在运动把文学本身同文学的社会功用区分开来,却使得文学在更高的水平上同它所针对的现实发生更为亲密也更具有批判性的关系。当文学"摆脱"了"思想",它作为语言的生成与结构才获得属于自己的观念范畴。反过来说,只有在鲁迅文学里,鲁迅思想才有事实性和具体性,才是活生生的东西。当文学"荡涤"了"政治",政治方才在文学生产方式、技术、组织、审美和价值系统的内部被不断作为真正具有政治实质的"新生力量"而被创造和显示出来。当文学把自己的历史负担、社会责任、思想焦虑和心理阴影"对象化",文学方才作为一种自我观照、自我实现的自我意识而"再一次"——即真正地——成为自己,从而在具体而实在的意义上作为文学获得自己的政治性和历史性。

竹内好认为,在《狂人日记》发表前,鲁迅在北京的那个"还没有开始文学生活"的阶段"对〔鲁迅〕一生来说都具有决定意义",还说"我想象不出鲁迅的骨骼会在别的时期里形成"。因为缺乏文本和外在动作的佐证,竹内坦言自己无力对其猜测的这个确立了鲁迅"根干"、"生命"和"原理"的阶段做出进一步的分析和解释,因此只能将它形容为一种沉默、黑暗,一种伴随了鲁迅一生的"影子"和他"终生都绕不出去的一根回归轴"。[1] 他指出,"鲁迅生平中这个不明了的时期,正好也和中国文学当中的不明了的时期相一致",因此它们的不明了是一种时代性的不明了,是一个即将到来的"文学革

---

[1] 竹内好,《鲁迅》,《近代的超克》,第44—45页。

命"的酝酿期和"前夜"。对于这个"前夜",竹内以其特有的敏锐感觉到"从中已可以看到有各种先驱要素被投入进来;但这些要素在被投入的同时又一个个地消失,构成一个个黑暗的断层,连接着下一个时代"。[1] 事实上,竹内已经以一种特殊的个人方式("不明了""难懂")提示了一个回答:所有这些在新文化运动和文学革命的前夜酝酿的要素和时代母题,都将在《新青年》时期白话革命的"狂飙突进"中得到表达;前者的沉默和无言状态,为后者的内容和形式提供了能量准备和发展动力。这样看,竹内所谓的关键却"不明了"的、确定鲁迅文学生命基调和文学原理的时期,就不是无迹可寻甚至有些神秘的东西;如果这个阶段对于确立鲁迅文学"根干"具有决定性的意义,那么这个根干在它形成之后就是一种能够被认识和分析的经验和文本。

可以说,尽管鲁迅文学的爆发或"第一次诞生"带有强烈的道德批判、历史批判和"国民性批判"的意味,因此在文学内容和形式方面都带来一种突变和断裂,在思想和文化政治层面更显示了针对传统文化的控诉和"清算"姿态,但这种文学革命、思想革命的矛头所指是一个漫长的帝制传统。在这种批判的"潜伏期"和准备期,鲁迅的日常工作和生活与其直接现实环境之间的关系,总体上是"和谐"而非紧张、对抗的。因此客观而言,鲁迅可以在这段相对平静的时光里,借助国家体制和官方身份为新文化工作积累条件、资源和保护。在所谓"官场生涯"期间,鲁迅在文学创作方面的沉默,一方面可以理解为公务所累;另一方面也可以假定为,无论在理念还是在实际层面,他都大体上认同和接受自己为之服务的民国政府,把它视为推翻帝制后的国民政治生活和精神生活的现实条件和改进的制度基础。这或可作为鲁迅生平和鲁迅文学之间的"实"与"虚"、"有"与"无"之间

---

[1] 竹内好,《鲁迅》,《近代的超克》,第46页。

辩证关系及其相对独立性的一个例子。

　　竹内所面对的困难在于，对随"文学革命"一同出现的鲁迅文学的分析，不能仅仅在这一时期和此前鲁迅思想的"形成期"或"潜伏期"中寻找答案。竹内以其特有的敏锐捕捉到鲁迅文学中的那种循环往复的韵律和逻辑，并猜测这是鲁迅文学和思想的所谓"回心轴"。但如果不从鲁迅文学的整体性和它在杂文中"第二次诞生"的角度进入问题，对鲁迅文学内在"二重性"（新旧、中西、政治与审美、个人与集体等）的分析就会变得极其困难。这种"双重性"的来源正是由鲁迅文学"生而复生"——即以杂文的形式再生——的结构特征决定的。这样看，从鲁迅小说的自发性到鲁迅杂文的自觉性的转变，就不但为鲁迅文学发展提供了历时性的解释框架，也为共时性分析鲁迅文学的多样性、多元性、灵活性和复杂性提供了一个方法论的切入点。在风格的终极形态里，杂文是鲁迅文学的原点、内核和回旋之轴；它始终与其他文体、样式、体裁和风格共存，同时推动着鲁迅文学"走出自我"和"回到自身"。在这个风格空间结构的任何一个点上，鲁迅都同时既在这里，又在那里；既在小说或散文诗里，又在杂文里；甚至既在作品之内，又在作品之外。但这个内与外的辩证对立却又因为杂文本身的特性和疆域而让鲁迅作品最终在其文学性概念中作为统一整体而存在。而在内含于鲁迅文学总体性概念的寓意层面，杂文作为鲁迅文学的普遍的媒质和终极形式，赋予它既新且旧、既自我否定又自我肯定的能力，即那种"在两种截然对立的观念中工作运行"的能力。[1]这也是在当代批评理论的分析框架内印证竹内鲁迅批评的伟大洞察：

---

[1] 菲茨杰拉德曾说："检验一流心智的办法，就是看它能否在头脑里同时持有两个全然对立的观点，然后还能够继续保持行动能力。"（the test of a first-rate intelligence is the ability to hold two opposed ideas in the mind at the same time, and still retain the ability to function.）见 F. Scott Fitzgerald, "The Crack-Up: A desolately frank document from one for whom the salt of life has lost its savor", p. 41, Column 1, 1936 February, *Esquire*, Esquire Inc., Chicago, Illinois。

在鲁迅文学里,旧的就是新的,新的就是旧的;鲁迅孤身一人站在原地,却为个人和集体走出了一条希望之路。这不但是道德、伦理和文化上的断裂和突变,也是文学风格、审美、技巧和情感 – 想象方式(或曰"文学思维")上的断裂和突变。

第二章 "杂文自觉"的萌动（上）

在狭义的（即从《狂人日记》发表开始的）鲁迅文学总共十八年的发展过程中，这个"中途"、"中年"、"中间点"和"杂文的自觉"，标志着文学鲁迅找到了自己的声音、成为了自己，即终于确立起完全属于自己、能为自己内在的"人间苦"和创作冲动得心应手地运用的语言、文体和风格；它也标志着鲁迅文学生产的整体、全体及终极形式与形象的出场。因此，这个瞬间也具有十足的诗学本体论和诗学方法的意义，因为它作为一个危机、困境和"例外状态"，在一个晦暗不明、荆棘遍地的境地，照亮、指明了鲁迅文学的自我道路和历史命运，从而把同时作为尚在途中的文学革命的前锋与后卫的鲁迅文学，同一场持续的、尚未完成的社会革命和思想革命从内部（即通过文学内容与文学形式的辩证法）打通、凝聚为一体。

这个一体化的鲁迅诗学空间，虽然具有完全而深刻的社会性和思想性，却必须保持在严格的诗学层面方能够得到恰如其分的分析、阐释和评价。因为只有在鲁迅文学的内部规律中，方能够最充分地打开鲁迅文字、文章、文学形象和文学寓意所处理、吸收和再现的社会现实（包括社会革命及其传统负担，或"死者的重压"，即其局限性和未来指向）。换句话说，19世纪末20世纪初三四十年间中国社会及其矛盾的复杂性，不是在"鲁迅思想"或鲁迅的政治态度中，而是在鲁迅文学自身的高度自律性、丰富性和复杂性中，方才得到了最好、最充分的呈现。在鲁迅文学的内部风景里，作为鲁迅写作外部环境和主题的社会革命及其困难才得到了最充分的"发展"和"展开";换言之,在鲁迅文学里,社会革命的种种矛盾及其内部的激烈程度,方才得到了最大限度、最清晰且栩栩如生的呈现和表现,方才显示为彼此关联的总体和时代形象。而在当时的历史时空和社会领域里,也在鲁迅同时代的其他文学表现里,这种矛盾的表现往往多多少少是模糊、暧昧、彼此割裂的。

因此,在这个意义上,我们可以把创造社那个"二重反革命"的观察倒转过来。也就是说,这段时间内中国社会历史变革局势的艰难、迟缓、破碎、倒退和整体性相对"停滞",却反倒在鲁迅文学内部的形式-观念层面"持续的革命"中,即在那种不断探索,不断激进化,不断扩大其历史命名、叙事、再现和讽寓的能力及范围(这种能力和范围既是认识和批判性质的,也是艺术表象性质的)杂文写作的"混合文体"中,方才表现出其内在辩证运动的能量、活力、可能性和创造性。这种文学本体论空间内部的"动"与"不动"、"变"与"不变"、"求新"与"怀旧"的韵律,在鲁迅文学"中途"和"自觉"的这个"中间点"上,以一种极端或"例外状态"的方式呈现出来,是一种"非常态"说明"常态"本质的典型案例。这样的文学形式内部的分析,也是对竹内好的对鲁迅之深刻洞察的具体化、非个人化和历史化。

一、新文学的困境与鲁迅文学的多重源头

鲁迅文学风格的多重源头,并不等于新文学在其起源的历史关头和形式空间包含的所有历史资源、文化资源和艺术可能性。在许多方面鲁迅是特例,也就是说,鲁迅文学的内在可能性和外部发展道路并非都是能够被同代人或后来者模仿、复制和追随的"先例"。同时,新文学所具有的,在其历史进程中不断更新的边界、标准、挑战和内在

矛盾结构,也并非(且不应为)鲁迅文学在自身历史性存在中所能穷尽的。不过,简单地罗列一下鲁迅文学风格所享有的内在源流和外来影响,仍有助于我们建立一个基本的问题框架,方便以此为参照去集中分析鲁迅过渡期写作所面临的危机和抉择。应该说,这些风格更新或变化的内部外部"可能性条件"既是便利也是压力,既是诱惑也是危险。但它们在鲁迅语言世界里的共时性存在,又的确像是一种"矛盾的多元决定"(overdetermination),在形式、文体和风格的"多元/过度"和"策略性冗余"(strategic redundancy)意义上,增加了鲁迅写作的多样性、多面性、复杂性和不确定性。单从一个形式结构的力学原则来讲,这样具有内部多重性的文学构造,一方面具有不同寻常的牢固性、耐久性和抗打击能力(如相对于其他更简单而"纯粹"的构造);但另一方面,它也相对更难于在批评和美学层面予以分析和归类,甚至失去作为"纯文学"研究对象和审美批评对象的资格。

在简单的词汇句法、文本信息、形象故事出处来源、风格借鉴和性格气质色调等意义上罗列鲁迅文学的"内在渊源"与"构成"并不是多么困难的事情。比如一般读者都可以看到鲁迅文学总体面貌背后的民间和地域文化源头、中国古典文学源头、西洋文学源头,都能感受到作为鲁迅文学内核的现代性个体与主体的精神信念和道德信心(包括对科学、理性、尊严和自由的信仰),也不会忽视它基于当下"生存斗争"和"存在诗学"的策略选择和形式自由。同时,鲁迅的读者也能通过内在于鲁迅语言风格的紧张、纠结、痛苦和迂回沉郁而感受到"传统"和"现实"的重量,并或多或少地意识到,这种重量对于鲁迅文学的终极审美特征和道德品质而言,并不总是一种纯然负面的东西,因为它们也都参与并一定程度上界定了使鲁迅文学成为自己的新与旧、中与西、变与不变、个人与集体、普遍与特殊之间的辩证斗争。换句话说,在鲁迅文学中,那种使竹内好这样的批评家赞赏和为之倾慕的东西,是不能仅用它在"近代化"及其道德审美标准上的

"进步"和"成绩"来衡量的。

　　因此，本章的具体目标不是对这种文学风格来源的多重性做一般的文学史爬梳，而是聚焦于一个带有一定假设性质的批评问题及其分析解释的可能性：鲁迅文学为何且如何在过渡期一步步走向了杂文？杂文为何能够在文体风格路径的多重选项中最终"胜出"？以白话短篇小说为自己和新文学赢得全民族声誉乃至国际范围内的认可和尊敬的作者，为何在文学的"再出发"途中做出了这个令部分读者遗憾和惋惜的选择和决定？但从另一面看，如果把鲁迅文学的这个"中年转折"不但视为积极的、富于形式创造性的，而且也视为逻辑的、不可避免的历史必然和文学必然，我们就需要对鲁迅文学总体做出不同的理解和阐释。

　　就鲁迅文学风格的历史性诞生及其批评的和文学史的终极意义而言，这个"第二次诞生"和"二次革命"的意义和价值绝不低于它的第一次爆发。甚至可以说，这个发生在文学鲁迅或鲁迅文学的"人生的中途"的第二次爆发，更具有"鲁迅文学的诞生"的本体论意义和风格史意义，因为它承担了更为具体、复杂、直接的环境压力，带来了更尖锐、切身的烦恼和苦闷，造成了更为深刻的，文学生产内部的困境、挑战、迷茫与疑惑。它迫使已经是"创作家"的鲁迅直面自己写作的可能性与不可行性、长项与短板、资源与匮乏，并在更高的层次上对这些问题做全方位的探索、思考，做出事关自身写作与风格前景乃至"生死存亡"的抉择。

　　以《狂人日记》为开端，包括整部《呐喊》和《热风》在内的鲁迅文学的"第一次爆发"，虽然具有不言而喻的文学史意义和价值，但就作家本人的创作动机和风格形态而言，不能不说带有某种"时势造英雄"的因素。更准确地讲，这是鲁迅此前在家庭变故、个人阅历、思想、文学阅读、翻译实践等方面的长期准备，在"白话革命"中的一次水到渠成的迸发和突破。但正因为这种个人状态同民族文化、思想变革运动之间的风云际会、天作之合，鲁迅早期创作也客观上带有一种自发性、偶然性和"自在"而非"自为"的特性。当然，这不是说鲁迅早期小说作品在技艺和思想上欠成熟，而是说相对于作者个人创作总体上的历史丰富性和在世界文学语境下的形式、技巧、风格的终极定位，《呐喊》和《热风》这样的作品是在个人生命意义上已经是"中年人"的鲁迅发出的"少年中国"的心声，是"白话革命"和"新文化运动"的青春的战斗呼叫。它在投入一场集体性历史运动和精神运动，并在其中"听将令""摇旗呐喊"的意义上是"自觉"的；但这种历史行动意义上的自觉，恰恰说明了某种作为个体的创作者的作者意识和风格意识的"悬置"。也就是说，在此刻，鲁迅文学尽管是在自身历史情境中和条件下获得了发出自己声音的机会，创造出具有经久影响力和感染力的形象和故事，但它尚顾不得全神贯注地思考自身的命运、自身的目的和在艺术审美体制内部的"选择空间"及价值定位。这一切只有当鲁迅的"写"（即鲁迅文学的不自觉形态）在外部和内部同时遇到事关生死的挑战、质疑、限制和压迫时，才成为生存和战斗的最内在理由，同时成为文学的最内在、最核心的本质和可能性源泉。由此，鲁迅文学作为一种存在的自觉和风格的自觉，在文学的边缘（"绝境"的另一层含义！）被再一次——这次是在自觉的层面上——重新建立或"发明"出来。

无论在传记意义上，还是在鲁迅文学发展阶段论和风格演化轨迹的意义上，这个在外部环境和写作内部困境的双重压力下获得的"自觉"、做出的选择和决定都是创作家的鲁迅的"最后一战"。经此转折，鲁迅文学最终在作者生命的最后阶段即"上海时期"完成了其总体形象和终极定位。因此可以说，这个文学风格逻辑完形（"格式塔"）意义上的"人生的中途"，在鲁迅文学的"空间拓扑学"意义上既发生在鲁迅文学发展的前庭，又发生在它的后端。然而，如果我们把鲁迅的写作实践和风格发展作为中国新文学历史发展的象征性指标和形式创造的"最高水位"看待，我们就可以理解这个以"杂文的自觉"形态出现的文学自觉和作者自觉，对于新文学的内在规定和历史可能性具有何等意义。

在短篇小说领域的初步尝试之后，鲁迅相继又在文学翻译（如厨川白村、森鸥外、夏目漱石、芥川龙之介、武者小路实笃、有岛武郎、鹤见祐辅和安特莱夫、阿尔志跋绥夫、毕勒涅克在内的一批日本和俄国作家的作品，以及《小约翰》这样的"儿童文学"的译介）、中国古代文学与文献（《嵇康集》的辑校，《中国小说史略》《汉文学史纲要》的写作和讲授）、散文诗（《野草》）、自叙性散文（《朝花夕拾》）等领域进行了一系列准备、探索和实验。围绕"杂文的自觉"形成的文体－风格选择的决定性阶段（1924—1927年，特别集中在1925—1926两年），也是鲁迅在所有文体－风格领域全面开花的阶段。这既是鲁迅文学能量、文学抱负、文学技巧与创造性的呈现，也是鲁迅文学在一种更为深刻的内外困境中寻求突围、寻找方向和下一个"根据地"的状态。这种写作手法、形式和审美韵味、强度上的多样性和丰富性，同时也是一种内部的犹疑、压力、试探和反抗的表征。

这种准备、探索、试验和突围最终选定了鲁迅杂文，导引出以杂文为审美底色和风格实质的鲁迅文学新的、更高的整体。与此同时，那些未选择或被"放弃"的方向在理解鲁迅文学的终极本体论特征上同样有重要意义。作为白话文学先锋，鲁迅早期小说最具影响力和技巧上的成形能力，因此他的杂文自觉和杂文转向，本身不仅仅是个人在历史情境和文学情境中的现实选择，同时也是一个可供分析的个案，我们可以用它来分析新文学早期发展的内在可能性和不可能性。

在《呐喊》问世之后，中国新文学在小说、诗歌、戏剧等主要文学体裁和形式上都步入一条崎岖艰难的道路。一方面，这些体裁和形式事实上都已经由近代西洋文学实践、文学观念和文学体制所规定，对于白话革命后的中国文学创作者来说，"做小说"实际上是"做近代西洋文学意义上的小说","写诗"实际上是"写近代西洋文学意义上的诗歌",而戏剧创作事实上也是"近代西洋戏剧意义上的戏剧创作",即"新剧"意义上的"话剧"。也就是说,中国新文学必须在一个相对幼稚、贫弱甚至严酷的语言土壤、社会土壤和文化环境里,按照一种新植入的西洋文学或"近代文学"的基因图谱,去栽培、生长出新的文学作物来。它的标准大都是外来的,同时也是极高的,因为后来者在"拿来"的过程中必然遵循一种"取法乎上"和"博采众长"的逻辑。这客观上造成了新文学发轫时期的参照系和内在审美标准,事实上是由整个西洋文学,特别是近代西洋文学的整体积累和总体上的最高水准决定的。[1]因此,在写作实践层面的经验贫乏与观念、眼光、标准方面的理想抱负之间,必然产生一个巨大的落差或空间距离。鲁迅毕生不仅作为一个"创作家"存在,更是作为一个翻译家存在。仅仅从他翻译的文学作品里,我们就能够看出起步期的中国新文学是如

---

[1] 西洋文学传统内部的古典(希腊罗马)与现代(广义的近现代),或近代(中世纪至文艺复兴、宗教改革)、早期现代(17、18世纪)、现代(19世纪)和当代(20世纪)阶段论或断代史并不影响20世纪初期中国新文学先驱对西洋文学的整体认识。笔者在此以"近代西洋文学"命名这一影响源,不过是为了强调:首先,这种影响主要是在"近代"或今天的"现代"意义上的影响,这是西洋文明对中国文明形成总体性冲击的主要方面和内容实质。这种实质在文艺复兴以来的西洋文艺中已经具有充分的发展和表现,在19世纪西洋文艺创作和观念中达到顶峰。其次,这种近代文学或("古今之争"意义上的)"现代文学"作为西方文明传统连续发展脉络的延伸,本身包含了整个西洋文明和西洋文学的整体经验、财富、技巧和风格多样性。第三,19世纪末开始出现、到20世纪二三十年代达到一个高峰的"现代派"文艺无论在继承还是创新的意义上,都是这种"近代文艺"的发展。这种文学所表现和表达的历史经验,也决定性地影响了中国近代化进程的一系列器物、制度和观念层面的东西,即近代中国"西化"和"现代化"的主要内容和主要方向。即便中国新文学范围里对西洋古典文学的翻译和介绍,客观上或者说在时代意义上也同样是在"近代西洋文学"的总体框架下发生作用。因此,在这个特定意义上,本章在提及西洋文学时一般不作"古典与现代"的区分,而将它视为一种总的经验、风格、观念和形式‐技巧统一体。这种统一性也同样覆盖西洋文学内部彼此迥异的审美倾向和手法,比如写实传统和浪漫传统,因为相对于初发轫的中国新文学来说,它们都是"为人生"的,本身也都是具体的、活生生的。这也符合新文学发展头二十年中白话文学实践者自己的理解和说法。

何将自己摆在一个读者和学习者的位置上，通过翻译来练习和打磨白话文学写作的句法、结构、情节安排、人物形象塑造乃至道德寓意提升的种种技法的。在《〈蕗谷虹儿画选〉小引》中鲁迅曾写道："中国的新的文艺的一时的转变和流行，有时那主权是简直大半操于外国书籍贩卖者之手的。来一批书，便给一点影响"，而中国的新文艺，往往是因为这种影响而"就激动了多年沉静的神经，于是有了许多表面的摹仿"。[1] 这里具体的上下文虽然是木刻艺术，实则代表鲁迅对中国新文艺相对于西洋文艺的后进者和学习者的一般看法。这种经验、技术、方法、理论和技术的差距，不但在能够以高超的"诗的体式"表现时代"大震撼、大咆哮"的"大作品"（比如勃洛克的《十二个》）方面是悬殊的，就连在相对单纯的体裁类型创作（比如鲁迅自己翻译的荷兰作家望·蔼覃［今译范·伊登］的《小约翰》）方面，也是可望而不可即的。[2]

在中国新文学所尝试摸索的各种近代文学、现代文学和20世纪当代文学的技法、风格、流派方向上，都客观地存在着在艺术和观念上难以匹敌（如果一定要用这样带有竞争意味的字眼）的先例、样板和典范。鲁迅早年、中年都曾对象征主义感兴趣，并做过长期深入的研究，包括翻译作品、批评、理论以及个人创作上的实践。但在他写作

---

[1] 鲁迅，《〈蕗谷虹儿画选〉小引》，《集外集拾遗》，《鲁迅全集》第7卷，第342页。
[2] 谈及勃洛克时，鲁迅在意的不仅仅是"象征派"或"都市诗人"所包含的形式技巧，同时也强调诗人在新旧交替的历史大时代中的感受能力、认识能力、想象能力和表现能力，即"能在杂沓的都会里看见诗者，也将在动摇的革命中看见诗"的敏感、艺术洞察和创造性。而所有这些能力又是同艺术家的内心真诚和精神动力分不开的，这就是鲁迅所谓的"呼唤血和火的，咏叹酒和女人的，赏味幽林和秋月的，都要真的神往的心，否则一样是空洞"。见鲁迅，《〈十二个〉后记》，《集外集拾遗》，《鲁迅全集》第7卷，第310—314页。在1927年9月25日致台静农的信中，鲁迅谈及包括自己在内的中国作家尚"不配"拿诺贝尔文学赏金时写道："世界上比我好的作家何限。他们得不到。你看我译的那本《小约翰》，我那里做得出来，然而这作者就没有得到。"见《270925致台静农》，《鲁迅全集》第12卷，第73页。

生涯接近终结的时候,却投入大量精力、甘冒"重译"(指通过其他语种的翻译间接地转移作品)之大不韪去翻译果戈里的写实主义名著《死魂灵》。这一举动作为决断和实践都无疑极富象征意义。它向我们表明,当新文学第一代作者同西洋文学(特别是近代文学)巨大的资源宝藏相遇,当他们面对其多样且深刻的观念和艺术表现时,不得不在后者的笼罩和"多元决定"(overdetermination)下进行最初的文学尝试。必须承认的是,中国新文学在其最初创作实绩中确立的审美价值,尚无法同西洋文学的历史成就及其当代形态并驾齐驱。但这种客观的认识却可以帮助我们真正建立起关于中国新文学"起源"之内在价值的历史叙事、形式分析和理论阐述。而本书正是带着这样的兴趣和目的来重读鲁迅文学,特别是鲁迅杂文的。事实上,鲁迅杂文正是作为一个特例中的特例,打破了中国新文学的历史条件限制和"影响焦虑"意义上的双重魔咒(即中国古典文学的阴影和西洋近代文学的阴影),在自身起源期头二十年里就开拓出一种属于自己的真正的风格。这种风格的实体性、丰富性、复杂性和灵活性,并不仅仅只能在历史意义上(如文学与社会的关系、文学与政治的关系、作为"国族寓言"的象征意义等)予以论述和辩护,同时也体现出在审美和文学本体论范畴里所确立的绝对价值,后者在更高的层面,使新文学(鲁迅文学)以自身风格不可动摇的个性、主体性和自律性,获得持续地回视、观照历史、当下和未来的能力。

新文学最初阶段同它所依赖的滋养源泉之间的距离或"不平等地位",并不能仅靠个人"天才"或某几部零星作品的横空出世就被克服或弥合,而是需要长期的文学阅读、文学写作、文学教育、文学批评的积累。《呐喊》中各篇,特别是《狂人日记》《孔乙己》《阿Q正传》这样具有特殊文学批评和文学史意义的"开山之作",无疑具有不容低估的意义和价值(包括形式和审美维度的,即所谓"文学内部"的价值)。但放在世界文学发展的脉络中和"新文学"内在的现代性视野与参照系中来看，它们的意义和价值无疑只能是相对的。在这些作品出现的直接的、即时性的语境之外，它们都需要一种历史的、政治的、思想史的和文学社会学意义上的解释和阐发方才能真正被把握和理解。这或许也能够在一定程度上说明，为何到目前为止的鲁迅研究和中国新文学研究，在文学批评、文学史学科意义上的工作，事实上很难与思想史、社会政治史和文学社会学研究区隔开来；换句话说，它们之间的边界不清楚，正说明了作为文学范畴的鲁迅研究/新文学研究同作为政治史、思想史、文学社会学研究的鲁迅研究/新文学研究之间在经验、材料、历史发展过程和观念构造内部的有机联系和相互依赖。

同时，新文学或作为文学的白话文自诞生之日起也无时无刻不置身于中国古典文学的"阴影"或"影响焦虑"之下。只不过相较于西洋文学的影响，这种阴影具有双重性质。一方面，以白话文为语言载体和媒介的新文学在其根本的思想倾向和文化认同上必须同这个文明母体保持一种有意识的、蓄意尖锐化的断裂和对立，以此明确自身的历史定位、道德实质和价值上的未来指向。但另一方面，新文学作为汉语文学和活生生的、具体的中国人的文学表达，又必然同时脱胎于中国古典文学的滋养，从中获得它最初的、同时也是终极性的情感与审美维度里的安置与落座。相对于这个源远流长的文学母体，新文学既是逆子和游子，又是真正的继承者和创造者。这种身份认同的双重性在第一代新文学缔造者的观念和实践中都有着明确的印记，甚至表现在把白话文的文学"革命"定义为"复兴"的概念使用上。相对于这样的"终极边界"，新文学形式革命与创造的自我衡量的标准不在于它如何尽快地"回归"，而恰恰在于如何能走得更远，以便能在一个新世界里收获中国人的新经验、新价值、新审美和新形象。鲁迅著名的"走异路，逃异地，寻求别样的人们"的姿态，无非是这种文学集体无意识和内在价值指向的表现。

但正因为如此，中国古代文学的最高成就和经典范例，在最直接的写作技巧、文学观念和风格－形式创造意义上，并不能救新文学发展之急、解新文学生存之渴（在这方面最直接的"外援"一直是西洋文学，其次是俗文学或民间文学）。但与此同时，中国古典文学的极为丰富的经验技艺上的积累、其最高成就和经典范例仍然在一个相对隐秘的意义上构成一种尚难企及的标准和趣味。作为成熟、深刻、细腻和完美的证明，它们可以被悬置或搁置，但并不能够被"超越"。在后一种意义上，它依然对新文学作为文学的内在期待视野构成强大的灵感激发、压力和挑战。即便白话革命带来种种语言、形式、思想、价值范畴的"不可比性"，但从《诗经》《楚辞》经汉乐府、魏晋一直到唐诗宋词的中国古典诗歌传统，依旧是新诗无法摆脱的终极参照系和难以企及的艺术典范。明清章回小说的情形略有不同，因为其中相当一部分事实上已经是以"（古代）白话"创作的文学作品，但正因为如此，它们在叙事组织、现实再现、情感表达和整体性象征－讽喻能力等方方面面所展现的文学经验、趣味、技巧、想象力和语言能力，成为新文学白话小说难以逾越的艺术高原。这种内含于文学象征形式和叙事组织里的力量并不仅仅是文学的，同时也反映出中国古代社会历史经验、情感道德结构、审美趣味和智慧上的庞大的积累和惊人的丰富性（比如《红楼梦》所表现出来的，孕育和结晶于漫长的衰败期的总体景观、文学教养和深刻的感受力）。所有这一切，皆非作为继承者或叛逆者的新文学在"小说创作"的艺术成就上可与之相提并论的。

　　文学史的后见之明告诉我们，鲁迅最终选择了"杂文"作为鲁迅文学第二次爆发、第二次革命、第二次事关生死的战斗，以及第二次自我命名、自我规定的形式、路径和手法。这也是鲁迅文学作为一种社会生命、政治（或"存在的政治"）生命和艺术生命的突围和突破方向，是其最终的生产模式和风格定型。在本书中，这场爆发、战斗、选择和文学风格的再确定，在鲁迅文学内在发展环节和逻辑的意义上被称为"杂文的自觉"。它所对应的外部现实、外部困境、外部纠纷和逆境，被描述和理解为一种"人生的中途"。就文学鲁迅和鲁迅写作实践的发展而言，这个阶段和"关头"被称为"转折期"或"过渡期"。它们一同作为走出"晦暗的密林"、进入新的敞亮之境的事实和隐喻，明确了鲁迅最后十年成熟期和高产期的文学生产走向、样式、面貌和丰富性，界定、完成了"鲁迅文学的诞生"及其文学本体论价值。

把鲁迅文学生涯的真正起点放在1918年，其最简单、最充分的理由自然是文学语言媒质本身，即"白话文"，以及在这种新的媒质中确立起来的、由近代文学制度所规定的"创作"的出现。不承认这个理由，事实上也就是不承认鲁迅文学在鲁迅研究中的优先性和第一性；因此在作家传记、文化社会学和一般历史材料学的意义上研究鲁迅早期经历、精神成长和文字档案，已不在本书讨论范围之内。但在文学语言和文学风格考察的范围内可做补充的是，留学日本而非欧美，本来是个人生活的偶然事件，但它对于鲁迅文学的内部构形具有深远的意义。

最简单地讲，日语同汉语在词汇和表达方式、思维方式上的你中有我、我中有你的关系，日本地理上同中国的近距离，鲁迅留学日本时代汉字在日本文献和当时日语写作中相对广泛的使用及其文化地位，无疑都在一定程度上使得鲁迅及其同代留日学生得以保持语言自信、风格个性和自主意识。同时汉语表达方式、情感方式和思维方式的内在完整性及其特殊的历史记忆和历史连续性也相对较容易保留。可以想见，在日语环境里，汉语感受力、表现力、自主构形方式、理解方式和表达上的创造性，能够相对较好地按照自身的需要和逻辑发展，包括直接将日语词汇（即用所谓"日文汉字"表达的日语观念）原封不动地平移回汉语，形成汉字圈内部的具有生产性和创意的双向循环；而与此同时，夹杂在汉字中的片假名音译词汇以及由西洋近代性强行扭转的语法、世界观和表达方式，能够在一种半母语、半文化自主的假象与心理-情感环境中更充分、更潜移默化地被吸收和"据为己有"。相比之下，留学欧美的中国人，则必须在语言习得和思维转换的意义上"全盘"进入一个全然不同的语言系统、思维方式和表达方式。这种"必须"的付出固然有其深刻意义和影响，但在此期间，欧美留学生难免不得不有意无意地把母语搁置或"悬置"在一种相对边缘、压抑或仅仅是功能性的、日常语言使用的范围内。这种"中西"的语言磨合或"文明碰撞"在历史长时段和文化思维结构的深层总体变革上固然具有更大的意义，但对于新文学作者个人的风格形成和风格成熟，在短时间内相对而言或许是一种不利的影响，因为它要求并必定带来一种语言、意识、思维和风格的断裂、冲突和"转轨"。

五四时代欧美留学生群体中不乏学有所成之人，他们往往在各自学科专攻方向上为中国科学文化带来奠基性贡献，但在文学成就方面，似乎总体上不如留日生群体。这种现象也许可以在语言、地理、风俗等方面得到一定的解释。简单地讲，日语世界或许滋养了鲁迅文学独有的，具备风格、情感、审美和哲理意味的结构性紧张和自如，在一定程度上庇护了鲁迅文学内部的古典与现代、东洋与西洋之间的二重性和交错叠加（而非简单对立）。应该说，鲁迅文学这种内在的风格二重性和复杂性虽然是长期孕育的结果，事实上同鲁迅整个的成长环境和个人境遇密切相关，但它只是随着鲁迅白话文学作品的出现，方才具备客观效果和分析价值，方才成为文学批评和文学史的议题。这也为鲁迅文学生涯的真正起点提供了另一个支持。

二、重读《〈呐喊〉自序》：诞生与"终结"

从《〈呐喊〉自序》（1922年12月完成，1923年8月最初发表于《晨报·文学旬刊》）到1925年5月"女师大风潮"爆发前这一时间段内的鲁迅创作，可看作"过渡期"内部的潜伏孕育阶段。鉴于此阶段开启了鲁迅写作不同体裁风格的多头并进与交叠缠绕的模式，这里提供的文本分析只在于提示某种路径、倾向、端倪或潜伏状态,而非全面而充分的形式分析和作品阐释。不言而喻,在这些端倪和潜伏状态之外,鲁迅在此期间一直未曾中断相对"中规中矩"的纯文学文体样式(短篇小说、散文诗、散文、论文)探索。与此同时,"(文学)人生的中途"是我们切入鲁迅文学风格发展的内部决定性困境、危机、转折和"自觉"的关头和纽结,也是我们分析鲁迅文学风格、文学本体论构造及其"生存政治"强度的突破口。这个"困局"从1925年卷入教育部内部冲突、被总长章士钊免职起,到1927年离开"清党"后的广州前往上海终,再现于此期间所写的《华盖集》《华盖集续编》和《而已集》三本"杂感",以及在这段时间编定出版的其他作品集(《彷徨》《坟》《朝花夕拾》和《野草》)的序跋中。

  但这里有必要就鲁迅写作的量与质,进一步讨论一下鲁迅文学的内部分期和发展阶段问题。前期鲁迅创作确立的白话革命前卫、思想革命先锋的那个"呐喊"者形象,作为一个写作阶段包含《呐喊》《热风》和在此期间的文学翻译,但它事实上可以说是随着1922年12月完成的《〈呐喊〉自序》画上了句号。随同这个自我形象和"国族寓言"叙事模式一道出现的所谓"鲁迅文学的诞生",实际上只不过是对鲁迅文学创作和文学鲁迅短暂"前史"的一个回溯性、仪式性的追认。1923年7月"兄弟失和"带来的个人危机和家庭危机,造成鲁迅心境的消沉和文学生产的一次停顿。这个停顿直到1924年年初,随着《祝福》的完成和发表才告结束。此后完成的《在酒楼上》《幸福的家庭》,《嵇康集》的又一次校订,《野草》里的散文诗《影的告别》《求乞者》《复仇》(两则),译作《苦闷的象征》,甚至收入《坟》的几篇论文,都业已明确无误地在风格、色彩、情绪、手法、体裁等方面,将刚刚诞生不久的鲁迅文学引向直面其自身困境和危机,并在荆棘丛生的绝境中找到自身风格上的——存在的政治和文学本体论双重意义上的——生路与出路、定位与认同。

无疑，这种挣扎本身是探索，这种迷茫、忧郁和低沉本身具有风格和审美的意味和效果。作为鲁迅写作或创作的继续，它们也都在技巧和趣味上相对成熟和老练。但就其形式、结构、风格、审美和道德－精神状态本身的未完成、不稳定和不充分而言，比如"长篇小说""艺术殿堂""伟大的文学""不朽"这些观念、说辞或议论，仍旧会像阴影一样在鲁迅心头和意识中时隐时现。无论是个人存在意义上的自我怀疑和自我实现，还是创作意义上的自我构造——即审美逻辑、历史逻辑和政治逻辑所规定的形式风格，那种为"彷徨"所标志的探索（"吾将上下而求索"）和中间状态，那种为"野草"所隐喻的"速朽"状态，以及由"坟"所象征的自我否定、自我凭吊、自我超越的创造性虚无，都在等待、期待并促成一种形式－风格－审美－道德内部的"解决"。因此，事实上一旦《新青年》"狂飙突进"的历史时刻退潮，鲁迅文学创作就已经走向"人生的中途"，走在"杂文的自觉"的"转折期"或"过渡期"这片"幽暗的密林"中了。

就具体创作而言，我们可以把这个"中途"的起点设定为1922年12月鲁迅完成《〈呐喊〉自序》之际。但通常意义上的"鲁迅文学的诞生"[1]，事实上不如说是文学史意义上的创作者鲁迅的出现，但就"杂文的自觉"所照亮的文体、风格和作者意识的整体及其文学本体论终极特征看，鲁迅文学仍需要在语言与现实、形式与历史、审美与存在、白话写作与中国文章的历史谱系间的更为深刻的冲突中，通过白话文学自我意识和写作方法上的"二次革命"和"继续革命"，才能真正确立自己的艺术范畴和政治范畴。也只有在"杂文的自觉"中"第二次诞生"的鲁迅文学，方才可以说是真正找到了自己的声音、自己的修辞和风格形象。这个自觉转折的隐约的、下意识的开端，在《彷

---

[1] 参看汪晖,《鲁迅文学的诞生——读〈呐喊〉自序》,《现代中文学刊》2012年第6期,第20—41页。

徨》《野草》的最早篇目里就可以看见端倪，更在这两本"纯文学"作品集的总体面貌和内在气质、技巧和形式结构特征同鲁迅"过渡期"杂文的同构共生状态中进一步得到确证。这种白话文学或新文学开端和起源内部的二重性（从意识到自我意识，从"听将令"到"自觉"）、个人文学发展史上的连绵不绝和"继续革命"特征，不但具有文学史的重要性，对于我们在批评层面把握白话文学早期创作的形式创意、总体风格特征及内部多样性，以至于阐释整个新文学奠基时代所开拓的文学本体论空间，也都具有深远的意义。

更具体地讲，鲁迅文学的前期，或者说这个前期的"后期"，已经深入到我们正在讨论的"过渡期""转折期"里，并成为由"杂文的自觉"而实现的鲁迅文学的自觉和自由状态的有机因素了。反过来，也在这个意义上，我们可以把"杂文的自觉"定义为鲁迅文学在其存在困境、政治情势、审美挑战和风格创造"重围"或"荆棘丛"中走出或冲杀出来的一条路径，一个"解决"。它既是被迫的、"宿命"的和充满遗憾的，又是自主的、有意识的、创造性的、带着"大欢喜"的。这种自觉作为存在的自觉和风格的自觉，从写作内部回应并"解决"了鲁迅的焦虑与危机，使其能够将自身经验、能量、痛苦、绝望及其反抗都有条不紊地组织起来，诉诸且形诸有意味的文字、句式、言语行为和风格。它把鲁迅毕生所直面的无意义、困顿和虚无都变成了对意义、创造和希望的委婉曲折但坚忍不拔的信念和表述。这种自觉也是文学源流、文学谱系和世界历史的精神运动范围内的自觉，它让鲁迅在20世纪二三十年代的中国，得以作为古人和所有走在历史前列的人物的"同代人"去体验、思考和写作。这种自觉从个人有限性存在和文学本体论的绝对意义上，规定了鲁迅文学的最终走向和最高成就。

鲁迅的读者都知道，《〈呐喊〉自序》是以"我在年青时候也曾做过许多梦"这句话开篇的;也就是说,鲁迅文学的自我形象和"讲自己的故事"的主导动机从一开始就被精心安排为一场起始于回忆和反抗"忘却"的斗争。这样的开篇立刻把问题引向了对回忆/忘却这一对矛盾的诗学构造和叙事性处理,也正是这一对矛盾贯穿了鲁迅的写作,赋予其独特的"作者风范"和"作品"质地。痛苦、欢欣、寂寞的意味,都只是在对个人和集体性创伤经验的讲述和铺陈中获得其形象、故事情节、情感升华和道德寓意。稍加留意就可以发现,在这场反抗忘却的斗争中,"忘却"倒常常是作者主观意愿或意识层面更想要的东西,而"回忆"则被定义为试图忘却但"不能全忘"的东西,因此是一种生之痛苦,至少是"寂寞"的来源,即鲁迅称之为"使精神的丝缕还牵着已逝的寂寞的时光"的那种"前写作"状态。在"反抗忘却"的叙事性斗争之外,读者感受到的又是一场情感、情绪和情调意义上的"偏苦于不能全忘却",这是鲁迅文字基本的文学色调或情感光谱不可或缺的组成部分。有必要指出,在鲁迅文学中,这种回忆/忘却的二元对立和辩证法,实际上是在散文和杂文中(而不是在小说的虚构和想象空间里)获得其最充分的表达和最持久的形式展开的。[1]

在此后一些小说作品内部的散文式、杂文式段落中,在《朝花夕拾》忆旧的总体氛围里,在"过渡期"和晚期一系列杂文作品中(如《记念刘和珍君》《为了忘却的记念》《忆韦素园君》,直至临终前创作的《关于太炎先生二三事》和《因太炎先生而想起的二三事》,甚至在旧体诗中,比如"岂有豪情似旧时,花开花落两由之"这样的句子),我们都能看到这种内在于鲁迅文字、文章、写作状态和生存状态的"回忆/忘却"的斗争。这种基本的存在与诗的转换生成语法不能说是由《呐喊》生产出来的,相反《呐喊》却可以说是由这种存在状态及

---

[1] 参看笔者的讲稿《鲁迅回忆性写作的结构、叙事与文化政治——从〈朝花夕拾〉谈起》,《热风思想论坛:生活在后美国时代》,上海书店出版社,2012年,第274—354页。

其文学冲动的深层语法生产出来的。而《〈呐喊〉自序》事实上比收入鲁迅和新文学第一本白话小说集中的任何单篇作品都更有资格成为鲁迅文学的形象标志。

《自序》作于1922年12月3日，虽然我们尚不能从中看出作者任何放弃小说（或任何其他文类文体和创作样式）而专注于杂文创作的主观迹象，但这篇散文或杂文作品已明确无误地包含或暗示了鲁迅文学越出小说乃至"纯文学"边界，希望在一个更大、更具有真正的文学强度和自律性的空间里追寻自己的发展轨迹、实现自身风格的自觉和极致化的倾向和可能性。这里所指的不仅仅是"国族寓言"意义上的政治性、集体性哲理讯息[1]；或仅仅是"非主流文学"（minor literature，又译为"小文学"）意义上的"在自己的故事里激荡着他人的故事"（德勒兹）[2]，而是要强调那种"存在与诗"生成转换语法自身展开的逻辑和自主发展所需的风格空间：在新文学发轫期，究竟何种样式、体裁、文体乃至修辞法更有助于它的确立和生长，更有助于它拓展外在自由度及凝聚内在审美强度？带着这样"事后诸葛亮"的问题，读者或可对"杂文的自觉"及其在鲁迅文学整体发展轨迹上的决定性意义予以更为贴切的感知和体察。

这里有必要补充或再次提醒的是，所谓鲁迅文学的"前期"或"早期"，即以《呐喊》为标志的短篇小说创作和以《热风·随感录》为标志的"思想革命"战斗檄文，在严格的传记意义上，本身已经是鲁迅青年时代社会理想和文学理想幻灭后的事。此时作者业已"用

---

[1] 见杰姆逊（Fredric Jameson），《跨国资本主义时代的国族文学》。所谓"国族寓言"（national allegory），参看 *Allegory and Ideology*, London & New York: Verso, 2018, pp. 118–216。
[2] 参看 Giles Deleuze & Félix Guattari, *Kafka: Toward a Minor Literature*, translated by Dana Polan, Minneapolis: University of Minnesota Press, 1986, pp. 16–27. 德勒兹对"非主流文学"或"小文学"的特征归纳还包括语言内部的身份自觉（如卡夫卡时刻意识到自己是用德语写作的捷克犹太人）和高度的集体性与政治性（如卡夫卡对个人私生活的反思不可避免地成为集体和时代境遇的寓言）。

了种种法,来麻醉自己的灵魂,使我沉入于国民中,使我回到古代去……再没有青年时候的慷慨激昂的意思了"[1],只是在五四前夜的白话革命、思想革命浪潮,特别是《新青年》团体和友人的推动下才投身于一场文化领域的个人意义上的"二次革命"。换句话说,即便鲁迅文学创作的"前期",也依然被笼罩在"人生的中途"的总体氛围之下,只不过我们在此更为在意和关注的,是同"杂文的自觉"有直接关系的鲁迅文学发展的外部环境和内在轨迹的变化,而不仅仅是传记意义上的"中年"。

从文学批评的角度看,作为"文章"的《自序》无疑是在"国族寓言"的叙事框架里展开的散文体写作,其"虚构"成分和性质严格属于这种历史性、政治性叙事本身具有的"社会性象征行为"及其道德寓意空间;但就其文笔、句式、结构和"思路"而言,却可以说已经是一种不自觉的杂文了。所谓"不自觉"并不是说此时的鲁迅在作家和作品风格意义上仍旧"稚嫩"或"不成熟"。此刻的鲁迅无疑已经是一位成熟的作家;事实上,考虑到他在《狂人日记》发表前漫长的"漫游期"、"学徒期"和"准备期"——特别是在文言写作和文学翻译实践中具体的写作训练,可以说鲁迅在其文学创作的开始,就已经是在"中年"、"古典与现代"(古文与白话)和"中国与世界"(中国新文学与近代西洋文学)等多重意义和矛盾的"多元决定"意义上,作为一个充分成熟的作者,像希腊神话里的雅典娜一样"全副武装"地从宙斯的脑袋里——即鲁迅自身的文学、文化和精神母体中——脱胎出来。

因此,"不自觉"一词只在一个特定意义上使用,即此时的鲁迅尚未陷入或被逼进一个文学风格的政治性、策略性选择的特定局势之中;他此时尚不用面对这样一种强加于文学作者的命运般的限制和可

---

[1] 鲁迅,《〈呐喊〉自序》,《鲁迅全集》第1卷,第440页。

能性条件，或者说这种具体的历史、文化和文学场域的给定空间尚未作为鲁迅文学的生死存亡问题和终极性自我规定问题摆在作者面前，逼迫他在文学的内部——即通过体裁、样式、风格和整个文学生产方式的调整和转变——去应对这个局面，同时接受这种应对方式和文学生产方式带来的所有后果与评判。具体而言，在文章层面，这种不自觉的杂文写作状态，即在于此时的鲁迅写作虽然在文笔、句式、修辞口吻、自我形象、观察与思维等层面都已在杂文层面运行，但这种写作样式本身仍然被用于一种"听将令"的写作，遵循着一种"国族寓言"的叙事逻辑，致力于新文化运动的启蒙和"改变精神"的文艺。换句话说，在严格的批评的意义上，此时鲁迅杂文还是作为一种工具和手段为一种"更高的"道德目的和社会目的服务；它仍然是"自在的"（in-itself）而非"自为的"（for-itself）。

就鲁迅文学的分析和解释而言，"自为"或"自觉"并不意味着形式主义、自我主义或唯美主义的"为艺术而艺术"，而恰恰意味着文学鲁迅的总体性动员和持续不断的战斗状态。这是带有全部历史丰富性和道德倾向性的鲁迅文学自身的、内在于其文学形式和文学本体的强化和激化，是作为具体生命的鲁迅文学的生死搏斗以及在这个意义上的"政治概念"。相对于荆棘遍地、虎豹出没的"转折期"和各路大军围剿不停的晚期（"上海十年"），鲁迅前期（《呐喊》时期）的生存与写作无论多么"寂寞"，但就其内部文学发展空间来讲，仍然是舒展自如、开阔无限的。这与随着"人生的中途"一同到来的种种"近战"和"短兵相接"具有质的不同。而正是后面这种现实的步步紧逼和压迫，锻造了"自觉"的杂文，决定了鲁迅晚期或高峰期写作的内在构造、质地、强度以及终极风格面貌和审美品格。

带着这样的批评的假设，我们可以清楚地看到《自序》内容的"杂"。事实上，这个"故事"包含了鲁迅个人史、家族史和国族史的所有关键名物清单和大事记索引：当铺和药铺的柜台，中医药方上的奇特药引子，N的K学堂里的格致、算学、地理等科目，西医与日本维新，日俄战争与幻灯片里的围观砍头，东京和文学刊物，S会馆的槐树与屋里抄古碑的人。所有这些回忆与意象并不是通过近代西洋小说意义上的"叙事"和"表现"而被编织成一个"总体"，而是在杂文的句式、笔法、修辞中，在作文肌体中"讽喻式地"（allegorically）且以极简主义的诗一般的文字，被高效率和高密度地刻画或记载下来。我们甚至可以说，这种写作法在文学形式与风格内部象征性地、先下手为强地（pre-emptively）悬置、阻断甚至取消了常规化的以情节线索、人物对话、场景营造和细节描写为本的近代小说技法的必要性与可能性。换句话说，它把一切更为体制化和"充分发展"的叙事文体都变成一种啰唆和冗余，甚至是一种琐碎无聊的游戏。对于这个文本的展开，我们可以将其解释为由于个人史与国族史之间的同构与短路带来了重压和窒息感，因此文本被直接取消了舒展、具体、充分形式化空间化的虚构与叙事的必要性；也可以将其解释为作者有意把成建制的文艺压缩、窒息于短促迫切的自叙性文章节奏中，这本身不失为一种制造"国族寓言"效果的修辞手段。但无论如何，读者的文本经验是相同的：对于这样的写作伦理及其诗学原则而言，任何艺术造型和修辞上的刻意经营，事实上都已成为感伤主义、形式主义和唯美主义的冗余。

无论鲁迅是否有意识地践行"国族寓言"的写作策略，《自序》确实客观上同时在个人、家族、国族、文明共同体等所有层面同时运行，在意象、韵律、情感和观念思考中把它们拧为同一个寓言故事，并在此过程中充分地、最大限度地将个人－集体、审美－政治、沉思－行动、形式－历史之间的张力吸收和聚拢在极其凝练的、几乎是"极简主义"的文学空间之内。如此产生的文学密度和强度，事实上是任何常规纯文学体制（如长篇小说）都不可能达到的。这个作品集的形式收束也说明了，为何《呐喊》中最为震撼、产生最广泛而深刻影响的篇目（《狂人日记》《孔乙己》《药》《阿Q正传》《故乡》《社戏》等）事实上都无法成为常规"写实主义"文学批评的分析对象，甚至无法成为常规小说研究的对象。《〈呐喊〉自序》无非以散文－杂文的形式进一步确证了这个写作原则和文学事实：对于鲁迅文学而言，它具有十足的"自我指涉"（self-referential）意义，它是象征的象征、寓言的寓言。但就其文体学秘密而言，《自序》不过是以自身的杂文构造揭示出鲁迅小说潜在的杂文结构；同时，它也预示了鲁迅文学走向杂文的内在逻辑和必然性，虽然这种必然性仍有待特殊的社会处境、历史局势，在个人和文学发展的选项和走向的"偶然性"层面被触发，从而完成从自在到自为、从不自觉到自觉的决定性转折。

由此可见，在1922年年底，当《〈呐喊〉自序》完成之时（严格讲来，此刻才是作品集《呐喊》的诞生时刻），前期鲁迅创作相对于"转折期"、"过渡期"和"杂文的自觉"，已经具有"前史"、"潜意识"和"潜伏期"性质。特别值得关注的是，《自序》文本中包含或预示了"小说－杂文"的转换机制。这里特指一些读起来既像小说语言（就其虚构语态、戏剧性、人物性格和形象，甚至其情节意味而言），又像散文或杂文语言（就其观察、分析、反思、哲理性质，也就其作文意义上的自足的，无需情节、人物、场景、细节、上下文界定的句式而言）的句子和段落。正因为它们读起来像是虚构与非虚构、想象与议论、戏剧化情感与不动声色的静观细察之间的完全的重合，这些句子和段落于是就像音乐学和声学意义上的"中立和弦"转调一样，在句法、修辞和风格的意义上，提供了小说或散文与杂文之间形式转换、过渡的某种起承转合的语文和文体设置。比如下面这一段：

> 我感到未尝经验的无聊，是自此以后的事。我当初是不知其所以然的；后来想，凡有一人的主张，得了赞和，是促其前进的，得了反对，是促其奋斗的，独有叫喊于生人中，而生人并无反应，

既非赞同,也无反对,如置身毫无边际的荒原,无可措手的了,这是怎样的悲哀呵,我于是以我所感到者为寂寞。

这寂寞又一天一天的长大起来,如大毒蛇,缠住了我的灵魂了。[1]

三个句子分为首尾两个短句和中间一个长句。第一句的主观语态("我感到")和时间规定("是自此以后的事")同时确立了某种散文风格的状态表白("无聊")和小说式的叙事结构,即从当下出发,回顾一段过往经历(以前)的"以后"。中间这个由一连串短促的动作和因果关系片断组成的既破碎、又绵延的长句(连带标点符号达115字!),尽管以"我于是以我所感到者为寂寞"这样的散文诗一般的吟唱句式作收束,但又何尝不在其进行途中有意溢出了散文格式而透露出一种压抑着的叙事动机和讲故事冲动,又何尝不在制作内在于散文风格的微故事和微戏剧(甚至包括"叫喊于生人中,而生人并无反应"和"如置身毫无边际的荒原"这样的戏剧性场景和空间设置)。最后一个句子不长,却带来意外的动感、变化和感性具体性("这寂寞又一天一天的长大起来"),随即以一个令人震惊的形象和动作结尾("如大毒蛇,缠住了我的灵魂了"),可谓一举突入了形象-情节-想象领域。正是这种行文造句内部的张弛、节奏、变化和跨文类文体游动,构成了鲁迅"文章"特有的诗学质地和审美强度。在这样一种文体和风格的"中立和弦"里,孕育着种种文体风格转调与变奏的可能和契机,它们最终都将被统合和融会于"杂文"的主调。

类似这样具有文体和风格内在多重性的句式和段落还有:

S会馆里有三间屋,相传是往昔曾在院子里的槐树上缢死过

---

[1] 鲁迅,《〈呐喊〉自序》,《鲁迅全集》第1卷,第439页。

一个女人的,现在槐树已经高不可攀了,而这屋还没有人住;许多年,我便寓在这屋里钞古碑。客中少有人来,古碑中也遇不到什么问题和主义,而我的生命却居然暗暗的消去了,这也就是我惟一的愿望。夏夜,蚊子多了,便摇着蒲扇坐在槐树下,从密叶缝里看那一点一点的青天,晚出的槐蚕又每每冰冷的落在头颈上。〔1〕

"而我的生命却居然暗暗的消去了,这也就是我惟一的愿望"这样的呈现情绪状态的散文句式,连同"夏夜,蚊子多了,便摇着蒲扇坐在槐树下,从密叶缝里看那一点一点的青天,晚出的槐蚕又每每冰冷的落在头颈上"这样的动作情节句式并列平行,再加上第一句("S会馆……钞古碑")小说场景般的描写,一道再度展示出文体变化及不同文体间对话式的三段论结构。这里所谓生命的消去,不仅是对生命消磨与消逝在历史和生活中的寂寞、停滞和等待中的感知和叹喟,也是对它消耗、消散在这样"草草的"、似乎"未完成"或尚未能充分形式化的文字和写作中的自我意识。它既是焦虑的,带着一种疑问和烦躁;同时又表现出一种讽刺性的自足甚至悠然,一种忧郁情调下的安静祥和。这样的文字和句式日后将会如同一个作者签名一样反复出现在鲁迅文章之中,它标志着鲁迅作品风格本身的文学性高点,带有作为其核心辨识特征的自我否定与自我肯定的二重韵律"特性音调"。应该说,这种鲁迅文学和鲁迅风格的特性音调归根结底是散文/杂文性质的,而随后到来的转折期"杂文的自觉",则可被看作针对贯穿于鲁迅此前写作的这种矛盾形态和自我意识状态的一次决断与解决。

《〈呐喊〉自序》直至行文的最后方才触及文章的功能性目的:为《呐喊》集子里的短篇小说提供事实性说明和意义解释框架。作者写道:

---

〔1〕 鲁迅,《〈呐喊〉自序》,《鲁迅全集》第1卷,第440页。

是的，我虽然自有我的确信，然而说到希望，却是不能抹杀的，因为希望是在于将来，决不能以我之必无的证明，来折服了他之所谓可有，于是我终于答应他也做文章了，这便是最初的一篇《狂人日记》。从此以后，便一发而不可收，每写些小说模样的文章，以敷衍朋友们的嘱托，积久就有了十余篇。[1]

但这样的交代、说明和解释，本身又成为散文或杂文逻辑和风格大显身手的场所。或者说，作为文章的《〈呐喊〉自序》本身的散文或杂文文体，在此是作为小说之小说、创作之创作，而在一种风格的二次性高度和强度上展开的，因此显示出鲁迅文学最内在的自我规定和自我形象，是其灵魂、内容以及审美形式和外观的最集中体现。事实上，正是从这个文体－风格制高点和文学强度的极点出发，作者才能够坦然地把《呐喊》的创作称为"写些小说模样的文章"。"小说模样"在这里绝不是自谦，更不是笼统含混的表述，因为即便在名义上的"小说"体裁下，小说文体在鲁迅文学的风格空间和审美空间里也从来不是全部，甚至不是最主要的方面，而一直是一种"混合文体"和"风格综合"中的某种元素和写作可能性。这也由收入《呐喊》里的《一件小事》《社戏》《兔和猫》《鸭的喜剧》等篇目的文体模糊或流动性质所进一步佐证。

尽管在《呐喊》和《彷徨》中都有在不同程度上更接近纯粹小说体裁样式的作品，但即便在这些作品中，散文－杂文文体和风格也依然十分突出而顽强地存在。它们的权重并不由非小说元素在单篇作品中的存在感决定，而是由它们以作品集为单位的设计，由鲁迅文学的核心矛盾与总体特征决定。虽然鲁迅小说并不能因此被规定为"披着小说外衣的杂文"，但鲁迅小说作为"小说模样的文章"，的确是一种

---

[1] 鲁迅，《〈呐喊〉自序》，《鲁迅全集》第1卷，第441页。

以混合文体和风格综合为本质的写作，因此它同时既"低于"又"高于"常规意义上的"虚构文学"（小说）。只不过这种重叠、纽结、互为表里的形式内部的复杂性，尚须通过"杂文的自觉"获得写作法意义上的明确性和文学本体论意义上的概念。

正基于这种尚不充分明确的文体自觉和风格自信，正因为挟持着此等尚未被命名的写作和"文章"的内在能量和强度，鲁迅方才能够在"铁屋"隐喻段落后笔锋一转，在叙事步骤和文脉启承的意义上，将对于虚无和绝望的"确信"（"我虽然自有我的确信"）转变为对于希望、将来、实践和战斗的确信。因此可以说，鲁迅文学的精神起源同它的文体风格复杂性及可能性在时间和结构上都是共生的、一体的：那种"希望是在于将来，绝不能以我之必无的证明，来折服了他之所谓可有"的逻辑（这无疑是对先前《故乡》里"希望是本无所谓有，无所谓无的"一句的注释性展开[1]），既是依托于混合文体和风格综合的鲁迅文章得以被表述并具体化为形象和寓意，同时也作为这种独特的、非主流写作法的内在观念、意志和动力，支撑它在道德和审美范畴的自我确信，并推动着它去寻求自身风格与形式的完形和极致化。此后，鲁迅文学的确"一发而不可收"，但它并不是所谓"纯文学"或"伟大艺术"的修炼进级，而是始终在"做文章"的道路上前进和战斗。在这个意义上，1925—1927年的"人生的中途"和"杂文的自觉"，不过是鲁迅文学起源性、结构性内在矛盾、张力与可能性的一次"理性化"调整和再确认，尽管这一理性化"归位"仍须通过一系列外在的逼迫、挤压和磨难，通过主观层面痛苦的生存搏斗和风格形式空间里的探索、挣扎、放弃、选择方才能"回到自身"。

从这个曲折晦暗、令人痛苦迷茫的时刻往回看，"新文化运动"的

---

[1] 鲁迅，《呐喊·故乡》，《鲁迅全集》第1卷，第510页。

狂飙突进虽然只是短短五六年前的事情，但在某种意义上，它已经成为一个历史陈迹。那曾经是震耳欲聋的"呐喊"，它作为一场激情澎湃的战斗在"文明古国"地表上留下的印记，如今在空寥寂寞的文坛"旧战场"、在整个社会政治文化格局的"无物之阵"中，已开始变得斑驳、模糊。那曾经是如此明确、强烈、不容置疑的未来指向、希望和目的性，在暗夜时分的怀疑和凌乱中，几乎变得难以确认了。事实上，如果聚焦于文学鲁迅及其内在发展脉络，把《呐喊》和《热风》中的大部分作品单独列为阶段论意义上的"早期"或"前期"，我们就可以进一步看清这个"转折期"和"过渡期"的重要意义。这个阶段围绕"杂文的自觉"和"自觉的杂文"这个决定性事件的风格发展，明显也涵盖并体现于包括《彷徨》、《野草》、《朝花夕拾》以及《坟》中较晚的篇目里，是贯穿于鲁迅文学创作整体的新的文学本体论实质的总体特征。这样，如果我们进一步把"杂文的自觉"和此后鲁迅创作实践与风格发展视为一个连续体，那么鲁迅文学的生产方式在量、质、丰富性和复杂性等等各个方面就形成一种压倒性的"后发性"或"晚熟"特点。也就是说，鲁迅文学的重心、实质和政治本体论强度相当程度上由"中后期"创作所决定，主要体现为杂文写作、政治性历史性写作中的"诗史"一体、"虚（构）实（录）一体"的文体混合风格（mixed style）。[1]

相对这个即将到来的新的创作路标来说，鲁迅白话文学创作的"早期"实绩无论多么辉煌，在文学批评、文学理论和文学史研究上的权重都将下降为一个激动人心的前奏。这些批评、理论和历史研究如今都带有或应该充分引入世界文学的参照系。一旦这种形式分析、理

---

[1] 奥尔巴赫在《摹仿论》里讨论的"混合文体"基本上是一个语文学（文体考据）概念，它的基本工作方式是历时性地考证和分析不同社会阶层在其自下而上的历史运动中，在词汇和语体上留下的痕迹和结构。但鲁迅杂文却在自身创作和发展的当下和"共时性"形态中，完成体裁-样式的杂糅、文体互用、混合风格。或者说，白话革命和新文学的基本价值理念和审美理想已经为鲁迅文学的"文体混合"提供了一个大体稳定的语体框架；鲁迅文学在这个框架里的工作主要是风格和写作手法意义上的取舍与综合。

论探讨和比较研究的范式获得它们在文学研究范畴内应有的位置和方法论引领功能，鲁迅小说的审美权重，就必然逐步让位于鲁迅杂文。因为显而易见，无论在近代世界文学的参照系里，还是在汉文学创作的历史谱系里，鲁迅作为文章家的地位和贡献在"绝对"意义上无疑远远超过他作为"小说家"的地位和贡献。换句话说，杂文对于鲁迅文学的风格总体和本体论终极特征的贡献和价值，事实上远远超过其短篇小说的贡献和价值。新文学最初二十年内的总体成绩，在小说、诗歌、戏剧等占据近代文学生产模式、阅读形态和审美建制"主流"或"中心"的文学样式方面，总体上不能够与欧、美、俄、日近代文学创作水准并驾齐驱。至少在新文学的前二十年里，我们还没有自己的普鲁斯特或马拉美、卡夫卡或托马斯·曼、陀思妥耶夫斯基或契诃夫、乔伊斯或艾略特，甚至没有自己的夏目漱石和芥川龙之介、没有自己的阿尔志跋绥夫和望·蔼覃。在单纯的艺术技巧方面，同时在以艺术表现囊括、吸纳时代能量和精神的能力方面，鲁迅从来都毫不含糊地承认包括自己在内的新文学作家的粗浅和幼稚。但由于鲁迅文学的存在，严格意义上说是因为鲁迅杂文的存在，"新文学"在文体、风格、意义、形象和语言创造、道德精神的深度与强度上，仍然具有世界文学范围内的文学批评和文学史意义。同样，白话文学在最初"两个十年"内的创作，自然也无法在审美丰富性、风格的成熟老练程度和道德精神或"个性"强度上同中国古典文学传统在各个文类范畴内部形成的最高峰值相抗衡（当然这样的要求本身有失公允），这在诗歌、小说方面尤其明显。但因为有鲁迅的杂文（在一个稍弱的意义上也包括周作人的"小品文"），散文创作领域的成绩却是最为突出的，也是同中国古代文章及其伟大传统在精神气质上最为神似的。在这两个关键的维度上，鲁迅杂文都是在白话文学发轫期对自己不但作为"白话"而且作为"文"所提出的"高标准、严要求"的最积极、最实在的回应。

附录 "兄弟失和"与"沉寂的1923年"

鲁迅创作的第一个高潮，以《呐喊》的结集和出版为标志，在1922年年底随着《〈呐喊〉自序》的完成告一段落。随之而来的是一个几乎鸦雀无声的1923年，其寂静萧索为鲁迅写作生涯中仅见。查阅《鲁迅著译编年全集》和《鲁迅年谱》，整整一年里只有两篇短篇小说翻译（皆为爱罗先珂的作品）、一篇《〈中国小说史略〉序》，即便书信也寥寥无几，仅限于给蔡元培、许寿裳、胡适和孙伏园等故交。

1923年鲁迅个人遇到的最大一件事是所谓"兄弟失和"。此事原委已很难有实证性的结论，在此不做索隐性质的探讨。同本卷内容相关的是鲁迅此阶段的人生境遇与写作状态、内心状态和情绪状态。正如中岛长文所指出的，"他们兄弟在一起要实践新思想和新伦理的同时，还要维持一个家族共同体"[1]。从日本返国后，在五四新文化氛围中，周氏兄弟不但要在写作中反对旧礼教，提倡文学革命、思想革命和伦理革命，同时还要在日常生活中共同维持一个从江南迁移到北京的跨代（母亲与他们一起生活；周作人、周建人都有孩子）、双语（周作人妻子羽太信子不说汉语，弟弟羽太重久有时也来京同住）、不同文化-伦理规范和习俗共存（鲁迅仍维系同朱安的夫妇名义）的大家庭的和谐生活。作为长兄，鲁迅自然在这方面承当了更多的责任和义务。作为长子，鲁迅虽然此时尚没有孩子，但想必依然在这种大家庭格局中每每体味到自然年龄之外的"中年"滋味。如果"兄弟失和"事件让周作人感到"蔷薇色的梦"之"虚幻"、见到所谓"真的人生"，以至于要自比于"基督徒"才能"担受得起"，那么对于鲁迅来说，亲密兄弟间的绝交和从此咫尺天涯、大家庭的分崩离析、自己的流离失所

---

[1] 中岛长文，《道听途说——周氏兄弟的情况》，赵英译，童斌校，《鲁迅研究月刊》1993年第9期，第51—52页。

和终生背负无法说明或辩解的变故，则无疑是更为沉重的打击。

在周作人一边，即便他对自己的判断深信不疑，然而写绝交信、自居道德高地、对兄长下逐客令等一系列"行动"，仍构成一种不无任性（在鲁迅看来则是"昏"）的表露和宣泄。但在鲁迅这边，则只有以沉默、隐忍、避走作为回应，因此在感受和心境上无疑更为郁结、烦闷和愤怒。在兄弟情义之外，同周作人的绝交也使鲁迅失去了一位文学领域最亲密的战友和同盟军，从此在文学风格、审美品位和新文化根基意义上的道德伦理领域里一直处于独自探索、孤军奋战的状态；日后更近一步形成了以上海/鲁迅为中心的左翼"杂文"阵营和以北平/周作人为中心的"自由派""小品文"阵营。在个人意义上，"家族共同体"的离散不仅让鲁迅感到一种作为长子的失败，而且客观上也必然助长和加深他原有的婚姻失败导致的寂寞和孤独感。最后，在作家日常生活工作环境和节奏的意义上，原有的局面完全被打乱，甚至在相当长一段时间里欲求"一张平静的书桌"也成了奢侈。所有这些，都是"寂静的 1923 年"背后的原因。

"兄弟失和"发生于 1923 年 7 月，并不能解释 1923 年全年的相对沉寂。放在鲁迅文学风格演化的总体结构中看，一个更具理论性的分析假设，仍是《〈呐喊〉自序》后鲁迅所面临的"小说的危机"和"杂文的自觉"的最初萌芽。只不过此时这个萌芽是被动甚至负面地由鲁迅文学处境和前景的不明朗状态所决定的。出现在鲁迅"人生的中途"的那片"幽暗茂密的树林"也是一道文学风格的选择题：走"艺术之宫"的阳关道，还是走"杂文"的独木桥？取主要体裁的"正路"还是跳进"杂感"的荆棘丛中姑且走走？躲进形式的玻璃罩中和莎士比亚一起吃黄油面包，还是留在沙漠里任由四面风来，在飞沙走石中被打得瘢痕累累，但视之为"花纹"且"竟有些爱它们了"？当然，这些选项此时尚没有以这样清晰的语言出现在鲁迅的意识屏幕上，但对于鲁迅这样对文艺的审美真实和道德真实都带有近乎洁癖的追求和坚持的作家来说,这样的选项或难题,必然已经作为一种潜意识,一种客观的、他人的语言匍匐在他文学战场的四周了。对于鲁迅文学而言,这也可以说只是性格和境遇使然的选择和宿命;但对于中国新文学而言,却是其审美和道德的真实性底线、上限和极端状态的检验和证词。若没有这样一个人向着文学终极可能性边界的持续冲击,中国新文学的历史轮廓和审美风格轮廓就不具有真正的确定性与可信性。鲁迅曾用医学意义上的"极期"(Krisis)来定义"生存的小品文"(即杂文)内在的紧张和危机状态[1];这个"生死的分歧"也是"大时代"的决定性特征("可以由此得生,而也可以由此得死"[2])。这个被推到存在本体论边缘的"危机"(crisis)概念同样适用于这一时代及其文体风格。鲁迅"过渡期"(1924—1927)写作每一步都是异常艰难的,是从每日的苦斗中收获的看似贫瘠的"无花的蔷薇"。但这些"地狱边缘的小花"相对于"寂静的1923年",却仍然是丰富、精力旺盛、色彩斑斓的(如果把绝望的黑色和日常生活的灰色也算作颜色)。在这个对比中我们或可以猜测1923年的深渊般的存在;它的寂静和空虚向外咆哮着,驱动着鲁迅文学向前,向前,再向前,在生活的无聊和残酷的反复击打中造就一种自觉而又忘我的、不可动摇的风格。

三、作为"过渡期"的《彷徨》和《野草》:1924年的文体尝试

这个空白期直到1924年2月,随着《彷徨》的起笔才告结束。随之而来的是鲁迅新一轮文学创作高产期和扩张期的启动。我们看到日

---

[1] 鲁迅,《小品文的危机》,《南腔北调集》,《鲁迅全集》第4卷,第592页。
[2] 鲁迅,《〈尘影〉题辞》,《而已集》,《鲁迅全集》第3卷,第571页。

后编入《彷徨》、《野草》和《坟》的一些重要篇目相继问世。[1]同时，在鲁迅文学思想、文学理论、文学史意识、文章风范和文人自我意识发展过程中具有重要意义的研究著作《中国小说史略》、古籍校勘《嵇康集》、译作《苦闷的象征》也相继完成。

这些作品明确无误地带来了一个鲁迅文学发展的新阶段，甚至宣告了一个不同的文学鲁迅的出现。这个新的鲁迅文学的自我形象、作者意识和风格特征都十分鲜明突出，也为一般鲁迅读者所熟知，但与其用"成熟""老练""深沉""犹豫"之类的形容词来一般性地标记这一新的文学自我形象和写作风格，不妨在整个鲁迅文学发展的"转折期"和"杂文的自觉"这个大语境下来分析它的结构特征和文学本体论的内在转向。换句话说，以《彷徨》、《野草》、《坟》和稍后的《朝花夕拾》及《故事新编》为代表的鲁迅"纯文学"（小说、"美文"、"论文"）创作"高峰"，本身具有十足的过渡意义，它是多元化的，包含着内部高度不确定性的探索意味。它们都是鲁迅文学的总体风格寻求自身终极性特征、价值和自律性的审美实验、形式突围以及创作者安身立命和存在价值意义上的"生死搏斗"的环节。这些虚构类作品或相对规范的散文写作，在文体、风格、写作法和文学观念及文学生产方式上的最终意义（这同时也在相当程度上规定了鲁迅文学的文学史意义），事实上只有在同"杂文的自觉"和鲁迅中后期杂文创作整体发展的关系中才能得到更有效、更充分的分析和解释。

如此，鲁迅在1924年的文学创作就不妨被理解为1925、1926、1927这三年"转折期"和作为文学风格演变和文学本体论事件的"杂文的自觉"的前期。而另一方面，我们看到的则是1924与1925年创

---

[1] 包括《彷徨》里的《肥皂》（3月）、《在酒楼上》（4月）；《野草》里的《秋夜》《影的告别》《求乞者》（9月）；《复仇》（两则，12月）；和收入《坟》中的《娜拉走后怎样》（8月）、《论雷峰塔的倒掉》（10月）、《论照相之类》（11月）、《未有天才之前》（12月）。

作之间完全的、亲密无间的连续性：

《野草》系列：1月完成《希望》《雪》《风筝》《好的故事》；3月完成《过客》；4月完成《死火》《狗的驳诘》；6月完成《失掉的好地狱》《墓碣文》《颓败线的颤动》；7月完成《立论》《死后》；12月完成《这样的战士》《聪明人和傻子和奴才》《腊叶》。

《坟》系列：2月完成《再论雷峰塔的倒掉》《看镜有感》；4月完成《春末闲谈》《灯下漫笔》；6月完成《杂忆》；7月完成《论"他妈的"》《论睁了眼看》；10月完成《从胡须说到牙齿》；11月完成《坚壁清野主义》《寡妇主义》；12月完成《论"费厄泼赖"应该缓行》。

《彷徨》系列：3月完成《长明灯》《示众》；5月完成《高老夫子》；10月完成《孤独者》《伤逝》；11月完成《弟兄》《离婚》。

与此同时，在杂文的方向上，整个1925年，随着在年终被收入《华盖集》的诸篇"杂感"相继问世，鲁迅"杂文的自觉"也在混战、苦战、鏖战中一步步走进作者意识和风格空间的前台。我们不妨把《华盖集》中一些重要篇目列在下面，以同上面那几组作品形成一种参照：

1—3月：《咬文嚼字》（一、二）、《忽然想到》（一、二、三、四）、《看镜有感》。

4—6月：《忽然想到》（五—十一）、《春末闲谈》、《灯下漫笔》、《杂感》、《北京通信》、《"碰壁"之后》、《并非闲话》、《我的"籍"和"系"》、《咬文嚼字》（三）、《补白》（一）。

7—9月：《补白》（二—三）、《答KS君》、《"碰壁"之余》、《并非闲话》（二）。

10—12月：《十四年的读经》、《评心雕龙》、《并非闲话》（三）、《这个与那个》（一—四）、《我观北大》、《公理的把戏》、《碎话》、《这回是多数的把戏》、《〈华盖集〉题记》。（此外，《〈热风〉题记》作于1925年11月，从思想内容、内心状态、文笔风格看都更属于"过渡期"和"杂文的自觉"阶段的作品。)

这两组文章或写作样式之间的关系既平行不悖,又有交织与重合,共同构成了鲁迅文学创作的一个多声部、多旋律、多主导动机、多曲式样式的错综复杂的和声对位结构。正是在这样的结构及其蕴含的内部张力与可能性中,鲁迅文学的风格发展突破了单纯线性的、传记或"思想"意义上的阶段性,而深入到一种具有文学本体论意义的危机关头中去。对于任何"创作家"的自我定位来说,这种形势和危机势必带来一种具有"生死存亡"意味的抉择,这种抉择将回答这样的问题:自己的写作和文字在什么意义上仍然是文学。就是说,在什么意义上它能够同时经受来自文学内部和外部的严苛条件和无情压力,按"白话文学"的最低和最高标准——它们重合于"文言做得,白话也做得",以及由此引申而来、不言而喻的"西洋文学做得,中国新文学也做得"的自我要求之中——矗立在历史、审美和政治的跨时代、跨文化视野的审视之中。所谓鲁迅文学的"自觉",归根到底是对自身风格特殊性、具体性和确定性的判断、接受和理解;是对自身文学存在的社会历史"可能性前提"、审美取向和价值选择的明确意识;是对作家自己作为具体的、政治性的存在的有限性命运和无尽的斗争的正视、拥抱;是对此生所有的经验和创伤——包括作为"黑暗"重负的过往和转瞬即逝的"当下"——的史的叙述和诗的升华。

《祝福》

作于1924年2月的《祝福》(最初发表于1924年3月25日《东方杂志》半月刊第21卷第6号),是日后收入《彷徨》中的第一篇作品,它的发表打破了鲁迅"兄弟失和"以来的沉寂,可谓"过渡期"的开张之作。

小说第一句以"旧历"与"新年"这一文字上的对比开场,直接把叙事口吻确立在历史时间、自然时间和心理时间三重维度之间的交错和纠缠中,在内在视角和内心体验的"深处",将外在现实作为主观画面呈现出来。"虽说故乡,然而已没有家"这样的叙述者语言,连同与主人("本家四叔")"谈话是总不投机"这样的"人物情节",进一步强化和突出了"回到自身"的文学意识和文学笔调。《祝福》作为现代短篇小说的手法虽然是纯熟甚至高超的,但事实上透露出一种深层的、隐秘的杂文逻辑。对于在故乡已经沦为一个外乡人的叙事者来说,节日庆典准备中的忙碌,无非投射或"表演"出单纯的习俗世界中的无意义("〔几个本家和朋友〕也都没有什么大改变,但是老了些")。"昨天"在河边偶遇的祥林嫂,只是这个无意义的"不变"中的一个"大变":一个自身同样意义不明的秩序破坏者。所有有关祥林嫂的人物外表、动作细节描写和对话,都只是这个"散文式"设置的技术性装饰,而非严格的现实主义小说的情节安排。那场如考试一般的"灵魂之问",事实上也同《〈呐喊〉自序》中的"幻灯片事件"或"铁屋对话"一样,是新文学作者自导自演的"思想剧"的一幕,而非文学戏剧性意义上的决定性行动冲突或核心事件。如果这场"戏"能够带来有关普通中国人对灵魂的有无、来生的意义的朴素追问同智识阶级的"说不清"之间的对比与反思,那么它也只是在讽刺漫画的意义上,以一种时评和杂感的方式呈现出来。下面这段近乎结论性的(尽管是套在虚构写作的"反讽"结构中的)思考和议论,虽在"虚构"的阅读期待中未必会被识破,但事实上也是可以混入鲁迅杂文中而"乱真"的:

> 冬季日短,又是雪天,夜色早已笼罩了全市镇。人们都在灯下匆忙,但窗外很寂静。雪花落在积得厚厚的雪褥上面,听去似乎瑟瑟有声,使人更加感得沉寂。我独坐在发出黄光的菜油灯下,想,这百无聊赖的祥林嫂,被人们弃在尘芥堆中的,看得厌倦了的陈旧的玩物,先前还将形骸露在尘芥里,从活得有趣的人们看来,恐怕要怪讶她何以还要存在,现在总算被无常打扫得干干净

净了。魂灵的有无,我不知道;然而在现世,则无聊生者不生,即使厌见者不见,为人为己,也还都不错。我静听着窗外似乎瑟瑟作响的雪花声,一面想,反而渐渐的舒畅起来。[1]

这种"既是小说也是杂文"的文本特质,揭示出《祝福》乃至《彷徨》中其他篇目共享的那个"杂文的画框";它也是文体自由流动之间的中介和隐秘转轴。这个使得作为虚构的"祥林嫂故事"得以出场的杂文(杂感、时论、内心独白)前提,预先规定了"小说"的观念性和文学冲突,同时也规定了作品的美学品格甚至读者接受的情感方式。应该说,《祝福》的"本事"(从"她不是鲁镇人"开始),不过是这个杂文画框中的一个略显生硬的叙事闪回("然而先前所见所闻的她的半生事迹的断片,至此也联成一片了"),一场主题先行的"戏中戏"。无论它在满足小说样式基本要求的方向上提供了什么样的细节、动作和氛围烘托,在总体上却始终没有超出已经潜伏于鲁迅写作中的杂文文体和杂文风格的结构深度与强度。杂文的风格和意志,在观念、形象和语词上,已经由"被人们弃在尘芥堆中的,看得厌倦了的陈旧的玩物";"从活得有趣的人们看来,恐怕要怪讶她何以还要存在,现在总算被无常打扫得干干净净了";"魂灵的有无,我不知道"或"我静听着窗外似乎瑟瑟作响的雪花声,一面想,反而渐渐的舒畅起来"所淋漓尽致地展现出来。甚至可以说,《祝福》的"本事"叙事更像是"杂文画框"的具象和细节填充物;换言之,它的"小说部分"更像是被杂文"内心视野"所随意捕获的类型化的外在意象和"社会背景"。

正因为杂文的翅膀已经飞得更高,即便是收入《彷徨》的、艺术手法上较为成熟老练的小说作品,也都不同程度带有"艺术的终结"

---

[1] 鲁迅,《祝福》,《彷徨》,《鲁迅全集》第2卷,第10页。

的特征。[1]这并不是简单意义上的理性压倒感性、内容压倒形式，而是在形式空间内部，形式的自觉业已能够随意将形式史上的诸种艺术可能性"简化"为单纯的"可援引的套路"而服务于自身更为复杂的观念活动和表意策略。这在阅读效果上有时会带来对表现手法的程式化和索引化的直观印象。比如《祝福》中许多有关祥林嫂的情状描写，都似乎是"她就只是反复的向人说她悲惨的故事"[2]这一个标签的注解与具体说明。这带来的正是现代文艺作品的讽喻或"寓言"性，而它最基本的特征则是在语言和形象的具体性和不完整性中同时表现多层次、多范畴（道德、政治、历史、宗教等）的思想和观念。相对于这种表意的多重性、密度和迫切感而言，虚构或"短篇小说"这样成建制的艺术手法，反倒是一种滞后和累赘，一种拘泥和保守的规矩、程序和标准。但对于杂文的逻辑和杂文的意志而言，这些都在尚未达到和实现之际就已经"过时"了、被"超越"了。这种镶嵌于"世界的散文"（黑格尔）一般状况中的写作，事实上是在杂文状态中，而非在"得体的""恰当的""纯熟的"小说技法中，方才"回到自身"，展现出内心生活全部的丰富细腻、全部的复杂和全部的矛盾与暧昧性。

这一切体现在《祝福》令人难忘的结尾上。即便在前意识的朦胧状态中，杂文的内心视野和内心独白也从未失去其尖锐性和反讽、自嘲及批判的锋芒。甚至在一种虚构的、脱离了地面的全景视野中，它也仍旧把鲁迅小说的"杂文画框"清晰地、不容置疑地呈现在读者面前：

> 我给那些因为在近旁而极响的爆竹声惊醒，看见豆一般大的

---

[1] 本卷"总论"部分已讨论过黑格尔"艺术的终结"对于理解鲁迅"杂文的自觉"以及鲁迅文学同中国现代性普遍状况之关系，在此不赘述。
[2] 鲁迅，《祝福》，《彷徨》，《鲁迅全集》第2卷，第17页。

黄色的灯火光,接着又听得毕毕剥剥的鞭炮,是四叔家正在"祝福"了;知道已是五更将近时候。我在蒙胧中,又隐约听到远处的爆竹声联绵不断,似乎合成一天音响的浓云,夹着团团飞舞的雪花,拥抱了全市镇。我在这繁响的拥抱中,也懒散而且舒适,从白天以至初夜的疑虑,全给祝福的空气一扫而空了,只觉得天地圣众歆享了牲醴和香烟,都醉醺醺的在空中蹒跚,豫备给鲁镇的人们以无限的幸福。[1]

这个结尾绝非通常意义上的"叙事者的自我形象",而是展现出一个复杂迂回的文学空间。它预示了鲁迅过渡期写作的风格多样性、文体杂糅和充满变化而又日渐深入的"内敛"动作。我们看到,这个"我"处于内与外、现实与梦境、意识与潜意识之间的临界点。它一方面感受着外部信号的刺激和提醒(爆竹声、灯火光、对"祝福"这个民间节日的意识、对"五更将近"的时间意识,等等),由此深陷于一个具体然而陌生、遥远的"故乡"的惊吓和包围之中。另一方面,它却通过一种蓄意的"蒙胧",借助尚未完全清醒、戒备的意识状态,"懒散而且舒适"地深陷于这个异己的、仍旧停留在传统和习俗中的世界。文学的形象化、戏剧化和反讽功能在此得到了充分的表现,因为那种能够将"从白天以至初夜的疑虑""一扫而空"的节庆气氛,不过是在它们自身的和谐与大一统状态中带来了叙事者自我形象所指向的终极的、不和谐的自我意识。那种"天地圣众歆享了牲醴和香烟,都醉醺醺的在空中蹒跚,豫备给鲁镇的人们以无限的幸福"的集体幸福感,则作为一个漫画式的"伦理世界"而将一个梦醒者的内心世界完全排斥出去,从而象征性地促成了个人意识外在于伦理世界的完成与独立。这个结尾表明,在《祝福》这样的"自觉"前期作品里,杂文因素虽

---

[1] 鲁迅,《祝福》,《彷徨》,《鲁迅全集》第2卷,第21页。

然已作为清醒的内心意识和批判性思维而更贴近叙事角度和叙事者声音（narrative voice），但仍需要混同在小说因素之中，作为一种游戏性的、反讽的形象乃至情节构造来获得它的文学价值与面向公众的可读性。

这也说明了何以在这个结尾中，叙事人的独立性和完成状态又不能仅仅被限制在意识的朦胧这个"内容"方面，而是需要同时在形式方面表现为清晰的叙事角度和位置的变化：这就是小说最后如电影中摄影机升高而带来的全知视角和整体画面。"远处的爆竹声联绵不断，似乎合成一天音响的浓云，夹着团团飞舞的雪花，拥抱了全市镇"，这样的句子和形象让人联想到乔伊斯《死者》（*The Dead*，1914）结尾处的那句"整个爱尔兰都在下雪"（Snow was general all over Ireland）。这是在"祝福"中向一个传统世界告别的悼亡仪式，是对祥林嫂这类人物的"为了记念的忘却"；同时也是一个现代个体及其自我意识蜷缩在早晨半睡半醒的"潜意识"状态里逃出升天、永不回头的小小的庆典。在这个意义上，《祝福》是对《故乡》里的游子返乡故事所内含的尴尬、忧郁、希望和开放式结尾的叙事回答和文学终结，因为相对于《故乡》内嵌于乡村场景中的"希望的形而上学"思绪而言，《祝福》结尾处的总体画面更是一种纯粹的心灵成像，更完整而生动地呈现出主观内在性同外部世界的对立和观照。在这里，意识和思维的翅膀"已经飞得更高"。只不过，这种艺术和风格上的成熟和老练，预示的不是鲁迅小说进一步的技巧圆熟和形式扩张（比如开始长篇小说的尝试），而是它的终结，即在行将到来的"杂文的自觉"中的转变和超越。

《在酒楼上》

《祝福》完成后不到十天，鲁迅写就《彷徨》里的另一名篇《在酒楼上》。这篇小说因为其怀旧的伤感氛围和主人公潦倒颓唐的精神面貌,而被一代又一代喜爱它的读者视为辛亥革命和五四后中国小城知识分子"梦醒后无处可去"的肖像。这种接受心理和阅读习惯逐渐固化了一个刻板印象,即这是一部虚构和叙事性作品,它以一个令人难忘的故事情节为我们提供了生动的形象。但只要不带先入为主的成见去重读文学文本,我们就会发现,《在酒楼上》本质而言是一篇散文书写:整部作品的框架和行文气质是散文的,虚构性叙事对白不过是某种"戏中戏"性质的插入,其"本事"("我"和一位"旧同窗旧同事"的偶遇)只是不无生硬地接入、镶嵌在这个散文画框里的外在的、偶然的、自成一体的局部。

比如作品的开头,我们看到的是鲁迅早期创作中反复出现的"游子回乡"的画面,其中被人称道吟诵的新文学"文人气质"的句式,因贴近于鲁迅内心境况而失去其"虚构"性。下面这个段落无疑具有强烈的文学感染力,能为读者带来极大的审美快感,但原因并非是它提供了浪漫派小说的"情境融合"或写实主义小说的现实表现,也不是因为它具有现代派内心体验的"客观对应物"性质。不如说,它的文学性纯粹来自某种更为深层的"文"(散文、杂文、文章、文人)的传统,来自这种传统针对辛亥革命、五四运动之后的中国社会现实的特有的感受力和表现力。在文句、文体和风格格调上,它同样是一种"既是小说也是杂文"的"中立写作":

> 深冬雪后,风景凄清,懒散和怀旧的心绪联结起来,我竟暂寓在S城的洛思旅馆里了;这旅馆是先前所没有的。城圈本不大,寻访了几个以为可以会见的旧同事,一个也不在,早不知散到那里去了;经过学校的门口,也改换了名称和模样,于我很生疏。不到两个时辰,我的意兴早已索然,颇悔此来为多事了。[1]

---

[1] 鲁迅,《在酒楼上》,《彷徨》,《鲁迅全集》第2卷,第24页。

从下榻S城的旅馆,到为"逃避客中的无聊"而信步前往"一家很熟识的酒楼";从坐在"空空如也"的楼上眺望楼下的废园(几株梅花的"不以深冬为意"和一株山茶树"愤怒而且傲慢"地在雪中开花),到"忽地想到"家乡滋润的积雪与"粉一般干""大风一吹,便飞得满空如烟雾"的"朔雪"的不同,散文-杂感的画框事实上也是"叙述"(而非"叙事")的基本驱动。读者也能够在《在酒楼上》的雪中看到《雪》里面的雪,因为它们本是同一场雪,它同时下在"小说"和"散文诗"的文体与风格的世界里,覆盖着、滋养着、刺激着鲁迅文学的自我意识及其内心风景。这也进一步提示了《彷徨》和此后《野草》在"文章"内部的体裁样式上的"互文性"(intertextuality)。在楼梯声再次响起之前,《在酒楼上》又一次沉入一种散文-杂文状态,同"纯虚构"相比,它无疑是一种更为亲密的文体、一种更得心应手的笔法。这种笔法和氛围还会在鲁迅1926年离开北京南下的深夜的列车上再现,或不如说,那种作为"杂文的自觉"之风格展开的"路上杂文"[1],此时已经徘徊游荡在鲁迅小说的文体空间了:

> 觉得北方固不是我的旧乡,但南来又只能算一个客子,无论那边的干雪怎样纷飞,这里的柔雪又怎样的依恋,于我都没有什么关系了。我略带些哀愁,然而很舒服的呷一口酒。[2]

这种审美和形式上的孤独然而自足的状态,也是叙事人"在酒楼上"的凝固状态(此前已经交代,来此地"并不专为买醉";在孤独感的包围中,"又不愿有别的酒客上来")。为这个插入性质的"偶遇"故事串

---

〔1〕 "路上杂文"将在本卷第三部予以集中分析。
〔2〕 鲁迅,《在酒楼上》,《彷徨》,《鲁迅全集》第2卷,第25页。

场，甚至可说是作为表现这种内心状态的单纯道具的旧友，就是在这样的情况下作为不速之客出现的。当楼梯响起的时候，主人公/叙事人感到的是"有些懊恼"。

事实上，在这场偶遇中发生的一切都是可预料的，也都是脸谱化、程序化的；换句话说，它们作为细节、情节、对话和人物性格都不具有严格意义上的小说的功能。这种"反小说的小说"在小说样式的形式外延和内部多样性意义上本来并不是一个问题，但在鲁迅过渡期写作风格内在的多重性、多样性、复杂性和路径选择的实验或"危机"压力下，它就具有了特殊的意义。同《祝福》一样，《在酒楼上》的"本事"因过于"典型"而沦为某种论述或批判的象征性、寓言性质的举证；但散文-杂文的画框和笔法却仍旧将文字所触及的一切保持在优美而沉郁的心灵氛围之中。《在酒楼上》向我们表明，在鲁迅最优秀的短篇小说里，作品越企图在"小说"的文学维度上达到极致，它就越要离开小说的逻辑而进入散文-杂文的引力场，在后者的轨道上运行。《在酒楼上》里的"小说部分"（从楼梯上的声音具象化为桌子对面的旧识之后）虽然占据了篇幅的大部，在文学权重上却居于次要地位，因为作品中心灵活动的最活跃的部分，那些情感和思想的高点，并不在这个情节性部分之中。在两个人的画面中，从吕纬甫的相貌、举止、言谈，到诸如"绕一个小圈子便又回来停在原地点"的"苍蝇隐喻"，从迁坟、私人授课讲"子曰诗云"这样具有象征意义的"故事性情节"，到"敷敷衍衍，模模胡胡"的人生总态度，一切都只须草草勾勒，因为一切都已经成了寓言。

作品这些局部所传达的社会信息，本身都具有高度的或然性和强烈的现实合理性，但它们既不在本质上推动作品叙事整体的发展，因此并非小说"现实表现"的结构性因素；同时也并不占据叙事内在视角、情感或道德基点，因为两者其实都来自叙事人散文式的内心世界。这个借助散文乃至不自觉的杂文语言在"小说"中观察和描摹外部环境、反省和表达内心体验的叙事人,自始至终站在小说文体的外部征用着小说体裁样式的表现手段,为的是在一个散文画框里布置和制造"写实"的局部细节。然而,即便《在酒楼上》行文中的这些"小说式的"局部细节,在总体上也仍旧突破了常规小说的感性具体性,表现出一种高度精炼、高度简化乃至程式化的讽喻特征。换句话说,这些作为"拟小说"的局部,都服务于一种已由《〈呐喊〉自序》形式化系统化了的"国族寓言"的集体性象征,只不过此时这个国族寓言形象的承载者,从"国民性"、"历史"、"传统"、"文明"和"仁义道德"让渡给了孤立无援的小城知识分子。相对于这种散文 - 杂文性质的自我叙述(而非"纯虚构"意义上的叙事),所有写实性质的形象塑造、细节描写和情节编织,都被压缩精简为一系列布莱希特史诗剧意义上的"可引述的姿态"(the quotable gestures),并因此在特定的阅读接受环境中产生强大的表意效果和感染力。

《在酒楼上》有一个简洁而完美的结尾,在象征和隐喻的意义上,这个叙事的收束可看作《祝福》结尾的重复和简写版:

> 我们一同走出店门,他所住的旅馆和我的方向正相反,就在门口分别了。我独自向着自己的旅馆走,寒风和雪片扑在脸上,倒觉得很爽快。见天色已是黄昏,和屋宇和街道都织在密雪的纯白而不定的罗网里。[1]

但在一个更抽象的寓言 - 讽喻层面,这也是从小说叙事向散文 - 杂文叙述的转折,是鲁迅写作摆脱了"讲故事"的重负和累赘,而以一种更直接、更亲密也更危险的方式和手法去拥抱现实和内心的"独自"和"爽快"。结尾里的雪,事实上已经飘洒吹拂在鲁迅文学内部,它构

---

[1] 鲁迅,《在酒楼上》,《彷徨》,《鲁迅全集》第2卷,第34页。

成了"艺术的终结"的隐喻或文本书写的"白色神话"[1],借此作者把他过往踩在那条叫作"小说"大道上的一串足迹藏匿起来,悄悄踏上了"杂文"的小径。在这个"纯文学"的黄昏,鲁迅的写作和内心视野在走进那个覆盖一切的白色罗网的时候,也进入一种更具有整体性和复杂性的写作的政治和美学范畴中去。

这个纯白的"罗网"即是现实的"无物之阵"和历史总体的象征结构,因而对于认识和表现构成一种超然的神秘;但屋宇和街道的具体性与"织"这个动词所指向的作为行动的文本和写作,暗示作者相对于现实总体的艺术与实践的自由和特权。在"世界的散文"逐渐成为鲁迅文学的内在原则的转变过程中,观念摆脱了形象,理性摆脱了感性,伦理或"文化"共同体的破裂将新道德、新价值和新人的自我意识作为自身的对立面明确化了。

黑格尔把"理性内容"从现存理性感性统一体内部的脱出和飞跃定义为"浪漫型艺术的终结",但事实上这种审美领域的"创造性破坏"或自我颠覆原则,存在于艺术发展史的各个阶段、环节和类型。新文学起源的"悖论",在于它必须在一个世界范围内的"艺术的终结"的环境下确立和规范自己的艺术和形式原则,尽管这样的原则和审美标准往往在确立之前就已经被超越和扬弃。鲁迅写作的起源性和示范性意义,在于摆脱了这种艺术史和艺术哲学意义上的线性发展的轨迹、等级秩序和"进步观",转而在写作实践内部探索一种文体杂糅和文体混合的风格与形式的多重性和复杂性。这样的写作必然在内部客观地包含一种越出任何单一体裁样式、文体风格的实验倾向;相对于任何一种体裁或文体,鲁迅写作必然同时表现出一种形式化的不

---

[1] 德里达在《白色神话》里指出,所有文本都有消除自身痕迹、撤掉身后语言的梯子的倾向。参看 Jacques Derrida, "White Mythology: Metaphor in the Text of Philosophy", translated by F. C. T. Moore, *New Literary History*, Vol. 6, No. 1 (Autumn, 1974), pp. 5–74, published by: The Johns Hopkins University Press。

足和过剩,即一种同时"低于"但又"高于"常规化制度化文学样式（小说、诗歌、戏剧等）的特殊体裁、文体和风格。鲁迅早期小说中的杂文因素因此并不是一种"前虚构"杂质或技巧不充分发展的结构,而是由鲁迅文学的终极形式特征和本体论实质所决定。这种终极特征和实质最终无法安稳地、和谐地寄身于任何一种给定的文学样式;它们在逻辑上最终要在杂文中成为自己,同时在杂文中涵盖、复制、摘引、戏仿所有其他体裁样式和文体风格。鲁迅"人生的中途"、"过渡期"、"杂文的自觉"和"第二次诞生",都不过是这种文学本体论逻辑的带有历史和传记偶然性的外化和事实化步骤。

《秋夜》

作于1924年9月15日的《秋夜》,是鲁迅另一"纯文学"写作系列的开篇。在散文诗样式体裁的经营过程中,鲁迅的写作同样呈现出越出文体形式空间的内容,或"思想"方面的能量、焦虑感和积极能动性。"一株是枣树,还有一株也是枣树"[1]曾引发无数的读解和猜测,但鲁迅过渡期"中间点"所持有的不确定性、多重性、内在能量的孕育激荡以及平衡打破前的悬置感,给我们提供了一种新的解释维度。"两株树"各表为"一株"和"还有一株"、"枣树"和"也是枣树",无疑有效地象征了一种自我的分裂和对立,即从"我"变为"我和我"、从"我是我"变为"一个是我,另一个也是我"的主观空间的辩证运动。这种"意识=意识+意识的对象"的心灵运动所产生的正是自我意识的更大更复杂的矛盾统一体构造。通过这个动作,意识在其投射出来的对象空间关系中,由一个此时此地的偶然的"这一个"变为在"这一个"和"那一个"的关系中对"这一个"所获得的全新的感知和把握。

相对于这样的心灵活动及其内在能量,北京秋夜天空衬托下的两

---

[1] 鲁迅,《秋夜》,《野草》,《鲁迅全集》第2卷,第166页。

株枣树的意象带来一种感性具体性,以及由这种感性具体性所提示出来的清冽、高远、孤寂,一种静谧与躁动、神秘与明晰的奇特混合体验。与此同时,这个画面又是一种形式的抽象,它仅仅在一种纯粹游戏性的象征层面,对应着那种心灵活动尚未具体化的冲动和"内容"。我们可以假设,这种主观性的裂变和增殖"表征"或预示了作者的自我意识新状态,并在一个戏剧性的形象空间里认出了这种关系或局面:一个文学"旧我"此时已看到一个新我伫立在自己面前,虽然这个新的自我还没有名字。我们可以进一步假设,这个旧我的名字叫"小说",而这个新我将最终被命名为"杂文"。在这个意义上,《秋夜》就成了一种写作的无意识及其外在对象化游戏;在散文诗的体裁样式中,在一个本身具有二重性、暧昧性的复合文体和风格流动性中,鲁迅早期小说创作事实上已经同最终要取而代之或"胜出"的杂文写作"共处一室"了。

整篇《秋夜》随后的笔墨,其实都不过是围绕这个核心意象和核心戏剧性的铺陈和装饰,经营的只是由远景到近景、外景到内景的进一步细节化(星星、园里的花草、枣树的果实和叶子、房间里的灯火、后窗玻璃上的小飞虫,等等)。换句话说,再也没有出现可同第一句话里的"一株是枣树,还有一株也是枣树"相提并论的文学动机或主题发展。如果说《秋夜》全文没能够走出第一句,而后面的句子仅仅是一般文人式散文的"沾花惹草""东拉西扯",那么《野草》开篇则本来或许会流于平庸。但事实上,在文章的蜂腰部我们却看到一个突兀诡异的意象和声象:

哇的一声,夜游的恶鸟飞过了。[1]

---

[1] 鲁迅,《秋夜》,《野草》,《鲁迅全集》第2卷,第167页。

这只"恶鸟"突然击碎了"秋夜"的平静，从而把它内在的紧张、焦虑、矛盾和现实内容揭示了出来。从这个突兀的意象/声象切入，读者会马上发现，散文诗的作者在它前后做了布置或布局。在它之前是这样一个自然段：

> 鬼䀹眼的天空越加非常之蓝，不安了，仿佛想离去人间，避开枣树，只将月亮剩下。然而月亮也暗暗地躲到东边去了。而一无所有的干子，却仍然默默地铁似的直刺着奇怪而高的天空，一意要制他的死命，不管他各式各样地睞着许多蛊惑的眼睛。[1]

这里制造出来的戏剧紧张只有纯粹的形式游戏性，却同时也象征性地将一种内在于鲁迅过渡期写作的矛盾冲突具体化了。这就是我们熟悉的、反复在鲁迅此阶段文字中出现的两种文学生存状态间的选择：或者"离去人间"，或者伫立原地，对世界保持"铁似的直刺"姿态。这种内在于鲁迅文学价值观和生存价值观的对立、冲突和选择，解释了为何夜空"奇怪而高"的意象不断重复。我们不妨假定，此中"似乎自以为大有深意"的东西，就是那种"仿佛要离开人间而去，使人们仰面不再看见"的纯文学"艺术之宫"和由"正人君子"们不遗余力维护的"公理"。

相对于这个超验的"普遍性的天空"，园里的"野花草"只能是"瑟缩着"，而高大挺拔的枣树也是"简直落尽叶子，单剩干子了"。但正因"脱了当初满树是果实和叶子"，它们的躯干和枝条才有可能对"奇怪而高的天空"和"圆满的月亮"保持一种桀骜不驯的挑战姿态（"直刺"）。对于此刻在人生中途寻求走出黑暗密林的鲁迅来说，这几乎就相当于哈姆莱特"活，还是不活"的问题，它只是被鲁迅象征性

---

[1] 鲁迅，《秋夜》，《野草》，《鲁迅全集》第2卷，第167页。

地转移到写作的文体决定和风格形态内部：存在的挣扎于是转变为诗的斗争，最终完成于文体和风格的"第二次诞生"。

紧随着"夜游的恶鸟"突袭是这样一个句子：

> 我忽而听到夜半的笑声，吃吃地，似乎不愿意惊动睡着的人，然而四围的空气都应和着笑。[1]

在散文诗的形式空间里，句子的内涵丰富性往往同它的简洁程度成反比。而这个句子可谓上接《狂人日记》里的"迫害妄想症"语式，下开鲁迅晚期写作"世界的散文"之先河。可以说，它在一个句子的长度里，通过"夜半的笑声"向"睡着的人"和"四围的空气"的过渡，完成了一个隐秘的风格跳跃动作。篇尾的自画像（"我打一个呵欠，点起一支纸烟，喷出烟来"）则是这个跳跃的落脚点，这个形象在《藤野先生》结尾处再现，还将出现在鲁迅一系列杂文写作中，直到它同杂文家的自我形象、写作条件、写作动机乃至根本性的徜徉于战斗的存在状态融为一体。

这个最终在鲁迅杂文写作中定型的标志性形象出现在《野草》的开篇，也可以说是象征了一个风格转变的中间点。各种写作潜势、能量、动机、焦虑感和"形式解决"可能性汇聚在一个痛苦而暧昧不明的时刻；它们都在各种个人的、社会的、政治的和审美的压抑、禁锢和禁忌之下像"地火一样运行"。《野草》此刻表现出来的鲜明的现代主义文学自觉，正好充当了一种业已孕育萌发的"杂文的自觉"之不自觉的象征。甚至那些白纸灯罩上的小青虫（即以飞蛾扑火的姿态撞进室内、撞进灯罩并"于是遇到火"的"小飞虫"），在此也并非单纯的闲来之笔，而是成为被喷涌奔腾的地火焚烧一净的野草的前驱，而

---

[1] 鲁迅，《秋夜》，《野草》，《鲁迅全集》第 2 卷，第 167 页。

像"英雄"一样受到散文诗人的"敬奠"了。

《影的告别》

在作《秋夜》后不到十天,鲁迅又先后完成《影的告别》和《求乞者》(1924年9月24日),连同10月初作的《我的失恋——拟古的新打油诗》(1924年10月3日)一道作为《野草二一四》发表于《语丝》周刊(1924年12月8日第4期),在这些篇目里,抒情诗/散文诗同杂文的暗中缠绕得到进一步的展露。

《影的告别》将《秋夜》里那个神秘而高远的夜空象征明晰化、具体化,但同时也将它放置在天堂、地狱、人间("黄金世界")的关系中。整篇除第一句外,都以影子的口吻说话,是它的自我告白。两个"我不如……"句式的重复和语义的递进,先以对三重世界加以拒绝作为开始("我不如彷徨于无地"),随之而来的是黑暗与光明之间的选择("我不如在黑暗里沉默")。这个"影子咏叹调"也可以说是围绕这句"唱词"的重复、递进和变奏:

  呜乎呜乎,倘若黄昏,黑夜自然会来沉没我,否则我要被白天消失,如果现是黎明。[1]

以此作为分析的切入点,可以说《影的告别》一方面是《野草》里最具有诗歌形式整一性甚至音乐性的作品,但在内容方面,却表现出强烈而执着的自我存续(self-preservation)的焦虑和关于自身价值实质的追问,而后两者正是推动"杂文的自觉"走向觉醒的生存形式和价值判定。

从"朋友,时候近了"开始,影子对自己前面提出的问题做出了

---

[1] 鲁迅,《影的告别》,《野草》,《鲁迅全集》第2卷,第169—170页。

回答。选择"向黑暗里彷徨于无地",就是选择一种以消失和虚空为形式的存在,但这只不过是(影子)"在黑夜里沉没"或"消失于你的白天"的自然结果。这里出现的伦理和意志的新因素是,"我愿意只是虚空,决不占你的心地"[1]。与消失于白天同时也在黑夜里沉没的光与影相比,这种新因素更代表着一种新的道德实质和存在的政治,因为它是一种截然独立的、不依附于任何既有秩序或领地的为自己的存在。只有作为这个同虚无对峙的虚无,影子方才克服了虚无的存在,它也才可能宣称,当自己被黑暗沉没时,"那世界全属于我自己"[2]。

这个沉没于黑暗、消失于审美的白日的世界的,就只能是杂文的世界和"世界的杂文";这种"只有当我被黑暗沉没时我才拥有世界"的主客观对立与辩证统一关系就是杂文家和他的社会的关系;仅作为虚空存在,决不占"伟大的艺术"的心地的写作就是杂文的写作。这种"我至少将得到虚无"(《求乞者》)[3]的姿态就是杂文家的姿态,它以消失于白昼的影子、黑下面的黑、虚空之上的虚空作为形式象征,确立了一种"我与我的创造"的极简关系。这种极简关系在新文学语言和写作空间里的存在方式的终极体现,就是鲁迅杂文文体和风格本身。在这个意义上可以说,这篇作品以影子自我表白其生存困境的方式,把那种将杂文写作风格推向前台的生死搏斗偷偷运进了"纯诗"的空间。但或许更为准确的解释则是,鲁迅此时对自己存在的政治性意识及其自我观照,已经从内部占据了、充满了作为"纯文学"的散文诗的审美范畴和文体空间,剥夺了后者的本体论实质,并由此已经暗中仅仅将它作为一种新的写作伦理、文章策略和表达的必然性的工具在使用了。

---

[1] 鲁迅,《影的告别》,《野草》,《鲁迅全集》第2卷,第170页。
[2] 同上。
[3] 鲁迅,《求乞者》,《野草》,《鲁迅全集》第2卷,第172页。

《我的失恋》

《野草》几篇开局之作里的"文"(散文、杂文)对于"诗"(散文诗、抒情诗)的使用和挪用,类似于《彷徨》"杂文的画框"的叙述逻辑对"虚构"性"叙事"功能的插入和援引。只有在这个批评的语境里,我们方能理解《我的失恋》在《野草》中突兀的、喜剧性的存在。这种日后被鲁迅在《〈故事新编〉序言》里称为"创作的大敌"的"从认真陷入了油滑"的戏作[1],在过渡期鲁迅创作探索的交叉路径中却有其严肃的形式象征意义。

四段"无厘头"内容沿着"低头－仰头－歪头－摇头"和"心惊－胡涂－神经衰弱－由她去吧"两条平行线索展开,配以"山腰－闹世－河滨－豪家"的背景、"百蝶巾－双燕图－金表索－玫瑰花"的爱人高雅赠物系列和"我"的"猫头鹰－冰糖葫芦－发汗药－赤练蛇"的粗俗回赠系列,一道构成了文言与白话、雅与俗、艺术与非艺术、体制与非体制之间的对立风景。[2]"失恋于""我的所爱"于是就成为"自绝于""艺术之宫"里的"伟大著作"和"千年不朽"的转喻,预示未来"'对于这样又有感想,对于那样又有感想',于是而时时有'杂文'"[3]的歧途,背负"在写《阿Q传》之后,有多少时间浪费在笔战上?"[4]的责问,乃至于要为"我们中国有半个托尔斯泰没有?有半个歌德没有?"[5]的窘迫和失败负责了。

正如副题所明示,《我的失恋》是一首"拟古的新打油诗"。又如《鲁迅全集》中本篇第一条注释提醒的,作者本人曾说此篇的写作意

---

[1] 鲁迅,《〈故事新编〉序言》,《鲁迅全集》第2卷,第353页。
[2] 鲁迅,《我的失恋》,《野草》,《鲁迅全集》第2卷,第173—174页。
[3] 语句出自鸣春发表于1934年11月16日《中央日报》上的《文坛与擂台》一文,鲁迅在《〈准风月谈〉后记》里予以整篇摘录,见《鲁迅全集》第5卷,第423页。
[4] 鲁迅,《〈准风月谈〉后记》,《鲁迅全集》第5卷,第422页。
[5] 鲁迅,《〈出关〉的关》,《且介亭杂文末编》,《鲁迅全集》第6卷,第536页。

在"讽刺当时盛行的失恋诗",是"开开玩笑"。[1]但潜伏在这种玩笑与讽刺里的严肃的东西,则是一种具有文体意义的转调和二次转调:挂牌但名不副实的"散文诗",经由看不见的"杂文诗"概念形式中介再变为"诗体杂文",即"拟古的新打油诗"。此中的杂文品格借打油诗体戏仿和讽刺当时文学时尚而将自己变得浅白而明确;另一方面,"拟古"则通过模拟《文选》中收录的东汉张衡《四愁诗》的句式而在"打油-杂感"之外暗中建立起一个"文章"的脉络和传统。这里我们看到的不仅是一般意义上的文体混合杂糅,而是对鲁迅文学发展具有关键意义的风格发展和演化,即杂文意识和杂文自觉在小说和散文诗体裁样式中的孕育和增长。

1925年5月的"女师大风潮"是一个分水岭,它扭转或截断了鲁迅人生和文学上的这个各种可能性选项交叠并存的过渡期,但或许只是激化了这个痛苦而丰富的文学探索和再出发状态内含的种种矛盾。无论如何,这个外部事件使鲁迅写作风格上的暧昧性和多义性迅速明晰化、表面化,呈现出一种无路可退、唯有如此的抵御、对抗、战斗并战斗到底的姿态,同时也表现出一种毅然决然的路径选择。无论这种战斗本身具有怎样的必然性和重要性,对于鲁迅文学而言,它只能是一种催化剂或"例外状态"。在这种更高的政治性中,随鲁迅"杂文的自觉"而来的是鲁迅文学的"第二次诞生",作为一个文学瞬间和形式空间,它的风格发展和扩张一直延续到1927年下半年,随着鲁迅在上海开辟自己文学创作的根据地而告终结。

在达到此"极点",进而突破"小说"、"诗"或"散文"的形式束缚之前,在《彷徨》的后半部,鲁迅仍将沿着一种半自律性路径继续探索,尝试在小说艺术上走得更稳妥、更到位,在诸如《伤逝》(1925

---

[1] 两句分别出自《〈野草〉英文译本序》和《我和〈语丝〉始终》,见《鲁迅全集》第2卷,第174页注释1。

年10月）这样的名篇中汇入"杂文的自觉"，到达"艺术的终结"和更高层面的"文体混合"。而此期间的《野草》创作，却在现代主义诗学的心理强度和审美强度中，呈现出一种"不自觉的自觉"，即在散文诗的心理化、形式实验和审美强度中将"纯文学"写作推到极致和边缘，从而同杂文的广阔领域产生"两极相通"的"短路"效应。《〈野草〉题辞》（1927年4月）就是这种碰撞的火花。作为继《〈呐喊〉自序》《写在〈坟〉后面》之后的又一个文学宣言，它借散文诗体裁样式本身的形式不确定性和"跨界"特点界定了鲁迅杂文诗学和本体论的终极特征："野草式写作"的"速朽"原则。

鲁迅的小说、散文诗和回忆散文创作需要专门系统的分析和阐释，因此本章仅以《彷徨》和《野草》的开篇作品为例，提示1924年鲁迅写作实践中各种文体的齐头并进和相互缠绕、渗透、互动、假借和"转调"。所有这些关系与交叠，都可以视为随后发生的鲁迅杂文文体自觉和风格自我实现的铺垫和预热。这种"文体潜意识"的暗流将一直延伸到《华盖集》所记录的"杂文的自觉"，在1926年创作中体现为《华盖集续编》同《朝花夕拾》写作的继续缠绕和1927年《〈野草〉题辞》同《而已集》之间的某种隐喻对应关系。而如果以《故事新编》的创作时间跨度为参照，这种缠绕可以说伴随了鲁迅中晚期创作的整个过程，它衬托和丰富了"杂文的自觉"，因而构成鲁迅文学"第二次诞生"的一个重要面向与特征。不过，鲁迅"上海十年"的文学创作和文章自觉，都隶属于杂文文体风格的总体性、历史性和内在统一的诗学原则，因此这些其他体裁样式的延续和残存，只是作为有意无意的风格"闪回"与"援引"，从内部寓言性地增补了杂文文学空间的审美自由和自律，而不是作为独立的、有离心倾向的文体意识和风格实践而不断出现的"回潮"。

所有这一切，通过"杂文的自觉"这样的"顿悟"与爆发，在杂文体裁和写作法里找到了具体路径和形式突破口。而这个"杂文的自觉"在鲁迅人生和文学发展的阶段又同那种"少年中国"和"人生的中途"之间的重叠和纠结缠绕在一起。在这个纽结点和复杂结构的深处,鲁迅文学和作为作者的鲁迅本人"又一次"找到自己的声音——自己的文字、句式、文体、风格和审美理由及道德辩护。"杂感"和"杂文"——这条荆棘丛中本来不存在的小径,在鲁迅"人生的中途"的危机中,通过他的挣扎、摸索和决断,隐约出现在他脚下,并通过他的不懈行动逐渐变得宽广明亮起来。鲁迅的读者都知道,他将沿着这条自己开辟的道路,在世人的赞美和诅咒中一直走到生命的尽头,走进鲁迅文学风格的自我解放、自我实现和最终的自由。

第三章 "杂文自觉"的萌动（下）

一、《苦闷的象征》与"过渡期"的语言准备

　　1924 年 9 月 22 日夜，鲁迅开手翻译日本文学评论家和理论家厨川白村的遗著《苦闷的象征》。[1]三天后作短文《译〈苦闷的象征〉后三日序》记之，此文刊登于 10 月 1 日《晨报副刊》，开启了此书前两部分为期一月的连载。10 月 10 日鲁迅日记中有"夜译《苦闷的象征》讫"条目[2]，可知他在短短 18 天时间内就完成了全书译稿。11 月 22 日作《〈苦闷的象征〉引言》，整部译作于 1925 年 3 月作为"未名丛刊"之一种出版。在《引言》中鲁迅特别强调，原作者不但依据当时"一流的哲学"（柏格森、弗洛伊德等）提供了"解释文艺"的根本性普遍原理，而且"作者自己就很有独创力的，于是此书也就成为一种创作"。[3]由此可见，这部译作不仅可视为鲁迅过渡期文学实践的一个重要理论支持和依据，更在文学语言（词汇、句式、语义、语调等）层面为一种自觉的、为己的创作提供了一个实验的空间。

　　《译序》和《引言》都借原作者本人的话将此书"极分明"的主旨

---

[1] 鲁迅，《日记十三》，《鲁迅全集》第 15 卷，第 532 页。据日记记载，鲁迅于 4 月 8 日在北京东亚公司购得厨川白村著《苦悶の象徵》，同时还购买了《文学原論》和《真実はかく佯る》各一部。见《日记十三》，《鲁迅全集》第 15 卷，第 507 页。
[2] 鲁迅，《日记十三》，《鲁迅全集》第 15 卷，第 532 页。
[3] 鲁迅，《〈苦闷的象征〉引言》，《鲁迅全集》第 10 卷，第 257 页。

归纳为"生命力受压抑而生的苦闷懊恼乃是文艺的根柢,而其表现法乃是广义的象征主义"[1]。鲁迅就翻译工作本身写道:"因为这于我有翻译的必要,我便于前天开手了,本以为易,译起来却难。……至于译文之坏,则无法可想,拼着挨骂而已。"[2]寥寥数语已经表明,鲁迅对厨川白村这本书的兴趣并非仅限于学科或知识意义上的文艺理论,而是对它的特定倾向、立场和情绪心有戚戚,其中同时也包含着一位创作家对自己译文的自觉和自我要求。就翻译法则鲁迅写道:"文句大概是直译的,也极愿意一并保存原文的口吻。"[3]这些都提示我们,《苦闷的象征》的译文,不能不是鲁迅此期间一般写作活动和内心活动的表征、状态和特殊操演。作为一种援引、寄托和表达方式,这部译作也在一定程度上隐藏着鲁迅过渡期写作状态、情绪、观念、内心活动方式、表达欲和文体风格动态的"语法"和结构秘密。

无论就作品内容而言,还是就鲁迅译文的语言方式而言,《苦闷的象征》这部作为写作和劳作的译作,虽未必在具体意义上直接为"杂文的自觉"铺平道路或提供理论与审美信念上的支持,但从一种结构性的象征对应关系上看,作为此书主旨的"生命力受压抑而生的苦闷懊恼乃是文艺的根柢",却十分切题地呼应了鲁迅"人生的中途"的种种苦恼、烦闷和郁结。通过直接把"生命力受压抑"同"文艺"的反抗、升华和创造勾连在一起,可以说它精准地回应和观照了鲁迅此期间"苦闷懊恼"的心境,更通过对文艺原理的反思和梳理,在象征层面帮他一浇心中的块垒、增加风格探索的信心。因此,这部译作的到来绝非偶然,而是鲁迅主动选择和投入的结果。要而言之,它的文字乃是鲁迅此阶段在生命和文学范畴面临的双重压力或危机的间接的(即象征性、寓言式的)投射和反映。

---

[1] 鲁迅,《〈苦闷的象征〉引言》,《鲁迅全集》第10卷,第257、261页。
[2] 同上书,第261页。
[3] 同上书,第257页。

随全书正文一同翻译过来的还有厨川遗稿编定者山本修二的《〈苦闷的象征〉的后记》，文中除交代作为学生和追随者在整理刊行先生留下的未定稿过程中的考虑之外，特别强调了书名同"先生的内生活"之间的一致与调和，还专门引用雪莱的诗 "They learn in suffering what they teach in song"（他们从痛苦中学到的，就是他们在诗中教诲的），并断言"先生的生涯，是说尽在"这句诗行之中。[1]值得注意的是，此文落款中的日期为"十三年二月二日"，即 1924 年（大正十三年）2 月 2 日。考虑到书稿杀青到书籍出版发行之间的时间差，《苦闷的象征》日文原版应该是在几个月后方才面世。可以想见，鲁迅应该是早先即对作者和这本遗著有所期待和关注，但并未注意到国内此前已有的翻译；因此出版后第一时间在国内搜购，得到后很快阅读并决定翻译。放在更具体的创作年表上看，《苦闷的象征》原作编订于鲁迅以《祝福》开启《彷徨》系列的创作之际；鲁迅大致在写《在酒楼上》和《嵇康集》考订完毕之间将其购得。随着《秋夜》开启《野草》散文诗系列的创作，翻译《苦闷的象征》被提上议事日程，于八天后付诸实施。在开始翻译《苦闷的象征》的第二天，鲁迅创作了《影的告别》和《求乞者》。在译作进行当中，鲁迅创作了《我的失恋》。如果把此后贯穿 1925 年、一直延续到 1926 年年初的对厨川白村的翻译[2]作为一个完整的段落，那么几乎可以说，厨川白村如影随形地陪伴了整个鲁迅过渡期写作的微妙而重大的转变。

鲁译《苦闷的象征》是以文艺批评理论翻译的方式进行的写作和思想的自我训练。作为鲁迅写作活动的一种特殊形态，它也可视为那

---

[1] 山本修二，《〈苦闷的象征〉的后记》，鲁迅译，《鲁迅著译全集》第 5 卷，第 356 页。
[2] 计有《西班牙剧坛的巨星》（1924 年 11 月）；《观照享乐的生活》《从灵向肉和从肉向灵》（1924 年 12 月）；《描写劳动问题的文学》《现代文学之主潮》（1925 年 1 月）；《出了象牙之塔》（1925 年 2 月）；《艺术的表现》《游戏论》《为艺术的漫画》《从艺术到社会改造》（1925 年 12 月）；《东西之自然诗观》（1926 年 1 月）等 10 篇论文。

种作为文艺一般"表现法"的"广义的象征主义"的具体操演。[1] 如果我们在此关注的焦点并不是鲁迅译作的"信息内容",而是其语言方式以及由此带动并表现出来的内心活动,那么翻译就非但不是一种被动的、限制性的因素,反而是语言风格实验的理想平台。本雅明在其《译作者的任务》中指出,译作语言由于摆脱了原作语言受累于意义指涉的重负,反倒能更好地进入一种为语言而语言的专注而自由的状态,甚至在"纯粹语言"层面展现原作无法达到的形式完美,从而作为原作的"来世"(afterlife)而获得一种更为牢固、普遍、持久的存在。[2] 这种颠覆原作－译作等级秩序的看法自然不是要推翻一切译作都以原作为基础和前提这个事实,而恰恰要求译作在对原作最大限度地贴近,从而实现对于原作的忠实和"保真"的同时,也能获得相对于原作的结构性距离和自由,即译作自身相对原作的、在目标语言中的自足和超越。本雅明在这里并不是在常规翻译实践和翻译理论的层面讨论翻译活动(比如"信、雅、达"这样的外在标准,或通常意义上所谓的"翻译是再创作"),而是在语言哲学的层面探讨不同语言之间深刻的、结构性的"不可译"性,从而提出一个内在于语言自身(language as such)的更高、更普遍的"可译性"概念,并将这一概念置于语言自身(即作为不同语言的统一体的"纯粹语言")的可能性、自律性和观念表达与交流的跨语言的完整性范畴之内。我们在此无须进一步展开这一语言哲学思路的全部复杂性和启发性,但显然其中关于翻译按自身规律介入并显示出语言本质和内在创造性的要点,却应该构成我们重读鲁迅译作《苦闷的象征》的出发点。

---

[1] 鲁迅特别引用原作者的话说明,"所谓象征主义者,决非单是前世纪末法兰西诗坛的一派所曾经标榜的主义,凡有一切文艺,古往今来,是无不在这样的意义上,用着象征主义的表现法的"。鲁迅,《〈苦闷的象征〉引言》,《鲁迅全集》第10卷,第257页。
[2] 本雅明,《译作者的任务》,《启迪》,张旭东、王斑译,生活·读书·新知三联书店,1998年,第81—94页。

上文多次提及，经由过渡期的痛苦挣扎和艰苦实验，鲁迅文学风格发展定型于杂文写作，最终是杂文而非其他体裁样式成为鲁迅克服和超越"苦闷"或生命的压抑、开创出一种属于自己同时也属于新文学乃至中国文学传统的"表现法"即"广义的象征主义"。在"杂文的自觉"到来之前的鲁迅过渡期前期，这种象征主义仍然只是"广义"的。换句话说，它来自一种在实践和理论两方面都日渐明确的关于"文艺的根柢"的认识，具体表现为一种迂回激荡的文体探索和风格运动。在此期间，这种认识和写作状态尽管仍在不同的体裁和风格路径上摸索和展开，但在鲁迅文学发展的总方向上，它们却是与随"杂文的自觉"而来的"第二次诞生"高度一致的。

对鲁迅而言，《苦闷的象征》中的"两种力"及其"相触相击的纠葛"论述与其说是一种新知和理论启迪，不如说是一种人生体验的印证和语言表述上的契合与投缘。所谓"人生的深的兴趣，要而言之，无非是因为强大的两种力的冲突而生的苦闷懊恼"，此话对于身处古今中西的社会冲突、伦理冲突、文化冲突和情感纠结的晚清民国人来说，无疑是一个时代总体性的感同身受的表达和"象征"。而这种感受又正好同20世纪初，特别是第一次世界大战前后欧洲文明内部的精神危机、社会危机和思想文艺领域内部空前的能量和创造力具有结构上的一致性和情感-观念层面的共振效果。对于真诚的生活者和创作家鲁迅来说，这种思想和情感的一致性的最终表达，并不是像当年简单地认同和拥抱进化论那样，去简单地认同和拥抱叔本华、尼采、柏格森、萧伯纳、罗素等人所代表的新一轮西洋前沿学说（"意志说""本能论""超人说""生力论""冲动说"，等等），而是借助相对接近和亲切的日语表述，去建构一种对于自身内在经验具有"象征"和"表现"意义的语汇、文句和表意系统。换句话说，对于鲁迅而言，翻译《苦闷的象征》乃是一种语言和思想的热身活动，是一次练笔，一次风格储备与试运行意义上的"前创作"和"准创作"。

在第一章《创作论》第二节"创造生活的欲求"里，我们读到如下作为译作的写作和作为写作的译作：

> 永是不愿意凝固和停滞，避去妥协和降伏，只寻求着自由和解放的生命的力，是无论有意识地或无意识地，总是不住地从里面热着我们人类的心胸，就在那深奥处，烈火似的焚烧着，将这炎炎的火焰，从外面八九层地遮蔽起来，巧妙地使全体运转着的一副安排，便是我们的外底生活，经济生活，也是在称为"社会"这一个有机体里，作为一分子的机制（mechanism）的生活。[1]

鲁迅的读者应该都能在此认出《〈野草〉题辞》里奔腾运行的地火和岩浆，那种"永是不愿意凝固和停滞"的能量和"炎炎的火焰"，一边"总是不住地从里面热着我们人类的心胸"，但另一边又在焚烧着一切生长于地表的野草和灌木，将其根茎和枝叶经由"速朽"而保持在生命与创造的零度与"自由和解放的生命的力"的最大值上。这种由现代文学理论、哲学理论和精神分析理论支持，通过翻译进入白话文学语言和意识图像世界，再由散文诗再创作而达到形式强度和稳定性的象征结构所形成的语言和文句循环或传动机制，不但为"杂文的自觉"提供了形式孵化器和审美温床，也为杂文写作风格奠定了坚实的理性内容，即现代社会关系和结构本身的历史矛盾。

这种坚实的理性内容也体现在"个性"及其概念的语言表述上，这就是作为生命力和创造力的具体单位和显现的"一个人"、"人"、"个性"和"有着真的创造创作的生活"。[2]鲁迅在《苦闷的象征》译文中对"苦闷"一面和"象征"一面所给予的语言及表述方式上的关

---

[1] 厨川白村,《苦闷的象征》,《鲁迅著译全集》第5卷，第296页。
[2] 同上书，第297页。

切度与热情并没有轻重差别或远近亲疏之分,因为它们都来自一个整体,即"人类的在真的意义上的所谓'活着'的事,换一句话,即所谓'生的欢喜'(joy of life)的事"。这个"活着"的事、"生的欢喜"的事固然"就在这个性的表现,创造创作的生活里可以寻到",但后者并不能代替、更不能取消前者。那种为了创造而将生活与灵魂抵押给魔鬼的交易,在鲁迅是不可思议的,尽管鲁迅本人事实上是在为"活着"和"生的欢喜"而进行的文学战斗中走完人生旅程的。

在《苦闷的象征》中,同"生的欢喜"一道出现的结构性"二元对立"中的另一项是"所谓'生活难'";这个"生活难"虽然可以在文艺中"上升"为"人生的苦恼"、"人间苦"或"世界苦恼"(Weltschmerz)[1],但作为"强制压抑之力"的代表,却体现为具体的黑格尔意义上的"世界的散文"(the prose of the world),包括"近代社会似的,制度法律军备警察之类的压制机关","减削个人自由的国家至上主义","抹杀创造创作生活的资本万能主义";包括控制着"筋肉劳动,口舌劳动,精神劳动"的各种"规则和法规"。[2]这种"寻常茶饭的事"所透露出来的普遍的现实的世界性原则却是"劳动就是苦患",因为在现代历史条件下,劳动已彻底失去了"各人可以各做自由的发挥个性的创造生活的劳动"的"梦想的乌托邦"的光环,而变为"从个人夺去了自由的创造创作的欲望,使他在压迫强制之下,过那不能转动的生活"的劳动了。[3]《苦闷的象征》至此一边引用席勒《审美教育书简》中"人惟在游玩的时候才是完全的人",视"自己表现的创造生活"为最"高贵";另一边却有如下这般具体的、近似日常生活经验的文学描写和"杂感"性质的社会观察:

---

[1] 厨川白村,《苦闷的象征》,《鲁迅著译全集》第5卷,第301页。
[2] 同上书,第298页。
[3] 同上。

> 生活在现代的人们的生活,和在街头拉着货车走的马匹是一样的。从外面想,那确乎是马拉着车罢。马这一面,也许有自以为自己拉着车走的意思。但其实是不然的。那并非马拉着车,却是车推着马使它走。因为倘没有车和轭的压制,马就没有那么地流着大汗,气喘吁吁地奔走的必要的。在现世上,从早到晚飞着人力车,自以为出色的活动家的那些能手之流,其实是度着和那可怜的马匹相差一步的生活,只有自己不觉得,得意着罢了。[1]

经历"兄弟失和"后的流离辗转、"女师大风潮"后的职场和文坛冲突,本来已背负沉重"家累"的鲁迅,在失去大家庭生活的相对平静和高等文官职务的相对养尊处优后,更无法不对那种"马拉车"式的"人间苦"有了更深的体认,在文字中也有零星的流露。这里的要点不在"苦"本身,而在于它所敞露的"人间"的粗粝而尖锐的现实性和直接性。而正是后者直接成为"杂文"现象学的内容与历史实质,成为"杂文"语言风格和结构的客观对应物。在这个意义上,《苦闷的象征》的译文正可以被看作译作者鲁迅作为创作者在语言、文体、风格空间内部的一种积极的预热、操练和准备工作。对比译文和日文原作,我们发现日语文本中的日文汉字概念、名词被完整地保留和"拿来";不同语言之间的"翻译"和转化几乎完全在语法和文句层面运行。在语言学意义上,这是一个完整的名物、认知和概念系统在白话汉语的语法可能性中的移植和再生。在文学的意义上,则是作者的经验、情感与思想,以译作的方式将原作据为己有,成为自身叙述表达、宣泄寄托之媒介的写作行动。在此本雅明关于翻译活动的深刻洞察又一次显得如此贴切:恰恰通过对于原作的忠实,译作在仅仅存在于从一种语言向另一种语言、一种表达限制向另一种表达限制的跳跃瞬间,在

---

[1] 厨川白村,《苦闷的象征》,《鲁迅著译全集》第5卷,第299页。

"纯粹语言"的形式自由中抵达了原作的"来世"和"彼岸"。翻译是鲁迅文学的"欲望机器"和"写作机器"的一个隐藏的引擎；它通过不同语言之间的"直译"和"硬译"，在译作语言的纯粹形式空间里勾连起思想的根茎、枝蔓和各种"逃逸路线"（route/line of flight，德勒兹）[1]，从而为"野草"式的杂文写作提供了语言和形象准备，提供了一种经验佐证和方法论契机。

作为写作的译作仅仅在语言的形式结构层面进行，因此它能够摆脱"指涉"（或一般意义上的"信息传达"）的沉重负担而达到一种原作所不能达到的纯粹性、灵活性和实验性。但这种基于语言自身可能性的纯粹性，本身却又在象征、形象、观念和寓意的层面服务于"内容"。在这个意义上，译作与诗作并无本质的不同，因为诗人创作的真正媒介、材料和技巧，事实上都并不依赖诗作作为其"内容"所传递的观念或信息，而只是在作品形式自律性中为这种观念内容提供感性形象的具体性和结构确定性。因此，译作《苦闷的象征》虽然在其语言形式构造和可能性演示中无须为原作的"内容"（知识、理论、概念、论述等）操心，但作为一个文本仍然通过（译作者的）纯粹语言活动和自律性风格实验，整体上"象征"了（原作者的）《苦闷的象征》。简单讲，译作《苦闷的象征》在文体和批评意义上是一种"象征的象征"，因此具有独立的"文学性"的分析和阐释价值，而这种分析和阐释的对象不但包括译作语言和形式，也包括译作在"目标语言"（即白话汉语）中确立的新的象征秩序在"诗"的层面投射出来的观念内容和道德内容。

在下面这段译文中，我们能看到目标语言的单纯的活跃如何通过新的文句，"象征"并勾连起译者自身观念和"思想"意义上的个人史：

---

[1] 参看 Gilles Deleuze, "Rhizome", *A Thousand Plateaus, Capitalism and Schizophrenia*, translated by Brian Massumi, Minneapolis: University of Minnesota Press, 1987, pp. 3–24。

> 没有创造的地方就没有进化。凡是只被动于外底要求，反复着妥协和降伏的生活，而忘却了个性表现的高贵的，便是几千年几万年之间，虽在现在，也还反复着往古的生活的禽兽之属。所以那些全不想发挥自己本身的生命力，单给因袭束缚着，给传统拘囚着，模拟些先人做过的事，而坦然生活着的人们，在这一个意义上，就和畜生同列，即使将这样的东西聚集了几千万，文化生活也不会成立的。[1]

但这已不是作者早年《河南》论文中显露出的对个性和精神的赞美、对"内曜"和"心声"的推崇、对伪士和群氓的鄙视。将"创造"与"进化"等同，在这里也远超过当年"进化论"所具有的一般性观念和信念意义。在《苦闷的象征》中，鲁迅顺着原作的语言在译作中编织和叙述的是一个新的故事。这个故事的基本冲突已不是"我们"和"外界"的关系，而是"在自己这本身中，就已经有这两个矛盾的要求的"，即那种"两种力的冲突"：

> ……精神和物质，灵和肉，理想和现实之间，有着不绝的不调和，不断的冲突和纠葛。所以生命力愈旺盛，这冲突这纠葛就该愈激烈。一面要积极底地前进，别一面又消极底地要将这阻住，压下。并且要知道，这想要前进的力，和想要阻止的力，就是同一的东西。尤其是倘若压抑强，则爆发性突进性即与强度为比例，也更加强烈，加添了炽热的度数。将两者作几乎正比例看，也可以的。稍为极端地说起来，也就不妨说，无压抑，即无生命的飞跃。[2]

---

[1] 厨川白村，《苦闷的象征》，《鲁迅著译全集》第5卷，第300页。
[2] 同上。

事实上，在过渡期的鲁迅，面对各种内部和外部的压力和压抑，能够做的最"积极"的事情和最实质性的"前进"，是在写作实践中，以一种全新的文体、风格和写作自觉，从语言、审美和文学政治的本体论空间内部，"象征性"地冲破一切"消极"的、将生命力"阻住"和"压下"的力量。这种力量不但来自外界，也来自作者自身，来自他的伦理观念和文学观念，甚至来自性格中的种种"命运般"的因素。因此可以说，对此时的鲁迅来说，"苦闷"就是社会实质和精神实质，这已根本不同于创作《呐喊》前"钞古碑"时期的"寂寞"，而是被内在化为写作本身的挑战、困境、危机和风格突破的可能性。换句话说，它已经不是泛泛的、感伤的"世界苦恼"，而是一种被自觉的写作和写作的自觉调动起来、内在于语言的精神活动的"冲突"与"纠葛"。

读者可以想象，下面这段译文是如何从日语中的震动传递为汉语中的震动、从作者的声音变成译者的声音的；最终它作为文句书写从译者笔下流出，在"目标语言"中落座并获得第二次生命。它既是"直译"又是"创作"；每一个字、每一句话、每一个意象、每一个"叙事动机"，都同时来自原作给定的观念内容，和译作自由的语言形式的自我表达：

> 于是我们的生命力，便宛如给磐石挡着的奔流一般，不得不成渊，成溪，取一种迂回曲折的行路。或则不能不尝那立马阵头，一面杀退几百几千的敌手，一面勇往猛进的战士一样的酸辛。在这里，即有着要活的努力，而一起也就生出人生的兴味来。要创造较好，较高，较自由的生活的人，是继续着不断的努力的。[1]

在这样的语言里，"人间苦"和"文艺"之相辅相成、作用力－反作

---

[1] 厨川白村，《苦闷的象征》，《鲁迅著译全集》第5卷，第301页。

用力般的关系，被确定为文学的基本动力学原理。但就这种动力学运动具体的压抑 – 反抗、进逼 – 反击、阻挡 – 突破、障碍 – 迂回曲折而言，就其"勇往猛进"中的辛酸、艰苦挣扎（"要活"）中的"人生兴味"而言，这种文学关系无疑是具有杂文质地的。事实上反过来讲更为恰当，鲁迅过渡期中朝向杂文的文体实验和风格运动，正是沿着这样的文学生产内部关系，沿着审美和文学政治本体论范畴的基本矛盾，方才逐渐排除其他文体风格选项而成为主导样式体裁、首要武器和基本方法。从文学政治这一面看，杂文是一种"继续着不断努力"的写作，是"勇往猛进"和"人生的兴味"的辩证统一。从文学审美这一面看，杂文形式则是那种"给磐石挡着的奔流"，它"不得不成渊，成溪，取一种迂回曲折的行路"，但也从不畏惧"立马阵头"，"杀退几百几千的敌手"。这里所谓"较好，较高，较自由的生活"，正是那种作为现代性基本内容、形式和结构的"世界的散文"本身所能给予的东西。只有在真诚的文艺里，它们才作为"我们在政治生活，劳动生活，社会生活之类里所到底寻不见的生命力"的"无条件的发现"和"完全存在"[1]，成为"反抗因袭和权威，贵重自我和个性的近代底精神"的象征。[2]

下面这段译文虽仍是标准的鲁迅式"直译"，但在语义内容上，无法不让读者感觉到译者强烈的夫子自道的用心。原作中这段话的倾诉和抒情色彩，也让译文得以暂时摆脱知识概念和思想搬运传递的劳作，转而通过一种更具"作者风范"（writerly）的字句和语气，在斟酌锻炼中悠扬顿挫地展示出极鲜明、极充盈的鲁迅散文笔法特征；当然，译文的自由也可以说是"忠实地"传达了《苦闷的象征》原作的文人气质和散文风格：

---

[1] 厨川白村，《苦闷的象征》，《鲁迅著译全集》第5卷，第302页。
[2] 同上书，第308页。

换句话说,即无非说是"活着"这事,就是反复着这战斗的苦恼。我们的生活愈肤浅,愈深,便比照着这深,生命力愈盛,便比照着这盛,这苦恼也不得不愈加其烈。在伏在心的深处的内底生活,即无意识心理的底里,是蓄积着极痛烈而且深刻的许多伤害的。一面经验着这样的苦闷,一面参与着悲惨的战斗,向人生的道路进行的时候,我们就或呻,或叫,或怨嗟,或号泣,而同时也常有自己陶醉在奏凯的欢乐和赞美里的事。这发出来的声音,就是文艺。对于人生,有着极强的爱慕和执著,至于虽然负了重伤,流着血,苦闷着,悲哀着,然而放不下,忘不掉的时候,在这时候,人类所发出来的诅咒,愤激,赞叹,企慕,欢呼的声音,不就是文艺么?在这样的意义上,文艺就是朝着真善美的理想,追赶向上的一路的生命的进行曲,也是进军的喇叭。响亮的闳远的那声音,有着贯天地动百世的伟力的所以就在此。[1]

在这样的文字里我们不但在"显白"层面看到正在从多种文体风格中脱颖而出、日益占据显著地位的杂文笔法,同时也可在"隐晦"层面看到观念或理论层面对杂文的自觉和杂文概念所做的辩护和阐发。那种被置于"人间苦"名下的伤害、苦闷、战斗,因其"极痛烈而且深刻"和"悲惨"而对语言表达方式提出了更直接、更强烈的要求。它们都从写作内部带来"讽喻(allegory),寓言(fable),比喻(parable)之类"的"真理或教训"。[2] 其形象和形式立足于一系列多样的、灵活的甚至破碎的、不连贯的象征性强度峰值,即引文中所谓的"或呻,或叫,或怨嗟,或号泣,而同时也常有自己陶醉在奏凯的欢乐和赞美里"。其中的排比句式("这发出来的声音,就是文艺";"在这时候,

---

[1] 厨川白村,《苦闷的象征》,《鲁迅著译全集》第5卷,第308—309页。
[2] 同上书,第313页。

人类所发出来的诅咒，愤激，赞叹，企慕，欢呼的声音，不就是文艺么"[1]）进一步将这种直接性借"声音"传递到文艺的感性形式，但突出的却是普遍性观念（"真善美理想"），且并不在意于这些象征形象或故事的"极浅显"。

在《苦闷的象征》中有这样的语句："艺术到底是表现，是创造，不是自然的再现，也不是模写。"[2]可以想见，"不是自然的再现，也不是模写"此时此刻对于鲁迅的特殊意味，正在于摆脱系统性表象及其形象-情节构造这样的近代文学体制的淫威，去探索文学本体论和动力学的不同路径。这种探索和尝试并非出于技巧上的好奇心或审美感官上的颓废，而恰恰出于一种不得已，一种"生是战斗"的必然性，和一种在文学最核心的意义上接近真实，包括存在的真实和表达的真实的"我只能如此"的审美道德律令。对于这样的心境和诉求，《苦闷的象征》提供了这样一段想必是颇为解渴的文字：

> 我们的生活力，和侵进体内来的细菌战。这战争成为病而发现的时候，体温就异常之升腾而发热。正像这一样，动弹不止的生命力受了压抑和强制的状态，是苦闷，而于此也生热。热是对于压抑的反应作用；是对于action的reaction。所以生命力愈强，便比照着那强，愈盛，便比照着那盛，这热度也愈高。[3]

如果我们暂且"悬置"这段话里属于原作的信息内容，而专注于鲁迅

---

[1] 这种排比一直延续到"抢着去做，拼着去做，而做不成的那企慕，那欲求，若正是我们伟大的生命力的显现的那精神底欲求时，那便是以绝对的自由而表现出来的梦。这还不能看作艺术么？"；"使从生命的根柢里发动出来的个性的力，能如间歇泉（geyser）的喷出一般地发挥者，在人生惟有艺术活动而已"。厨川白村，《苦闷的象征》，《鲁迅著译全集》第5卷，第311、314页。
[2] 厨川白村，《苦闷的象征》，《鲁迅著译全集》第5卷，第315页。
[3] 同上书，第317页。

译文的词语句式及其"象征"寓意,便可得以一窥鲁迅文学风格最隐含的密码。这就是生理学和病理学意义上的疾病,以及由此而引申出来的人体同细菌之间的战斗和战争。因病菌或病毒入侵而导致的"体温就异常之升腾而发热"正是鲁迅文学的一般状态,因为后者同样是一种"热",即一种"对于压抑的反应作用"。而鲁迅杂文则是鲁迅文学法则的极致表现,是那种作用力/反作用力(action/reaction)动力学模式的强度极点。这也在具体的批评意义上解释了,何以鲁迅文学无论怎样与黑暗同在、与虚无对峙、与寂寞为伍,也无论其笔触透露出何等的灰暗、阴郁和绝望,它归根结底都是带着不寻常的体热的、热情而热烈的文字,因为"然而热这东西,是藏在无意识心理的底里的潜热";它不但在生理学和病理学意义上是体温因反抗病菌外侵的战斗而飙升,而且在文艺美学的意义上就是所谓的"fine frenzy"(优美的狂热)。[1]鲁迅文学总体上是这个意义上的"病的文学",这个病体既是国族,也是作为个体的作者本人——处在"人生的中途"的鲁迅,已能时时意识到自己糟糕的健康状态,并且开始积极地、有条不紊地同疾病周旋,甚至自觉地利用着疾病来进行一种超出常态写作的"病态写作"了。多年后(1933),作为"苦闷的象征"的引申与发展,鲁迅借助对"小品文"的分析批判,在病与文的关系上阐述了自己的散文理论。下面这段话是鲁迅读者耳熟能详的,它常常被引用为作者对杂文写作的权威性总结和归纳,但这里的话语契机正是"危机"一词的医学解释:

> 小品文就这样的走到了危机。但我所谓危机,也如医学上的所谓"极期"(Krisis)一般,是生死的分歧,能一直得到死亡,也能由此至于恢复。麻醉性的作品,是将与麻醉者和被麻醉者同

---

[1] 厨川白村,《苦闷的象征》,《鲁迅著译全集》第5卷,第317页。

归于尽的。生存的小品文,必须是匕首,是投枪,能和读者一同杀出一条生存的血路的东西;但自然,它也能给人愉快和休息,然而这并不是"小摆设",更不是抚慰和麻痹,它给人的愉快和休息是休养,是劳作和战斗之前的准备。[1]

在鲁迅文学风格发展的轨迹上,译作《苦闷的象征》亦是一种休养和准备。在1924年,当鲁迅文学沿着《彷徨》《野草》《坟》(《娜拉走后怎样》《论雷峰塔的倒掉》《说胡须》等篇目)所开辟的文体-风格路径齐头并进之际,这样的文学观念、文学语言的准备和操演不能不说是至关重要的。

如果《苦闷的象征》的正面论述尚不足以在实证意义上说明行将出现的杂文主导动机的压倒性优势,我们或可从"反面"或"侧面"认识到种种事实上是非杂文、反杂文的文学建制和文学意识形态是怎样被描画的。相对于最终由鲁迅杂文所承担的生的战斗及其生死攸关的严峻、急进、激烈和沉痛迂回——

> 谁还有能容那样呆风流的迂缓万分的消闲心的余地呢?我对于说什么文艺只有美呀、有趣呀之类的快乐主义底文艺观,要竭力地排斥他。……情话式的游荡记录,不良少年的胡闹日记,文士生活的票友化,如果全是那样的东西在我们文坛上横行,那毫不容疑,是我们的文化生活的灾祸。因为文艺决不是俗众的玩弄物,乃是该严肃而且沉痛的人间苦的象征。[2]

可以想见,当1925年鲁迅随着"女师大风潮"卷入同"现代评论"派

---

[1] 鲁迅,《小品文的危机》,《南腔北调集》,《鲁迅全集》第4卷,第592—593页。
[2] 厨川白村,《苦闷的象征》,《鲁迅著译全集》第5卷,第309—310页。

的论争时，中国文坛上种种关于"艺术之宫"、"唯美"、"情趣"和"伟大作品"的说辞，在他眼里会是多么空洞而且滑稽，以至于在纯文学性质的《野草》系列中也忍不住顺带安排一首拟古打油诗（《我的失恋》）予以调侃。

《苦闷的象征》固然并不直接为鲁迅杂文提供绝对的形式和审美上的特权，却可在文艺批评和美学理论上有效地废除杂文于主流文艺体制内所面临的种种质疑和排挤，将它从主要体裁样式（比如19世纪欧洲小说、戏剧；浪漫主义抒情诗）占据霸权地位的文学的边缘解放出来，而置于"次文学"（minor literature）概念所厘定的文学生产和文学战斗的前沿与核心。这种理论的解放对于仍处在自身历史"第一个十年"的新文学有着特殊的意义，它不仅启发和促使它更为自觉而自信地在世界文学"大都会中心"（metropolitan centers）和"伟大成就"之外的广大土地上去开展写作的游击战、运动战并建立根据地；而且客观上也将白话革命的语言可能性和风格潜力同更为久远的中国"文章"传统联系起来。而一旦新文学作者突破"主流文体"的迷思和形式禁锢，就会意识到，即便在当时被引为榜样的近代西洋文学，其历史发展并非仅仅遵循从史诗－悲剧到近代小说－抒情诗的单一路径，而是包含一个丰富的"文"的传统，即从古希腊罗马散文（包括演说和修辞术），中经文艺复兴时期的蒙田散文直至18世纪英国散文以来的"现代"传统，包括为新文化知识群体所熟悉的尼采、柏格森、罗素提供的哲学沉思性质的随笔格言与时评写作（其中柏格森和罗素分别于1927、1950年获诺贝尔文学奖）。[1] 反观中国文学伟大传统，从先秦诸子散文到司马迁，从魏晋文章到晚明小品，本身构成了一个更为悠久

---

[1] 德国哲学家倭铿（Rudolf Eucken，1908年诺贝尔文学奖得主）是另一个例子。此外，在新文学发展过程中曾有过一定影响的泰戈尔（1913年获奖）、萧伯纳（1925年获奖）并非仅仅是诗人或戏剧家，而是都在一个广泛的文体光谱上写作，包括散文、文学批评和社会评论。

的"苦闷的象征"的历史谱系和写作法大全，构成新文学"可能性条件"与"选项"的另一个参照系。值得一提的是，鲁迅于1924年3月完成《〈中国小说史略〉后记》，6月完成《嵇康集》的考订和序言，9月作《中国小说的历史的变迁》，这个"文学史"和文献研究系列一直延续到1927年8月作《魏晋风度及文章与药及酒之关系》演讲稿方才告一段落。而这个"段落"事实上同鲁迅"过渡期"完全重合在一起。作为一种"文艺复兴"的历史意识和自我意识，这个谱系或"源流"在一般意义上滋养着新文学的文体风格实践；而在特殊的意义上，则间接触发和推动了鲁迅文学内部的"杂文的自觉"。

周氏兄弟作为新文学创作最高成就的体现，同时也是这种文体变更及其内部丰富性、多样性历史经验和批评洞察的理论代言人，而这绝非一个偶然的巧合。周作人在《〈中国新文学大系·散文一集〉导言》中全文引用自己作于1926年5月的一篇题为《美文》的"五百字的小文"，文章写道：

> 外国文学里有一种所谓论文，其中大约可以分作两类。一批评的，是学术性的。二记述的，是艺术性的，又称作美文。这里边又可以分出叙事与抒情，但也很多两者夹杂的。这种美文似乎在英语国民里最为发达，如中国所熟知的爱迭生，兰姆，欧文，霍桑诸人都做有很好的美文，近时高尔斯威西，吉欣，契斯透顿也是美文的好手。读好的论文，如读散文诗，因为他实在是诗与散文中间的桥。中国古文里的序，记与说等，也可以说是美文的一类。但在现代的国语文学里，还不曾见有这类文章，治新文学的人为什么不去试试呢？我以为文章的外形与内容，的确有点关系，有许多思想，既不能作为小说，又不适于做诗（……），便可以用论文式去表他。他的条件，同一切文学作品一样，只是真实简明便好。我们可以看了外国的模范做去，但是须用自己的文句

与思想，不可去模仿他们。《晨报》上的《浪漫谈》，以前有几篇倒有点相近，但是后来（恕我直说）落了窠臼，用上多少自然现象的字面，衰弱的感伤的口气，不大有生命了。我希望大家卷土重来，给新文学开辟出一块新的土地来，岂不好么？[1]

这段话可以说在近代世界文学 – 中国新文学的文体风格空间里明确了散文的位置。这篇《导言》随即将这一位置归于中国文学的"诗言志"传统，进而在"集团的"与"个人的"写作之区别中为现代散文的风格、美学和写作伦理品格定性。同兄长相比，周作人在创作之余兼顾文学史梳理和理论归纳的系统性，而鲁迅则似乎更专注于"苦闷的象征"和"生是战斗"，客观上在"言志"和"个人"的写作意义上，比"闭户读书"的弟弟走得更远、更"偏执"和"极端"，但也因为这样的"热"与"力"、苦恼和战斗，而同自己的时代和现实环境陷入持续的、难解难分的"纠葛"。

二、杂文与"论文"的分野：《坟》（1924年部分）

《娜拉走后怎样》（及与《我们现在怎样做父亲》之比较）

在《坟》系列中，最初作为演讲记录、后经作者修订正式发表于上海《妇女杂志》的《娜拉走后怎样》[2]，可以视为鲁迅"论文"与"杂文"分野的一个路标。它与同一系列里另一篇在话题和思想性上

---

[1] 周作人，《美文》，《谈虎集》，上海：北新书局，1928年版，第29—30页。
[2]《娜拉走后怎样》的副题为"一九二三年十二月二十六日在北京女子高等师范学校文艺会讲"，交代了自身的缘起和背景。演讲记录稿次年曾在女高师《文艺会刊》上发表，但经过作者"重加订正"的正式发表，却迟至1924年8月1日。作为演讲，它在年终将近时象征性地打破了"沉寂的1923年"的静默；作为文章，它则加入了1924年开始的"杂文的自觉"在多种文体中的孕育、萌动和实验。

具有可比性的文章《我们现在怎样做父亲》(1919)相隔约四年,但在《坟》的目录中,却互为近邻,中间仅隔《宋民间之所谓小说及其后来》(1923)这一篇"学术论文"。若将这两篇文章做一文体对比,可以看到《我们现在怎样做父亲》带有鲜明甚至典型的五四新文化运动高潮期的论说和宣传性质,而《娜拉走后怎样》则已经初步(却醒目地)呈现出"过渡期"杂文或"杂感"写作的风格特点。

《我们现在怎样做父亲》是鲁迅以唐俟的笔名发表在《新青年》上的名作,它开宗明义地说文章"本意"是"想研究怎样改革家庭",因父权在中国的重要性,所以干脆就这个"从来认为神圣不可侵犯的父子问题""发表一点意见"。作者不隐晦自己的急进立场,"大模大样"地宣布这是"革命要革到老子身上"了。文章的基本姿态和格局是"摆事实、讲道理","第一""第二"按部就班地展开论述,同时早早抛出核心论点、放出思想革命的胜负手:"祖父子孙,本来各各都只是生命的桥梁的一级",因而社会解放和文化解放必须"先从觉醒的人开手,各自解放了自己的孩子。自己背着因袭的重担,肩住了黑暗的闸门,放他们到宽阔光明的地方去;此后幸福的度日,合理的做人"。[1] 文章通篇气势磅礴,围绕"超越(过去、自己)便需改变"和"以孩子为本"的"生物学真理"("进化")及思想启蒙主题立论并展开,不遗余力地反对种种"旧学说旧手段"、"旧道德旧习惯旧方法"及其导致的"退化状态"[2],直至最后直接向"觉醒的父母"和"觉醒的人"呼吁,在形式上重复或"再现"了开篇处"肩住黑暗的闸门"的主题。

与这种大刀阔斧、真理在握、高举高打的正面论述不同,约四年后的《娜拉走后怎样》,文笔显然更为曲折细腻,表现出更复杂也更灵动的"内容与形式"意义上的文学辩证法以及与之相适应的作者意

---

[1] 鲁迅,《我们现在怎样做父亲》,《坟》,《鲁迅全集》第1卷,第134—135页。
[2] 同上书,第144—145页。

识。原因不难理解:"怎样做父亲"里的"怎样"谈论的是"应该怎样",也就是说,它是在道德律令和价值规范的框架里展开一个推导性的真理陈述;而"(妻子)走后怎样"里的"怎样"却是"可能怎样",这里的问题已经转变为伦理学、社会学甚至经济学的观察和分析。后者不但重新界定了鲁迅文章的社会与思想内容,也重新界定了它的写作方法。鉴于四年多之间中国社会存在的"内容"本身并无本质变化(比如父子关系或夫妻关系的社会伦理实质),所以不妨说,写作方式和作者意识本身的变化是这两篇文章质地不同的决定性因素。鲁迅此时尚未明确文体或风格上的定义,仅在"杂文"(即"论文")和"杂感"间做一称谓上的区分。但两篇文章虽然大体上都属于"论文"或"论说文"类别(genre),在文体和风格(style)上却表现出质的不同;而对"文类"的区分,背后的关切是"写什么","文体"和"风格"提出的问题,则在于"怎么写"。

"父子关系"与"夫妻关系"虽同属伦理范畴,也都是思想启蒙的核心问题,但前者显然带有更多的文明论批判或"道德的谱系"色彩,更多涉及对社会-文化权力关系的探讨;而后者则更容易深入到近代生活世界里的个人与私人领域,同时在两性关系的范畴内天然带有更多心理、情感、人际交往和日常生活形式的内容。话题的变化,也说明鲁迅文章的文体和风格"自觉"本身是一种内在的文学转向,只不过这种深刻的转向因为杂文形式的复杂性,往往未能够在文学现象学和本体论分析中被充分而系统地把握。但杂文形式和杂文自觉都具有十足的文学意义,因为它们都不过是文学内部和外部关系的特殊形态甚至极端形态。

《娜拉走后怎样》从伊孛生(易卜生)的《傀儡家庭》(《玩偶之家》)谈起,因此论题本身带有文艺作品、形象和符号的具体性、个别性和感性生动性,它们都为鲁迅文章引入了内含于语言和形式"媒质"及形象思维本身的"普遍与特殊"的流动效果和象征意味。因此,在文章同它所谈论的社会问题和思想议题之间，事实上已经存在着一个写作和风格的中介。所有这些，在文章开头几个自然段里对《玩偶之家》的剧情介绍和主题/问题归纳中已经充分显示出来。换句话说，这篇文章开始于一出舞台剧的闭幕："她于是走了，只听得关门声，接着就是闭幕。这想来大家都知道，不必细说了。"[1]这同《我们现在怎样做父亲》的开篇形成了鲜明的、戏剧性的对比。

在"内容"方面，《娜拉走后怎样》始于一个具体问题，即"（女主人公）走了以后怎样？"。但鲁迅接着告诉读者，原作者（易卜生）对此"并无解答"——"而且他已经死了。即使不死，他也不负解答的责任。因为伊孛生是在做诗，不是为社会提出问题来而且代为解答。就如黄莺一样，因为他自己要歌唱，所以他歌唱，不是要唱给人们听得有趣，有益。"[2]这个交代一方面固然是一切文学批评的正当起点和前提；另一方面，却暗示了作者自己的写作在文体和风格上"转型"或自我再界定的转圜机制。无论怎样，在这句话之后，对《娜拉走后怎样》的阅读都不得不同时包含这样一种怀疑：这篇文章的首要意义是否也同样不在"负解答的责任"、"为社会提出问题来而且代为解答"，而在于作者本人"是在作诗"、"他自己要歌唱，所以他歌唱，不是要唱给人们听得有趣，有益"？

带着这样的疑问重读鲁迅的《娜拉走后怎样》，便会触碰到文学文本特有的暧昧性、歧义性和开放性，从而为分析和解读打开新的意义空间。鲁迅带着赞许的口吻说起伊孛生的"不通世故"：在一场妇女招待会上，他对自己因"作了《傀儡家庭》，将女性的自觉，解放这些事，给人心以新的启示"而引发的感谢无动于衷（"我不过是做

---

[1] 鲁迅，《娜拉走后怎样》，《坟》，《鲁迅全集》第1卷，第165页。
[2] 同上书，第166页。

诗")。[1] 接着，鲁迅接过剧终时留在观众/读者心中的问题，以一种个人化和形象化的笔调，做了如下想象性的发挥：

> 但从事理上推想起来，娜拉或者也实在只有两条路：不是堕落，就是回来。因为如果是一匹小鸟，则笼子里固然不自由，而一出笼门，外面便又有鹰，有猫，以及别的什么东西之类；倘使已经关得麻痹了翅子，忘却了飞翔，也诚然是无路可以走。还有一条，就是饿死了，但饿死已经离开了生活，更无所谓问题，所以也不是什么路。[2]

事实上，这个"推想"式的"杂感"，已经构成了文章的主题思想本身，或者说，《娜拉走后怎样》这篇论文，在此已经偏离了常规论文的作文法、文体和风格，而进入到文学性写作的自律性逻辑和运行方式之中。这里最值得注意的是具体感性经验对象的出现，也就是"娜拉"这个文学形象，包括这个形象的道德与社会寓意，也包括它指涉的20世纪初中国社会客观存在的、突出的女性、婚姻、家庭、两性权力关系上的具体问题。作为写作的题材内容或"对象"，它不再需要"更高的"真理论述、道德律令和价值体系的加持，而是直接地、感性地挑战着、冲击着作者意识和写作方法，决定着文章的形式和风格特征。与此同时，这种感性、直接性和具体性并不将作者意识和写作实践限制或封闭于某种观念形态的自我论述的闭环系统内，而是默许并鼓励作者意识在语言、情感和思维上的自由和自我指涉，从而使写作在文学范畴内部的自律性得以运行起来。

这里需要强调的是，单纯在思想或观念上，鲁迅早已就"路"的

---

[1] 鲁迅，《娜拉走后怎样》，《坟》，《鲁迅全集》第1卷，第166页。
[2] 同上。

乌托邦和集体实践本质做出过令人难忘的表达。《故乡》末尾关于路和希望的言语就是其中最突出的例子。在《热风·随感录六十六》里，我们也看到"什么是路？就是从没路的地方践踏出来的，从只有荆棘的地方开辟出来的"[1]这样的语句。但前者毕竟是在小说中，在人物、背景和情绪气氛结构中作为内心独白出现，而后者则镶嵌在总体上是乐观的、多少带有说教气的论文文体之内。与它们相比，《娜拉走后怎样》中关于"路"的思考则一方面兼具小说叙事的感性具体性和论文论述的观念直接性，另一方面却同时剔除了前者的"虚构"因素和后者的"概念"因素，因此初步展现出鲁迅杂文独特的文学性和风格面貌。在一般意义上，这也正是在1924年下半年初露端倪、在1925年达到充分"自觉"、在1926—1927年进一步发展并多样化的"杂感"风格，同鲁迅此前创作、收集在《热风》里的时文或"随感录"以及收在《坟》里的部分论文（此时尚被鲁迅自己称为"杂文"）的根本区别。

娜拉的"家庭玩偶"形象，经鲁迅"笼中鸟"譬喻的接续和转化，将问题集中指向了"出路"，即娜拉可能选择的仅有的两条路（"不是堕落，便是回来"）；第三条路因为直通死亡（"饿死"），所以它"离开了生活，更无所谓问题"。第一性的创作，即易卜生的"诗"和剧并不需要回答这个出路问题；但这并不等于这个问题不能以其他方式——比如以一种第二性创作的方式——存在于诗的范畴之内并展开其风格化的形式。事实上，正是在这样的语句和口吻里，《娜拉走后怎样》的杂文性或杂文本质方才全面而深刻地显露出来。

首先，在"论文"延长线的"思想性"或"社会问题"意义上，鲁迅的"路"展现出它自身存在的紧张和战斗性，因为关于"路"的思考事实上正是以拒绝现实中存在的两种选择为其起点的。换句话说，

---

[1] 鲁迅，《生命的路（随感录六十六）》，《热风》，《鲁迅全集》第1卷，第386页。

它是在那条"所以也不是什么路"的方向上发出的提问。在《娜拉走后怎样》里,鲁迅"希望的形而上学"和"激进的虚无主义"思路以具体的经济自由(教育、工作、财产方面的保障)这样看似"温和"的形态出现,但相对于20世纪初的中国社会现实,"自由固不是钱所能买到的,但能够为钱而卖掉"[1]这样的观察,却事实上带有极为激进的社会含义,因为它指向权利("经济权")和制度("经济制度")领域激烈的结构性变革。这种变革所需的基本社会历史条件尚不充分具备,因此作者"不知道这权柄如何取得,单知道仍然要战斗;或者也许比要求参政权更要用剧烈的战斗"[2]。这种战斗意志和战斗意愿,外加对战斗之必然、激烈程度和残酷性的意识和接受,也是鲁迅杂文赖以生成的心理和"性情"结构。在1925年下半年开始的杂文的战斗中突出表现出来的对"烦难的""小作为"的重视(如"梦是好的;否则,钱是要紧的"[3],它本身界定了"剧烈的战斗")、对"高尚的君子们"[4]的嘲笑与议论的蔑视、对"韧性"乃至"无赖精神"的拥抱,在这篇文章中都已经悄悄出现。[5]

其次,也更为重要的是,《娜拉走后怎样》在一个杂文风的开篇后,随即沿着"路在何方"之问,在风格和思想实质空间内打开了一个更自由、更有自我指涉意味的杂文"发展部"。由于文章主题的"妇女问题"面貌,读者也许会忽视下述文句与鲁迅文学整体和基本问题的相关性:

> 人生最苦痛的是梦醒了无路可以走。做梦的人是幸福的;倘

---

[1] 鲁迅,《娜拉走后怎样》,《坟》,《鲁迅全集》第1卷,第168页。
[2] 同上。
[3] 同上书,第167页。
[4] 同上。
[5] 同上书,第169页。

没有看出可走的路,最要紧的是不要去惊醒他。……说谎和做梦,在这些时候便见得伟大。所以我想,假使寻不出路,我们所要的倒是梦。[1]

这段话可以视作《〈呐喊〉自序》中"铁屋对话"的延续,同时它也为《〈华盖集〉题记》里痛苦而清醒的"杂文的自觉"做好了铺垫。它固然是对"玩偶之家"女主人公命运的有感而发,但另一方面也游离了"论文"脉络,在一个更大、更普遍的寓意空间里呈现出新文化和新文学的历史困境和形式－风格危机。显然,在鲁迅笔下,娜拉梦醒之后只得走、走后又只得回来(否则只有堕落和饿死两种结果)这个两难,不仅触及了具体的妇女解放和经济权利问题,而是在更接近鲁迅文学内部矛盾和焦虑的意义上,提出了"(她)除了觉醒的心以外,还带什么去?"的问题。"她还须更富有,提包里有准备",就娜拉的具体处境而言,是指"要有钱"。[2] 在这个具体语境里,鲁迅的笔调和口吻也是幽默、反讽的,或者说是"杂文式"的。但在寓意层面,在"梦醒了无路可以走"这个普遍问题的语境里,这个"富有"和"准备"就无疑指向了在种种虚妄的"希望之盾"统统被宣布无效后,仍能够同空虚和黑暗对峙的意识、意志和能力,而这已然触及到界定鲁迅文学本质的激进虚无主义和希望的形而上学了。

几个月后,在作于1925年1月1日的散文诗《希望》中,鲁迅正面回答了这个问题;而作于1925年12月31日深夜的《〈华盖集〉题记》则是其杂文的展开和系统化。在"论文"标签下,鲁迅把自己时间跨度长达18年的创作收集在《坟》里,这个文集也自然是不同语体、写作样式、创作阶段和写作手法的"杂烩"。在这样的复合体构造

---

[1] 鲁迅,《娜拉走后怎样》,《坟》,《鲁迅全集》第1卷,第166—167页。
[2] 同上书,第167页。

内部，必然有一个对应于"杂文的自觉"带来的文体风格转折的"断裂点"。在文本批评和文学史微观研究的意义上，我们不妨把这个断裂点暂且确定在《我们现在怎样做父亲》和《娜拉走后怎样》之间。

《论雷峰塔的倒掉》、《再论雷峰塔的倒掉》及其他

收入《坟》中、作于1924年的文章在杂文风格的形式表现上并不稳定，而是呈现出"论文"与"杂文"之间的交叉与反复。在《娜拉走后怎样》之后，《论雷峰塔的倒掉》在文体的模糊和位移上尤其明显。围绕雷峰塔组织和调动起来的童年记忆、祖母的故事、民间传说、饮食习惯之类的民俗记述等，使"雷峰塔"指向稍后于1926年2月开始的"旧事重提"（《朝花夕拾》）系列中的一些回忆性散文。它们都有压倒或冲淡"塔是终究要倒的"的"思想性"议题或游离于其外的具体性、感性和"散漫"倾向，也就是说，它们都属于个人化的essay，鲁迅尔后翻译的厨川白村《出了象牙之塔》对这种文学体裁有过相对系统的描述和分析。这种回忆元素也在《论照相之类》中（特别是前两节，即"材料之类"和"形式之类"）大行其道。关于回忆散文同杂文的文体缠绕、它在"杂文的自觉"及其风格拓展过程中所起的作用，我们将在本卷第三部里专门分析。在这里，只需强调这种文体本身内含的文学性或感性形式因素，在《坟》所建立的"论文"文体内部造成的松动、复杂性和暧昧性。

同《论雷峰塔的倒掉》相比，《再论雷峰塔的倒掉》（1925年2月）的杂文色彩无疑更为鲜明。从乡下人挖砖拿回家而竟挖倒了雷峰塔到作者对此的"幸灾乐祸"，从"西湖十景"的残缺到中国各地文化中的"十景病"，具体现象和事件都带有借此说彼、以小见大的寓意性，同时也在隐藏的叙事性主题（修补、偷换、残缺、腐朽、垮塌、灭尽）方面预演了在《谈所谓大内档案》（1927年12月）中充分展开的杂文的历史表现和道德讽喻手法。相对于这种充满能量和流动感的

文体风格形式内部的变化，《再论雷峰塔的倒掉》的论文主题，比如破坏与建设之关系、"革新的破坏"与"奴才式的破坏"之对比，乃至窃砖与"日日偷挖中华民国的柱石"行为的类比，尽管不失其批判的尖锐性，却反倒退居为阅读的背景和次要方面了。

此外，在1924年的《坟》系列"论文"中，《说胡须》也表现出较为强烈的杂文倾向和"文体混合"手法，比如"船夫对话"一段中的直接引语。[1] 单就"论文"和"杂文"在《坟》里的分野与交叉而论，也可以说《说胡须》在现象材料之丰富、个人化的"亲切"和"散漫"等意义上更属于近代散文（the personal essay）范畴，因此在文体风格演变的取向上更接近于杂文；但它毕竟仍将中心论旨保持在某种观念或概念的统一性和"高度"上，故而仍显出其论文的立意、出发点和尚未及清除或"破坏"的既有轨道。

---

[1] 鲁迅，《说胡须》，《坟》，《鲁迅全集》第1卷，第185页。

第四章　世界之路与杂文的歧途

一、世界之路：鲁迅的"成长"

鲁迅是作为一个当代意义上的中年人投身于一场"少年中国"的文化革命和狂飙突进运动的。在《世界之路——欧洲文化里的成长小说》一书的开篇，作者弗朗哥·莫莱蒂（Franco Moretti）有这样一种"文学年龄学"观察：（欧洲）古典文学里的主人公都是成年人或中年人，因为无论他们的生理年龄相对于现代人及其预期寿命而言多么年轻，他们在社会伦理、政治责任和道德严肃性意义上都已经是上有老、下有小且负担着家族、城邦、阶级和文化共同体命运的悲剧英雄。[1]从《伊利亚特》《奥德赛》到《神曲》，史诗作品中的主人公出场时都已经是"成熟的"。与此相对，近代（欧洲）文学里的主人公却是一个年轻人，一个少年。

这不只是甚至主要不是由他们的生理年龄决定的。比如丹麦王子哈姆雷特登上世界舞台时，年龄应该是30岁左右，按文艺复兴时代的人均寿命预期，其实并不小了。事实上，莎士比亚笔下优柔多思、尚未娶妻的王子比荷马史诗里的英雄、丈夫和父亲更年长。然而，"现代世界的读者却选择性地遗忘了哈姆雷特的年龄"，因此这位王子在近代

---

[1] 参看 Franco Moretti, *The Way of the World: The Buildungsroman in European Culture*, New York and London: Verso, 2000, pp. 3–14。

文学史上始终是一位青年形象。他属于这样一种近代世界"新人"的谱系：他们内心复杂而柔弱，充满矛盾和不确定性；他们的人生尚待展开，但由于其理想性和由此而来的落落寡合，却已经与世界处在一种难以调和的冲突之中。他们特殊的内心状态和内心构造，他们冗长的、似乎永无终结的"漫游时代"或"求学时代"，以及他们同他们所处环境或"世界"磕磕绊绊的关系，都给他们的形象打上了一层永恒不变的"青春"的忧郁色调。他们的"世界之路"刚刚在脚下展开，或不如说，他们刚刚上路，并将通过迷失和挣扎在这个世界中而收获自己的"教育"和"成长"，最终获得一种客观的、具有历史意义的伦理、道德、精神和社会确定性。

在这个意义上，鲁迅的文学形象——包括其自我形象和他在作品中创作出来的人物形象——都同时具有十足"青年人"、"学生"、"漫游者"及"孤独者"的特征。这种形象的时代性和内在的"浪漫"气质并不因为东亚的近世或"现代性"的姗姗来迟而减弱其审美效果和诗一般的魅力。白话革命和新文化运动内在的青春形象在《新青年》这样的杂志刊名上得到准确的反映，但中国读者似乎并未选择性地忘记，此时的陈独秀、李大钊、鲁迅都已经并不是一般意义上的"年轻人"。[1]

无论在1918年还是在1925年，文学鲁迅的"精神年龄"和人生阶段论内涵都并不能仅仅由这种"既是中年、又是少年"的二重性予以完整概括。相对于古典文学主人公的"早熟"，和近代欧洲市民阶级"成长"及其精神传记主人公的"晚熟"，处于白话革命和新文化运

---

[1] 陈独秀出生于1879年，比鲁迅大两岁，《新青年》面世时已经39岁。李大钊1889年出生，比鲁迅小8岁，但其文学形象或文字形象一向不是一个"年轻人"。只有胡适（1891年出生，比鲁迅小整整10岁），在白话革命中"暴得大名"，从美国留学回国后的公众形象可用"少年得志"来形容。这种不同大体上与他们在"新文化"大前提下各自鼓吹的思想以及个人文字风格的内在复杂性直接相关。

动开端和前期的鲁迅，在年龄、气质、性格、教养及同所处社会政治环境之间的关系等方面，同时也是或不如说更是一个"例外"，一个反证和麻烦。以鲁迅个人的爱情婚姻生活为例，我们看到，直到1925年的"转折期"，鲁迅是同时作为一个旧式包办婚姻"无性生活"模式下的"已婚者"，和一个新时代、新文化、新道德精神氛围里的"未婚者"生活着的。由于妻子不过是"母亲给予我的一个礼物"，以及由此而来的仅仅存在于名分上的婚姻，所以鲁迅形象相对于古典文学意义上的"成熟的""成年人"而言，缺乏子嗣这个必要的搭配。"自由恋爱""女性解放"作为白话文学和新文学的核心议题大量、经常性地出现在新文学作品中，但这些议题在鲁迅的创作中相对较少，出现的时间也相对较晚——《娜拉走后怎样》作于1923年年底，要点是作为社会问题的女性经济独立；而《伤逝》的完成则迟至1925年10月，它有时也被称为"鲁迅唯一爱情题材的小说"，但实际上就创作时间和作品风格来看，却更应该被放在"转折期"甚至"杂文的自觉"的分析框架内予以讨论。无论如何，"自由恋爱"和"女性解放"这些五四新文化运动时期的"主导动机"无形中也给鲁迅形象打上一层永恒的青年和青春色彩，而鲁迅私人家庭生活中的不美满、孤独和痛苦，虽然在某些方面突出了人到中年、囿于传统伦理规范的挫折感和疲惫感，但同时客观上也将鲁迅形象及其内在生命能量保持在一个不满足、渴望、寻觅、骚动和决绝（如"我可以爱"这样的自我宣示）那样的浪漫、反叛的基调上。这种精神上的"永恒的青春"，与生理年龄、社会经验、阅历思想和名望地位上的"中年"状态，无疑有结构性矛盾并时时发生冲突。在个人感情生活领域，鲁迅和许广平的"师生恋"及此后的出走厦门、相聚广州、定居上海，为这种矛盾冲突带来现实层面的解决，但并没有也不可能在精神世界和哲学层面把它取消。在形式层面，它仍需要在鲁迅文学风格的内部空间去探索一种更高、更有力、更自觉的综合和强化。事实上，日后编辑《两地书》中的书信写作,作为鲁迅生活同写作文体之间的紧张和戏剧性矛盾及其风格化、作者式(writerly)表达,本身可以作为鲁迅文学发展"转折期"的一种示范性、象征形式。这种文学经验和技法内部的形式调和,同"杂文的自觉"有着千丝万缕的关系。

在那篇对于文学鲁迅的自我形象、语言风格和道德基础之"定妆"与"亮相"都具有决定意义的《〈呐喊〉自序》中,我们看到少年鲁迅的"成长"同"少年中国"的精神漫游和集体创伤交织在一起,但这个复调的、遵循严格的"国族寓言"(national allegory)和声对位法的虚拟自传体"赋格"作品,本身却带有一种内在的、预设的回溯性透视角度、口吻和判断。那些"少年"和"青年"的经历、心境、感受和外在情状,都已经被一种略显老成、带着一定沧桑感和反讽意味的文学品位所覆盖和重新编织,且仅仅在后者的道德、情感、精神结构和氛围里方才获得其叙事上的位置和意义。甚至可以说,青春时代的苦闷与梦想、绝望与挣扎,不但是透过"中年气质"的反思和描摹方才得以进入意识和语言的世界,更是被这种带着苦涩的沧桑感和挫折感的回溯性写作"发现"或"发明"出来的。与此同时,那种少年中国的梦想与激情,包括它的生命意志和对形式创造力的不懈追求,又被微妙、曲折地保留在一种"中年气质"的历史视野和叙述口吻之中;它们一同构成鲁迅文学风格最基本、最可辨认的"作者的签名",即那种在沉郁低回中奋力向前的矛盾韵律,那种反抗窒息的深呼吸,那种在寂静长夜的深处忽然流动起来的破晓前的微风。

在《世界之路——欧洲文化里的成长小说》里,莫莱蒂把关键的第一章命名为"文明的舒适"(The Comfort of Civilization)[1]。这个题目是饶有深意的。通常人们对"成长小说"的印象和观感,往往更多聚焦于年轻、天真、充满理想和野心的(男)主人公同既有社会习俗、

---

[1] 参看 Moretti, *The Way of the World: The Bildungsroman in European Culture*, pp. 15–74。

等级、制度和价值观念的冲突。莫莱蒂虽然对黑格尔意义上的近代市民社会的现代性或"世界的散文"观念十分熟悉（该书第三章即以"世界的散文"为标题），对德国和英国浪漫派以来个人同环境的冲突、近代个人及其自我意识所包含的浮士德精神，以及启蒙时代和平民社会的"英雄史观"内含的悲剧的"幸福观"（以苦为乐、以苦恼和艰辛为"幸福"，等等）了然于心，但他仍然明确指出，欧洲成长小说的历史条件是近代市民社会的经济、社会、法律和政治制度，即资本主义自由市场经济和法权秩序基础上的社会环境。换句话说，作为"成长小说"乃至"成长"或"教育"（Bildung）观念之"故事原型"的社会关系和历史动态，客观上是个人与环境、个体与群体、梦想与现实以及当下行动与文明规范母体之间的相互认知、彼此适应和最终的集体认同。这其实也是这本书副题"欧洲文化里的成长小说"的题中应有之义。

反观20世纪初的中国，对于鲁迅和新文学第一代作者而言，在觉醒了的个体与其社会环境、伦理传统和价值系统之间横亘着的却不是"文明的舒适"，而恰恰是后者的崩溃和缺失。换句话说，在新文学发生之初，个人成长/教育的"故事原型"的基本社会内容和历史情节不是"文明的舒适"，而是"文明的痛苦"和"文明的不满"。这也是为何《狂人日记》《孔乙己》《故乡》《阿Q正传》《祝福》和《伤逝》等鲁迅小说中的名作和精品，在"世界之路"的意义上都只能是"非成长小说"或"反成长小说"，因为它们都不是在同自身现实环境和文化-价值母体的"妥协"中，或在对其最终的接受与认同的意义上进入"世界之路"并在其中展开叙事和想象的。恰恰相反，它们都是在对自身"文明"母体的叛逆、反抗、批判和拒绝中，在价值与存在的断裂和虚无中寻找"立人"的可能性。对于新文学最初的创作者和他们笔下的主人公来讲，这场反叛不仅是空前激烈的，而且必将是旷日持久的；他们都注定在这场斗争中以年轻的姿态老去，并以这种老去的方式永远年轻。如果他们抱有一种文明的自觉,那么它最根本的时代特征和精神气质,可以说正是"舒适"于"文明的舒适"之缺席,"满足"于"文明的不满"并"快乐"于"文明的痛苦"。这是在传统伦理世界和名教秩序崩溃的深处,在社会发展乃至文明参照系发生根本性转换之际的文化斗争。这种斗争的迫切性和自然正当性召唤出"少年中国"的浪漫精神和"摩罗诗力",但它的系统性、长期性和艰苦性,却需要并且锻造出一种古典意义上的理想"中年"人格,特别是作为其"性格特征"核心的沉毅、坚韧和责任感,以及能够使他们与绝望、虚无和混乱对峙下去的信念和技能。在近代世界文学范围内,以"成长小说"这个特殊文学类型为参照,我们可以看到中西"立人"与"成长"的结构性差异。它不仅仅在价值和历史实质上带来现代中国和近代欧洲"新人"形象及其所蕴含的经验及情感丰富性的巨大差别,也在文学形式上决定或限制了新文学最初的创作在小说或故事(Roman)体裁和风格空间里的发展形态。

  这种历史条件的制约,在鲁迅杂文转向中的作用是不言而喻的。从新文学自我"建设"的历史视角看,鲁迅文学最终是在杂文而不是小说里找到了自己的"世界之路",完成了自己的"教育"和"成长"。它也是在杂文而不是小说里找到了自己终极性的"文明的舒适",即个体在其终极历史视域之内的适应甚至"得其所哉",也就是鲁迅在《〈华盖集〉题记》所表达的"杂文之爱":"我的生命,至少是一部分的生命,已经耗费在写这些无聊的东西中,而我所获得的,乃是我自己的灵魂的荒凉和粗糙。但是我并不惧惮这些,也不想遮盖这些,而且实在有些爱他们了,因为这是我辗转而生活于风沙中的瘢痕。凡有自己也觉得在风沙中辗转而生活着的,会知道这意思。"[1]这是一种不和谐的和谐,一种紧张中的放松乃至游戏,一种"惟黑暗与虚无乃是

---

[1] 鲁迅,《〈华盖集〉题记》,《鲁迅全集》第3卷,第4—5页。

实有"[1]的诗的自我实现；它也是以挣扎和斗争为其政治本体论真理的生活和写作。简单地讲，它是一种战士或"猛士"的"舒适"，一种将"例外状态"（即危机或"紧急状态"）常态化的边缘和前卫写作。以20世纪初中国文学发展的可能性条件和形式－技巧资源而论，杂文显然比小说更能够胜任这种边缘和前卫写作的要求，因为杂文更适合于牺牲形式结构的人工完整性，转而通过自身文体和语言风格的零碎性、灵活性和瞬间局部能量峰值，去对抗、吸收、捕获和提升外界事物，在不断的即时性的碰撞中确立白话文相对于其历史现实的诗学特权和认识论优势。

鲁迅在传统社会下的家庭环境里度过童年和少年时代，接受古典教养，因15岁丧父、家境陷入困顿而上西式学校，即所谓"走异路，逃异地，去寻求别样的人们"。[2]留学期间所接受的自然科学教育、流亡革命党人组织的复古主义小学研习以及早期的文学兴趣和活动，一方面让他处于某种社会革命和文化革命的潮头，但另一方面也将他置于社会、文化和政治的边缘。在日后鲁迅文学作品里反复出现的故乡里的异乡人、在众人里自我流放的孤独者、家庭和族群里的狂人、没落的零余人和激进革命者，在具体的作品分析和文学史阐释之外，都带来一种有关古典和近代之间的"文化冲突"和"趣味交叠"的双重意味。一方面，这个在鲁迅所有文字中间游荡的形象是一个标准的坚决而急进的近代人或现代人，因为这个形象自始至终是否定、变革和更新的担当者，始终投身于创造现代价值和与其相匹配的时间和生命概念，始终站在由变革和创造带来的情绪、情感、趣味和意义一边。另一方面，这个形象又具有独特的、在文化连续性或文化怀旧意义上绵延着的古典气质。如果前者具体体现为进化论、西医、近代自然科

---

[1] 鲁迅，《250318 致许广平》，《鲁迅全集》第11卷，第467页。
[2] 鲁迅，《〈呐喊〉自序》，《鲁迅全集》第1卷，第437页。

学、"为人生"的近代西洋文学美术直至唯物史观这样的"历史科学"概念体系，那么后者则以一种个人化的（中国）古代文学谱系为灵感来源和精神凭恃，其中屈原、司马迁、魏晋文人（特别是嵇康和陶渊明）占有特殊的地位。这里特殊的传记分期意义在于，当鲁迅以"少年中国"为名，从这个集体理想出发去拥抱（西方）近代文明及其普遍价值时，他本人伦理自觉和文化自觉的经验载体和精神气质却是"成年"或"中年"性质的，带着个人史、家族史和国族史多重层面的沉痛、急迫、决绝和责任感、使命感。当鲁迅以一个沉郁、孤独、失去传统连续性庇护的、多少有些"未老先衰"感觉的文化古国（甚至是亡国）的遗民身份沉浸在古典文章的余韵中的时候，在文字、文章、形象和形式空间里，他却又生机勃勃、个性洋溢，在风格上呈现出一种独特的能量、才思和不拘一格的变化、复杂性和微妙感。后者虽不能说是一种"少年气象"，但就其创造性和"创造性破坏"的文学本体论逻辑而言，无疑却是"现代"的、"常新"的。

　　鲁迅不止一次提到自己是因为家庭原因和经济原因从日本回到故乡。彼时的中国在国际法意义上仍然是"清国"，也就是说，归国时的鲁迅仍然是大清王朝的属民，尽管这个身份很快就因辛亥革命、清帝逊位、民国成立等一系列历史事件而改变。这些外在历史事件本身并不足以促成鲁迅的精神生活状况和写作生产实践的决定性的、质的改变。也就是说，对于文学鲁迅的诞生、持存和发展而言，辛亥革命和民国本身都不是决定性因素和充分条件，虽然它们无疑是重要因素、必要条件和环境变化的一个节点。这种非决定性和不充分性，可以由鲁迅在经历新文化运动高潮后复归沉寂和苦闷而得到进一步说明。事实上，20世纪初叶中国社会经济现实、政治现实、民众伦理－道德－心理结构等诸方面，对于"新文化"和"白话文"发展的内在理念和逻辑而言，都构成了一个总体性的、长期的历史给定条件和限制。作为一个实际存在的历史世界和生存现实，这种历史给定条件和限制并不会因为一场充满激情和创意的文学革命和思想革命而被彻底颠覆、"超克"或"扬弃"。相反，它恰恰注定将作为这种文学革命和思想革命的客观环境、生存境遇、文化生产场域和笼罩性的意识形态氛围，而与其长期、全面地对峙，并通过这种长期的对峙状态，从内部影响甚至决定着 20 世纪中国文学和思想的历史内容和形式结构。这种历史境遇和存在情绪事实上也一直决定着鲁迅文学和中国新文学的革命性、激进性、创造性，决定着这种"新"或"新生"的未来指向。与此同时，这种外部环境也决定了个人体验和集体经验的内部构造。

这种特征在五四运动前后，通过《新青年》等阵地，以一种乐观、进取、激昂的方式显示出来。但因为 20 世纪中国的"新文化"与"旧传统"或"旧世界"之间注定的"持久战"和拉锯战，新文化潮流必将很快由一开始的高潮期转入低潮或平台期。即便在蔡元培执掌的北京大学，"新文化"客观上也只能以同"旧文化""和平共处"，以"并存"或"兼容并蓄"的方式才能作为"思想自由"的一种表现而获得体制意义上的正当性。在此期间，鲁迅文学的"自我实现"——包括其内在能量、社会思想内容、历史可能性和风格面貌的明晰化、客观对象化——仍需经历一个不自觉的、被迫的二次爆发或二次革命（由此才能逐步转入日后自觉的、不间断的"继续革命"）。之所以说是"不自觉的"和"被迫的"，是因为作为"文学革命"和"思想革命"（甚至伦理革命、社会革命）的"新文化"，此时仍然不得不与其具体的社会历史境况一次又一次正面碰撞，陷入苦战、混战和长期消耗战，在此过程中不时面对孤立无援、四面楚歌的战场局势，甚至落入"无物之阵"或"鬼打墙"的窘境、逆境、险境和绝境。

二、杂文的歧途与希望的形而上学

至此，"人生的中途"在鲁迅文学发展和作者文学生涯的意义上获得了一个相对清晰的界定,即指的是处在以《呐喊》和《热风》为里程碑的文学革命-思想革命的"狂飙突进"时代,和以"上海时期"炉火纯青、兼收并蓄的"诗史"般的杂文为完成形态的"光辉十年"之间的艰难、晦暗、迷茫、痛苦的过渡期、转折期、摸索期。在这里鲁迅文学完成了最后的决定性突围行动。

这是一次鲁迅文学生涯的历史性转场:社会环境和条件的转换不仅仅是地理意义上从北方到南方,而且也是政治经济学意义上从官府、学府向社会、市场以及更为具体、动态、显明的阶级关系和政治性的过渡。在一个更具体的意义上,这也是从狭义的新文学体制(即白话革命元老及其同人杂志网络)向广义的现代文学生产机制(即印刷媒体、大众时尚、不同文学流派之间的党派斗争,以及文学领域对社会领域里的政治斗争乃至军事斗争的"摹仿")的决定性转移。北京虽然是北洋政府机关和包括北京大学在内的高等学府所在地,但在近代社会政治的"经济决定"意义上,仍处于落后、保守、传统和闭塞的总体文化氛围的中心。相反,作为近代通商口岸、华侨社会缩影、国民革命("二次革命""北伐")中心,作为"十里洋场"及"半殖民地半封建"经济社会结构的集中体现,厦门、广州、上海则在器物层面,同时也在行为规范、伦理习俗乃至社会观念层面相对具有更高的开放性、先进性和具体性。作为青年时代就被迫"逃异地""将灵魂卖给鬼子"[1]的西式学堂学生和留日学生,鲁迅自然无须通过这些实地近距离感受"现代性"的冲击,但这些地域,特别是上海这座近代中国最西化、最多样化、经济最发达同时也是各种政治化力量和文化力量获得最充分表达的大都市,仍然不失为鲁迅文学高峰期和自我完成时期的恰当环境和背景。这么说同鲁迅对城市环境的个人好恶无关(事实

---

[1] 参看《〈呐喊〉自序》中的自述,以及鲁迅文章中屡次触及的寻求"走异路,逃异地,去寻求别样的人们"的冲动和憧憬。《鲁迅全集》第1卷,第437页。

上他一直更喜欢北京）。但上海（准确说是上海租界或"半租界"）依然成为鲁迅文学最后的"阵地"和"壕堑"。就鲁迅离开新文学发动的大本营（《新青年》、北大、北京）和常规意义上的纯文学体制（小说、抒情诗、美文、学术论文，等等），而仅携带"杂文"这样边缘甚至"不入流"的短兵器或轻武器进入现代性大都会的丛林而言，这种转场事实上带有十足的"出了象牙之塔"而进入历史旷野中的游击战的意味。这种战略性转移，正是对"人生的中途"所遭遇的困境、危机、难题和针对鲁迅文学提出的内外压力的回答。因此作为一场突围行动的"杂文的自觉"，是针对客观局势做出的战略意识和策略选择，也就必然在文学风格和写作方法内部包含着一种或隐秘或公开的事关鲁迅文学和文学鲁迅生死存亡的"政治强度"。这种文学行动的象征意味，以及它同日后中国革命道路选择的可比性和寓言对应关系，不能不说是高度个性化、具有极端自我意识和文学自律性的。这也能在一定程度上解释，"不合群"的鲁迅文学，何以会成为新文化左翼和新中国文学文化建制的总体上的艺术标准和精神寄托。

对这样在无路可走的地方走出一条路来的决断、行动与冒险，鲁迅本人在《故乡》中做过"希望的形而上学"层面的思考和辩护。[1]在"女师大风潮"初期（1925 年 3 月）给许广平的书信里，鲁迅则提供了一个更个人化、略带喜剧性和自嘲口吻，实际上却是颇为认真的版本：

> 走"人生"的长途，最易遇到的有两大难关。其一是"歧路"，倘是墨翟先生，相传是恸哭而返的。但我不哭也不返，先在

---

[1] 鲁迅在《故乡》的最后写道："我想：希望是本无所谓有，无所谓无的。这正如地上的路；其实地上本没有路，走的人多了，也便成了路。"《呐喊》，《鲁迅全集》第 1 卷，第 510 页。

歧路头坐下,歇一会,或者睡一觉,于是选一条似乎可走的路再走,倘遇见老实人,也许夺他食物来充饥,但是不问路,因为我知道他并不知道的。……其二便是"穷途"了,听说阮籍先生也大哭而回,我却也像在歧路上的办法一样,还是跨进去,在刺丛里姑且走走。但我也并未遇到全是荆棘毫无可走的地方过,不知道是否世上本无所谓穷途,还是我幸而没有遇着。[1]

这种不把穷途当作末路,在无路可走时也要跨进荆棘丛中"姑且走走"的态度,难道不正是"没有路"而"成了路"的唯一现实路径!这也是鲁迅在面对"我们人生的中途"时表现出与但丁笔下的"我"截然不同态度的内在原因,其本质是一种强烈的现代精神,虽然这种现代精神本身又是经过中国传统文化,特别是其中某种特殊的精神气质和生活态度所浸润和滋养的。从现实社会里的革命性实践着眼,这样的转换必然是打破一切常规的深层颠覆和集体性突变。但在文学意义上,在文学本体论的内部,这种形式的瓦解与创造、穷尽与创新的韵律,却实则是文学生产实践的审美常态。它周而复始的自我超越和自我实现,在文学本身的历史发展中表现为个人将自身现实境遇里的"可能性条件"转换、凝聚、再造和赋形为一种亦旧亦新、独一无二的文学语言、文学风格和文学意识。

在这个路途上,鲁迅无疑也是需要指引的,但此时的他既没有浮吉尔式的老师和向导,在精神和语言上带领他穿过地狱和炼狱;也没有贝雅特丽齐这样既在地面上又在天国中的"不朽的女性"等待着他,迎接他进入永生。在此"人生的中途",鲁迅所有的、可以凭恃的,唯有自己的人生阅历和记忆;唯有属于自己的文字、句式、文章技法和最终结晶于"杂文的自觉"的风格整体和创作原则。读者或可以从鲁

---

[1] 鲁迅,《250311 致许广平》,《鲁迅全集》第11卷,第461—462页。

迅对汉文学史、魏晋风度的匠心独运的谱系学建构中辨认出一种白话散文的源流意识（周作人则于30年代通过晚明"公安派""竟陵派"散文构建起自己的"小品文"源流和谱系），并认为这种看似面对过去的文学自觉，本身具有明确的未来指引的功能。读者也不妨把鲁迅日后在上海时期的唯物史观和无产阶级文学观念转向，视为他为以杂文为核心的文学生产方式建立的普遍性历史地平线。但此刻，所有这些都只在"杂文的自觉"意义上才是具体的、明确的。当创作者鲁迅面对存在的困境及文学本体论内部的危机时，它们也都在客观上帮助他完成一次决定性的自我突破。

由此延伸开来做一推论，可以说中国革命和中国现代性的历史展开，本身在新文化和白话革命的内部预先种下并保持了一颗精神的种子。这粒种子注定在时间和现实中植根、破土、生长、壮大，因为它的生命基因本身包含着将"成"（becoming）理解、转化为"变"（change），并把这种"变"的观念和形式游戏推入实践（praxis）和行动（action）领域的能量、勇气和自信。唯其如此，在这个关键意义上，我们就必须强调作为自律性、政治性行动的鲁迅文学，包括鲁迅的作者意识和风格自觉本身，它们都为鲁迅作品的阅读、分析和解释提供了独立的、终极性的边界、说明和保证。换句话说，任何将鲁迅文学简化为观念和思想，再从社会史既成事实、政治史建制和意识形态正统中去寻找、印证或征用这些观念和思想的做法，都在历史和方法的双重意义上犯了前后不分、本末倒置的错误。在文学批评的意义上，这种做法都只能这样或那样地限制和压缩鲁迅文学本身的内在张力和阐释空间。然而，鲁迅文学——特别是鲁迅杂文——的持久魅力，却正来自这种内在于写作风格和作者意识的自由、自主、决断和行动；来自伴随着这种自主行动并使之成为可能的道德勇气、情感的丰富与诚实、思维的尖锐与颠覆性；同时来自与这种特殊的主观性所不断逼近、碰撞和交锋的物的世界和人的世界的客观性、具体性甚至杂乱性。这种随同杂文的苦战而展开的杂文经验、杂文题材、杂文对象和"内容",也决定了杂文的形式和风格。

三、鲁迅文学的"成为自己"

1924—1927年间的事件和变化虽然标示出鲁迅"人生的中途"的外部风景,但事实上仅仅是作为外因,诱发和促成了鲁迅文学的过渡和转折。以1925年《华盖集》为始,经1926年《华盖集续编》的延续和发展,至1927年《而已集》为终点而完成的"杂文的自觉",则表明这个"中途"的文学风格内部的实质,即文学写作手法和策略的改变。这也是一次作者意识和风格自我形象的再造和明确化,是一种同时兼具鲁迅个人意义、中国新文学发展历史意义和文学本体论意义的形式解决和危机克服。所谓"杂文的自觉",不过是上述这一系列文学行动、思想行动、意识动作和风格调整的统称和简称。

新文学创作的第一波成绩及其广泛的社会影响,给鲁迅带来巨大的文学声誉和社会名望,在一般作者那里已足以作为坐享余生的资本和凭借。但即便《呐喊》与《热风》作为白话文学革命史上的经典和范例,经由现代民族国家的印刷文化变得家喻户晓,这种盛名对于鲁迅本人来说,却依然不免是可疑的、不足为据的。鲁迅对自己的创作在质与量两方面的有限性、对其特殊的时代决定和历史"当下性"的条件限制,都有着清晰的意识和判断;这让他毕生始终怀疑自己作品的"艺术价值"。这种怀疑所基于的标准,不仅属于审美范畴,也属于道德伦理和科学真理范畴。这一方面表明鲁迅在新文学起源的历史时空里,本来就有超出狭义文学范畴的活动范围、活动能力和兴趣抱负;另一方面,也大大提高了文学范畴内的门槛或"赌注",事实上已将大部分规范性文学创作的可能性排除在外了。在整个中国新文学历史上,唯有鲁迅,在自我与写作的根本关系上具有这种深刻的不确定性和思辨色彩。

在作于1925年5月、随后在6月发表于《语丝》的一篇《自叙传略》中,鲁迅谈到前期的小说创作,特别是《阿Q正传》,同时借机回应"运交华盖"期间徐志摩、陈西滢等人的讥讽。他这样平实地列举和盘点了自己迄今为止的创作:

> 我在留学时候,只在杂志上登过几篇不好的文章。初做小说是一九一八年,因了我的朋友钱玄同的劝告,做来登在《新青年》上的。这时才用"鲁迅"的笔名(Penname);也常用别的名字做一点短论。现在汇印成书的只有一本短篇小说集《呐喊》,其余还散在几种杂志上。别的,除翻译不计外,印成的又有一本《中国小说史略》。[1]

从鲁迅作为作家的个人史发展路径和走向来看,在1925年的尽头,通常读者心目中作为鲁迅(纯)文学"创作""最高水线"(high water mark)标志和里程碑的《彷徨》《野草》《朝花夕拾》都还没有问世[2],虽部分篇目已经发表,但鲁迅写作是以作品集为基本单位的,这不仅是以短制为主的文学生产的一般编辑原则,更具有鲁迅创作分析和阐释上的特殊的批评意义和审美意义;更不用说鲁迅本人作为创作者的作者意识和风格成形,往往集中体现或结晶在这些作品集的题名与序跋(及初步的选篇合集考虑)之中。因此,无论在作者的自我知

---

[1] 鲁迅,《著者自叙传略》,《语丝》,1925年6月15日,收入《集外集》,《鲁迅全集》第7卷,第86页。
[2] 《彷徨》1926年9月鲁迅离开北京在厦门大学任教期间印成。《野草》1927年9—10月间出版,收入鲁迅自编的"乌合丛书",此时鲁迅已同许广平一道离开广州移居上海。《朝花夕拾》1928年9月由北平未名社初版。《坟》迟至1929年方问世,由北新书局出版。

识（self-knowledge）意义上，还是在批评和文学史研究意义上，相对此刻的鲁迅，这些"艺术作品（集）"都还处在一种朦胧状态，尚未具体成型。而杂文生产的整全面貌，就更是悬置在未来时态中的某种"尚待出现"的可能性和或然性。它是否能够出现、能否以我们后来看到的这种面目、样式、风格、强度和个性特征出现，都还是未知数，还取决于鲁迅此刻所面临的艰难、痛苦的选择。这种选择不但在文学和审美意义上是不明朗的，也在个人意义上充满了不确定性甚至偶然性。

> 但不幸我竟力不从心，因为我自己也正站在歧路上，——或者，说得较有希望些：站在十字路口。站在歧路上是几乎难于举足，站在十字路口，是可走的道路很多。我自己，是什么也不怕的，生命是我自己的东西，所以我不妨大步走去，向着我自以为可以走去的路；即使前面是深渊，荆棘，狭谷，火坑，都由我自己负责。[1]

1925年5月，在鲁迅写下这段话的时刻，《彷徨》中大部分篇目已经写毕，《野草》的写作已经过半，收入《坟》的论文，在白话系列开始后，已有了包括《灯下漫笔》这样较为晚近的、"转折期"内的创作。将于年底编为《华盖集》的杂文，此时完成了三分之一（33篇中的11篇）。作为"转折期"内最重要的翻译活动——厨川白村的《出了象牙之塔》和《苦闷的象征》——则已经在两个月前分别连载、出版。

显然，鲁迅此时的创作状态绝不是枯竭或"难于举足"、走投无路；恰恰相反，它呈现出来的是多种可能性齐头并进、交相辉映的繁荣局面。鲁迅自谓的"我自己也正站在歧路上"，一方面的确应取更为

---

[1] 鲁迅，《北京通信》，《华盖集》，《鲁迅全集》第3卷，第54页。

积极的解释,即"站在十字路口""可走的道路很多";但另一方面,"歧路"又的确透露出作者主观感受上的困境、危机和选择。不管这种感受是意识层面的、清晰的,抑或仅仅是一种模糊的、本能的"第六感",它都对应着鲁迅文学在此关口的客观境遇,对应着它所面临的深刻的内部压力、焦虑和外部不确定性。从鲁迅文学生涯的整个轨迹以及新文学第一个十年所面临的挑战看,这种压力、焦虑和不确定性是并不难理解的。从宏观上看,这些无疑都是新文学的历史焦虑和文学形式内部的焦虑,它们其实内含在新文学的历史抱负和使命之中,即它必须创作出能够同中国古典文学和西洋近代文学相媲美或相抗衡的文学。更具体地讲,是要在打破和摒弃由"文言"所承载的文化道德、精神权威和审美规范的同时,把用白话创作的现代的文学,在古典传统的历史断裂和悬置中,作为其新生和来世建立起来。

这种文学和文明传承内部的压力或"影响的焦虑",对于像鲁迅这样的五四新文化第一代创作者来说,构成了一种独特的、历史性的创作环境和创作动力。这些人的早年教养都深深植根于中国古典文学和文化,即便在白话革命之后,他们在私人读写空间里往往也实行着文言-白话并行不悖的二元方式;但在思想、价值、文化政治和公共性文学创作领域,他们却都是"一元的写作态度"[1]和原则的自觉遵奉者与实践者。于是,白话革命和新文化运动所带来的"古今之变",就必须在新的形式-风格空间内部,通过新文学的艺术创造性和赋形能力才能够获致文明、情感、审美和道德意义上的综合、和谐与统一。对这种语言形式和审美风格传承之断裂的克服,无疑在新文学内部形成一种参照,提供了文明传承与创新的眼界、标准和灵感滋养。作为新文学第一代作家的前卫和标杆,鲁迅实际上面临这样一种悖论或内在

---

[1] 周作人,《〈中国新文学大系·散文一卷〉导言》,《中国新文学大系》第6卷(周作人编选),赵家璧主编,上海:良友图书出版公司,1935,第1页。

紧张：他越是作为一个作家个体，代表中国文学传统历史视野的最前沿、不断深入到中国文学源流的无人区和未知领域，他就越要在写作内部面对这种传统本身最本质、最富于个性和创造性的因素的召唤和凝视。这种内在的标准不可避免地使得鲁迅文学自身的参照系变得复杂了，同时也使它变得更明确、更严格了。

换句话说，这种潜在却无孔不入的影响，迫使鲁迅在一种难以言传但极为具体的意义上，有意识或无意识地寻找某种与中国古典文学最高标准相通、相匹配的词语、句式、形式、结构、文体、风格，以及作者的自我形象、气质和道德要求。因此，尽管就精神空间的独立、开拓与深化方面，鲁迅可谓新文学第一代作家里在"西化"路径上走得最远的，但在一个更为隐蔽的意义上，他又像中国新文学的长子或长兄，最能够将新文学内部的古典源流"内在化"为自身文学空间赖以成立的固有矛盾。这种矛盾既是记忆的负担，又是灵感的源泉。它像一颗"隐蔽的太阳"照射着鲁迅文学，赋予它一种光泽、阴影、温度和能量。在文体意义上，这种传统之"缺席的在场"事实上排除了话剧、新诗等文学生产样式的可行性；并进一步在（与韵文相对的）"散文"世界里，限制了俗文学或近代西洋所界定的"小说"形式自律性的充分发展，同时，又像一种遥远的太空引力场一样，不断地将鲁迅文学生产方式转向书写、文章、散文和"杂文"意义上的"文"。甚至不妨假定，就鲁迅杂文的终极效果而言，那些在近代西洋文学的"文学"观念和体制里被放弃的，都可以在中国文学源流内部的"文章"谱系中得到补偿。

在文学形式－审美的"经济学"意义上，鲁迅文学的终极形式，实际上已经被结构性地决定在散文和杂文的范畴，虽然它的第一次爆发或"诞生"主要体现为小说的形式，但在批评的意义上"回头看"这个"事件"或奇迹，我们会发现它本身相对的偶然性、一次性和不可持续性。虽然鲁迅早期创作在主观意图、兴趣和指导观念上都偏向小说，此后在小说创作路径上也一再努力；虽然在整个"转折期"乃至"杂文的自觉"极点，鲁迅都对小说这样的主流文学生产样式恋恋不舍，并在此期间饱尝深刻的自我怀疑，甚至一度把杂感和杂文写作视为生命的虚掷（至少在修辞层面），但他最终走向杂文的姿态是决绝而自信的，因为这个选择和决断乃是鲁迅文学从存在到意识、再从意识到自我意识的结构性逻辑产物。由此我们也可以反过来断言，中国古典文学相对于鲁迅文学来说，本身具有一种前提性的、总体语境和结构上的决定意义，尽管这种决定作用是以缓慢、长期、隐形和柔性的方式发挥其效应的。

另一方面，作为世界文学一部分、作为近现代个体和近现代国民文学的中国新文学，毫无疑问又是以近代西洋文学作为自身起源和发展的直接的、时代性的、文学本体论意义上的参照系。如果从文艺复兴开始算，到20世纪初，近代西洋文学已经有了数百年的积累，呈现出峰峦叠嶂、气象万千的鼎盛期面貌。这种近代国民文学和个体文学不但在欧洲现代语言分布上，在不同民族社会–文化发展的特殊环境、条件、道路和经验层面呈现出令人目不暇给的丰富性、个性和独创性，而且整体上也得益于"文艺复兴"后欧洲文化对于希腊罗马古典文明的景仰和吸收，以及基督教世界内部的相对连续性、整体性和系统性。发轫期的中国新文学不要说相对于近代西洋文学传统是极为弱小、稚嫩的，即便同其中任何一个主要民族语言文学分支，包括作为后起之秀的俄国文学、美国文学，以及作为文明论意义上的"他者"加入"世界文学"不久的近代日本文学相比，也是十分贫乏、欠发展、孤立无援的。在"引车卖浆者流"的白话方言口语的基础上炮制唐诗宋词、明清小说那样的鸿篇巨作绝无可能；而在"欧化"语法与"现代性普遍性高级文化"的欧风美雨中，中国新文学创作在客观上和总体上，又一时难以摆脱翻译、模仿和习作性质。在新文学的"第二个十年"里，老舍、沈从文这样禀赋优异的作家的个人文学准备和发展道路，为这种民族文学的"学徒期"提供了直观、具体的示范。

但在新文学的第一个十年，鲁迅作为天才型的、具有强大原创力且拥有多重文学谱系、源流和内在指引的作家，在横空出世的同时事实上就已经落入这样一个两难的困局：一是在认识到新文学历史条件的种种制约的基础上，通过选择一种现成的、给定的体裁样式、形式和风格，进入一个界限分明的领域，再按照既定或"公认"的技术和审美标准，制造"艺术之宫"里作为"艺术品"的文学；二是在同样的认识基础上，进行一种双重的反抗和颠覆，即在反抗这种历史条件制约的同时，反抗那种貌似更普遍、更唯美、坐拥更大的文化资本，因而在形式和体制上都是更安全、更容易被欣赏和承认的象征秩序。前者是一种"顺历史潮流而动"的、理性的、容易得到掌声的、客观上也是合乎一般艺术规律的文学生产策略与选择；后者相对而言则是一种"逆历史潮流而动"的、孤独的、充满不确定性且冒着被逐出"艺术之宫"的危险，却有可能符合更高的艺术规律和创造性可能、更具有意义阐释的丰富性的选择。

鲁迅事实上选择了后一条道路。问题在于，如何在文学批评、文学理论和文学史研究的范畴里，为这种决定性的选择，也为它在鲁迅文学发展道路和鲁迅文学风格空间内部的种种尝试、自我训练、犹豫、进击和突破做出深入而系统的说明和解释。完成这个历史遗留的任务，就需要我们追踪鲁迅文学发生学和风格决定的"二重起源"和杂文本质。也就是说，鲁迅文学在一个漫长的准备期后，借着白话革命和"五四"新文化运动的天时地利而一鸣惊人，但这个以几篇短篇小说和一组鼓吹"思想革命"的时论或论说文构成的"鲁迅文学的诞生"，只是第一次，相对而言较为自发而非自觉、自在而非自为的诞生。随着新文化运动退潮期的到来，经过几年的沉潜、彷徨，鲁迅最后在其文学生涯的"转折期"迎来了鲁迅文学的"第二次诞生"，即在外部对抗性压力的挤压、碰撞、刺激和逼迫下，通过"文体混合"的共时性实验，最终选择了最适合自己生存、交流、表达和创造的文体形式，即杂文，从而通过"杂文的自觉"完成了一场决定性突破，即鲁迅文学的风格空间的开拓和完型。这个开拓和完型过程在鲁迅创作的最后十年即"上海时期"仍有发展和变化，并打开了更为宽广的文学认识、文学表现和文学寓意空间，但其基本文体、风格、审美和文学政治格局，事实上已经孕育和包含在"杂文的自觉"的瞬间，并充分显形于它的文学和精神现象学结构中了。

"第二次诞生"和"双重起源"论也指向鲁迅文学之文学性内部的二重结构，即鲁迅杂文写作的非直接性、作为"写作之写作"的"二次性写作"或"中介性写作"特性，即在形式多样性和文体反思意义上的迂回、隐晦或寓意性表达和表现。这种写作内部的风格、文体和作者意识的复杂性与"二次性"，也体现于鲁迅单篇作品和作品合集之间的关系；在严格的批评意义上，鲁迅的作品集才是构成鲁迅创作的基本单位，而单篇作品往往具有更多的编年史意义，也就是说，在理想的阅读和批评状态下，它们都应该按照写作日期，放在同时期所有写作类型的文本群语境里才能获得意义的稳定性。因此，在理论意义上，鲁迅的结集工作，也是鲁迅文学生产的一个重要环节和内在构成因素。而鲁迅所有作品集的序跋，也往往是鲁迅杂文和鲁迅文学写作法的极品和样品；它们都在自身内容和形式的双重意义上，代表、象征了鲁迅文学的诗的强度、"诗史"丰富性和艺术本体论形态。我们可以从最后这一层批评的认识出发，回溯性地发现，作为鲁迅文学"第一次诞生"艺术结晶的《呐喊》，在其《自序》中已经隐含并显示出自己"第二次诞生"的基因、冲动和风格可能性。甚至可以沿着这个批评的洞察再往前推一步，指出鲁迅的短篇小说之所以是"自发的而非自觉的""自在的而非自为的"，主要是因为它们作为鲁迅杂文仍然是不自觉的、非自为的，尽管鲁迅小说总体上已经自发、自在地呈现出杂文的意志、杂文的冲动，以及杂文的品位。

从鲁迅"人生的中途"这片幽暗的密林中回望，我们可以看到，随《华盖集》《华盖集续编》和《而已集》这条"杂文的自觉"主线展开，同时和《坟》《彷徨》《野草》及《朝花夕拾》这条"纯文学"告别演出的副线缠绕在一起的那种回忆、反思、沉吟和集绝望与希望于一体的"自言自语"，早在鲁迅前期文学创作的收尾和"终结"中，就已获得了一种清晰的表达，并且确立起一种特殊的语言方式、叙述模态和风格情调。众所周知，鲁迅文学特殊的辨识特征同这种句式、模态、情调和韵律是分不开的。但有必要指出，这种清晰的表达严格来讲只有在"人生的中途"和"杂文的自觉"的矛盾结构交集处、在这个叙事的"极点"，才回溯性地变得清晰，并由此获得明确的批评意义和理论意义。在这个意义上，《〈呐喊〉自序》不仅仅在传记意义或"国族寓言"（national allegory）意义上标志着鲁迅文学自我形象和"自己的故事"的诞生，而且这种诞生本身也是（而且只能是）以作者前期创作的"终结"方式来完成和呈现的。

随这个"诞生"一同出现且内在于鲁迅文学起源和审美实质的，是一种超越了前期作品特殊形态的更为深刻、更具有总体性的自我怀疑和自我否定。这种自我否定和自我怀疑在鲁迅文学呈现的开端，已经通过内在的开放性和不确定性而渐渐开始向自己的下一个形态、下一种风格、下一种审美状态和政治强度探索和转化。尽管这种为鲁迅文学提供整体形象和终极特征（ultimate distinction）的"杂文鲁迅"，在此刻仍然处于同其他各种文体、样式和风格的并存和竞争之中，因而其特殊的质地和形式外观仍处于相对朦胧晦暗的状态，但它无疑从一开始就存在于鲁迅文学的本源性构造和潜能之中，而绝不是什么外在偶然性条件或内部基因突变的结果。所有这些因素将鲁迅文学的前期成果"悬置"在一种自我怀疑和发展前景的多元可能性之中，它们都将在"人生的中途"和"杂文的自觉"的关口和考验中得到筛选、淘汰和确证，都将在创作者面对的客观必然性条件和自身主观能动性所能触动的范围内得到形式与风格上的"解决"。

四、作为言语行为的写作：鲁迅风格的独特性与合目的性

"杂文的自觉"是发生于鲁迅"人生的中途"的一次突变，但这个"事件"本身，则是从作者"文体混合"与"文类综合"写作实践的渐变中脱颖而出的。在文学本体论范畴，由这个"第二次诞生"界定的鲁迅文学的风格独特性与审美价值，需要来自深植于中国文学源流的"文"或"文章"传统和先例的说明和辩护。它们同时也需要在文学现代性，即现代世界文学文体风格的共时性语境里获得批评和原理意义上的承认。鲁迅文学在杂文中的"成为自己"，是对这个双重要求的形式回应。这个看似"不可能的任务"（mission impossible）之所以能够完成，是因为现代文学观念与制度下的不同体裁、文类、文体和样式，在鲁迅杂文语言、杂文句式和杂文风格中统统被打散、吸收并遏制在"文"的指向自己的意志和韵律之中，并在针对当下的历史讽喻的象征－寓言结构里，为新文学接续中国文学源流打开了一扇后门。毋庸置疑，如此被接续和"复兴"（renaissance）的传统不是"正统"或文学史意义上的影响与传承的流水账，而是后者的消解、颠覆，是被杂文再次历史化、政治化并重新发明为存在的诗的那种能量、灵感和形式创意。新文学的"源流"和"起源"只有在这个意义上方才重合在一起。

鲁迅文学又是最高意义上的"为人生"的文学。这个"最高"并不暗示某种文学或审美范畴内的等级秩序，而是指向鲁迅文学作为存在的政治和存在的诗的完整性和激进性。鲁迅所谓的人生固然是具体的、当下的、社会性的生活经验，但它同时又是一种存在的形而上学。这种存在的形而上学，包括作为其内在组成部分的否定性、意志论和希望的乌托邦，是鲁迅文学在作者经验、性格、态度、立场和历史认

知之上同虚伪、虚无和绝望对峙的大本营和价值屏障。生物进化意义上的生存和发展，大体上为鲁迅的生命哲学和社会哲学提供了基本的说明，它不但作为内在的道德、政治乃至科学范畴成为鲁迅文学的"理性内容"（黑格尔），而且通过杂文特殊的文体和风格机制裸露为它的"感性外观"，就是说，构成鲁迅文学的审美直接性（同时也是道德和政治信息传达上的直接性和明晰性）。审美范畴与政治范畴统一于更为广义的"存在的辩护"，是鲁迅文学以服务于"实人生"为唯一目的终极形态。它说明鲁迅文学最内在最根本的驱动力，乃是对"更高的"历史必然性和集体命运的体认与服从。这种写作伦理的基本特征，在于它在终极意义上并不以文学为最高目标，却因此成为摆脱了唯美主义物化和个人主义自恋倾向的、最具自我奉献精神与形式创新勇气的写作。这种写作伦理不但规定了鲁迅文学内在的文学性特质，而且规定了它外在的——也就是说，由更大的社会语境、历史语境和集体存在语境决定的——意义和有用性。

《〈呐喊〉自序》最后几个段落的文字就鲁迅文学的自我说明和自我辩护而言具有关键意义。十分明显的是，它们都以一种具有高度文学的内部性（intrinsically literary）和作者范（writerly）的文笔，遵循着一种"外在于文学"（extra-literary）的道德律令和思维逻辑而展开。《自序》的倒数第二段这样写道：

> 在我自己，本以为现在是已经并非一个切迫而不能已于言的人了，但或者也还未能忘怀于当日自己的寂寞的悲哀罢，所以有时候仍不免呐喊几声，聊以慰藉那在寂寞里奔驰的猛士，使他不惮于前驱。至于我的喊声是勇猛或是悲哀，是可憎或是可笑，那倒是不暇顾及的。[1]

---

[1] 鲁迅，《呐喊》，《鲁迅全集》第1卷，第441页。

鲁迅读者对这些句子耳熟能详，但在本卷"人生的中途"和"杂文的自觉"的上下文里，我们仍有必要对它们做进一步的阐释。这里的关键在于，所谓"本以为现在是已经并非一个切迫而不能已于言的人"这个拗口的句子，绝不仅仅是被限定于"在我自己"范围的；它的指向显然不是个人心境和涵养意义上的妥协和无奈，而是明确地提示：

首先，"言"，就其作为白话文学和新文学的基本形态而言，本身受制于它的集体生存境遇和历史境遇，并由此获得它自身的总体性、综合性和复杂性。它不应该也不可能接受"纯文学"标准和规范的束缚，而是必然始终保持它作为普遍的表达、普遍的媒介、普遍的交流与沟通，以及在此之上的进一步的抗议和宣传功能。在特定的历史意义上，这种人之"言"是集体性"心声"或"时代的声音"。这也是"呐喊"的字面意义和本意。

其次，言与不言、言及何物、为何而言以及如何言，统统取决于一种更高的合目的性，即以生命和未来的名义进行的集体性生存斗争。鲁迅本人对于这种集体性斗争的概念性理解，在思想史意义上被一些人描述为从进化论到唯物史观界定的阶级斗争的阶段论；但相对于鲁迅文学与作为历史之"言"的白话文学和新文学来说，这种集体性斗争的命运感、迫切性和必然性却始终是一种内在于审美、风格、技法的道德律令和情感冲动，因此具有高度的稳定性和一致性。相对于这种道德律令和情感冲动，"文学本身"的关怀和诉求只能是第二性的，甚至是"无暇顾及"的。这并不是简单意义上的"听将令"；或者说，这个"将令"并不是也不可能由任何个人、党派、机构或时尚所决定，而只能由鲁迅文学的存在本体论从内部规定。

因此，鲁迅文学的文学性或文学本体论意义上的自律性，只有在内在于其风格和审美空间的"外部决定"的意义上才能够被充分把握。也就是说，鲁迅文学的特殊意味不在于它对于这种外部规定持何种态度，而在于它如何已经在这种外部规定之中，即在它所规定的文学－社会政治关系里,建立起高度自觉的、富于形式创造性的文学生产方式和审美价值。这种批评和认识论上的二律背反,为理解"杂文的自觉"带给鲁迅的对自身文学的命运或历史条件的承认和接受提供了前提和线索。鲁迅文章善于用虚词、连接词、语气转换词制造和传递深层信息,而这一段里的"本以为现在是已经并非""但或者也还未能""所以有时候仍不免"的密集排列,正突显了这种文学本体论"内与外"辩证法的句式结构。作为一个语言和句法的"镜框",它们呈现出"呐喊"("喊声")音响画面的真正内容,即那种因无法忘怀而盘踞在记忆里的、创伤性的"当日自己的寂寞和悲哀"。因此,《呐喊》所收小说或"文章"的基本表达方式,具有一种个人意义上的自发性和集体意义上的必然性。它们合为一种道德意义上的"不得不";一种写作风格和语气上的"仍不免"和"聊以";一种"现在是已经并非"之后的我仍要;一种本可不言或无言的"切迫而不能已于言"。

这样一种经过高度个人化的杂文诗学笔法提升、增压、回旋加速后的文思和情调,更进一步经过集体性历史经验和精神状态共鸣箱的共振和放大("慰藉那在寂寞里奔驰的猛士,使他不惮于前驱"),最终响彻新文学的旷野。此时,"我的喊声是勇猛或是悲哀,是可憎或是可笑",就已经不是一个需要考虑的问题了。这样的文学生产情境,包括对这一情景的散文－杂文式的戏剧化和诗学处理,已经从内部瓦解或超越了"小说"体裁和形式的规范性和审美仲裁权威。进而言之,鲁迅小说自诞生那一刻起,就已经走在通向杂文的道路上;甚至可以说,鲁迅小说的文学肌理,本身是小说与杂文共谋与联盟的结果,是混合文体和风格杂糅的巨大能量与形式可能性在"小说"领域的局部爆发。这种爆发还将以"杂文的自觉"的形式再度爆发,从而奠定鲁迅文学风格的最终形式和总体面貌。对于这种最终形式和总体面貌,鲁迅在其生命的最后一年曾做过一个总结性的描述。在为白莽(殷夫)的

《孩儿塔》所作的序中他写道：

> 这《孩儿塔》的出世并非要和现在一般的诗人争一日之长，是有别一种意义在。这是东方的微光，是林中的响箭，是冬末的萌芽，是进军的第一步，是对于前驱者的爱的大纛，也是对于摧残者的憎的丰碑。一切所谓圆熟简练，静穆幽远之作，都无须来作比方，因为这诗属于别一世界。[1]

这"有别一种意义"和"属于别一世界"决定了鲁迅文学和在鲁迅文学方向上践行的中国新文学的历史实质和审美特性。这种"外部性"和"不可比性"（"都无须来做比方"）厘定了鲁迅文学的特殊性；但这种特殊性同时也因为它的政治性、战斗性、生命力和未来指向而被鲁迅赋予了一种普遍性；这种普遍性既是"新人"意义上的新道德、新价值（这是鲁迅身上的尼采味道），也是一种新文艺意义上的新的趣味、新的判断力和审美、新的风格技巧和新的文学观。正是在这种普遍性视野里，在高于习俗和体制所规定的"文学本身"的意义上，鲁迅文学才能自命为"并非要和现在一般的诗人争一日之长"，不以"一切所谓圆熟简练，静穆幽远"为标准，而是一种自己为自己的历史发展和风格完成提供参照、判断和意义的实践与行动。

在鲁迅早期创作的收束之时，在"人生的中途"行将进入一个晦暗地带之际，在"杂文的自觉"的前夜，鲁迅对自己的小说只能抱一种诚实的、试探性的态度，即承认它的局限性，坦然接受它同某种模糊的"艺术"标准的若即若离甚至是别扭的关系。因此，"这样说来，

---

[1] 鲁迅，《白莽作〈孩儿塔〉序》，最初发表于《文学丛报》（1936年4月1日），收入《且介亭杂文末编》，《鲁迅全集》第6卷，第512页。作者在文章下面的署名方式为"1936年3月11夜，鲁迅记于上海之且介亭"，罕见地正式、郑重。

我的小说和艺术的距离之远,也就可想而知了"[1]并不是违心的故作谦虚之语。然而,这些作品"到今日还能蒙着小说的名,甚而至于且有成集的机会",却也并不仅仅"是一件侥幸的事"。在文学革命时势造英雄的历史原因之外,它更表明鲁迅文学在达到其充分的自觉状态和全部风格创造性之前的一种中间状态;此刻的鲁迅文学相对于常规意义的"纯文学"的"地域",可以说是既在这里又不在这里,既是地域化的又是"去地域化"的,但又在"去地域化"的同时保持"再地域化"的可能性。所以鲁迅"人生的中途"也是鲁迅文学自我意识和自我实现的"中途";是它自身的审美实质和政治实质各自达到其极致,并在更高的风格统一体和形式自觉中融为一体之过程中的"中间状态"。最后,就鲁迅文学内在风格的统一性而言,则是从各类文体并行混用的前期走向杂文内部的兼收并蓄、"合众于一"的后期的"过渡阶段"。

对于这种内部发展和转向而言,1925—1926年的"运交华盖",是一种外在的境遇、触发点和催化剂;这个"华盖运"阶段事实上一直延伸到1927年在广州经历"清党"事变、辞去中山大学教职、徘徊彷徨数月后再度"乘桴浮于海"、最终落脚于"十里洋场"的整个过程。只是在"广州阶段",个人意义上的"背运"已被当时政治的血腥与暴力所压制、覆盖,因此有了从"华盖运"的自嘲转变为"而已、而已"的震惊、恐怖、沉默和欲言又止的曲折表白。但正如外因总是通过内因发挥作用,这种外部的人生境遇、感受和压力,无疑形成这样一种形势和局面,以至于它们对鲁迅作为个人和创作者的最内在的心境、创作状态和文学观念产生了实质性的冲击和影响,并迫使鲁迅做出一系列必要的、有时候是"不得不"甚至是本能的、"意气用事"

---

[1] 鲁迅,《呐喊》,《鲁迅全集》第1卷,第442页。

的反应、防护、选择和进击，从而将自己的生活、心境、写作和思维保持在一种合乎自我期待和绝对标准的水平和状态。

"华盖运"所指自然是人生逆境，种种麻烦、纷扰、压迫造成一种"背运"和"一切都在同自己作对"的现实感受，这种感受所带来的不愉快和心理负担无疑使鲁迅对种种"世事"、"人事"、"小事"和"琐事"都带有一种特殊的敏感和"过度反应"的可能性。就是说，他更有可能将它们直接上升到事关自己生活和创作的"生死存亡"的"政治"高度，最终在"区分敌我"的强度和严厉程度上予以辨析和处理。但这种经历甚至"心理"状态同时又内在于鲁迅文学的想象空间和叙事逻辑，至少是与之具有高度的兼容性的。可以说，它就是《狂人日记》的现实版、具体化和"理性形态"，是鲁迅小说叙事原型和话语基本形态在具体人事关系中的"有罪推断"和"自我实现的预言"（self-fulfilling prophecy）。因此，"华盖运"及其应对在鲁迅个人经历中意味着什么，也就在鲁迅文学内在的感受方式、想象力和表达方式上意味着什么。外在的"背运"和"逆境"最终带来的是一种写作内部的策略调整和风格变形，这种调整和变形虽然带有被迫的、偶然的、外在的因素，却带来了鲁迅文学内部空间在外界压力下的重构、固基，带来了文学资源的合理配置，以及形式审美外观的一体化与强化，因此具有鲁迅文学的方法论和本体论意义。

在第二部和第三部各章里，我将具体分析鲁迅文学在其"中途"发生的内与外、经验与风格、政治与审美的辩证矛盾及其结构重组。这里不妨强调，这个以"杂文的自觉"为解决方式的风格的转变，在传记意义上几乎完全对应于"运交华盖"这个强加于鲁迅人生经历的外在甚至偶然的阶段性境遇。但外部逆境带来的文学内部的本质性"自觉"和"自我实现"，却必然赋予"华盖运"状态以一种内在的讽寓色彩，把它变成鲁迅个人社会性存在和文学生涯整体性的道德寓言和精神象征。因此不难理解，鲁迅本人对这个"人生的中途"是念念不忘、反复提及的；他甚至乐于把它提炼为一种诗的形象，作为自身生存状态、精神状态和人生基本态度的座右铭。

1932年10月12日鲁迅在日记中提道：

> 午后为柳亚子书一条幅，云："运交华盖欲何求，未敢翻身已碰头。旧帽遮颜过闹市，破船载酒泛中流。横眉冷对千夫指，俯首甘为孺子牛。躲进小楼成一统，管他冬夏与春秋。达夫赏饭，闲人打油，偷得半联，凑成一律以请"云云。[1]

1934年12月9日致杨霁云信再次提及这首打油诗。[2] 同年12月底编定《集外集》并作"序"，以"自嘲"为题，将这首诗收入集中，1935年5月出版。[3] 这也是鲁迅生前自己编定的最后一部作品集。甚至在他生命最后阶段着手翻译果戈里巨著《死魂灵》后，当翻译上遇到种种挑战，"苦"不堪言，随手翻翻杂志以图休息放松之际，看到"不得舒服"的事情，仍以"好像华盖运还没有交完"自嘲。[4] 此时距《华盖集》的诞生与命名，已过去近十年。这是鲁迅文学的"黄金十年"；也是鲁迅杂文在"自觉"之后，从作者认真尝试过的所有文体和式样中"胜出"、最终达到其炉火纯青的"诗史"高度的十年。可以想见，在此十年中，"运交华盖"作为"人生的中途"的直接经验和"杂文的自觉"的外部风景，是如何始终被保持在鲁迅文学发展的"后视镜"中，作为激发和督促作者砥砺前行的阶段性坎坷与挑战。在这首

---

[1] 鲁迅，《日记二十一》，《鲁迅全集》第16卷，第330页。
[2] 鲁迅，《341209致杨霁云》，《鲁迅全集》第13卷，第284页。
[3] 鲁迅，《自嘲》，《集外集》，《鲁迅全集》第7卷，第151页。在《〈集外集〉序》中，鲁迅还特意谈到，"我对于自己的'少作'，愧则有之，悔却从来没有过，倒是"甚而至于还有些爱"。参看《鲁迅全集》第7卷，第3、5页。
[4] 鲁迅，《"题未定"草（一至三）》，原载《文学》杂志，1935年7月1日，收入《且介亭杂文二集》，《鲁迅全集》第6卷，第363页。

"打油诗"里,"运交华盖"已经被提升为一种存在状态和写作的基本态度。这幅自画像的姿态本身也道出鲁迅文学同它的时代的关系,从而包含了一个关于杂文风格内部心理定式、文学张力和风格定型的外部说明。它们一同呈现出鲁迅文学作为存在和写作的真理状态。

第二部 「运交华盖」：杂文发生学

第五章 希望与躁动（杂文发生学小史之一）：1925年上半年的创作 · 299

第六章 「碰壁」（杂文发生学小史之二）：「女师大风潮」期间的创作 · 345

第七章 「我还不能『带住』」（杂文发生学小史之三）：「三·一八惨案」前后的创作 · 409

第八章 鲁迅杂文的力学结构、政治本体论与感性外观 · 441

以 1922 年年底完成的《〈呐喊〉自序》为标志，鲁迅进入人生中途的"过渡期"和文学风格上的迷茫与探索期。在"沉寂的 1923 年"之后，随着《彷徨》和《野草》系列的相继开篇，以译作《苦闷的象征》为标志，鲁迅 1924 年的创作可视为鲁迅文学"第二次诞生"的酝酿和萌动。1925 年则是一个承上启下的关节点。在这一年里，杂文作为鲁迅文学生产的基本和决定性样式、文体和风格出场，在与过渡期中其他样式、文体和风格的缠绕、竞争、交融的过程中最后胜出，成为此后鲁迅文学创作的主导形式和首要武器。

　　"杂文的自觉"固然是作者意识的自觉，即鲁迅本人最终接受、承认并拥抱了这种写作手法及其世界观、价值论、审美前提和辩护；同时，在"客观唯心主义"的意义上，它也是杂文形式和文体、杂文概念以及杂文文学本体论本身的走向自觉。在前一种意义上，可以说鲁迅在 1925 年的作者自觉中选择了杂文，找到自己的声音，因而成为自己；这个意义上的杂文是一种明确无误的，仅仅属于他一人的风格的签名和思想及艺术上的独特实质，也是唯有他一人才能够在语言世界予以实体化的信息和声音。但在后一种意义上，这不过是杂文和中国新文学选择了鲁迅，把他变成一种工具、手段和渠道，以完成历史性、政治性的表达，并实现文学本体论意义上的美学原则；这个意义上的杂文则必须被理解为一种客观的集体性意志的交流与传递，一种语言和文化可能性的结晶，一种历史表象和文化图景的具体而现实的确立。

在整个过渡期，杂文虽然逐步且无可置疑地成为鲁迅最主要、最得心应手的写作样式，但它此时绝非独一更非排他性的样式和文体。事实上，"杂文的自觉"与鲁迅文学的"第二次诞生"之间是结构共生关系，前者依托于后者，而后者又以前者为终极特征和标志。换句话说，鲁迅杂文的成为自己不过是鲁迅文学最终成为自己的风格象征和方法论结晶。但这种象征和结晶是此期间整个鲁迅文学在各种文体、样式、风格、手法中实践和实验所带来的最终"形式解决"；同时，它也是鲁迅文学观念和批评趣味通过翻译实践、理论阅读、社会政治阅历和历史观察讽喻而达到的概念清晰性和具体性的体现。因此，在整个过渡期，"杂文的自觉"在文学现象领域，或者说作为批评分析和阐释的对象，并不仅限于鲁迅的"杂感"和杂文创作，而是弥散性地分布和浸润于鲁迅写作的整体之中。它有时在小说样式或散文诗体裁中大行其道，有时在文学翻译或论说文体裁中跃跃欲试，有时又在书信写作中获得某种自我观照和反思。

"纯粹"（即文学概念意义上）的杂感和杂文，在文学史考察的范围内，不过为"杂文的自觉"和鲁迅文学的"第二次诞生"提供了一份特殊的索引。它本身的生产方式和文学本体论存在方式可分为两个方面来考察：一方面，是所谓"纯"杂文在作者同他自己的个人境遇和社会政治与文化思想形势的碰撞和对峙中的出现和赋形，包括它同其他文体样式的缠绕和共生；我把它称为杂文的"发生学"，可以通过对1925年至1926年上半年杂文创作的编年史考察来分析。另一方面，则是杂文本身在文体学、诗学、美学和文学政治本体论意义上的结构和风格特征，这部分内容可在两个层面予以考察，一是杂文结构分析，包括文体构造的结构力学分析和政治本体论分析；二是杂文美学分析，包括对其"理性内容"和"感性外观"的研究。

《华盖集》收录的文章多为女师大风潮期间同现代评论派"正人君

子"的"意气之争",其中不仅涉及个人好恶,而且直接关涉具体事件的立场冲突、是非判断、人格褒贬,更因学生自治会同学校、教育部的直接冲突,而带有社会抗议的对立性质;在社会舆论和表面的人事纠纷之外,背后的谣言中伤和各种政治势力、党派势力的介入,亦如暗潮涌动,将当事者一步步推向日益紧张、激烈、剑拔弩张的对抗,直至以眼还眼、以牙还牙的睚眦必报和快意恩仇。鲁迅这期间所作的文章,无疑带有情绪化、外向型、攻击性、他者驱动和锱铢必较的具体性;这是一场混战、溺战,和相对的持久战,在置身事外的旁观者眼里也是"死缠烂打"式的乱战,双方似乎都"无所不用其极",顾不得从容和体面。在鲁迅这边,对于追随他、热爱他的读者来说,这时期的文字无疑是离"纯文学"、"艺术"和有"余裕"的美文写作最远的。在不少当时及日后的评论者、批评家及研究者看来,《华盖集》所录,或许也最能够代表那个过于好斗的、文笔狠毒的、纠缠于俗事人事和政事的鲁迅,最能说明杂文如何"过分"而"非文学""非艺术"。因此,以这里的杂文创作来说明鲁迅杂文和鲁迅文学的文学性、内在诗学结构和特殊的审美强度,就是在文学鲁迅和鲁迅文学的"写作的零度"和"最低限度的道德"层面分析和理解杂文的文学本体论意义,以及它在鲁迅写作法和文学风格总体性空间里的决定性和根本性意义。这好比在一个星球轨迹的"最远点"测量它与它所属的星系引力场的关系,以及它同那个隐秘的中心之间向心力强度的最大值。

同时,《华盖集》也可以被视为一个文学国度的法律常态内含的"例外状态"或"紧急状态",它以其"例外"和"紧急"表现出法律中断状态下所有实质性政治关系、社会关系和权力关系客观的、强化的运行,因此揭示出这个文学国度(在其文字、审美、形式、结构、象征和寓意的所有方面,同时在由所有部分构成的那个整体和总体的层面)的存在的本来面目。这就是施米特所说的"常态什么也说明不了,非常态则可以说明一切"。非常态写作最终被证明是鲁迅文学风格整体所固有的、内含的、潜在的实质和本质,它平时可以隐藏在常态写作的修辞和艺术"余裕"下面,即隐藏在审美外观的"下面"和"里面",但它仍构成鲁迅文学审美本体的终极特征,正如真实的权力及其位置、力量和作为最后仲裁人和决断者的功能,平日仅仅掩藏在法律、法条和行政及其运转的常态中而无须出场,然而在紧急关头和例外状态下,就会突然显出它的存在,并以"主权者"的身份表明一个政治共同体的阶级实质和"真正的"权力力量对比以及最后的暴力保证。《华盖集》中的杂文作品,最能作为鲁迅文学的"例外状态"来说明鲁迅文学常态的实质和本质。作为鲁迅文学审美本体外化的边缘和极端,它们在文学/非文学的边界和这种边界的危机状态、脆弱状态中显示出鲁迅写作和鲁迅文学独一无二的自主性(鲁迅作为其文字领域和生活世界的主权者)、自律性和决断力。它们在鲁迅文学将自身的"艺术法则"悬置和"中断"的时刻,显示出鲁迅文学在何种意义上正是按照这种法则建立起来的。鲁迅文学的诗的内在构成(即其诗学的"宪法"、"宪政"、国体和内部真实的权力对比,比如功利性与非功利性、感官具体性与抽象概念,等等)在这样的危机和"生死存亡"的重大关头、在作者/诗人自我认同及其毁灭的暧昧时刻,方以一种前所未有的忘我、投入、聚精会神和为战斗而战斗的自律性,辩证地表现出杂文家和杂文作为诗人和诗的退无可退的"最后的疆域",而这正是鲁迅写作隐秘的结构性焦点或文学强度的"空洞的核心"。

这个空洞的核心有类似天体物理中"黑洞"一般的巨大质量、密度和力场,能够引起文学物理世界表面的弯曲,能够将各种文学物质和粒子吞噬,从而使鲁迅的文学世界一时间"失色",但这个巨大的、吞噬一切的、让文学及其艺术属性和审美外观在其引力场作用下崩塌、消失的黑洞,本身却是作为一种否定性因素存在于鲁迅的文学时空中,并且作为鲁迅文学世界的一部分,提供了关于它质地和结构的根本性说明。这种"无"与"有"的关系也在鲁迅文学风格的各个环节、各个层面显示出来，成为鲁迅写作法和诗学形象的根本特征。换一个角度看，这个隐蔽的内核也可以由鲁迅文学内部的多重性和一体性这对矛盾来予以说明，这指的是鲁迅文学同时作为"存在的政治"和"存在的诗"的二重性和一体性。为鲁迅读者所熟知并能够在理论层面体会的是，写作对于鲁迅来讲既是为生存、为生命、为生活、为希望、为明天的那种反抗窒息、反抗沉寂和反抗虚无的生死搏斗，同时，它又是一种存在的诗，即把存在及其斗争情绪化、感官化、具体化和形式化的审美状态、游戏状态、回忆的沉思状态，特别是那种在他最愤怒、最"尖刻"的文字里也会随时出没的隽永和静谧。这种诗的状态总是因朝向时间和回忆深处的回望、对当下事物的兴味盎然、寓意深长的凝视和对于未来的"希望的形而上学"的想象而变得飘逸而又具体可感；它们也都经由鲁迅文学语言最小的单位，即文字和句式固定下来，形成一种类似于"可援引的语句"、超越时间和历史语境的文学画面和文学体验状态，从而赋予新文学一种语言的、诗的确定性。

毫不夸张地讲，正是通过鲁迅的文字，"语言是存在的家"这个20世纪德国存在主义的哲学观察才在中国文学里落到了实处。然而，这个由鲁迅的文字和写作构成的"存在的家"，在其诗意的最深处，同时也展现为"诗"的反面：它是战斗和"攻防"，是围绕这种准军事行动而展开的无情而坚韧的审视、观察、判断、计算和抵抗，它最终是直达"敌我之辨"的政治。鲁迅写作就其存在论和本体论形态来说，乃是在"存在的斗争"和"存在的诗"两极或两种状态之间的矛盾、摇摆和平衡。这种痛苦和纠结状态赋予鲁迅文学以独特的能量、动感、紧张和尖锐，同时也赋予它超越一切袭扰纷争的安详与宁静。在此，"诗人"和"战士"间的关系，可理解为终其一生的"战斗"状态内部的"间歇"和"凝神"；也可以从鲁迅文字终极的文学性和诗意出发，把战斗视为审美范畴内部的历史能量的过度刺激以及由此而来的政治性、讽寓性骚动。这种"不纯"也是杂文之"杂"的另一层意思，即写作针对自身的溢出、颠覆甚至暴力，它将鲁迅文学总体风格确立在峻急的"崇高"（the sublime）范畴，而非闲适的"优美"范畴。

《华盖集》及《华盖集续编》开启了鲁迅杂文的"近战"和鏖战模式，其中文章可列为鲁迅文字中外向、具体、针对性、个人化和"斤斤计较"之最。因此，从它们入手，有助于分析鲁迅杂文的对象性和"他者决定"这一极。作为一种写作、生活和情绪状态，《华盖集》及其《续编》也可以说是阶段性甚至偶然的，但在这种特殊状态下，鲁迅杂文显露出它内部文字生成与结构方式同外部决定之间最亲密和最胶着的连带关系。这种关系不仅在内容上针锋相对，也在形式上相生相克、在反面或"否定"意义上相互赋形。这种近战、肉搏、壕堑模式，包括它所使用的文学体裁、风格、句法和文字武器（"匕首投枪式"的），对于分析鲁迅杂文的一般特征都提供了关键的样品和案例。在文学空间生成的意义上，这就是下文将予以展开的"碰壁"美学。鲁迅杂文独特的形式风格和审美构造，以及由此得以充分展现并极端化的政治性和政治强度，都是在这种"执滞于小事"的具体对象的现象学空间里建构起来的。这种现象学空间的动力学就是"挤"和"剿"，包括外部压力的包围、紧逼和压迫，也包括这种压力或动力冲击在鲁迅文字‒文章的文学空间内部留下的痕迹、构造和抗压预应力装置。这种针对"挤"和"剿"的文学结构内面，这种由"碰壁"的撞击、刺激、震惊和痛感所决定的形式的外在形状，在审美外观上带来了一种不妨称为"无花的蔷薇"的带刺的文字；"无花"并非审美领域的否定，而是以"缺席的在场"为写作策略的文学二次性和寓意化表现。

这样产生／生产出来的杂文，带有"自觉"的直接性、身体性和外部／环境决定特征，因此是"不自觉的自觉"，即一种刺激‒反应式的别无选择的战斗。这种"不自觉的自觉"随后将在《而已集》所记录的同一个"大时代"的遭遇中，通过杂文进一步的文体自觉、作者自觉和文学史自觉（表现于《魏晋风度及文章与药及酒之关系》一文）而走向"自觉的自觉"，从而完成鲁迅向晚期或鼎盛期杂文写作的过渡。但《华盖集》呈现出的"不自觉的自觉"的意识的条件反射状态，却更为客观地揭示了鲁迅写作的战斗姿态、战斗原则、战斗方式，包括那种把战斗当作乐趣的"无赖"精神，以及把"非常状态"常态化、持久化的心理准备和文学准备。这对鲁迅放弃小说，以杂文为自己唯一的武器、唯一的战略战术原则和唯一的斗争根据地的"转折"具有决定性意义。在后一种意义上，它也是"不自觉的自觉"对于"杂文的自觉"整体最重要的价值。

在这种近于战斗和搏斗的写作状态中，鲁迅杂文同现实、真实、真理和"公理"的总体性关系得以确立：它是服务于存在的斗争，并由这种斗争实践所发现、界定和解释，因此具有十足的政治性。同时，由于鲁迅文学内部所规定的存在斗争和存在诗学之间的关系，这种政治性同时又带有一种文化政治诉求，即它时代性地对新文学提出了一种形式要求和审美要求：它要求一种在其最基本的写作伦理和写作法则上恪守真实性的写作。这种恪守意味着，善于并勇于发现、命名、表现并传播真实／真理。也就是说，作为鲁迅杂文的风格原则，存在的斗争、存在的政治在其最高意义上业已变成存在的诗的内部斗争，它为之斗争的是那些用以感知、观察、命名、表现、传播真实和真理的语言、句式、叙事法则、形象塑造和寓意构建。这种真实性原则作为鲁迅杂文和鲁迅文学的根本性原则，一开始就自发地出现在小说创作中（《呐喊》和《彷徨》里的心理写实、情绪写实、农村生活写实、知识分子生活写实等），也将在鲁迅"上海十年"的登峰造极、炉火纯青的杂文写作中，在更大更高的现实摹仿、现实表现、叙事性和批判性层面得以再度呈现（recapitulation）。

第五章　希望与躁动（杂文发生学小史之一）：1925年上半年的创作

这个批评意义上的"杂文发生学"研究对象包括鲁迅1925年创作的全部和1926年上半年创作的一部分。在编年史和阶段论意义上，又可具体划分为三个时期或三种状态，即：

一、杂文的孕育和躁动期，我们把它放置在从1924年年末到1925年5月"女师大风潮"爆发前的这个时间段。标记这个起始点只是为了限定文本分析范围，而非严格的传记或文学史"断代"，因为这是个相对缓慢复杂的渐变过程，事实上同整个"过渡期"前期重合。

二、从介入"女师大风潮"到1925年最后一天夜晚作《〈华盖集〉题记》，包括"风潮"中的"驱杨（荫榆）"和"倒章（士钊）"两个阶段。这是鲁迅杂文在一个特殊的个人境遇和社会文化环境下的"自觉"和"成为自己"，从中我们可以看到鲁迅杂文独特的气质和质地，以及文学本体论和文学政治本体论构造。

三、"杂文的1925年"在1926年上半年的延伸，即《华盖集》与《华盖集续编》之间的连续和交叠部分。这个阶段的标志性事件一是《晨报副刊》1926年1月刊行所谓"攻周专号"和鲁迅对它的回击；二是被鲁迅称为"民国史上最黑暗一天"的"三·一八惨案"。

杂文的"发生学"终结于一组散点，一是1926年2月开始的"旧事重提"系列（即后来的《朝花夕拾》），二是同年6月开始的《马上日记》系列。它们标志着鲁迅写作状态的变化和风格的扩张与多样化，体现出"文体混合"样式的杂文写作对其他文体样式的吸收及其内部的一体化，而此前（1924—1925）它却在不同的写作样式（小说与散文诗）中齐头并进地进行。这个终结的外部事件，则是鲁迅出京南下，开始人生的第二个漂泊期。

《希望》

"杂文的发生"不是一个文学史意义上的经验描述，而是在"杂文的自觉"和"鲁迅文学的第二次诞生"的概念空间里被分析性地建构出来的"事件"（event）。但把这个"发生"确定在1924年以来"文体混合"准备期和酝酿期的末端，则是一个可接受的工作假设。如果人为地为这个"事件"选一个"生日"，那么1925年1月1日元旦是一个理想的选项，正如1925年12月31日（《〈华盖集〉题记》写作日期）可以作为这部"发生学小史"的完美终点，尽管它的文本实例一直延续到1926年"三·一八惨案"之后。

将1925年的第一天作为杂文发生学的开头，也意味着"自觉的杂文"的现象学起点并不在"文"的范畴里，而是在"诗"的空间里。在鲁迅的创作编年中，出现在这一天的也恰是散文诗《希望》（《野草》系列之七）。这个文体的移动与混合并不会给我们的分析和叙述造成困难，因为鲁迅杂文此时已走在从风格空间内部重新界定鲁迅文学整体的路上了。1925年1月1日当天鲁迅日记有这样的内容："一日 晴。午伏园邀午餐于华英饭店，有俞小姐姊妹、许小姐及钦文，共七人。下午往中天看电影，至晚归。"[1]在鲁迅的日常生活中，这不算是特别枯燥沉闷的一天。

---

[1] 鲁迅，《日记十四》，《鲁迅全集》第15卷，第547页。从时间段、上下文和其他宴游者名单看，这里的"许小姐"是兼有同乡和师生之谊的许钦文的妹妹许羡苏。另据全集注释，当天看的电影名为《爱的牺牲》。

《希望》以只有一个短句的自然段开头（"我的心分外地寂寞"），带有特殊心理体验状态的修辞和特殊文学状态开场的意味。第二段开头的长句（"然而我的心很平安：没有爱憎，没有哀乐，也没有颜色和声音）既是对"寂寞"的说明，也是对它的篡改和颠覆，因为它描述的是近于死灭的"和谐"，而不是期待甚至召唤呐喊和战斗的暗潮汹涌的前夜（"心"和"寂寞"在鲁迅笔下的通常意义）。可以说，"我的心很平安"正是"希望"的世俗否定，正如"绝望"是"希望"的精神否定。作者没有为"我大概老了"这样的"庸常之恶"寻找外部的或环境的说明，而是返诸自身和"灵魂"。这个"灵与肉"的二元论和再现论关系，是《希望》诗学展开的前提，也是"杂文的自觉"所需要的概念框架。作者的"自身"在此一分为二，一方面，在"身"的一边是实实在在、无法否认的生命的流逝和衰朽（"我的头发已经苍白，不是很明白的事么？我的手颤抖着，不是很明白的事么？"）；另一方面，则是由此外部形象或征候推论出来的灵魂的苍老和虚弱（"那么，我的魂灵的手一定也颤抖着，头发也一定苍白了"）。[1]

　　在存在论意义上，这个二元结构指明了这样一个关键问题：肉体生命的实质和形式都是"终有一死"的个人，其终极特征是个别的生命此在的有限性。这个有限性框架不仅是意义和价值生产的限度，而且还是它们终极的可能性条件。反过来讲，如果无限和不朽变成个体生命的时空框架，那么事实上任何意义与价值生产的实践乃至动机就会统统被取消急迫性、具体性和必要性；它们都在理论或"永恒"的意义上变成了不紧不慢、无关痛痒甚至可有可无的东西，因为此时此地的"无"丝毫不影响无限未来和无尽远方的"有"。但这样的无限性和不朽概念，也就剥夺了"终有一死"的存在或此在的全部欢乐和痛苦、希望和绝望；也就从根本上否定了冒险、行动和斗争的必要性。

---

[1] 鲁迅，《希望》，《野草》，《鲁迅全集》第2卷，第181页。

在这层隐晦却无可置疑的意义上,《希望》开篇的"寂寞"和"平安"是对历史时间之空洞虚无的主观记录和心理回应,是因为它如此缺少"颜色和声音"(即随后更为具体地被命名的"血腥的歌声","血和铁"和"火焰和毒")而感到的失望、无聊和抑郁。生命衰老的外在迹象,不过是这种空洞虚无的历史时间的一种机械的、无关痛痒的计量方式和计量单位。鲁迅文学的"希望的形而上学"则是一种否定的辩证法,因为严格地讲,它只从对打破这种历史的空洞与停滞的期待中,从对行动、冒险和死亡的向往中具体地生发出来,并在自身语言和形式的紧张中复制了虚无的滋味和结构。

《希望》是散文诗作品,却为杂文的发生打开了一个论述的逻辑和场域,原因在于它在诗化语言和意象的表面,通过看似伤感、寂寞、骚动和沉思的氛围与姿态,提出了一个从根本上讲具有杂文性质的问题。这个问题直截了当,无法被美化或"升华":青春的虚掷或"耗尽",难道只是眼下才有的问题吗?用作者在文中的自问句讲,"我早先岂不知我的青春已经逝去了?"甚至看似颇具哲理意味的"希望"与"空虚"之间的对峙,在杂文文体意识的透视中,也呈现出一种杂文的情境:"希望,希望,用这希望的盾,抗拒那空虚中的暗夜的袭来,虽然盾后面也依然是空虚中的暗夜。"这句话的杂文体翻译事实上出现在前文,即"而忽而这些都空虚了,但有时故意地填以没奈何的自欺的希望"。[1] 杂文思维和杂文逻辑,很快将问题引向一对更具体的矛盾,那就是"我的青春"和"身外的青春",它们一个正在被迅速"耗尽"甚至已经耗尽;另一个却"固在"。虽然"固在"也许只是一种主观感知和主观信念("以为"),但这种主观性仍不得不承认"身外的青春"的外在性和他者性,无论它怎样"悲凉飘渺",但"然而究竟是青春"。因此这个"固有"带有一种悲剧的、近乎嫉妒的自我意识的

---

[1] 鲁迅,《希望》,《野草》,《鲁迅全集》第2卷,第181页。

偏执：真正的青春是别人的青春，是不属于自己的生命，是当自己的生命衰老和逝去后别处和别人的欢乐或哀愁、卓越或平庸。所谓"世上的青年也多衰老了么"，不过是自身衰老的一厢情愿的转移，一种自我中心的主观投射和自我安慰。但简单地"寻求"那种身外的、他人的青春并不能解决"我的青春"已逝的事实，不承认或不敢正视它的"悲凉飘渺"本质同样是软弱的自欺，甚至盲目地信奉这种外在的、历史主义的"青春"正是自身生命意志之迟暮和衰败的表征，因此从内部瓦解、掏空了"希望"辞令的实质。

　　从这个角度看，《希望》的诗歌语言倒更像不彻底的杂文，或是对杂文直白而强硬的客观认识（以及由此而来的强悍的主体性）的模棱两可、犹豫缠绕的修辞试探。但在散文诗中运行的强悍的杂文逻辑不仅在人生短暂的苦恼意识中抓住了"自我"与"他人"的"青春辩证法"，而且进一步作为一种行动原则和冒险精神出现。希望的形而上学在《希望》中很快具体化、形象化、对象化为"希望之盾"；但这个实体化的希望之路随即在"抗拒""空虚中的暗夜"的实际行动中被放弃、取消、超越。将"希望之盾""中立化"和无效化的不是"寂寞"或"绝望"的正面之敌，而是"盾后面也依然是空虚中的暗夜"[1]这样的杂文直观和杂文真理，甚至它的句子结构也是杂文性质的，无法被诗化、美化（或"虚构化""叙事化"）的。所谓的"后面"所指不仅仅是"背面"，而是包括所有方面乃至内面的"空虚中的暗夜"的普遍性和无限性。引自裴多菲诗歌的"绝望之为虚妄，正与希望相同"一句本身并非多深刻的洞见，它只是一种生活经验和常识的表达。真正具有哲学意义的是"杂文的自觉"意义上的行动和行动决断，它正是基于"希望之盾"的无效和虚妄的客观认识，同时也在"灵与肉"的二元论意义上，是站在"终有一死"的个人一边的选择。在赤手空

---

[1] 鲁迅，《希望》,《野草》,《鲁迅全集》第2卷，第181页。

拳面对无边无尽、无处不在的"空虚暗夜"时,个人及其生命的此在通过宿命意味的接受和承担,方对自己哪怕是业已消逝的青春做出了肯定。《希望》开始处呈现的有限性和具体性原则,至此明确为生命的冒险和行动意愿:"我只得由我来肉薄这空虚中的暗夜了。我放下了希望之盾……"[1]

在1925年的第一天,《希望》借助散文诗文体的相对朦胧和审美距离感,表达了一个赤裸裸的冒险与行动的意愿和决断。这个冒险与行动是鲁迅个人生活意义上的不耐烦、骚动和反抗,也是杂文在鲁迅文学空间的躁动、试探和进击。在杂文论述的逻辑脉络里,裴多菲的"'希望'之歌"只是一个感伤的脚注和旁证,一个"可惨的人生"的失败者的英雄形象。面对个体生命的短暂与消失("终于对了暗夜止步")和时间无始无终的存在("回顾着茫茫的东方"),作为杂文家的散文诗人可以凭恃的唯有行动、冒险、消耗和战斗,只有在生命的速朽中才能有对青春和希望的证明和保有。这是孤注一掷的"肉薄";这个"薄"是"日薄西山"的薄,字义上是向对手、危险、沉沦和死亡的无限迫近,也是自我否定意义上对"身中的迟暮"和"身外的青春"的双重摆脱与超克。在这个肉体生命向存在边缘的迫近中,"青春"通过自我否定而在诗的隐喻意义上再次属于希望的范畴,但杂文却在实实在在的文体和风格活动中确认了自己的疆域(具体性、世俗性)、对象(爱与恨、友与仇)、方式(行动、战斗)和态度(冒险、速朽)。

1925年的第一天是中年鲁迅的一个晦暗不明的时刻("我的心分外寂寞"),但它在鲁迅文学再出发和杂文发生学意义上,却是充满希望的。

鲁迅的同代人、另一位伟大的杂文家卡夫卡(1883—1924)曾就"希望"讲过一段话,经其友人马克斯·勃洛特的对话体记录,由批评

---

[1] 鲁迅,《希望》,《野草》,《鲁迅全集》第2卷,第181—182页。

家本雅明保存在自己文章繁密的引文结构之中：

> 我记得他（勃洛特）提到和卡夫卡之间的一次交谈，是从当今欧洲和人类衰落的话题开始的。他（卡夫卡）说，"我们的虚无主义思想、自杀的念头原都在上帝的头脑中"。这让我想起希腊宗教和哲学世界观里的邪恶的造物主，世界就是他的原罪。"不，不"，他（卡夫卡）说，"我们的世界只是上帝耍性子时的一次心血来潮，一个糟糕的日子而已"。"那在我们所知的现象世界之外还有希望吗？"我问。他笑了起来，说道，"噢，希望嘛，那是很多的，有无穷无尽的希望，只不过它们不属于我们"。[1]

与卡夫卡彻底的悲观主义相比，鲁迅对人生仍保有热烈的希望，尽管这种希望必须从作为虚妄之绝望那里获得；这种希望不是抽象的，而是具体的；不但属于他人，而且也属于自己；它不寄托于来世或别处，而是来自且仅仅来自这个世界、这个人生、这个地方和这个时刻。在无限逼近和体味空虚、黑暗、恐怖和绝望的杂文姿态和杂文行动中，鲁迅文学将自己确立为不折不扣的希望的文体和希望的写作。

《咬文嚼字（一）（二）》

《华盖集》首篇、作于1925年1、2月的《咬文嚼字（一）（二）》，从题目到内容都带有象征意义。单从语言和写作层面看，"咬文嚼字"岂不正隐喻了杂文的形式特点和基本特征？就其文体和风格的感性外观而言，杂文的文学本体正可以说是关乎现实和人生各种现象和问题

---

[1] 本雅明，《弗兰茨·卡夫卡——逝世十周年纪念》，《启迪》，张旭东、王斑译，生活·读书·新知三联书店，1998年，第124—125页。译文略有改动。

的"文"和"字",而其基本的文学动作和存在形态,又岂不正是在与写作对象犬牙交错的"亲密"关系中,用尖锐又坚固的牙齿、强悍的胃去对抗、消磨和消化吸收现象世界的客观性和异质性的反复而不知疲倦的劳动?甚至在文章本身的具体内容上,我们也看到鲁迅杂文特有的那种对名与物、符号与指涉、"造字"与"原文"、"字面"与"涵义"[1]之间的不稳定或欺骗性关系的特殊的建构、转译、辨析和批判兴趣。这种兴趣在鲁迅文学生涯里贯彻始终,一直延续到杂文创作道路的尽头。

《雪》(野草之八)

《华盖集》的杂文慢慢展开的同时,《野草》散文诗系列也在继续延展。作于1月18日的《雪》(《野草》之八),似可在此前不久的鲁迅日记中找到其灵感材源。[2] 放在单独的散文诗创作里看,它似乎只是以文人美文的笔法,沿着某种"触景生情"和怀旧套路,去追忆"江南的雪"和作者本人的童年场景。但这种抒情散文的阅读预期在文章最后遇到了困难。"朔方的雪"与其说是美的形象,不如说是力的形象;与其说是柔美鲜艳以至于性感的南国雪景的审美对照,不如说以其"如粉,如沙"的质地和"撒在屋上,地上,枯草上,就是这样"的存在方式而引入了一种全新的生存状态,其感性形象同"杂文的自觉"的抽象道德价值有某种惊人的隐喻对应关系。它们都热烈、决绝,富于能量、动态和不确定性,又都以自身变幻的形式回应着、折射着更大的力场和光源。

---

[1] 鲁迅,《咬文嚼字》,《华盖集》,《鲁迅全集》第3卷,第9—10页。
[2] 1924年12月31日鲁迅日记中有"大风吹雪盈空际"一句。见鲁迅,《日记十三》,《鲁迅全集》第15卷,第541页。

鲁迅在这里呈现的不是"优美",而是"崇高"或"壮美"(the sublime)意义上的阔大和震撼:"在晴天之下,旋风忽来,便蓬勃地奋飞,在日光中灿灿地生光,如包藏火焰的大雾,旋转而且升腾,弥漫太空,使太空旋转而且升腾地闪烁。"[1]随这个全新的物种及其自我意识观照一道出现的,是鲁迅文学自身存在和变化方式的象征和隐喻;这个象征意象在最后突然引入自己的前生,由此制造出一个毁灭-再生的故事。只有在这种激烈的变化、转化和自我否定的意义上,就是说,在"杂文的自觉"和"鲁迅文学的第二次诞生"的具体语境和心境中,才能理解作品最后两句话的具体所指和诗学强度:"在无边的旷野上,在凛冽的天宇下,闪闪地旋转升腾着的是雨的精魂……是的,那是孤独的雪,是死掉的雨,是雨的精魂。"[2]

《青年必读书》

《华盖集》的第二篇,作于2月的《青年必读书》以"我以为要少——或者竟不——看中国书,多看外国书"的主张而著名,但它在杂文萌动和躁动期,特别是在《华盖集》开篇的位置上,同"咬文嚼字"一样具有特殊的象征意义。一是其中关于"活人"与死人的区分,这是"少读"或"不读"中国书的生命哲学和政治本体论理由:"中国书虽有劝人入世的话,也多是僵尸的乐观;外国书即使是颓唐和厌世的,但却是活人的颓唐和厌世。"[3]二是连带性或逻辑上的"行"和"言"的区分,即"少看中国书,其结果不过不能作文而已。但现在的青年最要紧的是'行',不是'言'。只要是活人,不能作文算什么大

---

[1] 鲁迅,《雪》,《野草》,《鲁迅全集》第2卷,第186页。
[2] 同上。
[3] 鲁迅,《青年必读书》,《华盖集》,《鲁迅全集》第3卷,第12页。

不了的事"[1]。这两种区分对于鲁迅杂文而言无疑都有本体论层面的自我说明意义,它们既是"杂文的自觉"的哲学理由或道德律令,也是它在特殊而具体的历史情境中的伦理选择和文化偏向。

就其中包含的思想信息而言,这两种区分是鲁迅早期启蒙主义立场的自然延续,但在过渡期和"第二次诞生"的关节点上,它们却不能不带上新的具体含义:活人/死人、行/言,作为两对基本母题,将在鲁迅此后的杂文写作中不断获得进一步的展开、发挥、变奏和升华;鲁迅杂文在自己的风格发展和定型过程中,也将进一步展现这两对矛盾的复杂性。如果我们把终极意义上的鲁迅杂文理解为为"活"而做的文学努力,我们就会看到"活人的颓唐和厌世",包括作为其极致的死、遗忘、毁灭和虚无,在鲁迅为"生"的写作中扮演何等重要的、必不可少的作用。这种作用不但赋予鲁迅杂文以特殊的情感基调和存在情绪,也在诗学方法论的意义上把杂文确立为一种为生而不怯于直面死、为希望而拥抱绝望、为现在而把握过去拥抱将来的象征形式。

我们虽然可以把鲁迅文学称为行动的文学和实践的文学,但这种批评的判断又必须包含对其高度的语言自觉和形式风格建构努力及技巧的细致体察。鲁迅杂文固然是渴望行动并且在行动的当下性、政治性和存在的冒险状态中存在的,但这种存在同时是,甚至在批评的概念上首先是诗学和语言范畴的存在;换句话说,它是一种在"言"中把言语行为同时否定和保留下来的象征活动。借助这种自我取消的"言",鲁迅杂文把行动和行动的渴望复制和保留在语言的作品之中。这也就是在1927年4月所作的《〈野草〉题辞》中明确的"速朽"原则。这个原则在鲁迅自觉的杂文写作中得到了不折不扣的贯彻。如果把"言"和"行"的辩证关系用于理解鲁迅文学和它所传达的观念和

---

[1] 鲁迅,《青年必读书》,《华盖集》,《鲁迅全集》第3卷,第12页。

立场的关系，我们也可以说，鲁迅的写作固然以通过自身社会存在和历史行动传达时代观念和集体信息为己任，但这种政治性自我理解和自我定位的媒介、手段甚至内容本身，都来自自觉的复杂的语言形式，即来自鲁迅文学。概言之，鲁迅文学不是所谓"鲁迅思想"的媒介，而是鲁迅思想以及整个鲁迅道德形象赖以存在的实质、本质和总体。

《忽然想到（一至四）》《通讯》

收入《华盖集》中的《忽然想到》系列共有 11 篇，它们分四组分别发表于 1925 年 1 月、4 月、5 月的《京报副刊》和 6 月的《民众文艺周刊》，贯穿了鲁迅杂文的整个萌动或躁动期，也关涉着作为历史事件的"女师大风潮"。杂文或"杂感"（两词此期间被作者混用），本身带有偶感或"忽然想到"的性质。"忽然"不是心血来潮或偶一为之，而往往是对长期所虑者的策略性、选择性的爆发和出击。同《热风·随感录》系列相比，读者可以看到一系列细微却重要的变化，比如在《忽然想到（一）（二）》里对于方法和"根本解决"的思考（西法牙医的"去腐杀菌"相对于国人"敷敷衍衍"的"镶补"）；又比如提出文学需要"余裕"，以免过于"不留余地"或"因陋就简"的空气使人们的精神被"挤小"，推而广之，也是反对一切在事关民族未来的事情上"轻薄草率""偷工减料""不要'好看'""不想'持久'"的做派。[1]《忽然想到（三）（四）》里出现了"革命之后"和"变成〔奴隶的〕奴隶"的主题，以及"民国的来源，实在已经失传了，虽然还只有十四年！"这样的抗议。但同早期短篇小说创作中的"革命之后"主题相比，此时文字中的失望感和幻灭感已不是泛泛地针对传统的道德否定，而是更明确、更具体地转向一种语言和写作方法批判意义上

---

[1] 鲁迅，《忽然想到》，《华盖集》，《鲁迅全集》第 3 卷，第 15—16 页。

的历史意识。这些只言片语都与鲁迅在过渡期专注文学本身的形式解决的总倾向或审美无意识相一致。我们同时也看到这样更为系统而缜密的句子：

> 历史上都写着中国的灵魂，指示着将来的命运，只因为涂饰太厚，废话太多，所以很不容易察出底细来。正如通过密叶投射在莓苔上面的月光，只看见点点的碎影。但如看野史和杂记，可更容易了然了，因为他们究竟不必太摆史官的架子。[1]

在"杂史之类"的记载里看到过去同当下状况"何其相似之甚"，并在这种相似性中感到"惊心动魄"，可以说与《狂人日记》里呈现的"字缝读史"法一脉相承，但它此时带来的不是一种关于传统的形而上学图景以及针对这一图景发出的"救救孩子！"的呐喊，而是一种对"破例"的希冀和期盼。文章继续展开：

> 幸而谁也不敢十分决定说：国民性是决不会改变的。在这"不可知"中，虽可有破例——即其情形为从来所未有——的灭亡的恐怖，也可以有破例的复生的希望，这或者可作改革者的一点慰藉罢。
>
> 但这一点慰藉，也会勾消在许多自诩古文明者流的笔上，淹死在许多诬告新文明者流的嘴上，扑灭在许多假冒新文明者流的言动上，因为相似的老例，也是"古已有之"的。[2]

鲁迅把这种"破例"定义为"其情形为从来所未有"的"不可知"，它

---

[1] 鲁迅，《忽然想到》，《华盖集》，《鲁迅全集》第3卷，第17页。
[2] 同上书，第18页。

既可以是"灭亡的恐怖",也可以是"复生的希望"。就"希望"的乌托邦理想主义而言,鲁迅的"破例"同本雅明在《历史哲学论纲》中所说的那种"打破历史连续体"的概念构造和集体行动具有相似的政治内涵和思想内涵,它们都针对历史主义的线性历史观,针对它以"进步"的名义为当下文化和意识形态辩护。[1]而这种"破例"一方面超越了既有社会文化思想的体制性常态框架,而那种在灭亡的恐怖中希望复生的姿态,又使它可以自居为政治哲学意义上的"主权者",就是说,它在理念上为自己保留了一种超法理(extra-legal)的决断的自由,并愿意为这种意志和行动承担存在范围内的一切后果。[2]

值得指出的是,这段话虽然仍旧从改造国民性议题出发,但国民性问题本身已在此时退居后台,取而代之的则是重返文学革命的初衷,不过这个"重返"是在更高的意识层面,即试图通过打破常规,不断带来文化和道德领域的例外状态,为个人和社会生活创造希望、为改革者带来"慰籍"。这个焦点和问题意识的清晰化,恰恰是由新文学的对立面从反面具体地予以界定的。《忽然想到》用这一组杂文形象命名这个对立面:"自诩古文明者流的笔","诬告新文明者流的嘴",以及

---

[1] 本雅明,《历史哲学论纲》,《启迪》,张旭东、王斑译,第274页。
[2] 参看 Carl Schmitt, *Political Theology: Four Chapters on the Concept of Sovereignty*, translated by George Schwab, The MIT Press, 1985, Chapter 1, Definition of Sovereignty, pp. 5–15。施米特把"主权者"定义为"裁断是否出现例外状态的人"。根据这一定义,主权者本人的位置必然是既在法律之内,又在法律之外;这个关于紧急状态以及相应的果断行动的判断和裁决必须根据事实和具体情境做出,而不是根据法律条文和程序的正常运行推导出来,因为紧急状态及其必要的应对本身,就意味着在法律条文和程序内部运行的常态已经被打破。这个政治哲学的理论分析,在文学和艺术范畴里比在宪法理论和国家理论范畴里更容易说明。作家和艺术家在自己的创作空间都具有一定程度的"主权者"权限和自由,他们事实上都既在审美和形式规律的内部又在其外部。这也就是常识意义上所说的,一切伟大作品都是特例,它们既是规则和惯例的集大成和成功运用,又同时打破了规则和惯例,颠覆了既有的趣味和审美习惯。在这种"形式创新"中,艺术家和作者事实上都像"裁断例外状态"的主权者一样,面对经验和事物的具体情景和体验强度做出行动和风格上的选择。

"假冒新文明者流的言动"。与此针锋相对,在新文学语言革命和文学革命的范围里,最直接最具体的"破例"行动,就是打破"古已有之"的惯例,超越语言和观念生产领域的种种"伶俐人"的辩护和粉饰的写作实践。由此鲁迅杂文获得了新的哲学意义上的理论基础,即把自身界定为新文学的"例外状态",界定为文学本体论范畴的外延边缘或极限,以及这种本体论范畴内在政治和审美强度的高点。而在更为个人的意义上,"伶俐人"作为一个概念形象的原型,也囊括并预示了鲁迅在"运交华盖"及以后的路途上将要遇到的一系列论战对手和攻击、讽刺的对象,包括"学者"、"文化人"、"文学家"、"正人君子"、"智识阶级"、"叭儿狗"、"帮闲"和"批评家"。

从这种打破因循常态的"破例"渴望着眼,我们得以进一步体察鲁迅1925年上半年写作中孕育和麇集的能量,特别是出现在这个过程中明显的骚动不安、不耐烦,甚至求战情绪。这个不妨称之为"杂文的躁动"的状态无疑是多种个人、社会和文学内部原因"多元决定"的结果,就是说,它们都不同程度地促成了一种无名的存在情绪和心理情感状态,一种从外部看来显得敏感、激烈和偏执的社会行为和语言行为方式。这种躁动在此阶段写作中的表征之一是个人生活状态和情绪不由自主地、"忽然"地同历史本身发生体验短路,在"境由心造"和环境决定意识的双重性和暧昧性中,把杂文推向一个从量变到质变的"自觉"。比如在作于1925年3月的《通讯》的开头我们看到这样的描写:

> 那一期里有论市政的话,使我忽然想起一件不相干的事来。我现在住在一条小胡同里,这里有所谓土车者,每月收几吊钱,将煤灰之类搬出去。搬出去怎么办呢?就堆在街道上,这街就每日增高。有几所老房子,只有一半露出在街上的,就正在豫告着别的房屋的将来。我不知道什么缘故,见了这些人家,就像看见

了中国人的历史。

> 姓名我忘记了,总之是一个明末的遗民,他曾将自己的书斋题作"活埋庵"。谁料现在的北京的人家,都在建造"活埋庵",还要自己拿出建造费。看看报章上的论坛,"反改革"的空气浓厚透顶了,满车的"祖传","老例","国粹"等等,都想来堆在道路上,将所有的人家完全活埋下去。[1]

这种突如其来的被"活埋下去"的感觉已不仅仅是早期"思想革命"时代一般性传统批判的重复和延续,而是对近在咫尺的日常生活常态的寓言化处理和形而上图景化。这种窒息感不仅来自反对改革的旧势力,甚至也是对某些青年的论调的直觉,这些论调同二十七年前"戊戌政变"时简直"一模一样",既让作者感到"岂不可怕",也让他感到"思想革命"理想的可悲与无奈,以至于说出"大约国民如此,是决不会有好的政府的;好的政府,或者反而容易倒"这样激愤但不可谓不确的话。[2]在文学修辞的意义上,这可以说是把五四时期小说创作中的观念赋形能量与技巧,特别是《狂人日记》赖以成立的那种"思想形象"(thought-image)和语言构造迁入"杂感"写作的一种文体转移。

虽然渺茫但"终于还是"希望之寄托的"思想革命",本身依赖于新文学的存在和发展,依赖于这种存在和发展的具体形式和平台,即文学和思想评论刊物。鲁迅以回应读者来信的方式表达了自己在这个问题上的看法,却出人意料地暴露了对新文学写作法和写作者的期待,这种期待当然也是一种自我期待,甚至在一定程度上已是对理想或现实的杂文工作状态的生动描述了:

---

[1] 鲁迅,《通讯》,《华盖集》,《鲁迅全集》第3卷,第22页。
[2] 同上书,第22—23页。

有一个专讲文学思想的月刊，确是极好的事，字数的多少，倒不算什么问题。第一为难的却是撰人，假使还是这几个人，结果即还是一种增大的某周刊或合订的各周刊之类。况且撰人一多，则因为希图保持内容的较为一致起见，即不免有互相牵就之处，很容易变为和平中正，吞吞吐吐的东西，而无聊之状于是乎可掬。现在的各种小周刊，虽然量少力微，却是小集团或单身的短兵战，在黑暗中，时见匕首的闪光，使同类者知道也还有谁还在袭击古老坚固的堡垒，较之看见浩大而灰色的军容，或者反可以会心一笑。[1]

在所谓寂寞旧战场或"无物之阵"里，几个"散兵游勇"就是如同刺客般的杂文家，"黑暗中时见匕首的闪光"则不啻为杂文特殊的战斗形态与场面的诗学影像。这种影像传达出来的不是深思熟虑的团体协同作战的战略战术，而是对哪怕仅仅存在于想象中的"浩大而灰色的军容"的不屑，和对"和平中正，吞吞吐吐""无聊之状可掬"的东西的不耐烦。在1925年3月写给许广平的信里（这是两人间有记录的第一次书信往来），鲁迅谈到了另一种"壕堑战"战法，它与黑暗中掠袭者的匕首寒光一道构成杂文战术原则的整体：

> 对于社会的战斗，我是并不挺身而出的，我不劝别人牺牲什么之类者就为此。欧战的时候，最重"壕堑战"，战士伏在壕中，有时吸烟，也唱歌，打纸牌，喝酒，也在壕内开美术展览会，但有时忽向敌人开他几枪。中国多暗箭，挺身而出的勇士容易丧命，这种战法是必要的罢。但恐怕也有时会迫到非短兵相接不可的，这时候，没有法子，就短兵相接。[2]

---

[1] 鲁迅，《通讯》，《华盖集》，《鲁迅全集》第3卷，第25页。
[2] 鲁迅，《270311致许广平》，《鲁迅全集》第11卷，第462页。

无论是"小团体或单身的短兵战"还是阵地战、壕堑战，我们在其中看到的是作者此时对冲突和战斗的冲动与渴望，或不如说，这是躁动中的杂文的不耐烦和求战心态，是它对一切"卑怯"、"中庸"和"粉饰"的鄙视和排斥。反过来讲，这也是它对尚未出现的"危险性"的下意识寻求。一旦"小团体或单身的短兵战"及其"危险性"成为写作的人格化的内在冲动和伦理原则，它就几乎会自动找到自己的对立面或消极面参照。在下面这段话里，我们看到"杂文的躁动"事实上在卷入"女师大风潮"之前，就已选好对手和攻击对象，且为之一一起好了名字：

> 学者多劝人踱进研究室，文人说最好是搬入艺术之宫，直到现在都还不大出来，不知道他们在那里面情形怎样。这虽然是自己愿意，但一大半也因新思想而仍中了"老法子"的计。我新近才看出这圈套，就是从"青年必读书"事件以来，很收些赞同和嘲骂的信，凡赞同者，都很坦白，并无什么恭维。如果开首称我为什么"学者""文学家"的，则下面一定是谩骂。我才明白这等称号，乃是他们所公设的巧计，是精神的枷锁，故意将你定为"与众不同"，又借此来束缚你的言动，使你于他们的老生活上失去危险性的。[1]

这种针对"他们的老生活"的危险性不仅仅停留在道德态度和伦理原则上，而且在写作和"言动"的层面可以具体化、实操化。所以下面这段话也可以说是在"女师大风潮"中出现的"碰壁"杂文在正式亮相前的一种想象性彩排和定妆：

---

[1] 鲁迅，《通讯》，《华盖集》，《鲁迅全集》第3卷，第26页。

不料有许多人,却自囚在什么室什么官里,岂不可惜。只要掷去了这种尊号,摇身一变,化为泼皮,相骂相打(舆论是以为学者只应该拱手讲讲义的),则世风就会日上,而月刊也办成了。[1]

《出了象牙之塔》

鲁迅于1925年1月24日(农历春节)开译厨川白村的《出了象牙之塔》("自午至夜译《出了象牙之塔》两篇"[2]),2月18日译讫("译《出了象牙之塔》讫"[3])。同年12月3日夜作《〈出了象牙之塔〉后记》,发表于14日刊出的《语丝》。译文大部分发表于《京报副刊》《民众文艺周刊》,整部译作单行本则于12月由北京未名社作为《未名丛刊》之一出版。从编年来看,《出了象牙之塔》的翻译、发表和出版伴随了鲁迅的1925年;而在内容上,这篇长文或小册子在鲁迅杂文发生学中的位置和意义更值得细察,因为它不仅是一篇系统讨论 essay(即通常意义上的散文)体裁的论文,而且本身也是一篇 personal essay(散文)意义上的杂文体创作。它不仅在理论概念、文学史经验和批评层面,也在写作实践和内心表述的辞藻、句式和风格层面,为这一阶段鲁迅"杂文的自觉"提供了参照。

这种参照作用和影响力可简单地用"共鸣"一言以蔽之,它无疑是鲁迅翻译此文的深层原因。但从另一方面讲,鲁迅的译作究其本质来说都是其创作的组成部分和内在环节,更是中国新文学(特别在其最初二十年)语言建构和风格发展的媒介、材料、方法和演练。如果

---

[1] 鲁迅,《通讯》,《华盖集》,《鲁迅全集》第3卷,第26—27页。
[2] 鲁迅,《日记十四》,《鲁迅全集》第15卷,第549页。
[3] 同上书,第553页。

说，中国新文学作为语言生成与建构的自主运动，有必要且事实上也正是在创作和翻译中齐头并进地展开的话，那么在鲁迅文学"成为自己"的过程中，翻译从来不是外在的、机械的、仅仅是技术性的信息知识转运（哪怕在"盗火"意义上），而是白话文学内在能量、欲望、表现性和创造性的另一种自我结构方式和表达形式。在"白话"与"文学"的磨合期，作为创作的习作与作为创作的译作，对于新文学在语言和形式两面的成长意义，本质上并没有太大区别。某种意义上甚至可以说，翻译正因为不必操心表意、事实交代和艺术技巧方面的问题，从而得以卸下"原创"的负担，反倒使写作实践能够专注于语言层面（词汇、句式、风格形象等）的可能性和自由，从而借助更自觉的语言表述系统去实现自己的文学动机和社会思想指涉。

译作《出了象牙之塔》对于鲁迅杂文自我结构和风格实体化的贡献是多方面和多层次的，它为杂文提供了写作经验与写作方法的实例和参照系。在文学史、文学批评和文学理论领域，它相对系统地界定了 essay 这一看似边缘次要、实则必不可少、在文学本体论范畴具有本源及核心意义的体裁。更为重要的是，厨川白村自己在讨论 essay 问题时的文笔、风格和作者形象本身也是高度个性化、散文式的。对于译者鲁迅来说，这种"亦师亦友"的原作，不但在内容或观念上可资援引、借鉴和倚重，更在形式和风格上可被引为同类，在声气相通之间彼此扶持、彼此证明、彼此激励。在"杂文的自觉"的路途上，鲁迅同《出了象牙之塔》的相遇是一种幸运的偶然，但在杂文自我意识及其形式外化过程中，译作《出了象牙之塔》又反映出鲁迅杂文在自身语言和风格运动上的自主性与自我实现的必然性。在将外来语中的信息编码镶嵌和融化在母语的劳作中，译作同时成为鲁迅杂文和鲁迅文学内在逻辑的自我表现。如果说在翻译《出了象牙之塔》的过程中，鲁迅熟悉了 essay 这个概念及其文学史背景，那么在译作完成之际，可以说鲁迅已经教会了 essay 如何用汉语白话开口说话，并在译作的语言风格中把中国新文学普遍媒质同一种全新的质地、个性和语言可能性糅合在一起。

熟悉鲁迅作品和鲁迅风格的读者在阅读译作《走出象牙之塔》时,几乎无法分辨原作者的声音同译作者的声音,甚至会恍惚间将原作的意思混同为鲁迅自己的意思。这在鲁迅以"直译"原则为指导、往往带有蓄意为之的生硬的译著中是不多见的。比如我们看《出了象牙之塔》第一节"自己表现"的开头一句:

> 为什么不能再随便些,没有做作地说话的呢,即使并不俨乎其然地摆架子,并不玩逻辑的花把戏,并不抡着那并没有这么一回事的学问来显聪明,而再淳朴些,再天真些,率真些,而且就照本来面目地说了话,也未必便跌了价罢。[1]

求率真、反造作的"为什么"之问,让原作者和译作者一拍即合,在排斥"虚伪"和"伶俐"、主张把那种"称为'人'的动物"身上穿的衣服剥去,使之"一丝不挂"方面,两人更是气味相投。下面这段关于"精神病人"的看法,原作和译作在精神气质和语言表述上也表现出高度的契合:

> ——剥去这些,将纯真无杂的生命之火红焰焰地燃烧着的自己,就照本来面目地投给世间,真是难中的难事。本来,精神病人之中,有一种喜欢将自己身体的隐藏处所给别人看的所谓肉体曝露狂(Exhibitionist)的,然而倘有自己的心的生活的曝露狂,则我以为即使将这当作一种的艺术底天才,也无所不可罢。[2]

---

[1] 厨川白村,《出了象牙之塔》,《鲁迅著译编年全集》第6卷,第57页。
[2] 同上书,第57—58。

在抱怨"无论怎样卓绝的艺术上的天才，将真的自己赤条条地表现出者，是意外地少有"，而"仿佛看了对手的脸色来说话似的讨人厌"[1]者何其多之后，厨川把"用嘴来说，用笔来写的事"都视为自己的"告白"和"辩护"，并暗示若以此标准来衡量，则即便拜伦、卢梭、歌德、乌古斯丁、托尔斯泰这样"仿佛非常诚实似的"大作家，其究竟"纯真"或"精确"到何种程度，也是"有些可疑"的。[2]以此标准检视日本文学，则是"叙事都太多"而致使"内生活的告白""很有不足之感"。[3]但作为文学原则的"内生活的告白"并不是体裁样式能够保证的东西，比如作者就认为"自叙传之类，则不论东西……是全都无聊的"。显然，它需要审美、思想和个性上的深度说明。这种说明指向一种特殊的形式与风格，它就是 essay。

《出了象牙之塔》的第二节以 essay 为题，这事实上也是全书唯一的母题。在"执笔则为文"[4]这样宣言般的单句自然段后，作者开始在概念层面上，却是具体地、感性地界定和深描这种"和小说戏曲诗歌一起，也算是文艺作品之一体的这 essay"：

> 如果是冬天，便坐在暖炉旁边的安乐椅子上，倘在夏天，则披浴衣，啜苦茗，随随便便，和好友任心闲话，将这些话照样地移在纸上的东西，就是 essay。兴之所至，也说些以不至于头痛为度的道理罢。也有冷嘲，也有警句罢。既有 humor（滑稽）也有 pathos（感愤）。所谈的题目，天下国家的大事不待言，还有市井的琐事，书籍的批评，相识者的消息，以及自己的过去的追怀，想到什么就纵谈什么，而托于即兴之笔者，是这一

---

[1] 厨川白村，《出了象牙之塔》，《鲁迅著译编年全集》第6卷，第58—59页。
[2] 同上书，第59页。
[3] 同上。
[4] 同上书，第60页。

类的文章。[1]

虽然厨川有时也在一般意义上较为随意地把 essay 归为"体裁"，但显然这种体裁不单纯是文体学意义上的样式种类，而是由作者思想性格、写作方法和风格自觉从内部规定的统一的审美原则和精神原则。作为风格，the essay 无法离开 the essayist 而获得其相对的艺术自律性或半自律性，正如舞蹈不能离开舞者：它的"言"和"文"都必须且只能由"人"决定，而文与人的分离或半分离，在小说戏剧、诗歌甚至"美文"意义上的散文则都是可能的。

> 在 essay，比什么都紧要的要件，就是作者将自己的个人底人格的色采，浓厚地表现出来。从那本质上说，是既非记述，也非说明，又不是议论，以报道为主眼的新闻记事，是应该非人格底（impersonal）地，力避记者这人的个人底主观底的调子（note）的，essay 却正相反，乃是将作者的自我极端地扩大了夸张了而写出的东西，其兴味全在于人格底调子（personal note）。有一个学者，所以，评这文体，说，是将诗歌中的抒情诗，行以散文的东西。倘没有作者这人的神情浮动者，就无聊。作为自己告白的文学，用这体裁是最为便当的。既不像在戏曲和小说那样，要操心于结构和作中人物的性格描写之类，也无须像做诗歌似的，劳精敝神于艺术的技巧。为表现不伪不饰的真的自己计，选用了这一种既是费话也是闲话的 essay 体的小说家和诗人和批评家，历来就很多的原因即在此。[2]

---

[1] 厨川白村，《出了象牙之塔》，《鲁迅著译编年全集》第 6 卷，第 60 页。
[2] 同上书，第 60—61 页。

这种以个人的人格色彩为色彩、以作者自我的边界为边界、以作者本人的情思浮动为唯一兴味的写作,就是作为散文和杂文的"文"(the essay)。如作者所说,这个体裁是"最便当的",因为它不用"操心于结构和作中人物的性格描写之类,也无须像做诗歌似的,劳精敝神于艺术的技巧"。但这种便当的反面是一种最大的负担和危险:无须操心也就无所凭恃。也就是说,散文或杂文既不能借助结构和作品人物的性格描写,也不能依赖诗歌似的艺术技巧,它唯一能够凭恃的只是缺乏建制化形式甚至反对任何形式化建制的"赤条条"的个人与个性。作为"既非记述,也非说明,又不是议论,以报道为主眼"的个人创作,它是自我的告白;但作为"为表现不伪不饰的真的自己",它所做的一切同时也是在"废话"和"闲话"的刀锋上行走。它固然是将"自我极端地扩大了夸张了而写出的东西",但这种夸张一刻也不能堕入伪饰浮夸和虚张声势,而必须像冬天暖炉旁的安乐椅子上,或夏天披浴衣啜苦茗时的"好友任心闲话"那样"随随便便"。在话题和内容方面,它可以兴之所至无所不谈,但其中所包括的"大事"或"道理"必须以"不至于头痛为度",也就是说,必须始终在不经意和纵横挥洒间恪守文章的"兴味",不论这种兴味是以冷嘲热讽、滑稽幽默还是以感愤伤怀的形式呈现。

  厨川的观察、分析和议论,对埋头于杂文实践和实验中的鲁迅来说,显然都具有反思和观照意义。他所简单勾勒的从蒙田、培根到兰姆、爱默生的西洋散文发展史,也为鲁迅提供了一份世界文学的家谱和源流。[1]有关近代 essay 的繁荣同 journalism 或"新闻杂志事业"之密切关系的观察,则点出了杂文生产所需的文学社会学、经济学背景以及物质、技术和国民教育条件。[2]这些外部信息,虽然本身并不是

---

[1] 厨川白村,《出了象牙之塔》,《鲁迅著译编年全集》第 6 卷,第 61—62 页。
[2] 同上书,第 62 页。

振聋发聩的新发现,但如此集中且带有作者个人色彩与兴味的讨论,对于鲁迅"杂文的自觉",都不免起到助兴和敲边鼓的作用。

作为批评家,厨川从夏目漱石等当代日本作家的小品写作中总结了"使人忘不掉的文字"的审美特征,指出在作者这一面,"既须很富于诗才学殖,而对于人生的各样的现象,又有奇警的锐敏的透察力",在读者这一面,则须戒掉阅读通俗言情小说时的种种"没头没脑"的消遣方式,去除只图口腹之快或心不在焉的阅读习惯,方能真正鉴赏essay的文字美、"辞令"之机锋以及思维与情绪之饱满、活泼和流动。因为essay是蓄意而精心的文字,"那写法,是将作者的思索体验的世界,只暗示于细心的注意深微的读者们。装着随便的涂鸦模样,其实却是用了雕心刻骨的苦心的文章"。[1]

鲁迅在《〈出了象牙之塔〉后记》中,明显已把厨川引为杂文创作家和精神上的同类,赞同他"左顾右盼,彷徨于十字街头者,这正是现代人的心"的观察;欣赏他不怯于发出"我年逾四十了,还迷于人生的行路"的自我告白;为此还在这篇后记中又加译了作者的《走向十字街头》序文。以下这段话可说超出了普通译者-原作者关系:

> 假使著者不为地震所害,则在塔外的几多道路中,总当选定其一,直前勇往的罢,可惜现在是无从揣测了。但从这本书,尤其是最紧要的前三篇看来,却确已现了战士身而出世,于本国的微温,中道,妥协,虚假,小气,自大,保守等世态,一一加以辛辣的攻击和无所假借的批评。就是从我们外国人的眼睛看,也往往觉得有"快刀断乱麻"似的爽利,至于禁不住称快。
>
> ……但是,辣手的文明批评家,总要多得怨敌。我曾经遇见

---

[1] 厨川白村,《出了象牙之塔》,《鲁迅著译编年全集》第6卷,第63页。

过一个著者的学生,据说他生时并不为一般人士所喜,大概是因为他态度颇高傲,也如他的文辞。这我却无从判别是非,但也许著者并不高傲,而一般人士倒过于谦虚……[1]

不仅如此,鲁迅还意犹未尽地借厨川六卷本文集的出版和日本文坛容纳这样"高傲"作者的雅量,微讽中国文坛("敢于这样地自己省察,攻击,鞭策的批评家,在中国是都不大容易存在的"),接着给了"陈腐的古国"一个大大的讥刺:

> 我译这书,也并非想揭邻人的缺失,来聊博国人的快意。中国现在并无"取乱侮亡"的雄心,我也不觉得负有刺探别国弱点的使命,所以正无须致力于此。但当我旁观他鞭责自己时,仿佛痛楚到了我的身上了,后来却又霍然,宛如服了一帖凉药。生在陈腐的古国的人们,倘不是洪福齐天,将来要得内务部的褒扬的,大抵总觉到一种肿痛,有如生着未破的疮。未尝生过疮的,生而未尝割治的,大概都不会知道;否则,就明白一割的创痛,比未割的肿痛要快活得多。这就是所谓"痛快"罢?我就是想借此先将那肿痛提醒,而后将这"痛快"分给同病的人们。[2]

这篇《后记》作于1925年12月初,距《〈华盖集〉题记》不过几周,因此也可视为"杂文的自觉"从前意识走向意识和自我意识的突破瞬间中的一个定格画面。因此文中所说的那种挤破和割除身上和心中的疮疖和肿痛的"快活"和"痛快",也就不仅是此时鲁迅人生感愤激昂状态的写照,更是杂文风格决定性出场的象征了。

---

[1] 鲁迅,《〈出了象牙之塔〉后记》,《译文序跋集》,《鲁迅全集》第10卷,第268页。
[2] 同上书,第269页。

第五章　希望与躁动(杂文发生学小史之一):1925年上半年的创作

鲁迅在下面这段译文里保留和传达出来的，正是杂文写作和杂文家人生的"痛快"。这里厨川感叹"日本人这东西""全不懂所谓humor（幽默）这东西的真价值"，然后笔锋一转，批评了日本文坛矫饰和虚张声势的习气：

> 一说到议论什么事，倘不是成了青呀黑呀的脸，"固也，然则"，或者"夫然，岂其然哉"，则说的一面固然觉得口气不伟大，听的一面也不答应。什么不谨慎呀，不正经呀这些批评，就是日本人这东西的不足与语的所以。如果摆开了许许多多的学问上的术语，将明明白白的事情，也不明明白白地写出来，因为是"之乎者也"，便以为写着什么了不得的事情，高兴地去读。读起来，自己也就觉得似乎有些了不得起来了罢。将极其难解的深邃的思想或者感情，毫不费力地用了巧妙的暗示力，咽了下去的essay，其不合于日本的读者的尊意，就该说是"不为无理"罢。[1]

鲁迅杂文之发生，在语言和文体空间内部最直接的意念和动作，正是打破一切形式和态度上的矫饰与禁忌，在颠覆文学体制及其观念拜物教的行动中，打开杂文的风格道路。1925—1927年同一众"艺术家""学者""正人君子"的摩擦和冲突，在具体事由的"利益纠纷"之外，不能不说带有这一层"非功利"的、形式内部的象征意味。

鲁迅认为《出了象牙之塔》前三节最重要，盖因这三节感性而具体地提供了关于essay的一般性概念。鲁迅杂文无疑属于essay的概念范畴，但在这个范畴之内又具有极端的特殊性。厨川这篇文章或小册子深得鲁迅喜爱的原因，在于它在关于essay的一般性讨论之中，也常常同鲁迅杂文风格的特殊性暗合。鲁迅清楚地看到，原作意不在提供

---

[1] 厨川白村，《出了象牙之塔》，《鲁迅著译编年全集》第6卷，第63—64页。

一个关于 essay 的学院派说明，而更专注于一种强烈个性的"随意的"自我展示。后续诸节的内容既是对 essay 概念的丰富和具体化，更是作者本人的写作，即一种杂文式的观感和议论。在第四、五、六节里，厨川讨论了"缺陷之美"，包括对"瑕疵"与"罪恶"的审美鉴赏与艺术表现，让人想起鲁迅日后在《怎么写（夜记之一）》中所讲的"与其防破绽，不如忘破绽"的杂文方法论。[1]在文艺范畴之外，这种观察也针对人生"长路"上必有的种种"失策"、"不舒服"和"苦恼"，直言一切"圆满具足之境""天国或极乐世界"都只是人自己的"假想"，"但是这样的东西，在这地上，是没有的"。[2]

缺陷、不舒服、苦恼乃至失策，在鲁迅"过渡期"（1923—1927）的人生旅途中，都是带有尖锐的实感和痛感的日常生活状态和"存在情绪"（海德格尔）。杂文不是在对这种状态和情绪的逃避中走向自觉，而恰恰具体"发生"于对它们的承受、肯定和内在化的过程中，是这种内在化的风格外露。因此杂文必然是也只能是"在地上"的文体与风格。而兼从文艺和人生两方面看，诚如厨川所言，"缺陷所在的处所，一定现出不相容的两种力的纠葛和冲突来"，文艺和人生所需的内热和底力，都从这种纠葛和冲突中产生；而"倘使没有这样的缺陷，人生固然是太平无事了，但同时也就再没有兴味，再没有生活的功效了罢。正因为有暗的影，明的光这才更加显著的"。[3]这样的观念、语言和形象，对于鲁迅这一时期的写作，都不失为意识与信心的支持和佐证；它们在汉语白话中的落座和成形，同鲁迅杂文此刻在形象、句式、动机和风格上的发展与自我确认，乃是同一个思维、语言和作者意识建构的运动。在鲁迅杂文感性外观的具体形态中，我们能够辨认出那种"暗的影"与"明的光"的交织与缠斗。而风格层面和风格空

---

[1] 鲁迅，《怎么写（夜记之一）》，《三闲集》，《鲁迅全集》第 4 卷，第 25 页。
[2] 厨川白村，《出了象牙之塔》，《鲁迅著译编年全集》第 6 卷，第 65—66 页。
[3] 同上书，第 66 页。

间的纠葛、冲突，在杂文发生学过程中，在整个过渡期特别是1925—1927年间，又始终同鲁迅个人生活及其"存在情绪"互相缠绕、彼此映证。译者对作者所说的那种"小心地不触着罪恶和缺陷，悄悄地回避着走的消极主义，禁欲主义，保守思想等""人类的生活方法""极卑怯，极屠头，而且无聊的态度"[1]，也必然是会心且有共鸣的。排斥和戒惧那种"说是因为要受寒，便不敢出门的半病人似的"的人生态度与写作方法，此时就不仅是一种倾向和态度，而且是在语言世界里被明确化、具体化的座右铭了。

在第七至第十二节，作者通过日本与俄罗斯文化及民族性的对比，建构了"聪明人"与"呆子"这组价值对立，对日本现代性做了辛辣的讽刺与批判，在一些重要的方面可视为竹内好振聋发聩的日本近代性反思的先声。厨川把近代日本人的"有小手段，长于技巧的小能干"视为"没有内生活的充实，没有深的反省，也没有思索"的外在表现，指出这种文化进步的表象中，同时也包含"轻浮，肤浅，浅薄，没有腰没有腹也没有头，全然像是人的影子"的本质，因为这一切"不发底光，也没有底力"。[2] 与此截然对立的则是"呆子"形象。厨川写道：

> 所谓呆子者，其真解，就是踢开利害的打算，专凭不伪不饰的自己的本心而动的人；是决不能姑且妥协，姑且敷衍，就算完事的人。是本质底地，彻底底地，第一义底地来思索事物，而能将这实现于自己的生活的人。是在炎炎地烧着的烈火似的内部生命的火焰里，常常加添新柴，而不怠于自我的充实的人。[3]

---

[1] 厨川白村，《出了象牙之塔》，《鲁迅著译编年全集》第6卷，第67页。
[2] 同上书，第76页。
[3] 同上书，第74—75页。

厨川承认眼下是大众时代（"群集"与"多众"），因此不应"徒然翘望着释伽和基督似的超绝的大呆子的出现"；但大家仍须力争"做那千分之一或万分之一的呆子"，"这就是自己认真地以自己来深深地思索事物；认真地看那像书样子的书；认真地学那像学问样子的学问，而竭了全力去做那变成呆子的修业去"。否则，就会像"现今的日本"那样"苟活"于"无聊的时代"，在"无意义"中变得"无可救"。与落后的俄国在思想艺术和社会变革领域表现出来的"特有的野性"、"呆子发挥着那呆里呆气和呆力量"[1]相比，日本这个"文明开化"的民族，虽然"口吻和服装却只想学先进国的样"，但"朝朝夜夜，演着时代错误的喜剧"，因而实则"惨不忍见"，"依然是霉气土气的村民"，即"村绅的日本"。[2]

即便在战争那样的野蛮行径中，厨川看见的仍是西洋人所具有而日本人所缺乏的"泼剌的生气在内部燃烧"和"毒辣的彻底性"（但另一方面厨川也说日本"除了战争时候"，不曾有一回"为了真的文化生活"而"当真热过"[3]），反映出他对"打进那彻底底的解决"所必需的"生命力"的渴望。[4]所有这一切，在鲁迅这里，无论就其平生一贯的性情气质而言，还是就其眼下的人生和写作困境而言，无疑都是悦耳的声音，而对后者尤其带有暗示、投契的意味，鼓动着鲁迅去挑战和克服"横在生命的跃进的路上的魔障"[5]。甚至原作中穿插的"但愿平安"的诅咒[6]，白发所显示的时光与青春的逝去等，也都在译文中以几乎相同的词汇和句式回应着《希望》中展示的那种向无望和虚妄

---

[1] 厨川白村，《出了象牙之塔》，《鲁迅著译编年全集》第6卷，第79页。
[2] 同上。
[3] 同上书，第77页。
[4] 同上书，第82页。
[5] 同上书，第83页。
[6] 同上书，第85页。

逼近的冒险行动。[1]与这种冒险行动（即抛却"希望之盾"，"肉薄"身内外的迟暮）相比，更大的危险或全盘失策是"做的事，成的事，一切都不彻底，微温，挂在中间"[2]，即在一切领域里的"姑息"和"敷衍"[3]。而不敷衍或"不和你们来敷衍"[4]，正是鲁迅在因"女师大风潮"而起的持续论战中的基本态度，它同杂文的发生和鲁迅杂文的特殊形态有着具体而直接的关系。在"风潮"冲突最激烈的时候，鲁迅曾作《"碰壁"之后》，可以说"碰壁"或"碰钉子"某种程度上是整个1925—1926年"华盖运"的核心形象。但在《出了象牙之塔》的译文里，我们提前看到了这个词汇、意象和动作：

> 不淹，即不会游泳。不试去冲撞墙壁，即不会发现出路。在暗中静思默坐，也许是安全第一罢，但这样子，岂不是即使经过多少年，也不能走出光明的世界去的么？[5]

如果说具体意义上的"碰了杨家的壁"[6]，或在学者、诗人、正人君子处一再碰钉子是被动的碰，是躲不开的坏运气，那么这里的"冲撞墙壁"则是主动的行动，是"不淹，即不会游泳"的人生搏击和开路实践的内在环节。在观念和原则上，它是对"安全"的否定。虽然它被作者戏称为"莽撞地，说道碰碎罢了"的"村夫式呆子式"行为，因此"乃是日本人多数之所不欲为的"[7]，但在译者笔下，它却是在更大的人生利弊考量上经过计算的冒险，是对注定全盘失败的"安全"和

---

[1] 厨川白村，《出了象牙之塔》，《鲁迅著译编年全集》第6卷，第88、92页。
[2] 同上书，第81页。
[3] 同上书，第94页。
[4] 鲁迅，《我还不能"带住"》，《华盖集续编》，《鲁迅全集》第3卷，第260页。
[5] 厨川白村，《出了象牙之塔》，《鲁迅著译编年全集》第6卷，第94页。
[6] 鲁迅，《"碰壁"之后》，《华盖集》，《全集》第3卷，第76页。
[7] 厨川白村，《出了象牙之塔》，《鲁迅著译编年全集》第6卷，第94页。

"平安"的摒弃。

《出了象牙之塔》原著和译文在思想内容和精神气质上的高度一致，让原作在"直译"文字中完美地再现出来；换言之，这也是译文作为写作本身，将自己的语言和风格变成原作所透露的观念及勇气的白话汉语对应物和对等物。这种在译作中再次建立起来的内容与形式的关系，只能放在杂文发生学的过程和结构中才能被有效地分析。

私人通信、《战士和苍蝇》、《忽然想到（五、六）》

在3月11日致许广平信的最后，鲁迅总结说："我自己对于苦闷的办法，是专与苦痛捣乱，将无赖手段当作胜利，硬唱凯歌，算是乐趣，这或者就是糖罢。但临末也还是归结到'没有法子'，这真是没有法子！"又说"不过如此"，"近于游戏"。但这种"泼皮""无赖"式的"手段"和"游戏"，无论表现为"相骂相打"还是"捣乱"，都不能遮掩其"苦闷"的起源。一周后，鲁迅又在给许广平的信里谈及自己的写作，称它们"太黑暗了"，因为它们都以"黑暗与虚无"作为"实有"，但因此也是"绝望的抗战"，虽多有"偏激的声音"，但实则也属于"人生的一种慰安"。在这封信里，鲁迅向青年人提出了著名的"须是有不平而不悲观，常抗战而亦自卫"的处世原则，所谓"荆棘非践不可，固然不得不践，但若无须必践，即不必随便去践"，实际上却是作者自己的写作"壕堑战"写照。[1]接着一周前提起的"泼皮"话题，鲁迅进一步说明了自己的杂文战法：

> 子路先生确是勇士，但他因为"吾闻君子死冠不免"，于是"结缨而死"，则我总觉得有点迂。掉了一顶帽子，有何妨呢，却

―――――――――――
〔1〕鲁迅，《270318致许广平》，《鲁迅全集》第11卷，第467页。

看得这么郑重,实在是上了仲尼先生的当了。仲尼先生自己"厄于陈蔡",却并不饿死,真是滑得可观。子路先生倘若不信他的胡说,披头散发的战起来,也许不至于死的罢,但这种散发的战法,也就是属于我所谓"壕堑战"的。[1]

在不知不觉间走向"女师大风潮"的1925年上半年的写作中,这种躁动、求战状态呈现出多面性中的一致性。在《战士和苍蝇》中,它以"缺点礼赞"、"创伤礼赞"和"战死礼赞"的面目和姿态出现,傲视"营营地叫,自以为倒是不朽"的苍蝇们。[2]无论从歌颂"速朽"的主旨看,还是从近乎散文诗的写作样式或文体看,《战士与苍蝇》都未尝不可收入《野草》。在《华盖集》的杂文里,这种文体流动性也出现在对话体的《论辩的灵魂》和近乎小说对白与漫画体的《牺牲谟》两篇文章中。对文人学者虚伪矫饰之文风的排斥,在《夏三虫》里表现为对蚊子"未叮之前,要哼哼地发一篇大议论"的讨厌,以及对跳蚤"虽然可恶,而一声不响地就是一口,何等直接爽快"的赞赏,并把这种赞赏推广到鹰鹯虎狼"肚子饿了,抓着就是一口,决不谈道理,弄玄虚"。[3]在4月作的《忽然想到(五)》中,我们看到"世上如果还有真要活下去的人们,就先该敢说,敢笑,敢哭,敢怒,敢骂,敢打,在这可诅咒的地方击退了可诅咒的时代!"这样的句子,针对"专制使人变成死相",提出"敢"字当头的"说、笑、哭、怒、骂、打"原则。[4]在《忽然想到(六)》中,这种鲁迅式的存在主义被作者自己总结为著名的"三要主义":"我们目下的当务之急,是:一要生存,二

---

[1] 鲁迅,《270318致许广平》,《鲁迅全集》第11卷,第467页。
[2] 鲁迅,《战士和苍蝇》,《华盖集》,《鲁迅全集》第3卷,第40页。
[3] 鲁迅,《夏三虫》,《华盖集》,《鲁迅全集》第3卷,第42页。
[4] 鲁迅,《忽然想到(五)》,《华盖集》,《鲁迅全集》第3卷,第45页。"专制使人们变成死相"是对"专制使人们变成冷嘲"的发挥,后者出自作者译鹤见祐辅《思想·山水·人物》中多处引用的穆勒(John Stuart Mill, 1806–1873)的原话。

要温饱,三要发展。苟有阻碍这前途者,无论是古是今,是人是鬼,是《三坟》《五典》,百宋千元,天球河图,金人玉佛,祖传丸散,秘制膏丹,全都踏倒他。"[1]从"杂文的自觉"萌发和躁动角度看,这种以生存、温饱和发展的名义勇往直前,见神杀神、见佛杀佛,把一切"阻碍这前途者""全部踏倒"的决绝和斗争意志,也关联着作者在写作风格、存在情绪和政治本体论等一系列层面的微妙而重大的变化。这种变化是如此强烈,以至于它在"杂文的自觉"的心理和存在情绪的准备上突破了杂文文体,而需要以一种散文诗歌之咏之、舞之、蹈之的方式,在一个高八度的文学音阶上进行重复和变奏。

《杂感》

作于1925年5月5日的《杂感》代表了躁动期写作的高潮和小结,显示出鲁迅杂文已逼近风格自觉和自我理论化的边缘与突破口。虽题为"杂感",但文章并无具体直接的外因;它不是针对个别事件而发的感慨或评论,而更像一篇短小的宣言。它的语言具有一种哲学意味的抽象性和诗的意象、韵律和节奏。但究其内容,这篇文字似乎更是关涉、对应着尚在形成过程中的杂文的道德、伦理、姿态和写作方法。或许正因为此,这篇文字未被编入风格语调与之最为接近的"野草"系列,而是先单独发表于《莽原》,随后收入《华盖集》。

文章开篇就祭出进化论,把人的泪视同多余的、尾大不掉的盲肠。通过对"泪"的辨析,文章表现出这样一种立场、姿态和价值观:拒绝情感、安慰、同情、牺牲和爱;拒绝一切装饰、表演乃至必要的仪式性感情宣泄等"无用的赘物"和"赠品"。作者把这种无用的累赘视之为"不进化"或"终不能很算进化"的东西,甚至认为它作为一种

---

[1] 鲁迅,《忽然想到(六)》,《华盖集》,《鲁迅全集》第3卷,第47页。

廉价的人道主义足以使人"达到无谓的灭亡"。文章转而赞赏"无泪的人"能"以血赠答"的"报恩和复仇",指出这种更为强大的道德"无论何时,都不愿意爱人下泪,并且连血也不要;他拒绝一切为他的哭泣和灭亡",甚至能够让"仇人也终于得不到杀他之乐"。

在更为形而上的层面,这种"无用的赘物"和"赠品"转向了一切从现实、地面、眼下和肉身性的搏斗中退出、逃避和超脱的隐逸、颓废和妄念,作者写道:

> 仰慕往古的,回往古去罢!想出世的,快出世罢!想上天的,快上天罢!灵魂要离开肉体的,赶快离开罢!现在的地上,应该是执着现在,执着地上的人们居住的。但厌恶现世的人们还住着。
>
> 这都是现世的仇仇,他们一日存在,现世即一日不能得救。
>
> 先前,也曾有些愿意活在现世而不得的人们,沉默过了,呻吟过了,叹息过了,哭泣过了,哀求过了,但仍然愿意活在现世而不得,因为他们忘却了愤怒。[1]

这种执着于现在、执着于地面、最终执着于这种执着的态度,正可以说是杂文美学的"存在的政治"及其形而上表达;它构成"杂感"宣言的精神实质。杂文的基本方式和风格形象在这段话里被寓意性地表达出来,它以一切"厌恶现世"的人为仇寇、以"愿意活在现世"为"得救"之道,把"愤怒"或"勇者愤怒"作为寻求得救努力中的恰当的情绪、姿态和形象。

文中所谓"纠缠如毒蛇,执着如怨鬼"的"爱"就是杂文之爱,它揭示出杂文同它的现实环境之间的亲密关系。"但太觉疲劳时,也无

---

[1] 鲁迅,《杂感》,《华盖集》,《鲁迅全集》第3卷,第52页。

妨休息一会罢；但休息之后，就再来一回罢，而且两回，三回"则更是杂文的战斗与战斗中的间歇之间循环往复的节奏。这个句式无疑是尼采式的，其原型是尼采在《快乐的科学》中表述的"永恒的复归"，其具体语义是对自己的世界和自己存在本身的爱，以至于在来世和来世的来世仍要过这样的生活、背负这样的痛苦、重复这样的战斗。[1] 这也预示了鲁迅杂文作为中国新文学和新文化"价值重估"的形式先锋的地位和作用，因为任何价值重估都必须沉浸于并占有着这个价值存在于其中的世界的全部，都必须通过对这个"道德的谱系"的整体批判，在这个整体的原地和内部，带来一种更高的道德、更高的价值和更强大的人性。这种新道德、新价值、新文化和新人都不可能在一个简单的、历史主义的"否定"意义上获得；它也不可能在同样简单的"文明开化"意义上从外在于这个存在世界本身的命运、利益和目的的"公理"中获得。

在这个关键意义上，鲁迅杂文的自觉也是作者个人对自己早年"启蒙"、"进化论"和"国民性批判"等进步理念的"价值重估"。这种重估和批判并不是否认或放弃为新人、新价值和新文化而斗争的必要性，而恰恰是将这种斗争理解为自己的存在本身（而非外在目的）。因此，任何将这种斗争简化为可供机械模仿的观念的做法，或视之为主义和制度的认同，在鲁迅杂文面前，都只能是肤浅、偷懒、自欺欺人和颓废的东西。它们也必将现出原形，成为近代中国历史上种种"换汤不换药"的改革或革命的"感伤的注脚"，而不能带来或代表真正的新文化、新人和新的道德实质。这种价值领域的全盘重估和批判姿态，也体现在文学形式、风格和审美领域内部，体现为"杂文"所代表的选择和方法。

---

[1] 参看尼采，*The Gay Science*（《快乐的科学》）第 4 章第 341 节 "The Heaviest Burden"（最沉重的负担），translated by Josephine Kauckhof, Cambridge, University of Cambridge Press, 2001, pp. 194–195。

《杂感》中的毒蛇怨鬼般的纠缠执着之"爱",作为情感原则即愤怒,作为写作原则即杂文;在形式和内容上,它都是"血书、章程、请愿、讲学、哭、电报、开会、挽联、演说、神经衰弱"的对立面。需要补充的是,这个清单不但在政治行动和社会文本意义上成立,也同样在文学意义上成立;它们都有具体的文学体裁、样式、风格和审美上的对应物或讽刺对象,并在总体上透露出常规性、体制性及流俗意义上的文学样式的轮廓。同样,在情感、意义、形象和象征寓意层面,杂文对于种种"呻吟、哭泣、哀求"也保持着超然的冷漠,因为它本身的存在的基本状态和情绪是令人紧张不安的"酷烈的沉默",是"像毒蛇似的在尸林中蜿蜒,怨鬼似的在黑暗中奔驰",是即将爆发的"真的愤怒"。这些文字、句式和意象都类似《野草》,可以说是在一种近乎散文诗的拔高的宣叙调上运行,但它所表达的却是杂文的逻辑、杂文的方法、杂文的内在气质和情绪。因此,《杂感》可以说是"杂文的自觉"行诸文字的某种前奏和序曲。

但这种被清晰辨认出的尼采式的声音,在鲁迅处已经沿着杂文的躁动和杂文的风格路径充分地"中国化"了。鲁迅在这里表达的毋宁说是一种愤怒诗学,它首先是对忘却或怯于愤怒的愤怒,因此它同时也是一种关于勇气的道德。这种愤怒和勇气是"爱"的前提,正如"酷烈的沉默"是表达的前提。它所包含的已经远远不是"勇者愤怒,抽刃向更强者;怯者愤怒,却抽刃向更弱者"这类对于"国民劣根性"的观察和指控,而更是作者经验和作者意识内部对于"纠缠如毒蛇,执着如怨鬼"的"真的愤怒"的体验和表达欲。在整个"过渡期"内,这种"真的愤怒"似乎一直"在尸林中蜿蜒","在黑暗中奔驰"。它或许是一种潜意识的、可以作为精神分析研究对象的症结和某种似曾相识的恐怖感与梦魇的回归;但它也可以来自更为具体的个人经历和社会阅历,在《杂感》里,这种经历和阅历只是以散文诗体的语言被提示,同时又被压抑和"升华"了:

> 死于敌手的锋刃，不足悲苦；死于不知何来的暗器，却是悲苦。但最悲苦的是死于慈母或爱人误进的毒药，战友乱发的流弹，病菌的并无恶意的侵入，不是我自己制定的死刑。[1]

鲁迅的读者或许难免将"慈母或爱人误进的毒药"联系到鲁迅本人没有欢乐的包办婚姻上去[2]，或用"不知何来的暗器"、"战友乱发的流弹"和"病菌的并无恶意的侵入"去推想鲁迅一方对1923年7月"兄弟失和"的感受和理解。无论如何，"悲苦"的基调同"愤怒"的姿态互为表里，却是不争的事实。它们一同暗示了1925年杂文在愤怒中爆发之前，长期潜伏的无意识因素。这种无意识不应仅仅理解为鲁迅私生活领域的压抑和苦闷，甚至不限于作者在具体的社会政治文化生活中感到的抑郁和不满，而是同时也包括此刻鲁迅文学的"政治无意识"，即它作为"象征性社会行为"所表现出的20世纪初叶中国社会深层的矛盾和意识形态冲突，特别是新文学内在的价值和道德同既有秩序的矛盾冲突，以及这种新文学价值和道德体系内部的多重性和悖论。最后，这种"无意识"还应被理解为鲁迅文学形式、手法和风格空间内部的可能性选项之间的冲突以及文学概念与审美判断范畴内部的疑问与危机，包括它面对的或隐或显的影响焦虑、竞争压力，和作为"当下写作"在文学意义和价值上面临的不确定性。在一个非个人化的意义上，鲁迅此阶段的"苦闷"不仅仅是所谓"世界烦恼"，也更是鲁迅文学在其内部所面临和体验的"苦闷"，具体而言，就是在风

---

[1] 鲁迅，《杂感》，《华盖集》，《鲁迅全集》第3卷，第51页。
[2] 鲁迅同年4月在致赵其文的信中写道："感激，那不待言，无论从那一方面说起来，大概总算是美德罢。但我总觉得这是束缚人的。譬如，我有时很想冒险，破坏，几乎忍不住，而我有一个母亲，还有些爱我，愿我平安，我因为感激他的爱，只能不照自己所愿意做的做，而在北京寻一点糊口的小生计，度灰色的生涯。因为感激别人，就不能不慰安别人，也往往牺牲了自己，——至少是一部分。"鲁迅，《250411致赵其文》，《鲁迅全集》第11卷，第477页。

格、形式、文体和写作方式上"何去何从"或"怎么办"的问题。

《北京通信》

距写作《杂感》不到十天,5月14日,鲁迅又在《北京通信》(致蕴儒、培良)中,进一步发挥了这种自觉书写。作者从收到的两份《豫报》上听到了"青年的声音",感受到"蓬勃的朝气","仿佛在豫告这古国将要复活";然而对"极愿意有所贡献于河南的青年",鲁迅却"不幸"感觉自己"力不从心"。接下来他写道:

> 因为我自己也正站在歧路上,——或者,说得较有希望些:站在十字路口。站在歧路上是几乎难于举足,站在十字路口,是可走的道路很多。我自己,是什么也不怕的,生命是我自己的东西,所以我不妨大步走去,向着我自以为可以走去的路;即使前面是深渊,荆棘,狭谷,火坑,都由我自己负责。[1]

这个"歧路"和"十字路口"固然是人生的困局,但创作者的基本状态,乃是存在与生活同写作与思想一体一元的状态,因而这也是鲁迅文学的境遇和危机。我们在第一章"人生的中途"里已经对鲁迅和鲁迅文学所面临的形式、风格、审美内部的压力做过一些描述和分析,指出在整个"过渡期"内,这种压力既来自鲁迅文学内部所具有的多种可能性,包括"纯文学"样式、技巧、题材的呼唤和诱惑;同时又来自主要体裁、样式、文体的种种要求和限制,来自"艺术之宫"的公开或隐晦的禁忌。杂文的选择和杂文的自觉,虽然如今从历史和理论的角度看的确都是鲁迅文学的逻辑发展和理性决定,但在彼时情景

---

[1] 鲁迅,《北京通信》,《华盖集》,《鲁迅全集》第3卷,第54页。

中，那种所谓的"向着我自以为可以走去的路""大步走去"的行动，却无疑带有一丝留恋和忧郁。因为它是一个痛苦的了断，所以它也意味着勇气，展现着作者的决断和行动能力。在这个意义上，"杂文的自觉"哪怕在其萌发、躁动和潜伏状态，也已具备超出意识或自我意识范围的行动意义。它是一个现实而具体的选择和决定，随这个决定而来的不仅仅是书斋生活趣味或写作技巧的改变，而是一系列同样现实而具体的后果；终极而言，它是对一种带有宿命感的存在状态的承认和接受，是需要全身心投入的、持续不断的缠斗和消耗。杂文家的心情、思想和文笔都将不断地甚至永久性地处于某种超出常人承受能力的外界刺激的骚扰之中，他的生命和写作将沉陷于抵挡、回应、消化和升华这种外界袭扰和震惊的每日劳作中。甚至有时还要主动寻找这种刺激和骚扰，以通过同它们的纠葛和战斗来打破生命的寂寞和无聊，同时瓦解和颠覆种种"艺术家"和"正人君子"所维护的文学形式和文学体制。

尽管鲁迅此刻知道自己作为一个作家"可走的道路很多"，但在向前迈出步子的时候，使用的仍是一种义无反顾、惊心动魄的语言。"什么都不怕"恰恰从反面显示出这种选择必将带来的困顿、难题、麻烦和禁令等一般人视为畏途的东西，显示出与所有这一切对抗的决心和准备。所谓"深渊、荆棘、狭谷、火坑"固然指向生存和政治领域的黑暗与残酷，指向人身安全或肉体消灭意义上的危险（尽管此时鲁迅对它的理解还只是局部的、个人意义上的），但它在象征和寓意层面，不可能不同时包含着作者对自觉的杂文自身的文学道路的观察和预感。对此，鲁迅的态度是："都由我自己负责。"

值得一提的是，这种"什么也不怕"虽然自有其文学根据，但在最基本的存在伦理意义上，它所凭据和依赖的却是且仅仅是"生命是我自己的"这样纯然个人的理由。这种纯粹个人的伦理行为和政治决断，正是作为风格转向的"杂文的自觉"的存在本体论和存在诗学基础。作为一种文体、样式、方法,作为文学同个人生命及其社会性存在的审美和政治性的关系的再现,鲁迅杂文就其写作方式而言是一种随时随地、周而复始的搏斗和消耗;它的文学创造性和微弱的"不朽"价值,唯有来自它每日的记录、叙述、评论、讽刺、批判和象征寓意,来自写作活动本身,来自它对自己"工作"的意义和无意义、价值和无价值的深刻而尖锐的自觉,最终来自它对于自身生命的"虚掷"和"速朽"的诗的快意,包括对种种相对拘谨、凝固的"作为艺术的文学"概念的超越和遗忘。

在"杂文的自觉"躁动期的上下文里看,鲁迅以"力不从心"敬谢为青年师的理由就更为充分而清晰了。杂文的道路只是鲁迅的个人选择,出自他的道德、审美、趣味的内在指引和驱动,也是鲁迅文学在新文学社会学空间内部所有的现实选项中的最优选择;它所包含的种种艰难困苦,它所要求的文学的阅历、教养、训练、象征资源、文字技巧、社会名望乃至性格脾气,都仅仅只在个人、个性、个案甚至"例外"的范围内才有效,而不可作为一般经验和方法推荐或传授给青年。作者在意识到自己文学道路和文学命运的当口,却"终于还不想劝青年一同走我所走的路",原因也就诚如文中所说的那样,即"我们的年龄,境遇,都不相同,思想的归宿大概总不能一致的罢"。由此可见,杂文的自觉在某种意义上也是鲁迅同自己早年在五四新文化运动中确立的作者形象和社会义务的告别。这从侧面说明,杂文虽然具有充分甚至过度的时代具体性和现象层面的丰富与驳杂,但在文学本体论意义上,这种写作样式并不以"思想性"或社会功能为目的,而是向往并沉醉于一种更高的创造的自由和诗的强度。这种强度既来自杂文风格的内部动员和消耗,来自生命能量、情感(比如"愤怒")、技巧和想象力,也来自形式的感性外观所涵盖、整理、编织和寓意化、编年史化的现实经验及其多样性。可以说,此阶段鲁迅写作中常常出现的种种激烈、"偏执"、冲动的言辞,正表明即将到来的"自觉"在文学空间制造出的变化的强度，同时也表明伴随这个形式自觉而来的道德-情感过程本身的复杂和激烈程度。在象征意义上，它也必然是对杂文道路这条"危途"的危险性，即它的"深渊、荆棘、狭谷、火坑"性质的清醒意识和心理准备。这样的自觉和道路，都不是可以轻易推荐给涉世未深、积累不足的年轻一代的。

不做青年导师既是鲁迅作为年长者和知识分子所做的伦理决定，即对于"盲人瞎马"或导致"谋杀许多人命的罪孽"的担心，同时也是杂文家更清晰的文学自觉和作者自觉的题中应有之义。"（自己的）生命是我自己的"，但别人的生命却是别人的，因此那种成就鲁迅"杂文的自觉"和"杂文的道路"的存在与诗的冒险和博斗，在鲁迅个人主义和"摩罗诗人"形象的更高阶段上，同时封闭和取消了早年在白话革命的启蒙时代开辟的作为精神导师说话和写作的"言路"。在鲁迅文学的"第二次诞生"中，这个功能转变虽然只是一个副产品，但其意义仍不容低估，因为它会为我们关于鲁迅中晚期作品的分析、解释和评价，带来微妙却事关全局的影响。

但不做青年和国民导师并不意味着拒绝分享或交流事关集体存在和命运的奋斗目标，这个目标之所以具有集体性和历史性，原因正在于它不是在具体的政治、社会、文化层面提出立场、态度和政策性的建议和指示，而是在鲁迅文学自身所赖以成立的"存在与时间"的深层哲学层面，在以生物决定论为基础的进化论的超历史总体视野里展开。这就是鲁迅脍炙人口的"一要生存、二要温饱、三要发展"的"三事"论。在《北京通信》的语境里，在杂文文体、文字和表意结构中，鲁迅"三事"既不带有以真理自居的指导和教训意味，更没有历史主义意义上的高瞻远瞩、指明前进方向的意思。紧接着"三事"的这句话具有十足的杂文味道和杂文精神："有敢来阻碍这三事者，无论是谁，我们都反抗他，扑灭他！"写出这样语句的是桀骜不驯的文章家，它令人想起福楼拜说的那句话："所有的政治里我只懂一样：反抗！"它所表达的不是一种政治上的正确或"成熟"，而是存在意义上的愤怒和一种"逆历史潮流而动"的诗的孤傲与骚动。这样的口号或这样的修辞方式贯穿整个近现代中国历史，从"变法图强"到"外御列强、内惩国贼"到"反饥饿、反内战"，都仅仅在民族救亡图存的总方向和抽象的意义上是"正确"的，然而它们的具体作用事实上却更多诉诸国民集体观念的最大公约数和共识、触及集体存在的基本问题的情感和道德力量。鲁迅"三事"话语在内容方面的特殊之处，仅在于它保留了一个更久远、更长时段（因此也更"过时"）的进化论框架，却以此融合了近代科学主义生物－物种进化论和19世纪末20世纪初欧洲生命哲学的人文关怀。但这种内容只有同杂文笔调、态度和情感方式结合在一起才是完整的、充分的。而同"三事"互为一体的"反抗"论或"扑灭"论，则充分显示出作为鲁迅"社会思想"主张之语言形式的杂文特征：它以生命之名前行和战斗，因此对于路途上一切现实的与可能的艰难险阻，都是警惕的、好斗的、不妥协的，也是较真、决绝、奉陪到底的。这种杂文态度与其说是一种"思想"，不如说是存在本体论同存在诗学间不加过渡、不经中介的直接性。它的观念性说服力和"思想"强度来自它的文学构造和语言风格，来自后者审美外观本身的情感、情绪、性格和"命运"的前提性的经验和体验。

相对崎岖不平、充满危险的杂文之路，稳妥的文学空间并非没有，但在鲁迅眼里那最终就是一个供人"苟活"的"北京的第一监狱"。"北京第一监狱"固然指向一种存在状态和精神状态，但在隐喻或双关的意义上，也可视为种种安全的、受保护的"艺术之宫""象牙之塔"的对等物和具体化。鲁迅对它的描述是：

> 这监狱在宣武门外的空地里，不怕邻家的火灾；每日两餐，不虑冻馁；起居有定，不会伤生；构造坚固，不会倒塌；禁卒管着，不会再犯罪；强盗是决不会来抢的。住在里面，何等安全，

真真是"千金之子坐不垂堂"了。但阙少的就有一件事：自由。

古训所教的就是这样的生活法，教人不要动。不动，失错当然就较少了，但不活的岩石泥沙，失错不是更少么？[1]

在此我们又一次看到鲁迅"存在的政治"与"存在的诗"合二为一，以同语反复的形式彼此加强：正如生存不等于苟活，文学空间的活、活动、写作和创造，也必须建立在"活的"而非"死的"（或仅仅是"苟活"的）存在方式基础之上，这种存在方式必然是极端的、挑战性的，并在必然性和强迫症双重意义上具有强烈的真实性和可信性。如果稳妥的文学是建立在"宣武门外的空地里"，那么杂文的环境和社会空间就是沙漠、荆棘、无从辨认的林中小径；是书报审查的限制，或令人腹背受敌的流言蜚语、明枪暗箭。如果安全的文学是"不怕邻家的火灾""不虑冻馁"的，那么杂文就时刻处于引火烧身和食不果腹的尴尬和"背运"状态。如果闲适的文学"起居有定，不会伤生"，那么杂文就是颠沛流离、违反一切养生原则，使人短命。如果追求不朽的文学"构造坚固，不会倒塌"，那么杂文的文体、形式、结构和风格则随时面临倾颓、湮灭和自我颠覆的危险，往往还要被贴上"非文学"的标签而被逐出艺术王国或"文学本身"。但杂文之所以是杂文，就在于它是追求极端自由、个性和真实性的写作，它是好动的、激动不安的、活跃的、不受任何成规拘束；它也深知要因自己好动和活跃的本性而犯下种种错误，遭致种种诟病，体验种种寂寞、愤怒和悲哀，甚至为之付出血的代价。

至此我们看到，"杂文的自觉"并非文体、样式和风格选择上的偶然的旁逸斜出或一时之计，更不是困境和危机中的慌不择路，将就着以零碎小文度日。相反，杂文道路事实上是一种更高强度的存在、情

---

[1] 鲁迅，《北京通信》，《华盖集》，《鲁迅全集》第3卷，第55页。

绪和写作方式；它在"活着"、"活法"和"活动"等层面都更积极、更主动、更深思熟虑，显示出与鲁迅最根本、最内在的"希望的乌托邦"本质倾向的一致性。鲁迅写道：

> 我以为人类为向上，即发展起见，应该活动，活动而有若干失错，也不要紧。惟独半死半生的苟活，是全盘失错的。因为他挂了生活的招牌，其实却引人到死路上去！
> ……路上的危险，当然是有的，但这是求生的偶然的危险，无从逃避。[1]

对生路的义无反顾的选择、对路上"无从逃避"的危险的接受，都给"杂文的自觉"和杂文道路打上了一层宿命的色彩和悲剧性，但事实上，鲁迅在此的态度是理性的、经验主义的，也是合乎自身性情和脾气的。这也说明杂文作为一种文体选择，与鲁迅的生活状态，与作者个人的能量、性格、脾气、爱好和习惯，与他的文学修养和技能，都比小说、诗歌等样式更为契合。如果挂起"艺术之宫"的招牌，而由此把自己的写作引入一条"半死半生"、不能最大限度在给定的历史空间和现实条件下"向上""发展"的"活动"状态，那么作为一种文学道路的选择，它就是"全盘失错的"。因此，杂文选择的决绝也是一种经过考虑甚至计算的决绝，它同鲁迅文学日益增长、日显老到的策略性和灵活性也是高度一致的。

鲁迅此时尚未切近地接触马克思主义理论，但这并不妨碍他通过俄苏文学经验而把俄国革命视作"希望的乌托邦"的现实道路和集体实践。在此，革命路径毋宁说是文学路径的隐喻和寓言，它们都是为生活和想象开辟新天地的"机会主义"（即把握住稍纵即逝的历史机

---

[1] 鲁迅，《北京通信》，《华盖集》，《鲁迅全集》第3卷，55—56页。

遇窗口）的实验性、创造性行动。在这个类比性质的参照框架里,鲁迅与虚无对峙的斗争,才能够被充分而具体地理解为为人生、为写作探索路径和方法的个人实验。在"存在的诗"的意义上,这种冒险就是杂文的文体和风格选择,它规定也肯定了鲁迅文学内部敌与友、现实与希望、过去与未来这些基本的"二元对立",同时也将自身在文学空间里定位在"写作的写作"的位置上,这种二度或二次性空间往往以鲁迅杂文的文体混合性质表现出来,而自编文集时所作的序跋则是这种文体和写作法的具体体现。在作《北京通信》三天后,鲁迅在《导师》一文中号召青年人不要"问什么荆棘塞途的老路,寻什么乌烟瘴气的鸟导师",而是要"寻朋友,联合起来,同向着似乎可以生存的方向走"。[1] "似乎"二字再次表明,关于未来的路,鲁迅如自己反复表白的那样,并无确切的意见和指引;但这个没有方向的方向又是明确无误的,那就是向着生的一线希望前进。个人和集体存在的最低纲领,同时也是价值和历史哲学的最高纲领;在杂文自觉的躁动期,它们一同在鲁迅写作内部推动着语言和风格的强化和激进化。

在"存在的政治"意义上,这种文学人生的探索带有十足的冒险和关涉生死的意味。这个"死活问题"并不因为文人情调或文字意象而减少其生存的严峻性,但可以因为杂文笔法而获得一种倏忽即逝的诗的寓意。《北京通信》临近结尾处出人意料地冒出这样一句"抒情"的闲笔:

> 北京暖和起来了;我的院子里种了几株丁香,活了;还有两株榆叶梅,至今还未发芽,不知道他是否活着。[2]

---

[1] 鲁迅,《导师》,《华盖集》,《鲁迅全集》第3卷,第59页。
[2] 鲁迅,《北京通信》,《华盖集》,《鲁迅全集》第3卷,第56页。

这个瞬间虽然短暂,意象虽然简单,却包含着对《〈野草〉题辞》中所表达的激烈的"速朽"观念的相对冲淡平和的补充。生命遵循着内在的逻辑,也受到外界条件的制约,但生命力的存在需要生命的迹象和表达来予以确证。换句话说,"活着"不仅仅是一种本能状态、理念或"真理",还是一种行动,体现为具体可感的生命体征、反应和挣扎;它对抗着同时顺应着节气、温度和雨水,也必须"合时"地对象化为破土、发芽、开花和结果的动作和感性外观。作者对院子里几株丁香和两株榆叶梅"活着"或"是否活着"的观察和疑问,无疑也是一种"作者风"(writerly)写作的自我之问;它同文章最后一个句子"夜深了,就此搁笔,后来再谈吧"一道呈现出一个"工作中的杂文家"的自画像。

然而,接下来的世事却未能让鲁迅保持住这个在春天里观察和欣赏生命迹象的姿态,而是让他陷入人生"华盖运",在长达一年的笔战中,以金刚怒目、睚眦必报的搏斗者形象,在风雨和泥泞中迎来了"杂文的自觉"这个"可怕的婴儿"的呱呱落地。

第六章 "碰壁"（杂文发生学小史之二）："女师大风潮"期间的创作

从《忽然想到（七—九）》和《"碰壁"之后》开始，真正意义上的《华盖集》杂文登场了。杂文自觉的外部动作、条件反射，以一种被迫却令作者全神贯注、全身心投入的方式，启动了一种全新的作者意识和风格自觉。从《并非闲话》《我的"籍"和"系"》一直到《公理的把戏》，《华盖集》杂文的基本形象逐渐确立起来，这也标志着鲁迅文学杂文转型和杂文自觉的开端。在1925年年底所作的《〈华盖集〉题记》中，这种自觉得到了初步却极为清晰的表述。

在4月写给许广平的一封信里，鲁迅已表现出对女师大"学校的事"有所关注和了解，但基本态度仍是保持距离，听任其暂时"不死不活"。信中鲁迅承认"无处不是苦闷"，但认为"性急"是青年人苦闷的原因，而改造"麻木状态的国度"需要的不是"轻于一掷"的"毁灭自己"，而是"韧"，"也就是'锲而不舍'"，尤其需要积攒"实力"。但鲁迅又不无得意地说自己"有时也能辣手评文，也常煽动青年冒险"。[1] 在《北京通信》里，我们已经看到"反抗""扑灭"等字样；在《导师》里，作者祝愿青年人寻导师"将永远寻不到"，怂恿他们"同向着似乎可以生存的方向走"，文末还出语不逊（"乌烟瘴气的鸟导师"），初显"学匪"风范。在写于《导师》前一天的《忽然想到（七）》（5月10日）里，我们读到这样的文字：

---

[1] 鲁迅，《250414 致许广平》，《鲁迅全集》第11卷，第479页。

我还记得中国的女人是怎样被压制,有时简直并羊而不如。现在托了洋鬼子学说的福,似乎有些解放了。但她一得到可以逞威的地位如校长之类,不就雇用了"掠袖擦掌"的打手似的男人,来威吓毫无武力的同性的学生们么?不是利用了外面正有别的学潮的时候,和一些狐群狗党趁势来开除她私意所不喜的学生们么?而几个在"男尊女卑"的社会生长的男人们,此时却在异性的饭碗化身的面前摇尾,简直并羊而不如,羊,诚然是弱的,但还不至于如此,我敢给我所敬爱的羊们保证!

作者后来在《〈华盖集〉后记》中说"我的对于女师大风潮说话,这是第一回"。文章虽在"忽然想到"系列,但显然是有备而来。从开篇"凶兽和羊"的寓言故事,到回忆五四以后"军警们很客气地只用枪托,乱打那手无寸铁的教员和学生,威武到很像一队铁骑在苗天上驰骋;学生们则惊叫避难,正如遇见虎狼的羊群",作者已给学校当局的行为定性,且上升到"但对于羊显凶兽相,而对于凶兽则显羊相"的卑怯的国民性高度,甚至把逞威的校长及其打手,一并归入"魔鬼"之类,继而"煽动"青年学生以"对手凶兽时就如凶兽"的办法,让他们"回到他自己的地狱里去"。[1]

这样的"议论"不是抽象的人生原则,也不仅是以往"爱作短文,爱用反语,每遇辩论,辄不管三七二十一,就迎头一击"[2]的又一次发作,而是针对具体个人、集团及其背后的人脉和体制的处心积虑的全面攻击,不可能不产生后果。对此鲁迅似乎并不顾忌,并做好了迎战的准备。但此后围绕"女师大风潮"展开的笔战,其持续时间之长,卷入的各方情绪之激烈及精力投入之巨大,牵涉的各种幕前幕后势力

---

[1] 鲁迅,《忽然想到(七)》,《华盖集》,《鲁迅全集》第3卷,第64页。
[2] 鲁迅,《270414 致许广平》,《鲁迅全集》第11卷,第480页。

之复杂，恐怕是不怯于战斗、此时下意识里甚至有些求战心态的鲁迅本人也始料未及的。最终，这场由遭遇战转为壕堑战的冲突，在鲁迅个人生活和文学生涯层面都造成了深刻且深远的影响。

作为一个事件，所谓"女师大风潮"在民国历史上只能算一个"茶杯里的风波"。相比之下，同年3月孙中山病逝，5、6月间在青岛、上海、汉口爆发随即波及全国的反帝示威，包括长达数月的省港大罢工、中华国民政府及军事委员会在广州成立，廖仲恺遇刺等，都是远为重大的历史事件，但它们都没有像"女师大风潮"那样对鲁迅产生切身的影响。[1]在史料层面，"女师大风潮"台前幕后的种种实情和隐情可以不断被发掘和讨论，但就其同鲁迅和鲁迅文学的纠葛而言，这场戏剧的主要人物和情节并不复杂。它们包括：作为"学潮"主角的女师大学生自治会，即让当时的民国教育总长"险些弄不过"的"二三十个'毛丫头'"[2]，其中包括鲁迅在私信中称为"小鬼"或H.M.（"害群之马"的罗马拼音缩写）的许广平；强硬的北京女子师范大学校长杨荫榆；作为她后台的教育部官员，如被鲁迅讥为"文武双全"的专门教育司司长刘百昭，和时任司法总长兼教育总长的章士钊；代课教师（而非专任教师）周树人本人；以及作为他主要论战对手的《现代评论》共同创始人、《闲话》专栏主编陈西滢（陈源）。"女师大风潮"在时间线上一般被分为"驱杨"和"反章"两个阶段[3]，但就它在鲁迅写作里出现、滞留和为杂文风格带来的哪怕只是一时的影

---

[1] 1925年6月鲁迅在《忽然想到》之十、十一里对五卅惨案发表了一些感想和议论。
[2] 陈西滢，《闲话》，《现代评论》第三十八期，1925年8月29日，见《鲁迅全集》第3卷第129—130页注释12。
[3] "驱杨"包括鲁迅代表学生和学界人士起草檄文、同校方和教育部的多次交涉，其间发生了诸如"八月一日惨变"，军警拖拽学生出校，关闭女师大另立首都女子师范。"反章"包括8月间章士钊因鲁迅"结合党徒，附和女生"、"似此违法抗令，殊属不合"为由免去其佥事职务，三天后鲁迅以违反程序滥用职权为由将章士钊告上平政院，于次年1月复职，3月最终胜诉。这段时间章士钊本人已在"北京革命"期间逃往天津，教育总长职务也被罢免。

响而言，《现代评论》派文人学者、"东吉祥派之正人君子"和"教育界公理维持会"教授也占有不同程度的戏份。

按鲁迅作于年底的《"公理"的把戏》中的总结，"女师大风潮"本事计：1）"自从去年春间，北京女子师范大学有了反对校长杨荫榆事件以来，于是而有该校长在太平湖饭店请客之后，任意将学生自治会员六人除名的事"；2）"有引警察及打手蜂拥入校的事"；3）"追教育总长章士钊复出，遂有非法解散学校的事"；4）"有司长刘百昭雇用流氓女丐殴曳学生出校，禁之补习所空屋中的事"；5）"有手忙脚乱，急挂女子大学招牌以掩天下耳目的事"；6）"有胡敦复之趁火打劫，攫取女大校长饭碗，助章士钊欺罔世人的事"。[1] 这六宗事之外尚有两种连锁或涟漪反应，一是教育总长章士钊将鲁迅革职，鲁迅反将其告上平政院并最终胜诉，其间章氏逃走，女师大复校；二是《现代评论》"闲话"专栏对鲁迅的一系列讥讽和攻击，以及鲁迅的激烈回应。

凡此种种，在头绪上都不难理清，但我们真正在意的并非鲁迅其人在"女师大风潮"中如何关联着事件本末，而是他在"女师大风潮"过程中的个人行为、体验和"言动"对此时正处于转折关头的鲁迅文学产生了怎样的影响。对于后一种问题兴趣而言，整个"风潮"不过是鲁迅主动卷入的一个偶然事件：作为一个契机，它使得鲁迅文学长期积累的能量和矛盾，能够以某种突发和爆发的方式在瞬间显形为一种面目、姿态、样式和质地。作为鲁迅写作中一时一地的变化和特点，作为对外部突发事件的即刻反应，这些特征固然带有一定的随机性和情绪色彩，但它们的积累效应，却在通向年终《华盖集》结集时的"自觉"瞬间的道路上，将鲁迅此时期的骚动与"不满"凝固为存在情绪和文章风格的一般状态，因此也可视作深层结构或"病灶"的症候

---

[1] 鲁迅，《"公理"的把戏》，《华盖集》，《鲁迅全集》第3卷，第175页。

和标记。换句话说，鲁迅在"女师大风潮"期间语言风格乃至语词用法上的特征及其聚集效果，在以《〈华盖集〉题记》为标志的"自觉"瞬间里，都相当程度地沉淀为杂文概念的内在属性和感性外观的一般特征。在这个意义上，从具体攻守情境里的言动到具有鲁迅杂文终极特征意义的"笔法"和"战法"，就获得了十足的"由渐变到突变"和"由量变到质变"的哲学意义：这是从论战性写作的偶然性范畴过渡到杂文的必然性范畴，也是从政治本体论意义上的敌友辨识和单纯的战斗转化为具有审美意义的形式和风格。从这个角度看，"女师大风潮"又可以说像是某种基因突变的外部诱因和催化剂，促成了鲁迅"杂文的自觉"的心理状态和语言形式的变化和成形。

5月12日，由鲁迅代笔的《学生自治会上教育部呈文》由女师大学生递交教育部，其中指控校长"溺职滥罚""倒行逆施"，称："可知杨荫榆一日不去，即如刀俎在前，学生为鱼肉之不暇，更何论于学业！是以全体冤愤，公决自失踪之日起，即绝对不容其再入学校之门，以御横暴，而延残喘。为此续呈大部，恳即明令迅予撤换，拯本校于阽危，出学生于水火。"[1]在5月18日给许广平的信里，他感叹"女师之教员也太可怜了，只见暗中活动之鬼，而竟没有站出来说话的人"；虽然明知"说话和弄笔的都是不中用的人"，但仍表示"我还要反抗，试他一试"，具体想法是"教员之类该有一番宣言，说明事件的真相"。[2]

《"碰壁"之后》

然而，在作于几天后的《"碰壁"之后》（1925年5月21日）里，

---

[1] 鲁迅，《为北京女师大学生拟呈教育部文》，《集外集拾遗补编》，《鲁迅全集》第8卷，第169—170页。
[2] 鲁迅，《250518日致许广平》，《鲁迅全集》第11卷，第490—491页。

我们看到的并非通常的宣言或事实陈述，而是鲁迅文章在词语、对抗性和情绪激烈程度上的陡然升级。在语句和形象的刻意调度中，一种"极苦地狱"的景观被展现出来，伴随着一种"说不出苦痛""也反而并无叫唤"的无言状态，与所谓"穷愁著书"的"闲情逸致"形成强烈对比。不妨假定，鲁迅杂感和杂文在这个瞬间象征性地跨越了从有感而发或因有所思而有所言的"天真状态"，进入到一种"无言之后"的言说和写作策略，这导向了语言行为和风格形式上一系列微妙而深刻的变化，尔后在《〈野草〉题辞》和《〈而已集〉题辞》中达到其风格极致。这种词语和形象调度不仅带来针对具体人事的更强、更狠的措辞，而且进一步沿着杂文文体内部的"文体混合"路径展开，通过短促的虚构、叙事、抒情和象征寓意动作，完成了一种"造境"的寓意功能。在这个"境"里，所有具体、偶然、琐碎和陌生的对象，都突然从主观情绪（"心"）中获得了深意，成为一种氛围和充满暗示的场景。

这种"造境"或"境由心造"的诗学瞬间，在《狂人日记》这篇鲁迅最早的白话短篇小说中，借助"迫害狂"心态在虚构和病理空间中戏剧性地呈现。但在《"碰壁"之后》里，它却是在杂文的非虚构世界里强行展开（再现、变奏和发展），将当下的事件、人物直接推入一个象征寓言的世界。在西洋文学批评中，波德莱尔的《恶之花·天鹅》常常被认为是那种"一切于我都成为寓意"的诗学构造的典范。[1]有学者指出，《天鹅》所表现出波德莱尔不同寻常的诗歌成就和技巧创新，其要点正在于诗人在写作时，善于把此时此刻受到外界刺激而进

---

[1] "巴黎在变！可是，在我忧郁的心里／却毫无变动！脚手架、石块、新的王宫，／古老的市郊，一切对我都成为寓意，／我的亲切的回忆比岩石还要沉重。"（Paris change! Mais rien dans ma mélancolie/N'a bougé! Palais neufs, échafaudages, blocs, /Vieux faubourgs, tout pour moi devient allégorie, /Et mes chers souvenirs sont plus lourds que des rocs.）见波德莱尔，《恶之花》，钱春绮译，人民文学出版社，1991年，第201页。

入内心的思绪直接用来营造出抒情诗的象征寓意空间。[1]这首题献给雨果的诗，本身就是"在想到您的时候为您而作"，因此诗人感到必须"把一件突然发生的事、一个意象所能含有的暗示快速说出来"；具体而言，就是通过眼前这个落难于巴黎街头的天鹅形象，"把精神推及所有我们热爱的存在物，那些不在场的、受苦受难的人，那些被剥夺了无法得到的东西的人"。[2]《天鹅》从"想起"特洛伊英雄赫克托尔的遗孀安德洛马刻跳跃到"穿过新建的崇武广场之时"突然对旧日巴黎燃起乡愁般的回忆；在随后紧接着的两段里，它展现出的景象和意象与其说属于抒情诗，倒不如说属于杂文：

> 那些木板房子，那成堆的粗糙的/柱头和柱身，那些野草，那被水潦/浸得生苔的巨石，映在玻璃窗里的/杂乱的旧货，我只有在想象中见到。//在那个从前驻过马戏班子的地方/在某一天早晨，当"劳动"正在寒冷、澄明的天空之下醒来，当垃圾场/在沉寂的空气中卷起一阵黑旋风，/我看到一只逃出了樊笼的天鹅，/用有蹼的双脚擦着干燥的路面，/雪白的羽毛在不平的地上拖着，/这个笨蛋张嘴走到无水的溪边……[3]

那只"像奥维德诗中的人类"一样向苍天"抬起渴望的头，伸长痉挛的脖子"并"仿佛向天主发出种种的责难"的天鹅，让诗人想到流亡中的雨果（"流放者"）的"又可笑，又崇高""被愿望不断折磨"的形象。在连续三个以"我想起"开头的诗章段落之后（这让人想起从

---

[1] 参看 F. W. Leakey, "The Originality of Baudelaire's Le Cygne: Genesis as Structure and Theme." *Order and Adventure in Post-Romantic French Poetry: Essays Presented to C. A. Hackett*, edited by Beaumont, Cocking and Cruickshank, p. 38。

[2] Charles Baudelaire, *Correspondance*, texte établi, présenté et annoté par Claude Pichois avec Jean Ziegler, tome I. Paris: Gallimard, 1973, p. 688.

[3] 波德莱尔，《恶之花》，钱春绮译，第200页。

《死火》开始的"我梦见"系列），在《天鹅》最后一节里，波德莱尔说自己的诗是"精神流亡处的森林里面"如"号角狂吹"一般的"一段古老记忆"；而此时诗人心里想着的（最后一个"我想起"），则是"被弃在一座岛上的那些船员，那些囚徒、失败者！……和其他许多人士！"[1]

这种心造之境的"再现"，让一切看似偶遇的事物和意象都带上了暗示和象征寓意，因而具有一种类似阴谋场面的紧张以及文学张力和思想张力上的无限联想空间。在鲁迅杂文风格里，它制造出具体与抽象、内部与外部、主观与客观、随机与恒常、偶然与必然、审美自律与社会性政治性的历史决定之间空前的亲密关系和价值冲突。比如我们看到这样的开场：

> 华夏大概并非地狱，然而"境由心造"，我眼前总充塞着重迭的黑云，其中有故鬼，新鬼，游魂，牛首阿旁，畜生，化生，大叫唤，无叫唤，使我不堪闻见。我装作无所闻见模样，以图欺骗自己，总算已从地狱中出离。[2]

在这个心造之境里，"女师大"就是"华夏"，也就是"地狱"；在"我"的内心之眼中充塞着"重迭的黑云"，而在这片黑云笼罩下所有的角色都显现出他们寓言世界里的原形，同时被重新命名（"故鬼，新鬼，游魂，牛首阿旁，畜生，化生，大叫唤，无叫唤"）。作为对"女师大风潮"事件的叙述和情绪反应，这样的文字也许是出格的、夸张的，但就鲁迅杂文本身的风格变化和运动而言，这些具体动作却说明了体验方式和语言形式的新强度。

---

[1] 波德莱尔，《恶之花》，钱春绮译，第201—202页。
[2] 鲁迅，《"碰壁"之后》，《华盖集》，《鲁迅全集》第3卷，第72页。

同《狂人日记》的对照表明，杂文特殊的语言激烈程度及其象征－寓言功能的有效性恰恰在于它的非虚构性和具体针对性，在于它同现象世界和对象世界的直接的、面对面的纠缠和冲突，而不是像虚构作品那样可以保持某种审美距离或哲学上的抽象与形而上性质。在《"碰壁"之后》里，杂文触及现实中与具体人事的缠斗，往往通过"文体混合"意义上的非虚构－虚构、议论－记述的快速切换而实现。比如：

> 打门声一响，我又回到现实世界了。又是学校的事。我为什么要做教员？！想着走着，出去开门，果然，信封上首先就看见通红的一行字：国立北京女子师范大学。[1]

伴随这种地狱／人间场景转换的舞台效果的，是言语行为和修辞格意义上的叙事人"口吻"和身份的变化，类似于奥尔巴赫分析的"高贵文体"和"低俗文体"的并列和转换，只不过在此时的鲁迅杂文里，它表现为高蹈的理想文人文体（"高贵"）同一种表演性的、夸张的疑神疑鬼、胆小怕事，或斤斤计较的、迫害狂似的，或所谓"不惮以最坏的恶意来推测中国人"[2]的"小人心态"文体（"低俗"）之间的穿插和对比：

> 我本就怕这学校，因为一进门就觉得阴惨惨，不知其所以然，但也常常疑心是自己的错觉。后来看到杨荫榆校长《致全体学生公启》里的"须知学校犹家庭，为尊长者断无不爱家属之理，为幼稚者亦当体贴尊长之心"的话，就恍然了，原来我虽然在学

---

[1] 鲁迅，《"碰壁"之后》，《华盖集》，《鲁迅全集》第 3 卷，第 72 页。
[2] 鲁迅，《记念刘和珍君》，《华盖集续编》，《鲁迅全集》第 3 卷，第 293 页。

> 校教书，也等于在杨家坐馆，而这阴惨惨的气味，便是从"冷板凳"里出来的。可是我有一种毛病，自己也疑心是自讨苦吃的根苗，就是偶尔要想想。
>
> ……
>
> "去看一看罢。"我想。
>
> 这也是我的一种毛病，自己也疑心是自讨苦吃的根苗；明知道无论什么事，在中国是万不可轻易去"看一看"的，然而终于改不掉，所以谓之"病"。[1]

这或可视为《狂人日记》的景象在学院场景里的再现。"阴惨惨"、"冷板凳"和"无论什么事，在中国是万不可轻易去……"是"境"，而"疑心"、"偶尔要想想"和"去看一看罢"及其"然而终于改不掉"则是"心"，即"毛病"，也即"自讨苦吃的根苗"。这样一幅杂文"自画像"或可以说是《狂人日记》中迫害狂的"世俗版"和"日常版"，它一方面沿用居于鲁迅文学想象深层的叙事逻辑来整理和呈现社会层面的具体人事；另一方面也透露出文体风格内部的变化，即过渡期杂文形式对早期小说形式的吸收、转化和据为己有。

在后一种意义上，我们可以看到《"碰壁"之后》在鲁迅"女师大风潮"文学经验中的关键位置及其在杂文形式上的象征性的"格式塔"（Gestalt，即"完形"）作用。它在多重意义上记录了卷入或投入"风潮"中的鲁迅同外部因素的接触、碰撞及其内在化方式，或不如说它以自身的写作方式和结构记录并"再现"了鲁迅杂文在同自己的"理想题材"交锋、对抗和纠缠时的言语行为和风格外观。这种经验和形式的接触、摩擦、碰撞既是一种动作，即有物理层面的作用力/反作用力效果，同时也将这种效果传递给意识和理解，形成认识和概念。

------

[1] 鲁迅，《"碰壁"之后》，《华盖集续编》，《鲁迅全集》第3卷，第72—74页。

在这个瞬间,这两方面共享一个事件、一个动作、一个名字,它就是"碰壁":

> 这时我所不识的教员和学生在谈话了;我也不很细听。但在他的话里听到一句"你们做事不要碰壁",在学生的话里听到一句"杨先生就是壁",于我就仿佛见了一道光,立刻知道我的痛苦的原因了。
>
> 碰壁,碰壁!我碰了杨家的壁了![1]

"仿佛见了一道光"不如说是声波震动("听到")的感官转喻,这个启示可以说就是"杂文的自觉"的神经科学意义上的传导信号,而"碰壁,碰壁!我碰了杨家的壁了!"则是它的物理学、社会学事实。这个启示和顿悟具有如此的打通内外、连接主客观、统一感性和理性的"审美"功能,以至于——

> 我回家坐在自己的窗下的时候,天色已近黄昏,而阴惨惨的颜色却渐渐地退去,回忆到碰壁的学说,居然微笑起来了。[2]

"碰壁"所内含的激烈对抗和敌意,通过这个"微笑"被"非功利化"甚至游戏化了,但这不过是从另一个感官范畴确认"碰壁的学说"的真实性和准确性,从而在感性形象和形式的层面将一个具体情境和独特体验普遍化为某种社会寓言的整体象征:

> 中国各处是壁,然而无形,像"鬼打墙"一般,使你随时能

---

[1] 鲁迅,《"碰壁"之后》,《华盖集续编》,《鲁迅全集》第3卷,第76页。
[2] 同上。

"碰"。能打这墙的,能碰而不感到痛苦的,是胜利者。——但是,此刻太平湖饭店之宴已近阑珊,大家都已经吃到冰其淋,在那里"冷一冷"了罢……。[1]

《"碰壁"之后》最后以"境由心造"的一幕结尾,这个"再现部"把具体的、眼前的、不久前实实在在发生过的事情同阴郁的地狱图景混合在一起,更在"仿佛"和"幻出"的简单修饰下一口气写出五个"看见":

> 我于是仿佛看见雪白的桌布已经沾了许多酱油渍,男男女女围着桌子都吃冰其淋,而许多媳妇儿,就如中国历来的大多数媳妇儿在苦节的婆婆脚下似的,都决定了暗淡的运命。
>
> 我吸了两支烟,眼前也光明起来,幻出饭店里电灯的光彩,看见教育家在杯酒间谋害学生,看见杀人者于微笑后屠戮百姓,看见死尸在粪土中舞蹈,看见污秽洒满了风籁琴,我想取作画图,竟不能画成一线。[2]

除第一个"看见"以小说细节描写般的手法呈现围桌吃冰其淋和许多"在苦节的婆婆脚下"的媳妇儿的暗淡命运外,后面四个"看见"包括指证教育家谋害学生、杀人者屠戮百姓的实际控告,辅以"死尸在粪土中舞蹈"和"污秽洒满了风籁琴"这样的"气氛烘托"。"青年学生"和"黑暗"与"杀戮"的双主题在文章最后一段再次得到强调:"从不像我似的常常'碰壁'的青年学生的眼睛看来,中国也就如此之黑暗么?然而他们仅有微弱的呻吟,然而一呻吟就被杀戮了!"[3]

---

[1] 鲁迅,《"碰壁"之后》,《华盖集续编》,《鲁迅全集》第3卷,第76页。
[2] 同上书,第76—77页。
[3] 同上书,第77页。

由《"碰壁"之后》回溯此前的一系列文章，会看到一种像是伏笔的情绪和社会－言语行为方式，它们的萌动和躁动为鲁迅在5月间的投入做好了铺垫，仿佛并非1925年"华盖运"找上门来，让鲁迅碰钉子触霉头，倒好像是他自己在一种骚动不安的状态中下意识地抓住了这个偶然事件，让长期郁积的能量和愤怒爆发了出来。这其中各种事实性的因素——如与许广平之间由师生关系发展为恋爱关系，如"某籍某系"，再如教育部系统内的南方国民党人同北京执政府力量的明暗角逐等——固然都具有一定的解释力，但正因为它们都具有一定的解释力，所以也共同造成了一个复杂的矛盾结构体，其中各种矛盾轮流或共同发生作用，在一种互为因果、互为表里的多重多元决定下，无形中引导鲁迅走向个人命运的决定性时刻。这期间每一种因素都可能是某一瞬间的决定性因素，但即便在这种瞬间局部的决定性作用中，它们在这个矛盾的多元决定或过度决定的意义上仅仅是结构关系的一部分，因此都是不足或"多余"的。

这种错综复杂的情势和多元决定结构，事实上为整个鲁迅"过渡期"和"杂文的自觉"过程提供了一个基本的分析和解释框架。这种情势也出现在1927年广州"四·一五""清党"事变之后。鲁迅当即的反应，包括从中山大学辞职、滞留广州近半年和最终前往上海等具体决断和行动，大多并不是由任何单一因素或单一事件所决定的；然而，决定性因素尽管复杂多元，但其中任何一项都足以促成同样的结果，因此在多元矛盾的共时性结构中一道起作用的各种矛盾，每一种在单独具有"决定性"的同时，又都是"多余"的和附带性质的（比如"清党"事件和顾颉刚来中山大学中任何一项或许都足以促成"彼来我去"的结果）。在这种矛盾的多元决定结构之上提供终极解释的"超结构"因素，本质上只能是解释性假设。这种解释性假设的解释力或理论价值，并不能从实证史学的研究中获得，当然更不能从个人心理揣测或从意识形态臆断中获得，而只能从鲁迅面临的个人和社会情势同鲁迅文学内在矛盾及其形式解决的历史性的总体关系上进行把握。换句话说，批评阐释学的分析对象和具体问题是鲁迅文学，具体而言，是此阶段的"杂文的自觉"如何客观上"需要"且"得益于"这种外部困境带来的挑战、压力和危机，又如何在自身风格发展的总体轮廓中说明、解释、再现并最终超越了这种情势。这需要我们在鲁迅文学空间和写作方式的"内部"同时去"重构"和"解构"作者传记、社会史或文学史意义上的外部事件。

　　从《"碰壁"之后》到年底所作的《〈华盖集〉题记》，我们看到鲁迅杂文（即此阶段作者自称的"杂感"）在修辞层面的激化和强化。这个变化首先表现为语义学乃至文本考据学意义上的一系列新词汇、新的命名指认和定义活动的出现；其次表现为语言行为和修辞格完全突破温文尔雅的文人写作风格，而进入一种"粗俗化"乃至武器化（weaponize）的格斗状态；最终是这种彪悍文风和锱铢必较、时刻不松懈的攻守意识所显示出来的新的文章学和作者自我意识轮廓，以及它们所挑明的价值底线和价值冲突。这三个方面的变化先是零星地、随机地出现；继而在与具体事件、个人、言论的对抗过程中变得强硬和系统化；最终，它们一同触发了文章风格和作者意识的新的自觉和新的文学政治强度，并在这种新自觉和新强度中获得形式和审美上的结晶。这个激烈的写作法和文学风格运动，使鲁迅文学决定性地摆脱或超越了在"纯文学"或常规文学建制和创作样式的阴影中徘徊的状态，初步确立了"自觉的杂文"的诗学形态及其本体论辩护，因此可视为"杂文的自觉"和鲁迅文学的"第二次诞生"的标志和转折点。这个形式突破和风格变化在鲁迅文学的诗学和本体论意义上是一个概念性瞬间，具有完整的内在结构和感性外观（我们将在下一章予以分析）。但在鲁迅文学生涯的历史演进上，它们却是一个"从量变到质变"的过程，其中包括缓慢的酝酿和积累（潜伏期），外部事件的刺激和催化

（触发性事件如"女师大风潮"、同《现代评论》派的论战，以及1926年的"三·一八"惨案），以及在言语行为及写作风格范畴内部的"飞跃"、"突变"和"质变"。沿着上述三条线索，我们可以勾勒出"杂文发生学"的决定性时刻及其文本化、事实化的过程。

在《"碰壁"之后》里，读者已经在杂感作者的心造之境（它本身顶着"华夏即地狱"这样的命名指认）中遇见了一系列新名字，如"故鬼，新鬼，游魂，牛首阿旁，畜生，化生，大叫唤，无叫唤"，它们或是第一次出现在鲁迅文章中，或是以往名词意象的再造和改头换面，一同将一个"阴惨惨"的"杨家学馆"具体化、感性化了。[1] 对这个场景的修辞性篡改或夺取，又将一系列日常语汇"据为己有"，赋予它们新的象征角色，比如"婆婆""媳妇儿""童养媳""西宾""家庭""家务""鬼打墙"。经由这样的语汇叠加和修辞抬升，杂文或杂感的象征寓言及其"境由心造"、借此说彼、由特殊而一般的文章学战略战术，往往在其"由量变到质变"的语义转折中同时带有突然性和逻辑性。比如在"饭店里电灯的光彩"幻象里，杂感家（"我"）直接看见"教育家……谋害学生"，"杀人者……屠戮百姓"，"死尸在舞蹈"，"污秽洒满了风籁琴"。这一系列指控或定性都具有十足的道德、政治甚至法律意味。最终，由个人所感知和体验的"碰壁"打开了一个"世界图景"，即中国如此之黑暗，仅有的青年学生的"微弱的呻

---

[1] 在《咬文嚼字（三）》里鲁迅继续发挥："自从世界上产生了'须知学校犹家庭'的名论之后，颇使我觉得惊奇，想考查这家庭的组织。后来，幸而在《国立北京女子师范大学校长杨荫榆对于暴烈学生之感言》中，发见了'与此曹子勃谿相向'这一句话，才算得到一点头绪：校长和学生的关系是'犹''妇姑'。于是据此推断，以为教员都是杂凑在杨府上的西宾，将这结论在《语丝》上发表。'可惜'！昨天偶然在《晨报》上拜读'该校哲教系教员兼代主任汪懋祖以彼之意见书投寄本报'的话，这才知道我又错了，原来都是弟兄，而且现'相煎益急'，像曹操的儿子阿丕和阿植似的。"见《鲁迅全集》第3卷，第92页。

吟"也会立即招来"杀戮"。这当然已经远远超出文人学者间"党同伐异"的意见分歧和立场之争了。

《并非闲话》及其他

在随后的一系列杂感中,我们看到语言修辞的持续激化。在《并非闲话》里,《现代评论》的"流言"被定义为"畜类的武器,鬼蜮的手段",在获得相应的武器和手段的对待外,也被称为"狗屁"[1];其内容所指是流言家的"阴险和卑劣",同时此辈人物被称为"这些伏在暗中,轻易不大露面的东西"[2]。文章进一步给这种"东西"定性:

> 世上虽然有斩钉截铁的办法,却很少见有敢负责任的宣言。所多的是自在黑幕中,偏说不知道;替暴君奔走,却以局外人自居;满肚子怀着鬼胎,而装出公允的笑脸;有谁明说出自己所观察的是非来的,他便用了"流言"来作不负责任的武器:这种蛆虫充满的"臭毛厕",是难于打扫干净的。[3]

这种词汇和修辞层面的激烈化直接表明杂感作者个人的厌恶和愤怒;这种厌恶和愤怒虽毫无疑问带有伦理、道德、情感乃至政治含义,或

---

[1] 鲁迅,《并非闲话》,《华盖集》,《鲁迅全集》第 3 卷, 第 81 页。
[2] 同上书, 第 82 页。
[3] 鲁迅,《并非闲话》, 同上书, 第 83—84 页。"臭毛厕"语出陈西滢关于女师大的议论,即所谓"学校的丑态既然毕露,教育界的面目也就丢尽。到了这种时期,是在旁观的人也不能再让它酝酿下去,好像一个臭毛厕,人人都有扫除的义务。……万不可再敷衍姑息下去,以至将来要整顿也没有了办法"。见《鲁迅全集》第三卷第 85 页注释 10。1925 年 6 月至 8 月,"臭毛厕"一词在鲁迅杂感中引用多达十次。鲁迅此期间论战或所谓"骂街"文章中所有打引号的词汇都出自对手,类似词还包括"放冷箭""张着嘴立在泥潭中,后面立着一群悻悻的狗""一犬吠影,百犬吠声""官僚""学匪""土匪""刑名师爷""青年叛徒的领袖""挑剔风潮""卑劣""没有一点人气"等。

者说都具有社会具体性，但在文章范围内，却表现为一种超道德或置身"善恶的彼岸"的对立面，表现为格斗的纯粹性甚至快意，并以此显示出一种特殊的、仅仅属于鲁迅杂文自觉爆发瞬间的文章风范，比如在《我的"籍"和"系"》里我们看到这样的段落：

> 我本来也无可尊敬；也不愿受人尊敬，免得不如人意的时候，又被人摔下来。更明白地说罢：我所憎恶的太多了，应该自己也得到憎恶，这才还有点像活在人间；如果收得的乃是相反的布施，于我倒是一个冷嘲，使我对于自己也要大加侮蔑；如果收得的是吞吞吐吐的不知道算什么，则使我感到将要呕哕似的恶心。然而无论如何，"流言"总不能吓哑我的嘴……。[1]

这种命名、定义和修辞升级的语文学 – 文章学活动是如此专注和激烈，以至于有时它会脱离论战的直接语境而进入纯粹的名字、名分和名目的语文层面。在《补白》中，杂感家为我们抄录了一个微型"恶谥"大全，并在"小引"中将其称为"中国文明的""隐匿"的"黑的一面"，仿佛为自己正在进行中的笔战提供佐证和先例：

> 月球只一面对着太阳，那一面我们永远不得见。歌颂中国文明的也惟以光明的示人，隐匿了黑的一面。譬如说到家族亲旧，书上就有许多好看的形容词：慈呀，爱呀，悌呀，……又有许多好看的古典：五世同堂呀，礼门呀，义宗呀，……至于诨名，却藏在活人的心中，隐僻的书上。最简单的打官司教科书《萧曹遗笔》里就有着不少惯用的恶谥，现在钞一点在这里，省得自己做文章——

---

[1] 鲁迅，《我的"籍"和"系"》，《华盖集》，《鲁迅全集》第 3 卷，第 89 页。

亲戚类
　　孽亲　枭亲　兽亲　鳄亲　虎亲　歪亲
尊长类
　　鳄伯　虎伯（叔同）　孽兄　毒兄　虎兄
卑幼类
　　悖男　恶侄　孽侄　悖孙　虎孙　枭甥
　　孽甥　悖妾　泼媳　枭弟　恶婿　凶奴

其中没有父母，那是例不能控告的，因为历朝大抵"以孝治天下"。[1]

随着1925年8月6日教育总长章士钊下令停办女师大，14日章士钊免除鲁迅教育部佥事职，19日教育部专门教育司司长刘百昭率众强行接收学校，悬挂北京女子大学筹备处招牌，冲突中女师大学生7人受伤、各团体学校代表14人被捕，20日刘率众复来，强拖学生出校，8月22日鲁迅赴平政院投递控告章士钊的诉状等一系列事件的发生，鲁迅杂文在修辞上火力全开，将战事规模进一步扩大，激烈程度进一步升高。在《答KS君》里，鲁迅痛贬章士钊的文章和学问，同时"爱屋及乌"地兼及"复古运动"和文言文，称《甲寅》不具有对手的资质：

我中国自有文字以来，实在没有过这样滑稽体式的著作。这种东西，用处只有一种，就是可以借此看看社会的暗角落里，有着怎样灰色的人们，以为现在是攀附显现的时候了，也都吞吞吐吐的来开口。至于别的用处，我委实至今还想不出来。倘说这是

---

[1] 鲁迅，《补白》，《华盖集》，《鲁迅全集》第3卷，第110页。

复古运动的代表，那可是只见得复古派的可怜，不过以此当作讣闻，公布文言文的气绝罢了。

所以，即使真如你所说，将有文言白话之争，我以为也该是争的终结，而非争的开头，因为《甲寅》不足称为敌手，也无所谓战斗。[1]

但这样的语言同《"碰壁"之余》里的用语相比，还算十分温和的。在后面这篇文章里，杂文语言的"粗俗化"和人身攻击色彩可以说达到了极致和肆无忌惮的地步，比如：

陈西滢先生是"久已夫非一日矣"的《闲话》作家，那大名我在报纸的广告上早经看熟了，然而大概还是一位高人，所以遇有不合自意的，便一气呵成屎橛，而世界上蛆虫也委实太多。[2]

这样看似无所禁忌的文字，实际上却有自身的道德根据和理论根据；前者是《现代评论》上陈西滢、徐志摩等人同样尖刻的个人化的攻击，后者则是随"杂文的自觉"一同而来的，在整个"过渡期"酝酿发酵的文章意识和新的作者身份认同。有理由怀疑，鲁迅不久后所作的《〈热风〉题记》（11月3日），表面上在谈"思想革命"时期的文字，实则在谈眼下正在成形的杂感和杂文：

所以我的应时的浅薄的文字，也应该置之不顾，一任其消灭的；但几个朋友却以为现状和那时并没有大两样，也还可以存留，给我编辑起来了。这正是我所悲哀的。我以为凡对于时弊的攻击，

---

[1] 鲁迅，《答 KS 君》，《华盖集》，《鲁迅全集》第 3 卷，第 120 页。
[2] 鲁迅，《"碰壁"之余》，《华盖集》，《鲁迅全集》第 3 卷，第 123 页。

文字须与时弊同时灭亡，因为这正如白血轮之酿成疮疖一般，倘非自身也被排除，则当它的生命的存留中，也即证明着病菌尚在。

但如果凡我所写，的确都是冷的呢？则它的生命原来就没有，更谈不到中国的病证究竟如何。[1]

收入《热风》的文章虽然也是"应时"的，却更多是在"文以载道"、"听将领"和"宣传"的意义上如此；对它们的"应该置之不顾"和"一任其消灭"，一方面道出作者对中国社会政治停滞甚至倒退的失望（"现状和那时并没有大两样"）；另一方面，也似乎表明作者在"杂文的自觉"和鲁迅文学的"第二次诞生"意识状态里产生的新的写作标准和文章价值判断（"浅薄的文字"）。更为重要的是，这段话在"杂文的自觉"的概念层面界定了杂文诗学和文学本体论意义，即它是一种自我否定、自我消灭的文学样式：杂文的形式自觉非但不追求自身的"不朽"，反倒追求自身与其缠斗对象的共同毁灭。所谓"凡对于时弊的攻击，文字须与时弊同时灭亡"的原则，既出自一种历史和价值判断，也出自一种审美判断。在"攻击"的写作伦理及其政治本体论前提下，文学的形式财富和审美价值唯有通过激进的自我否定，方才能作为一种"消逝的中介"（vanishing mediation），在瞬息间（"当它的生命的存留中"）获得其曾经的生命确认（并非"原来就没有"），并在（且只在）这个生命确认的伦理学和存在政治本体论意义上，获得延伸性质和隐喻意义上的审美形象与意味。

尽管这种杂文理论或杂文概念还会在《〈野草〉题辞》中获得诗意的表述，但在此攻守转换的恶战之际，这种将自己的文字视为"正如白血轮之酿成疮疖一般"的生物学决定论的否定诗学，却起到让鲁迅可以完全无视文人作派、君子风度和"费厄泼赖"的行为准则，抱定

---

[1] 鲁迅，《〈热风〉题记》，《鲁迅全集》第1卷，第308页。

"下等脾气",写就"不纯洁"、不"恬淡"的文字[1],在杂感的风格可能性空间里,走"以眼还眼以牙还牙"的"直道"。[2]对于鲁迅这样深知自己文字分量和影响的作者来说,即便是"不和你们敷衍的"写作也依然是写作,即便是注定与"黑暗"一同灭亡的文字也是针对更大的历史语境的"本应该写一点"和"正应该写一点"的必然,因此同样需要出自一种文学本体论的根据、说明和辩护。正是通过这样持续不断的反思和自省,通过内心痛苦和存在政治意义上的决断之间的纠缠与内在辩证统一,鲁迅文学的"过渡期"方才能把1925年"女师大风潮"和"五卅惨案"、1926年"三·一八惨案",以及1927年广州"四·一五清党"这样的外在事件和刺激,攫取为自身内在本质和风格外观变化的契机和催化剂,甚至吸收并转化为文学自觉和文学空间拓展的能量、材料和结构原则。

无论在文章学意义上,还是在社会批判、文化批判的意义上,鲁迅此时的杂感写作在名词、用语、表意和观念上的尖锐化和"粗俗化",在外部格斗的功能之外,都带有一种"自觉"的内面,这也是何以鲁迅杂感即便在最极端的、似乎仅仅纠缠于个人恩怨和个人意气之争时,仍能带有对手通常并不具备的文章或文章学本身的历史意识、价值判断和趣味(如生动性、幽默感、想象力、文字表现力、游戏性,等等)。同文学史教学中有意无意地在鲁迅写作中区分"属于文学的"和"不属于文学的"的做法相抵触的,正是这样一个批评意义上的事实:鲁迅杂文即便在其自身运行轨道上处在"文学本质"引力场的最远点,也依然带有无可置疑的文学性,这种文学性并不能够仅仅从常规趣味的标记(如"优雅""闲适""华丽""得体"),或仅仅来自文学制度及社会制度决定的价值观(如"艺术之宫""不朽")上识别,而

---

[1] 鲁迅,《并非闲话(三)》,《华盖集》,《鲁迅全集》第3卷,第158页。
[2] 鲁迅,《论"费厄泼赖"应该缓行》,《坟》,《鲁迅全集》第1卷,第289页。

是必须在文学本体论的理论层面和写作实践的深处与细微处予以系统地分析和阐发。与此同时，这种文学性也必须在它同中国近现代文艺及其历史性的总体关系中获得理解，其中包括文学与社会变革、文学与文化革命、文学与"新人"的自我缔造、文学与历史认识、文学与真理及其表达等所谓"文学的外部关系"。而"新文学"的历史条件和历史使命规定了，所有这些"外部关系"，事实上都处于新文学文学本体论空间结构的"内部"，正如鲁迅所翻译的"外国文学"，本身结构性地存在于鲁迅文学写作的"内部"。

《论睁了眼看》

我们看到，随着"杂文发生学"一同出现的，是新文学写作在经验、认识、命名和判断上的真实性问题，连带性地也包括新文学的道德勇气这个不言自明的前提。在《论睁了眼看》（1925年7月22日，收入《坟》）一文中，鲁迅直接从"勇气"问题入手，直言它"不幸"地是"我们中国人最所缺乏的"，他接下去写道：

> 我们的圣贤，本来早已教人"非礼勿视"的了；而这"礼"又非常之严，不但"正视"，连"平视""斜视"也不许。现在青年的精神未可知，在体质，却大半还是弯腰曲背，低眉顺眼，表示着老牌的老成的子弟，驯良的百姓，——至于说对外却有大力量，乃是近一月来的新说，还不知道究竟是如何。
>
> 再回到"正视"问题去：先既不敢，后便不能，再后，就自然不视，不见了。[1]

---

[1] 鲁迅，《论睁了眼看》，《坟》，《鲁迅全集》第1卷，第251页。

这种从"不敢"到"不见"的"逻辑步骤",在"文人"及其"作品"里就是"万事闭眼睛,聊以自欺,而且欺人,那方法是:瞒和骗"[1],甚至"自欺欺人的瘾太大,所以看了小小骗局,还不甘心,定须闭眼胡说一通而后快"[2]。

> 于是无问题,无缺陷,无不平,也就无解决,无改革,无反抗。因为凡事总要"团圆",正无须我们焦躁;放心喝茶,睡觉大吉。再说费话,就有"不合时宜"之咎,免不了要受大学教授的纠正了。呸![3]

针对文人的指责,随即毫不意外地"波及"了全体中国人,但这里的着重点已不是国民性批判,而是杂文逻辑之展开的一部分了:

> 中国人的不敢正视各方面,用瞒和骗,造出奇妙的逃路来,而自以为正路。在这路上,就证明着国民性的怯弱,懒惰,而又巧滑。一天一天的满足着,即一天一天的堕落着,但却又觉得日见其光荣。[4]

事实上,鲁迅在6月间针对"五卅惨案"所写的几篇文章里,就已经表现出对这种民族"文风"的不耐烦,但这里可用来磨炼身手的对手是"坚强的英人"或"枪击我们的洋鬼子"。比如:

> 因为我们的古人将心力大抵用到玄虚漂渺平稳圆滑上去了,

---

[1] 鲁迅,《论睁了眼看》,《坟》,《鲁迅全集》第1卷,第252页。
[2] 同上书,第253页。
[3] 同上书,第252页。
[4] 同上书,第254页。

便将艰难切实的事情留下,都待后人来补做,要一人兼做两三人,四五人,十百人的工作,现在可正到了试练的时候了。对手又是坚强的英人,正是他山的好石,大可以借此来磨练。[1]

又如:

> 中国的精神文明,早被枪炮打败了,经过了许多经验,已经要证明所有的还是一无所有。
>
> ……………
>
> 大概,人必须从此有记性,观四向而听八方,将先前一切自欺欺人的希望之谈全都扫除,将无论是谁的自欺欺人的假面全都撕掉,将无论是谁的自欺欺人的手段全都排斥,总而言之,就是将华夏传统的所有小巧的玩艺儿全都放掉,倒去屈尊学学枪击我们的洋鬼子,这才可望有新的希望的萌芽。[2]

在整个1925年下半年至1926年上半年,鲁迅的"杂感"、"小感想"或"杂文"一直保持在尖锐、对抗性和"粗俗"的高点。它们或以"畜生""不知什么东西的杂人等辈""城狐社鼠之流"[3]"下贱东西""伶俐的人们""鬼蜮"等命名对手或对手营造的环境;或以"卑劣的流言和阴谋","敷衍,偷生,献媚,弄权,自私,然而能够假借大义,窃取美名","言行不符,名实不副,前后矛盾,撒诳造谣,蝇营狗苟"[4],"每以秽物掷人,以为人必不屑较"[5]形容"正人君子"的

---

[1] 鲁迅,《忽然想到(十)》,《华盖集》,《鲁迅全集》第3卷,第96页。
[2] 鲁迅,《忽然想到(十一)》,《华盖集》,《鲁迅全集》第3卷,第102页。
[3] 鲁迅,《"公理"的把戏》,《华盖集》,《鲁迅全集》第3卷,第179页。
[4] 鲁迅,《十四年的"读经"》,《华盖集》,《鲁迅全集》第3卷,第138页。
[5] 鲁迅,《学界的三魂(附记)》,《华盖集续编》,《鲁迅全集》第3卷,第223页。

品行。同时，杂感家也不时以这样或那样的方式为这种格斗式的文风提供更高的理由和正当性。《论睁了眼看》里这样写道：

> 文艺是国民精神所发的火光，同时也是引导国民精神的前途的灯火。这是互为因果的，正如麻油从芝麻榨出，但以浸芝麻，就使它更油。倘以油为上，就不必说；否则，当参入别的东西，或水或硷去。中国人向来因为不敢正视人生，只好瞒和骗，由此也生出瞒和骗的文艺来，由这文艺，更令中国人更深地陷入瞒和骗的大泽中，甚而至于已经自己不觉得。世界日日改变，我们的作家取下假面，真诚地，深入地，大胆地看取人生并且写出他的血和肉来的时候早到了；早就应该有一片崭新的文场，早就应该有几个凶猛的闯将！[1]

作为"杂文的自觉"之组成部分的杂文道德辩护，并不仅限于"真诚"、"大胆"或"勇气"这样的杂文人格范畴，而且也是非个人意义上的历史使命。在《十四年的"读经"》里，针对章士钊主张的读经，鲁迅隐含地表述了杂文写作作为一种"大嚼细胞"或"强酸剂"，对历史承担着某种生物学或化学性质的清理和消除功能。他写道：

> 衰老的国度大概就免不了这类现象。这正如人体一样，年事老了，废料愈积愈多，组织间又沉积下矿质，使组织变硬，易就于灭亡。一面，则原是养卫人体的游走细胞（Wanderzelle）渐次变性，只顾自己，只要组织间有小洞，它便钻，蚕食各组织，使组织耗损，易就于灭亡。俄国有名的医学者梅契尼珂夫（Elias Metschnikov）特地给他别立了一个名目：大嚼细胞

---

[1] 鲁迅，《论睁了眼看》，《坟》，《鲁迅全集》第1卷，第254—255页。

(Fresserzelle)。据说,必须扑灭了这些,人体才免于老衰;要扑灭这些,则须每日服用一种酸性剂。他自己就实行着。

　　古国的灭亡,就因为大部分的组织被太多的古习惯教养得硬化了,不再能够转移,来适应新环境。若干分子又被太多的坏经验教养得聪明了,于是变性,知道在硬化的社会里,不妨妄行。单是妄行的是可与论议的,故意妄行的却无须再与谈理。惟一的疗救,是在另开药方:酸性剂,或者简直是强酸剂。[1]

无论是作为"白血轮之酿成疮疖",还是作为燃尽自身照明环境的油灯,还是作为吞噬衰朽肌体的"大嚼细胞"或腐蚀硬化组织的"强酸剂",隐喻意义上的杂文在其文体自觉和风格自觉上都是一种"与汝偕亡"的写作,因此它无须顾忌自身的中正平和或风雅别致,而是反倒需要搜寻种种丑恶、平庸与腐朽,以便在同它们激烈的同归于尽中制造出文章效果上的光焰和神奇。鲁迅此阶段的杂感和杂文,某种意义上或可说离常规文学审美观念相去甚远,却仍不失文章的韵味,原因就在于这种格斗姿态以及其中的自我毁灭意志,时时能够带来强烈的震撼和冲击,简单说,来自"速朽"意志的阅读效果。一旦这种作为战场硝烟和精神余烬的文学效果进入阅读和批评的视野,它就会显示出鲁迅杂文特有的语言质地、风格的蓄意性和作者道德情感结构的单纯与繁复。换句话说,这种传达出道德勇气和价值理想的速朽姿态,本身又有条不紊地将那种老辣而精微的文章技巧加以动员、组织和利用,再通过后者的文本编织和风格呈现,延长、保留、升华了种种存在/毁灭强度的瞬间峰值。

　　这种文章效果即便在旷日持久的、有时显得单调重复的格斗和近战中,也会出其不意地显示出惊人的文章质地和诗学锋芒;在最低限

---

[1] 鲁迅,《十四年的"读经"》,《华盖集》,《鲁迅全集》第3卷,第139页。

度上,鲁迅文章都保留了自身风格通向审美领域的公开或秘密的渠道。这种文学本体论上的锚定及其自信,事实上正是鲁迅此阶段杂文能以"我可要照样的掷过去,要是他掷来"[1]的方式方法同非审美领域保持密切接触的前提。鲁迅在这一期间的紧张和忙碌可以想象,自谓"喝酒太多,吸烟太多,睡觉太少"[2],不过他仍与韦素园、李霁野、台静农、韦丛芜、曹靖华等一道发起成立了未名社,发行《乌合丛书》和《未名丛刊》,致力于译介和传播外国文学。在此阶段的创作中,这种文学自觉和文学本体论意识只是隐而不显的内核,或者说它只是辩证地显形于其自身的"否定"和外化。在《并非闲话(三)》(11月22日)中鲁迅写道:

> 那么,我在写的时候没有虔敬的心么?答曰:有罢。即使没有这种冠冕堂皇的心,也决不故意耍些油腔滑调。被挤着,还能嬉皮笑脸,游戏三昧么?倘能,那简直是神仙了。我并没有在吕纯阳祖师门下投诚过。
>
> 但写出以后,却也不很爱惜羽毛,有所谓"敝帚自珍"的意思,因为,已经说过,其时已经是"便完事,管他妈的"了。谁有心肠来管这些无聊的后事呢?所以虽然有什么选家在那里放出他那伟大的眼光,选印我的作品,我也照例给他一个不管。[3]

所谓"不爱惜羽毛"和写文章时的"虔敬"并不矛盾,因为此时虔敬的文章正无须爱惜羽毛;它们自然也同"烟士披离纯"或"创作感兴"之类"不大有关系",因为它们都是"不挤,便不做"和"挤了

---

[1] 鲁迅,《学界的三魂(附记)》,《华盖集续编》,《全集》第3卷,第223页。
[2] 鲁迅,《250930致许钦文》,《鲁迅全集》第11卷,第516页。
[3] 鲁迅,《并非闲话(三)》,《华盖集》,《鲁迅全集》第3卷,第159页。

才做"的产物[1];或不如说,正是通过"挤",鲁迅在此期间的杂文才摆脱了灵感、艺术家个人、形式自律或"为艺术而艺术"的常规样式和"公平游戏"("费厄泼赖"),而变成了艺术和审美王国内部的"超法理"写作。在这个意义上,鲁迅此期间的论敌和对手反过来送给他的种种恶名,在总的指向上也可说不乏某种"准确性",比如"土匪""权威""刑名师爷""捣乱"等其实恰好暗示了他们对鲁迅行文超出"合理""公正""规矩"的"法律之内"游戏规则的切身感受。然而,鲁迅杂文写作的确在理论上摆脱了文学法条的约束和羁绊,进入到由其自身存在境遇和政治判断单方面决定的风格原则和运行状态。从最简单的写作效力上讲,"照例给它一个不管"[2]的写作态度,正是对另一种写作的无效性的克服;在一种主观判定的极端情势下,如果不以"管他妈的"的姿态写,那么"即使还写,也许不过是温暾之谈,两可之论,也即所谓执中之说,公允之言,其实等于不写而已。"[3]

在1925年走向终结之际,鲁迅文章观念中的"反不朽"和"反不动"思想臻于完备,从正面讲,这就是杂感和杂文写作的"速朽"和"运动"/"变动"的内在动机。在《并非闲话(三)》(12月20日)第四节"流产与断种"里鲁迅写道:

> 智识高超而眼光远大的先生们开导我们:生下来的倘不是圣贤,豪杰,天才,就不要生;写出来的倘不是不朽之作,就不要写;改革的事倘不是一下子就变成极乐世界,或者,至少能给我(!)有更多的好处,就万万不要动!……[4]

---

[1] 鲁迅,《并非闲话(三)》,《华盖集》,《鲁迅全集》第3卷,第160页。
[2] 同上书,第159页。
[3] 同上书,第161页。
[4] 同上书,第153页。

鲁迅把这种非不朽之作便不作为宜论称为"逼死"人的"阔人的路线",因为——

> 孩子初学步的第一步,在成人看来,的确是幼稚,危险,不成样子,或者简直是可笑的。但无论怎样的愚妇人,却总以恳切的希望的心,看他跨出这第一步去,决不会因为他的走法幼稚,怕要阻碍阔人的路线而"逼死"他;也决不至于将他禁在床上,使他躺着研究到能够飞跑时再下地。因为她知道:假如这么办,即使长到一百岁也还是不会走路的。[1]

此阶段创作的小说《伤逝》,亦将爱情主题收束于"向着新的生活跨进第一步去"的问题,事实上,这正是鲁迅"人生的中途"和"杂文的自觉"期间的首要问题。

形式的破裂:《伤逝》的文体混杂

长期以来,鲁迅读者对《伤逝》(完成于1925年10月21日)的读解不满足于"自由恋爱及其局限性"框架(包括文类意义上的"恋爱小说"和思想史意义上的"启蒙个人主义局限性"),但似乎又苦于找不到打开文本的其他角度和方法。然而放在1925年秋鲁迅生活与写作状态的语境里看,这篇小说就显示出它同此时期鲁迅杂文创作的紧密关联的母题以及语汇句法层面的互文性。比如:

> 我在苦恼中常常想,说真实自然须有极大的勇气的;假如没有这勇气,而苟安于虚伪,那也便是不能开辟新的生路的人。不

---

[1] 鲁迅,《并非闲话(三)》,《华盖集》,《鲁迅全集》第3卷,第154页。

独不是这个,连这人也未尝有!〔1〕

这里我们看到,人生的"苦恼"、"真实"(包括正视真实和说出真实)、"勇气"与"苟安与虚伪",对"开辟新的生路"之决断行动的向往,和将它们视为存在及其本真性(非如此则"连这人也未尝有")等一系列关键词和观念意向密集出现在一个单句里,构成"虚构"框架内一个杂文性质的表意单位。它在语句和语义上同鲁迅这一时期杂文写作中相关的语句和语义具有几乎相同的质地,只是在小说样式和自由恋爱及其失败的题材特殊性的掩护下,表现出一种介于作者意志和叙事声音之间暧昧或歧义的反讽。

这种虚构和叙事的暧昧性也可进一步推及鲁迅整个过渡期,特别是"女师大风潮"以来的生活状态和情感状态。下面这个段落表现出同样的暧昧性和歧义性。一方面,在一个想象的情境下(即作为纯虚构),它实际上是杂文思维的逻辑推演;另一方面,却利用常规性作者/叙事人之间的结构性距离,蓄意地悬浮和摆荡在正面观念陈述和反讽性质的人物内心独白之间:

> 待到孤身枯坐,回忆从前,这才觉得大半年来,只为了爱,——盲目的爱,——而将别的人生的要义全盘疏忽了。第一,便是生活。人必生活着,爱才有所附丽。世界上并非没有为了奋斗者而开的活路;我也还未忘却翅子的扇动,虽然比先前已经颓唐得多……。〔2〕

与前面那句话一样,这里密集排列的关键词与核心观念,如人生的要

---

〔1〕 鲁迅,《伤逝》,《彷徨》,《鲁迅全集》第2卷,第125页。
〔2〕 同上书,第124页。

义在于生活本身，有了生活，爱、希望或理想方才"有所附丽"，世界上"并非没有为了奋斗者而开的活路"，"翅子的扇动"和因人生的惨淡及挫败而早早到来的"颓唐"，都与杂文发生学同步。就语言和思想的同质性而言，这样的句子和段落打通了"过渡期"小说和杂文之间的文体隔阂，客观上使得杂文能够逐步吸收前期在小说文体中处理的题材、经验和情绪，从而助推杂文快速上升为主导文体和主导风格。但与此同时，预先设定的小说体裁框架却又把这种主题化、关键词化的杂文"话语"保持在主人公形象、性格和内心活动的自恋、虚弱甚至虚伪的反讽格调上。

如果把《伤逝》同年初的散文诗《希望》对读，我们就立刻发现它们的结构相似性。在"诗"的思辨叙事节奏中，《希望》从空虚和迟暮感走向对希望或"希望之盾"的虚妄性的意识，继而再走向与空虚之暗夜"肉薄"并"一掷""我身中的迟暮"的意志。在"小说"的思辨叙事节奏中，《伤逝》借着"爱的翔舞"逃出会馆破屋里的寂静和空虚，最终在悼亡仪式般的遗忘和悔恨中回到原地，但这里的叙事"增量"却是一种"生的意志"的自觉，即"向新的生路跨出第一步去"的自我肯定，只不过与这个自觉和自我肯定相伴的不仅有"寂静和空虚依旧"，而且还有"子君却绝不再来了，而且永远，永远地！"。[1]如果说《希望》里的生命意志同它的散文诗形式尚且大致相匹配的话，那么《伤逝》里的"存在之辩"（或"生命原则"）却难以和谐地寄生于小说体裁。原因一是在"艺术的终结"的意义上，此时"杂文的自觉"作为思想和语言已经飞得更高，小说人物、情节、环境细节描写和情绪烘托等"艺术"环节几乎完全消解在鲁迅对"世界的散文"即现实一般状况的杂文式的认识和把握之中；换句话说，它们都已经无法摆脱由杂文界定的鲁迅文学本体论的强大引力场而完全进入"虚构"

---

[1] 鲁迅,《伤逝》,《彷徨》,《鲁迅全集》第2卷, 第113页。

和"故事"的轨道。这或许正是小说"虚构性"地有一个"涓生的手记"这个有意模糊体裁边界的副题的原因。

另一方面,同样重要的是,《伤逝》的叙事结构和人物塑造原则所需要的经验、情感和理智的内在逻辑转圜,本身是一种几乎无法由小说艺术形式在情感和审美上"自圆其说"、继而在道德伦理上予以辩解或为之开脱的东西。这个隐藏在《伤逝》作品结构深处,但在文学表现上只能存在于小说艺术表面的"论辩",就是作为"希望"等价物或同位语的"爱"本身所需的"自觉"和自我否定。这个自觉和自我否定本身的语言结构是杂文式的,而非小说式的;换句话说,这个语言结构对主人公人物形象的艺术贡献颇为有限,因为它只是以内心独白的方式表现一种观念意义上的性格。它的基本句式、句型或"语法"在男主人公的内心独白中早已反复出现,比如:

> 我那时冷冷地气愤和暗笑了;她所磨练的思想和豁达无畏的言论,到底也还是一个空虚,而对于这空虚却并未自觉。她早已什么书也不看,已不知道人的生活的第一着是求生,向着这求生的道路,是必须携手同行,或奋身孤往的了,倘使只知道捶着一个人的衣角,那便是虽战士也难于战斗,只得一同灭亡。[1]

可以想见,"冷冷地气愤和暗笑"的既是小说鲁迅,也是杂文鲁迅;这个"叙事者"和生存斗争的观察者在1925年第一天,已借助《希望》的散文诗形式指出"希望之盾"的虚妄本质以及空虚与黑暗的普遍性。《伤逝》男主人公的内心独白("她所磨练的思想和豁达无畏的言论,到底也还是一个空虚,而对于这空虚却并未自觉"),只不过是这个严厉而一针见血的判断的小说-杂文混合版。它强硬的杂文属性无法为

---

[1] 鲁迅,《伤逝》,《彷徨》,《鲁迅全集》第2卷,第125—126页。

小说在其虚构空间里化解，也就是说，小说叙事和描写的技巧和手段都不足以将这种自觉——它既是存在的自觉，也是杂文的自觉——缓解或升华在艺术或审美的感性和形式层面。

严厉而强硬的杂文目光和杂文语言无法在小说空间和小说体裁里获得一席之地，但《伤逝》又同时必须抓住并利用小说体裁和形式的基本性能，用以呈现这个杂文信息的传递者。这个信使于是只能作为一种孱弱、苍白、自我中心甚至虚伪的形象在虚构空间里改头换面地出现，即作为典型的浪漫派"美丽心灵"和"主体的滑稽"出现。[1] 就《伤逝》的分析和解释而言，真正的问题不在于它为何在小说空间内部向杂文逻辑做如此让渡，而是它为何还有必要披着小说的外衣和伪装出现。小说《伤逝》并没有试图为男主人公的空虚、自我中心、虚伪和遗忘辩护，而恰恰是把他所有的内心动作和自我辩护都反讽地呈现出来，并以此构成小说艺术作品的"感性外观"。但作为"理性内容"的杂文的自觉及其"存在的诗"不但在小说形式内部同这种感性外观保持着反讽的距离乃至形式与阅读效果上的颠覆性，而且事实上提出了这样一个内在于新文学小说形式可能性的问题，即：男主人公为何只能是一个"滑稽主体"？为何他没有也不能成为一个现代史诗（比如"成长小说"）的主角或"英雄"？对于当代文学批评来说，答案是显而易见的：如果《伤逝》的男主角要在小说世界里摆脱其"死气沉沉的美丽心灵"和"滑稽主体"的宿命，他就必须不能只想着如何自己一个人在"遗忘和说谎"的掩护和引导下"向着新的生活跨进第一步去"，而是要在同爱人和社会环境的双重斗争和妥协中找到或创造出现实而具体的出路和安排，或在挣扎和失败中充分展现命运的力量和悲剧的严肃性。

---

[1] 关于德国浪漫派"死气沉沉的美丽心灵"（a moribund beautiful soul，朱光潜译为"病态的心灵美"），有关"滑稽主体"的讨论，参看黑格尔《美学》，第一卷，第79—97页。

如果《伤逝》是一部探索 20 世纪中国"新人"的"世界之路"的作品,那么它就必须潜藏着一种"成长小说"的叙事原型和理想冲动。在 19 世纪欧洲小说中,这种妥协和"教育"意义上的成长大多"圆满地"终结于拥抱"文明的舒适"(comfort of civilization),即成长为成熟市民社会法权制度下的合格公民,同时建立与此社会财产地位相适应的家庭关系。[1] 理论上讲,他也有可能通过"恶魔"式的叛逆或革命性的斗争打破旧制度和旧习俗,为自己和他人带来一种新的生活形式,迫使社会接受一种"更高的道德"或更普遍的强力(包括"爱与死"叙事原型所能够带来的悲剧性的、英雄主义和浪漫主义的象征和升华)。但这样的叙事不但需要长篇小说的形式和体量,更需要支撑这种形式和体量的社会经验和历史可能性条件(conditions of possibility),而这两者在 20 世纪初的中国都供应不足。更为重要的是,《伤逝》通篇并未显示探索男女主人公"世界之路"的兴趣和耐心;相反,男女相爱的题材被封闭在二人的小世界里,最终在男主人公的自我意识中得到讽刺性的裁判和"终结"(以悔恨和悼亡的方式求宽恕,但同时准备好了以说谎和忘却为向导的"前行"),这显然不是鲁迅小说技巧上的失败,而是作品意图和设计使然。但恰恰是这种具有技巧和创作意图、结构设计意义的"虚构",让《伤逝》从内部突破了小说空间,而暴露出其更为本质的杂文逻辑。可以想见,这种并存于小说空间里的杂文逻辑也在一个更高或更内在的意义上,预先排斥了"成长小说"(更不用说感伤主义、浪漫主义悲剧小说)的可能性,使之甚至无法作为一种文类的选项出现。

《伤逝》虽然脍炙人口,深受鲁迅读者喜爱,但它按欧洲写实主义短篇小说的标准,在情节、人物、细节和环境描写等"形式财富"

---

[1] 参看 Franco Moretti, *The Way of the World: The Bildungsroman in European Culture*, London & New York: Verso, pp. 15–74。

和艺术展开方面却都是极为简约甚至空洞的。若按照浪漫主义抒情作品的标准来看，则又过于节制、冷峻和严厉，总体上是理性观察和反省压倒情感表达。相对于作者本人早年《狂人日记》那样带有明显现代派气质和特征的作品，《伤逝》又属于写实或"为人生"的写作，在题材上接近爱情小说或社会问题小说。这种文体和风格上的不确定性，为在常规小说或虚构写作框架内分析和解释《伤逝》制造了许多难题。从"思想史"角度看《伤逝》同样显得局促。首先，在一般意义上，把鲁迅创作或鲁迅文学简化压缩为观念陈述，本身在方法论上是有问题的，因为它跳过了鲁迅文字最具有创造性活力，因此最具有"内容"的丰富性的状态和环节。其次，即便把《伤逝》仅仅作为思想史材料来读，它的"信息内容"本身似乎并没有特殊之处，既没有超越五四以来关于个性解放和自由恋爱的一般性论述，相对于作者本人早先在这个问题上的观察和议论，比如《娜拉走后怎样》（1923年12月），也并没有实质性的差异或突破。这么说不是否定《伤逝》的思想价值，而是用一个简单的排除法提出一个直观的问题：《伤逝》的魅力或吸引力到底来自哪里？对这个问题的回答只能是：来自它的文学属性。但这只是一个批评的起点，而非它的终点。具体的回答必须就这个问题做出进一步的分析和解释。这样问题就变成了：《伤逝》在什么意义上作为文学存在？寓居在《伤逝》里的文学本体是以何种特殊的样式、文体、风格和形式显形于外，从而变得生动、具体、感人？

"排除法"事实上已经将问题指向小说和杂文之间的空白地带，但在此仍需进一步排除的，是将《伤逝》视为"哲理小说"或"议论体小说"的阅读习惯。从相对严格的文体分析和形式分析角度看，这个空白地带显示出它既不属于"小说"，也不属于"哲理"或"议论"，即通常意义的论说文，而是一个混合文体的新范畴，但这个新范畴显然更具有杂文的规定性。《伤逝》作为"小说"，缺乏栩栩如生的人物形象、情节的紧张和丰富，以及细节的饱满，这些东西在杂文文体框架里的替代，就是社会问题或思想剧意义上的"扁平"的人物类型及其漫画像，其"生动性"更多来自读者对它的熟悉和在社会－道德意义上的关心。这种替代也是可预料的、甚至有些老套的恋爱关系始末，包括其中的表演性和程式化表现，其"剧场效应"同样来自观众／读者对此类关系和事件的熟悉与关心。这种杂文替代的另一种表现，就是对日常生活环境和伦理环境蜻蜓点水般的勾勒和看似随意其实颇为精准的概念化的杂文寓言形象与事件，如会馆、雪莱像、女主人公"我是我自己的"的宣言、阿随、油鸡、"雪花膏"、"小平面"、"川流不息的吃饭"或男主人公被局长免职等。它们虽然都在一定程度上为《伤逝》带来了现象上的丰富性和具体性，但本身并不是生动的、嵌入戏剧冲突内部结构并推动情节发展的形象或行动，而是被一种杂文的逻辑信手拈来的例证，本质上不是"表现"，而是"议论"、讽刺和价值评判。由这样的"细节"充实的情节结构，本身也显示出它的外在性和"主题先行"特征，它并不需要承担通过组织感性和性格领域的行动与冲突，在偶然性中出其不意地达到某种必然性的叙事功能，因为故事的结局以及走向这个结局的过程，都已在小说的虚构空间之上，由杂文的直接的洞察和评判设置好了；这也就是前面所说《伤逝》具有一个杂文结构的具体意思。因此，《伤逝》尽管以小说的形式出现在读者面前，但它作为小说的运行方式却是匆忙、潦草甚至心不在焉的，尽管这一切事实上并没有妨碍作品的阅读接受和审美愉悦。原因仍然是，读者期待事实上都通过杂文的"论述"及其特殊的理性／感性辩证法得到满足，因为鲁迅杂文此时已善于通过局部的文类杂糅手法自如地调动感性细节并彰显其反讽意味，比如叙事者演电影般的下跪，或在阿随和油鸡之间发现"人类在宇宙间的位置"。这种局部的、微观的小说要素并没有发展为《伤逝》总体上的艺术组织原则，但它们仍都能够"以小见大""见微知著"地上升到作品的寓言整体意义结构中去。甚至这种潦草和心不在焉的杂文笔法（或杂文对小说的夺取和征用）丝毫没有妨碍《伤逝》在形式、方法乃至道德寓意上的戏剧冲突和暗示性。事实上，对于一个静止、压抑的环境而言，杂文手法正是最恰如其分的"表现"或言说方式，而其他更为"充分"的艺术考虑则都是笨拙、多余的。

在杂文式"论述"和杂文式"细节"之外，《伤逝》中的一些日常场景也是杂文式的，它们往往显现为作者意识在空间上的自我观照，类似《〈呐喊〉自序》中或《藤野先生》最后对会馆、书房一带而过的描写。它们之所以能给读者留下深刻印象，是因为这些都是作者自我意识、社会境遇，以及生存和情绪状态的杂文碎片和杂文瞬间，无需"虚构"或"抒情"的中介（过渡、铺排、编织和烘托等）而可以从杂文议题和风格的整体及其隐含的寓意结构中直接获得象征、教诲或讽喻意义。在《伤逝》"情节"推进的关键节点上，一些本可以在虚构、叙事和描写维度上充分展开或"做足戏"的场景，实际上隐约透露着"女师大风潮"期间杂文写作的影子，比如下面这段，就同《"碰壁"之后》中著名的"我于是仿佛看见"之后的幻景具有某种相似性：

> 我似乎被周围所排挤，奔到院子中间，有昏黑在我的周围；正屋的纸窗上映出明亮的灯光，他们正在逗着孩子玩笑。我的心也沉静下来，觉得在沉重的迫压中，渐渐隐约地现出脱走的路径：深山大泽，洋场，电灯下的盛筵，壕沟，最黑最黑的深夜，利刃的一击，毫无声响的脚步……。[1]

虽然一边是"鬼打墙"一般的世界里，"雪白的桌布已经沾了许多酱油渍，男男女女围着桌子都吃冰其淋，而许多媳妇儿，就如中国历来

---

[1] 鲁迅，《伤逝》，《彷徨》，《鲁迅全集》第2卷，第129页。

的大多数媳妇儿在苦节的婆婆脚下似的,都决定了暗淡的运命",一边则是在昏黑寂静和"沉重的迫压"中一条"脱走的路径"和战斗的渴望"渐渐隐约地现出",但它们共同的特点是借助杂文意象的双重性,在一种危险境地面前,亦虚亦实地展开认识或行动意义上的思想动机。这种类比性不仅仅具有一般的形式意义,即说明此期间鲁迅小说创作和杂文创作之间文体和风格上的"互文性"或"混合",也通过文字本身的意指、色彩、能量,传达出鲁迅在"女师大风潮"前后和"杂文的自觉"关键时刻渴望行动、渴望突围、渴望新的探索和实验的意识与潜意识。在这个意义上,"深山大泽,洋场,电灯下的盛筵,壕沟,最黑最黑的深夜,利刃的一击,毫无声响的脚步"就不仅仅是"虚构"或想象意义上的内心描写,而毋宁说是一份杂文在其具体环境中的战场探测和行动计划了。这样的杂文真实性和社会性思维的清单和名录在《伤逝》里还出现过两次,都是当主人公"孤身枯坐"在"通俗图书馆"时出现的白日梦,一次是"屋子和读者渐渐消失了,我看见怒涛中的渔夫,战壕中的兵士,摩托车中的贵人,洋场上的投机家,深山密林中的豪杰,讲台上的教授,昏夜的运动者和深夜的偷儿……"[1];另一次则是对于眼下困境的主观意愿上的解决方案:"她勇猛地觉悟了,毅然走出这冰冷的家,而且,——毫无怨恨的神色。我便轻如行云,漂浮空际,上有蔚蓝的天,下是深山大海,广厦高楼,战场,摩托车,洋场,公馆,晴明的闹市,黑暗的夜……"[2]这份清单上的社会场景、背景和布景事实上正是新文学长篇小说本应在其中大显身手的地方,它们无疑本可为新文学主人公群体的"成长(小说)"提供种种经验、教训、冲突与和解的条件;但它们在此都讽刺性地被捕捉和囊括于杂文视野和杂文语言,或者说在社会性象征的意

---

[1] 鲁迅,《伤逝》,《彷徨》,《鲁迅全集》第2卷,第124页。
[2] 同上书,第127页。

上被提前吸纳、压缩和压制在杂文风格空间内,仅仅能够作为一份名单出现。在这里,我们可以看到鲁迅杂文与那种仅仅存在于想象中的中国新文学"史诗性"小说艺术鸿篇巨制之间的真实关系。

于是我们进一步认识到《伤逝》乃是嫁接在小说样式体裁上的一场杂文性质的辩论或"内心独白",或不如说,是由这场杂文的辩论根据自身逻辑展开,并在其寓意效果的要求下技术性地调动和安排的文学虚构。即便在它作为"小说"的核心"情节"上,《伤逝》的戏剧紧张、性格冲突和行动序列意义上的情节线索,归根结底也都围绕着一个同"杂文的自觉"息息相关的直观的认识,即冒险和奋起一搏的必要性。这是关于"生路"或"新生"之可能性的现实主义和理性主义,也是关于为这条生路和新生的发现而奋斗的唯意志论和非理性主义。这个无解的矛盾作为《伤逝》的无意识,构成其文学性自我呈现的心理结构与基础;但这个无意识同时又在杂文意识的注视下,作为杂文思想和杂文语言行动的装置和角色被呈现出来。在一个次要的意义上,唯意志论的超道德行动也必然带来或唤醒一系列伦理和情感上的困境和痛苦。前者发生在自我内部,最终把问题引向一个事关自我存亡的决定;后者发生在自我和他人(爱人)之间,最终把问题引向一个极有可能导致他人(爱人)毁灭的结局。在这个意义上,我们可以体会到《伤逝》文学能量和文学魅力的一个重要方面,即它在一个看似普通的现代情感和伦理领域(如所谓"自由恋爱")内安置了一个古典悲剧的冲突和矛盾。这涉及对《伤逝》女主人公的重新解释。但我们先把这个问题暂时搁置,来看看男主人公的"内心世界"或"自我意识"。下面这段话,如果不读作"小说"而是读作"杂文",那么它的意思是清楚甚至透明的:

我觉得新的希望就只在我们的分离;她应该决然舍去,——我也突然想到她的死,然而立刻自责,忏悔了。幸而是早晨,时间正多，我可以说我的真实。我们的新的道路的开辟，便在这一遭。[1]

这里的逻辑和推理都是杂文式的，即"新的道路的开辟"须以"我们的分离"为前提，这就是"我的真实"和"新的希望"。只有在为这种业已确立的真实和希望提供"感伤的"理由时（即"免得一同灭亡"论和"但（不爱你）于你倒好得多"论），"小说"意义上的"人物性格"或"行动"方才具有某种补充和辅助性质的功能。但所有这些似乎属于小说"虚构"和"叙事"范畴的写作动机和言语行为，本身都不具有小说写作技巧的意义和价值，而是必须在杂文的风格空间内予以分析。

从"混合文体"角度观察《伤逝》，文本中第一人称的叙事声音事实上没有任何内部的复杂性或暧昧性，某种程度上它正是鲁迅在1925年下半年生存境遇、心境和风格实验求动、求变、求战状态在语汇、句式、话语和思想母题各个层面的流露和反映，而这一切恰恰因为《伤逝》本身作为"纯虚构"或"短篇小说"制式的未展开甚至心不在焉而得以大体清晰、完整地在杂文文体和杂文风格空间内保留下来。比如"自然，我不能在这里了；但是，'那里去呢'？"[2]这样的句子，本身就带有虚构和记实的二重性质和具体情境中的特殊含义；不妨说，正是这种具体情境下的问题及其尖锐性和迫切性，无形中使得鲁迅小说语言在形式和风格空间里向杂文偏转，成为此期间杂文概念和杂文属性不断扩张和丰富过程中的一个环节和步骤。

在这个记实与虚构、杂文与小说的二重空间里，《伤逝》男主人公不是作为一个文学形象，而是作为一个观念形象宣告完成。这个观念

---

[1] 鲁迅，《伤逝》，《彷徨》，《鲁迅全集》第2卷，第126页。
[2] 同上书，第131页。

就是"新的生路还很多,我必须跨进去,因为我还活着"[1],这个"活着"的存在本体论本身带有其自我持存(self-preservation)的政治性;换句话说,它在终极意义上是事关自身生死存亡的斗争和选择。《伤逝》通篇并没有质疑或批判这个存在本体论,因为它显然同作者本人的信念完全一致。此时在鲁迅写作中正作为统摄性原则出现的"杂文的自觉",从文体内部封闭了通向某种充分展开的、反讽意义上的虚构作品的可能性和必要性。而半虚构、半杂文的混合文体,客观上正满足鲁迅此时叙事、议论和表达的需要。

换句话说,与这个观念一体的男主人公的"内心世界"或"自我意识",无疑受到严厉的检验和质疑,但这种检验和质疑并不涉及观念本身,而是引发于这个观念的真实性和客观性所必然带来的同样真实而客观的伦理和情感后果。但这样一来,我们对《伤逝》男主人公的最终分析和解释,就陷入不可调和的对立或两难:要么站在"理智"一边赞同他的行为选择,无视或"悬置"由此可能产生的伦理与情感的后果和痛苦;要么站在"情感"或伦理一边反对他的行为选择,无视或"悬置"客观真实领域的必然结果。作品结尾处反复出现"唱歌一般的哭声""悔恨和悲哀""祈求饶恕""乞她宽容""使她快意",或希望通过"地狱的毒焰""烧尽我的悔恨和悲哀"这样的悼亡仪式,或以求宽恕求遗忘的语言制造"和解",但事实上它们并不能在读者中间引起怜悯或和解意愿。当然,怜悯或和解本来也不是作者的意图。

但这样一来我们就必须承认,《伤逝》在形式或审美意义上的"和解"或完成并不发生于主人公意识范畴之内,也不能通过作为其意识内容的自我辩护而获得,因为男主人公全部的"内心世界"或"自我意识"在小说和杂文设计上都已经"完成"和穷尽于那个非此即彼的选择及其带来的无解的两难状态。但在两种文体之间,最终仍是杂文

---

[1] 鲁迅,《伤逝》,《彷徨》,《鲁迅全集》第2卷,第132页。

写作为我们提供了一条可能的阐释路径。主人公所信奉和追求的,作为"生路"之存在前提的"分离",包括作为这个"忍心"的决定之必要性前提的真实性判断("无爱的人生","求生"所需的"奋斗",和不"分离"便只能"一同灭亡"),并不依赖道德、伦理甚至情感范畴内的理解、辩护和原谅,甚至可以说作品有意取消了它们的可能性。我们注意到,男主人公所有关于饶恕、宽容、悔恨和悲哀的语言和言语行为,在作品里都只存在于"孽风怒吼"和"地狱的毒焰"的包围中。换而言之,小说最后的忏悔-地狱场面不过再现了(或不如说透露了)这样一个事实:作为一个单方面的决定,分手或"不再爱"本是男主人公不自觉的预谋,其客观性和必然性只因他专注于自我却不具备自我知识(self-knowledge)才产生真正的情节意义,但也仅限于一场他自己头脑中的意识风暴。相对而言,女主人公事实上则更像一种布景和道具,一个启蒙童话剧里的"玩偶"。她的毁灭固然是悲剧性的,但男主人公在最后的忏悔和向着新生的努力中同样没有叙事意义上的未来,而只能被"烧尽"然后进入由"遗忘和说谎"带来的"四围是广大的空虚,死的寂静"的状态。这种状态与其说是小说体裁样式的理想素材,不如说是诗的对象。但在《伤逝》里它始终且仅仅相对于杂文文体和杂文意识而言才是一览无余、赤裸裸的。甚至像"死于无爱的人们的眼前的黑暗"或"一一看见,还听得一切苦闷和绝望的挣扎的声音"[1]这样的文句也并不是小说性质的,而是杂文性质或小说-杂文两栖性质的。

这一切都有效地镶嵌在杂文的文体风格框架内,不过此时的"杂文"不是狭义的"杂感",而是厨川白村在《出了象牙之塔》中所说的essay。在鲁迅1925年下半年"杂文发生学"的爆发瞬间中,《伤逝》与其说是杂文的战斗间歇或一次暂时的"脱离战场",不如说是在更为

---

[1] 鲁迅,《伤逝》,《彷徨》,《鲁迅全集》第2卷,第131页。

总体性的风格运动中,"杂文的自觉"的一次热身和操练,一次对小说越界的外部消费和内部接管。它把鲁迅此时的杂文的战法放回到 essay 的个性和真实性原则中淬炼,但同时借用小说体裁为"将真的自己赤条条地表出"的"内生活"及其"告白体"写作[1]披上了一条并不合体的半透明的小说外衣。这种小说掩护下的杂文并不妨碍"执笔则为文"的 essay 风格,因为即便读者仅仅"天真"地把《伤逝》作为短篇小说来读,它的题材内容和形式内容的实质仍完全是由杂文范畴提供的。

《伤逝》作为一个显白"故事"所提供的"内容"(通常意义上的男女主人公的悲欢离合),哪怕在"情节"意义上,也无法与暗藏的杂文体裁所表现的"不相容的两种力的纠葛和冲突"以及由此而生的"热"与"思想"相抗衡。"分离"和"新的道路的开辟"虽然被镶嵌在自由恋爱的失败和爱人毁灭的"情节"中,并因此在道德、伦理和情感范畴内无法获得和解或升华,但作为单纯而持续的矛盾与痛苦,其本身对应着并显示出一种同样无可消解和辩驳的真实性,以及这种真实性在生存的政治本体论(生死搏斗)范畴里的延续和"自我持存"。当这种真实性作为独立而自律的范畴成为主人公决断和行为的决定性因素,《伤逝》作为一个杂文举证意义上的"寓言故事",也就变成作者此时期日益明确的逃离或走出现有环境束缚与"迫压"的意识或下意识的折射与升华。这种"真实"恰恰因其强硬、无可辩驳和最后的胜利(伴随着其对立面的毁灭)而必须被隐藏起来,所以在《伤逝》的最后主人公说"我要将真实深深地藏在心的创伤中"。作为具体的社会和伦理个体,同时作为面对自身文学风格内部困境、危机和挑战的作者,鲁迅此时要做的正是不顾一切地"向着新的生路跨进第一

---

[1] 厨川白村,《出了象牙之塔》,《鲁迅著译编年全集》第 6 卷,第 58 页。参看本书第五章对厨川散文批评及鲁迅译文的分析。

步去"。但这条值得去争取的"生路",在《伤逝》里却是由"卑怯"和"虚伪"的第一人称叙事者在白日梦的主观愿景里看见的,它时而"像一条灰白的长蛇,自己蜿蜒地向我奔来",时而具体逼真,呈现为一张写有"深山大海,广厦高楼,战场,摩托车,洋场,公馆,晴明的闹市,黑暗的夜"[1]的行程单——几乎精准地预告了鲁迅即将到来的漂泊期和"上海十年"。

这种现代生活内部冲突的"毒辣的彻底性"[2],并没有在小说体裁中找到形式解决或道德升华,却同鲁迅杂文所直面和应对的所谓"横在生命的跃进的路上的魔障"[3]乃至生活本质里的缺陷和丑恶相适应。因此,《伤逝》作为艺术作品的"审美和谐",最终也仍是在杂文风格之杂、之"恶"、之"野性"的"呆气力"[4]中才可能实现。小说的外衣所提供的孱弱、苍白、颓废、自恋的男主人公形象虽然并非完全没有艺术价值,但在这个薄如蝉翼的"虚构"外衣下,《伤逝》真实而具体的"戏剧冲突"和价值冲突却在杂文体裁和杂文风格空间里更为"诗意"地活动、显形,在风格上得到"和解"的同时,也在伦理、道德、情感和价值领域被事实化了。甚至可以推论,在《伤逝》内部的文体混合与文体冲突中,"杂文"(essay)担当了"打进那彻底底的解决去的""必须的生命力";它在男主人公的头脑里作为观念出现,甚至决定了他最后的行动,却并不能真正激活男主人公"人物性格"意义上的形象,因为这个形象并不具有实在的生命之力、感情的丰富性和道德勇气。而这种生命力及其"解决"的"根本上的欠缺",却在表象形式的分工上被派给了小说。这个虚构艺术层面虽然是重要的、"生动的",但它同许多鲁迅小说的人物形象和情节安排一样,只是一种非

---
[1] 鲁迅,《伤逝》,《彷徨》,《鲁迅全集》第2卷,第127页。
[2] 厨川白村,《出了象牙之塔》,鲁迅译,《鲁迅著译编年全集》第6卷,第77页。
[3] 同上书,第83页。
[4] 同上书,第79页。

常简略的、漫画式的勾勒。归根结底，以"表现不伪饰的真的自己"为任务的 essay，无须"操心于结构和作中人物的性格描写之类，也无须像做诗歌似的，劳精敝神于艺术的技巧"。[1]

《伤逝》的自我反讽所包含的道德心理冲突，不但没有掩盖作品根本性的象征－寓言冲动和旨趣，而且事实上为这种冲动和旨趣的彰显提供了叙事动力和情感投入。它们一同反过来说明了《伤逝》"文体混合"特征的形式意义以及它在"艺术表现"上带来的可能性。因为在这个"故事"和"杂感"的混合体中，"小说"意义上的"分离"是"不可说"的（同时在古典伦理和古典审美上也是不可脱／不可悦的），它的逻辑终点是男主人公无可赎救的背叛和爱人的死亡；但杂文意义上的"分离"却是"犹可说（可脱／可悦）"的，它的逻辑终点是男主人公内心独白式的"我活着，我总得向着新的生路跨出去，那第一步"。

这样看，《伤逝》的结尾句就不再突兀、神秘而费解，而是变成1925年下半年"杂文的自觉"（以及作为其氛围的生存境遇、情绪、冲动和意志）的自我写照和"告白"了。具体而言，作为杂文议题的"分离"是"过渡期"特别是"女师大风潮"以后，同北京生活环境和生活状态的"分离"，而在《伤逝》的小说结构中，它被置换为同爱人和自由恋爱的分离。与杂文议题的惨淡，杂文笔法的专注、"狠毒"和强烈的表现性相比，小说结构显得犹疑、恍惚甚至心不在焉。这个文体混合中的不对称性或不均衡性，不但决定了《伤逝》的"审美外观"，而且同它真正的叙事－戏剧冲突相一致。换句话说，《伤逝》的"内容"事实上根本无法从通常意义的"小说分析"中获得，而只能从文体冲突的缝隙中得到有效的分析和解释。

《伤逝》在1925年"杂文发生学"结构中的意义，在于它通过象

---

[1] 厨川白村，《出了象牙之塔》，鲁迅译，《鲁迅著译编年全集》第6卷，第61页。

征寓言的隐晦、暧昧和歧义性修辞来安排形象和情节,将杂文对"纯文学"(包括它的内在限度和压抑)的突破,连同作者对个人生活环境和状态的突破,放在一个想象的"爱的告别"的虚构场景中予以散文化地处理。就杂文以其独到的写作风格处理具体生活境遇的挑战和难题而言,《伤逝》的"秘密"或令人感兴趣之处不在于它想象性、公式化地演示了一场几乎落入俗套的"自由恋爱"过程和结局,甚至不在于它以冷峻的旁观和剖析态度,曲折地传达出作者本人对自己生活中的爱的目标和为新生活而奋斗的难以抑制的向往——也就是说,不在于这篇小说的情节内容。不如说,《伤逝》最为醒目的"障眼法"或艺术"升华"手法,在于它把作为男主人公意识内容之"真实"的"隐晦书写"(esoteric writing),转移投射为女主人公毁灭的客观命运的"显白书写"(exoteric writing);即把"不可说的"转移为"可说的",把观念和意识领域的困境和矛盾转移为生活和存在领域的行动及其后果(或不如说不计后果的行动)。"虚构"文体中男主人公与爱人的"分离",事实上并不是与爱的分离,而恰恰是与"不爱"的分离("我老实说罢:因为,因为我已经不爱你了!"[1]),是与"空虚"和"灭亡"(及其"不自觉"状态)的"分离"("她……已不知道人的生活的第一着是求生,向着这求生的道路,是必须携手同行,或奋身孤往的了"[2])。而在杂文文体中活跃的作者意识,则在小说男主人公决定向新的生路纵身一跃的时刻,从反面暗示了随着"杂文的自觉"而出现的新的人生道路。这个"新的生路"不是在向并不可靠的"自由"(free)或"爱"(love)或"自由恋爱"(free love)告别,而是向以往的义务、责任与承诺告别,向旧的生活形式的重压告别,包括八道湾的聚族而居、"兄弟失和"的阴影、"母亲给我的一件礼物"、教育部的

---

[1] 鲁迅,《伤逝》,《彷徨》,《鲁迅全集》第2卷,第126—127页。
[2] 同上书,第126页。

官僚生涯、大学的兼职授课,甚至包括西三条小院内"一间可怜的灰棚"里的时而"萧瑟"、时而"森森然"的"深夜独坐""给别人校刊小说"。[1]在文学内部的象征意义上,也可以说这是在向成规和俗套意义上的小说体——作为类型写作的恋爱小说和启蒙叙事,以及一般性虚构文学作品所要求的人物性格和情节结构经营等——告别。

在这样的形式转移中,女主人公不仅仅是一个单纯的"新女性"形象,同时也因其失败、毁灭和无辜而成为旧女性和女性一般的概念形象,继而成为20世纪初中国伦理生活一般状态的象征。1925年秋,鲁迅和鲁迅文学的道德情感矛盾和内心挣扎,与其说是纠结于"自由恋爱"的观念和实践,不如说是因一个即将到来的选择和行动而进一步激荡起来,这就是要不要离开以北京、大家庭和包办婚姻为具体形式的那个历史现实和伦理世界,以便"向着新的生路跨进第一步去"[2]。这个在"人生的中途"同"旧制度"告别的仪式,在虚构体裁里披着新人"自由恋爱"及其注定失败的外衣上演。这也是即使《伤逝》乘着杂文的翅膀在"思想"上已经飞得更高,却仍需要小说体裁这身并不合体的外衣或羽毛的深层原因。虚构的基本设置,特别是其中作者、叙事者和人物之间的反讽距离,得以让鲁迅获得一种形式上的腾挪余地,以便想象性地,即通过具体形象展开他的杂文逻辑,虽然这种虚构想象和形象塑造都被控制在最低限度。

但这一切更像是杂文自觉途中的权宜之计,而非刻意的小说艺术形式实验。虚构形式和叙事结构,哪怕是其中最低限度的人物形象勾

---

[1]"一间可怜的灰棚"语出《两地书》版1926年12月16日致许广平信(原信中并无此言),见鲁迅,《两地书(九十五)》,《鲁迅全集》第11卷,第254页。"那间灰棚,一切如旧,而略增其萧瑟,深夜独坐,时觉过于森森然",出自《两地书》版1929年5月27日信(原信中无此文),见《两地书(一二八)》,《鲁迅全集》第11卷,第311页。"给别人校刊小说"语出1927年6月23日致川岛信,见鲁迅,《270623致章廷谦》,《鲁迅全集》第12卷,第40页。

[2]鲁迅,《伤逝》,《彷徨》,《鲁迅全集》第2卷,第133页。

勒和可预料的（几乎落俗套的）情节安排，依然能够让鲁迅杂文感性地甚至感人地传达这样一个批判性观察：中国女性——包括旧女性或传统女性，"自觉的"女性和"不自觉"的女性——客观上都作为伦理生活普遍状况的有机组成部分而内在地存在于以男性，特别是所谓"自觉的"男性的道德生活和情感生活的肌体之中，因此任何外在的伦理决断或社会行动，都必然带来和造成内部的撕裂、牺牲、负罪感和"创造性遗忘"。因此，尽管《伤逝》就其文学本体论属性来说更接近杂文，但作为小说它仍具有可读性和感染力，因为它是从"反面"、从无辜者或伦理的"自然状态"的角度书写启蒙理性和生命之路的自我保存、自我肯定逻辑所带来的伦理代价和情感痛苦的，因此在这个意义上仍然是旧时代的挽歌（为他人和自己的悼亡仪式），而非新时代或"革命时代"的文学。

《伤逝》的女主人公虽在言语上有"我是我自己的"这种新时代表述，但眼神始终是"孩子似的"、"孩子一般的"或"孩子气的"。这种孩子气或"不成熟"是男主人公启蒙主义说教（"这是真的，爱情必须时时更新，生长，创造。我和子君说起这，她也领会地点点头。"[1]）的现实场景和"读者接受理论"真理，自我觉醒的宣言于是在他人指引和环境压迫的真实性中化为乌有。投身于爱的行动的女主人公，本属于小说的虚构空间，至少在叛逆和自我解放的一瞬间，她是灵动、自由、进取、开放的，富有个性和自我意识；但她的社会决定和性别角色却属于杂文尖锐而无情的批判性范畴，因此随着"故事"的展开，她注定很快被简写和浓缩（也即"杂文化"）为一个类的社会平均值，即大体上回到《娜拉走后怎样》的问题，消失在一个灰色的背景中。在男主人公明确告诉她"我已经不爱你了！"后，我们透过男主人公的视角看到女主人公的反应：

---

[1] 鲁迅，《伤逝》，《彷徨》，《鲁迅全集》第2卷，第118页。

> 我同时豫期着大的变故的到来,然而只有沉默。她脸色陡然变成灰黄,死了似的;瞬间便又苏生,眼里也发了稚气的闪闪的光泽。这眼光射向四处,正如孩子在饥渴中寻求着慈爱的母亲,但只在空中寻求,恐怖地回避着我的眼。[1]

面对致命的背叛,女主人公"瞬间便又苏生,眼里也发了稚气的闪闪的光泽"也是鲁迅小说的一个华彩瞬间,但这个文学奇迹的可信性和感染力却来自另外一个不同的、更古老的历史现实和伦理世界,它的心理结构随即由"这眼光射向四处,正如孩子在饥渴中寻求着慈爱的母亲"所说明。对于这样徒劳的寻求,近代启蒙理性及其个人自我意识不但是无情的,而且从根本上讲是陌生的、不可理解的、恐怖的。这种时代和价值的错置和冲突,作为一个"自由恋爱"故事的真正历史内容,最终在杂文意识中获得更为直接、更为有力的洞察和表述,但也因此提前冲垮和废弃了小说的形式规范和阅读趣味。换句话说,小说作者无法让自己的主人公及其"经历"和"性格"在虚构的想象空间里逗留徘徊,而同时仍能够将叙事性情节进展维持在超过"散文气的世界"的水准之上,因为"世界的散文"已经在杂文中遇到了自己更直接、贴切和老辣的文体与风格,即它自身在"艺术的终结"中的形式。在回归其所属的伦理世界的意义上,女主人公只能"落俗套"地先在"爱"的名义和家庭日常生活单调的重复(如"川流不息的吃饭")中迅速变成个性和自我意识的反面,即变得不灵动、不自由、保守、封闭;然后被变化和追求"新生"的男性自我意识否定、归零。值得指出的是,男主人公在此过程中同样是"落俗套"的、"滑稽"的;最终他也同样回归他所认同的伦理世界,即他主观地判定为一种更高价值的"新生"及其所内含的"否定的精神",只不过这种主观上

---

[1] 鲁迅,《伤逝》,《彷徨》,《鲁迅全集》第2卷,第127页。

的、自我中心的"前行"和"上升"因为女主人公的死亡而在价值上被归零和空洞化，即成为——"用遗忘和说谎"做前导的——单纯的激进虚无主义"生命原则"和"斗争原则"。

这种女性形象的二重性和内在矛盾，对应于男主人公形象在真实与虚伪、勇气与卑怯、严肃与"滑稽"、行动的决断与优柔寡断之间的反讽的二重性和歧义性。直观地看，《伤逝》的含混或令人不解之处在于，它把坚强、难以反驳的"存在第一性"、"行动哲学"和"新的生路"的意志托付给一个孱弱苍白甚至"滑稽"的男主人公形象，以至于在读者接受中动摇甚至颠覆了这种意志的正当性。然而这种意志的正当性和强硬，事实上却又代表了一种不能够被男主人公性格局限性所否定或阻挠的客观力量；这种客观力量自然也不会被小说体裁所偏爱且秉持的道德中立性、结构开放性等艺术考量所羁绊。

然而虚构文体"性格塑造"意义上的不充分、不匹配和尴尬，在"文体混合"意义上却正是杂文与小说之间的共存及冲突的象征表现。在《伤逝》里，几乎凡在男主人公潜台词、潜意识和想象界浮现出来的自言自语、冲动和愿望，包括种种令当代读者觉得可悲的软弱、无能和自私自利的念头，实质上都属于杂文和杂文所直面的主体的客观真实性。但男主人公这个"人物"形象本身，包括作为其形象塑造重要组成部分的犹豫、自责、反省、辩解和忏悔，则属于小说，同时也属于道德和审美范畴内的暧昧、不确定性和反讽。

由此可见，杂文内容的语言结构归根结底由社会存在的无情逻辑所决定，这种无情逻辑反映在求生欲望、唯意志论和理性选择这样的主观领域，构成杂文《伤逝》的强势内容。与此相对，小说《伤逝》占有的则是一种弱势内容，它要么落实于关于社会现实条件的写实主义自然主义描摹，要么变成一出关于"爱与死"的情节剧；但无论它作为悲剧还是喜剧出现，抑或在"风俗研究"意义上提供某种社会学的认识和分析，事实上都会缩减为一个缺乏新意、缺乏艺术独创性，同时也缺乏思想力量的故事。但《伤逝》既非杂文也非小说，而是它们的混合体；它在文体结构内部的暧昧性与不平衡，客观上带来一种形式解决，或者更准确地说，以形式冲突的方式带来一种文体内部的象征性解决。在社会寓言层面，如果说杂文文体风格传达出存在政治的坚韧性、清晰性和痛苦的自觉，那么小说文体风格就代表了社会发展意义上的现实矛盾及其局限性在"无意识"层面的含混、迟疑、空洞和不可能，而小说体裁和虚构文体也为这种无意识内容和结构提供了一个更好的停放场所。

在《伤逝》里，鲁迅并没有把自己投入或化解到小说叙事的虚构的客观性中，而是以混杂在小说文体中的不妥协的杂文文体保持着作者完整的、相对于作品的独立性和距离。这种独立性和距离远远超出近代小说作者通过叙述人（叙事角度或叙述"声音"）所建构的小说形式意义上的"反讽"距离，因为那样的距离只是小说形式内部的设置和技巧，但《伤逝》的作者却是全然站在小说之外的，因此这个距离是具体的、现实的、超越小说形式的距离。唯其如此，无论男主人公还是小说情节整体意义上的自由恋爱的失败，都不具有将鲁迅对这一问题的观点立场及内心感受客观对象化的诗学意义。这也是《伤逝》读起来感觉像是一部对小说文体漠不关心的作品的原因。竹内好曾注意到，鲁迅是个"不愿意在作品里讲述自己的人"；他进一步指出鲁迅"很早就放弃了把自己对象化从而构筑世界的企图"。在此竹内虽表现出高超的批评直觉（比如他观察到鲁迅实际上是"把自己和作品对立起来，可以说是以此在作品之外来讲述自己"）[1]，但由于他没有能够对杂文文体在鲁迅小说文体中的潜伏和反客为主给予足够重视和系统分析，所以无法看到这个"作品之外"其实仍然在作品之中；它只是在小说之外，同小说意义上的作品"对立"。换句话说，在《伤逝》文体

---

[1] 竹内好，《鲁迅》，《近代的超克》，第27页。

混合的风格空间内部，作者借助文体之间的张力和冲突，保持了自身相对于"（小说）作品"的独立和对立。但这不过表明，此时的杂文和鲁迅"自己"事实上处在同一个位置，或不妨说杂文就是自己，即业已同杂文文体和风格融合在一起的"自己"。这并不是竹内所说的"鲁迅写不出小说，是文学跟不上思想的缘故"或"（鲁迅）从来就没使自己接近思想"[1]，而是杂文从文学空间内部迅速将它充满并赋予新的风格强度的结果。因此，竹内虽然对鲁迅有惊人的同情之理解（他事实上看到了《伤逝》的"虚假"），但因受限于他事实上仍将杂文排除在文学概念之外的认识，也就无法解释为何作家不言而喻都"存在于作品之中"，唯独鲁迅"却不在他的作品里"。[2]这个微妙却重大的差别只在于：鲁迅当然也存在于作品之中，但这个作品必须在杂文主导的文体混合的概念框架和解释框架里去分析。具体而言，就是鲁迅的确在《伤逝》中无处不在，但这种杂文性质的作者的在场性，却在小说范畴内导致或导演了文体的瓦解。如果我们在这个象征和寓意上有意过度引申，甚至可以说作于1925年深秋和"杂文的自觉"喷薄欲出之际的《伤逝》，已在自身形式中为小说唱起了挽歌。

如此我们也就可以理解，《伤逝》没有也不可能提供19世纪欧洲"成长小说"（或"教育小说"）所擅长构造并展示的主观与客观、具体与普遍、情感与理智、个别性与必然性之间的"和解"或内在化过程，即所谓的"文明的舒适"。因为这种"社会化"意义上的成长，需要一个客观社会历史"可能性条件"的前提，而《伤逝》产生的环境恰恰是这种"可能性条件"的缺席。本来，按照单纯的19世纪欧洲小说标准，《伤逝》男主角只能是一个发育不良的形象。诚如黑格尔指出的那样，在艺术里，决定人物性格的行动，本身必须带有那种"引起动作

---

[1] 竹内好，《鲁迅》，《近代的超克》，第28页。
[2] 同上书，第30页。

的普遍的有实体性的力量",这种力量通过人物的行动来"达到它们的活动和实现"并"显现为感动人的情致";但所有这一切的前提,是"这些力量所含的普遍性必须在具体的个人身上融会成为整体和个体",而"这种整体就是具有具体的心灵性及其主体性的人,就是人的完整的个性,也就是性格"。[1]毋庸置疑,涓生正是这种将普遍的力量在自身中融为"整体"的"完整的个性"和"性格"的反面。

如果把这种体现普遍力量的个性概念运用于文体,我们可以看到,虽然鲁迅杂文与鲁迅小说共享存在的命运和文学社会学环境,但无疑杂文更能够、更善于也更适于把握和应对这样的命运和环境,更善于把它们的历史局限性和不可能性转化为风格的丰富性与可能性。简单说,在鲁迅这里,甚至在新文学第一个十年期间,杂文是这种普遍性的实体性力量的更好的承载者和体现者。作为小说,《伤逝》在虚构和叙事这个"表层"的结局只能是毁灭、痛苦、遗忘和谎言;作为杂文,它却能够在文体风格之"内层"保留作为"求生"或"新生"动机的单纯意志。这种为杂文诗学所记载和表述的单纯意志,虚构地、想象性地"经历"了爱与死,"目睹"了个体解放之自由实验的失败,由此成为更激进、更紧张、更内敛、更聚精会神,同时也更虚无的自我意识,成为其偏执的极端形态。这种自我意识与其环境的关系,本质上只能由杂文文体风格所把握和再现。当"遗忘和谎言"成为生的"前导",其中激进虚无主义的强大引力场,就会如黑洞一般,让"作为表象的世界"(常规意义上的小说的艺术形式、结构和技巧)被自身题材内容的重量压垮,并令其在崩塌后以碎片和粒子的形式跌入杂文空间的深处,最后在那里被回收为杂文风格的材料和构件,即构成杂文肌体的名词、形象、句式和主导动机。

黑格尔认为,在《哈姆雷特》中,鬼(父亲的幽灵)的出现本身

---

[1] 黑格尔,《美学》第一卷,朱光潜译,第300页。

"并没有使哈姆雷特仓皇失措,他只是在怀疑,在他采取行动之前,他要想办法使自己确实有把握"[1];也就是说,莎士比亚笔下的哈姆雷特并不是一个懦弱的人物。但与此同时,黑格尔又通过赞同歌德的看法来加强自己的"普遍力量之个性化"论点,即莎士比亚在这里所描绘的,是"把一件大事责成一个人去做,而这个人是没有力量做这件大事的……这个剧本(《哈姆雷特》)是一棵大橡树插在一个漂亮的花瓶里,这瓶子本来只宜插好看的花朵;结果树蔓延开来,而花瓶就破裂了"[2]。在《伤逝》里,缺乏足够的力量去做一件大事的既是男主人公,也是小说文体本身。在人物性格的意义上,涓生只是一个单薄易碎的玻璃花瓶,贯穿其中的更强大的力量则是杂文性质的反讽的叙事人。在后一种意义上,小说文体便是那个"漂亮的花瓶",而杂文以及它把握或与之缠斗的"普遍性实体力量"就是那棵"大橡树",它的根茎、主干和枝叶都来自作为鲁迅杂文哲学基础的存在的政治本体论。这种普遍性实体性力量事实上只能在杂文语言、杂文思维、杂文文体和杂文风格中为自己开辟道路,并在这个自我实现的运动过程中,把鲁迅杂文打造为一种普遍性借以显形的、融会"整体"的个体和个性。在这种整体性及其个性化行动状态和"感动人的情致"面前,小说形式的花瓶就破裂了。但在这(小说)形式的破裂中,《伤逝》却通过"文体混合"与"文类杂糅"的风格实践,透过形式空间的裂隙、交叠和暧昧性,最终随着杂文这棵"大橡树"一起站立在新文学的旷野中。

在这里,无论是"自由恋爱"的主题还是恋爱小说的文类,都更像是一个空寂的舞台,鲁迅在其上导演的这部作品的真正"内容",一方面是运行在同时期"杂文的自觉"风格里的意志、能量、焦虑和冲突的主题或主导动机(leitmotif);另一方面则是小说文体和杂文文体

---

[1] 黑格尔,《美学》第一卷,朱光潜译,第295页。
[2] 同上。

之间的杂糅和冲突，其结果是小说形式的"花瓶的破裂"。就前者（杂文内容）而言，《伤逝》里所有的叙事、抒情、象征和寓言表达，都是鲁迅"过渡期"决定性转折点上的存在体验和存在情绪的隐微而迫切的表达。就后者（文体混合与形式冲突）而言，《伤逝》不但以小说的外衣为杂文的"告白"提供了"虚构"的外层空间，而且更进一步用杂文的风格统一性及内在强度为那个"破裂的花瓶"提供了形式与表达的完整性和说服力。最终，在作品里，杂文的完整性、直接性和具体性成为黑格尔所说的那种普遍的实体性力量的体现，并由此给小说里两位"不堪重任"的男女主人公带来一种补偿性的感性生动性和历史感。在这个意义上，《伤逝》这部"失败的小说"同时又是一部成功的"写作"。甚至可以说，因为它在作品和写作意义上是如此成功，它作为小说的"失败"只能是打引号的失败，即一次既漫不经心又蓄意为之的失败。这种"失败"或"（小说）形式的瓦解"在杂文自觉的途中扮演了一个风格实验和风格转换的角色；它为杂文的"蔓延开来"和最终胜出推波助澜，同时也进一步印证了《彷徨》阶段小说创作同杂文写作之间的共生和互文关系。

《这样的战士》与《论"费厄泼赖"应该缓行》

杂文的躁动与愤怒，在1925年年终不可遏制地走向对自身存在和文体风格的"自觉"。在此过程中，小说之外的其他文体和写作样式同样起到了呼应和助推作用，或者说它们也一样被带入鲁迅杂文和鲁迅文学"成为自己"的激烈的风格运动之中，并通过"文体混合"的形式转换机制，汇入或被吸收进杂文文体的能量、气质和写作法的总体中去。作于12月14日的《这样的战士》和作于同月29日的《论"费厄泼赖"应该缓行》就是两个例子。

《这样的战士》虽被作者收入《野草》，提示着作者对其文类属性的认定，但"这样的战士"及其武器和战法，却具有十足的杂文意味。"毫无乞灵于牛皮和废铁的甲胄"、"只有自己"、"蛮人所用的""投枪"等形象和意象都是1925年以来，特别是"女师大风潮"以来鲁迅单打独斗的近战交手风格的直接比喻和视觉形象化。著名的"无物之阵"作为一个概念形象，在其直接语境和指涉范围里，并无鲁迅文字在大众接受过程中被赋予的形而上或"深刻"的神秘色彩，而只是作者对自身社会处境的具体而质朴的感受和陈述，其文学表现力与战士在评估战场环境及其危险时的本能的敏感与多疑恰成正比。"杀人不见血的武器"这样意味凶险的词语，在1925年下半年"流言"的刀光剑影中已变得平淡无奇。在"无物之阵"里与作者对阵的敌方展示出"各种旗帜"，上面绣出"各样好名称"（"慈善家，学者，文士，长者，青年，雅人，君子"），穿着"各种外套"，绣出"各式好花样"（"学问，道德，国粹，民意，逻辑，公义，东方文明"）。这两个"好名称"和"好花样"名单，不过是此期间（包括1926年的最初几个月）鲁迅用"杂感"与之缠斗、一一赠以"恶名"或将之一一拆穿的各种名、物、人、事的简略版。[1]在这个完全而纯粹的杂文情境和杂文笔法中，《这样的战士》只是在最后突然脱离杂文的地面，飞升至诗的空间：

  他终于在无物之阵中老衰，寿终。他终于不是战士，但无物之物则是胜者。

  在这样的境地里，谁也不闻战叫：太平。

  太平……。

  但他举起了投枪！[2]

---

[1] 鲁迅，《这样的战士》，《野草》，《鲁迅全集》第2卷，第219页。
[2] 鲁迅，《这样的战士》，同上书，第220页。

"战士之死"和"太平之后"的想象让散文诗在杂文跑道上起飞，但不是要摆脱杂文，而是将杂文的姿态和形象定格和凝固在这个雕塑般的瞬间里，使之永久化、形而上学化。

《论"费厄泼赖"应该缓行》收入《坟》，按作者此时仍在维持的文章写作样式分类，算作"论文"。但经过1925年的"过渡"，论文和杂感之间的界限已经越来越模糊，或者说"论文"格式已经越来越失去它的功能和必要，日益成为百分之百的"杂感"。比如文章开头对"叭儿狗"的"正名"工作，虽搬出万国赛狗会里的金奖牌和《大不列颠百科全书》里的"狗照相"，但分析和"论述"的尖锐性和对抗性，已经从内部取消了论文格式的规范作用，而将文章风格确立在近战格斗、肉搏和"壕堑战"的范畴。因此，文章开篇对"叭儿狗"的"科学研究"很快便转移到对时下具体情境中的"折中，公允，调和，平正之状可掬"和"悠悠然摆出别个无不偏激，惟独自己得了'中庸之道'"的虚伪作派的调侃，继而干脆"堕入"人身攻击式的杂文描写，如"因此也就为阔人，太监，太太，小姐们所钟爱，种子绵绵不绝。它的事业，只是以伶俐的皮毛获得贵人豢养，或者中外的娘儿们上街的时候，脖子上拴了细链子跟在脚后跟"。[1]

1925年年底的杂文笔法及其特有的激烈和尖刻程度，决定了这篇"论文"的基本气质和格调；但残留的或有意戏仿的"论文"格式的系统化和条理化特征仍然被组织进杂文风格的情绪和形式脉络，从而将局外人眼中的"女师大风潮"以来的文人意气之争置入一个要求历史清算和道德清算、关涉生死的政治范畴：

> 现在的官僚和土绅士或洋绅士，只要不合自意的，便说是赤化，是共产；民国元年以前稍不同，先是说康党，后是说革党，

---

[1] 鲁迅，《论"费厄泼赖"应该缓行》，《坟》，《鲁迅全集》第1卷，第287—288页。

甚至于到官里去告密,一面固然在保全自己的尊荣,但也未始没有那时所谓"以人血染红顶子"之意。可是革命终于起来了,一群臭架子的绅士们,便立刻皇皇然若丧家之狗,将小辫子盘在头顶上。革命党也一派新气,——绅士们先前所深恶痛绝的新气,"文明"得可以;说是"咸与维新"了,我们是不打落水狗的,听凭它们爬上来罢。于是它们爬上来了,伏到民国二年下半年,二次革命的时候,就突出来帮着袁世凯咬死了许多革命人,中国又一天一天沉入黑暗里,一直到现在,遗老不必说,连遗少也还是那么多。这就因为先烈的好心,对于鬼蜮的慈悲,使它们繁殖起来,而此后的明白青年,为反抗黑暗计,也就要花费更多更多的气力和生命。[1]

在某些读者看来,这种语言和思维的激烈和尖锐程度,或许不过是将意气之争"上纲上线"到善恶冲突的原则高度,无非印证了鲁迅的严厉与刻薄,也印证了杂文难以在通常的"美文"或"雅文"意义上被视为"文学"。但从另一方面来看,正因为将个人冲突上升到政治范畴和历史范围,至少从形式上讲,鲁迅杂文恰恰保持着"非个人化"的写作特征。"打落水狗"看似缺乏"费厄泼赖"精神或绅士风度,但如果把当面之敌(陈西滢、杨荫榆等)同置秋瑾和王金发于死地的"告密者"和"谋主"相联系,那么"老实人"就依旧不能摆脱反被自己曾经宽恕的恶势力"噬啮"的历史"转轮"[2],更何况——

---

[1] 鲁迅,《论"费厄泼赖"应该缓行》,《坟》,《鲁迅全集》第1卷,第288—289页。
[2] 鲁迅,《论"费厄泼赖"应该缓行》,同上书,第289—290页。就此问题鲁迅在文章中还进一步写道:"反改革者对于改革者的毒害,向来就并未放松过,手段的厉害也已经无以复加了。只有改革者却还在睡梦里,总是吃亏,因而中国也总是没有改革,自此以后,是应该改换些态度和方法的。"鲁迅,《论"费厄泼赖"应该缓行》,同上书,第293页。

> 殊不知它何尝真是落水，巢窟是早已造好的了，食料是早经储足的了，并且都在租界里。虽然有时似乎受伤，其实并不，至多不过是假装跛脚，聊以引起人们的恻隐之心，可以从容避匿罢了。他日复来，仍旧先咬老实人开手，"投石下井"，无所不为，寻起原因来，一部分就正因为老实人不"打落水狗"之故。所以，要是说得苛刻一点，也就是自家掘坑自家埋，怨天尤人，全是错误的。[1]

这其中就包含鲁迅在1926年"三·一八惨案"后所写的《可惨与可笑》中谈到的所谓读书人心里的"杀机"。鲁迅写道：

> 这是中国的老例，读书人的心里大抵含着杀机，对于异己者总给他安排下一点可死之道。就我所眼见的而论，凡阴谋家攻击别一派，光绪年间用"康党"，宣统年间用"革党"，民二以后用"乱党"，现在自然要用"共产党"了。其实，去年有些"正人君子"们称别人为"学棍""学匪"的时候，就有杀机存在，因为这类诨号，和"臭绅士""文士"之类不同，在"棍""匪"字里，就藏着可死之道的。但这也许是"刀笔吏"式的深文周纳。[2]

鲁迅在文字攻守间横飞的种种名称和"诨号"中看到了种种隐藏的"可死之道"，这种"深文周纳"和"杀机"同样并不是个人问题或心理问题，而是一个历史现象和政治现象。在杂文笔法中，它们变成"中国的老例"的一部分，为当下和当面的冲突提供了意味深长的参照系，决定了作为交战方的杂文家的基本态度，即"所以要'费厄'，

---

[1] 鲁迅，《论"费厄泼赖"应该缓行》，《坟》，《鲁迅全集》第3卷，第290页。
[2] 鲁迅，《可惨与可笑》，《华盖集续编》，《全集》，第3卷，第285页。

最好是首先看清对手,倘是些不配承受'费厄'的,大可以老实不客气;待到它也'费厄'了,然后再与它讲'费厄'不迟"[1]。这也是杂文"看清对手""还要有等差""必视对手之如何而施"[2]原则的体现,或不如说这一原则正是通过1925—1926年的一系列实战与恶战确立起来的。无论如何,1925年年底"以眼还眼以牙还牙"的"杂感"的泼辣文风,在《坟》的这篇收尾之作中畅行无阻,彻底改变了从《人之历史》到《娜拉走后怎样》和《未有天才之前》的"论文"定义,成为1925年内《坟》系列同《华盖集》系列两条渐近线的最终交汇点。比如下面这段文字,实际上已经很难分辨是"论文"还是"杂感"了:

> 但可惜大家总不肯这样办,偏要以己律人,所以天下就多事。"费厄泼赖"尤其有流弊,甚至于可以变成弱点,反给恶势力占便宜。例如刘百昭殴曳女师大学生,《现代评论》上连屁也不放,一到女师大恢复,陈西滢鼓动女大学生占据校舍时,却道"要是她们不肯走便怎样呢?你们总不好意思用强力把她们的东西搬走了罢?"殴而且拉,而且搬,是有刘百昭的先例的,何以这一回独独"不好意思"?这就因为给他嗅到了女师大这一面有些"费厄"气味之故。但这"费厄"却又变成弱点,反而给人利用了来替章士钊的"遗泽"保镖。[3]

《〈华盖集〉题记》

在"女师大风潮"整个过程中,我们看到鲁迅人生道路的选择和

---

[1] 鲁迅,《论"费厄泼赖"应该缓行》,《坟》,《鲁迅全集》第1卷,第291页。
[2] 同上书,第291页。
[3] 同上书,第292—293页。

杂文道路的选择如何纠缠和交叠在一起，成为彼此的表达、表现、象征和寓言。在这个过程中，反抗"不朽"的文学观念和反抗"不动"的人生哲学，促成了鲁迅生活和创作最为激烈的探索、实践、内在精神和情感运动。鲁迅得出的结论并不复杂，但获得这个结论的过程却颇为艰难。某种意义上这也是一个从反面得出的结论，即如作者所说的，"我也曾有如现在的青年一样，向已死和未死的导师们问过应走的路。他们都说：不可向东，或西，或南，或北。但不说应该向东，或西，或南，或北。我终于发见他们心底里的蕴蓄了：不过是一个'不走'而已"；或"但可虑的是老死而所等待的却终于不至；不生育，不流产而等待一个英伟的宁馨儿，那自然也很可喜的，但可虑的是终于什么也没有"。〔1〕所以这个结论也可以说是拒绝"老死在原地方"、拒绝困死在"艺术之宫"和对"伟大作品"的反复"研究"与"推敲"里。〔2〕将这个结论付诸行动，则规定了鲁迅"过渡期"关键两年（1925—1926）的人生轨迹和文学风格轨迹。无论是作为行动的杂文让鲁迅走出了人生困境，还是"性格即命运"意义上的人生境遇和选择为鲁迅文学的风格发展提供了契机，两者一道在诗学和存在的范畴内共同促成了鲁迅文学的"第二次诞生"则是一个明显的事实。

如果要为这个自觉的诞生找到一个具体的降生时刻和一个具体的文本标记，则当属作于1925年12月31日夜的《〈华盖集〉题记》。文章开篇写道：

> 在一年的尽头的深夜中，整理了这一年所写的杂感，竟比收在《热风》里的整四年中所写的还要多。意见大部分还是那样，而态度却没有那么质直了，措辞也时常弯弯曲曲，议论又往往执

---

〔1〕鲁迅，《这个与那个》，《华盖集》，《鲁迅全集》第3卷，第154页。
〔2〕同上。

滞在几件小事情上，很足以贻笑于大方之家。然而那又有什么法子呢。我今年偏遇到这些小事情，而偏有执滞于小事情的脾气。

……我幼时虽曾梦想飞空，但至今还在地上，救小创伤尚且来不及，那有余暇使心开意豁，立论都公允妥洽，平正通达，像"正人君子"一般；正如沾水小蜂，只在泥土上爬来爬去，万不敢比附洋楼中的通人，但也自有悲苦愤激，决非洋楼中的通人所能领会。

这病痛的根柢就在我活在人间，又是一个常人，能够交着"华盖运"。〔1〕

这一年最后一天的写作，将鲁迅的1925，包括此前的1924年甚至1923年一同凝结为鲁迅从"过渡期"到"自觉"的瞬间，也标记出鲁迅杂文从后台走向前台、从边缘走向中心、从局部走向总体、从朦胧走向清晰的决定性转折。从这个时刻开始，杂文就已经成为统摄鲁迅文学整体和全体的概念和方法。这个概念不仅在形式和审美范畴（批评、阐释、理论分析和艺术评价）内部具有实体性和具体性，也具有历史和经验（传记、文学史等）意义上的说明作用，因此它能够覆盖鲁迅此后的创作并回溯性地为鲁迅此前的全部创作提供解释。在这个时刻或"瞬间"进入意识和自我意识的杂文概念，不仅仅是对1924年以来"文体混合"风格实验的总结，也不仅仅是对1925年以来的个人境遇及其"杂感"的总结，而是鲁迅文学本身的一个整体性、全局性的方法论、审美本体论和价值论反思。但整个"过渡期"的多文体实验，以及最终聚拢于杂文风格空间，并在这个空间内部不断多样化、复杂化、激化和强化的鲁迅文学生产模式，仍通过一种决定性的、不可逆转的社会经验与个人体验而达到一个新状态：这就是

---

〔1〕鲁迅，《〈华盖集〉题记》，《鲁迅全集》第3卷，第3页。

"女师大风潮"期间出现并迅速定型的"杂感"同其直接环境的挤碰、冲撞和攻守。这种接触与互动的直接性、具体性和烈度或强度，从内部改变了鲁迅写作的风貌、质地与结构，或者说把本来只是潜伏甚至被抑制的特质、能量和尖锐性淋漓尽致甚至不无偏执地发挥出来。在一般作者那里，这种多少是个人性质的"近战"和鏖战或许只留下令人不快的局部记忆，不能带来风格和艺术范畴内的新价值和新意义；但在鲁迅这里，与敌意的一次"快意的"拥抱，却成为长期酝酿和萌动中的生存决断和文学决断的突破口和道路选择，带来对内在的形式困扰的根本性解决。再没有其他写作样式，能像此刻的杂感或杂文那样，在完全的"外部决定"之中成就了对这个外部的抵抗，在"写作的零度"上完成了写作本身的风格空间的建构。这不能不导致作者本人对其写作生涯的全盘反思。作为这种反思的总结，鲁迅写道：

> 也有人劝我不要做这样的短评。那好意，我是很感激的，而且也并非不知道创作之可贵。然而要做这样的东西的时候，恐怕也还要做这样的东西，我以为如果艺术之宫里有这么麻烦的禁令，倒不如不进去；还是站在沙漠上，看看飞沙走石，乐则大笑，悲则大叫，愤则大骂，即使被沙砾打得遍身粗糙，头破血流，而时时抚摩自己的凝血，觉得若有花纹，也未必不及跟着中国的文士们去陪莎士比亚吃黄油面包之有趣。
>
> ．．．．．．．．．．．
>
> 现在是一年的尽头的深夜，深得这夜将尽了，我的生命，至少是一部分的生命，已经耗费在写这些无聊的东西中，而我所获得的，乃是我自己的灵魂的荒凉和粗糙。但是我并不惧惮这些，也不想遮盖这些，而且实在有些爱他们了，因为这是我辗转而生活于风沙中的瘢痕。凡有自己也觉得在风沙中辗转而生活着的，

会知道这意思。[1]

在最直接、最具体的个人决断和个人体悟意义上，所谓"杂文的自觉"，被表述为"然而要做这样的东西的时候，恐怕也还要做这样的东西"以及"但是我并不惧惮这些，也不想遮盖这些，而且实在有些爱他们了"这样的自我担当与自我肯定。这个对自己的杂感和杂文说"是"的瞬间，这个"实在有些爱他们"的宣言（它与鲁迅在情感生活里的"我可以爱"的声明在同一时期出现），具有巨大的理论张力和丰富性，因此我们将把这篇《题记》放在对杂文审美特征的理论探讨部分（第二部第八章）进行分析，在此暂且按下不表，而是继续进行杂文发生学的历史考察。

---

[1] 鲁迅，《〈华盖集〉题辞》，《鲁迅全集》第3卷，第4—5页。

第七章 "我还不能'带住'"
（杂文发生学小史之三）：
"三·一八惨案"前后的创作

作于1926年2月15日的《〈华盖集〉后记》落款"绿林书屋"，特意确认了作者的"学匪"乃至"江洋大盗"身份。作于同年10月14日的《〈华盖集续编〉小引》称集子里的文章"仍然"和"不过"是"名副其实的'杂感'而已"，按照作者自己的定义，这就是"将我所遇到的，所想到的，所要说的，一任它怎样浅薄，怎样偏激，有时便都用笔写了下来"。[1]在即时性和攻守感应的意义上，这些文字"无非借此来释愤抒情"，亦有"你要那样，我偏要这样"的"偏不遵命，偏不磕头……偏要在庄严高尚的假面上拨它一拨"的"偏激"或"浅薄"。但环境、境遇和脾气都还是那样，即所谓"年月是改了，情形却依旧"，所以文章也无法谋"大举"或转谈什么"宇宙的奥义和人生的真谛"。因此，新文集的命名只能如《小引》最后所言，"就还叫《华盖集》"，只不过"然而年月究竟是改了，因此只得添上两个字：'续编'"。[2]

如此一来，《华盖集》与《华盖集续编》之间的连续性也就不言自明了。不仅如此，《晨报副刊》1月的所谓"攻周专号"和"三·一八惨案"带来的刺激，也将"杂感"的语言风格进一步强化，使其在《我还不能"带住"》、《无花的蔷薇（二）》和《记念刘和珍君》等文章

---

[1] 鲁迅,《〈华盖集续编〉小引》,《鲁迅全集》第3卷, 第195页。
[2] 同上。

里达到了一系列新的峰值。与此同时，也出现了一条杂文风格发展的平行线索，它大体上随着《朝花夕拾》（"旧事重提"）系列的开始（以2月所作的《狗·猫·鼠》为起点），呈现出一种"脱离战场"和"另辟蹊径"的态势。在具体的作品中，我们一面看到此期间鲁迅对于时间、经验、记忆的重构，另一面则看到从《马上日记》系列开始的新的"混合文体"实验，以及随作者出京南下而开始的"路上杂文"的风格发展。这部分内容，又构成了《华盖集》与《续编》之间的非连续性。

一、"我还不能'带住'"

《杂论管闲事·做学问·灰色等》

鲁迅在这篇文章里就作为杂文关涉对象的"闲事"问题做了一番观察。这一方面是对《现代评论》派的论战对手宣布不再"管闲事"、打算去研究"汉代《四书》注疏"的回应，另一方面，显然也是继续《华盖集〉题记》中关于"小事"的思考。"小事"和"闲事"因为同杂文风格和杂文写作法的内在联系而变成一个大问题；或不如说，正因为杂文"执滞于小事"和"管闲事"的冲动和"脾气"，所谓"小事"和"闲事"就不仅进入了杂文"内容与形式"的辩证法，而且在文学情绪、文学动作和文学气质意义上成为鲁迅杂文的标志性和决定性因素。对周边人事的关切（所谓"事事都和我们相关"[1]）一直延续到鲁迅文学生涯的最后一刻，在"无穷的远方，无数的人们，都和我有关。我存在着，我在生活，我将生活下去"这样的句式中获得一种普遍和无限的形式升华。[2]但在杂文应对和界定自身对象和题材之际，

---

[1] 鲁迅，《杂论管闲事·做学问·灰色等》，《华盖集续编》，《鲁迅全集》第3卷，第198页。
[2] 鲁迅，《这也是生活》，《且介亭附集》，《鲁迅全集》第6卷，第624页。

关于"闲事"的观察和思考强调的却是它们的具体性和功利性，即尼采所谓"对人生的利弊"。鲁迅写道：

> 但是，还有些事我终于想不明白：即如天下有闲事，有人管闲事之类。我现在觉得世上是仿佛没有所谓闲事的，有人来管，便都和自己有点关系；即便是爱人类，也因为自己是人。[1]

又道：

> 所以我就有了一种偏见，以为天下本无所谓闲事，只因为没有这许多遍管的精神和力量，于是便只好抓一点来管。为什么独抓这一点呢？自然是最和自己相关的，大则因为同是人类，或是同类，同志；小则，因为是同学，亲戚，同乡，——至少，也大概叨光过什么，虽然自己的显在意识上并不了然，或者其实了然，而故意装痴作傻。[2]

这样看，杂感或杂文的"杂"并非杂多之杂，而是"攻其一点，不及其余"的选择和聚焦，即所谓"只好抓一点来管"或"独抓这一点"；其背后的动力或动机是相关性，也就是社会性和政治性的功利、旨趣、立场、倾向性以及在此基础上确认的敌与友、分与合。

这篇"杂论"虽然是1925年下半年笔墨官司的继续，但在笔法上已经显得从容不迫，应和了几天前完成的《〈华盖集〉题记》的总结和收束意味。在杂文的自觉和方法论方面，它也在结尾处展示了一种饶有趣味的观察方式和分析‐综合方法。在把《现代评论增刊》"略翻一

---

[1] 鲁迅，《杂论管闲事·做学问·灰色等》，《华盖集续编》，《鲁迅全集》第3卷，第197—198页。
[2] 同上书，第198—199页。

遍"后,鲁迅说它初看会让人"觉得五光十色",但是"翻下去时,不知怎的我的眼睛却看见灰色了,于是乎抛开"。他接下去写道:

> 现在的小学生就能玩七色板,将七种颜色涂在圆板上,停着的时候,是好看的,一转,便变成灰色,——本该是白色的罢,可是涂得不得法,变成灰色了。收罗许多著名学者的大著作的大报,自然是光怪陆离,但也是转不得,转一周,就不免要显出灰色来,虽然也许这倒正是它的特色。[1]

这种颜色学的分析-综合方式本身同杂文与其对象世界的关系不谋而合。在"分析"或分解的意义上,它可以将生活七色板"停着",挑出单一的颜色来观看;但在综合的意义上,杂文却可通过写作的设计与行动将世界"一转",令其显出光本身的无色或白色的视觉统一性,或因"涂得不得法,变成灰色了"的本质和本相。

对五颜六色却是脆弱易逝的生活的直观与还原,在一周前创作的《腊叶》(1925年12月26日)里出现过一次。在这个专注而闲适的瞬间,一片从书中"忽然翻出"的"压干的枫叶",在作者眼前一连呈现出"青葱"、"通红"、"浅绛"、"绯红"、"浓绿"、"乌黑"和"黄蜡"等颜色,构成了一个"七色板"。杂文的"一转"当然必不可少,那就是"假使再过几年,旧时的颜色在我记忆中消去,怕连我也不知道他何以夹在书里面的原因了";这个时间流逝也是记忆和忘却的循环。这个转动同样也带来一种"灰色",它便是文章最后两句话传达出的苍凉与无聊感:"看看窗外,很能耐寒的树木也早经秃尽了;枫树更何消说得。当深秋时,想来也许有和这去年的模样相似的病叶的罢,但可惜

---

[1] 鲁迅,《杂论管闲事·做学问·灰色等》,《华盖集续编》,《鲁迅全集》第3卷,第203页。

我今年竟没有赏玩秋树的余闲。"[1]对一片"斑斓"的病叶的近看，成为对"运交华盖"的1925年的带有象征意味的远观和博物学、考古学收藏。这片腊叶不仅将刚刚逝去的过去结晶为形象，在"斑斓"色彩中记载了"世界的杂文"的杂芜与灰色，也在收藏的意义上，透露出杂文的属于未来的历史性。

《有趣的消息》及其他

《有趣的消息》的有趣之处在于它表演性地展示了杂文性格和动作程式的一些方面。文章开头便说"北京像一片大沙漠"，对"青年们却还向这里跑；老年们也不大走，即或有到别处去走一趟的，不久就转回来了"表示不解，因为在作者看来，那"仿佛倒是北京还很有什么可以留恋"。[2]这或许是鲁迅最早明确流露出去意的文字。

文章第二段将"北京就是一天一天地百物昂贵起来"、"自己的'区区金事'，又因为'妄有主张'，被章士钊先生革掉了"和并无"一个妹子"用"正如'银铃之响于幽谷'"般的声音求作者"拨转马头，躲到别墅里去研究汉朝人所做的'四书'注疏和理论"等"闲事"或"小事"罗列在一处，暗中为杂文自我观照的出场亮相做了铺垫。这一亮相从两方面说明了杂文的特质，一是文章审美感性外观的"没有花，没有诗"，另一是作者本人碰了钉子后的"然而也还是'妄有主张'，没法回头"。[3]鲁迅以调侃的笔调谈"作"（造孽）和"报"（报应），谈"活在人间"为何"还不如下地狱"来得稳妥，随即用"沙漠似的"北京引出活在这里的"枯燥"（即前面谈到的"灰色"），以及掩藏在这种灰色里的"究竟还是五花八门"："创造艺术的也有，制造流言的也

---

[1] 鲁迅，《腊叶》，《野草》，《鲁迅全集》第2卷，第224页。
[2] 鲁迅，《有趣的消息》，《华盖集续编》，《鲁迅全集》第3卷，第210页。
[3] 同上。

有,肉麻的也有,有趣的也有……可惜的是只有一些小玩意。"在这个语境里,杂文被简化为抵抗枯燥的手段,即"寻些小玩意儿来开开笑口";但杂文的读者(尤其是鲁迅的论敌)自然明白,这种放低姿态的写作和人生态度,不过是一种将冲突和战事长期化、常态化甚至游戏化的准备。鲁迅承认,"这也就是得罪人",而"得罪人当然要受报,那也只好准备着";并且这种得罪人没有也不需要有冠冕堂皇的借口和理由,因为"寻些小玩意儿来开开笑口的是更不能竖起辞严义正的军旗来的"。[1]

所有这些都透露出作者对杂感或杂文的现实处境的反思,结论依旧是"环境决定论"和"现实反映论",即"我想,照着境遇,思想言行当然要迁移,一迁移,当然会有所以迁移的道理"[2]。但此时杂文的自觉已不仅是对自身文艺评判标准和价值观的自觉,也是它们的对立面及其攻讦策略的自觉。比如下面这段:

> 你以为"闲话先生"真是不管闲事了么?并不然的。据说他是要"到那天这班出锋头的人们脱尽了锐气的日子,我们这位闲话先生正在从容的从事他那'完工的拂拭'(The finishing touch),笑吟吟的攀着他那枝从铁杠磨成的绣针,讽刺我们情急是多么不经济的一个态度,反面说只有无限的耐心才是天才唯一的凭证"。[3]

又有:

> 我们将来的天才却特异的,别人系了围裙狂跳时,他却躲在

---

[1] 鲁迅,《有趣的消息》,《华盖集续编》,《鲁迅全集》第3卷,第210、211页。
[2] 同上书,第212页。
[3] 同上书,第213页。

绣房里刺绣，——不，磨绣针。待到别人的围裙全数破旧，他却穿了绣花衫子站出来了。大家只好说道"阿！"可怜的性急的野蛮人，竟连围裙也不知道换一条，怪不得锐气终于脱尽；脱尽犹可，还要看那"笑吟吟"的"讽刺"的"天才"脸哩，这实在是对于灵魂的鞭责，虽说还在辽远的将来。〔1〕

因迫近现实、专注于每时每刻的攻守而显得"峻急"、自我消耗的杂文，不得不应对以"从容"、"耐心"和"天才"之名义发出的讥讽和挑战。在《〈华盖集〉题记》之前，这种有形无形的讥讽和挑战曾带来内心的疑惑、不安全感和焦虑感，让"杂感"或"短评"作者发出"我的生命，至少是一部分的生命，已经耗费在写这些无聊的东西中，而我所获得的，乃是我自己的灵魂的荒凉和粗糙"的喟叹。但在1926年年初，鲁迅对这种"灵魂的鞭责"似乎已经应付裕如，杂文笔法也不再向内看，去发掘那种心底的忧郁和悲凉，而是专注于身外的当面之敌，表现出"兵来将挡，水来土掩"的态度。比如下面这段：

> 但是，时代迁流了，到现在，我以为这些老玩意，也只好骗骗极端老实人。连闹这些玩意儿的人们自己尚且未必信，更何况所谓坏人们。得罪人要受报应，平平常常，并不见得怎样奇特，有时说些宛转的话，是姑且客气客气的，何尝想借此免于下地狱。这是无法可想的，在我们不从容的人们的世界中，实在没有那许多工夫来摆臭绅士的臭架子了，要做就做，与其说明年喝酒，不如立刻喝水；待廿一世纪的剖拨戮尸，倒不如马上就给他一个嘴巴。至于将来，自有后起的人们，决不是现在人即将来所谓古人

---

〔1〕鲁迅，《有趣的消息》，《华盖集续编》，《鲁迅全集》第3卷，第213页。

的世界,如果还是现在的世界,中国就会完![1]

"要做就做"的"立刻主义"和"马上战法",无疑是杂文原则的当下性和直接性的更为彻底而凌厉的表现。在《学界的三魂》(1926年1月15日)发表于《语丝》时附加的"附记"里,鲁迅回击《现代评论》和《甲寅》之间针对自己的相互吹捧写道:

> 我要"以眼还眼以牙还牙",或者以半牙,以两牙还一牙,因为我是人,难于上帝似的铢两悉称。如果我没有做,那是我的无力,并非我大度,宽恕了加害于我的敌人。还有,有些下贱东西,每以秽物掷人,以为人必不屑较,一计较,倒是你自己失了人格。我可要照样的掷过去,要是他掷来。但对于没有这样举动的人,我却不肯先动手;而且也以文字为限,"捏造事实"和"散布'流言'"的鬼蜮的长技,自信至今还不屑为。在马弁们的眼里虽然是"土匪",然而"盗亦有道"的。[2]

"宽恕即无力论"和"照样掷过去原则",加上"下贱""秽物""鬼蜮""马弁"这样强烈而尖锐的用语,也是1925年下半年以来杂感写作将对抗性内在化和常态化的继续和发展。"文字为限"和"盗亦有道"也表明鲁迅即便在"动手"时,依然遵循写作上的自我约束和方法论自觉。只不过当通行的文人做派、行文规范和"有识阶级"温情脉脉的面纱都被放在一边的时候,鲁迅的文字在格斗状态中进入一个"超道德"的风格空间,展现出一种表达的率真和个性,此时的杂文不再是讲台上或剧院舞台上的演说,也不再是独自一人面对想象中的陌

---

[1] 鲁迅,《有趣的消息》,《华盖集续编》,《鲁迅全集》第3卷,第214—215页。
[2] 鲁迅,《学界的三魂(附记)》,《华盖集续编》,《鲁迅全集》第3卷,第223—224页。

生读者时所做的内心独白,而是一个活在地上的有血有肉的性情中人的本色。近代散文同古典散文的风格分野,很大程度正在于这个不完美却可信的、生动的个人突破了高雅文体的帷幕或面纱,挣脱了修辞格意义上的非个人化的"高贵的个人",而赤裸裸地走到前台。在近世散文史上,这样的个性化作者的出现展现出多种多样的路径,可以是世俗生活的细致观察和记录(蒙田),可以是自白式的"忏悔"和自我剖析(卢梭),可以是个人日常生活领域种种活动和观念的睿智幽默的组织和再现(英国散文)。但此时期鲁迅杂文的显形和定型途径似乎就是愤怒和战斗,是那种在"以眼还眼以牙还牙"的文字攻守中动员起来的快速而锋利的识别、判断、揭露;是韧性的词语壕堑战;也是一剑封喉地为对手定妆、定性的形象勾勒。

《古书与白话》(1926年1月25日)以章士钊为靶子,将他的读古书、有些"老手段"却了无生气、"不会长进"同"已经死掉了"的古文相比拟,但意不在重提"白话革命",而是导向犀利无比的类型化个人攻击——既是送给章士钊的,也是送给所有自以为是、虚张声势的"文人"、"学者"和"正人君子"的,他们都是杂文的腹诽者和诅咒者:

> 愈是无聊赖,没出息的脚色,愈想长寿,想不朽,愈喜欢多照自己的照相,愈要占据别人的心,愈善于摆臭架子。但是,似乎"下意识"里,究竟也觉得自己之无聊的罢,便只好将还未朽尽的"古"一口咬住,希图做着肠子里的寄生虫,一同传世;或者在白话文之类里找出一点古气,反过来替古董增加宠荣。如果"不朽之大业"不过这样,那未免太可怜了罢。[1]

在《一点比喻》(1926年1月25日)里,鲁迅为桀骜不驯、自

---

[1] 鲁迅,《古书与白话》,《华盖集续编》,《鲁迅全集》第3卷,第228页。

带威胁性和危险性的文章风格辩护。作者先把"智识阶级"比作山羊,带领"挨挨挤挤,浩浩荡荡,凝着柔顺有余的眼色"的大群绵羊或"胡羊"匆匆奔向屠场。在发出一句"愚不可及的疑问——往那里去?!"后,作者借现代智叟("君子")之口,用"拖延着,逃着,喊着,奔突着,终于也还是被捉到非去不可的地方去"的猪来说明"暴动"的"空费力气而已矣"和"虽死也应该如羊,使天下太平,彼此省力"的"妥帖"之论。[1] 但作者随即让杂文亮出了它的獠牙:

> 然而,君不见夫野猪乎?它以两个牙,使老猎人也不免于退避。这牙,只要猪脱出了牧豕奴所造的猪圈,走入山野,不久就会长出来。[2]

这个"山野"的野既指向杂文的性格,也是杂文在中国新文学起源上的"礼失而求诸野"的风格示范和风格自觉。因此下面这段关于带刺的豪猪的描写与推理,就不仅是冲突和交锋时的社会行为准则,而且也是杂文方法论的形象写照:

> 人们因为社交的要求,聚在一处,又因为各有可厌的许多性质和难堪的缺陷,再使他们分离。他们最后所发见的距离,——使他们得以聚在一处的中庸的距离,就是"礼让"和"上流的风习"。有不守这距离的,在英国就这样叫,"Keep your distance!"
> 但即使这样叫,恐怕也只能在豪猪和豪猪之间才有效力罢,因为它们彼此的守着距离,原因是在于痛而不在于叫的。假使豪猪们中夹着一个别的,并没有刺,则无论怎么叫,它们总还是挤

---

[1] 鲁迅,《一点比喻》,《华盖集续编》,《鲁迅全集》第3卷,第232—233页。
[2] 同上书,《全集》,第三卷,第233页。

过来。孔子说：礼不下庶人。照现在的情形看，该是并非庶人不得接近豪猪，却是豪猪可以任意刺着庶人而取得温暖。受伤是当然要受伤的，但这也只能怪你自己独独没有刺，不足以让他守定适当的距离。孔子又说：刑不上大夫。这就又难怪人们的要做绅士。[1]

"挤"作为杂文发生学的一个关键词，在《华盖集》中已被标记出来，在此发展为"有刺理论"，带来对"礼让"、"上流的风习"或"中庸的距离"的颠覆，同时暗示一种新的由"庶人"立场、利益和感受所界定的"礼"的概念。杂文作为"文"，其形式的确带有"礼"（新文学、新文化）的弦外之音和象征意味。但它此刻具体的存在方式和活动方式，却恰恰以礼或"费厄泼赖"的反面出现，即："这些豪猪们，自然也可以用牙角或棍棒来抵御的，但至少必须拼出背一条豪猪社会所制定的罪名：'下流'或'无礼'。"[2]这种因"挤"和"碰"而摆脱文人或"官僚"文字礼仪和行为规范的文风，既是杂文发生学的外部动作，也是其内部结构的一种突破。这种突破随即带来杂文语言上进一步的自如、老辣和百无禁忌。

《不是信》（1926年2月1日）是针对此前（1月30日）《晨报副刊》的所谓"攻周专号"（载徐志摩《关于下面一束通信告读者们》和陈西滢的《闲话的闲话之闲话印出来的几封信》）而作，可视为鲁迅对"刺激""讥讽"和"通知我""还要我说几句话"的即时回应，也是"掷过去"战法的具体体现：

> 好，好在现在正须还笔债，就用这一点事来搪塞一通罢，说

---

[1] 鲁迅，《一点比喻》，《华盖集续编》，《鲁迅全集》第3卷，第233—234页。
[2] 同上书，第234页。

话最方便 的题目是《鲁迅致□□》,既非根据学理和事实的论文,也不是"笑吟吟"的天才的讽刺,不过是私人通信而已,自己何尝愿意发表;无论怎么说,粪坑也好,毛厕也好,决定与"人气"无关。即不然,也是因为生气发热,被别人逼成的,正如别的副刊将被《晨报副刊》"逼死"一样。我的镜子真可恨,照出来的总是要使陈源教授呕吐的东西,但若以赵子昂——"是不是他?"——画马为例,自然恐怕正是我自己。自己是没有什么要紧的,不过总得替□□想一想。[1]

又说:

> 时势实在艰难,我似乎只有专讲上帝,才可以免于危险,而这事又非我所长。但是,倘使所有的只是暴戾之气,还是让它尽量发出来罢,"一群悻悻的狗",在后面也好,在对面也好。我也知道将什么之气都放在心里,脸上笔下却全都"笑吟吟",是极其好看的;可是掘不得,小小的挖一个洞,便什么之气都出来了。但其实这倒是真面目。[2]

在事物或名目的表面挖一个洞,循着不良气味看出世事和人物的"真面目",这在以后的"上海十年"上升为杂文风格现实表现的主要手法

---

[1] 鲁迅,《不是信》,《华盖集续编》,《鲁迅全集》第3卷,第237—238页。其中所有引号内的文字,外加"毛厕""粪坑(粪车)""发热""逼""呕吐"(作恶)皆引自陈西滢和徐志摩的文章。

[2] 鲁迅,《一点比喻》,《华盖集续编》,《鲁迅全集》第3卷,第239页。"一群悻悻的狗"出自陈西滢:"说起画像,忽然想起了本月二十三日《京报副刊》里林玉堂先生画的《鲁迅先生打叭儿狗图》。……你看他面上八字胡子,头上皮帽,身上厚厚的一件大氅,很可以表出一个官僚的神情来。不过林先生的打叭儿狗的想象好像差一点。我以为最好的想象是鲁迅先生张着嘴立在泥潭中,后面立着一群悻悻的狗,'一犬吠影,百犬吠声',不是俗语吗?"参见《鲁迅全集》第三卷,第251页注18。

之一，但此时它还只是在个人好恶与眼前之敌身上砥砺自己的锋刃。就陈西滢暗示《中国小说史略》抄袭日本盐谷温的《支那文学概论讲话》[1]，鲁迅在回应中自谓"以小人之心"度"君子之腹"，但"也没有猜错"，因为"陈源教授是一定会干这样勾当的"；对于"流言"，杂文恰如其分的"回敬"则是"骂街"，而既然是骂街，也就要"实在不止'侵犯了他一言半语'"。[2]

下面这段文字具体表明了杂文在"回敬"的"侵犯"中不仅不怯于"挤""碰""撞"，而且在攻防转换中是如何"执滞于小事""铢两悉称"，在缠斗中如何"以眼还眼以牙还牙"，将对手掷过来的东西加倍掷回去的彪悍文笔：

> 陈源教授的那些话，说得坏一点，就是"捏造事实"，故意挑拨别人对我的恶感，真可以说发挥着他的真本领。说得客气一点呢，他自说写这信时是在"发热"，那一定是热度太高，发了昏，忘记装腔了，不幸显出本相；并且因为自己爬着，所以觉得我"跳到半天空"，自己抓破了皮肤或者一向就破着，却以为被我"骂"破了。——但是，我在有意或无意中碰破了一角纸糊绅士服，那也许倒是有的；此后也保不定。彼此迎面而来，总不免要挤擦，碰磕，也并非"还不肯罢休"。
>
> 绅士的跳踉丑态，实在特别好看，因为历来隐藏蕴蓄着，所以一来就比下等人更浓厚。因这一回的放泄，我才悟到陈源教授大概是以为揭发叔华女士的剽窃小说图画的文章，也是我做的，所以早就将"大盗"两字挂在"冷箭"上，射向"思想界的权威者"。殊不知这也不是我做的，我并不看这些小说。"琵亚词侣"

---

〔1〕参看《鲁迅全集》第三卷，第254页注31。
〔2〕鲁迅，《不是信》，《华盖集续编》，《鲁迅全集》第3卷，第244页。

的画,我是爱看的,但是没有书,直到那"剽窃"问题发生后,才刺激我去买了一本 Art of A. Beardsley 来,化钱一元七。可怜教授的心目中所看见的并不是我的影,叫跳竟都白费了。遇见的"粪车",也是境由心造的,正是自己脑子里的货色,要吐的唾沫,还是静静的咽下去罢。[1]

杂文虽然把揭露"绅士的跳踉丑态"当作一种乐趣("实在特别好看"),但其中真实性的再现("历来隐藏蕴蓄着""这一回的放泄"),本身需要一个方法论和生活态度的前提("彼此迎面而来,总不免要挤擦,碰磕"),它是杂文风格有效性的条件。

《我还不能"带住"》与《无花的蔷薇》(之一)

两天后(1926年2月3日),鲁迅作《我还不能"带住"》,回应《晨报副刊》2月2日刊登的李四光与徐志摩之间以"结束闲话,结束废话"为题的通信。所谓"带住",出自徐志摩笔下所谓"大学的教授们"不该在报刊上"混斗",因为"这不仅是绅士不绅士的问题,这是像受教育人不像的问题"。在指责"先生们这样丢丑"和表示旁观者之"不耐烦"后,徐志摩说要对论战双方"猛喝一声:带住!",李四光则说鲁迅"东方文学家的风味""格外的充足","总要写到露骨到底,才尽他的兴会",并叹息"指导青年的人,还要彼此辱骂,制成一个恶劣的社会"。[2]对这种貌似公允,以"绅士"、"受教育人"或"青年导

---

[1] 鲁迅,《不是信》,《华盖集续编》,《鲁迅全集》第3卷,第246页。所谓"粪车",出自陈西滢《致志摩》:"总算是半年来朝晚被人攻击的一点回响,也可以证明我的容忍还没有到家。……现在忍不住的爆发了。譬如在一条又长又狭的胡同里,你的车跟着一辆粪车在慢慢的走,你虽然掩住了口鼻,还少不得心中要作恶,一到空旷的地方,你少不得唾两口口涎,呼两口气。我现在的情景正是那样。"参看《鲁迅全集》第三卷,第252页注24。
[2] 参看《鲁迅全集》第3卷,第261页注3。

师"的名义对论战双方各打五十大板,实则指责一方而偏袒另一方的文字,鲁迅立即予以反击。他写道:

> 他们的什么"闲话……闲话"问题,本与我没有什么鸟相干,"带住"也好,放开也好,拉拢也好,自然大可以随便玩把戏。但是,前几天不是因为"令兄"关系,连我的"面孔"都攻击过了么?我本没有去"混斗",倒是株连了我。现在我还没有怎样开口呢,怎么忽然又要"带住"了?从绅士们看来,这自然不过是"侵犯"了我"一言半语",正无须"跳到半天空",然而我其实也并没有"跳到半天空",只是还不能这样地谨听指挥,你要"带住"了,我也就"带住"。[1]

不按对手的节奏起舞,你打你的、我打我的,自然是杂文战技的题中应有之义,但更为实质的问题,则是"绅士"的包装和"青年导师"的高帽。鲁迅写道:

> "负有指导青年重责的前辈",有这么多的丑可丢,有那么多的丑怕丢么?用绅士服将"丑"层层包裹,装着好面孔,就是教授,就是青年的导师么?中国的青年不要高帽皮袍,装腔作势的导师;要并无伪饰,——倘没有,也得少有伪饰的导师。倘有戴着假面,以导师自居的,就得叫他除下来,否则,便将它撕下来,互相撕下来。撕得鲜血淋漓,臭架子打得粉碎,然后可以谈后话。这时候,即使只值半文钱,却是真价值;即使丑得要使人"恶心",却是真面目。[2]

---

[1] 鲁迅,《我还不能"带住"》,《华盖集续编》,《鲁迅全集》第3卷,第258页。
[2] 同上书,第258—259页。

去"伪饰"和破"假面"是鲁迅自白话革命甚至日本时期以来一贯的主张和文章实践,但在1926年年初,它在杂文语言中变得空前地尖锐和激烈。"撕下来"、"互相撕"、"撕得鲜血淋漓"和"臭架子打得粉碎"都变成"然后可以谈后话"的条件,正如"丑"和"使人'恶心'"成为真实性出场的前提。对于"李教授"所谓"东方文学家的风味"的言论,鲁迅顺水推舟地将它反转,带出下面这句话:

> 我正因为生在东方,而且生在中国,所以"中庸""稳妥"的余毒,还沦肌浃髓,比起法国的勃罗亚——他简直称大报的记者为"蛆虫"——来,真是"小巫见大巫",使我自惭究竟不及白人之毒辣勇猛。[1]

虽然"毒辣勇猛"的杂文笔法由它的外部斗争情境所决定,但相当程度上,它也是文章学和精神生活内部针对"中庸""稳妥"等"余毒"而设置的结构预应力和风格解毒剂,因此可以说是"杂文的自觉"内在紧张和本质属性的外部表现。鲁迅由此转而谈到自己的写作风格:

> 我自己也知道,在中国,我的笔要算较为尖刻的,说话有时也不留情面。但我又知道人们怎样地用了公理正义的美名,正人君子的徽号,温良敦厚的假脸,流言公论的武器,吞吐曲折的文字,行私利己,使无刀无笔的弱者不得喘息。倘使我没有这笔,也就是被欺侮到赴诉无门的一个;我觉悟了,所以要常用,尤其是用于使麒麟皮下露出马脚。万一那些虚伪者居然觉得一点痛苦,有些省悟,知道技俩也有穷时,少装些假面目,则用了陈源教授的话来说,就是一个"教训"。只要谁露出真价值来,即使只值半

---

[1] 鲁迅,《我还不能"带住"》,《华盖集续编》,《鲁迅全集》第3卷,第259页。

文，我决不敢轻薄半句。但是，想用了串戏的方法来哄骗，那是不行的；我知道的，不和你们来敷衍。[1]

鲁迅杂文的外观和锋芒的确是"尖刻"甚至"毒辣凶猛"的，但它的功能归根结底却是防卫性质的，即所谓"倘使我没有这笔，也就是被欺侮到赴诉无门的一个"。这种防卫性质揭示出鲁迅杂文同自身环境的亲密关系和深深的纠葛，同时也揭示出这种关系和纠葛在作者意识中的观照。因此，可以说鲁迅对自身生存处境和应对策略的"觉悟"和运用（"要常用"），在其具体性和激烈程度上，本身构成了"杂文的自觉"的客观内容。在做人和作文态度上，这就是"不和你们来敷衍"和"赤条条地站出来说几句真话就够了"[2]。这个杂文背后的作者形象、作者伦理和真实性追求，尽管都在 1925—1926 年的"混斗"中出场和亮相，带着风沙吹打、虎狼撕咬的淤痕和疮疤，但它们在文学史和文学本体论意义上，却是同近代文学个人原则、个性原则和崇实原则的总方向完全一致的。

这种一致性必然在文章意识中直接表现为审美自觉和形式自觉，尽管此刻这种表现只能是曲折的，甚至是从反面实现的——它必须通过"杂文的自觉"的意识中介，把"不美"、"丑"和"恶心"构建为审美和风格范畴内的意义形态和价值形态。在《无花的蔷薇》（1926 年 2 月 27 日）中，我们看到的正是这样的中介和曲折性。事实上，文章题目本身就是一个观念形象，它在自身的意象性中传达出对杂文特殊的感性外观和"理性内容"的具体理解。文章开头鲁迅引用叔本华的话，"无刺的蔷薇是没有的。——然而没有蔷薇的刺却很多。"[3] 如果

---

[1] 鲁迅，《我还不能"带住"》，《华盖集续编》，《鲁迅全集》第 3 卷，第 260 页。
[2] 同上书，第 260 页。
[3] 鲁迅，《无花的蔷薇》，《华盖集续编》，《鲁迅全集》第 3 卷，第 271 页。

把它套用在美学("好看")和政治("刺")之关系上,那么鲁迅在这里透露出来的就是这样一种直观:不带政治性(历史性、思想性)的艺术是没有的,但没有艺术性的政治却很多。[1]将话题引向自己的杂文写作后,鲁迅写道:

> ……可惜都是刺,失了蔷薇,实在大煞风景,对不起绅士们。
> 记得幼小时候看过一出戏,名目忘却了,一家正在结婚,而勾魂的无常鬼已到,夹在婚仪中间,一同拜堂,一同进房,一同坐床……实在大煞风景,我希望我还不至于这样。
> 有人说我是"放冷箭者"。
> 我对于"放冷箭"的解释,颇有些和他们一流不同,是说有人受伤,而不知这箭从什么地方射出。所谓"流言"者,庶几近之。但是我,却明明站在这里。[2]

杂文的"无花"状态,是对一种风格运动的隐喻,它指美消失在美的领域,同时又把这个领域作为美的范畴和概念保留下来。在文学空间里,"美"暂时被清空或悬置,"刺"成为感性外观的代用品和决定性特征;但"蔷薇"并没有消失,而只是在这个"无花"状态中建立起新的理性与感性、内容与形式、内与外的辩证法。这是杂文发生学上的审美与政治换位时刻。在这种换位或互为寓言的关系中,杂文美学及其存在的政治本体论基本形态被确定下来。作为死亡象征的无常鬼"夹在婚礼中间",以具体的形象和情节("一同拜堂,一同进房,一同坐床")为礼仪形式注入极端的异质性和否定性,虽"实在大煞风景",可非但没有削弱反倒强化了戏剧场面的寓言丰富性和审美强度。

---

[1] 这也就是鲁迅日后所说"但我以为一切文艺固是宣传,而一切宣传却并非全是文艺"。参看鲁迅,《文艺与革命(并冬芬来信)》,《三闲集》,《鲁迅全集》第4卷,第85页。
[2] 鲁迅,《无花的蔷薇》,《华盖集续编》,《鲁迅全集》第3卷,第271—272页。

就杂文对其环境的突袭和刺痛而言，它的确是一种言语和风格的"冷箭"，但这个放冷箭的人，却又的确如鲁迅自道的那样，"明明站在这里"。杂文家对杂文文体特征的清晰描绘，表明杂文的发生已正式完成。

二、"三·一八惨案"

"杂文的自觉"的文学史发生学考察，本可随 1926 年最初两个月创作的完成而告一段落。1925 年开始的杂感或杂文文体风格，此时已从"事件"逐步转化为"状态"乃至常态。鲁迅文学内部的"文体混合"倾向，通过 2 月间"旧事重提"系列（《朝花夕拾》）的开篇，打开了一个新的回忆－记述性散文的空间。在这个空间引力场作用下，《华盖集续编》显出杂文文体实验自身的活力和流动性。从 6 月开始的《马上日记》系列到 8 月出京后直至年底的"通信"系列，都是这种文体活力和流动性的体现。但这个本来可以相对和缓的渐变过程，却被一个突发事件打断。这就是 1926 年 3 月 18 日北京执政府门前发生的枪杀学生示威者的"三·一八惨案"。它把鲁迅杂文再次推向愤怒、沉痛、激烈和尖锐的新峰值。在单纯的诗学和审美意义上，以"民国以来最黑暗的一天"为主题的这组杂文，可看作杂文发生学小史上的一次"返场加演"（encore）。不同于围绕"女师大风潮"及其余波的个人意气的写作，针对"三·一八惨案"而作的杂感文字是公共性甚至纪念碑式的，因此带有此前"执滞于小事"的杂文所没有的悲剧的庄严感、仪式感和升华（sublimation）及净化（catharsis）效果。不同于 1927 年广州"四·一五清党"事变及其"恐怖"之后的"隐晦写作"（esoteric writing）和历史讽喻，1926 年三四月间的文字是直露而极富激情的，是作者"明明站在这里"的公开的道德谴责和政治控诉的楷模，也是沉郁厚重、辗转悱恻的悼亡文的典范。所有这些都表明"杂文的自觉"和"第二次诞生"之后鲁迅文学在文学能量和表意可能性上的新高度。

《无花的蔷薇之二》

作于3月18日当天的《无花的蔷薇之二》宣布,现在"已不是写什么'无花的蔷薇'的时候了",因为即便多刺的文字"也还要些和平的心"。文章用"大杀戮""许多青年受弹饮刃"描绘其时的北京,称政府行为"残虐险狠","不但在禽兽中所未曾见,便是在人类中也极少有的"。同时,作者把自己的写作称为"无聊的文字"、"笔写的""空话"(与"实弹打出来的却是青年的血"相对),说它们无非证明"人和人的魂灵,是不相通的"。[1]杂感文由内心的愤怒和轻蔑而外化的"毒辣勇猛",在下面这段话里表现为富有历史远见的诅咒,因为攻击的目标明确针对"屠杀者",所以言辞上的激烈程度也远超早期一般性的"国民性批判":

> 中国要和爱国者的灭亡一同灭亡。屠杀者虽然因为积有金资,可以比较长久地养育子孙,然而必至的结果是一定要到的。"子孙绳绳"又何足喜呢?灭亡自然较迟,但他们要住最不适于居住的不毛之地,要做最深的矿洞的矿工,要操最下贱的生业……。[2]

不仅如此,鲁迅还威胁性地宣称,"这不是一件事的结束,是一件事的开头。墨写的谎说,决掩不住血写的事实。血债必须用同物偿还。拖欠得愈久,就要付更大的利息!"[3]这样的语言无疑已经包含政治行

---

〔1〕鲁迅,《无花的蔷薇之二》,《华盖集续编》,《鲁迅全集》第3卷,第278—279页。
〔2〕同上书,第279页。
〔3〕同上。

动的暗示，可以说直接上升到同当局者公开对抗的叛逆程度了。在写作层面，"墨"与"血"这两种不同性质的文字与历史记载之间的对比和关联清晰地进入杂文的自觉。此刻它还停留在"墨写的谎说，决掩不住血写的事实"这样的朴素认识上，但在《怎么写（夜记之一）》（1927年10月）里，在经历了1927年的恐怖之后，发展为更老练的"诗高于历史"的观念："文章总是墨写的，血写的倒不过是血迹。它比文章自然更惊心动魄，更直截分明，然而容易变色，容易消磨。这一点，就要任凭文学逞能，恰如冢中的白骨，往古来今，总要以它的永久来傲视少女颊上的轻红似的。"[1]

《"死地"》

《"死地"》（3月25日）和《可惨与可笑》（3月26日）两篇表现出鲁迅杂文在愤怒诗学中保持着为现实环境定位、定性的认知和命名能力。这一特征和能力将在鲁迅"上海十年"里大行其道。文章题目带有命名的暗示。它开篇的第一段和后续两段的第一句话是这样的：

> 从一般人，尤其是久受异族及其奴仆鹰犬的蹂躏的中国人看来，杀人者常是胜利者，被杀者常是劣败者。而眼前的事实也确是这样。
>
> 三月十八日段政府惨杀徒手请愿的市民和学生的事，本已言语道断，只使我们觉得所住的并非人间。……
>
> 但各种评论中，我觉得有一些比刀枪更可以惊心动魄者在。这就是几个论客，以为学生们本不应当自蹈死地，前去送死的。[2]

---

[1] 鲁迅，《怎么写（夜记之一）》，《三闲集》，《鲁迅全集》第4卷，第19—20页。
[2] 鲁迅，《"死地"》，《华盖集续编》，《鲁迅全集》第3卷，第282页。

从确认"眼前的事实"到"所住的并非人间"这样社会政治道德景观的普遍化，再到"几个论客"所作"学生们本不应当自蹈死地"的评论，杂文完成了"三·一八惨案"后北京环境的一次"认识测绘"。值得注意的是，"不相通"论的道德寓意在此出现一种反转，即人类的隔膜和健忘，因其造成历史经验和记忆上的"无知之幕"，所以即便对统治者，也并不永远是有利的。鲁迅写道：

> 人们的苦痛是不容易相通的。因为不易相通，杀人者便以杀人为唯一要道，甚至于还当作快乐。然而也因为不容易相通，所以杀人者所显示的"死之恐怖"，仍然不能够儆戒后来，使人民永远变作牛马。历史上所记的关于改革的事，总是先仆后继者，大部分自然是由于公义，但人们的未经"死之恐怖"，即不容易为"死之恐怖"所慑，我以为也是一个很大的原因。[1]

人民的"不容易为'死之恐怖'所慑"，虽给"杀人者"带来一时的麻烦，但本身并不直接改变政治现实的残暴、社会现实的野蛮和道德状态的麻木。[2]鲁迅借罗曼·罗兰《爱与死的斗争》中讲到的法国大革命期间罗伯斯庇尔不杀库尔跋齐，"因为共和国不喜欢在臂膊上抱着他的死尸，因为这过于沉重"的故事，说出这样一段沉痛的话：

> 会觉得死尸的沉重，不愿抱持的民族里，先烈的"死"是后人的"生"的唯一的灵药，但倘在不再觉得沉重的民族里，却不过是压得一同沦灭的东西。

---

[1] 鲁迅，《"死地"》，《华盖集续编》，《鲁迅全集》第3卷，第282—283页。
[2] 鲁迅在另一篇文章里特别提到一种"中国的老例"，即"读书人的心里大抵含着杀机，对于异己者总给他安排下一点可死之道"。见鲁迅，《可惨与可笑》，《华盖集续编》，《鲁迅全集》第3卷，第285页。

中国的有志于改革的青年，是知道死尸的沉重的，所以总是"请愿"。殊不知别有不觉得死尸的沉重的人们在，而且一并屠杀了"知道死尸的沉重"的心。[1]

这段话虽然针对当下政治现实，却也是杂文风格内面的直接表露。鲁迅杂文就其"灵魂"（情感方式及其内在句法）而言，正是在死尸的重压下"'知道死尸的沉重'的心"，是在反抗窒息的斗争中跳动的脉搏；它明知自己生活在"不觉得死尸的沉重的人们"中间，却不愿也不能被"压得一同沦灭"。

《记念刘和珍君》

作于1926年4月1日的《记念刘和珍君》，是鲁迅"三·一八"文章系列的诗学极点，也是自1925年"女师大风潮"以来"杂文的自觉"风格运动的华彩乐段。这篇因入选中学语文教材而脍炙人口的经典文章，本来可能像镶嵌在镜框里、置于显眼处太久的名画一样被"视而不见"；但放在"杂文发生学"和1925—1926鲁迅写作风格演进的具体语境中，它仍旧能够再次放射出文章的异彩。

可是我实在无话可说。我只觉得所住的并非人间。四十多个青年的血，洋溢在我的周围，使我艰于呼吸视听，那里还能有什么言语？长歌当哭，是必须在痛定之后的。而此后几个所谓学者文人的阴险的论调，尤使我觉得悲哀。我已经出离愤怒了。我将深味这非人间的浓黑的悲凉；以我的最大哀痛显示于非人间，使它们快意于我的苦痛，就将这作为后死者的菲薄的祭品，奉献于逝者的灵前。[2]

---

[1] 鲁迅，《"死地"》，《华盖集续编》，《鲁迅全集》第3卷，第283页。
[2] 鲁迅，《记念刘和珍君》，《华盖集续编》，《鲁迅全集》第3卷，第289—290页。

在这段悼亡文字里，鲁迅杂文充分展示了它将种种肉体和精神死尸的沉重抱在写作的臂膊里，把文字锻炼成"'生'的唯一的灵药"之象征寓言的劳动。它就像一种克服窒息的肌肉动作和身体姿态，不但明确了"杂文的自觉"作为一个瞬间的精神形象，也成为鲁迅文学在其"第二次诞生"之后的自在自为的存在方式的凝固形象。从形式方面看，这种沉重在赋予鲁迅杂文其特有的分量、质地、强度和专注力的同时，也封闭或碾碎了其他文体和风格选项，比如小说（特别是长篇小说）选项，即那种通过血肉丰满、身处各种社会关系和社会矛盾结构扭结点上的人物，通过复杂绵长的情节和不厌其烦的细节深描去"再现"历史总体的虚构性、叙事性艺术构造。但这种损失（或想象的损失）或许能够在这样的杂文诗学强度及其丰富的审美感性中得到一种补偿：

  真的猛士，敢于直面惨淡的人生，敢于正视淋漓的鲜血。这是怎样的哀痛者和幸福者？然而造化又常常为庸人设计，以时间的流驶，来洗涤旧迹，仅使留下淡红的血色和微漠的悲哀。在这淡红的血色和微漠的悲哀中，又给人暂得偷生，维持着这似人非人的世界。我不知道这样的世界何时是一个尽头！[1]

这样的语句、节奏和观念形象在杂文纠结于当下的文章脉络中异峰突起[2]，一举汇入汉魏文章（《报任安书》"人固有一死，或重于泰山，或轻于鸿毛"、《与山巨源绝交书》"手荐鸾刀，漫之膻腥"等）撑起的中国文章经典的源流中去。文中引陶潜《挽歌》"亲戚或余悲，他人亦已歌，死去何所道，托体同山阿"数句，在征用文意之外，或也透露出

---

[1] 鲁迅，《记念刘和珍君》，同上书，第290页。
[2] 《记念刘和珍君》并不长，全文分七小节，其中第一节的开头部分和相对较长的第三至第五节全部，都是记实和记述性质的文字，交代了作者同被害人生前在"女师大风潮"期间的交往，以及3月18日当天的情形。

某种源流意识。此刻拒绝"苟活者"身份而拥抱"猛士"形象的杂文家,不是"希望"或"微茫的希望"的代言人[1],而是在死尸的重压和反抗窒息的斗争中确认"我们还在这样的世上活着",意识到"正有写一点东西的必要了"。[2]正如"灭亡"让生存无所遁形,"沉默"则为言说同时提供了内容和形式。因此那句常常被随意引用的"沉默呵,沉默呵!不在沉默中爆发,就在沉默中灭亡"[3]并不是抒情或哲理,而是写作本身带有命运感的存在论和方法论的自我观照。它更直接、更杂文化的表述或句型等价物,就是文章结尾的最后一句话:"呜呼,我说不出话,但以此记念刘和珍君!"[4]

因愤怒和悲哀而变得全神贯注的杂感,最终因其生存政治的迫切性、直接性和具体性,在风格和形式上摆脱了或不如说忘却了来自近代(西方)文学体制的"影响的焦虑",摆脱了"艺术之宫"和"不朽"观念的束缚,径直走入孤独却展示真正个性和决断的文学道路,参与并界定文与野、名与实、诗与史、审美与政治的创造性的辩证运动。这也是何以鲁迅的悼亡文字在悲痛哀伤的深处,也同时表现出写作和形式的高度自觉;这些文字同文集序跋一道,构成鲁迅文学内部一个"写作之写作"的特殊单位。

文章自觉在杂文发生学从"沉默"到"爆发"、从具体"小事"到形而上总体观的转换和跨越中的作用,可在《记念刘和珍君》中两处简短却突出的文体转调中得到证明。一处出现在第五节,在平静地记述刘和珍杨德群二人中弹当场身亡、另一位在现场救助的张静淑身中四弹仍在医院里呻吟之后,作者在杂文笔法内部,描绘或制造出一个超现实或超历史的戏剧场景:

---

[1] 鲁迅,《记念刘和珍君》,《华盖集续编》,《鲁迅全集》第3卷,第294页。
[2] 同上书,第290页。
[3] 同上书,第292页。
[4] 同上书,第294页。

> 当三个女子从容地转辗于文明人所发明的枪弹的攒射中的时候，这是怎样的一个惊心动魄的伟大呵！中国军人的屠戮妇婴的伟绩，八国联军的惩创学生的武功，不幸全被这几缕血痕抹杀了。[1]

"三个女子从容地转辗"既是一个"镜头"，也是一个戏剧动作。它童话般的、带有宗教殉难剧氛围的空间形象在行文上虽极为短促，却透露出杂文内含的通过模仿历史行动而带来一种现实表象和象征寓意的动机和能力。读者会看到，从这个杂文寓意的形象化动作的风格细胞中，将生发出更为舒展、阔大、繁复的现实表象和历史叙事。

另一处转调则更具有杂文本体论的结构意义和方法意义。在第六节里，在对时间流逝、街市太平，一切沦为闲人饭后的谈资的观察之后，在同样为鲁迅读者所熟悉的"请愿无用论"之后，突然出现了一种历史语境下的矿物学或地质发生学思考：

> 至于此外的深的意义，我总觉得很寥寥，因为这实在不过是徒手的请愿。人类的血战前行的历史，正如煤的形成，当时用大量的木材，结果却只是一小块，但请愿是不在其中的，更何况是徒手。[2]

在一般的观念形态意义上，从大量木材到一小块煤的历史，可以说为社会进化思想提供了更深层的自然科学和自然演化论基础。但在文学与其环境、材料、题材或"内容"的关系上，煤的隐喻却最终指向一种结晶论，它借助自然现象和科学思维，说明巨大的环境压力（地质

---

[1] 鲁迅，《记念刘和珍君》，《华盖集续编》，《鲁迅全集》第3卷，第292页。
[2] 同上书，第293页。

变迁与地质构造）在带来新的质的过程中的外部作用；但更重要的是，在概念和功能意义上，它指出了这种结晶同时又独立于任何外部因素，因为它是一种新的质，是同新的质一道出现的新形式、新结构和新的能量储备与释放方式。

三、杂文的苏醒与《野草》的终结

自1925年12月26日同日作《聪明人和傻子和奴才》及《腊叶》两篇以后，鲁迅似乎专注于"杂感"和"旧事重提"系列（《朝花夕拾》）的写作，暂时把《野草》搁置起来。但在"三·一八惨案"把杂文推向一个新的强度峰值之际，鲁迅却回过头来，用《淡淡的血痕中》和《一觉》这两篇文字略显匆忙地结束了《野草》系列。[1]这不但表明鲁迅写作的内部能量和兴趣向杂文进一步集中和转移，更在杂文风格的发展路径上预示着一个阶段性转折。这个转折事实上已经蕴含在年初开始的"旧事重提"系列之中，随即将在《华盖集续编》"马上日记"系列里彰显出来，最终在鲁迅"漂流"期"路上杂文"中扩展其文体复杂性和形式丰富性。我们将在本书第三部专门处理《华盖集续编》后半部分的创作。这里只是借助《野草》的终结"，对"杂文的自觉"此刻的感性外观和自我形象与状态做一个简单的勾勒。

《淡淡的血痕中——记念几个死者和生者和未生者》（1926年4月8日），初读犹如作于一周前的《记念刘和珍君》的续曲和副歌。然而，不同于杂文或"时文"的事实性和针对性的是，《淡淡的血痕

---

[1]《野草》真正的收束是作于1927年广州"四·一五清党"事变后的《〈野草〉题辞》。这固然说明鲁迅对"纯文学"的追求不但在文体和风格空间内受到杂文的挤压和征用，它在其外部环境里也一再受到世事特别是政治变化的冲击和打击。但即便从《淡淡的血痕中》和《一觉》到《题辞》之间长达一年的空白仍暴露出鲁迅内心的留恋，这两篇文字却显然以其主题内容客观上提前宣告了《野草》系列的"终结"，虽然这是黑格尔"艺术的终结"意义上的终结。

中》通篇是一个诗学构造，其中造物主的形象设置，更为这篇散文诗作品带来一种具有哲学和价值批判意味的俯瞰视角。与此相对，"人类"、"人间"、"废墟"和"荒坟"[1]的意象序列则进一步建立起一种形而上的历史景观。这种景观空间的静止和衰败气象同时间的流逝及其虚妄性质相互加强，带来"用时光来冲淡苦痛和血痕；日日斟出一杯微甘的苦酒"[2]这样的主观体验。所有这些，都在阅读的表面造成一种超历史的意蕴，看似同鲁迅杂文世界的人间具体性拉开了一个朦胧居间、似是而非的审美距离。这种看似单纯的"审美状态"由这样的具体描写确证了："不太少，不太多，以能微醉为度，递给人间，使饮者可以哭，可以歌，也如醒，也如醉，若有知，若无知，也欲死，也欲生。"[3]

但如果我们通过这篇作品的写作日期和副标题（"记念几个死者和生者和未生者"）审视它，或许就可以看到犹如 X 光影像般的杂文骨骼和脉络，从而更细腻地感受散文诗语言的双重意味。"废墟"和"荒坟"本来就是杂文自我形象的徽记，"淡淡的血痕"不啻为杂文审美外观的基本特征，而"人们都在其间咀嚼着人我的渺茫的悲苦"[4]则像是杂文写作状态的自我描摹。对于这种人与我的"渺茫的悲苦"的"不肯吐弃，以为究竟胜于空虚"，又岂非杂文之执念的自嘲般的写照？无论如何，它都带来了一种标准的、纯粹的杂文经验和杂文感知的状态，这就是在这种执念中"咀嚼着人我的渺茫的悲苦的辩解，而且悚息着静待新的悲苦的到来"[5]；甚至"新的，这就使他们恐惧，而又渴欲相

---

[1] 鲁迅，《淡淡的血痕中——记念几个死者和生者和未生者》，《野草》，《鲁迅全集》第 2 卷，第 226 页。
[2] 同上。
[3] 同上。
[4] 同上。
[5] 同上。

遇"[1]这样的句子，也只是直观地表达了杂文面对着它的世界时的忐忑不安和跃跃欲试。

在"叛逆的猛士出于人间"这样高调的尼采式英雄主义句式和接连四个"一切"（"洞见一切""记得一切""正视一切""深知一切"）和一个"灭尽"（"使人类灭尽"）[2]的表达中，杂文的逻辑悄然穿行，在短句之间罗列和校准了自己的认识领域和表现领域，即"深广和久远的苦痛"，"重叠淤积的凝血"和作为"造化的把戏"的"已死，方生，将生和未生"。[3]更为重要的是，杂文知道自己注定将同"这些造物主的良民们"为伍，在由他们组成的世界里生活和思考。因此《野草》里的倒数第二篇作品一方面在散文诗的文体空间里把"杂文的自觉"保持在一个诗和哲学的"高度"；但另一方面，又以散文诗的文字形象，为杂文提供了一份认识论和美学的主题索引。

在作于两天后的《一觉》（1926年4月10日）里，我们看到"杂文发生学"在《野草》里的完成，同时看到《野草》在杂文里的终结，即鲁迅散文诗的"艺术的终结"。这一切并不仅仅发生在象征层面，而是具有十足的实践和方法意义。这个意义就是作为鲁迅文学载体和终极形式的杂文回到世事，回到写作本身。"三·一八惨案"、"女师大风潮"乃至包括"兄弟失和"在内的整个过渡期和"人生的中途"，此刻在《野草》的最后结晶为一个写作者的自我形象和工作环境描写。这个场景既是单纯甚至透明的，又是"杂乱"而谙世事的；它的充满内在张力和行动的沉静，带着一种大病初愈的人重新回到工作位置和工作状态时的喜悦和自我期待：

---

[1] 鲁迅，《淡淡的血痕中——记念几个死者和生者和未生者》，《野草》，《鲁迅全集》第2卷，第226页。
[2] 同上书，第226—227页。
[3] 同上书，第227页。

　　　　窗外的白杨的嫩叶，在日光下发乌金光；榆叶梅也比昨日开得更烂漫。收拾了散乱满床的日报，拂去昨夜聚在书桌上的苍白的微尘，我的四方的小书斋，今日也依然是所谓"窗明几净"。[1]

这种自我空间的重构，或不如说在自己的工作场所这个特殊空间里的重构自我，迅速地转移到工作和他人一边，转向外界；这就是"因为或一种原因，我开手编校那历来积压在我这里的青年作者的文稿了；我要全都给一个清理"[2]。散文诗的笔法让这些"绰约的""纯真的"作者以其灵魂形象"依次屹立在我眼前"，但杂文的重音则落在"我照作品的年月看下去"和"这些不肯涂脂抹粉的青年们"。"阿……我的可爱的青年们！"这样的浪漫语句仍然延续着《记念刘和珍君》开启的诗学高调，但"苦恼了，呻吟了，愤怒，而且终于粗暴了"则是"可爱"的原因和内容实质。

《一觉》像是在片刻小憩之后重述"杂文的自觉"的历程，并将它凝聚在"粗暴"这个突兀的意象之中，置于"人间"这个真实的战场环境里。因此下面这段文字既是《华盖集·题辞》的再现和回声，又是它的总结和超越：

　　　　魂灵被风沙打击得粗暴，因为这是人的魂灵，我爱这样的魂灵；我愿意在无形无色的鲜血淋漓的粗暴上接吻。漂渺的名园中，奇花盛开着，红颜的静女正在超然无事地逍遥，鹤唳一声，白云郁然而起……。这自然使人神往的罢，然而我总记得我活在人间。[3]

---

[1] 鲁迅，《一觉》，《野草》，《鲁迅全集》第2卷，第228页。
[2] 同上。
[3] 同上书，第228—229页。

"被风沙打击得粗暴"在这里已经不再作为悲愤郁结的痛苦体验形之于外,而是在认识和情感层面与"人的灵魂"和"活在人间"等同了。因此"野蓟经了几乎致命的摧折,还要开一朵小花"[1]也不再带有自我感动的意味,而是带来一种关于杂文生命状态和价值的客观观察:

> ……草木在旱干的沙漠中间,拼命伸长他的根,吸取深地中的水泉,来造成碧绿的林莽,自然是为了自己的"生"的,然而使疲劳枯渴的旅人,一见就怡然觉得遇到了暂时息肩之所,这是如何的可以感激,而且可以悲哀的事!?[2]

这里的意象和动作已经不是隐喻或象征,而是属于白描性质的杂文自画像了。于是《一觉》乃至整部《野草》恰当地结束于一个寓动于静的自我形象,一种写作者自我意识的空间化和视觉化:

> 在编校中夕阳居然西下,灯火给我接续的光。各样的青春在眼前一一驰去了,身外但有昏黄环绕。我疲劳着,捏着纸烟,在无名的思想中静静地合了眼睛,看见很长的梦。忽而惊觉,身外也还是环绕着昏黄;烟篆在不动的空气中上升,如几片小小夏云,徐徐幻出难以指名的形象。[3]

在文体和风格意义上,"杂文的自觉"岂非正是这样一种梦醒后的再次梦醒,片刻稍歇后的更加努力的工作?无论在人生经验还是写作意识层面,它都像一只在黄昏后方才起飞的猫头鹰。而此处一间小小的人工照明的书房,则更像是外界的茫茫黑夜以及作者的内在指引一道登

---

[1] 鲁迅,《一觉》,《野草》,《鲁迅全集》第2卷,第229页。
[2] 同上。
[3] 同上书,第229—230页。

场的舞台,在这个舞台上,"编校"这个动作甚至比"写作"更能够突出杂文生产的姿势和性质。"各样的青春在眼前——驰去了"与其说是呼应了《希望》里的"一掷我身中的迟暮"以"肉薄这空虚中的暗夜"[1],不如说更接近《藤野先生》篇末的"于是点上一枝烟,再继续写些为'正人君子'之流所深恶痛疾的文字"[2];就是说,它已丝毫不带感伤或自怜意味,而成为杂文家经验构造和工作状态的直观写照。虽然此刻杂文所拥有的仅属于自己的世界还只是一个"难以指明的形象",但它作为自觉则已经充分显示在一个自我意识的经典结构中了。这个结构既不深奥也不神秘,因为它就是杂文在自己的生产环境和生产过程中看到自己、把握自己,并将这个场景"上升"为更高的意识的对象。

写作《一觉》后的第四天(1926年4月15日),鲁迅因多日来听闻自己名列一个政府通缉名单,遂避入山本医院,当晚转至德国医院,26日再转至法国医院。这个"大隐隐于市"般的藏匿,事实上开启了鲁迅不久后的"漂流"状态(厦门—广州—上海)。这个转场或"去地域化"不但构成《华盖集续编》内部"上下篇"的分野,也为杂文发生学的历史考察画上了句号。此后鲁迅的写作虽仍可以视为"杂文的自觉"的进一步展开,但后半部《华盖集续编》和《而已集》所表现的在题材、手法、形式、风格等方面的多样化、实验性、游戏性及历史寓言高度,都说明鲁迅杂文已进入一个更自信、更由自身内在要求所驱动的新阶段。此后的鲁迅创作在不同阶段仍不断地吸收或重返中国新文学本源性的历史因素、社会因素和文化因素,但杂文的概念和在此概念统摄下的文体风格实践,却是其中一贯的本质性活动。

---

[1] 鲁迅,《希望》,《野草》,《鲁迅全集》第2卷,第183页。
[2] 鲁迅,《藤野先生》,《朝花夕拾》,《鲁迅全集》第2卷,第319页。

第八章 鲁迅杂文的力学结构、政治本体论与感性外观

一、作为 essay 的杂文与鲁迅杂文的特殊性

在此前三章里,我们在"杂文发生学"的框架下,历史地考察了从《华盖集》开始的独特的、难以规范的写作样式。它也反过来构成了鲁迅杂文写作的一个坚硬内核。鲁迅早期作品虽然奠定了他的文学史地位,几乎涵盖了他写作生涯涉及的所有文体(包括《热风》中"随感录"这样日后被发扬光大的写作方式),也富于形式上的创造力,但就杂文写作的特殊状态来说,还没有到达"自觉"的阶段。这么讲当然不是贬低鲁迅早期写作的重要性。某种意义上,恰恰是早期写作的巨大成功,令鲁迅获得了在这一阶段近乎无限的可能性:他可以走"为艺术而艺术"的路子;他可以潜心于鸿篇巨制,成为中国的歌德或托尔斯泰;他可以做学问家、思想大师、舆论领袖、青年偶像、社会名流等。我们首先要看到,"杂文的自觉"就鲁迅文学风格总体而言,在后见的视角上,固然代表一种写作的更高阶段,但在当时,实则是鲁迅个人的危机阶段,因为随"杂文的自觉"一同到来的也是对自己人生境遇的自觉、对自己同这个时代的对抗关系的自觉、对自身有限性的自觉,即越来越明白自己不可能或不愿意做什么。简单地说,鲁迅选择杂文的过程,也是杂文选择鲁迅的过程。这是一个带有宿命意味的痛苦、挣扎的过程,但也是在意识内越来越明确地把握和"接受"这种宿命、这种痛苦和挣扎的过程。正是通过这个过程,通过与外界、

内心和常规文学观念及体制持续不断的对抗和冲突，鲁迅的写作真正成为自己，也同它的时代真正融合在一起，杂文作为一种时代的历史风格方才确立下来。这同鲁迅《新青年》时期的启蒙、批判和文学形式探索存在着质的不同。所以我们将这个"过渡期"当作自觉的鲁迅杂文写作的源头，视为鲁迅文学的"第二次诞生"。收在《华盖集》、《华盖集续编》和《而已集》里面的文章，为这种杂文自我意识提供了现象学材料和历史框架。

在前文"发生学小史"的考察中，我们看到鲁迅的杂文写作如何在"文体混合"的风格空间里，沿着1925年和1926年上半年社会环境和个人境遇的地貌，通过不断的冲撞、迂回、蓄势渗透，从一条隐秘的小溪迅速扩展为一条奔腾的大河。我们也看到此阶段的鲁迅写作如何携带着鲁迅文学乃至中国新文学此前所积累的势能，从某种纯文学的"高处"和峡谷流向一个相对广阔的杂文冲积平原。我们也同时看到它又如何从种种个人境遇、存在情绪和文学文体形式的晦暗不明的困境或"洼地"，一步一步爬升到一个相对明朗、自信、视野开阔的杂文高地。这个"发生学"不是杂文自觉和杂文风格发展的文学史叙事，而是试图在文学经验层面记录并分析杂文在题材、手法、概念、构造和审美外观上"从无到有"的瞬间和关节点，由此建立杂文经验学、现象学和形态学的大致轮廓，为进一步的批评分析和理论阐释提供一个基础和工作平台。

从《华盖集》开始，鲁迅的写作风格出现了一些明显的变化。当然，在这个阶段，针对那些切身相关的时事及个人而做的战斗性杂文并不一定是唯一的、占主导地位的写作样式：同期出现的创作另有《野草》《彷徨》《朝花夕拾》[1]；更宽泛地看，后被编订为《两地书》

---

[1] 鲁迅在一次自述里把这三种文集连同《呐喊》和《故事新编》称为（仅有的）五种"创作"。见《〈自选集〉自序》，《南腔北调集》，《鲁迅全集》第4卷，第469页。

的书信原信,也在1925年上半年达到了一个写作高潮。这些作品在气质和精神维度上自然同峻急的、徒手肉搏的杂文很不一样。另外,在鲁迅成熟期和后期杂文里大显身手的文体和母题也早在《热风》里已经登场(特别是"随感录"这种形式),某种意义上可以说,杂文的样式是隐含在鲁迅白话写作的起点里的。不过,尽管《坟》和《热风》里的论文和"随感"都是鲁迅广义上的文章和写作的有机组成部分,即便其阶段性风格特征也一定程度上具有鲁迅中后期或成熟期杂文写作的一般性质和特点,但它们更多是来自鲁迅写作和思想内部的一贯性和一致性,还不足以说明使鲁迅杂文成为鲁迅杂文的那种特殊的质地、规定及内在冲突与形式"解决",即所谓鲁迅杂文文体和风格的 final distinction(终极特征)。

这种"终极特征"初看可能是比较极端的、有失偏颇甚至偶然的东西,但这正是鲁迅杂文的隐秘内核,是它的筋骨和精髓;抽掉这些特质,或把它们弱化在鲁迅写作的一般特征里,将它们进行审美化、"文学化"的稀释,就会与鲁迅杂文的隐秘内核失之交臂。所以在这个意义上,可以说《华盖集》及其续编,乃至《而已集》所代表的是一种特例,是非常态,但却是一种证明了常态的真正精神基础的非常态。德国政治哲学家卡尔·施米特(Carl Schmitt)说过,在政治领域,非常态和例外状态能告诉我们常态的本质和基础;比如战争就通过阶级、民族、宗教、文化、经济领域里冲突的极端化,向人们表明这些范畴在平日隐而不显的政治强度(political intensity)。同样,从中国历史上看,乱世或许比治世更能说明中国政治和社会的本质。在一个转喻的意义上,我们可以说鲁迅杂文写作的极端状态或过渡状态,要比它早期和晚期的"常态"更能说明其文学本体论内部的"政治的逻辑"。

鲁迅早期杂文(散文)写作得益于以《新青年》同人为先锋的白话革命和新文化运动,所以有较强的思想启蒙的色彩;它伴随着感情和理想的投入,所以也带有诗的色彩;在"人的觉醒"的主旋律下,它又具有一定的人道主义与存在主义的色彩。这一切当然都是许多人至今还很喜欢《坟》《热风》，更不用说鲁迅的短篇小说的原因。但从《华盖集》开始，有一种非常不同的文风和作者形象出现了，鲁迅自己在《〈华盖集〉题记》里对此有所解释，我们下面会分析。可以说，同前期具有启蒙使命感与一定浪漫情调的散文以及后期炉火纯青的杂文相比，《华盖集》和《华盖集续编》里的"杂感"文章似乎不太好看，甚至有些枯燥："文学性"更少，离标准的"美文"意义上的散文距离较远；同时从内容上看，这些"杂感"往往陷于琐碎的私人恩怨，个人意气的味道太重。按教科书上的说法，是同恶势力不妥协地战斗，但在今天一般文学读者眼里，这庶几就是一连串笔墨官司，你一拳我一脚，来回往复纠缠不清，遑论精神内涵和审美超越。但如果我们把鲁迅的杂文写作看作一个整体，那么这个关头的重要性是怎么强调也不为过的。总之，尽管要做这样那样的背景交代，我们还是可以感到，在始于《华盖集》而收束于《而已集》的过程中，一种"杂文的自觉"应运而生；其中又以《华盖集》和《华盖集续编》的上半部分最为关键。

  这种"自觉"并非仅仅是"内省"或"沉思"的结果，也不是哲学意义上的由"意识"到"自我意识"的精神现象学的辩证运动的自然成像，甚至不是一般意义上作者对自身社会境遇和历史条件的"观剧"式的客观化、对象化观察的结论。相反，这种"杂文的自觉"的出现伴随着鲁迅式的痛苦、震惊、怀疑和苦闷，甚至带有一种命运之考验与馈赠的意味。它决定性地——虽然往往是微妙地——在鲁迅写作的文体、风格、作者意识及自我形象的内面，同时在客观意义上的鲁迅文学本体论隐秘的深处带来一种深刻的转向：它是经验和智慧的结晶和顿悟；是对现实和历史决定的认识与接受；是对自己文章和作为"创作"的文学生产活动的一次全面反思和战略战术调整；最终是对自己作为"作者"的存在状态、情感状态和表达方式的一次重新定位。

"杂文的自觉"作为一种自我观照和自我意识,其意义不能仅仅从鲁迅个人的心理、思想甚至情感范畴出发去看,而必须从充分外在化、对象化、风格化和文本化了的"鲁迅文学"这个实体和"本体"出发来予以考察和分析。鲁迅在"过渡期"的个人境遇、心态及个人行动与选择,相对于后一种考察和分析而言,都只有一种外部的、作家传记意义上的材料准备价值;它们的"意义"体现在对鲁迅文学和鲁迅杂文文体-风格之内部变化的批评和解释中。在此,鲁迅文学的"内部研究与外部研究"的特殊转换机制,就变得极其重要。这种转换的关键,在于把握鲁迅"个人"和"处境"的外部信息是如何造成一种情势,并如何在这种情势中"迫使"鲁迅文学在写作策略、写作方法、写作技巧和风格总体的自觉层面进行全新而深刻的自我追问、自我探索、自我完成和自我实现。通过对鲁迅文学"过渡期"环境、形势和种种"可能性条件"(conditions of possibility,它们当然同时也是"不可能性条件")的体认,我们能够看到作为客观的文学生产机制、文学意识和存在与政治的"自我"(自我保护、敌我意识,等等)的"鲁迅",如何具体地、全身心地应对、抵抗和认识一个不友善的、不利于"作为艺术的文学"生长的外部环境(逆境和"华盖运")的压迫。

透过这种观察,我们能够看到"鲁迅"这个文学主体和个体,如何通过种种挣扎、努力和尝试,客观上"顺应"了其写作风格发展和完形的内在逻辑,"克服"了这种风格和文体内部的结构性冲突和矛盾,"解决"或回答了鲁迅文学在形式、审美、写作伦理、历史或文学史意识等范畴所面临的问题与挑战。最终,这种"杂文的自觉"作为鲁迅文学总体的、最高阶段和最终形态的自觉,而为"鲁迅"作为一个"创作者"、"文学家"和"人"提供了存在理由、道德说明和文学-审美标准。所有这些理由、说明、标准无疑都是具体个人在社会-文化-政治环境中"决断"的结果,因此都带有其完全的历史性、偶然性乃至宿命色彩。但就鲁迅文学的本体论解释而言，这些偶然的、为具体历史条件所决定和限制的选择，却毫无疑问地在风格、审美和作家自我形象上具有终极意义。也就是说，它只能且必须作为一个完成了的作品，一种对自身艺术可能性、创造性及其历史必然性的认识、认领和承担，作为分析和理解的对象，被设立在文学批评和哲学阐释面前。

"杂文发生学"同"杂文的自觉"一样，并不仅仅发生在狭义的杂文文体内部，而是以鲁迅文学空间整体为其直接环境、场所、资源和舞台；也是在这个意义上，它的发生才能成为鲁迅文学总体风格和内在实质的根本性转向乃至"再生"的标志。强调"文体混合"对于鲁迅杂文形成和发展的意义，强调杂文文体风格内部的多样性甚至混杂与暧昧，并不降低或模糊"杂文的自觉"在"过渡期"或"转折期"的决定性意义，而恰恰能够更好地表明，作为突破、"突变"或"飞跃"，这个转折本身是一个长期积累的结果；它也是一个整体和全盘性的变化，因此必然会动用并激发鲁迅文学的所有经验与技能，其实现也必然为鲁迅的文学处境和文学风格带来一种总体性的"解决方案"。在这个意义上，不妨说"杂文"和"杂文的自觉"的出现恰恰不能离开鲁迅此时尚在行进中的审美探索，也不能离开不同文体和风格发展路径的多样性和实时战场局势。事实上，"杂文"和"杂文的自觉"正是在这种多元选择和竞争中脱颖而出，本身在其风格结构中包含着多样性与多重性。所以这是一种寓"杂"（体裁、文体和风格的多样性）于"纯"（统一于杂文和"杂文的自觉"）的整合（unity），同时也是一种寓"纯"（纯文学、近代文学体制与专门化技巧、审美和形式创造性）于"杂"（杂文，杂感，混合文体，风格内部的多样性、历史化和政治强度）。换句话说，杂文或自觉的杂文，正是鲁迅文学在这个重大而困难的"关头"，作为其未来生存和发展的可能性和不可能性、连续性与断裂、忧郁和理想、毁灭与创造的对立统一，作为鲁迅作者生涯和文学生命的寄托、负载而选择的突围方向，是文学鲁迅在无路可走时杀出重围、绝处逢生的一条生路。不言而喻，鲁迅杂文一旦作为文学鲁迅之自觉的决断结果而出现，也就同时担当起鲁迅文学整体的抱负，以其创造性的表述方式呈现鲁迅文学整体的能量、趣味和写作方法。

在白话文学的文学本体论和新文学写作方法论的意义上，这也是鲁迅文学的总体性和终极性自觉，即其有关自身作为"艺术"（写作）和"存在"的终极性的审美自觉和政治自觉。它是作为创作者和具体社会历史中的个人对自己命运、性格和创造性的可能性边界的接受与坚持；是对客观战场条件、形势的判断和战略战术选择；是"爱自己的存在"和令自己的敌人、对手"不舒服"的生活方式与工作方式。在"存在的斗争"和"存在的诗"的双重意义上，这种自觉都来自并涵盖了鲁迅生命、安全、呼吸、痛苦、快乐、宁静、希望、工作、休息，以及在自我保存（self-preservation）、自我延续和发展意义上所做的一切行动、沉思和殊死搏斗。其实反过来说也许更为恰当，就鲁迅文学的风格总体性，即它同时作为"存在的斗争"和"存在的诗"的政治强度和审美创造性而言，可以说鲁迅和鲁迅文学在自己生命的途中，在严峻、冷酷、寂寞的新文学历史可能性条件和形式-象征空间里选择了杂文这个"位置"和"突破口"，继而将它系统、全面地发挥为推动白话革命和思想革命的主要武器和工具。但在此过程中，杂文这种特殊文体也同时成为鲁迅写作的形式理想和诗的寄托。

对《华盖集》、《华盖集续编》和《而已集》的文章，鲁迅自己统称为"杂感"，此时他尚未形成一个融会贯通的杂文理论。杂感当然是有感而发；"感"把人的意识从内部带向外部，而"杂"却暗示这种外部并不听"内部"秩序的调遣，而是突如其来，常常令人措手不及，疲于应付。鲁迅杂文的自觉来自对这种随时陷入重围、"六面碰壁"状态的自觉；来自对自己的生命在这些无谓的搏斗中消耗、消逝的自觉；来自对外界无情的压力和自己对这种压力的抵抗的自觉。所有这些，仿佛都与理想中的人的生活和"文学"渐行渐远，但一种写作却从中生发出来。杂文的自觉是对这种宿命的自觉。而杂文的成熟，可以说就是把那种令人震惊、痛苦的创伤性的外界的"杂"逐渐安置并展开于一种意识结构和文字风格之中的过程。这个过程不是要简单地"克服"外界的杂，比如说把它"升华"为"美"或"不朽"或种种玲珑可鉴的"小玩意儿"，而恰恰是把外界粗暴丑恶的直接的"杂"转化为意识结构里有条理、有意味的杂，即一种批判的认识能力和穿透力；同时也转化为文字世界内部的"杂"，即杂文。鲁迅杂文最终的文学性，就来自这种以写作形式承受、抵抗和转化时代因素和历史因素的巨大的能力和韧性，而在这里，诗学意义和道德意义密不可分，是同一种存在状态和意识状态的两面。所以鲁迅杂文世界的两极，一是那种体验层面的抵御"震惊"的消耗战和白刃战；一是一种"诗史"意识，一种最高意义上为时代"立此存照"、为生命留下"为了忘却的记念"的意识。

　　1923—1926年是鲁迅人生中一个重要的苦闷期，虽然在时间长度上不及辛亥革命后的"钞古碑"。《华盖集》、《华盖集续编》和《而已集》是在没有明确的观念和信仰、运动和组织的依靠和支撑的情况下孤军奋战的记录，日后所谓"游勇"[1]、所谓"两间余一卒，荷戟独彷徨"[2]，大抵就是此时境况的写照。一个孤独的斗士在战斗，但为什么而战却并不清楚，只知道自己"鬼打墙"一样四处碰壁，没有进路，更没有退路。但这几年也是鲁迅极为多产的阶段，是他从绝望中拼命杀出一条血路的阶段。在个人生活上，这种拼杀的结果是终于迈出了包办婚姻的樊笼而与许广平公开同居。在写作上，则是以《华盖集》

---

[1] 鲁迅，《〈自选集〉自序》，《南腔北调集》，《鲁迅全集》第4卷，第469页。
[2] 鲁迅，《题〈彷徨〉》，《集外集》，《鲁迅全集》第7卷，第156页。

为标志，走上了自觉的杂文道路。鲁迅的杂文从此获得了存在理由，获得了自身的本体论根据，以及自己的诗学和政治学辩护。它不再需要假借或依托某种思想、观念、艺术效果或文体定例（比如散文诗、小品文、回忆性写作、政论、时论、叙事、笔记、书信，等等）存在，而开始按照自身的规则界定自己、为自己开辟道路，最终成为现代中国文学的一种重要文学样式。在这个意义上，尽管《华盖集》在常规的"文学性"意义上不如《野草》《彷徨》《朝花夕拾》耀眼，但作为鲁迅杂文自我意识的隐秘诞生地，却是至关重要的。

在 1932 年 12 月 14 日作的《〈自选集〉自序》（收入《南腔北调集》）中，鲁迅对自己的写作生涯做了一次回顾，对自己的作品进行了分类和阶段性总结。他说自己"可以勉强称为创作的，在我至今只有这五种"，即：两部短篇小说集（《呐喊》《彷徨》），一部散文诗集（《野草》）和一部"回忆的记事"（《朝花夕拾》），外加一部"神话、传说及史实的演义"（《故事新编》）。言下之意，不在此范围内的不算"作品"。按照这种分类法，杂文自然属于严格意义上的文学或纯文学的"编外"。这个内在区分可以成为我们重新分析鲁迅杂文写作、重新认识其特殊的文学性的出发点。但同时，它也对今天的读者提出了一个严肃的、棘手的问题和挑战，即什么是杂文？这个问题随即带来一个更大的问题：杂文同鲁迅文学的关系是什么？对此我们可以换一种更具有理论意义的问法：如何通过鲁迅杂文去扩大和深化我们对鲁迅文学的认识和理解？如何在这个包含杂文生产的文学实践和文学理论中探索中国新文学的历史实质和审美品质？

如果在这个庞大的问题域中暂时搁置和隔离相对平常、较少分歧和异议的部分，即有关小说、散文诗和回忆性散文的研究和讨论，我们就可以看到，探究鲁迅文学的难点和焦点，其实恰恰在于明确鲁迅杂文在何种意义和程度上参与了中国新文学的历史构建和风格形成，从而奠定了它的文学本体论基础。换句话说，只有回答了"杂文如何成为鲁迅文学的核心和本质"这个问题,才能在新文学最初两个十年的历史经验和艺术成就范围里,大而言之是在近代中国集体经验和中国文学历史成就的框架内,就"什么是文学"这个最根本的问题,给出一份答案。

这个答案不可能仅由鲁迅杂文写作的经验描述或历史研究提供,尽管这些也是必要的工作。问题存在于批评和理论层面:我们必须将鲁迅文学风格总体作为分析对象,并对其做出系统的阐释,才能获得这个答案。

即便在"过渡期"、"杂文的自觉"和"鲁迅文学的第二次诞生"的时空框架和历史框架内,鲁迅杂文也在由《华盖集》到《续编》及《而已集》的过程中不断进行其风格扩展,而此后也还要在"上海十年"、在更为宽广复杂的社会文化场域,将自身确立为一种更为自信且自由的历史风格。因此,这里我们无须也不可能对杂文做出全面的、结论性的描述和判断。但在这个"发生学"瞬间,阶段性地分析鲁迅杂文的某些决定性特征,以及它们同一般性散文之间的同与异,却是可能而且必要的。

在"杂文发生学小史"第一部分关于《出了象牙之塔》的分析里,我们可以看到厨川所描述和初步界定的 essay 无疑是鲁迅杂文所属的文体风格范畴。[1] 由于这种文体风格在自身本质性规定性层面的自由、"无形"甚至反形式特性,用概念和理论语言去厘定它的活动方式和文学可能性边界往往并不尽如人意;这也是一般意义上的散文理论远远不如小说理论、诗歌理论、戏剧理论发达的原因。但厨川本人的散文家文笔和批评家个性,却恰好使其作为一个践行者,用自己的文章去具体、感性地勾勒 essay 的外貌和精神气质。鲁迅以自己的译笔把这种具有理论和文学史反思意味的写作活动接过来、拿过来,用以激发、

---

[1] 参看本书第五章"《出了象牙之塔》"节,其中关于 essay 一般特征的论述在此不再重复。

呼应和推动 essay 在自己写作中以及在新文学白话语言结构中的自主运动，在很大程度上也是对于其中隐含的有关 essay 的概念、原则、方法与审美特性的确认和演绎。总而言之，essay 这个概念不仅蕴含在《出了象牙之塔》这篇作品的"内容"里，而且渗透在原作和译作的语言表现方式及其互动关系中。

将这些具体、感性、灵动的 essay 观念显现做一梳理和条目化，就可以看到鲁迅杂文同这个观念的高度一致性。这包括：

杂文同 essay 一样，是一种高度个人化、个性化的表达；它的内容和形式都来自这种个人和个性意义上的作者主观性"内生活"和"内力"，包括特殊的能量、热情、情感丰富性和情感方式，精神气质与道德勇气，以及爱憎分明、疾恶如仇、易激动的"偏执"性格，和对四平八稳、循规蹈矩、敷衍了事等平庸胆怯行为的鄙夷和不屑。在鲜明而强烈的个性和"内生活"之外，"个人的"也指向独特的知识结构、智慧才情和语言感受力及创造力，同时自然也包括强烈的有时是极端的自我意识。无论其风格外观是朋友间的娓娓而谈，还是睿智的"幽默"和"讽刺"，抑或金刚怒目、愤世嫉俗的姿态，essay 都是作者在文字中以自己的本来面目真诚地、不加伪饰地、"赤条条"地同读者相见的文体。

Essay 本质上也是一种近代或"现代"文体。虽然"文"的传统相当悠久，虽然各种古代文明都有自己的文章大师和文章传统，但就 essay 形式的历史实质、精神实质和最深刻的文学创造性而言，它无疑是地地道道的近代文体。广义的现代精神是 essay 独特魅力的内蕴，the essay 则是这种精神内蕴的最贴身、最亲密同时也最不拘形式的形式外化。在此无须也不可能完整而系统地概括近代精神的整体和实体，但在 essay 的风格活动范围内，我们却可以具体而清晰地列举和指认"近代精神"的基本含义和主要组成部分。比如近代理性（相对于种种"中世纪"迷信、权威或集团崇拜、科学精神的缺失，以及对事实或经验－实证知识的轻视等等），虽然 essay 的作者个性和文学个性是色彩斑斓、多面向的，带有情感的丰富性，但究其内容而言，归根结底仍是一种植根于近代理性的内心世界和精神状态的个性表达。事实上，作为 essay 首要前提的个性，本身也必须被理解为近代世界经验和社会组织内部的分工、分裂、协同之复杂性和充分发展的结果和表达，它们是所谓"个别性"的历史实质和理论界定。这自然也包括近代主体在财产权、权利意识、隐私权、私生活领域的自主性，以及他们所享受的、为法律所保护的社会空间、政治空间和文化空间。这些近代社会内部的劳动分工、法权及其意识，特别是资本主义市场经济带来的个人活动范围的扩大与法律保护基础上的自由和个性，虽然并没有充分地落实于 20 世纪初的中国社会，但它们作为"欧风美雨"的时代性因素，作为"启蒙"的政治经济学实质，仍然在主观性范畴内决定了中国新文学的思想倾向和风格倾向。近代理性范畴并不因为其"理性"概念而成为近代文艺的对立面，而恰恰应该看作是后者的历史内容及其形式方面的决定性因素，包括近代文艺所自我标榜的自由和革命性，包括它独特的动感和变化不居，也包括它在感官、审美和形式－技巧领域的探索、颠覆、否定和发明能力。所有这一切，事实上都是一种广义的"近代精神"的体现。The essay 的文体－风格独特性，某种意义上正在于它是这种近代精神的典型甚至极端体现。当周作人把"小品文"定义为"文学发达的极致"和"近代文学的一个潮头，他站在前头，假如碰了壁时自然也首先碰壁"[1]时，他所触及的也正是这种历史实质的独特风格显现。鲁迅杂文无论其个性如何引人注目，就其历史内容和精神实质而言，仍不过是这种近代精神——包括其内在的实体性的理性内容——的体现。

---

[1] 周作人，《〈中国新文学大系散文一集〉导言》，《中国新文学大系·散文一集》，赵家璧编，上海良友图书公司，1935 年，第 6 页。

散文也好，杂文也好，小品文也好，在更大的历史和艺术哲学框架里，它们都属于黑格尔所谓"散文气的世界"（即现代世界），都是"世界的散文"的具体文体-风格表现。这个"散文气"固然表达了对某种往昔"英雄时代"或"浪漫时代"的想象性怀旧，在某种近代价值的自我批判意义上带有一定的负面意味（比如对近代物质主义、实用主义和大众文化消费习惯中的市侩习气的不满），但它归根结底仍是一个正面的、历史性的概念，是历史理性的社会形式、文化风格和道德上的自我肯定。无论是厨川所描绘的英美散文，还是鲁迅自己的杂感创作，它们在题材内容和写作风格的活动中，都反映、回应、认识和摹仿着这个散文气的、多样化的、杂芜的、色彩斑斓的世界，并由此成为这个世界的散文。

在这个形式与内容、风格与历史的关系中，the essay 在其个性、现代性（理性及其多元展开）和历史性（"散文气的世界"和"世界的散文"）的内部展示出"艺术的终结"的辩证法：它是近代个别性"超越"传统集体性信仰、风俗和习性的写作；是近代理性的翅膀比传统艺术和宗教感性或虔诚"飞得更高了"之后带来的写作方式；也是前所未有地涉入近代生活极为丰富、极为复杂、极为分裂的方方面面的具体性领域之中的写作。[1] 同近代小说一样，the essay 不再也不可能去构建古典史诗和古典悲剧所营造的人与神、个人与集体、特殊性与普遍性之间的"和谐"的（即宿命的、无可选择的）对应关系；在这个意义上，近代散文要么放弃以感性方式"体现"理性内容的"代言"使命，要么必须在自身文体风格的个性、独特性和具体性中重新发明总体性的前所未有的新形式。

最后，在中国新文学源流和前卫的意义上，鲁迅杂文与普通意义

---

[1] 关于黑格尔《美学》中有关"世界的散文"和"艺术的终结"的讨论以及它们同鲁迅文学特别是鲁迅杂文的关系，参看本书"总论"部分有关讨论，在此不再重复。

上的白话散文大体上共享同一个文学本体论空间；在根本性的语言革命、思想革命、社会变革、政治改造与文化自我更新的理想和倾向性上，鲁迅杂文同新文学创作完全是一体的。鲁迅杂文同整个新文学运动一样，追求在形式和审美领域内构建和保护个人尊严和内心自由，追求集体性的民族解放和国家主权，追求近代意义上的人的自立和创造性。它们都是进步的、批判和自我批判的、具有未来指向的写作。它们在"内容"方面的高度契合，事实上厘定了鲁迅杂文的语言边界和历史边界，使之不但在"介入"的意义上参与到中国新文学的社会行动和政治行动中去（包括启蒙教育、宣传、鼓动、批评和抗议），也透露出鲁迅杂文在其个性特色的极端，在其语言风格构造的最内层，同近代以来中国社会变化与中国革命的社会历史语法和政治语法的暗合。这种暗合在鲁迅文学最初的"呐喊"和最后"上海十年"间日益社会化、政治化的写作中，都确立了鲁迅杂文的历史风格和"诗史"本质。但"过渡期"和"杂文的自觉"，却是一个例外状态，一个风格连续性上的转折、断裂或"悬置"。在这个阶段或状态里，鲁迅杂文更多转向了它自身内部的本体论建构，包括它所需的写作方法、攻守策略与战术，以及对这种挣扎、战斗和格斗方式的审美反思和道德辩护。但这不过是点明了"杂文的自觉"的题中应有之意，即它是一种关于自身的命运与前途、方法和价值的反省。

这样一来，关于鲁迅杂文与近代 essay 之"同"（共性、相似性）的讨论，就自然而然地带来对两者之"异"（特殊性、差异性）的观察。下面就在"杂文发生学"成立的材料、经验和现象基础上，对鲁迅杂文的最初面貌和形态所包含的一系列"力学"特征做一些分析性描述。在概念上，它们可分为结构力学、政治本体论和审美外观三个范畴；在具体特征上，则可以从"（执）滞"与"耗（费）"、"碰（壁、钉子）"、"挤（了才做）"这三种具体的文章动力学形态及与之相适应的内部结构来做具体而直观的分析。这三组动词都取自《华盖集》题记》,它是杂文发生学"理论"分析的起点。

二、"执滞于小事情"与杂文现象学

作于1925年12月31日的《〈华盖集〉题记》以"在一年的尽头的深夜中"开篇,这个"深夜"无疑是1925年第一天的"空虚的暗夜"的叠加和延续;它把那幅"由我来肉薄这空虚中的暗夜"和"自己来一掷我身中的迟暮"的自画像带入更深的夜中,构成一幅现代派美术意义上的"黑色之上的黑色"(Black on Black),以一种既抽象又直观的方式,传达出"杂文的自觉"新的审美强度和结构纵深感。如果《希望》结束于"而我的面前又竟至于并且没有真的暗夜",那么《〈华盖集〉题记》则开始于杂文不断迫近并与之交手的真实性和具体性。可以说,这篇文章里包含着鲁迅"杂文的自觉"的密码。下面我们来仔细考察一下。

> 在一年的尽头的深夜中,整理了这一年所写的杂感,竟比收在《热风》里的整四年中所写的还要多。意见大部分还是那样,而态度却没有那么质直了,措辞也时常弯弯曲曲,议论又往往执滞在几件小事情上,很足以贻笑于大方之家。然而那又有什么法子呢。我今年偏遇到这些小事情,而偏有执滞于小事情的脾气。[1]

尽管一开头的"在一年的尽头的深夜中,整理了这一年所写的杂感"仍旧带给人一种熟悉的文人自画像式的感觉,但这第一段话已经给我们提供了关于杂文的新信息:首先是产量很大,比《热风》所覆盖的整整四年所写的还多,也就是说,这种文体已变成鲁迅最得心应

---

〔1〕鲁迅,《〈华盖集〉题记》,《鲁迅全集》第3卷,第3页。

手的写作方式和主要的表达手段。更重要的是为什么会这样,为什么不得不这样。鲁迅的交代是:"我今年偏遇到这些小事情,而偏有执滞于小事情的脾气。"这里几乎每个字都是关键词。首先是"小事情"。杂文的自觉,首先要求的是对自己的题材内容的清醒认识。鲁迅知道在 1925 年遭遇到的事情里找不出通向纯粹艺术和伟大作品的通道,找不到能体现生命尊严和价值的东西。"小事情"的"小"不仅在于它的低俗、零碎、猥琐、令人不耐烦和气闷,也在于它本身所包含的必然性和真实性:种种理想和梦想,种种以"大事情"面目出现的东西,在这种"小事情"面前总是碰壁,因为是后者而不是前者与"历史"站在一起。"小事情"具有现实本身所具有的强度,尽管往往是一种黑暗的强度。这种必然性和现实逻辑"偏"要找到鲁迅,而鲁迅的"脾气"也"偏"不能对此轻轻放过或取一种"潇洒"的逃避态度。这两个"偏"字,实在是道出了杂文的本色:性格即命运,反过来说,杂文的命运也预示了杂文的性格和使命,而这是别的体裁不具备的。

在杂文的题材和使命都已经明确之后,杂文的气质和特点也变得清晰了,这就是"执滞"。这既是一种道德上的"较真"、执拗和认真,也是一种个人意义上的"不得不",一种无奈的、别无选择的投入和陷入;它往往始于不得不战,但一旦开战,则奉陪到底。这是一种写作上的战斗状态,是短兵相接的遭遇战变成旷日持久的消耗战;是锱铢必较、以眼还眼、以牙还牙、以血还血的拉锯战。这种战斗的最低状态也是它的最高状态:为战而战,战斗为战斗提供最终的道德合法性依据,并没有也不需要"更高"的目的。在此我们看到内在于杂文写作的一种逻辑演变。首先是杂文的"功利决定",即利害冲突(所谓"小事情"的本意),这是个人意义上的对自身生存权利的维护,同时也是令人生厌的无止境的人事缠斗和笔墨官司,这里主导的情绪状态是厌烦、憎恶和虚无感。它进而可以"质变"为一种道德领域的"善与恶"的冲突,并由此达到政治领域的"生与死""敌与友"的激烈程度，主导的情绪状态是恐惧、紧张、愤怒和冷酷，是置敌人于死地的专注和快意。最后，杂文可以从不情愿甚至引发厌恶感和虚无感的战斗伦理学，达到一种"非功利"的战斗的审美自律性乃至游戏状态，即以战斗为快乐、以战斗为生活和写作本身。这构成了杂文写作方式及其内在动力学结构的最后一个环节。

《题记》中一些脍炙人口的话，究其文字的实质，固然有杂文的文采与情感的深沉曲折，但更重要的在于，它是战场形势判断和战斗消耗及伤亡评估的具体实录。比如"还是站在沙漠上，看看飞沙走石，乐则大笑，悲则大叫，愤则大骂，即使被沙砾打得遍身粗糙，头破血流，而时时抚摩自己的凝血，觉得若有花纹"；又比如"我的生命，至少是一部分的生命，已经耗费在写这些无聊的东西中，而我所获得的，乃是我自己的灵魂的荒凉和粗糙。但是我并不惧惮这些，也不想遮盖这些，而且实在有些爱他们了，因为这是我转辗而生活于风沙中的瘢痕"。[1] 杂文在记录自己的存在、挣扎和搏斗中获得自我观照，所以"自觉"呈现于它自己的现象学结构之中。它最直接最具体的经验、材料和对象，就是由种种"小事"和"小创伤"构成的"华盖运"；这些小事让杂文作者感到自己如同"沾水小蜂，只在泥土上爬来爬去"，让他认识到"病痛的根柢就在我活在人间"。[2] 正是这些小事和小创伤把杂文滞留在地面，使之无法"梦想飞空"；它们也让杂文陷入执着乃至偏执的苦斗，让它失去了"余暇"中的"心开意豁"或立论的"公允妥洽，平正通达"。一言以蔽之，"小事情"和"偏有执滞于小事情的脾气"像一场共谋，一同在鲁迅人生和文学道路上布置了埋伏，让鲁迅文学在陷入苦战和混战之际失去了通向"正人君子"、"艺术之宫"和"陪莎士比亚吃黄油面包"的通道。[3] 此时留给鲁迅文学的生存选

---

[1] 鲁迅，《〈华盖集〉题记》，《鲁迅全集》第3卷，第4—5页。
[2] 鲁迅，《〈华盖集〉题记》，同上书，第3页。
[3] 同上。

项只有两种，要么继续暴露在沙漠上于风沙中辗转，要么落荒而走，在荆棘丛中硬踏出一条杂文的小径。但无论如何，此时的杂文都是没有根据地、没有战略后方、没有支援，甚至没有战壕和兵器的赤手空拳的单打独斗。这个战场局面和存在情境，事实上决定了鲁迅杂文最本质的战略战术，包括武器选择、弹药储备和兵力展开的方式。

"我今年偏遇到这些小事情，而偏有执滞于小事情的脾气"，具体说明了杂文所赖以产生的环境因素和主观因素：那种"深"而"广"、"高"而"大"的东西，是不属于杂文世界的，因为杂文同生活相关联的媒介不是"静观默想"或"心开意阔"，不是距离和沉思，也不是"正人君子"的"平正通达"，而是"碰钉子""碰壁"，是"悲苦激愤"，是"创伤"和"病痛"，是交着"华盖运"的"常人"的"活在人间"。不如说，对于鲁迅，对于杂文的自觉而言，"华盖运"乃是生活和存在的常态，但这种令人愤懑和抑郁的"常态"体验，却只有通过一种高度激烈的、强化的、非常规的文学形式方才能够被抵挡、吸收、把握而不至于令人"艰于呼吸"；它也只有在高度讽刺、高度批判性的象征寓意的文学性叙事和寓意化过程中才能被理解，但在这个过程中，"理解"本身已经被强行赋予了一种杂文形式。这种为杂文所把握的时代，成为时代之杂文表达的得天独厚的道德内容；而以这样的时代——特别是它的种种"小事情"——为内容的杂文，也就同时成为这种道德精神状态的风格和审美选择。

"小事情"或"小创伤"虽然"小"，但本身都具有外部"事件"的突发性、随机性和对抗性。它们都是令人不愉快的，给作者带来痛感，是耗费生命的无聊"琐事"，但它们都与作者的利害及好恶密切相关，因此无从逃避，必须认真应对，无法敷衍。这种一开始的被动、不情愿状态及其负面体验，一方面让杂文似乎离体面的、"有意义"和"不朽"的文学形态越来越远，但反过来也让它在作者所痛切感到的荒凉、粗糙和琐碎中一步步进入写作的无人之境。这种"边疆"或前沿体验，在"执滞"（鲁迅直言这是因为自己的脾气所致，因此是主观选择，大而言之是"性格即命运"意义上的宿命）的同时，也让杂文写作无形中摆脱了种种体制和观念的束缚，彻底放开了手脚，在战斗中学习战斗，在对手和敌人眼中看到自己，根据格斗的即时或长期的需要选择武器和战法。总之，以"执滞于小事情"为特征的杂文战斗环境、对手和方式既限制了杂文，也解放了杂文，让鲁迅文学进入一种新的存在的具体性，在有与无、"敌与友"、生与死的概念高度获得了新的政治强度和自觉。与此同时，执滞于小事情不但在题材内容方面明确规定了杂文的世界（它就是"世界的杂文"！），而且也在杂文攻防转换的战法和"力学"意义上，决定了杂文的形式结构、风格面貌和审美外观。我们在随后几个小节还将继续探讨这个问题。

　　这种自我意识中包含了对种种"体面"或安全的生活方式的憎恶和决裂，以及对种种以"公理"代言人自居的权势的帮闲——"学者、文士、正人、君子"——的憎恶和决裂。同时，"华盖运"也是杂文家对自己与时代、体制、权力和主流意识形态的关系的自觉：这种关系的性质只能是对立的、格格不入的。"执滞于小事情"甚至断绝了这种对立和格格不入关系本来有可能导致的超然倾向和旁观姿态，将杂文家紧紧吸引在他同一切现实矛盾的前哨战和持久战的前沿。"正如沾水小蜂，只在泥土上爬来爬去"的自比，道出杂文家同"人间"的关系和他"活在人间，又是一个常人"的道德确信，即"华盖运"的必然性和作为杂文写作的不可或缺的前提条件。它也通过杂文特殊的反讽和寓意方式表明，杂文美学的审美实质必然来自一种为个人即杂文家所体验甚至"热爱"的时代病痛；来自各种超度、超生、超越之路的阻绝；来自一切沉思或审美性质的"静观默想"的不可能和道德疑问；来自那种"至今在地上、救小创伤还来不及"的局限、困顿和耻辱感；来自为这种现实境遇所导致的永久性、内在化的"悲苦愤激"的情绪状态。

《学界的三魂》把"执滞于小事情"的方法、机制和文本编织过程展示得淋漓尽致。鲁迅先从中国人的三魂六魄说或者七魄说入手,说中国国魂如果有三魂的话,第一个是官魂,第二个是匪魂,第三个是民魂。这种"灵魂鉴别"的来由,仍然是自己的"碰壁"和被"挤",同时也出自"执滞于小事情的脾气":

> 去年,自从章士钊提了"整顿学风"的招牌,上了教育总长的大任之后,学界里就官气弥漫,顺我者"通",逆我者"匪",官腔官话的余气,至今还没有完。但学界却也幸而因此分清了颜色;只是代表官魂的还不是章士钊,因为上头还有"减膳"执政在,他至多不过做了一个官魄;现在是在天津"徐养兵力,以待时机"了。我不看《甲寅》,不知道说些什么话:官话呢,匪话呢,民话呢,衙役马弁话呢?[1]

此文最初于《语丝》周刊第六十四期发表时,篇末有作者的《附记》,其中"执滞于小事情"的程度甚至超过了鲁迅本人编定文集时取舍的尺度,却极为具体地展示了这种方法、原则和特征在杂文发生学上的作用,因此大段抄录于下:

> 今天到东城去教书,在新潮社看见陈源教授的信,在北京大学门口看见《现代评论》,那《闲话》里正议论着章士钊的《甲寅》,说"也渐渐的有了生气了。可见做时事文章的人官实在是做不得的,……自然有些'土匪'不妨同时做官僚,……"这么一来,我上文的"逆我者'匪'","官腔官话的余气"云云,就又有了"放冷箭"的嫌疑了。现在特地声明:我原先是不过就一般而

---

[1] 鲁迅,《学界的三魂》,《华盖集续编》,《鲁迅全集》第3卷,第222页。

言,如果陈教授觉得痛了,那是中了流弹。要我在"至今还没有完"之后,加一句"如陈源等辈就是",自然也可以。至于"顺我者'通'"的通字,却是此刻所改的,那根据就在章士钊之曾称陈源为"通品"。别人的褒奖,本不应拿来讥笑本人,然而陈源现就用着"土匪"的字样。有一回的《闲话》(《现代评论》五十)道:"我们中国的批评家实在太宏博了。他们……在地上找寻窃贼,以致整大本的剽窃,他们倒往往视而不见。要举个例吗?还是不说吧,我实在不敢再开罪'思想界的权威'。"按照他这回的慷慨激昂例,如果要免于"卑劣"且有"半分人气",是早应该说明谁是土匪,积案怎样,谁是剽窃,证据如何的。现在倘有记得那括弧中的"思想界的权威"六字,即曾见于《民报副刊》广告上的我的姓名之上,就知道这位陈源教授的"人气"有几多。

从此,我就以别人所说的"东吉祥派"、"正人君子"、"通品"等字样,加于陈源之上了,这回是用了一个"通"字;我要"以眼还眼以牙还牙",或者以半牙,以两牙还一牙,因为我是人,难于上帝似的铢两悉称。如果我没有做,那是我的无力,并非我大度,宽恕了加害于我的敌人。还有,有些下贱东西,每以秽物掷人,以为人必不屑较,一计较,倒是你自己失了人格。我可要照样的掷过去,要是他掷来。但对于没有这样举动的人,我却不肯先动手;而且也以文字为限,"捏造事实"和"散布'流言'"的鬼蜮的长技,自信至今还不屑为。在马弁们的眼里虽然是"土匪",然而"盗亦有道"的。记起一件别的事来了。前几天九校"索薪"的时候,我也当作一个代表,因此很会见了几个前"公理维持会"即"女大后援会"中人。幸而他们倒并不将我捆送三贝子花园或运入深山,"投畀豺虎",也没有实行"割席",将板凳锯开。终于"学官""学匪",都化为"学丐",同聚一堂,大讨其欠账,——自然是讨不来。记得有一个洋鬼子说过:中国先是官国,后来是土匪国,将来是乞丐国。单就学界而论,似乎很有点上这轨道了。[1]

这段看似交代背景的文字,可视为杂文写作方法入门。"执滞于小事情的脾气"决定了杂文发生的战斗场域和战斗方式;它也是作文意义上的编织,即把种种"小事",按照"碰"和"挤"以及"华盖运"降临的来路,有条不紊地以引文和例证的形式镶嵌在"执滞"的脉络里。这段文字里密密麻麻的引号及其重叠,说明了杂文写作同它的具体环境的亲密关系。这个环境既是由"迎面而来"的种种"小事"所决定,也是由杂文家根据寓言的逻辑自由选择和界定的结果。它可以通过语言形式层面的游戏、征引和"用典",灵活多变地让杂文的行文自由出入于不同的语境——个人意气的语境("我可要照样的掷过去,要是他掷来")、论争语境("如果要免于'卑劣'且有'半分人气',是早应该说明谁是土匪,积案怎样,谁是剽窃,证据如何的")、道德语境("我就以别人所说的'东吉祥派'、'正人君子'、'通品'等字样,加于陈源之上了")、历史语境("中国人的官瘾实在深,汉重孝廉而有埋儿刻木,宋重理学而有高帽破靴,清重帖括而有'且夫''然则'")乃至经济语境("学丐"和"索薪")。[2]

这种编织法使得杂文家既可以全力投入一时一地的遭遇战,又保持一种寓言家"立此存照""借此说彼""以小见大""忽然想到"的自由。这种"执滞"的方式不但针对时局和历史的种种经不起认真推敲和追问的浮皮潦草、似是而非的表面现象(包括"正人君子""通品""思想界的权威"之类唬人的头衔),也针对写作和语言本身的异化和物化倾向,即深入"旧文学"肌体和灵魂的"行官势、摆官腔、

---

[1] 鲁迅,《学界的三魂》,《华盖集续编》,《鲁迅全集》第3卷,第223页。
[2] 同上书,第220页。

打官话"[1]。官腔在此当然有具体的历史所指,但对所有"腔"的反感和警惕,贯穿鲁迅的杂文写作。他晚年曾批评上海文艺青年的文艺腔和几个"拉大旗作虎皮"的理论家的马列腔。从鲁迅反对"官腔"和"文艺腔"到延安时期毛泽东反对"党八股",整个新文学的历史,某种意义上说,也是反对语言的物化和体制化的历史。在语言伦理的基本层面,杂文继承和发扬了"新文学"反对一切陈腐、造作、空洞、繁复、因循、高高在上的程式化写作的革命传统,因而是"平民写作""国民写作""个人写作"的自觉实践;它包含了反叛者对于"新"的近代意义上的合法性与合理性的高度自信,包含了"野"和"野人"对于一切"礼"或"礼教"的摒弃。站在生发出新"礼"的"野"的立场上,鲁迅做了"官之所谓匪"和"民之所谓匪"的区分,嘲笑以"官"自居、把所有挑战者都视为"匪"的旧文学和旧文人官学一体的习气,从而把文化批判、国民性批判和文明批判的道德制高点确立在自己这边,使杂文获得一种不言自明的内在力量。

在鲁迅的种种"脾气"里,"执滞于小事情"是最令人生畏的,可以说它是杂文风格的实质所在;这种实质不仅关系到杂文的内容,也决定了杂文的审美构造。"执滞于小事情"把人的意识从种种冠冕堂皇的"大事情"上转移开,从种种以"历史""文化""道德""不朽"等名目的虚伪和颓废中转移开,将它聚焦、凝固在"当下"和"此刻"突如其来的瞬间,使杂文和新文学语言在无可回避的具体性、个人利害关系和情绪投入中远离了种种制式化、形式化的陷阱。没有这种令人无法脱身的"小事情",人的意识就无法突入事物表面或陷入时间的停顿,就无法获得一种超越时间性和概念体系的独一无二性。同样,没有"执滞"的脾气,这些"小事情"也无法在琐碎、无聊和令人厌恶之外获得诗学和政治的意义。我们知道鲁迅明确意识到自己生于一

---

[1] 鲁迅,《学界的三魂》,《华盖集续编》,《鲁迅全集》第3卷,第220页。

个一切"可以由此得生,而也可以由此得死"的"大时代"[1],在此,新与旧、生与死、光明与黑暗、文明与野蛮随时处于你死我活的搏斗状态,而生命在这个时代没有别的选择,它"不在沉默中爆发,就在沉默中死亡"[2]。但鲁迅与这个大时代的关系,正是通过"执滞于小事情"确立的。正是"小事情""小创伤"使得鲁迅和鲁迅杂文充分表现出那种认真、较真、一旦开战便穷追不舍直至"痛打落水狗"和"一个都不宽恕"的无情与彻底。这种对待战斗的态度,固然与鲁迅最深处的创伤体验、无聊感和防守态势有关,换句话说,它们的进攻性都是某种"积极的防御"(正如鲁迅本人是一个不想做战士的战士);但战斗作为战斗所具有的搏斗、格斗的纯粹性,却一样赋予鲁迅写作以政治本体论的实质和自律性。我们后面还将回到这个话题。

这样的杂文美学无疑属于"崇高"(the sublime)范畴而非一般意义上的"优美"(the beautiful)范畴:它的"审美感官"的基本范畴是痛苦、悲哀、恐怖和震惊,而非一般意义上的愉悦、松弛、祥和与静谧。因为这种"小事情"的内容决定和历史决定,也由于作为体验-写作法的"执滞"态度,鲁迅杂文在总体风格上必然是偏执、尖刻、辛辣、"阴暗"和不宽恕的,因为它从来不是在令人"心开意豁"的余暇中,以"正人君子"一般的姿态和面目做出"公允妥洽,平正通达"之论,而是同自身存在的命运诅咒搏斗,是在这种搏斗中斤斤计较、乐此不疲的体验和意识状态的直接表达。在经典现代主义美学形象谱系中,鲁迅作为杂文家的形象,可以说是"摩罗诗人"的现代主义版和散文版,它也与本雅明所描绘的那个同暴风雨搏斗的"欧洲最后一个抒情诗人"波德莱尔的形象惊人一致。

不过这种跨越历史时空的审美形象的相似性不应遮蔽一个关键的

---

[1] 鲁迅,《〈尘影〉题辞》,《而已集》,《鲁迅全集》第3卷,第571页。
[2] 鲁迅,《记念刘和珍君》,《华盖集续编》,《鲁迅全集》第3卷,第292页。

唯物主义的、社会学意义上的不同：令波德莱尔的常态经验陷入震惊和瘫痪、令他摒弃传统浪漫派诗学而转向现代主义象征－寓言的诗作法的，乃是现代大都会的物质体验和社会交往体验，特别是高度发达的商品经济、商品交换以及由此而来的人的"异化"状态给人带来的创伤性体验。让波德莱尔感到被漠视和被"出卖"的现代大众，究其社会学性质而言乃是现代性城市和市场条件下的消费大众，正是他们对自身作为艺术品的"主顾"和艺术家的"赞助人"身份的重新定位，让波德莱尔感觉到诗人光环的丢失和一切艺术的灵韵的消散。[1]与这种物的冗余、过度和法权化、"神学化"相比，鲁迅杂文美学所对应的社会学空间是由匮乏、贫瘠、空洞和停滞所主导的；杂文的读者受众也并非在市场经济和19世纪资产阶级文明"黄金时代"的历史主义线性时间中变得单一化的中产阶级消费大众，而是被杂文作者本人作为"世界图景"描摹出来的喑哑、荒凉、残酷的"无声的中国"。[2]但鲁迅文学的诗学意义，正在于它把这种由西方现代性文明所界定的"有"之虚无（人的异化、信仰和价值的空洞化等），通过初生的新文学语言形式，转化为一种"无"（落后、愚昧、反动）之实有，并在这种形式化与风格化努力的过程中，复制和再造了同世界范围内现代主义艺术形式兼容匹配的审美强度和感官具体性。

上述关于现代主义的讨论，并非意在抽象的理论辨析，而是希望借此恢复并保持对鲁迅杂文"执滞于小事情"风格的批评敏感。被杂

---

[1] 参看瓦尔特·本雅明，《论波德莱尔的几个母题》第十一、十二节，《启迪》，第204—214页。
[2] 具体而言，1920年代新文学生态开始逐步生成，至1925年出现了一个小周刊热，读者主要是青年群体。因此不妨假定，各地读者在鲁迅与《现代评论》派的骂战中，通过鲁迅的杂感，一定程度上也从各种"小事情"感受到"大事情"（诸如学潮、"五卅"等）和"大时代"。1927年国民政府定都南京，直到"七七事变"后抗战全面爆发前夜，鲁迅在其整个"上海时期"都同大都会印刷媒体和文化市场保持着密切的关系，因此得以在政治高压和书报审查环境下保持相当程度的身心自由。

文家的"执滞"所吸收、裹挟和征用的"小事情",在杂文文字、句式和风格空间中都能够作为历史寓言将琐碎、芜杂、堕落和"无意义"之物一举确立在叙事和象征空间,成为反抗虚无的诗意动作、意念、形象。换句话说,鲁迅杂文作为一种写作方式和现实表象系统,通过自身现代主义诗学机制,绕过近代西洋文学体制所暗示的种种内容和形式上的程序、规矩和标准,把握住自身体验的直接性、具体性和破碎性,由此获取了一种表达自主和自由,将一种"前现代"或"准近代"历史经验转化为高度现代的、前卫的文学实验的题材与动机。虽然鲁迅文学以小说为其原点,并在最初的短篇作品(比如《狂人日记》和《阿Q正传》)中展示出一种现代主义的形式、风格和审美倾向,但鲁迅文学最终是通过杂文的自觉和杂文的道路方才成为自己;因此,在终极的理论意义上,可以说没有鲁迅杂文,就没有鲁迅文学。在这个意义上,我们也可以说,若没有现代主义形式观念、写作手法和美学原则,就没有鲁迅杂文;而离开了鲁迅杂文,鲁迅文学里的现代主义或作为现代主义文学的鲁迅文学,就只能是一种发展不充分的元素和倾向。现代主义与鲁迅杂文的结合遵循着一种杂文的逻辑和方式,因此它呈现出零碎、孤立、突兀和反过度形式化的特点;但现代主义诗学和审美特征的确广泛呈现于鲁迅杂文写作的风格肌体中。

三、"碰壁"与杂文力学

"碰壁"和"碰钉子"是《华盖集》杂文的基本母题与核心形象之一。它所包含的杂文力学结构信息,可具体而直观地描述或分解为一系列作用力与反作用力的相对运动。从"碰壁,碰壁!我碰了杨家的壁了!"开始,鲁迅杂文便在这种力场中成形、定型;这个过程赋予杂文以锋芒和铁甲,同时也帮助它建立起一个内部的抗打击预应力结构。"碰壁"和"碰钉子"也使杂文对自身的环境和对手的性质得出更为具体而准确的判断，即所谓"中国各处是壁，然而无形，像'鬼打墙'一般，使你随时能'碰'。能打这墙的，能碰而不感到痛苦的，是胜利者"[1]。"碰"的种类也无非这几种：一、外界的异物碰过来；二、自身在碰撞中产生痛感，或在冲击力作用下变形；三、反作用力的产生；四、自己主动碰过去；五、"硬碰硬"意义上的针锋相对，即原则、立场和态度上的不妥协、不敷衍；六、"无物之阵"意义上的反复"碰壁"，却不知碰到了什么，即所谓"鬼打墙"；七、由碰壁经验教训而来，在杂文文句和谋篇布局中形成的预应力加固结构，以便于更好地应付和吸收外力打击。这些力学作用和运动都在鲁迅杂文风格空间留下了持久的、结构性的痕迹。

鲁迅笔下的"碰"字往往同伤害联系在一起，从最早《热风·随感录二十五》中担心北京街头的孩子"辗转于车轮马足之间，很怕把他们碰死了"开始，直到晚年作《自嘲》中"未敢翻身已碰头"[2]，"碰"字几乎出现在鲁迅各种体式的文章中。但《华盖集》和《续编》时期，它出现频率最高，意指最明确，同时也最具有杂文发生学方法论价值和寓意情景营造效果。"碰"可以是瞬间的接触和对抗，即在鲁迅杂文中常常提及的"碰壁""碰钉子""碰头"之类的"小事情""小创伤"，它往往成为鲁迅杂文意念、情绪和能量爆发的触发点。"碰"也可以是长期对峙和冲突状态，即杂文作者同他的社会对立面之间真实关系的总体反映；也就是鲁迅在《不是信》中所说的"有意或无意中碰破了一角纸糊绅士服，那也许倒是有的；此后也保不定。彼此迎面而来，总不免要挤擦，碰磕"[3]。"碰"不限于单一维度的碰撞，而

---

[1] 鲁迅，《"碰壁"之后》，《华盖集》，《鲁迅全集》第3卷，第76页。
[2] 鲁迅，《自嘲》(最初见于鲁迅1932年10月12日日记，为"午后为柳亚子书一条幅"之内容，后收入《集外集》)，《鲁迅全集》第7卷，第151页。
[3] 鲁迅，《不是信》，《华盖集续编》，《鲁迅全集》第3卷，第246页。

且也可以是所谓"六面碰壁，外加钉子"，即鲁迅所谓"真是完全失败，呜呼哀哉了！"[1]。"碰"也不必然发生在现实界，而是"在'阴司间'里也有的，胸口靠着墙壁，阴森森地站着；那才真真是'碰壁'"。[2]"碰"甚至不一定需要物理意义上的碰撞和接触，比如说它可以像逃出猪圈、逃入山中的野猪那样，用它的獠牙迫使老猎人"也不免退避"[3]，或者像豪猪身上的刺一样迫使并不与人为善的君子"Keep your distance"（保持距离）。[4]

更为重要的，则是"碰壁"所透露和显示出的，在杂文发生学过程中被永久化和风格化了的鲁迅文学内部的冲击－震惊/创伤－体验构造。这种心理（包括意识和潜意识）、情感（可以言说的情感和尚不能被命名的情感）以及文学形式层面的作用力与反作用力，带着鲁迅杂文特有的一系列对立统一：脆弱与坚韧、敏感与粗犷、情绪化与理智、严肃性与游戏性。这种特征已经不能够仅仅在语文修辞或作家"个性"意义上把握，而必须上升到鲁迅杂文风格的总体面貌和本质性特征的层面予以系统分析。换句话说，在"碰壁美学"范畴里，鲁迅杂文不仅仅在应对外部的冷漠、敌意、袭扰和摧折过程中获得超强的抗打击能力、对抗性和攻击性，更在其内部结构性地构建起一个防御加固系统，这个系统作为写作原则甚至创作本能贯穿鲁迅文学空间整体，改变了它的文学本体论性质，包括其政治本体论意义上的存在方式和美学意义上的感性外观，后者意味着攻防所需的铁甲在此已同作品的审美外观结合甚至融合为一体，共同决定了鲁迅杂文特殊的感性特征。

"碰"及其形式后果，通过在杂文空间里的变形和吸收，形诸风格

---

[1] 鲁迅，《死后》，《野草》，《鲁迅全集》第2卷，第216页。
[2] 鲁迅，《无常》，《朝花夕拾》，《鲁迅全集》第2卷，第277页。
[3] 鲁迅，《一点比喻》，《华盖集续编》，《鲁迅全集》第3卷，第233页。
[4] 同上。

的构造。这不仅仅是作用力／反作用力意义上的对抗和抵消,而是在外部冲击和内部反应的过程中建立起一系列文学感受、文学认识和文学想象的创造性手段。因此"碰壁美学"是对立、抵抗和挣扎的现象学和诗学构造;它也是"再现"意义上的现实摹仿以及讽喻与寓言意义上的现实批判。这种直接和具体的、反复的冲击与创伤体验,在杂文意识的深层,在体验而非经验层面,在潜意识而非意识层面,都构筑起攻防的壁垒;偏执和怀疑的思想是它的第一层预警装置,匕首投枪是它的武器,而杂文家蓄意保持的彪悍毒辣的文笔和作者形象,则是它的铠甲。因此,对杂文的认识并不首先在于杂文作品提供给读者的内容,更重要的是它们自身的外表、形式、风格和内部结构;换句话说,杂文的文学肌体和审美强度,本身以它们的特殊形态保有并传递着更多的信息。

在《"碰壁"之后》提供的样本里,具体经验和情境描述由近乎身体性的"碰壁"体验和痛感引发一种风格意义上的惊叫("碰壁,碰壁!我碰了杨家的壁了!"[1])。与此同时,这种生理性反应也直接唤醒了作者潜意识里挥之不去的形而上"存在体验",即那种对黑暗、危险、阴谋和种种敌意的"无物之阵"的主观判断和情绪,仿佛一个人忽然发现自己步入一个生存险境时那种毛骨悚然的"顿悟"。如果我们必须给"杂文发生学"指派一个具体的发生时空,或一个具体的外部诱因,那么这个"碰壁"意识的瞬间及其语境无疑是最好的候选者。它标记着作者从此前的生活状态中被惊醒(暂且不论他是一直在期待、寻找这个外部刺激,还是尽力回避它);更重要的是,它标记着鲁迅文学从此前纯文学"创作"迷雾——一种信仰、怀疑、依恋和纠结的混合体——中判明了敌情,确定了抵抗和出击的方向、方式和火力强度。

---

[1] 鲁迅,《"碰壁"之后》,《华盖集》,《鲁迅全集》第3卷,第76页。

鲁迅文学的杂文转向或"杂文的自觉"虽然是一种发生在鲁迅人生、思想、文学实践和文学理论的总体结构中的逻辑必然,但这个"碰壁"瞬间作为一个催化剂、引爆点和戏剧性象征的意义,是怎么说也不为过的。

"碰壁"后的"幻觉"产生了一种寓言的幻象,随着"我于是仿佛看见",现实被"魔幻"化、漫画化,却由此省略了许多看似必要的表现上或逻辑上的中间步骤,直接达到了一种近乎武断的、带有胜利感和复仇意味的讽刺性和寓言性真实("回忆到碰壁的学说,居然微笑起来了")。杂文写作的核心,正在于这种通过寓言家的直观或"幻视"(比如文中一系列的"看见……看见……看见……")直达真实的能力。这种杂文的寓言性真实既带有概念的纯粹性和普遍性("谋害""屠戮""死尸""污秽"),又是感性的、直接的、特殊的("在酒杯间""于微笑后""在粪土中""洒满了风籁琴")。这种杂文写作的寓言性逻辑既"执滞于小事情",满足于在本雅明所谓"堕落的具体性"中捕获思想和语言的战利品,也能够出其不意地摆脱一时一地的纠缠,在自造的象征世界里展现有关现实和历史的整体表象,比如"中国各处是壁,然而无形,像'鬼打墙'一般,使你随时能碰";比如杂文家对眼前黑云般麇集的存在物的命名("故鬼,新鬼,游魂,牛首阿旁,畜生,化生,大叫唤,无叫唤")。[1] 在"鬼打墙"的象征情境里,"碰"从机械撞击和一次性冲突上升并普遍化为抽象、模糊、昏暗却无处不在、使人不得脱身的"阵"和"局"。通过这个意象,"女师大风潮"期间杂文的"个人意气",即那种拒绝"设法应付,暂图苟全",更不会"默默地吃苦"或"戟指嚼舌,喷血而亡"的战斗气概[2],同贯穿鲁迅写作生涯的思想母题和现实表现母题,特别是传统社会文化批

---

[1] 鲁迅,《"碰壁"之后》,《华盖集》,《鲁迅全集》第3卷,第72页。
[2] 鲁迅,《"碰壁"之余》,《华盖集》,同上书,第127页。

判,结合在一起。

这样的"境由心造"是杂文从"碰"的经验中,通过与外界和对手形成的共生关系中得到的独特的寓意确定性和生动性。这比一般意义上鲁迅杂文"敢说,敢笑,敢哭,敢怒,敢骂,敢打,在这可诅咒的地方击退了可诅咒的时代"[1]更贴近杂文的内在机制和风格本质。那种"彼此迎面而来",以摩擦、碰撞、推搡和搏斗为家常便饭乃至写作唯一理由的体验,使得杂文这种看似最随意、最个人化的写作样式远离了一切仅仅是个人的因素和随意性;远离了一切传统格式的游戏性、装腔作势;远离了一切轻浮、懦弱、无聊、自鸣得意、人云亦云和哗众取宠,从而在基本的写作伦理上彻底摆脱了"旧文学"和"旧文人"的生活世界和文学生态,获得了一种作为"新文学"政治本体论基点的严肃性、实用性和现代性。因为再没有哪种写作方式能像杂文一样,把切关个人利害和生存的体验与被一般化、普遍化了的"纯粹的此刻"结合在一起,一同构成对历史的某种"危险的关头"的寓言性、批判性把握。最后,杂文写作法把"碰壁力学"转变为一种"碰壁美学",以风格形象和气质传达出杂文的精神实质。它不屑于"恬淡"、"聪明"和随大流的"纷纷聚集"或"纷纷逃亡";鄙视"惟独他有公平,正当,稳健,圆满,平和,毫无流弊"的"研究"、"修养"、"推敲"和"谈道理";而是推崇"失败的英雄"和"韧性的反抗",欣赏"敢单身鏖战的武人"和"敢抚哭叛徒的吊客"。[2]

四、"挤了才有"与杂文空间构造及生产流程

杂文"发生学"和"自觉",既不是简单的"文学内部"问题,也

―――――――――
[1] 鲁迅,《忽然想到(五至六)》,《华盖集》,《鲁迅全集》第3卷,第45页。
[2] 鲁迅,《这个与那个》,《华盖集》,同上书,第152—153页。

不是简单的"文学外部"问题,它指向鲁迅杂文内容与形式、本体与外部环境之间的接触面和互动关系,指向一种情境分析和动力学研究的必要性。在《并非闲话(三)》中,我们可以看到如下线索:

> 我何尝有什么白刃在前,烈火在后,还是钉住书桌,非写不可的"创作冲动";虽然明知道这种冲动是纯洁,高尚,可贵的,然而其如没有何。前几天早晨,被一个朋友怒视了两眼,倒觉得脸有点热,心有点酸,颇近乎有什么冲动了,但后来被深秋的寒风一吹拂,脸上的温度便复原,——没有创作。至于已经印过的那些,那是被挤出来的。这"挤"字是挤牛乳之"挤";这"挤牛乳"是专来说明"挤"字的,并非故意将我的作品比作牛乳,希冀装在玻璃瓶里,送进什么"艺术之官"。[1]

作为一位已获得高度成就和名望的作家、一个老练的文人,鲁迅何尝不知道作文章要有"余裕"和"余裕心"。在《忽然想到》里,他就曾指出那种"不留余地"的"压迫和窘促之感"不利于读书之乐和文艺创作的活力,批评"现在器具之轻薄草率(世间误以为灵便),建筑之偷工减料,办事之敷衍一时,不要'好看',不想'持久'",甚至上纲上线到"人们到了失去余裕心,或不自觉地满抱了不留余地心时,这民族的将来恐怕就可虑"的高度。[2]但鲁迅偏偏用一个"挤"字来说明自己的写作动机和写作条件,声明它们的"不纯"和"不雅"。"挤"这个动词的确非常生动直观地表明了鲁迅杂文写作的外部压力、在这种压力下形成的杂文的内部构造和质地,以及"内"与"外"之间特殊的、严丝合缝的对应关系。这种发生学构造是我们理解杂文的寓言

---

[1] 鲁迅,《并非闲话(三)》,《华盖集》,《鲁迅全集》第3卷,第158页。
[2] 鲁迅,《忽然想到》,《华盖集》,《鲁迅全集》第3卷,第16页。

特质的关键。

鲁迅说他的文章都是"挤"出来的:"所谓文章也者,不挤,便不做。挤了才有。"[1]"挤"的第一层含义是外界和他人挤过来,自己是被挤的一方,无处可躲,也无处可退;如果有"抵抗",那是作用力反作用力的关系,因为这抵抗的环境是被"挤"的力量所限制和塑造的。反之,没有这种外界的挤压,也就没有创作;没有现实世界的"挤"的压力,也就没有语言世界的变形、紧张、严峻、坚硬。这同我们上面讨论过的"杂文的自觉",即接受杂文的命运,把"必然"变为"自由",把负面的东西变为正面的力量的态度是相一致的。所以这个"不挤不写"既是无奈,也是有意识的选择,因为文字若非被挤出来的,便缺少一种质地,是不值得信赖甚至可有可无的。所以鲁迅进一步发挥道:"总之,在我,是肚子一饱,应酬一少,便要心平气和,关起门来,什么也不写了;即使还写,也许不过是温暾之谈,两可之论,也即所谓执中之说,公允之言,其实等于不写而已。"[2]反过来讲,值得写的东西,一定是被"挤"出来的东西:时代就像一个无情的地质构造和社会环境的冲压机,而杂文是在它不断变化的地层压力的模具中、在时代的巨大力场里被铸造出来的硬币。在这个意识同历史的塑造与被塑过程中,没有"烟士披离纯""创作感兴"之类有关艺术天才的神话的位置,有的只是一种作为生存底线的道德质地和语言质地,它们通过"挤"而找到了自己的独特形式,即杂文的形式。

"挤"传达出环境的拥挤、促狭、杂乱,也透出他人的漠然乃至敌意。李长之在《鲁迅批判》中断言鲁迅性孤独而不喜群,在人群中不自在、待不住,为人处事不够"圆通",连宴会邀请也多敬谢不敏,因此不具备小说家(特别是写实主义小说家)"客观、多面"认识世

---

[1] 鲁迅,《并非闲话(三)》,《华盖集》,《鲁迅全集》第3卷,第160页。
[2] 同上书,第161页。

界的兴趣和能力。如果鲁迅生活和工作所需的宁静、舒适、得其所在的状态有赖于某种客观或主观感知的回旋余地、距离感和安全感，以此方能保证某种最低限度的"内心自由"、行动范围和"呼吸空间"（breathing space），那么一个"挤"字及其不同内涵给鲁迅生活和工作所带来的具体或象征意义上的外部环境，就值得认真探讨，因为它不可避免地影响了过渡期杂文写作的心境、姿态和方法。

说鲁迅此阶段"杂文的自觉"或"自觉的杂文"产生于同具体的环境、事件、人事和舆论场的"推推挤挤"并非夸张，但另一方面，我们也必须看到这个"挤"字对于创作者鲁迅来说并非"新生事物"，而是一个老冤家。也可以说，它是包含在鲁迅文学内部风景之中、贯穿其观念与风格发展始终的一种客观存在和难以消弭的难题，因此自然也指向被鲁迅文学和鲁迅精神判定为必须随时抵抗和反击的对立面，指向随时可以被普遍化、政治化的形势、他人和他者性。在1908年作于东京的《摩罗诗力说》中，我们就可以看到"挤"作为"排挤""压制"之意，在鲁迅早年为尼采所激发的自我意识表述中的位置。他借对英国浪漫派诗人雪莱的评价写道：

> 惟修黎（Shelley）亦然，故终出人间而神行，冀自达其所崇信之境；复以妙音，喻一切未觉，使知人类曼衍之大故，暨人生价值之所存，扬同情之精神，而张其上征渴仰之思想，使怀大希以奋进，与时劫同其无穷。世则谓之恶魔，而修黎遂以孤立；群复加以排挤，使不可久留于人间，于是压制凯还，修黎以死，盖宛然阿剌斯多之殒于大漠也。[1]

在这个语境里，"挤"或"排挤"已经是作为"群"对天才个人的"孤

---

[1] 鲁迅，《摩罗诗力说》，《坟》，《鲁迅全集》第1卷，第87—88页。

立"、"压制"、令其"不可久留于人间"的手段和布阵方式,而在青年鲁迅的意识中登记造册了。显然,这种作为"排挤"的"挤"的主体,正是围困、扼杀作者所向往的"出人间而神行,冀自达其所崇信之境"、"张其上征渴仰之思想,使怀大希以奋进,与时劫同其无穷"的庸众群氓,是与这种"大多数"相适应的冷漠而残酷的既有社会现实和道德秩序。"挤"在排挤、迫害、压制的意义上,突出了所谓"多数的力量"和传统的重压,即所谓"被这历史和数目的力量挤着",因此给人带来"仍旧牢不可破"的窒息感。被挤死的则多是"不合意"的人,所以在《我的节烈观》里鲁迅把挤的力量或势力称为"无主名无意识的杀人团"。[1] 直到1927年,当鲁迅形容自己一年前离开北京而落脚"厦门大学的图书馆楼上"的路途窘境时,仍没有忘记这个"挤"字("已经是被学者们挤出集团之后了"[2])。

"挤"本身也是"杂"的另一种状态和面貌;通过"挤",杂文作为"世界的散文"成为现实状态的一种特殊的呈现和再现。比如《热风》里就有这样的社会描摹,"挤"在其中,是事物组织和再现方式的枢纽和关节点:

> 中国社会上的状态,简直是将几十世纪缩在一时:自油松片以至电灯,自独轮车以至飞机,自镖枪以至机关炮,自不许"妄谈法理"以至护法,自"食肉寝皮"的吃人思想以至人道主义,自迎尸拜蛇以至美育代宗教,都摩肩挨背的存在。
>
> 这许多事物挤在一处,正如我辈约了燧人氏以前的古人,拼开饭店一般,即使竭力调和,也只能煮个半熟;伙计们既不会同

---

[1] 鲁迅,《我之节烈观》,《坟》,《鲁迅全集》第1卷,第129页。
[2] 鲁迅,《〈朝花夕拾〉小引》,《朝花夕拾》,《鲁迅全集》第2卷,第236页。

心,生意也自然不能兴旺,——店铺总要倒闭。[1]

这种作为"世界图景"的"挤"也常常出现在鲁迅小说里,往往同看客、乌合之众的形象联系在一起(如《孤独者》里的"迟疑了一会,就有几个人上前去劝止他,愈去愈多,终于挤成一大堆"[2]),或表现某种扭曲的身体或心理状态(如《伤逝》里的"连鼻尖都挤成一个小平面"[3])。但作为方法出现的"挤"是在《华盖集》和《续编》期间确定其力学形态的,在这个阶段的鲁迅书信中,"挤"字也频频出现,比如:

> 北京的学界在都市中挤轧,这里是在小岛上挤轧,地点虽异,挤轧则同。但国学院中的排挤现象,反对者还未知道(他们以为小鬼们是兼士和我的小卒,我们是给他们来打地盘的),将来一知道,就要乐不可支。[4]

可见"挤"不但指外界环境的挤压,也包含一种特殊的主观感受,即被时代或形势裹挟在自己不情愿做或不善于做的事情当中不得脱身,

---

[1] 鲁迅,《随感录·五十四》,《热风》,《鲁迅全集》第1卷,第360页。
[2] 鲁迅,《孤独者》,《彷徨》,《鲁迅全集》第2卷,第91页。
[3] 鲁迅,《伤逝》,《彷徨》,《鲁迅全集》第2卷,第115页。
[4] 鲁迅,《261023致许广平》,《鲁迅全集》第11卷,第585—586页。鲁迅在厦门期间,每回顾"女师大风波"以来在北京的人事,心情仍不免愤懑,比如他在1926年11月15日致许广平信中写道:"我又有种感触,觉得现在的社会,可利用时则竭力利用,可打击时则竭力打击,只要于他有利。我在北京是这么忙,来客不绝,但倘一失脚,这些人便是投井下石的,反面不识还是好人;为我悲哀的大约只有两个,我的母亲和一个朋友。所以我常迟疑于此后所走的路:(1)积几文钱,将来什么都不做,苦苦过活;(2)再不顾自己,为人们做一点事,将来饿肚也不妨,也一任别人唾骂;(3)再做一点事,(被利用当然有时仍不免),倘同人排斥我了,为生存起见,我便不问什么事都敢做,但不愿失了我的朋友。"这些字句都可以作为"挤"的旁注。见鲁迅,《261115致许广平》,《鲁迅全集》第11卷,第615—616页。

比如：

> 我也有这类苦恼，常不免被逼去做"非所长""非所好"的事。然而往往只得做，如在戏台下一般，被挤在中间，退不开去了，不但于己有损，事情也做不好；而别人看见推辞，却以为客气，仍然坚执要你去做。[1]

鲁迅面对正面之敌和对手的时候都是聚精会神、斗志坚定的，从来没有丝毫怯阵或心灰意懒，但在所谓"运交华盖"的阶段，一些此前得益或受惠于鲁迅的青年人"落井下石""反戈一击"，却让鲁迅不免受伤，令他感到心寒和愤怒，这些也构成环境挤压的一个环节。[2] 同时，鲁迅对此阶段时局、女师大的局面、自己的处境和感受，也做了颇为直白的描述；这些描述对于理解鲁迅此阶段的心境和写作状态都很关键，也同鲁迅形于外的战斗者形象形成微妙的反差，因此不妨抄录如下：

> 贵校的情形，实在不大高妙，也如别的学校一样，恐怕不过是不死不活，不上不下。……就是办也办不好，放也放不下，不爽快，也并不大苦痛，只是终日浑身不舒服，那种感觉，我们那里有一句俗话，叫作"穿'湿布衫'"，就是有如将没有晒干的小

---

[1] 鲁迅，《261216 日致许广平》，《鲁迅全集》第 11 卷，第 657 页。
[2] 如："我先前何尝不出于自愿，在生活的路上，将血一滴一滴地滴过去，以饲别人，虽自觉渐渐瘦弱，也以为快活。而现在呢，人们笑我瘦了，除掉那一个人之外。连饮过我的血的人，也来嘲笑我的瘦弱了，这实在使我愤怒。我并没有略存求得好报之心，不过觉得他们加以嘲笑，是太过的。我的渐渐倾向个人主义，就是为此；常常想到像我先前那样以为'自所甘愿即非牺牲'的人，也就是为此；常常欲人要顾及自己，也是为此。"这些话无论就内容还是情绪在鲁迅文字中都是不多见的。见鲁迅，《261216 日致许广平》，《鲁迅全集》第 11 卷，第 657 页。

衫,穿在身体上。我所经历的事,无不如此,近来的作文印书,即是其一。[1]

这种"穿'湿布衫'"状态,正以身体性感受说明了外部环境的"挤"。它实实在在地迫近着、压抑着鲁迅此时的心情,对他的生活和创作状态都带来具体的、难以摆脱的影响。

但也正是在这样的状态下,杂文展现出自身的"肉薄"和反击能力;这种往外挤出去的动作尽管有时带有尖锐的针对性甚至"人身攻击"的特征,但就其力学动态而言,却可以说是没有具体方向的,也可以说是全方位的,因为它是相对于一个"无物之阵"或"穿'湿布衫'"状态的爆发和反抗。在此过程中作者并不手持"希望之盾",将无望和虚妄抵挡于战线之外;或退居一个安全稳妥的精神根据地、大本营,从容不迫地选择自己的战略方向和战术突破点。面对来自外部环境的全方位、弥散性、无孔不入的"挤",鲁迅杂文的外部动作及其力学原理其实是"求诸内"的,这就是他在写作方法和作品性质意义上所讲的"这'挤'字是挤牛乳之'挤'",而"这'挤牛乳'是专来说明'挤'字的,并非故意将我的作品比作牛乳,希冀装在玻璃瓶里,送进什么'艺术之宫'"。这里强调的不是挤出来的东西的珍稀宝贵,而是创作的身体性和生产性,强调作品之生命元素(滋养、心血)和其中隐含的物质与能量(从草到奶)守恒与不灭的转化机制。所谓"挤牛乳之'挤'",不是创作的艰巨、耐心、付出和痛苦,而是在一种极为令人震撼的意义上具体而特殊地描述杂文写作的诗的"生物学"和"生理学"中介,因此可视为"碰"的力学机制的升级版或有机版。这种生物学生理学中介在能量转化过程中带来的"质变",也是杂文写作在吸收和转化其粗糙、敌意的社会环境和题材内容时所带来的语言、

---

[1] 鲁迅,《261216日致许广平》,《鲁迅全集》第11卷,第656页。

形式和风格的质变。它并不是一个简单的过滤机制,即通常意义上的所谓"去粗取精",而是如大量森林最后形成一小块煤般的"人类血战前行"过程的缩写和快放,带有全盘的道德和价值增值。同样,所谓是"挤出来的"而非"涌出来的",也并不是在谈创作的勤奋和努力,而是将写作还原到一种社会生态中的生命政治机制,还原到身体机能意义上的新陈代谢和内分泌。在这个意义上,鲁迅杂文是反天才论、反灵感论的写作,也是反形式主义、唯美主义的实践性、功利性写作;简单说,它是有益于生命和生存的战斗,但在这个单纯和迫切的目的上,它又的确是忘我的、不计利害、较真的写作。通过这个身体性的介入,"挤"的外部性被转化为"挤"的内部性和生产性;或者说"挤"由一种被动状态转入一种主动状态,由从外向内的逼迫和压抑转化为从内向外的创造与表达。

在纯粹的文学发生学力学原理上,"挤"一方面是文字和思想那样的"奶"和"(心)血"的助产士,代表的是一种缓慢、持续的自我压力;另一方面,它也可以是峻急而猛烈的动作,用以完成对某种体内异物的排斥。鲁迅在拒绝艺术之宫的"玻璃瓶"之后,干脆一不做二不休,进一步把自己的一些作品比作"打胎","或者简直不是胎,是狸猫充太子"。[1]这个令人错愕的比喻事实上带有真实的残酷性和残酷的真实性;它是杂文(至少作为其极端状态)这个"可怕的婴儿"的赤裸裸、血淋淋的描述,点明了它的匆忙、早熟和未完成性(以及作为它本质的"人"或"精神"属性)。但在具体的战斗情境中,它的特殊所指仍是那种专心致志于当面之敌的状态,即"所以一写完,便完事,管他妈的,书贾怎么偷,文士怎么说,都不再来提心吊胆"[2],因此也是杂文政治本体论内部紧张与强度的反映。无论如何,这样的杂

---

[1] 鲁迅,《并非闲话(之三)》,《华盖集》,《鲁迅全集》第3卷,第159页。
[2] 同上。

文都远离了所谓"冠冕堂皇的心"和"故意耍些油腔滑调"的闲情逸致，因为"被挤着，还能嬉皮笑脸，游戏三昧么？倘能，那简直是神仙了"。[1]因此鲁迅在"杂文发生学"期间公开宣布自己的"多疑"和"不大要听人们的说话"，宣布往往因为"无话可说"而"不大愿意做文章"，宣布自己不相信种种"义形于色的公话"，宣布成功修炼出了"不识抬举"这样的"下等脾气"。[2]所有这一切都汇总于"挤出来"的作品，它们自然都不是"围炉煮茗时中的闲话"，也绝不标榜"高超的'烟士披离纯'"、"创作冲动"或"创作感兴"[3]，而都是挤过来/挤过去之间的产物，也都同"执滞于小事情"和"碰壁"一道构成杂文力学和动力学的基本机制和构造。

鲁迅在作于杂文发生学期间的《〈热风〉题记》中讲到，"凡对于时弊的攻击，文字须与时弊同时灭亡，因为这正如白血轮之酿成疮疖一般，倘非自身也被排除，则当它的生命的存留中，也即证明着病菌尚在"。[4]这种"与汝偕亡"的文章排除法和历史道德寓意，也在其译作《出了象牙之塔》中以挤掉传统文明的"肿痛"之"痛快"的形式出现。[5]不妨说主动的"挤"也包含一种清场方式，隐喻性地指出文学风格、审美、观念和价值形态的此消彼长，隐含了将客观现实中一切事物的"速朽"吸收进写作形式的自我毁灭与自我发明的韵律节奏中的意图。在《老调子已经唱完》这篇演讲里，鲁迅谈到中国人"要子孙生存，而自己也想活得很长久，永远不死；及至知道没法可想，非死不可了，却希望自己的尸身永远不腐烂"的"矛盾思想"，接着指出："如果从有人类以来的人们都不死，地面上早已挤得密密的，现在

---

[1] 鲁迅，《并非闲话（之三）》，《华盖集》，《鲁迅全集》第3卷，第159页。
[2] 同上书，第158页。
[3] 同上书，第160页。
[4] 鲁迅，《〈热风〉题记》，《鲁迅全集》第1卷，第308页。
[5] 鲁迅，《〈出了象牙之塔〉后记》，《译文序跋集》，《鲁迅全集》第10卷，第269页。

的我们早已无地可容了；如果从有人类以来的人们的尸身都不烂，岂不是地面上的死尸早已堆得比鱼店里的鱼还要多，连掘井，造房子的空地都没有了么？"[1]对于鲁迅来说，新文学和新文艺作为一种更高的道德，在追求自身的白话使命和大众义务（"使大家能懂，爱看"）时，必然也"以挤掉一些陈腐的劳什子"为使命。[2]

　　无论在反抗窒息的个人生存斗争的意义上，还是在去除陈腐文化和价值的历史意义上，主动的、由内向外的"挤"最终都和对抗性的"碰"一道化为杂文外部攻防与内部结构的基本力学运动和战术动作。《一点比喻》里的豪猪，就是这种为防范并不尊重个人距离的绅士们挤过来而长出刺来的"庶人"（杂文）形象；豪猪们不仅需用自己的"牙角或棍棒"去抵御侵犯，而且还需要在道德、审美和社会行为规范领域去"拼出背一条"社会制定的罪名："'下流'或'无礼'"。[3]"刺"和"牙"，与其说是距离的保证，不如说是接触的媒介。这种针锋相对、"以牙还牙"的对峙、抵抗和挤来挤去，是杂文与时代关系的最直观写照，是"挤"的有效性的基本前提（否则"无论怎么叫，它们总还是挤过来"[4]）。杂文固然就是寓言家的"刺"和"牙"，即鲁迅所谓的匕首投枪；但在语言的范围之外，机枪大炮也同样是一个阶级或一个民族的"刺"和"牙"。这同鲁迅对中国人"见了狼就要像狼""见了羊就要像羊"（而不是相反：见了狼就变得像只羊，见了羊就变得像只狼）的最低限度的道德相一致。这种抵住时代的咽喉的杂文家的姿态，不仅在历史具体性领域具有认识论的合目的性和真实性，也在价值论和审美范畴内获得其持久的意义。一个"挤"字，把内与外的对抗关系说得淋漓尽致，这种对抗、压力、紧张、厌恶和愤怒不但对

---

[1] 鲁迅，《老调子已经唱完》，《集外集拾遗》，《鲁迅全集》第7卷，第321页。
[2] 鲁迅，《文艺的大众化》，《集外集拾遗》，《鲁迅全集》，第7卷，第367页。
[3] 鲁迅，《一点比喻》，《华盖集续编》，《鲁迅全集》第3卷，第234页。
[4] 同上。

语言表达有内在的赋形作用，也预先决定了作品的接受。正由于杂文是"挤"出来的，所以鲁迅可以对围绕杂文写作的种种闲话不屑一顾。"挤"使得杂文写作远离了绅士风度、费厄泼赖、为艺术而艺术、公理、正人君子等等造作空洞、自命超脱的派头和姿态，从而保证了杂文文体同时代的身体接触和战斗所需的认真与专注。

五、政治本体论与感性外观

在发表于1919年8月12日《国民公报》的《寸铁》一文中，鲁迅写道：

> 先觉的人，历来总被阴险的小人昏庸的群众迫压排挤倾陷放逐杀戮。中国又格外凶。然而酋长终于改了君主。君主终于预备立宪，预备立宪又终于变了共和了。喜欢暗夜的妖怪多，虽然能教暂时黯淡一点，光明却总要来。有如天亮，遮掩不住。想遮掩白费气力的。[1]

这段文字写于《药》发表后几个月，它一方面表明"启蒙"阶段的鲁迅早已对"先觉的人"被"阴险的小人昏庸的群众"压迫排挤乃至"倾陷放逐杀戮"有尖锐而充分的认识，同时也显示出他此阶段对"挤"尚未形成一种超历史的、政治和"审美"意义上的观察和概念。相反，此处的"历来"被放置在一个历史进化链的前端和"史前"状态，它是从"酋长""君主"到"立宪""共和"的过程中，向着"光明"和"天亮"的行进而有待被荡涤的旧时代的污泥浊水。

然而，这种进化论和进步主义的线性时间观念和乐观主义在"运

---

[1] 鲁迅，《寸铁》，《集外集拾遗补编》，《鲁迅全集》第8卷，第111页。

交华盖"的灾星照耀下消散殆尽，代之以过渡期和"杂文的自觉"瞬间所特有的此时此地的搏斗、抵抗和挣扎的"政治本体论"内核在写作风格上的"感性显现"。只是这个内核或内容并非严格意义上的"理性"，而是更多带着"非理性"即个人化、情绪化、纠结于具体事物和对象、高度具象化和感性化的"战士"和"诗人"的特征。但后者作为一种战斗姿态和写作姿态，又岂不正对应并适应着"挤"和"碰"的外部动力场和对峙形势。如此看来，这个近战和贴身肉搏的写作姿势，也有助于理解鲁迅文学内在的非线性思维和反进化论、反历史主义本质。正如小人、庸众的"挤"是一种存在状态，一种不会因为"进步"和"前行"、"立宪"和"共和"而改变的"相同之物的永恒的循环"，那么以此体验为写作冲动来源的"存在的诗"，也自然具有这种"循环往复"的时间概念和结构形态。

这种内在于鲁迅文学之"存在的政治"和"存在的诗"的时间概念、结构形态，虽然同一时一地、一人一事的具体情境结合、纠缠在一起，却拥有它自身稳定的、自我指涉的文学韵律。这种韵律在"过渡期"的杂文样式、文体和风格中最突出地呈现出来。或不如说，这种摆脱了为时代请命、"听将令"的杂文是一种"自在自为"的写作，它只服从自己为存在、利害、尊严、好恶、情绪乃至脾气的"道德律令"。然而，杂文由此而来的具体性、直接性、个人意气和针对一时一地特殊情境的冲突，却又吊诡地赋予它形式和风格上的纯粹性和自律性，就仿佛波德莱尔式的同暴风雨搏斗的人的狂怒，反倒比理性、现实、有闲和保持距离的常规审美活动更符合用牺牲经验去换得体验的现代诗的真理。在这个意义上可以说，在鲁迅各种写作样式、类型和文体中，是杂文——而非小说、诗歌、散文诗或作为"美文"（belle lettres）的回忆性散文——最能够融合于"体验与诗"的状态，也最适应于那种"存在的政治"最激烈、本能、直接、坚韧的意志与能量的语言表达和风格模拟。

作为鲁迅"存在的政治"和"存在的诗"的聚合、杂糅、突击和灵活转换方式，杂文最终成为界定鲁迅写作的文学基准线和最高强度的文体、风格与方法，确定了鲁迅文学特殊的文学本体论终极特征。这种终极特征与其说是鲁迅文学的本体论和审美"核心"，不如说是一种将之空洞化、游牧化的"虚无"、动态和速度。构成这个虚无的核心的，并不是什么社会性、思想性或道德的"本质"或"立场"，而毋宁说是一个因其自身巨大的引力和向心力而向内"塌陷"，同时又是因其巨大能量而向外爆发的动态和放射性场域。在此意义上，鲁迅文学正如尼采所谓的"一颗没有氛围的恒星"，它始终只沿着自己的轨道运行，孤寂地燃烧着，在自身寂灭之前不断朝向广袤而黑暗的空间放射着光芒和热量，却并不是要"照耀"或"温暖"任何人，甚至并不需要获得任何回应。

同时，这个空洞的"内核"也并没有壁垒和边界，没有"内"与"外"、"我"与"无我"、"审美"与"政治"、"文学"与"非文学"之间的隔离层。不如说，这个"内核"之所以成为内核，正因为它总是以自身特有的韵律、方式、强度和速度反复不断地抵达和跨越"文学""审美""自我""内在性"这些人为的、意识形态意义上的"领域"、"范畴"或"体制"的边界。因为它可以触碰、挑战甚至停留在常规文学性概念的最低限度或最小值张力的极限和极点上，并在此证明、展示甚至炫耀文学何以成为文学、写作何以可能。"存在的政治"作为文学本身的"最低限度的道德"，让杂文作者风格和作者意识将自己保持在一个随时可以超越甚至抛弃"文学"（即常规意义上的优美、"闲适"、铺张的文学）的临界状态，而仅仅作为一种"为人生"的粗粝而尖锐的写作，一种反抗窒息的生理活动而战斗。显然，对于鲁迅来说，此刻只有杂文文体才允许这两者合二为一。与此同时，"存在的诗"则提供了对那种"存在的政治"的审美确认，并在"文学"的外在边缘、最小值和最低限度——简单地说，在其"不可能性的心脏"——将那种已成为鲁迅标准形象的存在的搏斗，还原为一种纯粹的"非功利"游戏，一种生命的纯粹的自我指涉行为。鲁迅杂文尽管总是处在挤和碰的力场中，却又仍然"傲慢"且"玩世不恭"地（这是李长之总结的鲁迅的两个基本面相）运行在一种自足与自得状态，通过颠覆和消解其"艺术价值"而不断重建其"审美核心"，甚至随时通过其内部的"文体混合"和"文类杂糅"机制，将优美、抒情、忧郁、沉思、悠闲与甜蜜编织、融会进杂文的文字与文章肌理之中。

所谓"政治本体论"，是指"政治的概念"本身所包含的"终极矛盾"或"终极特征"。德国法哲学家、政治哲学家卡尔·施米特在《政治的概念》这篇论文里把"政治"在概念上定义为一个基于"敌友之辨"的自律性范畴。施米特指出，"敌人"的概念应该严格被限定在"政治"领域，它代表着那种在根本上否定"我"的存在，即在价值、信仰、生活方式乃至肉体存在方面把"我"取消和消灭的他者。因此敌人在严格意义上是公敌，因为它威胁"我"认同、归属和信奉的生活和价值的共同体。反过来讲，只有人类群体在社会领域里这种以毁灭对方物理和肉身存在的冲突才属于政治范畴。其他人类冲突的方式和领域各有其特殊矛盾形态或"终极特征"，比如经济领域的冲突以"有利和无利"为核心，道德领域的冲突以"善恶之辨"为核心，有关认知和真理的冲突以"真实和谬误"为核心，涉及人类感官和审美的领域则以"美丑"之判断为终极区分。所有这些领域或范畴都是相对独立甚至力图相互隔绝的，它们在正常状态下只按照其内部的基本矛盾及其解决而组织、运行。施米特耐心地解释为何在战场上生死搏斗的勇士并不需要否定对方作为道德存在、经济存在，甚至审美存在的相对独立的价值，因为它们并不从属政治范畴，同眼下的生死搏斗并无关涉。同样，彼此必置对方于死地而后快的对手，在"常态"下的经济领域、知识领域或其他领域，本来并非不可以形成正常的互利互助互通关系。但施米特同时又强调，"政治范畴"或本质上是政治性的存在的冲突有可能突破常态边界而侵入其他领域,从内部篡改和攫取其他领域的内在规定性,把它们"政治化",即纳入无情的敌友之辨的逻辑中去。他借用黑格尔"从量变到质变的飞跃"这个辩证法原理,用它来说明为何经济领域的利益纠纷一旦突破某种临界点,就会从非政治性质的经济范畴"飞跃"到诸如阶级斗争和社会革命这样的超越经济理性的政治领域;因为它不过表明此时经济范畴的边界已经被"政治"矛盾的强度所冲破。此时,如同越过温度临界点的液态的水就变成了气态的蒸汽或固态的冰,劳资之间的利益分配问题就"上升"或激化为你死我活的政治斗争。[1]施米特的《政治的概念》写作于1927年。此前两年,毛泽东在《中国社会各阶级的分析》一文的开篇写道:"谁是我们的敌人,谁是我们的朋友,这个问题是革命的首要问题。"[2]鲁迅"杂文的自觉"作为一种杂文文体的政治自觉和存在斗争,出现和形成于同一时期。

这种政治本体论或政治范畴内部自律性矛盾的理论对于理解鲁迅杂文的文学本体论形态具有启发性。鲁迅杂文作为文学虽然在终极意义上属于审美范畴,但它在文学本体论的"终极特征"上却同时兼具文学和政治范畴的矛盾形态和组织结构。杂文作为"文"的终极规定性和终极特征固然由"文"的内在自律性范畴所规定(无论这种规定多么复杂,比如涉及中国文学源流的"古今之变"和"中西之争",又比如涉及现代文学理论和艺术哲学所探讨的审美与政治、风格与历史之关系),同时又包含在"文"的审美范畴的边缘和极限处参与一种政治性的"敌友之辨"的决定性特征。甚至这种在文学的边缘和刀锋上活跃的"政治的概念"反过来促成了杂文作为"文"的风格整体;换

---

[1] 参看卡尔·施米特,《政治的概念》第二章("划分敌友是政治的标准")和第三章("战争是敌对性的显现形式"),上海人民出版社,2018年,第32—46页。
[2] 毛泽东,《毛泽东选集》第一卷,人民出版社,1991年,第3页。

句话说，在此"边缘"渗透进"核心"，从而把文学外部空间的矛盾传递到文学内部空间的最深和最隐秘处。杂文的"政治本体论"本身并不复杂，它大体上就是鲁迅一贯认同和信奉的价值和道德同它们的对立面的不可调和的冲突。这种冲突时而表现为新与旧、传统与现代的重叠与分裂，时而表现为绝对道德律令意义上的未来、希望、生命和"人间"对一切倒退、绝望、死之说教和"并非人间"的反抗。这种反抗就其决绝和激烈程度，无疑带有"敌友之辨"的概念的纯粹性和自律性，因此属于政治范畴。这也就是说，对于鲁迅的生命原则、进化原则和未来原则而言，任何阻挠、妨碍和否定的力量都立刻具备"敌人"的本体论规定，都被视为对自己生存的全面的、绝对的敌意，因此只能"扑灭"之，不管它在其他相对自律的领域具有怎样的利益计算或审美欣赏方面的"价值"。鲁迅文学整体上内含有这样一个政治的概念，这是鲁迅文字的精神实质、历史实质和价值实质，同时也为鲁迅文章带来其因强烈甚至极端的时代决定而超越时代、走入历史的异彩。但在这个一般性观察以外，鲁迅杂文仍带有其特殊性，这种特殊性集中表现为它的本体论构造（或界定其终极特征的内在矛盾）同时立足于政治的逻辑和审美的逻辑。这一方面是由于鲁迅杂文文体风格本身处在常规文学本体论或审美范畴的"边缘"或"极限边界"位置，这个位置规定了杂文文学价值的"最大值"（即最充分的形式分析和审美评价）必须建立在对其文学性"最小值"或"最低限度的文学写作"的批评鉴赏和理论分析之上。另一方面，杂文自身的文学活动方式和形式建构方式，特别是其中的力学动态和力学结构，在杂文文章学内部的编织过程中，又同时应对、吸收并符合其外部对象材料的非文学逻辑；换句话说，执滞于小事情、碰壁和"挤了才做"这样的方法和构造，始终让杂文处在审美与政治的接触面，在自身的文学逻辑内部形成一种政治逻辑的共生和共振现象，并把这种共生共振状态极富个性地转化为杂文为"文"的写作秘密和创造性源泉。

在中外理论论述里，政治本体论意义上的"敌友之辨"和"存在的斗争"最终都归结为一种战斗意愿、意志、冲动和能力；它作为一种打破常规的历史例外或"紧急状态"（内战、革命等），释放出空前的社会能量和创造力，冲决了既有的秩序及其局限，弥合法律、趣味和规范同现实之间不断扩大且日益固化的鸿沟与落差。无论鲁迅内心多么纠结，也无论鲁迅写作事实上始终保持着多种面向、多种风格可能性以及内心世界的丰富与灵活，鲁迅杂文客观上都是战斗。在战斗本身和战斗者的形象里，我们可以同时看到鲁迅杂文的政治本体论特征，以及与它相适应甚至相当程度上由它生产出来的审美自律和风格外貌。鲁迅杂文是反对一切中立性的写作[1]；是反对一切虚伪空洞的规范性的写作；它甚至是反对写作的写作（正如政治本体论意义上的决断是反对无休止的议会辩论或党派政治的政治）。鲁迅曾说过：

> 讲话和写文章，似乎都是失败者的征象。正在和运命恶战的人，顾不到这些；真有实力的胜利者也多不做声。譬如鹰攫兔子，叫喊的是兔子不是鹰；猫捕老鼠，啼呼的是老鼠不是猫……。又好像楚霸王……追奔逐北的时候，他并不说什么；等到摆出诗人面孔，饮酒唱歌，那已经是兵败势穷，死日临头了。[2]

这段话极为生动地传达出杂文特有的政治意识，即在黑暗环境中，讲话和写文章本身是失败者的征象，首先因为"正在和运命恶战的人"无暇顾及说话和作文；其次因为"真有实力"的一方"多不做声"便杀人。在此，与运命恶战显然具有更高的道德紧迫性和历史价值；而

---

[1]"中国的百姓是中立的，战时连自己也不知道属于那一面，但又属于无论那一面。"见鲁迅，《灯下漫笔》，《坟》，《鲁迅全集》第1卷，第224页。
[2] 鲁迅，《〈华盖集〉后记》，《华盖集》，《鲁迅全集》第3卷，第189页。

写作相对而言则是委屈求生的隐晦而暧昧的行为。鲁迅常常一边以金刚怒目的战士形象出现,一边却郑重声明自己"不是什么'战士',革命家"("倘若是的,就应该在北京,厦门奋斗;但我躲到'革命后方'的广州来了"[1])。

鲁迅对战斗本身在政治本体论意义的决断和自律性之外,也抱有一种超越眼下形势和利害关系的"形而上"内心视界。在《杂语》里,鲁迅曾说:"称为神的和称为魔的战斗了,并非争夺天国,而在要得地狱的统治权。所以无论谁胜,地狱至今也还是照样的地狱。"[2]这种超历史视野几乎剥夺了战斗的必要性和正当性。但与此同时,鲁迅又说:"即使所发见的不过完全黑暗,也可以和黑暗战斗的。"由此可见,政治本体论意义上的生存搏斗并不一定需要或每时每刻都需要具体社会历史条件和具体战斗目标的说明和辩护,而是具有强烈的自律性,同时在这种自律性中能够得到审美逻辑自律性的支持,因此某种程度上也可以说是一种诗意的人生态度。但无论如何,这种把战斗放在第一位的认识和态度,超出了狭义文学范畴的边界。它一方面解释了鲁迅文学特别是鲁迅杂文何以能不屑于"防破绽",不怯于"忘破绽",在一切既有规矩和标准之上、之下、之外从事着一种本质上是"超文学"(或"最低限度的文学")的文学生产。另一方面,战斗的政治本体论原则也解释了鲁迅杂文为何如此不厌其烦地讨论和反思战法、战术、武器、阵地和战场形势。可以说杂文写作的作者意识,实际上同杂文家作为战斗者和战士的专注乃至专业性是无法分开的;在此,文学自我意识同存在斗争意义上的"自我持存"合为一体,以至于不妨说杂文文法本身就是杂文战法,反之亦然。下面这段话很具有代表性:

---

[1] 鲁迅,《通信》,《而已集》,《鲁迅全集》第3卷,第465页。
[2] 鲁迅,《杂语》,《集外集》,《鲁迅全集》第7卷,第77页。

至于现在似的发明了许多火器的时代,交兵就都用壕堑战。这并非吝惜生命,乃是不肯虚掷生命,因为战士的生命是宝贵的。在战士不多的地方,这生命就愈宝贵。所谓宝贵者,并非"珍藏于家",乃是要以小本钱换得极大的利息,至少,也必须卖买相当。以血的洪流淹死一个敌人,以同胞的尸体填满一个缺陷,已经是陈腐的话了。从最新的战术的眼光看起来,这是多么大的损失。

这回死者的遗给后来的功德,是在撕去了许多东西的人相,露出那出于意料之外的阴毒的心,教给继续战斗者以别种方法的战斗。[1]

战斗的必然性和特殊性也深入"文"的逻辑内部,带来杂文写作形式风格上的解放和自由,因为正是在严肃的、生死攸关的战场形势判断的意义上,鲁迅说"我们已经知道中国是例外",说"正规的战法,也必须对手是英雄才适用"[2];换句话说,"杂文的自觉"本身是自己所处的审美和政治范畴内双重"例外"状态的体认,也是对建立在这个判断基础上的所有战法的默许和肯定。这赋予鲁迅杂文写作法以高度的灵活性和随机处置的现场裁断权。虽然"但他举起了投枪!"诗意地表现出战斗者的意志,但从鲁迅论战对手方面的观感来讲,鲁迅杂文在战略战术上绝非一成不变,而是凶狠老辣而不拘一格,是一种几乎不讲战法的战法和"无底线"写作。但从鲁迅杂文主观方面来讲,这不过是"我可要照样的掷过去,要是他掷来"[3]原则、"'费厄'必视对手之如何而施"原则的具体体现,因为"殊不知那一面,何尝不

---

[1] 鲁迅,《空谈》,《华盖集续编》,《鲁迅全集》第3卷,第298页。
[2] 同上。
[3] 鲁迅,《学界的三魂》,《华盖集》,《鲁迅全集》第3卷,第223页。

"疾善如仇"呢？"。[1]

我们看到，鲁迅杂文的"执滞"、"碰"和"挤"的发生学力学原理虽然由历史环境的外力和强力、且常是以一种不愉快的方式侵扰鲁迅的心境和意识，但在一个更为戏剧性的意义上，这种冲突和对立却十分符合并大力促成了鲁迅文学的自觉构造和生产机制。这种"存在的政治"的直接性、具体性的挑战与洗礼，诱发并促成了鲁迅杂文写作方式合乎自身实质和逻辑的转向和突变。它将偶然、具体、琐碎、给人带来烦恼的"小事"转化为鲁迅作者式文字所表达的愤怒与沉郁、痛苦与隽永、"执滞"与流动；或者说，它在"存在的诗"的层面复制并同步了"存在的政治"范畴内的"敌我之辨"和"攻守"转换的纯粹性和自律性，从而作为外部条件和催化剂，推动鲁迅杂文在持续的搏斗状态中意识到并把握住战士和诗人最得心应手的武器、最充沛的资源、最标志性的战略战术动作，最终把它们接受下来并确立为自身写作的风格特征和一般性法则。也就是说，作为"战士"的意志和行动，最终通过杂文文体及其"自觉"而在"诗人"的国度里收获了"战斗与休息"的审美对应物和寓意形象；在这个意义上，杂文作为鲁迅的诗，可以说是对鲁迅的存在与"行动"（生命、生活、工作、抵抗）的终极摹仿。这种摹仿带来的不仅仅是感官与审美意义上的形象和戏剧冲突，同时也是对于鲁迅人生和存在的基调的摹仿。

杂文的自觉不仅是战斗记录、生活现象学和存在的诗的自我意识，同时也包含了一种写作的伦理自觉。这种伦理自觉一方面直达"自我持存"的政治意识和自我与他人、自我与外界的边界感，最终表现为一种在退无可退时奋起抗击、睚眦必报、战斗到底的意志和决心；另一方面，却最终经由写作风格内在的审美机制达到一种平衡、中和以及形式与形象意义上的稳定与感染力。在一般的外界与内心、纷扰世

---

[1] 鲁迅，《论"费厄泼赖"应该缓行》，《华盖集续编》，《鲁迅全集》第3卷，第292页。

事与文字及写作的微妙静谧之间的往复运动之外,在认识和心理意义上的外化与内敛节奏之余,鲁迅转折期生存与写作的双重危机使得他始终面对这样一种内在于写作的矛盾与悖论。这种矛盾与悖论只有在鲁迅文学的风格和作者形象的整体中才可能达到统一。

这种政治本体论在杂文文学本体论内部带来的质地和强度形于外,就构成了鲁迅杂文独特的审美外观。这是在通常意义上的"文字美"之外的感性外观。在《〈华盖集〉题记》中,我们已看到这种外观以自我观照和自我造像的方式出现:"站在沙漠上,看看飞沙走石,乐则大笑,悲则大叫,愤则大骂,即使被沙砾打得遍身粗糙,头破血流,而时时抚摩自己的凝血,觉得若有花纹。"[1]在更为个人的、感伤的意义上,这也是在向作者年轻时的文学梦想告别:"也有人劝我不要做这样的短评。那好意,我是很感激的,而且也并非不知道创作之可贵。"更重要的是,它表明这是一个在文学和写作的岔路口上所做的最后的选择。对鲁迅来说,这既是道德意义上的"只能如此"("然而要做这样的东西的时候,恐怕也还要做这样的东西"[2]),也是存在方式的选择,它本身正是"存在的政治"之决断在文学道路上的反映。

"被沙砾打得遍身粗糙,头破血流,而时时抚摩自己的凝血,觉得若有花纹",是自觉的杂文的第一幅,或许也是最生动的一幅自画像。在语言层面,这样的表述本身既是写作强度的极端化,也是存在的政治的强度的极端化;两者间的无中介状态,正是作为中介或媒介的杂文写作形式的最根本特点。对于任何熟悉鲁迅前期写作的读者来说,这样的表白无疑首先是一种文学内部的决定,也必然首先在语言世界的内部被理解,因为这关系到作为作家的鲁迅的最终定义。但在作者这方面,这样的决定却是在文学层面之上的决定,是一种超审美

---

[1] 鲁迅,《〈华盖集〉题记》,《鲁迅全集》第3卷,第4页。
[2] 同上。

的决定,因为这个决定的前提,正是摆脱文学性和审美范畴的内部考虑:它最终是在生存的政治的层面所做的一个道德决定。这也决定了这个时代的文艺,"是往往给人不舒服的,没有法子"[1]。这里留给文人的选择是:"只好使自己逃出文艺,或者从文艺推出人生。"[2]无疑,这是从杂文的自觉这个角度出发,对现代中国文艺形成的一般看法。但这个现实判断和道德决定的悖论和辩证法在于,这个决定虽以"生命"的名义做出,却只能通过杂文写作的语言实践来表达或"解决"。在新文学史上,再没有任何一种文体,像鲁迅杂文这样达到了内容与形式、政治与审美的最极端结合。

随同这个决定一起出现的"杂文的自觉"虽然是一种"否定的精神",一种批判、嘲讽和对抗的姿态,但它归根结底是对生命的肯定,因为"世上如果还有真要活下去的人们,就先该敢说,敢笑,敢哭,敢怒,敢骂,敢打,在这可诅咒的地方击退了可诅咒的时代!"[3]这里作为生活和生命迹象出现的是"执着现在,执着地上的人们",是他们的"真的愤怒"。[4]这种姿态无疑是一种彻底的现代主义姿态,因为它以一个充满紧张的此刻取代了历史;用一种存在的状态和它所蕴含的创造的契机否定了传统;用体验的强度取消了种种经验、记忆和叙事的完整性;用一种瞬间的永恒性否定了历史主义的种种有关"公理"和"不朽"的神话。鲁迅甚至借用叔本华的寓言,把那些"自以为倒是不朽"的声音比作围着战死的战士飞舞的苍蝇的营营的叫声。[5]在《夏三虫》一文中,他用在叮人吸血之前总要"哼哼地发一大篇议论"的蚊子来比喻那些自以为是的文人雅士,而赞赏"肚子饿了,抓

---

[1] 鲁迅,《〈尘影〉题辞》,《而已集》,《鲁迅全集》第3卷,第571页。
[2] 同上。
[3] 鲁迅,《忽然想到(五至六)》,《华盖集》《鲁迅全集》第3卷,第45页。
[4] 鲁迅,《杂感》,《华盖集》,《鲁迅全集》第3卷,第52—53页。
[5] 鲁迅,《战士和苍蝇》,《华盖集》,《鲁迅全集》第3卷,第40页。

着就是一口,绝不谈道理、弄玄虚"的"鹰鹯虎狼"[1];而在《革命时代的文学》里,鲁迅指出了问题的另一面,即"文学文学,是最不中用的,没有力量的人讲的;有实力的人并不开口,就杀人,被压迫的人讲几句话,写几个字,就要被杀"[2]。他嘲笑以"中庸"掩饰怯懦的、"纵为奴隶,也处之泰然,但又无往而不合于圣道"[3]的"通人"和"伶俐人"[4],而推崇"失败的英雄"、"韧性的反抗"、"单身鏖战的武人"和"抚哭叛徒的吊客"。[5]他号召中国青年少读或者不读中国书,多看外国书,因为"少看中国书,其结果不过不能作文而已。但现在的青年最要紧的是'行',不是'言'。只要是活人,不能作文算什么大不了的事"[6]。他排斥一切让人"觉不出周围是进步还是退步,自然也就分不出遇见鬼还是人"的"古董和废物"[7];反对一切"装腔作势"的读经,提倡"查账"式的读史,目的是从中得到"中国改革之不可缓"的觉悟。[8]所有这一切,同尼采在《历史对人生的利与弊》中所倡导的那种创造性遗忘是相一致的。而在保罗·德曼看来,现代主义的本质正在于以"现代性"取消历史对人的统治,从而为一种新的价值体系的创造开辟一个空间,一个反时间性的空间。我们看到,伴随着杂文的自觉出现的,是进一步的反形而上学和更为彻底的"传统的悬置":

  仰慕往古的,回往古去罢!想出世的,快出世罢!想上天

---

[1] 鲁迅,《夏三虫》,《华盖集》,《鲁迅全集》第3卷,第42页。
[2] 鲁迅,《革命时代的文学》,《而已集》,《鲁迅全集》第3卷,第436页。
[3] 鲁迅,《通讯》,《华盖集》,《鲁迅全集》第3卷,第27页。
[4] 鲁迅,《忽然想到》,《华盖集》,《鲁迅全集》第3卷,第18页。
[5] 鲁迅,《这个与那个》,《华盖集》,《鲁迅全集》第3卷,第152—153页。
[6] 鲁迅,《青年必读书》,《华盖集》,《鲁迅全集》第3卷,第12页。
[7] 鲁迅,《忽然想到(十至十一)》,《华盖集》,《鲁迅全集》第3卷,第101页。
[8] 鲁迅,《这个与那个》,《华盖集》,《鲁迅全集》第3卷,第148—149页。

的，快上天罢！灵魂要离开肉体的，赶快离开罢！现在的地上，应该是执着现在，执着地上的人们居住的。[1]

从这个角度观察，鲁迅的杂文写作同《狂人日记》以来具有形式意味的写作（小说、散文诗、美文等）仍然具有形式上的关联，虽然这种关联只能在一个更为抽象的现代主义价值观、历史观和语言哲学的层面才变得明确化。但鲁迅写作的现代主义精神和气质，却不可避免地同一个语言的世界凝聚在一起，随同他的文字一道显现。而也只能在语言和文字的世界里，被鲁迅自己称为"一时的杂感一类的东西"或"这些无聊的东西"的杂文，才获得美学上的确定性，而这种审美和风格的确定性又是与为鲁迅杂文提供道德基础的政治浑然一体的，它们共同构成了作为作家/杂文家的鲁迅的文学性自我形象。这一切在《〈华盖集〉题记》的结尾得到了淋漓尽致的表现：

> 现在是一年的尽头的深夜，深得这夜将尽了，我的生命，至少是一部分的生命，已经耗费在写这些无聊的东西中，而我所获得的，乃是我自己的灵魂的荒凉和粗糙。但是我并不惧惮这些，也不想遮盖这些，而且实在有些爱他们了，因为这是我辗转而生活于风沙中的瘢痕。凡有自己也觉得在风沙中辗转而生活着的，会知道这意思。[2]

与开头"在一年的尽头的深夜中"的意象相呼应，这段文字不仅表明了"杂感"的文章笔法和形式运筹，更进一步揭示了作者内心的矛盾，即"我的生命，至少是一部分的生命，已经耗费在写这些无聊

---

[1] 鲁迅，《杂感》，《华盖集》，《鲁迅全集》第3卷，第52页。
[2] 鲁迅，《〈华盖集〉题记》，《鲁迅全集》第3卷，第4—5页。

的东西中,而我所获得的,乃是我自己的灵魂的荒凉和粗糙"。对生命无谓消耗的悲凉感和绝望感,贯穿于鲁迅所有的文字。但只有在杂文中,鲁迅个体生命的自我意识(包括他早年基于进化论、尼采哲学、"摩罗诗力"观和"五四"启蒙理想主义所包含的种种有关"个人"的意识形态)才被"扬弃"于一种更高的存在的政治和审美判断中:"但是我并不惧惮这些,也不想遮盖这些,而且实在有些爱他们了,因为这是我转辗而生活于风沙中的瘢痕。"杂文的自觉过程,就是把这种对迎面而来的世事的恐惧以及对它的克服一同敞开在语言世界的过程。这个自觉是对自己命运的自觉,是对自己命运的爱,是将"转辗而生活于风沙中的瘢痕"作为生活的见证和写作本身的决断。可以说,在杂文的自觉里,存在的自律性——归根结底是一种政治逻辑的自律性——压倒了审美的自律性;但内在于政治的逻辑的"生死搏斗"的含义,使得这种自觉专注于当下和此刻,从而在"现在"与"历史"、"语言"与"时间"的冲突中重建写作本身的道德本体论和文学本体论意义。

杂文的自觉包含对"我自己的灵魂的荒凉和粗糙"的自觉,但后者不仅仅是对"幼时虽曾梦想飞空"的怀旧式的记忆。上述引文中作为收束的那句话——"凡有自己也觉得在风沙中转辗而生活着的,会知道这意思"——不应被轻轻放过,因为它表明,杂文的自觉即便存在因"内在性"不足而生的寂寞和悲凉感,也并不是来自那种苍白的自恋或对"纯形式"的向往,而是指向一个潜在的集体性经验的可传达性和可交流性,这同那种在暗夜中看到匕首的寒光而发出会心一笑的孤独的集体性或"共谋性"是一致的。杂文的自觉,正因为它是被时代所决定并针对时代的,故而最终不是一种内向的自我意识,而是指向语言的外部,指向寓言性真理的重新定义。在纯粹审美意义上,我们可以看到,无论是现代主义试图无情地超越历史,建立一个永恒的、常新的、指向未来的"此刻"的努力,还是历史不断把这种英雄主义的、创造的此刻同样无情地纳入自身因果链的"吞噬"效应,都在一个"荒凉和粗糙"的历史环境里展开,并从各自不同的方向上进一步加强了这种"荒凉和粗糙"感。也就是说,"荒凉和粗糙"所代表的那种"崇高"(在这里取 sublime 的原意,即"令人畏惧的美")要比一切优美、高雅、光滑的制作更接近生存的真实状态和生命的价值指向,而杂文正是这种"崇高"的得天独厚的形式,它的短小、破碎、灵活、粗糙、直接、激烈和狠毒无不内在于时代的现实以及与之相对抗的意识,或不如说正是这种现实和意识本身的语言的外化。

鲁迅在《无花的蔷薇》短系列里用"无花的蔷薇"这个意象来命名自己杂文的"感性外观"。他写道:

> 又是 Schopenhauer 先生的话——
> "无刺的蔷薇是没有的。——然而没有蔷薇的刺却很多。"
> 题目改变了一点,较为好看了。
> "无花的蔷薇"也还是爱好看。
>
> 去年,不知怎的这位叔本华尔先生忽然合于我们国度里的绅士们的脾胃了,便拉扯了他的一点《女人论》;我也就夹七夹八地来称引了好几回,可惜都是刺,失了蔷薇,实在大煞风景,对不起绅士们。
> 记得幼小时候看过一出戏,名目忘却了,一家正在结婚,而勾魂的无常鬼已到,夹在婚仪中间,一同拜堂,一同进房,一同坐床……实在大煞风景,我希望我还不至于这样。
>
> 有人说我是"放冷箭者"。
> 我对于"放冷箭"的解释,颇有些和他们一流不同,是说有

人受伤,而不知这箭从什么地方射出。所谓"流言"者,庶几近之。但是我,却明明站在这里。[1]

如果说审美或艺术形式的关键在于感性外观,那么作者在这里提供的这幅杂文外观的自画像(不同于《〈华盖集〉题记》提供的杂文作者的自我形象)就带有一个悖论:蔷薇的外观不是花,而是茎干、枝叶和"刺",一种非唯美的外观,即无花之花。"刺"当然指向杂文结构力学意义上的执滞、碰和挤,是野猪的獠牙和豪猪的芒刺;它虽然位于杂文文章的"感性表面",性质上却不属于审美范畴,而是属于政治本体论范畴的战斗。这个将作品的"精神内核"裸露在外的设计不仅仅是为 essay 所要求的作者本人以真性情赤诚相见,而是更具有杂文文学本体论意味的置换和替代。即政治本体论强度本身被用于作品的审美感性外观,作为其感性表象具体性的形象出现,造成一种内在性的翻转和外化,同时也可以说是外在性(通常意义上的审美外观和艺术华彩,即蔷薇之花)的内敛。这个内与外的翻转和互换对于杂文文体、形式和风格分析,都具有关键意义。

在政治的变成审美的、审美的变成政治的流动性之外,这种翻转或内容的外露及形式化,也在杂文词汇句式的微观层面建立于"无花的蔷薇"这个"无花之花"的语言悖论和"作为花的无花之花"的审美论辩和试验性基础上。那个无花的形式外观仍然叫作"蔷薇";不在场的花(无论它凋谢了还是从未生长)仍然保留着花的域名和象征空间,正如杂文即便在其最非文学、反文学的写作上,仍然运行于"文"的象征空间。当政治本体论范畴里的"政治的概念"(从"敌友之辨"到"即使所发现的不过完全黑暗,也可以和黑暗战斗"[2])直观地作为

---

[1] 鲁迅,《无花的蔷薇》,《华盖集续编》,《鲁迅全集》第3卷,第271—272页。
[2] 鲁迅,《忽然想到(十至十一)》,《华盖集》,《鲁迅全集》第3卷,第99页。

投枪、匕首、牙棒和刺出现在蔷薇本该出现的地方,杂文作为鲁迅和新文学经验里的"恶之花"的诗学形象也就宣告完成了,这就是"只要一叫而人们大抵震悚的怪鸱的真的恶声"[1]。在显白、强硬而尖锐的政治信息、政治姿态和政治行动(它们都包含在杂文固有的战斗性和论辩色彩之中)之外,杂文的审美属性和艺术属性则退居或内敛为一种象征寓意的结构,它只有在文学和政治、文学和社会、文学和历史的整体关系中,在杂文风格总体结构对这些关系的特殊再现方式中,方能被具体地、感性地、栩栩如生地把握。

简单地讲,杂文的审美构造是一种"表面物理"(surface physics)[2]结构:它没有通常意义的"深度",因为在杂文风格空间里,审美与政治、符号与其意义阐释、意识与潜意识、"上层建筑"与"经济基础"之间并不存在常规形态的"现象"与"本质"、"形式"与"内容"的互释关系,而是同时裸露为两个表面,一个表面由政治本体论"存在的斗争"的直接性及其强度即"碰"的表面组成;另一个作为语言感性外观,作为"存在的诗"直接存在于杂文文本(形象、句式、话语、风格等)之中,即"无花的蔷薇"所象征的"美的零度"表面。这两个表面之间不存在通常意义上的表/里关系,而只有表/表关系(这是"表面物理"材料结构的基本形态)。这种表/表关系是对传统或常规"内容与形式"思维的颠覆,因为杂文的内容就是杂文的形式,反之亦然。因此,杂文风格空间事实上是一个反空间、无体积的单纯的风格强度和柔韧性。构成这种风格表面的材料就是作为鲁迅

---

[1] 鲁迅,《"音乐"?》(最初发表于 1924 年 12 月 15 日《语丝》),《集外集》,《鲁迅全集》第 7 卷,第 56 页。
[2] 物理学和化学把物质或材料的最外层定义为表面,其定义为分布在这个表面上的原子或分子在自己的周边或下方有其他原子和分子,但在自己的上方却没有,因此"表面"与有体积的材料具有不同的物理和化学属性。见《大英百科全书》(网络版,*Encyclopaedia Britannica*)"表面"词条,https://www.britannica.com/science/hole-solid-state-physics。

文学基本单位或"原子"的词语和名目、句子和句式；它们同时是鲁迅杂文观念、情感和政治本体论"内容"以及这种内容的负载者、媒介和表象。

在作于1932年的《〈野草〉英译本序》里，鲁迅说这个集子里的作品"大半是废弛的地狱边沿的惨白色小花，当然不会美丽。但这地狱也必须失掉"[1]。如果散文诗作品是"惨白色小花"，那么杂文被譬喻为"无花的蔷薇"就不奇怪了。值得注意的是，鲁迅特意说明《野草》里的作品都作于1924年至1926年的北京，"大抵仅仅是随时的小感想。因为那时难于直说，所以有时措辞就很含糊了"[2]。从中也可以看出，《野草》同《华盖集》、《华盖集续编》乃至整个"杂文发生学"之间有着内在的密切关联。受到"表面物理"概念启发，我们可以进一步理解鲁迅杂文的政治本体论同其审美感性外观之间的可互换性甚至等价性，因为两者皆为"表面"，而且两个表面之间不存在其他的质料、体积或空间。在结构意义上，这也为我们在"文体混合"的风格运动中考察鲁迅"过渡期"杂文形式的发展，提供了另一个分析框架。这里最为关键的批评的观察，是杂文的审美外观本身具有杂文战斗性及其政治本体论强度的结构，或不如说，后者敞露在杂文感官形式和语言风格的最外层，其上再没有任何其他的文学单位。事实上，鲁迅杂文的"政治"，包括它的"敌友之辨"和具体"战法"，本身就是杂文的感性表面和审美外观。这样的审美和政治之间的关系，本身为"杂文的自觉"提供了另一种说明：它是一种"否定美学"，因为它不但不接受任何使"美"或"艺术"凌驾于生存的政治性的立场，甚至对任何暂时的、未完成的"美"所依赖的存在环境本身的历史性也持一种激进的否定态度。因此鲁迅杂文如果隐含自身的审美概念，那

---

[1] 鲁迅,《〈野草〉英译本序》,《二心集》,《鲁迅全集》第4卷, 第365页。
[2] 同上。

么它必然是一种残缺之美、自我否定之美,是建立在生存的政治性及其"表面性"基础上的感官形式。这种观念随同杂文的发生和杂文的自觉一道在1925—1926年出现,一直稳定地延续到"上海十年"和鲁迅文学生涯的终结。在1933年10月所作的《漫与》里鲁迅写道:

> 如果从奴隶生活中寻出"美"来,赞叹,抚摩,陶醉,那可简直是万劫不复的奴才了,他使自己和别人永远安住于这生活。就因为奴群中有这一点差别,所以使社会有平安和不安的差别,而在文学上,就分明的显现了麻醉的和战斗的不同。[1]

六、小结:"自觉"及其风格外化

在"杂文的自觉"里包含着两种悖论性的矛盾。首先,它是写作本身的悖论:写作要达到它的自觉状态,就必须通过一种距离和"自律性"来"否定"现实的即时性和直接性;某种意义上,这要求写作专注于内在诉求,把自身看得比现实"更高""更持久"。其次,自觉的写作又必须同这种"写作的自觉"斗争,力图打破写作本身的神话和异化倾向,把写作最大限度地推出自身之外,向一个陌生的、未可知的存在边界冲击,把写作的形式、组织、体制和自律性打散、消解在一个同写作的"内在性"相对立的外部世界,从而把这个"外部"作为写作的内容确立在语言的内部。这种状况存在于一切现代主义写作样式之中,但在杂文样式中表现得尤为激烈和极端。对于杂文写作来说,写作的自我否定不是写作的自我意识的最高要求,而是它的起点;它不是风格的顶点,而是使得写作成为可能的前提。没有这种自我否定,就没有杂文,因为只有放弃文学体制名义下的自由与安全,

---

[1] 鲁迅,《漫与》,《南腔北调集》,《鲁迅全集》第4卷,第604页。

放弃"美"的保护伞，才有杂文的行动和实践。杂文可以说处在作为"有意味的形式"的文学写作的最外部的边界，在这里，语言和"自我意识"通过陷入同一个粗糙荒凉的外部世界的无止境的搏斗，通过"最低限度的文学"或"小文学"（minor literature），而展示出文学国度的终极意志和最大强度。

与此同时，"杂文的自觉"也非常集中地体现了"现代性"同"历史"之间相互否定的冲突关系，而这种关系既是现代精神的核心，也是历史意识的核心。保罗·德曼在《文学史与文学现代性》一文中通过回顾尼采的历史哲学点出了"现代主义"概念内在的历史／反历史悖论：现代性通过否定以往历史过程的合法性而把自己确立为历史的终极视野，但这场否定历史的豪赌最后不得不仍旧通过一个历史过程获得意义；也就是说，即便是现代主义以"永恒的此刻"或"常新"的名义所进行的否定历史的行为，最终也只能从它所否定的历史过程的连续性中获得其自身的（历史）价值和（历史）意义。所以现代精神最终不得不成为一种具有强烈的自我批判、自我否定倾向的历史意识，或不如说，历史通过这种现代性的介入而重新获得某种自我知识。[1]在现代主义文学对现代性"纯粹的当下"（the true present）的追求和这种非历史、超历史的瞬间自身不断被历史重新回收的冲突中，杂文代表了一种特殊的解决方式，即通过放弃或"悬置"文学性而无条件地投入历史事件和历史过程，却在"执滞于小事情"的过程中把历史意识突然地、不间断地提升到一种寓言的高度和强度上，从而将作为历史过程的中国社会、传统、文化重新纳入现代性的终极视野。这种在具体时间的流逝中体验到的无时间感并不来自某种"更高"的哲学洞察或对"更新"的东西的盲目信仰，而是来自它同历史过程尖

---

[1] Paul de Man, *Blindness and Insight*. Minneapolis, MN: University of Minnesota Press, pp. 150–151.

锐的、不妥协的对立，来自生命体验和语言世界经受的不断的压力和变形。在尼采和德曼的意义上，现代主义文学和现代性本身因为它相对于历史过程的胜利而立刻面对它那个"纯粹的当下"的自我否定，因而形式的胜利最终以其再历史化而宣告失败。但在鲁迅的意义上，杂文最终却因为它起点上的文学性的自我否定，即它相对于历史过程的自觉的失败而在语言的层面获得了对历史（既包括传统也包括当下）的否定，因而最终获得了某种寓言性的胜利，这种胜利不仅使寓言性摆脱了现代主义对象征体系和文学本体论的迷恋，摆脱了"纯粹的当下"的封闭性，而且将现代精神及其语言表达时时确立在它同过去、现在和未来的紧张关系之中。这就是为什么鲁迅在《青年必读书》中可以公然宣布，与能不能活的问题相比，能不能写的问题算不了什么（"只要是活人，不能作文算什么大不了的事"[1]）。在此，让人摆脱"文化传统"和"文学体制"意义上的历史（以"中国书"为其具体的概念形象）的意志力，不但来自"活着"所代表的生命的"纯粹的此刻"，也来自"活下去"所代表的现实性和具体性（"与人生接触，想做点事"），来自生命延续所包含的时间过程和由此而来的"再历史化"倾向。但对"中国书"和"作文"的否定，最终却仍然是在文化政治的层面，通过"中国书"与"外国书"、"沉静下去"与奋发有为、"僵尸"与"活人"、"言"与"行"之间的取舍和选择而达到。正如"永恒的现在"对历史的否定最终要成为历史的一部分而被"再历史化"，而"行"对"言"的否定最终也仍然只能通过"言"的方式而确立下来。在此，杂文变成了语言中的行动和实践意义上的形式。这种文学自我否定的痕迹，本身又是现代性文学性的实质所在。为了"活人"，鲁迅可以不要"作文"，但"活人"只要活着，就会发出声音，就会哭、笑、怒、骂，就会挣扎和战斗，就会有"活人的写作"出现。这

---

[1] 鲁迅，《青年必读书》，《华盖集》，《鲁迅全集》第3卷，第12页。

同鲁迅关于杂文的种种自觉的考虑、表述和实践是一致的。

鲁迅杂文概念的内涵当然不仅仅是一个形式问题,而是有其自身特定的历史内容。同欧美现代派或日本现代主义运动相比,中国白话文学里的现代精神或现代主义,自始至终同一种集体性的社会斗争和文化命运结合在一起,受到各种激进的变革力量的激发和滋养。1925年不只是鲁迅个人"运交华盖"、在苦闷中搏斗的一年,也是中国对外反帝国主义、反殖民主义,对内反对军阀统治的斗争风起云涌的一年。1924年11月,孙中山离粤北上,并发表宣言,主张打倒军阀和帝国主义,废除不平等条约,召集国民会议以谋求中国的统一与建设。1925年1月,年轻的中国共产党在上海召开了第四次代表大会,讨论在日益高涨的革命形势面前如何加强对群众运动的组织和领导。同年2月,全国铁路工人总罢工以及随后发生的"二七惨案"标志着中国劳工运动进入一个新阶段。同月,广州革命政府进行了针对陈炯明的第一次东征,三千多黄埔军校师生打败了号称有八九万之众的军阀武装,攻占汕头,揭开了北伐的序幕。3月12日孙中山病逝,留下致苏联的遗嘱:"亲爱的同志,当与你们诀别之际,我愿表示我热烈的希望,希望不久即将破晓,斯时苏联以及良友及盟国而欢迎强盛独立之中国。两国在争世界被压迫民族自由之大战中,携手并进以取得胜利。"[1]可以说,20世纪中国的"变革"和"革命"大势决定了鲁迅杂文写作终极的道德远景和积极态度,但变革与革命所遇阻力的强大和顽固决定了鲁迅杂文峻急、深沉、强硬和锱铢必较的风格特点。这种民族历史境遇的不同决定了鲁迅与西方或日本现代主义文艺的差异。《华盖集》、《华盖集续编》和《而已集》不仅记录了鲁迅杂文从"运交华盖"和"执滞于小事情"达到自觉的过程,也涉及文学和革命的关系。蔚为大观的鲁迅研究领域里,凡涉及鲁迅关于革命以及文学与革

---

[1]《鲁迅年谱》(增订版)第2卷,鲁迅博物馆编,人民文学出版社,1983年,第179页。

命之关系的文字，多是将之置于"政治"/"立场"/"观点"的框架里进行考察的。但实际上，文学与革命的关系对于鲁迅杂文写作来说，同样是一个事关语言实践的内在本质的问题，因为它直接关联到文学本身的有效性和创造性，关系到现代性自我意识与历史过程的关系，关系到那种"纯粹的当下"及其时间-语言构造。

第三部　在路上：漂泊与杂文的风格扩张

第九章　记忆与漂泊：《朝花夕拾》与「路上杂文」的缠绕·512

第十章　杂文文体的多样性：「马上日记」系列·539

第十一章　在路上：通信研究·569

第十二章　杂文自觉的墓志铭：《坟》序跋·615

如果把写于 1925 年最后一天的《华盖集·题记》视为鲁迅"杂文的自觉"的外在标记，那么作者在 1926 年的创作，可被看作在这个"量变到质变"的飞跃后，鲁迅杂文风格与文体发展的最初面貌和轨迹。这个"自觉"的实质，是对文学与其历史环境的特殊紧张关系在风格空间内部的安排，同时也是对这种蓄意的或无奈的写作手法及其风格外观所做的道德辩护与审美证明。因此，这个转折不仅是杂文形式的自觉，也是鲁迅文学的"第二次诞生"。相对于应运而生的第一声"呐喊"，即 1918—1921 年鲁迅小说"自在"的存在方式（在"诞生"瞬间就被经典化、历史化是其外部特征），鲁迅的杂文必须寻找和建立一种新的、"自为"的存在方式，不得不在持续不断的争议、质疑、否定甚至自我怀疑中为自己做出反思、说明和解释。它不再是也不能再是个人和时代意义上的自发性写作；它无法继续依托明确的集体性政治和文化诉求，不再是其正面、积极能量和表达欲望的内在化、个性化形态。相反，它必须在同社会环境和文化思想环境的对峙中，通过写作内部的否定的辩证法，将种种负面因素（停滞与混乱，荒凉与虚无，敌意与危险）转换为新文学源头性的、持久的审美价值和道德确定性。它是审美范畴内的彻悟和决断，更是个人存在的命运和存在的政治意义上的接受、承认和自我肯定。在终极意义上，它宣告作者对自身具体历史存在和文学可能性（及局限性）的评估和判断，也是在 1918 年"白话革命"以来创作（特别是小说创作）基础上所做的一次彻底的反思和决定性转向。

随同这个"第二次诞生"一起出现的,是鲁迅中期或"过渡期"(1924—1927)写作所呈现的一系列文体混合和风格融合的形式特征。这种形式试验和风格扩张为经验整理和观念-情感表达打开了新空间,容纳和吸收了新内容。1925年的创作,特别是女师大风潮以来空前激烈的文字攻守与格斗,在写作法意义上都在《华盖集·题记》中得到一种近于理论性的总结(如"质直"却又"弯弯曲曲";"执滞于小事情";"挤"和"碰(壁)";写"无聊的东西",收获"灵魂的荒凉和粗糙";不去"遮盖"而是去"爱"自己"转辗而生活于风沙中的瘢痕"等核心意象[1]),初步勾勒了杂文文学本体论的内部构造和能量-动力学原理,特别是其文体-诗学形态同政治本体论(如"敌友之辨")间的共生关系。而写于1926年的《华盖集续编》则在这断裂和突变后,在文学意识和写作手法的新强度的基础上,延续并发展了杂文风格的转折、突破、多样化和复杂化,可视为"杂文的自觉"主题疾风暴雨般"呈示"之后的一个慢版乐章。在这里,杂文从应对外部挑战和内部危机的"政治自觉",逐步转向扩大杂文文体的包容、吸收和赋形能力的风格自觉,从而通过文体混合与文类多样性而进入一个丰富同时也更个人化的文学空间。尽管年初《晨报副刊》所谓"攻周专号"引发同《现代评论》派文人、学者的新一轮笔战;尽管有"三·一八惨案"后鲁迅就"民国以来最黑暗的一天"[2]所写的几篇激烈而深沉的文章,但《华盖集续编》总的风格变化趋势,仍是"杂文的自觉"之后的诗学扩张和多样化,甚至《无花的蔷薇之二》和《记念刘和珍君》这样直接针对现实的控诉和悼亡文字,也可说是在诗学的极点上标出了杂文形式可能性的新的"最高水位"。

---

[1] 鲁迅:《华盖集·题记》,《鲁迅全集》第3卷,第3—6页。
[2] 鲁迅:《无花的蔷薇之二》,《华盖集续编》,《鲁迅全集》第3卷,第280页。

我把这个鲁迅风格扩张期的创作称作"路上杂文",其核心特征是外在的漂泊辗转同内心风景间的重叠与转换,通过反思、记述、回忆和"恋人絮语",流注到一种更为自信、明确而富于表现力的语言形式和写作方式中去。因此,这个短暂的"流放期"事实上厘定了鲁迅"自觉的杂文"的文体和风格空间,为其做好了语言准备和审美操练。《朝花夕拾》(最初以"旧事重提"系列回忆文章的形式出现[1])在这个变化过程中占有特殊位置,起到了特殊作用,参与了鲁迅"自觉的杂文"的精神内面和风格外观的塑形。1927年的广州经验,特别是"清党"前后的紧张与再度反思,极大地震撼了鲁迅对这种个人化的语言风格的自觉和自信,但最终并没有摧毁或动摇这种自觉和自信,而是为它自身的历史意识和政治意识,即为一种更高且非个人化意义上的自觉提供了一场必要的洗礼。面对"四·一五事件"及其后的恐怖与荒诞,鲁迅没有再写出《记念刘和珍君》那样的文字,而是潜心完成《小约翰》和鹤见祐辅的翻译,并作《魏晋风度及文章与药及酒之关系》,再继而写出《怎么写(夜记之一)》和《谈所谓"大内档案"》。所有这些,事实上都可以在《华盖集续编》的形式空间和风格轨迹的延伸线上予以分析和解释。值得一提的是,《朝花夕拾》的《小引》和《后记》分别写于1927年5月和7月,本身属于这个用文学形式和历史寓言回应社会政治领域里的恐怖与压抑的风格阶段。

《华盖集续编》在时间上收录1926年的所有杂文写作,但在空间意义上包含着一个重要的转场和变化,即鲁迅离开工作、生活了十余年的北京,开始了一个相对短暂却非常关键的人生第二个漂泊期或漫游期(第一个为前往南京就读西式水师学堂和矿路学堂,继而东渡日本留学的求学期)。鲁迅最终决意离开北京,在个人意义上究竟何种

---

[1] 作者在1926年共写了十篇,陆续在报刊连载。1927年5月结集作《小引》时定名为《朝花夕拾》,1928年9月由北平未名社出版,为鲁迅编辑的"未名新集"之一种。

因素是决定因素,仍有探讨的余地,但就本书的兴趣和范围而言,我们不妨大而化之地认为它既有复杂性,比如包括国内形势变化而导致的北京政治气氛的紧张(后者曾令鲁迅感到有性命之虞,一度避入外国医院);又带有个人情绪、心境和行动渴望的单纯性,比如他同许广平恋爱关系的明确化以及由此而来的如何安放问题,而这个问题又必然牵扯出鲁迅同家族(母亲、二弟、二弟媳)的紧张关系。无论如何,结果是清晰明了的,这就是鲁迅毅然决然地走上了南下的路。需要说明的是,对于本章范围的分析和阐释来说,《华盖集续编》不仅仅是一个文本,也是一个编年史叙述框架。因此我们的分析一方面聚焦于《续编》所收录的文章及其隐含的风格发展扩张的情节意义;另一方面,也在这个作者传记意义的时间段内,考察和比较同时或交叉进行的其他创作线索。[1]

---

[1]《续编》里作为《华盖集》主题、心境和问题的余波或单纯延伸之部分,已在本书第二部"杂文发生学小史之三"里先行处理。

第九章　记忆与漂泊：《朝花夕拾》与"路上杂文"的缠绕

在构成"杂文的自觉"内在紧张的外部纷扰和环境压迫下，鲁迅于1926年2月开始写作"旧事重提"回忆散文系列。这不能不说是一个值得玩味的文学动作。虽然鲁迅说《华盖集续编》"年月是改了，情形却依旧"，所以仍以"华盖运"冠名，但实际上，《华盖集》和《华盖集续编》在杂文风格的发展上是两个既有连续性又有非连续性、既有重叠又有实质性差异的阶段。"旧事重提"系列的开始，正是帮助判明这个非连续性的隐藏的断裂。

一、"旧事重提"的杂文因素

"旧事重提"之一《狗·猫·鼠》完成于1926年2月21日，发表于《莽原》第1卷第5期（1926年3月10日刊行）。3月鲁迅还创作了系列之二《阿长与〈山海经〉》。同一时间段里，他完成了《华盖集·后记》、《无花的蔷薇》、《无花的蔷薇之二》、《"死地"》和《可惨与可笑》等杂文作品，除《华盖集·后记》外都收入《华盖集续编》。至1926年年底完成系列末篇《范爱农》，在此期间作者向读者展现出两种全然不同的创作状态、文笔技巧和风格面貌。可以说，鲁迅在《华盖集》之后的写作，是在《华盖集续编》和《朝花夕拾》所呈现的两种氛围、心情、意境的重叠、交叉和缠绕之间展开的。一方面是"旧来的意味留存"让作者"时时反顾"，在对种种"也许要哄骗我一生"的往昔时光和影像的追忆中，营造出让时间停止的宁静与安详；另一方面，与这种回忆散文或"美文"写作形成鲜明对照的，是贯穿于《华盖集续编》、《而已集》和《野草》的"杂文"主线。它们都是郁结、激烈、痛苦、抗争和批判性的"杂文"，是 1925 年的纷争与战斗的延续和深化。由《华盖集》开启的近战、壕堑战状态，并没有因为昔日韶光重现或漂泊路途的展开有所改变，而是在鲁迅新的文章自觉和风格强度中沉淀为一种常态。

不妨把贯穿 1926 年全年的这两个相互交织的系列篇目略加筛选，再按月罗列，以表格形式做一对比：

时间	《朝花夕拾》	杂文
1926 年 1 月		《杂论管闲事・做学问・灰色等》《学界的三魂》
1926 年 2 月	《狗・猫・鼠》	《我还不能"带住"》《送灶日漫笔》《华盖集・后记》《谈皇帝》《无花的蔷薇》
1926 年 3 月	《阿长与〈山海经〉》	《无花的蔷薇之二》《"死地"》《可惨与可笑》
1926 年 4 月		《记念刘和珍君》《如此"讨赤"》《淡淡的血痕中》;《一觉》(《野草》);《大衍发微》(《而已集》)
1926 年 5 月	《〈二十四孝图〉》《五猖会》	《无花的蔷薇之三》
1926 年 6 月	《无常》	《马上日记》四则、《马上支日记》一则
1926 年 7 月		《马上支日记》六则、《马上日记之二》两则、《记"发薪"》
1926 年 8 月		《记谈话》《上海通信（致李小峰）》
1926 年 9 月	《从百草园到三味书屋》	《厦门通信》
1926 年 10 月	《父亲的病》《琐记》《藤野先生》	《华盖集续编・小引》《华盖集续编・校讫记》《坟・题记》《记谈话・附记》
1926 年 11 月	《范爱农》	《厦门通信（二）》《写在〈坟〉后面》《〈嵇康集〉考》
1926 年 12 月		《〈阿Q正传〉的成因》《说幽默》《〈走到出版界〉的"战略"》《奔月》《厦门通信（三）》

鲁迅是善于自察和自省的作者，此时更在"杂文的自觉"的危机、突破与转折的当口，因此，这种长达一年的文体间犬牙交错的并列、胶着状态，以及这种不同写作样式、风格、情绪和作者形象间的交叉、重合与往复运动，绝无可能是无心为之的偶然行为或无可奈何的被动状态。但如果这一切出于作者蓄意的安排和设计，或有更为深层的驱动和理由，那么我们就有必要从批评的假设出发，对之做出尽可能合理的解释。[1] 这里要做的不是《朝花夕拾》文本分析，而是梳理和考察它在"杂文的自觉"阶段的文体风格扩展中所扮演的辅助角色和策应功能。因此，聚焦于十篇作品的"杂文因素"，也是反过来探讨此刻正在成为鲁迅文学主导甚至唯一形式和文体的杂文，是在何等程度上吸收、包含了其他文体样式的内在可能性，完成自身形式问题的"解决"和风格的演进。我们的批评假设或出发点包括以下几个方面。

首先，作为意识层面的突破和聚焦，"杂文的自觉"一方面形成于同外部环境的此时此地的近战和肉搏状态，植根于一种前所未有的"外化"和"对象化"的具体性和思想专注；但与此同时，为支撑这场旷日持久的当下战斗并提供价值源泉和情感滋养，它又必然伴随着一个"内敛"或"回到自身"的精神运动。最初以"旧事重提"为总题的回忆性写作打开了童年、故乡和旧梦的自叙空间，使得作者在"复得的时间"里重构经验，从而为极度外在化、表面化、即时化的杂文写作提供内在性维度或存在的纵深感。这对单一的杂文写作所内含的本质性的虚无感和否定性、战斗意志及其厌倦，都具有重要的充实、抚慰和构型作用。换句话说，《朝花夕拾》的精神世界和审美气质构成了鲁迅旷日持久、令人疲惫的杂文的战斗和杂文家的生活之"内面"，

---

[1]《朝花夕拾》和其他鲁迅"回忆散文"中包含的记忆与遗忘的母题以及其中涉及的"经验与时间"结构，需要辟出专章予以系统的分析与研究。在本计划结构安排里，这部分内容将安排在第三卷，同小说和散文诗研究放在一处。

成为完成杂文的使命过程中必要的歇息与凝神。这是一次难得的放松、走神和"心不在焉",对作者内心状态的调整和外在写作风格的扩展而言,是一个珍贵的片刻。反过来,只有从鲁迅创作《朝花夕拾》时身处的外在环境着眼,读者方能够恰如其分地把握文章笔法和笔调中透露出来的那种极富感染力的享受、陶醉和留恋。这种感染力固然需要盘桓于某种记忆或想象中的旧日意象,但在更重要的意义上,却来自作品所属的社会历史环境和作者当下的具体生存状态及其心理－情感冲动。如同战士在壕堑战中的间歇和稍息,这种进击中的出神一旦形诸文字,不啻为有意向对手表现出从容和傲慢。这种神游无论就其本身的内容而言,还是就其所带来的言外之意而言,都在杂文家回到自我的运动中建构起广大的内心世界及其精神丰富性。同时,这种精神内敛的运动也将自己外化为旧日时光的意象和情愫,并展现出一种独立的、悠然自得的文字技艺和审美闲暇。这两方面在杂文自觉的风格扩张过程中一直发挥着关键却隐秘的作用。

其次,作为具体的文学行动及其步骤,"杂文的自觉"需要在从前期"纯文学"创作模式和审美空间向杂文的象征空间、社会生产空间和历史再现空间过渡的过程中,建立一系列跳板、支撑点和类似音乐"转调""转位"所需的"中立和弦",以便完成一个决定性的风格与结构的转变。回忆性散文这种特殊文体,一方面最大限度上包容记叙与描写、人物与情节,甚至虚构意义上的"叙事"因素;另一方面,它事实上又是在散文或杂文的语言和文体灵活性空间中运行,可以最大限度地容留、吸纳、混杂并调和诸如纪实和虚构、抒情和静观、氛围和情感的烘托营造与分析、批判所需的距离感等不同文类和写作手法。在这个关键的文体选择和转调转位瞬间,《朝花夕拾》同《野草》起到了类似的作用,即在自身"互文体性"或"文体间性"的风格空间里,形成一种局部、过渡性的扩张。这种蓄意、精心的文体混杂同个人充沛的情感、激情和冲动相结合,造成文学空间内部的增压效应,形成某种形式创造和风格个性的极点。由于这种极点本身在形成过程中包含多种文体样式的可能性与丰富性，也就使鲁迅具有文体-风格选择上的极大自由，甚至具有把自己置于单一文体乃至常规性文学观念本身的"例外状态"，在"纯文学"建制的外部和文学本体论空间深层，灵活地选择、决定杂文的审美合法性与风格正当性，并将之确立为自身写作方式新的、更高的法则。换言之，《朝花夕拾》提供了一个"文体混合"的共鸣箱和混录装置，将鲁迅"杂文的自觉"所继承、发展和进一步风格化的各种文学资源都容纳并"调和"在一种自我述说的句式和文体空间中。作为一个象征之象征，《朝花夕拾》正是鲁迅文学本身的"百草园"和"三味书屋"，是作者文学自传的"必要的虚构"。它也是一个倒叙式的自我发明的"源流"，记录着鲁迅文学种种个人史、家庭史、精神史和成长史的故事性体验和经验。甚至可以说，在《华盖集》这个社会性断裂点之外，《朝花夕拾》是鲁迅文学"第二次诞生"的另一个隐秘的、更个人化的源头；批评的阅读可以从中辨析、引申出鲁迅此前与此后创作的所有资源、脉络、主题和风格。

最后，在这个具体的个人化的支点上，在经历了女师大风潮、同《现代评论》派的论战、被北洋政府教育部罢官之后，在同许广平的恋爱关系日渐明确的过程中，鲁迅势必已至少在内心中开启了人生又一次"走异路"和"寻求别样的人们"的旅途。相对于鲁迅青年时代的"漫游"、西学发现和文学转向，这次即将到来也必将到来的远行，已不再具有任何"成长小说"和"世界之路"的浪漫和发现意味，而是一次人过中年的漂泊与安顿，一次自我流放中的求真和求自由。简言之，离开北京已是生活的必须和必然，即《伤逝》里"我要向着新的生路跨进第一步去"这种抽象而单纯的语言和语句的具体化与付诸行动。这种行动开辟的并非19世纪欧洲成长小说意义上的"世界之路"，而是20世纪初中国新文学所打开的"世界的杂文"；它是卢卡奇在《小说理论》开头所描写的现代性"超验的无家可归状态"（the transcendental homelessness）的特殊形式。[1] 在德国浪漫派心灵整体性及其与外在世界的统一性基础上，通过对比近代欧洲小说同希腊史诗，卢卡奇尖锐地指出现代人如何因为失去自身价值和情感"超验的落座"，而陷入每一步都面临深渊的境地。由于理想中"匀质的共同体"四分五裂，由于无论到哪里都只是"永远的外乡人"，现代人必然受困于思乡病。这种思乡病并不朝向所谓的故乡（它早已消失或变得面目全非），而是指向心灵所渴望的想象中的归属感，那个他曾属于的地方；这个地方是否真实并不重要，因为它不过是"对一种乌托邦完美状态的乡愁，它只把自身和自身所渴望的东西认作真正的现实"。[2]《朝花夕拾》及其特殊的"混合文体"则与这种特殊的无家可归状态及其内心体验相向而生，成为"乡愁"（nostalgia）式的"为了忘却的记念"。伴随着《朝花夕拾》的"思乡"写作的，是鲁迅持续的离家和远行。这个杂文之旅如果有目的地的话，也绝不会是事实上的故乡绍兴，鲁迅从未考虑过回到浙江原籍（包括省会杭州），而是最终在作为半殖民地现代性和治外法权意义上的"国中之国"的上海租界或半租界安顿下来。《朝花夕拾》呈现的私人内心风景，同即将开始的远行及其终点（租界或半租界）所象征的"内与外"的暧昧状态，似乎形成了一种预先设计好的叙事上的和声与对位。

二、漂流：内景与外景

1926年3月下旬至5月间，鲁迅曾离家进入莽原社、山本医院、德国医院和法国医院避难。起因为"三·一八惨案"后段祺瑞政府下令通缉进步人士，传闻鲁迅的名字也在第二批通缉名单上。3月29日，

---

[1] 参看 Georg Lukacs, *The Theory of the Novel*, translated by Anna Bostock, Cambridge, MA: MIT Press, 1971, pp. 29–39.

[2] Georg Lukacs, *The Theory of the Novel*, p. 70.

几个陌生人突然造访《莽原》编辑部，鲁迅疑心他们是政府侦探，随即称病，住进山本医院。4月15日，因冯玉祥部国民军撤出北京，局势更为紧张，鲁迅在许寿裳等人的帮助下，转移至东交民巷德国医院；同月26日，因德国医院不愿收留无病的"病人"，不得不再次转场，进入法国医院避难，直至5月2日方才"出院"。但据《朝花夕拾·小引》，《〈二十四孝图〉》《五猖会》《无常》这"中三篇是流离中所作，地方是医院和木匠房"，这样的话，鲁迅离寓避难期就要延长到6月23日之后。无论如何，这个离开北京之前的"流离"仿佛一个远行和自我流放的预演。同时，它也是杂文写作同回忆散文写作并行不悖的集中体现。在此期间除了"旧事重提"的"中三篇"，鲁迅还相继发表了杂文《可惨与可笑》(《京报副刊》3月28日)、《记念刘和珍君》(《语丝》4月12日)、《大衍发微》(《京报副刊》4月16日)、《淡淡的血痕中》(《语丝》4月19日)；发表译作《生艺术的胎》(《莽原》5月10日)、《再来一次》(《莽原》6月10日)。《华盖集》也诞生在这个"流离"期间(北新书局1926年6月3日出版)。

鲁迅是爱人生的，这种爱和迷恋可以说是他写作的基本动机，也是他不惜为生存而战的终极理由。[1]但这种爱和战斗的底色和底线是

---

[1] 鲁迅在自己的作品和日常文字里并不经常使用"爱"这样的语言，但我们或可以在他的翻译中找到"爱"在作者笔下的纯粹语言形式。在1926年翻译的有岛武郎《生艺术的胎》(1917)中，我们可以看到出自鲁迅译笔的这样的语言："生艺术的胎是爱。除此以外，再没有生艺术的胎了。有人以为'真'生艺术。然而真所生的是真理。说真理即艺术，是不行的。真得了生命而动的时候，真即变成爱。这爱之所生的，乃是艺术。"(原载1926年5月10日《莽原》第9期，最初收入1929年4月上海北新书局版《壁下译丛》。引自《鲁迅著译编年全集》第7卷，第131页。鲁迅同日作《〈二十四孝图〉》，发表在1926年5月25日《莽原》第10期)本雅明在《译作者的任务》中指出，在译作形式里，译者无须为原作语言所承担的"内容"或"观念"负责，但同时也正因为摆脱了"表意"的重负，译作语言反而得以在纯语言、纯形式的自由中，象征性地传达出更为持久的信息和意味，并因此而成为原作的"来生"(参看本雅明，《译作者的任务》，《启迪》，张旭东、王斑译，生活·读书·新知三联书店，2008年，第81—94页)。

"我之所谓生存,并不是苟活"。因此,鲁迅的"生存—温饱—发展"理论及其反抗姿态本身,包含着一种活动、流动的倾向,即"我以为人类为向上,即发展起见,应该活动,活动而有若干失错,也不要紧。惟独半死半生的苟活,是全盘失错的"。[1]也就是说,鲁迅的壕堑战原则同运动战战术并不矛盾,事实上一直保持着"打不赢就走"的"逃逸"主题,即《北京通信》里所说的飞越一切事实或象征的"北京第一监狱"的姿态。由此,我们看到鲁迅生存状态和精神状态里"静"与"动"(或"变")两种倾向的纠结:一个指向某种遥远的、想象中的过去,包含童年记忆、家园意象,以及仅仅在记忆和语言中存在的时间与经验的静谧、圆满和甜蜜;一个指向未来和别处,充满未知数、紧张和危险,但同时也代表着"生"的意志、对痛苦和冒险的承担,代表着由此而来的可能性与前景。究竟是"在路上"的状态提前制造了"童年"和"家"的"旧事重提",还是回忆所提示的生活世界的圆满与充实又一次触发了远行与放逐的冲动;究竟是具体环境因素逼迫作者不得不做出理性选择,还是某种内在的关于生命状态和精神自由的冲动与想象诱导作者"先发制人"地采取行动,这些问题都无法简单地由实证传记资料解决。它们都同鲁迅文学的"再生"和"转折"相伴而生,在以文体混杂为基本特征的新的杂文风格空间中,展开了这种风格自身的诗的戏剧性矛盾和基本母题。《北京通信》在结尾处忽然笔锋一转,从生路与死路的大问题,写到北京的天气和院子里的植物:

> 北京暖和起来了;我的院子里种了几株丁香,活了;还有两株榆叶梅,至今还未发芽,不知道他是否活着。[2]

---

[1] 鲁迅,《北京通信》,《华盖集》,《鲁迅全集》第3卷,第54—55页。
[2] 同上书,第56页。

当杂文家写下这样的句子时，我们可从批评的角度看到，《朝花夕拾》和"海上通信"的到来都已经成为杂文文体和风格多样性展开的内在环节和步骤了。《北京通信》这篇作于1925年春天的通信体杂文，像一粒写作的种子，随着"是否活着"的生命之问破土、生长，把"旧事重提"和《华盖集续编》一道纳入杂文风格成长的"漫游时代"。在过去和未来或故乡和远方这两个方向上，作者将以新的文体自觉和风格强度，把人生种种阶段、状态和两难选择，纳入杂文的诗学形式和叙事结构，并赋予它们形象和动作的整体性和连贯性。

与"旧事重提"系列回忆散文和《华盖集续编》杂文同时发表的还有鲁迅的译作，其中有岛武郎《生艺术的胎》一篇中出现了这样的语言：

> 一切皆动。在静止的状态者，绝没有。一切皆变。在不变的状态者，未尝有。如果有静止不变的，那不过是因了想要凝视一种事物的欲望，我们在空中所假设的楼阁。
>
> 所谓真，说起来，也就是那楼阁之一。我们硬将常动常变的爱，姑且暂放在静止不变的状态上，给予一个名目，叫作"真"。[1]

这种作为幻影或内心视像的"真"，就是鲁迅在《朝花夕拾·小引》中所谓的"思乡的蛊惑"，那种"也许要哄骗我一生，使我时时反顾"的"旧来的意味留存"。这些"从记忆中抄出来的""真"当然不是真实或真理，而恰恰是原作者有岛武郎在文章一开头所谈的"爱"。它也不是时间、空间和人生经验上某个一成不变的点或"历史原貌"，而恰恰是变与动的结果。在《生艺术的胎》里，有岛武郎进一步将这种静与动、

---

[1] 有岛武郎，《生艺术的胎》，《鲁迅著译编年全集》第7卷，第131页。

变与不变的关系比作流水在山石间旋行的涡纹：

> 倘若流水的量是一定的，则涡纹的形也大抵一定的罢。然而那涡纹的内容，却虽是一瞬间，也不同一。这和细微的外界的影响——例如气流，在那水上游泳的小鱼，落下来的枯叶，涡纹本身小变化的及于后一瞬间的力——相伴，永远行着应接不暇的变化。独在想要凝视这涡纹的人，这才推却了这样的摇动，发出试将涡纹这东西，在脑里分明地再现一回的欲望来。而在那人的心里，是可以将流水在争求一个中心点，回旋状地行着求心底的运动这一种现象，作为静止不变的假象而设想的。[1]

尽管有岛武郎的表达方式过分重视技术细节，鲁迅的直译也略显拗口，但通过简单的物理运动所表达出来的文学观念和图景却是清楚、生动的；它显然已被鲁迅的内心视野和文字结构所捕获和吸收。我们不妨把此刻鲁迅的杂文风格空间比作与"外界的影响"直接相通的种种"应接不暇的变化"和"摇动"；将鲁迅的回忆性写作理解为一种"回旋状地行着求心底的运动"般的"凝视"。《朝花夕拾》的文学世界于是就作为一种"静止不变的假象"，伴随着鲁迅"杂文的自觉"之后的漂泊之旅。

三、记忆光影的杂文画框

《朝花夕拾》所收十篇回忆散文，虽全部写于1926年，同《华盖集续编》呈连理同枝之势，《朝花夕拾·小引》却迟至1927年5月方于"清党"余波中的广州完成，《后记》和最后结集更在两个月以后。

---

[1] 有岛武郎，《生艺术的胎》，《鲁迅著译编年全集》第7卷，第131—132页。

这或许表明鲁迅并不急于将这个"旧事重提"系列匆匆了结，而是有意将这条回忆中的时间线索和那个"静止不变的假象"保持并延续下去。《后记》一改体例，意犹未尽地接着《〈二十四孝图〉》谈起《百孝图》来，或许就是这种留恋心情的流露。更值得注意的是，《朝花夕拾》虽专注于在时间深处绽放的记忆，但在写作手法、文体和风格的具体展开中，却有意无意地掺入了大量杂文因素。《朝花夕拾·小引》开篇交代了这部散文集颠沛流离的创作状态，道出"从记忆中抄出"一片祥和宁静又谈何容易。但事实上，对这种状态更恰当的理解，应该来自《朝花夕拾》本身"文体混合"的风格样式以及由此而来的表意－赋形的独特性：

> 我常想在纷扰中寻出一点闲静来，然而委实不容易。目前是这么离奇，心里是这么芜杂。一个人做到只剩了回忆的时候，生涯大概总要算是无聊了罢，但有时竟会连回忆也没有。中国的做文章有轨范，世事也仍然是螺旋。[1]

显然，如果"闲静"是美文所编织的记忆与时间，"纷扰"、"离奇"和"芜杂"就代表着无从躲避的外界借助杂文的逻辑侵入文字的肌体。在建构回忆时引出"无聊"主题，则进一步点出了外界的纷扰在自我心理空间造成的创伤性的厌倦和虚无感，从而把外在内在化，把回忆、时间以及由无意识所蕴含、收藏的经验－叙事引入同一个内心体验范畴。《朝花夕拾》所呈现的个人史内景固然可以被看作心理、情感乃至"无意识"范畴里的"深度"，但它在同杂文自觉和杂文风格的直接性、具体性和多样性的互动缠绕中，同时又被语境化、平面化或表面化了。于是，回忆散文的文体风格预设，以其感性外观的宁静、从容和优美，

---

[1] 鲁迅，《朝花夕拾·小引》，《鲁迅全集》第2卷，第235页。

为业已由"杂文的自觉"所界定的鲁迅文学空间保存了一个诗学的面向,成为杂文鲁迅的存在斗争和风格斗争不可或缺的环节。

"想在纷扰中寻出一点闲静"是《朝花夕拾》的基本写作状态,在形式-结构上暗中规定了其文体风格乃至基本句式。《朝花夕拾·小引》中的句子和段落可视为全书各篇及其排列编纂的形式和结构的再现与浓缩。"前几天我离开中山大学的时候"立即引发"四个月以前的离开厦门大学";头上飞机的鸣叫马上让作者"竟记得了一年前在北京城上日日旋绕的飞机"。这些对写作"实时"瞬间的回顾,随即接续对《朝花夕拾·小引》写作的"当下"环境的描写("广州的天气热得真早,夕阳从西窗射入,逼得人只能勉强穿一件单衣"),继而引入"转折期"和"杂文的自觉"写作状态中常常出现的关于"工作"或写作意义的"生与死""存在与虚无"主题:

> 看看绿叶,编编旧稿,总算也在做一点事。做着这等事,真是虽生之日,犹死之年,很可以驱除炎热的。[1]

不仅这种状态、情调和思绪是地地道道的"杂文范儿",作者还要再加上"前天,已将《野草》编定了;这回便轮到陆续载在《莽原》上的《旧事重提》"的说明,仿佛以此来进一步突出和强调"文体混合"的用意。所谓"不能够""带露折花",甚至将"心目中的离奇和芜杂""幻化"为"离奇和芜杂的文章"的困难,都指向黑格尔"世界的杂文"意义上的纷杂、冲突、多样化和琐碎化的象征结构。[2] 相对于

---

[1] 鲁迅,《朝花夕拾·小引》,《鲁迅全集》第 2 卷, 第 235 页。
[2] 黑格尔在《美学》中认为,在理想型艺术及与其相对应的"英雄时代"瓦解后,出现了一个"散文气的世界",即"世界的散文",其基本特征就是早期资本主义现代性分工、市场、等价交换、利益驱动和追求世俗幸福基础上确立的法权结构、道德准则和审美趣味。黑格尔时而在历史意义上正面地评价这种"近代主体的实体性",时而在异化、(转下页)

这种结构的客观性和历史性，作为怀旧情绪之"诗学对象化"的往日意象，只能在作者的眼前"一闪烁"而已。因此，《朝花夕拾·小引》里用"在故乡所吃的蔬果：菱角，罗汉豆，茭白，香瓜"这些"极其鲜美可口"的具体事物，来"换喻"性地指代《朝花夕拾》集中所有的"思乡的蛊惑"。这种味觉（或许还包括嗅觉）上的"旧来的意味留存"，以其身体性的"非意愿记忆"（mémoire involontaire），成为一种主观经验和内心影像的最后的保留地和庇护所。但就其语言存在的结构性规定而言，这种看似远离杂文世界的喧嚣的"美文"，又何尝不是在前者的皱褶、缝隙和变动中栖身，作为"纷扰""芜杂""流离"留下的"涡纹"而呈现。下面这段《朝花夕拾·小引》中关于作者工作背景的说明，本也是鲁迅文字中常见的，在此却似乎具有一种特殊的功能，它为《朝花夕拾》本已与杂文相杂糅的"美文"，再加上了一个杂文的画框：

> 文体大概很杂乱，因为是或作或辍，经了九个月之多。环境也不一：前两篇写于北京寓所的东壁下；中三篇是流离中所作，地方是医院和木匠房；后五篇却在厦门大学的图书馆的楼上，已经是被学者们挤出集团之后了。[1]

同《小引》最后写到"被学者们挤出集团"一句首尾相接，《朝花夕拾》开篇的《狗·猫·鼠》以"从去年起，仿佛听得有人说我是仇猫的"一句开始，接着谈"一到今年，我可很有些担心了"。熟悉鲁迅1925年同《现代评论》派恶战的读者，自然都会在直接的杂文攻守

（接上页）庸常化和颓废的意义上负面地评价其主体的片面性甚至孤立性，包括浪漫派主体的空洞与"滑稽"。参看《美学》第一卷，"散文气味的现代状况"（第246—248页）、"滑稽说"（第79—87页）两节，朱光潜译，商务印书馆，1979年。
[1] 鲁迅，《朝花夕拾·小引》，《鲁迅全集》第2卷，第236页。

的语境中,理解作者所谓其笔墨"对于有些人似乎总是搔着痒处的时候少,碰着痛处的时候多","万一不谨,甚而至于得罪了名人或名教授,或者更甚而至于得罪了'负有指导青年责任的前辈'之流,可就危险已极"[1]这样的语句。也就是说,后面有关狗、猫、鼠的故事,本身就是在杂文寓言故事的层面,在与跟杂文论战的读者之间的默契中展开的。文章固然包含回忆的"本事",但行文中不时穿插的诸如"但它们从来没有竖过'公理''正义'的旗子,使牺牲者直到被吃的时候为止,还是一味佩服赞叹它们"[2],"以为这些多余的聪明,倒不如没有的好罢"[3],"那态度往往比'名人名教授'还轩昂"[4],却不断把读者拉回杂文的话题、文体和风格中去。作为《朝花夕拾》的首篇,《狗·猫·鼠》可以说为一种高度自觉甚至游戏性的混合叙述与抒情的写作风格定了调子。这同许多读者建立在早年对《朝花夕拾》的"纯文学"阅读经验上的未加反思的印象或记忆,或许还是有相当出入的。

这种蓄意的混杂和游戏性也体现在《〈二十四孝图〉》中,比如:

"只要对于白话来加以谋害者,都应该灭亡!"

这些话,绅士们自然难免要掩住耳朵的,因为就是所谓"跳到半天空,骂得体无完肤,——还不肯罢休。"而且文士们一定也要骂,以为大悖于"文格",亦即大损于"人格"。岂不是"言者心声也"么?"文"和"人"当然是相关的,虽然人间世本来千奇百怪,教授们中也有"不尊敬"作者的人格而不能"不说他的小说好"的特别种族。但这些我都不管,因为我幸而还没有爬上"象牙之塔"去,正无须怎样小心。倘若无意中竟已撞上了,那就

---

[1] 鲁迅,《狗·猫·鼠》,《朝花夕拾》,《鲁迅全集》第2卷,第238页。
[2] 同上书,第239页。
[3] 同上书,第240页。
[4] 同上书,第242页。

即刻跌下来罢。然而在跌下来的中途,当还未到地之前,还要说一遍:

"只要对于白话来加以谋害者,都应该灭亡!"[1]

不仅如此,谈到"在中国的天地间,不但做人,便是做鬼,也艰难极了"时,作者仍然要拿"公理"、"绅士"和"流言"来开刀,暗示由它们构成的人世远比阴间更可怕。在后悔曾经颂扬过阴间、没能"言行一致"后,作者还告白自己"但确没有收过阎王或小鬼的半文津贴"[2]。而"总而言之,还是仍然写下去罢"这样的插入语,则更是"杂文的自觉"的标志性语句和写作姿态。

有意思的是,《〈二十四孝图〉》文中引了一句"听说"是"阿尔志跋绥夫曾答一个少女的质问"时说的话:

惟有在人生的事实这本身中寻出欢喜者,可以活下去。倘若在那里什么也不见,他们其实倒不如死。[3]

鲁迅在1920年从德译本转译了阿尔志跋绥夫的《工人绥惠略夫》,并在次年作了《译了〈工人绥惠略夫〉之后》一文,其中谈及阿尔志跋绥夫代表作《赛宁》中主人公的言行,"全表明人生的目的只在于获得个人的幸福与欢娱,此外生活上的欲求,全是虚伪"[4]。这里的"此外生活上的欲求"包括一切在生物决定论、生命欢娱和幸福等"无治的个人主义"之外的社会性需要,包括政治诉求。为此,鲁迅还特别引了小说中主人公对朋友说的一段话:

---

[1] 鲁迅,《〈二十四孝图〉》,《朝花夕拾》,《鲁迅全集》第2卷,第258—259页。
[2] 同上书,第259—260页。
[3] 同上书,第260页。
[4] 鲁迅,《译了〈工人绥惠略夫〉之后》,《译文序跋集》,《鲁迅全集》第10卷,第181页。

> 你说对于立宪的烦闷，比对于你自己生活的意义和趣味尤其多。我却不信。你的烦闷，并不在立宪问题，只在你自己的生活不能使你有趣罢了。我这样想。倘说不然，便是说谎。又告诉你，你的烦闷也不是因为生活的不满，只因为我的妹子理陀不爱你，这是真的。[1]

鲁迅在离开北京前往厦门前所作的《记谈话》中，谈到为何会在欧战"公理战胜"后，挑选《工人绥惠略夫》这一篇来翻译：

> 大概，觉得民国以前，以后，我们也有许多改革者，境遇和绥惠略夫很相像，所以借借他人的酒杯罢。然而昨晚上一看，岂但那时，譬如其中的改革者的被迫、代表的吃苦，便是现在，——便是将来，便是几十年以后，我想，还要有许多改革者的境遇和他相像的。所以我打算将它重印一下。[2]

更深一层的相关性则在于鲁迅文学本身。彼时鲁迅事实上认可那种"自然的欲求"（"专指肉体的欲"），同时也赞同阿尔志跋绥夫为赛宁所作的"解辩"，即"这一种典型，在纯粹的形态上虽然还新鲜而且希有，但这精神却寄宿在新俄国的各个新的，勇的，强的代表者之中"[3]，因为这些都符合鲁迅当时信奉的生物决定论，符合在"生命便是第一义"原则指导下的、积极虚无主义意义上的"为人生"的"写实主义"。于是，鲁迅认为批评家以为《赛宁》的"性欲描写"是"教俄国青年向堕落里走""其实是武断的"，因为阿尔志跋绥夫那"诗人

---

[1] 鲁迅，《译了〈工人绥惠略夫〉之后》，《译文序跋集》，《鲁迅全集》第10卷，第181页。
[2] 鲁迅，《记谈话》，《华盖集续编》，《鲁迅全集》第3卷，第375—376页。
[3] 鲁迅，《译了〈工人绥惠略夫〉之后》，《译文序跋集》，《鲁迅全集》第10卷，第182页。

的感觉,本来比寻常更其敏锐",所以他写出了1905年俄国革命前,在以个人主义为中心的社会思潮和社会运动中出现的"典型人物"。鲁迅把赛宁的议论理解为"不过一个败绩的颓唐的强者的不圆满的辩解"[1],颇恰如其分;更重要的是,它与鲁迅自己的积极虚无主义的存在政治和存在诗学的总原则相符。

这一切对于《朝花夕拾》在"杂文的自觉"过程中的位置以及它在鲁迅文学风格空间里的价值都有微妙而切实的意义。相对于随着《华盖集》展开的杂文世界,《朝花夕拾》的世界无疑具有"个人主义"的色彩、意义和趣味;它所表露的人的"自然的欲求"固然不仅仅是"肉体的欲",但就其专注于一种幸福意志,通过追忆时间和重构经验来营造一个纯然感性的、仅仅属于内心的幻境而言,它又何尝不是"生命便是第一义"本身的自由、迷恋和表白?在回忆散文中呈现或仅仅是被提及的人与物,尽管带着记忆的闪烁和"哄骗",又何尝不都带有"人生的事实这本身"的气息,并因此给作者以"寻出欢喜"的无限可能?

在《五猖会》里读者仍看到这样影射当下现实的杂文句式:

> 赛会虽然不像现在上海的旗袍,北京的谈国事,为当局所禁止,然而妇孺们是不许看的,读书人即所谓士子,也大抵不肯赶去看。只有游手好闲的闲人,这才跑到庙前或衙门前去看热闹;我关于赛会的知识,多半是从他们的叙述上得来的,并非考据家所贵重的"眼学"。[2]

但随着"旧事重提"系列的深入,也随着1926年下半年《华盖集

---

[1] 鲁迅,《译了〈工人绥惠略夫〉之后》,《译文序跋集》,《鲁迅全集》第10卷,第182页。
[2] 鲁迅,《五猖会》,《朝花夕拾》,《鲁迅全集》第2卷,第270页。

续编》杂文本身的开展和风格上的多样化、圆熟余裕,《朝花夕拾》后续几篇在时间的大海深处撒网,给读者带来《无常》《从百草园到三味书屋》这样珍贵的记忆的捕获;加上此前的《阿长与〈山海经〉》,显示出鲁迅散文的审美自律与童年记忆所保留的生之乐趣之间的和谐关系。值得一提的是,在初到厦门不久"伏处孤岛,又无刺激,竟什么意思也没有"[1]、"无人可谈,寂寞极矣"[2]的日子中,鲁迅创作了《从百草园到三味书屋》。这篇感动了几代中国人的散文,也是《朝花夕拾》中的点睛之笔。但如果留意它创作的直接环境(即天涯孤旅中的一次稍歇),以及它在鲁迅文学空间的位置(即在以杂文主导的文体、形式和风格之内),我们会发现,"百草园"和"三味书屋"并不是凝固在过去时空秩序中的一成不变的"童年"、"故乡"或某种天真状态的象征,而同样是在经验的变化中闪烁、在记忆与遗忘的交织中明灭的意象。换句话说,它本身也是当下的存在与时间的紧张状态的一部分及其寓意表达。

"百草园"被召唤回文字的方式,其实并不是天真或充满诗意的,而是经由一个冷漠、具体的社会经济事实的中介,即"现在早已并屋子一起卖给朱文公的子孙了"。作为童年记忆的空间化象征,它在时间链上的进场并不直接,预期形象也绝非完美如初,而是业已经过了一次致命的祛魅,即"连那最末次的相见也已经隔了七八年"[3]。熟悉鲁迅作品的读者都知道,那次游子回乡的行迹在鲁迅小说里(如《故乡》)也有所记载,传达的并非思乡或怀旧情绪,而是启蒙知识分子同故乡和故人再次面对面时的深深的尴尬、失望、忧郁和幻灭。尽管读者个人记忆中存留的关于《从百草园到三味书屋》的种种明亮、温馨、

---

[1] 鲁迅,《260916 致韦素园》,《鲁迅全集》第 11 卷,第 547 页。
[2] 鲁迅,《261004 致许寿裳》,《鲁迅全集》第 11 卷,第 563 页。
[3] 鲁迅,《从百草园到三味书屋》,《朝花夕拾》,《鲁迅全集》第 2 卷,第 287 页。

甜蜜和无忧无虑的印象并不因此而失效，但必须看到，这篇文字同鲁迅某些小说作品一样，带有一种叙事的"二度创作"特点，即作品的"故事"本身镶嵌在一个更复杂、更接近作者意识的叙事结构里；它只是一个"故事中的故事"或"戏中戏"，而叙事结构本身的象征秩序，包括叙事口吻、角度以及通过反讽、时空跳跃、突然插入而来的议论和"摘引"，却由一种更加散文式或杂文性质的意识框架和历史框架所决定。短短的第一段只有两个句子，第一句很短，语义简单明确（"我家的后面有一个很大的园，相传叫百草园"[1]）。第二句则相当长，语义也丰富而复杂，前一段交代了前面提到的那个社会经济事实，消除了作者对园子的所有权，因此决定了作品已经不在一个实有的意义上谈论并"占有"它；中间一段通过提起"七八年"前的"最末次的相见"，制造了一次时间的短路，破坏了园子从遥远的童年回忆中向读者走来的怀旧浪漫气息，并以"其中似乎确凿只有一些野草"，同时带来修辞上的确定性和模糊性；第三段则包含一个坚决的、戏剧性的转折，即"但那时却是我的乐园"[2]，"但"和"却"两个字表明，"我的乐园"在一开始就是一种假借记忆之名所做的叙事行动和审美决断，是这种行动和决断制造出的幻影和戏剧效果，但这一切都离不开那个时隐时显的"杂文的画框"。

只有透过这个杂文性质的叙事序幕，我们方能充分领会"不必说碧绿的菜畦，光滑的石井栏，高大的皂荚树，紫红的桑椹；也不必说……"这样童话般的、表演性的，或者说舞台布景式的画面展开。行文中偶尔夹杂的"这故事很使我觉得做人之险"，以及对老先生大声朗读的观察（"我疑心这是极好的文章"），都点到为止地提醒读者这幕童话剧的杂文框架和历史框架。在记述"书没有读成，画的成绩却不

---

[1] 鲁迅，《从百草园到三味书屋》，《朝花夕拾》，《鲁迅全集》第2卷，第287页。
[2] 同上。

少了",以至于竟集成两本绣像小说描图画本,在缺钱时卖给了一个有钱的同窗后,文章以"这东西早已没有了罢"[1]戛然而止。这个略显突兀的结尾以其干脆利落、不拖泥带水的笔法,再次突出了那种往事不可追的虚幻和虚妄,同时也传达出一种"让死者埋葬死者"的积极乐观情绪。《从百草园到三味书屋》是这两种情绪、状态、态度和方法携手共谋的创作成绩,那种甘愿让永远失去的过去时光"哄骗我一生"的好心情,正是"世界的杂文"积极、饱满的"此世"和"当下"感的体现。这篇文字可以说是"在路上"的杂文家祭奠"超验的无家可归"状态的小小的仪式,以此抵挡和排遣"孤岛"生活的"寂寞"。与此同时,在记忆的深处,这种祭奠仪式又何尝不是对纷乱嘈杂的纠葛及其带来的大小刺激的一次有意的遗忘和清空。它是杂文家最好的精神休息,其效果应远在海边散步之上。

  厦门大学开学后,鲁迅因教学、撰写讲义和其他学院活动日益忙碌起来,但他仍连续创作了《父亲的病》、《琐记》、《藤野先生》和《范爱农》。后续几篇再现和扩写了《呐喊·自序》的几个基本母题,进一步展开了叙事性散文和"国族寓言"写作样式,在新的杂文风格框架和写作样式里建立起可与鲁迅小说中的叙事和描写相媲美并可相互援引的"情节"、意象和寓意。鲁迅在人生又一个转折和漂泊中"重访"、"重走"和"重述"以《呐喊·自序》为梗概的早期家庭史、国族史,以及个人求学和精神自觉的"漫游时代"和"成长史",无疑具有双重的"再出发"意味。因此,创作这一系列时所用的"旧事重提"总标题中的"旧事"实则有双重含义:既是记忆中往事的"本事",同时也是再次清算尚未了结的"老账"。如果说回忆"本事"常通过一种"准小说体"或"拟虚构"(如人物对话)呈现,那么后一种重审和再批判性质的"重提"则完全是杂文式的。在《父亲的病》中对中

---

[1] 鲁迅:《从百草园到三味书屋》,《朝花夕拾》,《鲁迅全集》第2卷,第291页。

医和孝道的议论、《琐记》里对流言和流言家的回忆,以及《藤野先生》结尾处对正人君子的念念不忘中,都可以看到这种杂文式的"不宽恕"[1],并在这种"追讨"过程中,再现、提升了贯穿人生不同阶段的文明批判和社会批判议题。这种"旧事重提"在内容和形式上的二重性,一方面使得《朝花夕拾》既成为一种经验整理,为出走和漂泊做好心理上的准备和动员;另一方面,也具体、生动地象征甚至演示了鲁迅文学的"第二次诞生",即在"杂文的自觉"的高度上展开并日渐完形的新的文体混合和风格总体性。

四、"超验之家"与"世界的杂文"

《华盖集续编·小引》在《华盖集·题记》之后,对作为生活方式、写作方式和审美方式三位一体的杂文生产方式做了进一步说明和自我辩护:

> 还不满一整年,所写的杂感的分量,已有去年一年的那么多了。秋来住在海边,目前只见云水,听到的多是风涛声,几乎和社会隔绝。如果环境没有改变,大概今年不见得再有什么废话了罢。灯下无事,便将旧稿编集起来;还豫备付印,以供给要看我的杂感的主顾们。
>
> 这里面所讲的仍然并没有宇宙的奥义和人生的真谛。不过是,将我所遇到的,所想到的,所要说的,一任它怎样浅薄,怎样偏激,有时便都用笔写了下来。说得自夸一点,就如悲喜时节的歌哭一般,那时无非借此来释愤抒情,现在更不想和谁去抢夺所谓公理或正义。你要那样,我偏要这样是有的;偏不遵命,偏

---

[1] 鲁迅:《死》,《且介亭杂文末编·附集》,《鲁迅全集》第6卷,第635页。

不磕头是有的；偏要在庄严高尚的假面上拨它一拨也是有的，此外却毫无什么大举。名副其实，"杂感"而已。[1]

在这里，随着杂文产量的增加，"杂文的自觉"也表现为一种泰然处之、我行我素的自信。在不到一年的时间里，伴随着鲁迅文学隐秘的"第二次诞生"而来的能量和创造性爆发，杂文已经成为鲁迅得心应手的表达、记录、思考和情感寄托手段。在《华盖集》编讫之际仍困扰鲁迅的杂文写作样式的意义和价值问题，已不再出现。这当然不是因为鲁迅放低了对自己写作的要求，而是在同"公理"、"正义"、"庄严高尚"和"艺术之宫"的对峙中，鲁迅终于在形式和文体范畴找到了自己作为作者的声音、形象、位置和姿态，调动起充分的道德和审美辩护。从"杂文的自觉"到"自觉的杂文"，鲁迅文学在"成为自己"的过程中，也为自己解除了种种有关文艺体裁、样式和风格的桎梏和迷思，借助在"荒岛的海边上""玩玩"的表演性自我形象[2]，为每日的生活、感受、思考和经验提供自由的空间和充分的表意可能性。"宇宙的奥义"或"人生的真谛"这样的词语和俗见已经不能让鲁迅顶礼膜拜，杂文作为思想、行动甚至技巧，都已经飞得更高。这是鲁迅文学自身内部的"艺术的终结"，由此，它成为一种更具有自我意识的语言的艺术作品。在其感性和经验的直接性和对抗性中，并且以高度感性化的方式，鲁迅文学成为自身存在方式和活动方式的观照和反思，成为一种"写作之写作"。尽管鲁迅杂文脱离了小说、抒情诗等常规艺术样式，但在历史内容和审美外观上收获了更丰富、更复杂、更细腻、更生动、更具感染力的东西。杂文从形式、文体和理念内部为鲁迅文

---

[1] 鲁迅，《华盖集续编·小引》，《鲁迅全集》第3卷，第195页。
[2] 鲁迅在厦门时期与许广平和友人的通信中多次用这样的词语形容自己的生活环境与状态。参看鲁迅，《261023致章廷谦》《261023致许广平》《261028致许广平》，《鲁迅全集》第11卷，第583、587、591页。

学带来的可能性，使得鲁迅对自身创作作为一种整合经验与语言之关系的"写作机器"[1]抱有根本上的自信。因此，鲁迅文学决定性地超越了羁绊"落后民族"文学创造性的种种道德绑架、形式禁忌和影响焦虑（如"你要那样，我偏要这样""偏不遵命，偏不磕头""偏要在庄严高尚的假面上拨它一拨"），进入一种自在自为的状态，即"不过是，将我所遇到的，所想到的，所要说的，一任它怎样浅薄，怎样偏激，有时便都用笔写了下来"。同时，"就如悲喜时节的歌哭一般，那时无非借此来释愤抒情"，则确定了这种写作方式由道德情感意义上的"个性"所保证的真实性和具体性。这种"名副其实"的杂文作为一种先驱性的实验和冒险，在一个贫瘠荒凉、"风沙扑面、狼虎成群"[2]的环境里，把初生的中国新文学带上一条荒僻险峻、荆棘丛生的小道，却让它由此成为名副其实的文学。

相对于《朝花夕拾》"惟有在人生的事实这本身中寻出欢喜者"的回忆证词，《华盖集》《华盖集续编》及以后的杂文无疑更接近绥惠略夫式的战斗、痛苦和牺牲。在鲁迅眼里，这个人物"确乎显出尼采式的强者的色彩来"，尽管作者强调自己并没有读过尼采，而只是受到施蒂纳（Max Stirner）和托尔斯泰的影响。鲁迅依据小说第一、四、五、九、十、十四章里主人公的意见，在《译了〈工人绥惠略夫〉之后》中将这种人生道路总结为：

> 人是生物，生命便是第一义，改革者为了许多不幸者们，"将一生最宝贵的去做牺牲"，"为了共同事业跑到死里去"，只剩

---

[1] Gilles Deleuze and Felix Guattari, *A Thousand Plateaus—Capitalism and Schizophrenia*, translated by Brian Massumi, Minneapolis, MN: University of Minnesota Press, pp. 25-26. 这个后结构主义的文学概念，对于分析和阐释卡夫卡和鲁迅这样的杂文作家具有一定的启发性。简单定义可参看本书第10页注释[1]。

[2] 鲁迅：《小品文的危机》，《南腔北调集》，《鲁迅全集》第4卷，第591页。

了一个绥惠略夫了。而绥惠略夫也只是偷活在追蹑里,包围过来的便是灭亡;这苦楚,不但与幸福者全不相通,便是与所谓"不幸者们"也全不相通,他们反帮了追蹑者来加迫害,欣幸他的死亡,而"在别一方面,也正如幸福者一般的糟蹋生活"。

绥惠略夫在这无路可走的境遇里,不能不寻出一条可走的道路来;他想了,对人的声明是第一章里和亚拉藉夫的闲谈,自心的交争是第十章里和梦幻的黑铁匠的辩论。[1]

这段话或可看作鲁迅对自己写作伦理困境的一般性思考,但此刻杂文的路径则使它变得更为切题、尖锐。这也提醒我们,所谓"杂文的自觉"和鲁迅文学的"第二次诞生",并不是对此前鲁迅文学生涯的否定或扭转,不是道路和手法上的改弦更张,而是鲁迅到目前为止一切经验、能量和思考的总体性的激化,是一种更高层次的总动员性质的集结、凝聚和结晶,它带来的是一种更大的文学密度和文学强度。这更像一组相同的文学母题在同一个文学空间的结构调整、文体混合和风格叠加。随着新的意识即自我意识的出现,随着这种意识带来的选择、决断和综合,新的审美实质、新的政治强度和新的写作策略也都从原地内部"再一次"界定了鲁迅文学。在这一章里,我们可以在杂文同回忆散文的关系中看到和体味这种新的质。但类似的关系还可以在鲁迅小说、散文诗同杂文的共生共享状态中得到进一步说明。

鲁迅认为阿尔志跋绥夫是"厌世主义的作家",是"在思想黯淡的时节,做了这一本被绝望所包围的书"。但鲁迅自己并不是厌世主义作家,虽然他的生活和写作也不时陷入类似的"黯淡"和"包围",虽然他挣扎和搏斗的姿态也常常是"强者"式的,即"用了力量和意志

---

[1] 鲁迅,《译了〈工人绥惠略夫〉之后》,《译文序跋集》,《鲁迅全集》第10卷,第183页。

的全副,终身战争"的"反抗而且沦灭"[1]。不过,《朝花夕拾》和《华盖集续编》在写作时间和象征意义上的共生和相互援引,的确挑明了鲁迅文学的独特个性。在这种亲密的文体混合状态中,回忆散文同杂文及其自觉实现了更高层面的同一性,即在杂文写作模式中的统一性。同时,回忆散文和杂文及其自觉并非分属"惟人生的事实这本身中寻出欢喜者"的两边,成为一种分裂的"苦恼意识"的表达,而是以不同的方式共享这种生命和生活本身的幸福意志,而后者在虚无、纷扰、芜杂和黑暗中不懈追寻的种种时间的幻影,正是那种即便在最深的夜中仍给鲁迅文字带来暖色、希望甚至甜蜜的东西。

鲁迅在"人生的中途"的漂泊辗转中开始并完成《朝花夕拾》,是一个意味深长的文学史事件;它也是由"杂文的自觉"开启的更激烈、持久的存在斗争和文学斗争的一个准备环节或战术操演。在"世界的杂文"展开之际,如果直面当下的杂文代表着"存在",那么唤回旧日时光的写作就记载了"附丽于存在"的"希望"。也就是说,思乡和怀旧的价值在于它们事实上的未来指向;它们存在并能够"哄骗"作者的理由,乃是"将来永远要有的,并且总要光明起来",因此,"为光明而灭亡"也就为同黑暗一起消失("只要不做黑暗的附着物"[2])提供了道德和审美的最终依据。如果《华盖集》、《华盖集续编》和《而已集》代表一种文学的"现实原则",那么《朝花夕拾》(与同属"过渡期"和"杂文的自觉"范畴的《野草》《彷徨》[3])就代表着一种"快乐原则"。如果《朝花夕拾》是一幅内心风景画,杂文就同时是它的画

---

[1] 鲁迅,《译了〈工人绥惠略夫〉之后》,《译文序跋集》,《鲁迅全集》第10卷,第184页。
[2] 鲁迅,《记谈话》,《华盖集续编》,《鲁迅全集》第3卷,第378页。
[3] 《彷徨》收入写于1924、1925年的短篇小说,出版于1926年8月。《野草》收入写于1924、1925和1926年的散文诗,于1927年2月出版。它们都可视为围绕以1925年年底《华盖集·题记》为象征和标志的"杂文的自觉"的"过渡期"形式竞争和文体混合实验中的写作样式,最终都汇入并从内部丰富了鲁迅杂文的总体风格。

框、画廊和美术评论。

在"我只觉得'黑暗与虚无'乃是'实有'"和"我终于不能证实：惟黑暗与虚无乃是实有"[1]之间，在"虚无"中闪烁的故乡、童年的意象中，在记忆里隐现的人生经历中，鲁迅为"超验的无家可归"状态提供了一个逝去的童年家园和青春记忆的图景。作为希望的同位格，这种怀旧的语言当然并不指派或固定于一个具体的"故乡"的位置，而更像是睡眠和梦，即一种能够把遗忘淹没在遗忘中的仁慈的黑暗。在杂文家的连续战斗中，这种梦不如说是醒着的时候的片刻出神，它提供了一个可随身携带、供旅途上遮风避雨的"超验之家"，一个精神上的小憩之所。《朝花夕拾》的美文与《华盖集续编》的杂文相缠绕，回忆散文的写作样式镶嵌在由"杂文的自觉"所界定的混合文体的总体风格中，这种关系也由同一时期的《坟·题记》和《写在〈坟〉后面》进一步得到印证和加强。甚至在文集题名的选择上，《朝花夕拾》和《坟》也具有某种象征的呼应关系：一方是在"带露折花"之不可能性的前提下追忆和捕获消逝时光的踪影；另一方是在"不远的踏成平地"的必然性中，"造成一座小小的新坟"以祭奠"生活的一部分的痕迹"[2]。在这种内在于写作方式和文体结构的"情节"中，呼唤和编织旧日记忆的美文与记载、送别当下残骸及痕迹的杂文，在诗的空间里一道随虚无与实有、绝望与希望、黑暗与光明、痛苦与欢喜的节奏和韵律循环往复，消弭了彼此间的边界和壁垒。但这种新的写作方法和文学空间的一体性、总体性、丰富性与灵活性，以及随之而来的极为独特的文体复杂性与审美强度，在批评的意义上只能归在杂文名下。事实上，此后鲁迅的杂文创作是它们唯一的感性显现方式和观念表达方式。

---

[1] 鲁迅，《250318致许广平》，《鲁迅全集》第11卷，第467页。
[2] 鲁迅，《坟·题记》，《鲁迅全集》第1卷，第4页。

《朝花夕拾》始作于 1926 年 2 月，但《小引》完成于 1927 年 5 月，《后记》完成于同年 7 月。次月，鲁迅作《魏晋风度及文章与药及酒之关系》，可视为"杂文的自觉"视野内更大规模的一次"寻根"，也是更大历史时段和象征空间里的"旧事重提"。此时距鲁迅前往上海，只有一个多月的时间了。

第十章　杂文文体的多样性："马上日记"系列

1926年六七月间，鲁迅在完成《无常》后，忽然搁置"旧事重提"系列的写作，转而一口气连写了13则日记体杂文，组成一个"马上"系列。这个系列暂时中断了鲁迅文学生涯中最后一次"纯文学"创作（如果不算《故事新编》的话），使之推迟到9月间的厦门，才由《从百草园到三味书屋》恢复起来。但与此同时，这个系列可以说又以自身的存在填补了这个空白期，并预示了鲁迅"转折期"创作的一些特点和趋势。导致其"纯文学"创作间歇的固然还有其他原因，比如鲁迅离京南下，有一段辗转旅途的生活状态。但就《朝花夕拾》的回忆内容和美文文体在总体上同远行、离散、放逐主题之间的平行互动关系而言，这个人生转场只是一个事务性的干扰，并不足以成为质疑和颠覆回忆性散文写作的文学理由。也就是说，在写作方式和文体形式的意义上，《马上日记》和《马上支日记》更应被解释为由"杂文的自觉"所激发的文学空间自身的活跃、演习和建构。

本章将对这个系列的作品做一批评性质的分析，用以进一步说明鲁迅杂文在作者自觉、文体自觉和风格自觉中所内含的"混合文体"倾向，以及不同文体作为写作动机和形式可能性在杂文文体–风格空间统一体中的功能。这一方面可视为鲁迅终止小说、诗歌等"纯文学"或"主要体裁"创作后，在写作中不时流露出的能量剩余和想象剩余，以至被"裁剪"的文体样式，还能够像截肢后人体神经仍保有的"幻觉疼痛"那样继续保持活跃状态；在此不妨假定，小说等"主流"体裁虽被排除在主要武器、工具、手法和战术的选项外，但仍可作为形式"潜意识"和"无意识"，像做梦时的大脑皮层进入活跃状态一样，将自身能量汇入杂文文体和风格中，继续在鲁迅文学创作和生产中起积极作用。另一方面，也更重要的则是，在杂文写作的事实性层面，《华盖集续编》以"马上日记"系列开始，在杂文文体内部展开了一种前所未有的、自觉的混合文体和文类综合实验。这种实验不仅直接带来了鲁迅杂文创作的新气象和新强度，而且事实上已经为鲁迅杂文写作在高峰期和极致期（上海时期）所展示的更高水准的现实表现和历史叙事，做好了写作法和风格形象的准备。

一、杂文的叙事冲动和虚构性纪实

《马上日记》首篇作于1926年7月，最初发表于《世界日报副刊》，此时距鲁迅抵达厦门只有两个月的时间了。单从篇幅上看，《马上日记》可算鲁迅杂文里的"长篇"了，但事实上，这篇文字在文体、风格和创作思维等方面都显示出一种流动性和灵活性，其复杂性并非来自长度或内容（日记体可说是"无内容"的，或只有琐碎、零散、拉杂的内容），而是来自形式上的某种自觉、蓄意甚至略带炫耀、游戏意味的混杂和越界。

开篇的"豫序"就具有十足的游戏性，因为"在日记还未写上一字之前，先做序文"[1]，应该是文章史上的独创。鲁迅的读者都知道"序文"在鲁迅作品中的重要性，知道它不仅是"正文"的内在组成部分，作为正文的文本补足、叙事完成和寓意提升而往往是最后完成的；它也往往是作品表意、反讽、意义结构和风格整体安排的关键点。文章接下来在第二段用"内感"和"外冒"的对仗讥讽段祺瑞此前发

---

[1] 鲁迅，《马上日记》，《华盖集续编》，《鲁迅全集》第3卷，第325页。

表在《甲寅》上的"内感"和"外感"两篇文字,一方面是在情节上承接女师大风潮和"三·一八惨案",提醒段文隐含的杀机,无形中为后面看似闲笔的写作定下某种历史和情感的基调。同时,在同一段落内直指这种官样文章不过是"摆空架子",从而以戏谑的方式点出《马上日记》作为"日记体"所承担的写作法和文体任务("日记的正宗嫡派"),即让读者能"看出真的面目来"[1]。

作者随即自报"我的日记却不是那样",但用意显然在于以信札往来、银钱收付流水账来反衬日记作为有意识的文体实践或"著述"而应有的"野心",并以"吾乡李慈铭先生"为例,挑明这其中或也有"立言"的含义,如"意存褒贬",包括其"欲人知而又畏人知"的伪装或包装。然而,鲁迅随即又表露对自己的日记"并不是那样的'有厚望焉'"(最后四个字取自段祺瑞"二感文",仍旧是讽刺),而是另有所图或面对另外的挑战。这个挑战就是"做文章"之难:

> 然而稿子呢?这可着实为难。看副刊的大抵是学生,都是过来人,做过什么"学而时习之不亦说乎论"或"人心不古议"的,一定知道做文章是怎样的味道。有人说我是"文学家",其实并不是的,不要相信他们的话,那证据,就是我也最怕做文章。[2]

鲁迅在此并非故作油滑,而是在平实的字面意义上,针对爱好文学的读者,用一个"难"字和一个"怕"字,点出"做文章"的艰苦、吃力和无所依靠。因此敬谢"文学家"头衔也并非言不由衷的姿态,而恰恰是提醒那些自己也做过文章的读者和学生,即便如作者这样功成名就的文学家,在写作面前,在下一篇文章面前,也仍然是一个新手,

---

[1] 鲁迅,《马上日记》,《华盖集续编》,《鲁迅全集》第3卷,第325页。
[2] 同上书,第326页。

也仍然心存敬畏，因为文章根本上并没有固定的格式和法则，以往的写作经验和文学史典范，都丝毫不能保证文学家做出好文章来。于是，几经曲折婉转，《马上日记》戏谑性的"豫序"文字已隐约呈现出一种"关于写作的写作"的元写作理论意味。

在《华盖集》所记录、实践和呈现的"杂文的自觉"之后，鲁迅杂文作为一种样式、文体、风格和作者意识，业已具备了"第二次诞生"所隐含的文学的自我反思和自我意识的特性，因此在整体上获得了一种"文学的文学""写作的写作"的深思熟虑、蓄意为之的性质；也就是说，鲁迅杂文现在已经作为鲁迅文学的"浪漫型艺术"，打破了前期小说、诗歌、论文等传统或主流体裁的"理想型"审美，而在"思想的翅膀已经飞得更高"的"艺术的终结"（黑格尔）意义上，在一个新的具体性、多元性和多样性整体关系中，在这种关系总体的理性内容基础上，处理形式、文体和风格问题了。因此杂文的美学和文学本体论构造，必然相对于此前"理想型"或"古典型"的鲁迅文学（在思想革命、白话革命氛围中的"第一次诞生"）而言，更具有丰富性、复杂性、内在性和无限性的反思（reflected）特色。《马上日记·豫序》则像是这种观照、反思、综合、复杂化、理性化和多样化的文学二次性生成的小小却精准的风格隐喻，它以一种简单、欢快、讽刺、自嘲的方式，呈现出鲁迅文体意识和文学意识的叠加和上升。

"豫序"最后一段为这种"元写作"的假设提供了一种具体并可操作的方案，在这段直接对读者说话的文字中，或许藏着杂文的风格编码：

> 然而既然答应了，总得想点法。想来想去，觉得感想倒偶尔也有一点的，平时接着一懒，便搁下，忘掉了。如果马上写出，恐怕倒也是杂感一类的东西。于是乎我就决计：一想到，就马上写下来，马上寄出去，算作我的画到簿。因为这是开首就准备给

> 第三者看的,所以恐怕也未必很有真面目,至少,不利于己的事,现在总还要藏起来。愿读者先明白这一点。
>
> 如果写不出,或者不能写了,马上就收场。所以这日记要有多么长,现在一点不知道。[1]

这段话同时在字面意义和隐喻意义上为杂文写作方法提供了说明。杂文无论就内容还是形式而言,都必须且只能是一种即时写作,"马上写出、马上寄出去"是它特有的生产方式。杂文同那种需要精心构思、炮制、延宕和搁置的鸿篇巨制完全不同,必须随看随想、随想随写,因此只能是"草草地记下"个人的历史经验和体验。杂文因此的确是一种"画到簿",一方面它记录着作者的到场和在场,可谓实证经验材料的罗列;另一方面,它也作为这种记录而随时可以进入文字、象征、寓言、形式与风格的复杂性和歧义性中,成为某种文学自画像和自传性写作。也就是说,日记虽然是直接的、当下的记录,但作为写作本身仍旧保持着文章的独立性,包括蓄意为之的不确定性。这种不确定性不仅限于日记的私人内容,而且在其本身的形式、结构、文体和风格上也保留着极大的回旋余地,包括它会"有多么长",以及是否"如果写不出,或者不能写了,马上就收场"。

由此我们也看到,作为杂文实践的游戏性、戏仿化实践,日记从来不会透明地展示"真面目"或暴露自己的战术位置和战略底牌。在此,写作行动外在的"马上"性质(《马上日记》题目的本意?)与写作手法、文体、结构和风格的灵活性和文学空间内部的自由,共同构成了杂文生产的特定组织形态。日记体或许为这种行为方式、生产方式及风格样式的游戏性自我呈现、自我观照提供了便利,因为它恰恰是古典个人写作(书信、随笔、游记、家训等)同近代"自我"叙

---

[1] 鲁迅,《马上日记》,《华盖集续编》,《鲁迅全集》第3卷,第326—327页。

事之间的文体过渡链条上的一个薄弱环节或"弱文体"。同时，日记也在近代文体和写作样式内部，在诸如纪实与虚构、极端的主观性与极端的客观性、个人私密性与潜在的表演性和公共性，乃至无需文采的功能性记录和有意识的文人式写作之间的一个暧昧不明的中间地带。

作为一个系列，《马上日记》、《马上支日记》与《马上日记之二》共计十篇，其中《马上日记》和《马上日记之二》分两组，每组四篇，连续发表于《世界日报副刊》1926年7月；《马上支日记》作为"马上日记"的支流，分四期连续发表于《语丝》1926年7—8月。正因为其连载性质，"马上"系列同《阿Q正传》、《野草》系列和"旧事重提"系列一样，具有明显的"订制"和"创作"特征。因为它表面上勉为其难的写作态度，内容上的芜杂、非系统性，以及形式手法上貌似轻松打趣的游戏性，这个一组十篇的系列在鲁迅于1925年开始的"华盖运"笼罩下，在"杂文的自觉"突破和转折期里完成的写作中，构成了一个相对独立的创作单元或板块，为我们考察和分析那种自在、自为、自觉的鲁迅杂文文体的形式可能性和风格特征提供了绝佳的样本。

"马上"系列杂文第一则（"六月二十五日"）重拾或恢复了《新青年》时期的思想革命或启蒙主题，这种内容本身虽然并无新意，事实上却在鲁迅毕生的写作中不绝如缕、反复出现。但在《华盖集》的愤怒和执着之后，在《华盖集续编》杂文依然"还不能带住"的情绪下，回到早年一贯的思想主题，不啻表明鲁迅此时已经在一定程度上走出了1925年的"碰壁"和"常抗战而亦自卫"的特殊状态，而进入一个相对平静的、身心略显"余裕"的境况中。这种状态对于鲁迅文学"第二次诞生"所包含的文体变化和风格实验都是必要且适时的。"马上日记"从"生病"这种个人痛痒意义上的日常生活开篇，但随即从对医院、医生和药房的抱怨，引发了"新的本国的西医又大抵模模胡胡",乃至"总之,西方的医学在中国还未萌芽,便已近于腐败"[1]的一般性观察和结论。作者的批评和挖苦并没有在此止步,而是直追穷寇,把问题定调在"人的问题"上:

> 中国的事情真是稀奇,糖分少一点,不但不甜,连酸也不酸了,的确是"特别国情"。
> 现在多攻击大医院对于病人的冷漠,我想,这些医院,将病人当作研究品,大概是有的,还有在院里的"高等华人",将病人看作下等研究品,大概也是有的。不愿意的,只好上私人所开的医院去,可是诊金药价都很贵。请熟人开了方去买药呢,药水也会先后不同起来。
> 这是人的问题。做事不切实,便什么都可疑。吕端大事不胡涂,犹言小事不妨胡涂点,这自然很足以显示我们中国人的雅量,然而我的胃痛却因此延长了。[2]

无疑,读者在这里又一次看到贯穿于鲁迅早期写作的国民性批判主题:讽刺西医在中国尚未萌芽就已入乡随俗而至于"腐败",特别点出"对于病人的冷漠"和"做事不切实"两大核心弊端,由此连接到弥漫于整个社会的常态的、业已形成条件反射的"什么都可疑"的对人对事的一般性态度乃至文化和道德状态。然而读者在文笔层面看到的却是一个熟悉的、透出身心"余裕"的自如的作者。这种印象由最后几条掉书袋式的古文摘录而得到加强。作者有意拉拉杂杂地告诉读者,这是"清理抽屉""翻翻废纸"时无意得之的"前几年钞写的"东西,或用来突显眼下的"日懒一日",或只为提及当年曾打算"做一篇

---

[1] 鲁迅,《马上日记》,《华盖集续编》,《鲁迅全集》第3卷,第328页。
[2] 同上书,第329页。

攻击近时印书，胡乱标点之谬的文章"，抑或是为表明"废纸中就钞有很奇妙的例子"，不免想"有目共赏"[1]。这种周作人小品文式的抄书在鲁迅杂文中并不多见，在此看似作文心境平和、有闲心和余力的自画像，但显然鲁迅并不在字面意义上表明自己享受或提倡闲适的生活方式或读书趣味，而更多的是以一种反讽和游戏的方式，制造一种风格和文体自由，展现出恣意甚至芜杂的状态；而这种形式和姿态的自由和散漫，又随时可以触发或引发不同的思想、情感和存在状态以及与其相适应的表达方式。

随后几则"马上日记"展现出一种出人意料的文体变换，包括叙事性、故事性（甚至人物、对话、场景）和戏剧性。如何理解在以"杂文的自觉"为隐秘轴心的文体-风格转向中，鲁迅非虚构写作中出现的小说笔法？它是一种不自主的文学肌肉运动、一种叙事性能量的冲动或骚动，还是一种业已退居后台的体裁样式的回光返照？不妨先看看鲁迅杂文中种种"非杂文"的瞬间和元素。

《马上日记（六月二十六日）》的特别之处在于通篇写织芳（即荆有鳞）送河南特产"方糖"（即柿霜糖）与作者贪嘴吃去大半的故事。除有关"方糖"的细节描写（"何尝是'方'的，却是圆圆的小薄片，黄棕色。吃起来又凉又细腻"[2]）外，还有"但我不明白织芳为什么叫它'方糖'？但这也就可以作为他将要做官的一证"[3]之类的小说语言。在随后的日记中，"方糖"还会出现，其介于"药"（"如果嘴角上生些小疮之类，用这一搽，便会好"[4]）和"零食"之间的暧昧性，以及作者放纵自己偷吃，构成一种情节意义上的喜剧性反复。值得一提的是，河南柿霜糖到"马上日记"系列最后一则（《马上日记之二（七月

---

[1] 鲁迅，《马上日记》，《华盖集续编》，《鲁迅全集》第3卷，第329页。
[2] 同上书，第331页。
[3] 同上。
[4] 同上。

八日)》),经过种种纠结,终于被作者"想:这应该请河南以外的别省人吃的";"一面想,一面吃,不料这样就吃完了"[1],获得圆满的叙事终结。

《马上日记(六月二十八日)》则以叙事性描写为主,从开头记述出门买药,被军警驱入一条小胡同而目睹吴佩孚车队通过的"故事",到对满街挂旗、军警林立、黄尘滚滚的描写,都仿佛是在作小说。由"少顷……;少顷……;少顷……。又少顷"四个重复串联起来的语句流,更是对小说笔法的浓缩和戏仿。好像这样效果还不够强烈,作者一口气重复了四次"又是一辆",在杂文中建立起一种情节感和现场感。[2]日记这一节中蓄意为之的字句重复还包括"军警林立"、"在大毒日头底下的尘土中趲行"等[3],它们一同构成了本篇情节意义上的重复与变化、变化与重复的韵律。

在接下来几个自然段中,"马上日记"不再摹仿小说,而是事实上进入了小说叙事-描写模态的运行之中,场景、人物("黄色制服,汗流满面的汉子";"破衣孩子";"伞底下回过一个头来";药房账桌上坐着的外国人;"服饰干净漂亮"的"其余的店伙";"一位分开头发的同胞")、形象、动作、对话(包括间接引语和直接引语)、情节推进乃至局部戏剧冲突("我只好下了十二分的决心,猛力冲锋;一冲,可就冲进去了")及内心独白("我想,对付这一种同胞,有时是不宜于太客气的。于是打开瓶塞,当面尝了一尝。")一应俱全,甚至在一些细节上不输于鲁迅自己的小说创作("'回见回见!'我取了瓶子,走着说。/'回见。不喝水么?'/'不喝了。回见。'")。[4]这个"回见回见"就叙事戏剧性的滑稽而言,或可以同《阿Q正传》里的"同去同去"

---

[1] 鲁迅,《马上日记之二》,《华盖集续编》,《鲁迅全集》第3卷,第364页。
[2] 鲁迅,《马上日记》,《华盖集续编》,《鲁迅全集》第3卷,第331页。
[3] 同上书,第333页。
[4] 同上书,第332—333页。

相提并论。不过，与小说不同的是，"马上日记"不时地、有规律地向杂文文体和风格飘移，刻意保持着一种文体跨界的权限。比如，当看到药房里一个外国经理领导下的干净漂亮的年轻同胞，就有"不知怎地，我忽而觉得十年以后，他们便都要变为高等华人，而自己却现在就有下等人之感"[1]的议论（这一主题在次年所作《再谈香港》中得以展开）。又比如，"回见回见"之后，要补充一句讽刺性的"我们究竟是礼教之邦的国民，归根结蒂，还是礼让"[2]。

这则日记的下半部记述路遇吴佩孚（"吴玉帅"）车队而绕道，"在大毒日头底下的尘土中趑趄行"时顺道访两位友人，第一家不遇，在第二家"要求他请我吃午饭"[3]，行文有意保持在日记体流水账和小说叙事之间，但又像是同时对两种样式体裁所做的戏仿。文中主人告诉客人，他看见的那些院子里常在频果树下徘徊的儿童，"是在等候频果落下来的；因为有定律：谁拾得就归谁所有"[4]。与前面两篇包含的国民性批判主题的再现不同，作者在此为"人的问题"打上一层希望的暖色和亮色：

> 我很笑孩子们的耐心，肯做这样的迂远事。然而奇怪，到我辞别出去时，我看见三个孩子手里已经各有一个频果了。[5]

这种形象、情节转换和情绪色调曾见诸鲁迅《呐喊》里的几篇小说，但在《马上日记》里，它们却更像一种看法、观点甚至情感，反倒是杂文的"闲话"以一种"散文气"的情节框架和理性反讽，为它提供

---

[1] 鲁迅，《马上日记》，《华盖集续编》，《鲁迅全集》第3卷，第332页。
[2] 同上书，第333页。
[3] 同上书，第334页。
[4] 同上。
[5] 同上。

了某种多义性或歧义性。这就是此前语句所具有的世俗的、物质主义的、反浪漫的内容，它上接"要求他请我吃饭"：

> 于是请我吃面包，还有葡萄酒；主人自己却吃面。那结果是一盘面包被我吃得精光，虽然另有奶油，可是四碟菜也所余无几了。
>
> 吃饱了就讲闲话，直到五点钟。[1]

无论作者在此的意图是否在于用与成人吃饭聊天的耗时来暗示那种积极、进取、充满希望的场景不过是酒足饭饱后的满足与微醺所产生的主观性"内心视野"，杂文文体在此都包含更为多样和复杂的视角、语境和阐释可能，客观上起到二次性叙事和"小说之小说"的功能。

在这样蓄意越界的杂文文体实践中，写作和文章成为打破近代文学"小说中心主义"文学想象和作者意识的组织原则。在杂文的普遍原则和普遍形式之下，在杂文文体形式内部，小说作为"虚构"、"叙事"、"描写"和"形象塑造"的冲动、能量、技巧和智慧，被包含、吸收和转化，融入并流淌在一种更具体、更理性、更灵活、更直接的写作样式和风格统一体中，成为杂文之"杂"中的形式财富，是可以随时被动用，却服从杂文意识调遣的武器和工具。因此鲁迅式的"小说的终结"，全称应该是"小说在杂文文体－风格总体性中的吸收与同化"；它同黑格尔"艺术的终结"和"世界的散文"的美学命题，有着相似的历史矛盾及其解决的概念结构和实践性。

杂文不仅对小说的艺术模式、观念和技巧进行吸收与同化，而且对鲁迅文学本质性的存在政治和存在诗学进行全盘接管和总体占有。在"杂文的自觉"到来之前，这种存在的政治、存在的诗学的表现方

---

[1] 鲁迅，《马上日记》，《华盖集续编》，《鲁迅全集》第3卷，第334页。

式被分散、"专门化"在不同文体、样式和风格里,它们彼此间一直是流动、互动、交叠、穿插的。因此,"杂文的自觉"后鲁迅杂文形式-风格的确立与完形,离不开对鲁迅小说、散文诗、回忆性散文甚至诗歌创作的综合考察和分析。这些不同文体、样式和风格的作品中,有的本身具有杂文特质,比如鲁迅一些短篇小说很难同杂文区别开来,甚至在杂文的框架下可以被打开更大的阐释空间;有的在创作时段、经验、心境、理论准备和形式探索上同"杂文的自觉"分享同一个文学场域。换言之,它们都在不同程度上构成鲁迅杂文的前文本和潜文本,正如鲁迅杂文在其风格自觉和作者自觉中作为"总体形式"和"总体艺术",把所有前期文体-风格实践和探索作为准备和有机构成性因素包含在自身的文学本体论之中。

二、情动的语言构造:鲁迅杂文的"体验与诗"

《马上支日记(六月二十九日)》延续了叙事-虚构文体的"人物"和"情节"因素,比如"早晨被一个小蝇子在脸上爬来爬去爬醒,赶开,又来;赶开,又来;而且一定要在脸上的一定的地方爬"[1]这样的开头;但同时也加强了杂文因素的穿插和统摄功能,比如在写到被苍蝇飞得"头昏眼花、一败涂地"后的"黎明",在插入"青年们所希望的黎明"几个字后,方回到"那自然就照例地到你脸上来爬来爬去了"[2]这样的情节性重复和变化。《马上支日记(七月一日)》则在杂文写作的标准姿态——读报、剪报、议论、杂感——下进行。《马上日记(六月二十五日)》中因"做事不切实"而导致的普遍的"模模胡胡""什么都可疑"[3],在此被报纸上所载的事统统"真伪莫辨"的问题

---

[1] 鲁迅,《马上支日记》,《华盖集续编》,《鲁迅全集》第3卷,第339页。
[2] 同上书,第339—340页。
[3] 鲁迅,《马上日记》,《华盖集续编》,《鲁迅全集》第3卷,第329页。

所取代,后果则是友人之间无论谈任何事,人一走"几乎都忘记了,等于不谈"[1]。在插入关于太阳、几盆小花、浇水的技术问题,和"田妈"的忠告等"情节"后(这段插入在文体和风格上介于小说叙事和散文写作样式之间)[2],我们看到了最具鲁迅杂文内在文学气质的自我肖像画,它将存在、心理、精神、审美状态凝聚在一个瞬间,以高度个人化但又兼具十足的政治本体论(敌人、战斗)和"存在的诗学"(作为战斗间歇的休息、黑暗、寂静和空虚)的方式,呈现出一种最具鲁迅特色的"作者在工作中"的画面:

> 灯下太热,夜间便在暗中呆坐着,凉风微动,不觉也有些"欢然"。人倘能够"超然象外",看看报章,倒也是一种清福。我对于报章,向来就不是博览家,然而这半年来,已经很遇见了些铭心绝品。[3]

《马上支日记(七月五日)》中则有同那种暗中的"不觉有些'欢然'"相呼应的文字,却更具小说笔法:

> 觉得疲劳。晚上,眼睛怕见灯光,熄了灯躺着,仿佛在享福。听得有人打门,连忙出去开,却是谁也没有,跨出门去根究,一个小孩子已在暗中逃远了。
> 关了门,回来,又躺下,又仿佛在享福。一个行人唱着戏文走过去,余音袅袅,道,"咿,咿,咿!"[4]

---

[1] 鲁迅,《马上支日记》,《华盖集续编》,《鲁迅全集》第3卷,第342页。
[2] 同上。
[3] 同上。
[4] 同上书,第351页。

这样的文字，就其叙事性描写－呈现的动机而言，一直延续到鲁迅上海时期杂文写作的最后，在《门外文谈》《阿金》和《因太炎先生而想起的二三事》这样的创作中仍然活跃且富于表现力，作为杂文编年史写作和现实表现机制的重要组成部分，对于鲁迅晚期杂文在风格、审美、认识三个范畴内的功能和性质都起到决定性的作用。

但在1926年，在鲁迅文学"杂文的自觉"后的文体混杂和风格扩展过程中，我们也许应该更加关注那种随叙事性而被打开的"诗意的"语言动作和语言形象，特别是它们所包含的"情动"（affect, affectivity）意义上的存在的情绪、氛围、极端的自我意识，以及由此而来的更为深刻的孤寂感。所有这些体验和情绪都在1924—1926年由《野草》以散文诗的形式得到了充分的言辞化、空间化、戏剧化和自我形象化，同时借助"诗"的体制性的形式拘束与放纵，而达到一种摆脱日常生活经验和常识逻辑的存在本体论的激烈性和艺术审美强度。这种体验和情绪也在1924—1926年所作、收入《彷徨》的几篇小说中被叙事性地结构化、情节化和人物形象化。然而，既然这个"过渡期"里文体竞争的最终胜出者（或排除法筛选后的仅存出路）是杂文，我们也就有理由假定，这种体验和情绪的诗化表现和形式结晶，同杂文文体和写作方式是相匹配的。甚至不妨进一步推定，那种存在的情绪（空虚与充实、寂静与躁动、绝望与希望、痛苦和甜蜜）、那种"体验与诗"的关系，本身都在最基本、最具体、最细腻、最迂回的语言层面找到了鲁迅杂文，而不是其他文体或样式。换句话说，鲁迅文学特有的诗意和"哲学深度"，本身是寄寓在杂文文体风格、杂文修辞法和杂文语言行为中，甚至是同杂文的自觉（风格自觉和作者自觉）一同被结构、被文本化的。作于1926年11月11日的《写在〈坟〉后面》，为这样的分析性假设提供了一些重要的线索和支持：

在听到我的杂文已经印成一半的消息的时候，我曾经写了几行题记,寄往北京去。当时想到便写,写完便寄,到现在还不满二十天,早已记不清说了些甚么了。今夜周围是这么寂静,屋后面的山脚下腾起野烧的微光;南普陀寺还在做牵丝傀儡戏,时时传来锣鼓声,每一间隔中,就更加显得寂静。电灯自然是辉煌着,但不知怎地忽有淡淡的哀愁来袭击我的心,我似乎有些后悔印行我的杂文了。[1]

随着"今夜周围是这么寂静"翩然而至的这段纯酿一般的鲁迅文字,那种情动式的"体验与诗"的情绪状态,事实上并没有作为一种单纯的艺术主导动机在文章中被一再呈现,而是被看似随意、实则精心地安排、镶嵌在一个杂文的框架之中。这个框架不但在写作手法和风格上是杂文性质的,而且在更直接的"内容"意义上也是有关杂文写作、生产和流通的,即作者同编辑部、出版社之间的稿件和事务性来往。当然可以争辩说,杂文集题跋的功能与格式限制了纯文学作为风格上的"主导动机"的自由与独立性,但这种安排又何尝不是蓄意为之?!且不说在相当程度上,用心的读者(即鲁迅不时心怀感念地提到的"偏爱我的作品的读者")都知道,恰恰是在作者一系列自序、题辞、小引和后记中,我们可以读到他最动人、最令人难忘的文字;这些正文之外的附言以及追加性写作或二次性写作,往往比正文更具有鲁迅文学的特质和强度,是鲁迅文章写作法的精髓和极致。

同《呐喊·自序》开篇"我在年青时候也曾经做过许多梦"这样直白的纯文学语言不同,《写在〈坟〉后面》明确无误地选择杂文的导引和中介作为诗意语言的语境和结构,以此将那种存在的情绪——回忆、时间、梦想、虚无、挣扎和希望——延宕迟滞在杂文的社会具体性对象性的现象学空间里,甚至将它锁定于烦琐细碎、斑驳芜杂的社

---

[1] 鲁迅,《写在〈坟〉后面》,《坟》,《鲁迅全集》第1卷,第298页。

会学地表，使之无从逃脱和"升华"。寂静的夜，四周黑暗里辉煌的电灯所照明的一切，自然都是这种种存在情绪的景观与"客观对应物"，但它们传达的不是"纯文学"意义上的抒情和优美，而是一种带来怀疑和绝望的"虚无的滋味"（波德莱尔）[1]。只不过这种存在的情绪意义上的"空"和"无"，同样无法避免杂文的逻辑及其具体语境设置，因为它日常因果律意义上的"前因"，正是"当时想到便写，写完便寄，到现在还不满二十天，早已记不清说了些甚么了"的杂文生产的自我否定、自我忘却的"速朽"。因此，就连那种"不知怎地忽有淡淡的哀愁来袭击我的心"的诗意瞬间，也同样因为紧接着的那句"我似乎有些后悔印行我的杂文了"，而陷入和作者写作方式及社会存在方式之间的纠缠。

这种纠缠虽然是关于杂文的，其表达也是杂文风的，却并非不涉及"体验与诗"乃至最深处的"存在与时间"。经过"杂文的自觉"的决定性转折与突破，那种质疑自己竟让生命在这样"无聊"的文字中一点一点逝去的纯文学或"伟大艺术"之焦虑固然得到了"解决"，但写作与虚无的对抗，即上述引文中所谓的"只为驱逐自己目下的哀愁"的写作与生活却仍在继续，正如同"杂文当然仍在印行"。因此，同"想到便写，写完便寄"的杂文生产方式相伴而生、如影随形的，就是某种心情的到来、逝去，再到来、再逝去的韵律。而作为无数个当下的"陈迹"、无数个战斗与休息的"我的过往"是否"也可以算作生活"、是否满足"我也曾工作过"的自我要求，也就成为某种杂文诗学内部的关于"存在与时间"的持续不断的问题。鲁迅接着写道：

---

[1] 波德莱尔，《虚无的滋味》，其中最后两节为："时间一刻不停地老在吞噬着我／仿佛大雪覆没一个冻僵的尸首／我从上空观看这圆滚滚的地球／我不再去寻找一个藏身的住所／／雪崩啊，你肯带我跟你一同坠落？"《恶之花》，钱春绮译，人民文学出版社，1991年，第176页。

> 我很奇怪我的后悔；这在我是不大遇到的，到如今，我还没有深知道所谓悔者究竟是怎么一回事。但这心情也随即逝去，杂文当然仍在印行，只为想驱逐自己目下的哀愁，我还要说几句话。
> 记得先已说过：这不过是我的生活中的一点陈迹。如果我的过往，也可以算作生活，那么，也就可以说，我也曾工作过了。[1]

某种意义上，随着"杂文的自觉"而明确化的写作意志和风格－审美的自我确信，正表现为这种从杂文生产的迷茫和"后悔"到"奇怪我的后悔"的变化。即便对于鲁迅这样的新文学老战士来说，这种意志和确信也是一种新事物、一个小小的奇迹。然而鲁迅文学以其对于一切新事物、新观念、新阶段的固有立场，即那种不断使得作者能够一再提起笔来写点什么的"积习"，将这种自我肯定的"新"也纳入了作为存在状态的杂文意识，尽管后者是通过这种"新"方才清晰地呈现在作者的意识之中的。在这样的意识面前，那种"但不知怎地忽有淡淡的哀愁来袭击我的心"的虚无的时刻本身既是一种本体论意义上的存在，又同时显现为一种间歇性的过渡、转折，即有待被更积极、更肯定性的因素否定和超越的瞬间。在此这种新的否定的精神、这种超越性，就是杂文所带来的更加普遍的写作风格和文学生产方式。作为一种特殊的杂文的叙事，它包含着更为复杂、多样的理性内容，即现代社会的历史状态本身。

在更具体、更个人的意义上，作为这种"新"的实质的东西，就是杂文写作所要求的工作状态，即"想到便写，写完便寄"，以及此前提到的"于是乎我就决计：一想到，就马上写下来，马上寄出去，算作我的画到簿"。正是专注于当下、此刻和"马上"的工作状态，让那种虚无的时刻成为一种即刻"逝去"的"心情"和"过往"，尽管这种

---

[1] 鲁迅，《写在〈坟〉后面》，《坟》，《鲁迅全集》第1卷，第298页。

心情和过往也包含着业已成为过去时态的工作和生活本身。因此，作为工作方式和生产方式的"杂文的自觉"，就不仅仅是以一种虚无克服另一种虚无的过渡环节或"中间物"，而是引入与确立一种新的存在方式的、可以不断重复循环的"相同之物的永恒的复归"，即作为存在的写作或作为写作的存在。在此，两者在杂文的自觉、杂文的意志和杂文的生产方式中合二为一，一同成就为生活与战斗的一体化的能量、强度和韵律。

三、积极的虚无主义

这种永恒的循环往复不能够也无须通过压抑、回避甚至"升华"来否定或克服那种"虚无的滋味"，倒是往往体现为与虚无同在的经验、勇气、智慧和意志。作为积极的、肯定性存在的一部分，寂静、空虚、黑暗和"淡淡的哀愁"成为战斗间隙中的休息状态，这就是鲁迅以杂文家笔调谈及的"超然象外"，"仿佛在享福"和"又仿佛在享福"[1]。

这种休息状态和"虚无感"对于杂文生产方式来说是必不可少的，因为杂文生产的紧张节奏，及其所要求的聚精会神、全力以赴，都需要这样的战斗间隙以获得放松和休整。更重要的是，这种战斗间隙给杂文提供了一个自我观照的机会，能让杂文家的自我形象作为一种状态、姿势和行动呈现在自己眼前，同时把杂文作为一种"存在的诗"呈现在杂文文体自我意识的眼前。因此鲁迅杂文这些片段中透露出的搁置、停顿、悠闲和"淡淡的哀愁"，都成为杂文自觉和杂文美学的自我确认和自我激励。有时这种杂文意识的自我镜像也以一种回忆和他人的面目出现，比如《藤野先生》里最后出现的那张挂在墙上的先生

---

[1] 鲁迅，《马上支日记》，《华盖集续编》，《鲁迅全集》第3卷，第351页。

的照片。作为一种镜像,它最终唤出的仍旧是杂文家自己的形象和工作状态,"每当夜间疲倦,正想偷懒时,仰面在灯光中瞥见他黑瘦的面貌,似乎正要说出抑扬顿挫的话来,便使我忽又良心发现,而且增加勇气了,于是点上一枝烟,再继续写些为'正人君子'之流所深恶痛疾的文字"[1]。作为情动体验的"虚无的滋味",本身是鲁迅杂文文体和风格内部必不可少的诗学元素,也是杂文写作法内部构造中的蓄意、精心的形式－情节设计。这种内部设计形诸鲁迅杂文的感性外观,就成为它种种诗的冲动、叙事能量乃至戏剧性的策动和来源。它们都赋予鲁迅杂文以其特有的语文辨识度和"艺术特色"。

在"杂文的自觉"之后,树立为"存在的诗"的杂文写作,有必要在自身风格与文体的展开中为"虚无主义"做一个明确定义。在《马上支日记(七月二日)》中鲁迅写道:

> 中国人先前听到俄国的"虚无党"三个字,便吓得屁滚尿流,不下于现在之所谓"赤化"。其实是何尝有这么一个"党";只是"虚无主义者"或"虚无思想者"却是有的,是都介涅夫(I. Turgeniev)给创立出来的名目,指不信神,不信宗教,否定一切传统和权威,要复归那出于自由意志的生活的人物而言。[2]

虚无和虚无主义多次出现在鲁迅的早期作品里。在《摩罗诗力说》(1908年2月)中,"虚无"出现在老子"无为"的虚静思想同进化论所带来的物竞天择、奋发有为的世界观的对立语境里;作者把前者"一切虚无,宁非至净"的理想状态归于"不撄人心""自致槁木之心"的消极态度,与"进化如飞矢"的"人之历史"相对照,他显然是站

---

[1] 鲁迅,《藤野先生》,《朝花夕拾》,《鲁迅全集》第2卷,第319页。
[2] 鲁迅,《马上支日记》,《华盖集续编》,《鲁迅全集》第3卷,第345—346页。

在摩罗诗人一边，鼓吹"人得是力，乃以发生，乃以曼衍，乃以上征，乃至于人所能至之极点"[1]。在《智识即罪恶》(1921年10月)中，鲁迅通过一个虚拟人物，形象化地反驳了"虚无哲学家"(朱谦之)的知识罪恶论，站在启蒙主义立场上提倡用知识克服无知、检验迷信、批判现状，以图走出"满脸呆气，终生胡涂"的蒙昧状态。[2]

虚无和虚无主义在《野草》里则是阴影般的存在，在《求乞者》(1924年9月)里它们作为一种具象出场：

> 我将得不到布施，得不到布施心；我将得到自居于布施之上者的烦腻，疑心，憎恶。
> 我将用无所为和沉默求乞……
> 我至少将得到虚无。
> 微风起来，四面都是灰土。另外有几个人各自走路。
> 灰土，灰土，……
> 灰土……[3]

显然，这里的虚无更接近一种怀疑、否定的精神，代表一种更高、更强的力，也即"马上日记"系列中所谓的"不信神，不信宗教，否定一切传统和权威，要复归那出于自由意志的生活的人物"所体现的积极的虚无主义。在私人信件中，鲁迅也对这种积极的"黑暗与虚无"进行过剖白：

> ……我看一切理想家，不是怀念"过去"，就是希望"将

---

[1] 鲁迅，《摩罗诗力说》，《坟》，《鲁迅全集》第1卷，第69—70页。
[2] 鲁迅，《智识即罪恶》，《热风》，《鲁迅全集》第1卷，第389页。
[3] 鲁迅，《求乞者》，《野草》，《鲁迅全集》第2卷，第172页。

来",对于"现在"这一个题目,都交了白卷,因为谁也开不出药方。其中最好的药方,即所谓"希望将来"的就是。

"将来"这回事,虽然不能知道情形怎样,但是一定会有的,就是一定会到来的,所虑者到了那时,就成了那时的"现在"。然而人们也不必这样悲观,只要"那时的现在"比"现在的现在"好一点,就很好了,这就是进步。

这些空想,也无法证明一定是空想,所以也可以算是人生的一种慰安,正如信徒的上帝。我的作品,太黑暗了,因为我只觉得"黑暗与虚无"乃是"实有",却偏要向这些作绝望的抗战,所以很多着偏激的声音。其实这或者是年龄和经历的关系,也许未必一定的确的,因为我终于不能证实:惟黑暗与虚无乃是实有。[1]

与最早出现在《故乡》结尾处的"希望的形而上学"对照,我们看到早先那种"希望本是无所谓有,无所谓无的"的乌托邦悬置,在这里被实体化为"惟黑暗与虚无乃是实有",虽然后者同样仍具有形而上的不确定性,但作为"向这些作绝望的抗战"的对象,仍获得了空前的社会与政治意义上的具体性。这既是鲁迅文学从前期的"纯文学"理想过渡到中后期杂文生产的结果,也是"杂文的自觉"所带来的作者意识、文体可能性和风格伦理的形式产物。而在《故乡》和《呐喊·自序》中,作为"解决"和"决断"的文学行动和社会行动("其实地上本没有路,走的人多了,也便成了路";"然而几个人既然起来,你不能说决没有毁坏这铁屋的希望"),虽可以说落实在实践范畴,但依然多少带有对于"将来"的寄托和希望;事实上,在早期进化论和启蒙话语的语境中,"希望"和"将来"几乎是等同的。然而,"杂文的自觉"之后,当杂文逐渐不可避免地成为鲁迅写作的主要甚至唯一

---

[1] 鲁迅,《250318 致许广平》,《鲁迅全集》第 11 卷,第 466—467 页。

样式时，那种从内部定义"积极的虚无主义"的"希望的形而上学"，就已经开始摆脱"将来"的虚幻性、主观性和"虚无"本质，转而强调当下、眼前、"现在"甚至"马上"了。

因此我们看到，在《彷徨》中作于《华盖集》《华盖集续编》同一时期的几篇小说里，主人公"虚无"和"颓废"的形象并非因为他们缺乏"内心生活"、理想或希望（魏连殳："我以为中国的可以希望……"[1]），而是因为他们为这样或那样的原因失去了行动能力，随即在具体的"现在"的实践层面，过早地撤出战斗，过于轻易地接受了失败。在《孤独者》（1925年10月）中我们看到这样的群像：

> 使人不耐的倒是他〔魏连殳〕的有些来客，大抵是读过《沉沦》的罢，时常自命为"不幸的青年"或是"零余者"，螃蟹一般懒散而骄傲地堆在大椅子上，一面唉声叹气，一面皱着眉头吸烟。[2]

这些"螃蟹一般懒散而骄傲地堆在大椅子上"的"不幸的青年"，是近代世界文学里的常客和固定角色，从德国浪漫派的"美丽心灵"到俄国文学中的"多余的人"，他们共同的特点是没有能力找到具体的、针对当下的实践路径和行动方案。黑格尔在《美学》导论中曾以十分严厉的口吻谈到这种空洞的、多愁善感的所谓"内在性"，指出"真正的美丽心灵"是有所行动并因其行动变得具有事实性（"For a *truly* beautiful soul acts and is actual"[3]），然而德国浪漫派的那种"死气沉沉"的"美丽心灵"却因为自我的虚荣和面对客观现实的无力

---

[1] 鲁迅，《孤独者》，《彷徨》，《鲁迅全集》第2卷，第93页。
[2] 同上。
[3] Hegel, *Aesthetics*, vol. 1, translated by T. M. Knox, University of Cambridge University Press, 1975, p. 67.

感,只能缩回到取消一切的自我孤立和自我欣赏状态,堕落为一种玩世不恭的、没有真实性的"滑稽"(irony)。黑格尔《美学》虽表现出对欧洲古代悲剧、史诗以及近代戏剧(从莎士比亚到席勒)的惊人的知识,却并未来得及系统处理近代小说,仅涉及诸如《少年维特之烦恼》这样的19世纪早期作品,但在分析日后兴起的所谓"成长小说"(Bildungsroman)方面,仍奠定了基本的历史框架和理论框架,因此对我们分析新文学早期文类与文体发展颇有助益。

在谈到《维特》(1774)时,黑格尔提到那种"长期统治德意志民族的感官和情感的懦弱",称之为"彻头彻尾死气沉沉的性格",因为它"日益陷入人物自身人格的空洞的主观性虚弱",因而只能"同现实保持着一种变态关系","没有能力承受并阐明实存世界的真正内容,而只能将后者用自封的优越感遮蔽起来,自欺欺人地认为世上的一切都配不上自己"[1]。在黑格尔看来,真正具有真理、道德和审美意义的人生道路和意识状态,只能客观地存在于近代市民社会"散文气"的劳动分工、物质交换、社会关系、法律和国家行政组织的总体性结构之中;它们构成近代文艺的自由、敏感和"浪漫"的感性外观和主观"内在性"下面的坚实而具体的理性内容。在一个更抽象但同时也更具有情感意义的层面,这条个人成长即社会化路径,也只有当它与习俗和伦理共同体的现实状况和历史发展趋势相符合的时候,才是行得通的、具有文学意义的。但在具体的历史语境和社会语境里,这条欧洲市民阶级自我解放、自我实现的道路,却并没有作为一种现实选项提供给非西方民族。后者的启蒙、现代性、社会革命和文化革命的道路,事实上只能在一种更为激烈的断裂、冲突、对抗、毁灭和再造的社会空间和象征空间里,沿着一种更为深刻、激进和彻底的"虚无主义"颠覆与翻转的逻辑展开。鲁迅杂文、鲁迅文学和鲁迅精神的成立,

---

[1] Hegel, *Aesthetics*, vol. 1, pp. 241–242.

都同这种逻辑的历史展开、政治意志和诗学风范有着极为密切的内在关联。

相较于《呐喊》中抽象的"希望的形而上学",《彷徨》的"孤独者"、"零余者"和"美丽心灵"组图,甚至《野草》里结晶为诗的"自我肯定的虚无"的散文形象,《华盖集续编》中的杂文都可以说是在摆脱了近代"孤独的个人"叙事口吻及其感伤、滑稽主体的"内在性",且不依靠"伟大艺术作品"所提供的体制性安全和虚荣的新的文学空间里,在杂文所独有的同现实具体性、多面性和杂芜性的认识与把握的强有力的关系中,将积极虚无主义的哲学命题和诗学建构大大向前推进了一步。作为屠格涅夫的读者和译者,鲁迅自然熟知《父与子》里提出的欧洲虚无主义问题。作为达尔文进化论的信徒与尼采道德批判和价值重估的追随者,鲁迅也正是在"毁灭"和"重生"的意义上正面地评价和践行一种生物决定论和道德谱系批判意义上的虚无主义,以便在20世纪初期的中国将一切意义、价值、信仰、传统、习俗和制度统统置于"善恶的彼岸",再予以"谱系学"的检验、批判和重估。这便是《马上日记》中对"虚无主义者"或"虚无思想者"所做的"不信神,不信宗教,否定一切传统和权威,要复归那处于自由意志的生活的人物"的定义。

鲁迅对积极虚无主义的肯定,随即沿着杂文文章的笔法转入对"中国人"的观察,但这已经不是简单的"国民性批判"意义上的攻击,而是已经变成杂文文体本身的激进虚无主义诗学行动了。以《华盖集》提供的战斗经验和战场形势判断来看,针对积极虚无主义立场"挤过来"、必欲令其"碰壁"的玩世不恭的虚无主义,是"上等"中国人对一切神、宗教、传统的权威的"利用",尽管"只要看他们的善于变化,毫无特操,是什么也不信从的"。由此鲁迅给出了"中国虚无党"的杂文刻画和"虚无"的真伪辨析:

> 要寻虚无党,在中国实在很不少;和俄国的不同的处所,只在他们这么想,便这么说,这么做,我们的却虽然这么想,却是那么说,在后台这么做,到前台又那么做……。将这种特别人物,另称为"做戏的虚无党"或"体面的虚无党"以示区别罢,虽然这个形容词和下面的名词万万联不起来。[1]

这种连虚无也是做戏的"文明",被鲁迅直接视为"野蛮",即一种"由文明落向野蛮"的逆向"进化"。在"颓废"的意义上,这就是一张"涂满了字的黑纸",其内容或"信息"便是"一面制礼作乐,尊孔读经,'四千年声明文物之邦',真是火候恰到好处了,而一面又坦然地放火杀人,奸淫掳掠,做着虽蛮人对于同族也还不肯做的事……全个中国,就是这样的一席大宴会!"[2]。在此我们看到,《摩罗诗力说》中出现、在《狂人日记》中达到一个高点的激进虚无主义文明批判,随着鲁迅文学在杂文中的"第二次诞生",是如何达到了一种新的表达强度和象征复杂性,因为在此它已经不仅是对一个死而不僵、继续吞噬现在的"往古"的泛泛的国民性批判,而是针对当下的、具体的政治批判和社会批判了。

对照一同收入《华盖集续编》的《无花的蔷薇》(作于1926年3月18日,即"民国史上最黑暗的一天")里的虚无论,我们可以看到它远远超出了"国民性批判"的范围和限度,而达到一种为鲁迅杂文文体、风格和作者自我意识所结构和确立的政治清晰性和审美强度:

> 假如这样的青年一杀就完,要知道屠杀者也决不是胜利者。
> 中国要和爱国者的灭亡一同灭亡。屠杀者虽然因为积有

---

[1] 鲁迅,《马上支日记》,《华盖集续编》,《鲁迅全集》第3卷,第346页。
[2] 同上书,第350页。

金资，可以比较长久地养育子孙，然而必至的结果是一定要到的。"子孙绳绳"又何足喜呢？灭亡自然较迟，但他们要住最不适于居住的不毛之地，要做最深的矿洞的矿工，要操最下贱的生业……。[1]

随"杂文的自觉"到来的新的语言、思维和叙事可能性，从根本上改变了《呐喊》和《热风》阶段的"国民性批判"主题和话语逻辑。在此读者看到，"青年"与"屠杀者"之间的战斗并不因为后者的绝对优势而产生任何"胜利者"，因为这场较量仍在存在的、生物决定论的和超历史的层面继续；被扼杀的未来仍将如期上演自己的复仇，给胜利者的"子孙绳绳"带去杂文家的诅咒："但他们要住最不适于居住的不毛之地，要做最深的矿洞的矿工，要操最下贱的生业。"这种诅咒已不是文人知识分子对弱者和愚昧者生出的、居高临下或置身事外的"哀其不幸、怒其不争"的启蒙主义或人道主义式的怜悯和忧郁，而是作为"苟活者"的"猛士"（《记念刘和珍君》）针对当下的"胜利者"下的一道尼采式的战书，其姿态是鄙视的、攻击性的，愤怒并带着毁灭和"虚无"的快意的。若非经过《华盖集》中所记录的种种短兵相接的肉搏战、壕堑战，若没有"杂文的自觉"带来的风格自觉和形式自律，这样的语言和姿态是无从想象的。

"杂文的自觉"在鲁迅早期进化论、启蒙主义"国民性批判"方向上带来的超越，不仅仅是甚至主要不是由内容和观念界定的，而是根植于过渡期写作的体验-寓言的表达方式和形式结构之中。这其中重要的一点就在于，相对于《呐喊》《热风》时期的公共性话语及其诉诸全社会、以获得尽可能多的支持和赞同的宣传鼓动意图不同，"运交华盖"时期的杂文语言在其表意的最基本、最内在层面带有一种"说，

---

[1] 鲁迅，《无花的蔷薇》，《华盖集续编》，《鲁迅全集》第3卷，第279页。

还是不说？"的言语/无言的悖论。这个悖论并不仅仅是修辞意义上的、表演性的"内心独白"，而是一种源自生存状态和生存情绪本身的诗学困境和危机；反过来讲，也正是这种关系决定了鲁迅杂文的超越规范意识和情感层面的体验 – 寓言表达方式。读者在《记念刘和珍君》这样的悼文中可以遇到它最单纯的语言和句式，并且能直观地观察到这种单纯的语言和句式同身体或生理性存在和感受的同步关系。这种关系决定了杂文表达随时可以越出意义和情感层面，而进入一种无意义、无情感的"无言"和"情动"（affect, mood, Stimmung）状态，即言语本身的不可能性，作为对于存在境遇的暴力和震惊的直接的、唯一可能的回应。而与这种语言的可能性/不可能性平行，并由这个悖论所象征的，则是关于存在状况发出的"这是人间，还是非人间"的根本性的道德和政治质疑：

> 可是我实在无话可说。我只觉得所住的并非人间。四十多个青年的血，洋溢在我的周围，使我艰于呼吸视听，那里还能有什么言语？长歌当哭，是必须在痛定之后的。而此后几个所谓学者文人的阴险的论调，尤使我觉得悲哀。我已经出离愤怒了。我将深味这非人间的浓黑的悲凉；以我的最大的哀痛显示于非人间，使它们快意于我的苦痛，就将这作为死者的菲薄的祭品，奉献于逝者的灵前。[1]

单纯就表达方式而言，"无话可说"和"并非人间"的表述引入了一个超越语言、意义、现实、历史和信仰的"虚无"，即同现实对峙的那种"更高的道德"或单纯的生存意志。这种更高的道德、更为痛苦而坚韧的生存意志，与其说寄托于某种意义和观念的语言和意识结构，不如

---

[1] 鲁迅，《记念刘和珍君》，《华盖集续编》，《鲁迅全集》第 3 卷，第 289—290 页。

说是与"呼吸视听"一体的生命前提和自然正当性；它与其说带来了某种"长歌当哭"的宣泄，不如说反倒是这种宣泄之不可能的记录和寓言化处理。

杂文的逻辑在此获得了淋漓尽致的表现，它不提供诗的升华和童话故事的安慰，而是偏执地沉浸于"这非人间的浓黑的悲凉"，并且拒绝向人间、向日常语言"显示"其"最大的哀痛"。这里的原因不是虚无和虚无主义的权力意志，而是自有一个更直接的、杂文式的交代："几个所谓学者文人"及其"阴险的论调"。在这里，他们既是那种形而上的"非人间的浓黑的悲凉"的面具和对象化，也是防止杂文滑入"文艺"的形而上学的形式设置和技术梗阻，迫使杂文意识滞留在地面，在一个琐碎甚至猥琐的层面，将难以承受的悲哀、痛苦和愤怒承受起来，把它持久化、凝固化，直至在沉默本身中成为沉默的形象、无声的语言。

在这样的写作风格里，我们能进一步一窥"杂文的自觉"在社会历史层面的"自我的知识"：在终极的象征意义上，它正是作为一种"菲薄的祭品"，奉献于一个广义的逝者灵前的悼亡仪式般的写作，这个逝者也包括杂文和杂文家自己。这反过来帮助我们领会鲁迅杂文中一再出现的时间意识，即对写作中流逝的生命着魔般的意识，比如在《写在〈坟〉后面》中的"我的生命的一部分，就这样地用去了，也就是做了这样的工作"。这些在写作中流逝的时间记录着生命和存在的"虚掷"，但也同时记录着这种虚掷的生命理由和存在理由，记录着这种选择、决断和行动的必要性和必然性。那种与现实对峙的"虚无"正是通过这种虚掷而变成"实有"，虽然这种实有仍将再次陷入那种"虚无的滋味"，消失并融入同现实又一次对峙的空虚和黑暗中。当"虚无"同现实对峙时，杂文作为工作又同时把这种"虚无"变为一种具体的时间和生命的单位与记录，这样一种循环和双重否定使得存在与写作成为一体，两者被一同赋予正面的、积极的、能够在虚无中持续同"虚无"对峙的价值和意志。

这也是鲁迅的"中间物"观念形象的具体含义;"中间物"绝非仅有在"进化的链子上"做传递和过渡,从而保证和促进这条进化链正常工作的功能,而恰恰是能够为生物决定论的"进化"和历史主义"进步"观念所带有的绝对的否定性(淘汰、更新)逻辑中强行注入一种肯定当下的结构性的力量和正面价值。这也是鲁迅"为人生"的写作的哲学含义。它是以不变去表现变;以积极的、人为的消亡去对抗消极的、太虚的黑暗。这也是鲁迅能够通过杂文形式而把"逝去"和"一切"都统统接受下来的原因。[1] 在主观上这是"甘愿",在客观存在的意义上,这就是"世界"本身及其全部的丰富和虚妄、恒常与无常。在这种"中间物"意识里,整个"存在"被作为"世界"接受下来,成为与虚无对峙的意志的表象。早在《影的告别》(1924年9月)里,读者已经遇到了这种时间意识和世界图景的朦胧、抽象的表达,即:"只有我被黑暗沉没,那世界全属于我自己。"[2] 而在《华盖集续编》阶段的杂文里,这种意识则进一步明确化、对象化为写作与结集的动作,化为"杂文的自觉"对存在、工作、战斗和消逝的"相同之物的永恒的循环"(尼采)的自我观照。作于1926年11月11日的《写在〈坟〉后面》可谓此阶段作品中的"杂文的杂文"和"关于写作的写作",在它的最后我们看到:

不幸我的古文和白话合成的杂集,又恰在此时出版了,也许

---

[1] 鲁迅:"总之:逝去,逝去,一切一切,和光阴一同早逝去,要逝去了。——不过如此,但也为我所十分甘愿的。"《写在〈坟〉后面》,《坟》,《鲁迅全集》第1卷,第299页。
[2] 鲁迅,《影的告别》,《野草》,《鲁迅全集》第2卷,第170页。"朋友,时候近了。/我将向黑暗里彷徨于无地。/你还想我的赠品。我能献你甚么呢?无已,则仍是黑暗和虚空而已。但是,我愿意只是黑暗,或者会消失于你的白天;我愿意只是虚空,决不占你的心地。/我愿意这样,朋友——/我独自远行,不但没有你,并且再没有别的影在黑暗里。只有我被黑暗沉没,那世界全属于我自己。"

又要给读者若干毒害。只是在自己,却还不能毅然决然将他毁灭,还想借此暂时看看逝去的生活的余痕。惟愿偏爱我的作品的读者也不过将这当作一种纪念,知道这小小的丘陇中,无非埋着曾经活过的躯壳。待再经若干岁月,又当化为烟埃,并纪念也从人间消去,而我的事也就完毕了。[1]

正如杂文和杂文集能让读者和作者自己看到"逝去的生活的余痕",那种被称作"曾经活过的躯壳"的存在、痛苦和搏斗也在杂文和杂文集中找到了最好的纪念形式。"这小小的丘陇"是被"野草"所覆盖、为"地火"所洗炼的"地面"上的一个隆起处,它即将化为尘埃;它正是以"从人间消去"来标记、纪念作为人间的历史性存在。

---

[1] 鲁迅,《写在〈坟〉后面》,《坟》,《鲁迅全集》第1卷,第303页。

第十一章　在路上：通信研究

鲁迅于 1926 年 7 月 28 日正式接受厦门大学聘任，担任国文系教授兼国学院研究教授。随即开始做离京南下的准备。8 月 22 日重访女师大，在毁校周年纪念会上做演讲，由向培良记录，28 日以《记谈话》的题名发表于《语丝》。其中著名的关于存在、希望、光明和将来的语句，既是对女师大风潮和"三·一八"死难学生的祭奠，也是某种远行前的"誓师"和宣言。8 月 26 日，鲁迅与许广平一同离开北京。据许广平回忆，鲁迅此次南下并未曾把在大学教书看作合乎自己性情的终生志业，只是因"社会上的不合理遭遇，政治上的黑暗压力"而做的一种"短期的喘息一下的打算"[1]。换句话说，南下的第一步既是躲避，也是中转。此种预计和"打算"很快就由在厦大的遭际和感受所进一步强化，也在此后鲁迅一系列书信和文章中表露出来。

一、《上海通信》

鲁迅偕许广平于 8 月 26 日下午起程，经天津、浦口，三天后到达上海。鲁迅入住孟渊旅社，许广平则去亲戚家投宿。8 月 30 日下午和晚间，鲁迅出席沪上文学界的接风宴饮，高朋满座，衬托出鲁迅在全

---

[1] 参见《鲁迅年谱》（增订本），鲁迅博物馆、鲁迅研究室编，人民文学出版社，1981 年，第 2 卷第 316 页"八月二十六日"条目。

国文坛的崇高地位。当日鲁迅作《上海通信》，开启了《华盖集续编》里的"路上杂文"系列。

从体式看，《上海通信》是标准的旅途记述体，其中具体的、流水账式的观察、记录和报道，无形中透露出杂文家踏上旅途的喜悦和兴奋；作者意识的放松、注意力的转移、种种细节描写以及其中隐隐的、十分节制的"游子回乡"的情愫，都在这种"在路上"状态中，显露出鲁迅杂文的另一面。《上海通信》这样开头：

> 从天津向浦口，我坐的是特别快车，所以并不嚣杂，但挤是挤的。我从七年前护送家眷到北京以后，便没有坐过这车。[1]

这是鲁迅在获得"杂文的自觉"之后、在即将走出"人生中途"的密林之际的一次"出城"和出行。华盖运笼罩下的北京，连同女师大校园里的波澜、执政府门前的枪声、报纸杂志上的刀光剑影、教育部官僚派系之间的明争暗斗，此刻都隐退在津浦路两边的茫茫夜色中。信中对旅途观感记叙之详细，已无形中透露出行程的重要性与作者内心的放松和欣喜。这是离开一个生活世界进入另一个生活世界的转折之旅，是新的人生阶段和陌生社会场景的开幕；当然，它也意味着写作条件和状态的改变。在隐喻意义上，鲁迅的离京南下，也好像是杂文本身的"世界之路"和"生活之路"的开始。杂文的生命随同鲁迅文学的诞生一同诞生：它在新文学最初几年里潜伏在小说和启蒙主义思想宣传的阴影里；在"兄弟失和"后的寂寞和《新青年》狂飙突进期退潮的虚无彷徨中聚集起新的创造与毁灭的能量；在女师大风潮期间的激烈冲突中强化了攻守的意志，磨砺了对抗的锋芒，在语言和风格空间内部确立了直达"敌我之辨"的政治决断。

---

[1] 鲁迅，《上海通信》，《华盖集续编》，《鲁迅全集》第 3 卷，第 380 页。

"杂文的自觉"是鲁迅文学通过杂文"成为自己"的转折关头。一旦它在作者意识、风格完形、写作技法等方面达到某种精神和审美阈值的临界点，杂文和杂文家就会像一种自然生命形态一样，去寻找、探索和开辟一个属于自己的生态环境和呼吸空间。它需要一个更广阔、多样、富于动感的历史情境；需要来自更具体、实在、丰富的社会现实空间的刺激和滋养；需要为杂文现象学的自我建构去捕获更生动、更芜杂、更尖锐的经验。在《华盖集续编》下半部，当"在路上"状态随着一系列书信体杂文展开，读者看到，鲁迅已经在一个更高的层面，又一次开始了"走异路，逃异地，去寻求别样的人们"[1]的旅程。像"路途小说"或"路上电影"（road movie）事实上不同程度说明了小说和电影的普遍本质一样，鲁迅的"路上杂文"也作为一种"亚文体"显示出杂文写作的某些一般规律。

如果我们提前看到这次旅行前方的景象，穿越作者在厦门大学短暂的、苦乐参半的逗留；聆听他在黄埔军官学校关于革命时代和新人的演讲；跟随他在"清党"白色恐怖后重访魏晋文人和他们的风度与药及酒；一直到他再次"乘桴浮于海"，最后在华洋杂处的上海安营扎寨，开启写作生涯最后的"辉煌十年"，我们也许就能更细腻地体味鲁迅"路上杂文"系列的题材丰富性和风格韵味。空间的转移、周边人事的变换、心境的相对松弛和头脑的相对"放空"，加以新鲜环境和新鲜事物的刺激，包括对其无聊、空洞、可疑的感知和那种"缺少刺戟"的刺激，都能帮助读者看到鲁迅杂文的不同方面、不同状态以及杂文风格的内在灵活性、多面性和日常性。因此"路上杂文"不仅是杂文文体在开放性空间的一次"自我放飞"，而且也是鲁迅晚期杂文风格总体上的一次排练和"路演"。

在《上海通信》的记叙体、游记体写作中，我们看到的是一种社

―――――――――
[1] 鲁迅，《呐喊·自序》，《鲁迅全集》第1卷，第437页。

会观察、时事记录意义上的旅途艰辛和重返江南的情绪乃至身体上的旅途愉悦两种状态的交织与混杂。前一组细致记录了"穿制服的""税吏之流""突然将我的提篮拉住,问道'什么'",同时"已经将篮摇了两摇,扬长而去了";"长壮伟大的茶房"夸张的威胁性"演说",到头来却不过是索要额外的小费;或忽来"三四个兵背着枪"搜查行李,带给作者"民国以来这是第一回……和现任的'有枪阶级'接洽";以及长途夜车上相伴的"满口英语的学生",让作者提前开启了对半封建半殖民地洋场文化的近距离观察和描摹。但所有这些杂乱、纷扰甚至危险,都只不过构成一个"闹中取静"的外在限制性环境框架,反过来让读者更能够看到居于文章中心、远景和透视点的那种甜蜜的内心的宁静和自由。值得注意的是,这个外在限制性条件和"取景框"通篇被内嵌在杂文的行文中;作为旅途遭遇和经验的一部分,它与那种出行者内心视野和体验层层交织、叠加、转换,一同构成《上海通信》的"千层饼"式行文结构。

外在环境的粗粝和不快显然不能压抑或改变作者走出北京、重回江南的愉快心情,这种心情状态甚至使关于上述旅途的记述变成了一种有惊无险、无伤大雅的现实体验和"故地重游"。这样的叙事性安排,让作者在杂文文体空间里释放、缓解了要表现中国普通人日常生活现实的感性具体性,进而捕捉和传达一种浸润在身体和泥土里的气息的审美冲动。在此我们看到的是成熟老练的文人式(writerly)文学表现技巧在杂文文体中的穿行和闪烁。

> 在我的眼睛里,下关也还是七年前的下关,无非那时是大风雨,这回却是晴天。赶不上特别快车了,只好趁夜车,便在客寓里暂息。挑夫(即本地之所谓"夫子")和茶房还是照旧地老实;板鸭,插烧,油鸡等类,也依然价廉物美。喝了二两高粱酒,也比北京的好。这当然只是"我以为";但也并非毫无理由:就因

为它有一点生的高粱气味,喝后合上眼,就如身在雨后的田野里一般。[1]

"下关也还是七年前的下关"这样标准的早期鲁迅小说语言,此刻在作为"私人散文"(the personal essay 的硬译)的杂文里,唤起蕴藏在中国语言和中国古典诗歌传统里的游子返乡的意象和情愫。快乐中的伤感,在杂文粗粝、芜杂的即时性记录、观察、议论的语境里,经由作者风的笔调和句式,在小小的转折和突兀感中,益发凸显了杂文内在的文学性和诗学本质。同时,因为杂文本身超出一般"纯文学"文体的更具包容性和灵活性的风格空间,这种文人式的感慨也被置于历尽沧桑的经验丰富性与复杂性之中,被约束、平衡、制约在一种恬淡、沉毅和"轻描淡写"之中。"无非那时是大风雨,这回却是晴天"表面上复制了"道是无晴却有晴(情)"这样的文字游戏,暗中却通过阴晴风雨引入更大的时空转换,带来一种"昔我往矣,杨柳依依;今我来思,雨雪霏霏"的通感和共鸣。那种超越时空的征战、离别、还乡主题,在夹叙夹议的文体中,同兵荒马乱的时局、文人颠沛流离的命运无形中交错和重叠在一起。

无论在早期小说还是在转折期杂文里,鲁迅笔下的故土和故人从来都不是抽象和虚无缥缈的,而总是被寄托在具体的人物形象之上,尽管这种人物形象按照近代欧洲写实主义小说的"深度描写"和"丰富细节"标准,仅仅是象征-寓言性质的简单勾勒。但唯其如此,从早期小说到转折期杂文的过渡,在文学技术和形象构造学原理上,也就不存在太多的结构或性质上的差异和障碍。换句话说,就文学的表现功能和叙事功能而言,鲁迅小说做得的,鲁迅杂文也做得,因为鲁迅小说在其形象塑造、情节设计、叙事结构和现实表现上,本来就带

---

[1] 鲁迅,《上海通信》,《华盖集续编》,《鲁迅全集》第3卷,第381页。

有相当程度的杂文性质和观念寓意特征。因此，当读者在《上海通信》中读到"茶房还是照旧地老实"、"板鸭，插烧，油鸡等类，也依然价廉物美"时，在阅读体验上不啻仿佛"重放"或"精选"了鲁迅早期小说的某些段落，但同时又被这些段落语句形象直接过渡、安放在一个全新的杂文框架之中。这种感性具体性也表现为"故乡（或少游之地）的茶食"，不但"这车里的茶是好极了……因此一共喝了两杯"，连高粱酒"也比北京的好"，但"这当然只是'我以为'"，就好像在此刻单纯的主观性还不足以描绘"在路上"和重返南方的愉快，作者甚至为这个"我以为"找出"科学"或事实逻辑上的理由。

然而，所谓"事实逻辑"不过是更深一层的主观性，它通过最难被理性化、客观化的味觉（"一点生的高粱气味"）、空气湿度和氛围感直通存在哲学意义上的"大地"，即那个"雨后的田野"。至此，杂文可以说达到了一个审美平衡点，在这个点上，它所表达的审美状态和审美愉悦既是主观的，也是客观的；既是无目的的，也是"合目的的"。它"并非毫无理由"，却在根本上不需要任何理由，因为它仅仅是个人自由的小小的、暗自的自我确认和自我满足。这个自我确认和自我满足的意象最后聚焦于那个"喝后合上眼"的特写镜头，在这种状态里，作者和读者都已经摆脱现实逻辑的纠葛，进入与物理现实相和谐的纯然主观的自由状态，"就如身在雨后的田野里一般"。这个心境上的"江南"令人感到自然、清新、滋润，觉得宽阔、自由和亲切；虽然马上会因"几个背着枪的兵搜查行李"而中断，但它确实已存在过、被证实过；在这样的审美状态里，甚至连"有枪阶级"一时也变得"非常客气"了。

如果酒使人微醺、陶醉，因此难以保证平日里目光如炬的杂文家不是一时在酒精影响下，"感伤地"想象出窗外田野的雨后气息（在张恨水的《平沪通车》里，夜车上朝车窗外张望的夫妇只能看见窗玻璃映出的自己），那么茶就代表了一种清醒的、睁着眼的、作为梦境对立面的杂文家的"日神"状态。这个"茶"的意象看似随意实则刻意，因为杂文家的确只在这种"睁了眼看"的状态下才会"看"或"看看"，他所见所记的一切也才符合杂文更高的真实性和批判性标准，从而获得一种基本的可信性。鲁迅下面这段关于茶的描写，表面上看仍然是散文风格的轻松随意的自我描写，但究其深层文学叙事性动机，则已经带有一种虚构性质的（或小说体的）寓意的安排和经营。在杂文的松散的混杂文体中，这种补充、平衡与结合做得不动声色、天衣无缝：

> 这车里的茶是好极了，装在玻璃杯里，色香味都好，也许因为我喝了多年井水茶，所以容易大惊小怪了罢，然而大概确是很好的。因此一共喝了两杯，看看那窗外的夜的江南，几乎没有睡觉。[1]

无论是否"看清"，"几乎没有睡觉"却是一个事实陈述，它同前面那个酒神状态的"喝后合上眼"几乎构成一种杂文的"对位与赋格"。正是这种"今夜难以入睡"的情感状态，让杂文家将窗外夜雨中的江南尽收心灵的眼底。这个短短的段落只有两句话，但它们包含的叙事推进或虚拟的因果链却成为鲁迅"杂文式小说"和"小说式杂文"之间的连接点，它让鲁迅的文字同时在虚构逻辑和现实逻辑中运行，为虚构意义上的形象寓意构造和杂文意义上的经验记录观察同时安排了一个诗的"对象化"过程。作为"在路上"状态表征的"近乡情怯"，在"窗外的夜的江南"这个想象的客体，或不如说"几乎没有睡觉"这个情动（affect）层面的主观情绪上得以"对象化"，就是说，它在一个意象中同时获得情感的宣泄和情感的克制。然而在另一条平行线上，"几乎没有睡觉"却在叙事合理性上可以被理解为只不过是喝了太多茶

---

[1] 鲁迅，《上海通信》，《华盖集续编》，《鲁迅全集》第3卷，第381—382页。

后咖啡因作用的结果。但这时出现了两个插入句,即"也许因为我喝了多年井水茶,所以容易大惊小怪了罢"和"然而大概确是很好的"。它们以个人经验和单纯的主观性延长、迟滞、模糊了虚拟的因果链,却正是杂文笔法的画龙点睛之处,因此可被看作这个诗意段落的文学之"眼"。前一句用"井水茶"隐隐道出作者多年客居北京的异乡人心境;后一句则一连用三个连词和副词("然而""大概""确"),带来鲁迅杂文特有的语气和情绪的曲折迂回,在语言的展开和自我结构中构成一幅作者面貌和自身状态的自画像。然而所有这些句式、"情节"和解释上的延宕,只不过肯定和确认了这段话一开头的直白的描写、感受和判断,即"这车里的茶是好极了,装在玻璃杯里,色香味都好"。但随着这种肯定和确认而来的记忆与犹疑,最终不过是一种语言和叙述设置,用来保持、延长、滞留和反复品味"看看那窗外的夜的江南,几乎没有睡觉"所传达的淡淡的却难以抑制的激动。

前面谈到,这种内心状态只能在一个杂文的框架中,从依然纷乱严酷的社会环境的缝隙中,作为纯粹个人的微妙的、转瞬即逝的心境变化透露出来。但这并不妨碍鲁迅到达上海寓居客栈后感到一种"吉柏希"(吉卜赛)式的"乐于迁徙,不可安居"的亢奋状态。不妨说,在杂文的世界之路开启之时,作者并不在意自己的具体方位和具体环境,而更在意或只在意行走、走动和运动本身。这种"急于想走"、"走得高兴起来了,很想总是走来走去"的状态,虽然在行文中显得突兀奇特,但它岂不就是那种为鲁迅一贯珍视、看作生命自己为自己开辟道路之正当权利的行动自由和思想自由的纯粹状态!在青年时代,它曾是让作者绝处逢生的寻求异域与他人的自由和行动;在此后的漂泊岁月中,它是作者在观点、思想、立场、言论、趣味和写作风格上追求、拥抱和放弃的选择和决断。作为这种自由的"走来走去"对立面的,则是鲁迅对一切形式的"囚徒"、"囚犯"、"囚禁"和"囚杀"的憎恨和恐惧。事实上,在鲁迅的词汇表里,"囚"和"死"几乎同义，代表着对生命的限制、压抑、摧残和剿灭，因此它也就是形而上的先验反抗的对象。这种在《野草》中发挥到极致的反对一切囚禁生命、能量、想象与创造的形式，反对一切使它们停滞和物化的形而上学体制的姿态，在杂文转向和杂文自觉中获得了具体的诗学含义，它就是：对任何特权化和固化的文学形式、体裁、样式、建制和标准的抵抗和否定，其目的或"合目的性"正在于保持写作在不同的方式、手法、文体、风格中间"走来走去"的开放性、多样性和自由。早在《华盖集·通讯》中鲁迅就已经通过论战中的攻防经验，领悟到下面这段话所表述的意义：

> 如果开首称我为什么"学者""文学家"的，则下面一定是谩骂。我才明白这等称号，乃是他们所公设的巧计，是精神的枷锁，故意将你定为"与众不同"，又借此来束缚你的言动，使你于他们的老生活上失去危险性的。不料有许多人，却自囚在什么室什么宫里，岂不可惜。只要掷去了这种尊号，摇身一变，化为泼皮，相骂相打（舆论是以为学者只应该拱手讲讲义的），则世风就会日上，而月刊也办成了。[1]

在"运交华盖"的人生状态下、在个人写作和新文学发展的十字路口，鲁迅本能地抓住了内在于文学本体论的颠覆与创造、超越与自由的节奏和韵律，这让他能够以一种意志论和唯我论的任性姿态，挣脱一切形式和称号的"枷锁"，摆脱一切名誉和形象的"束缚"，逃脱一切文艺体制和概念的"什么室什么宫"，以保持自己不失去在存在世界和语言世界中的"危险性"。外在环境的敌意和袭扰只不过加强和激化了这种文学本体论意识，逼迫它经由其内部"政治本体论"的绝对状态和

---

[1] 鲁迅，《通讯》，《华盖集》，《鲁迅全集》第3卷，第26—27页。

纯粹本质（即为了生存和发展，保卫自己、击退敌人的决心和战斗状态）而达到审美范畴内的自我意识的凝聚与结晶，最终表现为作者意识和写作风格的高度自觉、自律和自信。而"摇身一变，化为泼皮，相骂相打"，不过是"杂文的自觉"的外在形态和战术自由。

在《华盖集续编》的"路上杂文"里，鲁迅以一种相对轻松舒展的方式将作者意识叙事化、空间化、多样化和个性化。在这条"成为自己"的路途上，鲁迅文学最终成为一种"为语言所把握的时代"。基于对文学本体论内部"创造性破坏"逻辑的把握，同时也基于对外部生存环境的抵抗，杂文家在自觉的写作实践中已经不会再把来自所谓"艺术之宫"的标准和"规矩"放在心上，因为他自信自己的文字已经展开翅膀，不但在思想和现实表现的意义上比"正人君子""学者""艺术家"走得更远，而且在审美和形式创新的意义上也比他们飞得更高了。这是鲁迅文学内部的"艺术的终结"，由此它进入一个更高阶段和更多样而致密的综合。在这个意义上，"杂文的自觉"的意义也就不限于鲁迅文学自身的"成为自己"，而是对整个中国新文学的起源和发展道路都具有深刻的、整体性的影响和示范意义了。

三天后（1926年9月2日）的早晨，鲁迅登船，离开上海赴厦门就职。此次鲁迅与上海只是擦肩而过，除了夜车上观察到的几个四不像的江南纨绔子弟，鲁迅并未对这座城市和生活于其中的人做太多描述。此时他还并不知道自己在短短九个月后将再次回到这座城市，在这里度过此生最后的九年。他也并没有如此时所愿，一直像吉卜赛人那样在整个大陆上不停地迁徙，而是最后在租界或半租界安营扎寨，就连战乱也不曾让他离开。

二、"厦门通信"（三则）

鲁迅在厦门大学前后只有四个半月，这期间的行状、观感与心态主要以书信形式记录。同时期其他创作固然也间接反映作者这一阶段的经验、心境和思想，但在《上海通信》（1926年8月）和《海上通信》（1927年1月）之间，鲁迅的非书信体作品并不算多，严格讲仅有《朝花夕拾》后五篇（《从百草园到三味书屋》《父亲的病》《琐记》《藤野先生》《范爱农》）；《华盖集续编》和《坟》两本合集的序跋；后来收入《故事新编》的《奔月》。可以说，如果不计几篇谈话、译作和《〈嵇康集〉考》《汉文学史纲要》这样的古籍整理和讲义，业已成为鲁迅主要写作方式或"写作本身"的杂文创作，此期间主要体现于书信中。

在谈到自己在厦门这段时日的状态时，鲁迅的表述前后不尽一致，但总的弧线是越来越强调此地美虽美矣却并不清静，而饱受寂寞无聊之苦的回报却是"不能专心做事""有些懒惰"，即并不能潜心于创作；心情则是越来越寂寥，不时感到"悲哀"，甚至到后来觉得自己"静不下，琐事太多，心绪很乱"，"也不能用功"。[1]这样的表述当然有些情绪化，且不完全客观。但即便只有半部《朝花夕拾》和《坟》的序跋，这期间的创作也仍然称得上是卓有成绩的。或可以说，厦门时期的相对放松和放空，给了作者一个返诸内心、"瞻前顾后"的窗口。突然置身于一个风平浪静的环境，吃睡正常、一时"缺少"外部压迫和"刺戟"，甚至不时竟可以"玩几天"的状态，让作者的内心视野和情绪世界都变得更为敏感而骚动。"朝花夕拾"系列同"在路上"状态的重合与共生，一定程度上处理了这种作者意识和写作风格的内景与外景、深度与表层、收回与放开，以及隐喻意义上的"童年"与"中年"、"故园"与"流放"之间的关系。这种关系还将在《坟》的序跋里达到一个更高、更具有杂文风格自我意识的思想复杂性和审美高度。但如果我们笼统地把《朝花夕拾》和《坟》序跋都归于一种审美

---

[1] 鲁迅，《261121致韦素园》，《鲁迅全集》第11卷，第624页。

意义上的"内心风景"和杂文写作法上的"形式深度",那么鲁迅在这段时间对外在经验的记录、描写和叙述,确实主要是以书信方式完成的;也就是说,这些书信构成了"路上杂文"最直接的形态和外观。

这些书信可分为三类,一是收入杂文作品集的五封书信体文章,即收入《华盖集续编》的《上海通信》、三封《厦门通信》和离开厦门后作于船上的《海上通信》;二是和许广平之间的私人通信,其中一部分在1932年被编入《两地书》;三是给友人的信,这期间收信人集中于许寿裳、章廷谦(川岛)、韦素园、李霁野等为数不多的几人。三类书信无论就内容讲还是从文笔看,似乎并没有太刻意的区别、分工和等级,而是在一种自然的书信文体风格中呈现重复与叠加;比如《厦门通信》本身就是写给许广平的,只是提前收入了《华盖集续编》,而几封给友人的信,给李小峰的收入作品集,其余的并未选入,但显然并不等于鲁迅同北新书局老板的私人情谊更笃,或信件本身文辞和内容更重要。然而,从另一方面看,这些书信作为文本毕竟带有不同性质、针对不同对象、在文字实际功能性和纯粹表达性标尺上占有不同的位置,因此虽然同出自"在路上"状态的鲁迅之手,带有文人写作的基本特征,但仍可以在文字分工的意义上,帮助读者感受到鲁迅杂文更具个人色彩、更放松或随意的写作状态和文笔运势。在更具体的文体研究和形式分析上,通过聚焦这三组通信在语汇、句子和篇章三个层次上的同与异,我们可以进一步观察鲁迅杂文的运行方式和内部结构。

鲁迅在厦门大学的经历总体上不算愉快,但他坦承这所大学待他不能说不好、薪水"不可谓不多"且从不拖欠,教学和研究任务"也可以算很少"[1]。只是开学后兼职琐事日渐繁杂,令他心生厌烦。对这

---

[1] 鲁迅,《260920致许广平》,《鲁迅全集》第11卷,第549页。

样的厚待,鲁迅从一开始就抱一种模棱两可的心情,一方面,觉得好像"我的钱原是从厦门骗来的",以至于在街市小贩那里买东西时从不讲价,算还一点"去给厦门人,也不打紧"[1];另一方面,却越来越疑心自己来厦门大学任教不过是为了点"生活费",可得了"费"却失了"生活",到头来"更使人没有趣味的"。

其实在厦门大学的几个月里,鲁迅可算终于过上一段难得的清闲生活,饭菜虽不太合胃口,但总的来说"能吃能睡"[2],"每晚总可以睡九个小时"[3];因为当地没有人力车,需要走路,住所又需爬几十级甚至百余级楼梯,因此也竟有些体力锻炼。初来乍到,诸种条件尚不齐备;语言不通,当地人有时有点欺生等确是问题,但日常生活总的来说是"不便则有之,身体却好"[4]。可是这一切在鲁迅每天的感受里只构成一种持续的乏味和无聊:他抱怨图书馆书籍不多,抱怨北京上海的书刊报纸到得晚,抱怨周围没有可以聊聊的人,抱怨邻居晚上听梅兰芳京剧唱片。鲁迅到达厦门后在各种信件中都提及厦门大学"背山面海,风景佳绝"[5],可在海滩信步拾贝,亦可站在楼顶远眺。但自然美偏偏不在鲁迅的兴趣和欣赏口味内,反让他更感觉周边环境的单调,于是更加抱怨大学所在"伏处孤岛"[6]"四无人烟"[7]。其实鲁迅自己也清楚,所谓"无聊"不如说是一种"不满足",不过说明他在空旷的海边仍旧不能忘怀拥挤嘈杂的社会生活及其"人间的纠葛"[8];他记挂北京学界、政界和文坛的消息;关注北伐的进展,每当在报纸上读到南

---

[1] 鲁迅,《260930 致许广平》,《鲁迅全集》第 11 卷,第 560 页。
[2] 同上。
[3] 鲁迅,《260920 致许广平》,《鲁迅全集》第 11 卷,第 550 页。
[4] 鲁迅,《260922 致许广平》,《鲁迅全集》第 11 卷,第 552 页。
[5] 鲁迅,《260904 致许广平》,《鲁迅全集》第 11 卷,第 541 页。
[6] 鲁迅,《260916 致韦素园》,《鲁迅全集》第 11 卷,第 547 页。
[7] 鲁迅,《260914 致许广平》,《鲁迅全集》第 11 卷,第 544 页。
[8] 鲁迅,《261010 致许广平》,《鲁迅全集》第 11 卷,第 568 页。

方北伐军战事进展顺利,又将对各系军阀发动新的攻击,便觉"极快人意"[1]。显然,杂文家此时不过是处在两次战斗间隙中的不耐烦状态。

在这种老兵怀念战场般的焦灼中,鲁迅把自己和厦门大学的关系理解为"供需关系"。在自己这边,为的是逃出北京,逃出官僚体系和文坛是非,同时也逃出家庭的恩怨和羁累,与一位相爱的异性一道南下谋求新的生活。但未来的路怎么走,甚至下一步该怎么迈,都还没有想好。厦门大学世外桃源般的环境、老友林语堂(时为厦大文科主任)的力邀、丰厚的薪水,或不失为一个相对稳妥的人生中转站。鲁迅在信件中所透露的"最初的主意",不过是在这里停留一两年,期间的工作设想与创作无涉,无非是"除教书之外,还希望将先前所集成的《汉画象考》和《古小说钩沈》印出",其中或有借助厦大财力的考虑,因为"这两种书自己印不起,也不敢印"[2]。鲁迅绝非贪财重享受之辈,但在此期间信中反复提及"薪水",无形中让人感到经济收入是他来厦大的一个重要考量,到后来几乎成为继续逗留的唯一理由。这种"短期行为"和"功利性",或许反映出鲁迅在向完全卖文为生的"自由职业者"转型前的"经济理性"。事实上,这种务实审慎、尽量安排好写作的物质条件的态度和能力,与峻急、敢冒险和在写作中不惮于攻击和战斗的行为方式构成了鲁迅性格"同一张纸的另一面"。鲁迅就职厦大并非毫无诚意,本也打算做些研究、编几本像样的讲义、为大学建设或至少为邀请自己加盟的老友尽一份力。以鲁迅对教育的重视、做事的眼界标准和认真程度,若他能在当时任何一所大学长期效力,对文学教育和人文学科都会做出巨大贡献是不言而喻的。但鲁迅很快便对厦门大学的办学方式,对中国学界结党营私、不务正业、缺乏起码专业素养的状况感到失望。把大学仅当作一个"拿薪水"的

---

[1] 鲁迅,《260914 致许广平》,《鲁迅全集》第 11 卷, 第 546 页。
[2] 鲁迅,《厦门通信(三)》,《华盖集续编》,《鲁迅全集》第 3 卷, 第 413 页。

地方，自然是这种判断和失望的外部表征。

短暂的"厦门时期"（以及随后"广州时期"的头几个月），是鲁迅一生中唯一发生过"做文章呢，还是教书"疑问的时期，结果是作者很快认清自己绝非学界中人，写文章和教书也绝非可以两全的事情。虽然鲁迅自信不是没能力做出有价值的学术研究，但守着故纸堆过"编讲义－吃饭；吃饭－编讲义"的闭环生活，并非鲁迅所能够或愿意去适应的。鲁迅就职厦门大学本来就是"中转"，当然更没有呼朋引类、占据山头、经营门派和势力范围、培植徒子徒孙的雅兴。随着"胡适派"人员经顾颉刚的介绍和运动鱼贯而入，鲁迅日益感到大环境的挤压，初来厦门大学时就隐隐预感到的诸多小问题，比如校长的尊孔、行政人员的弄权、工友的懒散、文化学术气氛的稀薄、周边一些教授品位眼界的低俗等等，也逐渐经过一个"由量变为质变"的"飞跃"，转化为对大学整个运行体制和学术文化弊端的系统观察，比如办学耗资巨大却使用不得法、缺乏"长远规划"、管理散漫、学科设置冒进、各科学生寥落等结构性问题。特别值得一提的是，鲁迅很快看出厦门大学"重资聘请教员，而未免视教员如变把戏者，要他赤手空拳，显出本领来"[1]，可谓切中百年中国大学发展一直未能摆脱的急功近利之弊。随着北京学界各种势力不断渗入厦门大学，鲁迅终于得出了"北京如大沟，厦门则小沟也，大沟污浊，小沟独干净乎哉？"的合乎逻辑和现状的结论[2]，断定厦门大学这所由南洋华侨巨贾陈嘉庚捐资兴办、由南洋名医兼科学家林文庆执掌的大学，即便能"硬将一排洋房，摆在荒岛的海边上"[3]且"不欠薪水"，也断无可能逃脱中国学界的种种沉疴与恶习。在10月下旬给许广平的信里，鲁迅对大学的态度，已由

---

[1] 鲁迅，《261010 致许广平》，《鲁迅全集》第 11 卷，第 569 页。
[2] 鲁迅，《261023 致章廷谦》，《鲁迅全集》第 11 卷，第 583 页。
[3] 同上。

最初不无善意的局外人的袖手旁观，变为尖刻的局内人的冷嘲热讽。[1]而此时的厦门大学，也已从一个世外桃源，变为中国学界和社会的缩影，成了杂文近距离描摹和挖苦的对象。

《厦门通信》

《厦门通信》作于1926年9月23日，即鲁迅到达厦门大学后几周，收信人是许广平；同年12月发表于厦门《波艇》月刊第1号，后由作者收入《华盖集续编》（而非《两地书》），因此可视为一篇创作或"文章"，而不是一般意义上的私人通信。开篇第一段的文字证实了这一点：

> 我到此快要一个月了，懒在一所三层楼上，对于各处都不大写信。这楼就在海边，日夜被海风呼呼地吹着。海滨很有些贝壳，检了几回，也没有什么特别的。四围的人家不多，我所知道的最近的店铺，只有一家，卖点罐头食物和糕饼，掌柜的是一个女人，看年纪大概可以比我长一辈。[2]

这段文字或也可混入日常书信，其实却含有高度的文学性。一共只有四句话，前面三个较短的句子每句都提供了一个形象，分别对应鲁迅此刻乃至整个"厦门时期"整体状态的某一方面。最后一个相对较长的句子则提供了一个具体的近景和实景，这个在附近小摊卖食物的细

---

[1] 鲁迅写道："然而虽是这样的地方，人物却各式俱有，正如一点水，用显微镜看，也是一个大世界。其中有一班'妾妇'们，上面已经说过了。还有希望得爱，以九元一盒的糖果送人的老外国教授；有和著名的美人结婚，三月复离的青年教授；有以异性为玩艺儿，每年一定和一个人往来，先引之而终拒之的密斯先生；有打听糖果所在，群往吃之的好事之徒……世事大概差不多，地的繁华和荒僻，人的多少，都没有多大关系。"鲁迅，《261023 致许广平》，《鲁迅全集》第11卷，第587—588页。
[2] 鲁迅，《厦门通信》，《华盖集续编》，《鲁迅全集》第3卷，第387页。

节,似乎预示某种情节和戏剧的叙事性展开,实则以静物素描的方式勾勒出一个外乡人日常作息的单调、隔膜和孤独。"这楼就在海边,日夜被海风呼呼地吹着"一句若脱离上下文,几乎是现代主义诗歌在隐喻和寓言高度上通过"文明"与"自然"、不变与变化的对立和对峙表达作者主观性和主体位置的范本句式。而"海滨很有些贝壳,捡了几回,也没有什么特别的"则像是作为诗人的杂文家在回忆的海滨搜寻旧日痕迹时伪装成闲暇的劳作形象。四句话作为一个段落整体,完整而生动地表现了鲁迅在厦门平淡寂寞的生活表面下的波澜、焦虑和紧张。同时,它们也说明了"在路上"状态及它所包含的场景转换、心境变化对"杂文的自觉"之后的杂文发展路径的重要性,因为这种动感给杂文语言和风格带来了新的象征和表意空间,甚至在这种可能性中包含了征用和吸收文学空间中同时存在的其他文体样式的机制。后者也是我们在《华盖集续编》以及1926年鲁迅整体创作实践中反复观察到的杂文文体内部的叙事、抒情和象征 – 寓意化的动机和手法。

《厦门通信》的"创作"姿态和杂文风格,随即展开于一段关于"自然美"的议论之中:

> 风景一看倒不坏,有山有水。我初到时,一个同事便告诉我:山光海气,是春秋早暮都不同。还指给我石头看:这块像老虎,那块像癞虾蟆,那一块又像什么什么……。我忘记了,其实也不大相像。我对于自然美,自恨并无敏感,所以即使恭逢良辰美景,也不甚感动。[1]

鲁迅此期间信件中常提到厦门大学风景极好,但在这篇"通信"里其实早已取消了风景或"良辰美景"的价值,原因是自己对"自然

---

[1] 鲁迅,《厦门通信》,《华盖集续编》,《鲁迅全集》第3卷,第387页。

美"并无敏感","不甚感动"。这当然可以是纯粹的个人趣味,类似于作者的"仇猫",本无须也无可解释;但在杂文的设计层面,这个特意交代却必定另有用意。在抽象意义上,把"自然美"排除出美学范畴、将"美"的问题仅仅限定于"艺术"或"心灵"的"较高境界",本身代表了一种近代哲学内部的争论。黑格尔就认为"从形式看,任何一个无聊的幻想,它既然是经过了人的头脑,也就比任何一个自然的产品要高些,因为这种幻想见出心灵活动和自由"[1]。而在"内容"方面,自然美就更不具有独立的价值和意义了,因为"像太阳这种自然物,对它本身是无足轻重的,它本身不是自由的,没有自意识的;我们只就它和其他事物的必然关系来看待它,并不把它作为独立自为的东西来看待,这就是,不把它作为美的东西来看待"。[2]

黑格尔的"美"的概念在其哲学体系中的定义是"理性内容"的"感性外观",因此本身是精神活动的外化和历史性呈现。他的艺术美高于自然美论断直接针对康德哲学的美学观。后者在知性批判和实践理性批判之外单列判断力批判,建立起一个"无目的的合目的性"的先验而自律的范畴,客观上讲,在美学领域更具理论奠基意义。但此刻,在鲁迅杂文发展的特定关节点和风格特殊性意义上,摒弃自然美范畴却是一种更符合杂文形式和内容两方面内在要求的"判断力"的表现,或不如说正是这种特殊审美冲动的内在结构,使得作者对厦门大学所在环境的自然美视而不见、不以为意。即便作为一种纯粹个人的、无意识的偏好,鲁迅对自然美"无敏感""不甚感动",也在写作实践中掐断了"寄情山水"式的中国旧文人习气死灰复燃的可能,同时悬置和封闭了种种纯形式、纯愉悦的唯美倾向和"非功利"游戏性,进而在理论上突出、加强了杂文的现实兴趣、历史兴趣和道德政治倾

---

[1] 黑格尔,《美学》第1卷,朱光潜译,商务印书馆,1979年,第4页。
[2] 同上。

向性，包括杂文的"功利性"和"近战"特长。这同作者向友人抱怨由于编讲义看中国古书，弄得"一点思想也没有"有异曲同工之处。在鲁迅，无论是作为早期白话革命、思想革命材料和讯息的"思想"，还是作为杂文"理性内容"的思想，都只能是由当代意义上的历史性、社会性和存在的战斗所决定，这也是他劝告当代青年"少读或不读中国书"的用意所在。

在鲁迅的早期创作特别是小说创作里，唯美的、"非理性"的（如"潜意识的人"、象征主义的）游戏性因素和成分尚可寄存在"为人生"的文学目的论中。但经过"杂文的自觉"，当杂文事实上已经成为鲁迅文学的总体形式，新的文体、风格和作者意识的需要就对作者的"判断力批判"提出了更严格、更具体的要求。事实上，杂文作为鲁迅文学发展的"更高阶段"，正是在这样特殊的理论意义上才成立：它更是心灵和心灵活动的产物，更摆脱了经验和写作中"自然"或"自然美"因素或"杂质"；它是在更具社会性历史性、更具有反思和自我意识的"写作之写作"的复杂性上建立起来的言语行为模式和语言艺术风格。这种模式和风格内部更高的审美强度，迫使杂文写作进一步聚焦于当下与时代的矛盾以及由此唤起的历史意识，即黑格尔所谓的"心灵"和"心灵的活动"。此时，所有这些又可以说是鲁迅写作一以贯之的社会历史母题（如辛亥革命及其不彻底性）的再现；在更直接的意义上可看作"过渡期""自觉期"中被激化和强化的对抗性、执着较真、情绪化和尖锐性的延续。如果在一般意义上，自然美的缺席是鲁迅创作的"世界的散文"（包括早期小说）的基本特征之一，那么对于在更深或"更高"的自我意识层面结构起来的杂文，自然美就更需要被有意识地从写作实践中排斥出去了。

经由关于"自然美"的寥寥数语，《厦门通信》转而进入历史话题。在厦门偶遇郑成功的遗迹，令作者"一想到除了台湾，这厦门乃是满人入关以后我们中国的最后亡的地方，委实觉得可悲可喜"，显然是鲁迅早年东京时期追随章太炎"排满"民族主义立场的"旧事重提";紧接着的"然而郑成功的城却很寂寞,听说城脚的沙,还被人盗运去卖给对面鼓浪屿的谁,快要危及城基了"、"有一天我清早望见许多小船,吃水很重,都张着帆驶向鼓浪屿去,大约便是那卖沙的同胞"则像是重访《新青年》时代"国民性批判"的主题。[1]但这种历史凭吊以及其中包含的寂寞感,却好像只是为回到当下场景再做一个热身和过场。周围的静让作者感到"枯寂",但因为"近处买不到一种北京或上海的新的出版物",所以"也看不见灰烟瘴气的《现代评论》","这不知怎的,有那么许多正人君子,文人学者执笔,竟还不大风行"。[2]可以说,厦门大学的安静和"枯寂",一方面过滤掉了北京文坛、学界、官场上种种"灰烟瘴气"的东西;另一方面却又反可以让鲁迅留在北方的论敌和老冤家们如"缺席的在场"般如影随形。这样的情形与其说带有讽刺性,不如说让作者时时进入一种想象中的或者说旧习难改的战斗状态。结果是,作者想念自己的杂感了:

> 这几天我想编我今年的杂感了。自从我写了这些东西,尤其是关于陈源的东西以后,就很有几个自称"中立"的君子给我忠告,说你再写下去,就要无聊了。我却并非因为忠告,只因环境的变迁,近来竟没有什么杂感,连结集旧作的事也忘却了。前几天的夜里,忽然听到梅兰芳"艺员"的歌声,自然是留在留声机里的,像粗糙而钝的针尖一般,刺得我耳膜很不舒服。于是我就想到我的杂感,大约也刺得佩服梅"艺员"的正人君子们不大舒服罢,所以要我不再做。然而我的杂感是印在纸上的,不会振动空气,不愿见,不翻他开来就完了,何必冒充了中立来哄骗我。

───────

[1] 鲁迅,《厦门通信》,《华盖集续编》,《鲁迅全集》第3卷,第387—388页。
[2] 同上书,第388页。

> 我愿意我的东西躺在小摊上,被愿看的买去,却不愿意受正人君子赏识。[1]

最令路途上和"在流放地"的鲁迅不能忘怀的,仍旧是他的杂感。留声机里梅兰芳的歌声"粗糙而钝的针尖一般"刺得作者耳膜不舒服,作者自己的杂感同样令正人君子们不舒服;但此时鲁迅所求,无非是它可以"躺在小摊上,被愿看的买去"。这或许也在一个隐喻意义上暗示了鲁迅以退为进,偕同许广平一道离开北京这个日渐危险的是非之地的考虑。但因环境变迁,"近来竟没有什么杂感,连结集旧作的事也忘却了";这其中的甘苦冷暖,只有作者在闲暇和寂寞中细细品味。然而,鲁迅最善于在忘却中捡拾未能被遗忘完全掩埋的记忆,这样的因"积习"而于不经意处抬起头来的文思,岂不正是可遇而不可求的、最经得起考验的真正的文学写作。杂文的自觉,一方面固然是看似退无可退的险境甚至绝境中的抉择;另一方面,却又立足和植根于难以动摇的文学和审美的自足和自信。凭着这种自足和自信,作者与论战对手掷下的"无聊"的美学评判对峙;但反过来说也许更符合实际:在抵御和超越对手的"无聊"的指控中,鲁迅找到了杂文的风格自足和美学辩护。在《野草》里,这种文学自觉的萌发表现为形式风格的悲剧性创造与毁灭;但在《华盖集续编》里,它已获得了看似平和低调,实则更加"自在自为"的表述和形象:"世上爱牡丹的或者是最多,但也有喜欢曼陀罗花或无名小草的。"[2]

这样的书信体杂文看似由琐碎的个人行踪构成其内容,形式风格随意驳杂,但其实提供了鲁迅文学指向自身的"为写作的写作"的具体形式,带有更强烈而明确的作者风度。这种作者风度可以随时随地

---

[1] 鲁迅,《厦门通信》,《华盖集续编》,《鲁迅全集》第3卷,第388页。
[2] 同上。

外化为形象、动作和议论，为自己打开一个现象空间、社会空间和历史想象空间，比如"我有时也偶尔去散步，在丛葬中。这是 Borel 讲厦门的书上早就说过的：中国全国就是一个大墓场"；然而这样的"情节内容"在根本上讲仍聚焦于语言和写作本身：

> 墓碑文很多不通：有写先妣某而没有儿子的姓名的；有头上横写着地名的；还有刻着"敬惜字纸"四字的，不知道叫谁敬惜字纸。这些不通，就因为读了书之故。假如问一个不识字的人，坟里的人是谁，他道父亲；再问他什么名字，他说张二；再问他自己叫什么，他说张三。照直写下来，那就清清楚楚了。而写碑的人偏要舞文弄墨，所以反而越舞越胡涂……[1]

在此，一种情绪化、寓意化的历史墓地意象，转化为具体的集体性存在的语言、命名和碑铭的"象征的森林"，而鲁迅也从一种天涯孤旅的游离状态进入杂文家最能够发力的"工作岗位"，即回到作为白话革命和新文化首要问题的语言和写作。墓场和墓碑上的文字作为历史隐喻，在杂文的短促风格里再次提示出鲁迅早年小说创作予以形式化、戏剧化的命名和意义系统，以及针对这个命名和意义系统的"谱系学"批判，特别是在伦理世界辨析"名分"和"身份认同"（如阿Q的姓赵问题、辈分问题）[2]的重要性。在反形式主义、反雕饰、反言之无物的"舞文弄墨"的基本立场之外，"照直写"也是杂文的基本原则；它当然不是字面上那么简单，而是一个严密、紧张、带有"预应力"效果的新文学形式革命范畴内的技巧、风格和审美系统。"照直写"也是写

---

[1] 鲁迅，《厦门通信》，《华盖集续编》，《鲁迅全集》第 3 卷，第 388—389 页。
[2] 参看张旭东，《中国现代主义起源的"名""言"之辩——重读〈阿Q正传〉》，《鲁迅研究月刊》2009 年第 1 期，第 4—20 页。

作伦理和作者的自我要求，带有道德、政治和审美上的危险性，因此同杂文形式和风格所包含的寓言性质高度契合。

《厦门通信》最后以"我还是同先前一样；不过太静了，倒是什么也不想写"[1]结束，既是对开篇空寂、无聊、沉闷和孤独状态的呼应，也是杂文写作"情节安排"的自然停顿。书信体杂文的私人性质自然只是一种文学装置；作为写作或"创作"，它实际的表演性和公共性不言而喻，是杂文家个人内心状态建构、传播和检验的形式平台。在这个意义上，书信体杂文也可以说在非虚构和反主流文学制式的前提下，行使了某种"忏悔录"或"私小说"的功能，并因此同郁达夫《沉沦》（1921）所代表的浪漫主义形成一种风格的张力和对照。鲁迅杂文难以用"以小见大""形散神不散"这类教学语言来形容，甚至不能仅仅以其积极的建设性和进攻性特征作结论；但它无疑是从日常现实和艰难时事的"小事情"中攫取讽刺和思想复杂性的战利品的手段与利器。

就其风格终极特征和写作原则来说，鲁迅杂文乃是这样一种写作样式：它蓄意将自己置于"写，还是不写"、"写什么"和"怎么写"内部，在写作的可能性与不可能性彼此胶着缠斗间不容发的"边缘"，通过叩问自身存在的意义和价值，即通过一种致命的自我怀疑、通过针对自己的"危险"而获得暂时的、假定的存在理由和生命强度。从批评的角度看，鲁迅杂文创作的每一篇都可以说是通过感受自身存在的"危机"、克服自身存在的虚无而"被迫"动员起来的言语行为。就其审美构造来说，它更像一个"不得不"或"无意间"被打开的写作空间。说鲁迅最好的、最令人难忘的杂文篇章其实都是从"太安静了……什么也不想写"的状态中出现的或许略显夸张，却并非全无道理，因为只需把"太安静"替换成"太郁闷"、"太愤怒"、"太高兴"或"太绝望"，就可以看出其中一以贯之的逻辑。用鲁迅文学的时间结

---

[1] 鲁迅，《厦门通信》，《华盖集续编》，《鲁迅全集》第3卷，第389页。

构和记忆/遗忘辩证法来做比喻，也可以说杂文都是"为了忘却的记念"；但唯其如此，它也就在杂文文体下隐藏了一种难以遏制的诗的冲动，即那种表达的热情、沟通的渴望、记录与批判的兴味，以及命名与赋形的意志。

自觉的杂文之所以是"自觉"的，正因为它是与自身存在状况同在的写作；它本身作为文学的危险性依赖于它自身存在境遇的危险性；依赖于在克服和超越这个危险境地的同时，又将它保留在贴身处并将它常态化。换句话说，鲁迅杂文的风格发生学取决于如何在虚无的边缘和直接性中与它对峙；取决于如何在这种常态化的对峙中将存在状态转化为存在意识，从而将内心的"无"变成语言的"有"，将经验的空洞和不稳定性变成坚韧而明晰的文字、语句、形象和寓意。最终，杂文"文章"和结集行为将这些零碎的、重复循环的片段固定、凝聚在文学本体论和审美复杂性的总体层面，杂文风格空间至此方宣告完成。不应忽略的是，《华盖集》和《华盖集续编》不仅标志着"杂文的自觉"这个决定性的内在转折，也是鲁迅编年体杂文合集生产－编纂规划流程的开端。从这两本合集开始，杂文家的创作方式确定下来甚至程式化了：大体上将每年一本杂文集的节奏，一直保持到创作生命的最后。事实上，正是在鲁迅创作晚期，甚至可以说是在他最后几本杂文集中，读者才能直观地感受到那种将杂文的零星碎片统筹聚合为文学表现和历史风格总体的宏观工作。

那种从"安静"得让人什么都不想写的"枯寂"中把人突然带入语言世界的意识活动和转换机制，是杂文发生的诗学秘密；它决定了杂文同时既是行动的文学，也是一种沉思的文学；它是为了存在（活着、活下去、活在人间）而做的挣扎和呼吸，也是一种高度文人化和作者风的"咬文嚼字"、章句经营和选本合集的组织。在这个复杂的文学生产过程中，鲁迅杂文始终遵循以"走"或"走走"为写作之"路"提供美学和政治的辩护、自己为自己建立参照系的实践原则。在随时可能"无路可走"或变得"无聊"的边缘状态,鲁迅杂文是"写作的零度"的极端例子,同时又是一种写作内在强度、密度、激情和技巧的规范。相对于这种强烈、极端的自我意识及其形式法则,那些"读了书"乃至"舞文弄墨"的文字和风格做派,反而显得寡淡、"越弄越糊涂"甚至"灰烟瘴气"了。

《厦门通信(二)》

《厦门通信(二)》作于11月7日,收信人是李小峰,但在《语丝》上的发表日期(同月27日)反倒比《厦门通信》早几天。在两封"通信"之间,鲁迅创作了"旧事重提"系列中的三篇名作(《父亲的病》《琐记》《藤野先生》)、《华盖集续编》的序跋和《坟·题记》。

此间在一系列与友人书中,鲁迅对在厦门大学的工作和生活的方方面面均有所触及,包括对异地风物人情所做的一些观察。除不时抱怨厦大位置偏远、语言不通,同事因互不知底细而"面笑心不笑""无话可谈"[1],饭食不合口,不能及时看到北京、上海报刊(鲁迅留意京沪文坛态势,但此时更关注北伐战事)外,也对自己身为南方人("我到厦时亦以小船搬入学校,浪也不小,但我是从小惯于坐小船的,所以一点也没有什么"[2])却被本地人称为"北人"感到惊讶和有趣,甚至通过此地工友的懒散与"北京听差的唯唯从命"之间的对比,做出"南方人的倔强"、"南方的阶级观念,没有北方之深,所以便是听差,也常有平等言动"[3]这样的"宏大叙事"。从中可见,虽有天涯孤旅的无聊寂寞不时袭扰,但总的看来日常起居正常,心情大体平静;甚至

---

〔1〕鲁迅,《260914 致许广平》,《鲁迅全集》第 11 卷,第 544 页。
〔2〕同上书,第 545 页。
〔3〕同上。

因为"此地似乎刺戟少些,所以我颇能睡"[1]。当然也有可以称作"焦虑"的东西,那就是鲁迅随后追加的几个字透露出来的信息:"但也做不出文章来,北京来催,只好不理。"[2]

短短几个月的"厦门时期"虽算不上鲁迅创作最活跃的时期之一,但仅以作完《朝花夕拾》、编定《华盖集续编》和《坟》并写序跋,加上其他一些翻译和编辑工作来看,这段时间的工作实绩并不算差,更谈不上遇到了不可克服的创作瓶颈;鲁迅在给许广平的信中对此也曾提及,用作夸奖自己"毫不倒退"的证据。[3]因此,所谓"做不出文章来",多半还是一种心境和情绪的修辞,反映着"在路上"状态的一些侧面,传达出人生阶段性过渡、转场和角色变化带给他一时的相对松弛、放缓、茫然,以及由此而来的思前想后的余裕和闲暇。同时也应该看到,杂文"自觉"本身必定意味着某种程度的焦虑;没有焦虑,便没有杂文,因为"自觉"也必然是作者对自身文学存在与风格的困境和危险的感知和思虑。正是在这种整体性焦虑的状态下,鲁迅完成了过渡期文体选择、形式实验和风格形象重塑;也就是说,它们本身就是对抗和冲破种种焦虑、阻力和压迫的决断与行动。

此刻鲁迅还面对一个新的困扰,那就是"教书还是做文章"的两难。前面提到,虽然鲁迅自信能够做出有价值的研究、编出有意义的讲义,但安心做一个学者其实从未真正成为鲁迅人生志业的选项。也许正为了这个原因,就任薪水优厚的厦大教职,在鲁迅眼里就成为一种令人不时感到不自在乃至屈辱的"谋食"之举。他在私人书信中反复提到,接受厦大聘书本来是权宜之计("我自然要从速走开此地"[4]);但眼下因为下一步去哪里、做什么还一时没着落("但结果如

---

[1] 鲁迅,《260914 致许广平》,《鲁迅全集》第 11 卷,第 566 页。
[2] 同上。
[3] 鲁迅,《261120 致许广平》,《鲁迅全集》第 11 卷,第 622 页。
[4] 鲁迅,《261126 致许广平》,《鲁迅全集》第 11 卷,第 632 页。

何,殊难预料……以后如何,我自然也茫无把握"[1]),于是大学教授的薪水就好像成为羁留在闽南不毛之地的唯一理由。"金钱"在大学体制内的指挥棒威力,也很快由"金钱下的人们"的种种举止作态而暴露无遗。[2] 随着大学开学,学院生活进入常态后,作者越发烦躁起来。这种不耐烦的情绪随着在厦门逗留时间的延长而日益增长,到离开去广州的前夕更到达忍无可忍、急不可耐的地步,以至于在书信里把厦大周边形容为"死海一样"[3]。但细究起来,厦门大学其实尚罪不至"死"。此期间鲁迅不时向许广平和友人报告身体状况甚佳、心绪时而"起落如波涛"时而"很平静"[4],但最终"其实此地最讨厌者,却是饭菜不好"。[5] 作者自己对情绪起伏的原因心知肚明,但另一方面也不无有意的放纵,或许这就是私信中半是负疚半是炫耀的"玩""玩玩""不用功""什么事情也不想做""休息""懒散"等字句的具体所指。鲁迅边抱怨周边环境,边积极为老友许寿裳和川岛在厦大谋职也是一个旁证;在给他们的信里,他有时径直把种种不耐烦归咎于自己的性格和此刻的生活状态,即"我的脾气不太好,吃了三天饱饭,就要头痛,加以一卷行李一个人,容易作怪,毫无顾忌";同时用"以薪水为目的,以'爱人呀'为宗旨,关起门来,不问他事"来给别人做实际生活上的指导。[6] 只不过这种智慧或"生活的艺术"丝毫不能解决鲁迅自己的问题。

因琐事而影响情绪和心境,竟至于动摇存在的形而上根基的状

---

[1] 鲁迅,《261126 致许广平》,《鲁迅全集》第 11 卷,第 632 页。
[2] 鲁迅,《261118 致许广平》,《鲁迅全集》第 11 卷,第 619 页。此信作于完成"旧事重提"系列最后一篇《范爱农》的当日。对辛亥革命时期故人和先烈的追思,或许让鲁迅更感觉到当下大学里的拜金主义和庸常政治之难于忍受,发出"非走不可了"的慨叹。
[3] 鲁迅,《261121 致韦素园》,《鲁迅全集》第 11 卷,第 624 页。
[4] 鲁迅,《261126 致许广平》,《鲁迅全集》第 11 卷,第 632 页。
[5] 鲁迅,《261130 致章廷谦》,《鲁迅全集》第 11 卷,第 637 页。
[6] 鲁迅,《261121 致章廷谦》,《鲁迅全集》,第 11 卷,第 626 页。

态，其实倒与杂文家"执滞于小事情"的脾气颇为相符。在《厦门通信（二）》里鲁迅写道："吃饭是不高尚的事，我倒并不这样想。然而编了讲义来吃饭，吃了饭来编讲义，可也觉得未免近于无聊。"[1]这里的外部原因固然是草创期的厦门大学在制度建设、文化氛围、教职员工素质和能力等方面都不尽如人意，常令鲁迅觉得无趣和无聊（语言不通也是一个原因）；但更关键的内因，还是要从鲁迅作者意识和文学风格的内在逻辑里去找。鲁迅在信中写道："别的学者们教授们又作别论，从我们平常人看来，教书和写东西是势不两立的，或者死心塌地地教书，或者发狂变死地写东西，一个人走不了方向不同的两条路。"[2]可见他并没有把教书和写作看作地位和吸引力大体相当、能兼得则再好不过的"鱼与熊掌"那样的选择，而是暗示即便仅仅出于经济考虑，学院生涯最终也是一种得不偿失的妥协。它同文艺创作乃是"方向不同的两条路"[3]，所以其本身的存在就是对写作意志和精力的单纯的减损和消耗，而且这种减损与消耗，并不能因为鲁迅对学院规范刻意保持距离，用一种心不在焉、格格不入的态度来维持"内心自由"而能得到有效的减缓和补偿。在与友人书中，鲁迅就曾担心锐气的消磨会损害创作者的活气和"文思"，而"倘没有文思，做出来也是无聊的东西，如近来这几月，就是如此"。[4]这还只是"从我们平常人看来"[5]；作者以此修辞手法来讽刺一般学者教授群体的无趣、狭隘和由此而来的种种反常和"别论"，但鲁迅本人的写作生涯却无疑更具超出"平常"范围的审美和政治强度，带有更为严厉、苛刻的道德上的自我要求和自我拷问。作为这种内在强度的外泄，鲁迅对学院环境的观察

---

[1] 鲁迅，《厦门通信（二）》，《华盖集续编》，《鲁迅全集》第3卷，第391页。
[2] 同上。
[3] 同上。
[4] 鲁迅，《261123 致李霁野》，《鲁迅全集》第11卷，第629页。
[5] 鲁迅，《厦门通信（二）》，《华盖集续编》，《鲁迅全集》第3卷，第391页。

就不可避免地总带上不屑的眼光和口吻，比如"我不要看"赠予"正人君子"的"正经文章"[1]，看似具有攻击性，其实却是"人不犯我、我不犯人"的防御姿态；当然这也可以说是鲁迅作为新文学首席创作家"以己之长、攻人之短"的策略。文章家以文章作为取舍和评判标准，本是天经地义；"要看"还是不要看，只取决于文章/非文章、文学/非文学、写作/非写作的质的区别。这种在文章上见分晓的态度，本身也说明作者针对"学界"所坚持的"文章家"的身份认同。此中的挖苦，仅限于"如果是讲义，或者什么民法八万七千六百五十四条之类"，但它限定在文字游戏层面，亦可谓行使着"文章"的特权，表现出文章家"随心所欲而不逾矩"的自由。《厦门通信（二）》最后以"现在是连无从发牢骚的牢骚，也都发完了。再谈罢。从此要动手编讲义"[2]结束，又可以说是文章形式层面的某种冲淡与缓和。在同样的作者风度、文人自由和文字游戏层面，鲁迅反过来给予自己一个反讽的嘲弄，也是对"在路上"状态的一种自我描摹。

　　作为有意识的书信体创作，《厦门通信（二）》包含了一个短促的、充分寓意化的"风景描写"：

　　　　我的住所的门前有一株不认识的植物，开着秋葵似的黄花。我到时就开着花的了，不知道他是什么时候开起的；现在还开着；还有未开的蓓蕾，正不知道他要到什么时候才肯开完。……还有鸡冠花，很细碎，和江浙的有些不同，也红红黄黄地永是这样一盆一盆站着。[3]

在鲁迅杂文意象谱上，这些作者不认识的植物和细碎鸡冠花，或可

---

[1] 鲁迅，《厦门通信（二）》，《华盖集续编》，《鲁迅全集》第3卷，第391页。
[2] 同上书，第392页。
[3] 同上。

看作"秋夜"里突兀地刺向北京天空深处的那两株枣树的闽南对等物;一方摆出的阵势为"一株是枣树,还有一株也是枣树"[1],另一方则"不知道他是什么时候开起的……正不知道他要到什么时候才肯开完"或"红红黄黄地永是这样一盆一盆站着"。然而,它们折射出来的作者内心状态和意识结构显出质的不同。在1924年"过渡期"的萌发阶段,读者在《野草》的开篇之作中看到,诗的主观对象化通过"一分为二"的意象裂变制造和建构出一个新的主体性,为作者内心视野带来一种"我与我"关系上的相互观照,甚至带来一种作为自言自语的"对话"和"叙事"可能;"各表一枝"的两株枣树也为自我意识内部的"行动"和往复运动提供了外在戏剧化的空间场景。[2]"路上杂文"则在此基础上,把《野草》中的散文因素变得更加"散文气"、叙事化和寓言化了。这些植物的植物学特征得到近距离的观察,但在命名和特征描述上变得更不确定;无论它们是"不知到什么时候才肯开完"还是"永是这样一盆一盆站着",都表现一种存在于世的具体事物的顽固的他者性或异己性,这种他者性不会因为"主体的发现"和诗的语言与意境而丝毫减少或弱化自身存在的具体性、顽固性和长期性。这种内含于杂文作者意识和风格自觉的外部性和他者性具有特殊的"情节"和"形象"意义,是杂文之"杂"的感性外观;另一方面,它们也带有明显的形式和寓意内容,构成杂文文体内部空间的一部分。

在这段引文之前,鲁迅引宋玉《九辩》两句,指出厦门季节时令与北方不同,北京结冰了,"这里却还只穿一件夹衣";所以"悲秋"在这里完全成了"无病呻吟",因为"白露不知可曾'下'了百草、梧楸却并不离披,景象大概还同夏末相仿"[3]。用地理气候差异给"皇天平分四时兮"这样的经典捣乱、煞"妙文"的风景、出"皇天"的洋

---

[1] 鲁迅,《秋夜》,《野草》,《鲁迅全集》第2卷,第166页。
[2] 参看本书第一部第二章第三节中关于《秋夜》的分析。
[3] 鲁迅,《厦门通信(二)》,《华盖集续编》,《鲁迅全集》第3卷,第392页。

相，然后才引出对那种"不知道他要到什么时候才肯开完"的东西的无可奈何和厌倦感。[1]至此，连"我本来不大喜欢下地狱"都有了美学解释，因为"满眼只有刀山剑树，看得太单调，苦痛也怕很难当"[2]。于是"现在可又有些怕上天堂了"也就顺理成章地获得了理论表述："四时皆春，一年到头请你看桃花，你想够多少乏味？即使那桃花有车轮般大，也只能在初上去的时候，暂时吃惊，绝不会每天做一首'桃之夭夭'的。"[3]

《厦门通信（二）》的寓言信息，到这里方充分显白化了。"地狱"的单调和苦痛，就近可以是"厦门时期"精神状况的隐喻，扩大来讲也可被看成作为新文化宿敌的传统和现实黑暗的寓言形象。但相对而言，"天堂"才是《厦门通信（二）》讽喻锋芒的终极所指。这个"天堂"就是一切"艺术之宫"和"象牙塔"的末日景象，也是一切"永恒""无限""和谐""宽恕""完美"的来世寄托。作为一切制度、秩序和权威的虚幻的、意识形态性的事实化和普遍化，"天堂"可以说是鲁迅杂文终极意义上的敌人和对立面，只不过这个敌人在此仅仅以审美趣味上单调乏味的面目出现。

对于宁愿应对每日"暂时吃惊"也不愿"每天做一首'桃之夭夭'"的杂文家来说，"厦门时期"带来的道德教训和审美经验最终是"凡萎黄的都是'寿终正寝'，怪不得别个"[4]。这是对"没有霜，也没有雪"的闽南自然气候的寓言家式的观察，也是对此阶段作者自己的寂寞、不耐烦和隐约求战心境的安慰。虽然并没有"严霜"，"然而荷叶却早枯了；小草也有点萎黄"[5]。这里没有诗化的野草腐朽于地表、

---

[1] 鲁迅，《厦门通信（二）》，《华盖集续编》，《鲁迅全集》第3卷，第392页。
[2] 同上。
[3] 同上。
[4] 同上。
[5] 同上。

被地火吞噬的激情快意，一切都只将慢慢地按照某种自然规律寿终正寝，但也绝不会因为知道自己终有一死而主动提前消亡。这种"寿终"之前绝不"正寝"的事物的顽固性，固然是对杂文家耐心和"爱激动"性格的考验，但岂不正说明了杂文自觉和杂文命运的长期化、常态化，预示了"壕堑战"和"持久战"的斗争形式？

事实上，"野草"这个词语和意象在《厦门通信（二）》中已经出现过一次，即"我虽然在这里，也常常想投稿给《语丝》，但是一句也写不出，连'野草'也没有一茎半叶"[1]。这句话看似是"写不出"和"不想写"主题的延续，但它又何尝不是杂文家在"杂文的自觉"风格空间内部的一处"自引"（self-reference，"野草"两个字是打了引号的）和"自我关涉"（auto-reflexivity）？它提醒读者，《厦门通信（二）》这样的"路上杂文"乃至1925年"运交华盖"以来的杂文创作，都存在并展开于《野草》所打开的诗学强度、形式实验和文章自觉的风格空间与写作基准线上。"野草"和"连'野草'也没有一茎半叶"是互为因果、相辅相成的，是同一种状态的两个面向或瞬间。在一个类比的意义上可以说，"杂文"是"连'散文'也没有一茎半叶"的文章形态和风格特质，是"虚无"之"文"，即虚无之空虚和空无本身的诗学对等物和寓言形象化。在杂文的诗学空间里，这种荒芜、寂寞、虚无和痛苦既是写作的直接环境、经验和"内容"，又是这种内容得以呈现并成为"感性外观"的形式（包括文字、句式、节奏、韵律、情绪、风度、寓意、作者的口吻、自我形象和人生态度）。在鲁迅所有的文字里，"不想写"和"写不出"（寂寞、安静、虚无、"无话可说"）是"写"的内在组成部分，是构成杂文肌理和文章建制的不可少的基本元素。直到"上海时期"，当鲁迅杂文写作已经摆脱"危机"而进入一种长驱直入、挥洒自如的历史状态和"自由"状态时，作者仍然对这种

---

[1] 鲁迅，《厦门通信（二）》，《华盖集续编》，《鲁迅全集》第3卷，第391页。

写作的虚无或"停摆"状态保持着高度的意识，并告诫青年作者"写不出的时候不要硬写"[1]。

"不想写"和"写不出"其实也可以归属于那种"预应力"紧张：它随时准备着取消、颠覆和否定写作本身；随时提醒读者和作者本人写作的边缘和极端状态，包括写作活动本身的存在理由、生存危机以及种种外部内部的质疑和挑战。与虚无和虚无感的对峙，本身必须以体验、吸纳和转化虚无的"内容"为前提。杂文的"自觉"正是通过这种痛苦和磨难开辟出一条杂文的生路。外部环境和个人生活际遇的困顿、压力、寂寞与孤独，以及同文化思想氛围相隔离、疏离或自我流放等原因，固然是"不想写"和"写不出"的直接外因，有时语言、表达方式、主观情绪等也会带来写作欲望和效率的波动；但更重要的原因，应该是杂文的危机和自觉作为一种过渡和临界状态所天然带有的相对于"写作"和"文学"体制内部的对抗性、边缘性、实验性、颠覆性以及由此而来的不确定性。它是对一切来自常规、主流、习俗和建制性因素的敌意和排斥。反过来看，那种常规、主流、习俗和建制性文学观，也自然对杂文抱有一种怀疑和排斥；这是一种结构性的自发的敌意，其本能是将作为颠覆者和挑战者的杂文边缘化，乃至一劳永逸地驱逐出"文学"范畴。

这种不承认乃至否定杂文的倾向本身，又部分植根于某种相对简单却具有深厚社会基础的"自然""流畅""愉悦""有美感的"甚至"带着艺术天才印记的"文学艺术观念、趣味和接受经验。与这种看似自然而然、合乎"单纯的"艺术趣味和审美期待的文学创作风格相比，杂文无疑是一种艰难的、需要不断为自身作为"文学"或"艺术"（或"思想"）存在提供说明和辩护，甚至为自身的社会生命和物质生命不

---

[1] 鲁迅，《答北斗杂志社问——创作要怎样才会好？》，《二心集》，《鲁迅全集》第4卷，第373页。

断挣扎寻路的文体。因而"不想写"和"写不出",事实上也标志着杂文写作方法和文章结构内部的超乎寻常的劳作、搏斗和反思本质,因为它是一种同"自然流畅、轻松愉快"的文学生产机制(如果真有这种东西的话)相对抗的写作和文字运动;是逆审美的形式风格,是顶住文学形式强加于作者的压力——包括枯寂和虚无的压力——且"扼住命运的咽喉"的写作。鲁迅杂文独特的力感和丰富性,包括在短小篇幅内炫目地呈现出来的内在强度和感染力,都同杂文形式风格内部那种寂静和虚无的在场,以及写与不写、想写与不想写、能写与不能写、写得出与写不出的无声的殊死搏斗有着密不可分的关系。

在纯粹个人的意义上,这是鲁迅在"厦门时期"所忍受的寂寞和无聊带给杂文的丰厚回报。在完成《厦门通信(二)》仅四天之后,鲁迅创作了《写在〈坟〉后面》,就杂文内容、形式和观念各方面来看,它都可以说是一篇杰作中的杰作,标志着"杂文的自觉"的又一个阶段性高峰,也标志着鲁迅文学"第二次诞生"的完成。一周后,鲁迅完成了"旧事重提"系列的收尾之作《范爱农》,再次宣告"写不出"和"不想写"论的破产,同时也将贯穿漂泊的1926年的"回忆散文"与"路上杂文"的二重复调带入终曲。

《厦门通信(三)》

《厦门通信(三)》作于1926年12月31日,距《华盖集·题记》的完成整整一年。此时鲁迅已接受了广州中山大学的聘书,辞去了厦门大学的所有职务,做好了"溜之大吉"的一切准备,只待学期结束便离开,甚至在等待的"百无可为"中作了一篇《奔月》。[1]鲁迅此前一个月已经下了赴粤的决心;同厦门大学一拍两散,倒也觉得问心无

---

[1] "百无可为、溜之大吉"是《厦门通信(三)》里形容此时状态的用语。《奔月》作于1926年12月,即《厦门通信(三)》完成之前。

愧,"其实(厦大)是不必请我的,因为我虽颓唐,而他们还比我颓唐得多"。[1]

与前两封"厦门通信"相比,《通信(三)》显得有些"杂"而无"文",似乎完全"执滞于小事情"而置"艺术"或"文学"于不顾。但恰恰是这种文章,因其无限接近文学空间的边缘和外部界限,接近"文学性"或"审美价值"的最小值或极限状态,反倒具有特殊的文学本体论意义。它们往往可供我们在"写作的零度"上去观察和分析鲁迅杂文的作者意识和风格特征;也就是说,能帮助我们在更基本的内容/形式辩证法和文学表达自律性的范畴内去把握一种看似非文学甚至反文学的写作样式。

在1926年11月18日致许广平信中,鲁迅写道:

> 你大概早知道我有两种矛盾思想,一是要给社会上做点事,一是要自己玩玩。所以议论即如此灰色。折衷起来,是为社会上做点事而于自己也无害,但我自己就不能实行,这四五年来,毁损身心不少。[2]

鲁迅人生的第二个"在路上"阶段发生于作者文学生涯的"中年"期,随着鲁迅文学风格发展的"中间点"和决定性的"杂文的自觉"或"第二次诞生"而展开,它在作者自我意识和写作实践的"内景"中呈现出一种焦虑和紧张,但在外部日常生活中,却大体上可归于一种严肃专注的"自己玩玩"状态。鲁迅接受厦大聘任显然更多出于个人考虑,而非借此平台"给社会上做点事";比起"北京时期"——无论是以《新青年》为阵地的文学革命和思想启蒙,还是围绕女师大风潮的

---

[1] 鲁迅,《261120致许广平》,《鲁迅全集》第11卷,第620页。
[2] 鲁迅,《261118致许广平》,《鲁迅全集》第11卷,第617页。

社会介入——"厦门时期"可以说是一种主动脱离战场后的自我流放和自我放飞。这个"自己玩玩"既是为形势所迫的不得已（因此有作者信中的各种抱怨和牢骚），但同时也是一个难得的"休战"或"休假"状态，它让鲁迅本性中的另一面能够获得暂时的舒展和小小的放纵。若对照周作人日后自叙的"两个鬼"，鲁迅的"矛盾思想"，同样也是他内在气质的结构性、根本性矛盾，而非一时的心神不定。如同周作人身上"绅士鬼"和"流氓鬼"的纠缠，鲁迅心中"社会责任"和"内心自由"的彼此消长虽然给写作带来丰富的层次感和微妙的复杂性，但本身不是能够被调和折中的东西。事实上，这种调和折中的"失败"或不可能性正是鲁迅杂文本身所追求和凭恃的"危险性"。正因为"厦门时期"的空旷寂寞和相对闲适给鲁迅带来一种自我反思的回身之地，如何从"自己玩玩"的写作状态出发去处理此前占主导地位的"为社会上做点事"遗留下的问题，就成为"路上杂文"应该甚至必须做的事情，它关乎鲁迅文学新的立场、站位、心境和道德形象，因为那些问题在"这四五年来"（大致从1922年12月《呐喊·自序》完成之后开始）"毁损身心不少"。换句话说，处理社会责任、社会角色、公共形象等"外部问题"，此时已变成鲁迅杂文的"内部问题"。

《厦门通信（三）》中有这样一段：

> 前几天，卓治睁大着眼睛对我说，别人胡骂你，你要回骂。还有许多人要看你的东西，你不该默不作声，使他们迷惑。你现在不是你自己的了。我听了又打了一个寒噤，和先前听得有人说青年应该学我的多读古文时候相同。呜呼，一戴纸冠，遂成公物，负"帮忙"之义务，有回骂之必须，然则固不如从速坍台，还我自由之为得计也。质之高明，未识以为然否？[1]

---

[1] 鲁迅，《厦门通信（三）》，《华盖集续编》，《鲁迅全集》第3卷，第412页。

这种以青年领袖、社会责任、文坛形象、读者期待为名的要求，必然令抱有"要自己玩玩"脾气的杂文家深以为戒，视之为一种蛮横的道德绑架。这冒犯的是鲁迅个人和鲁迅文学的底线，令其退无可退、忍无可忍，只能发出"然则固不如从速坍台，还我自由之为得计也"的反击。这种态度固然可以说是鲁迅性格和鲁迅文学的题中应有之义，但此刻作为一种被"挤"出来、逼出来的东西，仍有其具体背景。最贴近的或许是厦门大学一些学生以追随者身份对鲁迅的挽留，稍远些则是高长虹在北京"从背后骂得我一个莫名其妙"。后者在1925年10月底发表的《1925，北京出版界形势指掌图》中对鲁迅口出恶言，11月又发表暧昧的"月亮诗"，都令鲁迅感到意外和愤怒；两人自1924年来围绕《狂飙》和《莽原》的密切交往，相互间的支持和欣赏，至此烟消云散。鲁迅曾对高长虹倾力扶持，但后者反戈一击不遗余力，还牵扯出关于许广平的种种臆测；不难想见，此种青年朋友让鲁迅感到心灰意冷，并产生出戒备心理。

"高长虹事件"或"高长虹现象"也让鲁迅反思自己长期以来戴着的那顶"纸糊的假冠"：创作家"遂成公物"之后，"消极自由"即被剥夺，甚至沦为青年人的敲门砖、垫脚石和成名工具，偶有怠慢便会收获怨气甚至攻击。五四以来一些年轻人以未来和真理代表自居、唯我独尊的"青年的自大"，不能不说给《新青年》老战士们出了个难题。推而广之，这个"假冠问题"和"公物问题"，都同五四白话革命和思想革命以来作为知识分子的创作者面对的"听将令"问题有关。启蒙和社会变革意义上的"听将令"，一是服从更高的真理召唤，甘愿做它的信徒和传声筒（如宣传进化论、国族主义、女性解放等）；一是以不同形式服从并服务于当下社会运动中有形无形的组织、权威和领袖，或作为一名"现役军人"冲锋陷阵，或作为一名"同路人"摇旗呐喊，为真正的战士提供一点精神安慰以缓解他们的寂寞。但这样的角色和身份，本质上同一个作家和知识分子所要求的第一性的内心自由相冲突。即便在"摇旗呐喊"的角色中,小说家或杂文家也很难长期保持他们所负责传达的集团性质的讯息指令的组织性和高保真度,而在站位、姿态和活动方式上随时同"大部队"自觉保持整齐划一的队形就更难了。因此,这个"谢假冠"和"辞公物"的姿态,也就在一种象征意义上,将鲁迅文学带出了早期的"听将令"状态,而进入一种更个人化、更自觉、更难以归类和预测的"杂文状态"。

对于鲁迅来说,"社会责任"和"自己玩玩"不是非黑即白的取舍,而是在复杂矛盾结构里的光谱般的彼此相连的选项集合;它们之间的差异和区别在局部看都是"量变",但又随时随地都有成为质变的断裂点的可能。对鲁迅来说,在"厦门时期"的最后,在"自己玩玩"的状态里处理"为社会上做点事"方面遗留下来的麻烦,首先是整理自己内心的思想矛盾,其次才是回击各种"毁损身心"的外界纷扰,如顾颉刚及其党羽,如高长虹。后者虽然也令杂文家动怒,但前者才是更紧要的,因为它事关内心平静、创作自由和风格自主性。在《厦门通信(三)》里,这种自由的文学表现方式更多显出"执滞于小事情"、杂而无文的感性外观,却是"杂文的自觉"的又一次深化,并因此带有写作方法论意义。

在此前给许广平的信中,鲁迅写道:

> 我已决定不再彷徨,拳来拳对,所以心里也很舒服了。
> 其实我大约也终于不见得因为小障碍而不走路,不过因为神经不好,所以容易说愤话。小障碍能绊倒我,我不至于要离开厦门了。但我也极愿意知道还在开垦的路,可惜现在不能知道,非不愿,势不可也。[1]

---

[1] 鲁迅,《261120 致许广平》,《鲁迅全集》第 11 卷,第 621 页。

这清楚地表明，所谓"玩玩"对杂文家来说绝非去走一条逍遥自在的坦途，而恰恰是沿着"杂文的自觉"和荆棘丛生的杂文道路继续走下去，准备要不断地磕绊。只是在这条路上不再"彷徨"，而是"拳来拳对"，因此也可说是"舒服"、坦然甚至乐此不疲的。它也增强了杂文家的决断力和行动力，让他能够不再拘泥于种种"顾忌"和"敷衍"、不再"瞻前顾后"，甚至不再过于在意"我历来的一点小小的工作"以及建立在它上面的生活、地位、安全和力量。有意思的是，鲁迅在给许广平的信里把种种"我一生的失计"归咎于"历来并不为自己生活打算，一切听人安排"[1]；言下之意，未来的自由，当取决于一种更加"自为"和"自觉"的生活方式和价值观念。在直接的语境里，这固然有向恋人表白自己追求爱情的自由和勇气的意思，但就字面及其象征意义看，这种自我宣言也指向作者一般的生活和工作状态，就是说，它也必定涵盖写作的基本原则。它既是最严肃的道德伦理的选择和承当，也是将它们稳定在审美、自由以及创造水准和境界上的游戏态度。

这种寓责任于游戏的"玩玩"，也就是鲁迅用以称谓自己此期间创作的"耍"。既然是"玩"和"耍"，则大可不拘小节、破旧立新；知无不言、言无不"杂"；嬉笑怒骂皆成文章。在这种文学意识中，杂文不但在审美和诗学原则上是从"无"到"有"、"无"中生"有"的东西；它甚至在具体作文的内容、形式和寓意上，都可以是"本来也可以不做"，但在"正苦于没有文章做"的时候便做了、便"寄上了"的东西。

其实这一类东西，本来也可做可不做，但是一则因为这里有几个少年希望我耍几下，二则正苦于没有文章做，所以便写了几

---

[1] 鲁迅,《261128 致许广平》,《鲁迅全集》第11卷，第634页。

张，寄上了。[1]

这句看似事务性的交代和闲笔，实则正可以视为鲁迅杂文创作常态的自述，它透露出作者对新文学存在条件和新文学生产方式的看法。作为新文学历史"浪尖"的杂文（周作人则要用自己的"小品文"来争夺这个时代前卫的地位），能从经验的极度贫瘠和极度残酷中攫取"文思"，将无声的现实转化为寓言的丰富性、复杂性、具体性和生动性。这种写作法和文学风格的生机正在于它能从最不利于创作的土壤和环境中汲取养分，发衍出生命的"瘢痕"、纹理与形式，展示心灵不可遏制的能量、动态和尊严。但为保持这种生产性，杂文也必须成为最贴近地面、最不屑于囤积艺术体制意义上的形式和资产，也最不怯于形式或文体上的自我颠覆乃至自我消亡。杂文是野草式写作的极端形式和形态，它把存在视为荒漠和虚无，但又在自身对荒漠和虚无的反抗中将这个对立面剥夺、吞噬、吸收于自己更激烈的"空虚"、"寂寞"和"速朽"中。这样的"写作机器"是一个"没有器官的躯体"（德勒兹），它在根本性的空虚和实有之间建立起关系，形成一种永无停歇的往复运动，因此是不会为任何局部的"功能"、"领域"、"和谐"或"美"而牺牲自身绝对的生命原则和表现原则的。

看似"杂而无文"的《厦门通信（三）》在结尾处还是回到了作者风度的"照例"或"俗套"，只不过是以一种高度个性化和"戏仿"的方式：

> 临末，照例要说到天气。所谓例者，我之例也；怕有批评家指为我要勒令天下青年都照我的例，所以特此声明：并非如此。天气，确已冷了。草也比先前黄得多；然而我那门前的秋葵似的黄

---

[1] 鲁迅，《厦门通信（三）》，《华盖集续编》，《鲁迅全集》第3卷，第412页。

花却还在开着,山里也还有石榴花。苍蝇不见了,蚊子间或有之。夜深了,再谈罢。[1]

这里出挑的语句不是"照例要说到天气",而是"所谓例者,我之例也";它表现出来的作者风度毋宁是杂文自觉下的"随心所欲"和无惧于陷入同"时"与"事"缠斗的泰然自若。接下来寥寥数语里的"植物研究"接续《厦门通信(二)》中"风景的发现",构成一个小小的情节连载,作为杂文内含的叙事性能量和冲动的见证;而"苍蝇不见了,蚊子间或有之"则更凸显了厦门与北京之间的"环球同此凉热",借地域差异道出某种生活与自然意义上的"无逃于天地"。但戏仿和自我颠覆的"照例"终究仍然不过是俗套,因此作者在署名和日期下面出人意料地添加了一段"新闻",记录下黎明前的打更声:"我听着,才知道各人的打法是不同的。"鲁迅的"厦门时期"和"厦门通信"定格于没有视觉意象、没有语义讯息的"听"的瞬间,一个杂文版的"静夜思"。杂文家在文学体制内部的激进性、颠覆性和"危险",在此象征性地越出了语言范围。在这个单纯的听觉和形式空间里,声音或音乐性("柝声")传达出单调与变化、空洞与意蕴、寂寞与生机的节奏,它同时排斥和再现了市井和"人间"的具体存在,证明着杂文家内部的自我确信和外部的兴趣吸引:"托,托,托,托托!托,托,托托!托",这或许已经是鲁迅下一段人生旅途迎面而来的先声了。

三、《海上通信》

《海上通信》作于1927年1月16日夜,此时作者正在从厦门驶向

---

[1] 鲁迅,《厦门通信(三)》,《华盖集续编》,《鲁迅全集》第3卷,第414页。

香港的船上。文章最初发表于《语丝》(1927年2月12日），随后收入《华盖集续编》，是这本合集的最后一篇。

《海上通信》和《上海通信》一样，严格讲不属于"厦门时期"，而是作于"在路上"过程中非此非彼的"居间"状态，只不过《上海通信》还是在陆地上写的，而《海上通信》则是"浮于海"的创作了。终于离开厦门、再次走向一个未知远方的解脱感，从一开始就融入了一个新的、不确定的景物空间：

> 现在总算离开厦门坐在船上了。船正在走，也不知道是在什么海上。总之一面是一望汪洋，一面却看见岛屿。但毫无风涛，就如坐在长江的船上一般。小小的颠簸自然是有的，不过这在海上就算不得颠簸；陆上的风涛要比这险恶得多。[1]

这个"毫无风涛，就如坐在长江的船上一般"的航程既是"写实"的，同时也带有某种象征的暗示和寓意。作者自然是带着对种种"险恶得多"的"陆上的风涛"的记忆行驶在风平浪静的海面上的。因此"一面是一望汪洋，一面却看见岛屿"的海上景色，也可以看作一种半离岸状态和心境的写照。而"就如坐在长江的船上一般"，则以杂文家特有的敏感犀利抓住了一个特殊的空间意义上的暧昧状态，即河流与河床、水上与岸上、流动与凝固之间的对立统一。

虽在海上、似在江中的状态，在语言中投射出杂文家对其具体社会环境的意识。不过，尽管海上航程的地理标志难以确定，船上的人此时正不知身在何处，但只要"坐在船上""船正在走"，那么"总算离开厦门"是可以确定的。在离岸前给许广平的信中，作者对自己的"突然辞职"，"挑剔风潮"之际又做了一回"学匪"，"总算又将厦门

---

[1] 鲁迅，《海上通信》，《华盖集续编》，《鲁迅全集》第3卷，第417页。

大学捣乱了一通","搅动了空气不少","给学生的影响颇不小"而颇有些自得[1],但同时也深知这一切对改善厦大现状并无裨益,因为"这是一个不死不活的学校,大部分是许多坏人,在骗取陈嘉庚之钱而分之,学课如何,全所不顾"[2]。而回想过去"我这三四年来",作者更觉得有些白费力气:"怎样地为学生,为青年拼命,并无一点坏心思,只要可给与的便给与";然而回报却是"一方面不满足,就想打杀我,给那方面也无所得;甚至于在鲁迅同"女生"交往的事情上制造"流言"。鲁迅在此把个人问题和个别问题一举上升到原则问题和一般问题,直接对"他们"(高长虹外,还有"品青,伏园,衣萍,小峰,二太太……")乃至"'新的时代'的青年"下了一个至少带有戒备性质的道德判断:"他们貌作新思想,其实都是暴君酷吏,侦探、小人。"[3]正是这样的环境,促使鲁迅做出了"我可以爱"的宣言。"这些都由它去,我自走我的路"自是这个宣言的直接结果,但又何尝不是鲁迅文学和鲁迅杂文的必由之路。

这样看来,离开厦门倒像是四个多月前离开北京的"再来一次";这种重复也进一步强化了作者对自身处境的意识,强化了"杂文的自觉",赋予它们更高的明晰度。从"哪里"和"什么"离开是明确而具体的,但去哪里和做什么则还不甚清楚;这是鲁迅"在路上"状态下所做一系列选择的"消极自由"性质的写照。对此,鲁迅只是理解为"我的处世,自以为退让得尽够了"[4],"说话往往刻薄,而对人则太厚道"[5]。在次日另一封信中鲁迅谈到去中山大学的打算:"至于在那里可以住多少时,现在无从悬断,倘觉得不合适,那么至多也不过一学期,

---

[1] 鲁迅,《270102 致许广平》,《鲁迅全集》第 12 卷,第 2 页。
[2] 鲁迅,《270108 致韦素园》,《鲁迅全集》第 12 卷,第 7—8 页。
[3] 鲁迅,《270111 致许广平》,《鲁迅全集》第 12 卷,第 11 页。
[4] 鲁迅,《海上通信》,《华盖集续编》,《鲁迅全集》第 3 卷,第 419 页。
[5] 鲁迅,《270111 致许广平》,《鲁迅全集》第 12 卷,第 12 页。

此后或当漂流,或回北京,也很难说,须到夏间再看了。"[1]这个暂时脱离陆地的海上之旅,不过为"漂流"做了又一个注释。但与此同时,漂流所带来的"海上"的观察视点,却不仅仅只是一种象征意义上的"去地域化";在这种海与陆的对局中,杂文风格和杂文意识虽然只是随同杂文家一起"漂流",却占据了海上强权所特有的流动性、开放性、总体性和机动性;它从此前陆地上的"壕堑战"状态中暂时摆脱了出来,获得一种战略战术上的主动权和选择权。

这种主动权和选择权自然是此前种种斗争和经验积累的结果,但作为一种心灵状态,却可以看作"路上杂文"为"杂文的自觉"打开的一个更开阔、更灵动、更自信的风格空间的写照:

> 但从去年以来,我居然大大地变坏,或者是进步了。虽或受着各方面的斫刺,似乎已经没有创伤,或者不再觉得痛楚;即使加我罪案,也并不觉着一点沉重了。这是我经历了许多旧的和新的世故之后,才获得的。我已经管不得许多,只好从退让到无可退避之地,进而和他们冲突,蔑视他们,并且蔑视他们的蔑视了。[2]

这段话固然有具体情境中的具体所指,但就杂文的寓意手法而言,又何尝不是一种对写作风格的夫子自道:自觉的杂文是从创伤、痛楚、沉重和空虚中"幸存"下来的写作,它基本的情感方式和存在方式,是在体验、承受、回味这一切的同时做到"已经管不得许多";杂文的战斗,是从退让到无可退避之间的攻防转换;作为鲁迅文学的"第二次诞生",杂文的诞生地正是这种退无可退之处,是这种边缘、前

---

[1] 鲁迅,《270112致翟永坤》,《鲁迅全集》第12卷,第13页。
[2] 鲁迅,《海上通信》,《华盖集续编》,《鲁迅全集》第3卷,第420页。

线、绝地；而杂文的攻击性则是在一切妥协、宽容、循规蹈矩和忍让都失去意义后的"保留一切反击手段"意义上的行动自由。因此鲁迅杂文总带有一种"蔑视"的姿态。这种行动自由不仅仅是内容方面的讽刺、挖苦、嘲弄和刻毒，更是风格意义上一切为我所用的驱使自如。这是鲁迅写作生涯下一阶段（"上海时期"）的基本状态，我把它命名为"杂文的自由"。在走向这种自由的路途上，鲁迅仍将遭遇一个"大时代"的冲击和震惊，杂文仍需更深地走入它的命运、寻找自己的谱系，建立起自身"风度"同时代和历史之间的具体关系。但此刻，在福建－广东外海的海面上，在深夜或凌晨的电灯光下，杂文家又一次把那种"本是无所谓有，无所谓无"的希望之路，化作一种闪闪发光的内心视像，投射在现实环境的黑暗、广袤和寂静之中：

> 我的信要就此收场。海上的月色是这样皎洁；波面映出一大片银鳞，闪烁摇动；此外是碧玉一般的海水，看去仿佛很温柔。我不信这样的东西是会淹死人的。但是，请你放心，这是笑话，不要疑心我要跳海了，我还毫没有跳海的意思。[1]

这个可同《故乡》里"湛蓝的天空下有一轮皎洁的明月"相提并论的画面，比诸六年前鲁迅文学"第一次诞生"期间的伤感、忧郁和浪漫，显然多出了一层怀疑、老成和戏谑的成分。随文体自觉而来的杂文风格的紧张与舒展，无疑扩大了杂文形式空间的信息密度和审美复杂性。在经历种种更为"险恶"的"陆地上的波涛"之后，海上的波涛以其相对的风平浪静，变作人生片刻从容和自由的一叶存在的小舟。海上月色可以是"皎洁"的，但海水表面的、感性的美，在杂文家的凝视和想象中，仍可以暗示深处的危险、恐怖和死亡。用一种似

---

[1] 鲁迅，《海上通信》，《华盖集续编》，《鲁迅全集》第3卷，第420页。

是而非的温柔及其迷惑性的"审美外观"制造出超越优美范畴的"崇高感"(即柏克所谓的"带着恐怖的平静"[1]),表明杂文此时已经在其形式空间和风格意识上做好了应对物理和社会领域各种巨大的质与量的冲击的准备。以"碧玉一般的海水"同时制造出并消除掉一种存在的焦虑感,并非要拿"跳海"寻开心;毋宁说,它更像是杂文家在抵达下一个人生驿站或战场前的不自觉的准备活动。

---

[1] 柏克认为,痛苦和恐惧只要不当场导致人的毁灭,就可以制造出一种欣悦感;这种欣悦感不是通常意义上的审美愉悦,而是一种"给人以欣悦感的恐惧",一种"染着恐怖色彩的平静"(not pleasure, but a fort of delightful horror, a sort of tranquility tinged with terror)。他进一步指出,因为这种内心体验出自自我保存(求生)的本能,所以也在人最强烈的激情之列;而这种情感或体验的对象,就是"崇高"(which as it belongs to self-preservation is one of the strongest of all the passions. Its object is the sublime)。参看 Edmund Burke, *A Philosophical Enquiry into the Origin of Our Ideas of the Sublime and Beautiful*, Oxford University Press, 1990, Part Ⅳ, Section Ⅶ, p. 123。

第十二章　杂文自觉的墓志铭：
《坟》序跋

在1925—1926年"运交华盖"的遭遇和漂泊中，鲁迅杂文不仅通过它同外部环境和纷杂世事的关系走向自觉，同时也在单纯的形式空间内部逐渐获得了风格上的定型，其标志便是作者的杂文风格的自我形象的象征性建构。《华盖集续编》出版于1927年5月，收录鲁迅1926年全年的"杂感"，外加一篇作于1927年1月的《海上通信》；但这本杂文集的《小引》却作于1926年10月14日，距年终还有两个半月。这在鲁迅作品编集的习惯中并不多见。作者对此给出了两个说明：一是1926年杂感的产量（"分量"）较多，到10月已积攒了相当于上一年全年的篇目；二是作者自忖日夜枯守荒岛、与世隔绝，"如果环境没有变化，大概今年不见得再有什么废话了罢"[1]。倘若按"新旅"和"旧事"、"中年漂流"和"少年记忆"相互缠绕的"赋格""对位"假设，或也可解释为《朝花夕拾》主要篇目在10月相继完成后，"路上杂文"自然也随之进入尾声。单从《华盖集续编》后续篇目上看，两封《厦门通信》的确也不能算作杂感写作的又一高潮；"旧事重提"系列则只增加了一篇《范爱农》。如果鲁迅在此期间文字活动的主要方式是通信的话，那么抵达厦门大学一个多月后这个"无事"的夜晚，或许真是"便将旧稿编集起来""还豫备付印"的时候了。

主观上，鲁迅此时也许的确并没有打算在以后几个月再发动一场

---

[1] 鲁迅，《华盖集续编》，《鲁迅全集》第3卷，第195页。

创作上的攻势、取得某种突破。因此《华盖集续编·小引》的遣词和口吻都显得较为节制，一上来就声明印这个杂感集只是供要看它们的"主顾们"；在写作思想或指导原则上，也只是坚持了杂文的一般原则和个人原则，即"不过是，将我所遇到的，所想到的，所要说的，一任它怎样浅薄，怎样偏激，有时便都用笔写了下来"；有释愤抒情的"言志"一面，但绝无"想和谁去抢夺所谓公理和正义"的雅兴；有不遵命不磕头的倨傲，也有"偏要在庄严高尚的假面上拨它一拨"的捣乱，却"毫无什么大举"，因此"名副其实，'杂感'而已"。[1]这些话看似平实，但不失为以"杂文的自觉"为指导的写作实践的某种低调的总结和常态化。这种写作内部的风格手法和生产方式的常态化关联着针对外部环境的持久战，这就是作者对书名所做的说明："年月是改了，情形却依旧，就还叫《华盖集》。然而年月究竟是改了，因此只得添上两个字：'续编'。"[2]

然而，杂文的转向和自觉是鲁迅文学发展的总体性变化，它的能量、形式创新和风格轨迹并不仅局限于狭隘的杂文，而是表现于所有的创作样式、文体和风格；它也必然包括鲁迅对自己各阶段创作的审视与反思。事实上，"杂文的自觉"和鲁迅文学的"第二次诞生"所带来的突破性能量，正是从这种跨文体、多文体写作实践中释放出来的；它只是最终选择了具体的"杂文"形式作为一种更普遍的文学意志和创造性的主要甚至唯一的表达手段。正如我们在考察《华盖集》"挤"出来的杂文和"碰壁"美学时需将分析解释的范围扩大到《彷徨》和《野草》一样，在阅读《华盖集续编》时也有必要将"路上杂文"与"旧事重提"对读，视二者为同一流动的象征结构中相互关联指涉的两个方面；在这里，我们也应该为一个更长时段内的风格发展

---

[1] 鲁迅，《华盖集续编》，《鲁迅全集》第3卷，第195页。
[2] 同上。

及其收束寻找一个更贴切、更细腻、更系统的反思和叙述。如果不以作品合集为单位，而是循着鲁迅写作篇目的编年排列去看，我们就可以发现，1926年的杂文创作和杂文意识在年底确实出现了一个短促的峰值，一个具有写作方法论意义的思想与语言的结晶，这就是作于鲁迅"厦门时期"情绪低点的《坟》的序跋。

从《呐喊·自序》开始，鲁迅作品集的题名和序跋就已成为一种有独立价值、需要做专门分析和阐释的写作样式；而《华盖集·题记》实际上可视为"杂文的自觉"的宣言。这种特殊文类往往具有超越普通文章的表意功能、风格复杂性和审美强度，可以将理论表述、方法示范、诗意构造和情感表达熔于一炉。虽然《坟·题记》和《写在〈坟〉后面》被置入一部"论文集"，但这两篇文章的文学性可以同稍晚出现的《野草·题辞》（作于1927年4月26日）一道被视为"杂文的自觉"和"过渡期"风格探索的理论表述与方法展示。它们都覆盖了一个相对更长的时间段（《野草》为两年半，《坟》则长达18年），也包含了更多样、多变的文体实验，勾连了更复杂的人生和写作经验。因此，它们本身作为杂文写作的范例，在自身形式和内容两方面都比一般杂文更能够深入到杂文文体、风格和审美空间内部的复杂性和矛盾中去。《野草·题辞》因受到"散文诗"体例的限制，篇幅较短；虽然它集中地在"哲学"和诗学强度上表述了那种本质上属于杂文本体论范畴的"速朽"观，但杂文意识空间的复杂性和叙事性，却仍需要通过一种更具体、更"散文化"的形式来表述。这就是我们在前面章节里提到过的"杂文的杂文""写作之写作"。这种独特的写作样式既可以理解为"关于杂文或以杂文形式为内容的杂文作品"，也可以理解为杂文中的杂文，即这种文体文学属性内部的再度形式化和风格化。它们往往标志着鲁迅文学发展的节点。

我们在本书第一部"人生的中途"里已表明，《呐喊·自序》本身是一个起承转合的轴，标志着鲁迅文学的"诞生"，但这个"第一次诞生"更准确的定义则是"鲁迅文学在短篇小说集自序写作方式中的诞生"。它是"正文"在序跋中的完成,是"第一次写作"在"第二次写作"中的完成,或"一次性写作"在"二度写作"或"写作的写作"中的诞生。这个写作在文体、风格和手法空间内部的再叙事、再组织,是鲁迅文学特有的自我意识和风格强度或"深度"的结构因素。但这个结构因素也只能在语言和形式中实现,而作为语言和形式它却具有杂文的属性和特征。因此,"鲁迅文学的(第一次)诞生"也可以说是在潜在的、尚不自觉的"杂文意识"中的诞生;也就是说,鲁迅文学在它的"第一次诞生"中已经包含了"第二次诞生"的种子和契机,并终将在以"杂文的自觉"为标志的"第二次诞生"中完成自己。

在《呐喊·自序》完成后仅4年(但这是多么痛苦、纠结、困惑和艰难的4年!),在《坟》的序跋特别是《写在〈坟〉后面》里,我们得以把作为"写作的写作"的鲁迅文学之"再生"和"自觉"过程及其内在结构加以具体化、文本化,把它们简约为一组简要的文字、句式、意象、象征、寓言和文体风格特征,甚至归纳为几个"关键词"的重复和再现。读者都知道,《呐喊·自序》始于"苦于不能全忘却"的青年时候的梦,继而随着追忆和编织"虽说可以使人欢欣,有时也不免使人寂寞"的"精神的丝缕"而层层展开。这些丝缕一头"还牵着已逝的寂寞的时光",另一头则通过追忆和编织活动而连接着、呈现出文学的"永恒的当下"(即业已成为象征和寓言的"已逝的寂寞的时光")。[1]《呐喊·自序》的"终结"开始于"本以为现在是已经并非一个切迫而不能已于言的人了,但或者也还未能忘怀于当日自己的寂寞的悲哀罢"这个长句,它引出了这篇序文最后几句话的说明功能。但更重要的是,这样的文字也把新文学的文学起源带入更早、更大的历史性起源之中,这就是结晶于个人史、家庭史的"国族寓言"和集体

---

[1] 鲁迅,《呐喊·自序》,《鲁迅全集》第1卷,第441页。

命运。鲁迅文学的第一次并不完全自觉的诞生建立在这种国族寓言的象征化、叙事化层面。但与此同时，在语言、文体和风格层面，鲁迅文学已经开始了向这种语言、文体和风格本身更为"自我指涉"、更具有审美和政治自觉的空间、范畴与形式强度的转移和演化。

这种转移和演化在语言层面的连续性，体现为《写在〈坟〉后面》对《呐喊·自序》的寂寞、悲哀和虚无意象的接纳、占有、发挥和再次寓言形象化。所有那些"为我所不愿追怀，甘心使他们和我的脑一同消灭在泥土里的"东西，如果在早年还只是像"大毒蛇"一样缠住"我的灵魂"，令他觉得"置身毫无边际的荒原"，那么在《写在〈坟〉后面》中，它们就已经被充分地历史化、理论化，成为内在于杂文写作和杂文命运的辩证法，同时内在于杂文家的历史自觉和政治自觉的文学本体论概念了。早年的大痛苦和大幻灭，经过"杂文的自觉"的淬炼，已变成一个存在情绪的远景（"淡淡的哀愁来袭击我的心"）；早年对"麻醉"的真实需求，此时变成工作和战斗的必需（"又何必惜一点笔墨"，"愿使偏爱我的文字的主顾得到一点喜欢；憎恶我的文字的东西得到一点呕吐"）；而对"我的生命却居然暗暗的消去了"所感到的悲哀，此刻经过"杂文的自觉"的中介与陶冶，已成为对"野草"般的人生和文学之生生死死的韵律具有充分自信的存在诗学。

这就是"坟"作为"杂文的自觉"的寓言形象的含义：它是为眼下存在的战斗而预设的虚无和死亡的徽记；是为文学激进的当代性和政治性而调动起来的超历史意识。相对于《呐喊》时代的启蒙主义人道主义倾向，鲁迅"过渡期"写作所获得的积极的虚无主义，表现为杂文已经成为自身的目的和事业；为了这种目的和事业，杂文家可以把自身全部的存在及其体验（包括"寂寞、悲哀、痛苦、虚无和死亡"）统统只当作手段、技术和必要的代价，而它们的消耗与易逝，就更是存在、工作和搏斗的题中应有之义了。因此，作为"余痕"的"小小的丘陇"，就成为"曾经活过的"逝去或将要逝去的生命的最佳、首选"纪念"形式。而"待再经若干岁月,又当化为烟埃,并纪念也从人间消去,而我的事也就完毕了"一句,也依然是鲁迅杂文写作特有的真话;也就是说,它只能就其字面的意思进行阅读和理解。[1]

一、《坟·题记》

《坟》(1927年3月北京未名社初版)在鲁迅所有作品集中最特殊,原因有三:一是它所收录文章的写作时间跨度长达18年;二是它收录了早年的文言文作品;三是它虽然由"体式上截然不同的东西"组成,但作者有时称它为"论文集",有时却称它为"杂文集"。我们前面曾提到,在"杂文的自觉"发生之后,"过渡期"时间范围里写的、收入《坟》的文章,无论是否可在文章题目中加一个"论"字,事实上都已在风格上日益接近同时期及此后创作的杂文。这个转折体现于《娜拉走后怎样》及其后一系列创作,完成于《坟》的序跋。

《坟·题记》作于1926年10月31日,在注明这个日期之后,作者特意在下面加上"大风之夜,鲁迅于厦门"几个字,似乎是在表示郑重和纪念。谈到这本集子的缘由,作者说首先是"因为偶尔看见了几篇将近二十年前所做的所谓文章",这当然无法令有经验的读者信服。这样看,作者在文章一开头就设置了一种需要进一步解释的局面。事实上,在开篇第一句话里,作者已声明编这个集子的理由"说起来是很没有什么冠冕堂皇的",似乎偏偏正是要把自己放在这样一个尴尬的却又不得不再说几句的境地。不但收录的旧文性质归属有些不确定("所谓文章"),就连作者对它们的认领也有些疑虑和不情愿("这是我做的么?""倘在这几年,大概不至于那么做了")。于是有了关于《河

---

[1] 鲁迅,《写在〈坟〉后面》,《坟》,《鲁迅全集》第1卷,第303页。

南》杂志编辑"怪脾气"的不可考的交代("文章要长,愈长,稿费便愈多");于是"如《摩罗诗力说》那样"的文章在作者眼里不过是"生凑""生涩"的东西,连"做怪句子和写古字"的毛病也要怪罪一下《民报》的"影响"。作者坦言,这样的文字如果是别人的,恐怕要劝他"割爱"了,"但自己却总还想将这存留下来";留下的原因也不是引以为戒,"觉今是而昨非",而是在于那几个诗人的名字曾使自己激昂,经历了民国告成后的忘却,"而不料现在他们竟又时时在我的眼前出现"。只不过这样的"叙事",即便有其"革命尚未成功"意义上的怀旧和批判用意,尽管它符合"国族寓言"写作方式随时把集体历史经验安置在自我叙述内部的要求,但按鲁迅"做文章"的标准,恐怕仍是过不了作者自己这一关的。

只能说《坟·题记》的第一段话并不是"开宗明义"的论文集导论,而是"作者式"或"文人风度"的杂文写作;换句话讲,它是"为写而写"的文字,其"无目的"的目的,乃是把读者从"论文"本身的内容引开,转向那个时刻在行文中闪现的"我"和"自己",即杂文的意识、状态和风格暧昧性。事实上,收录在这本"论文集"里的早期文言和白话论文,都只有在这个新的杂文框架内随着鲁迅文学的"第二次诞生",才获得当下的价值和意义。"所谓文章",正点出它们在内容和形式上都是不够高雅、不够纯正、不够恰当的"亚文体"或边缘写作,但对于《坟》这样的"杂文集"的编辑却正合适;其意义即后面讲到的"一点小意义":"就是这总算是生活的一部分的痕迹。"在1925年与"华盖运"迎头相撞之后,这个"生活的一部分的痕迹"也是在同1926年《华盖集续编》杂文相伴的"旧事重提"系列中被保留下来的。只不过"旧事重提"式的回忆多少带有普鲁斯特"逝水华年""往日韶光重现"的"非意愿记忆"(mémoire involontaire)印记,总的氛围是感性而安详的,带着种种旧日形象的生动和轻盈,即便痛苦也因为记忆的光晕而变得有些柔和;但《坟》里面的"论文"则是

"意愿记忆"(mémoire volontaire)的内容,它是固定在文字里的意识考古学,因此它的象征形象和情绪色调也都阴郁而沉重,带着浓重的"悼亡"气息:

> 所以虽然明知道过去已经过去,神魂是无法追蹑的,但总不能那么决绝,还想将糟粕收敛起来,造成一座小小的新坟,一面是埋藏,一面也是留恋。至于不远的踏成平地,那是不想管,也无从管了。[1]

然而这段文字与其说是"悼亡词",不如说它更像一种悼亡仪式和工作,即通过埋葬过去而保留过去,通过遗忘而保存记忆,以自己埋葬自己的行动证明生命的存在和希望。这种"留恋"把留恋对象的消亡("不远的踏成平地")当作前提接受下来;甚至可以说"坟"这个杂文意象所传达出来的掩埋、祭奠和留恋意味,本身是高度抽象而非具象的意念或精神,而不是对任何过往的具体实物或地域的不舍、依赖和保留。因为"过去已经过去,神魂是无法追蹑的",然而"无法追蹑的""神魂"之坟凸显了坟墓本身的空洞和虚无;它保留的与其说是过去的尸骸和遗迹,不如说是过去的寓言的冗余,即那些一时还无法被时间或"进步"销蚀殆尽的"糟粕"。在创作《坟·题记》前两天,鲁迅曾致信陶元庆,请他帮忙设计《坟》的封面,信中他专门叮嘱:"这是我的杂文集,从最初的文言到今年的,现已付印。可否给我作一个书面?我的意思是只要和'坟'的意义绝无关系的装饰就好。"[2]"和'坟'的意义绝无关系的装饰"暗示了鲁迅在书名中设置的意味:坟既是一个形象,更是一个概念。

---

[1] 鲁迅,《坟·题记》,《鲁迅全集》第1卷,第4页。
[2] 鲁迅,《261029 致陶元庆》,《鲁迅全集》第11卷,第593页。

这个形象/概念的抽象性、非具象性同作者所说的"糟粕"与"痕迹"、"埋藏"与"留恋"看似矛盾——后者都是具体的所指,却能够在杂文作者以"我"为中心的叙事性表达中达到一种统一与和谐。这意味着,那些作为以往思想和写作遗迹的"糟粕",并不仅仅是在一个观念史、精神史的意义上有待被"更高的东西"否定和"扬弃",而恰恰是一些寓言的过剩、沉淀和突起,它们在终将"被踏成平地"的同时,是我之所以成为我的东西;它们在固有中保持变化,在变化中保持固有,并不会因为自己的特殊而乖乖地、静静地进入普遍性的长夜,即那种"被所谓正人君子所统一"的世界。如果这个杂文家形象在文章其他段落里还只是若隐若现的话,那么在"有人憎恶着我的文章"一段里,他就借编集的另一个理由走到了前台:

> 说话说到有人厌恶,比起毫无动静来,还是一种幸福。天下不舒服的人们多着,而有些人们却一心一意在造专给自己舒服的世界。这是不能如此便宜的,也给他们放一点可恶的东西在眼前,使他有时小不舒服,知道原来自己的世界也不容易十分美满。苍蝇的飞鸣,是不知道人们在憎恶他的;我却明知道,然而只要能飞鸣就偏要飞鸣。[1]

所以"坟"不仅是为了凭吊荒冢,也是为了不让对手舒服,"给他们放一点可恶的东西在眼前",令他们的世界"也不容易十分美满";"坟"更不是一片寂静,而是"只要能飞鸣就偏要飞鸣"。杂文家深知自己的"可恶",因为他每日的营养和操练"大半乃是为了我的敌人""要在他的好世界上多留一点缺陷"。"敌人"一词的出现,不但是对"军阀"、"君子之徒"和"拿着软刀子的妖魔"的命名和定性,也进一步说明了

---

[1] 鲁迅,《坟·题记》,《鲁迅全集》第1卷,第3—4页。

"坟""在这个世界里的存在"（being-in-the-world）的特殊形态。它给杂文的语言和风格注入了一种新的政治强度和概念明晰性；这种强度在《华盖集》杂文中已经确切存在，但其存在方式或许仍多少只是个人的、情绪的、审美状态的。

二、《写在〈坟〉后面》

《写在〈坟〉后面》作于 1926 年 11 月 11 日，最初发表于 12 月 4 日《语丝》周刊第 108 期。在许多方面，这篇文章可以视为"过渡期"作者意识和风格自觉的一个总结。

如果说此前《坟·题记》是按照"想到便写，写完便寄"的常态杂文生产模式写就的，那么不满 20 天后作的这篇《写在〈坟〉后面》，则带有精心刻意的"创作"痕迹：夜的寂静，山脚下"野烧"的微光，正在寺庙演出的傀儡戏的锣鼓声，渲染烘托出一个读者熟悉的深夜工作的作者形象，引出"但不知怎地忽有淡淡的哀愁来袭击我的心"这样标准文人腔的语句。[1] 这个"淡淡的哀愁"引出"有些后悔印行我的杂文"，"后悔"复又引出"我很奇怪我的后悔，这在我是不大遇到的，到如今，我还没有深知道所谓悔者究竟是怎么一回事"。[2] 经过这样一种行文的曲折，文章第一段结束于"但这样的心情也随即逝去，杂文当然仍在印行"，以这样一种"什么也没有发生"的"事件"，把写作本身戏剧化、问题化了。[3] 对此作者提供了两个理由：一个仍是文人腔，即"只为想驱逐自己目下的哀愁"；另一个却暗示了超越"消极自由"的意念、动机和行动，即"我还要说几句话"。[4]

---

[1] 鲁迅，《写在〈坟〉后面》，《坟》，《鲁迅全集》第 1 卷，第 298 页。
[2] 同上。
[3] 同上。
[4] 同上。

鲁迅在给许广平的信里谈及写作此文时的心情：

> 我自到此地以后，仿佛全感空虚，不再有什么意见，而且时有莫名其妙的悲哀，曾经作了一篇我的杂文集的跋，就写着那时的心情。十二月末的《语丝》上可以发表，一看就知道。自己也知道这是须改变的，我现在已决计离开，好在已只有五十天，为学生编编文学史讲义，作一结束（大约讲至汉末止），时光也容易度过的了，明年从新来过罢。[1]

鲁迅在私信里特意提及一篇创作，表示它记录着自己当时的心情，可见这种"全感空虚""莫名其妙的悲哀"并非作者"为赋新词强说愁"，而的确反映着鲁迅当时的真情实感。但这也说明，《坟》的编集固然为作者提供了回顾自己18年来的工作的契机，然而过去的工作本身在事实或思想的意义上，并不能给作者带来充实感或成就感，至少尚不足以抵消离开北京、只身来到厦门后的孤寂和空虚。

在批评的意义上，重要的不是如何放置和解释鲁迅此时的空虚和悲哀，而是分析杂文作为文学，如何从这样的孤寂和空虚中出现，并化为文字和风格的自觉和实有。换句话说，无论是不知来由的"淡淡的哀愁"，还是令作者感到陌生和惊讶的"后悔"，都既不是"修辞"更不是搪塞，而恰恰是此刻"自觉"的文章产生和出现的场所和氛围。"哀愁"和"后悔"所标志的忧郁和虚无感，正是"我还要说几句话"的动机；它们以过往之"无"规定了现在之"有"的内容和强度。文章第一段所经营的"情节"和"过程"，在杂文"自题小像"的模式里制造出一种情动（affect）的波澜，再次点燃写作的欲望和必要性。它们带来了自我意识的又一次骚动，带来生命奋起抵御来自外界和内心

---

[1] 鲁迅，《261128 致许广平》，《鲁迅全集》第11卷，第635—636页。

的袭扰("哀愁"和"后悔")的"自我持存"（self-preservation）意志。因此，《写在〈坟〉后面》虽是一篇围绕"坟"这个核心象征和符号的文字，但读者马上看到，它是在"活"与"死"、存在与虚无的边缘生发出来的一次言语行动（speech act）。"为人生"的文学，在此已成为"为己"的杂文；只是这个"自己"已不是一个现实主义意义上的社会理性主体或浪漫主义意义上的情感主体，而是一个存在论和现代主义意义上的纯粹的生命体验与意志及其表达形式的主体了。

"生活"和"工作"的象征替代

接下来的段落意义层次丰富，可读作对这种生命体验和生命意志的纯粹性的曲折表述。不妨将它整个抄录在下面：

> 记得先已说过：这不过是我的生活中的一点陈迹。如果我的过往，也可以算作生活，那么，也就可以说，我也曾工作过了。但我并无喷泉一般的思想，伟大华美的文章，既没有主义要宣传，也不想发起一种什么运动。不过我曾经尝得，失望无论大小，是一种苦味，所以几年以来，有人希望我动动笔的，只要意见不很相反，我的力量能够支撑，就总要勉力写几句东西，给来者一些极微末的欢喜。人生多苦辛，而人们有时却极容易得到安慰，又何必惜一点笔墨，给多尝些孤独的悲哀呢？于是除小说杂感之外，逐渐又有了长长短短的杂文十多篇。其间自然也有为卖钱而作的，这回就都混在一处。我的生命的一部分，就这样地用去了，也就是做了这样的工作。然而我至今终于不明白我一向是在做什么。比方做土工的罢，做着做着，而不明白是在筑台呢还在掘坑。所知道的是即使是筑台，也无非要将自己从那上面跌下来或者显示老死；倘是掘坑，那就当然不过是埋掉自己。总之：逝去，逝去，一切一切，和光阴一同早逝去，在逝去，要逝去了。——不过如

此,但也为我所十分甘愿的。[1]

仅仅作为"陈迹"而被保留下来的并不是"生活",而是"也可以算作生活"的东西;同样,它也并不是"工作",而是让作者自己相信"我也曾工作过了"的东西。鲁迅再次陈述自己的文章里面"并无喷泉一般的思想,伟大华美的文章,既没有主义要宣传,也不想发起一种什么运动";这与开头所表述的"悲哀"和"后悔"同样是真实的。它们一同指向经验事实和观念层面的薄弱、空洞和虚无。然而这个"无"不是鲁迅杂文写作的终点,而是它的起点。这个真实的起点与那个真实的"无"享有同一种真实性。这种真实性作为一种存在状态,同时包含了将一切个人努力压垮、摧毁、窒息、淹没的历史环境,以及抵抗这个环境、与之对峙并在其中坚持和呼吸的努力。"人生多苦辛,而人们有时却极容易得到安慰,又何必惜一点笔墨,给多尝些孤独的悲哀呢"不过是这种抵抗、对峙和呼吸的努力的自谦的说法,因为就本质而言它仍然是一种"呐喊";或不如说,早期的"呐喊"不过是这种抵抗、对峙和呼吸的努力的天真乐观形态。在作者主观的一面,这种状态被归结为"我的生命的一部分,就这样地用去了,也就是做了这样的工作"。而对于这种工作的性质和内容的"不解"("然而我至今终于不明白我一向是在做什么"),则正是对它处在"存在状态"之中的纯粹的抵抗意义的最好说明;同时它也是对杂文写作的纯粹的行动性质和这种行动所带有的纯粹的形式意义的说明。本雅明在评论普鲁斯特的写作风格时,把《追忆逝水年华》里绵延不绝的句子形容为一位患有严重哮喘病的作者为抵抗窒息而做的斗争,这个批评的洞察是极富启发性的。

所谓"先已说过"的作为"生活中的一点陈迹"的杂文,事实上

---

[1] 鲁迅,《写在〈坟〉后面》,《坟》,《鲁迅全集》第1卷,第298—299页。

正构成"杂文的自觉"在个人史和写作伦理上的出发点。这个看似简单直接、低姿态的站位,把写作还原为个人经历和存在体验的一系列战斗与陈迹的证词和写照。所以这个"低姿态"其实忠实于新文学初始的、本源性的破矫饰、求实在的抱负,可以视作白话革命发轫期原发的革命性和务实倾向的表现。在"为人生"的大旗下,它让鲁迅杂文以其严峻、迫切、匆忙和生死攸关的紧张感,而摆脱了一切唯美主义和游戏主义的文学观和文学体制,摆脱了过度形式化、"正规化"的诱惑与权威。鲁迅不久后在《魏晋风度及文章与药及酒之关系》里讲到的以曹操为代表的汉末文章的"清峻"和"通脱",在这里已经初见理念端倪。它就是新文学起源中所包含的摆脱一切伪饰和造作,回归文字与文学的纪事、摹仿、言志功能;摆脱颓废,回归"有用性"的冲动和意志。这是隐含于鲁迅杂文文学性内部的白话文学"古文"或"复古"风范与神韵的秘密。

对于在20世纪世界文学语境中成长起来的新文学而言,这种"古文主义"形式与风格的显现,事实上更接近现代主义而非写实主义美学观,因为它必然是一种追求直达存在本质和语言本质的写作,从而不可避免地带有形式和审美上的实验性和特殊强度,也必然致力于针对种种既有形式规范的创造性破坏,以图在更小、更"破碎"却更基本的写作单位、语言单位上建立起新的象征和寓言"统一场论"。杂文貌似简单、无奈的记事性能够把"过去"在写作的文字位格上投射为陈迹、血痕、伤痕、废墟和坟墓,戏剧化为窒息与呼吸之间的生死搏斗,从而制造出一个同虚无的历史空间相对峙的象征寓言空间,以便从无意义中夺取意义,从非文学的荒漠中袭掠文学的战利品。这也是为什么鲁迅杂文虽然诞生于新文学的第一个十年,但它同一般的现代白话散文的关系,却如同量子力学与牛顿力学之间的关系;就是说,在文学意识、作者意识、形式强度和风格总体性等方面,它与同时代的写作之间保持着一种代差或"降维打击"能力,并把这种结构距离一直保持到 20 世纪的终端。这种结构性代差不仅具有形式和审美内部的价值和意义，也在鲁迅杂文的现实表现和历史表象领域打开了一个新的空间，这就是鲁迅晚期杂文在编年体合集意义上形成的"诗史"气象。"杂文的自觉"是鲁迅杂文本体论或存在论意义上的整体自觉，它同时开启了鲁迅文学形式空间和历史空间的自我建构。

"但我并无喷泉一般的思想，伟大华美的文章"一句继续了自《华盖集·题记》以来的痛苦的自我怀疑的修辞，但此刻意味已经完全不同。如果说当"杂文的自觉"像闪电般划过意识的夜空之际，鲁迅仍陷在各种文体和风格齐头并进、犬牙交错的"苦战"之中，仍对小说这样享有特权地位的文学生产样式恋恋不舍，仍对业已成为他主要写作方式的杂文的文学价值心存疑虑的话，那么此刻，当《坟》的结集工作让其将过去18年的工作尽收眼底，鲁迅在事实上已找到了写作的力量支撑和"动动笔"的动力与理由。虽然此时他还没有为这种日益明确的写作方式找到固定的命名，暂时只能以"小说和杂感"之外的"杂文"称呼之，但显然这些"这回就都混在一处"的"长长短短的杂文十多篇"已经被坦然接受为"我的生命的一部分"和"这样的工作"。

"我的生命的一部分，就这样地用去了，也就是做了这样的工作"这句话内含的复杂性，首先来自它前后两部分（"就这样地用去了/也就是做了这样的工作"）之间的相互加强和相互矛盾，因此制造了一种暧昧或歧义：究竟"也就是做了这样的工作"是在说明"这样地用去了"，从而进一步补充说明了生命的虚掷呢，还是"做了这样的工作"本身为"用去了"带来某种实在、具体的内容，因此产生某种解释和补救的作用，甚至为"我的生命"带来特定的意义呢？进一步分析，我们可以看到这句话所暗含的写作之为"工作"和"生命"的双重含义，在这样的句式结构里，后者（生命）的消耗或"用去"，尽管可以给人以这样那样的惋惜和遗憾，但归根结底是超越利弊得失计算的行动和创造，是"生活"本身。甚至可以说，唯有这样挥霍般的"用去",方才给静止、空洞、随着时间流逝的"生命"带来一种历史世界中的悲剧情调,即一种摆脱了小我的自恋、感伤或过分执念于现世的浪漫和自我牺牲的英雄主义,而这一切本来就是符合鲁迅的魏晋式或尼采式的审美和人生哲学的。

在面对"坟"的生命沉思中,"工作"恰恰通过对"生命"的征用和耗损而补足、充实、完成了生命。作为与虚无做斗争的"写",其存在的政治是第一性的,是内容和形式本身;而其审美的政治则是次要的,只是一种存在斗争的剩余。鲁迅终其一生强调作为存在和存在的斗争的文学的"生命原则",但这种原则的最深沉微妙的表达却是一种文学表达,只能通过"写"的劳动,通过文学层面的字句、意味、风格和结构才能委婉曲折地传达和再现出来,而这一切正是作为"工作"的生命本身,因为除去"做了这样的工作","我的生命"本身并没有其他可以或值得被"用去"的地方。正如作为生存的斗争一旦上升到存在的政治自觉的层面,就会沿着政治本体论的内在逻辑而成为纯粹的斗争;作为生命流逝和时间本身的写作,一旦上升到生命本体论的自觉层面,也就会进入一种"工作"自律状态并维持在特有的连续性和强度之上,也就是可以在概念上从所有个人恩怨、思想意识、政治意识形态因素中相对抽离出来的单纯的"为写作而写作"的文学生产状态。在"过渡期"这段时间,鲁迅给钱玄同的一封信中讲道:"白话之前途,只在多出作品,是内容日见充实而已。"[1]由此可见,"为写作而写作"不但是作为新文学先锋的鲁迅杂文的政治本体论要求,也是它赖以存在的生产模式;后者不但意味着一直写下去,也指向写作内部的高度的多样性、灵活性和实验性。这是单纯的语言形式建设与其社会实用性的最激进、最极端的结合。

"既没有主义要宣传,也不想发起一种什么运动"的说法并不一定

---

[1] 鲁迅,《250720 致钱玄同》,《鲁迅全集》第 11 卷,第 510 页。

吻合客观历史，但作为修辞术，它不过是委婉地在作者过去 18 年的写作生涯中隔离出一个"宣传"和"运动"阶段，借此表明一种"回到自身"的文学状态和写作风格。即便以"做土工"自比，说"做着做着，而不明白是在筑台呢还在掘坑"，甚至做好"从那上面跌下来"或"不过是埋掉自己"的打算，但这一切已经作为写作的存在命运被坦然地接受下来；所谓的"逝去，逝去，一切一切，和光阴一同早逝去，在逝去，要逝去了"也因为有了"同杂文在一起"和"在杂文写作中"这样不言而喻的状语修饰而变得"为我所十分甘愿"了。这种"甘愿"不仅仅因为它像呼吸一样乃是生命延续的需要，也是因为作者相信世上不但有"偏爱我的文字"的人，更有"憎恶我的文字的东西"。

政治的逻辑："敌人"及其超克

鲁迅 1925—1926 年的杂文创作已经表明，"敌人"和一个敌意的环境对于"杂文的自觉"的形成具有催化剂的意义，它把一种存在意义上的自我保存上升为一种"敌我"辨析、政治意志和军事意义上的战略战术安排。新文化运动固然从一开始就内含"旧文化"这样的"敌人"，但这个敌人是公敌性质的，与它的交手是在一个想象中的历史竞技场上展开。而"华盖运"期间的敌人则同时是公敌和私敌，与它的战斗是短兵相接、高度个人化的近战。这种由近在眼前的"生死搏斗"及其危险所界定的"政治的概念"，在鲁迅杂文写作实践中转化为一种极端的、为应对外界威胁而动员起来的审美风格的情境化、外在化和坚硬化。在《写在〈坟〉后面》里，我们看到这样的自我形容："就是偏要使所谓正人君子也者之流多不舒服几天，所以自己便特地留几片铁甲在身上，站着，给他们的世界上多有一点缺陷，到我自己厌倦了，要脱掉了的时候为止。"[1] 正如我们在前面章节中所分析的，

---

[1] 鲁迅，《坟》，《鲁迅全集》第 1 卷，第 300 页。

这种"铁甲"既带着由杂文自觉内部的"敌我之辨"所决定的十足的政治性，同时也具有完全的审美性质，因为这种政治性正是鲁迅杂文写作的"感性外观"和审美具体性。杂文是将其最隐秘的内部裸露于外的写作，杂文诗学风格的内在强度由作为"政治的概念"（卡尔·施米特）基础的"敌我之辨"构成。所以鲁迅文学的"深度"正来自它极为特殊的"表面物理"（surface physics）结构：它的"内在性"与它的感性外观存在于同一个表面。这是鲁迅所谓"我的确时时解剖别人，然而更多的是更无情面地解剖我自己"的真正含义。至于"发表一点，酷爱温暖的人物已经觉得冷酷了，如果全露出我的血肉来，末路正不知要到怎样"，说的并不是"露出"与否的问题，而是露出多少的问题；这充分说明鲁迅杂文此时已经明确地走在自己的道路上，以"末路"为自己唯一的生路和命运，即使连一个"还不唾弃我的"也没有，也仍旧不妨碍作者继续走在这条道路上，"则就是我一个人也行"。[1]

这是对《华盖集》中流露出来的、在《野草》中作为克服之对象的"文学焦虑"的又一次回应。思想、文章、宣传（政治、理念、社会行动、党派机构……）等"建制化"、形式化的"正业"，都不合于鲁迅的内心状态和文学存在－活动方式；在一个拟人化的意义上（如以"正人君子"的面目出现），它们也一直在有意无意地排斥鲁迅和他的杂文写作，让他产生出疏离感、逆反心理和日益增长的不屑。然而，作为同处于时代性社会性"文学生产空间"的文人，鲁迅也无法完全摆脱由此而来的被自封的"主流"边缘化的孤独感，这是古往今来一些杰出文人的共同痛苦或"两难境况"。而在所有这些个人的和文学社会学意义上的情境因素之外，鲁迅作为新文学的首席作家，始终面对着一个巨大的阴影，也就是现代西方文学批评称之为"影响的焦虑"的东西。具体而言则是近代西洋文学的阴影和中国古代文学的阴

---

[1] 鲁迅，《写在〈坟〉后面》，《坟》，《鲁迅全集》第1卷，第300页。

影，它们构成了中国新文学的终极参照系和"绝对标准"。鲁迅客观上一直是新文学发展历史的标杆，他无疑最能切身地感受那种绝对标准的压力。这种压力是鲁迅文学意识的历史条件、生存境遇和外部环境的组成部分，也必然内在化于这种意识的最深处，并以一种隐蔽的方式，影响着他的写作实践和风格决断。

杂文的自觉和鲁迅文学生涯的决定性转折，其基本点就在于正视这种两难境地，在其中做出最符合自我规定、性格、品位和理想的选择和决断。无疑，思想、文章、宣传（文学行动和思想行动）正是鲁迅的志业，但这个志业如今不得不在作为体制的思想、文学和宣传之外存在并探索自己的独特道路。这其中的"苦味"和"辛苦"是只有当事人自己才能充分感受和体会的。这也同时在最个人、最隐秘的内心层面，给鲁迅日后所有的文字打上一种孤身奋争和自我安慰的色彩。但鲁迅之所以是鲁迅，正在于这种文字最终又超越了孤芳自赏和自我慰藉，超越了那种人道主义"人生多苦辛，而人们有时却极容易得到安慰"的态度，而是在其个人或"自我意识"的起点上就带着要能够为"来者……带来一些极微末的欢喜"这样的集体性、历史性的乌托邦期待和使命感。

这样的体制化力量本身需要做进一步历史化的分析。在最具体的意义上，它表现为严酷的现实环境和扭曲、险恶的人事关系，即那种"挤"过来、"逼"过来的正人君子、纯文艺、学者、"象牙塔"，它们对鲁迅的态度似乎都是将之视为异己，必欲驱逐出文学殿堂而后快。对于这种装腔作势、浅薄而自以为是，但又把持着学院、文坛、新闻媒体与主流舆论的人或小群体，鲁迅虽然在个人意义上深受其害，深以为烦、苦，但总还是在不快和敌视中包藏了更多的知识、审美和文学经验上的自信与蔑视，也就是说，这种矛盾和冲突并不能侵入鲁迅最深层的判断和文学自信。

但撇开这些占据体制优势但本身并无多大价值的所谓"一时之

选",鲁迅仍然需要面对一种相对独立的、超越一时一地的特殊历史条件的思想标准和文学标准。作为自幼就受到相对完备的传统中国古典教育,青少年时代开始受到西方思想和文艺的吸引,留日期间广泛而深入地涉猎和钻研域外文学思想、能够"睁了眼看"的中国人,鲁迅当然知道"喷泉一般的思想"和"伟大华美的文章"的边界,深谙其最高境界包含哪些内容,更明白白话文学连同它为之服务的"思想革命"在这样的跨越历史、语言、文化、社会条件的参照系内处在什么样的地位和位置。

相对于鲁迅本人曾经为之折服、陶醉的中国古代文学(体现在鲁迅的"学术"工作如治小说史、编《嵇康集》中);相对于达尔文、穆勒、尼采(鲁迅早在1920年就翻译了《察拉图斯忒拉的序言》,即《查拉图斯特拉如是说》序言章)等代表的近代西方思想;相对于托尔斯泰、易卜生、泰戈尔、萧伯纳等当时刚刚去世或仍然在世的世界文学"当代作家"(且不论鲁迅早年翻译介绍的"摩罗诗人");相对于鲁迅自己在这一时间段翻译的厨川白村著作(《苦闷的象征》《出了象牙之塔》等)中提到的亚里士多德、席勒、康德、柯勒律治、叔本华、柏格森、弗洛伊德等欧洲古今经典,在新文学早期通过写作而获得巨大声名之后,鲁迅不可能不考虑自己作为一个文学家的自我定位和未来发展。但这种由中国古典文学与欧洲文学伟大作品和文学观念构成的"客观"的参照系和"象征秩序",一旦落到黑暗现实的崎岖地面,同具体社会政治条件和文学思想界现状、人事相遇,就会发生令人气闷的扭曲和限制。在客观的、"绝对的"文学-审美标准之外,鲁迅不得不在具体的文学社会学空间里审视自己面对的选项,从中选择适合自己的发展道路,至少是一种能够为自己的性格、心性、气质、口味和道德好恶所接受的生存方式和写作方式。这必然为文学本体论空间带来一种深刻的常常是痛苦的思考和决断。杂文的自觉,无非是这种处境、思考、选择、决断的结果和表现方式;只不过它表现为鲁迅写作方法和文学观念的内在逻辑和风格策略,而不是仅仅停留在立场、观点和外部姿态上。

此后鲁迅仍将不时面对这种"真正的创作"问题的内心拷问和外部袭扰,比如 30 年代中期,在《商贾的批评》里提到的《现代》杂志所发表的林希隽的诘难。[1] 鲁迅回应的焦点正是:工作。在《做"杂文"也不易》(1934 年 10 月)里他说:"从高超的学者看来,是渺小,污秽,甚而至于可恶的,但在劳作者自己,却也是一种'严肃的工作',和人生有关,并且也不十分容易做。"[2]

鲁迅当然是把杂文写作视为严肃的文学创作的。"然而我至今终于不明白我一向是在做什么"的修辞、"做土工"("筑台呢还是在掘坑")的比喻、"跌下来"和"埋掉自己"的想象,都指向这种工作的艰苦和持久,指向它的基础性和建设性,同时指向它自身结构、体制化和空间化建构的反动、否定或自我颠覆。这种作为工作、行动、挣扎和斗争的写作,这种作为存在的状态和生命哲学的"写"本身,并不总是被充分意识到和理性化的,这就是"然而我至今终于不明白我一向是在做什么"的字面意义和"说真话"之处。换言之,在"体验"(Erlebnis)层面聚拢起来的意象、情绪、句式和作者姿态,本身在结构意义上并不属于"经验"(Erfahrung)领域(这一对富于理论意义的、为德文所特有的词语和概念区分是鲁迅熟悉的,曾在他翻译的厨川白村的《苦闷的象征》中出现过);也就是说,这样的写作和"文学"就其诗学起源而言先于意识,也无法为意识层面所完全把握或驯服。它走在经验和理性的前面,如地火运行在这些意识防护层和概念思维的地表之下。这不但符合一般文学创作的灵感迸发的着魔状态,也符合它本体论意义上的非功利性,包括它反复、执着地构筑一种自

---

[1] 林希隽,《杂文和杂文家》,载于《现代》第五卷(1934 年 9 月)第五期。
[2] 鲁迅,《做"杂文"也不易》,《集外集拾遗补编》,《鲁迅全集》第 8 卷,第 418 页。

己并不知道或理解的劳作状态，即一般所谓的"西西弗斯的劳作"状态。筑台、掘坑，或"也无非要将自己从那上面跌下来或者显示老死"，或"那就当然不过是埋掉自己"，其实倒可以读作这种"无意识之意识"自身的戏剧化和叙事化，即鲁迅对"写"的工作的文学本质的文学性游戏性戏仿。在虚构体裁比如小说中，这种戏剧化和叙事化可以得到更充分的展开，虽然其内在笔法、诗学逻辑和存在论哲学反思都仍然是在这个语境下定义的"写"和"文章"（杂文、讽刺、寓言）。在非虚构写作范围内，这种叙事或戏剧化冲动往往就化为一种行文中的短促动机和漫画形象而被一笔带过，尽管它们在杂文风格肌体中是醒目的、突兀的、犹如荒冢和残碑般的存在。

不断在写，但并不知道自己写的是什么：文学？非文学？有思想？没思想？宣传？非宣传？伟大的、有价值的文学？渺小的、随即被人遗忘的文学？在作为问题和危机的"文学性"范畴之外，这样的文学承担着什么样的社会和道德功能？属于什么样的集体性、历史性文化建设规划？作为个人的作者，作为"思考的人"或"知识分子"的作者，从属于什么样的集团、组织、群体？孤独的，尚未找到自身意义和价值、自身历史合目的性和文学–审美规定性及确定性的写作，似乎将只能注定同个人生理意义上的生命联系在一起，也就是说，知道自己"终有一死"。熟读陶潜的鲁迅，自然懂得《形影神》里由"此同既难常，黯尔俱时灭"而发出的"身没名亦尽，念之五情热"的感慨，因此"埋掉自己""和光阴一同早逝去"，就不仅仅是一种人生慨叹，同时也是被内在化为一种写作风格的自觉选择。这也就是海德格尔所谓的死亡通过时间的有限性而赋予人的生命以紧迫感、意义和强度。在这样的"写"的劳作中，光阴的"逝去"直接转化为生命/死亡的记录，成为"为我所十分甘愿的"，这是"杂文的自觉"的、目前尚只限于个人范围的"存在的决断"和"政治无意识"。

鲁迅杂文的古典主义与现代主义

在这个意义上，鲁迅特殊的"古典情绪"，究其本质是现代主义的，它指向他文学世界外部条件和内部准备双重意义上的"伟大"的不可能性，不过这种"伟大"只是主流、体制意义上的"高"和"大"，即一种合乎中国古典传统和近现代西方文学主潮的那种业已同现实取得"表象"或"寓言"意义上的和解、在形式上充分发展并合规中律的文学。必须指出，这种文学作为一种活的传统和当代性文学实践而言，在鲁迅所处的19世纪末20世纪初，主要体现为欧洲现实主义和现代主义风格。但在这两者之间，相对于鲁迅文学活动前期所处的1910、1920年代的中国，这种现实主义所需的社会物质条件和文学风格形式准备，显然是更难以企及的。

按客观的文学社会学空间的站位策略（sociological space of position-taking），鲁迅仅余的文学选项只能是现代主义，因为它避开了具体、致密的现实表象和叙事构造，超越了经验细节的丰富性和社会发展总方向及其内在价值结构的确定性，而能够通过变形、荒诞、跳跃、破碎、象征主义和寓言深度模式、语言强度和形式纯粹性、高度凝聚的自我意识等一系列新技巧、新感性和新观念而发动文学的突袭，在一个高度概念化、总体化的富于个人体验紧张度、哲学深度的层面建立文学的抽象感性。这种现代主义诗学，很快被证明同鲁迅的经验方式、文字感觉、文章做法和道德标准高度匹配。根本原因在于，这种现代主义诗学将写作从与一般历史条件的直接的（有意识的、理性的、知识层面的，甚至是具体的阶级、身份、组织参与意义上的）再现性关系中解脱出来（尽管后者规定了它的经验内容和客观社会关系），由此为语言表述打开一个相对自律的体验空间和无意识－潜意识结构，从而允许一种极端的个人意识、内心状态、文学感性和形式紧张同一个被抽象化、情绪化的现实总体对峙和对抗，最终在自身的语言和寓言结构中总体性地复制出现实的观念图景的形式可能性。

这种现代派文学生产样式被一般文学理论教科书以通俗化的、容易产生误导效果的方式表述为"非理性主义"、"无意识写作"、"荒诞派"、"意识流"、"唯美主义"或"自律性写作",但实际上它的确为前面讨论过的鲁迅杂文的"存在的决断"提供了一扇审美的后门或二次性内部补足的可能性,因而对于分析和理解鲁迅写作风格的艺术发生学和本源性特征具有决定性意义:"杂文的自觉"在鲁迅写作的作者风、文章范儿层面确立了一种强烈的自律性和形式强度,因为这种文章学风格的自我意识将生命－工作理解为克服虚无的斗争本身,因此带有存在的第一性、紧迫性和政治性。这种归根结底来自存在领域的情绪和紧张感无疑为鲁迅写作提供了一种特殊的形式自律和形式强度,成为他写作的最后辩护;但这种高度自觉、自律和自信的写作方式尚不能仅仅以这种个人意义上的"存在的政治"取代在体裁、风格、修辞和审美上的自我辩护和客观——即为文学史、文学批评和诗学所内部规定的——标准。鲁迅杂文写作的自觉和转向决定性地解决了作者和文章样式同现实环境的关系问题,也就是说,处理了一般意义上的作者与身世背景、写作及其语境、审美与政治、形式与内容的关系。但这种转向和自觉还不足以回答作为文学的杂文在文学手法和审美说明上的问题。

现代主义文学原则,则为鲁迅"自觉的杂文"的美学确立打开了全新的空间和可能性,涉及词汇(名词、概念)、修辞法(隐喻、象征、寓言)、句法句式、个性化表述、情绪氛围制造,以及作品体裁样式的多样性和总体性(如"再一次发明世界"的语言和艺术形式抱负)等各个层面和范畴。而文本分析的事实可以证明,鲁迅的杂文写作,正是在这样的审美空间和形式可能性里,将自身在中国古典文学和近代西洋文学的双重参照系之下,作为"文"而不仅仅是"白话"而发明和缔造起来的。例如,鲁迅在《小品文的危机》中谈到,新文学中成就卓著的"散文小品","写法也有漂亮和缜密的,这是为了对于旧文学的示威,在表示旧文学之自以为特长者,白话文学也并非做不到"[1]。这种观念使得鲁迅的写作能够在类似卡夫卡那样的"小文学"(minor literature)语言风格空间里,通过一种高度的语言自我意识和政治性,打通和跨越不同文体、样式、风格,以一种高度一体化、高度整合起来的语言-修辞技术,进行白话文学的开创性写作,这种创作一方面极具个人性质,另一方面又在"民族寓言"和"小文学"的集体性层面带有不言自明的象征意味。用狭义的、建制意义上的(比如学院专业分工、教科书意义上的"标准"或由普通文学市场决定的"口味")文学概念去审核、衡量这种在文学自身的颠覆/重建历史关头出现的开创性写作样式自然是短视且荒谬的。但同时,仅用鲁迅写作和"文章"形式上的不确定性和自由,外加它"存在的政治"的强度和社会批判、道德批判的指向,就匆匆断言鲁迅写作本身在整体上或"就其本质"而言并不属于真正的文学范畴,也同样是缺乏文学感受力和分析力,并最终在审美和思想层面缺乏判断力的。

这里我们需要思考对鲁迅杂文做文学批评意义上的形式分析和美学阐释的困难。这种困难首先来自鲁迅创作生涯所属的中国新文学的草创阶段。早在1920年致青木正儿的信中,鲁迅就明确谈到自己写的小说"极为幼稚",是为"冲破寂寞"和"哀本国如隆冬"而写,因此"对日本读书界恐无一读的生命与价值"[2]。这封信距鲁迅"杂文的自觉"和他"上海时期"更为自觉、自由的写作转向尚有多年的时间,但鲁迅已经预感到自己今后"虽然还是要写的",而其"纯文学"(比如作小说)生涯却将"前途暗淡":"处此境遇,也许会更陷于讽刺与诅咒罢。"[3]在信中,鲁迅看到中国文学艺术创作成长前途的高度不确

---

[1] 鲁迅,《小品文的危机》,《南腔北调集》,《鲁迅全集》第4卷,第592页。
[2] 鲁迅,《201214致青木正儿》,《鲁迅全集》第14卷,第176页。
[3] 同上。

定性,并以《新青年》为例,指出该刊物最近"也颇倾向于社会问题,文学方面的东西减少了"[1]。更为重要的是,鲁迅在这些外部原因之外,看到了新文学发展内部的语言和形式层面的挑战。他写道:"我以为目前研究中国的白话文,实在困难。因刚提倡,并无一定规则,造句、用词皆各随其便。"[2]十几年后,在给另一位日本学者增田涉的两封信中,鲁迅仍然谈到,除作者用语奇异的原因外,"白话文文法尚无定规",因此必定给日本读者带去阅读上的困难,令他们"很吃过苦头"[3];"中国的白话文,至今尚无一定形式,外国人写起来,是非常困难的。"[4]此时的鲁迅正处在晚期("上海时期")写作的巅峰状态,在文字技巧和风格驾驭方面已经炉火纯青,但对新文学的语言基础和形式-风格媒质,却依然保持同样的看法。鲁迅与使用汉字、虽在世界近代文学发展中先行一步,但仍同自己的语言文化传统保持紧密关联的日本文学界人士反复谈及中国白话文学内部的语言制约,是别有一番深意的。

鲁迅杂文风格是在一个具体的文学空间或"文学社会学场域"里成形的,与同时代的欧美文学甚至日本文学的历史条件相比,新文学由自身短短的历史发展过程和相对匮乏的象征资源构成的文学空间,免不了时时显得空洞、寂寞、捉襟见肘;但这种空寂稀疏、资源和动力不足的文学场域,包括它"无一定规则,造句、用词皆各随其便"的状况,客观上又给白话文学先行者提供了形式实验和风格独创性的可能性条件(conditions of possibility)。形式和审美的"匮乏",本身也构成一个巨大的真空和引力场,以其空洞性与可能性吸引着、调动着、汇聚着古今中外各种语言、文体、修辞和风格的资源和可能性,等待

---

[1] 鲁迅,《201214 致青木正儿》,《鲁迅全集》第 14 卷,第 176 页。
[2] 同上。
[3] 鲁迅,《320718 致增田涉》,《鲁迅全集》第 14 卷,第 218 页。
[4] 鲁迅,《341229 致增田涉》,《鲁迅全集》第 14 卷,第 334 页。

并呼唤着个别强有力的作家经由他们注定孤独的写作实践将这些潜在的资源与可能性转化为风格的实例和典范。因此杂文是在语言、规则的高度不确定性,在历史－道德的混乱与真空状态下的写作样式和审美冒险。从白话文学日后发展的形式定形和经典化阶段回望,新文学第二个十年中发展出来的杂文,就其形式风格发生学的内在紧张和自由而言,事实上更接近古典成规和典律形成之前的"古诗""古文"的自由体写作。在同时代世界文艺的环境里,它也更接近现代派从虚无和非理性中,把一种尚待命名的存在状态作为新感性、新形式、新道德在语言的普遍媒质基础上自觉地呈现出来的形式抱负,而不是像欧洲古典主义－浪漫主义－写实主义主流文艺那样,依赖社会经验、认识和文化资本对业已被命名的历史现实和情感现实进行进一步的梳理、再现和确认。可以说,"五四"思想革命和白话革命的一体化或"一元论"写作态度,不但具体地反对文言文陈腐雕琢空泛的形式主义桎梏和游戏性,而且在更抽象的创新意识和解放意识层面,追求着"无定形"的白话语言、词汇、文法、句式、文章格式和文学风格。白话文学在语言上的自由、在风格空间重新发明形式统一性和总体性的时代使命,客观上都为现代主义文学意识和写作方法的活跃创造了条件。也就是说,虽然新文学就其追求民族觉醒和社会变革的历史内容而言是"近代"的,但它在形式、感官、审美、技巧、想象力和创造性范畴内,则可以是、事实上也的确已经是世界文学的"同代人"。

把中国古代文学在长时段(longue durée)中显现出来的文学技术与智慧吸纳在一个世界性现代主义的当下瞬间,是鲁迅在"杂文的自觉"风格选择中成就的一次文学意识的顿悟。它不仅给鲁迅带来个人意义上的写作出路,也在一种象征意义上为整个新文学提供了一种经得起终极参照系检验的创作模式。这就是鲁迅在其写作回顾和展望中,以高度个人化的方式、带着"淡淡的哀愁"所描述的那种在创生与死灭、呐喊与沉寂、筑坟和平坟、留下痕迹和清扫痕迹之间循环往复、一而再再而三以至无穷的行动。在这种行动中，新文学得以在觉醒、再觉醒，诞生、再诞生，发明、再发明的实践逻辑中为自己开辟道路。当新文学在自己的形式、审美和成就上尚且弱小之时，这种一次又一次回到自身起源的历史与自然正当性、从存在和体验的虚无和危机中汲取创造性能量和想象力的行动，包含着新文学历史展开的内在蓝图。这种"设计"避免了种种既有"艺术之宫"的规范、标准和限定，最有利于新文学在"写作的零度"和经验的零碎化状态下，生产出一种作为"小文学"（minor literature）的伟大文学。而杂文则是这种历史必然性的偶然的、天赐的选项。在抽象的文学理论意义上，新文学在其历史发展的第一个百年间，都难以期待它在"大文学"主要文体的建制、技术和观念空间里大体达到（遑论超过）近代西洋文学成就所奠定的标准；事实上，在整个20世纪中国文学史上，我们也的确找不到能够跟巴尔扎克、福楼拜、托尔斯泰、陀思妥耶夫斯基、乔伊斯、福克纳等相提并论的小说家，或可以同波德莱尔、马拉美、里尔克、艾略特、庞德相比肩的诗人。然而鲁迅的文字又的确实实在在地为所有中国文学读者提供了这样一种审美愉悦和判断，这种以杂文为主体的写作手法、这种"野草"般随着疾风和地火在地表生长和毁灭的文学形态，不但有其强悍的生命力、特殊的形式感，同时也有它自己漫长的文学源流和极尊贵极高明的艺术技巧与品位。这才是《写在〈坟〉后面》里"总之：逝去，逝去，一切一切，和光阴一同早逝去，在逝去，要逝去了。——不过如此，但也为我所十分甘愿的"这段话的批评诠释。这种"甘愿的""逝去"包含那种自觉甚至主动的"速朽"（《野草》），也包含了对生命的无谓消耗和无意义的心理准备和道德辩护。但在文字和文章层面，在诗学和美学最为内在、隐秘的层面，它仍然需要一种正面的、积极的、建设性的说明和支持。在某种意义上，这种为作者和作品发出的形式辩护和审美说明，可以说是一个最个人化、私人化的趣味和标准，但就审美判断意义上的主客观融合的本质及非功利的合目的性而言，它何尝不同时也是超越自我的，就是说，只有在由中国文学源流的纵轴和世界文学比较的横轴构成的坐标上才能予以分析和判断。

创作者本人往往只是在"工作"中、在其写作和文字本身内在的文学性中寻找并获得确认和印证，而为这种实践和探索提供历史说明和理论说明，则是批评的工作。正如一个建筑者在每日的劳作中，并不总需要或能够记住所有相关的建筑学原理、重力原则和工程的经济学、社会学目的。但《写在〈坟〉后面》里的这些句子，仍然明确无误地用自身的遣词造句，即通过一种强烈甚至极端的作者风（the writerly），在句式和写作法上编织、结构、经营出一种纯粹文学意义上的"文章学"韵味和风格规范。这就是一般读者的印象式评论里常常提到的鲁迅作品中扑面而来、难以回避的语文特征和作者形象。在普通语文教学中，这种"鲁迅风"或"鲁迅腔"常常被解释为白话文学早期书面文字在词汇、语法、言语行为规范上的不完备和混杂（如文言、外国语、方言的借用和过渡痕迹）；按照现代文学经典化的内部等级，这种语文特征则被誉为作者个人的文学天才和创造性的签名和标记。

这种在"写作的零度"上展现出来的写作或文章学的自我结构、自我规范、自我指涉，有必要在文学批评和文学史层面予以充分的评价和理论化，因为它不但直指作为新文学集大成者的鲁迅文学的核心自我意识和审美内核，同时也表明它隐性地依赖于一种外部参照系，即这种写作和文章学的文学谱系、源流、想象的共同体和读者期待。同样关键的是，这种文章学和写作法的内部构造、形式强度和风格自觉，本身也是依据抵御和反抗外部压力、威胁和骚扰的需要，作为一种形式预应力提前配置在文体结构内部的紧张、峻急和战斗性。这种杂文的"铁甲"虽常因社会政治和个人境遇的具体所指，而在"内容"层面（即那种被常规文学表达方式所限定的"美的"、"令人愉悦的"

或"抒情的")显出反审美的、对抗性的冲突、较真和个人好恶,但就这种内容或"表达"(expressivity)同它所选择的语言形式及风格的高度契合和有效性而言,问题的背面却变得更富于理论意味,即鲁迅杂文的形式自觉和审美自律性,正是"偶然地"通过写作主体的"存在的政治"(the politics of being)和斗争哲学而内在地转变为一种方法、一种语言和思考方式、一种纯粹的形式和风格,并由此二律背反地(paradoxically)获得了它作为"存在的诗"的审美属性。

"存在的诗":杂文斗争的内与外

借用黑格尔所谓"武器表现出战士自身的实质"(这个观察曾为卡尔·施米特赞许地引用)[1],"匕首和投枪"正可以说是鲁迅精神世界内在实质的外化和延伸。换句话说,这种写作法、形式和风格,不过是作者"内面"(interiority)的外部表现;而在两个面向之间,再也没有可供剥离、分析的空间、质料或本质。对于自觉的杂文而言,"存在的政治"本身就是以文章的文学状态和美学特质的方式存在的;而后者——作为"作者"和"文章"的鲁迅——也同样是以其内在的、"非文学"的存在的政治的方式存在。这两个互为表里的同一个表面,即作为风格外观的政治内面,或作为政治外观的风格内面,正是鲁迅文学的本体论。

---

[1] Carl Schmitt, *The Leviathan in the State Theory of Thomas Hobbes*, translated by George Schwab and Erna Hilfstein, Westport, CT and London: Greenwood Press, 1996, p. 85. "But, as Hegel correctly says, weapons convey the substance of the fighter himself." 施米特没有为这句引文提供注释,但他应该是根据记忆引述黑格尔《精神现象学》第五章"理性的确定性与真理"第二节"理性的自我意识通过自身的活动成为实在"之第三小节"德行与世界之路"最后(米勒译本第383节)中"武器就是战斗者自身的本质,这种本质唯有在两者彼此相互之间才显现出来"(For the weapons are nothing else but the *nature* of the combatants themselves, a nature which only makes its appearance for both of them reciprocally)。贺麟、王玖兴译本为:"因为武器不是别的,只是斗争者自身的本质;而这种本质,仅只对斗争者双方相互呈现。"(《精神现象学》上卷,商务印书馆,1981年,第254页)

这种双重外观和双重内面的独特的风格实质和审美构造，在鲁迅写作的主要样式即杂文中，得到了最充分的发展和表现（包括一定程度的自我理论化）。从这个政治内核和审美内核出发，在批评的意义上，我们不妨把鲁迅的小说、散文诗、旧体诗、译作、书信、日记和文学史研究都看作鲁迅杂文的一种外延，即这种源头性写作方式的准备、操演、游戏、越界实验和繁复化。换句话说，它们都可以被看作鲁迅杂文的非常态，是那种本质性句法、语气、文体和风格的间歇、运用、自我模仿或有意的过度表现。如果继续使用武器的比喻，我们也可以说，鲁迅在文类中的实践，正如以"匕首投枪"为主要兵器的绝世高手，偶尔或策略性地使用其他兵器。在批评论辩的有时候是必要的"过度表述"上，可以说鲁迅所有的文字——包括小说、散文诗、旧体诗这样的"纯文学"作品，或在另一个极端，也包括政论、时评、笔战、檄文、宣言、书信、日记，乃至学术研究和日常记账等离"文学"最远的实用性文字——都是杂文；但反过来，说所有的杂文同时可以被当作其他文体（如"小说""抒情诗""论文""宣传"等）来读，却是不能成立的。虽然在批评的阅读过程中，我们可以看到叙事、描写、抒情、象征、寓意乃至戏剧化的冲动和模拟在杂文中不时显现，仿佛一种不自主的肌肉运动在追忆先前或想象日后的战斗。

"然而这大约也不过是一句话"这样的句子，作为鲁迅写作的基本单位，不仅仅是一种作者意识或"作者风"的徽记，而是已经包含了"自觉的杂文"的文学秘密和文学张力，因为它本身寓言性地（allegorically）将作为行动、政治、抵抗和创造的存在和"工作"完整地囊括在一个语言的艺术构造之中，呈现为情节、故事、情感、道德形象和哲理。这样的句子环环相扣，排列交错，使得鲁迅文章不但在修辞层面，而且在结构、道德和精神层面获得特有的情绪和气氛，甚至形成一种叙事张力和叙事逻辑，投射出一个活生生的、感人的（想象的却不是虚构的）作者形象。以这种句子的自我辩护、自我繁衍、自我凭吊、自我庆祝为"方法",鲁迅杂文展开为作品,形成了一个独特的文学世界,同时也提供了关于这个世界、此种生活、这样的自我意识和历史困境的独特然而同时是普遍的表达、再现、思考和再思考。

这样的句子在"说"(无声/有声)和"写"(无言/有言)的原点,不断地复制出个人的但又是时代的存在困境,它们同时存在于不同的象征–符号界面和道德–意义秩序之上,既是个人自传意义上的记录和实录,又是"自叙"意义上的虚构和戏剧化;既是叙事意义上的观察、理解、整理、再现和反思,也是文字推敲锻炼意义上的最本源性的诗和文。杂文同时是最基本和最复杂的语言活动方式,它将存在的普遍状态作为瞬间、意象和观念转化为文字最古朴、最个人同时又最"现代"、最具有"集体性"的形式塑造。这种句子相对于作者性、作者风的文学自我意识而言,既是"忘我""无我"的——因为它只是与呼吸同在,是为了物质生命的延续而做的挣扎、搏斗和抗争;又是具有高度作者意识和文学自我意识的,因为这种自我相对于外界令人窒息的黑暗,不仅是"写"的动机和条件,同时也是"写"的历史内容。它通过被驱离或主动离开这个世界(如《华盖集·死地》中所谓"只使我们觉得所住的并非人间","人间"之问遍布鲁迅杂文作品),甚至短暂地失去语言("沉默,沉默""无话可说""出离愤怒"等),而同这个世界和自己的语言发生一种更为亲密、贴切、紧张、灵活的关系。写于《写在〈坟〉后面》同年、收录在《华盖集续编》里的《记念刘和珍君》也提到呼吸与人间:"可是我实在无话可说。我只觉得所住的并非人间。四十多个青年的血,洋溢在我的周围,使我艰于呼吸视听,那里还能有什么言语?"[1]这种"那里还能有什么言语"作为言语,正是自觉的杂文的文学存在状态、基本单位和结构方式。这种经由"非人间"和"沉默"中介的"言语"和"写",是鲁迅"杂

---

[1] 鲁迅,《记念刘和珍君》,《华盖集续编》,《鲁迅全集》第3卷,第289页。

文的自觉"的基本样式。

这种和呼吸同在甚至与呼吸融为一体的写作，在本雅明对普鲁斯特句式和叙事结构的分析中，被描述为一种抵抗窒息的全身心的努力，因此疾病和生理困境（哮喘）也就由此被作者本人有条不紊地调动和利用起来。本雅明写道：

> 〔普鲁斯特〕的哮喘成了他的艺术的一部分，甚至可以说是他的艺术把他的疾病创造了出来。普鲁斯特的句式在节奏上亦步亦趋地复制出他对窒息的恐惧。而他那些讥讽的、哲理的、说教的思考无一例外是他为摆脱记忆重压而做的深呼吸。在更大的意义上说，那种威胁人、令人窒息的危机是死亡；普鲁斯特时时意识到死，在写作时尤其如此。这就是死亡与普鲁斯特对峙的方式，早在他病入膏肓之前，这种对峙就开始了；它不是表现为对疾病的疑神疑鬼，而是作为一种 réalité nouvelle（新现实）投射在人和事上。[1]

同样，鲁迅的写作也是一种反抗窒息的斗争，这种反抗同样表现在杂文的句式节奏和意义构造中，呈现出作者同虚无、记忆和遗忘搏斗时全部的内心肌肉运动。死亡的阴影可以说也时时在鲁迅的意识中盘桓，这既来自作者对自己身体状况的隐隐担忧和长期的体力精力透支，也来自外部环境的威胁，包括被"有枪阶级"肉体消灭的危险。《写在〈坟〉后面》全文的谋篇布局虽说是围绕着"坟"这个意象和概念展开，但死亡作为一种更直接、更粗暴和更现实的存在，同杂文文字和句式建立起一种亲密关系。可以说，如果无视或过滤掉作为鲁迅杂文"审美外观"现实背景的历史暴力、现实暴力和死亡阴影，那么

---

[1] 本雅明，《普鲁斯特的形象》，《启迪》，第229页。

对这种语言的艺术作品的形式分析就只能是无的放矢、隔靴搔痒的。在谈到文集最末一篇论"费厄泼赖"的文章时作者申明:"这虽然不是我的血所写,却是见了我的同辈和比我年幼的青年们的血而写的。"[1]这种写作和暴力之间的关系,在不到一年以后所作的《怎么写(夜记之一)》里进一步明确为"墨"与"血"两种书写方式之间的寓言性替代关系,成为《野草·题辞》所确立的"速朽"原则更为历史化、政治化、风格化的表述。鲁迅写道:

> 尼采爱看血写的书。但我想,血写的文章,怕未必有罢。文章总是墨写的,血写的倒不过是血迹。它比文章自然更惊心动魄,更直截分明,然而容易变色,容易消磨。[2]

至此,"墨写"的文字已经作为死亡的遗迹,同"生命"的易逝和虚幻构成一对讽喻性二元对立,它"恰如冢中的白骨,往古来今,总要以它的永久来傲视少女颊上的轻红似的"[3]。对"真正的血写的书"的神往,一直是鲁迅写作中的一种无意识,甚至可以说构成鲁迅作品的历史和道德潜文本。在古往今来"诗人"对"英雄"、"沉思的人生"对"行动的人生"的推崇之外,这种向往在鲁迅性格和写作风格中具有特殊的意味。这种寓言性的表里关系同时为杂文风格的持久与易逝提供了说明和解释,因为"墨写"的文章不过是血迹的替代物,它因为勉强记录和摹仿了"血写的"历史之书的"惊心动魄"和"直截分明"而具有某种象征性功能,又因"原作"的"容易变色"和"容易消磨"而获得了一种持久、独立的价值,虽然这种价值的持久性和独立性也

---

[1] 鲁迅,《写在〈坟〉后面》,《坟》,《鲁迅全集》第1卷,第299页。
[2] 鲁迅,《怎么写(夜记之一)》,《三闲集》,《鲁迅全集》第4卷,第19页。
[3] 同上书,第19—20页。

必须经过"少女容颜"与"白骨"之间的对比,即一种生命转瞬即逝、唯有死亡的无常得以永存的寓意方才能够实现。

对这种借来的生命和"盗取"的价值的意识,对文学写作作为死亡之持久的痕迹与残留的意识,在"杂文的自觉"最深处决定了作者对自身写作实践的理解:它的执着与徘徊、呐喊与沉默、低吟与歌咏,不过是对曾经发生过的战斗与困顿、喧嚣与寂寞、欢乐与痛苦的祭奠;但这个祭奠不能也不应僭越地将自己树立为对于死亡和忘却的超克,而是必须将自己仅仅作为符号与象征,放置在由死亡和忘却界定的存在的边缘,作为生命曾经存在、战斗、灭亡的标记,以"惊心动魄"的虚无和容纳一切的遗忘作为自己写作的终极内容和形式引领。这也是在《伤逝》结尾处作者通过主人公口吻表达出来的"我要将真实深深地藏在心的创伤中,默默地前行,用遗忘和说谎做我的前导"的主体意志,它在本质上也是新文学的写作伦理和诗学原则。

按鲁迅杂文的标准,任何不以"血写的"东西作为内容或"潜文本"的"墨写的"东西、任何不以死亡为内容的生命意识、任何不以遗忘为内容的记忆,从根本上讲都是无足轻重、心不在焉的表演。那些"假使会比血迹永远鲜活"的文字,在鲁迅眼里是不可信的,"也只足证明文人是侥幸者,是乖角儿。但真的血写的书,当然不在此例"。鲁迅在"写什么"和"怎么写"标题下所做的这些观察,最终却以"当我这样想的时候,便觉得'写什么'倒也不成什么问题了。'怎样写'的问题,我是一向未曾想到的"[1],但这岂不正说明"墨"与"血"的寓言关联,本身构成了鲁迅写作伦理和写作技巧的基准线?相对于这样深层的、激烈的表意象征关联,任何讨巧的题目和形式主义的表面文章都显得敷衍了事了。这好比在《伤逝》最后主人公对葬式的反思:"长久的枯坐中记起上午在街头所见的葬式,前面是纸人纸

---

[1] 鲁迅,《怎么写(夜记之一)》,《三闲集》,《鲁迅全集》第4卷,第20页。

马,后面是唱歌一般的哭声。我现在已经知道他们的聪明了,这是多么轻松简截的事。"[1]只是这样的心情和心境只属于作者自己,而一切"新的生路"附丽的现实状况却更接近鲁迅在《记念刘和珍君》中所观察的:

> 时间永是流驶,街市依旧太平,有限的几个生命,在中国是不算什么的,至多,不过供无恶意的闲人以饭后的谈资,或者给有恶意的闲人作"流言"的种子。至于此外的深的意义,我总觉得很寥寥,因为这实在不过是徒手的请愿。人类的血战前行的历史,正如煤的形成,当时用大量的木材,结果却只是一小块,但请愿是不在其中的,更何况是徒手。
> 然而既然有了血痕了,当然不觉要扩大。至少,也当浸渍了亲族,师友,爱人的心,纵使时光流驶,洗成绯红,也会在微漠的悲哀中永存微笑的和蔼的旧影。陶潜说过,"亲戚或余悲,他人亦已歌,死去何所道,托体同山阿。"倘能如此,这也就够了。[2]

"墨写的"杂文,倘若能够同"血写的"东西结成寓言性二元对立关系,它在鲁迅对"人类的血战前行的历史"的矿物学概念中,就当属于"煤"的范畴;而种种以乔木自居、准备进艺术之宫的文艺和"公理",在鲁迅眼里则无疑连计入"木材"的价值都没有。在整个1926年,"杂文的自觉"在其虚无意识、死亡意识、坟墓意识中仍保留着一丝伤感的、抒情的散文情调,它是"在微漠的悲哀中永存微笑的和蔼的旧影"。但杂文语言和风格更为坚硬执着的一面,业已获得了"煤"

---

[1] 鲁迅,《伤逝》,《彷徨》,《鲁迅全集》第2卷,第133页。
[2] 鲁迅,《记念刘和珍君》,《华盖集续编》,《鲁迅全集》第3卷,第293页。

和"白骨"的强度,带着"血迹"的黏稠;这种血痕可以随着"时光流驶"被"洗成绯红","墨写的"杂文却可以把它更为持久地保持在触目惊心的程度上。所谓"死去何所道,托体同山阿",只是"长歌当哭"后的平静;"长歌当哭"本身,"是必须在痛定之后的";而作为鲁迅写作"原点"的痛中之痛,却是一种无言状态和窒息状态。在《记念刘和珍君》中作者写道:"可是我实在无话可说。我只觉得所住的并非人间。四十多个青年的血,洋溢在我的周围,使我艰于呼吸视听,那里还能有什么言语?"但这种相对于语言和意义的空洞和虚无,又岂不正是那种"血写的文章";换句话说,经过"血迹"的中介和"文本化",虚无和死亡已经变成一种"他者的语言",构成鲁迅杂文语言结构的无意识内容。

由此理解《野草·题辞》的开篇,所谓"当我沉默着的时候,我觉得充实;我将开口,同时感到空虚",绝非修辞学上的语言游戏,而是必须在字面意义上照单全收的实实在在的陈述:这种空虚已经先于文学在另外一个象征空间里建构起来,它是一种非人的语言和非人所能承受的体验("我只觉得所住的并非人间");因此它必须被理解为具体的内容,充实着鲁迅和鲁迅文学的沉默;它也必须以其固有的形态("空虚")在作者"将开口"时被完整地体验("感到")和表达。因此,鲁迅杂文的表达方式看似曲折,其实却是一种最"直接"的寓言写作。它超越了种种文学时尚、观念和技巧的羁绊,甚至摆脱了"虚构""想象""抒情"的负担和"思想""意义"的重载,而专注于将"空虚"和"血写的书"翻译成人间语言,让前者沉重的"内容"在后者的形式和风格空间里打开语言的通道。在此过程中,鲁迅的工作方式的确更像本雅明所形容的那种伟大译者的工作方式;如果"血写的文章"和虚无之书是"原作",那么"墨写的"杂文就是"译作"。作为译作者的杂文家在"纯粹语言"的单纯形式层面把原作的声音传递给译作赖以存在并为之服务的杂文语言,在其中创造出原作的回声,

"如清风吹奏风籁琴"。[1]

"集杂文而名之曰《坟》":编纂学方法发端

对于这些生命记录的"陈迹",作者自然"总不能绝无眷恋"。但对鲁迅这样高度自觉的作者而言,重要的不是"敝帚自珍"地保存个人生命的痕迹,而是一种承担着文学生产内在使命的工作、分类、编纂和命名。于是"集杂文而名之曰《坟》",就应该严格地在字面上理解为,汇总各类样式的写作并在文集的单位上予以命名。《写在〈坟〉后面》这篇文章正是一个命名仪式的记录和文学铺陈,是一种多样性的文学实践、文学行动和文学生产的自画像、自我审视和自我意识的寓言。相对这样的综合性、总体性合集,作为寓言性概念或观念的"坟",则只是一种生命和工作"陈迹"的"名",是废墟中的徽记。值得指出的是,这种把"杂"的"文"——在此"杂文"仍然是两个分开的字,即一个形容词加一个名词的词组——"集"在一处而得到的"名"和"正名",在语义学意义上第一次引入了"杂文"这个词组和概念,从而在鲁迅文章谱系学和风格整体层面,建立起"文"和"杂文"之间的概念同一性。也就是说,"杂文"从此在鲁迅写作的文本世界里,已经充分占据、充满了"文章"、"文"和"文学"的意义和形式空间,成为等价的、可以互换的文体范畴和批评概念。

在《〈嵇康集〉著录考》中,鲁迅把嵇康文字分为"诗"和"杂文"两个部分:

> 《四库简明目录》:《嵇中散集》十卷,魏嵇康撰,《晋书》为康立传,旧本因题曰晋者,缪也。其集散佚,至宋仅存十卷。此本为明黄省曾所编,虽卷数与宋本同,然王楙《野客丛书》称康

---

[1] 本雅明,《译作者的工作》,《启迪》,第93页。

诗六十八首,此本仅诗四十二首,合杂文仅六十二首,则又多所散佚矣。[1]

"此本仅诗四十二首,合杂文仅六十二首"足以说明,在魏晋文人创作先例和文学史评价的双重意义上,鲁迅都把文与诗并列,把文学与文章作为同义词使用,最后在"文"的范畴内使用"杂文",用以描述性地涵盖文章内容、体裁、样式、风格内部的多样性,同时在语义学和文论意义上界定杂文的文学属性。

在鲁迅杂文写作的晚期和"极致"即上海时期最后的六七本杂文编年合集中,我们将看到这种"集杂文而名之"的文章聚合对内(或"共时性地"/synchronically)涵盖虚构与非虚构、抒情与批判、论说与回忆,甚至创作与翻译等多种文体文类,成为一种多元一体、寓"纯"于"杂"的统一的文学-美学风格;对外(或"历时性地"/diachronically)跨越"诗"和"史"的边界,在"编年"与"诗史"的框架中将杂文同时确立在现实表象和历史批判的时间性真理范畴中。

然而,将鲁迅杂文最终的自我完成和自我实现安置在20世纪20年代中期"杂文的自觉"过渡期,视之为此前主题和风格呈现的"再现",尚为时过早。不如说,此阶段决定性的风格转变和形式成就,应限定于"杂文"概念在语义学意义上的首次出场和明确化;更具体地讲,则应定义为"杂文"与"文"的同一性和等价性的确立。作为生命、写作和"终将一死"的个体自我意识的终极寓言象征的"坟"的意象在这期间所有主要文类、文体和风格实验中的出现和运用,为这种语义学和谱系学意义上的"杂文的诞生"(反过来也是鲁迅文学从杂

---

[1] 鲁迅,《〈嵇康集〉著录考》,《古籍序跋集》,《鲁迅全集》第10卷,第57页。尽管此文直到1938年版《全集》出版时才收入《古籍序跋集》首次面世,但鲁迅书信日记里记载的《嵇康集》的抄录、校勘工作,始于1913年底;中经1921年2月至1924年6月数次阅校,在1932年3月2日致许寿裳信中交代业已完成,准备自费刊行。

文中的再生）提供了最好的注脚。

三、辞青年导师：杂文的真与实

《写在〈坟〉后面》最后一部分处理杂文的真实性和真理性问题，这是对"自觉期"和"过渡期"写作高度紧张和内向的象征－寓言取向的必要补充。在这个语境里，与"真话"相对的不是"假话"，而是"文辞""修辞"；不是日常经验、为人处世意义上的躲闪腾挪、欲言又止，而是"文章""文学"意义上的一种"交卷"——其对应的是一种需要由文学表达的逻辑来予以连接和过渡、说明和证明的更为复杂的真实、真诚和真理。比如在给许广平的信中，鲁迅谈及这段时间所写的几篇文集序言时这样写道："近来只做了几篇付印的书的序跋，虽多牢骚，却有不少真话。"[1] 从日期看，这里"几篇付印的书的序跋"所指即《坟》的两篇序跋、《华盖集续编校讫记》，以及《华盖集续编小引》。这些文章都不同程度地触及了"真话"甚至"说话还是不说话"的问题。这个贯穿了"杂文的自觉"过渡期的问题，不停地复现在鲁迅各种写作或言说的场域里。《华盖集·后记》开篇述录了自己1925年春"在讲堂上口说的话"，这里鲁迅谈的已经不仅仅是"真话／假话"问题，而是"说话"与"沉默"之间的真实性和其中包含的社会－政治权力关系，特别是文学相对于现实存在的社会力量、权力和暴力的无力感和无助感：

> 讲话和写文章，似乎都是失败者的征象。正在和运命恶战的人，顾不到这些；真有实力的胜利者也多不做声。譬如鹰攫兔子，叫喊的是兔子不是鹰；猫捕老鼠，啼呼的是老鼠不是猫……。又

---

[1] 鲁迅，《261118 致许广平》，《鲁迅全集》第 11 卷，第 618 页。

好像楚霸王……追奔逐北的时候，他并不说什么；等到摆出诗人面孔，饮酒唱歌，那已经是兵败势穷，死日临头了。[1]

在"我们人生的中途"（Nel mezzo del cammin di nostra vita，但丁《神曲·地狱篇》）清醒地看到"讲话和写文章，似乎都是失败者的征象"，无疑是一种痛苦的认识。即便仅仅从个人自尊和内心的高傲出发，鲁迅也不会愿意在猎食者爪下徒然做"兔子般的叫喊"和"老鼠般的啼呼"。讲话和写文章，唯有基于一种存在的政治和诗的本体论的同位、同构关系，从这个本位出发，方才是可能的，才是有意义、有尊严的。这从文学的外部环境解释了鲁迅文章和写作法的"自觉"和再生。一年以后，身居大革命中心和后方的广州，鲁迅在其著名的黄埔军校演讲《革命时代的文学》中进一步展开了这个思路。

如果我们对鲁迅"自觉期"的存在的政治／诗的本体论二重结构做一透视分析，就可以看到，对于杂文的风格塑形和精神面貌而言，存在的政治是首要的，而诗的本体论是第二性的；然而对于杂文写作的形式建构而言，一种类似翻译写作的语言与句式层面的自由和自律却又是第一位的。这种主次关系符合鲁迅一贯的进化论立场（"一要生存，二要温饱，三要发展"），也同他所持有的朴素的唯物论和存在主义观念（即"存在决定意识"或"存在先于本质"）相一致；同时，这也是对严酷的现实环境即那种"风沙扑面、狼虎成群"的主观感受。

对于以虚无、死亡和遗忘为"内容"的鲁迅杂文"内面"而言，杂文写作是纯主观的、不惜以生命为代价放手一搏的诗的行动；但是对于杂文文体的"外面"或外观而言，这种写作方式仍必须对自己所承载的真实性、真理性内容和社会伦理责任做出说明。这是鲁迅对读者的交代。在新文学第一代作者中，再没有其他人像鲁迅那样同自己

---

[1] 鲁迅，《华盖集·后记》，《鲁迅全集》第3卷，第189页。

的读者形成事实上的契约和同盟关系,也再没有其他人像他那样意识到读者对自己的期待、信任乃至信念。这种作者－读者关系固然得益于思想革命时期的启蒙者鲁迅的巨大社会影响,但当时影响不在鲁迅之下或大体上可以与鲁迅相提并论的作家和知识分子大有人在,却鲜少有人能在新文学第二个十年里成为主要依靠作品版税收入为生的"职业作家"。因此,在讨论鲁迅写作自身的真实性、真理性与社会责任时,我们必须把这层作者－读者关系考虑进来。不过值得强调的是,这种真实性、真理性以及社会伦理责任的第一原则,仍然是杂文家对自己生命的肯定、捍卫和保护,即作者所说的"我还没有这样勇敢,那原因就是我还想生活";换句话说,活着是与死亡对峙的首要条件和最直接的形式。它也可视为内在于鲁迅写作伦理、文学认识论和审美判断的那种"血写"与"墨写"两种文本各司其职及寓言互证互译关系的外在补充。

然而,鲁迅杂文的真实性、真理性诉求和社会伦理责任感并不包括为别人提供指引和指导;对一切"前辈"或"青年导师"头衔,鲁迅都一概视为"纸糊的假冠"而予以坚辞。这种态度其实不难从鲁迅生活态度和写作态度的原点逻辑地推导出来。在《写在〈坟〉后面》我们看到这样的文字,这里的每一个字都应该做单纯的、透明的字面理解:

> 倘说为别人引路,那就更不容易了,因为连我自己还不明白应当怎么走。中国大概很有些青年的"前辈"和"导师"罢,但那不是我,我也不相信他们。我只很确切地知道一个终点,就是:坟。然而这是大家都知道的,无须谁指引。[1]

---

[1] 鲁迅,《写在〈坟〉后面》,《坟》,《鲁迅全集》第1卷,第300页。

"连我自己还不明白应当怎么走"确为真话,"我只很确切地知道一个终点,就是:坟"也是真话。但作者似乎觉得这样直白的大实话需要圆场,于是有了对自己"说话常不免含胡,中止"的解释,有了"怕毒害了"青年、"迟疑不敢下笔"的交代,有了"我毫无顾忌地说话的日子,恐怕要未必有了吧"和"但也偶尔想,其实倒还是毫无顾忌地说话,对得起这样的青年。但至今也还没有决心这样做"的纠结。"杂文的自觉"宣告了鲁迅文学的"第二次诞生",也是竹内好所谓的"文学者鲁迅"和"启蒙者鲁迅"之间的一个分界点,尽管"启蒙者鲁迅"本身依然是通过"文学者鲁迅"实现和成立的。如果以鲁迅这两重身份的交叠和转换来探测"文学者鲁迅"从"启蒙者鲁迅"的光环中摆脱出来的文学瞬间和历史瞬间,我们就能更清晰地看到在1925年"华盖运"笼罩下"杂文的自觉"爆发之前经历的潜伏期和准备期,看到《野草》和《彷徨》大部分篇目作为"自觉的杂文"的跨文体实践性质。《苦闷的象征》则是这个准备期中的翻译操练、语言准备和理论积累。甚至在作于1922年年底的《呐喊·自序》里,随着白话革命 – 思想革命狂飙突进期的退潮或"终结",这种"自觉"的端倪已经作为一种"苦恼意识"游荡在鲁迅的行文之中了。

四、"余文"、"中间物"与"存在的家"

随着"今天要说的话也不过是这些"这句话,《写在〈坟〉后面》的"文章"部分至此宣告结束,但作者随即转换话题("此外……还有"),形成文章最后的几段"余文"。这种分节、隔断、补充和"赘述"的笔法本身值得玩味。

"余文"部分共有4个自然段,涉及的内容和话题包括白话与文言,新文化与"中国书",转变、进化与"中间物",口语和文章。其中文言和古文问题显然是关键,因为这首先直接关系《坟》所收录的作者早年的文言论文,即作者多少带着一种辩白的口吻所说的"不幸我的古文和白话合成的杂集,又恰在此时出版了,也许又要给读者若干毒害"。同时,这也关系到作者对自己作品分期或"阶段论"的反思,甚至关系到对写作风格审美统一性和价值的自我认识,尽管这种认识仍旧采取了将自己的创作历史化的策略性修辞。("只是在自己,却还不能毅然决然将他毁灭,还想借此暂时看看逝去的生活的余痕。惟愿偏爱我的作品的读者也不过将这当作一种纪念,知道这小小的丘陇中,无非埋着曾经活过的躯壳。"[1])作为文学革命的前卫和最早被"经典化"的新文学家,鲁迅借编辑自己18年间"文言相杂"的"杂文集"的机会,回顾白话革命在创作实践上的初步胜利("白话渐渐通行了,势不可遏"),表现出一种立足于历史经验的眼界和见识。同时,这也是鲁迅从历史认识和审美价值判断出发,为自己的杂文创作提供支撑和辩护。它表明,"自觉"的或"为己"的杂文不但继续走在白话革命的道路上,而且是这种不可遏制的普遍的新文学的风格技巧的深化与强化。这也是作者通过杂感来"掊击"白话文学"转舵派"("主张白话不妨做通俗之用")与"调和派"("却道白话要做得好,仍须看古书"),坚持白话文学自身的使命、抱负和纯粹性的底气所在。

从"掊击"转到"剖析"是鲁迅常见的笔锋变化。针对当时期刊上把他本人用作"做好白话须读好古文"的例证之一,他坦言"实在使我打了一个寒噤"。鲁迅承认曾经读过许多旧书,承认为了教书至今也还在看,也承认"耳濡目染,影响到所做的白话上,常不免流露出它的字句,体格来"。但在内容、思想和精神方面,鲁迅对这种影响及其效果却持一种负面的看法:

> 但自己却正苦于背了这些古老的鬼魂,摆脱不开,时常感到

---

[1] 鲁迅,《写在〈坟〉后面》,《坟》,《鲁迅全集》第1卷,第303页。

一种使人气闷的沉重。就是思想上，也何尝不中些庄周韩非的毒，时而很随便，时而很峻急。孔孟的书我读得最早，最熟，然而倒似乎和我不相干。"[1]

这段话无论从上下文看，还是从文章以"余文"分节、单独划出一个"论说""交代"部分的结构安排看，都没有"反讽"或蓄意的"歧义性"，而是直白的字面意义上的陈述。这也为下文的进一步论述所佐证，即白话革命"以文字论，就不必更在旧书里讨生活，却将活人的唇舌作为源泉，使文章更加接近语言，更加有生气"的宗旨。鲁迅自认在"博采口语""改革文章"方面还不够"十分努力"，原因除"懒而且忙"外，疑心"同读了古书很有些关系"。鲁迅借机再次提出"青年少读，或者简直不读中国书"的主张，并追加说明这"乃是用许多苦痛换来的真话，决非聊且快意，或什么玩笑，愤激之辞"。[2]不仅如此，鲁迅更进一步借题发挥地搬出"聪明人""愚人"的区分，把"在古文，诗词中摘些好看而难懂的字面，作为变戏法的手巾，来装潢自己的作品"的"许多青年作者"比作"聪明人"，指出"然而世界却正由愚人造成，聪明人绝不能支持世界，尤其是中国的聪明人"。[3]作者的结论是斩钉截铁的：即便仅仅在文辞上（"思想上且不说"），"复古"便是"新文艺的试行自杀"。[4]

在这个语境里，所谓的"中间物"，不过是"当开首改革文章的时候，有几个不三不四的作者"之谓。一方面，它是作者拿"一切事物，在转变中"的居间过渡性质来"宽解"自己的"懒惰"；另一方面，却也是说明客观上"只能这样、也需要这样"。"不三不四"的本意，原

---

[1] 鲁迅，《写在〈坟〉后面》，《坟》，《鲁迅全集》第1卷，第301页。
[2] 同上书，第302页。
[3] 同上。
[4] 同上。

是不够资格或力所不逮、勉强为之的意思，这是日后鲁迅在谈到自己翻译"不够达出原文的意思来"时的用法[1]；但另一面也带有"知其不可为而为之"的"傻子"或"硬译"的味道。鲁迅日后也曾用"三角四角"来形容上海文坛各种门派、山头、立场、角色和意见；还曾借《申报·自由谈》"吸收左翼作家""一时论调不三不四"的议论[2]，拟将《伪自由书》命名为"不三不四集"。[3] 这个借用转用、"据为己有"而来的"不三不四"，就带有张扬杂文家眼光笔法的独立性和个性、标榜杂文文体风格介入时事却不入各种规矩、体例和俗套的意思了。事实上，在鲁迅杂文写作的极致期，我们仍可以看到他对杂文生产模式在文学生产社会空间和审美空间中的地位和价值的敏感与反思；因为在某种终极意义上，杂文正是"不三不四"的文体，是超越常规文体格式及其审美体制的写作风格。在《准风月谈·后记》（1934年10月16日）中，面对从四面向杂文射来的明枪暗箭（包括抬出"莎士比亚、托尔斯泰、哥德"，吁请"中国顶出色的作家"不要再把"多少时间浪费在笔战上"，"去发奋多写几部比《阿Q传》更伟大的著作"，而非仅仅满足于编几本"骂人文选"[4]），鲁迅写道：

> 时光，是一天天的过去了，大大小小的事情，也跟着过去，不久就在我们的记忆上消亡；而且都是分散的，就我自己而论，没有感到和没有知道的事情真不知有多少。但即此写了下来的几十篇，加以排比，又用《后记》来补叙些因此而生的纠纷，同时也照见了时事，格局虽小，不也描出了或一形象了么？……因此更使我要保存我的杂感，而且它也因此更能够生存，虽然又因此

---

[1] 鲁迅，《〈表〉译者的话》，《译文序跋集》，《鲁迅全集》第10卷，第437页。
[2] 鲁迅，《伪自由书·后记》，《鲁迅全集》第5卷，第169页。
[3] 鲁迅，《准风月谈·后记》，《鲁迅全集》第5卷，第424页。
[4] 同上书，第423页。

更招人憎恶,但又在围剿中更加生长起来了。呜呼,"世无英雄,遂使竖子成名",这是为我自己和中国的文坛,都应该悲愤的。[1]

这段话可视为过渡期"杂文的自觉"的"升级版"。"悲哀"或可在时代文艺的丰富性和形式发达等"绝对"意义上理解,而且也同样是真话和实话;但无论在杂文写作技巧的意义上,还是在文学的现实表现意义上,写作《伪自由书》和《准风月谈》时期的鲁迅都已表现出高度的自信,丝毫没有因为"中间物"意识而甘愿在"进化的链条上"被其他文学生物形式"扬弃"的宽宏大度。对于将他比作"老丑的女人"或给他戴上"反映中国大众灵魂的作家"的高帽、愿他有"伟大的著作"的议论,作者如此回应:

> 说法不同,目的却一致的,就是讨厌我"对于这样又有感想,对于那样又有感想",于是而时时有"杂文"。这的确令人讨厌的,但因此也更见其要紧,因为"中国的大众的灵魂",现在是反映在我的杂文里了。[2]

这是何等的自负和自信!它来自"上海时期"鲁迅杂文纵横捭阖、嬉笑怒骂皆成文章的炉火纯青状态,来自这种写作风格通过每天的战斗而为自己赢得的认识论功用、历史表象价值和文学的史诗性智慧。但所有这一切,离开"过渡期"和"杂文的自觉"的意识的内敛和审美形式的强化,都是无从想象的。相比于1925—1926年随个人逆境以及对其抵抗而生的体验、顿悟和决断,20世纪30年代的鲁迅无疑在更为宽广的社会空间里观察、思考和行动,同时带有更多的自信、历史

---

[1] 鲁迅,《准风月谈·后记》,《鲁迅全集》第5卷,第430—431页。
[2] 同上书,第423页。

意识、写作经验和技巧，也有更为深刻的文学本体论洞察。但在《写在〈坟〉后面》创作之际，他对"不三不四的作者"之任务的理解，仍受"过渡期"总体上的探索、突破、自我超越的制约。因此，杂文被限定在历史中介和文化转换的功能意义上，具体而言，就是"在有些警觉之后，喊出一种新声；又因为从旧垒中来，情形看得较为分明，反戈一击，易制强敌的死命"。[1] 这也可视作《华盖集》中"执滞于小事情"的脾气和态度的表现，只不过此处的靶子和对手是《新青年》时代的老冤家，即文言"旧垒"。一直到离开厦门、抵达广州之后，在1927年2月26日于香港的《无声的中国》演讲最后，鲁迅仍不忘攻击这个传统的阴魂不散、借尸还魂，呼吁中国的青年"推开了古人，将自己的真心话发表出来"，"将中国变成一个有声的中国"。简单说，在文言和白话之间，鲁迅从来不认为有什么"中间物"，而是"两条路"的选择："一是抱着古文而死掉，一是舍掉古文而生存。"[2]

因此，鲁迅在《写在〈坟〉后面》中再次祭出自己曾在"启蒙时代"挥舞过的进化论大旗，主旨不过是为新文学语言和文体发展的阶段论提供一种历史描述。所谓"动植之间，无脊椎和脊椎动物之间，都有中间物；或者简直可以说，在进化的链子上，一切都是中间物"的说法，反映了晚清民国之交各种快速更迭的观念体系和价值行为规范之间具体的历史关系。鲁迅同时又补充，这种"中间物"仅仅是作为自我否定、自我消解的形式和构造才获得其存在的理由，就是说，它"仍应该和光阴偕逝，逐渐消亡，至多不过是桥梁中的一木一石，并非什么前途的目标，范本"。[3] 然而鲁迅在此的用心并非重提进化论，也不是阐发黑格尔式的否定和中介概念，只是就《坟》这本跨度长达

---

[1] 鲁迅，《写在〈坟〉后面》，《坟》，《鲁迅全集》第1卷，第302页。
[2] 鲁迅，《无声的中国》，《三闲集》，《鲁迅全集》第4卷，第15页。
[3] 鲁迅，《写在〈坟〉后面》，《坟》，《鲁迅全集》第1卷，第302页。

18年的作品合集中包含的青年时代所作的文言论文做出历史的解释，客观平实地看待自己的写作生涯在白话文学发展的宏观历史中的位置与价值。

鉴于"进化论"在鲁迅文学和思想结构中的重要性，这里有必要稍稍回顾或"重访"一下作者当年接触到的观念的话语和文本形态。目前尚没有史料证明鲁迅曾在青年时代阅读过达尔文《物种起源》的原版或日、德译本或中译节本，但他一度十分折服于严复翻译的《天演论》[1]，我们不妨从赫胥黎的《进化论与伦理学》一书中摘引一段话，来说明在鲁迅阅读史和观念构造上曾起到关键作用的论述及其表达方式：

> 正如没有人蹚过急流时能在同一条河里落脚两次，也没有人可以准确断定，这个感性世界中的事物当下所处的状态。当一个人说话的时候，不，当他在思考这些话的时候，谓语的时态已经不适用了，"现在"变成了"过去"，"是"（is）变成了"曾是"（was）。我们对事物的本质认识得越多，也就越明白，所谓的静止不过是未被察觉的活动，表面的平静只是无声而剧烈的战争。在每一个局部、每一时刻，宇宙所处的状态，都是各种对抗势力短暂协调的表现——是战争的现场，所有的战士在这儿依次倒下。局部是这样，整体亦如此。自然知识越来越倾向于得出这样的结

---

[1] 但严复译本给他青年时代带来的震撼和启蒙，以及这种震撼和启蒙对于鲁迅人生观、世界观和文学观形成的关键作用则是无法否认的。一个旁证是，五四一代对严译文笔大都持排斥和否定态度，唯有鲁迅一再在回忆中强调其文笔之优美和令人陶醉，并不在意桐城体"旧瓶装新酒"同白话文学革命"言文一致"原则相抵触。鲁迅在自己的翻译实践中强调比"直译"更严格彻底的"硬译"，因此可以说和严复处在截然对立的位置，但这并不妨碍鲁迅在文学意义上对严复翻译做一种历史性、个人化的接受和"据为己有"。这也同竹内好所谓的鲁迅倾向于站在旧的一边抵抗新东西，但同时力图让旧东西承担新功能，而非改头换面为"新"，却以"新"去承担"旧"功能的姿态有关。

论:"天上的群星和地上的万物"都是宇宙物体的过渡形式,沿着进化的道路前行。从星云状的潜能,到太阳、行星和卫星的无止境的演变,到物质的全部多样性,到生命和思想的无限多样性,也许还要经过某些我们既不可名状又无法想象的存在形态,再回到初始的潜在状态。这样看来,宇宙最明显的特征是暂时性。它所呈现的面貌与其说是永恒的实体,不如说是变化的过程。在这一过程中,除了能量的流动和遍布宇宙的合理秩序外,没有什么东西是永久不变的。[1]

这个从"原作"中选取的样品,可帮助我们认识和校正在阅读鲁迅

---

[1] 赫胥黎,《进化论与伦理学》,宋启林等译,黄芳一校,陈蓉霞终校,北京大学出版社,2010年,第22页。原文如下:"As no man fording a swift stream can dip his foot twice into the same water, so no man can, with exactness, affirm of anything in the sensible world that it is. As he utters the words, nay, as he thinks them, the predicate ceases to be applicable; the present has become the past; the 'is' should be 'was.' And the more we learn of the nature of things, the more evident is it that what we call rest is only unperceived activity; that seeming peace is silent but strenuous battle. In every part, at every moment, the state of the cosmos is the expression of a transitory adjustment of contending forces; a scene of strife, in which all the combatants fall in turn. What is true of each part, is true of the whole. Natural knowledge tends more and more to the conclusion that 'all the choir of heaven and furniture of the earth' are the transitory forms of parcels of cosmic substance wending along the road of evolution, from nebulous potentiality, through endless growths of sun and planet and satellite; through all varieties of matter; through infinite diversities of life and thought; possibly, through modes of being of which we neither have a conception, nor are competent to form any, back to the undefinable latency from which they arose. Thus the most obvious attribute of the cosmos is its impermanence. It assumes the aspect not so much of a permanent entity as of a changeful process, in which nought endures save the flow of energy and the rational order which pervades it." 引自 Thomas Henry Huxley, *Evolution and Ethics—Delivered In the Sheldonian Theater*, May 18, 1893, London & New York: University of Cambridge Press, 2009, pp. 4–5。严复译为:"额拉吉赖图(周时希腊人)曰:'世无所谓今也。有过去有未来,而无见在。譬之濯足长流者,抽足再入,已非前水。'何则?是混混者未尝待也。方云一事为今,其今已古。且精而言之,岂仅言之时已哉!当其涉思,所谓今者,固已往矣。今然后知静者未觉之动也,平者不喧之争也。当其发见,目击道存,要皆群力交搆,屈伸相报,万流汇激,胜负相乘,大宇长宙之间,常此摩荡运行而已矣……"参看《严复全集》第1卷,福建教育出版社,2014年,第35页。

"译作"过程中,由词语和表述方式所带来的偏差和误解。同时,它也能够帮助我们更准确地聚焦于鲁迅"创造性误读"的真正指向、兴趣和意味。它无疑比"物竞者,物争自存……天择者,物争焉而独存"[1]这样的文言警句更贴近鲁迅文学的内在韵律;同时它也更为准确地表达了达尔文"进化论"(evolutionary theory)的原意。鲁迅虽未必通读过《物种起源》,但相信以他早年的自然科学训练以及晚清以降"向西方寻找真理"的心态,在日本留学期间不会错过任何机会去进一步了解和把握进化论,至少是经过严复介绍的赫胥黎版的进化论的本义。[2] 更重要的是,鲁迅对进化论和伦理学的兴趣从一开始就带有鲜明的文学色彩,是对一种科学论述的出于生存境遇和情感的拥抱、吸收、想象和发挥。达尔文的自然科学发现,对于鲁迅来说,不过是个人自觉和民族自觉的一种催化剂和旁证,而那种自觉在成为语言的过程中,必然借助科学论述上演自己的戏剧,从而将生物演化规律和宇宙秩序都占有为一种存在的诗的态度、愿景、能量和激情。

因此,《写在〈坟〉后面》里描述的"中间状态",就是"这个感性世界中的事物当下所处的状态"本身。而所谓"所谓的静止不过是未被察觉的活动,表面的平静只是无声而剧烈的战争"则不啻为文学的自然科学式对应物,它指向语言革命、文学形式,特别是杂文文体风格内部矛盾统一体自身的紧张与动态。自《野草》以来日益明晰的"速朽诗学",包括其中那个不断在自我颠覆、自我毁灭中重生、再生的作者,那个"没有器官的身体",也在赫胥黎"在每一个局部、每一

---

[1]《严复全集》第1卷,第10页。
[2] 据周作人回忆,鲁迅在南京初读严译《天演论》,赴日留学时随身仍带着这本书,但日后读了丘浅次郎的《进化论讲话》后"才明白进化学说到底是怎么一回事"(周作人,《鲁迅的青年时代》,《周作人自编文集》,止庵编,十月文艺出版社,2013年,第45—46页)。不过,至今尚无文本证据能够表明鲁迅曾研读过《物种起源》。从鲁迅在自己的白话写作中一直用日译《进化论讲话》而不再使用严译《天演论》中,我们可以推想他的确在留学日本期间修正了从严复那里得来的关于进化论的知识。

时刻，宇宙所处的状态，都是各种对抗势力短暂协调的表现——是战争的现场，所有的战士在这儿依次倒下"这样的语句和观念中，得到某种理论化但激情四射的印证。在此，进化观念在表面上固然被表述为"'天上的群星和地上的万物'都是宇宙物体的过渡形式，沿着进化的道路前行"，但其哲学实质和文学实质，却是这种宇宙秩序和生物演化过程的"全部多样性"和"无限多样性"；是这种多样性充分展开过程的无时间性和无主体性，包括"不可名状又无法想象的存在形态"和"再回到初始的潜在状态"的循环往复。

最终，所谓"中间物"意识不过是确认那种作为"宇宙最明显的特征"的"暂时性"；这种"暂时性"同文学本身的暂时性具有某种本体论的同构性，即它们"所呈现的面貌与其说是永恒的实体，不如说是变化的过程"。但这种变化过程并不是历史主义"与时俱进"意义上的变和"新"（即竹内好批判的那种追赶潮流的新），而恰恰是在"能量的流动和遍布宇宙的合理秩序"框架内"没有什么东西是永久不变的"这一法则的不变。这与文学本体论所遵从的审美感性和自律性，与那种破旧与立新、立新与复古的循环法则也是一致的。可以说，对"进化"观念的"文学式"把握，在其以诗的直觉把握了科学真理的意义上，也为鲁迅文学带来一种内在的个性、确定性和总体方向，从而使它与那种简单地追随"社会进步"、力图同"时代精神"亦步亦趋的历史主义心态和意识形态区别开来。

就《坟》所展示和象征的文学经验而言，所有的"陈迹"，包括它们在不久的将来的自行消亡，都仍需在风格、审美、批评和作者意识等方面确立坚实而持久的意义和价值。这是杂文美学形式空间内部的颠覆 - 构造 - 颠覆的辩证法则。"中间物"意识在这个过程中并不在"思想"意义上为新文学带来任何新的价值和实质，因为它只属于一种历史认识的范畴；而亚里士多德最早定义的"诗"却在自身独立的范畴内活动。对新文学来说，真正的问题不是仅仅认识到在非个人化的类与种的演化过程中一切都是过渡、中介和有待被否定的事物，而是在这种被意识所把握的否定和自我否定活动中，确立文学语言和文学形象。那种创造与毁灭、肯定与否定、虚无与实有的辩证法，只有在这种文学语言、文学形象的形式空间内部充分展开，方才具备文学和美学意义；而只有具备文学和美学意义的文学，方谈得上历史认识和价值判断方面的价值。

《写在〈坟〉后面》里"中间物"的意象，大体上是为处理文集收录早期文言论文和自己白话文写作中的古文残留而发；而在杂文写作锋芒的维度上，则以"又因为从旧垒中来，情形看得较为分明，反戈一击，易制强敌的死命"一句尤为关键。[1] 它道出了这种历史、文化和价值"居间"、跨界和两面性所客观具有的颠覆性和激进性，这与波德莱尔把艺术家视为其本人所属阶级营垒内部的奸细有异曲同工之妙。至于紧接着的"但仍应该和光阴偕逝，逐渐消亡，至多不过是桥梁中的一木一石，并非什么前途的目标，范本"之语，其要旨并不在一般意义上的哲学思辨，而是同样有"杂文的自觉"范畴里的具体、特殊含义。[2] 在完成于《华盖集》时期的《热风·题记》中有类似意思的更全面、准确的论述：

> 所以我的应时的浅薄的文字，也应该置之不顾，一任其消灭的；但几个朋友却以为现状和那时并没有大两样，也还可以存留，给我编辑起来了。这正是我所悲哀的。我以为凡对于时弊的攻击，文字须与时弊同时灭亡，因为这正如白血轮之酿成疮疖一般，倘非自身也被排除，则当它的生命的存留中，也即证明着病菌尚在。[3]

---

[1] 鲁迅，《写在〈坟〉后面》，《坟》，《鲁迅全集》第1卷，第302页。
[2] 同上。
[3] 鲁迅，《热风·题记》，《鲁迅全集》第1卷，第308页。

杂文虽不能等同于"对于时弊的攻击",却是和它处于同样的诗学构造和存在政治的范畴之内;鲁迅把《热风》里的文章称为"我的应时的浅薄的文字"或许是自谦的修辞,但"凡对于时弊的攻击,文字须与时弊同时灭亡"却是认真严肃的观察与思考。"白血轮之酿成疮疖"的生物学比喻和把文学比作社会肌体中的"病菌",都说明鲁迅对文学一般性和自己写作方式特殊性的基本认识;它们在"生物学"意义上既是事实又是表征,随着生物有机体自身的病理学状态的变化而变化,在这个意义上都仅仅是过渡性或"中间"状态。但在生命形式、意识内容及其情感体验的范畴里,这种在物理时间的须臾不断瓦解和消灭的社会生理状态,却可以而且必将显示其特殊的能量、温度、痛感和其他"生物活性",生产出自己的表达形式和种种无形而可感的形象和寓意。像鲁迅大多数文集序跋一样,《热风·题记》作为一个独立的文学文本,在表现出与集子里"应时的浅薄的文字"的不同之外,也通过自身"杂文"的文体风格,回溯性地赋予了那些文字一种在编纂合集和寓意层面的文学性。换句话说,《热风·题记》在杂文的边缘说明了它独立于"时弊"的文学价值,正如杂文本身在文学的边缘说明了它独立于历史和思想的诗的自律。这种关系也极为奇妙地体现在"热风"这个书名的观念构造里,特别集中于鲁迅写作本身的"冷与热"的辩证统一之中。鲁迅写道:

> 但如果凡我所写,的确都是冷的呢?则它的生命原来就没有,更谈不到中国的病证究竟如何。然而,无情的冷嘲和有情的讽刺相去本不及一张纸,对于周围的感受和反应,又大概是所谓"如鱼饮水冷暖自知"的;我却觉得周围的空气太寒冽了,我自说我的话,所以反而称之曰《热风》。[1]

---

[1] 鲁迅,《热风·题记》,《鲁迅全集》第1卷,第308页。

这个词语－观念构造可以简化地描述为：鲁迅杂文的环境和条件都是冷的（"周围的空气太寒冽了"），鲁迅杂文内部"体温"也是冷的（"的确都是冷的""无情的冷嘲"），但它正因为这种冷和无生命状态而得以存在、延续和战斗。在这种"内"与"外"、意识与环境、文学与历史条件之间的物理"热平衡"状态（"如鱼饮水"）中，"热"仅仅来自一种主观干预甚至主观想象，来自主观感知、自我意识和写作机器（the writing machine）内部的能量、活动、动态和意志，来自文学意识、文学生命和文学生产过程本身的消耗和对抗（"我自说我的话"）。它只是在一种以"冷"同冷对峙却"反而称之"的意义上才成其为"热"；这种寒冽的热和无生命的生命，是鲁迅杂文风格赖以存在和展开的文学悖论的核心。

在"杂文的自觉"的刹那，创造与毁灭、存在与虚无、永恒与易逝的二元对立进入一种形式循环，并从中源源不断地生产出鲁迅杂文特有的紧张感和审美强度，这就是鲁迅文学在杂文中"第二次诞生"的文学本体论秘密。在整个过渡期和转折期中，这种文学生产内部的辩证法为自己创造出一系列观念、句式、象征和寓言形象。"野草"面对自己焚毁于地面时的"大欢喜"、"坟"与凭吊，以及对自己与岁月一同"化为烟埃"的期待，都是其中最具有概念和方法意义的"思维形象"（thought-image）。在杂文文体、风格和作者意识的尖锐化过程中，创造和颠覆、空虚与实有、社会经验的具体性同诗的形象的闪现之间的交替轮换，产生出远远高于"进化链上的中间物"概念的内在强度、速度和审美丰富性。这种强度、速度和审美丰富性，以及它们所包含的文学生产空间内部的创造性能量和赋形能力，决定了鲁迅杂文的诗的而非历史或思想的本质。

《坟》序跋内容和形式的复杂性，以及它们所包含的形象－概念－名字－行动四重维度，为完成于四个半月后的《野草·题辞》诗学宣言做好了铺垫。"坟"是野草生长于其上的地面和地下;是野草所象征和寓意的现在进行时的、循环往复的"死亡与腐朽"的静态和"过去时";是在"题辞"一开头所交代的"沉默"与"开口"、"充实"与"空虚"之间相互依存、相互否定的辩证关系的具象化和空间化。事实上,在与《野草》大体属于同一个时期的短篇小说集《彷徨》里,"坟"的意象已经多次出现。《在酒楼上》(1924年5月10日)和《高老夫子》(1925年5月11日)中,"坟"虽然只是作为故事情节中的背景因素一带而过,却构成虚构作品总体情绪、氛围和色调的有机组成部分。在《伤逝》(1925年10月)中,那种"是怎么可怕的事呵!而况这路的尽头,又不过是——连墓碑也没有的坟墓"[1]的慨叹,则直接关系到作为小说问题性核心及叙事结构关键的爱情和自主生活中的真实与说谎、记忆与遗忘的深层矛盾。《过客》(1925年3月9日)在散文诗的形式空间营造了一种戏剧性紧张("这里的,你可知道前面是怎么一个所在么?翁——前面?前面,是坟。客——[诧异地,]坟?"[2])。《墓碣文》(1925年6月22日)则以"坟"为核心意象("我绕到碣后,才见孤坟,上无草木,且已颓坏。即从大阙口中,窥见死尸,胸腹俱破,中无心肝。而脸上却绝不显哀乐之状,但蒙蒙如烟然"[3])谋篇布局,经营寓言表意。《淡淡的血痕中》(1926年4月19日)一文中,"坟"更被设置为造物主虚伪的世界和人间猛士之间的冲突的中心,一面是"几片废墟和几个荒坟散在地上,映以淡淡的血痕,人们都在其间咀嚼着人我的渺茫的悲苦。但是不肯吐弃,以为究竟胜于空虚,各各自称为'天之僇民',以作咀嚼着人我的渺茫的悲苦的辩解,而且悚息着静待新的悲苦的到来";另一面则是"叛逆的猛士出于

---

〔1〕 鲁迅,《伤逝》,《彷徨》,《鲁迅全集》第2卷,第130页。
〔2〕 鲁迅,《过客》,《野草》,《鲁迅全集》第2卷,第195页。
〔3〕 鲁迅,《墓谒文》,《野草》,《鲁迅全集》第2卷,第207页。

人间；他屹立着，洞见一切已改和现有的废墟和荒坟，记得一切深广和久远的苦痛，正视一切重叠淤积的凝血，深知一切已死，方生，将生和未生"。[1] 如果说鲁迅的短篇小说和散文诗本身带有潜在的杂文因素和特性，那么作者在《写在〈坟〉后面》中以杂文的方式将这种因素和特性再一次"据为己有"，化为"杂文的自觉"的自传性叙事的环节，不亦得其所乎？

作为"记载"和"表达"的标记和寓言形象，"坟"在艺术形象学比较的层面，同经海德格尔在其《艺术作品的本源》中的阐释而获得经典意义的梵高油画《农鞋》极为相似：它们都在一种劳动、工作和斗争之后复归于静止和寂静；都在寂静无为中记录、承载着死者的事迹和行动；都在自身的空洞和幽暗中，保有着逝去的能量、声音、憧憬和倾诉的冲动；都以自身的构造和"装置"，"鼓噪着大地沉默的呼唤"。最终，它们都像语言或语言的艺术作品一样，围拢起一个"世界"、一个"存在的家"。也就是说，它们都不仅仅提供了一种关于存在的"内容"的感受和想象（海德格尔所谓的"大地"），而且还提供了将这种内容揭示出来、敞露出来的形式、构造和方法，因而具有艺术表现的本源意义。从"坟"这个寓言形象和概念的艺术构造出发，我们也可以反推鲁迅在"写（文章）"和"集杂文"的双重意义上保持的鲜明的作者姿态和强烈的文学-美学意识。杂文从不自觉的"自在"状态向"自为"的自觉状态过渡，也是这种艺术作品强度的经营和制作在鲁迅写作的词汇、句法、修辞和作为"言语行为"（speech act，包括口吻、语气、情调、氛围、姿态、表演性、叙事性、戏剧性）等"文章"的基本单位和结构层面的确立和内置化。

《坟》的序跋作于1926年10月底至11月中旬之间，它取代了此前"旧事重提"系列而同"运交华盖"系列的"路上杂文"形成了平

---

[1] 鲁迅，《淡淡的血痕中》，《野草》，《鲁迅全集》第2卷，第226—227页。

行、对应、缠绕和互补关系,并在"作者风"写作的姿态中带来了"杂文的自觉"之后的又一次风格反思。这种作者意识和文章风范的凸现可以回溯性地扩大到整个鲁迅文学的"转折期"。自1925年女师大风潮至1927年离开北平,辗转厦门到达广州之间,我们看到"杂文"写作法和风格的明确化或"自觉"始终同其他文体、文类或写作式样穿插、交织在一起;这可视为杂文形式空间内部日益加强的综合性、多样性和总体性的旁证。换句话说,自觉的杂文的出现并不表现为鲁迅写作在某一特殊文体上的单科独进,更不是鲁迅文学生产的放弃、退缩和自我设限;而恰恰是一种吸收、涵盖其他文类文体和样式的总体性"解决方案"。这个"解决"(solution)既是对个人境遇、现实危机和外部挑战的具体应对和回复,更是文学艺术形式史(formal history)内部及其"范式变革"意义上的"处理"和"安置",犹如古典音乐和声学意义上和谐音是不和谐音的"解决","奏鸣曲式""交响乐""音诗"等体裁和规范是对先前作曲技巧样式、结构安排的发展、突破、超越和包容。这是一个全局性的风格转向,一个写作技巧和形式结构意义上的决断,一个审美和文学史意义上的选择。因此,对于鲁迅创作生涯的发展及其作品整体的文学本体论本质而言,"杂文的自觉"都不仅仅是一个分支、阶段、"发展"或现象,而是一个打破常规、确立新的规范和标准的事件(event)。这个事件彻底改变了鲁迅文学的整体面貌和内在实质,也使我们得以重新分析和理解新文学起源期的内在标准、审美品格和历史价值。

第四部 进向大时代：杂文与历史意识

第十三章 革命时代的文学·675

第十四章 「清党」之后的沉默与言说：「而已」而已及其诗学展开·705

第十五章 「魏晋风度」与杂文自觉的历史化·761

第十六章 文艺与政治的歧途·806

第十三章　革命时代的文学

1927年1月16日，鲁迅搭乘的"苏州"轮在午后驶离厦门，经停香港后，于18日午后在雨中抵达黄埔港，鲁迅八个多月的"广州时期"由此开启。在厦门的最后十余天里，鲁迅收到了厦大最后一份月薪（"收去年十二月分薪水泉四百"[1]）；出席了师生、故旧、同乡组织的各种送别会，包括两次厦门大学校长林文庆（梦琴）的饯行午宴；同时按部就班地继续着自己的翻译、购书，以及同几家出版社、杂志社的书信往来。日记中载录的这种临行前的好整以暇、从容不迫，同鲁迅四个月来在书信里有意无意塑造的躁动不安、牢骚满腹的自我形象构成有趣的对比。

可以想见，在做出了"我虽颓唐，而他们还比我颓唐得多"[2]的学术职场判断，发出了"我可以爱"[3]的个人宣言之后，赴广州前鲁迅的心境是平和放松的；对未来目的地和生活是抱有期待的。毕竟，去那里同许广平相会，某种意义上，可说是鲁迅成年后私人和情感生活领域里最重大的变化。[4]彼时的广州是革命后方和"北伐"策源地，国民党人政治军事力量的大本营。对于在北洋军阀执政府治下的北京工作和生活了十余年的鲁迅来说，此种"回归"在政治认同上的象征

---

[1] 鲁迅，《日记十六》，《鲁迅全集》第16卷，第1页。
[2] 鲁迅，《261120 致许广平》，《鲁迅全集》第11卷，第620页。
[3] 鲁迅，《270111 致许广平》，《鲁迅全集》第12卷，第11页。
[4] 此时距1906年，不到25岁的鲁迅奉母命从日本回到绍兴与朱安成婚，已过去两个十年。

意义和情感意义，既不必被夸大，也不应被忽略。至少可以说，为当时"北伐"战事进展和各地革命形势所鼓舞，鲁迅赴广州前的心态，要比几个月前离开北京赴厦门时乐观进取得多。鲁迅1月18日到达广州后，先后于同月26日、2月1日两度赴中山大学实际负责人、日后成为国民党政府要员的朱家骅（骝先）寓夜餐。1月31日、2月9日两次接待中山大学中共党组织领导人，以及学生徐文雅、毕磊等人的来访，得赠《少年先锋》杂志十二本、《做什么》三本。[1]2月10日被任命为文学系主任兼教务主任。3月1日参加中山大学开学典礼并发表演说（此前此后他数次公开讲演[2]）。所有这些，都和在厦门大学任教时的孤独而寂寥、闲适而茫然的状态和形象构成对照。造成这种对照的原因，既在于这两所大学的性质不同，同时也关系着大革命时代广州的政治氛围和人际交往特点，包括各种政治力量和社会力量争取鲁迅和将鲁迅之名为我所用的意图。

鲁迅到广州后两三个月里频繁的社交应酬，外加川流不息的"阅市"或"观市"、"夜饭"或"夜餐"、"观电影"、"午餐"或"午饭"、"赴茶会"或"饮茗"等行动，都从一个侧面反映了广州日常生活世界的相对富足和生机勃勃，即鲁迅在致韦素园信中所谓的"繁盛"与"便当"[3]。市井烟火气，对于在"荒无人烟的海边"苦住了四个月的鲁

---

[1] 鲁迅受聘于中大，背后有中共的推动作用，同时也得到国民党方面的欢迎。据时任中山大学中共总支部书记的徐彬如（徐文雅）回忆，当时广东党组织曾向被蒋介石提名为中山大学校长的戴季陶提出聘请鲁迅，作为同意戴氏出掌中大的条件之一："我们提出要请鲁迅来中大当文学系主任"，用以弥补原中大文科学长郭沫若参加北伐后留下的空白。见徐彬如，《回忆鲁迅一九二七年在广州的情况》，《鲁迅研究资料》第1辑，1976年10月。

[2] 据鲁迅日记所记载，共有1月25日中大学生会欢迎会演说；27日社会科学研究会演说；2月18、19日香港青年会两场演说（即"无声的中国"和"老调子已经唱完"）；3月11日中山先生二周年纪念会演说；4月8日黄埔（军官）政治学校演说（即"革命时代的文学"）；11日广州市立师范学校演说等。

[3] 鲁迅，《270126致韦素园》，《鲁迅全集》第12卷，第16页。

迅来说，是令人欢喜的吧。这种颇为"入世"的生活兴致和节奏，并没有在 3 月中鲁迅、许广平和许寿裳三人一道"往白云路白云楼看屋"并付了"定泉十元"后放缓，甚至并未因后来深深震撼了鲁迅、导致他坚决从中山大学辞职的"清党"事件而完全中断。同年 9 月，业已从中大辞职的鲁迅，一边在等待赴上海的船期，一边躲避和澄清种种关于自己被通缉和在逃的流言。在收入《而已集》的《通信》（1927 年 9 月 3 日致李小峰）一文中，鲁迅语带讽刺地回顾了初到广州时的情形：

> 我到中山大学的本意，原不过是教书。然而有些青年大开其欢迎会。我知道不妙，所以首先第一回演说，就声明我不是什么"战士"，"革命家"。倘若是的，就应该在北京，厦门奋斗；但我躲到"革命后方"的广州来了，这就是并非"战士"的证据。
>
> 不料主席的某先生——他那时是委员——接着演说，说这是我太谦虚，就我过去的事实看来，确是一个战斗者，革命者。于是礼堂上劈劈拍拍一阵拍手，我的"战士"便做定了。拍手之后，大家都已走散，再向谁去推辞？我只好咬着牙关，背了"战士"的招牌走进房里去，想到敝同乡秋瑾姑娘，就是被这种劈劈拍拍的拍手拍死的。我莫非也非"阵亡"不可么？
>
> 没有法子，姑且由它去罢。然而苦矣！访问的，研究的，谈文学的，侦探思想的，要做序，题签的，请演说的，闹得个不亦乐乎。[1]

自道素不爱命题作文的鲁迅，彼时只好如此自嘲："事前事后，我常常

---

[1] 鲁迅，《通信》，《而已集》，《鲁迅全集》第 3 卷，第 465 页。

对熟人叹息说：不料我竟到'革命的策源地'来做洋八股了。"[1]这些当然已经是"清党"后数月，鲁迅痛定思痛，从新的反思和作者意识出发用杂文笔法写出的文字。但早在同年2月，鲁迅就在给章廷谦的信中透露自己到广州后"被抬得太高，苦极"，并接着"厦门时期"通信里的话题写道："我不想做'名人'了，玩玩。一变'名人'，'自己'就没有了。"[2]类似的话也在鲁迅其他书信里出现，比如在3月中旬给李霁野的一封信里，就提到住在中大校内早晚都有人来找，"是不行的"；"我想搬出去，晚上不见客，或者可以看点书及作文"。[3]

"广州时期"的开局虽然虎虎有生气，情绪和气象与"厦门时期"大相径庭，但放在鲁迅文学生涯"北京时期"和"上海时期"两大板块之间，仍然归属于辗转、暂居、为两个人（而非自己独身一人）寻求下一个相对稳定的落脚点和生活方式的"在路上"状态。鲁迅来到广州这个"革命后方"时，大革命的前沿已经随北伐军的节节胜利而北移；三个月后与"清党"事变不期而遇，经历"我一生从未见过有这么杀人"[4]的历史转折，不过是鲁迅文学风格"形式的历史"同20世纪中国政治、经济、军事形势变化的"社会的历史"之间平行、交叉、缠绕的又一个节点或危机。这个节点或危机的意义和价值要在鲁迅文学内部，即在"形式史"一方收获；换句话说，"社会史"方面所带来的经验、体验和思想观念，最终都为鲁迅文学自身的生命和外在形象提供了"外因"（刺激、信息、材料，等等），促使它按照其语言形式和艺术风格的"内因"而将自身的潜能最大化。具体来看，就鲁迅直接的道德判断和历史意识而言，"清党"无情地阻断了他同民国政

---

[1] 鲁迅，《通信》，《而已集》，《鲁迅全集》第3卷，第466页。
[2] 鲁迅，《270225致章廷谦》，《鲁迅全集》第12卷，第21页。
[3] 鲁迅，《270317致李霁野》，《鲁迅全集》第12卷，第24页。
[4] 鲁迅，《自传》（1934年4月），《鲁迅著译编年全集》第16卷，第136页。亦见《集外集拾遗补编》，《鲁迅全集》第8卷，第402页。

治生活"主流"即国家形式和解并相向而行的可能。以此为转折点，鲁迅文学在自身的语言和寓意空间内部，已将作为政治现实的民国归于更久远而黑暗的时间连续体的当代延续，并将其确立为新文学及其未来价值指向的对立面。这种对立和叛逆性，无论作为生存状态、情绪，还是作为历史观、价值观和审美趣味，都加深和激化了鲁迅文学的形式自觉；它一方面直达鲁迅文学本体论空间的核心，另一方面也在语言风格的句式结构和感性外观上表现出来。这种刻写在鲁迅文学审美和道德"内面"的历史和价值断裂，在"上海十年"的杂文创作中将进一步显示出其强大而持续的动力、韧性和创造性。

在与友人信中，鲁迅曾说原本想在厦门"关门读书一两年"，计划落空后"适逢中山大学邀请去"，于是"我就要去了"；而"至于在那里可以住多少时，现在无从悬断，倘觉得不合适，那么至多也不过一学期"。[1] 由此可见，广州虽比厦门更合鲁迅的脾胃和精神需要，但总体上也并未超越最初"关门读书一两年"的时间框架，更不用说在生存状态上，中山大学的教职仍属于令鲁迅感到不自在的"学院生涯"或"编讲义"范畴，虽"500 泉"的月入甚至比财大气粗的厦门大学的薪酬标准还高，但学院行政人事等方面的责任也多，而这些都既非鲁迅所长，更非其所爱。鲁迅到中大后为各种行政事务和社会活动所累，发出了"专门做教员，不知道将来（开学后）可能够"之问，但同时又立即声明"即使做教员，也不过是五日京兆，坐在革命的摇篮之上，随时可以滚出的"。[2]

归根结底，鲁迅只是现代学院体制的局外人和偶尔的同路人，虽然他自认不是不能做学术研究。鲁迅在古籍辑校、小说史研究、外国文学翻译等方面的技能和成绩固然足以让他在当时中国任何一所大学

---

[1] 鲁迅，《270112 致翟永坤》，《鲁迅全集》第 12 卷，第 13 页。
[2] 鲁迅，《270225 致章廷谦》，《鲁迅全集》第 12 卷，第 21 页。

得到一个养尊处优的位置,但学院或"象牙塔"对鲁迅而言终究仍是一个是非之地和会产生疏离感、厌倦感的地方,这一点并不会因外部政治环境的不同而有所改变。一般人眼中大学教授身份带来的相对安逸,在鲁迅的感受中却往往是一种得不偿失的精力付出和烦躁焦虑的来源。他在厦大期间常常提到的教书与写作的相互抵消、势不两立的关系和情势就是明证。因此,鲁迅在为未来生计做长期打算和筹划的时候,首先想到的是译书而非教书。随着鲁迅文学声誉和作品数量增长而来的日益稳定的版税收入,在日后鲁迅"自由撰稿人"生涯经济来源中起到了远比译书更重要的作用,而这正是鲁迅在整个南下漂泊期仍有意无意为大学生涯和居住地选择设置了高门槛和低容忍度的内在原因,也是他最后在上海"半租界"定居下来的隐蔽的(其实又是十分明显的)政治经济学原因。

而同鲁迅写作生涯关系更为密切的则是,在政治城市和工商-市民城市之间,在"官"与"商"、"文化"与"市场"、前近代与近代都市形态之间,鲁迅虽对两者都语带讥讽,但最终还是选择了后者作为安身立命的直接物质环境和社会环境。这个选择不能不说是一种有意味的"用脚投票"。同许多五四时代的江浙文人一样,鲁迅对作为古都和"文化城"的北京是喜欢的,对那里在历史上,特别是民元以来聚集的文化和教育资源也是看重的,因此在整个"漂泊期",他其实并没有把重回北京作为一个选项完全排除在考虑之外(相比之下,故乡省会杭州则是被排除在考虑范围之外的)。鲁迅"广州时期"政治热情的短暂复燃与再度熄灭,特别是"清党"事变带来的深入骨髓的恐怖震撼以及由此而来的更为尖锐而清晰的历史意识,事实上已经锁定了鲁迅日后的去向,并在更深刻的意义上为鲁迅杂文写作提供了实在而具体的历史经验内容,从而促成了鲁迅写作风格的进一步扩展、定型和清晰化。

无论从这个漂泊期的终结着眼,还是从"杂文的自觉"经由"路上杂文"而获得的文体丰富性和风格扩张看,"广州时期"的重要性,都在于政治领域的震惊和由此而来的更为深刻的历史意识在语言风格层面的结晶。这种历史意识并不是一般意义上的文学史意识,当然更不是尼采所谓的"好古主义"或"泥古派"(antiquarianism),而是以文学与时代、文学与政治之关系为其本质的关于当下的经验、意识和智慧的诗学真理和诗学形象。这些经验、意识和智慧都以一种循环往复、螺旋上升的方式确认、扩展、丰富了鲁迅以往的经验、意识和判断,使它们获得了空前的具体性、批判性和穿透力。它们也在"杂文的自觉"之后的语言自觉、形式自觉和作者自觉所带来的新的风格可能性空间里获得了更尖锐、更直接的表述,因此鲁迅文学在"第二次诞生"的突破和转向过程中,进一步远离了"虚构"和"抒情"等建立在形式空间和形式技巧的对象化(形象化)、间接性、游戏性和半自律性基础上的"艺术",而越来越逼近"(杂)文"的语言－句式的单纯强度,逼近建立在此种"写作的零度"言语行为之上的社会象征和历史寓言的直接性和复杂性。《而已集》收录的作品,总体上可视为"杂文的自觉"的完成和鲁迅文学生涯"过渡期"的终结。不过"终结"的意思并不是"终点"。"广州时期"的鲁迅和鲁迅杂文依然"在路上"。"上海十年"所展现的"杂文的自由",即那种在"诗"和"史"两方面同时表现出来的风格讽喻－再现能力,正是建立在这种自觉之完成的基础上,从这种历史意识的象征－寓言句法中发展出来的。

一、无声的中国

在"清党"发生前短短三个月里,鲁迅在广州尚存的大革命氛围中留下的文字并不算多,计有《无声的中国》(2月16日)、《老调子已经唱完》(2月19日)、《中山大学开学致语》(3月1日)和《革命时代的文学》(4月8日)四篇演讲稿,以及《黄花节的杂感》(3月24

日)、《略论中国的脸》(4月6日)、《庆祝沪宁克复的那一边》(4月10日)和《写在〈劳动问题〉之前》(4月11日)四篇文章。这些演讲稿和文章在《而已集》结集时只收录了一部分,可见它们并不都带有"创作"性质。这些文字产出无论就质量还是节奏而言都属常态,此期间从3月初到下旬为期三周的写作空当,想来应该是大学开学后的忙碌和3月中的看房搬家所致。这个系列最后一篇完成于4月11日,而当鲁迅再度拿起笔来,已是4月26日,也就是"四·一二事变"两周后了。

这是从"被血吓得目瞪口呆"(震惊、愤怒、压抑、无奈、营救活动的徒劳、沉默、失眠)的"无言"状态中慢慢回过神来的两周;而鲁迅再次"开口"的方式(作《野草·题辞》),则进一步确证了作者以语言风格及其形式强度回应生存体验的独有方式。简单地说,这就是以文学(诗/散文诗)方式回应历史和历史经验的那种作者和作者式的"积习"和意识。只不过在鲁迅,这种"积习"和意识往往非但没有在当下的无情冲击面前形成心理防护机制(距离感、理性化解释、职业伦理、技巧应对,等等),反倒经常以内部的应激和崩溃暴露出一个更黑暗的深渊、引发一场更大的危机。但鲁迅文学特别是鲁迅杂文的逻辑和生命力,正在于它能一次又一次在有关自身存在的社会前提、忍耐极限和正当理由的"生死之辩"中,一步步接近自身的历史真理、道德真理和审美必然性,从而将写作风格确立在一个同时既"低于"又"高于"常规和流俗意义的文学的水准上。《而已集》是这种由诗学原则、存在的政治和历史意识共同锻造的文学风格个人史上的又一个地标和里程碑。

"清党"前"广州时期"的这些文字(以及其间的书信)可让读者一窥鲁迅此时的心态和状态。显然,从抵达黄埔港到"清党"之间的这段时日,在鲁迅整体上是焦虑、烦躁、紧张且不时感到茫然的"过渡期"内部提供了一个可供喘息和放松的片刻。在此期间,鲁迅重新沐浴在文学革命和思想革命的光荣和光环里，得以在外界环境的鼓舞下短暂地重返一种外向、进取、介入的社会姿态（虽然有时也难免暗中叫苦），甚至仿佛回到了当年文学革命时期的故我。这个"故我"当然不是简单的重复或"复归"，而应被理解为"杂文的自觉"和鲁迅文学的"第二次诞生"过程中一次下意识的能量、信念和标准的整编和整合动作。这就如同要将标枪投掷得更远，运动员必须借助一个助跑动作，调动起足、腿、腰、背的力量并将它们接引、传导、汇入手臂手腕甚至手指的肌肉运动一样。置身于广州这个革命策源地和后方，在"革命"与"反革命"、"盛大的庆典"与"黑暗的区域"的强烈对比之间，鲁迅念念不忘的是"最后的胜利，不在高兴的人们的多少，而在永远进击的人们的多少"；是（鲁迅在此援引列宁的话）"要巩固我们的胜利，使他长久是属于我们的"，即不但要"征服"敌人，而且要"消灭"他们。[1] 这就对革命时代的革命人和革命时代的文学提出了新的要求。可以说，鲁迅在"清党"前的"广州时期"所思所想所写，大体上基于这样一种用心，即在"北伐"节节胜利而"一个人私自高兴"之余，提醒、告诫民众和知识界牢记孙中山"革命尚未成功"的遗训，树立更高标准和更为远大的目标。反过来说，这也是作者基于自己对中国现实、历史和国民的了解，对因为过多的"庆祝，讴歌，陶醉"而导致的"革命精神转为浮滑"和高兴得太早而产生的担心和忧虑。下面这段文字表明，鲁迅在革命大后方的"陶醉"之中，丝毫没有戒掉"翻老账"的习惯，对种种"复旧"始终保持警惕。这种"旧"对于他个人的遭际而言，不过是近在眼前的昨日之事，也就在这个意义上，促成"杂文的自觉"的直接环境和现实冲突，可以说是加强并帮助整合了一种连贯的历史叙事和历史思维：

---

[1] 鲁迅，《庆祝沪宁克复的那一边》，《集外集拾遗补编》，《鲁迅全集》第 8 卷，第 197 页。

> 革命的势力一扩大,革命的人们一定会多起来。统一以后,我恐怕研究系也要讲革命。去年年底,《现代评论》,不就变了论调了么?和"三·一八惨案"时候的议论一比照,我真疑心他们都得了一种仙丹,忽然脱胎换骨。我对于佛教先有一种偏见,以为坚苦的小乘教倒是佛教,待到饮酒食肉的阔人富翁,只要吃一餐素,便可以称为居士,算作信徒,虽然美其名曰大乘,流播也更广远,然而这教却因为容易信奉,因而变为浮滑,或者竟等于零了。革命也如此的,坚苦的进击者向前进行,遗下广大的已经革命的地方,使我们可以放心歌呼,也显出革命者的色彩,其实是和革命毫不相干。这样的人们一多,革命的精神反而会从浮滑,稀薄,以至于消亡,再下去是复旧。[1]

这种情绪和立场,促使鲁迅冒着让广州的革命民众"扫兴"的危险,而始终坚持在一个更长的时间段和更深的历史意识层面观照当下这个"革命时代",思考能够使革命得以进行到底的价值和社会根基。这种长时段和深层次,客观上也将鲁迅"杂文的自觉"和"第二次诞生"后的文体风格,同"弃医从文"和"第一次诞生"以来所有的思想的肌肉运动和文字痕迹连接起来、打成一体。如果把《野草·题辞》看作自觉杂文的标枪在出手的一刹那刺向天空的语言定格,那么此前的一系列演说和文章就像是一次助跑和全身肌肉运动,客观上调动起鲁迅文学诞生以来(甚至包括这个诞生的孕育期)储存的全部思想和道德合法性来源,为即将到来的讽喻性历史批判和与之相适应的文章风度再次厘定其自身的范围、源泉和基础。

---

[1] 鲁迅,《庆祝沪宁克复的那一边》,《集外集拾遗补编》,《鲁迅全集》第8卷,第197—198页。

《无声的中国》和《老调子已经唱完》是鲁迅分别于1927年2月16日、19日在香港上环必列口者士街51号中华基督教青年会小礼堂所做的两场讲演。从此前一个月所作《海上日记》的"叙事角度"看，鲁迅南下广州的水上旅途也带来一种地理和历史双重意义上的流动感和距离感，它让作者一时间从北京和厦门的焦灼／胶着状态中摆脱出来，对不远处如影随形的陆地做一番"整体论的反观"。不过，在这种象征意义之外，两篇香港讲演的主题仍有其更为直接而具体的来由。在同年7月所作、发表于《语丝》周刊第144期的《略谈香港》一文中，鲁迅谈到此次赴港虽"大危险是大概没有的"，但"因为攻击国粹，得罪了若干人"，所以仍视香港为"畏途"。具体到讲演本身，鲁迅写道：

> 我去讲演的时候，主持其事的人大约很受了许多困难，但我都不大清楚。单知道先是颇遭干涉，中途又有反对者派人索取入场券，收藏起来，使别人不能去听；后来又不许将讲稿登报，经交涉的结果，是削去和改窜了许多。
>
> 然而我的讲演，真是"老生常谈"，而且还是七八年前的"常谈"。[1]

这里所说的"许多困难"和"颇遭干涉"的背景，在政治上，是指1925年省港大罢工结束后，英国殖民地当局对当地报刊言论的倍加关注和更为严密的新闻检查；在文化上，则是指香港文化头面人士的保守和尊孔习气，如香港大学"中国经典与历史"选修科目，便聘请前清翰林赖际熙、区大典等讲授经史子集，1927年该科目在时任港督的推动下升格为中文学院（School of Chinese Studies）。至于"七八年前"

---

[1] 鲁迅，《略谈香港》，《而已集》，《鲁迅全集》第3卷，第446页。

的"老生常谈",自然是指白话革命运动急进期的激烈的传统文化批判。此时"重弹",针对的无疑是殖民地尊孔读经、崇尚传统文化背后的社会政治因素和权力关系,而大革命时代的广州同殖民地香港之间的对比,则为这种针对性平添了一层道德正当性和对抗色彩。

在《略谈香港》一文中,鲁迅对香港制军(总督)金文泰(Sir Cecil Clementi)提倡国粹的言行讥讽有加。他辛辣地指出,一边是"中国人还在那里被抽藤条""搜身",警务司法乃至语言行为一律以"主人"即英国人的习惯为准,遇事申辩时的"公理"形式不过是"英官"训斥的"总之你是错的:因为我说你错!"[1];同时在书报检查方面,涉案文本都须译成英文方才得到"审判",有如"蒙古人'入主中夏'时,裁判就用翻译"[2]。但另一方面,却有"赖济熙太史……略谓大学堂汉文专科异常重要,中国旧道德与乎国粹所关,皆不容缓视,若不贯彻进行,深为可惜",以及英国总督在粤语演讲中大谈整理国故、弘扬"中国道德学问,普及世界",甚至引用早年留日中国学生创办的《汉风杂志》书面题词所用的四句集文选句("〔摅〕怀旧之蓄念,发思古之幽情,光祖宗之玄灵,大汉之发天声")作为结尾。[3]

鲁迅当即抓住《汉风杂志》及其集句题词,以"记得一点旧事"的方式做了下面这段文章:

> 《汉风杂志》我没有拜读过;但我记得一点旧事。前清光绪末年,我在日本东京留学,亲自看见的。那时的留学生中,很有一部分抱着革命的思想,而所谓革命者,其实是种族革命,要将土地从异族的手里取得,归还旧主人。除实行的之外,有些人是办报,有些人是钞旧书。所钞的大抵是中国所没有的禁书,所讲

---

[1] 鲁迅,《略谈香港》,《而已集》,《鲁迅全集》第3卷,第447页。
[2] 同上书,第448页。
[3] 同上书,第450—451页。

的大概是明末清初的情形，可以使青年猛省的。久之印成了一本书，因为是《湖北学生界》的特刊，所以名曰《汉声》，那封面上就题着四句古语：撼怀旧之蓄念，发思古之幽情，光祖宗之玄灵，振大汉之天声！

这是明明白白，叫我们想想汉族繁荣时代，和现状比较一下，看是如何，——必须"光复旧物"。说得露骨些，就是"排满"；推而广之，就是"排外"。不料二十年后，竟变成在香港大学保存国粹，而使"中外感情，自然更加浓浃"的标语了。我实在想不到这四句"集《文选》句"，竟也会被外国人所引用。[1]

此地"禁书"和彼处"钞禁书"、眼下殖民者宣扬"保存国粹"和当年海外留学生鼓吹"排满""排外""种族革命""要将土地从异族的手里取得，归还旧主人"之间的戏剧性对比，在大革命和"后方"氛围的沐浴下变得格外醒目。因此《无声的中国》和《老调子已经唱完》两篇演讲就不仅仅是白话革命、思想革命的简单重复，而是显示出广州时期的鲁迅在思想和风格发展的内部连续性和一体化方面的重申和强调，是"变"与"不变"的更高综合。它也充分表明，鲁迅不断强化的"当下意识"及其相应的语言文体风格强度，从未脱离其更为久远、深层，因而相对稳定的道德判断和历史判断。相反，作为一个相对稳定的政治和审美结构，这种经验、记忆和情感，一面不间断地用"记得一点旧事"来感知、分析和裁判当下（如"这样的感慨，在现今的中国，发起来是可以发不完的"），另一面也在不断地用当下经验以及其中蕴含的新的历史可能性（或不可能性，包括新的危机和更深的压抑与黑暗）去"重访"和审判那个从未真正离去或被"消灭"的过去。

---

[1] 鲁迅，《略谈香港》，《而已集》，《鲁迅全集》第3卷，第451—452页。

《无声的中国》一开头,作者自报所讲题目后即"破题",从"现在,浙江,陕西,都在打仗,那里的人民哭着呢还是笑着呢,我们不知道"转跳至"香港似乎很太平,住在这里的中国人,舒服呢还是不很舒服呢,别人也不知道",从而把自己对殖民地香港的生疏感和不自在感"上升"为一种普遍的相互隔绝的无知和无言状态。在1927年重谈白话革命的老话题,与"七八年前"相比自有其重点和余音的不同。文言这个"我们的祖先流传给我们的可怕的遗产"对于种种"无声"的直接责任虽仍被一一罗列,但"中国人自己的声音"与"别人的声音"的分别,却明显带有此时此地的针对性。在国内大革命语境下,"文明与野蛮"的划分在"古今之变"的维度上,增加了一层近代民族主义"反帝反殖"阶段更为具体的迫切性和直接性。"我们不必再去费尽心机,学说古代的死人的话,要说现代的活人的话;不要将文章看作古董,要做容易懂得的白话的文章"这样浅白的主张,也因为白话革命和思想革命引发的反动、酿成的战斗所构成的"当代史"而获得了新的内容。比如"因为我们说着古代的话,说着大家不明白,不听见的话,已经弄得像一盘散沙,痛痒不相关了"或"孔子口调的'香港论'是无从做起的"这样的言论,其当下锋芒所指是十分清楚明了的。[1]

公开演讲的性质决定了《无声的中国》通俗直白的信息和语气,但在"抱着古文而死掉"和"舍掉古人而生存"的选择之外,读者仍能看到"过渡期"和"杂文的自觉"在关于白话(继续)革命话语构造上留下的些许痕迹。这种痕迹一是显现于对"白话幼稚论"的反驳,即"至于幼稚,尤其没有什么可羞,正如孩子对于老人,毫没有什么可羞一样"。这样的言论虽然同《新青年》时期的立场和见解一脉相承,但具体的表述仍值得玩味,比如接下来鲁迅写道:

---

[1] 鲁迅,《无声的中国》,《三闲集》,《鲁迅全集》第4卷,第14—15页。

> 幼稚是会生长，会成熟的，只不要衰老，腐败，就好。倘说待到纯熟了才可以动手，那是虽是村妇也不至于这样蠢。她的孩子学走路，即使跌倒了，她决不至于叫孩子从此躺在床上，待到学会了走法再下地面来的。[1]

这种在走路中学习走路的实践主义和"冒险主义"，已不限于《故乡》结尾处所表达的希望的形而上学，而是同"过渡期"艰难困苦的选择与探索、突破与行进、"跌倒"与再次站起来的遭际和经验直接联系在一起了。在这个意义上，鲁迅杂文作为一种事实存在的具体文体、样式和风格，就如黑格尔笔下的国家一样，是"神在世界中的行进，其基础是理性的力量将自己表现为意志"（The state consists in the march of God in the world, and its basis is the power of reason actualizing itself as will）[2]。它们一个是伦理理想的实体，一个是语言艺术内在标准的外在实现，但它们都只是在"下降"到实践层面和社会性政治性斗争时，面对种种挑战、困境和危机，在事关自身存亡的决定性瞬间，通过不完美却只能如此的行动与抉择，方成为具体实在的东西，并因为这种实在性而获得自身存在的正当性、理想性和真理价值。黑格尔所谓的"在世界中的行进"意味着"国家不是理想的艺术作品；它矗立在大地上，因此也存在于乖戾任性、偶然机遇和错误的范围里，恶劣行为会扭曲和损坏它的方方面面。但即便最丑陋的人，或一个罪犯、傻子和残废，也依然是一个活人"（The state is no ideal work of art; it stands on earth and so in the sphere of caprice, chance, and error, and bad behaviour

---

[1] 鲁迅，《无声的中国》，《三闲集》，《鲁迅全集》第4卷，第15页。
[2] G. W. F. Hegel, *Elements of the Philosophy of Right*, edited by Allen W. Wood, translated by H. B. Nisbet, Cambridge University Press, 1991, p. 279. 范扬、张企泰译文为："神自身在地上的行进，这就是国家。国家的根据就是作为意志而实现自己的理性的力量。"参看黑格尔，《法哲学》，商务印书馆，2011年，第321—322页。

may disfigure it in many respects. But the ugliest of men, or a criminal, or an invalid, or a cripple, is still always a living man）[1]。我们不妨把这段话同鲁迅对自觉的杂文的第一幅自画像做一对比：

> ……我以为如果艺术之官里有这么麻烦的禁令，倒不如不进去；还是站在沙漠上，看看飞沙走石，乐则大笑，悲则大叫，愤则大骂，即使被沙砾打得遍身粗糙，头破血流，而时时抚摸自己的凝血，觉得若有花纹，也未必不及跟着中国的文士们去陪莎士比亚吃黄油面包之有趣。[2]

这段文字为鲁迅的读者耳熟能详。作者把收在《华盖集》里的文章称为"这些无聊的东西"，在深夜将尽时感叹自己至少一部分的生命已"耗费"于其中；但对于所获得的"自己的灵魂的荒凉和粗糙"却既不惧惮也不想遮盖，而是"实在有些爱他们了"，"因为这是我转辗而生活于风沙中的瘢痕"，而"凡有自己也觉得在风沙中转辗而生活着的，会知道这意思"。[3] 这段刻骨铭心的文字距《无声的中国》讲演只有不到一年零两个月，时间上的近和过去数月来作者行路之远，都不会不在鲁迅关于生长、成熟和学走路的比喻内部留下刻痕，更何况鲁迅本来就是在借孩子的成长谈白话文和新文学崎岖不平、荆棘丛生的路途。黑格尔的国家描述或许会让一些当代读者难以下咽，但不应忘记，他所谈的并非21世纪的主流国家形态，而是19世纪初欧洲国家的现实存在；相对于鲁迅所处的20世纪上半叶的中国国家形式，这个描述

---

[1] Hegel, *Elements of the Philosophy of Right*, p. 279. 范扬、张企泰译本作："国家不是艺术品；它立足于地上，从而立足在任性、偶然事件和错误等的领域中，恶劣的行为可以在许多方面破损国家的形象。但是最丑恶的人，如罪犯、病人、残废者，毕竟是个活人。"参看黑格尔，《法哲学》，第322页。

[2] 鲁迅，《华盖集·题记》，《鲁迅全集》第3卷，第4页。

[3] 同上书，第5页。

不仅是恰如其分的,而且可以说是准确的。同样,在一个形式与范畴的转喻意义上,鲁迅杂文作为"行进在地面"上的新文学之精神的具体现实形态,在历史真理性之外,更有其特殊的风格示范意义和审美正当性。这种以外部环境的贫瘠与严酷以及自己灵魂的"荒凉与粗糙"为直接内容的语言行为方式和文体风格形式,无论就其内在结构的强韧,还是就其同历史的关系而言,都已为"进向大时代"做好了准备。

《无声的中国》题目所指,仍是那个辛亥革命以来的"人是有的,没有音,寂寞得很"的不断变换旧戏法的国度,但它很快就将变成一个更为激烈、严峻、残酷的集团冲突和历史时代的象征符号,从而赋予这个题目更为沉重而压抑的历史寓言的基调,在中国未来社会发展道路上投下长长的阴影。由此也可以理解,此时鲁迅为何依旧以"大胆地说话,勇敢地进行,忘掉了一切厉害,推开了古人,将自己的真心的话发表出来"这样笼统的、不加政治限定和区分的语句和态度向青年们说话,号召他们起来"将中国变成一个有声的中国"。在此我们看到,正是作为殖民地的香港让作者再次将储存在个人史脉络中的晚清以来几代中国人关于社会变革、政治变革和文化变革的理想和信念打通、结合起来。作为大革命形势的基本条件和精神内核的孙中山"联俄容共"[1]政策和"必须唤起民众,及联合世界上以平等待我之民族,共同奋斗"的政治遗嘱,在《无声的中国》结尾处,变作"只有真的声音,才能感动中国的人和世界的人;必须有了真的声音,才能和世界的人同在世界上生活"的文学革命口号。不过,在高昂的语调中,鲁迅仍没有忘记打入一个微妙的杂文的楔子:

　　　　真,自然是不容易的。譬如态度,就不容易真,讲演时候就

---

[1] 一般认为"联俄容共"一词为吴稚晖在1923年率先使用,后约定俗成地成为孙中山晚年政策的代名词;而"联俄、联共、扶助农工"一般认为是共产国际代表鲍罗丁所提出,后为时任中共总书记的陈独秀公开使用。

不是我的真态度,因为我对朋友,孩子说话时候的态度是不这样的。——但总可以说些较真的话,发些较真的声音。[1]

这种作者式的(点明叙事声音的多重性、策略性和不确定性),甚至是基于语言本身的可能性和局限、表意能力和歧义性及暧昧性的提醒,事实上已经脱离了《无声的中国》全篇(以及许多鲁迅早年写作)对"声音"的现场性与本真性的假定和执念,而露出某种在"话语"和"书写"的复杂性层面讨论白话文和新文学问题的端倪了。

二、革命时代的文学

1927年4月8日,"四·一二事变"发生前仅四天,鲁迅在广州黄埔军官学校做了题为《革命时代的文学》的演讲。从许多方面看,这个演讲都是他在过渡期所表达的有关杂文的想法的正面补足和呼应,也就是说,鲁迅在种种逆境下对杂文所做的"消极的"、"反面的"或"否定的"界定,在这里都能找到其在乐观向上的革命时代的积极、正面、肯定的对应物。

对这篇讲演稿常见的误读,是认为鲁迅在这里谈的是革命文学,至少是革命时代如何激发出革命文学意义上的好文学。但事实上,鲁迅与其说在一般意义上谈"革命时代"同"文学"的关系,不如说是具体地谈为何革命时代是革命时代,而文学只是文学;也就是说,两者之间并无直接因果关系,如果有的话,倒可以说是一种负面的关系,即革命时代往往并不有利于文学的生长,而产生于革命时代的文学也并不一定是革命文学,当然更不一定是(好的)文学。换句话说,这篇讲演的真正题目,实际上是思考并回答何以在彼时的中国,"革命"

---

[1] 鲁迅,《无声的中国》,《三闲集》,《鲁迅全集》第4卷,第15页。

和"文学"之间尚没有发生有机的关系,因而还不具备产生"革命文学"的条件。在文学与革命孰轻孰重的问题上,鲁迅同在《青年必读书》里一样不含糊,只不过其道德含义正好相反。正如看多少甚至看不看中国书并不重要,有没有革命文学也不重要,即"革命文学倒无须急急"[1],因为在呼唤革命的社会里,文学往往是"最不中用的"[2];重要的是要有革命,在有革命的地方才可能有革命文学。更重要的是要有革命人,而只有革命人"不受别人命令,不顾利害,自然而然地从心中流露的东西",才可能是文学,从而才可能是革命文学,否则命题作文"又何异于八股"[3]。这样看,鲁迅实际上是在强调社会革命、政治革命、经济革命和文化革命的彻底性、必要性和第一性的同时,策略地为文学的自律性、内在标准和"生长规律"保留了一席之地。

这样厘定鲁迅讲演的中心议题,并不是要减弱"文学"的重要性;事实上鲁迅当然明白黄埔军官学校"诸君"邀他前去并不是想听他讲革命,而是的确想听他谈文学。只不过鲁迅并不是以学问家或理论家的身份去谈文学,因此才有了"我首先正经学习的是开矿,叫我讲掘煤,也许比讲文学要好一些"[4]的作家式的幽默和谦辞。另外,"加以这几年,自己在北京所得的经验,对于一向所知道的前人所讲的文学的议论,都渐渐的怀疑起来"[5],则是对于自己"过渡期"风格转向和"杂文的自觉"的暗指,虽然其中的复杂性并不适合在黄埔军校讲演这样的场合予以反思和展开。相对于自己写作风格、手法和观念的内在转变,鲁迅选择了从"外部"即文学与革命的关系来谈。但下面这段话的言下之意不是文学无用,而恰恰通过文学与其外部敌意环

---

[1] 鲁迅,《革命时代的文学》,《而已集》,《鲁迅全集》第3卷,第437页。
[2] 同上书,第436页。
[3] 同上书,第437页。
[4] 同上书,第436页。
[5] 同上。

境的生死攸关的关系，把文学的重要性突显了出来，而这里的直接经验，仍旧来自此前"运交华盖"的北京时期：

> 那是开枪打杀学生的时候罢，文禁也严厉了，我想：文学文学，是最不中用的，没有力量的人讲的；有实力的人并不开口，就杀人，被压迫的人讲几句话，写几个字，就要被杀；即使幸而不被杀，但天天呐喊，叫苦，鸣不平，而有实力的人仍然压迫，虐待，杀戮，没有方法对付他们，这文学于人们又有什么益处呢？[1]

这种谈论文学的方式不能不说是令人目瞪口呆的，也是非有切身体会才能如此直白地言明的。在中用与不中用、开口还是杀人、呐喊叫苦鸣不平与压迫虐待杀戮之间，文学的生死攸关的重要性和无用之用通过戏剧性的修辞手段被置于意识的前景。"没有方法对付他们"和"于人们又有什么益处呢"的疑问则更为直接地把文学放在"对付他们"的方法和于人生是否有益的高度上考察。这种认识无疑是"过渡期"以来对"艺术之宫"之类文学观念的突破和摈斥的结果，是以对人生是否有益为衡量标准的激进的"功利性"文艺概念的进一步明确化的表述。把文学"简化"为"讲几句话，写几个字"可以说是杂文概念的转喻，然而一旦把它与其现实环境和对立面，即"并不开口，就杀人"直接并列在一处，这种为"没有力量的人"所持有的"最不中用的"东西，就从它的对立面获得了前所未有的"存在的政治"的本体论实质，并在这种新的自觉与强度水准上，改造自身的形式、结构、方法和风格。如果说这段话里隐藏着鲁迅的文学论，那么也可以说，这种文学论在其终极的理论蕴涵上，本身具有杂文的形式和杂文的质

---

[1] 鲁迅，《革命时代的文学》，《而已集》，《鲁迅全集》第3卷，第436页。

地。换句话说，它只有以这样的方式被表述出来，才具有政治和美学上的清晰性和彻底性；任何其他看似更"恰当"、更繁文缛节或学术化的表述，都只能像束缚和限制这个时代的写作实践的终极视野和可能性的"艺术之宫"一样流于异化和空洞化。就这种文学观念内含的针对外界暴力和杀戮的形式"预应力"和"免疫力"而言，《革命时代的文学》虽作于"清党"事变前几天，却不仅仅是此前和当下经验的总结，而是已经把一个新的、更加残酷的"大时代"提前收入杂文风格的内心视野了。

在《革命时代的文学》这篇讲演里，鲁迅借助革命的势头和历史动能，通过思考革命与文学的关系，提出了文学的内在方法的问题，即如何对付时代性的落后和反动因素，如何使自己有益于人生，有益于活生生的、向前向上的人们的现实需求和现实情感，而不是同这种最基本、最深刻的生活的斗争和生活的诗漠不相干、无关痛痒。革命或革命时代使得这层关系和这种矛盾清晰化、激烈化、紧迫化、无从遁形了。正如革命必须思考革命的方法，它也迫使一同行进在历史中的文学思考文学的方法，以便同社会生活的根本性和全局性的变动相适应。但革命是革命，文学是文学；革命并不为革命时代能否产生好的文学负责，因为文学作为文学，仍依赖其他种种必要的或充分的条件，而这些条件非但不是革命或革命时代所能满足的，反倒常常为革命时代所剥夺和压制。

鲁迅对革命与文学的关系的考虑，同他在《华盖集·题记》里所表现的（杂文）写作的自觉有一种潜在的呼应关系。值得注意的是，鲁迅的演讲虽然谈的是革命和文学的关系，但问题的核心与实质都在于革命，革命是主动的、创造性的、是改变人类生活格局、创造出新的价值和新人的大事，而文学不过是以一种特定方式传达被革命所决定和塑造的历史经验和内心体验。这一方面同鲁迅"过渡期"特别是女师大风潮以来渴望行动和冒险，在困境和危机中不惮于对抗、抉择和改变的"生活态度"一脉相承，也符合作为这种人生总态度之观念和价值基础的"不破不立""用生命再造生命"的现代主义哲学和美学立场。在这个更为抽象和普遍的层面，对革命的第一性和实体性的积极理解，也同鲁迅早年的生物进化和社会进步信念以及《呐喊》时期的"希望的形而上学"隐含的对集体实践的向往勾连融合在一起。这种观念、立场和态度的整合，如今在革命大后方的广州，在一种更高的文体意识和风格自觉中得到连贯而清晰的表述，同时也成为"杂文的自觉"的一种历史化政治化表述。以往文学史和文学理论往往自觉不自觉地把文学和革命的问题作为政治问题来处理，但在鲁迅杂文自觉的脉络里，我们可以清楚地看到，文学与"革命时代"的关系，是文学现代性核心问题的一个特殊形式，这个问题就是文学如何在风格和形式的内部让"纯粹的此刻"打上时间的印记，让历史过程的流速和冲击力在语言和形式中变成一种赋形力量，从而把审美（距离、自律性、非功利、传统）与现代性（直接性、变动、新生事物、时尚、瞬间）的内在对立转变为一种文学能量和创造力。

由此我们可以进一步理解鲁迅为何按照革命的发展阶段，分三个部分谈大革命与文学的关系，即大革命之前、大革命当中、大革命之后，而把文学放在一个相对静止、看似被动的位置上。我们不妨对此逐一考察。

（一）大革命之前，所有的文学，大抵是对于种种社会状态，觉得不平，觉得痛苦，就叫苦，鸣不平，在世界文学中关于这类的文学颇不少。但这些叫苦鸣不平的文学对于革命没有什么影响，因为叫苦鸣不平，并无力量，压迫你们的人仍然不理，老鼠虽然吱吱地叫，尽管叫出很好的文学，而猫儿吃起它来，还是不客气。所以仅仅有叫苦鸣不平的文学时，这个民族还没有希望，因为止于叫苦和鸣不平。例如人们打官司，失败的方面到了分发冤单的时候，对手就知道他没有力量再打官司，事情已经了结了；所以叫苦鸣不平的文学等于喊冤，压迫者对此倒觉得放心。有些民族因为叫苦无用，连苦也不叫了，他们便成为沉默的民族，渐渐更加衰颓下去，埃及，阿拉伯，波斯，印度就都没有什么声音了！至于富有反抗性，蕴有力量的民族，因为叫苦没用，他便觉悟起来，由哀音而变为怒吼。怒吼的文学一出现，反抗就快到了；他们已经很愤怒，所以与革命爆发时代接近的文学每每带有愤怒之音；他要反抗，他要复仇。[1]

某种程度上，这也是鲁迅杂文从中产生的社会环境的写照。但杂文的自觉虽然是对这种"叫苦，鸣不平"状态的自觉，却拒绝其"无力量"状态和失败感，而是致力于不惜一切地将"官司"打下去。杂文家所写的不是"冤单"，他决不给"对手知道他没有力量再打官司，事情已经了结了"的机会。鲁迅借助青年时代常用的"声音"的比喻，强调在大革命之前，文学的革命性在于抵抗沉默和衰颓，坚持反抗性，在反抗中孕育力量和觉悟，以便终有一天把"哀音"变为"怒吼"、把"觉得不平，觉得痛苦"变为"复仇"。

（二）到了大革命的时代，文学没有了，没有声音了，因为大家受革命潮流的鼓荡，大家由呼喊而转入行动，大家忙着革命，没有闲空谈文学了。还有一层，是那时民生凋敝，一心寻面包吃尚且来不及，那里有心思谈文学呢？守旧的人因为受革命潮流的打击，气得发昏，也不能再唱所谓他们底文学了。有人说："文学是穷苦的时候做的"，其实未必，穷苦的时候必定没有文学作品的；我在北京时，一穷，就到处借钱，不写一个字，到薪俸发放

---

[1] 鲁迅，《革命时代的文学》，《而已集》，《鲁迅全集》第3卷，第438页。

时,才坐下来做文章。忙的时候也必定没有文学作品,挑担的人必要把担子放下,才能做文章;拉车的人也必要把车子放下,才能做文章。大革命时代忙得很,同时又穷得很,这一部分人和那一部分人斗争,非先行变换现代社会底状态不可,没有时间也没有心思做文章;所以大革命时代的文学便只好暂归沉寂了。[1]

这一段话最能够说明鲁迅对革命时代与文学关系的看法,即"大家忙着革命"的时候,是"没有闲空谈文学"的。鲁迅并不为"大革命时代的文学只好暂归沉寂"而惋惜,而是视为理所当然,因为做文章的人同所有人一样,都必须投入"变换现代社会底状态"的斗争中去,为了这种斗争,一时不能做文章大概也是算不了什么的。值得注意的是,鲁迅在这里不仅强调革命对于文学的优先性和决定性,也为文学写作自身的基本条件和相对自律性预留了空间,这就是"一穷,就到处借钱,不写一个字,到薪俸发放时,才坐下来做文章"和"挑担的人必要把担子放下,才能做文章"。这同他在后面以及其他文章里强调文学写作要有"余裕"和"余裕心"是一致的。但正因为如此,鲁迅把文学归入作为一般文化的历史领域,而革命却属于那种打破历史连续性的突发事件,属于为文化和历史确立新的起点、价值的断裂和"积极的遗忘"。所以大革命时代的文学的沉寂往往伴随着一种肯定生命、孕育新人和创造历史的行动,同这种行动的专注、紧张和严峻相比,文学的絮絮叨叨或叽叽喳喳只是一种颓废。

(三)等到大革命成功后,社会底状态缓和了,大家底生活有余裕了,这时候就又产生文学。这时候底文学有二:一种文学是赞扬革命,称颂革命,——讴歌革命,因为进步的文学家想到

---

[1] 鲁迅,《革命时代的文学》,《而已集》,《鲁迅全集》第3卷,第438—439页。

社会改变，社会向前走，对于旧社会的破坏和新社会的建设，都觉得有意义，一方面对于旧制度的崩坏很高兴，一方面对于新的建设来讴歌。另有一种文学是吊旧社会的灭亡——挽歌——也是革命后会有的文学。[1]

既然鲁迅把文学同一般文化一道归入历史领域，视为常态的组成部分，那么大革命之后的社会，哪怕是革命社会，仍旧会重新历史化、常态化、体制化，从而生产出自己的一般性文化，包括文学。但鲁迅马上把问题转到处在大革命浪潮中的中国，并做出了以下的批判性观察：

> 不过中国没有这两种文学——对旧制度挽歌，对新制度讴歌；因为中国革命还没有成功，正是青黄不接，忙于革命的时候。不过旧文学仍然很多，报纸上的文章，几乎全是旧式。我想，这足见中国革命对于社会没有多大的改变，对于守旧的人没有多大的影响，所以旧人仍能超然物外。广东报纸所讲的文学，都是旧的，新的很少，也可以证明广东社会没有受革命影响；没有对新的讴歌，也没有对旧的挽歌，广东仍然是十年前底广东。不但如此，并且也没有叫苦，没有鸣不平；止看见工会参加游行，但这是政府允许的，不是因压迫而反抗的，也不过是奉旨革命。中国社会没有改变，所以没有怀旧的哀词，也没有崭新的进行曲。[2]

显然，这段话才是鲁迅真正要讲的，是他黄埔军校讲演的点睛之笔。鲁迅从文学着眼，看到的却是历史过程不间断的连续性和一体性，是激进断裂的缺席，是现代性（启蒙、理性、进步）的不在场。这种普

---

[1] 鲁迅，《革命时代的文学》，《而已集》，《鲁迅全集》第3卷，第439页。
[2] 同上书，第440页。

遍价值的不在场决定了中国现代文学的迟到和难产，或不如说，鲁迅所谓的文学本身就是现代性的一种形式，相对于历史过程和历史统一体而言，文学从本质上讲永远是"现代"的，因为它同活着的人站在一起，同他们的存在、体验和创造性站在一起，从而同一切"传统"相对立。在现代性的条件下，对旧制度的挽歌同对新制度的赞歌一样，都是"现代"的，因为他们都以时代的激变为前提条件和政治内容，但在广东乃至全中国，旧文学仍然充斥于世，旧人物仍"超然物外"，在鲁迅看来，"足见中国革命对于社会没有多大的改变，对于守旧的人没有多大的影响"。在现代性缺席的情况下，文学同"旧文学"的界限无法划清，"纯粹的当下"和历史噩梦的重现无法区分，因而"新文学"或"现代文学"必须以最激烈的方式摆脱一切文学固有体制和固有形式的羁绊，因为只有通过不断的、持之以恒的文学形式创新和文学体制批判，写作才能够颠覆种种文学的旧制度，而把语言内部的激进性同"纯粹的当下"凝聚在一起。

  这段话可以说上承《无声的中国》《老调子已经唱完》，下接"清党"后一系列历史寓言和文学史反思性质的写作，一方面点明鲁迅在"广州时期"尽管有时也陶醉于革命大后方的氛围和革命精神的追忆与自我激励状态中，但并没有从根本上放下文学家的武器，即那种以语言的自由和真实性为媒介的怀疑、审视、批判、讽刺和叙事造型能力。在所有这些思维方式、言说方式和修辞方式中，文学和文学家都仍然能够凭借艺术和创作的自律性和自我要求，保持一种独立或半独立的历史判断和道德指引，对自己在情感上认同并寄予希望的时代和政治组织保持距离，抱一种客观而"挑剔"的态度。这就是《革命时代的文学》在开篇后不久讲到的"好的文艺作品，向来多是不受别人命令，不顾利害，自然而然地从心中流露的东西"[1]。这也解释了为何"清党"

---

[1] 鲁迅，《革命时代的文学》，《而已集》，《鲁迅全集》第3卷，第437页。

事变虽然深深惊愕、震撼了鲁迅，却还不足以令他陷于完全的抑郁、沉默、失语和无所适从状态，虽有"从未见过这么杀人"和"被血吓破了胆"的自叙，但"杀人"和"血"本身却是鲁迅杂文语言和风格的历史－道德视域之内的固有元素，并不足以扰乱更不用说瓦解鲁迅文学的象征－寓言深度及其形式外化的运行机制。这个文学内部原因，也可在种种具体的实际原因和考虑之外，帮助我们进一步理解鲁迅何以能够在"清党"之后在广州平稳地生活了五六个月（占"广州时期"总时长的近三分之二），其间一直保持着正常的写作状态和产出。鲁迅的读者也都知道，这种带给人难以消弭的震惊的"杀人"和"血"，还将在未来的十年里继续、扩大和系统化；它们将以其自身的残酷和"常态化"冲击着鲁迅杂文，将后者引向一种更为政治化和历史化的修辞和叙事的风格整体。

在这个意义上，鲁迅的杂文正是尚没有"革命文学"的大时代里的激烈文学实践形式，它最极端的对立面，就是"诗词骈文"等国粹"正宗"[1]；与这种僵死的文学程式相比，杂文是文学从经验世界里的再出发，是没有"文学"的时代的文学寓言，是基于不可能性的可能性，是"纯粹的当下"在语言世界里留下的种种震惊、厌恶、绝望和痛苦的记录——个人化、风格化的记录，但鲁迅的语言风格不是把现代性体验转化为"不朽"的审美形式，而是指向它的震惊的源头，即现代性意义上的历史的自我否定。而没有这种自我否定，真正的"人的历史"和社会不断将自身历史化的过程就无从开始。这样，作为现代性承载者的个体自我意识就无法通过现代"瞬间"的再历史化过程而自我否定；既然这种自我否定的道路被堵死，现代性的自我意识也就无法同过去和未来"和解"，它就只能永远处在震惊和虚无的心脏，被困在永恒的"此刻"之中奋力挣扎。因此鲁迅的文学焦虑、现代性

---

[1] 鲁迅，《谈"激烈"》，《而已集》，《鲁迅全集》第3卷，第500页。

焦虑和（中国）文明焦虑是三位一体的。如果我们把革命理解为现代性的最高形式，把中国新文学理解为现代性的一种表达方式，我们就可以理解鲁迅大革命时代的文学观念和文学实践，就能在杂文对传统写作样式和有关"文学性"的种种神话与禁忌的超越中看到一种现代主义的激进性，这种激进性既内在于现代性本身，也内在于文学本身。

只有在这种文学自律性的范畴内，我们才能真正把握鲁迅对文学与时代之关系的看法，才能在他"革命时代往往并不产生革命文学"的看似悲观的见解中看到那种同属于革命和文学的乐观、积极、建设性和否定性的生机和力量。这种乐观、积极、自信而又各司其职的态度和立场，首先表现为作者本人对于中国新文学生产的艺术质量和标准的基本判断，包括其中隐含的然而却是极为明确具体的文体意识和风格自觉，这就是"现在中国底小说和诗实在比不上别国，无可奈何，只好称之曰文学；谈不到革命时代的文学，更谈不到平民文学"[1]。这个艺术判断也使得鲁迅"过渡期"写作的整体走向更为清晰化了。说"现在中国底小说和诗实在比不上别国"当然不是暗示"散文"和"杂文"的艺术技巧门槛更低，而是间接表明汉语语言在"文章"传统中保留的相对完整的经验、技巧和表达能力；同时暗示了"文"作为"最低限度的文学"，又在其审美趣味和关涉现实的直接性的双重意义上，构成了最高意义上的文学。应该说，这个判断不仅为鲁迅一人所有，而是代表了新文学第一代作者在新文学第一个十年中的共识，这种共识的有效性也在新文学第二个十年的创作实绩中被继续证明。

随着"自觉"的考验和阵痛而到来的鲁迅文学的"第二次诞生"之所以选择以杂文作为主要写作样式，正是因为客观上讲，此时唯有杂文在文学自律性、本体论价值和技巧可能性空间等多重意义上，能够摆脱或绕过其他主要文类样式的沼泽和陷阱，避免陷入艺术形式手

---

[1] 鲁迅，《革命时代的文学》，《而已集》，《鲁迅全集》第3卷，第441页。

法领域内的"壕堑战"、"消耗战"和"持久战",能够集中精力,以短兵相接、贴身近战、运动战和游击战的方式,依靠汉语传统和文章经验相对完整的技巧和趣味积累这个"根据地",向自身所处的时代展开文学的进击和攻势,并在此过程中不断将社会领域和道德–政治范畴内的"壕堑战""消耗战""持久战"所带来的震惊体验(痛苦、快乐、虚无、希望)有条不紊地转化为文学能量及其形式创造性。这样的文体意识、作者自觉和风格的融会贯通在它们最内在的审美判断(美与不美、好与不好)、文学经济学(有利还是有害、有用还是无用)和文学政治学(敌我之辨、胜负意识等)里,几乎达到军事思维的严格性和具体性,因而"革命时代"所包含的战争因素和战争逻辑,也就成为社会和文学各自的"创造性毁灭"和颠覆性自我更新的隐喻和原型。正因为鲁迅在黄埔讲演中直觉地把握了文学与革命各自的本体论范畴(社会本体与审美本体)及其相对自律性,他才能够在话语层面自如地展开一个显白的比喻甚至平行互证关系:对革命的理解,也是对文学(特别是杂文)的理解。革命尚未成功,正如新文学依然在路上。社会领域的政治革命,同文化领域的文学革命一样,本身都必须是"继续革命";因为文学和革命一样,都没有什么"止于至善",它们同样都是反抗"凝固的东西"的永恒的实验、创新和斗争。[1]

这个源自文学内部的本体论思维,才是鲁迅在黄埔讲演中将革命和革命时代放在首位,赋予它们历史、道德和价值第一性的原因;但这个原因又岂不正表明自律的文学同它的时代之间真正的建设性的良性互动而又相对独立的关系。所有这些都以一种"作者范儿"和杂文家的方式,体现在这篇演讲的倒数第二句话里:

> 我一向只会做几篇文章,自己也做得厌了,而捏枪的诸君,

---

[1] 鲁迅,《黄花节的杂感》,《而已集》,《鲁迅全集》第3卷,第428页。

却又要听讲文学。我呢,自然倒愿意听听大炮的声音,仿佛觉得大炮的声音或者比文学的声音要好听得多似的。[1]

不过,这也是鲁迅最后一次觉得大炮的轰鸣和文学的声音来自历史的同一边,因此不但愿意听听,而且觉得如此好听了。

---

[1] 鲁迅,《革命时代的文学》,《而已集》,《鲁迅全集》第3卷,第442页。

第十四章 "清党"之后的沉默与言说：
"'而已'而已"及其诗学展开

> 我是在二七年被血吓得目瞪口呆，离开广东的，那些吞吞吐吐，没有胆子直说的话，都载在《而已集》里。
>
> 《三闲集·序言》

从《华盖集》《华盖集续编》以及同时期其他文类合集如《坟》《野草》《朝花夕拾》中，读者都看到一种与"杂文的自觉"同步、对鲁迅文学"第二次诞生"具有象征意义的写作样式和文学生产程序，这就是由一系列自序、题记、小引、题辞、后记和"写在后面"构成的鲁迅序跋体风格。不夸张地讲，序跋文以其浓烈的"文章风"和"作者范儿"（writerly），为鲁迅过渡期杂文合集提供了二度创作的空间。它们都通过具有强烈表现力和情感色彩的语汇、句式、形象和言说方式，在自觉的杂文的行文之上打开一层"后设叙事"或"元风格"性质的"文章的文章"和"写作之写作"，从而将收入集子里的单篇文字编入更激烈的语言风格运动过程之中，赋予杂文写作以一种整体性的表意深度和微妙感。在此过程中，序跋文通过自身对文集整体的赋形能力，通过杂文文体内部的叙事性与自我观照，把单篇写作从"即时"、"应时"和"攻受"态势的偶然性中提升为具有更复杂绵长的象征和寓言意义的"文章"。无论这些单篇文字如何镶嵌在杂感、时评、声明、记述、文墨官司、个人恩怨和意气之争的具体情境中，在由序跋文所确定的诗学高度和整体性中，它们都变成了一部更大、更完整、更具有审美和历史意味的作品的组成部分。换句话说，这些文章如今都变成了同一篇文章中的一句话，甚至同一个句子中的不同词语、同一个形象的不同面向。当序跋文完成这样更高层次的形式、象征和寓言整合与风格统一之时，单篇杂文作为更小、更基本的记事和表意单位，在获得某种结构性庇护和解释的同时，反倒获得了新的意义，释放出它们作为"执滞于小事情"的结晶体、显示外部环境挤压的结构变形或"预应力"设计的功能。这种文学空间的二度组织或二次写作，不但从作者一面为鲁迅杂文带来独特的质感和结构复杂性，也在读者一面预留了丰富的解释和想象空间。因此可以说，鲁迅序跋文体也是作者－读者沟通和共谋的渠道，是鲁迅同自己臆想的甚至理想的读者倾诉和密谈的场所。

但《而已集·题辞》却放弃了这种极为有效的、在《写在〈坟〉后面》和《野草·题辞》中达到高峰的复合写作与风格多重化手段，转而以极简主义的八行诗句的方式发表了一种叹息、声明、抗议甚至墓志铭式的短小宣言。它比《野草·题辞》还要短得多，更接近《彷徨》的那种无序的题献。就写作而言，《而已集·题辞》既是"后设"又是"前置"，它虽然作于1927年所有杂感完成之后，并在鲁迅序跋文文体框架内为单篇文章提供整体形象、形而上寓意和叙事总体性，但它的内容却是一段引文和旧文，即1926年10月14日所作的《华盖集续编·校讫记》，最初收入1927年5月北新书局版《华盖集续编》。

一、作为修辞和言语行为的"而已"

《而已集》是鲁迅1927年所作"杂感"的合集，其"修辞学"或"诗学"的起点无疑是其著名的"题辞"。"题辞"短短的八句话在鲁迅作品分类整理的意义上有时也被归于"诗歌"。如果把这本杂文集的最后编定日期作为"题辞"的诞生日，那么它是在1928年10月30日问世的。不过,早在两年前,这段话或这首诗就已经一字不差地出现在《华盖集续编》结尾处,在《上海通信》这篇文字的最后,作为余墨被记录下来,时间是1926年10月14日夜。在文本编辑的意义上,这段话是"校讫记",对应的是此前半年来作者看见的"许多血和许多泪",所以也可以被认为是1926年"运交华盖"的余波和收束。在讨论《而已集》的文学内容、传记内容和历史内容之前,我们有必要对书名和题辞的修辞法做一简要的分析。

"而已"从汉语语法上讲,是所谓"限止语",表示事情到此为止、没有更多的意思了。但鲁迅在《华盖集续编·校讫记》和《而已集·题辞》中的使用,显然给这个语气词赋予了更多的意思。"而已"两字在鲁迅行文中经常出现,《而已集》里总共出现过9次,在使用频率上只是一个平均数。[1] 在鲁迅杂文的行文中,"而已"是欲言又止、不说也罢,事已至此、欲复何求的意思。但"而已"带来的中止和无言状态,并非意义和意思的结束,而恰恰是它们的开始。在"八句话"的语境里,"而已"先是单独出现,作为半年来作者因自己所见"许多血和许多泪"而发的"杂感"的"限止语"或不如说是语气加强词。继而"而已"再度单独出现,这次是作为因"泪揩了、血消了;屠伯们逍遥复逍遥,用钢刀的,用软刀的"而发的杂感的限止语和语气加强词。也就是说,"而已"前两次出现只是单纯的重复和并列,题辞语义和表意上的递进和激烈化都还被限制在"杂感"的范围内,"而已"只是在语气上帮助标记止于杂感的事实与情感的边界。但在最后一段两行里,前一个"而已"限止的却是最初两个"而已"所造成的事实和效果,即"连'杂感'也被'放进了应该去的地方'"及其带来的愤怒

---

[1] "而已"在鲁迅所有作品中共出现263次,使用频率达到或超过《而已集》的计有:《坟》11次(包括4次文言文使用)、《华盖集》14次、《华盖集续编》10次、《南腔北调集》11次、《准风月谈》11次、《花边文学》13次、《且介亭杂文》11次、《且介亭杂文二集》17次、《集外集拾遗》9次、《集外集拾遗补编》19次、《两地书》28次。

与无奈；最后一个"而已"则是前面一个"限定"之"限定"、感叹之感叹和无奈之无奈。因此"'而已'而已"作为双重限止语和双重语气词指向一种双重的无声、空洞和缺席，但同时又因为这种标记独特的语言构造而将缺席者和被扼杀的声音、情绪悬置在一种激烈而无法宣泄或升华的修辞闭环状态。这个小小的语言构造可视为鲁迅杂文作为"写作之写作"的纯粹象征，它本身并没有具体意义，却通过虚词叠加的形式重复而制造出新的意义丰富性和寓意层次。

在以这部文集为单位的创作集合（"小《而已集》"）之外，我们也可以看到一个扩大版的"'而已'而已"的写作状态及其文字记录（"大《而已集》"）。它从《华盖集续编》的最后几篇开始，中经1927年鲁迅"过渡期"创作陆续得以打包收束（《坟》《野草》《朝花夕拾》《华盖集续编》等），转而全身心投入"上海时期"的"新的战斗"。这是从"运交华盖"的个人运命中挣扎出来，却不料步入一个集体性生死存亡的"大时代"的转换期；在文字、修辞和"言语行为"的意义上，是从个人生活事业逆境带来的烦躁、愤懑、抵抗中努力挣扎出来，试图进入自由或"漫游"状态，却不料想突然间"被抛入"一种震惊和错愕中，以至于发现自己处在一种"无语"或"失语"状态的反思和探索期。

在个人意义上，这是作者在蛰居北平十余载之后，最终从教育部辞职，带着"我可以爱"的决心，偕同许广平离开北平南下，经厦门、广州而最终选择前往上海的"路途中"阶段。它不但是鲁迅一生中第二个"漫游期"（第一个是青少年时代离家去南京读西式学校，进而赴日留学），也是鲁迅再次从北国回到南方（但拒绝回故乡浙江，对江浙文人文化也无好感）。在一个更为重要的象征意义上，这还可以说是鲁迅最终决定离开民国文化中心和政治中心，在"半殖民地半封建"的近代大都会上海生活和写作的转场或"战场选择"。这个转折期的中心事件是1927年4月的"清党"；它将鲁迅的"在路上"状态分为前后两个短暂却有实质性差异的阶段,即作为"运交华盖"余墨的"而已"阶段和作为"大时代"震惊体验与反思的"'而已'而已"阶段(即《三闲集·序言》中所说的"在二七年被血吓得目瞪口呆")。这是鲁迅又一次体味寂寞和虚无,在个人体验和集体生存的挣扎中,为新文学语言、形式、体裁、风格和表达可能性探索文学本体论基础和写作实践方法的关键处和扭结点。

《而已集》以及1927年鲁迅的其他文字,呈现出几条阐释的线索:一是传记意义上作者的经历、感受、行动和思绪;二是作品或"文本"意义上的创作;三是在创作中专门单列出来的一系列断断续续但不绝如缕的反思、自叙、辩护、历史化和理论化。三个系列之间自然有连贯性和一致性,但它们之间又存在相对的距离、自律性甚至不同的指向、意味和弦外之音。无论在传记意义上,还是在杂文文章题材、风格的意义上,广义的"而已集"的下限都是1927年年底,包括收录在《三闲集》中的《无声的中国》《怎么写(夜记之一)》《在钟楼上(夜记之二)》等重要篇目。

《而已集》在鲁迅杂文语言风格上的结构意义固然重要,但它自身的"传记起点"却带有鲜明的历史具体性。鲁迅在为俄译本《阿Q正传》所写的《著者自叙传略》后有《自传》(1934),收入《集外集拾遗补编》,其中涉及此前阶段的自叙如下:

> 因为做评论,敌人就多起来,北京大学教授陈源开始发表这"鲁迅"就是我,由此弄到段祺瑞将我撤职,并且还要逮捕我。我只好离开北京,到厦门大学做教授;约有半年,和校长以及别的几个教授冲突了,便到广州,在中山大学做了教务长兼文科教授。[1]

---

[1] 鲁迅,《自传》,《集外集拾遗补编》,《鲁迅全集》第8卷,第402页。

相对于"运交华盖"和不得不"执滞于小事"的写作,"'而已'而已"不啻为一种将外部敌意和压力吸收转化为文字和文章可能性的美学转向和风格转向。究其外部条件,一是单纯的空间或地理意义上的距离,即作者离开北平前往南方执教;二是谋生和体制归属意义上的脱离北洋政府衙门而以"全职"身份进入大学谋生;三是更为个人意义和象征意义上的回归南方——不是狭义的、作为出生地和故土的"江南",而是在近代中国文化地理、经济地理和政治地理意义上那个"天高皇帝远",往往得世界风气之先,走在流散、聚合、变革、起义和革命最前沿的南国。如果厦门作为"中途"的一站还只是因为林语堂之邀而多少带有偶然色彩的话,那么广州的被选中,则显然是因为它当时所处的革命中心的位置。但是——

> 又约半年,国民党北伐分明很顺利,厦门的有些教授就也到广州来了,不久就清党,我一生从未见过有这么杀人的,我就辞了职,回到上海,想以译作谋生。[1]

鲁迅在革命中心广州遭遇的"清党"("四·一五事件")不仅是一个外部历史事件和政治事件,也在"杂文的自觉"过程中留下了永久的——也就是说,对于鲁迅后期写作风格具有决定性影响的——印记,因此必须被看作发生在鲁迅文章学构造内部的一个文学事件。"我一生从未见过有这么杀人的"之语,对耳闻目睹过辛亥革命前后的暴力、虽深谙其不彻底和未完成性,但对民国的正当性和革命性依然抱有理想主义信念和期待的鲁迅而言,无疑是极为沉重、令人心灰意冷的话。在它突然到来之前("突然"只能表明鲁迅对于现实政治、国内社会形势,特别是国共不可避免的政治冲突和注定到来的兵刃相见,都是相

---

[1] 鲁迅,《自传》,《集外集拾遗补编》,《鲁迅全集》第8卷,第402页。

对隔膜、不明就里的），《而已集》里的文章仍旧在"后视镜"里通过一个物理和想象的距离继续消化、反思和"超越"两本《华盖集》杂文所处理的题目和写作经验。只是这种处理已经不仅是前期生活状态和写作状态的简单延续，而已经在此获得了新的意义。

因此，就鲁迅杂文风格发展的阶段论而言，《而已集》事实上开始于《华盖集续编·校讫记》的八句话（或八句诗）。"题辞"的挪用只不过是鲁迅文章生产和编辑过程中的一个饶有意味的皱褶。而在"清党"之后，《而已集》中的文字，某种意义上都可以看作对这一事件带来的震惊的吸收、"应对"、反思和"处置"。这其中的一系列反应既包含安身立命意义上的变动与安排，最终导致鲁迅从中山大学辞职，离开广州，继续"出走"前往上海；也包括文学生产的经济学、社会学和其他策略性改变，比如针对文坛和知识界的政治分化、意识形态两极化以及白色恐怖笼罩下的苛刻到近乎荒诞的新闻审查所做的调整。但更为重要的是，这种外部的震惊和冲击从内部震撼了作者全身心，从而带来了一系列关于文学、写作和文人的社会性存在的持久而深入的思考。

这种思考和写作意识、写作风格的转向在"清党"事件后鲁迅所有的文字中留下了痕迹，特别是在《魏晋风度及文章与药及酒之关系》一文中得到一种相对"系统"的表述。不妨说，《华盖集》和《华盖集续编》中所记载的那种被迫的应对、痛苦的挣扎和战斗，那种"不自觉的自觉"，至此成为一种"自觉的自觉"和完成形态。这不仅是作者意识的充分自觉，也是文体意识和风格意识的充分自觉；这种自觉不但包含了对自身所处时代和境遇的认识的清晰化，即"自觉的杂文"通过自身语言形式和讽寓手法对外部环境的对象化、风格化处理；同时，这种针对"当下"的、个人和个性意义上的文学自觉和政治自觉，也系统地动员、编织起一个绵延不绝的历史源流、道德谱系和诗文传统，从而为自己的"身份"、"认同"、审美属性和政治立场提供了一个坚实的坐标和参照系，一个象征意义上的生存环境和"共同体"。对鲁迅而言，这种思考表现为对中国文学历史经验，包括种种先例、时代、典范人物及其生活方式、行为方式或"风度"的重温；同时也表现为自己写作实践和风格实践中一些隐晦的、高度自觉的手法、方式和做派。

"而已"本是一个虚词和感叹语，在鲁迅杂文写作的文体风格环境中却成为极为具体、复杂和沉重的历史经验与情绪体验的寓言标记。它"记录"的并非常规意义上的可以名状的情感（如悲哀、愤怒）或态度（如反感、对抗），而是只能在一种无可名状或不可表达的状态下的表达的代替品或"权宜之计"。这正是杂文的风格隐喻，更确切地说，是杂文风格的基本方式和最小单位。它的重复和叠加（"而已……而已……"；'而已'而已"）是一种最小限度的杂文句型结构和形式设计，而非仅仅在日常语言层面和常态说话行文中使用这个词。更重要的是，用以命名《而已集》的那个"而已"，在"无言之言"和"无声之声"的基本修辞姿态之外，实际上借助这个"言语行为"（speech act）悄然引进了一种叫作"'而已'而已"的认识方法和叙事可能性。可以说，"'而已'而已"是"杂文的诗"的点睛之笔，它接续《华盖集·题记》首次得到明确表述的"杂文的自觉"，把句式所对应的特殊的现实具体性和生存搏斗的直接性，通过言语行为及其内含的"存在情绪"，转变为一种诗学技术。这种高度浓缩、极端简化的杂文写作法和杂文句式，在外部世界令人陷入沉默和虚无的暴力和恐怖面前，为读者构建起一种叙事的可能性，一个讲故事的人的形象，由此在延伸的意义上成为一种富于教诲意义的"史诗性智慧"的特殊形态。这对于我们在批评的空间里把握鲁迅杂文，具有关键的意义。

《而已集·题辞》所重复的《华盖集续编·校讫记》中的"八句话"全文如下：

> 这半年我又看见了许多血和许多泪,
> 然而我只有杂感而已。
>
> 泪揩了,血消了;
> 屠伯们逍遥复逍遥,
> 用钢刀的,用软刀的。
> 然而我只有"杂感"而已。
>
> 连"杂感"也被"放进了应该去的地方"时,
> 我于是只有"而已"而已![1]

从单纯形式的角度看,这八句话建立起一个从"而已"到"而已"再到"'而已'而已"的重复叠加结构,通过这个结构把一个本身没有具体内容或指涉对象的虚词,变成了戏剧性冲突的主角和寓言表意分节(articulation)的中心。

第一个"而已"的功能是把"许多血和许多泪"确立为"杂感"的内容,"然而"和"只有"则作为"而已"的辅助和铺垫,强化了从血与泪经验的绵延与沉重到杂文形式之短小破碎且缺乏"抒情"或"叙事"完整性之间的一种看似贫瘠、无奈事实上却恰如其分、唯有如此的表达和再现关系。第一句里的"这半年"、"又"和"许多……许多……"迫使阅读语速放慢,带来读者所熟悉的鲁迅杂文的"执滞"感和具体性,但它们在第二句里立即通过"然而"和"只有"的转折被"限止"和封存在随"而已"而来的戛然而止的沉默及其特殊的语义回声之中。

第二段四句可视为第一段主题呈示的"扩展部","泪揩了,血消

---

[1] 鲁迅,《华盖集续编·校讫记》,《鲁迅全集》第3卷,第384页。

了"回到作者"时间的流逝"和"遗忘"主题,"屠伯们逍遥复逍遥"和"用钢刀的,用软刀的"则以其具体性和"实录"精神提示了反抗遗忘的斗争,但"然而－只有－而已"则在结构上完全重复了第一段的表述。

第三段则像奏鸣曲(sonata)曲式的"再现部",但这种再现建立在具有叙事意义的"情节发展"和戏剧冲突升级的基础之上,因为此时"连'杂感'也被'放进了应该去的地方'",因此需要相应地用第二个"而已"把先前已经存在的"而已"再度加以限止,以便把那个"而已(一)"也放进"应该去的地方",即"而已(二)"所确立的语义和寓意空间中去。在从"然而－只有－而已"到"于是－只有－而已"的细微的形式结构变化之中,在第一段作为"而已"限止物的"杂感",在第三段被彻底虚词化、"空洞化",即只作为一个苍白无力的"而已"变成下一个"而已"的被限止物和"内容"。这种通过文字特别是虚词的重复、"冗余"和回旋,在句式和语气的"抽象"或"纯形式"层面进行的写作可以说是杂文文体风格运行的一种图解。"'而已'而已"不是"而已"的系列化,而是"而已"的二次方乃至 n 次方;作为虚词的虚词、感叹的感叹、情状之情状、言语动作之言语动作,它本身就是作为"写作之写作、文章之文章"的鲁迅杂文的形式和修辞法的"作者的签名"或"作者的印章"。

《而已集·题辞》也是鲁迅杂文文学本体论的隐喻。"'而已'而已"不仅是"过渡期"杂文写作的句法原型(prototypical syntax);在令人窒息的体验强度和词语的无言状态之间,它也作为抽象的具体或具体的抽象,通过一个完全由语气词组成的最低限度的形式构造,组织、传达了某种不可能的经验,因此成为文学性表达的不可抑制的自发性和创造性的证明。这个杂文文学本体论的原点同时也是文学的政治本体论的原点,因为在这里,情绪空间(愤怒、沉痛、悲哀、抑郁、虚无)与语言风格空间(修辞、结构、审美、"意境"等)一同被挤压、缩小，简化于一个最小值，化为一种追求记录与传达的可能性的单纯欲望和直接手段。"'而已'而已"作为不可言说之物的言说，在内容和形式两方面都确认了某种写作伦理意义上的"文学之不可能性"和写作技法意义上的"写作之可能性"，而鲁迅杂文在本体论和方法论意义上都是从这样一种矛盾、悖论和暧昧状态中诞生的。这是"杂文的自觉"和鲁迅文学的"第二次诞生"的内在条件和内部限制，也是这种文体和风格对它的外部环境之粗糙、严酷、敌意的心理防御和形式对抗，其意识图景和感性外化形态就是鲁迅的作者意识和鲁迅杂文以审美的残缺/残留方式坚持进行的文学的最后抵抗和最后的文学抵抗。这种抵抗虽然是以写作的自主性和审美自律性为其"自为"（for-itself）的目的，但在"自在"（in-itself）层面却是不折不扣的为生存和尊严的反抗窒息的斗争，因而带有纯粹的社会性、历史性和政治性。《而已集》接续《华盖集》和《华盖集续编》，在一个超出个人和私人存在困境、情感危机和艺术挑战的层面，即在一个"进向大时代"的历史语境及其恐怖震撼里，在杂文风格空间完成了这种审美与政治的统一性。至此，那种"我于是只有'而已'而已"的写作，业已完成了以集体生存和个体存在的最低条件为其审美前提的形式准备，成为一种通过与自己的时代对峙而进入历史，同时超越文学的"不可能性"（而非其可能性）的文学态度与方法。

《而已集》作为一个写作阶段和写作状态，承接、延续了《华盖集》和《华盖集续编》中所记录的，同时也遍布于《彷徨》《野草》《坟》中的诸种不顺遂、抑郁愤懑和痛苦徘徊，至此达到了一种修辞意义上的"无话可说"的沉默和欲言又止的压抑，一种"此处无声胜有声"的表达的张力、强度和深意。这种由虚词或喟叹词为标记的"诗意的空洞"，一方面固然进一步说明了鲁迅"转折期"的种种逆境和危机为作者的人生经验和写作生涯从内面带来的严峻挑战；另一方面，这种有意味、有张力的"虚无"和"内转"也暗示了文学处理手法和审美距离的强化,而后者正是所谓"形式解决",在给以年度为单位的文字合集带来历史指涉意义上的"叙事性"的同时,又赋予它与历史对峙的情感和诗学上的韵味。然而,时代和命运却自有其另外的安排。在最初发出连"而已"也只能"而已"的叹息后不到半年,此前看到的"许多血和许多泪"将在更血腥的历史面前黯然失色。

鲁迅在1928年重拾1926年的"喟叹"和"限止"句式来命名1927年的文字,本身是一种历史时间的折叠和造型,也为"'而已'而已"增添了一层象征寓意色彩。"自觉的杂文"虽然在"过渡期"出现,却随即通过自身修辞和文体内部的新的统一性和寓意普遍性,将更为明确的历史意识同时向过去和未来拓展,从而相对且针对历史经验而形成了一种诗学的克服与超越。具体讲,这就是以风格的统一性和语言穿透力"重写"了作为新文学历史条件和史前史条件的近现代中国历史经验,并在这种重写过程中将这种历史经验再一次对象化、具象化和寓言化。用"而已"命名1927年文章合集这个修辞选择和编辑决定本身已经暗示了,言说和沉默之间的特殊构造、同历史既近且远的关系,在作者的文字和整个新文学历史命运中并非偶然或一时的东西,而是一种常态化的存在状态,它本身需要找到其诗学原则和本质,以及这种诗学原则和本质的伦理、道德和政治基础。把复杂、迂回、苦涩、沉重的"存在情绪"结晶于一个喟叹词或限止语,在此成为鲁迅杂文文体和风格的一个醒目的徽记。在整个鲁迅文学生涯中,这个题名和《野草·题辞》一道,"像一颗没有氛围的恒星"那样在民国的天空闪耀。[1] 它们提示着一种断裂和介入,这就是在历史经验中

---

[1] 尼采称古希腊哲学家赫拉克利特(Heraclitus)属于那种"生活在自己的太阳系里面的人……他们是没有大气层包裹的恒星"。参看 Friedrich Nietzsche, "On the Pathos of Truth", *Writings from the Early Notebooks*, edited by Raymond Geuss & Alexander Hehamas; translated by Ladislaus Löb, Cambridge University Press, 2010, p. 250. 尼采显然是借赫拉克利特的古典辩证思想(如"人无法两次踏入同一条河流")强调人类知识的集合,(转下页)

悬置和截断历史时间的连续体，强行植入一个隐喻和寓言结构，从而打开一个不同于直接的历史存在方式的主观性疆域及其语言可能性。无论是"过渡期"杂文与其环境的"近战"和"缠斗"特征，还是"晚期"（上海时期）杂文的历史批判 – 叙事 – 再现特征，离开"杂文的自觉"和"第二次诞生"所界定的作者意识和写作方法 – 风格自律性，离开它们同历史现实对立、对峙的"自主"姿态，都是无法想象，也无从分析和进一步阐释的。

二、《野草·题辞》：杂文自觉的诗学宣言

《野草·题辞》文末的附注是"一九二七年四月二十六日，鲁迅记于广州之白云楼上"[1]。这是鲁迅自4月8日黄埔军校讲演后留下的最早的文字，也是"清党"后的第一篇作品。当日鲁迅日记中并未有编讫《野草》的记录，只在两天后（28日）记载了"寄（李）小峰信并《野草》稿子一本"。由此或可推测，这篇文字本身具有独立的表达内容和特殊时效性，而不仅仅是作为一篇"编讫记"，用来为一部时间跨度近一年半、停笔后又被搁置了一年有余的文集打上封印。换句话说，《野草·题辞》本身作为一首散文诗，一方面可视为一篇突兀的、对当下刺激做出即时回应的作品，就是说，它在一定程度上脱离

（接上页）事实上在任何一点看都只是错误的集合，但这种对"非真理"的激情正是通向真理的唯一道路，因此像赫拉克利特这样具备追求"非真理"的勇气和傲慢的人，才能像恒星一样独立地带来真知灼见，照亮他人。尼采也在《不合时宜的沉思》中提到一种"非历史的氛围"，说"生命唯有在它里面才能诞生，随着这大气层的毁灭而又消失……没有那个非历史的外壳，他就永远不会开始，也不敢开始"。参看尼采，《不合时宜的沉思》，李秋零译，华东师范大学出版社，2001年，第143页。本雅明在《论波德莱尔的几个母题》这篇长文的最后，引用尼采"一颗没有氛围的恒星"来形容波德莱尔的诗同法兰西第二帝国社会现实和历史经验之间的关系。参看本雅明，《启迪》，第214页。

[1] 鲁迅，《野草·题辞》，《鲁迅全集》第2卷，第163页。

了《野草》合集的具体语境；另一方面，它又是通过特殊审美－政治强度和修辞技法的中介"间接地"而非"直接地"回应突如其来的外在事件的自觉的写作。更具体地看，它是一篇在整个过渡期和"杂文的自觉"语境里深思熟虑、厚积薄发的反思总结和风格上的"表演性"文字。从这种写作内部的张力出发，我们方能解释为何《野草·题辞》在"四·一五事件"10天后出现，它的诗学意象、句式与结构又在何种意义上吸收、调节、转化或"升华"了"清党"给鲁迅内心带来的震惊、抑郁和愤怒。

历史上的"清党"事变，虽然开始于4月12日的上海（所以一般称为"四·一二事变"），但系统"铲共"和搜捕国民党左翼分子在广州的展开，至少就它对鲁迅的直接影响而言，则是4月15日。在鲁迅日记里，这天有"赴中大各主任紧急会议"的记载[1]；16日仅有"下午捐慰问被捕学生泉十"[2]的内容。19日日记条目中虽有"晚绍原邀饭于八景饭店，及季市、广平。夜看书店，买《五百石洞天挥尘》一部，二元八角，凡六本"等看似恢复生活常态的内容，但"骥先来。失眠"[3]短短五字，表明此时鲁迅内心的焦急和忧虑，同时也可由此推测，此时鲁迅或许已口头向中山大学提出辞职以示抗议，因此才有当时在学校主政的朱家骅夜晚上门拜访、劝说和挽留。20日鲁迅在给李霁野的信中，提到"决计于二三日内辞去一切职务，离开中大"，原因是"我在厦门时，很受几个'现代'派的人排挤，我离开的原因，一

---

[1] 鲁迅，《日记十六》，《鲁迅全集》第16卷，第18页。许广平在《鲁迅回忆录·厦门和广州》里对这一天有更为详细的记载，见《鲁迅年谱》第2卷，人民文学出版社，1983年，第390页。其中提到在下午的会上"学校负责人是公开宣布过带领学生往左走的，这会却反过来大骂共产党，说这是'党'校（国民党办的学校），凡在这里做事的人，都应该服从国民党的决定，不能再有异言。鲁迅悲愤填膺地力争……结果力争无效，鲁迅独自宣布辞职。回到白云楼，把经过一一向许寿裳先生细说，气得连晚饭也未进一口"。

[2] 鲁迅，《日记十六》，《鲁迅全集》第16卷，第18页。

[3] 同上。

半也在此。但我为从北京请去的教员留面子，秘而不说。不料其中之一，终于在那里也站不住，已经钻到此地来做教授。此辈的阴险性质是不会改变的，自然不久还是排挤，营私。我在此的教务，功课，已经够多的了，那可以再加上防暗箭，淘闲气"。[1]但在信的最后一段，鲁迅却又回到"清党"的话题并写道："这里现亦大讨其赤，中大学生被捕者有四十余人，别处我不知道，报上亦不大纪载。其实这里本来一点不赤，商人之势力颇大，或者远在北京之上。被捕者盖大抵想赤之人而已。也有冤枉的，这几天放了几个。"[2]一般认为鲁迅于4月21日正式向中山大学提出辞呈[3]，22日鲁迅日记中有"上午文科学生代表四人来，不见"一句[4]；23日复有"午中大学生代表四人来"[5]，应与校方及学生的挽留有关。24日"骥先来，未遇"[6]，应为正式提出辞呈后校方继续努力挽留的表示。这种辞职－挽留－再辞职－再挽留的节奏一直持续到6月6日，方才"得中大委员会信，允辞职"[7]。

相比鲁迅4天后所作的《朝花夕拾·小引》，《野草·题辞》在情绪上无疑显得极为紧张、急进而激烈。这固然是作者面临"大时代"突发事变时的应激反应，但这种应激反应最终却是在形式和审美空间里被吸收、转化为风格的特殊面貌，同时更进一步转化和"上升"为作者对自己所实践的写作样式和方法的感性观照。作为一种特殊文体样式的"散文诗"，恰好在这里提供了一种居间的形式平台，就是说，它以诗的形式表达了某种杂文的内容，即，不是杂文形式所涵盖的历

---

[1] 鲁迅，《270420致李霁野》，《鲁迅全集》第12卷，第29—30页。
[2] 鲁迅，《270420致李霁野》，"此种之一""此辈"指顾颉刚。
[3] 鲁迅学生谢玉生1927年4月25日致孙伏园信中提到，"迅师本月二十号，已将中大所任各职，完全辞谢矣"；鲁迅4月26日致孙伏园信中说是第二天（星期四）"辞去一切职务"。见《鲁迅年谱》第2卷，第392页。
[4] 鲁迅，《日记十六》，《鲁迅全集》第16卷，第18页。
[5] 同上。
[6] 同上书，第19页。
[7] 同上书，第24页。

史内容,而是杂文形式本身成为(散文)诗之能指(signifier)的所指(signified)、即其形式内容。在这种形式内容中具有特别重要性的,则是这种形式同其社会环境之间否定性的相互依赖的讽喻性关系。我们下面不妨在"《野草·题辞》是《而已集·题辞》的寓言和象征"这个具体的论断上,探讨"散文诗是鲁迅杂文的形式寓言"和"杂文是鲁迅散文诗的历史-政治寓言"这个更大的批评的假设。

《野草·题辞》的第一句话被许多读者认为同《秋夜》开篇的"一株是枣树,还有一株也是枣树"一样玄虚费解;它也常作为某种富于人生哲理的名句而在原始语境之外被广泛引用。但"当我沉默着的时候,我觉得充实;我将开口,同时感到空虚"[1]这句话,事实上可以在同《而已集·题辞》的某种"对读"关系中做具体而明确的分析和解释。简单讲,后半句"我将开口,同时感到空虚"大体等同于前面那个单一的"而已";而前半句"当我沉默着的时候,我觉得充实"则大致相当于后面那个复合叠加的"'而已'而已"。换句话说,我们在"而已-而已-'而已'而已"句式中看到的那种"写作之写作"的象征,在此分解和重新组合为"沉默/开口"和"充实/空虚"的排列。但正如杂文写作文体风格的语法原型是"'而已'而已",它在诗学化的、及物的(或涉及情感状态和情绪状态的)表述中的悖论,则是"沉默"乃为"充实"的真实形式,一如"说话"乃为"空虚"的真实形式。具体而言,这就是早些时候鲁迅在写给许广平的信里提到的"我的作品,太黑暗了,因为我只觉得'黑暗与虚无'乃是'实有'"[2]。但如果把"野草"语言翻译成"而已集"语言,这就是:凡要说的都已经成为不可说的,即存在意义上的无话可说;而一旦我不再说话,那种被封存或"限止"在无言状态里的体验丰富性和沉痛,就

---

[1] 鲁迅,《野草·题辞》,《鲁迅全集》第2卷,第163页。
[2] 鲁迅,《250318致许广平》,《鲁迅全集》第11卷,第466—467页。

会像在显影液里的相纸一样显示出栩栩如生的形象。至此我们可以说，《野草·题辞》之所以费解，因为它完完全全是一个直白的事实陈述，而不带任何隐晦曲折的修辞隐喻。但最明显、最直接的东西或关系，往往最容易在意识或观察中被错过。

沿着"写作之写作"或杂文语言风格整体上的讽喻结构和寓意化特征这个逻辑再推一步，我们就能在"'而已'而已"的"显影液"作用中看到"当我沉默着的时候，我觉得充实；我将开口，同时感到空虚"这句话在表意功能上的"二元二次方程"结构以及它作为鲁迅杂文原型句法之"形式的寓言"的价值。因为在这样的句式结构和表意方式里，能够作为"内容"和经验/体验的丰富性而被"显现"出来的东西不是存在的具体性，而恰恰是虚无的普遍性。那种本来作为经验/体验的直接刺激和震惊冲击着意识和情感内面的东西，在攻破意识和情感的防线而使之陷于瘫痪的同时，已经取消了自身的社会历史经验的实在性或道德教益，而只能作为单纯的创伤和空白被残存的意识登记注册。也就是说，对于鲁迅特殊的文学感受力和写作法来说，直接的社会现实及其历史经验非但不能构成再现或叙事的材料和内容（当然更无法提供这种再现和叙事的内在逻辑关联和结构），反倒恰恰摧毁了这种再现或叙事的经验前提和语言可能性。

这是"空虚"在鲁迅语言中的具体含义，也是它相对于杂文文体及其语言策略而能够将自己作为"而已"的指涉物确立起来的原因。散文诗是鲁迅杂文的一种特殊文体风格实践，它带来新的审美距离感和形式空间，使作者得以在形式的自我关涉的更高层面再度处理这个"空虚"，即把它的整个"故事"及其自身的具体性、普遍性和特殊形式统统作为"'而已'而已"的对象。只有最后这个对象才是"充实"的具体所指，因为它作为内容正对应于那个充满张力的"沉默"。沉默在此不仅是"能指"（表意的有效形式），而且也是"所指"（表意的内容本身），它在无语状态中把"充实"的具体性保持在"空虚"的抽象层面，同时也在风格上把一旦发声就必定限于破碎和种种禁锢的"言说"的本真性保存、维持甚至强化在无言的蓄势待发的紧张感之中。所有这一切正是杂文的诗学机制、诗学原则和"自我保存"的存在政治原则，只不过在《野草·题辞》中，它们借助"散文诗"体裁所允许的游戏性，暂时脱离了具体对象和具体情境，在形象、韵律和节奏的空间里得到了一次纵意恣肆的表演性展开。

这种表演性的展开以"生死存亡"问题作为其大显身手的中心舞台，本身是一个意味深长的选择。事实上，"充实"与"空虚"的问题并非不可以在希望与绝望、忘却与记念、可说的与不可说的等其他维度上展开。比如，鲁迅此前就曾在希望与虚无的辩证法意义上谈论这个问题，此后更是经常在遗忘何以是真正的记忆、记忆又为何以"忘却"为目的和内容的意义上辨析、品味和表现这个主题。作者之所以舍弃希望/绝望、记忆/遗忘这样更贴近虚无/实在范畴且更具有形象探索和形式构造可能性的主题，必然有其他的外部原因。在1927年4月26日，这个外部原因最大最直接的嫌疑者就是"清党"及其带来的残暴、血腥、虚伪和压抑。这个外部因素像一个隐形的引力场，使得鲁迅散文诗/杂文写作的自我指涉性在风格空间发生偏离和扭曲，就是说，诱使它去接近、捕获一组能够一石二鸟、借此说彼的寓言形象和动作，以便能在隐晦地针对具体事件"发声"的同时，显白地处理杂文内部构造和原理所必须处理的题材和内容（"充实与空虚"）、形式风格的强化、审美价值的自我辩护，以及作为生命形式和存在方式的写作本身的道德说明与政治理由。《野草·题辞》对这些鲁迅文学的基本问题都给予了诗学式的感性而具体的回答，它表现为这首散文诗作品中的几个主题：生存和死亡、爱与憎恶，以及为这种对立冲突提供解决方案的行动（变化）、能量和速度。

我们先来看生命（存活）和死亡（空虚）这组意象。《野草·题辞》起首的"沉默/开口"单句段落之后紧接而来的是这样一个四句段落：

> 过去的生命已经死亡。我对于这死亡有大欢喜，因为我借此知道它曾经存活。死亡的生命已经朽腐。我对于这朽腐有大欢喜，因为我借此知道它还非空虚。[1]

这两短（第一、三句）两长（第二、四句）的排列对仗十分工整，但在"诗"形式上的"完美"之下运行的，却是"不规整"的、蜿蜒曲折的杂文逻辑，包括杂文的态度、思维和语调。与诗歌倾向于将生命形象化、形式化、空间化不同，杂文逻辑的出发点是生命的具体化、时间化和历史化。这就是为何《野草·题辞》的核心形象和主题不是生命和存在世界的礼赞和欢庆，而是"过去的生命"之"已经死亡"。它虽然在感性外观上具有"诗章"的特征，却是通过某种文章学"破题"而展开了一个认识和沉思的论述过程，即对于为何"我对于这死亡有大欢喜"的自问自答。这就是由第一、二句构成的"上联"。它突显了由双重过去时（或简单过去时＋过去完成时，即"过去的"＋"已经"）句式予以肯定的历史性，其中包含的认识论收获不是"它活着"，而是"知道它曾经存活"，并且还进一步知道这种时间性和历史性认识，必须通过（"借助"）对"过去的生命"之"已经死亡"和存在世界之"曾经存活"的经验、体认和观照，方能在杂文语言风格中形成牢固的概念，即一个关于"活着"的"否定之否定"的杂文定义。这样看，由第三、四句构成的"下联"则一面用"死亡的生命"和"已经朽腐"推进、加强和深化那种历史意识，进一步将"空虚"之超克、绝望之反抗建立在"死亡的生命已经朽腐"这个历史化过程本身之"实有"的基础上；另一方面，则也借助"朽腐"二字，悄悄引入

---

[1] 鲁迅，《野草·题辞》，《鲁迅全集》第2卷，第163页。

了《野草·题辞》中的另一个主题，对此我们稍后加以分析。

值得玩味的是，在"过去的生命已经死亡"和"死亡的生命已经朽腐"之间，《野草·题辞》插入了一个积极的、浪漫抒情的、带有自叙性的中间段或"副歌"，它的音乐"调性"显然与"主题"的调性有所不同：

> 生命的泥委弃在地面上，不生乔木，只生野草，这是我的罪过。
>
> 野草，根本不深，花叶不美，然而吸取露，吸取水，吸取陈死人的血和肉，各各夺取它的生存。当生存时，还是将遭践踏，将遭删刈，直至于死亡而朽腐。
>
> 但我坦然，欣然。我将大笑，我将歌唱。
>
> 我自爱我的野草，但我憎恶这以野草作装饰的地面。[1]

只需把"野草"置换为"杂文"，这段话的"自白"和"辩护"性质就再明白不过了。事实上这里的"野草"已经不能说只是一个形象或比喻，而是在寓言的意义上就是杂文本身，作为一个具体而抽象的形象，它传达出的是"杂文是文学世界里的野草"这样的概念或理论。[2]"生命的泥委弃在地面上"令人联想起《华盖集·题记》里"正如沾水小蜂，只在泥土上爬来爬去，万不敢比附洋楼中的通人"这样的意象，也可视为"我的生命，至少是一部分的生命，已经耗费在写这些无聊的东西中，而我所获得的，乃是我自己的灵

---

〔1〕 鲁迅，《野草·题辞》，《鲁迅全集》第 2 卷，第 163 页。
〔2〕 成仿吾《诗之防御战》（原载 1923 年 5 月 13 日《创造周报》）里曾使用"野草"这个意象，用来评价或贬低五四时期的新诗创作。鲁迅的"野草"抑或是从论敌成仿吾（成也曾对《呐喊》有微词）那里信手拈来，据为己有。这本身也是鲁迅杂文的惯用笔法。

魂的荒凉和粗糙"这段自谓与慨叹的缩写。接下来对野草的描绘("根本不深，花叶不美……将遭践踏，将遭删刈……")则又像对"辗转而生活于风沙中的瘢痕"一句的扩写，接续了《华盖集·题记》开头关于"执滞于小事"的杂感之审美价值的内心独白。而"我自爱我的野草"，则是对"但是我并不惧惮这些，也不想遮盖这些，而且实在有些爱他们了"的又一次肯定，也是私生活领域"我可以爱"的宣言在写作风格上的重现和再确认。两篇文字表达的情感和情绪状态也是高度一致的：《野草·题辞》中的"但我坦然，欣然。我将大笑，我将歌唱"，也可被看作《华盖集·题记》里"然而要做这样的东西的时候，恐怕也还要做这样的东西，我以为如果艺术之宫里有这么麻烦的禁令，倒不如不进去；还是站在沙漠上，看看飞沙走石，乐则大笑，悲则大叫，愤则大骂，即使被沙砾打得遍身粗糙，头破血流，而时时抚摩自己的凝血，觉得若有花纹，也未必不及跟着中国的文士们去陪莎士比亚吃黄油面包之有趣"[1]这个杂文长句的诗歌语言简写版。在经历了"华盖运"笼罩下的"杂文的自觉"的崎岖道路和自我流放之后，鲁迅在此以爱/憎对立的方式表达了自己的"杂文之爱"。这里的"憎"、"不爱"或"憎恶"同时在两个面向落到实处。它们一是界定了杂文("野草")同杂文产生的直接社会环境("这以野草作装饰的地面")之间负面的相互依赖的关系；一是界定了杂文同它的多样化、异质性、彼此尖锐对立的读者、立场和价值之间的总体关系，即所谓"我以这一丛野草，在明与暗、生与死、过去与未来之际，献于友与仇、人与兽、爱者与不爱者之前作证"[2]。显然，这种似乎是"爱你的敌人"式的语句，既非基督徒的宽恕或博爱，也并非被诗歌语言节奏带跑

---

〔1〕 鲁迅，《华盖集·题记》，《鲁迅全集》第3卷，第3—5页。
〔2〕 鲁迅，《野草·题辞》，《鲁迅全集》第2卷，第163页。

的滥情,而只是进一步为杂文对其敌意的环境的依赖,为它同"憎恶"它的读者之间的共生关系"作证"。

把《野草·题辞》同《华盖集·题记》《而已集·题辞》对读会发现,这里借由散文诗形式发挥出来的"杂文的自觉"的"更高"形态或版本,体现于它通过一系列具象化动作而显示出来的能量、速度。这就是构成鲁迅杂文本质的"速朽"诗学观,包括它所展现的一种在存在与虚无之间的人生和创作的总态度。《野草·题辞》里最为突兀的一个单句段落,引入了一个全新的角色、能量及其转换,以及这种转换所带来的动态和过程;它不能在上下文的信息和事物关系中被推导或演绎出来,而似乎来自某种唯意志论的主观愿景,来自对某种超历史的、打破常规力量平衡的突发事件及其造成的历史清场与重启的向往:

> 地火在地下运行,奔突;熔岩一旦喷出,将烧尽一切野草,以及乔木,于是并且无可朽腐。
>
> ············
>
> 我希望这野草的死亡与朽腐,火速到来。要不然,我先就未曾生存,这实在比死亡与朽腐更其不幸。
>
> 去罢,野草,连着我的题辞!〔1〕

"地火""熔岩"的运行、奔突、喷发和燎原之势在特定政治环境和气氛下并非不可做政治性的解读和联想〔2〕,但在无可置疑的字面的反抗性

---

〔1〕 鲁迅,《野草·题辞》,《鲁迅全集》第 2 卷,第 164 页。
〔2〕 比如《鲁迅年谱》1927 年 4 月 26 日条目中有:"题辞表现了鲁迅对白色恐怖毫无退缩的情绪和乐观精神。……预示人民的革命斗争必将如火山岩浆迸发一样,彻底摧毁一切黑暗势力。一九三一年五月上海北新书局引《野草》第七版时,该文被国民党书报检查机关删去,一九四一年出版《鲁迅三十年集》时才重新收入。"《鲁迅年谱》第 2 卷,第 393 页。

和毁灭渴望之下，仍有丰富的文学本体论解释空间。地火和熔岩虽将烧尽野草，但事实上又和野草构成同谋关系，或者说它们一同带来一种否定性的、自我颠覆的同时也是建设性的能量和形式的循环往复。这种生成－毁灭的交替及其特殊韵律，比任何局部的、具体的动作、形象或叙事更适合作为鲁迅杂文美学原则和道德原则的整体象征。作为这种原则的对立面的，则是那种藏在种种伪饰下的"地面"和高高在上、自命清高的"乔木"，它们分别代表虚假的、靠不住的现实和在此"基础"上的矫饰造作、自欺欺人的"上层建筑"。地火、熔岩的喷发奔流所带来的冲击与毁灭，对于野草自然强劲的间歇性生长而言，是一种不断的"清场"和"去蔽"行动；而野草短暂的生命及其反形式的形式，则是对这种由更深的历史能量的介入与出场显示出来的真实性的肯定和礼赞。

在此由野草和地火构成的"世界"与"大地"、"语言"与"存在"之间的全新关系，决定性地取代了由物化、功利化的主流价值及其文化体制之间的陈腐而虚伪、缺乏创造性动能的关系。这里的关键点在于，这种创造性的新型关系不是通过"不朽"及其种种异化形式（如"艺术之宫"）被确立并体制化的，而恰恰是借助"死亡与朽腐"的意志与行动而不断获得更高更强的自我肯定和自我实现。最终，对于生成、创造和真实性的渴望直接转化为对"速朽"（"火速到来"）的期盼，似乎这种否定的转换来得越快，那种通过否定性到场的肯定性就越明确而持久。[1]这种在死亡与朽腐的火速到来中确认自身并非"先就未曾生存"的意志，就是杂文的意志，因为杂文就其形式风格本质而言，正是不以维系自身形式风格的固化建制为目的的写作，即野草

---

[1]"速朽"虽然在此作为鲁迅杂文诗学的基本原则，但这两个字的组合从未在任何鲁迅杂文或散文诗作品中出现，而只在《阿Q正传》第一章的序中使用过一次，即开篇第二段开头的"然而要做一篇速朽的文章，才下笔，便感到万分的困难了"。见《阿Q正传》，《呐喊》，《鲁迅全集》第1卷，第512页。

式的写作。其生命周期的短暂和形式展开的短促，本身具有审美意义和道德意义，因为它们都是一种更纯粹的真实性和更高价值的象征。"去罢，野草，连着我的题辞！"既是杂文美学的自我辩护和自我追求，也是杂文伦理与道德的自我辩护和自我追求，只不过这种辩护和追求，都必须以放弃和告别的方式完成。

《野草·题辞》作于 1927 年 4 月 26 日，作者正处在"清党"事件后的震惊、恐怖、惶惑和悲愤状态中，这种状态不可能不在鲁迅文字里留下深刻的印记；甚至可以对其"工作假定"做一种解释：这篇"题辞"虽然是《野草》集的有机组成部分，带有风格上的一贯性，但就其内容信息的修辞编码来说，它必定也同时以自身特有的方式和要求（比如散文诗的节奏和韵律，"野草""地火"等意象的统一性等要素）处理作者那一阶段每时每刻的体验、焦虑、困顿和紧张，因此可以读解为这种内在矛盾和压力的形式解决甚至文学观念、路径上的打通和突破。"'而已'而已"最贴切最亲密，同时也是最直接的解释，正是"当我沉默着的时候，我觉得充实；我将开口，同时感到空虚"。欲言又止、无话可说但又如鲠在喉、不吐不快的状态在这句话里"情节化"为一种叙事"动作"或"行动"，从而把一个表达内容上的难题转化为表达可能性和对于这种可能性情境的客观思考。换句话说，"'而已'而已"在对于表达及其可能性与内在矛盾的文学性思考和表现中最终摆脱了心理、情绪或"性格"的压抑、无言和空虚状态，而重新变成存在经验的历史化和诗的斗争。

沿着这条表达行动和表达可能性的路径，"'而已'而已"的内容实质得以进一步展开，同鲁迅"过渡期"或"转折期""存在的政治"和"存在的诗学"的基本问题和总体轮廓汇合在一起；或不如说，这种作为"杂文的自觉"的核心内容的存在的政治诗学，在散文诗的语言里得到了更为精准也更富戏剧性和感染力的表述（即"过去的生命已经死亡。我对于这死亡有大欢喜，因为我借此知道它曾经存活。死亡的生命已经朽腐。我对于这朽腐有大欢喜,因为我借此知道它还非空虚")。显然,这种由沉默和空虚,到对死亡和朽腐的虚无之克服,再到生命之自证("我先前曾生存过")和自我张扬("大欢喜")的"否定三段论",不但是针对《华盖集》以来的困境、自我怀疑及其创造性超越的写作方法论说明和辩护,而且也适用于"自觉的杂文"和鲁迅成熟的文学生产样式的内在本质。这种贴近自身存在的境况、借自身经验及其形式外在化的死亡和速朽而获得"曾经存活""并非空虚"的证据和信心的文学实践及其诗学理念,无疑是鲁迅为整个中国新文学奠基阶段的历史意义和审美价值所做的决定性贡献。

《华盖集》、《华盖集续编》、《而已集》和《野草》可被视为一个文本的连续体,它们是同一个写作实验和同一场生存斗争的不同环节,同时通过这两者间往往是痛苦、压抑甚至令人窒息的交织、贯通和"短路",为白话文学的审美质地奠定了一个坚实、强悍、退无可退的文学本体论基础,同时为它确立了风格与道德的真实性与可信性。对于初生的现代民族文学来说,道德辩护和审美自觉都是无比珍贵而重要的,它们让新文学最初的实践者能够不怯于投入化"无"为有、化"俗"为雅的斗争,去把一个贫瘠、险恶、黑暗、严酷的生存环境一举转化为思想和诗的丰富性和创造性。这也是何以鲁迅的《野草》和此前部分小说创作能在现代性历史条件(如工业化技术条件、高度复杂的现代大都市生活和社会组织方式、高度密集乃至过剩的信息和符号流动、持续的多样化的感官刺激,等等)尚不充分具备的情况下,在经验的空虚和停滞、形式的孱弱与匮乏、社会心理经验相对单调凝固的现象学空间里"凭空"且超越性地创造出一种炫目的非西方现代主义美学风格。这种非西方现代主义美学风格在其艺术生产所需的物质、符号和技术积累上无疑都是极为不发达的,但它却能通过其自身存在的政治性强度而把社会环境强加给自己心理体验的黑暗、空虚、停滞、痛苦和压抑转化为语言表达和艺术造型领域的连贯性和整体性。"野草"式的寄身于短制作的风格或形式,无论在鲁迅文学的"第一次诞生"(短篇小说)还是"第二次诞生"(杂文)中都扮演了核心角色,它也同时为整个新文学起源奠定了表意形式和结构的深度、复杂性和感性具体性。

作为生存状态、自我意识、风格三位一体的"'而已'而已",包含着这样一种认识与创作的辩证法:历史现实的非真实性,可以在对它的否定性意识和再现中,转化为语言层面的存在与体验的真实性。在此"无"本身是"有"的形式;这种形式本身并非仅仅是一种被动的载体,而恰恰是历史内容与经验内容主动现身的感性外观和表达的突破口。这种存在的诗学在"杂文的自觉"中得到最充分、最明确、最知性的呈现;它同时也可以在鲁迅转折期小说和散文诗创作中通过更具有装饰性和结构复杂性的艺术与审美中介而被感知和把握。《影的告别》中这个有关"彷徨"状态的诗句,也可以作为《而已集》杂文的题辞与自我写照。后者在自身文字中所包含的绝望与希望、虚无与实有、悲观与乐观、消极与进取、沉思与行动、避退与担当、现世中的消隐与语言世界里的雄心和抱负,都结晶于这个观念意象(thought-image),并在其中保持着自身特有的光彩和强度:"只有我被黑暗沉没,那世界全属于我自己。"[1] 事实上这句话在《野草·题辞》的末尾已经有了"下联"或接应,这就是:"要不然,我先就未曾生存,这实在比死亡与朽腐更其不幸。"这样的沉思、决定和写作行动,正是"'而已'而已"用语气和句式悬置并保存下来的东西,即杂文真正的历史内容和形式内容。

---

[1] 鲁迅,《影的告别》,《野草》,《鲁迅全集》第2卷,第170页。

三、《小约翰》与杂文名物学

鲁迅在完成《野草·题辞》四天后作了《朝花夕拾·小引》。第二天，即 5 月 2 日，他"开始整理《小约翰》译稿"[1]。此时的广州仍在"清党"余波的笼罩下，鲁迅想必仍未从"目瞪口呆"的震惊和愤怒状态中恢复过来。此时出于本能的应对抵挡，一面自然带有条件反射性质，比如当即向中山大学提出辞职，以及在随后而来的"辞职－挽留"拉锯战中表现出来的坚定决绝[2]；另一面，却也显示出鲁迅本人遇到重大变故后的"退路"和"积习"，即以文学方式迂回进击，转而潜入文字的世界去做长期放在心上却未能做的事情。这种文学方式自然也包括情感和经验方式的结构性调整。从愤怒激昂的《野草·题辞》到"想在纷扰中寻出一点闲静来"的《朝花夕拾·小引》，我们看到整个"过渡期"经历在更为"自觉"的诗学空间里闪回。在"入世"甚至"执滞于小事"的同时，鲁迅也随时随地为自己保留着一条退回文学、退回内心、退回"也许要哄骗我一生"的"旧来的意味留存"的隐秘小道。

《小约翰》的翻译工作是这条小道上值得玩味的一次逗留。鲁迅在 5 月 26 日日记中记有"下午整理《小约翰》本文讫"[3]；29 日日记中记有"下午译《小约翰》序文讫"[4]；31 日日记中记有"下午作《小约翰》序文讫，并译短文一篇"[5]。由此可见，鲁迅在整个 5 月都专心投入《小约翰》的翻译工作，不但完成并修改了全部译文并作译者引言，

---

[1] 鲁迅，《日记十六》，《鲁迅全集》第 16 卷，第 21 页。
[2] 顾颉刚等人的到来，鲁迅在致友人信函中多次提到的"鼻来我走"等，不过为这种"去意已定"增添了额外的个人化情绪化理由而已。
[3] 鲁迅，《日记十六》，《鲁迅全集》第 16 卷，第 23 页。
[4] 同上。
[5] 同上。

还连带翻译了原作者本人的序言、德译本序和一篇介绍作者的文章，甚至还"意有未尽"地在6月作了一篇《〈小约翰〉动植物译名小记》。1927年6月14日，鲁迅在当天日记中写道"上午得三弟信，六日发，于是《小约翰》全书具成"[1]，欣喜之情溢于言表。可以想见，这项工作在帮助鲁迅从"清党"震惊中摆脱出来，进入一种文学状态，起到了最初的关键作用。1928年1月，《小约翰》由北京未名书社作为"未名丛刊"之一种出版。在鲁迅毕生致力的翻译工作中，《小约翰》未必是最重要或最"大"的作品，但在准备之充分、投入精力和时间之多且完整、完成度之高等方面，也许唯有《死魂灵》的翻译能出乎其右。这样系统的、有条不紊的工作当然不能仅仅以逃避或求心灵宁静来解释，而是需要从文学和写作的内部找到说明和理由。处在"大时代"的震荡中，鲁迅固然时时需要用语言风格、叙述手法和象征 - 寓言框架来整理、结构和"压制"外界混乱带来的心理冲击和情绪起伏，但这种文学秩序和文学意义的生产，本身又需要文学资源、手段和可能性的准备和建设。

鲁迅读者自然知道这条内敛或"回到内心"的小道并不通向隐逸和颓废，也没有把他引向周作人式的"闭户读书""草木虫鱼"的所谓闲适恬淡或"寄沉痛于幽闲"[2]一路。《而已集》涵盖的这个创作时间段可视为鲁迅"杂文的自觉"和"第二次诞生"的完成期，在此期间他为进击的"上海十年"做好了最后的风格准备和文字操练。这样的事后之见，或许可以帮助我们分析和理解鲁迅在"清党"事变后这段为期不长却也不能说短的"蹉跎岁月"，特别是"广州时期"后半段写作中的从"大时代"抽身而去的姿态。鲁迅读者也知道，这条小道和这个姿态将要一直把鲁迅带回魏晋文章和魏晋风度，也知道这个"远

---

〔1〕 鲁迅，《日记十六》，《鲁迅全集》第16卷，第25页。
〔2〕 语出林语堂谈周作人五十自寿诗文，见1934年4月26日《申报·自由谈》。

古"非但离作家身处其间的"大时代"并不遥远，反倒作为象征和讽喻而为杂文家提供了迂回地批判现实、反思文学和现实政治关系的历史空间和论述角度。但在《野草·题辞》和《魏晋风度及文章与药及酒之关系》之间，事实上还有这样一个不太被人提及和细究的翻译状态。这次翻译从5月初鲁迅着手整理《小约翰》的译稿开始，中经月底作《小约翰·引言》，一直延续到填满整个6月的对鹤见祐辅作品的翻译。如何理解这个"间奏曲"同鲁迅在"清党"之后写作状态整体的关系？反过来这也是问：鲁迅杂文风格，乃至它所负载的中国新文学在这一阶段的内在需求和路径，在什么意义上同翻译再次缠绕在一起？

在新文学第一个十年中，伴随着鲁迅文学的两次诞生和"杂文的自觉"，新文学语言也在不断构建和丰富自身。如果说新文学最初的作家都在通过自己的作品和写作风格探索"安身立命"之道，那么也可以说他们都在以文学存在和文学行动的方式，为自己开辟通向历史经验和内心经验的语言通道，确立自身在审美领域内的现实性、具体性和实用价值。因此，新文学此时的文学生命，不能完全由狭义的"艺术制作"决定，而是在相当程度上也同白话文学在纯粹语言层面的活动及其可能性边界密切相关。后者通过白话在最广义的文学范围内的书写、表达和交流，通过白话文学语言在言语行为领域的创造性运用，结构、规范和发明白话文学的语言基础和风格实质。事实上，这种语言本身的自我结构和自我实现的运动并不完全依赖于"创作"，而是相当程度上可以在摆脱了"具体指涉"和"内心表达"引力场及其沉重负担的领域中进行。译作固然依附于原作，相对原作的创造性自由和表意，译作永远是第二位的、"不自由"的；但单就语言本身的形式可能性实践和现实化而言，翻译却恰恰因为它不是原作而在纯粹语言领域获得了更大程度的"自由"和更高的自我意识。就新文学不断为自己生产出更多的语言范例、展示出丰富细腻的表意赋形和观念构造的可能性这个"刚性需要"而言,我们甚至可以说,它在此阶段甚至无须在创作和翻译之间做本质上的等级划分。贯穿鲁迅文学生涯的翻译工作对于新文学的成立和缔造具有不折不扣的起源和本质意义。具体而言,翻译与个人创作相比是无须分心于语言信息内容的写作,因此译者更能够全神贯注地去探索白话文学语言的内部与外部的可能性边界,包括"现代汉语"如何命名、描摹事物与情态,如何传递深刻而细微的情感和情绪,如何表达复杂而抽象的观念,又如何捕获和表现生动有力的行动、变化和激烈的戏剧冲突。这样看,《小约翰》译文透露出的创造白话文学语言的勤劳与快乐,鹤见祐辅译文系列显示出的与鲁迅同期创作之间历史和政治讽喻层面的互文性,就都成为考察鲁迅 1927 年杂文风格发展的重要语言实践。

《小约翰》(De Kleine Johannes)是荷兰著名作家、心理学家弗雷德里克·凡·伊登(Frederik van Eeden,1860—1932,鲁迅译作 F. 望·蔼覃)创作于 1884 年的作品,1885 年在作者参与编辑的重要文学刊物《新前导》(De Nieuwe Gids)创刊号上发表,1887 年由海牙出版社(Verlag's-Gravenhage)推出单行本。在《小约翰·引言》里,鲁迅转引《马上支日记》(1926 年 7 月)里提到的自己于 1906 年在东京丸善书店购得布面精装的德文版,是荷兰翻译家 Anna Fles 所译。这个版本是《小约翰》的第一个德译本,1892 年由 Otton Hendel 出版社在哈勒出版,但与鲁迅凭记忆所说"〔原著出版〕后十三年,德文译本才印出"和"〔1906 年〕那时刚译成德文"的说法在年份上有出入。如果以"那时刚译成德文"为准,则有 1906 年由柏林 Schuster und Loeffler 出版社发行的德译本,译者为荷兰著名作家、翻译家 Else Otten,但这又与鲁迅记忆中的译者人名不一致。鲁迅二十年后还清晰地记得"茀垒斯"本(Anna Fles)卷头有"赉赫博士"(Paul Rache,时为《柏林日报》/Berliner Tageblatt 驻阿姆斯特丹记者)所作的序,而且也将这篇序言一并译成中文，因此可以假定这就是他翻译所用的底本。无论如何，可以肯定的是，《小约翰》在20世纪初荷兰文学创作上具有相当影响、占有重要地位，因此单德文翻译就有先后两个版本，且都由荷兰著名翻译家操笔主动向外译介。此外，因为鲁迅《小约翰》翻译是从德译本转译，所以也属于日后引起争议的"重译"范畴。

鲁迅赞同德译本序作者对《小约翰》所做的"象征写实底童话诗"的判断，称之为"无韵的诗，成人的童话"，而且认为它作为"实际和幻想的混合"，"或者竟已超过了一般成人的童话了"。[1] 这也符合当代国际文学界对《小约翰》的评价，后者一般并不把它当作童话看待（尽管它有一个童话式的开篇），而是侧重于它作为"成长小说"所包含的广泛的社会经验及其复杂的象征 – 寓言呈现。至于翻译这部外国文学作品的缘起，照鲁迅自己所讲，只是因为单纯的喜欢："是自己爱看，又愿意别人也看的书，于是不知不觉，遂有了翻成中文的意思"，而且"这意思的发生，大约是很早的，因为我久已觉得仿佛对于作者和读者，负着一宗很大的债了"。[2] 但《小约翰·引言》本身作为一篇杂文，随即又不出所料地借谈论纯粹的文学兴趣，把《小约翰》本身的"翻译小史"变成了范围更广的个人当下经验的记录。除了"外国语的实力不充足"这个客观原因，鲁迅特意把此书翻译的种种延宕同"杂文的自觉"的"编年史大事记"交叉混织在一起。先是"前年〔即1925年〕我确曾决心，要利用暑假中的光阴，仗着一本词典来走通这条路，而不料并无光阴，我的至少两三个月的生命，都死在'正人君子'和'学者'们的围攻里了"[3]；随后有"不久我便带着草稿到厦

---

[1] 鲁迅，《小约翰·引言》，《鲁迅全集》第10卷，第281—282页。
[2] 同上书，第283页。
[3] 同上。

门大学,想在那里抽空整理,然而没有工夫;也就住不下去,那里也有'学者'";最后则是"于是又带到广州的中山大学,想在那里抽空整理,然而又没有工夫;而且也就住不下去了,那里又来了'学者'"。[1]

在滑稽而荒诞的"没有工夫"的情节重复中,《小约翰》的译文沿着杂文的崎岖路径,先在北京"中央公园的一间红墙的小屋"里变成初稿,最终在"清党"过后的"很阔,然而很热的房子——白云楼"里完成。因此鲁迅对这本译作的感受和体认,也自然打上了杂文的印记。换句话说,《小约翰》译作在同原作的关系之外,平添了一层杂文特有的象征和隐喻,也获得了某种讽喻的滑动和跳跃。鲁迅这样描写从5月2日开始到5月底整理、誊清、修正所花去的一个月时间:

> 荷兰海边的沙冈风景,单就本书所描写,已足令人神往了。我这楼外却不同:满天炎热的阳光,时而如绳的暴雨;前面的小港中是十几只蜑户的船,一船一家,一家一世,谈笑哭骂,具有大都市中的悲欢。也仿佛觉得不知那里有青春的生命沦亡,或者正被杀戮,或者正在呻吟,或者正在"经营腐烂事业"和作这事业的材料。然而我却渐渐知道这虽然沈默的都市中,还有我的生命存在,纵已节节败退,我实未尝沦亡。只是不见"火云",时窘阴雨,若明若昧,又像整理这译稿的时候了。[2]

在这里,读者看到的不是"我的生命,至少是一部分的生命,已经耗费在写这些无聊的东西中"那样的喟叹,也不是在短兵相接的近战中

---

[1] 鲁迅,《小约翰·引言》,《鲁迅全集》第10卷,第283—284页。
[2] 同上书,第284页。

全神贯注于当面之敌而无暇他顾的投入，而是一种更接近杂文与杂文本体论真实的写作状态。这就是鲁迅在"清党"事变之后的"广州时期"所展现的文学的自我指涉和文学的外部指涉之间紧张却和谐的微妙关系。这种关系中的一端，是"革命之后"产生的更为深入而尖锐的社会观察、情绪体验和历史批判。另一端则是在文学语言、风格及其历史意识空间里的耐心而更为系统的准备。它提示我们，鲁迅杂文的自觉运动至此已进入一个新阶段，孕育出更为舒展而老练的文体经验和风格技艺。从五六月间连续进行的翻译活动（包括《小约翰》译稿整理和鹤见祐辅翻译系列），中经8月所作的《魏晋风度及文章与药及酒之关系》，到自9月始并一直持续到年底作《谈所谓"大内档案"》的新一轮杂文创作高潮，都展现出一种同政治讽喻和历史意识并行不悖、相得益彰的文学语言和文学风格。

《小约翰》的翻译处在这个阶段性文学轨迹的起点，起到了回归个人意义和象征意义的源头，拉开文学同直接的现实政治的距离，以及扩展文学空间的内在张力和外向指涉可能性的作用。所有这一切，都具体落实于文学写作在翻译语言中建构和磨炼自身的经验传达和经验表现能力的问题。鲁迅在《小约翰·引言》中写道：

> 《小约翰》虽如波勒兑蒙德说，所用的是"近于儿童的简单的语言"，但翻译起来，却已够感困难，而仍得不如意的结果。例如末尾的紧要而有力的一句："Und mit seinem Begleiter ging er den frostigen Nachtwinde entgegen, den schweren Weg nach der grossen, finstern Stadt, wo die Menschheit war und ihr Weh."那下半，被我译成这样拙劣的"上了走向那大而黑暗的都市即人性和他们的悲痛之所在的艰难的路"了，冗长而且费解，但我别无更好的译法，因为倘一解散，精神和力量就很不同。然而原译是极清楚的：上了艰难的路，这路是走向大而黑暗的都市去的，而这都市是人性

和他们的悲痛之所在。[1]

在批评阐释的意义上，不妨暂且忽略德语译文与同属日耳曼语系的荷兰语原文之间的差异，而把鲁迅引用的那个"末尾的紧要而有力的一句"当作坚实而具体的历史现实与同样坚实而具体的文学语言之间相对完美结合的范例。如此看来，这个"句子"相对于新文学语言和风格的学徒期而言，就获得了几乎与"现实本身"等价的象征秩序的有效性。也就是说，它不但在文学意义上是"紧要而有力的"，而且在它与人生经验和社会历史的关系上也同样是值得信赖和凭借的。它就是鲁迅常常提及的那种"活的，而且还在生长的"东西[2]，因此可归于有意义的人生，并因此而获得社会与道德的现实性。这也是鲁迅所谓"务欲直译，文句也反成蹇涩；欧文清晰，我的力量实不足以达之"[3]背后的实指。显然，译者鲁迅意欲用白话写作"达之"的并不仅仅是语言学意义上的"清晰"，而是对现代性历史经验及其象征结构的准确把握。

这样具体而坚实的东西同陌生的语言一样，是一种陌生的现实；或者说，它现实的陌生性正可由语言的陌生性而被感受和认识，虽然这种表现出来的陌生性本身又同时带着经验和理解的密码，即不同语言之间的可译性和不可译性。这是鲁迅"翻译起来，却已够感困难，而仍得不如意的结果"的原因，因为常识和经验都告诉我们，依赖字典和其他语言工具的翻译并不能在本国语言里获得同原作在原作语言里相当的价值，某种意义上，这相当于一个新政府发行的新货币往往

---

[1] 鲁迅，《小约翰·引言》，《鲁迅全集》第 10 卷，第 284—285 页。直译就是："他和他的同伴一起去迎接寒冷的夜风，这是通往伟大而黑暗的城市的艰难道路，那里有人类及其苦难。"

[2] 鲁迅，《我观北大》，《华盖集》，《鲁迅全集》第 3 卷，第 168 页。

[3] 鲁迅，《小约翰·引言》，《鲁迅全集》第 10 卷，第 284 页。

并不能单凭人为规定的面值和兑换率，就获得同在市场流通过程中建立起自身信誉和价值的"硬通货"大致相当的效力。当译者鲁迅说"然而原译是极清楚的"之时，事实上他同时作为新文学杂文的创作者和解释者在说话。作为解释者，鲁迅可以轻松地用"通顺"的白话将那句本来"极清楚"的话的"意思"或"信息"传达给读者（"上了艰难的路，这路是走向大而黑暗的都市去的，而这都市是人性和他们的悲痛之所在"）。这是杂文语言的功能性和理性层面，它在此表现出贴近"现实"、具有表意灵活性和准确性的文学能力，而这些同样是杂文文体和杂文风格的本质属性。在这个文学写作的语言"原点"上，杂文实际上比小说、诗歌、戏剧或艺术散文这样的主流样式更贴近现代性历史经验的"世界的散文"。但与此同时，创作者鲁迅又坚持他本人策略性地称为"拙劣的""冗长而且费解"的文学句式（"上了走向那大而黑暗的都市即人性和他们的悲痛之所在的艰难的路"）。作为创作者的译者坦承"我别无更好的译法"，事实上却已借助杂文的理性化、功能化语言提供了另一种可供选择，至少是有助于理解的译法。只不过这种替换性解释并不能取代翻译写作本身。后者方是鲁迅文学写作内部结构与张力的合乎本性的行为，因为它的语言策略和艺术目的，正是把来自域外和陌生语言的"精神和力量"及其冲击力，吸收、保持乃至封存在"拙劣"的、反清晰顺畅的杂文句式之中。这也是旨在"解散"母语习惯性表达的全新的语言构造和文学实践，是鲁迅文学创作借翻译空间上演自己的戏剧的舞台。鲁迅在强调译者/创作者工作的艰巨性的同时，也对读者提出了更高的要求，即要求他们作为主动而非被动的心灵，作为意义及其表达方式的生产者而非单纯的消费者去阅读和思考。鲁迅此后在方法论上予以阐述的"硬译"观念[1]，在此

---

[1] 参看鲁迅，《"硬译"与"文学的阶级性"》，《二心集》，《鲁迅全集》第4卷，第199—217页。

种据为己有的行为中已初见端倪。在语言形式层面，鲁迅的《小约翰》翻译本身暗示或象征了"杂文的自觉"的历史现实性，即它是一种同现实具有更亲密的关系，同时也更能够激活母语的表意能力的语言行为方式。因此我们可以假定，杂文和翻译一样，它们不仅仅是常规意义上的"现实"和"文学"之间的过渡和中介，而且也在自身的独特运行方式中为现实和文学提供了深层的表意基础，因而具有独特的原理意义。

《小约翰》鲁迅译本还在另一个同样基础性的层面为杂文乃至整个中国新文学早期实践提供了示范，这就是"名物学"意义上的动植物名字的翻译‒命名活动。个人启蒙和"思想革命"领域的"盗火者"，在新文学的语言乃至词汇层面，同样需要一种"照亮"和使万物在语言里生动起来的工作。这种工作的最直接、最原初形式，或许便是动植物学家和童话作家所从事的为自然界和童年经验"命名造册"。在延伸的意义上，这也是在人类不同环境和经验区域之间寻求和建立相通性与可译性（包括不可译性）范围和边界的探测与标记，再通过翻译拓展经验和思维的疆域，把它们在新的语言结构中再造为观念。在这两种工作中，翻译的目标语言（即译者的母语）进入一种特殊的工作模式，以词汇（特别是专有名词）和事物及经验的情态描写为媒介和载体的思维活动，因好奇、比较和搜寻相似性和差异性而处在一种兴奋、灵感激发和创造发明的活跃状态。所有这些活动，都可被视为写作的原型和基本状态，即在语言内部将文学创作和文学思维保持在一个自我操演的准实战状态。童话作品（包括"成长小说"意义上的"成人童话"）和动植物学家、人类学家及民俗学家的著作一样，对仍处于草创期的中国新文学而言，具有特殊的语言习得和经验观察‒命名意义。通过文学翻译在白话文中再现和再造这种习得、观察和命名过程，也就让这种文学练习簿上的操练兼具了学习、游戏、积累语汇句式和文体‒风格经验的多重性质。鲁迅对《小约翰》翻译的兴趣和投入，不能仅仅在当代狭义的"专业创作"的范畴里去理解，而必须放在新文学第一代实践者的建设性、开创性工作及其历史意义的框架里去看。在这个意义框架里，创作和翻译是作为语言现实和语言行动的新文学学步过程中的两条腿，它们哪个在前哪个在后并不重要，重要的是它们一同让新文学能够站立和行走。

《小约翰》提示了新文学站立和行走过程中的那个必要的命名万物的"名物学"阶段。鲁迅在《〈小约翰〉动植物译名小记》里"意有未尽"地谈到，动植物译名问题看似简单，其实很不好办。首先译者往往对此类动植物名全无经验和知识，其次是不能完全依赖《植物学大辞典》之类的工具书，且不说在当时中国它们本身就很不完善。鲁迅写道：

> 但是，我们和自然一向太疏远了，即使查出了见于书上的名，也不知道实物是怎样。菊呀松呀，我们是明白的，紫花地丁便有些模胡，莲馨花（Primel）则连译者也不知道究竟是怎样的形色，虽然已经依着字典写下来。有许多是生息在荷兰沙地上的东西，难怪我们不熟悉……[1]

但在生活经验领域找到对应之外，文字上的"名"或命名却令译者更费周折：

> 但那大辞典上的名目，虽然都是中国字，有许多其实乃是日本名。日本的书上确也常用中国的旧名，而大多数还是他们的话，无非写成了汉字。倘若照样搬来，结果即等于没有。我以为是不大妥当的。

---

[1] 鲁迅，《小约翰·引言》，《鲁迅全集》第10卷，第285页。

> 只是中国的旧名也太难。有许多字我就不认识，连字音也读不清；要知道它的形状，去查书，又往往不得要领。经学家对于《毛诗》上的鸟兽草木虫鱼，小学家对于《尔雅》上的释草释木之类，医学家对于《本草》上的许多动植，一向就终于注释不明白，虽然大家也七手八脚写下了许多书。[1]

我们看到，这里除提倡白话的一般倾向外，译者还进一步指出，广义的白话文学（包括译书）迫切需要建立自身的名物学词汇表或"命名造册"体系，否则不但于自身历史经验"一向就终于注释不明白"，更遑论在现代世界经济、社会、文化交往范围内扩大经验和理解的范围了。作为新文学第一代实践者和缔造者的译者，鲁迅此时已经意识到有必要在"命名"和"正名"的理论高度和系统性层面考虑具体动植物译名问题。浏览《小记》中提到的译名种类，我们可随手列出一个名学目录，包括"学名"（"辞典上的名目"，"有许多其实乃是日本名"）、"中国名"、"日本名"（"无非写成了汉字"，"倘若照样搬来，结果即等于没有"）、"中国的旧名"（"太难""不认识""读不清"）、"俗名"（"博访各处"而来）、"正名"（"择其较通行而合用者，定为正名"），以及"新制"（补以上"不足"者），等等[2]。显然，这项工作的目的和意义已经远远超过了"专心的生物学家"[3]编制专业名目，而是关系到白话和白话文学本身的有效性和正当性了，因为后者唯有落实其在实际使用中的效能，方能成为生活经验及其表达所需的意义指涉系统。

在命名万物的层面重新发现世界，重建词与物、观念与现实的关联结构，对于新文学的语言实践和风格展开来说，无疑具有感性

---

[1] 鲁迅，《〈小约翰〉动植物译名小记》，《鲁迅全集》第 10 卷，第 291—292 页。
[2] 同上书，第 292 页。
[3] 同上。

学、经验学、现象学和符号学上的奠基意义。这既符合意识从"这一个"或"感性确定性"走向更深入复杂的认识与理解的一般路径[1]，也提示了对象及其命名活动内在的美学（其古希腊词源 aisthetikos 的意思就是具体的感性的知觉）、现实表象乃至形象构造功能。鲁迅对《小约翰》动植物译名的兴趣绝非一时雅兴，或仅为"四·一五事件"后抑郁之情的排遣。他在 1930 年 10 月又翻译了日本植物化学家刘米达夫的《药用植物》便是这一判断的明证。这篇长达数万字的译作同样需要在新文学"创作"的语言学、名物学基础上进行阅读和评价。它的行文在句式上仍是鲁迅笔法。具体条目在欧洲现代植物学分类中皆有出现，如"古生花被亚门"（Archichlamydeae）下"伞形科"（Umbelliferae）下的"川芎"（Cnidium of ficinale Makino）和"茴香"（Foeniculum vulgare L.）两条[2]：

> 川芎 *Cnidium of ficinale* Makino. 为中国原产而栽培于各地的多年草，其根称为芎藭，或曰川芎，古来在汉方中，为治头痛，开气郁的要药，而用作镇静，镇痉剂。含有 1—2% 的挥发油，挥发油中，含有称为芎藭拉克敦（Cnidiumlakton，$C_{12}H_{18}O_2$）的结晶性成分。在日本北海道，现今栽培甚多，年产额达二十万贯，悉用于卖药原料。
>
> 茴香 *Foeniculum vulgare* L. 为欧洲原产的多年草，夏日开黄

---

[1] 比如黑格尔在《精神现象学》里，就把意识经验的起点界定为"感性确定性"（die sinnliche Gewißheit），即以"这一个"（das Diese）和"意义"（das Meinen）构成的意识客体与意识主体。在文学范畴里，"这一个"和"意义"的对应物正是"名物"；在这个层面，创作和翻译并没有本质区别。参看 G. W. F. Hegel, *Phänomenlologie des Geistes*, Frankfurt am Main: Suhrkamp, 1986, S. 82. 中译本参看《精神现象学》上卷，贺麟、王玖兴译，商务印书馆，1979 年，第 63 页。

[2] 刘米达夫的《药用植物》，鲁迅译，原载《自然界》第五卷第 9、10 期（1930 年 10、11 月），署名乐文摘译。1936 年 6 月收入上海商务印书馆"中学生自然科学丛书"之《药用植物及其他》上编。引自《鲁迅著译编年全集》第 12 卷，第 378 页。

色小花，秋期收获其果实。日本则大抵栽培于长野县地方。用水蒸汽蒸溜，制茴香油，以作香料，又制亚摩尼亚茴香精，为驱风祛痰药。茴香油的主成分，是称为亚内多勒（Anethol，$C_{10}H_{12}O$）的结晶性物质。[1]

又如同门分属"五加科"（Araliaceae）的"人参"条目，鲁迅想必不会忘记自己在《父亲的病》中写下的"听说中国的孝子们，一到将要'罪孽深重祸延父母'的时候，就买几斤人参，煎汤灌下去，希望父母多喘几天气，即使半天也好"[2]；它在《药用植物》里的样子却是这样的[3]：

> 人参 *Panax ginseng* C. A. Mey. 为朝鲜及满洲的原产，在日本，则栽培于长野，福岛，岛根等各地方。栽培人参，极为费事，须完全遮蔽阳光，掩盖东西南及上方的四面。而只开北方这一面。到播种后四年至六年，这才收获其根，即使之干燥者曰白参，蒸熟后始加以干燥者曰红参。自古以来，人参一向被尊为万病的灵药，但果有此等效验与否，却是可疑的。在近时，从医学底方面及药学底方面都颇经研究了。作为成分，是巴那吉伦（Panaquilon，$C_{32}H_{56}O_{14}$）及巴那克萨波干诺尔

---

[1] 刘米达夫，《药用植物》，《鲁迅著译编年全集》第12卷，第378页。这里的"茴香"（Foeniculum vulgare L.）与在《孔乙己》中给读者留下深刻印象的"茴香豆"（Vicia faba L.）没有关系；后者即蚕豆，别称包括罗汉豆、兰花豆、南豆、胡豆等。这种"俗名"、"官名"和"学名"之间的对应关系，是新文学名物学的内部规定之一。

[2] 鲁迅，《父亲的病》，《朝花夕拾》，《鲁迅全集》第2卷，第298页。在这句话后面鲁迅还加上了这样一句："我的一位教医学的先生却教给我医生的职务道：可医的应该给他医治，不可医的应该给他死得没有痛苦。——但这先生自然是西医。"鲁迅的新文学名物学，特别在"药用植物"范围内，自然包含了鲁迅对中医和西医的看法，准确地讲，反映出鲁迅对两者在名物秩序位置和关系上的安排。

[3] 刘米达夫，《药用植物》，鲁迅译，《鲁迅著译编年全集》第12卷，第379页。

（Panaxsapogenol, $C_{27}H_{48}O_3$）等，而人参的特有的香气，则因于称为巴那专（Panacen, $C_{15}H_{24}$）的挥发油。在北美，栽培着近缘种 *P. quinquefolium* L., 输出于中国。[1]

可以看到，词条里的中文名、西文名（德文或拉丁文）和植物化学分子式三重结构，在阅读效果层面不仅提供解释学意义，而且带来审美"陌生化"效果。在"物理"或"名物"层面，它为现代汉语名物表建立并扩大了一个世界范围的自然与科学的关联域；在"形而上学"或"义理"层面，则可以说引入了一种重实在、重经验观察、重精确而系统的科学分类和归纳法的态度。就这个新文学的基础性工作而言，翻译和杂文事实上处在类似的位置，具有相仿的功能，因为它们都在语言的具体性和直接性层面运行。也就是说，它们的"艺术表现"只能贴近着、依附着不由艺术样式和风格决定的"外界"、"指涉物"或"原作"地表运行，随时随地处理大小不一、纷繁驳杂的名物、对象、经验和事件，但同时又必须将自身作为语言的艺术作品，保持在一个完整而自律的符号秩序和风格空间之内。动植物名物，则因为其自然属性和它们在不同语言系统中命名的"武断性"而最具示范意义。相对而言，小说、诗歌、戏剧等"主要"或"主流"文学形式，都无法专心致志、深入而系统地处理这个新文学的基本问题。

与杂文写作不同的是，翻译文本并不涉及"作为作者的译者"的表达欲，也不必卷入同当下社会现实的缠斗，它只在语言内部运行、工作。《小记》里随处可见的"叫做""称呼""译为"，事实上指向了一种"用法即意义"原则指导下的实践，其目的是在中国日常经验领域找到或发明原作名目的对等物和对应物。比如在《小约翰·引言》中我们读到：

---

[1] 刈米达夫，《药用植物》，鲁迅译，《鲁迅著译编年全集》第12卷，第379页。

但是，例如虫类中的鼠妇（Kellerassel）和马陆（Laufkäfer），我记得在我的故乡是只要翻开一块湿地上的断砖或碎石来就会遇见的。我们称后一种为"臭婆娘"，因为它浑身发着恶臭；前一种我未曾听到有人叫过它，似乎在我乡的民间还没有给它定出名字；广州却有："地猪"。[1]

在这个"用法即意义"的配对、试错过程中，译者并不是单纯被动的观察者和搜寻者，也可以是积极主动的发明者和仲裁者。鲁迅虽以直译甚至"硬译"著称，但在翻译过程中，他时时显示出相当的自由和裁定权；也就是说，译者同时也遵循着文学和观念表达的法则，在"诗"或"杂文"的范畴内写作。下面两个例子，就充分说明了翻译在力求"忠实""准确""达意"的同时，也可以为自己保留充裕的创造性、乐趣乃至讽刺时事的随意性：

和文字的务欲近于直译相反，人物名却意译，因为它是象征。小鬼头Wistik去年商定的是"盖然"，现因"盖"者疑词，稍有不妥，索性擅改作"将知"了。科学研究的冷酷的精灵Pleuzer即德译的Klauber，本来最好是译作"挑剔者"，挑谓挑选，剔谓吹求。但自从陈源教授造出"挑剔风潮"这一句妙语以来，我即敬避不用，因为恐怕《闲话》的教导力十分伟大，这译名也将蓦地被解为"挑拨"。以此为学者的别名，则行同刀笔，于是又有重罪了，不如简直译作"穿凿"。况且中国之所谓"日凿一窍而'混沌'死"，也很像他的将约翰从自然中拉开。[2]

---

[1] 鲁迅，《小约翰·引言》，《鲁迅全集》第10卷，第285页。
[2] 同上书，第285—286页。

再如：

> 小姑娘 Robinetta 我久久不解其义，想译音；本月中旬托江绍原先生设法作最末的查考，几天后就有回信：
> ——ROBINETTA 一名，韦氏大字典人名录未收入。我因为疑心她与 ROBIN 是一阴一阳，所以又查 ROBIN，看见下面的解释：
> ——ROBIN：是 ROBERT 的亲热的称呼，而 ROBERT 的本训是"令名赫赫"（！）那么，好了，就译作"荣儿"。[1]

在具体的翻译过程中，类似上述需要译者鉴别、选择、判断、创制的例子比比皆是，其中许多被鲁迅在《小记》中乐此不疲地记录下来，它们自然也是作为语言内部工作流程的翻译经验的记录。比如："蓝色的水蜻蜓（Libelle）""姑且译作蛾儿，以待识者指教"；"旋花（Winde）"被解释为"中国也到处都有的。自生原野上，叶作戟形或箭镞形，花如牵牛花，色淡红或白，午前开，午后萎，所以日本谓之昼颜"[2]；或"Meise。身子很小，嘴小而尖，善鸣。头和翅子是黑的，两颊却白，所以中国称为白颊鸟。我幼小居故乡时，听得农人叫它'张飞鸟'"[3]。又如"将种子从孔中喷出，自以为大幸福的小菌，我记得中国叫作酸浆菌，因为它的形状，颇像酸浆草的果实。但忘了来源，不敢用了；索性直译德语的 Erdstern，谓之地星"[4]；或"红臆鸟（Rotkehlchen）是译意的"[5]，"水蜘蛛（Wasserläufer）其实也并非蜘蛛，

---

[1] 鲁迅，《小约翰·引言》，《鲁迅全集》第 10 卷，第 286 页。
[2] 鲁迅，《〈小约翰〉动植物译名小记》，《鲁迅全集》第 10 卷，第 292—293 页。
[3] 同上书，第 293 页。
[4] 同上书，第 294 页。
[5] 同上。

不过形状相像,长只五六分,全身淡黑色而有光泽,往往群集水面。《辞林》云:中国名水黾。因为过于古雅,所以不用"[1]。其中间杂有较为详细的说明,如:"Nachtkerze und Königskerze,直译起来,是夜烛和王烛,学名 Oenother biennis et Verbascum thapsus。两种都是欧洲的植物,中国没有名目的。前一种近来输入得颇多;许多译籍上都沿用日本名:月见草,月见者,玩月也,因为它是傍晚开的。但北京的花儿匠却曾另立了一个名字,就是月下香;我曾经采用在《桃色的云》里,现在还仍旧。后一种不知道底细,只得直译德国名。"[2]也有简单明了的对应关系,因为在语言背后的经验领域里有相匹配的认识,如"蚯蚓和蜈蚣,我想,我们也谁都认识它,和约翰有同等程度的"[3]。其中也不乏滑稽徒劳的"学院派"无用功,如:"蠼螋。虽然明明译成了方块字,而且确是中国名,其实还是和 Ohrwurm 一样地不能懂,因为我终于不知道这究竟是怎样的东西。放出'学者'的本领来查古书,有的,《玉篇》云:'蛷螋,虫名;亦名蠼螋。'还有《博雅》云:'蛷螋,蟰蛷也。'也不得要领。"[4]当然也有译者对自己的判断高度自信的时候,如:"'……后在一种德文字典上查得 münze 可作 minze 解一语,而 minze 则薄荷也。'我想,大概不错的。这样,就译为薄荷。"[5]

显然,鲁迅在翻译活动中探索的名物学标准归根结底并不是由"学者"的书斋癖好驱动,而是同新文学创作的实际需要息息相关。虽然《小约翰》原作是一部虚构作品(成人童话、散文诗、人生象征),但它在译作中呈现的语言自身的活跃和生产状态却更接近鲁迅杂文的本质和方法。甚至《小约翰》的故事、语汇、描写手法和文学表现

---

[1] 鲁迅,《〈小约翰〉动植物译名小记》,《鲁迅全集》第 10 卷,第 295 页。
[2] 同上书,第 295—296 页。
[3] 同上书,第 296 页。
[4] 同上。
[5] 同上。

力,同鲁迅在整个"过渡期"内探索的写作的内在理由与可能性也有某种对应和启示关系。作品的开头,在交代"约翰住在有大花园的一所老房子里"之后,叙事人透过鲁迅译文的"声音"与"书写"告诉读者:

> 那里面是很不容易明白的,因为那房子里是许多黑暗的路,扶梯,小屋子,还有一个很大的仓库,花园里又到处是保护墙和温室。这在约翰就是全世界。他在那里面能够作长远的散步,凡他所发见的,他就给与一个名字。为了房间,他所发明的名字是出于动物界的……为了园,他从植物界里选出名字来,特别着重的,是于他紧要的出产。他就区别为一个覆盆子山,一个梨树林,一个地莓谷。[1]

我们这里看到的童话世界,同时也是"全世界";孩子的眼睛看见的一切,都要被"给与一个名字"。经验同语言的相遇和交织,对于白话新文学最早的个人努力和集体努力而言,都具有整体的象征意义和具体的方法意义;因为小约翰每天面对的那条"黑暗的路",也是所有新文学作家面对的发现、命名、描写和叙述之路。在这所有着大花园的老房子里发生的一切,都是第一次被语言带入内心世界,都参与到使文学成为文学的那种最基本但又最微妙的命名、区分、投射、想象和结构活动中来。

在《小约翰》第十一章,"大城市的一切角落"借助这样的翻译语言出现在主人公面前:

> 那地方主宰着一个震聋耳朵的喧闹,——到处鸣吼着,格磔

---

[1] 弗雷德里克·凡·伊登,《小约翰》,《鲁迅著译编年全集》第8卷,第107—108页。

着，撞击着，隆隆着，——大的轮子嗡嗡有声，长带蜿蜒着拖过去，黑的是墙和地面，窗玻璃破碎或则尘昏。雄伟的烟突高高地伸起，超过黑的建筑物，还喷出浓厚的旋转的烟柱来。在这轮子和机器的杂沓中，约翰看见无数人们带着苍白的脸，黑的手和衣服，默默地不住地工作着。[1]

这种为语言所把握的现实虽然并不是20世纪初叶中国社会经济的具体而普遍的现实，却是支撑着世界文学及其表意–象征结构的现代性历史经验的实质和面相。鲁迅在东京对现代大都会及其塑造的心灵形式有过切身的体会。1927年，这种现代工商业飞地已零星出现在中国，并在上海这样的半殖民地和民族资本主义聚集地形成气候，提供了一种特殊的大都会经验与生活形式。在鲁迅定居上海之前，他已在文学翻译和名物学造册中熟悉了它的形象、语言、节奏和情节。如果说在鲁迅"人生的中途"的密林深处没有出现过一个浮吉尔之于但丁那样的引路人，那么或许也可以说，中国现代性历史经验最具经验密度和具体性、最具有现象上的复杂性结构的地标——上海，此时已静静地等待在他文学之路的终点了。

《小约翰》对人生各阶段的象征–寓言描写终结于一个路的意象。那个告诉人们"不要称道那些名字"的引路人（泛神论版的耶稣），是以这样的面目出现在小约翰面前的：

> "看哪！"他说。"这是往凡有你所神往的一切的路。别一条是没有的。没有这两条你将永远觅不到那个。就选择罢。那边是大光，在那里，凡你所渴欲认识的，将是你自己。那边，"他指着

---

[1] 弗雷德里克·凡·伊登，《小约翰》，《鲁迅著译编年全集》第8卷，第182页。

黑暗的东方,"那地方是人性和他们的悲痛,那地方是我的路。并非你所熄灭了的迷光,倒是我将和你为伴。看哪,那么你就明白了。就选择吧!"

于是约翰慢慢地将眼睛从旋儿的招着的形相上移开,并且向那严正的人伸出手去。并且和他的同伴,他逆着凛烈的夜风,上了走向那大而黑暗的都市,即人性和他们的悲痛之所在的艰难的路。[1]

这种箴言(Sprüche)体文字或许是自翻译《察拉图斯忒拉的序言》(1920年8月)后首次出现在译者鲁迅的笔下。在整个"人生的中途"和"过渡期",鲁迅所面临的挑战和难题恰恰是"选择"和"认识自己"。这是个人生活上的选择,也是文学道路和文学形式的选择。"杂文的自觉"和鲁迅文学的"第二次诞生"正是这种选择和自我认识的结果。"逆着凛烈的夜风"的"艰难的路"是杂文道路和写作经验的日常状态,而走向那"庞大而惨淡的城市"则像是杂文的目的地和命运。在那里,鲁迅杂文将把自己进一步确立为新文学写作方式的范本,因为它将证明自己是中国现代性意义上的"人类和他们的磨难"的特权文体和基础风格。

---

[1] 弗雷德里克·凡·伊登,《小约翰》,《鲁迅著译编年全集》第8卷,第214页。参照英译:"'Look!' said he, 'that is the way to all you have longed for. There is no other. Without those two you will never find it. Now, take your choice; there is the Great Light; there you would yourself be what you crave to know. There,' and he pointed to the shadowy East, 'where men are, and their misery, there lies my way. I shall guide you there, and not the false light which you have followed. Now you know—take your choice.' /Then Johannes slowly took his eyes off Windekind's vanishing form, and put up his hands to the grave Man. And led by Him, he turned and faced the cold night wind, and made his toilsome way to the great dismal town where men are, and their misery." 最后一句可直译为:"由那人引领,他转过身去,面朝寒冷的夜风,向庞大而惨淡的城市、那人类和他们的磨难所在,艰难地进发。"

四、《书斋生活与其危险》（鹤见祐辅作品翻译系列）

如果我们把鲁迅在"清党"事件后的写作状态、样式和内容总体上置于"'革命'之后、'而已'而已"的标题下，那么《野草·题辞》是"而已"的诗学语法，《魏晋风度及文章与药及酒之关系》则是它的文学史寓言故事。这个轨迹不仅是一个"心路历程"，而且也是一个写作风格和写作策略的运动。在这个轨迹两端的支点之间，有着一系列生活行迹、心态情绪和文学风格上的状态和步骤；它们有时像作者此前人生经验的快放，有时像"过渡期"和"杂文的自觉"过程的完成，有时又像举棋不定的犹疑或游戏性的尝试，其中包括对时局的冷嘲热讽。但翻译《小约翰》却在"成人童话"和"名物学"意义上使鲁迅回到了文学空间的基础建设工作上来，同时也让他重新进入这种工作所需的状态。不过，在抵达《魏晋风度及文章与药及酒之关系》这个1927年写作和思考的高点和"奇点"之前，还有一个短暂的阶段性文学工作值得留意，这就是占满整个6月的鹤见祐辅作品翻译系列。

鹤见祐辅（1885—1973）乃日本群马县人氏，父亲为当地一所官营纺织厂厂长。鹤见祐辅十岁时全家迁往东京，1906年以一高（著名的第一高等预备学校）英法科第一名的成绩考入东京帝国大学法科，1910年以第二名成绩毕业，通过文官考试后进入日本内阁拓殖局就职。他曾任日本铁道部交通局综合司司长，1924年在铁道检察官任上退职；同年4月首次在犬养系革新俱乐部青年团的支持下参选冈山县议员，但未能选上。7月，在哥伦比亚史学教授比尔德（Charles Beard）和前美国驻日大使莫里斯（Rolland Morris）支持下，前往美国麻省威廉斯城政治研究所（Williamstown Institute of Politics）访问研究，直到1925年年底才回到日本。在此期间，鹤见祐辅在美国各地的大学和社会组织做了二三百场关于日本的演说和讲座，强烈谴责美国的排日移民法。威廉斯城政治研究所是带有鲜明威尔逊主义色彩的外交政策研究机构，在美国国际关系理论从孤立主义转向全球意识的过程中曾发挥过积极作用，这不可避免地对鹤见产生影响（如他对威尔逊个人人格和自由主义思想的推崇）。回国后他立即参加了当时日本国内的"政治伦理化"运动，并在1927年5—6月赴朝鲜和中国讲学，7月在檀香山召开的太平洋会议上作为日本代表发言（他也参加了此后历届太平洋会议）。同年，鹤见在轻井泽造屋，开始了自己的著述人生。与此同时他也积极从政，于1928年在冈山县当选众议院议员，随后组织"新自由主义协会"，推行"新自由主义运动"。其间多次赴美参会演讲，阐述日本在国际事务中的立场。鹤见的政治生涯持续到战后，一度官拜厚生大臣（1954—1955）。在写作方面，他著有游记、散文、论文、小说、传记和翻译等各类作品42种57册，其中包括6卷本普鲁塔克《希腊罗马名人传》的翻译，另有英文著作三种。1928年出版的《英雄待望论》销量达50万册，1929年出版的小说《母亲》也行销24万册。值得一提的是，他的儿子鹤见俊辅（1922—2015）是战后日本重要的思想史家和文化批评家，影响在其父之上。

鲁迅与鹤见祐辅的相遇可谓偶然。在《〈思想·山水·人物〉题记》（1928年3月31日）中鲁迅提到，最初（1925年4月）翻译鹤见祐辅的《北京的魅力》时，并未打算翻译全书。鲁迅说自己"每当不想作文，或不能作文，而非作文不可之际，我一向就用一点译文来塞责，并且喜欢选取译者读者，两不费力的文章"。[1] 但在"清党"后的广州苦住阶段，"不想作文，或不能作文"都已经变得意味深长。在《小约翰》翻译之后，我们也看到这"一点译文"远非"塞责"所能形容。在《壁下译丛·小引》中，鲁迅自道："但我是向来不想译世界上已有定评的杰作，附以不朽的，倘读者从这一本杂书中，于绍介文字

---

[1] 鲁迅，《〈思想·山水·人物〉题记》，《译文序跋集》，《鲁迅全集》第10卷，第299页。

得一点参考，于主张文字得一点领会，心愿就十分满足了。"[1]这一方面或许是译者的谦辞，但另一方面，如《小约翰》译文所显示的，鲁迅的翻译工作，就语言形式本身的活动和创造性而言，同样是新文学建设的基本方式，某种意义上正是一种无须为内容操心的杂文写作，因此可以说它在终极的文学意义上的确并不以作品内容或审美价值上的"定评"为意。这与鲁迅早年"文学救国"或"思想革命"时期翻译侧重内容和观念倾向的特点完全不同，也从一个侧面说明了"杂文的自觉"和"第二次诞生"对于鲁迅文学乃至新文学的整体性、全方位的意义。

鲁迅在《〈思想・山水・人物〉题记》中明言，自己对作者的专业（法学）、政治兴趣和自由主义主张"都不了然"，"只以为其中关于英美现势和国民性的观察，关于几个人物，如亚诺德（阿诺德），威尔逊，穆来（穆勒）的评论，都很有明快切中的地方，滔滔然如瓶泻水，使人不觉终卷"[2]。而至于《思想・山水・人物》这本译文集的由来，鲁迅说是"自检旧译，长长短短的已有十二篇，便索性在上海的'革命文学'潮声中，在玻璃窗下，再译添八篇，凑成一本付印了"[3]（原书共有三十一篇，所以这个译本仍是节译）。不过，我们这里关心的不是1928年3月和4月间的"索性"和"凑成"，而是1927年6月完成的几篇译文的社会象征和风格象征意义，它们包括《书斋生活与其危险》《专门以外的工作》《断想》《善政和恶政》《人生的转向》《闲谈》。我们下面仅以第一篇《书斋生活与其危险》为例做一初步的分析和阐释。

《书斋生活与其危险》的题目不免让人联想到"清党"后广州乃至全国的肃杀和恐怖气氛，即鲁迅在《谈"激烈"》里讲到的"今年似乎

---

[1] 鲁迅，《壁下译丛・小引》，《译文序跋集》，《鲁迅全集》第10卷，第307页。
[2] 鲁迅，《〈思想・山水・人物〉题记》，《译文序跋集》，《鲁迅全集》第10卷，第299页。
[3] 同上。

是青年特别容易死掉的年头"[1]。开篇不久遇到的"专制主义使人们变成冷嘲"（引自穆勒）一句，固然针对"专治下的人民，没有行动的自由，也没有言论的自由"的政治现实，但显然随后文中出现的关于有头脑的人"容易堕进去的陷阱"，才是"书斋生活与其危险"的具体所指。[2]这个"陷阱"，就是"然而太深的内省，却使人成为怀疑底和冷嘲底"，结果是不屑于"别人大声疾呼的国家论和修身讲话之类"，视之为"呆气的把戏"甚至"以为深刻的伪善和欺骗"，但自己却要堕入"衔着烟卷，静看着那些人们的缎幕戏文"的玩世不恭。[3]鲁迅译文在此力图捕获、传达并"据为己有"的，显然并不是自由主义者如穆勒的理性观察和道德教诲，而是在原作中闪现出来的这一段富于戏剧性的情感冲突、矛盾心理和压抑而激烈的情绪状态：

> 于是以为世间都是虚伪，但倘想矫正它，便被人指为过激等等，生命先就危险。强的人们，毅然反抗，得了悲惨的末路了。然而中人以下的人们，便以这世间为"浮世"，吸着烟卷，讲点小笑话，敷衍过去。但是，当深夜中，涌上心来的痛愤之情，是抑制不住的。独居时则愤慨，在人们之前则欢笑，于是他便成为极其冷嘲的人而老去了。生活在书斋里，沉潜于内心的人们，一定是昼夜要和这样的诱惑战斗的。[4]

这段文字若出现在鲁迅的创作中，大概会作为名句段被挖掘出来广为传诵。原作中关于"世评"对书斋中生活的人所带来的苦恼（因为跟他对自己的评价往往相矛盾），他们所有的"唯我独尊"和"独善"的

---

[1] 鲁迅，《谈"激烈"》，《而已集》，《鲁迅全集》第3卷，第497页。
[2] 鹤见祐辅，《书斋生活与其危险》，《鲁迅著译编年全集》第8卷，第238页。
[3] 同上。
[4] 同上。

性癖,以及由此而来的"变成和社会毫无关系"、同"实社会"相隔绝的倾向,都笼罩在这样内心的"沉潜"和"痛愤"氛围下。当译文发表于1927年6月25日《莽原》半月刊第2卷第12期的时候,鲁迅在后面加了一段"译者附记"(6月1日),其中写道:

> 数年以前,中国的学者们曾有一种运动,是教青年们躲进书斋去。我当时略有一点异议,意思也不过怕青年进了书斋之后,和实社会实生活离开,变成一个呆子,——胡涂的呆子,不是勇敢的呆子。不料至今还负着一个"思想过激"的罪名,而对于实社会实生活略有言动的青年,则竟至多遭意外的灾祸。译此篇讫,遥想日本言论之自由,真"不禁感慨系之矣"![1]

如果说这样的感慨还只是关于自身处境的牢骚和对"略有言动"便"多遭意外"的青年的同情,那么下面这段话,则直接把舆论现状视为社会现状的表象和结果了:

> 作者要书斋生活者和社会接近,意在使知道"世评",改正自己一意孤行的偏宕的思想。但我以为这意思是不完全的。第一,要先看怎样的"世评"。假如是一个腐败的社会,则从他所发生的当然只有腐败的舆论,如果引以为鉴,来改正自己,则其结果,即非同流合污,也必变成圆滑。据我的意见,公正的世评使人谦逊,而不公正或流言式的世评,则使人傲慢或冷嘲,否则,他一定要愤死或被逼死的。[2]

---

[1] 鲁迅,《鹤见祐辅〈书斋生活与其危险〉译者附记》,《鲁迅著译编年全集》第8卷,第242页。
[2] 同上。

为单篇译文加译者附记，在鲁迅并不多见。但作为一种工作方法，它确凿无疑地把译文变成了杂文的语言延伸和风格操演。与《华盖集》所记录的那种"在风沙中转辗而生活着"[1]的状态相比，作者此刻虽然"还在地上"并丝毫不比那时候更"梦想飞空"，但已经摆脱了对"措辞也时常弯弯曲曲，议论又往往执滞在几件小事情上，很足以贻笑于大方之家"[2]的敏感或"正如沾水小蜂，只在泥土上爬来爬去"[3]一类的修辞性的自怜自嘲，而是自觉且坦然地把这种杂文笔法树立为写作和表达的基本准则了。这种"自觉"和自信虽然在不到两年前还仅仅以"碰钉子"和"碰壁"的方式从外部强加于作者的个人体验，对其写作风格造成内部的冲击和震撼，但现如今已经在"大时代"的天空下变得非个人化、非心理化了；就是说，它们都进一步变成一种历史性、政治性，同时也更形式化的寓言写作和批判的叙事智慧。与此相应的是写作方法的调整或策略化。先前残留的那种"很希望中国的青年站出来，对于中国的社会，文明，都毫无忌惮地加以批评"[4]的"质直"和率真，至此已经被一种更为老练而沉郁的态度所取代，虽然这种态度本身不过是那种"抑制不住"的"痛愤之情"的更为曲折隐晦、更为系统而批判性的保存和表达。

有趣的是，对于《思想·山水·人物》所倡导和推崇的自由主义政治信念、民主价值观和个人生活的尊严与意义，译者鲁迅保持了一种有意味的不置可否的态度。这并不是由于在"飞沙走石"的环境里，"被沙砾打得遍身粗糙，头破血流"的杂文家对盎格鲁-撒克逊人的"费厄泼赖"或他们的"有幸的国度"缺乏欣赏的能力或雅兴[5]，也

---

[1] 鲁迅，《华盖集·题记》，《鲁迅全集》第3卷，第5页。
[2] 同上书，第3页。
[3] 同上。
[4] 同上书，第4页。
[5] "费厄泼赖"和"有幸的国度"分别为鲁迅所译鹤见祐辅《断想》一文第五、六节的小标题。见《鲁迅著译编年全集》第8卷，第265、266页。

不是因为鲁迅对自由主义从来就持一种根深蒂固的恶感，比如认为它是"假洋鬼子"或英美系"学者""正人君子"的伪饰。相反，"清党"后严酷恶劣的现实政治环境，包括粗暴的书报审查和思想警察制度，足令此时的鲁迅至少策略性地站在广义的自由主义"善政"一边，他对于大正时期日本社会"言论之自由"的怀旧般的感慨便是明证。在同年所作的《小杂感》里，鲁迅转引《书斋生活与其危险》译文中的"专制使人们变成冷嘲"一句，前面写明"约翰穆勒说"，但又在后面追加了一句"而他竟不知道共和使人们变成沉默"。[1]这大体上可以表明鲁迅对英美政治自由主义的态度。虽然"清党"及其余波让鲁迅写出"叭儿狗往往比它的主人更严厉"，"恐怕有一天总要不准穿破布衫，否则便是共产党"和"革命，革革命，革革革命，革革……"这样激愤的语句，但退一步讲，我们仍不妨假定鲁迅即便"在二七年被血吓得目瞪口呆"[2]，也并没有完全放弃对民国政治前景的希望，仍期待着"北伐"的胜利和中国的统一。他屡次在给友人的书信中谈到返回北京的可能，如"我看看各处的情形，觉得北京倒不坏，所以下半年也许回京去"[3]；又如："冯大帅不知何时可以打进北京，倘八月间能坐津浦快车而到前门，岂不快哉！"[4]尽管在个人意义上，北京生活此时对他早已失去了吸引力。在给川岛的一封信中鲁迅这样写道："回北京似亦无聊，又住在突出在后园的灰棚里给别人校刊小说，细想起来，真是何为也哉！"[5]

这个自觉或下意识的站位，对理解1927年下半年鲁迅在世界和历史语境里的观察和思考有所提示。事实上，它能帮助鲁迅把对当下的

---

[1] 鲁迅，《小杂感》，《而已集》，《鲁迅全集》第3卷，第554页。
[2] 鲁迅，《三闲集·序言》，《鲁迅全集》第4卷，第4页。
[3] 鲁迅，《270630 致李霁野》，《鲁迅全集》第12卷，第42页。
[4] 鲁迅，《270712 致江绍原》，《鲁迅全集》第12卷，第48页。
[5] 鲁迅，《270623 致章廷谦》，《鲁迅全集》第12卷，第40页。

惊愕、反感和戒备同自己个人史长时段里一贯的立场和态度统一起来。作于 7 月 11 日的《略谈香港》，就直接把大革命期间的反帝情绪同光绪末年在日本的中国留学生中间的革命思想联系起来，在揶揄和批判殖民主义之外，对当下的失望和反讽也溢于言表，谓之"这样的感慨，在现今的中国，发起来是可以发不完的"，因此"还不如讲点有趣的事做收梢"。[1] 鹤见祐辅译文系列，就其最低限度而言，确可算此类"讲点有趣的事"。其他类似的"有趣的事"还包括作《〈游仙窟〉序言》《关于小说目录两件》，甚至作《辞顾颉刚教授令"候审"》，尽管在给川岛的信中鲁迅对那篇"序言""自觉不好"，甚至抱怨自己"国文已日见其不通"。[2] 在同一封信中鲁迅还提到此时自己也写字，说"看我自己的字，真是可笑，我未曾学过，而此地还有人勒令我写中堂，写名片，做'名人'做得苦起来了"，还自我调侃道："我的活无常画好后，也许有人要我画扇面，但我此后拟专画活无常，则庶几不至于有人来领教，我想，这东西是大家不大喜欢的。"[3] 同样完成于 7 月 11 日的《朝花夕拾·后记》或许亦在此列，照作者自己的说法，本来"并不准备做什么后记，只想寻几张旧画像来做插图，不料目的不达，便变成一面比较，剪贴，一面乱发议论了"[4]。

然而，既然这些所谓"有趣的事"本不过是用来抑制和转移那些"发不完"的"感慨"，那么"冷嘲"和"痛愤之情"恐怕就仍旧要"涌上心头"，不舍昼夜地诱惑文人与之战斗。鲁迅终归是不能忍于不战斗的。对这种诱惑的回答，便是 8 月初一次更系统、更带有历史寓

---

[1] 鲁迅，《略谈香港》（原载 1927 年 8 月 13 日《语丝》周刊第 144 期），《而已集》，《鲁迅全集》第 3 卷，第 452 页。

[2] 鲁迅，《270707 致章廷谦》，《鲁迅全集》第 12 卷，第 45 页。

[3] 同上。

[4] 鲁迅，《朝花夕拾·后记》（原载 1927 年 8 月 10 日《莽原》半月刊第 2 卷第 15 期），《鲁迅全集》第 2 卷，第 347 页。

言色彩的"乱发议论"或"有慨而言"[1]，它就是《魏晋风度及文章与药及酒之关系》这篇演讲。由此回看，六七月间的鹤见祐辅翻译和其他"有趣的事"，都更像这篇长文的铺垫和序幕。

---

[1] 鲁迅，《281230致陈濬》，《鲁迅全集》第12卷，第143页。

第十五章 "魏晋风度"与
杂文自觉的历史化

　　《魏晋风度及文章与药及酒之关系》是鲁迅于 1927 年 7 月 23 日、26 日连续两天在广州夏期学术演讲会所做的演讲。记录稿经本人审阅后，于 8 月 11、12、13、15、16、17 日在广州《民国日报》副刊《现代青年》第一七三至一七八期连载，改定稿发表于 1927 年 11 月 16 日《北新》半月刊第二卷第二号，后收入《而已集》，为其中最长的一篇文章，篇幅为黄埔军校演讲《革命时代的文学》的 2.4 倍。

　　在 7 月中旬给川岛的一封信里，鲁迅谈到已答应广州市教育局 8 月初前去演讲，说"此举无非游戏，因为这是鼻辈所不乐闻的。以几点钟之讲话而出风头，使鼻辈又睡不着几夜，这是我的大获利生意"，又说"革命时代，变动不居，这里的报纸又开始在将我排入'名人'之列了，这名目是鼻所求之不得的，所以我倒也还要做几天玩玩"。[1] 这期间鲁迅同顾颉刚（即"鼻"）的矛盾日益激化、公开化，几至对簿公堂是事实；但鲁迅所谓"游戏"和使"鼻辈不乐闻"，某种程度上却也是"只能骗骗老实人"的戏言。鲁迅在"清党"后有意滞留广州以避"通共"或"逃往武汉"之嫌，此时利用这个机会做一亮相，本在理性考虑范围之内。此前（7 月 16 日）已在广州私立知用中学讲演（即后来一同收入《而已集》的《读书杂谈》），但市教育局主办的暑期演讲系列带有官方色彩，规格较高，客观上也是一种社会承认。鲁迅

---

[1] 鲁迅，《270717 致章廷谦》，《鲁迅全集》第 12 卷，第 51、52 页。

做事认真,谈魏晋文章,或有拿自己可与专门家和"学者"一较高低的真才实学与公众分享的考虑,甚至或许有给顾颉刚这样的史学家看看的用心(在这个意义上,确是"无非游戏"),但这不能模糊鲁迅魏晋演讲的两个基本性质,即:一、它虽是公开演讲,但在"清党"后的言论和修辞意义上,仍是鲁迅"'而已'而已"和"一声不响"状态的延续,一种此时有声胜无声的讽刺和抗议(在这个意义上,则是一种严肃的、略带危险的"无非游戏");二、作为文本,它并非展现学识的报告或文学史讲座,而是地地道道的杂文,一种"作者式"(writerly)的创作。这两个面向的交叠和共同点,在于一种无话可说或有话不能直说时的曲折隐晦的寓言表达,以及其中透露出来的高度的作者意识和风格自觉。

两汉文学和魏晋文章为鲁迅毕生之所爱,曹操、阮籍、嵇康和陶潜都是鲁迅在自己各个时期的文章中常常提到和引用的古代作家,频率只有屈原和司马迁可以相比(相对而言杜甫和曹雪芹出现的次数就少得多)。鲁迅一生中数度辑录校勘《嵇康集》,前后持续二十余年,用力甚勤,可谓孜孜不倦。但因此也可以说,鲁迅谈魏晋本身并不重要,重要的是为何在1927年"清党"后滞留广州期间谈起魏晋风度和魏晋文章。时局、处境和文脉,是打开鲁迅这个演说稿的钥匙。《魏晋风度及文章与药及酒之关系》是"杂文的自觉"的一次相对系统化的自我表述,虽然这种系统性并不体现在文字层面,而是更多在历史意识、作者意识和存在领域的政治性理解等寓言层面构建起来。作为一篇公开演讲,《魏晋风度及文章与药及酒之关系》是作者在"清党"及其"恐怖"笼罩下的一次隐晦却具有挑衅意味的表演。作为发表前经作者审定的文章,《魏晋风度及文章与药及酒之关系》则是在"'而已'而已"句式和"'野草诗学'的辩证法"("当我沉默着的时候,我觉得充实;我将开口,同时感到空虚")延长线上的一次语言风格演练,一种形式的扩展和变奏。作为行动,它就是鲁迅在《"意表之外"》结尾处所宣告的那种不顺从的、知其不可为而为之的写作:"但再来一回罢,写'不敢写杂感'的杂感。"[1]

一、从未经验过的恐怖

在《答有恒先生》(1927年9月4日)一文中,鲁迅借答复青年人因"久不见"鲁迅先生的"攻击的文字","恳切祈望"他"出马""救救孩子"的呼吁[2],对"四·一五事件"以来自己在广州的生活和写作状态,特别是"现在沉默的原因",做了一个简略却是总体上的解释和回应,其中一些话可帮助我们确定《魏晋风度及文章与药及酒之关系》的直接语境。鲁迅首先表明"我很闲,决不至于连写字功夫都没有"[3],点出这是一个蓄意的沉默期。五六月间的翻译《小约翰》与鹤见祐辅作品,正因这种"闲"而获得可能,或不如说是用来抵御这种"闲"的"写字功夫"。《魏晋风度及文章与药及酒之关系》这篇演讲,同在这条"闲"和这种"文字功夫"的延长线上,只不过是以演讲(而非翻译)形式和中国古代文学的话题(而非世界文学)及其特定材料、人物和形象的面目出现。因此我们可以假定,这篇演讲本身是一种特殊形式的创作和个人情感与思想的表达,而非学术研究意义上的文学史知识。通过拉开历史距离,引入一个活生生的历史场景、一个具有经典意义的文学先例和作者群像,此时已决意暂时做一个"沉默的人"的鲁迅得以更系统、更灵活地在寓言和象征的层面针对当下发声。如此看来,《魏晋风度及文章与药及酒之关系》可以说完全是在杂文文体、风格和作者意识的规格上运行。同此前两三个月里的翻译写作相比,魏晋文章,特别是鲁迅钟爱的嵇康和陶潜,无疑为杂文家提

---

[1] 鲁迅,《"意表之外"》,《而已集》,《鲁迅全集》第3卷,第519页。
[2] 鲁迅,《答有恒先生》,《而已集》,《鲁迅全集》第3卷,第478页。
[3] 同上书,第473页。

供了一个文学主场般的自由引用和发挥的空间,它既是一个语言和符号空间的资源库,也是情感、文化记忆和政治经验领域的共鸣箱,一同为作者准备了一个文学自觉的"研讨班"和历史讽喻的攻击前沿。演讲题目本身的"杂"和游戏性,也表明了创作者为自己保留且乐于展示在公众面前的个性和特殊姿态:它是一种"而已"或"'而已'而已"句式下的"我还不能'带住'",一种来自沉默深处的自言自语和滔滔不绝。

事实上,鲁迅在《答有恒先生》里谈到两个沉默期,一个是1926年夏离开北京前就"豫定"的为期两年的"长"沉默期,另一个是"近时"即"清党"之后的"短"沉默期。两个沉默期之间有替代关系("但现在的沉默的原因,却不是先前决定的原因,因为我离开厦门的时候,思想已经有些改变"[1]),但因为相距太近,几乎首尾相连,所以也有相互叠加的效果,共同构成一种"沉默中的沉默",与"'而已'而已"的句式结构相当。关于第一个沉默期的终结,鲁迅语焉不详,只说"这种变迁的径路,说起来太烦,姑且略掉吧"[2],但读者可以猜测它同初到广州时短暂的革命热情高涨有关。关于第二个沉默期,鲁迅给出了一个直截了当的"大原因",那就是在"四·一五事件"之后"我恐怖了。而且这种恐怖,我觉得从来没有经验过"[3]。

有关鲁迅对"清党"事变的直接反应,我们只能从许广平的回忆[4]、鲁迅日记中零星的记载和他从中山大学辞职这一外部动作做间接

---

[1] 鲁迅,《答有恒先生》,《而已集》,《鲁迅全集》第3卷,第473页。
[2] 同上。
[3] 同上。
[4] 关于1927年4月15日事发当天的情形,包括清晨许广平老家人阿斗"跑到白云楼来,惊慌失措地说:不好了,中山大学贴满了标语,也有牵涉到鲁迅的,'叫老周(鲁迅)快逃走吧!'";下午中山大学开会营救被捕青年,"鲁迅悲愤填膺地力争……结果力争无效,鲁迅独自宣布辞职。回到白云楼,把经过一一向许寿裳先生细说,气得连晚饭也未进一口。这个血的教训,比三·一八又深一层了"等,可参看许广平,《鲁迅回忆录·厦门和广州》,转引自《鲁迅年谱》第2卷,第390页。

的推测。辞职过程中的"顾颉刚因素"（即所谓"鼻来我走"），以及鲁迅在"四·一五事件"后滞留广州长达五个半月、其间过着看似常态化的生活，似乎为揣测鲁迅的"态度"带来一些不确定性。但无论今后的史料钩沉能否提供更多的具体线索，就本书的关切而言，真正的问题都不在于鲁迅当时的感受、心境和即时反应如何，而在于这个历史事件在鲁迅文学空间留下了什么样的痕迹，又在鲁迅杂文风格的自觉和定形过程中起到了什么样的作用。换句话说，重要的不是鲁迅在"清党"及其余波的阴影下"做"了什么，而是他最终"写"了什么。

在《答有恒先生》中鲁迅说自己"至今还没有将这'恐怖'仔细分析"，明确指向它不久前的起源。随后作者为这种"恐怖"感提供了两种明白的"诊察"，可谓对自己亲睹的历史上的"清党"事变的一份明白的证词和抗议：

> 一、我的一种妄想破灭了。我至今为止，时时有一种乐观，以为压迫，杀戮青年的，大概是老人。这种老人渐渐死去，中国总可以比较地有生气。现在我知道不然了，杀戮青年的，似乎倒大概是青年，而且对于别个的不能再造的生命和青春，更无顾惜。如果对于动物，也要算"暴殄天物"。我尤其怕看的是胜利者的得意之笔："用斧劈死"呀，……"乱枪刺死"呀……。……但事实是事实，血的游戏已经开头，而角色又是青年，并且有得意之色。我现在已经看不见这出戏的收场。[1]

那种全然不顾惜"不能再造的生命和青春"的杀戮，包括所用的"二十世纪的人群中不应该有的""斧劈枪刺"的手段，是"恐怖"的第一个来源和第一层含义，即自然状态或"对于动物"、施于肉身的

---

[1] 鲁迅，《答有恒先生》，《而已集》，《鲁迅全集》第3卷，第473—474页。

暴力。而青年人取代"老人"扮演起历史的刀斧手的角色，则让这个"血的游戏"变得看不到头了。这里作为主角的"青年人"显然不仅是就杀人者的年龄而言，而是民国政治乃至革命政治本身的人格化，象征着历史进步的悬置和无时间差别的循环重复的开始。五年后，鲁迅在编定《三闲集》中"《而已集》补遗"部分时，还提到1927年的"清党"和"讨赤"给自己带来的幻灭感。[1]这是恐怖的第二个来源和第二层含义，即历史和价值意义上的虚无。

> 二、我发现了我自己是一个……。是什么呢？我一时定不出名目来。我曾经说过：中国历来是排着吃人的筵宴，有吃的，有被吃的。被吃的也曾吃人，正吃的也会被吃。但我现在发现了，我自己也帮助着排筵宴。先生，你是看我的作品的，我现在发一个问题：看了之后，使你麻木，还是使你清楚；使你昏沉，还是使你活泼？倘所觉的是后者，那我的自己裁判，便证实大半了。[2]

我们看到鲁迅在这段话里一口气用"排筵宴"论和"醉虾论"否定了"救救孩子"的启蒙呐喊和"铁屋"比喻的乌托邦理想主义逻辑。这种否定如此突然、如此彻底，以至于让作者"终于觉得无话可说"[3]。这种来自更深一层的返诸自身、来自自我认识和自我否定的战栗和无言状态，是"恐怖"的第三层含义。

这"从来没有经验过"的"恐怖"的三层含义，连同它作为历史事件的突发性、具体性和事实性，一同为《魏晋风度及文章与药及酒

---

[1] "我在广东，就目睹了同是青年，而分成两大阵营，或则投书告密，或则助官捕人的事实！我的思路因此轰毁，后来便时常用了怀疑的眼光去看青年，不再无条件的敬畏了。"鲁迅，《三闲集·序言》，《鲁迅全集》第4卷，第5页。
[2] 鲁迅，《答有恒先生》，《而已集》，《鲁迅全集》第3卷，第474页。
[3] 同上。

之关系》提供了内在的"存在情绪"和象征 - 寓言结构。反过来讲，这篇演讲则作为一组历史故事和评点议论，让作者在"无话可说"的状态中说出了话。这种无话可说的言说在"近时"语境下，是"'而已'而已"话语方式和写作风格的阶段性高峰。放在"过渡期"和"杂文的自觉"的长时段（1923—1927）里看，则是鲁迅文学风格在艰难惨淡的历史环境和文学环境中挣扎存活、将环境和地形中一切不利因素都转化为自身能量和形式可能性的诗学原则的运用和体现。贯穿鲁迅此阶段写作的杂文逻辑的意义和作用尤为关键。例如在《答有恒先生》中，"所以，我终于觉得无话可说"之后，紧接着的下一个段落的首句便是"倘若再和陈源教授之流开玩笑罢，那是容易的，我昨天就写了一点"。[1]它象征性地揭示出，能够让"无话可说"说话、让"空虚"变得"充实"的，是杂文野草般地专注和执着于当下"小事"的生长毁灭、再生长再毁灭的短促韵律和生命周期。比如和"陈源教授之流开玩笑"终究是"无聊"，因为"他们其实至多也不过吃半只虾或呷几口醉虾的醋"，但这"无聊"让作者自然无所顾忌地从一种"无聊"过渡到另一种"无聊"，如"况且听说他们已经别离了最佩服的'孤桐先生'，而到青天白日旗下来革命了"，又如"我想，只要青天白日旗插远去，恐怕'孤桐先生'也会来革命的"。

但也就在"不成问题了，都革命了，浩浩荡荡"的无聊感中，一种新的洞察和执念出现了，这就是："问题倒在我自己的落伍。"这种"落伍"固然在字面上指"现在倘再发那些四平八稳的'救救孩子'似的议论，连我自己听去，也觉得空空洞洞了"，但它反讽的锋芒所向，当不正是那个青年人杀青年人，以至于血的游戏一眼望不到头的"新时代"或"大时代"吗？杂文家难道不是在以承认"落伍"的方式，表明同"进步"格格不入的忤逆姿态，同时试图在更大的参照系中观

---

[1] 鲁迅，《答有恒先生》，《而已集》，《鲁迅全集》第3卷，第475页。

照和体味那个恐怖的暗夜，甚至把它视为古往今来界定文学与政治、文学与历史间关系的"常态"吗？《魏晋风度及文章与药及酒之关系》演讲的特殊听读效果，某种程度上或许正来自它在历史特例或例外和历史常态之间建立的那种模棱两可的关系，在这种文字和意象的游动之中，杂文的历史寓意和政治寓意被明确无误地传达出来。

"落后"还意味着意识到自己"先前的攻击社会，其实也是无聊的"，因为"社会没有知道我在攻击，倘一知道，我早已死无葬身之所了"。[1] 下面这段话足以作为阅读《魏晋风度及文章与药及酒之关系》的当代知识预备和寓言式阅读的方法论训练：

> 我之得以偷生者，因为他们大多数不识字，不知道，并且我的话也无效力，如一箭之入大海。否则，几条杂感，就可以送命的。民众的罚恶之心，并不下于学者和军阀。近来我悟到凡带一点改革性的主张，倘于社会无涉，才可以作为"废话"而存留，万一见效，提倡者即大概不免吃苦或杀身之祸。古今中外，其揆一也。[2]

沿着"古今中外，其揆一也"的认识，我们已可知晓，魏晋风度和文章，大约不是关于如何讲"于社会无涉"的"废话"，就是关于如何因言论"吃苦"和招来"杀身之祸"的。

从这层关系出发，我们能看到"四·一五事件"后鲁迅在广州滞留的真实状态。在现实层面，民国也罢，魏晋也罢，鲁迅坦言"不过我这回最侥幸的是终于没有被做成为共产党"。这是"清党"后他继续在广州住下去的原因，因为"倘我一出中山大学即离广州，我想，是

---

[1] 鲁迅，《答有恒先生》，《而已集》，《鲁迅全集》第3卷，第477页。
[2] 同上。

要被排进去的;但我不走,所以报上'逃走了''到汉口去了'的闹了一通之后,倒也没有事了"。在言论方面,这就是《答有恒先生》中说的"即此一端,你也就可以原谅我吓得不敢开口之情有可原了吧",或"我曾经叹息中国没有敢'抚哭叛徒的吊客'。而今何如?你也看见,在这半年中,我何尝说过一句话?"[1]所谓"何尝说过一句话"自然不是实指,却是同"当我沉默着的时候,我觉得充实;我将开口,同时感到空虚"(《野草·题辞》)和"连'杂感'也被'放进了应该去的地方'时,我于是只有'而已'而已!"(《而已集·题辞》)所表明的修辞原则完全一致的。

二、乱世与文章的异彩

在"吓得不敢开口"的年月谈魏晋,其中借古讽今的用心和寓意不言自明,这也是鲁迅在《尘影·题辞》中自陈"盖实有慨而言"的本意。但"魏晋风度"演讲并不能因此被简单地视为针对当下的议论或一般性文学史见地。虽然1927年的环境或可以同魏晋时期政治的严酷诡异做一类比,但鲁迅演讲的主旨显然并不是周作人式的"闭户读书"或"苟全性命于乱世"。不如说,在社会政治大变故大动荡的冲击震撼之后,鲁迅此时已沿着以《野草·题辞》《小约翰》《书斋生活与其危险》为路标的那条回到内心、回到文学的小径,从"人生的中途"的密林中走出,进入文学历史经验和文学理论的开阔地带。在更大的全景中看,这是鲁迅走出个人意义上的华盖运和写作危机,经历了一个自我流放的漂泊期后,进入一个新的行动和写作的位置。这也就是《答有恒先生》结尾处的自问自答:"恐怖一去,来的是什么呢,我还不得而知";而"救助我自己"的办法,除去"麻痹"和"忘却"的

---

[1] 鲁迅,《答有恒先生》,《而已集》,《鲁迅全集》第3卷,第476页。

"老法子"外，还有一种更基本的、本质上是杂文的写作伦理和作者使命。它就是："一面挣扎着，还想从以后淡下去的'淡淡的血痕'中看见一点东西，誊在纸片上。"[1]

走入这个记录和思考的开阔地带，象征性地对应着"进向"一个社会史和集体经验的"大时代"。在《尘影·题辞》中，鲁迅说："但这所谓大，并不一定指可以由此得生，而也可以由此得死。"[2]鲁迅对"大时代"所做的追加说明是它"同时也给若干人以重压。这重压除去的时候，不是死，就是生。这才是大时代"。在文艺范畴内，这种重压所造成的结果，就是"现在的文艺，是往往给人不舒服的，没有法子。要不然，只好使自己逃出文艺，或者从文艺推出人生"。[3]这无疑是杂文概念的另一种表达方式，对应的正是《华盖集》以来的创作实践及其美学实质，即外部重压经过形式的吸收和传递，造成一种"往往给人不舒服"但带有更激进的真实性、具体性、直接性和政治性的特殊文学感性外观。《魏晋风度及文章与药及酒之关系》展开了自"杂文的自觉"以来最为系统的一次风格研究和文体反思。反过来讲，这篇演讲也可以视为"杂文的自觉"和鲁迅文学的"第二次诞生"所带来的关于新文学历史实践的整体反思，包括对文学家的自觉，文学与时代、文学与政治之关系的辨析和梳理。

《魏晋风度及文章与药及酒之关系》首先谈到的是"大乱之后"，即周作人后来在《中国新文学的源流》里所谓的"王纲解纽的时代"，这是特殊的文章观念和价值行为得以自我规范、创制的社会思想条件。鲁迅说这个时代的文学"的确有点异彩"，其中首要的原因，是它与自身所处时代的关系，即所谓"是时代使然"。虽归在"魏晋"名下，但

---

[1] 鲁迅，《答有恒先生》，《而已集》，《鲁迅全集》第3卷，第477—478页。
[2] 鲁迅，《尘影·题辞》，《而已集》，《鲁迅全集》第3卷，第571页。
[3] 同上。

这个时代其实并不短，如果从鲁迅提到的"党锢之祸"（166—176年）或"董卓之乱"（189—192年）算起，到陶潜谢世（427年）为终，这个阶段延续了二百三十多年，称之为"汉末至晋末时代"或许更为准确。这个阶段的内部分期也非常复杂，各阶段、各政权、各种社会权力群体都有其特殊性，彼此在价值观和行为规范上也存在明显差异。事实上，鲁迅演讲中的几个核心人物，即曹氏父子、阮籍和嵇康，以及陶渊明，分属"汉末魏初"、"魏末"和"晋末"；也就是说，他们处在不同的历史时代，其风度和文章也有着迥然不同的特质。严格讲，除乱世之际的死亡意识外，鲁迅所谓的"魏晋风度及文章"并没有一个统一的风格特征，而是呈现出高度的个性化和剧烈的文体风格嬗变。因此，与其说鲁迅是在笼统地谈一个带有历史连续性和审美共性的"魏晋"气象，不如说他是在具体地分析三个特殊的案例，即分别由曹氏父子，阮籍、嵇康和陶渊明所代表、产生于三个末世或"易代"之际的具体历史体验以及在此体验基础上的文化政治、文学风格和作者意识。[1]这种"乱世文学"或末世写作的个案研究及其文学史叙述策略，也同日后周作人《中国新文学的源流》里表现出来的批评和叙事方法不谋而合。

其次，魏晋文章的"异彩"来自它自身的"自觉"，即新的写作伦理、新的写作政治和使命、新的风格和技巧，也就是新的作者风范和文采带来的风格和气象上的"异彩"。从秦皇汉武"焚书坑儒""罢黜百家"到清代的文字狱，中国历史上的政治环境对文人写作的限制并不足奇，但值得注意的是一些"例外状态"在中国文学风格上带来的变化和个性化创意的可能性。《魏晋风度及文章与药及酒之关系》也

---

[1] 鲁迅演讲中有明确的分期和"阶段论"意识，比如文章的结尾处："陶潜之在晋末，是和孔融于汉末与嵇康于魏末略同，又是将近易代的时候"；"自汉末至晋末文章的一部分的变化与药及酒之关系，据我所知的大概是这样。"《魏晋风度及文章与药及酒之关系》，《而已集》，《鲁迅全集》第3卷，第538—539页。

是这样一种对社会史与形式史之间的寓言关系的解读和叙事再现,其中不言而喻的"写作的政治",正在于用一种文学内部的"例外状态",即沉默与言说、生与死之间的抉择及其"风度",回应并对抗一个"大时代",即社会政治领域全面激化的集体性"敌我之辨"。这种历史讽喻关系一旦通过杂文家的分析和叙述确立下来,就会跨越时空,反过来说明、解释或"干预"作者同他所处时代的关系,变成作者意识和文体风格自觉的内在动机。

曹氏父子

鲁迅认为汉末魏初"在文学方面起一个重大的变化",因此是个"很重要的时代"。[1]在这个时代,将"治国平天下"所需的"办事"逻辑("社会史")和"文章"传统内部的风格转变("形式史")结合起来的风格"解决"的拐点是曹操。虽然曹操传于世的文字很少,在历史演义和民间戏台上历来饱受攻讦,但鲁迅仍把他称为"一个改造文章的祖师","一个很有本事的人,至少是一个英雄"。[2]作为一个"破旧立新"的人物,曹操在鲁迅所谈及的三个末世的文章家中无疑是一个特例。鲁迅把魏晋文章风骨和神韵的核心归结为"清峻"和"通脱"。所谓清峻,"就是文章要简约严明",不流于铺张造作。而所谓"通脱",则说的是写文章"随意",即不拘一格、真实率性的表达,特别是针对当时("党锢之祸"以前)"自命清流"的党中人"'清'讲得太过,便成固执"乃至"有时便非常可笑了"。[3]所有这些,都可以归功于曹操在文字上的身体力行。

说起曹操,鲁迅讲"我虽不是曹操一党,但无论如何,总是非常

---

[1] 鲁迅,《魏晋风度及文章与药及酒之关系》,《而已集》,《鲁迅全集》第3卷,第523—524页。
[2] 同上书,第525页。
[3] 同上书,第524—525页。

佩服他"。[1]作为白话革命大将，鲁迅无视儒家正统立场本无特别之处。但如果把曹操崇实、重才，看重能力和"本事"，讲变通和创新、不拘一格，强调言之有物等主张，放在新文学形式创新和杂文文体成立的语境里，就显出具体而实在的所指与意味。新的历史现实和政治家军事家为自己争得的行动自由，界定了曹操写作的内在经验、见识、魄力、形式创造性和风格特征。做大事和解决问题的人的写作风格自然是"清峻"和"通脱"。作为"挟天子以令诸侯"的"乱世之奸雄"，曹操的思维习惯和文字风格是"胆子大""无所顾忌"的；而开创一个新的政治格局的人，对身边事物、对当下思想文化环境也自然持一种"厚今薄古"的态度，因为他所面对的正是被他自己的行动塑造出来的现实。这种"想说甚么便说甚么"的文章和"做文章时又没有顾忌，想写的便写出来"的写作态度，这种"废除固执"与"容纳异端和外来思想"的开放进取精神[2]，与白话文学运动的初衷和理想是完全吻合的。

鲁迅赞扬曹操诗里可以"引出离当时不久的事实"，甚至写出"郑康成行酒伏地气绝"这样别人绝不敢写的九言句。他指出这是摆脱了儒家道德伦理和行为规范的实用原则使然，即"曹操征求人才时也是这样说，不忠不孝不要紧，只要有才便可以"。[3]在四言诗、五言诗仍然主导写作规范的时代，突兀的九言无疑极大突破、扩大了"文章"的形式空间和经验丰富性与个别性。鲁迅提到曹操的遗令也不依格式，不理会文人的时髦，"内容竟讲到遗下的衣服和伎女怎样处置等问题"[4]，这也为他所欣赏。这种欣赏不仅是古今变动时代道德与文化风尚的改革者和"立法者"之间的彼此欣赏，也是一个文人对另一个

---

[1] 鲁迅，《魏晋风度及文章与药及酒之关系》，《而已集》，《鲁迅全集》第3卷，第524页。
[2] 同上书，第525页。
[3] 同上。
[4] 同上书，第525—526页。

文人、一个作者对另一个作者的欣赏，因为它为当下的文化变革和文体革命提供了风格和道德上活生生的先例。曹操所体现的社会政治世界中实际行动的自由，在语言和象征世界带来的是一种新的审美自由。这些对于杂文在新文学本体论边缘和前沿探索的那种政治自觉和形式自觉，都具有直接的历史成例和风格示范意义。

社会大变动带来阶级和阶层变动，带来新的社会空间、政治可能性和文化–风格再造的氛围和机遇。新的历史主体有其政治诉求、道德规范、行为准则、价值标准和审美品位，但这一切的前提和"内容"方面的"可能性条件"，则是同"白话文学""新文化"一致的："想说甚么便说甚么"，"想写的便写出来"，打破清规戒律、陈规陋习，寻求思想与现实、语言与思想之间新的同一性，从中确立一个全新的意义系统、认识论和真理陈述框架。与此同时，因行动的务实、通脱和无所顾忌，思想上也就能够"废除固执"和"容纳异端"，包括吸纳外来思想，"故孔教以外的思想源源引入"。这是随着经验和实践范围的扩大，随着行动和思想的自由（其相辅相成的"反面"是严酷的政治斗争、军事斗争所要求的聚精会神、理性务实、灵活性和创造性）而来的观念、意象、言辞领域的丰富性和多样性，它作为新的"内容"直接带来了文章风格和写作法范畴的新气象和新手法。

至此，所有论述都是沿着白话革命、思想革命和"新文化运动"的总方向展开的，反映的是结晶于鲁迅文章观念的时代性的新道德诉求和新审美趣味。这样一个"改造文章的祖师"出现的历史条件和文化思想条件是"大乱的时代"。这样的时代既带来解放和创新的可能性，也有其压抑、肆意屠戮的一面。于是这样的开篇，不但在文学创新的正面意义上建立了魏晋时代同新文化草创期之间的相似和共鸣，也在时局的混乱、政治的严酷、生存之艰难、个人生命朝不保夕等方面形成一种隐喻性对照。鲁迅在讲演的开头坦言对曹操十分佩服，预示他本人在"政治家/军事家"（或一般意义上的"权力"或"暴力"）

与"文人""名士"的冲突和相互利用的历史角力中,并不简单地偏袒后者或不假思索地站在文人的立场反对武人立场,而是致力于在时代条件的规定下思考文章、文学的内在可能性策略。

鲁迅对白话革命的期许从来不是仅仅满足于使它成为思想革命的载体和社会、伦理变革的媒介,而是要看到它同时也能够创造出一种不折不扣的"白话文",即不仅是"白话",而且还是"文"。这个"文"不仅在历史现实的意义上存在于20世纪初期中国人的生活世界及其语言实践中,也与所有古往今来的"文"即广义的文学写作一道,存在于一个跨时空的符号–象征–审美系统和想象的作者共同体之中。在此,文体意识、风格特色乃至文字技巧和写作方法就变成了"文章"和文学的首要问题。因此鲁迅的魏晋文学论述很快转入对这个"文学的自觉时代"的描述、分析和评价,甚至把这种文学自觉同19世纪后半叶在欧洲出现的"为艺术而艺术"相提并论。《魏晋风度及文章与药及酒之关系》描绘出这样一种外在于文学却对文学的内在风格和品格具有决定性影响的社会政治环境,其中最尖锐、最危险同时也最有创造性的矛盾,是魏晋文章的作者们高度的文学修养和文学自觉,以及他们相对自由的内心和想象力同时代性的外在压抑、限制、审查、禁忌乃至武断的暴力之间的紧张关系,包括这种特殊的紧张关系在文章形式风格空间内部的吸收、转化、升华和戏仿。

鲁迅把曹丕和曹植视为汉末魏初文章从"通脱"转入"更加上华丽"一路的节点。说曹丕的文章不但通脱而且"华丽",并不意味着鲁迅将后者作为一种审美趣味的标准或"更高阶段",而是借"诗赋欲丽"的内在冲动把写作和文章的宗旨从"寓训"说教转到文学风格和文学形式本身。[1]这个"回到自身"的运动固然以文学作为艺术作品的"感性外观"为标志,但这个"外"又恰恰是"内",也就是说,它

---

[1] 鲁迅,《魏晋风度及文章与药及酒之关系》,《而已集》,《鲁迅全集》第3卷,第526页。

由一种纯然内在、主观、高度个性化的能量、韵律、灵性和自由所驱动和塑造。所以华丽之外，更需强调"以气为主"；有了这种"气"，才有以曹氏父子为奠基人的魏晋文学的风气、风度和气象，才有鲁迅视为与"华丽"并行的那种"壮大"。这种壮大之美固然在美学意义上具有"客观"属性，但就创作者的意识和技艺准备而言，它却需要相当程度上的沉迷专注乃至于为文章而文章、"为艺术而艺术"的自律性。不过有趣的是，尽管在一般读者印象里曹植的文名远胜其长兄曹丕，但鲁迅对曹植只一笔带过，虽承认曹子建"文章做得好"，但偏偏在演讲中只提他的文章无用论（"却说文章是小道"）和他政治上的"不甚得志"。[1] 这也显示出鲁迅的魏晋演讲本意不在谈论文学史知识，尽管他对"文学的自觉时代"给予充分评价，但仍不屑于仅在形式主义的"为艺术而艺术"范围内谈论文学和时代的关系。

因此，在曹丕的"诗赋欲丽"和"文以气为主"之间，鲁迅明显更看重后者。"气"这个中国古代哲学概念的有趣之处，在于它兼有主观和客观、人的内在性与外在自然的属性和特征。在纯形式或"范畴"意义上，它可以说类似于康德的审美判断力，以一种超越知性逻辑和功利逻辑的方式，兼顾或贯通了两个彼此对立的领域。一种真实的、有感染力的、强大的"气"（比如孟子所谓的"浩然之气"），必然既是一种内在的能量、情绪、意念、冲动和理想的实体运动及其创化轨迹，同时又是合乎自然、道德和价值的普遍规律的；它必然借助两者间的共振共鸣、声气相通，甚至是作为后者的形象或戏剧性表达、表现和表演的渠道和方式才能够在主观领域外化、具体化为语言、形象、观念和理论。正是借助"气"这样的中国古代哲学和美学概念范畴，鲁迅才能够在讨论魏晋文学的"形式转向"或"自觉"时，经由一种写作的主观性、个性和自由等"内在性"范畴，再度把对文章本质的考

---

[1] 鲁迅，《魏晋风度及文章与药及酒之关系》，《而已集》，《鲁迅全集》第3卷，第526页。

察引向其社会历史条件，引向它的"外部因素"或环境决定。只是这样的对历史条件和环境决定的分析，业已预先以文章的内部规定、审美外观和作者的主观"自觉"为前提和中介，从而具有充分的审美和形式的丰富性和自律性，甚至因此能够更好地把文学的内在性和风格自律设立为吸收、捕捉、应对、转化时代经验和信息的最基本、最敏感、最鲜明、最有力的手段、方法和形式。

何晏与吃药，或"名士派"

鲁迅演讲中也谈到建安七子，但重心已从文学转向文学与政治的关系，这可以从他对孔融、祢衡的被杀与何晏的吃药的描述上看出来。因为七人流传下来的作品不多，所以鲁迅只是在"华丽"外另辟"慷慨"名目，并解释说"慷慨就因当天下大乱之际，亲戚朋友死于乱者特多，于是为文就不免带着悲凉，激昂和'慷慨'了。"[1]在谈到曹操杀孔融时，鲁迅表现出一种颇值得玩味的暧昧态度。一方面，这显然是掌握军队的当权者以"欲加之罪何患无词"的方式杀掉一个专跟自己作对的文人。但另一方面，在"办事"的曹操和"旁观"的孔融之间，鲁迅的偏爱却仍在曹操，何况魏武帝还是"一个改造文章的祖师"。即便孔融对"孝"的离经叛道的见解与主张，按"五四"一代人的标准更为理性通达（许寿裳甚至在回忆中称孔融和嵇康是鲁迅最喜爱的魏晋文章[2]），而曹操以不孝之名杀人却同自己在选贤任能时不拘一格甚至"不忠不孝也不要紧"的条文相违背，但鲁迅对此轻描淡写，只是语带幽默地说："纵使曹操再生，也没人敢问他，我们倘若去问他，恐怕他把我们也杀了。"[3]

---

[1] 鲁迅，《魏晋风度及文章与药及酒之关系》，《而已集》，《鲁迅全集》第3卷，第527页。
[2] 许寿裳，《亡友鲁迅印象记》，转引自《鲁迅年谱》第1卷，第302页。
[3] 鲁迅，《魏晋风度及文章与药及酒之关系》，《而已集》，《鲁迅全集》第3卷，第528页。

然而，鲁迅对曹操个人的好感与宽容，并不妨碍他揭露贯穿于魏晋时代因当权者"杀人"而传递给整个生存领域特别是文人生活世界的彻骨的恐怖感，以及由此而来的各种形式的逃避和缄默。及至建安七子时代，杀人的特权业已风水流转到司马氏集团，即便贵为汉大将军何进之子、魏帝曹爽信臣、与王弼并称"王何"的魏晋玄学创始人何晏，此时也不过是刀俎下的鱼肉。但鲁迅放过这些不谈，将话题一转，谈起了吃药。一定程度上，谈吃药和谈饮酒一样，应该也是基于对暑期公开演讲之趣味性的考虑，毕竟两者都是魏晋名士傲视俗人或敷衍世事的标志性行止，长期被视为隐逸传统，尽管与其相关的"居丧无礼"、放浪形骸的生活方式似乎更为人所津津乐道。在演讲中，鲁迅十分留意现场感的营造，不时插入同听众的互动，比如谈到药方时说："但现在也不必细细研究它，我想各位都是不想吃它的。"[1]但即便在幽默打趣的讲述中也仍可以看出，鲁迅在区分文章和生活形式上的"虚"和它们在现实生活中的"实"的问题上，是认真和较真的。魏晋演讲中对吃药之麻烦多有描述，比如务必要使毒性"散发"，比如"行散"后身体的忽冷忽热，以及皮肉发烧后"不能穿窄衣"，"穿鞋也不方便"，乃至因衣服不能常洗"便多虱"，不一而足。[2]但这些奇闻逸事，在杂文写作的意义上都聚焦于一个目的，即讽刺揶揄彼时和当下的东施效颦之徒在为文与为人上的"作假"和"名士派"。[3]许多挖苦的句子都跟吃药主题有关，如：

> 比方我们看六朝人的诗，有云："至城东行散"，就是此意。后来做诗的人不知其故，以为"行散"即步行之意，所以不服药

---

[1] 鲁迅，《魏晋风度及文章与药及酒之关系》，《而已集》，《鲁迅全集》第3卷，第529页。
[2] 同上书，第529—530页。
[3] 同上书，第530—531页。

也以"行散"二字入诗,这是很笑话的。[1]

再如:

> 吃药之后,因皮肤易于磨破,穿鞋也不方便,故不穿鞋袜而穿屐。所以我们看晋人的画像或那时的文章,见他衣服宽大,不鞋而屐,以为他一定是很舒服,很飘逸的了,其实他心里都是很苦的。[2]

这种揶揄和挖苦,由杂文笔法传达出来,自然针对任何时代里"习惯的末流",即种种"只会吃药,或竟假装吃药,而不会做文章"的现象,其中包括一味附庸风雅所导致的时代错乱。演讲接着谈到因服药后皮肤易破,所以衣服宜旧不宜新,甚至不能常洗,最后谈到了虱子:

> 因不洗,便多虱。所以在文章上,虱子的地位很高,"扪虱而谈",当时竟传为美事。比方我今天在这里演讲的时候,扪起虱来,那是不大好的。但在那时不要紧,因为习惯不同之故。这正如清朝是提倡抽大烟的,我们看见两肩高耸的人,不觉得奇怪。现在就不行了,倘若多数学生,他的肩成为一字样,我们就觉得很奇怪了。[3]

鲁迅明知何晏为司马懿所杀,盖因"同曹操有关系,非死不可",其借口则"犹曹操之杀孔融,也是借不孝做罪名的",但并未表露对何晏的同情,反倒说他"值得骂","因为他是吃药的发起人"。大约鲁迅对何

---

[1] 鲁迅,《魏晋风度及文章与药及酒之关系》,《而已集》,《鲁迅全集》第3卷,第529页。
[2] 同上书,第530页。
[3] 同上。

晏尚空谈也是不以为然的吧。对于吃药本身，除了谈到种种麻烦和危险，鲁迅并未深究，比之为当时的鸦片，不过点到为止。对"本来聪明的人，因此也会变成痴呆"或"就是说话，也要胡胡涂涂地才好，有时简直是近于发疯"，也仅归结为"但在晋朝更有以痴为好的，这大概也是服药的缘故"。[1]凶险的政治现实下的隐逸与放浪、沉默或曲折表达等主题，鲁迅留给了阮籍和嵇康。

三、阮籍与嵇康

随"竹林名士"或"竹林七贤"一同到来的，是鲁迅"魏晋讲演"的两个核心主题，即反抗礼教和隐晦写作。在简单提到他们都有服药或/和饮酒的嗜好后，鲁迅引出了"他们七人中差不多都是反抗旧礼教的"的结论[2]，随即用杂文笔法，从脾气大、待人无礼、虚无的人生态度等方面举例介绍，比如刘伶不穿衣服见客，被责问时却反问："天地是我的房屋，房屋就是我的衣服，你们为什么进我的裤子中来？"[3]鲁迅并不否认他们都是极有个性和才华的人，但坚持认为他们乖张言行（包括饮酒）的原因"大半倒在环境"，因为"其时司马氏已想篡位，而阮籍名声很大，所以他讲话就极难，只好多饮酒，少讲话，而且即使讲话讲错了，也可以借醉得到人的原谅。只要看有一次司马懿求和阮籍结亲，而阮籍一醉就是两个月，没有提出的机会，就可以知道了"[4]。

这就直接进入了演讲的隐晦写作主题。鲁迅说"阮籍作文章和诗都很好，他的诗文虽然也慷慨激昂，但许多意思都是隐而不显的"，连

---

[1] 鲁迅，《魏晋风度及文章与药及酒之关系》，《而已集》，《鲁迅全集》第3卷，第532页。
[2] 同上。
[3] 同上书，第533页。
[4] 同上。

宋人（如颜延之）也已不大能懂，所以"我们现在自然更很难看得懂他的诗了"。[1] 阮籍因为醉卧、慎言（"后来……竟做到'口不臧否人物'的地步"）和隐晦保住了性命，但嵇康就没有那么幸运。鲁迅认为嵇康的论文"比阮籍更好，思想新颖，往往与古时旧说反对"[2]，但因为有好发议论的脾气，所以把自己置于危及生命的险境。在下面这段分析中，鲁迅告诉他的听众和读者，嵇康的议论或"杂感"妨碍了司马氏集团的"篡位"，是导致他被杀的真正原因：

> 但最引起许多人的注意，而且于生命又危险的，是《与山巨源绝交书》中的"非汤武而薄周孔"。司马懿因这篇文章，就将嵇康杀了。非薄了汤武周孔，在现时代是不要紧的，但在当时却关系非小。汤武是以武定天下的；周公是辅成王的；孔子是祖述尧舜，而尧舜是禅让天下的。嵇康都说不好，那么，教司马懿篡位的时候，怎么办才是好呢？没有办法。在这一点上，嵇康于司马氏的办事上有了直接的影响，因此就非死不可了。[3]

至于嵇康被杀的表面原因，鲁迅写道：

> 嵇康的见杀，是因为他的朋友吕安不孝，连及嵇康，罪案和曹操的杀孔融差不多。魏晋，是以孝治天下的，不孝，故不能不杀。为什么要以孝治天下呢？因为天位从禅让，即巧取豪夺而来，若主张以忠治天下，他们的立脚点便不稳，办事便棘手，立论也难了，所以一定要以孝治天下。但倘只是实行不孝，其实那时倒不很要紧的，嵇康的害处是在发议论；阮籍不同，不大说关于伦

---

[1] 鲁迅，《魏晋风度及文章与药及酒之关系》，《而已集》，《鲁迅全集》第3卷，第533页。
[2] 同上。
[3] 同上书，第534页。

理上的话，所以结局也不同。[1]

直到写作生涯的晚期，鲁迅还不时谈起嵇康和"嵇康之死"，比如在《选本》（作于1934年11月）一文里，特意提到《文选》收录嵇康的《家诫》，可让读者避免"只觉得他是一个愤世嫉俗，好像无端活得不快活的怪人"[2]。在《再论"文人相轻"》（作于1935年5月）里又说："嵇康的送命，并非为了他是傲慢的文人，大半倒因为他是曹家的女婿，即使钟会不去搬是非，也总有人去搬是非的，所谓'重赏之下，必有勇夫'者是也。"[3] 鲁迅借用刘勰的说法，把嵇康阮籍诗文的气质特征归纳为"师心"和"使气"（"嵇康师心以遣论，阮籍使气以命诗"）。乱世虽然给了他们某种稍纵即逝的机会可以袒露个性、"恣意妄为"，但时代和权力的窗口很快就会关闭，因此在魏末晋初之后，随着正始名士和竹林名士的肉体消灭和精神泯灭，"敢于师心使气的作家也没有了"[4]。

虽然具体历史条件和环境大相径庭，政治权力动用的文化符号和道德合法性资源有别，但单就"杀人"这一点而论，古代和现代的司马懿们并无本质不同，古代和现代的嵇康们事实上也一样面临随时可以被禁言乃至肉体消灭的危险。《魏晋风度及文章与药及酒之关系》虽然以杂文笔法，围绕一连串"逸闻趣事"展开，但它的论述逻辑为一种严肃的政治哲学的终极问题所驱动，却是毋庸置疑的。在《精神现象学》里，黑格尔在欧洲"古今之变"的大背景下探讨了决定奴隶对主人关系的"恐惧"。如果我们把具有特定历史和经济意义的"主人与奴隶"换成一般性、无差别的"统治者（即所谓'绝对主人'）与被统

---

[1] 鲁迅，《魏晋风度及文章与药及酒之关系》，《而已集》，《鲁迅全集》第3卷，第534页。
[2] 鲁迅，《选本》，《集外集》，《鲁迅全集》第7卷，第139页。
[3] 鲁迅，《再论"文人相轻"》，《且介亭杂文二编》，《鲁迅全集》第6卷，第348页。
[4] 鲁迅，《魏晋风度及文章与药及酒之关系》，《而已集》，《鲁迅全集》第3卷，第537页。

治者"关系，那么黑格尔对决定前近代自我意识本质和早期近代政治秩序的"恐惧"的现象学描述，就同样适用于鲁迅笔下的魏晋时代：

> 因为这种奴隶的意识并不是在这一或那一瞬间害怕这个或那个灾难，而是对于他的整个存在怀着恐惧，因为他曾经感受过死的恐惧、对绝对主人的恐惧。死的恐惧在他的经验中曾经浸透进他的内在灵魂，曾经震撼过他整个躯体，并且一切固定规章命令都使得他发抖。这个纯粹的普遍的运动、一切固定的持存的东西之变化流转却正是自我意识的简单本质、是绝对的否定性、是纯粹的自为存在，这恰好体现在这种意识里。[1]

在这种对"绝对主人"的绝对恐惧面前，所谓"纯粹的普遍的运动"就是个体肉体消灭意义上的否定；而所谓"自我意识的简单本质"则是面对存在的"自然状态"及其不言自明的危险和残忍时的"自我保存"。这样看，如果阮籍的慎言和隐晦对应着由恐惧而来的自我保存的努力，那么嵇康的议论就像用"以身试法"的方式证明了恐惧和灾难的客观性、普遍性及其格杀勿论的彻底性。

从"一切历史都是当代史"（克罗齐）的角度看，《魏晋风度及文章与药及酒之关系》固然是"清党"及之后时代的影射和讽喻，但在写作和风格的意义上，它却并不仅仅是影射和讽喻，而是带有一种从文字痕迹把握历史经验整体的"文献学"（philology，又译语文学）意志。鲁迅从"钞古碑"阶段开始，于1913年秋冬、1915年夏天、1916年2月、1921年2—3月、1922年2月和8月先后六次辑录和校勘《嵇康集》，并数度作序跋或著录逸文考。在"过渡期"，也曾于1924年6月上旬再度重拾旧好，"夜校"或"终日校"《嵇康集》不辍。此后嵇

---

[1] 黑格尔，《精神现象学》上卷，第129—130页。

康在鲁迅文字里消隐了一段时间，这期间鲁迅先是进入"第二次诞生"和"杂文的自觉"的创作萌动（以《祝福》、《秋夜》和《华盖集·题记》为象征性节点），继而经历了"运交华盖"和"'而已'而已"期间（1925—1927）"被'正人君子'杀退，逃到海边；之后，又被'学者'之流杀退，逃到另外一个海边；之后，又被'学者'之流杀退，逃到一间西晒的楼上，满身痱子，有如荔支，兢兢业业，一声不响"[1]的全过程。但在"清党"后有意滞留广州的时日里，在两个多月埋头《小约翰》和《山水·思想·人物》的翻译之后，嵇康这个形象忽然随着鲁迅的"魏晋演讲"再度出现，成为鲁迅文学自觉和历史意识的一个注脚和参照系，其象征和寓言意味是怎么强调也不为过的。在一遍又一遍校勘《嵇康集》的过程中，"惟此褊心，显明臧否。感悟思愆，怛若创痏。欲寡其过，谤议沸腾。性不伤物，频致怨憎"[2]，或"刚肠疾恶，轻肆直言，遇事便发"，或"吾不如嗣宗之资，而有慢弛之阙；又不识人情，暗于机宜；无万石之慎，而有好尽之累。久与事接，疵衅日兴，虽欲无患，其可得乎？"[3]这样的字句，也许已和鲁迅公开或私下里自况的语言打成一片，你中有我、我中有你了吧。

《与山巨源绝交书》这样的经典未曾因它的"杂"、"短"、漫议时政、褒贬人物、多个人意气和激愤之语而失其千古文章的地位和"异彩"。由此可见，"魏晋风度及文章"对于"杂文的自觉"和鲁迅文章观念来说，不仅是一种意识层面的证明和信心来源，还构成一种历史和政治本体论意义上的"无意识"。透过1927年夏天的"魏晋演讲"我们看到，鲁迅的"文章无意识"在某种程度上正是那种叫作"魏晋风度"的"他者的语言"（拉康）。这里有两层意思，一方面，鲁迅文章是通过魏晋语言、形象、故事表达出来的针对当下的历史讽喻；另

---

[1] 鲁迅，《革"首领"》，《而已集》，《鲁迅全集》第3卷，第492页。
[2] 嵇康，《幽愤诗》，《鲁迅辑录古籍丛编》第4卷，人民文学出版社，1999年，第13页。
[3] 嵇康，《与山巨源绝交书》，《鲁迅辑录古籍丛编》第4卷，第38页。

一方面，它也是在更深一层意义上被魏晋语言说出来、由它暗中结构并叙事化的存在的表象与隐晦写作的诗学。但由此看来，鲁迅"魏晋演讲"里的所谓"隐晦写作"志本不在隐晦；事实上它丝毫也不隐晦，倒不如说是要将那种历史无意识和政治无意识的"深层内容"调动起来，活生生赤裸裸地放置于杂文语言风格"感性外观"的表面。在表达的冲动性、内在能量、直接性和"速朽"韵律上，"魏晋演讲"也是"野草诗学"杂文样式的更为展开的实践。

在"隐晦主题"之外鲁迅又特意谈到"反抗旧礼教"主题，但"魏晋演讲"并不在五四时代"打倒孔家店"的意义上谈反抗旧礼教，而是在礼教守护者的功利虚伪和礼教反对者的老实较真之对比的讽刺意义上谈价值的虚与实。他写道：

> 魏晋时代，崇奉礼教的看来似乎很不错，而实在是毁坏礼教，不信礼教的。表面上毁坏礼教者，实则倒是承认礼教，太相信礼教。因为魏晋时所谓崇奉礼教，是用以自利，那崇奉也不过偶然崇奉，如曹操杀孔融，司马懿杀嵇康，都是因为他们和不孝有关，但实在曹操司马懿何尝是著名的孝子，不过将这个名义，加罪于反对自己的人罢了。于是老实人以为如此利用，亵渎了礼教，不平之极，无计可施，激而变成不谈礼教，不信礼教，甚至于反对礼教。[1]

鲁迅把最后这种人称为"迂夫子"，因为只有他们还将礼教"当作宝贝"。就像北伐军一到，旧军阀便"挂起了青天白日旗，说自己已经信仰三民主义了，是总理的信徒"，而"真的总理的信徒，倒会不谈三民主义，或者听人假惺惺的谈起来就皱眉，好像反对三民主义模样"，于

---

[1] 鲁迅，《魏晋风度及文章与药及酒之关系》，《而已集》，《鲁迅全集》第3卷，第535页。

是被定罪被杀掉。[1]鲁迅还拿阮籍自己饮酒却不让儿子加入竹林七贤，或嵇康是"那样高傲的人"却教导儿子谨小慎微、庸碌做人等事例说明[2]，他们的外在行为和姿态都是"因为他们生于乱世，不得已"，而他们的"本态"非但不是"破坏礼教者，实在是相信礼教到固执之极的"。[3]

话至此，"魏晋演讲"已从谐谑的语调和刻意保持的历史距离，转向一种表面平静但实际上愤世嫉俗，甚至有些"师心"和"使气"的态度了。鲁迅并不是站在传统儒生或文人立场做道德褒贬或情感判断，但"老实人"这个中性名词和杂文笔法，却将上古"道不行，乘桴浮于海"（《论语·公冶长》）的内在指引同近代个体的价值判断、政治认同和情感真实性暗中（就是说，以一种文学的方式）打通。显然，鲁迅对"四·一二"或"四·一五"事变后民国政治异化、恐怖化和荒诞化的愤懑和抗议，与其说出于清晰的政治立场和政治理念，不如说是对"清党"过程中被无辜滥杀的青年人和"老实人"的同情；与其说是对国民党高层动杀机的惊讶，不如说是对各级军事和行政权力机关今天宣扬"联俄容共"，明天就高喊"严办、严办"[4]；或如中山大学这样的"党校"，不久前还"公开宣布过带领学生往左走的，这回却反过来大骂共产党"[5]之类虚伪蛮横行为的厌恶和鄙视。就文章深层的情感记忆和"政治无意识"而言，这也是鲁迅对辛亥革命以来革命理念和早期革命精神不断失落和庸俗化官僚化的失望与悲哀的延续和再

---

[1] 鲁迅，《魏晋风度及文章与药及酒之关系》，《而已集》，《鲁迅全集》第3卷，第536页。
[2] 鲁迅自己也不乏此种劝诫，比如1927年7月17日给川岛的信里说："我想赠你一句话：专管自己吃饭，不要对人发感慨。（此所谓'人'者，生人不必说，即可疑之熟人，亦包括在内。）并且积下几个钱来。"鲁迅，《270717致章廷谦》，《鲁迅全集》第12卷，第51页。
[3] 鲁迅，《魏晋风度及文章与药及酒之关系》，《而已集》，《鲁迅全集》第3卷，第537页。
[4] 鲁迅，《扣丝杂感》，《而已集》，《鲁迅全集》第3卷，第505页。
[5] 参看许广平《鲁迅回忆录·厦门和广州》，引自《鲁迅年谱》第2卷，第390页。

确认。但"魏晋演讲"上下文中的"礼教",已不同于《狂人日记》中的"仁义道德",而是变成了生活世界基本价值标准和道德标准的代名词。尽管社会价值资源的权力垄断形态总带有自身的空洞化、虚伪化和实用化趋势,但1927年的"礼"之失同辛亥革命后各种旧人物纷纷"咸与维新"随即转而"不许革命"仍有时代的和历史性质的不同。嵇康的桀骜不驯,长期以来一直是鲁迅身上顽固而突出的"不断革命"或"继续革命"气质与理念的寓言表征。尽管按20世纪中国革命的"正史"的阶段论论述,这只能是颇带"历史局限性"的"旧民主主义革命"世界观的折射,但就叛逆精神和独立人格来说,它在鲁迅性格和风格的最基本判断力和自尊上,都打下了深深的印记,甚至可以被视为一种无须言明的道德标识。这也为"上海时期"鲁迅同那些把他视为"二重反革命"的新一代"革命文学"潮头兵之间的摩擦和对抗埋下了伏笔。

自1926年8月底离开北京,至1927年8月初"魏晋演讲",鲁迅经过一年的漂泊迁移,此时又一次面对"到哪里去"的问题[1],因此"从哪里来"的路径回顾也会时时萦绕于心。早在1925年3月给许广平的一封信里,鲁迅就借阮籍谈到了"歧路"和"穷途",如何对付这"二途",也构成了鲁迅自己的"如何在世上混过去的方法"。他写道:

> 一,走"人生"的长途,最易遇到的有两大难关。其一是"歧路",倘是墨翟先生,相传是恸哭而返的。但我不哭也不返,先在歧路头坐下,歇一会,或者睡一觉,于是选一条似乎可走的路再走,倘遇见老实人,也许夺他食物来充饥,但是不问路,因为我知道他并不知道的。如果遇见老虎,我就爬上树去,等它饿

---

[1] "魏晋演讲"后三天,在给川岛的信中鲁迅写道:"我本决于月底走了,房子已回复,而招商无船,太古公司又罢工,从香港转,则行李太多,很不便,所以至此刻止,还未决定怎么办。"见鲁迅,《270808致章廷谦》,《鲁迅全集》第12卷,第61—62页。

得走去了再下来,倘它竟不走,我就自己饿死在树上,而且先用带子缚住,连死尸也决不给它吃。但倘若没有树呢?那么,没有法子,只好请它吃了,但也不妨也咬它一口。其二便是"穷途"了,听说阮籍先生也大哭而回,我却也像在歧路上的办法一样,还是跨进去,在刺丛里姑且走走,但我也并未遇到全是荆棘毫无可走的地方过,不知道是否世上本无所谓穷途,还是我幸而没有遇着。

二,对于社会的战斗,我是并不挺身而出的,我不劝别人牺牲什么之类者就为此。欧战的时候,最重"壕堑战",战士伏在壕中,有时吸烟,也唱歌,打纸牌,喝酒,也在壕内开美术展览会,但有时忽向敌人开他几枪。中国多暗箭,挺身而出的勇士容易丧命,这种战法是必要的罢。但恐怕也有时会迫到非短兵相接不可的,这时候,没有法子,就短兵相接。[1]

作《魏晋风度及文章与药及酒之关系》前后,乃至整个"广州滞留"时期,甚至推及整个"过渡期",鲁迅在个人境遇和文学风格两方面,事实上都处在"歧路"和"穷途"状态。这个状态是"杂文的自觉"真正的个人史和社会史环境、条件和上下文。正是在杂文的"歧路"和"穷途"上,鲁迅文学获得了自己的第二次诞生,并在一个更为强悍的意义上把自己确立为新文学的终极历史风格。在这个转变和选择过程中,鲁迅不止一次"在歧路头坐下,歇一会,或者睡一觉",但每一次都继之以"选一条似乎可走的路再走"。杂文之路不是"问路"得来的,因为本没有人知道,也不曾有理论的说明和指导,它只能是决绝和铤而走险的结果。其间鲁迅也的确不止一次"遇见老虎爬上树去",甚至在隐喻的意义上做好了老虎不走、自己饿死在树上的心理准

---

[1] 鲁迅,《250311致许广平》,《鲁迅全集》第11卷,第461—462页。

备；在这样的时刻也的确都有将自己缚在树上、连死尸也不给老虎吃，而且还要伺机反咬老虎一口的预案。"魏晋演讲"事实上正是将自己缚在树上与老虎周旋调侃的例子。杂文之路和走在杂文之路上的鲁迅文学之路和人生之路，从它们开始的一刻就是超验意义上的"穷途"，因此"跨进去，在刺丛里姑且走走"的姿态和行动，也就成为它的文学本体论和文学政治哲学的实质和终极特征。正是这种"跨进去，在刺丛里姑且走走"的决定和行动，辩证地为鲁迅文学打开了它的世界之路、历史之路和审美之路。这条路永远只在"姑且走走"的人脚下展开；鲁迅在直觉上感到了它的存在，这就是"但我也并未遇到全是荆棘毫无可走的地方过"的自我表白。这条路就是在《故乡》结尾处出现的"希望的乌托邦"之路。对于鲁迅文学来说，它之所以在那里，不是因为它实有，而是因为虚无和绝望同样缺乏绝对的确定性。因此"不知道是否世上本无所谓穷途，还是我幸而没有遇着"，也正是"希望本是无所谓有，无所谓无"的翻版。如果在1921年年初，这种希望的乌托邦尚能够以"其实地上本没有路，走的人多了，也便成了路"这样的集体性语言表达出来的话，那么在1925年，它已经获得了更个人化、更具体的（因此在黑格尔辩证法意义上"更高"且更接近普遍性的）表述："我自己对于苦闷的办法，是专与苦痛捣乱，将无赖手段当作胜利，硬唱凯歌，算是乐趣……'没有法子'……而且近于游戏……"[1]《魏晋风度及文章与药及酒之关系》如果真如作者私下里讲的那样是"游戏"的话，那么它正是这个意义上的游戏。

四、陶潜与历史讽喻

隐晦写作、历史讽喻和文学的存在本体论这些主题，同样延伸到

---

[1] 鲁迅，《250311致许广平》，《鲁迅全集》第11卷，第461—462页。

鲁迅对陶潜的解读、阐释和评价中。鲁迅依旧认为陶潜的风格和东晋社会文化、思想环境的变迁有关，即"到东晋，风气变了。社会思想平静得多，各处都夹入了佛教的思想。再至晋末，乱也看惯了，篡也看惯了，文章便更和平"[1]。与嵇康表里如一的狂狷直露、阮籍欲言又止的隐晦不同，陶潜诗文透露出平静，但这种平静在鲁迅看来并非只是"无尤无怨"的人生态度使然，而是自带一种深度和激烈，所以又说"他的态度是不容易学的"。

鲁迅一生中搜购或得赠的各种版本的陶渊明集近十种[2]，各时期文章中也不时提到陶潜。"魏晋演讲"中谈及陶潜的部分虽然很短，但把这些文字同鲁迅在其他文章中谈到陶渊明的文字联系起来，仍旧能看出其中丰富的层次感和复杂性，特别是平和静谧的整体气象下面的激烈、浪漫、深沉、桀骜不驯，以及陶潜诗文特有的直达存在本体论和形而上层面的对肉体生命、观念形象和精神与灵魂的留恋及追问。《春末闲谈》里用一句"刑天舞干戚，猛志固常在"带出"阔人的天下一时总怕难得太平的了"的议论；"亲戚或余悲，他人亦已歌。死去何所道，托体同山阿"这样平静通达的悼亡诗却偏偏出现在《记念刘和珍君》这样激烈愤怒的文章最后，都说明陶潜在鲁迅眼里从来都不是"飘飘然"[3]或"浑身是'静穆'"[4]，而是同其他魏晋人物一样具有文学政治和历史寓言的示范意义。

《魏晋风度及文章与药及酒之关系》从演讲到成文发表，都不遵守常规"学术讲座"或"论文"体式，相反通篇透出杂文的兴致、笔法、

---

[1] 鲁迅，《魏晋风度及文章与药及酒之关系》，《而已集》，《鲁迅全集》第3卷，第537页。
[2] 可参看《鲁迅手迹藏书目录》，鲁迅博物馆编，1959年。
[3] 鲁迅1927年9月19日给川岛的信中有新月派书店"每种广告都飘飘然，是诗哲手笔"等语，见《270919致章廷谦》，《鲁迅全集》第12卷，第70页。
[4] 参看鲁迅，《"题未定"草（六至九）》，《且介亭杂文二集》，《鲁迅全集》第6卷，第441页。"静穆"出自文中朱光潜所谓"艺术的最高境界都不在热烈"，古希腊人"把和平静穆看作诗的极境"。

韵味和气象，在"文章"的意义上同它所涉及的魏晋人物互通声气，形成一个象征和隐喻意义上的共同体，站在历史的同一边与各自所处的政治现实连续体对峙。在谈到陶潜的安贫而"内心很平静"后，鲁迅接着写道：

> 这样的自然状态，实在不易模仿。他穷到衣服也破烂不堪，而还在东篱下采菊，偶然抬起头来，悠然的见了南山，这是何等自然。现在有钱的人住在租界里，雇花匠种数十盆菊花，便做诗，叫作"秋日赏菊效陶彭泽体"，自以为合于渊明的高致，我觉得不大像。[1]

这样的文字可混入任何鲁迅杂文作品，但在"魏晋演讲"的上下文里，却有另一层涉及杂文本质的含义。杂文在荆棘丛生、风沙扑面的世界上孤独地开辟自己的道路，却同曹操、阮籍、嵇康、陶潜这样的魏晋文人形成一种"神交"和"神似"。与此相对照的，则是信奉或向往更为"得体"或"高逸"的生活方式、创作样式和审美观念的模仿者，到头来只落得一个"不大像"。相对于其他更为安全或稳妥的文体，相对于种种更具有外在形式结构和体制特征的创作样式以及依附其上的流行趣味，杂文是唯一只能凭借最基本的写作单位——词汇和句法——才能够成立的创作。这对写作活动和写作经验的真实性和内在复杂性提出了更高甚至可以说是极端的要求。相对于小说、诗歌、戏剧等主要文类或文学生产方式，杂文的形式财富被压缩到了最小值。它是一种"最低限度"的写作甚至"写作的零度"，因为它没有人物、情节、戏剧冲突或诗歌意象、节奏、格律的声色与阵仗、门楣和车马，没有由读者好奇心、窥视欲、感官激荡或心理学上的"完形"

---

[1] 鲁迅，《魏晋风度及文章与药及酒之关系》，《而已集》，《鲁迅全集》第3卷，第538页。

（Gestalt）冲动所提供的刺激或消遣。相反，杂文的文学"感染力"和艺术‐审美"意味"只能够来自一种文字和写作的"自然"，在贴近社会经验、客观信息、知性观察和理解力的层面，通过语言基本的表意、交流、论述和分析等一般性功能和技巧，传达和塑造属于"更高的"文艺本体论的情感流动和审美形象。在这个意义上，陶潜文章固有的那种"自然"却又"实在不易模仿"的生存状态、内心状态和语言风格，正是鲁迅文学理想的自我隐喻。

陶潜的日常生活行为，在鲁迅口中和笔下似乎也变成杂文文学生产方式的象征：安贫、守穷和"采菊东篱下"的宁静，于是也作为现代人"闲适"和"优雅"的对立面，暗示着真正"诗意的"存在，在其冲淡平和、与世无争表面之下的傲慢、激烈和对抗性，因此就成为针对具体社会条件和政治气候定义并付诸实践的、本质上具有政治和道德含义的自足和尊严意义上的"自然"。作为此种生活‐体验‐写作三位一体状态的审美效果和远景的"南山"，只能得之于"悠然"和偶然，为此文章家和诗人必须付出每日的劳动。所以"悠然"的含义不是老庄所说的"无为"，而恰恰是客观性要求于主观性的自律和原则，是它们的内在化和自然化，其中包含抵达和坚守这种境界所需的存在的激情以及沉思的专注和紧张。在《形影神》第二首"影答形"中我们读到这样的句子：

> 存生不可言，卫生每苦拙。诚愿游昆华，邈然兹道绝。与子相遇来，未尝异悲悦。憩荫若暂乖，止日终不别。此同既难常，黯尔俱时灭。身没名亦尽，念之五情热。立善有遗爱，胡为不自竭？酒云能消忧，方此讵不劣！[1]

---

[1]《陶渊明集》，逯钦立校注，中华书局，1979年，第36页。

鲁迅同陶渊明以及更早的魏末、汉末文章家之间的亲和力，离开对"存生"和"卫生"的反思，以及包括对其中艰难困苦、悲伤喜悦的自觉和自述，是不可理解的。古代世界对长生不老的向往，虽然已被近代人关于进步、未来和人生价值的种种教条所取代，但对终有一死的个体存在的意义追问却从未中断。在这种追问中，庄子所谓的"我其内热与？"，经过阮籍的"忧望交集，五情相愧"，演化为鲁迅生活和写作特有的"热烈"（"它并不'静穆'，倒有些'热烈'"[1]）和"爱"（"创作总根于爱"[2]）的品质，其中关于生死的意识穿越时空彼此呼应，一脉相承。这种"内热"和"遗爱"不能为任何形式的归隐和沉默所压抑，也不能被饮酒所排遣或消除。鲁迅所说的这种不易模仿的"何等自然"，正是魏晋文章面对自然状态（包括作为其组成部分的政治杀戮的残酷性）时表现出的理性态度与审美风范，这是"魏晋演讲"题目中"风度"二字的具体所指，也是魏晋文人以惊世骇俗的行为和放射出"异彩"的文章将严酷的外部环境内在化、风格化的结果。这种内在化和风格化的前提是每日的劳作与忧思、斗争与休憩、内心激荡及其寓于诗意形象的对象化和"理性化"。离开了这种存在、体验和创作的诗学实质及其内在的政治性，而去模仿那种"田园诗人"的"高致"，所得只能是徒有其表的皮毛。

　　鲁迅对"魏晋风度"的结论性观察，最终仍旧回到文章与时代、文章与世事、文章与政治和政治社会中的个体存在这样的"文学的外部关系"问题上。鲁迅以《陶集》里《述酒》一篇为例，指出它"是说当时政治的"，由此可见"〔陶潜〕于世事也并没有遗忘和冷淡"，进而推断"陶潜总不能超于尘世，而且，于朝政还是留心，也不能忘掉'死'，这是他诗文中时时提起的"。[3] 此处略显突兀的"死"，是作为

---

[1] 鲁迅，《"题未定"草（六至九）》，《且介亭杂文二集》，《鲁迅全集》第6卷，第442页。
[2] 鲁迅，《小杂感》，《而已集》，《鲁迅全集》第3卷，第556页。
[3] 鲁迅，《魏晋风度及文章与药及酒之关系》，《而已集》，《鲁迅全集》第3卷，第538页。

与"尘世"和"朝政"相对立的存在的另一极，即作为终极性的主观性、形而上和本体论维度而出现的。它并不仅仅是在提示人生的"大限"，而更具有十足的文学意义。它所划定的范围大体上相当于陶潜在著名的《形影神》中予以系统探讨的"存在的意义"，同时连带地显示并确证了个体炽烈的内在关怀、无法羁绊的内心自由，以及想象的无限性。"死"标志着无限性视野中的有限性意识，或不如说这样的有限性意识反过来让"无限"的概念具有了一种经验和情感的强度与具体可感性，成为一种时时压迫着"生"的那种"自我意识"的核心内容和终极边界。然而，在"尘世"和"朝政"上下文中出现的"也不能忘掉死"，又不能不说是以读者所熟悉的、在虚实间婉转迂回的鲁迅杂文句式，把"死"明确地限定在"生"的领域，而非把它交给一般"玄学"意义上的"无"或佛教意义上的"空寂"。正如"死"在单纯的时间的有限性意义上为存在带来限定，带来行动和生活中优先选择的压力和急迫感，由此产生出"意义"和"价值"的问题；在文学意义上，"死"不过提供了一个终极性的象征空间，用来容纳和观照"生"的丰富性、直接性和总体性，并为这种再现和反思提供审美距离和形式。

对于杂文的自觉来说，这种外在关系却恰恰是最内在的，是它审美的感性外观的组成部分。杂文的自觉，在终极意义上乃是对写作极端的个性和内在性同外部世界之关系的自觉，是在这种关系中对作者意识和文体意识的修正、砥砺和强化。杂文的"存在理由"，最终是令人信服的向"人间世"说话，也是对"文"的内在源流与谱系的继承和开拓。因此，"魏晋风度"终结于这样看似普通事实上却意味深长的观察：

> 完全超出于人间世的，也是没有的。既然是超出于世，则当然连诗文也没有。诗文也是人事，既有诗，就可以知道于世事未

能忘情。[1]

这其中特殊的文章学辩证法在于，对于"世事"的有效介入和有力再现，必须以强烈而明确的文章自觉、文章技巧和风格成熟方能够达到。与此同时，只有那种充分意识到自身形式、体裁、风格内部属性的外部决定，同时对形式与历史、审美与政治之关系持有高度自觉的写作，才能够被视为在文学自律性和自主性上够格的、足以胜任文章同它时代的紧张对峙关系的文学生产方式。"杂文的自觉"是鲁迅对白话文学"何以为文"这个根本性问题的回答，作者整个"过渡期"或"转折期"的经验和体验，包括个人意义上的痛苦、郁闷、挣扎、坚持、抵抗和解脱，以及创作实践和创作理论上的各种探索和尝试，都似乎是"下意识地"在为这个回答做准备，因此也可以被看作为最终得出这个答案而经历的必要的曲折和考验。

在《魏晋风度及文章与药及酒之关系》里，这种文学自觉和政治自觉在找到自身的象征寓言的同时，也找到了自己的历史谱系。这个谱系学构造可以说是新文学自我意识和历史意识的最高体现。胡适的《白话文学史》和周作人的《中国新文学的源流》，是其学术和批评范畴的初步表达，但它们在新文学创作中最激进的实验，无疑是鲁迅杂文。只有在自觉的杂文文体、杂文形式和杂文风格里，作为白话文的新文学才想象性地摆脱了近代西洋文学的"先例的暴政"和审美-技术参照，甚至想象性地摆脱了近代化过程的"历史必然性"框架，在自身历史经验和语言世界里，再次像中国古人那样直接地、全神贯注地面对自然、生死和终极性价值追问，发明出仅仅属于自己，却因此属于所有人的形象、象征和寓意。

但因此也可以说，鲁迅杂文内在的普遍性倾向，正是它的特殊性

---

[1] 鲁迅，《魏晋风度及文章与药及酒之关系》，《而已集》，《鲁迅全集》第3卷，第538页。

和个性化形式的历史内容。这是他杂文写作在文体、形式和风格上得以"想象性地"沿着自己的历史谱系、沿着一种似乎是纯然中国气派的语言和存在体验的脉络展开的原因所在。魏晋时代、风度和文章为这个脉络和谱系提供了具体形象和文字参照，也在直达自然和生死问题的存在层面，为杂文提供了一个政治本体论的支撑点。这个政治本体论根基就其理论形态和语文学渊源而言，固然先于20世纪的革命时代，但在历史和经验的具体层面，却是这个正在展开的、可以是生也可以是死的"大时代"或"极期"（Krisis，即危机），把潜在的政治本体论根基带入了现实思考的视野。1927年的血（"清党"）漫过了1926年的血（三·一八惨案），正如1926年的血连着1911年前后的血；与此同时，1927年的"杀人"也直接叠映在魏晋时代的"杀人"之上，它们一同书写着一个绵延不绝的"中国故事"。但杂文的自觉和自觉的杂文的独特之处，则在于它在无限贴近和不断重写这个中国故事的同时，却不断地在死亡和绝望的边缘触及并揭示出存在的终极强度。这种写作的冒险和"游戏"，把鲁迅的"希望的乌托邦"转化为一种历史行动的"这里"和"现在"。这种带着希望的乌托邦印记的"这里"和"现在"，反过来赋予鲁迅的文学谱系学（即其"两汉魏晋源流"）以超越狭义民族文学或古代文学的含义，同时给予它超越狭义的近代化历史框架（如竹内好所嘲讽的"文明开化"观念下的"优等生"世界观）的价值指向和审美意蕴。鲁迅在《记谈话》中的这段话虽然写于1926年10月的厦门（缘起是此前不久的北京女子师范大学"毁校周年"和教育部派军警"武装接收"），但它的含义，却在1927年8月定稿的"魏晋演讲"的语境里变得清晰起来。鲁迅写道：

> 我们总是中国人，我们总要遇见中国事，但我们不是中国式的破坏者，所以我们是过着受破坏了又修补，受破坏了又修补的生活。我们的许多寿命白费了。我们所可以自慰的，想来想去，

也还是所谓对于将来的希望。希望是附丽于存在的，有存在，便有希望，有希望，便是光明。如果历史家的话不是诳话，则世界上的事物可还没有因为黑暗而长存的先例。黑暗只能附丽于渐就灭亡的事物，一灭亡，黑暗也就一同灭亡了，它不永久。然而将来是永远要有的，并且总要光明起来；只要不做黑暗的附着物，为光明而灭亡，则我们一定有悠久的将来，而且一定是光明的将来。[1]

这段充满"希望的乌托邦"乐观精神的话绝非空谈，因为它在"杂文的自觉"和"鲁迅文学的第二次诞生"的具体语境下有着十分具体的"借此说彼"的寓意。它事实上给出了一个鲁迅式的文学定义：文学就是那种存在的附着物，它与黑暗同在，却并不同黑暗一起灭亡；在语言和意识结构里，它正与"希望"同位同格。在具体存在形态上，它和生活本身一样经历着"受破坏了又修补，受破坏了又修补"的循环往复，"白费"了许多寿命。但作为交换，它赢得了"为光明而灭亡"的特权，因此也一定是"悠久"而且"永远"的。

"受破坏了又修补，受破坏了又修补的生活"，事实上更像是一个文学生活的隐喻：它既是文学家的生活，也是文学本身的历史。如果文学也有"发展"可言的话，它只能以历史范式为单位，作为具体技巧、实验、趣味、风格、流派和运动，不断地经历从准备期、繁荣期到衰退期的周而复始的变化。长时段的文学史本身并没有文学意义，而只是作为历史范畴和观念体系的演绎、表象或叙事方式被概念化地构建起来，比如黑格尔的艺术哲学体系。文学本身并没有审美价值上的"发展"；也就是说，我们并不能够在《诗经》、《楚辞》和魏晋文学之间，或在魏晋文学和中国新文学之间建立起一个有意义的"进

---

[1] 鲁迅，《记谈话》，《华盖集续编》，《鲁迅全集》第3卷，第378页。

步"或"现代化"叙述。文学在它的本体论形态上只是创造／破坏、创新／颠覆、生成／毁灭的震荡和律动,对此周作人在其《中国新文学的源流》中做了具体的、具象的描绘。鲁迅同魏晋文章的关联或"亲和力",就建立在这种创造与破坏、创新与颠覆、生成与毁灭的跨越历史时空的共鸣和共振基础上。

鲁迅文学同希望的形而上学一道属于一种未来的时间,但它在现实中的行动却遵循一种存在政治的逻辑;杂文既是这种文学的存在政治的边缘,又是它的核心与极致。正如"希望是附丽于存在的",杂文的自觉和杂文的力量都得自它与之对峙、推挤、搏斗的现实,得自文学与现实之间的讽刺和再现的关系。它的"自律性"和"独立"价值,恰恰来自它"依附"于希望的形而上学结构中的历史当下——不是"黑暗的附着物",而是那种"为光明而灭亡"的历史中介和审美"剩余"。在这个意义上,杂文的自觉也可以说是以一种无意识的方式蕴含在杂文的文章学／诗学结构之中,这就是:杂文文体和风格实践只有同"附着"于其上的存在一道消亡,才能在"光明"的彼岸收获自己"身后"的道德意义和审美愉悦形式。换句话说,杂文捍卫自己"存在"的书写与搏斗越在此时此地的"执滞"中消耗殆尽,杂文的文学灵魂也就越在那种"光明"里、在寓言和形象的意义世界里获得赎救和自由。鲁迅曾说:"世界决不和我同死,希望是在于将来的。"[1]他没有说,而且也许并没有意识到,他的杂文将因它同这个世界和这个时代的特殊关系而属于未来。

五、杂文自觉的完成

《魏晋风度及文章与药及酒之关系》开始于"清峻""通脱"的

---

[1] 鲁迅,《鲁迅译著书目》,《三闲集》,《鲁迅全集》第4卷,第189页。

"乱世"文章,中经放浪形骸、命运多舛的魏晋名士和他们的药及酒,结束于晋末无聊抑郁的政治气氛和归隐田园的陶渊明。文章中谈到的几个代表性人物,除曹氏父子这样操生杀予夺大权的文章家外,大多是在极为严酷甚至残酷的环境下写作的文人,其生存、情感和思虑的常态是痛苦,是寂寞下的机智、无奈、苟且与玩世不恭的沉默。鲁迅向他的听众和读者指出,魏晋文章的清峻通脱,同时也是如履薄冰的步法和刀刃上的舞蹈,带着种种闪烁其词、曲折腾挪和"顾左右而言他"。换句话说,魏晋文章之于鲁迅的魅力和启示,并非仅仅来自一种表层的无忧无虑、天真烂漫的"华丽壮大";倒不如说更来自一种生存的严酷性和死亡的阴影,以及由此而来的体验的强度和表达的复杂性。行为和言论带来的危险,肉体死亡的威胁,极端压力下的苟活状态以及其中包含的伪装、表演性和曲折表达,才是1927年"清党"之后鲁迅文章"自觉"同它所发现的魏晋时代之间最亲密、最隐秘同时又最直接、最直露的关系。

在文学与政治的关系这个意料之中的主题之外,鲁迅这篇作品还另有一个一以贯之的主导动机,即魏晋文人对"礼教"的迂执和认真。这个主题乍一看有些令人意外,实际上却是鲁迅十分在意的。我们从中可窥探鲁迅对民国理念、国民革命及其社会文化理想的执念;也可以看到他对新文学本质和最高使命的坚信和不懈探索。这也暗示,仅仅在纯形式、常规、流俗或"建制"意义上从事新文学实践和理论建设的人,更不用说那些紧抱既有的条条框框、"传统"或"家法"的人,究其竟也可说对新文学的文学可能性和伟大前景并不较真,并不执着于深刻的信念和理想,因此在根本上不能说他们持有真正的文学抱负和严肃性。反倒是那些文坛上的叛逆者、颠覆者、改革家、实验派和前卫,在"破偶像"的姿态下,往往对文学的最高可能性持有一种虔诚的信念甚至迂阔的执着,为此不惜背了种种异端的名声,将自己时时置于逆境和险境,只因为他们才是将新文学及其内在活力和创造性"当作宝贝看待的"。

这种对白话文学实践和理论的严肃性、理想性及革命性的执念，对杂文而言更具特殊意味。在新文学文体实验与风格成熟的总的使命中，杂文无疑具有边缘和先锋的性质，因为它既在文字和形式上有最大程度的自由，但也在成规和习俗上最无可依靠，可谓"无险可守"；它既在中国文字、文章和文学的大小传统中源远流长，积累了极为丰富的经验、技巧和风格审美储备，同时因为它与自身历史境遇和时代氛围的亲密关系和"介入"倾向而最容易受伤和"碰壁"。更不用说，在"世界文学"（歌德）和"比较"的时代（尼采），杂文完全处在各种文学写作、阅读习惯与观念体系相互交织的信息场、舆论场里，随时面临着种种潮流和趣味对它自身文学本体论价值、意义甚至存在理由的质疑、挑剔和挑战。所以作为创作的杂文（即由极具鲁迅个人色彩的"写""写点什么""写下去""怎么写"所界定的写作或"文章"），必须在文学的边缘和极限地带，甚至在一个文学生产的"奇点"和"危机"处，不断为自己创造和开拓自我持存、自我激励、自我证明的可能性。这种有时看上去是日益远离"纯文学"核心范围、建制和习惯的写作，自然会令一般读者和作者（甚至包括鲁迅自己）不时产生"这还是不是文学"或"何以我的自己的生命就消耗在写这样的文字上面"的怀疑、迷茫和焦虑。但杂文的自觉正在于对自身宿命和使命的认识、理解和内在化；在于它如何把这种作为野草、地火、荒野上求生的呼喊、荆棘丛中筚路蓝缕的探索、新老战场和无物之阵中持续战斗的写作作为文学本身，甚至在质、量、强度和覆盖范围上视为写作的最高形态和形式结晶。

由此可以看到，鲁迅杂文的"自觉"同鲁迅杂文的风格意义和文学可能性空间之间有一种共生的、相辅相成的关系。相对于近代世界文学主要文体和文学生产样式，杂文的边缘甚至"叛逆"地位，恰恰说明了寄托于这种"小文学"或"次文学"（minor literature）实践中的伟大的文学记忆、文学标准、文学抱负和文学责任，因此透露出一种极端的严肃、认真乃至"迂阔"。从文学记忆的角度看，杂文可谓在一派欧风美雨中孤独地守护着白话文学同中国古代文学传统之间隐秘的传承关系，从而把其中的创造力、想象力和语言赋形、言志、表意和介入世事的能力继承、吸收并转化在新文学的肌体里。

这种记忆在世界文学范围里也同样弥足珍贵，比如在对中国新文学具有决定性影响的西洋文学传统中，无论是古典时代的修辞、雄辩传统，中世纪的忏悔、沉思传统（奥古斯丁、帕斯卡），还是文艺复兴以来的人本主义、理性主义的散文传统（蒙田被视为可以同但丁并列的欧洲早期近代文学的起源），都构成其总体成就和气象的源流。进入近世以来，18世纪法国启蒙文学传统（伏尔泰、狄德罗、卢梭、孟德斯鸠都是文章家）和19世纪"英国散文"或"英美散文"传统，虽然在总体上没有小说、诗歌、戏剧那样的广泛影响，但在具有一定文学教养的读者当中，依然是一个广泛而重要的、不可或缺的参照系和灵感来源。就"共时性"文学影响而言，鲁迅（以及周作人）对"东洋"或日本文学的介绍虽然包括各种文体类型，但对于同时代日本散文的译介可谓特别留意且用心（周作人还把这种努力扩展到日本早期近代的散文创作）。如果说对同时代日本小说创作的翻译或多或少带有"偷火""拿来"等技巧借鉴的含义，那么散文或"文章"的翻译反倒往往是更"非功利"因而也更具有"纯文学"意味的；也就是说，它更是一个写作者同另一个写作者之间单纯的"文字之交"，带有更为直接和纯粹的在文字、经验、技巧和感受上的欣赏和同情的理解。

某种意义上，周氏兄弟在新文学史上的重要地位，同他们把散文（杂文和小品文）作为写作的主要样式，以及通过明确的文学史"源流"意识而同中国古代散文传统建立起来的亲密、深刻同时又是批判性的、高度选择性的承袭关系是密切相关的。这种关系在精神气质、文字质地、审美风格和文学内在伦理上，都使周氏兄弟得以稳定地在一个远高于新文学初创期的平均水准线上写作；使他们能够在桀骜不驯、叛逆、峻急、自信和狂傲不羁的风格面貌中，同时保持着一种给读者以信心和提升感的趣味、修养、技艺、眼界和经验上的"余裕"、从容与挥洒自如。也就是说，他们都能够在一种生存政治和意识形态倾向性的极端状态下保持一种风格与审美的自律和自由；能够在同无情的外界推挤、"战斗"或被压缩到"苟全性命于乱世"的状态中，同时"全神贯注"地——也就是说，游戏性地、沉浸在文学世界内部且仅仅服从于文章法则地——从事一种自觉而忘我、复杂而纯净的写作。在白话文学的头两个十年，就中国社会、经济、政治和文化生产场域的一般条件而言，这种写作状态和文学生产样式，对于小说、诗歌、戏剧创作而言，仍然是可望而不可即的；更准确地说，在后几种文学样式中，"传统"和"源流"的资源是更难以被充分吸收并内在化，从而成为新文学写作的当下性、文学本体论属性和作者自觉的构成性因素的。

　　作为一篇杂文体演讲和历史讽喻作品，《魏晋风度及文章与药及酒之关系》是鲁迅在大时代、大事件带来的震惊之余重整自我意识、明确文章谱系和精神谱系的仪式性、表演性创作。作为文章，它带有故作隐晦实则露骨的评点世事、借古讽今的政治指向，表现出独立而桀骜不驯的个人站位和写作风格上的"壕堑战"姿态与准备。通过这样一种调整和再集结动作，鲁迅为自己在严酷政治环境下打开了一个写作的历史纵深和一个可供个人风格自由驰骋的象征空间。在这样的文学空间里，文体自觉和作者意识越是融会贯通，写作越是在语言个性和审美自律性中臻于极致，它就越能有效地同社会政治环境相持，并在这种对峙状态中辩证地成为历史与时代的最清晰、最令人难忘的"眉目"。从《华盖集·题记》所表达的挣扎与搏斗的主观性，到《而已集》最后的历史讽喻和历史叙事的对象化写作，鲁迅"杂文的自觉"至此走过了一切伟大风格都必须经历的对象化和去个人化过程。这个过程一方面要求作者无条件地拥抱一个敌意的现实并被它拥抱，另一方面也在这种几乎令人窒息、时时给人带来烦恼和痛苦的关系之中，将作者意识和风格自觉提升到一个足以同历史环境——特别是其政治和意识形态环境——相抗衡的强大的自给自足状态。这种状态一方面体现为鲁迅在情感、思想、道德和历史认识范畴所保持的独立性和内心自由；另一方面，则寄居和外化于自觉的杂文的语言品格和审美自律性。这种在历史意识与审美意识、政治敏感与风格形式自觉之关系上的独特的、个性化的、带有高度文人自觉的结构性张力，在鲁迅"清党"后的写作中已经埋入和沁入杂文的肌理。

《魏晋风度及文章与药及酒之关系》可以被视为《而已集》和"'而已'而已"状态的隐喻高点、情感寄托和理论总结。在为《华盖集》《华盖集续编》所记录的1925—1926年的"挤"和《三闲集》及其后几个杂文集所展示的"剿"这两个人生和写作的战场之间，《而已集》标示出一个幽暗、虚无、犹豫、隐晦和迷茫的"最低点"；同时也是一个存在和文学风格的转折点。如果说未来十年鲁迅杂文黄金时代的万千气象生于"一"，即杂文的风格自觉；那么这个"一"则生于"有"，即鲁迅杂文"存在的政治"及其文章写作法；而这个"有"最终却是生于"无"。这个"无"正是在"'而已'而已"的恐惧、沉默、抑郁、愤懑、叹息和抵抗中被语言所结构和显示出来的。这种"退居"内心世界的意识运动既是一种生存意义上的失败和抑郁，同时又是一种文人自我意识的强化、形式化和本体论确证。它让鲁迅从前期白话革命、思想革命、伦理风俗革命和社会革命的"外化"阶段返诸自身，在生存状况和社会空间极端的挤压和限制之下，通过魏晋风度和魏晋文章的历史先例而获得一种象征性的自由。

"杂文的自觉"是鲁迅文学生产总体中一个承上启下的转折和过渡，同时也是哲学意义上的"事件"、传记和文学史意义上的阶段、文学本体论意义上的状态，以及文体风格学意义上的样式。在作者自觉和文体自觉的双重意义上，这是鲁迅杂文的真正起源。作为风格源头和内在于这种写作样式的"问题性"构造，"杂文的自觉"自身又包含了两个文学现象学和文学发生学步骤或环节：一是《华盖集》及《华盖集续编》所记录的"存在的政治"以及为这种存在政治所支配的形式空间和审美实质，它的风格决定性特征是杂文语言美学与文章形式同生存境遇及其政治强度之间的直接、具体、总体性的相互穿透和相互灌注，其结果是内容上的"执滞于小事"和审美的充分政治化（"表面美学"或内容／形式、政治／审美关系的"内转外"）。二是《而已集》构建起来的情绪、情感、思绪、内省和写作策略，通过作者个人经验和文章写作法的"回到自身"——回到内心、回到沉默、回到古典文学的先例和典范、回到个人与历史和现实政治之间的对立和不信任关系——而在杂文及其时代之间打入了一个观察、反思、讽刺、批判的距离，一种文学风格形式内部复杂性、内在性与语言表达自由的楔子。其结果是，相对于所处的时代环境，鲁迅杂文确立了自身作为观照者、批判者，以及意义与形象的塑造者的决定性位置。

这个"回到自身"的内向运动对自身的历史纵深、形式复杂性和存在的政治性的又一次确认，都将在即将到来的鲁迅杂文的"上海时期"得到充分的"外化"：一种淋漓尽致、挥洒自如，甚至每每是挑衅的、炫技的表现。针对日益堕落为专制政体的"南京时期"的民国，在新文化"第二个十年"繁荣与凋零、生机与杀机并存的"荒原"和"旧战场"上，"自觉的杂文"无疑具备一种无与伦比的历史经验储备、文字和文章学技巧，以及风格策略与战略上的能力、优势和特权。这一切使它成为一种最终胜出的文体和文学生产模式；这种胜出不仅是相对于处在同一文学社会学空间和历史现场的其他文体和文学生产模式而言，也是相对于与杂文相对峙和对抗的时代而言。相较于小说、抒情诗、戏剧、批评等其他文章样式，鲁迅杂文更能够把自身的历史条件和历史局限转化和"再现"为一个"杂文的时代"：它既是一个以杂文为最佳观察角度和透视法则的时代，也是一个在杂文中被孕育成熟、被赋予意义和形象的时代；最后它还不可避免地通过附着在鲁迅杂文语言、句法、意象、戏剧性和叙事结构上而超越具体历史时代的境遇和挑战，作为一种稳定而耐久的思想孵化器和磨刀石，延续、渗透到永恒的当下和"此刻"，成为一种比单纯的历史叙述更富于哲理的诗的例证。

以《魏晋风度及文章与药及酒之关系》一文为标志，鲁迅文章风格和作者意识的明确化，带来杂文写作同外部社会环境之间关系的深刻转变。经历了女师大风潮中短暂的社会批判和文明批评的"介入"姿态（这本身又是白话革命高潮期的"启蒙"和"思想革命"兴趣的再现），鲁迅又一次回归作者身份，回到自己青年时代用文学救治民族精神病痛与创伤、移风俗、陶冶性情以达"立人"之目的的内心初衷。这个"弯子"或曲折本身并不是简单的重复或腾挪，而是自带一段具体、实在的经验与教训，丰富了鲁迅最为内在的文学观和作者意识，使之具备了新的复杂性、政治性和独特的审美强度。而所有这些失去与收获、遗憾与决绝、妥协与进击、整理与创造，都在杂文和"杂文的自觉"维度上体现为一种决定性的增长，结晶为鲁迅文学的特殊质地。

第十六章　文艺与政治的歧途

"清党"后鲁迅刻意滞留广州,其实也是一种"不得已",虽有大吃水果鱼肝油、偶尔外出演讲"出出风头"的得意之举,但下一步去哪里的问题不可能不时时在心头盘旋。一直到6月,鲁迅都举棋不定,在"也许回北京去"和继续"漂流漂流,可恶一通"[1]间摇摆。但在"魏晋演讲"前后,鲁迅决定先去上海看看再说,只因香港海员罢工、没有船期而处于等待状态。[2]

以"魏晋演讲"为分水岭,鲁迅此后收入《而已集》(以及部分收入《三闲集》)的文字出现了明显的变化。我们可以从三个方面看这些"恐怖之后"的文字:首先,时评类的议论和杂感多起来,语风也日益尖锐泼辣,似乎鲁迅杂文此时"恢复"到"清党"前的常态。但事实上,无论怎么往前看,都找不到所谓常态杂文的标准模板,因为无论《华盖集》、《热风》还是《坟》里面的议论文,都是写作风格的特例;换句话说,它们都分别处在各个危机关头,也都与其时特殊的环境、

---

[1] 鲁迅,《270612致章廷谦》,《鲁迅全集》第12卷,第38页。
[2] 鲁迅在1927年7月28日致川岛(章廷谦)的信中已经提到要去上海,但此时也在犹豫是否去北京。8月2日致江绍原信中提到:"我正在慢慢准备启行,但太古船员正罢工,不知本月中能解决否,若坐邮船,则行李太多,很不便也。"同月8日致川岛信中也提到:"我本决于月底走了,房子已回复,而招商无船,太古公司又罢工,从香港转,则行李太多,很不便,所以至此刻止,还未决定怎么办。"见鲁迅,《270728致章廷谦》,《270802致章廷谦》,《270808致章廷谦》,《鲁迅全集》第12卷,第56、59—60、61—62页。

背景和作者心境及状态密不可分。因此，那些读起来给人以似曾相识甚至亲切感的杂文，有些是鲁迅此前议论和"杂感"的回响或呼应，有些则或不如说是即将到来的"上海时期"写作的先声。其次，出现了以《怎么写（夜记之一）》这样相对系统的杂文写作经验的方法论反思。这也是"杂文的自觉"进入成熟和完形期的外在标志之一。最后，作于12月下旬的《谈所谓"大内档案"》，则以一种沉稳老练、游刃有余的"过来人"的见识、语调、精辟和生动性，把贯穿整个"过渡期"的"文体混合"带入无懈可击的杂文叙事和历史再现。这篇杰作一边为起伏跌宕的1927年画上了完美的句号，另一边也为"上海十年"中更开阔纷繁的现实表现和历史讽喻预先做了一个方法示范。

一、"革命时代"之后的"文学革命"

鲁迅在《答有恒先生》（作于1927年9月4日）中说自己"也许从此不再有什么话要说"，但留下"恐怖一去，来的是什么呢"的疑问。不过，即便在一个置人于险境甚至死地的时代，不说话或无话可说与"写还是不写"依然是两个不同的问题。鲁迅接着写道："但我也在救助我自己，还是老法子：一是麻痹，二是忘却。一面挣扎着，还想从以后淡下去的'淡淡的血痕中'看见一点东西，誊在纸片上。"[1] 这无疑是平实的夫子自道，因为它说出了鲁迅"抄古碑"时期以来一以贯之的生存之道（一麻痹二忘却三挣扎的"老法子"）；同时，它也无意间道出了"第二次诞生"以来的新的自觉和新的方法，即"看见一点东西，誊在纸片上"的杂文自觉和杂文方法。

"看见一点东西，誊在纸片上"作为方法，同卢卡奇在理论和哲学层面充分展开并给予高度评价的欧洲写实主义方法，适成一种极端的

---

[1] 鲁迅，《答有恒先生》，《而已集》，《鲁迅全集》第3卷，第477—478页。

对比。相对于经典写实主义作家（如巴尔扎克、狄更斯或托尔斯泰）对他们所身处的坚实而具体的经济现实、发达而紧密的社会关系的整体经验和深刻把握，相对于他们擅长的环境描写和细节描绘，杂文家对于自己的历史现实似乎只有（或只能有）"看见一点东西"这样零星、琐碎、孤立和惨淡的体验和观察。相对于19世纪欧洲写实主义长篇小说里那些身处社会关系网中枢点和阶级等级交叠处的主人公形象，以及那种紧凑、尖锐、符合现实事物和历史运动内在逻辑的情节安排和戏剧冲突（它们本身已经构成了对事物意义和价值的判断和取舍，体现出对历史矛盾的深刻把握），20世纪初叶中国新文学的杂文创作似乎只能在革命-反动-再革命-再反动的"鬼打墙"般的历史诅咒中匆匆记下一些片段，因此无论在内容上还是在形式上，都处于一种无可比拟的劣势和草创阶段。

但20世纪现代主义诗学却在理论上决定性地扭转了这种基于写实主义伟大传统的认识偏见和审美偏见。本雅明在给肖勒姆的一封信里曾这样形容危机时代的写作情景："在海上遭遇沉船时，人会在沉船的残骸上继续挣扎，他会努力爬上已经倾倒的桅杆之巅，因为在那里还有机会发出一个紧急求救信号。"[1] 这种由现代生存危机以及求生存的斗争而带来的紧张感和急迫感，在艺术和经验领域带来了超越19世纪小说体裁所要求的"内容"与"形式"辩证运动的可能性。在20世纪初的中国，鲁迅文学正是那种一边在沉船之际挣扎着爬上桅杆的高处，一边向远方发出求救信号的写作，而杂文则是这种文学生产方式及其道德与审美辩护的实质与手法。本雅明把卡夫卡的写作视为属于希望

---

[1] 本雅明1931年4月17日致肖勒姆信："Someone who has been shipwrecked, who carries on while drifting on the wreckage, by climbing to the peak of the mast that is already crumbling. But he has a chance of sending out an SOS from up there." *The Correspondence of Walter Benjamin*, edited by Gershom Scholem and Theodor W. Adorno; translated by Manfred R. Jacobson & Evelyn M. Jacobson, University of Chicago Press, 1994, p. 378。

范畴的不朽的文学,并借用卡夫卡自己的话,指出这种无限的希望只不过属于他人,而不是写作者自己。[1]这里的原因在于——也可以用鲁迅"希望的乌托邦"的语言来表明——"绝望之为虚妄,正与希望相同"。[2]用本雅明的批评语言讲,这就是卡夫卡愿将他写作的"内容"或"意义"统统牺牲掉,用来换取他作品的单纯的"可传达性"或可交流性,而后者正是现代主义形式美学的核心秘密。[3]本雅明在波德莱尔身上看到这种现代主义写作的历史原型、心理原型和审美原型:这就是现代大城市通过技术、大众、商品和社会革命的持续不断的震惊而施加于现代人的经验的崩溃和心理防护机制的垮塌。现代主义作为一种真实的历史文化风格,起源于这种经验(Erfahrung)的四散,起源于传统、信仰、意义瓦解后的深渊"体验"(Erlebnis),最终起源于现代主义诗学以"经验"(传统、知识、训练、规范等)为代价,用新的语言和形式技巧去交换、寻求、捕捉和传达赤裸裸的、直接而粗粝的"体验"的形式实验和形式突破。[4]这种深刻的文学本体论和文学形式技巧变革,在中国新文学发展最初两个十年中的对应物,就是"杂文的自觉"。但在经历了1927年梦醒广州之后,鲁迅必须在一个新的历史判断和时代判断的基础之上,同时在重新认识文艺与政治的关系以及文艺家或"知识阶级"主体能动性及其局限性的基础上,反思自己的写作立场、写作伦理和写作方法。

经历了1927年的外部震荡和意识内敛,"杂文的自觉"此时从"'而已'而已"的欲言又止、翻译语言操练和上溯到"魏晋风度"的

---

[1] 本雅明,《弗朗茨·卡夫卡》,《启迪》,第124—125页。
[2] 参见本书第五章关于鲁迅散文诗作品《希望》的分析。"绝望之为虚妄,正与希望相同"是鲁迅在文中引用的裴多菲的诗句。
[3] 本雅明,《论卡夫卡》,《启迪》,第153—154页。
[4] 本雅明,《论波德莱尔的几个母题》第三节、第十二节,《启迪》,第172—175、211—214页。

历史迂回中转过身来，再度审视和议论这个世界。鲁迅9月底离开广州，10月初抵达上海，伴随这次试探性迁徙的是这样一个试探性的外向动作：它既是对环境的一次探测和命名，也是对自身站位和伦理立场的再确认。在到达上海后不久发出的一封信里，鲁迅说"这里的情形，我觉得比广州有趣一点，因为各式的人物较多，刊物也有各种，不像广州那么单调"，并说"等许多朋友都见过了，周围清静一些之后，再看情形，倘可以用功，我仍想读书和作文章"。[1]几天后在上海劳动大学《关于知识阶级》演讲的开头，鲁迅说"这回来上海并无什么意义，只是跑来跑去偶然到上海就是了"。11月中旬，鲁迅在给友人的信里仍称"到沪以来，就玩至现在，其间又有演讲之类，颇以为苦"[2]，"文章也做不出来……我想译点书糊口，但现在还未决定译那一种"[3]；但提到居住环境有所改善，"独据一间楼，比砖塔胡同时好得多，因广东薪水，尚未用完也"[4]。这种暂居异地、生计无着的状态，到接近年底时受蔡元培聘请，出任国民政府大学院第一批特约著作员，有了一份固定薪水后才告一段落。[5]但这种不确定性和尚未进入角色与位置的状态，客观上为鲁迅回顾和整理1927年来的经历和感受，提供了一种便利。

《在钟楼上（夜记之二）》发表于1927年12月17日的《语丝》，没有注明写作日期，但应该作于11月作者自称"毫无成绩"的那段时间，其中鲁迅对自己的"广州时期"给出了一个明确的总结：

---

[1] 鲁迅，《271021致廖立峨》，《鲁迅全集》第12卷，第82页。
[2] 鲁迅，《271107致章廷谦》，《鲁迅全集》第12卷，第85页。
[3] 鲁迅，《271118致翟永坤》，《鲁迅全集》第12卷，第89—90页。
[4] 鲁迅，《201107致章廷谦》，《鲁迅全集》第12卷，第86页。
[5] 据蔡元培回忆，大学院特约著作员为特设职位，聘请当时国内在学术上有贡献而无固定职业的人士出任，"听其自由著作，每月酌送补助费"。鲁迅在当日日记中记有"晚收大学院聘书并本月份薪水泉三百"。1931年12月，时任行政院长的蒋介石兼理大学院院务，鲁迅即被裁撤。见《鲁迅年谱》第3卷，第25页。

> 其实是,那时我于广州无爱憎,因而也就无欣戚,无褒贬。我抱着梦幻而来,一遇实际,便被从梦境放逐了,不过剩下些索漠。我觉得广州究竟是中国的一部分,虽然奇异的花果,特别的语言,可以淆乱游子的耳目,但实际是和我所走过的别处都差不多的。倘说中国是一幅画出的不类人间的图,则各省的图样实无不同,差异的只在所用的颜色。[1]

这样的总结自然不仅仅是针对一个曾经的居住地,而是对整个社会政治变化和本质,以及个人情感、思想历程的总结。"抱着梦幻而来"和"一遇实际,便被从梦境放逐了",正是"清党"前后两种状态的准确描述。"梦幻"和"梦境"并不指单纯文艺意义上的心理、幻想或潜意识,而是被现实唤起又被现实击碎的社会政治理想。因此,"从梦境放逐"并非"失乐园"或"天真年代"的终结,也不同于五四时期所谓"梦醒后无路可走"的个人痛苦,而是假象消散后再次面对中国社会现实赤裸裸的本质和"实际"后的形势判断和政治判断。鲁迅接着写道:

> 前几年在北方,常常看见迫压党人,看见捕杀青年,到那里可都看不见了。后来才悟到这不过是"奉旨革命"的现象,然而在梦中时是委实有些舒服的。假使我早做了《在钟楼上》,文字也许不如此。无奈已经到了现在,又经过目睹"打倒反革命"的事实,纯然的那时的心情,实在无从追蹑了。[2]

这段话清楚表明,鲁迅南下广州时,政治认同和政治理想曾扮演了什么样的角色;在初到广州的几个月里,置身于革命大后方又曾带给他

---

[1] 鲁迅,《在钟楼上(夜记之二)》,《三闲集》,《鲁迅全集》第4卷,第33页。
[2] 同上书,第37页。

怎样的个人愉悦和工作热情。当广州从革命的策源地一变而为"意中而且意外的血的游戏"[1]的策源地,"革命时代"和"革命文学"的定义也随之改变。鲁迅对此种被误认为革命文学的"革命文学"的定义也是毫不含糊的:"一是在一方的指挥刀的掩护之下,斥骂他的敌手的;一是纸面上写着许多'打,打','杀,杀',或'血,血'的。"他指出这种所谓"革命文学"不过是"从指挥刀下骂出去,从裁判席上骂下去,从官营的报上骂开去",虽"真是伟哉一世之雄",但"妙在被骂者不敢开口",所以"实在是最痛快而安全的事"。[2]

在1927年中国社会政治剧变和"从梦境放逐"的震惊和个人经验中,鲁迅偏挑出"然而在梦中时是委实有些舒服的"和"奉旨革命"这两件事来讨论,本身是颇值得玩味的。前者符合鲁迅一贯的解剖自己时更加苛刻的风格,但同时,作为杂文的修辞和表现,这种几乎令叙事者感到羞愧的曾经的"有些舒服",以及"被从梦境放逐"后的"索漠",却牢牢地把社会政治观察和历史反思锁定在文学或"文艺"范畴;也就是说,它是个人的、感性的、情绪化的,同时也是经过心理和审美的中介和"升华"的。与此相对,"奉旨革命"则是一种漫画式的客观描写,即《小杂感》里所谓"革命的被杀于反革命的。反革命的被杀于革命的。不革命的或当作革命的而被杀于反革命的,或当作反革命的而被杀于革命的,或并不当作什么而被杀于革命的或反革命的。革命,革革命,革革革命,革革……"[3],这种"恐怕有一天总要不准穿破布衫,否则便是共产党"的讽刺性描写,虽然有政治上的尖锐性,关涉政治判断和历史判断的实质,但就认识方式、表述方式和道德情感方式而言,同样是文艺的而非政治的。鲁迅把这种"革

---

[1] 鲁迅,《尘影·题辞》,《而已集》,《鲁迅全集》第3卷,第571页。
[2] 鲁迅,《革命文学》,《而已集》,《鲁迅全集》第3卷,第567页。
[3] 鲁迅,《小杂感》,《而已集》,《鲁迅全集》第3卷,第556页。

命文学"概括为"文学并非对于强暴者的革命,而是对于失败者的革命",也就是《答有恒先生》所说的"我曾经叹息中国没有敢'抚哭叛徒的吊客'"[1]。这句自我引征的出处是《华盖集·这个与那个》(作于 1925 年 12 月 20 日):"所以中国一向就少有失败的英雄,少有韧性的反抗,少有敢单身鏖战的武人,少有敢抚哭叛徒的吊客;见胜兆则纷纷聚集,见败兆则纷纷逃亡。"[2]这样的观察同样也是文学而非政治性的,它的聚焦点是人,从个人发散至个人与时代、个人与群体、文艺家和知识阶级与政治家及统治者。同鲁迅早期的"立人"话语相比,这种人的理论虽然仍采取感性的表达方式,但实质上已不是泛泛的文化主义群体性格论或大众心理学诊断,而是基于历史变动和社会差异带来的结构性冲突与矛盾的客观分析了。相对于 1927 年头几个月初到广州时的乐观看法,鲁迅在 1927 年年底提出了一些实质性的修正。

最明显的一点,是鲁迅事实上否定了早先作为立论和分析前提的"革命文学"或"革命时代的文学"的概念框架。鲁迅此时的看法已不仅仅是革命时代并不一定产生或并不有利于产生革命文学(即黄埔军校《革命时代的文学》演讲中的看法),而是说"革命文学"在根本上是一个伪概念。鲁迅承认有革命,有革命时代,有革命人;也承认有文学,有革命人的文学,有文学革命。它们都是要么实际上已经出现,要么还没有出现的事物;它们要么在那里,要么不在那里。但唯独"革命文学"是被主观臆想出来的东西,在现实里,至少在中国现实里是没有的。在《文艺与政治的歧途》这篇演讲中(1927 年 12 月 21 日在上海暨南大学)鲁迅说:

---

[1] 鲁迅,《答有恒先生》,《而已集》,《鲁迅全集》第 3 卷,第 476 页。
[2] 鲁迅,《这个与那个》,《华盖集》,《鲁迅全集》第 3 卷,第 152—153 页。

> 我在广东,曾经批评一个革命文学家——现在的广东,是非革命文学不能算做文学的,是非"打打打,杀杀杀,革革革,命命命",不能算做革命文学的——我以为革命并不能和文学连在一块儿,虽然文学中也有文学革命。但做文学的人总得闲定一点,正在革命中,那有功夫做文学。[1]

接着又说:

> 革命时候也是一样;正在革命,那有功夫做诗?我有几个学生,在打陈炯明时候,他们都在战场;我读了他们的来信,只见他们的字与词一封一封生疏下去。俄国革命以后,拿了面包票排了队一排一排去领面包;这时,国家既不管你什么文学家艺术家雕刻家;大家连想面包都来不及,那有功夫去想文学?等到有了文学,革命早成功了。革命成功以后,闲空了一点;有人恭维革命,有人颂扬革命,这已不是革命文学。他们恭维革命颂扬革命,就是颂扬有权力者,和革命有什么关系?[2]

在鲁迅看来,革命的本真性和文学的本真性都无法推导出革命文学的本真性,因为在历史中的革命和文学中的革命文学之间,首先夹杂着一个文艺与政治的"歧途",其次还存在一个革命人及其文学存在方式的伦理挑战和美学挑战。关于后一个问题,鲁迅在《革命文学》中说,"从喷泉里出来的都是水,从血管里出来的都是血","革命人"写出来的才可能是"革命文学"(这与4月间黄埔演讲的观点一致);"但'革命人'就希有"。[3]鲁迅用他爱举的叶赛宁等人的例子,说明俄国虽有

---

[1] 鲁迅,《文艺与政治的歧途》,《集外集》,《鲁迅全集》第7卷,第119页。
[2] 同上书,第119—120页。
[3] 鲁迅,《革命文学》,《而已集》,《鲁迅全集》第3卷,第568页。

实实在在的革命,但并不是在其中人人都能做革命文学家;另一方面又用1927年广州的例子,来说明"革命文学家风起云涌的所在,其实是并没有革命的",当然也就更没有"革命文学"——有的只不过是革命人和文学双重缺失下的"奉旨革命"和"打打打,杀杀杀,革革革,命命命"。这个问题相对简单,但终将回到一个更为复杂的问题,即创作家如何通过内在于文学本体论的认识方式和表现方式,以不断的"文学革命"的方式为"革命文学"提供真实而持久的能量和动力。我们暂且把这个问题放一放,先来看看鲁迅如何讨论文艺与政治的关系。这是1927年底鲁迅在"革命时代的文学"问题上的突破口。

鲁迅并没有在一个封闭的、全然当下的语境里看这个问题,而是在一个历史脉络和世界范围里看待文艺与政治的关系。这个历史脉络在《魏晋风度及文章与药及酒之关系》一文中已埋下了寓言的伏笔,但在近代世界史和世界文艺的参照系中,它才变得具体、积极起来。在《文艺与政治的歧途》演讲中鲁迅说:

> 十九世纪以后的文艺,和十八世纪以前的文艺大不相同。十八世纪的英国小说,它的目的就在供给太太小姐们的消遣,所讲的都是愉快风趣的话。十九世纪的后半世纪,完全变成和人生问题发生密切关系。我们看了,总觉得十二分的不舒服,可是我们还得气也不透地看下去。这因为以前的文艺,好像写别一个社会,我们只要鉴赏;现在的文艺,就在写我们自己的社会,连我们自己也写进去;在小说里可以发见社会,也可以发见我们自己;以前的文艺,如隔岸观火,没有什么切身关系;现在的文艺,连自己也烧在这里面,自己一定深深感觉到;一到自己感觉到,一定要参加到社会去![1]

---

[1] 鲁迅,《文艺与政治的歧途》,《集外集》,《鲁迅全集》第7卷,第120页。

接着又说：

> 十九世纪，可以说是一个革命的时代；所谓革命，那不安于现在，不满意于现状的都是。文艺催促旧的渐渐消灭的也是革命（旧的消灭，新的才能产生），而文学家的命运并不因自己参加过革命而有一样改变，还是处处碰钉子。[1]

鲁迅在此谈论的是世界范围内的"革命文学"，其历史实质是近代市民阶级反抗中世纪特权及其价值和趣味，是资本主义工商业带来的激烈社会变动在包括文学在内的上层建筑领域所引发的深刻变革与持续创新。这种发生在经济基础领域的普遍性历史运动及其产生的历史经验和文化愿景，必然触及所有人，把他们统统带入世界历史的新现实和新的冲突与矛盾中去，让他们面临要么改变要么灭亡的选择，并在这种生死选择和生死搏斗中重新塑造自己的价值观、世界观、道德情感结构和身份认同。这就是鲁迅所谓的"我们看了，总觉得十二分的不舒服，可是我们还得气也不透地看下去"的原因。它事实上也为鲁迅自己的人生轨迹和文学道路提供了一种最为简略和概括的解释。然而，革命在社会领域带来的"旧的消灭，新的才能产生"虽然在文艺中得到反映和表现，但这种反映和表现是以文艺自身的方式、节奏、感性外观和主观性内在性达成的。鲁迅并不迷信"为艺术而艺术"，对种种关于艺术家伟大个人或创造性天才的神话也不以为然，但他相当深入地洞察了文艺与政治、知识阶级与历史行动之间的结构性矛盾或命运冲突，即"文学家的命运并不因自己参加过革命而有一样改变，还是处处碰钉子"。在《文艺与政治的歧途》中，鲁迅对这种处处碰钉子的命运给予了一再的强调：

---

[1] 鲁迅，《文艺与政治的歧途》，《集外集》，《鲁迅全集》第7卷，第121页。

> 在革命的时候,文学家都在做一个梦,以为革命成功将有怎样怎样一个世界;革命以后,他看看现实全不是那么一回事,于是他又要吃苦了。照他们这样叫,啼,哭都不成功;向前不成功,向后也不成功,理想和现实不一致,这是注定的运命。[1]

最后干脆说:

> 所以以革命文学自命的,一定不是革命文学,世间那有满意现状的革命文学?除了吃麻醉药![2]

这个结论,既表现出鲁迅对"清党"后广州和其他地方上演的种种跟着指挥刀转、空喊口号或杀向"失败者"的"革命文学"的反感和不屑,也是对自己之前在舒服的梦境里忘却了历史,忘却了文艺与现实、文艺与政治的关系而做的反思和自我解剖。因理想而投入,因投入而在现实中碰钉子,因碰钉子而梦醒,因梦醒而对现实和历史做更犀利无情的观察和批判,同时对自己的内心状态、认识能力提出更高的要求,这样的循环往复贯穿鲁迅一生;而在人生的中途和"杂文的自觉"这个关头,新一轮的循环则通过一系列个人的、家庭的、朋友间的和社会政治的变故和事件,达到一个前所未有的激烈、彻底和系统的程度。这是鲁迅文学"第二次诞生"的意识现象学,也是与杂文风格自觉一同出现、彼此相辅相成的认识论转向。8月初的"魏晋演讲"是这个认识论转向的历史寓言版;初到上海后的一系列文章和演讲,则是这种意识和判断的进一步"理论化"。它与其说是鲁迅的"觉今是而昨非",不如说是他一贯价值和道德情感立场的更为清晰尖锐、更历史

---

[1] 鲁迅,《文艺与政治的歧途》,《集外集》,《鲁迅全集》第7卷,第121页。
[2] 同上。

化系统化的表述。

前面提到,在鲁迅的词汇和概念表中,与"革命文学"这种假象和伪概念不同的,是革命时代、革命人、革命人的文学和文学革命这样实在的、积极的东西,它们都是现实社会的产物,是历史变革矛盾和斗争的结果和真实反映。它们要么在那里,要么不在那里,但它们是否事实存在于此时此地,并不影响其作为客观范畴的实在性和具体性,因为它们都来自真实的为人生的斗争,即便也可以走入幻灭和失败,却是真实的、轰轰烈烈的,因此是生命的自我肯定,即鲁迅愿意推荐给青年人的那种"活人"的行动和言论(包括"活人的颓唐和厌世"[1])。因此也可以说,鲁迅并不一概排斥革命文学,比如他认为欧洲19世纪以来写实的、批判的、"为人生"的文学本质上正是广义的革命文学;他也在真正的革命和作为历史事实的革命社会和革命人的前提下,对苏联文学保留了革命文学的可能性期待,前提是,那是革命人真实经验的真实表达,即具体实在的革命性历史内容的个人的、符合文艺创作规律的表达。

毫无疑问,在这种真实性与非真实性的辨析中,最为关键的环节或链接点是"革命人",有了革命人,方有革命时代的经验真实、历史真实和情感真实;有了革命人,才谈得上革命在文学中的存在与呈现。在这个关键点上,鲁迅将自己在黄埔演讲中表达的立场和看法向前推进了一步。对于前一个问题,鲁迅此时摆脱了泛泛的、不时流于空洞的"革命时代"的观念框架,转而在"文艺与政治的关系"和"知识阶级"这样具体的、结构性的社会范畴内予以考察和分析。对于后一个问题,鲁迅此时也有了更为清晰的理解和表述,这就是:革命人在文学中存在和呈现的方式不是"革命文学",而是"文学革命";不是应景的、模式化的听将令或宣传口号,而是革命人自己在文学中的理

---

[1] 鲁迅,《青年必读书》,《华盖集》,《鲁迅全集》第3卷,第12页。

想信念、持续行动和否定性创造。

在现有的文学史书写和教学模式中,"文学革命"是一个专有名词,特指五四－新文化运动期间的文学运动,是一个被划定的历史阶段,包括其间的白话文运动、短篇小说的兴起、文学社团的创办等;"从文学革命到革命文学"则成为20年代文学史的一种固定叙事。但我们细察鲁迅1927年对"革命文学"的思考和再思考、表述和再表述,会发现作者对"革命文学"所做的历史界定和概念界定,在事实上否定了它在其时中国社会和中国文坛出现的可能性和真实性的同时,为"革命"和"文学"之间更为本质和内在的关系保留了一种主观能动性和形式创造空间。后者就是留存于鲁迅的观念和实践之中的"文学革命"概念,它是针对社会革命和政治革命中的反复、停滞、倒退、遗忘和背叛而提出的,限定于文学和文化领域内部,却始终保持介入社会的"不断革命"理想,也是在文学本体论内部抵抗异化(同时又保持将自我意识外化、对象化和客观化的勇气)、化虚无为实在(同时又不断将实在颠覆或焚毁于虚无)的激进运动。这使得鲁迅文学本身的存在形态像一个围绕着隐藏的"文学革命"轴心高速旋转的陀螺,它因自身内部在内容和形式双重意义上的不断革命而保持着革命性和激进性的能量,但这种自我否定和形式创新意义上的高速旋转,却同时带给鲁迅文学整体一种恒定性和从外部看去"一成不变"的自我指向。就价值系统、世界观、审美趣味和风格复杂性等方面而言,鲁迅文学相对于整个新文学历史发展,事实上带有一种意味深长的稳定性:它同时走在时代的前面和后面,处于它的上方和深层;它同时既在这里,又在别处,既同时代纠缠在一起,又超越了这个时代。因此这个"文学革命"并不能等同于文学史上通用的概念,而是应该作为鲁迅文学的本质和原理,在引号中使用。它在1927年出现的时候,仍然大体指向一个抽象的、一般性的观察(以俄国－苏联"革命文学"作为一个基本参照框架也说明了这一点),虽然它本身作为一种文学表述,作为"杂文的自觉"的一部分,也表现出鲁迅写作风格的内在气质和质地。在"上海十年"期间,当鲁迅置身于文坛、文化政治内部的"新旧"和"左右"冲突时,这个"文学革命"(而非"革命文学")概念就会显示出它内在的价值和意义。

事实上,鲁迅对这个关键的"人"的问题的表述,在他就"革命文学"或"文艺与政治的歧途"所做的修正性思考之前已经存在。在《关于知识阶级》这篇演讲里,他从"知识阶级不可免避的运命"这个切入点,进入关于革命人和文学革命问题的讨论。鲁迅一上来先声明自己"不是站在引导者的地位",因为"我自己走路都走不清楚,如何能引导诸君?",接下来鲁迅说:"在革命时代是注重实行的,动的;思想还在其次,直白地说:或者倒有害。至少我个人的意见如此的。"在这两个前提下,鲁迅接下去讲道:

>……譬如中国人,凡是做文章,总说"有利然而又有弊",这最足以代表知识阶级的思想。其实无论什么都是有弊的,就是吃饭也是有弊的,它能滋养我们这方面是有利的;但是一方面使我们消化器官疲乏,那就不好而有弊了。假使做事要面面顾到,那就什么事都不能做了。
>
>还有,知识阶级对于别人的行动,往往以为这样也不好,那样也不好。先前俄国皇帝杀革命党,他们反对皇帝;后来革命党杀皇族,他们也起来反对。问他怎么才好呢?他们也没办法。所以在皇帝时代他们吃苦,在革命时代他们也吃苦,这实在是他们本身的缺点。[1]

这个"本身的缺点"或"运命"似乎像"天问"或"死穴"一样无

---

[1] 鲁迅,《关于知识阶级》,《集外集拾遗补编》,《鲁迅全集》第8卷,第225页。

解,但鲁迅并不在社会科学家的立场上讨论这个问题,而是沿着文学家或杂文家的思路和笔锋,迂回却又单刀直入地为这个问题提供了一个"解决"。这个解决分为两方面,一方面是对政治家和统治者的杂文式、漫画式的文学定位和定性;另一方面则是针对这个残酷的客观现实,提出了作为革命人(至少潜在地具有革命人的渴望和素质)和知识阶级一分子的文艺家的选择、决定、道德伦理操守和审美原则。以下两段话就是对上述两个方面的概括,但话锋和语风都是不折不扣的杂文。在这两个方面,无论出于策略考虑还是本性使然,鲁迅都在以一种反历史、非政治的"文学"方式直接触碰高度历史性、政治性的敏感议题:

> 所以我想,知识阶级能否存在还是个问题。知识和强有力是冲突的,不能并立的;强有力不许人民有自由思想,因为这能使能力分散,在动物界有很显的例;猴子的社会是最专制的,猴王说一声走,猴子都走了。在原始时代酋长的命令是不能反对的,无怀疑的,在那时酋长带领着群众并吞衰小的部落;于是部落渐渐的大了,团体也大了。一个人就不能支配了。因为各个人思想发达了,各人的思想不一,民族的思想就不能统一,于是命令不行,团体的力量减小,而渐趋灭亡。在古时野蛮民族常侵略文明很发达的民族,在历史上常见的。现在知识阶级在国内的弊病,正与古时一样。[1]

又说:

> 然而知识阶级将怎么样呢?还是在指挥刀下听令行动,还

---

[1] 鲁迅,《关于知识阶级》,《集外集拾遗补编》,《鲁迅全集》第8卷,第225页。

是发表倾向民众的思想呢？要是发表意见，就要想到什么就说什么。真的知识阶级是不顾利害的，如想到种种利害，就是假的，冒充的知识阶级；只是假知识阶级的寿命倒比较长一点。像今天发表这个主张，明天发表那个意见的人，思想似乎天天在进步；只是真的知识阶级的进步，决不能如此快的。不过他们对于社会永不会满意的，所感受的永远是痛苦，所看到的永远是缺点，他们预备着将来的牺牲，社会也因为有了他们而热闹，不过他的本身——心身方面总是苦痛的；因为这也是旧式社会传下来的遗物。[1]

前一段话就是两个月后在《文艺与政治的歧途》中得到进一步发挥的"猴王与酋长不得反对"论或"文艺是政治家的眼中钉"论，其中包含了在此种条件下知识阶级能否存在的问题，因为"政治家最不喜欢人家反抗他的意见，最不喜欢人家要想，要开口"，"酋长要他们死，也只好去死"，且不说"而从前的社会也的确没有人想过什么，又没有人开过口"，或"那时没有什么文艺，即使有，也不过赞美上帝（还没有后人所谓 God 那么玄妙）罢了！那里会有自由思想？"。[2] 但在这些嬉笑怒骂、有意对权力不恭敬的言语中，鲁迅仍然有一个严肃的观察，那就是近代文艺和政治，在根本的社会功能和历史意义上，其实是一致的。具体而言，在鲁迅看来，"十九世纪以后才兴起来"的"不满意现状的文艺"，和同样"不安于现状的"19世纪以来的政治，都具有通过分裂、矛盾和冲突推动社会变革、促进思想进步的作用，因此在历史前进的总方向上是一致的，尽管在这个总方向内部，政治，或作为既成事实的政治有倾向于"维系现状使它统一"的一面；而文艺，

---

[1] 鲁迅，《关于知识阶级》，《集外集拾遗补编》，《鲁迅全集》第8卷，第226—227页。
[2] 鲁迅，《文艺与政治的歧途》，《集外集》，《鲁迅全集》第7卷，第115—116页。

或真正的文艺,却更忠于其"使社会分裂"和与政治大一统分离的本性。这个观察超越了彼时彼地中国社会政治的现状和条件,但在理论上更加正确而深刻。考虑到他演讲的听众对象,即上海劳动大学的师生,其中的政治理想主义意味就更为明确了。

几次上海演讲中有关对政治对文艺的征用、压制和暴力的辛辣描述和讽刺,固然可视为鲁迅对1927年的恐怖的直接回应和抗议,但在理论和历史参照的层面,它们并不是例外,反倒更接近常态(除在少数市民阶级权利获得较好的法律保障的国度);《魏晋风度及文章与药及酒之关系》提供了一份历史记录,革命前后的俄国则让鲁迅看到了一个更为贴近的例证。所谓"革命文学",必须放在这个更为普遍的文艺与政治之关系和近代文艺的大趋势中,才能成为一个具体的议题:

> 从前文艺家的话,政治革命家原是赞同过;直到革命成功,政治家把从前所反对那些人用过的老法子重新采用起来,在文艺家仍不免于不满意,又非被排轧出去不可,或是割掉他的头。割掉他的头,前面我讲过,那是顶好的法子咋,——从十九世纪到现在,世界文艺的趋势,大都如此。[1]

又说:

> 政治家认定文学家是社会扰乱的煽动者,心想杀掉他,社会就可平安。殊不知杀了文学家,社会还是要革命;俄国的文学家被杀掉的充军的不在少数,革命的火焰不是到处燃着吗?文学家生前大概不能得到社会的同情,潦倒地过了一生,直到死后四五十年,才为社会所认识,大家大闹起来。政治家因此更厌恶

---

[1] 鲁迅,《文艺与政治的歧途》,《集外集》,《鲁迅全集》第7卷,第120页。

文学家,以为文学家早就种下大祸根;政治家想不准大家思想,而那野蛮时代早已过去了。在座诸位的见解,我虽然不知道;据我推测,一定和政治家是不相同;政治家既永远怪文艺家破坏他们的统一,偏见如此,所以我从来不肯和政治家去说。[1]

但鲁迅这段话的特殊意义,不在于他"从来不肯和政治家去说",而在于他正是在"文艺与政治的歧途"这样的紧张关系和大趋势的普遍状态与一般性条件下,看到并强调了革命人和文学革命存在的可能性、现实性和必要性。这一方面是"殊不知杀了文学家,社会还是要革命"的客观认识,和"那野蛮时代早已过去了"的时代判断,另一方面,它也来自鲁迅所认可并坚持的真正的知识阶级(包括其中的文学家)的基本素质和性格,即:

真的知识阶级是不顾利害的,如想到种种利害,就是假的,冒充的知识阶级……不过他们对于社会永不会满意的,所感受的永远是痛苦,所看到的永远是缺点,他们预备着将来的牺牲,社会也因为有了他们而热闹,不过他的本身——心身方面总是苦痛的;因为这也是旧式社会传下来的遗物。[2]

这个"不顾利害"可谓一语道尽鲁迅自己在"杂文的自觉"路途上的艰辛、坚韧和决绝,以及"人生的中途"上的落魄、寂寥和冒险。整个"过渡期"以来的困境和危机,尽管有文学内部因素和人生境遇上的坎坷之分,但它们都可以或直接或拐弯抹角地归到这个"不顾利害"。它有时是审美或艺术上的不顾利害,即放弃艺术之宫或"象牙

---

[1] 鲁迅,《文艺与政治的歧途》,《集外集》,《鲁迅全集》第7卷,第118—119页。
[2] 鲁迅,《关于知识阶级》,《集外集拾遗补编》,《鲁迅全集》第8卷,第226—227页。

之塔"的坦途而入"杂感"和杂文的荆棘丛、"小道"和"末流";有时是弃部员官职和大学教授的相对安全和舒适于不顾,而终于被各种"正人君子"杀败,"从一个海边逃到另一个海边";有时则是在被血"吓得目瞪口呆"后,依然要"'而已'而已"地借此说彼、指桑骂槐。在《关于知识阶级》和《文艺与政治的歧途》的语境里,"不顾利害"既是杂文风格审美的道德寓言,也是"革命人"道德律令的审美寓言。两者一同指向革命在文学中的真正存在和表现方式,即"文学革命"意义上的内容与形式范畴双重的真实性、批判性和激进性。从"对于社会永不会满意的","所看到的永远是缺点","心身方面总是苦痛的,因为这也是旧式社会传下来的遗物"这些一般特征看,这不啻也是鲁迅对自己所属的第一代新文学作家和知识分子的写照。

以此为价值基础和思想出发点,鲁迅不是以"革命时代"或"革命文学"的名义,而是以"革命人"和"文学革命"的名义向他的听众和读者再次呼吁:作为"二十世纪初叶青年",必须不断抵抗"着着逼人堕落"的环境,以图"造成新的局面";否则,"倘不与这老社会奋斗,还是要回到老路上去的"。[1]换句话说,对鲁迅来说,"革命时代"并不是一个标签,而是由社会变革和它所带来的时代冲突与矛盾决定的道德实质和思想实质;在特定阶段,这种实质不由关于自由、进步或革新的理想或空谈所决定,倒是由"专制时代"和"旧势力"的反动及其抵抗所决定。鲁迅写道:

> 还有一层,最可怕的情形,就是比较新的思想运动起来时,如与社会无关,作为空谈,那是不要紧的,这也是专制时代所以能容知识阶级存在的原故。因为痛哭流泪与实际是没有关系的,只是思想运动变成实际的社会运动时,那就危险了。往往反为旧

---

[1] 鲁迅,《关于知识阶级》,《集外集拾遗补编》,《鲁迅全集》第8卷,第226—227页。

势力所扑灭。中国现在也是如此,这现象,革新的人称之为"反动"。[1]

鲁迅此时虽然见证了1927年的血,但还未曾料想"在最近墙脚下枪毙"[2]的戏言短短几年后会在上海几位青年作家朋友身上变成现实。在"恐怖之后"初到上海的日子里,他所想象的"反抗"和"奋斗",仍被下意识地限定在文化领域,即抵制诸如"把孔子礼教都拉出来了"这样的文化思想上的反动倒退和"复古"。"以后恐怕是倒退的时代了"虽泛指各种专制腐败,但大体上还是回到倡导思想领域的"文艺复兴","把古时好的东西复活,将现存的坏的东西压倒"[3],同时反对思想言论上的自我审查,谈赤色变,这也不敢,那也不敢。在这个问题上鲁迅并没过于计较国共间的实质分歧,只是说"这实在是没有力量的表示,比如我们吃东西,吃就吃,若是左思右想,吃牛肉怕不消化,喝茶时又要怀疑,那就不行了",还说这是衰弱的表现,"而衰弱的知识阶级是必定要灭亡的"。[4]鲁迅在"倒退的时代"谈继续革命,虽然许多话说得十分沉痛而激烈,但总体上并没有越出新文化社会进步和文化变革的议题范围,因而也没有针对政治当局形成本质上不可调和的对抗。他年底接受蔡元培大学院特约撰述员礼聘,也折射出这种态度;蔡元培虽然在国民党高层"清党"决策过程中扮演了一定角色,但反对实施过程中的滥杀无辜。

这种反抗和斗争在文学中的存在,表现为"革命文学"不常有,但"文学革命"常有且常新;前者是受客观社会历史条件制约的,而后者则是主观、审美和写作技巧领域的"创造性破坏"和自我更新。

---

[1] 鲁迅,《关于知识阶级》,《集外集拾遗补编》,《鲁迅全集》第8卷,第227页。
[2] 鲁迅,《文艺与政治的歧途》,《集外集》,《鲁迅全集》第7卷,第121页。
[3] 鲁迅,《关于知识阶级》,《集外集拾遗补编》,《鲁迅全集》第8卷,第227页。
[4] 同上书,第228页。

换句话说,所谓"文学革命",就是革命人在文学内部把革命政治的能量和想象力转化为文学形式的创造性破坏和否定性建设。它是听命于政治权力、政治概念和政治口号的"革命文学"的对立面,因此在其道德伦理和审美底线上必须守住"文艺与政治的歧途"这个底线,以便按照自身的而非外界强加的方式克服和超越这个底线、这个本体范畴的二元对立。只有通过革命人自己的继续革命精神,知识阶级才能把自己的敏感多思、先知先觉但处处同时代力量不合拍的弱点和运命,转变为参与和推动社会变革和历史运动的力量,并在这种力量的凝聚、释放和升华过程中带来思想和文学内部的持续不断的创新。欧洲市民阶级在其漫长的历史上升期所积攒的社会能量、政治经验和文化教养,在19世纪及其政治和文学中得到了充分的、彼此间大体相适应的表达。但这种历史的幸运在许多非西方国家,包括俄国这样的半西方国家,却从来不是给定的现实,而必须通过痛苦的集体实践去探索和挣得。因此,革命时代在这些地方和人民中间,必然是一个给他们带来"重压","可以由此得生,而也可以由此得死"的"大时代"。[1] 而所谓大时代,就经验的主观性一面而言,也就是鲁迅笔下的革命人经历由生而死、由死而生的集体和个人的考验与磨难的时代。在形式和审美领域为这份经验、考验和磨难提供记录、表象和见证的,是"文学革命",而不是"革命文学"。

在《关于知识阶级》演讲的次月,鲁迅翻译了以"无产阶级文艺评论家"身份写作的日本文艺批评家青野季吉(1890—1961)的《关于知识阶级》一文。这是一篇介绍法国小说家、龚古尔奖得主、时任法共《人道报》总编的亨利·巴比塞(Henri Barbusse)的观点的文章。文章不长也不复杂,作者引述巴比塞将法国思想界和文坛分为"知趣者"、"吹牛者"、"拍马者"和"精神的利用者",用以表达对日本思想

---

[1] 鲁迅,《尘影·题辞》,《而已集》,《鲁迅全集》第3卷,第571页。

界和文坛的"凄凉"与"热闹"的失望。想来除了题目引起鲁迅注意外,文章最后谈到的巴比塞的"思想的人"(ponseur)的定义或许也对他产生了特殊的吸引力。如青野转述,巴比塞的思想者定义,是"混沌的生命中所存在的观念(idée)的翻译者(traducteur)",青野通过鲁迅的译文告诉读者:

> ……于是成为问题的,便是什么是"观念"了。巴比塞有时也用"真理"这字,来代观念。总而言之,在混混沌沌的生活,生命里面的,一个发展底的法则,就是这。在人类之前,将这翻译出来的,是思想的人们,是巴比塞所要扳谈的对象。
>
> 我们所要扳谈的人,而在日本的文坛和思想界上所不容易寻到的,实在就是这样的思想的人们,这样的"知识阶级"。[1]

我们可以想见,这段话在下述意义上为鲁迅在1927年底的有关文艺与政治及知识阶级的思考打开了一个思路:社会历史发展的法则在混混沌沌的生活和生命领域像语言一样客观存在着,但它不是我们的母语;它需要一个伟大的译者通过勤奋不懈的劳动将它变成我们可以理解并运用的语言。这种语言不是静态的语言学构造,而是一个历史动态和社会运动的词汇、语法、表达方式和表达内容的总体。在鲁迅此刻关于革命时代、革命人和文学革命的问题视野和思想脉络里,这个有待被翻译的"观念"或"真理"就是作为历史运动及其"法则"的革命或革命时代本身,而作为革命人和知识分子一员的文学家所从事的,正是这样一种翻译工作,一种把生活、生命和历史发展的混沌与法则带入母语自身的创新与结构性变革的写作行动和象征秩序。在这个意义上,将这篇小小的译文视为鲁迅的1927年乃至整个"过渡期"

---

[1] 青野季吉,《关于知识阶级》,《鲁迅著译编年全集》第8卷,第565页。

的收官之作，又是十分恰当的。

二、尾声：《怎么写》与《谈所谓"大内档案"》（存目）

鲁迅1927年的创作跨越了广州和上海两个时空，但明显具有主题和风格上的统一性，其中创作于上海的作品，尚不具有作为特殊阶段的"上海十年"的总体特征，而是"'而已'而已"的余波。但这里有两个例外：一是《怎么写（夜记之一）》，它最初发表于1927年10月10日的《莽原》半月刊，但没有收入《而已集》，而是被作者放进迟至1932年4月才编讫的《三闲集》。二是《谈所谓"大内档案"》这篇长文，它最初发表于1928年1月28日的《语丝》，却按照创作完成日期（1927年12月24日）收入了《而已集》。

两篇都是鲁迅的名作，其中《怎么写》更以"与其防破绽，不如忘破绽"的收束为鲁迅读者念念不忘。但正是这种写作法反思和其中透露的"随心所欲不逾矩"的经验与自信，使这篇文章成为鲁迅晚期风格实践的一个小小的却重要的预告。《谈所谓"大内档案"》无疑是鲁迅写得最从容不迫的文章之一，几乎可说是鲁迅杂文化腐朽为神奇的一篇炫技之作。它熔记述、分析、判断于一炉，将种种阅历和智慧、观察和讽刺编织为一幅"世界的散文"的卷轴画，在读者面前徐徐展开。它也是一篇回忆性记述，却提供了一种非个人化的寓言写作的示范。在娓娓道来的叙事再现中，历史和"文明"的表象如笋皮般层层剥落，露出一个空心，"这正如败落大户家里的一堆废纸，说好也行，说无用也行的"。文章末尾的洞察和句式固然是令人难忘的（"中国公共的东西，实在不容易保存。如果当局者是外行，他便将东西糟完，倘是内行，他便将东西偷完。而其实也并不单是对于书籍或古董"），但其在文章学上的意义远不止于局部的华彩，而直抵方法论范畴。某种意义上，这个杂文故事更像是杂文家的一种热身活动，通过深描一桩知根知底的旧事,他已经为即将遭遇的上海大都会现代性历史经验及其"诗史"性再现,悄悄做好了准备。

因此,这两篇作品也是"杂文的自觉"乃至整个"过渡期"同鲁迅文学生涯下一个高峰即"上海十年"之间的一个小小的皱褶、重叠和衔接点。在文学批评和文学理论的意义上,它们都已展现出鲁迅文学风格新阶段的本质特征,因此这里只作"存目"报备,留待第二卷开篇处再做具体的分析和阐释。

索　引

A

阿尔志跋绥夫（Mikhail Petrovich Artsybashev）182，204，526，527，535

艾略特（T. S. Eliot）204，642

爱默生（Waldo Emerson）13，321

《阿长与〈山海经〉》71，512，529

《阿Q正传》25，45-48，85，110，113，152，185，197，263，273，466，544，547，590，727

安特莱夫（Leonid Nikolaievich Andreyev，安德烈耶夫）25，182

奥尔巴赫（Erich Auerbach）35，90-97，203，353；高贵文体/低俗文体，353；混合文体/文体混合（mixed styles）90-97，203；《摹仿论——西方文学中现实的再现》90-96，203；文献学（philology，语文学，考据学）34-35，67，90-91，94-95，358，652-654，783

B

巴迪乌（Alain Badiou）147

　　事件（event/Being and Event），147，300，672

巴尔扎克（Honoré Balzac）642，808

白话革命22，39，42，94，97，112，118，134，142，154，156，174，180-182，187，190，195，203，247，260，268，271，275，278，339，417，424，443，447，508，542，587，590，605，628，641，657-659，686-688，773-775，803，805

拜伦（Lord Byron）25，138，319

白莽（殷夫）、《孩儿塔》71，284-285

北京大学Ⅲ，Ⅴ，267，460，709

北京时期140，160，603，678，694

《北京通信》209，274〔1〕，336-345，519，520

北新书局163，249，273，518，580，706，726〔2〕

本体论（鲁迅文学的～）

　　存在本体论7，15，21-23，207，283，337，340，385，552，789-790；文学本体论7-8，10，17，19-21，28，30，33-34，39-40，43，56，63-64，73，85，88-89，135，140-141，147，150，153-154，159，171，178，185，188，190-192，202-203，208，210，221，244，266，270-272，277，281，283-284，292-294，299，312，317，338，364-366，371，375，392，425，443-444，447，449，454，468，484，486-487，492，496，498，503，509，516，542，550，577-578，592，603，619，634，662，666，669，672，679，709，714，727，729，774，789，800，802-803，809，815，819；政治本体论Ⅳ，Ⅴ，8，16，17，21，25-27，31，34-35，40，54，64，203，242，265，291，293，299，307，

831

331，349，364，387，398，426，441，454，464，468，471，479，482-483，485-489，492，498-500，509，551，577，630，714，784，796

本雅明（Walter Benjamin）Ⅱ，Ⅲ，41，470，808；非意愿记忆（mémoire involontaire，非自主记忆，非自主回忆）/遗忘Ⅲ，58，70，524，621；《弗兰茨·卡夫卡——逝世十周年纪念》305；《历史哲学论纲》311；灵韵（aura），光环，气息1，465；《论波德莱尔的几个母题》1，22，64，66，88，167，448，465，703，464-465，717，809；《论卡夫卡》809；《普鲁斯特的形象》58-59，524，621-622，627，647；《译作者的任务》234，518，651，652；体验（Erlebnis）与经验（Erfahrung）493，635，809；希望（《弗兰茨·卡夫卡——逝世十周年纪念》）304-305；意愿记忆（mémoire volontaire，自主记忆）622；原作–译作–纯粹语言（《译作者的任务》）234，239，651，733；震惊（《论波德莱尔的几个母题》）22，64，66，88，167，448，465，703，721；致肖勒姆信808

毕勒涅克（Boris Pilnyak）182

《壁下译丛》518〔1〕

《〈壁下译丛〉小引》753-754

边缘写作，边缘，亚文体17-18，20，30，123，160，181，189，207，229，247，265，269，295，304，312，317，331，406，485-487，571，591-593，601，603，612，621，632，626，649，668，774，796，798，800

辩证法2，40，486，493，619，666-667，669，789，795

内与外的辩证法175，214，284，287，426，481-482，498，517，644；艺术与政治的辩证法126；内容与形式的辩证法：170，177，250，410，426，453，603；希望与虚无的辩证法722；认识与创作的辩证法730；回忆/忘却（记忆/遗忘）的辩证法193，592；理性/感性辩证法380，426；否定的辩证法302，508；青春辩证法303；野草诗学的辩证法762

表面物理（surface physics）35，499-500，632

标题音乐74，115

表现法（广义的象征主义）232，234-235

《并非闲话》209，345，360-366，371-372，373〔1〕，472，473〔1-2〕，479〔1-2〕，480〔1-3〕

波德莱尔（Charles Baudelaire）25，464，465，483，642，667，717，809

《巴黎的忧郁》125；《恶之花·天鹅》350-352；

《虚无的滋味》554

柏格森（Henri Bergson）231，235，247，634

伯克（Edmund Burke）、*A Philosophical Enquiry into the Origin of Our Ideas of the Sublime and Beautiful*、崇高/the sublime 58，91，128，297，307，351，464；"带着恐怖的平静"614；令人畏惧的美497

勃洛克（Alexander Alexandrovich Blok）、《十二个》12，184

柏拉图（Plato）3

布莱希特（Bertolt Brecht）、可引述的姿态（the quotable gestures）219

《不是信》419-422，467

C

蔡元培，205，267，810，826

曹氏父子 771-772，776，799

    曹操 628，762，772-774，777-779，781，785，791；曹丕 775-776；曹植 775-776

阐释 Ⅱ-Ⅵ，4，7，9，17，32-35，37-39，41，42〔1〕，43，55-56，61，80，90，95，98，107-109，111，116-117，119，124，129，136-137，139，144，147，165，177，180，239，271，273，293，358，386，406，442，446，450，499，550，639，671，709，717

长时段（longue durée）169，189，616-617，641

陈独秀 260，691

成长小说（Bildungsroman，教育小说）24，123，259，262-264，377-378，396，516，561，735，740

《晨报》163，189，231，409，419，422，509

陈嘉庚 583，611

陈西滢（陈源）273，347，360，363，402，404，419-422，424，460-462，588，709，767

沉寂的 1923 年 106，134，140-141，146，153，205，207，249，292，351

《〈尘影〉题辞》207〔2〕，464〔1〕，493〔1-2〕，769，770，812〔1〕，827〔1〕

《春末闲谈》140，153，209，790

创造性破坏 94，110，220，266，578，628，826-827

创造性遗忘 392，494

纯粹的当下（the true present）502-505，700-701

纯粹语言 234，239，518，651，733

超验之家 532，537

超验的无家可归状（the transcendental homelessness）47，516-517，521，537

厨川白村（Kuriyagawa Hakuson）25，125，145，182，231-233，236-246，257，274，316-328，386-389，450，453，634；《苦闷的象征》24，125，142，190，208，231-247，274，292，634，635，657；《出了象牙之塔》257，316-329，387-389，480

《楚辞》187，797

《从百草园到三味书屋》57，68，513，529-531，539，579

《寸铁》482

存在的诗（the poetics of being，作为～的鲁迅文学）9-10，16-17，22-23，26-27，88，142，281，296-298，341-343，377，447，483-484，491，499，549-552，556-557，644，665，728-730；存在诗学 7，9，15，22，26，179，298，337，340，528，549，619

存在的政治（the politics of being，作为～的鲁迅文学）9-10，16-18，22，26-27，35，142，187，190，226，281，296-298，332，341，343，398，426，483-484，491-492，508，549，638-639，644，655，682，694，728-729，803-804

D

达尔文（Charles Darwin）172，562，634，663，665

大革命（北伐）134，268，504，581-582，593，655，675-678，681-683，686-

688，691，696-702，710，758-759，785
《答 KS 君》209，362-363
《答有恒先生》763-769，770〔1〕，807，813
《淡淡的血痕中》435-437，513，518，670-671
戴季陶 676〔1〕
但丁（Dante Alighieri）90，127，133，270，655，750，801
单子（monad）27，52，73
《导师》343，345
德里达（Jacques Derrida）220
德勒兹（Gilles Deleuze）10，39，194，239，608
　地域化（territorialization）-去地域化（de-territorialization）-再地域化（re-territorialization）/A Thousand Plateaus—Capitalism and Schizophrenia 10，39，126，152，194，286，440，612；没有器官的躯体 608；逃逸路线（route of flight）239；小文学（minor literature，次文学，非主流文学）4，126，194，247，487，489，502，639，641-642，702，800；写作机器（writing machine）10，157，239，534，608，669
德曼（Paul de Man）、《文学史与文学现代性》494，502-503
《灯下漫笔》140，153，209，274，488〔1〕
狄德罗（Denis Diderot）801
狄尔泰（Wilhelm Dilthey）801
狄金森（Emily Dickinson）13
都介涅夫（I. Turgeniev，屠格涅夫）72，557，562
多元决定（overdetermination，过度决定）35，159，179，185，195，312，357

E

俄国 369，527，557，563，819，820，823，827；多余的人 560；俄国革命（1905）528；俄国革命（1917，十月革命）342，814；俄国文学 12，28，125，138〔1〕，172，182，277；与日本之比较 327
《俄文译本〈阿Q正传〉序及著者自叙传略》273
二律背反（paradox）102，284，644
《〈二十四孝图〉》518，522，525-526
20 世纪 Ⅰ，Ⅱ，12，25，29，39〔1〕，49，56，59，61-63，66-67，80，83，94，96，106，110〔1〕，111，121，123，125，129，139，164，177，183〔1〕，184，192，235，253，255，263，265-267，277，296，335，340，378，391，452，504，516，562，628-629，637，642，653，661，678，690，735，750，775，787，796，808
《二心集》106，143
《而已集》20，40，45，50，105，106，141-142，146，149，158，190，207〔2〕，229，272，280，297，440，442-444，447，448，450，464〔1〕，489〔2〕，493〔1〕，494〔2〕，504，513，536，675-716，729-732，755〔1〕，758〔1〕，759〔1〕，761-798，806-814，827-829；《题辞》（"'而已'而已"）71，350，706-717，720，726，728，730，752，762，764，767，769，803，809，829
20 世纪中国文学 129，139，267，642

F

《法意》172
《范爱农》152，512，531，579，602，615

梵高（Vincent Van Gogh）671

翻译 V，8，12，24，25〔1〕，27-30，42，76，79，82，84，95，117，125，138，142，143，155，157，180，182-185，190，195，205，231-239，241-242，257，273，274，277，288，293，302，316-329，366，451，480，510，518〔1〕，520，527，594，634-635，651-653，655，657，660，663-664，679，686，710，720，731-760，763，784，801，809，827，828；重译 184，735；翻译的现代性 8，29；可译性/不可译性 234，738，740；直译（硬译）28-29，77，133，154，232，239，241-242，318，329，521，573，660，663，738，746-748，751；作为作者的译者 8，739，745

《坟》84，105，106，140，141，146，153，190，203，208，209，246，249-258，273〔2〕，274，280，365〔2〕，366，367〔1〕，369〔1〕，401，402〔1〕，403〔1〕，404，443-444，474〔1〕，475〔1〕，488〔1〕，537，553〔1〕，555〔1〕，558〔1〕，567-568，579，590，615-653

"坟"的寓言形象 671；《〈坟〉题记》537，593，620-624；《写在〈坟〉后面》229，552，566-567，602，619，624-654，656，665；中间物 666-668

风格 III，1，3-25，27，28，30，40-132，135-136，143，146-151，153-155，159，164，168-169，171，175，179-183，185-187，191-192，198-203，208，220-221，229-230，235，251，272，281-298，297，317-325，354，358-359，370，381-384，388，397，431，442-443，445-446，452-454，464，466，468-469，499，501-506，508-510，516，536-537，640-641，644-645，648-651，653，660，672，701，705，712，771-772，791-792，803-805

菲茨杰拉德 175〔1〕

否定的精神 81，393，493，555，558

复仇 332，470，564，697

《父亲的病》513，531，579，593，744

福克纳（William Faulkner）642

福楼拜（Gustav Flaubert）339，642

弗洛伊德（Sigmund Freud）231，634

讽喻（allegory）、讽喻式地（allegorically），见寓言

G

《改革时代的中国现代主义》II

《革命时代的文学》494，655，676〔2〕，681，692-700，702〔1〕，704〔1〕，761，813

《革命文学》814

革命文学（革命人）99，137，143，156，172，402，683，692-693，701-702，754，787，812-828

高长虹 606，611；《1925，北京出版界形势指掌图》605

歌德（Johann Wolfgang von Goethe）52，110，123，227，319，398，441

《威廉·迈斯特的游学年代》123；《少年维特之烦恼》561；《浮士德》I，263；世界文学 800

《公理的把戏》209，345

共时性（synchronic）42，80，109，137，175，179，203，278，281，357，653，

索引 | 835

801

《狗·猫·鼠》410，512，524-525

《古籍序跋集》(鲁迅) 653 [1]

顾颉刚，357，583，606，759，761，762，765

《孤独者》112，113，209，476，560

《古书与白话》417

《关于太炎先生二三事》161，193

《关于知识阶级》810，820-822，824-827，828 [1]

广州时期 583，675，678，680-683，687，700，732，737，810

鬼打墙 267，355，359，381，448，467，470，808

过渡期（1924—1927）6，24，105-106，114，121，126，134，140-153，160，163-164，179-180，188-193，198，203，207，210，214，218，221，223，227-228，231-235，241-242，248，250，268，292-293，299，308，310，325-326，334，336，354，357，363，365，374-375，389，399，405-406，437，442，445-446，450，454，474，483，500，509，536，552，564，587，594，598，617-620，624，630，653-654，661-662，669，681-682，688-689，692-695，702，705，708，714-718，728，731，749，751-752，767，783，788，795，807，824，828，830

果戈里（Nikolai Gogol）、《死魂灵》25，185，288，185，288，732

国民性、国民性批判 51，77，103，110，137，162-163，166，168，174，219，310-311，333，346，367，428，463，545，548，562-564，588，754

郭沫若 676

《文艺战线上的封建余孽》、"二重的反革命" 169

H

海德格尔（Martin Heidegger）3，325，636，671

语言是存在的家 296；存在情绪 325；《艺术作品的本源》671

海明威（Ernest Miller Hemingway）61-66；《非洲的青山》61

《海上通信》140，580，609-615

《汉文学史纲要》86，182，579

汉乐府 187

和声、和声对位法 117，210，262，517，575，615

鹤见祐辅（Tsurumi Yusuke）182，510，733-734，737，752-763

《思想·山水·人物》330，754，757；《书斋生活与其危险》752-760

赫胥黎（Thomas Henry Huxley）665

《进化论与伦理学》663-664

何晏 777-779

黑格尔（G. W. F. Hegel）6，34，42，45，51-55，90，106-107，110-113，115，116，120-129，145，158，213，220，237，263，282，377，396-399，435，453，486，523，542，549，560-561，586-587，644，662，689，690，743，782-783，789，797

雕塑（雕刻）43，112-113，119，401；《法哲学》689-690；国家（《法哲学》）689，690；滑稽（irony，滑稽主体，主体的滑稽）377，393-394，524，561-562；绘画 43，53-54，112-114，119，122；建

筑 43，57，110，112，499，643，727，816；《精神现象学》6，158，644，743，782-783；浪漫型艺术 42-43，91，112-113，116，122，128，220，542；理想型艺术（古典型艺术）42-43，112-113，116，119，122，523，542；理性内容 5，51，55，106-109，119，136，220，236，282，293，377，425，452-453，542，555，561，586-587，655；美丽心灵 377，560，562；《美学》42，51-55，108，110-113，116-117，120-129，145，377，397-399，453，523，560-561，586-587；民族精神/世界精神 106，128；感性外观（感性表面，感性显现）Ⅳ，5-6，16，21，37，44-46，49，55-56，76，98，103，106，108-109，119-120，122，145，170，282，291-293，302，305，325，338，344，349，358，377，413，425-426，435，441，468，482-483，492，497-501，522，537，557，561，586，598-600，606，632，644，679，730，770，775，785，794，804，816；世界的散文（散文气的世界）43，115，120，213，220，224，237，242，263，375，393，453，475，523，549，587，739，829；武器展现战士的实质 6，158，644；象征型艺术 42-43，100，111-112；艺术的终结 43，120-122，128，212-213，220，229，375，393，435，437，453，533，542，549，578；艺术美 51，100，586；音乐 43，71，74，115-119，127，198，225，515，609，672，724；自然美 100，107，581，585-587

《红楼梦》60，187

《忽然想到》209

《（一至四）》309-312，472，494；《（五至六）》329-331，471，493；《（七至九）》345-346；《（十至十一）》347，368，494，498

胡适 205，260，583

《白话文学史》795

《花边文学》72，106，143，707〔1〕

《华盖集》20，40，45，80〔1〕，105，106，115〔1〕，121，140-142，146-149，158，190，209，229，272，274，280，288，293-299，305-512，528，534，536，564；杂文的自觉 20，40，105，140-142，146-148，442-445，518，705；《题记》54，264，300，404-408，410-511，617，690，695；《后记》346，409；杂感 447；碰壁 466；挤 472

《华盖集续编》20，40，79〔1〕，106，140-142，146，149，158，190，229，272，280，297，299，328，353，354〔1〕，355〔1、2〕,356〔1-3〕,368〔5〕,371〔1〕,403〔2〕，409-435，440-444，447-448，460-468，481，490-491，498〔1〕，500，504，509-513，520-521，527〔2〕，533-537，540-567，570-614，615；《小引》532，616

话语（discourse，鲁迅文学风格的话语层面）1-2，4，8，17，34，43-44，49，52，60，68，74-84，111，245，287，340，375，384，451，499，559，564，641，663，688，692，703，767，813

幻灯片事件 165，197，211

《幻想的秩序》Ⅱ

《黄花节的杂感》681

惠特曼（Walt Whitman）13

壕堑战 142，314-315，329-330，347，401，417，490，513，515，519，564，600，612，703，788，802

互文性（intertextuality）/文本间性 29，42，217，373，382，734

I

Inter-war period（第一，二次世界大战之间的时代）12

J

极点（a point of singularity）139，147，228，277，280，431，484，509，516

嵇康 12，266，652，762-763，771，777，780-791；（鲁迅辑校）《嵇康集》182，190，208，233，248，513，579，634，652-653，762；《与山巨源绝交书》432；《〈嵇康集〉著录考》652-653

《记念刘和珍君》57，70，71，79〔1〕，193，353〔2〕，409，431-435，438，464〔2〕，509，510，513，518，564-565，646，650-651，790

极期（Krisis）、危机（crisis）70，207，245，796

《集外集》273〔1〕，288，448〔2〕，467〔2〕，489〔2〕，499，782〔2〕，814〔1〕，817〔1〕，822〔2〕，824〔1〕，826〔2〕；《拾遗》184〔1〕，481〔1〕，707〔1〕；《拾遗补编》349〔1〕，482〔1〕，635〔2〕，683〔1〕，684〔1〕，709，710〔1〕，820〔1〕，822〔1〕，824〔2〕，826〔4〕

《甲寅》362，416，541

价值重估 3，47，59，77，87，333，562

蒋介石 676，810〔1〕

江绍原 747，758〔4〕，806〔2〕

芥川龙之介（Akutagawa Ryunosuke）25，182，204

阶段论（periodization）44，98，105，109，136-144，169，181，183，203，260，283，299，658，662，711，771，787

杰姆逊（Fredric Jameson）34，41，61，117，194；不断历史化（Always historicize）34，109；伟大方法 41；国族寓言（national allegory），民族寓言 24，40，43，111-113，136，159，185，190，194-197，219，262，280，531，618-621，639；《马克思主义与形式》61〔1〕，62〔1〕；社会性象征行为 117，195；政治无意识 66，335，636，785-786；认识测绘、批判测绘 106，143，430；诸动机的序差/动机序差（Marxism and Form）61，63，67；介入 4，8，66，136，147，234，299，454，479，502，604，660，683，716，727，795，800-801，805，819

《京报副刊》163，309，316，518

金文泰（Sir Cecil Clementi）686

静穆 285，790，793

净化（catharsis）427

进化论 9，24，483，496，663-665；生物决定论（物种进化，生物原则，生物学信念/真理，生物演化）3，5，9，16，23，26，50，60，100，119，250，282，339，340，364，369，478，526，527，562，564，567，661，665，666，696

九叶派诗人 138

旧约圣经 48，90-91

句法学（syntax）67，73，75，714

（鲁迅文学风格的）句法（句式，句型，句子，句式学）9-10，22，28，43-44，51-52，54-74，76，81，84-88，97，104，107，115，128，148，152，192-193，195-200，215-216，222，224-225，228，230-231，243，245，270，276，280-281，283-284，296，298，303，310，316-317，325，327，330，333-334，344，375-376，384，397，410，433，437，466，498-500，516，520，523，528，530，565，573，576，580，584-585，600，618，621，627，629，635，638，641，643，645-647，655，669，679，681，705，712，714，716，718，720-721，723，730，738-740，743，762，764，778，792，794，829

K

卡夫卡（Franz Kafka）Ⅰ，48，126，194，204，304-305，534，639，808-809

康德（Immanuel Kant）33，99，586，634，776

　　判断力批判 32-33，586-587，776；无目的的合目的性 574，586

《可惨与可笑》429-430，518

科学 16，66，82，179，282，401，451，574，665，666，746

　　历史科学（社会科学）11，266，821；生物学 369，478，668，742；自然科学（近代科学）5，9，10，16，35，70，77，137，189，265，272，340，355，434，665，743，745；作为～的文学研究 11，33，37，50，128

《空谈》490

《狂飙》605

《狂人日记》11，25，39，105，110，113，125，133，138，141，148，152，173，177，180，195，197，201，224，263，287，310，313，350，353，354，379，466，495，563，787

孔融 771，777-785

L

拉康（Jacques Lacan）、他者的语言 651，784

《腊叶》412-413

《老调子已经唱完》480，685，687，700

老舍、《骆驼祥子》138，227

"立此存照" 87，143，448，462

李长之 26，49-51，64-65，98-105，137-138，143-144，160，473，485

　　《鲁迅批判》49-50，64-65，98-104，137，473；鲁迅的"病态"49-51，104；"无立场的立场"26，100

李大钊 260

里尔克（Rainer Maria Rilke）642

历时性（diachronic）42，80，137，175，203，653

例外（例外状态，紧急状态）17，20，26，116，134，139，147，177-178，228，261，265，294-295，298，311-312，338，443，454，488，490，516，768，771-772；破例 310-312

李小峰 513，593，677

《两地书》55，57，82，261，391〔1〕，442，580，584，707〔1〕

梁启超 157，171-173

廖仲恺 347

林纾 157，171

林文庆 583，675，

林希隽 635

林语堂 50，582，710，732〔2〕

《〈蕗谷虹儿画选〉小引》184

鲁迅

抄古碑 156，197，807；沉寂的 1923 106，134，140，141，146，153，205-207，249，292；兄弟失和 141，153，164，190，205-207，210，238，390，437，570

鲁迅文学 4，42

成为自己 V，15，40-42，89，114-115，121，136，170，173，179，221，272，281，292-293，299，317，399，442，466，533，571，578；"纯文学" 10，17-21，87，139-140，157，179，194，202，220，226，449，515-516，552-554，559，573，800-801；第一次诞生 40，105-106，135，152，164，174，279，542，613，618，684，730；（在杂文中的）第二次诞生 V，7，9，18-19，30，40，105-106，115，119-120，134-136，141-150，163，169，175，180，191，221，224，228-229，235，278-281，292-300，307-308，339，358，405，428，432，442，446，450，508-509，516，532-535，542-544，563，602-603，612，616-618，621，657，669，681-684，702，705，715-717，730-732，751，754，770，784，788，797，807，817；非西方现代主义 60，111，729；非写实主义 7，12，23-24，56，83，108-110，112，119，124，198，211，216，573，628，637，641，807-808；壕堑战 142，314-315，329-330，347，401，417，490，513，515，519，564，600，612，703，788，802；鲁迅的哲学 16-17；鲁迅思想 13，150，165，177，309；螃蟹特征 56；诗史 87，106，121，143，268，279，288，448，454，629，653，830；体验-寓言表达方式 564-565；写作机器（文学机器）10，126，130，157，239，534，608，669；新与旧 13-15，122，179，465，487；序跋文 279，343，433，553，617，705-706；虚无主义 5，16，255-256，394，397，527-528，556-566；杂文的自由 6，105，106，143，613，681；自然美（对～无感）100，585-587

卢卡奇（Georg Lukács）

《小说理论》、超验的无家可归状态 41，516-517；关于写实主义 807

卢梭（Jean-Jacques Rousseau）319，417，801

《论辩的灵魂》330

《论"费厄泼赖"应该缓行》209，365，401-404，684

《论雷峰塔的倒掉》153，246，257-258

《论睁了眼看》209，366-369

罗曼·罗兰（Romain Rolland）;《爱与死的斗争》430；《约翰·克里斯朵夫》I

罗素（Bertrand Russell）235，247

《略谈香港》685-687，759

M

马拉美（Stéphane Mallarmé）204，642

《马上日记》299，410，427，435，513，539-550，558，562

《之二》546

《马上支日记》513，539，544，550-551，556-557，563，734

《漫与》501

《莽原》(莽原社) 163，331，512，517，518，523，605，756，829

毛泽东

反对"党八股"463；《中国社会各阶级的分析》486

孟德斯鸠（Montesquieu）801

蒙田（Michel de Montaigne）48，127，247，321，417，801

祢衡 777

《民报》172

民国 113，123，142〔1〕，160-163，174，235，258，266，299，309，347，401-402，427，509，527，563，572，621，662，678-679，708，710，716，758，766，768，786，799，804

民族主义 13，108，122，165，166，168，588，688

名物学 82，731，740-750，752

名与实 47，433

摹仿（Mimesis）6，19，21-22，32-33，44，46-47，58-59，64，83，90-96，171，184，203，268，298，434，453，469，491，547，628，648

莫莱蒂（Franco Moretti）123，259，378《世界之路——欧洲文化里的成长小说》(The Way of the World: The Bildungsroman in European Culture) 259，262-264；378，396；世界之路 158，259-289，378，516，570，576，644，789；文明的舒适（The Comfort of Civilization）262

摩罗诗力（摩罗诗人、《摩罗诗力说》）25，124，138，153，155，264，339，464，474，496，557-558，563，621，634

穆勒（John Stuart Mill）330〔4〕，634，754，755，758

N

《呐喊》18，39，57，70，105，106，112-114，136，137〔1〕，141，144，146，152，153〔1〕，154〔1〕，156，169，171，180，182，185，190，193，194，196，197，198，200，201，203，205，241，268，269〔1〕，272，273，279，282，284，286〔1〕，298，442〔1〕，449，548，562，564，571〔1〕，619，696，724〔2〕，727〔1〕

"Cheering from the sidelines" 154；世界文学 182-186；《自序》45，57，70，106，189-204，206，211，219，229，256，262，279-282，292，381，531，553，604，617-619，657

尼采（Friedrich Nietzsche）Ⅱ，Ⅲ，2，25，48，165，171，172，173，235，247，285，333，334，411，437，474，484，494，496，502-503，534，562，564，567，630，634，648，681，716，717，800

创造性遗忘 392，494；《不合时宜的沉思》484，716，717；察拉图斯忒拉（查拉图斯特拉）25，634，751；泥古派（antiquarianism、好古主义）681；《快乐的科学》333，483，556；没有氛围的恒星 484，716，717；格言写作 48；《历史之用及其滥用》(《历史对人生的利与弊》) 2，494；相同之物的永恒的循环（永恒的复归）333，483，556，

索引 | 841

567；价值重估（《道德的谱系》）2，59，77，87，333，562

内面（interiority）8，297，303，365，431，444，510，514，644-645，655，679，715，721

《南腔北调集》23〔1〕，45，74〔1〕，106，118〔1〕，143，156，158〔1〕，207〔1〕，246〔1〕，442〔1〕，448〔1〕，449，501〔1〕，543〔1〕，639〔1〕

奴隶（奴隶性）72，76，309，494，501，782-783

《娜拉走后怎样》208〔1〕，246，249-257，261，379，392，404，620

女师大风潮 137，142，162，164，189，228，238，246，269，293，299，309，315，328，330，345-408，427，431-432，437，470，509，516，541，569-570，603，672，695，805

O

欧战 137〔1〕，314，788

欧洲弱小民族文学（弱小民族文学）12，138，171-172

P

庞德（Ezra Pound）642

《彷徨》18，40，46，57，105，106，112，113，135〔2〕，139，141，146，148，152〔1-2〕，157，158，190，191，201，203，207-219，227-229，233，246，273，274，280，292，298，374-399，442，449，476〔2-3〕，536，552，560，562，616，650〔1〕，657，670，706，715

裴多菲（Sándor Petőfi）、"绝望之为虚妄，正与希望相同" 303-304，809

《"碰壁"之后》209，328，345，349-359，467，469-470

《"碰壁"之余》209，363，470

批判的文学史 Ⅳ，31-35

批评 Ⅱ-Ⅵ，1，4，7-12，27，32-35，37-42，55-56，59，75，77，79，83，86，87，90-91，97-98，103-105，108-109，111，117-119，124，134，136，139，141，144，147-150，154，157，163-166，169-170，171，175，179，186，189，192，196，203，239，245，247，273-274，278-281，284，293，308，365，370，377，445-446，487，500，514，625，627，632，638-639，643，645，652，712，720，771，795，809

普鲁斯特（Marcel Proust）、《追忆逝水年华》58-60，204，621，627，647

谱系学（genealogy）3，47，59，77，87，271，562，590，652，654，795，796

Q

契诃夫（Anton Chekhov）204

乔伊斯（James Joyce）135，204，215，642

《一位青年艺术家的画像》135；《死者》（The Dead）215

《且介亭杂文》21，45，48，106，143，707〔1〕；《二集》106，288〔4〕，707〔1〕，782〔3〕，790〔4〕，793〔1〕；《附集》410〔2〕；《序言》72，86；《末编》81〔1〕，161〔2〕，162〔1〕，227〔5〕，285〔1〕，532〔1〕

清党 142，286，357，365，427，678，680，700-701，708，710，719，731-733，737，753，758，764-768，796，799，

803，806，811，817

情动（affect，affectivity）、情动因素 74，115，162，483，550，552-553，557，565，575，625

青木正儿（Aoki Masaru）639-640

《青年必读书》307-309，494〔6〕，503，693，818〔1〕；"青年必读书事件" 315

青野季吉（Suekichi Aono）、《关于知识阶级》827-828

《清议报》172

《庆祝沪宁克复的那一边》682-684

《求乞者》226，233，558

《秋夜》152〔2〕，208〔1〕，221-224，225，233，598，720，784

瞿秋白、《鲁迅杂感选集·序言》137

屈原 12，266，762

R

《热风》39，57，84，105，106，136，137〔1〕，141，144，153，180，181，190，194，203，254，268，272，364，405，441，443，444，455，475，476〔1〕，558〔2〕，564，667〔3〕，668，806

第一次诞生（不自觉的杂文）39，57，105，141，153，180，190，203，268，443；《题记》209，363-364，480，667

人道主义 49，332，444，475，564，619，633

人的发现 43，50，113

认识测绘（cognitive mapping，批评测绘）见"杰姆逊"

日本 29，69，138〔1〕，142〔2〕，155，188，196，205，266，424，510，517，639，640，665，675〔4〕，686，741-744，747-748，752-753，756，758-759～学界Ⅲ；文学及文学界 12，34，84，95〔1〕，97，172，182，231，277，319，322-324，504，640，801，827；日本近代性及其批判 15，114；语言及地理上的接近 188；与俄罗斯文化及民族性之比较 326-327

日记（鲁迅）153〔1〕，231，288，300，306，467〔2〕，541，543，645，653〔1〕，675，718-719，731-732，764，810〔5〕《日记二十一》288〔1〕；《日记二十二》152〔1〕；《日记十三》231〔1-2〕，306〔2〕；《日记十四》300〔1〕，316〔2〕；《日记十六》675〔1〕，676〔2〕，718〔1〕，719〔4-6〕，731〔1、3-5〕

肉薄 304，328，375，440，455，478

肉搏 88，297，401，443，483，514，564

人生的中途、中点（mittelpunkt）30，34，105，110，133-135，137，141，144-149，151-152，155，159，170-171，177-178，180-181，187，190-191，195-196，202，206，221，223-224，230，232，245，267，269-270，272，280-281，283，285-288，336，373，391，437，536，570，603，617，655，750-751，769，817，824

阮籍 270，762，771，780-783，786-793

S

散文（the essay，the personal essay，美文 / belle lettres）Ⅲ，13，20，30-31，48，54，75，83，86，94-95，97，118〔1〕，127，143，152，190，193-195，198-201，204，208，211，216-220，222，227，242，245，247-249，257-258，271，275〔1〕，276，284，294，316-

索 引 | 843

325，351，386-390，402，441，443-444，449-454，464，498，529-531，548，562，573，575，587，598，600，617，628，639，650，702，739，753，801；散文诗Ⅴ，18-19，25〔1〕，31，42-43，45，56-57，74-75，87，89，114-115，142，146，157，175，182，199，217，222-229，233，236，248，256，293，300，302-307，330-331，334，375-376，401，417，427，436-438，449，453，483，495，500，535，536〔3〕，550-552，617，645，670-671，682，717-730，748，809〔2〕；回忆-自叙性散文19，57，114，124，125，146，152〔1〕，182，190，257，483，512-539，601；散文与"艺术的终结"121

《三闲集》21，106，143，325〔1〕，426〔1〕，429〔1〕，648〔2〕，649〔1〕，662〔2〕，688〔1〕，689〔1〕，692〔1〕，709，766，798〔1〕，803，806，811〔1〕，829

《序言》705，709，766

三•一八（～惨案）137，162，299-300，359，365，403，409-437，509，517，541，569，684，764，796

森鸥外（Mori Ogai）25，171，182

莎士比亚（William Shakespeare）54，206，259，398，407，457，561，660，690，725；哈姆雷特259，397-398

《商贾的批评》635

上海时期（1927-1936）、上海十年Ⅴ，6，21，31，105-106，118，121，129，140，143，147，181，196，229，268，271，279，298，388，420，429，450，454，465，501，540，552，600，613，

639-640，653，661，678-679，681，708，717，732，787，804，807，820，829，830

《上海通信》140，569-580，610，707，804

《伤逝》44，69，71，112，113，135〔2〕，209，228，261，263，373-399，476，516，649，660〔1〕，670

沈从文、《八骏图》138，227

省港大罢工347，685

升华（sublimation）25，73，88，210，232，302，308，334，337，370，377，378，387，390，410，427，448，554，556，566，708，718，775，812，827

《〈十二个〉后记》184〔2〕

19世纪12，25，56，59，63，95〔1〕，108，116，125，127，129，164，177，183〔1〕，247，340，378，396，465，516，561，637，690，775，808，818，822，827

诗经187，797

施米特（Carl Schmitt）35，139，311，443，485-486，632，644

超法理（extra-legal）311，372；敌友之辨（敌我辨析，区分敌我/《政治的概念》）16，287，296，445，491，570，631-632，703，772；例外（例外状态，危机，紧急状态）17，20，139，177-178，228，265，294-295，311-312，443，454，488，516，768，771-772；政治的概念485-486；政治强度（political intensity）443；主权者（the sovereign/《政治神学》）139，295，311

诗史87，106，121，143，203，268，279，288，448，454，629，653，830

时间政治7，9，15

事件（event）26，31-32，57，61-62，134，142，147，149-150，155，208，276，281，300，427，458，624，672，803

施蒂纳（Max Stirner）534

视域融合（fusion of horizons）27

叔本华（Arthur Schopenhauer）145，235，425，493，634

《说胡须》246，258

《"死地"》429-431，512，646

司马迁 12，95，247，266，762

思维形象（thought-image，思想形象）313，669

《〈思想·山水·人物〉题记》753-754

思想革命 28，39，42，66，77，85，116，118，135，141，152-154，156，174，177，190，194-195，205，250，267-268，278，313，363，447，454，542，544，587，605，634，641，656-657，683，687-688，740，754，774-775，803，805

四·一二 682，692，718，786，

四·一五 357，365，427，435〔1〕，510，710，718，743，763，764，765，768，786

《随感录》84，141，153，194，309，441，443；《六十六》254；《五十四》476

苏联 504，819

　　文学 818；文艺理论 143

速朽 15，21，40，81，85，191，229，236，304，308，330，338，344，370，372，480，554，608，617，642，648，665，726-727，729，785

宋玉、《九辩》598

孙中山 347，504，683，691

《琐记》532，579

T

泰戈尔（Rabindranath Tagore）247，634

《谈"激烈"》754

陶潜 12，432，636，650，762-763，771，789-794；《挽歌》432；《形影神》636，792，794

陶元庆 622

《藤野先生》68，381，440，556-557，579

体验与诗 168，483，550，552-554

铁屋（铁屋寓言，铁屋对话）45，48，156，165-166，202，211，256，559，766

《通信》489，677

《通讯》80，312-316，494，577

托尔斯泰（Lev Tolstoy）227，319，441，534，634，642，660，808

陀思妥耶夫斯基（Fyodor Dostoevsky）I，204，642

托马斯·曼（Thomas Mann）204

图像学（iconography，偶像学）45，46

W

瓦雷里（Paul Valery）22

完形（Gestalt，格式塔）18，26，39，171，181，202，354，445，532，550，571

望·蔼覃（Frederik Willem van Eeden，范·伊登）184，204，734

威尔逊（Woodrow Wilson）752-754

魏晋文章 12，247，732，762-763，771-772，775，777，793，798-799，803

魏晋演讲 762，776，778，784-796，806，817

《魏晋风度及文章与药及酒之关系》248，298，510，628，711，752，761-805，815

　　曹操 762，772-778，791；清峻、通脱

628，773；曹丕 772-777；曹植 772-777；阮籍 780-789，793；陶潜 789-798

未名社（未名丛书、未名丛刊、乌合丛书、未名新集、未名书社）163，231，273〔2〕，316，371，510，620，732

为人生 12，22-24，78，82，99，119，124，152，164，166，172，183，266，281，343，379，484，527，567，587，626，628，818

为艺术而艺术 6，25，196，372，441，482，775，776，816

《伪自由书》45，106，143，660，661

文本间性（inter-textuality，互文性）29，42，217，373，382，734

文化热 Ⅱ

《文化政治与中国道路》Ⅳ

文类（genre，样式，体裁）11，18，20，30，42，47，55，57，67，73-75，84-85，87，96-97，108，110，112，114，121，126，135，143，146，150-151，154，157-159，175，188，190，194，196，199，201，203-204，210，212，217-222，228-229，235，242，247，251，274，276-278，280-281，292-293，299-300，319-320，330，334，336，338，341-342，348，358，364，372-374，378-380，383，386，398-399，401，407，441-443，449，471，483，485，501，509，514-516，522，531，533，536〔3〕，537，539-540，542，544-552，560-561，577，585，591，603，616-617，629，638-639，641，645，647，652-653，672，689，702，705，719，729，739，745，752，785，791，800-804

文体（style）5-6，9-10，18-21，30，34，37，39-42，47-48，54-55，57-63，65-67，73-77，83-97，101，103，105-108，113-115，118，120-121，125-126，129，134-135，140，142-143，145-146，150-151，154，157-159，164，169，175，178，180，190-191，194-195，197-204，207，212-230，239，242，247-251，254，257-258，262，265，276，279-282，286，292-293，302，304-305，320，330-331，341-343，350，353，370，375，379-380，384-390，394-399，435，443，446，450-453，483-484，487，491，493，498，509，514-516，522，533，539-550，552，560-561，573，592，598，602，608，613，616-619，643，645，652-653，655，660，672，689，691，702-703，705-706，715-716，719-721，739，775，791，794-795，798，800-801

文体混合（mixed styles）21，30-31，40，44，47，55，57，86，87，89-90，95，97，105-106，114，121，142，203，220，228-229，258，278，281，299-300，343，350，353，388-389，394，396，398-399，406，427，442，446，485，500，509，516，522-523，532，535-536，807；文类杂糅 114，380，398，485；混合文体 18-19，89-90，92，94，97，140，145-146，178，201-203，284，379，384-385，410，446，517，537，539-540；文体间性 515

文献学（philology，语文学，考据学）35，91，203，358，361，783，796

文学革命 28-29，66-67，94，108，144，156，174-175，177，205，267-268，272，286，311-312，603，658，683，691，703；与"革命文学"之间的张力 807-828

文学社会学、文学社会学空间 123-124，154，171，186，321，338，397，632，634，637，640，804

文学研究的统一场 32，33，35，87，88，143，628

批判的文学史，32-34，797

 统一场理论（unified field theory）32

《文艺与政治的歧途》813-817，822-827

《我的"籍"和"系"》209，345，361

《我的失恋》227-228，247

《我还不能"带住"》328，409，422-427，513

《我们现在怎样做父亲》153，249-257

《我之节烈观》153，475

无 60，166，169-170，174，295，301，465，554，592，607，625，627，729-730，794，803

《无常》468，518，529，539

《五猖会》70，518，528

《无花的蔷薇》409，425-426，428，497-498，509，512，513，563-564

吴佩孚 547，548

五卅惨案 365，367

《无声的中国》662，685，687，688-692，700，709

乌托邦 16，37，81，122，159，237，254，281，311，342，517，559，633，766，789，796-797，809

武者小路实笃（Mushanokōji Saneatsu）25，182

X

席勒（Friedrich Schiller）、《审美教育书简》52，237，561，634

《牺牲谟》330

《希望》209，256，300-305，327，375，376，393，440〔1〕，455，809〔2〕

希望的形而上学 15，16，27，48，60，77，81，125，255-256，267，269，296，302-303，559-560，562，689，696，789；希望的乌托邦 169，281，342，789，796-797，809；绝望之为虚妄正与希望相同 303，809

厦门大学 86，273，475，523-524，531，569，571，578，580-586，588-589，595，602，605，675，679，709

厦门时期 533，579，583-584，594，599，602，604，610，617，678

《厦门通信》140，578-593，615；《（二）》593-602；《（三）》602-609

夏目漱石（Natsume Sōseki）25，182，204，322

《夏三虫》45，140，330，493

《现代评论》、现代评论派 137，163，246，293，299，347-378，404，410-411，416，460-461，465，509，516，524，588，684

现代性 Ⅵ，8 22，24，26，28，29，31，63，67，77，94，102，105，120-125，127，129，135，159，169，179，185，213〔1〕，242，260，263，268-269，271，277，281，326，453，465，471，494，502-505，516-517，523〔2〕，561，696，699-702，729，738-739，750-751，830

翻译的现代性 8，28-29；上海都市现代性 77，121，143，268；世界的散文（散文气的世界）115，120，213，237，242，263，393，453，475，523〔2〕，524，561，739，829

现代主义（现代派）Ⅱ，Ⅲ，Ⅴ，7，8，12，21-25，41，47〔1〕，56，58，60-61，83，111-112，124-126，130，183，216，224，229，379，455，464-466，493-496，501-504，585，590〔2〕，626，628，637-638，641，696，702，729，808-809

象征主义（symbolism）25，44，83，84，111，113，124，125，184，232，234-235，637

形象（作为鲁迅文学风格基本层面和环节）43-55，87，111，114，168，177，191，199，202，215，224，243，253-254，296，301，306，311-313，328，332，355，377，380，384，388，391，394，400-401，413，417-418，425-426，432-434，436，438-439，466，469，471，476，481，499，503，520，529，547-548，552，558，560，562，566-567，573-575，584，589-590，592，598-600，619，621-623，636，643，645，660，667-669，671，681，705-706，721-724，727，743，750，776，790，792-793，795-796，798，804-805

形象（作为鲁迅写作的自我形象、徽记）59，73，82，119-120，146，190，192，201，208，214，222，260-262，265，272，276，280，288，339，344，425，435-437，439，444，446，464，477，485，488-489，491-492，495，498，514，533，556-557，585，600，604-605，615，623-624，675-676，712

嚣俄（雨果，Victor Hugo）24，351

现象学还原（epochē/phenomenological reduction，现象学悬置）9，16，34，38，44，50，55-56，66，84，98，141，147，149，166，238，251，279，297，300，442，444，455，457，469，491，553，571，729，743，783，804，817

小品文，小品文的危机 Ⅱ，30，48，68，70，204，206-207，245-246，449，452-453，534，546，638-639，801

《小品文的危机》48，68，70，207〔1〕，246〔1〕，534〔2〕，638-639

《〈小约翰〉动植物译名小记》732，741-743，747-748

《小杂感》758，793〔2〕，812

写实主义 7，12，23-25，40，56，82-84，124-126，130，185，198，216，378，394，473，527，573，628，641，807-808

写作的零度 20，294，407，593，603，642-643，681，791

写作机器（文学机器）10，126，130，157，239，534，608，669

辛亥革命 13，77，137，143，148，155-156，161-164，166，216，266，448，587，595，691，710，786-787

《新民丛报》172

《新青年》（《新青年》时代）105，133，140，152-153，156-157，159，174，191，195，250，260，267，269，273，442-443，544，570，588，603，605，640，662，688

新文化运动 160，174，181，196，202，250，

260，261，266，275，278，338，443，631，774，819

新文学（中国新文学）1，8，10-14，18-22，24，27-31，39-40，42，49，65-67，74-75，78，80，83-85，94-97，100，104，106，108-110，112-116，119-120，122-130，135-136，138-144，150-151，157，159，160，169-170，178，180-189，192，194-195，203-104，207，211，216，220，226，235，247-249，256，261，263-264，267-268，272，275-278，281，283-285，292，296，298，311-313，316-318，333，335，338，366，377，382-383，397-398，418-419，440，442，447，449-454，463，465，471，481，493，499，508，516，534，555，561，577-578，590，597，608，618，628，630，632-633，639-643，649，656，658，662，666，672，679，690-692，700，702-703，709，716，729-730，733-734，738-745，748-749，751，754，770-771，773-774，788，795，797-802，808-809，819，825；第一个十年 144，150，247，275，278，397，628，702，733；第二个十年 277，641，702，804；第三个十年 656；世界文学 19，130，185，203-204，249，264，277，281，321，641，800，801；言文一致 95，663〔1〕；源流（起源、本源）1，4，8，11，13，14，19，22，24，40，60，85，94-95，104，106，109-110，119-120，122，126-130，139，160，165，168，171，178-179，185，192，202，220，248，271-272，276-281，321，329，418，432-433，453，486，516，578，590，618，628，635，642-643，672，711，730，734，765，770，794，795-796，801-802，804，809

《新小说》172

形式解决 169，224，272，293，358，388，395，716，728

修黎（Percy Bysshe Shelley，雪莱），138，233，380，474

徐文雅（徐彬如）676

许广平 80，106，143，146，161-163，261，265，269-270，273，314，329-330，345-349，357，391，448，476-478，511，516，533，537，559，569，580-584，589，593-595，603，605-607，610-611，625，654，675，677，708，718，720，764，787-789

徐志摩 273，263，419-420，422

许钦文，许羡苏，300

许寿裳 205，518，580，595，677，777

虚无主义（虚无感，虚无，激进的虚无主义，积极的虚无主义）3，5，16，26，72，119，170，255-256，305，394，397，527，528，556-558，560-563，566，619

《选本》782

《雪》209，217，306-307

《学界的三魂》368，371，416，460，490

Y

亚里士多德（Aristotle）9，37，634，666

严复

《天演论》118，171，172，663-665；翻译 663-664；桐城体 118；进化论 665

杨荫榆 347-379，353，359，402

索　引 | 849

言语行为（speech act）21，46，52，68，75，78，81，93，192，281，308，353-354，357，359，384，386，587，591，626，643，671，681，706，708，712，733，

《药用植物》（刈米达夫）743，744〔1、3〕，745〔1〕

《咬文嚼字》209，305-306

《野草》18，25，40，84，105-106，114，139，146，148，152〔2〕，157-158，182，190，203，207-209，217，227，233，246，247，273-274，280，292，330，334，435，437，442，449，513，515，523，536，544，552，577，589，600，616，632，657，665，705，708，715

《题辞》57，64，115，153，229，236，308，344，350，364，435〔1〕，617，648，651，669，670，682，684，706，716-730，731，733，752，769；《英译本序》500；野草式写作/速朽，21，191，229，239，308，608，642，648，665；野草诗学762，785

易卜生（Henrik Ibsen），伊孛生251-252，254，634

《傀儡家庭》(《玩偶之家》) 251

《"意表之外"》762

《一点比喻》417-420，468，481

《一觉》437-440

《译了〈工人绥惠略夫〉之后》526-528，534-536

艺术之宫30，54，67，77，206，223，227，247，278，315，336，340，342，365，405，407，433，457，472，478-479，533，578，599，642，650，690，694-695，725，727，824

意识流25，58，638

《译文序跋集》(鲁迅) 323〔1-2〕，480〔5〕，526〔4〕，528〔1〕，535〔1〕，536〔1〕，660〔1〕，753〔1〕，754〔1〕

意向性构造（intentional formation）、意向性结构38，98

《因太严先生而想起的二三事》69，133，161-162，193，552

隐喻（metaphor）43-47，60，85，87，98，110〔1〕，164-166，188，191，202，218-220，229，304-307，340，342，364，370，426，434，439，480，542-543，570，579，585，589-590，599，638，703，712，714，717，721，736，774，768，791-792，797，803

隐晦书写-显白书写（esoteric writing-exoteric writing），隐晦写作390，427，780，785，789，

《音乐？》499

《影的告别》225-226

英伽登（Roman Ingarden）、*The Literary Work of Art* 38

影响焦虑185-186，335，534

有岛武郎（Arishima Takeo）；《生艺术的胎》182，518，520-521

《有趣的消息》413-416

郁达夫591

《语丝》163，225，228〔1〕，273〔1〕，316，359，416，460，499〔1〕，518，544，569，593，600，610，624-625，685，759，810，829，

语文学（philology）见文献学

语义学（semantics）34，67，90，94，95，358，652-654

语用学（pragmatics）67，75
欲望机器 73，239
寓言（allegory，讽喻）
    国族寓言Ⅱ，24，27，40，43，48，111-113，124，136，159，185，190，194-197，213，218-219，229，232，262，269，280，287，313，342，350，355，359，380，395，440，462，466，469，470-473，496，502-503，510，531，564-566，591，598-600，608，618-619，621-623，628，637-639，645，648-654，656，681，701，705-706，712，716-717，720，724，762-763，767-768，772，784，815，825，829；修辞意义上的～，或表达某种抽象观念的具体形象Ⅵ，11，16，25，54，73，83，87，97，105，111，198，218，352-353，380，387，389-390，399，405，426，432，465，470，493，543，573，585，636-637，638，669-671，681，713，720-723，750，787，795，798；作为历史类比与影射的～14，20，44-49，76，87，88，119，156，243，281，346，426，525，691-700，752，757，762，790，817

Z

《杂感》209，331-336
《杂论管闲事·做学问·灰色等》410-413
杂文
    动力学 242，244-245，297，454，457，472，480，509；(作为基本句型的)"'而已'而已"705-760，762，764，767，769，784，803，809，825，829；发生学 299-441，446，450，454-455，460，467-469，480，500，511；风格扩展/风格扩张/风格实验 40，57，134，150，234，239，399，406，450，509-510，514，544，653，681；"挤"83，86，164，278，297，371-372，418-422，454，460，462，471-498，605，616，633，803；力学结构 441，457，466，487；路上杂文 217，410，435，510，512-538，570-571，578，580，598，600，612，616，671；"碰壁"(碰钉子，碰壁美学) 20，54，64，69，151，278，297，315，328，345-408，419，421，452，454，458-499，544，562，616，752，757，800，826-817；日记体～539-544，548；审美构造 5，19，25，31，105，297，463，499，591，645；"体验与诗"见"情动"；文体混合，86，146，190，203，229，250-258，299，373-399，406，410，427，509，515，522-523，532-536，548-549，807；"无花的蔷薇"(作为～感性外观的) 207，297，426，497-500；武器(作为战士实质的～) 5，6，89，102，154，157-158，242，269，292，297-298，358，360，400，424，447，458-459，469，489，491，540，549，644-645，700；现实表象 9，31，434，466，637，653，743；写作之写作(文章之文章，文学的文学，第二次写作) 19，21，151，279，343，433，488，533，542，567，587，617-618，705，708，714，717，720-721；亚文体(边缘写作) 17-18，20，30，123，160，181，189，207，229，247，265，269，295，304，312，317，331，406，485-

487，571，591-593，601，603，612，621，632，626，649，668，774，796，798，800；预应力 297，424，466-467，590，601，643，695，706；政治本体论，见"(鲁迅文学的)本体论"；执滞(执滞于小事) 87，297，406，410，421，427，455-460，462-466，470，480，487，491，498，502，504，509，596，603，606，662，706，710，713，725，731，757，798，804；终极特征(final distinction, ultimate distinction) 64，191，204，221，229，280，293，295，301，349，443，484-487，591，789；作者范儿(writerly，作者式，作者风，文人式) 10，47，49，148，193，242，262，282，344，484，572-573，589，592，597，608-609，638，643，645-646，672，703，705，762，771

《杂语》489

《在酒楼上》112，113，190，215-221，233，670

《再论雷峰塔的倒掉》257-258

《再论"文人相轻"》782

《在钟楼上(夜记之二)》810-811

《怎么写(夜记之一)》65，68，72，325，429，510，648，709，807，829

《战士和苍蝇》140，330

张爱玲 138

章士钊 190，347，348，362，369，404，413，417，460-461

《甲寅》362-363，416，460，541

章太炎(章炳麟，太炎先生) 138，161，171-173，588

《因太炎先生而想起的二三事》69，133，161-162，193，552；《关于太炎先生二三事》161，193

章廷谦(川岛) 391，533，580，583，595，678-679，758-759，761，786-787，790，806，810

《朝花夕拾》18，40，44，86，106，114，139，141，146，148，157，182，190，193〔1〕，203，229，257，273，280，299，410，427，442，449，510-539，579，594，615，705，708

《小引》81，153，475，719，731；《后记》46〔1〕，759

《这个与那个》209，405，471，494，813

《这样的战士》209，399-400

《这也是生活》410

震惊(shock，震惊体验) 22，24，58，64，68，79，88，167，286，297，337，444，448，464-465，468，565，613，681-682，701，703，708-709，711，718，721，728，731-732，802，809，812

正人君子 30，77，163，223，312，324，328，337，348，368，403，406，417，424，440，457-458，461-462，464，482，532，557，578-589，597，623，631-633，735，758，784，825

整体性 22，32，45，87-89，130，149，168，171，175，178，187，220，277，287，398，406，517，520，578，594，705，730，754

政治经济学 58-59，268，452，680

《中国小说史略》86〔2〕，182，205，208，248，273，421

中山大学 286，357，523，602，611，676-677，679，681，709，711，718-719，731，736，764，768，786

中间物 48，130，145，556，567，657，659，661-662，666-667，669

中立和弦 198-199，515

周氏兄弟Ⅲ，95，160，205，248，801

周作人Ⅱ，Ⅴ-Ⅵ，30，46，95，117-118，138，172，204-206，248-249，271，275，452，546，604，608，665，732，760-771，795，798，801；《北大的支路》Ⅴ-Ⅵ；闭户读书（寄沉痛于幽闲，苟全性命于乱世）249，732，769，802；两个鬼 604；一元的写作态度 275，641；《中国新文学的源流》770-771，795，798；散文写作 95，117-118，248-249，271，275；对日本文学的接受 801

《祝福》45，69，112-113，141，190，210-215，233，784

主导动机（leitmotif）45，73，76，193，210，246，261，397-398，553，799

朱光潜 52〔1〕，107〔1〕，108〔1〕，110〔1-3〕，111〔1-3〕，113〔1〕，116〔1-2〕，117〔1〕，120，121〔1〕，127〔1〕，128〔1〕，129〔1〕，145〔1〕，377〔1〕，397〔1〕，398〔1〕，524，586〔1〕，790〔4〕

朱家骅（骝先）676，718

朱谦之 558

竹内好 14-15，124，144，148，150，165-167，170-174，178-179，326，395-396，657，663，666，796；《近代的超克》14-15，144，148，150，166-167，171-174，395-396；《何谓近代》14-15

主权者（the sovereign）139，295，311〔2〕

《中国小说的历史的变迁》（鲁迅）248

《中国小说史略》182，208，421；《序》205；《后记》248

中国新文学（见新文学）

《准风月谈》45，72，84〔1〕，106，143，227〔3-4〕，660-661，707〔1〕，

《自传》709

自我保存（self-preservation，自我持存，自我存续）16，26，225，385，387，392，447，614，489，491，626，631，722，783，800

自我认识（self-knowledge）658，751，766

自我实现（self-realization）6，17，107-108，120，135，147，173，191，229-230，265，267，270，286-287，317，398，445，561，653，727，733

自我指涉（self-referential）15，26，147，198，253，255，483，485，619，643，722，737；自引（self-reference）600

自我关涉（auto-reflexivity）600，721

自由主义 29，753-755，757-758

自在（in-itself）-自为（for-itself）40，89，143，196，278-279，432，534，586

增田涉 640

总体文学 34，43，86

总体性（totality）4，22，31，40，42，55，60，85，106，109，116，121，124，127，148，152，159，169-170，175，183，196，229，235，266，280，283，294，298，387，446-447，453，532，535，537，549，561，612，616，628，638，641，652，672，706，794，804

《做"杂文"也不易》635

作者的签名（作者的印章，风格印记）73，200，262，292，643，714

致　谢

在本书写作、定稿和待出版过程中，部分章节初稿或节选曾在以下刊物发表：《中国现代文学研究丛刊》；《东方学刊》；《文艺研究》；《文艺理论与批评》；《现代中文学刊》；《国际比较文学》（英文）；《学术月刊》；《鲁迅研究月刊》；《开放时代》；《文学评论》。在此过程中，李敬泽、易晖、林凌、李松睿、崔哲、叶青、熊鹰、姜异新、朱康、张曦、吴重庆、何吉贤都作为朋友和同行给予作者以远超编辑职责的关注、支持和鼓励，在此一并致以由衷的感谢。

张旭东

2023 年 4 月 23 日